LA SANS PAREILLE

Leçons de ténèbres I

Françoise Chandernagor est née le 19 juin 1945, à Palaiseau (Essonne), dans une famille d'origine creusoise.
Mariée, elle a trois fils de 10, 12 et 15 ans. Etudes secondaires au lycée Marie-Curie à Sceaux (Hauts-de-Seine), études supérieures à Paris : maîtrise de droit, diplôme de l'Institut d'Etudes politiques. A vingt et un ans, elle entre à l'Ecole Nationale d'Administration (ENA), d'où elle sort deux ans plus tard « major » de sa promotion (dans cette école ouverte aux femmes depuis 1945 mais peu « féminisée », c'est la première fois qu'une femme obtient cette place au concours).
En 1969, Françoise Chandernagor entre au Conseil d'Etat; après quatre ans d'affectation à la section du Contentieux en qualité de rapporteur, elle est nommée au ministère de l'Equipement et du Logement comme chef du service des Affaires économiques, qui assure la tutelle du secteur industriel du Bâtiment et des Travaux publics. Elle remplit cette fonction pendant cinq ans. Nommée maître des requêtes au Conseil d'Etat, elle y reprend en 1978 des tâches juridictionnelles. Actuellement en congé de la fonction publique, elle exerce, parallèlement à son travail de romancière, diverses responsabilités dans le secteur du mécénat culturel et occupe, notamment, le poste de vice-président de la Fondation de France.
En 1981, Françoise Chandernagor a publié L'Allée du Roi, *Mémoires imaginaires de Madame de Maintenon, seconde épouse de Louis XIV. Ce livre, traduit dans une dizaine de langues, a reçu le Prix des Ambassadeurs et le Prix des Lectrices de « Elle ».*
En 1988, elle publie La Sans Pareille, *premier volume de la trilogie contemporaine* « Leçons de ténèbres », *puis* L'Archange de Vienne *(1989), et* L'Enfant aux loups *(1990).*

Premier volume d'une grande trilogie romanesque, *La Sans Pareille* nous conte les débuts de Christine Valbray.
De celle qui fut l'une des plus célèbres égéries de la vie politique française, que sait le public ? Que sa vie fut courte et tragique. Qu'on lui avait donné le surnom de « Sans Pareille » parce qu'elle avait la beauté altière et triomphante d'une fameuse courtisane florentine. Que tout Paris – le Tout-Paris des arts, du journalisme et de la finance – croyait bien connaître cette carriériste désinvolte et dut avouer qu'il s'était trompé. Qu'aujourd'hui, enfin, sept ans après un scandale et un procès qui

(Suite au verso.)

firent trembler la classe politique, elle est retournée à l'oubli sans avoir livré son secret.

Des banlieues populaires aux palais romains, des cercles de jeux aux soirées échangistes, et des amphis gauchistes aux alcôves ministérielles, nous assistons ici aux premiers pas d'une ascension dont la rapidité surprit les observateurs. Premiers pas, ou premiers faux pas ?

Grâce à Françoise, sa biographe, qui a recueilli et commenté les confidences de la Sans Pareille, nous cernons enfin de plus près la vérité de cette aventurière hors du commun...

A travers le regard de ces deux femmes, l'auteur de *L'Allée du Roi* nous offre une peinture des splendeurs et des misères de notre temps. Dans ce portrait d'un personnage d'exception, c'est le visage ordinaire de cette fin de siècle – notre visage – qu'elle nous propose de découvrir.

DU MÊME AUTEUR

Aux éditions Julliard :

L'ALLÉE DU ROI, *roman*, 1981.

Aux éditions de Fallois :

Leçons de ténèbres, *roman :*
LA SANS PAREILLE, 1988.
L'ARCHANGE DE VIENNE, 1989.
L'ENFANT AUX LOUPS, 1990.

FRANÇOISE CHANDERNAGOR

LEÇONS DE TÉNÈBRES I

La Sans Pareille

ROMAN

ÉDITIONS DE FALLOIS

L'ÉGLISE jetait son ombre sur la plaine comme un grand manteau. Pressées autour d'elle sur l'unique colline, accrochées au ras des nuages, les murailles de l'abbaye –ses contreforts, ses arcs, ses éperons – avaient offert, pendant des siècles, leur abri aux voyageurs attardés, ultime recours si l'attelage venait à rompre, le pain à manquer, s'il faisait trop froid, s'il faisait trop nuit. Aujourd'hui encore ses pierres grises que le temps avait soudées au talus, ses remparts ramassés qui ne s'élançaient vers le ciel qu'en atteignant l'extrême pointe du rocher, et la haute silhouette de sa tour qu'illuminaient jour après jour, tel un fanal, le rayon du soleil ou le faisceau des phares, rassuraient, même si personne n'avait plus la curiosité de les visiter.

L'ancienne voie était retournée à la friche quand le monastère avait été abandonné, et, faute de chemin, il était devenu difficile de monter jusqu'au sommet; on devait tracer sa route dans la glaise des sillons et la boue des fossés; l'hiver, le vent qui balayait les champs coupait le visage et brûlait les lèvres.

Parvenu sur la crête, le touriste obstiné aurait été mal récompensé : le cloître avait perdu la plupart de ses piliers; et de la tour carrée qu'on admirait depuis le virage en bas ne restaient que deux pans de murs, suspendus en angle au-dessus du vide comme un décor de film abandonné. La porte même de l'abbatiale, que les anciens guides vantaient, ouvrait à la première poussée sur un abîme : voûte effondrée, bas-côtés béants sur le ciel blanc, vitraux crevés. La neige, recouvrant les ruines et les ronciers, s'entassait jusqu'au chapiteau des colonnes; quelques tôles ondulées et des sacs de phosphate interdisaient l'entrée du chœur où, sous un plastique déchiré, rouillaient une herse et un tracteur; l'autel, les statues, les bancs, tout avait disparu. Seule une Vierge sculptée dans la pierre d'un doubleau témoignait encore que ces murs éventrés n'avaient pas toujours été voués à la protection d'un matériel agricole démodé.

A ceux qui passaient sur la nationale en contrebas l'abbaye ne donnait plus que l'apparence de la solidité, l'illusion de l'éternité. Sans croix ni flèche, elle pourrissait sur son île comme un grand navire démâté. Coque ouverte à tous les vents. Fantôme d'une espérance abandonnée.

Le Guide Vert indiquait, à quelques kilomètres, l'église de Vaumarie. La ville, accrochée au flanc d'un coteau, gardait des airs de village et le boulevard du Nord s'y achevait en chemin de terre. La neige s'était remise à tomber. Pas un passant dans ces rues sans boutiques pour renseigner le visiteur égaré. J'arrêtai la voiture sur le parvis. Le Michelin m'invitait à admirer, à l'intérieur du sanctuaire, l'épanouissement du gothique triomphant, la succession des croisées d'ogive et « ce vaisseau sans transept que la lumière pénètre par une grande rose ». Je ne vis que la peinture écaillée des murs, le salpêtre qui rongeait les piliers, la misère des chapelles votives sans ornements, sans statues, sans cierges, sans fleurs. Quant à l'état du chemin de croix, que la moisissure gangrenait, il n'était pas fait pour réconforter, même si l'art y perdait peu... Quelques rangées de chaises en désordre, groupées en bordure du chœur, accentuaient l'impression de vide et d'abandon que produisait Notre-Dame de Vaumarie. La nef flottait comme un vêtement trop large autour de la communauté des fidèles, la solitude semblait plus grande dans ces travées inutiles que dans les ruelles désertes du village. Je songeai à Brouage, dont les remparts n'enferment plus que quelques maisons basses, perdues dans la fougère; l'église de Vaumarie était pareille à ce port dont la mer s'est retirée.

Il neigeait; mon imperméable me protégeait mal du vent; on m'attendait à Paris. Mais le guide recommandait encore la visite de Saint-Loup-de-Naud.

Dans la voiture j'eus de la peine à me réchauffer; la route traversait des bois dépouillés dont les troncs, alignés comme des potences, soulignaient la nudité hostile et glacée. On était en mars, et l'on se serait cru en décembre.

Je dus m'arrêter pour essuyer le pare-brise que les essuie-glaces ne parvenaient pas à débarrasser des flocons qui s'accumulaient. Tel un phare, le clocher de Saint-Loup-de-Naud m'apparut entre deux rafales, tout en haut d'un tourbillon blanc que le vent soulevait au-dessus des vergers.

Je me m'attardai pas sous le porche; le froid, qui me gelait les doigts, me poussait à chercher un asile mieux clos. A l'intérieur de l'église, l'humidité me prit à la gorge : une mousse verte couvrait la muraille et les piliers, les fonts baptismaux avaient des allures de champignonnière et les voûtes elles-mêmes semblaient refléter l'eau d'un marécage. Rien d'ailleurs, dans cette caverne glauque, qui parût marquer la trace d'un culte quelconque : pas une affiche au mur, pas un missel , pas une lueur au tabernacle. A l'instant où je pénétrai dans la nef, un grand chat noir sauta de dessus l'autel. Depuis combien de jours était-il enfermé dans ce lieu peu fréquenté? Il était, en tout cas, si efflanqué qu'il me parut certain que les rats avaient quitté le navire. Il est vrai que celui-ci faisait eau de toutes parts.

De l'unique café ouvert j'appelai Paris pour décommander mes rendez-vous. Je sentais que rien ne pourrait me détourner de poursuivre jusqu'au soir la quête commencée au hasard d'un cloître ruiné, sur le bord d'une route de campagne : je trouve tant de volupté dans la tristesse! Pour nourrir le chagrin sans cause qui me saisit parfois, tout m'est bon : photos jaunies, génocides, jouets cassés, châteaux en ruine, et même, en dernier recours, le grand Larousse médical ...

Enfant, déjà, j'aimais me laisser couler au fond des rivières. Goûtant comme une récompense cet instant où, sourd aux bruits du monde, aveugle à ses lumières, on n'a plus conscience que du battement de son cœur, j'entendais s'accélérer dans mes artères la pulsation de mon sang; j'écoutais, jusqu'au bout de mon souffle, ma vie s'affoler, incertaine si, au dernier moment, je choisirais de remonter. À ces noyades pour rire, ou pour pleurer, qui donnent au présent l'intensité du désespoir et rendent ses couleurs au passé, ce n'est pas en vieillissant qu'on peut renoncer.

L'étape suivante sur le chemin de Paris était Provins, dont je connaissais le donjon et les remparts; mais de l'église Saint-Quiriace je n'avais gardé aucun souvenir.

Le brouillard s'épaississait; sur la petite place, où des ormes poudreux encadraient un calvaire, je foulai de la neige vierge. L'église, achevée au Grand Siècle, avait des airs baroques; mais, sous son dôme prétentieux, je reconnus le vide glacé et la misère sans élégance de Vaumarie et de Saint-Loup-de-Naud. Peu de bancs, des confessionnaux où s'amoncelait la poussière, un bénitier sans eau; le grand autel de marbre avait été abandonné au profit d'un comptoir de bois récupéré dans les bureaux d'un notaire ou l'arrière-boutique d'un épicier. On l'avait posé à la croisée du transept sans chercher à l'embellir : ni nappe, ni crucifix, ni chandeliers. La crainte des pilleurs d'église suffisait-elle à expliquer qu'on ne se fût pas non plus donné la peine de le peindre ou de le cirer?

En entrant j'avais dérangé les jeux de trois adolescents en blouson qui sautaient sur les stalles du chœur; leurs bonds avaient bousculé les chaises et renversé quelques bancs. Contraints au chuchotis par mon arrivée inopinée, ils reprirent vite de l'assurance; ils se poursuivaient en hurlant dans les travées, enchantés de l'écho qu'y trouvaient leurs cris. Le plus jeune tenait un marteau. Je sentis, pour les derniers saints de bois échappés aux brocanteurs, une grande pitié.

D'églises fermées en chapelles désertées je poursuivis ainsi jusqu'à la nuit un pèlerinage désespéré. Je n'avais de consolation que comme fonctionnaire : les parvis étaient dallés de neuf, les statues rescellées, les sonneries de cloche électrifiées; mais tous ces soins n'avaient pu empêcher que les églises d'Ile-de-France n'eussent l'air désolé d'une gare désaffectée quand, depuis longtemps, la ligne est fermée. Rien ne sert d'entretenir un corps que l'âme a quitté...

En arrivant sur l'autoroute, je trouvai dans la communion de l'automobile et la contemplation des rangs serrés de ses dévots un peu de soulagement. Pour le reste j'étais dans l'humeur de celle qui vient d'apprendre que la maison de famille, vendue cinquante ans plus tôt à des étrangers, a brûlé.

Que la misère des églises eût été l'instrument de mon naufrage du jour ne manquait pourtant pas de sel, car si, de loin en loin, un accès de culture me jette vers une collégiale ou un prieuré, je ne consomme pas régulièrement de l'arcboutant et de l'ex-voto; ayant, comme tout le monde, cessé de croire à quatorze ans pour de mauvaises raisons, je n'en ai pas, depuis, trouvé de meilleures pour revenir à mon premier sentiment. Je me suis installée, au fil des années, dans un doute confortable et prudent qui ne permet de me ranger ni dans les athées ni dans les croyants. " S'il ne vient pas à vous, Seigneur, par ce qu'il a de clair, qu'il y aille par ce qu'il a d'obscur... » J'espère beaucoup de cette obscurité.

Souvent Christine Valbray avait raillé cette ambiguïté qu'elle croyait opportuniste; mais elle se gardait d'aller au fond de ses analyses, ne montrant pour tous les cultes, y compris celui du passé, qu'un intérêt modéré : si sa maison de famille – à supposer qu'elle en ait eu – avait brûlé, je l'aurais soupçonnée d'y avoir mis le feu... Elle aimait détruire, affectant de trouver du charme à la dégradation des choses, à l'effacement des êtres, et à sa propre disparition: « Le néant, m'écrivit-elle un jour, voilà du neuf! »

Posant à l'aventurière, elle se moquait de mes timidités – scrupules de conscience, pudeurs d'agnostique, nostalgies d'antiquaire – et de cette hésitation à me reconnaître dans ma propre époque qu'elle regardait comme le comble de la lâcheté : « Que vous le vouliez ou non, me disait-elle, nous sommes tous des produits de notre temps! Et je ne vois pas où je pourrais me placer, moi, simple " effet ", pour juger posément de mes causes ... Quant à vous qui condamnez le présent, vous aurez beau mettre toute votre complaisance à vivre à l'écart de vos contemporains, vous serez toujours plus proche de moi que d'une dame du XVIIe siècle ... Proche de moi, ma chère Françoise, vous l'êtes même plus que n'importe qui : n'êtes-vous pas entrée dans ma vie par un miroir ouvert? Et n'avez-vous pas, un instant, aspiré à devenir ce que ce miroir faisait de vous? L'envers de mon reflet... »

C'était dix ans plus tôt, un soir, au Palais-Royal. J'avais poussé par hasard la porte d'une petite antichambre, à l'écart des grands salons où se pressait la foule des invités à la soirée annuelle d'un des grands corps de l'Etat.

La pièce était plongée dans une demi-pénombre, mais la femme qui s'y tenait suffisait à l'éclairer.

Ce fut son visage d'opale que je vis en premier, la chevelure ardente qui le couronnait, puis ce regard gris un peu voilé, qui parcourait distraitement l'image que lui renvoyait une glace dorée, placée sur la cheminée. Une seule lampe posait, sur le miroir et la figure qu'il réfléchissait, une lueur diffuse, laissant le reste dans l'obscurité. Cerné et bordé d'or, ce reflet sans corps se détachait comme un portrait; et peut-être l'avais-je pris d'abord pour un tableau, car je me souviens d'avoir songé que tout – l'entrelacs de nattes rousses qui ceignait le front, les larges manches de velours vert à crevés de dentelles, la ceinture nouée sous la poitrine – révélait un peintre du Quattrocento...

L'inconnue, dont je commençais à distinguer les épaules et le dos à mi-chemin de la lumière et de la porte où je me tenais, buvait avec lenteur et, debout, se regardait boire au fond du miroir. La gravité de son maintien, la mélancolie des yeux, la pâleur du teint rappelaient les Salomé tristes de Filippo Lippi, ses Vénus timides, ses Vierges alanguies... Je ne pouvais détacher mes yeux de cette beauté, plus pure de paraître ignorée, plus éclatante d'avoir l'air dédaignée. Demeurai-je plongée dans cette contemplation plus longtemps qu'il ne convenait? Je n'avais pas vu les minutes passer, mais, quand un frémissement amena au bord des cils deux larmes qui coupèrent les joues du portrait et que la jeune femme tenta de cacher son visage, l'idée m'effleura qu'elle se savait regardée... Dans le mouvement qu'elle fit pour masquer ses traits, ses manches se déployèrent : ailes dépliés, elle semblait un grand paon de nuit crucifié.

Comme on sent le sable se dérober sous les pas quand la mer s'en va, je me sentis entraînée vers le large dans un cauchemar qui ne me regardait pas. Durant quelques secondes, je me crus traversée de sentiments qui m'étaient étrangers, de délires qui ne me ressemblaient pas. Un instant, il me sembla même que, par un étrange renversement, je voyais la pièce, la scène, dans la glace et par ses yeux : au premier plan, son visage; derrière, dans l'ombre, un pan de rideau et la masse d'un grand classeur à casiers; dans l'angle gauche enfin, cette porte brusquement ouverte sur la clarté du couloir, où s'encadrait une femme brune qu'elle ne connaissait pas, une femme dans laquelle je ne me reconnus plus. Une silhouette brossée à grands traits, une figure à peine esquissée. A la manière de l'artiste qui ne se peint dans un coin du tableau que pour en souligner l'authenticité...

Un miroir où l'on découvre son visage ne reflète-t-il pas aussi les objets, les êtres autour de soi? Le voyeur caché ne s'y livre-t-il pas au regard qu'il croit dérober?Je craignis d'appartenir à l'inconnue autant qu'elle m'était livrée. Je refermai la porte et m'éloignai.

Plus tard, à des réceptions de chefs d'Etat, de dîners d'ambassades, des cocktails d'énarques, je revis la jeune femme du miroir. On m'apprit son nom –Valbray –, je sus qu'elle était l'attachée de presse d'un ministre, la fille de notre ambassadeur en Italie, et l'épouse d'un ancien conseiller de l'Elysée.

Mais elle ne me fascinait plus, elle avait même cessé de m'intriguer, je croyais qu'elle ne m'était pas sympathique. Sa superbe de princesse en exil, ses robes trop originales, sa froideur m'agaçaient. Je lui trouvais une manière exagérée d'illustrer la phrase de l'Ecriture : « J'ai séjourné parmi les habitants de Kédar, mais je restais étrangère au milieu d'eux »... Pour tout dire, elle manquait de simplicité. Et s'il m'arriva de lui parler, de ces conversations de salon qui ne nous passionnaient ni l'une ni l'autre je ne sais plus le sujet.

Les années passèrent. A la vive satisfaction des féministes, Christine Valbray était devenue directeur d'un Cabinet; mais, dans les milieux informés, on expliquait ses succès par des liaisons plus profitables que ne le sont d'ordinaire les mérites distingués : on la donnait pour l'égérie d'un grand homme politique, l'éminence grise d'un nouveau groupe parlementaire... Puis j'appris, comme tout le monde, qu'un gouvernement menacé venait de la nommer « Déléguée au baby-sitting » ou « Secrétaire d'Etat à l'art des bouquets » dans l'espoir de retrouver, aux élections suivantes, quelques-uns des suffrages féminins qui l'avaient abandonné.

J'apercevais toujours, ici ou là, la nouvelle « femme d'Etat » très entourée. Comme elle s'habillait de jupes longues plus souvent qu'il n'était nécessaire, je m'étais convaincue qu'elle avait quelque défaut à cacher; cette difformité supposée m'aidait à ne pas la détester. Il y a longtemps que je me soupçonne cette faiblesse, commune aux timides, d'aimer uniquement ceux qui ont besoin de ma pitié; et la beauté de l'« étrangère de Kédar » n'incitait pas plus à la tendresse que son comportement ne trahissait la vulnérabilité.

« L'affaire », lorsqu'elle éclata, me frappa vivement. Il était difficile dans les premières semaines de ne pas se passionner : dans le milieu des fonctionnaires et des politiques, il n'y avait personne qui ne fût, à un titre ou à un autre, familier des Valbray, des Fervacques ou des Chérailles. Le scandale, s'il n'avait pas tout éclaboussé, avait tout ému. Dans les coulisses du pouvoir et les cercles d'opposition, on tentait en hâte d'évaluer ce qu'à la veille des présidentielles cet événement pourrait changer.

Les journaux publiaient des photos de Christine Valbray. Aux « informations » d'Antenne 2, les cheveux défaits, elle pleurait. L'indécence avec laquelle la caméra filma cet effondrement, et le souvenir du chagrin surpris dans un miroir, me jetèrent brusquement de son côté. Ignorant encore que cette confusion larmoyante, qui donnait à l'accusée l'apparence d'une victime, était le dernier acte de la comédie qu'elle nous jouait, je donnai mon affection à Madame Valbray au moment où tout le monde la lui retirait.

Le juge chargé de l'affaire était l'un de mes anciens collègues, il m'avait toujours traitée amicalement, quoique avec une condescendance paternelle que pouvait expliquer la différence de nos âges. Il me peignit sa prévenue abandonnée de tous, sauf de son frère qui payait l'avocat. Je m'entendis lui demander si je ne pourrais pas la voir. « Ma petite Françoise, bien que vous fassiez maintenant dans la littérature, vous avez appartenu à l'Administration assez longtemps pour savoir qu'une prison n'est pas un pensionnat! Cependant, si vous étiez vraiment une intime de Madame Valbray... Elle n'a plus tant d'intimes qui souhaitent aujourd'hui lui rappeler cette intimité! »

Il avait à peine accédé à ma requête que je me repentis de l'avoir présentée. Mon nom pouvait être familier à Christine Valbray, ma personne ne lui dirait pas grand-chose. Elle marquerait sa surprise, et le vieux magistrat m'en voudrait de l'avoir exposé aux inconvénients d'une irrégularité...

« On n'imagine pas comme une baleine est précieuse dans une prison » écrivait de sa cellule un romancier que la lecture de « Moby Dick » avait réconforté; Christine souffrait du manque de baleines : elle agréa ma proposition. Honteuse, cependant, d'un mouvement où le voyeurisme se distinguait mal de la générosité, je n'en menais pas large en allant à Fleury.

La détenue me mit à l'aise. Elle fut parfaitement naturelle. Comme, dans un premier temps, elle hésitait à me reconnaître, je lui lâchai, sans en avoir l'air, quelques points de repère dont elle se saisit avec une adresse mondaine consommée. J'avais donné pour prétexte à mon intérêt le souvenir d'un ami commun, Emmanuel Durosier, qui vivait maintenant à l'étranger. Elle me parla de lui avec émotion;

et, comme une demi-heure est vite passée, je me trouvai pressée par le gardien d'en terminer avant d'avoir compris ce qui m'avait amenée. Pour prendre congé je lui dis que je reviendrais un jour, si elle le souhaitait. Alors, sur le visage indifférent et poli qu'elle m'opposait depuis le commencement de l'entretien, passa « l'appétit de baleine »; son sourire se figea, son regard erra sur un horizon d'embruns à la recherche d'un cachalot, d'une voile, d'un oiseau : « Si vous le pouviez, me dit-elle d'une voix changée, j'aimerais vous voir toutes les semaines... »

Chaque semaine, pendant quinze mois, je me rendis à Fleury-Mérogis, et si ce n'était pas tout à fait par amitié, ce n'était déjà plus par pitié... Lorsque, après sa condamnation, Christine fut transférée à Rennes, nous nous écrivîmes régulièrement; puis, sur mon conseil, elle se mit à rédiger des cahiers que je lui trouvai le moyen de soustraire à la censure du courrier.

Elle prit tout de suite un vif plaisir à se raconter. A l'évidence, elle apportait un soin particulier aux récits qu'elle me faisait; comme on l'avait affectée à la bibliothèque, je m'amusais certains jours à l'imaginer plongée dans le « petit Robert » de la Maison Centrale...

Qu'elle polît son style et ciselât ses portraits me parut d'ailleurs tout naturel; je crois toujours que la plupart des gens rêvent d'écrire, et que c'est seulement le temps qui leur manque : quoi de plus favorable, dans cette perspective, qu'une condamnation à quinze ans de prison? Au surplus, j'avais lu dans d'excellents auteurs qu'écrire « est le dernier recours lorsqu'on a trahi » et je ne connaissais personne à qui cette phrase eût pu mieux s'appliquer qu'à Christine Valbray.

Déformation du métier ou simple naïveté, ce « recours », je l'entendais, bien sûr, dans le sens juridique du terme : appel, pourvoi, désir de rédemption... Il me fallut quelque temps pour comprendre qu'on ne peut attendre de la littérature qu'elle rachète les âmes en perdition et que, si certains y recourent en effet, c'est comme à un ultime expédient, une dernière échappatoire : mensonge par définition, elle ne saurait être – si l'on a trahi – que la continuation de cette trahison par d'autres moyens... Je compris ainsi, mais un peu tard, que Christine n'écrivait pas : elle m'écrivait. Ses pages étaient plus, et moins, qu'une confession : une suprême manœuvre.

Mais, à l'époque où je recevais ces lettres, ces carnets où elle réglait ses comptes et s'épanchait, ils emplissaient mon cœur et ma pensée : parfois aussi, mes corbeilles à papier – car j'étais plus agitée par la lecture de ces feuillets que je ne voulais l'admettre. Glisser son regard dans le regard qu'une inconnue porte sur elle-même comble d'un plaisir trouble dont je ne puis nier d'avoir été émue et, même, alarmée.

Lorsque nous étions face à face au cœur de sa prison, de part et d'autre du vitrage épais qui coupe en deux le parloir des visites, j'avais souvent songé à ce tableau de Delvaux dont j'ai possédé autrefois une reproduction. Dans un miroir de bronze doré, une dame, assise, se regarde sans bouger; le peintre l'a représentée de dos, et nous ne saurions rien d'elle que sa robe noire fermée aux poignets et les mèches grises échappées à son chignon serré, sans l'image que nous dévoile sa psyché. Baignant dans la clarté comme son vis-à-vis dans l'obscurité, une femme assise de l'autre côté du miroir, immobile, contemple la dame en noir. Elle lui fait face, nue de la tête aux pieds, les cuisses écartées, jeune, avec, sur le visage, un sourire gourmand qui dément le dos fatigué, la robe empesée, le chignon guindé. Est-elle la même? Est-elle une autre? Son mensonge ou sa vérité? Le spectateur peut, à son gré, faire de la psyché dorée une glace sans tain, une fenêtre ouverte, un tableau à l'intérieur du tableau, et, de la dame dédoublée, le rêve nymphomane d'une bourgeoise refoulée ou le fantasme de respectabilité d'une prostituée; je ne suis jamais parvenue, pour ma part, à décider laquelle des deux regarde l'autre, ni même si l'une d'elles est vraie.

Dans les parloirs de Rennes et de Fleury où nous nous faisions face comme deux moitiés d'une même réalité, deux illusions affrontées, laquelle s'était dénudée pour l'autre? De nous deux laquelle inventait?

Bien des fois, en regardant Christine, j'avais souhaité reconnaître, au dessin de son visage, le contour de mes traits. Au fond de ses prisons, au bout de ses carnets, j'allais à ma rencontre, comme je tentais, aujourd'hui, de retrouver, sous la neige des églises délaissés, le souvenir de mon passé, une amarre où m'attacher. Mais, de même que j'avais perdu ma jeunesse à vouloir me définir à travers des êtres inachevés, des reflets mouvants, des épures mal tracées, j'avais gâché ma journée à poursuivre dans les églises de la Champagne et du Montois l'espérance d'une communion dont l'effondrement des tabernacles m'ôtait l'illusion.

J'imaginais d'ailleurs, non sans agacement, qu'on trouverait chez les anciens Romains des plaintes aussi désespérées sur l'abandon par la jeunesse des temples à Junon-Reine et Jupiter-Capitolin : sempiternels radotages des civilisations qui se défont...

De la décadence montent pourtant des parfums d'humus et de terre mouillée, de fortes odeurs de feuillages pourrissants et de jardins fécondés par l'orage, qui ne seraient pas sans charmes si l'on avait l'audace de les goûter. Les palais rasés, les statues abattues, les cités dévastées redonnent au vent sa vigueur, à l'esprit sa liberté; les herbes jaunies reprennent vie dans les rues dépavées, et la ruine des ports rend les mers aux aventuriers pourvu qu'ils laissent leurs souvenirs à quai...

Chez Christine j'avais envié la liberté des bâtards, l'irrespect des affranchis, cette fraîcheur dans la trahison, cette désinvolture dans la dérision qui sont le privilège des enfants amnésiques, des peuples déracinés, des êtres décadents parvenus au terme de leur ambiguïté. Sans feu ni lieu, sans foi ni loi, elle appartenait plus que moi au monde qui vient; mais, comme elle l'avait justement souligné, j'étais moi-même trop éloignée de l'ancien pour ne pas avoir parcouru déjà un bout de chemin qu'elle avait fait. Hors d'état de la justifier, incapable de la condamner, je ne rouvrirais pas son procès.

En m'engageant sur le périphérique, je songeais que, si je me décidais un jour à publier, malgré tout, sa version des faits et le récit de l'enquête que j'avais menée, ce ne serait pas dans le dessein de la juger mais avec le vague espoir d'édifier; les vies des saints et des héros ne sont pas seules exemplaires, et je m'étais parfois flattée qu'un portrait de Christine Valbray, incomplet, incertain, brouillé, pourrait aussi, sur fond de ruines et paysage de masques, prendre valeur de symbole.

Il neigeait sur Paris, comme sur Provins et Vaumarie. Ayant passé la journée à courir les plaines gelées et les cathédrales désertées, je trouvai pourtant presque gaie la Porte d'Italie, avec la lumière crue de ses réverbères, l'éclat criard de ses restaurants chinois et le luxe bon marché de ses vitrines de prêt-à-porter. A l'angle du boulevard, les ferrures du hangar coincé entre l'entré du métro et celle du supermarché se dressaient sur la nuit claire comme deux guillotines. Longtemps j'avais pris cette bâtisse médiocre pour un gymnase mais on m'avait dit un jour que c'était une église reconstruite après la guerre, dans ce quartier périphérique déjà déchristianisé. Je n'y étais jamais entrée. Je jetai un coup d'œil à ma montre : il était tard; mais tout en songeant avec remords à mes enfants, aux leçons que je n'aurais pas fait réciter, aux baisers que je n'aurais pas donnés, et en me promettant d'acheter un gros gâteau pour me faire pardonner, une dernière fois je m'arrêtai.

De la rue, l'édifice semblait moins riche et moins fréquenté que le Félix Potin voisin. Du côté du square, on voyait sa croix de fer rouillée, fixée à l'extrémité de deux minces pylônes d'acier emmanchés l'un dans l'autre : une antenne de télévision, tournée vers un émetteur muet.

J'étais sûre qu'à l'intérieur il ferait froid. Mais, une fois la porte franchie, je fus – comme l'enfant des contes de fées au sortir de la forêt – surprise d'être enveloppée d'une pénombre tiède et parfumée. Les poutrelles de bois brun donnaient au bâtiment l'apparence d'une grange à foin, où la verrière de plastique laissait entrer la lumière d'un réverbère, laiteuse comme la sève d'un figuier. Le maître-autel, taillé dans le rondin, avait l'air d'une table de ferme et le ciboire de fonte noire des allures de soupière. Une odeur de cire et d'encens mêlés flottait sur les bancs bien rangés, les sols lustrés, les chandeliers allumés. Un curé sans âge et quelques vieilles priaient.

Lasse d'avoir si longtemps voyagé, je m'assis sur l'un des sièges à dossier et goûtai, comme Boucle d'Or, d'un souper qui ne m'était pas destiné. Une vieille femme me mit entre les mains un recueil de cantiques délabré; une autre, dont les chaussons glissaient avec un soupir régulier sur les dalles plastifiées, passait entre les bancs une corbeille de pains dorés. J'en pris un, sans trop savoir à quel rite je m'associais – peut-être une commémoration du Jeudi saint. Quel jour était-on? Les intempéries de ces dernières semaines m'avaient fait oublier que nous approchions de Pâques... De derrière un rideau tiré montait un murmure de voix alternées : « Après que le peuple d'Israël eut été emmené en captivité et Jérusalem, désertée », chuchotait une femme invisible, « Jérémie, le prophète, s'assit en pleurant et fit cette lamentation... », « Sauve-moi, ô mon Dieu, car les eaux me sont entrées jusqu'à l'âme », chuchotait un second fantôme au timbre voilé, « je m'enfonce dans la fange du gouffre et rien ne me retient, je suis descendu dans l'abîme des eaux et le flot me submerge... »

C'était des chants tristes, des textes désolés, mais prononcés avec tant de retenue, de douceur, qu'ils semblaient presque sereins. Les anciennes berceuses que mes fils me réclamaient étaient mélancoliques, elles aussi; pourtant, en les écoutant, ils s'endormaient rassurés. Comme eux, ce soir, je me laissais pénétrer par la quiétude des voix, la chaleur du lieu, et l'ombre, qui peu à peu s'étendait : de temps à autre la vieille à la corbeille se levait pour souffler l'un des cierges du chœur, et, pas à pas, verset après verset, l'église rentrait dans l'obscurité.

En voyant ainsi, après chaque lecture, éteindre une chandelle, je me souvins d'avoir entendu parler, autrefois, de ces offices nocturnes qui séparent la Passion de la Résurrection : les psaumes, les Lamentations qu'on lisait ici à la lueur mourante des bougies, n'auraient-ils pas été ce que les liturgistes appellent des « Leçons de Ténèbres »? De ces

« Leçons », qui avaient inspiré les musiciens du Grand Siècle, je n'aurais pas cru qu'on pût encore entendre les répons ailleurs qu'en concert; jouant sur les mots, je me demandais d'ailleurs ce que les Ténèbres pouvaient bien nous enseigner... Mais peut-être fallait-il, pour le savoir, attendre d'y être plongé tout à fait?

Déjà il ne restait, sur le grand chandelier triangulaire placé à droite de l'autel, qu'un seul cierge allumé, dont la flamme vacillante n'éclairait plus les contours de la salle ni les silhouettes des assistants. Le service tirait à sa fin; mais la chaleur m'engourdissait, et je n'avais pas envie de bouger : j'attendrais, pour m'en aller, que meure la dernière chandelle. « Mais toi, Yahweh, tu dureras sous le soleil et sous la lune, siècle après siècle », disait la voix, « pourquoi nous oublierais-tu, nous abandonnerais-tu sans retour? Tu descendras vers nous comme la pluie descend sur le regain... »

La nuit du dehors envahissait la nef. Les femmes priaient toujours. Je sentis le sommeil me gagner.

Devais-je cet apaisement à la bienveillance d'un Etre auquel je ne croyais guère? Ou à l'acceptation d'un déclin dont j'entrevoyais soudain qu'il pourrait avoir ses lenteurs, ses repentirs, ses pesanteurs? Les civilisations ont de si longues agonies...

Voyageur sans visage, embarqué dans une croisière sans port, je comprenais qu'il me faudrait aimer, pour son immensité même, l'étendue des eaux.

ROME

Des voix claires, montées de l'abîme des ruelles, croisent, à hauteur des persiennes, le jour blanc descendu des nuages. Rumeur des conversations au pied des maisons; chuchotis des jets d'eau que couvrent la voix d'une marchande ou l'appel d'un klaxon dont l'éclat se perd bientôt dans le murmure de la ville comme le cri d'une mouette dans le soupir des océans. Bercée par le bourdonnement des vicoli et la respiration légère des fontaines, je demeure, paupières mi-closes, à la lisière du sommeil. Frissonnement de la lumière sur le carrelage de la chambre d'hôtel; fraîcheur d'un moment que rien ne permet plus de situer dans la course des heures, la marche des saisons et la coulée des siècles. Si « c'est surtout aux pays en décadence qu'un beau climat est nécessaire », les matins romains ne laissent rien à désirer...

J'ai choisi, près du Montecitorio, cet hôtel au crépi jaune où Christine abrita ses premières amours, avec Marco; en face, dominant la place de la Rotonde et l'obélisque d'Isis, le temple où, entre deux enlacements, elle venait faire ses réflexions. La coupole du Panthéon, vaste comme la voûte céleste, écrase le visiteur de sa masse de béton. Un mince anneau découpé laisse descendre du sommet une lueur indécise, suggérant, peut-être, qu'il est un autre ciel au-delà du premier; derrière le ciel visible, un ciel invisible, un ciel léger derrière le ciel de plomb... Mais Christine ne cherchait aucune raison d'espérer et, sous le couvercle vissé, elle se plaisait à contempler l'obscurité; elle aimait l'ombre, les crépuscules, et ces heures incertaines où l'homme hésite entre chien et loup.

Pour mieux la trouver je m'oblige à demeurer dans ce tombeau muré : les ténèbres peu à peu m'investissent, m'allègent et me laissent, transparente comme un fantôme, toute traversée de rêves qui ne sont plus les miens. Pour rejoindre Christine, il me suffit de m'oublier; la tâche n'est que trop aisée : un biographe se figure si mal les contours de sa personnalité qu'il n'a guère de peine à faire siens les replis d'autrui...

Sept heures du soir. On ferme les portes du temple; et les marchands remballent pêle-mêle les bustes de Jean-Paul II avec les médailles en cuivre à l'effigie d'Hadrien.

Un taxi jaune m'emporte au Monte Mario : Christine, du temps qu'elle n'était encore que la fille, très jeune, d'un ambassadeur éminent, aimait à y être invitée pour rehausser de sa fraîcheur les cocktails qu'y offrent, à tour de rôle, au personnel des chancelleries le Quirinale, la FAO ou l'Osservatore Romano... Sur les terrasses de buis taillé qui surplombent les fourrés de genévriers et les lumières de la ville – piquées au loin entre les pins des bosquets comme des vers luisants –, les géants de pierre de la Villa Madame fixent de leurs yeux blancs le reflet mouvant des colliers dans l'eau morte des bassins; les salons déversent au bord des fontaines leur trop-plein de diplomates et de beautés parfumées, dont les rires en cascade se perdent dans le dédale des allées. « Ce sont beautés ouvertes à quiconque s'en veut servir et à quoi que ce soit » : ce que Montaigne disait des jardins romains, la prisonnière de Rennes l'appliquait aux dames de la bonne société qui en peuplent, certains soirs, les labyrinthes et les vergers. Elle soutenait avoir usé, elle même, du Belvédère de la Villa Médicis d'une manière à surprendre son architecte : « J'ai connu Rome à l'époque de la Dolce Vita, vous savez... » Mais le monde de la débauche est aussi un monde fini, on en fait le tour, on en revient : conseillers d'ambassade chauves et blasés, beautés fanées, plaisanteries usées, allées dépouillées – l'automne n'a rien laissé aux Villas des charmes dont Christine m'avait parlé...

Minuit au Campo dei Fiori. Les vieux réverbères, que

séparent des distances infinies, n'éclairent pas plus que des étoiles. Piquetée de maigres chandelles et de bougies à demi consumées, la place a ces limites incertaines et tremblées des chambres mortuaires où l'on veille un corps abandonné, des églises où s'achève la dernière prière des Ténèbres, et les ombres des palais semblent s'allonger jusqu'au rivage des siècles qui ne sont pas nés, civilisations avortées, espérances funées. Sous la pluie, de pâles drogués passent en rasant les murs et naviguent en titubant parmi les débris de clayettes et de cageots du marché. Au bout de la rue, le Farnèse.

Sa muraille noire, percé de fenêtres aux barreaux épais, surplombe les immeubles de la place et les ruelles du quartier; une seule porte, toujours fermée, donne accès au passage voûté par où l'on pénètre dans la Cour Carrée. La faible lanterne qui éclaire, le soir, la Via del Mascherone, coupe-gorge encaissé entre la double falaise du palais et de ses communs, laisse dans l'obscurité de jeunes clochards vautrés sur le pavé mouillé et des pickpockets avisés.

Il y a longtemps que je n'ai pas franchi l'enceinte de l'ambassade de France; même les besoins de mon enquête, la nécessité de reconnaître tous les lieux où Christine avait vécu, n'ont pu m'en faire rouvrir les portes : depuis quelques années, par crainte du terrorisme, l'administration n'autorise plus la visite du palais; et la forteresse, refermée sur elle-même, prend encore davantage l'allure d'une prison.

Seul, à cette heure, reste entrebâillé, sur la droite, le portail de Sainte-Brigitte; au-dessus du fronton le vent fait claquer comme un drapeau le linge des nonnes étendu sur les terrasses, tandis qu'à l'intérieur une voix solitaire, aérienne au point d'en paraître exténuée, psalmodie un cantique des Complies si beau qu'il donne envie d'entrer. A demeurer ainsi ouverte jusqu'au milieu de la nuit dans ce quartier mal famé, la chapelle semble vouée à l'accueil des trafiquants, au repentir des voleurs, au repos des assassins : « De Saint-Pierre-aux-Liens à Saint-Jean-le-Décollé, de la Madone-des-Jardins à celle de l'Escalier, et de Sainte-Marie-de-la-Mort à Marie-des-Consolés, on trouve des églises à Rome, disait Christine, pour tous les goûts, tous les états, tous les pardons... »

Les sanctuaires de l'Esquilin et du Trastevere s'accommodent aussi bien du doute, en effet, que les gouvernements romains de leur fragilité. Tout ici est si précaire, si incertain. Sous les ruines de leurs palais dorment les empereurs; on assassine les papes au pied des autels; et les maffiosi, s'ils tiennent encore le haut du pavé, doivent déjà sentir leur règne menacé. Tant de puissances, à Rome, sont tombées que les survivants ont des prudences de locataires, des indulgences de condamnés, et cette aptitude des sursitaires à jouir du bonheur en viager.

Cette ville où la douceur de vivre se pare des charmes de la mort et le déclin des saveurs de l'apogée, capitale des décadences et des ambiguïtés, paraissait faite pour Christine Valbray.

C'est à l'évoquer qu'elle consacra ses premiers carnets...

Quand j'ai rencontré mon père pour la première fois, j'avais seize ans. Je venais de passer le baccalauréat de philosophie : Monsieur Valbray, qui croyait à l'influence déterminante du milieu, en fut surpris. Il voulut mesurer par lui-même la part de l'hérédité. Il habitait Rome dans ce temps-là; il m'envoya un billet d'avion. Mes grands-parents m'adjoignirent ma sœur, que personne n'avait réclamée. Elle n'était ni bachelière ni jolie; l'auteur de nos jours la garda quarante-huit heures et la retourna à l'expéditeur en port dû.

Je découvris seule, et tout ensemble, Rome, le palais Farnèse et mon père.

Rome me plut; mais je n'avais rien vu du monde et crus sage d'économiser mon enthousiasme. A peine consentis-je aux émois que suscite ordinairement la vue, depuis les hauteurs du Pincio, des coupoles de Saint-Pierre, Sainte-Agnès et Saint-Augustin lorsque, l'une après l'autre, elles émergent au petit matin des brumes du fleuve, aussi imprécises que les esquisses d'un peintre. La poésie des églises, le pittoresque des trattorias et la douceur de l'air m'occupèrent moins, dans ce premier séjour, que l'heure de fermeture des musées. J'étais sérieuse à seize ans. Les occasions de rire m'avaient un peu manqué dans mon enfance; et je me défiais des élans du cœur.

Je visitai Rome comme je faisais tout depuis l'âge de la maternelle : en bonne élève. Le Guide Bleu me préserva des émotions trop vives, et la lecture attentive des historiens latins me permit de trouver, avec un père inconnu, des sujets de conversation qui nous fussent indifférents.

Un livre à la main, j'inventoriai méthodiquement les ruines de César, les œuvres du Bernin, les vestiges des Cenci.

Le souvenir de Béatrice Cenci me touchait en effet beaucoup en ce temps-là; du moins m'était-il souvent présent à l'esprit, car son palais est proche du Farnèse : depuis le Capitole ou l'Ile Tibérine, on ne peut rejoindre l'ambassade sans évoquer, au passage, la mémoire de la tendre parricide, contiguïté géographique qui se doublait alors, croyais-je, d'une certaine proximité d'âmes... Du Mont Cenci je redescendais lentement vers la Via Giulia; puis, traversant le petit jardin de l'ambassade, je grimpais jusqu'à la terrasse où je passais mes soirées à déchiffrer la presse italienne et le mystère de mes sentiments.

Au retour de mes promenades dans Rome, je retrouvais toujours avec joie l'abri du Farnèse; pourvu qu'on m'y laissât seule, cette demeure m'enchantait, même si c'était pour de mauvaises raisons.

Tomber directement d'une banlieue-dortoir dans un palais de la Renaissance, et d'une famille d'ouvriers chez un prince des ambassades, est un saut qui rendrait imbécile si, dans un premier temps, on ne s'aveuglait sur l'essentiel. J'eus la chance de ne pas mesurer d'emblée ce que ce palais romain avait d'extraordinaire; insensible à la grâce des colonnades et des primitifs italiens, je ne fus frappée que par l'abondance des salles de bains, la profondeur des canapés, et le nombre des radiateurs. Ce fut seulement à mon deuxième voyage qu'ayant épuisé les charmes de la plomberie je pus donner toute mon attention aux fresques qui ornaient les plafonds, et au galbe des antiques dont les bustes décoraient les salons. Ainsi parvins-je, en ce premier été romain, à prendre mes petits déjeuners dans la « chambre du président de la République » et mes goûters dans celle de la « reine de Suède » sans m'en trouver trop incommodée.

En revanche, les repas principaux tournèrent vite au supplice. L'ambassade comptait alors une quinzaine de domestiques; on en glissait toujours trois ou quatre dans la salle à manger; immobiles derrière la chaise des dîneurs, ils montraient la figure avenante de l'Ange Exterminateur au Jugement Dernier. Lorsque je déjeunais seule dans la petite salle à manger d'été (ce qui arrivait souvent car mon père, toujours occupé à recevoir ou à être reçu, ne se souciait pas de me produire en public), je sentais le regard du maître d'hôtel appliqué entre mes omoplates comme le canon d'un fusil.

Dans la famille qui m'avait élevée, on penchait les assiettes creuses pour récupérer la dernière cuillerée de soupe, on coupait la salade avec son couteau, on croquait les pêches à belles dents sans se soucier du jus qui coulait, et on essuyait, après chaque plat, son assiette avec son pain afin qu'elle fût aussi nette qu'au sortir du buffet. C'est ce que je fis au palais Farnèse, soulagée de pouvoir me raccrocher à quelques usages sûrs quand l'abondance de mon couvert en couteaux, fourchettes et verres, m'embarrassait.

Le regard goguenard du valet qui me faisait face, le hoquet de celui qui se tenait derrière moi, l'empressement qu'ils mirent après quelques jours à changer mes assiettes avant que j'eusse pu les nettoyer, leur insistance à me proposer des fruits rafraîchis, déjà pelés, de préférence aux fruits entiers, le sourire condescendant que je crus voir enfin aux lèvres de toutes les femmes de chambre, m'apprirent que je n'avais pas les manières italiennes.

Maria-Nieves, la vieille maîtresse de mon père – elle avait sûrement plus de quarante ans –, se chargea de me révéler que je n'avais pas de manières du tout. « Enfin, Jean », s'écria-t-elle avec colère un jour que, dînant exceptionnellement entre mon père et elle, je m'appliquais à peler une orange en ne faisant qu'un seul copeau du zeste, « votre belle-famille n'a donc rien appris à cette enfant! » L'ambassadeur haussa les épaules.

Je piquai du nez dans mon assiette, humiliée jusqu'aux larmes, pour mon grand-père plus que pour moi-même. Car, contrairement à ce que croyait la comtesse espagnole dont mon père avait fait sa compagne depuis dix ans, ma mauvaise tenue à table couronnait seize années de patients efforts éducatifs. On s'était donné bien du mal chez moi pour m'enseigner ces usages, non moins exigeants et complexes que ceux que respectait Maria-Nieves. Ainsi mon grand-père obligeait-il, à chaque repas, ses deux petites-filles à faire « l'assiette au mur » : lorsque ma sœur Béa et moi avions, sans enthousiasme, ramassé la dernière bouchée, et balayé et rebalayé avec nos « poussoirs »de pain toute la surface de l'objet jusqu'à le faire briller, mon grand-père examinait nos assiettes avec soin en les tournant entre ses doigts, choisissait la plus propre, et faisait mine de la suspendre au mur de la cuisine sous les applaudissements du vainqueur. Pas une fois il ne manqua à cet exercice de dressage; pas plus qu'il ne manquait, lorsqu'il coupait le pain, à ramasser dans le creux de sa main les miettes tombées sur la toile cirée et les gober d'un geste sec, les yeux mi-clos et la tête renversée, son visage exprimant, de manière ostensible afin d'être mieux compris, la satisfaction du devoir accompli.

J'aurais consenti à m'adapter à des usages romains; mais, s'il ne s'agissait que de plaire à des gens qui, la veille, ne se souciaient pas de mon existence, je refusais de renier mon grand-père et l'éducation qu'il m'avait donnée.

Après deux ou trois repas que gâchèrent les remarques acides de Maria-Nieves et mon entêtement à n'en pas tenir compte, mon père me convoqua dans son bureau. Ecrasé par des murailles de dix mètres de haut, le coin-conversation s'adossait à une fresque grandiose qui représentait la rencontre de Charles Quint et de François Ier. Perchée sur le rebord d'un fauteuil Louis XIII, encadrée par le roi de France et l'empereur d'Allemagne comme par deux gendarmes, j'écoutais mon père en rougissant et, pas plus qu'un condamné sur son jury, n'osais lever les yeux sur les cardinaux du Concile de Trente qui, pressés contre le mur d'en face par le talent de Salviati, me considéraient avec sévérité; derrière la chaise de l'ambassadeur, le pape Paul III semblait présider aux débats : « Mon bureau m'intimide moi-même », m'avoua mon père deux ans plus tard... Comme, en conclusion de sa leçon de maintien, Monsieur Valbray abordait la question du potage et me demandait de ne plus incliner mon assiette pour attraper l'ultime cuillerée, je ne pus retenir mon indignation : « Mais ça fera de la nourriture perdue! » Un moment interloqué, l'ambassadeur haussa le sourcil, releva le menton : « Et après? », dit-il.

Je compris soudain qu'il y avait entre le palais de mon père et les ZUP de banlieue plus qu'un désaccord sur le savoir-vivre ou une différence de robinetterie.

Pourtant, je poursuivis ma résistance. Maria-Nieves menaçait de me faire manger à la cuisine et, poussant son avantage, attaquait sur tous les fronts : « On ne dit pas " télé " Christine, on dit " télévision "; j'ai demandé que vous disiez bonjour en entrant, mais pas " bonjour messieurs-dames! " une jeune fille bien élevée ne doit pas remercier les domestiques qui servent à table; essayez de ne pas traîner les pieds en marchant; fermez la bouche en mangeant. »

Je devins muette, anorexique et paralytique, mais je tins tête. Pleurant tous les soirs sur mon Assimil d'italien, considérant avec mélancolie une petite photo de ma mère que j'avais emportée, j'écrivis en France que je voulais rentrer. J'expédiai un télégramme à mon grand-père, le suppliant de m'envoyer l'argent du billet; puis, songeant que le pauvre homme ne saurait où trouver une telle somme, je caressai l'idée de me la procurer dans le sac à main de Maria-Nieves, qui traînait toujours dans le boudoir. D'Evreuil, après deux ou trois appels au secours, je ne reçus qu'une lettre de ma sœur : elle m'y racontait ses après-midi à la piscine municipale avec le fils Zaffini, ses dimanches au Bourget ou à Orly, elle m'envoyait le hit-parade de « Salut les Copains », la dernière interview de Waldeck-Rochet, et terminait par deux compliments bien sentis sur « l'Espagnole »; « Grand-Père te fait dire de patienter », ajoutait un post-scriptum...

J'attendais Grouchy, c'était Blücher. Mon père sut tirer parti de cet abandon et conduire une percée décisive. Depuis la scène du bureau il ne m'avait plus parlé de mes mauvaises manières; je continuais de prendre le thé avec lui de loin et, feignant de tout ignorer de l'état de guerre entre sa maîtresse et moi, il me parlait de peinture ou de littérature, de la décadence de l'Empire romain et des négociations d'Evian.

Un après-midi, comme je m'apprêtais à tremper, à mon habitude, mon biscuit dans ma tasse d'Earl Grey, il s'écria soudain que j'étais si studieuse que je n'avais sûrement pas pris le temps de découvrir la mode italienne; et, sans attendre ma réponse, le voilà qui pose sa soucoupe, me lance mon manteau, appelle son chauffeur et me pousse le long des vitrines de la Via Borgognona et de la Via Veneto. En deux heures, il m'avait acheté trois robes dont je n'aurais jamais osé rêver : un tailleur de daim bleu; une robe de soie mordorée d'où dépassaient deux centimètres de dentelle blanche, « pour suivre la mode Bardot, c'est de ton âge »; enfin, un fourreau noir ras-de-cou qu'accompagnait un boléro brodé de perles de jais, « pour sortir ce soir avec moi », murmura-t-il en relevant mes cheveux d'une main pour juger de l'effet d'un chignon.

Cette robe noire me tourna la tête; c'était la mode alors, même à seize ans et même dans les banlieues, de la toilette noire « chic » qu'on portait en toute circonstance : dîners, premières communions, enterrements et surprise-parties. Quand j'allais danser à Garges ou à Drancy chez des amies du lycée, je mettais pourtant, depuis deux ans, la même jupe rose « new-look », que ma mère avait portée en 1950 pour une garden-party du Quai d'Orsay et qu'on avait abusivement raccourcie pour la mettre, croyait-on, à ma taille et au goût du jour : « Elle fait encore très couture », assurait Malise... Par chance, j'avais acquis auprès de mon entourage, depuis le Cours préparatoire, une telle réputation d'intellectuelle – « elle apprend bien », disait fièrement mon grand-père – que j'avais fini par me convaincre moi-même que mon apparence m'importait peu.

La robe noire de la Via Borgognona fut une révélation; le prix que mon père dut régler à la caisse en fut une autre. Il est vrai que ces largesses ne coûtaient guère à Monsieur Valbray; il avait beaucoup économisé sur mon éducation et, s'étant abstenu depuis dix années de participer à mon entretien et à celui de ma sœur, il devait avoir quelque argent de côté. Mais j'écartai ces réflexions pour ne pas gâcher son plaisir. Le héros de mon enfance avait été « Daddy-long-legs » le milliardaire américain de la Bibliothèque Verte qui débarque, un beau matin, dans la vie de l'orphelin pour la couvrir de cadeaux et la venger de ses années de misère et d'humiliation. A défaut de père, je crus avoir trouvé un Père Noël...

Il m'emmena dîner dans un grand restaurant, près de la Piazza Navona. Quand je me vis à la lueur des chandelles en tête-à-tête avec cet homme élégant, quand j'aperçus dans les miroirs qui couvraient les murs la silhouette élancée de cette jeune rousse en fourreau noir, la clarté laiteuse de son teint rehaussé par l'éclat sombre du jais, la finesse de sa taille que le boléro soulignait, et la grâce de ses gestes que les glaces multipliaient, je renonçai à saucer dans mon assiette. Au dessert mon père me porta le coup de grâce; tirant de sa poche une liasse de billets, il me dit qu'il aimait autant me donner dès maintenant tout l'argent dont j'allais avoir besoin pendant deux mois pour mes cartes postales, mes visites de musées, et mes « faux frais » : c'était plus que n'eût coûté mon retour de Rome à Paris... La veille, j'étais prête, pour entrer chez moi, à voler mon geôlier; il m'ouvrait la porte : je choisis de rester.

Dans quel traité de diplomatie cet homme avait-il pris l'idée qu'il est des gens que seule la liberté peut attacher?

En quittant le restaurant, étourdie, charmée, je poussai la complaisance jusqu'à laisser ma serviette dépliée...

J'étais vaincue. Huit jours après, mes manières ne laissaient plus rien à désirer et, si je ne faisais pas encore la révérence, c'était qu'on ne me l'avait pas demandé. Ce fut ma première trahison.

Elle devait être suivie de beaucoup d'autres, chacune me coûtant moins que la précédente.

Soit que cette capitulation, en m'apportant provisoirement la paix domestique, m'eût donné celle de l'âme, soit que le climat émollient de la ville eût fini par faire son effet, je n'étais plus aussi sérieuse à la fin de mes vacances romaines qu'à leur commencement. Je m'alanguissais.

Le matin, je traînais jusqu'à midi dans ma salle de bains, prenant d'interminables et voluptueux bains de mousse d'où je sortais le corps attendri et l'esprit vidé. J'avais à venger seize ans d'évier et de « mouille-cul » (c'est ainsi que mon grand-père, qui avait fait les tranchées, désignait la bassine en zinc qui servait à nos rares ablutions en grand). L'après-midi, si j'allais toujours au Forum ou dans les musées, c'était par le chemin des écoliers. Quand je me rendais au Vatican, j'empruntais la rue des Chapeliers, ou celle des Vieux-Comptoirs, et les ruelles qui mènent au Pont-Saint-Ange, m'amusant d'y découvrir, à l'ombre des palais ruinés, tout un monde de métiers désuets dont les résonances romanesques m'enchantaient. Le quartier des ébénistes, avec son odeur de colle, de vernis, de copeaux, et le bruit des rabots, c'était le Faubourg de la « Cousine Bette ». La rue des blanchisseuses où, dans des rez-de-chaussée presque villageois, derrière un brouillard de vapeur et des piles de vêtements jetés au hasard des chaises et des buffets, on apercevait, debout entre deux énormes fers à repasser, une matrone en bras de chemise, c'était Gervaise et le Belleville de « L'Assommoir ». Plus loin, sous un porche mal balayé, s'ouvrait la « pension Vauquer » ou « le Magasin d'Antiquités ». Chaque rue me rappelait un livre, et, de livre en livre, quand j'arrivais à la

Cité du Pape, il était trop tard pour la Pinacothèque ou le musée Pio-Clementino; mais je ne m'en souciais plus.

Poursuivant ma rêverie je montais jusqu'aux toits de Saint-Pierre; là, assise sur les terrasses qui encerclent la coupole, parmi les baraques, les clochetons et les cabanes à outils qui composent, au milieu des airs, un curieux dédale de venelles et de placettes d'où l'on domine les sept collines de Rome, je me livrais à des réflexions confuses que rien ne venait troubler. Dans de petites maisons ocres tapies à la base du dôme, de vieilles religieuses brodaient en silence des chasubles de soie pour des abbés de qualité; au fond d'une chapelle miniature un sacristain hors d'âge offrait, à de rares fidèles, des souvenirs pieux et poussiéreux; un guide en casquette somnolait à l'ombre d'une girouette. L'air me semblait plus léger, la lumière plus pure et mon cœur plus doux; à l'heure où le soleil couchant dorait les tuiles rondes de ce village suspendu, j'espérais, dans un envol de tourterelles, la venue de Clélia Conti; je me sentais vaporeuse, artiste; je devenais littéraire; bref je me dissipais, mais à la manière des « prix d'Excellence » qui ne se dévergondent que dans la marge des livres.

Si, à la faveur de ces songeries, j'apprenais à mieux connaître Rome et l'Italie, je n'avançais guère, en revanche, dans l'unique objet de mon intérêt : mon père. Certes, je savais maintenant à quoi il ressemblait : à un monsieur de quarante-huit ans que la pratique régulière du tennis et le port intermittent de la croix de Commandeur de la Légion d'honneur gardaient svelte et altier, menton haut, dos droit, ventre plat; pour le reste, il y avait longtemps que j'avais appris à ma grande honte que nos deux visages avaient quelque chose en commun. « Celle-là au moins, il pourra pas la renier », lâchait ma grand-mère Brassard d'un air de dépit lorsqu'elle avait achevé de me natter les cheveux, ou bien : « son père craché », et je recevais ce crachat en pleine figure. Ma sœur Béa, ronde, brune, bouclée, était Brassard; malgré le « matronyme » que la loi me condamnait à porter, j'étais une Valbray. Le visage mince, le teint clair, les cheveux roux et l'allure d'asperge, tout, aux yeux de ma grand-mère révélait la tare de mes origines et tout réveillait chez ma mère le ressentiment d'une passion mal éteinte. Aussi éprouvai-je d'abord, en constatant la parfaite conformité de la copie au modèle original, le soulagement du vilain petit canard quand il rencontre son premier cygne.

La révélation du savoir de mon père et la parenté de nos esprits me furent un autre sujet de bonheur; les conversations que j'avais avec lui me tirèrent du long sommeil intellectuel auquel ma famille maternelle m'avait, par la force des choses, condamnée; je bus sa culture comme une éponge boit l'eau. En sa compagnie je voletai bientôt avec avidité d'un sujet à un autre, curieuse de voir jusqu'où allaient ses intérêts, pressée de découvrir ses connaissances, de deviner ses goûts, ravie enfin d'une entente à demi-mots et d'une conformité de jugement en tout – sauf en politique, malheureusement, où rien ne nous rapprochait. Interviewant l'ambassadeur sur l'histoire ou la philosophie avec une rage d'affamée, je l'obligeais à sortir sa science de la réserve où vingt années de cocktails diplomatiques l'avaient enfermée. Je discutais ses arguments, exposais les miens avec vivacité; je l'approuvais, je le combattais; d'abord surpris par tant d'impatience et de boulimie, il semblait amusé, presque séduit. Le voyant à demi conquis, j'en rajoutai : emportés dans les hauteurs de la pensée, nous ne touchâmes plus terre...

Quand je n'aurais pas été aussi soucieuse de l'étonner, ni si puérile dans mon procédé, aurais-je pu cependant oublier que, seuls, mes examens brillamment passés avaient éveillé en lui un vague sentiment de paternité? Lorsque je l'interrogeais sur la linguistique, l'héraldique ou l'astronautique, une seule question, jamais posée, obsédait ma pensée : « Pourquoi m'as-tu abandonnée? »

Mais ce sujet-là ne fut pas abordé. Pas une fois, dans ces cinq à sept autour d'une tasse de thé, mon père ne me raconta son passé, pas une fois il ne me parla de ma mère, pas une fois même il ne s'enquit de notre maison d'Evreuil. Tout au plus me demanda-t-il un jour, comme en passant, des nouvelles de la santé de mon grand-père et s'il portait toujours un béret; puis, lorsque nous nous séparâmes à la fin de l'été, il me donna pour lui l'une de ces cartouches de cigarettes dont le directeur de la Régie Nationale des Tabacs lui faisait cadeau tous les mois; je me débarrassai du paquet dans les toilettes de l'aéroport, ne sachant comment faire agréer le présent ni à quoi il servirait : mon grand-père ne fumait que les cigarettes qu'il roulait lui-même, dans ce papier Job dont il pansait aussi nos égratignures d'enfant lorsqu'il fallait sécher la goutte de sang qui perlait.

De mon père je ne sus, après ce premier séjour romain, rien de plus que ce m'avaient appris, depuis longtemps, la consultation du livret de famille et celle, plus récente, du Who's Who à la bibliothèque municipale, auxquelles s'ajoutait ce que ma mère m'avait conté de sa propre vie, laquelle, par hasard, avait suivi pendant quelques années un cours parallèle à celle de Monsieur Valbray.

Jean Valbray était né dans une famille de la bourgeoisie lyonnaise. Des études brillantes : l'Ecole Normale Supérieure, l'agrégation de Lettres, le concours des Affaires étrangères. A vingt-cinq ans, un beau mariage avec une demoiselle de Chérailles. En consultant l'article « Chérailles » dans le Who's Who, je trouvai qu'Anne de Chérailles était la fille de Raoul, président de la Société d'électroménager LM (j'avais vu souvent des publicités pour des presse-purée, des grille-pain électriques et même, depuis deux ou trois ans, des transistors : « Elle aime LM »; les affiches montraient une ménagère tombée en extase dans sa cuisine devant un moulin à café auquel une couronne dorée donnait des airs de Jésus-de-Prague). Revenant à l'article « Valbray », je vis que mon père avait été affecté en août 1939 à la Mission de guerre économique en Grande-Bretagne; il s'était rallié peu après au général de Gaulle qui en avait fait, en 1942, son officier d'ordonnance; revenu clandestinement dans sa patrie en 1943 comme Délégué militaire de la France libre auprès des maquis de la Saône-et-Loire et de l'Ain, il y avait connu ma mère, née à Saint-Rambert-en-Bugey. En juillet 1946, le divorce était prononcé entre Anne de Chérailles et Jean Valbray; de leur union était né un seul enfant, Philippe, en août 1940; le choix de ce prénom, à cette date, révélait une opinion, mais je doutais que ce pût être celle de mon père; pour le surplus, personne ne m'ayant jamais parlé de ce demi-frère, je m'étais convaincue qu'il était mort. Le 19 septembre 1946, Jean Valbray avait épousé Lise Brassard, âgée de dix-huit ans, dont le père, Henri, exerçait les fonctions, modestement rémunératrices, d'ouvrier qualifié au « Textile Moderne » de Saint-Rambert-en-Bugey. Au moment où mes parents unissaient ainsi officiellement leurs destins, j'étais née depuis dix-sept mois déjà. Bâtarde adultérine, je n'avais pas été reconnue par Jean Valbray lors de ces tardives épousailles; comme le livret de famille, le Who's Who taisait donc mon existence et, pour les mêmes raisons, celle de Béatrice, qui avait vu le jour en juin 1946 à Evreuil, Seine-et-Oise.

L'entrée dans notre vie de la maison d'Evreuil était, autant que ma naissance et le mariage de mes parents, un hasard de la guerre; mais ce hasard-là, à l'inverse des deux autres, fut heureux.

La maison, une « folie » du XVIIIe siècle à moitié ruinée, avait été la propriété d'un milicien dont les biens venaient d'être confisqués. Mon père, averti par l'un de ses amis, commissaire de la République dans le département, se fit attribuer cette ombre de palais. L'Hôtel des Rieux, situé dans une banlieue qui manquait également de grandeur et de rusticité, était un laissé-pour-compte de la politique des dépouilles que quelques résistants avisés avaient pratiquée sitôt la guerre finie. Les beaux morceaux s'étaient depuis longtemps envolés; restaient les toits percés, les murs lézardés et des vues imprenables sur l'usine à gaz ou la voie ferrée. Jean Valbray ne crut pas devoir faire la fine bouche : sa mère refusait de recevoir sa seconde belle-fille; l'appartement qu'il avait occupé à l'époque de son premier mariage appartenait aux Chérailles; et la crise du logement ne permettait pas à un jeune ménage de s'installer sans pas-de-porte ou sans passe-droit. En mai 46, il avait casé dans le salon délabré, entre un réchaud à alcool et deux lits-cages, sa trop jeune compagne, dont le ventre proéminent annonçait un nouveau bonheur, et le bébé roux malencontreusement né Brassard.

Par chance, le jeune chef de famille n'eut pas à souffrir trop longtemps de l'inconfort de son logis. Dès novembre, il était nommé premier secrétaire d'ambassade à Washington. Quelques mois après, ma mère le rejoignit, aussi excitée que Christophe Colomb à l'idée de découvrir l'Amérique; ma grand-mère maternelle, accourue de son Bugey, se vit confier la garde de la maison et les deux petites filles, « en attendant qu'on soit organisé ». L'organisation n'était pas le fort de Lise : un an plus tard, Béa faisait ses premiers pas dans le jardin de l'Hôtel des Rieux, où je confectionnais mes premiers pâtés.

Vers la même époque, Henri Brassard rejoignit sa femme. Il avait contracté en 43, dans les maquis de l'Ain où il combattait, une tuberculose qui ne lui avait laissé qu'un poumon; la respiration des fibres de coton du « Textile Moderne » ne lui valant rien, il fut mis en invalidité avec une très petite pension. Pour le dédommager de ces souffrances, on décora son gendre de la Croix de Guerre et de la médaille de la Résistance...

Des Etats-Unis, ma mère nous envoyait des poupées de celluloïd, des photos (sur lesquelles, enrubannée de tulle et de dentelle, elle ressemblait à un cadeau de Noël), des chewing-gums, des socquettes roses, des Mickey, des dollars et des baisers. A la fin de 1949, elle rentra seule.

La mission de mon père à Washington prit fin en juillet 1950; en octobre, il partait pour Madrid comme deuxième conseiller. J'ignore si, dans l'intervalle, il habita la maison d'Evreuil. Mais, s'il reprit alors la vie commune avec sa femme, la cohabitation avec mes grands-parents dut lui être difficile. Mon grand-père, bricoleur et désœuvré, avait apporté au campement primitif abandonné par mes parents le confort et la stabilité tels qu'il les entendait;

gardien des enfants et gardien de l'immeuble, il s'était trouvé une double raison pour transformer la partie utile du rez-de-chaussée en loge de concierge : ayant divisé en trois petites chambres le salon le plus proche de la cuisine, il avait arraché les lambris, collé sur les murs un papier peint à fleurettes, muré les portes-fenêtres à mi-hauteur et installé, dans la pièce principale, un énorme Godin dont le tuyau sortait par la façade; des meubles nés du croisement contre-nature d'Henri II et de Lévitan, et des canevas au petit point représentant des têtes de chien et des bouquets de fleurs, complétaient la décoration.

Lorsqu'en 1950 mon père rejoignit Madrid, ma mère ne l'accompagna pas. L'année suivante, en traversant le jardin, elle tomba sans raison apparente et ne put se relever; cette première attaque de paralysie dura six mois.

Mon père réussissait bien à Madrid : l'ambassadeur était satisfait des services de son deuxième conseiller, et le conseiller ravi de ceux d'une jeune comtesse espagnole qu'il venait de rencontrer. Lise était hospitalisée, elle pleurait, elle avait vingt-deux ans.

En 1951, mon grand-père installa l'eau courante sur l'évier de la cuisine (jusque-là, nous nous étions contentés d'une pompe dans l'arrière-cour, qu'il fallait amorcer quarante fois avant d'obtenir un mince filet). Lise s'arrangea une grande chambre au premier étage, à l'autre bout de la maison; on y tendit du tissu à ramages, on accrocha des doubles rideaux, on mit, contre le mur du fond, un grand lit « façon Louis XV » capitonné et, par terre, un tapis d'Orient, acheté place Clichy, enfin tout ce qu'elle aimait et qui me parut, pendant dix ans, le comble du luxe.

Les fonds commencèrent à manquer à la fin de l'hiver 1952. Lorsque nous ne reçûmes plus aucun chèque de Madrid et qu'il apparut à ma famille que les vivres nous étaient définitivement coupés, ma grand-mère chercha du travail.

Le soir, couchée dans la salle à manger sur l'un des deux lits-cages – Béa dormait dans l'autre –, j'écoutais par la porte entrouverte de la chambre du rez-de-chaussée mes grands-parents discuter à voix basse :

« Je sais pas comment qu'on va les nourrir, ces gosses », gémissait Mémé.

« Tu referas des ménages, comme dans le Bugey », disait mon grand-père, philosophe.

« Oh, c'est pas ça qui me ferait peur, va! J'ai jamais craché sur l'ouvrage! Je suis repassé à la pharmacie aujourd'hui pour en reparler... Mais je trouve rien : je suis pas connue ici, pardi! Et puis, d'un autre côté, pour Lise – qu'était comme une princesse en Amérique, ma beauté! – ça me ferait de la peine qu'elle soye gênée si ça venait aux oreilles de qui tu sais. Non, je voudrais pas que ça soye ma Lise qui paye les pois cassés » – ma grand-mère avait déjà une façon bien à elle de se tailler du sur-mesure dans les expressions toutes faites –, « qu'est-ce que tu veux, mon pauvre Henri, c'est plus comme à Saint-Rambert, ici : on est pas jugé pour ce qu'on est, c'est tout de la frime et de l'épate!... Et puis, tiens, je m'arrête, moi, parce que, quand je te parle Saint-Rambert comme ça, ça me remue trop! Oui, ça me remue de penser qu'on reverra pas notre rivière, qu'on a plus de " chez nous ", et que notre Arlette est toute seule au cimetière, avec de l'herbe qui y pousse dessus... Et même si, pour finir, on s'en retournait là-bas, même si ça s'arrangeait, ça me chavire de me dire qu'on retrouverait plus la famille! Avec tous tes neveux qui ont quitté le pays! Paraît que le " Textile Moderne " a débauché et que les tanneries de Belley, c'est plus ce que c'était... Même sa " Grand' Terre ", la Juliette l'a vendue l'hiver dernier, et pourtant tu te souviens comme la vigne y venait... Ils partent tous. Y en a plus que pour les villes aujourd'hui! Des bohémiens, voilà ce qu'on est devenus, nous, les ouvriers. Tous éparpillés. Et personne peut plus compter sur personne, personne sait plus ce qu'on est. Alors, je sais pas comment qu'on va se débrouiller avec ces trois petites, je sais pas... Et ta pension qu'arrive toujours pas! »

J'allais sur mes huit ans, je connaissais parfaitement l'histoire du Petit Poucet, je savais comment finissent toutes ces famines : on perd les enfants dans une forêt, et voilà l'affaire réglée! Un dimanche, j'entraînai Béatrice jusqu'à la porte de l'église : « Viens, Béa. Faut qu'on aide Pépé et Mémé. Ils ont plus de sous. On va mendier. »

« Oh », fit Béa, surprise; mais elle ne retira pas sa main de la mienne.

J'avais pensé à l'église parce que les gens qui en sortaient avaient l'air momentanément bienveillants et suprêmement élégants – les enfants portaient des gants de fil et les femmes, selon la saison, des manteaux de fourrure ou des chapeaux blancs... Avec Béa cachée derrière mon dos, dont toute la figure ronde continuait à faire « oh », je tendis bravement la main. La messe n'était pas tout à fait terminée; une dame en astrakan qui s'esquivait avant la fin nous considéra avec un peu d'étonnement, mais elle finit par tirer son porte-monnaie et se pencha vers la petite fille qui l'accompagnait en lui murmurant quelque chose à l'oreille. La petite fille courut vers moi et posa dans ma main un billet plié. Je serrai le billet au creux de mon poing en regardant la jeune donatrice au fond des yeux; ce fut elle qui rougit.

– Chris, on peut pas continuer, fit derrière moi une petite voix, j'ai trop peur, j'ai fait pipi dans ma culotte.

Nous reprîmes le chemin de la maison, Béa marchait lentement, les jambes un peu écartées.

– Tu vas donner le billet à Pépé? demanda-t-elle enfin, plus morte que vive, comme nous pénétrions dans le jardin.

Mon audace m'avait un peu dégrisée; je craignis la fessée; comme, d'ailleurs, j'étais maintenant pleinement rassurée sur mes capacités à faire face à l'adversité en cas de besoin, je glissai le billet dans un arbre creux, près de la balançoire :

– J'attendrai qu'on n'ait plus de pain, expliquai-je à ma sœur sur le mode dramatique que, déjà, j'affectionnais. Et le jour où ils voudront nous perdre, je reprendrai mon billet; comme ça, quand on sortira de la forêt, toi et moi, on aura des sous pour prendre le train, et on ira voir notre papa, et il nous gardera.

Nous n'eûmes pas besoin d'en arriver à cette extrémité : grâce à Rosa Zaffini – une employée de mairie communiste, volubile et empressée – ma grand-mère trouva peu après à s'embaucher à l'atelier de conditionnement des parfums Bourjois, un grand hangar en tôle ondulée, à la lisière de la ville, où l'on empaquetait à la chaîne, dix heures par jour, flacons et poudriers marqués d'un « J comme Joie »... De chevalier, mon père fut promu, cette année-là, pour sa haute moralité, officier dans l'ordre de la Légion d'honneur. Lise venait d'avoir sa deuxième attaque de paralysie; elle passa, dès lors, la moitié de sa vie couchée dans sa chambre à ramages, entre une table de chevet couverte de fioles et une pile de « Cinémonde » et de photos-romans; le docteur Lacroix, un médecin dévoué, installé depuis peu à l'entrée de notre impasse, passait chaque soir en voisin lui donner ses soins.

En 1957, mon père, fraîchement élevé au grade de ministre plénipotentiaire, fut nommé ambassadeur à Prague par le gouvernement Guy Mollet; dans ses bagages il emmenait Maria-Nieves (« Neige » en français, et pour l'intimité). Les Parfums Worsley rachetèrent les entrepôts de Bourjois; diffusant des produits plus chics mais moins largement commercialisés, les nouveaux propriétaires licencièrent le personnel non qualifié. Mémé changea d'emploi : elle entra chez un tapissier d'Origny qui faisait des rideaux et des dessus-de-lit; elle cousait à l'atelier ou chez les particuliers. Cette même année, une cheminée à demi effondrée, que les passages rapprochés du métro au bout du jardin ébranlaient chaque jour davantage, tomba du toit et tua mon chat.

En 1959, on envoya mon père à Bruxelles comme ambassadeur auprès des Communautés européennes; gaulliste de la première heure, il avait soutenu le coup de force du 13 mai et s'en trouvait récompensé. L'année d'après, la pluie, qui tombait depuis longtemps dans les greniers de l'Hôtel des Rieux, atteignit le rez-de-chaussée. On plaça des bassines dans les chambres du premier; le papier à fleurs commença à se décoller derrière notre unique trésor : la « télé », récemment acquise à tempérament, que

Mémé, chaque dimanche matin, astiquait aussi amoureusement que le mari de Rosa Zaffini, Giuseppe, fourbissait sa Dauphine, nénette au poing.

En 1961 enfin, malgré la jalousie vigilante de ses plus vieux collègues du Quai d'Orsay, Jean Valbray obtint l'ambassade de Rome; moins recherchée, sans doute, pour les responsabilités politiques qui y sont attachées que pour les fresques et les dorures de son palais, elle vient, à l'ordinaire, couronner une carrière plus longue que celle dont mon père pouvait justifier. Aussi triomphait-il.

Admise, après seize ans d'exclusion, dans l'intimité de ce succès, autorisée à contempler sur fond d'antiques le visage inconnu mais glorieux, d'un père dont j'avais souvent rêvé, je lui parlais du système des planètes ou de la riziculture thaï tandis qu'il m'entretenait des mœurs des Pygmées et de la catachrèse chez Mérimée.

Sur sa conduite passée, pas un mot d'explication. Jamais une confidence ni un regret. Lorsque, le 10 septembre, étourdie de propos inutiles et saoule de musées, je repris l'avion pour Paris, j'ignorais toujours ce qui avait poussé mon père à laisser ses deux filles sans ressources, à me rencontrer après seize années, à me séduire, puis à me renvoyer Brassard comme devant, sans subsides, sans promesse et sans espoir, le cœur et les mains vides comme j'étais venue. Avec, tout juste, trois robes de plus.

« J'espère que ton père te paye le service après-vente », dit ma grand-mère en m'aidant à défaire ma valise. Elle regardait avec exaspération mes trois robes neuves : « Tu sais ce que ça coûte le daim et la soie à nettoyer? Faut qu'il t'envoie de quoi, l'ambassadeur, ou bien tu les mettras pas! Je vais tout de même pas me ruiner la santé pour qu'il te fasse jouer les princesses à nos frais. Il a qu'à payer, ce vieux Carnaval! Ah, le vieil Enfer, le vieux pistolet, c'est tout ce qu'il a trouvé à te donner! »

Je jetai les robes au fond d'un placard : « Ecoute, Mémé, ce n'est pas la peine de crier... Ces robes, je ne les porterai jamais. »

J'ignore ce qu'en m'expédiant à Rome mes grands-parents avaient espéré, mais leur déception n'était pas moins vive que la mienne. Le soir, à table, j'osai, pour, la première fois, aborder moi-même cette question du procès que j'avais entendu soulever par nos amis Zaffini au cours des années passées : « Il y a des lois. Aucun homme n'a le droit d'abandonner ses enfants comme ça. Il doit les nourrir... »

Mon grand-père piqua un morceau de fromage au bout du petit canif qui ne le quittait jamais et le porta lentement à sa bouche, sans me regarder. « Justement, lâcha-t-il d'une voix sourde, y a des lois, et il paraît que d'après ces lois-là il pouvait pas vous reconnaître... Comme ça, maintenant, c'est bien commode : il est pas obligé de vous nourrir... Les lois, va, c'est comme le reste : fait pour les bourgeois. Nous autres, on est toujours perdants... »

« Mais Lise? Malise, il lui doit une pension tout de même... Pourquoi est-ce qu'on ne lui fait pas un procès pour l'obliger à payer? »

Il haussa les épaules : « Bah, marche donc! »

Dite d'un ton las, « marche donc » était l'une des expressions favorites de mes grands-parents; il faut dire qu'eux marchaient toujours et qu'on les voyait rarement assis. Parfois, pour signifier plus clairement qu'il fallait passer outre, cesser de se préoccuper de ce qu'on ne pouvait contrôler, endurer patiemment l'adversité, ils complétaient le « marche donc » par un « ça durera toujours pas autant que les impôts » digne d'un paysan de l'Ancien Régime, ou un « tu prendras bien le temps de mourir » carrément stoïcien : « marche donc, ma fille, tu prendras bien le temps de mourir! »; c'était le seul temps que – « dans leur milieu », comme disait pudiquement Maria-Nieves – on osait prendre, en effet...

– Marche donc, on peut vous élever.

– Ah! tu parles, comme vous pouvez nous élever! Mémé se crève pour gagner quatre sous, et on se prive de tout!

Mon grand-père rejeta son béret en arrière d'un geste de colère :

– On me cause pas sur ce ton-là, Christine! Et d'abord,

essuie ton assiette. Je sais pas ce qu'ils t'ont appris en Italie, mais je t'ai pas élevée à gaspiller.

Je ramassai avec obéissance la sauce de mes côtelettes et un reste de purée, et méritai dès ce soir-là l'« assiette au mur » dont, à des fins pédagogiques, mon grand-père se garda de me gratifier. Dans la semaine qui suivit, je dus mettre à reconquérir l'amour de mes grands-parents la même complaisance qu'à plaire à mon père; jamais un chat ne laissa son plat plus propre que moi.

Ces efforts, dont j'étais seule à savoir la vanité, eurent leur récompense le jour où mon grand-père, rayonnant de fierté, présenta de nouveau, entre le calendrier des postes et le buffet, mon assiette bien léchée.

En nettoyant complaisamment ce rond de faïence usé je venais d'entrer, malgré moi, dans l'apprentissage d'une vie dédoublée. L'hiver, les aubes de banlieue : la toile cirée, les bols ébréchés, la gamelle de ma grand-mère posée sur un coin du réchaud, et l'odeur du ragoût mêlée à celle du café au lait. L'été, les petits déjeuners d'ambassade : parfum fleuri du thé de Chine dans les tasses de porcelaine et soleil de miel dans le confiturier. Janvier, les soirées d'Evreuil : soupe au pain trempé, inox dépareillé, « Intervilles » à la télé. Juillet, Rome et ses dîners : Mozart pour l'ambiance sonore et Michel-Ange pour le décor, le cristal taillé, l'argenterie godronnée coulis de framboise et saumon fumé.

Pendant près de huit années j'allais passer d'un monde à l'autre comme certains dormeurs passent de la nuit au jour : en oubliant tout au matin des rêves qu'ils ont faits...

Mon père avait demandé à mes grands-parents de me renvoyer chez lui pour les vacances de Pâques; je n'acceptai qu'à la condition que ma sœur m'accompagnerait et que, cette fois, on la garderait.

Béatrice détesta Rome autant qu'elle haïssait Monsieur Valbray. « Ça te plaît, à toi, la Sixtine? me demandait-elle avec rage. Toute cette viande, étalée comme chez un boucher! Vraiment, Rome est très surfait! »

Je n'avais au monde que Béatrice, et Béatrice n'avait que moi. Un père inconnu, une mère-enfant toujours malade, une grand-mère harassée, un grand-père silencieux : réduites à trouver dans notre mutuelle affection le seul témoignage de notre nécessité, contraintes de tirer l'une de l'autre toute notre science et toutes nos pensées, nous avions longtemps usé entre nous, comme deux jumelles, d'un langage que nous étions seules à parler.

Aux environs de notre dix-septième année, nous étions parvenues à une telle complémentarité que nous pensions, en toute bonne foi, ne faire qu'une volonté.

Parce que Béatrice n'aimait pas Rome, j'eus l'impression que je l'aimais moins. Et comme ma sœur osait relever contre Maria-Nieves l'étendard de la révolte, je perdis de ma docilité. Sans en revenir franchement aux affrontements de mon premier séjour – pieds de nez à la dérobée et rires étouffés ne m'empêchèrent pas de me comporter, en présence de mon père, avec mesure et dignité –, je crus avoir trouvé le secret de partager les rôles avec sa sœur d'une manière à tout ménager : le soir, j'inventais les répliques cinglantes et les grossièretés que, le lendemain, Béa lâchait avec un flegme de briscard anglais. Nous étions rompues depuis longtemps à cette répartition des fonctions qui mettait au crédit de l'une les audaces de la passion, tandis que l'autre s'attribuait les mérites de la fidélité et de la constance dans l'action...

Dans nos affrontements avec Maria-Nieves, nous avions ainsi usé de toute la panoplie d'insultes et d'avanies que la tradition met à la disposition des filles d'un premier lit pourvues d'une marâtre encombrante, lorsque j'eus l'idée d'une variante intéressante. L'occasion de cet exercice d'imagination fut l'unique thé hebdomadaire de Nieves.

Comme je devais m'en rendre compte plus tard, le corps diplomatique faisait alors une très petite situation aux maîtresses, même quand il s'agissait de concubines notoires. Elles ne pouvaient figurer sur la liste des personnes accréditées et, n'ayant ni nom ni fonctions, ne disposaient d'aucun titre qui permît de les placer officiellement dans un dîner. Marginales de la lettre de créance et du passeport diplomatique, elles demeuraient plongées dans un néant profond.

Quand on aurait craint le ridicule à faire représenter « Back Street » dans la campagne la plus reculée, on trouvait ainsi, dans le milieu des ambassades, quelques dames condamnées par des Excellences-séparées-non-divorcées à la plus humiliante des obscurités : ayant préparé les plans de table, choisi les nappes et disposé les fleurs, ces compagnes illégitimes, rebaptisées « intendantes » ou « secrétaires sociales », rentraient au premier coup de sonnette dans le placard d'où elles attendaient – sans plus oser l'espérer – le décès de l'épouse obstinée, qui les tirerait des limbes plénipotentiaires pour les faire renaître à la mondanité.

Seules s'en sortaient à peu près celles qui, avant leur liaison, avaient eu leurs propres relations dans le pays d'accréditation. Tel n'était pas le cas de Maria-Nieves Villosa de Vega : fille d'un général franquiste et veuve d'un comte cacochyme qui avait représenté le carlisme aux Cortès, elle n'avait joui d'un semblant de position que dans sa province espagnole; bien que son mariage l'eut alliée à une noblesse authentique, la mauvaise santé de son vieil époux et l'exécrable réputation politique de son père, surnommé « le Bourreau de Grenade », l'avaient empêchée en effet de fréquenter qui que ce fût au-delà des Pyrénées. Aussi n'existait-elle pas plus à Rome qu'elle n'avait eu d'existence à Prague ou à Bruxelles; mais, alors que les deux années passées en Tchécoslovaquie l'avaient amenée au bord de la dépression (les gouvernements communistes ne badinent pas avec la morale bourgeoise), elle avait, croyait-elle, rencontré un accueil plus tolérant dans la capitale de la chrétienté; du moins s'y était-elle reconstitué un semblant de société qui lui donnait l'illusion de la vie romaine.

Une fois par semaine elle recevait, pour un thé qui mobilisait tous ses talents de maîtresse de maison, la cousine d'une princesse roumaine en exil, la maîtresse italienne du consul de Colombie, deux ou trois vieilles baronnes apatrides, la femme du troisième attaché de l'ambassade du Mali, et la prétendue fille du pseudo « Grand Maître » d'un faux Ordre de Malte.

Elle crut devoir nous produire dans cette brillante compagnie : sans doute laissait-elle croire à ses amies qu'elle avait été épousée et vivait en paix avec la première famille de Jean Valbray... Je fus sommée de passer mon tailleur bleu, et l'on pria Béa de se laver les cheveux.

Pour Béatrice, Maria-Nieves nourrissait un projet particulier. Certes, ma sœur lui avait paru d'emblée insupportable. « Il n'y a rien à en tirer, Jean, je vous assure », l'entendis-je glisser un soir au sortir d'un dîner particulièrement éprouvant, « cette enfant est irrémédiablement sotte et vulgaire. Etes-vous bien sûr qu'elle soit de vous? » Mais, alors qu'elle était décidée à ignorer cette petite fille mal élevée, la maîtresse de l'ambassadeur fut brusquement séduite par la manière dont Béatrice jouait du piano. Il est vrai qu'on pouvait s'attendre à tout, sauf à trouver chez les petites Brassard pareil talent de société. La noble Espagnole en resta saisie : où Béa avait-elle appris la musique, et par quel miracle, sachant ses notes, ne pratiquait-elle pas l'accordéon? Sous ses mains potelées, le « Petit Chien » jappait, les « Oiseaux Tristes » s'envolaient, les « Noctuelles » papillonnaient, Chopin mourait divinement tuberculeux et Schumann délicieusement fou à lier...

Sans chercher davantage à savoir qui avait payé des leçons à ma cadette – son élévation naturelle la plaçait, semblait-il, fort au-dessus des questions d'argent –, Maria-Nieves jugea que quelques valses, un nocturne peut-être, seraient, entre deux gâteaux secs, du plus heureux effet. Elle était d'ailleurs romantique, et d'une nature à placer du sentiment là où Béa ne mettait que la technique.

J'avais, pour la circonstance, tressé mon chignon sans guiches ni bouclettes et Béatrice portait une jupe plissée marine digne d'un orphelinat. Quand elle salua les invitées en faisant une génuflexion dans le genre de ce que nous avions vu faire à la télévision devant la reine d'Angleterre, je me dis qu'elle exagérait et que Maria-Nieves allait se méfier; mais l'Espagnole était trop occupée à animer une conversation qui languissait : aucun des sujets qu'elle lançait ne faisait ricochet. En désespoir de cause elle tenta d'amorcer un débat sur le Nouveau Roman. « Ah, quelle merveille, l'esprit français! dit une vieille comtesse libanaise, souriant de tout son dentier. Il faut relire Voltaire, vous savez! » La jeune Malienne hochait la tête d'un air pénétré. « Vous me direz ce que vous voudrez, poursuivit la dame libanaise en mâchonnant avec témérité un petit four caramélisé, mais il n'y a rien au-dessus de ses " Lettres Persanes ". Je ne vois pas un seul écrivain d'aujourd'hui qui... »

« Chvane, peut-être?, risqua la Roumaine en exil. Il paraît que c'est très bien, « Un Amour » de Chvane... Je l'achèterai sûrement : j'adore les histoires d'amour! »

Mais les autres dames n'avaient pas lu « Chvane » non plus, et le silence engloutit Odette de Crécy.

Béatrice passait, avec une doucereuse perfidie, le sucrier et les assiettes de fruits confits. Dans le genre demoiselle de la Légion d'honneur, elle en faisait tant que je m'attendais, à tout instant, que Maria-Nieves nous renvoyât dans nos chambres par mesure de sécurité.

La fille du Grand Maître de l'« Ordre-de-Malte-et-des-deux-Siciles-réunies » venait de visiter la Grèce; elle tenta de nous faire partager l'émotion qu'elle avait éprouvée devant le petit temple d' « Antinéa », à Delphes. La vieille Libanaise, bien qu'elle fût aussi impatiente qu'une autre de prendre le Pirée pour un homme, ne connaissait pas la Grèce; elle ramena le débat aux sujets qu'elle croyait posséder : « Ah,! l'Antinéa de Pierre Benoît... Tenez, vous qui aimez les histoires d'amour, en voilà une superbe. Magnifique romancier (clap, clap!) »

Elle ponctuait la fin de ses phrases d'un curieux claquement de langue qui donnait à son discours l'allure d'un de ces chants zoulous que Myriam Makeba avait rendus populaires aux Etats-Unis. Déconcertée par ce cliquetis mi-guttural, mi-liquide, qui ne s'intégrait guère à la suite des sons qu'elle émettait, je pris d'abord cette consonne surabondante pour un phonème propre au dialecte arabe, qu'elle aurait transporté dans ses langages ultérieurs comme elle emportait ses photos de famille dans les hôtels internationaux qu'elle hantait. Il me fallut plusieurs minutes pour m'apercevoir que ce clappement avait moins à faire avec la linguistique qu'avec l'art dentaire : la dame se bornait à replacer dans son logement le dentier animé de velléités d'indépendance. « Et Pascal (clap)? " L'esprit de finesse "et " l'esprit de géométrie ", quelle subtilité! Ah, la France, la France! (clap) (clap). Comme dit votre Général, elle sera toujours la France! (clap-clap-clap). »

Il était cinq heures et demie. Les rideaux du petit salon laissaient filtrer une lumière chaude, ambrée, qui transformait le tergal en or filé et donnait à la théière de vieil argent la patine du vermeil; sur les meubles et les parquets cirés on voyait la chaleur s'étendre en longues coulées miellées. La maîtresse du consul de Colombie, qui venait de passer dans les bras de son amant une nuit sud-américaine agitée, s'assoupissait; la cousine de la princesse roumaine s'éventait rêveusement avec un vieux numéro de « Vogue » ou de « Réalités »; la petite Malienne soupirait en tortillant ses bracelets. Enfin, la phrase que nous attendions fut lâchée : « Et si vous nous jouiez quelque chose, Béatrice? »

En jeune fille bien élevée, Béa ne se fit pas prier. Elle ouvrit posément le Steinway, remonta un peu le tabouret, et, s'étant assurée d'un regard qu'elle avait capté l'attention de toute l'assemblée, elle commença. Je baissai la tête et fixai le bout de mes souliers.

La pianiste procédait à l'exposition du sujet. Je compris que c'étaient quelques secondes de gagnées : Béatrice avait enrichi le premier couplet de tant de trilles, arpèges et ornements de toute sorte, et elle le jouait si « languido » et « amoroso » qu'il en devenait méconnaissable.

Le refrain, d'une exécution plus dépouillée, fut attaqué fortissimo; mais quelques silences à contretemps et de brusques accélérations en modifiaient encore assez le tempo pour laisser persister un doute.

Aucune invitée ne manifestait d'émotion. Il régnait sur le salon ce calme trompeur annonciateur des grandes catastrophes. Paupières baissées, j'observais les grands pieds placides de la comtesse libanaise, l'ourlet immobile du boubou malien, et quatre paires de vernis Jourdan sagement posés sur le parquet.

Béatrice dévoilait notre plan par étapes. Le deuxième couplet, bien qu'encore assaisonné d'un riche accompagnement à la main gauche, rentrait nettement dans l'orthodoxie; même au plus fort du stalinisme, le comité central du PCF ne l'aurait pas désavoué. Le « Prolétaires, sauvons-nous nous-mêmes » fut suivi d'un hoquet étouffé : Maria-Nieves, qui avait quinze ans lors de la prise de Tolède par les Rouges, venait d'identifier l'air sur lequel nous prétendions la faire danser.

La reprise du refrain éveilla toutes celles que les « glissandos » berçaient encore. Poussant aux extrêmes le parti qu'elle avait adopté, Béa ne le joua qu'à la main droite, puis, pour finir, d'un seul doigt : « L'inter-na-tio-na-aa-ale - sera - le genre - humain ». Un grand frisson parcourut les souliers : des talons grincèrent, des brides lâchèrent, deux escarpins tentèrent de s'échapper. A trois reprises, le dentier libanais émit le clapotis pathétique du poisson privé d'eau.

Rassemblant mon courage, je relevai les yeux et regardai Maria-Nieves au visage : plus vite au fait de la situation que ses invitées, elle s'était reprise plus rapidement. Le mention haut, la poitrine tendue, le sourire laqué comme le chignon, elle tentait de se conformer dans l'adversité au « si vous n'êtes romaine, soyez digne de l'être... »

« Merci, Béatrice, dit-elle de sa voix la plus amidonnée. Cela suffira pour aujourd'hui. Vous pouvez regagner vos chambres. »

Je profitai aussitôt de la permission; j'ai toujours eu un côté Murat – sabre au clair, mais pas de suivi; en tout cas, je n'aime pas à m'attarder sur les champs de bataille pour y compter les cadavres. Béa, en revanche, poussa le courage, ou l'effronterie, jusqu'à traîner autour du piano en faisant mine de chercher une partition... Dès qu'elle eut claqué la porte, nous entendîmes s'élever derrière nous un caquetage de poulailler : Maria-Nieves s'expliquait avec les siens.

La déroute de l'adversaire, si contrôlée qu'elle parût dans le premier moment, fut totale : la Roumaine-en-exil et la Comtesse-du-Pape libanaise ne revinrent jamais; le thé suivant fut remis à quinzaine et Maria-Nieves, jaune comme un coing, dut s'aliter.

Reléguées à l'office, nous fîmes encore, pour le plaisir, quelques effets de capes et moulinets; cependant, la défaillance physique de l'ennemie nous empêchait de poursuivre utilement l'offensive; nous donnions nos coups d'épée dans l'eau. Mon père nous laissa savourer trois jours cette ombre de victoire, puis passa posément à la contre-attaque.

L'affaire fut rondement menée. Une fois encore, je me trouvai convoquée dans son bureau. Je revois, entre nous, la surface lisse de la longue table où ne traînaient jamais ni lettre, ni journal, ni dossier; sous la lampe, une règle de fer et, dans sa gaine de cuir, un poignard berbère dont il usait comme d'un coupe-papier. Pas une fleur, pas un stylo, pas une photo, hormis celle du président de la République en exercice... Le cendrier lui-même était caché : « Question de discipline personnelle, Christine! Un diplomate doit rester prudent, ne rien laisser deviner de sa vie privée... Plus le bureau est impersonnel, plus l'ambassadeur est digne de la confiance de son gouvernement. »

A la cravate de Commandeur qu'il portait, ce jour-là, suspendue à son cou je mesurai, une fois de plus, à quel point Monsieur Valbray avait su, pour sa part, mériter cette confiance. Elle lui valait de pouvoir à son tour témoigner la sienne, au nom de la France, aux détaillants siciliens revendeurs de foie gras, aux concessionnaires Renault de Vénétie, aux importateurs lombards de camembert, et aux traducteurs des romanciers parisiens. Sur le bord du bureau était posé, en effet, en prévision de la touchante cérémonie qui devait avoir lieu un moment après, un coussin de velours bleu, étincelant des vingt décorations qu'on y avait épinglées : étoile blanche de la Légion d'honneur, lyres entrelacées des Arts et Lettres, poireau du Mérite agricole, médaille d'or de la Famille française, et sept ou huit Palmes académiques violettes qui traversaient le coussin comme une procession d'évêques dans un bal mondain. « Vingt médailles, vingt discours », dit simplement mon père en m'accueillant, « et je n'en lis aucun... »

Face à ce fonctionnaire éminent et glacé, l'appui moral de Béatrice et le succès de notre dernière provocation me donnaient plus d'assurance que l'année d'avant. J'étais entrée le défi aux lèvres, saluant Charles Quint et François Ier comme deux vieux copains, et, m'étant assise d'autorité dans le fauteuil le plus haut (il n'y en avait pas de profond), je croisai les jambes avec une insolence qui n'échappa pas à l'ambassadeur. Assis derrière son bureau entre la règle de fer et le poignard berbère, il me considéra longuement; je décroisai les jambes. Il consentit alors à laisser glisser de ses lèvres ce sourire las qui n'éclairait jamais ses yeux : « Nous avons à parler sérieusement tous les deux... »

« Peut-être », lui dis-je en me carrant contre le dossier du Louis XIII pour supporter le premier choc; et, fuyant son regard, je fixai la grande glace de Venise accrochée au-dessus de sa tête entre une allégorie de la Rome éternelle et un portrait – flatté – de la Renommée : le dos de l'ambassadeur m'y dérobait heureusement la gravité de son visage. Le vieux miroir terni noyant dans ses eaux boueuses le contour des objets qu'à cette distance-là ma myopie ne me permettait plus de distinguer, ce dos – adouci par l'imprécision de son reflet, privé d'angles et de couleurs – donnait à son propriétaire l'air bienveillant et délavé de cet « Honneur adolescent » qui montrait son derrière à demi effacé sur l'un des pilastres de l'entrée.

« Voyons, murmura l'Honneur bafoué, où en sont tes études? »

Déconcertée par cette approche oblique, je ne pus que balbutier, sans y mettre la violence qui convenait : « Là où j'ai été obligée de les laisser... »

En rentrant de Rome l'année d'avant, j'avais résolu de ne plus rester à la charge de ma grand-mère : ma mère, qui n'était pas séparée légalement de Monsieur Valbray, jouissait en théorie de revenus suffisants pour qu'il me fût interdit de prétendre à une bourse; le hasard d'une petite annonce m'avait donc amenée au « Service Achats » du Bon Marché où, dans les combles du magasin, je recopiais des bordereaux de prix et collais, sur de grands cahiers, des poupées de papier assorties de références chiffrées. Cette occupation, d'autant moins lucrative que je n'avais que seize ans, me laissait juste assez de loisirs pour suivre, le soir, les cours de propédeutique; mais il ne fallait plus songer à Normale Sup et aux grands concours. En fait d'études, j'en venais même, avec une détermination désespérée, à envisager les circuits immédiatement rentables : commis aux PTT, contrôleur des douanes, secrétaire Pigier...

« Gâcher tes possibilités comme ça, c'est trop bête! dit le dos. Je ne comprends pas tes grands-parents! »

Il y eut, dans la vieille glace, un tressaillement de la nuque, un mouvement des épaules, une agitation des coudes : « l'Honneur » tirait son portefeuille de sa poche-revolver; c'était une arme qui lui avait déjà servi...

« Tu vas me faire le plaisir de démissionner du magasin et de te consacrer à la préparation de tes examens. Il est évident que tu es douée. » Je ramenai les yeux vers le sous-main du bureau et le portefeuille ouvert, que barrait un chéquier largement étalé. « Maria-Nieves est persuadée de tes chances de succès. Elle veut que nous t'aidions... Voilà pour jusqu'en juillet, dit Monsieur Valbray en signant un chèque au porteur, demande à tes grands-parents de te prendre un livret de Caisse d'Epargne : à la rentrée, je te verserai une mensualité. »

Il me tendit l'ordre de versement d'un geste négligent. Je ne bougeai pas. Il fit mine de ne pas remarquer mon hésitation et, le bras tendu, poursuivit son monologue avec volubilité : « Je ne te cacherai pas que Nieves t'aime beaucoup. » (Mon père, qui dissimulait jusqu'au plus petit détail de sa vie et de sa pensée, commençait une phrase sur quatre par « pour tout vous dire », ou « je ne vous cacherai pas que... », rite diplomatique destiné à endormir la méfiance de son interlocuteur pour mieux l'envelopper dans un rideau de fumée.) « Marie-Neige te trouve toutes sortes de qualités. Elle m'a tellement chanté tes louanges depuis six mois que je suis tout étonné moi-même d'avoir engendré un pareil prodige! » Il rit, bon enfant. « Pour ne rien te cacher, reprit-il sur le ton de la confidence, Nieves était faite pour avoir des enfants. Malheureusement l'obstination de ta mère, et les circonstances... » Une pause.

« Elle en souffre énormément. Il suffirait de peu pour qu'elle reporte sur toi les tendresses, les espoirs que la vie ne lui a pas permis de... » Le bras raidi mais la tête penchée, les yeux embués, aux lèvres un sourire grave, il me considéra longuement : « Au fond, elle t'aime comme une mère... »

« Ah, j'allais le dire! C'était le mot qui s'imposait. »

L'ambassadeur lâcha son sourire et recroquevilla son grand corps au fond du fauteuil; passant lentement le revers de sa main sur son front (j'eus tout le temps d'admirer la couleur du chèque), il poussa un profond soupir; mais il en fallait plus pour abattre un homme qui avait, en son temps, imposé son autorité aux BOF comme aux FFI, combattu aux Nations-Unies trois douzaines de motions nègre-blanc sur nos colonies et arraché aux agriculteurs allemands, pour satisfaire nos leaders paysans, quelques-uns de ces compromis obscurs où aucune vache normande n'aurait retrouvé son veau...

Jugeant que son désarroi avait assez surpris mes défenses, il se redressa, agrippa les accoudoirs et planta son regard dans le mien : « Trêve de plaisanterie, ma petite fille, nous savons, toi et moi, que Paris vaut bien une messe. » Et il posa devant moi, sur le bureau, le rectangle bleu de la Banque Transatlantique.

Je crus que j'allais le déchirer et lui en lancer les morceaux à la figure; mais il marcha rapidement vers la porte de son secrétariat de manière à ôter au geste que j'envisageais toute portée spectaculaire. « Evidemment, tu auras la courtoisie d'aller remercier Nieves. Montre-toi aimable. c'est une sentimentale... Tu vois ce que je veux dire. »

Déjà il avait la main sur la poignée : « Profite de la circonstance pour excuser les incongruités musicales de ta petite sœur... Mireille, vous pouvez faire entrer les décorés : j'ai terminé. »

Je gagnai la galerie à reculons, mon chèque au bout des doigts. En sortant je vis l'ambassadeur, assis derrière son bureau, se frotter les mains. Chaque fois qu'il était ému, il s'abandonnait à cette manie qui me plongeait dans la perplexité : révélait-il, à son insu, la satisfaction du maquignon qui vient de traiter une affaire trop bonne pour être honnête? Entendait-il signifier qu'il se lavait les mains des décisions que la vie lui imposait? Ou cherchait-il, vainement, à effacer certaine petite tache?

Je glissai le chèque dans la poche de ma jupe, espérant vaguement qu'il en tomberait. Deux jours après, il y était encore. J'en lus le chiffre.

J'attendis un jour de plus, sans trop savoir quoi. Puis, saisissant l'occasion d'une courte absence de Béa, j'allai prendre des nouvelles de Maria-Nieves.

Elle s'appuyait aux oreillers de son lit, le teint blême, mais se jeta dans un discours si débordant de sollicitude que je crus voir les diamants et les roses tomber de ses lèvres décolorées. Je la remerciai, aussi sèchement que possible, de sa bienveillance et m'efforçai d'écourter la conversation, trouvant moyen pourtant d'y introduire – je ne sais comment – un : « Vous savez, madame, il ne faut pas prendre trop au sérieux ce que fait Béa. Elle aime plaisanter même si... euh, bien sûr, quelquefois, c'est d'un goût, euh... » Maria-Nieves coupa charitablement ce bredouillement : « Oh, ma chère enfant, il y a longtemps que j'ai compris que Béatrice était une sotte. Heureusement, vous n'avez rien en commun. Même physiquement. Elle est épaisse, grossière de traits, disons-le : un peu vulgaire. Vous, vous êtes si fine... C'est curieux, d'ailleurs :

lorsqu'elle est à vos côtés, elle vous dessert, esthétiquement parlant. Comment dire? Elle vous tire vers le bas, vous enlève quelque chose de votre élégance. comme un magot chinois auprès d'une amphore grecque... »

Rentrée dans ma chambre, je fis couler un bain et me cachai sous la mousse.

Lorsque ma sœur revint, elle dut me consoler d'une étrange angoisse : à la faveur de cette baignade, j'avais cru constater que mes jambes fondaient; je m'étais convaincue que mes mollets avaient minci, que mes cuisses devenaient flasques, que mes muscles ne répondaient plus à ma volonté; en somme, je m'étais vu les jambes de ma mère.

Lise avait eu autrefois des jambes longues, roses, fuselées, que ses jupes découvraient lorsqu'elle valsait. Quand elle était rentrée d'Amérique, Lise aimait danser; plus tard encore, entre deux accès de sa maladie, dans les « périodes de rémission » comme nous disions, elle mettait sur le vieil électrophone un disque de Marcel Azola ou de Primo Corchia et, dans les bras de Giuseppe Zaffini, enlevait avec ardeur paso doble et tangos; ses petits pieds, chaussés de ballerines, glissaient en mesure sur le parquet, ses hanches ondulaient au rythme des maracas, elle souriait, ravie, avec des mines d'enfant gâtée. Puis, au fil des années, comme les attaques du mal se multipliaient et qu'elle passait un temps de plus en plus long dans son lit, ses jambes commencèrent à s'atrophier; dans mes années romaines déjà, ses chemises de nuit à froufrous ne cachaient plus que de pauvres pattes d'araignée, grises, maigres, recroquevillées, où, parfois, se fixait une escarre que nous avions du mal à faire sécher.

– Regarde, Béa! Mais regarde! Je peux tenir mon mollet dans une seule main, tellement il est maigre! Et quand je tape sur mon genou, ma jambe ne remue plus. Oh, Béa, ça y est, c'est la maladie qui commence!

Béatrice m'obligea à sortir de l'eau et m'enveloppa d'un peignoir, mais elle ne parvenait pas à m'apaiser. Je pleurais à gros sanglots : « Ça m'est égal d'être paralysée, mais je ne voudrais pas avoir les mêmes jambes que Malise... Elles sont affreuses, ses jambes! Il vaudrait mieux être cul-de-jatte. Oh, Béa, je ne dois plus montrer mes jambes. J'ai honte. Cache-les, cache-moi. » Béatrice essuyait mes larmes, réchauffait mes pieds, m'enfilait un jean. Quand mes jambes furent couvertes, je me calmai un peu. Ma sœur m'installa dans l'une des chaises longues de la loggia sur laquelle ouvrait notre chambre, et m'emmitoufla dans une couverture; puis elle s'assit à mes pieds, la nuque posée sur mes genoux. « Tu vois, Chris, dit-elle d'une voix blanche, je ne t'en ai jamais parlé, mais je ne crois pas que la maladie de Lise soit contagieuse. Ni héréditaire. Je crois même que ce n'est pas... enfin, une vraie maladie. »

Béatrice, qui ne lisait rien, consacrait tous ses loisirs au dictionnaire médical, le seul livre, avec le Tout-en-Un, qu'il eût chez nous avant que je n'y fisse entrer les « poches » multicolores et les petits classiques Larousse à couverture violette. Suivant une vocation déjà forte, ma sœur avait passé des heures autrefois à interroger nos médecins successifs, le docteur Lacroix, puis le jeune Chaumette, sur les bactéries, les hormones ou la pénicilline; seule de sa classe, elle se passionnait maintenant pour la reproduction du fucus vésiculeux et les réflexes musculaires de la grenouille, affirmant à qui voulait l'entendre, que bac ou pas, elle entrerait l'année prochaine dans une école d'infirmières.

« Bien sûr, reprit-elle doucement, à force d'être couchée, elle ne peut plus marcher... Mais, au début, tout se passait dans sa tête, seulement dans sa tête... Comment dire? La surprise d'être abandonnée lui avait coupé les jambes... » Elle glissa sa joue contre ma cuisse et je vis qu'elle avait les yeux pleins de larmes : « Mais tu sais, Chris, être malade dans son cœur, ce n'est pas moins triste que d'avoir une maladie des os... »

De l'autre côté du Tibre, le soleil se couchait sur les crêtes bleues du Janicule, illuminant tour à tour, dans un dernier éclat, le petit hôtel Renaissance de l'ambassade de Finlande, la statue de Garibaldi, et le campanile du couvent de Sant'Onofrio où Le Tasse, fuyant d'imaginaires persécutions, s'était réfugié pour mourir, quatre siècles plus tôt. Mes angoisses et ma peine, en se fondant dans un malheur plus ancien, me parurent allégées. Une brise légère agitait la vigne vierge qui descendait des chéneaux; derrière le muret qui coupait en deux l'immense loggia, j'entendais bavarder quelques invités du directeur de l'Ecole Française de Rome; le tintement des glaçons au fond de leurs verres donnait de la fraîcheur à l'air, qui me semblait plus léger ici que dans la chambre, où la présence, au fond d'un tiroir, du chèque de la Transatlantique alourdissait l'atmosphère.

Les jambes dissimulées par l'épaisse couverture, comme, plus tard, reprise d'angoisses semblables, je les dissimulerais sous des jupes longues ou des pantalons, je laissai ma main errer dans les boucles de Béatrice. « Je t'aime, Béa. » Elle m'embrassa. Un moment nous mêlâmes nos pleurs.

Puis, comme le crépuscule tirait délicieusement en longueur, traversant le ciel d'un poudroiement d'or, nous en vînmes, naturellement, à parler des « garçons », de nos amours, de l'Amour, et du lendemain; lendemain que, par malheur, Béatrice crut devoir encore faire « chanter ». Levant son verre à dents qu'elle avait empli d'eau tiède au robinet du lavabo, elle entonna en manière de conclusion à notre conversation : « Du passé faisons table rase. Foule esclave, debout, debout! »

Terrifiée à l'idée de ce qu'allaient penser les invités de l'Ecole Française assis à l'autre bout de la loggia, je la suppliai de se taire. Mais elle poursuivit, hilare et sonore : « Le monde va changer de base. Nous ne sommes rien, soyons tout! »

« Tais-toi, Béa, je t'en prie... Mais ferme-là, à la fin! Tu m'entends, conne? Ferme-la! »

Assise en tailleur sur le carrelage de la loggia, avec son pantalon entrouvert qui découvrait son nombril trop gras, elle avait, le visage allumé et le sourire béat, quelque chose d'un magot chinois...

L'« amphore grecque » n'eut pas à souffrir longtemps de cette promiscuité : Béatrice ne fut plus jamais invitée au Farnèse. Je fis donc seule, deux ou trois fois chaque année, le voyage de Rome.

Dans les premiers temps, mon père m'offrait l'avion, mais bientôt il jugea que le train serait assez bon : son palais, sa culture, ses grands restaurants et les cadeaux de soie de la Via Borgognona avaient suffisamment fait pour mon émerveillement; rien n'est plus précieux – et ne doit être moins gaspillé – que la poudre aux yeux... Mais cette petite chute de standing ne m'affligea pas : chaque fois que je m'étais glissée dans le cercueils à deux ailes mis à la disposition du public par Air France et Alitalia, j'avais regardé attentivement mes voisins, convaincue qu'en cas d'accident leur visage serait la dernière chose que, ficelée à mon siège, je pourrais contempler dans ce monde; or, rien ne doit être aussi désespérant que de mourir à côté d'un Américain mâcheur de chewing-gum ou d'une fausse blonde dont le lifting commence à lâcher... Le train, qui donne à la mort plus de liberté (on peut toujours, faute de mieux, s'installer dans le couloir et rendre son dernier soupir en regardant les vaches), me parut d'emblée plus plaisant.

Tous les soirs, à dix-neuf heures, le « Palatino » quitte la gare de Lyon pour Rome, où il arrive le lendemain. La longueur du voyage ne me rebutait pas. J'aime la poussière des trains, leur odeur de sueur et de « Paris-beurre » : c'est pour moi l'odeur même de l'aventure, comme pour d'autres le parfum de la mer; je regrette seulement de voir parfois cette grisante liberté entamée par des amitiés de rencontre. Le wagon-restaurant surtout se prête à ces ennuyeuses manœuvres d'approche : on s'y découvre au dîner, on s'y retrouve au petit déjeuner, et les jeunes femmes solitaires y sont toujours placées, par la force des choses ou la malice du maître d'hôtel, à la table des messieurs seuls; or, après quelques voyages, la hâte de ces « cadres dynamiques », pressés de me montrer leur savoir-vivre-à-table entre Dijon et Chambéry et leur savoir-faire-au-lit entre Chambéry et Gênes, commença à m'agacer...

Jusqu'au jour où, m'enfonçant d'un degré dans l'imposture, je trouvai la parade. J'étais assise au restaurant, avec un livre; par hasard, c'était un Agatha Christie, en anglais. Ce livre, mes cheveux roux, mon air timide, permirent à l'imbécile, français, que le serveur plaça en face de moi, de ne pas hésiter : « You...to go Rome? »

Je levai par-dessus « Destination unknown » un regard étonné.

« Oh, I know, my english is bad, very bad », poursuivit le demeuré. A mesure qu'il avançait par petites phrases embarrassées dans le monologue qui nous tenait lieu de conversation, ses incertitudes de vocabulaire, ses embardées grammaticales et son accent de Toulouse me persuadèrent que je pourrais aisément le convaincre des origines insulaires qu'il venait de m'attribuer.

Je fus donc irlandaise : née à Finnegans Wake, un village près de Dublin, je m'appelais Jennifer O'Neil et j'allais travailler à Rome comme jeune fille au pair.

Pour ne pas courir le risque d'être trahie par mon anglais, je coupais mes explications de quelques mots français, prononcés avec cet accent irrésistible que Petula Clark venait de mettre à la mode. Mon VRP (« My name is Christopher... Understand? ») tombait amoureux à vue d'œil. Il paraissait même si épris que je lui laissai régler l'addition. Le petit déjeuner fut plus passionné que le dîner; il y avait urgence. « I love you, Jennifer... Understand? I love you. » Il avait tracé un cœur sur la nappe en papier avec nos initiales, J et C, entrelacées. « J. C. : this means Jesus-Christ, doesn't it? », « Oh, no, Jennifer, no! Bon Dieu que ces Irlandaises sont cathos! C'est bien ma veine d'emballer une grenouille de bénitier! »

A la Stazione Termini, il me porta mes valises. Transpirant et soufflant, il courut après un taxi, plaça mes bagages dans le coffre, et il s'apprêtait à monter à mes côtés lorsque je l'arrêtai : « Oh, no Christopher, pas possible for you accompagner moi. Not on my first day as an au pair girl... » Déçu, mais conscient d'avoir au moins mérité le baiser dont il attendait le prétexte depuis la veille, il se pencha vers mes lèvres irlandaises, et fut stupéfait de se voir repousser : « Cette valise était si lourde, Monsieur, que je ne sais comment vous remercier... Il est vrai qu'en échange de vos bontés, je vous ai donné une occasion appréciable d'améliorer votre anglais. Peut-être voudrez-vous bien m'en savoir quelque gré? »

Par la lunette arrière du taxi qui s'éloignait, je vis le dragueur, écumant, attaquer à grands coups de pied un panneau indicateur qui ne lui avait rien fait.

Dans les années qui suivirent, je fus ainsi, au gré de mes fantaisies ou des suggestions de mes interlocuteurs, une journaliste américaine, une orpheline bretonne, une touriste finlandaise (le finnois est assez peu usité pour qu'on puisse s'en prévaloir sans crainte d'être démasqué), une princesse hongroise (le hongrois se révélant à l'usage d'une égale innocuité), une jeune veuve normande, une rapatriée d'Algérie et la demi-sœur de John Lennon.

Certaines de mes métamorphoses étaient aidées par la lecture régulière des « Confidences » et des « Noir et Blanc » qui encombraient la chambre de Lise, mais, pour changer de répertoire, je n'hésitais pas à emprunter aussi l'identité de personnes réelles : celle, par exemple, de Béatrice Brassard, lycéenne bûcheuse et rangée, élevée par ses grands-parents dans la misère, la modestie et les principes; l'expérience se révélait sécurisante mais, tout compte fait, médiocrement amusante, car Béa était un parangon de vertu.

Or, du jour où j'eus perdu ma virginité, j'aimai bien, trois ou quatre fois l'an dans ces voyages au long cours, donner aux hommes le moyen de me prouver leur flamme, pourvu que l'inconduite fût dans la logique de mon personnage : ainsi était-il évident que la journaliste américaine, féministe et libérée, « couchait »; la petite bonne bretonne couchait aussi, par naïveté; la jeune veuve normande couchait pour se consoler; comme, pour se conformer à la mode anglaise, couchait la sœur des Beatles; enfin, presque tout le monde couchait, et je couchais avec beaucoup de monde. Plus tendre qu'avec ma première victime, je quittais mes amours d'une nuit à la Stazione Termini sur une fausse adresse et un long baiser, qui me laissait quelquefois des regrets. C'était, en tout cas, avec une lassitude mêlée d'étonnement que je réintégrais l'habit, trop étroit pour moi, de Christine Brassard, domiciliée 12 impasse de la Gare, à Evreuil, Seine-et-Oise...

Pour revenir, cependant, à cette année 63 où je me rendais chez mon père pour la troisième fois, je dois avouer que le manque d'expérience m'obligeait encore à limiter mes changements de nom à la durée du trajet et borner mes audaces sexuelles à de prudentes caresses : je ressemblais toujours à la petite fille timide qui, deux étés plus tôt, avait débarqué en ballerines roses et queue de cheval au palais Farnèse; et j'étais tout à fait ce que je paraissais.

A Evreuil, on ne me connaissait aucun flirt. Si j'avais eu quelques bontés pour le fils Zaffini, Nicolas, à l'époque où il me glissait « le Manifeste » en douce comme un bouquin porno, c'étaient des complaisances sans conséquences : en ce temps-là, je respectais trop les interdits de ma grand-mère, qui ne badinait pas avec la vertu et mesurait la nôtre à la régularité de certain « événement » dont elle cochait, chaque mois, la date sur un calendrier.

La vie quasi monacale que je menais ainsi entre mes livres de classe et les potions de ma mère ne m'avait tout de même pas empêchée de rater l'oral du concours d'entrée à l'Ecole Normale Supérieure : seule l'appartenance à un milieu bourgeois – ou à une famille d'instituteurs – donne, de prime abord, l'aisance requise pour ce genre d'exercice... Néanmoins, comme je venais de décrocher un poste de maîtresse-auxiliaire qui me permettait de passer licence et CAPES avec un salaire régulier (l'Education nationale embauchait à tour de bras dans ces années-là), j'envisageai de rompre avec Jean Valbray dont les subsides ne me seraient plus indispensables : je l'avais promis à Béatrice en la quittant, éplorée, sur le quai de la gare de Lyon. Au voyage suivant, j'allais promettre à mon père, avec la même bonne foi, de chapitrer Lise pour qu'elle consentît au divorce.

Sans doute n'étais-je pas, dans ces promesses si contraires, sincère « sur toute la ligne » mais, assurément, je l'étais aux deux bouts : j'avais ma franchise « Paris-Lyon » et ma loyauté « Roma-Termini ». Entre les deux, j'étais une autre :

« C'est sûrement une idée de votre maman, disait Nieves en contemplant, un peu perplexe, la lampe " Souvenir de Paris " en forme de tour Eiffel que je lui avais apportée, il paraît qu'elle a, euh, ces sortes de goût... Mais, d'ailleurs, c'est très joli... », et je lui souriais d'un air entendu, affectant aussitôt pour mon propre cadeau le mépris bienveillant qu'on réserve aux présents des enfants et marquant assez d'éloignement à l'égard de ces croisillons électrifiés pour qu'on pût en imputer le choix aux êtres culturellement inférieurs qu'étaient ma mère et mes grands-parents.

« Les crasses qu'il nous a faites, le Valbray, vous pouvez être sûrs qu'il les emportera pas au Paradis », disait ma grand-mère aux Zaffini en revenant sur son sujet favori, « un jour, ses filles lui cracheront à la figure, pas vrai? » ajoutait-elle en se tournant vers Béa et moi; je hochais la tête avec une vigoureuse conviction : « Surtout que vous ne savez pas, glissais-je fielleuse, mais il vient de s'acheter une nouvelle voiture, très chère, et, en plus, américaine! » Succès d'indignation garanti, bonheur momentané d'être approuvée, de « faire partie »...

« Regarde pas tout le temps dans le vide, Christine, murmurait ma mère d'un ton las en appuyant aux oreillers son beau visage de madone, tu ressembles à ton père quand tu prends ce regard-là. Lui aussi, il avait toujours l'air de penser... – Mais je ne pense à rien, Malise, je t'assure... – Alors reste pas comme ça, raide, plantée (le ton montait, elle s'énervait vite) avec ces yeux... ces yeux pervers! », et j'essayais aussitôt de changer d'yeux, de teint, de couleur de cheveux et de conversation...

« Qu'est-ce que c'est ce torchon?, demandait mon père en s'emparant d'un " Salut les Copains " ou d'un " Frimousse-Jeune Fille ", malencontreusement oublié sur une desserte en marbre, ta pauvre mère n'a jamais pu lire que ce genre de conneries, mais toi, j'espérais... – C'est elle qui m'y a abonnée », inventais-je précipitamment. « Ah bon, je comprends mieux. Eh bien, il faut croire que vous avez de l'argent à perdre chez les Brassard!... », et mon journal tout neuf allait au panier où, « Son Excellence » sortie, je n'osais pas le récupérer.

« C'est une chance pour toi, ma vieille, que l'Ambassadeur ne t'invite plus à Rome, écrivais-je à Béa, si tu savais comme on se fait chier! »

« Ça ferait tellement plaisir à Béatrice si Neige pouvait passer l'éponge sur ses bêtises et la réinviter », écrivais-je à mon père...

Après avoir ainsi écrit à l'envers et à l'endroit, parlé et déparlé, promis et trahi, fait et défait, je me couchais le soir épuisée, avec des plis partout et l'impression d'être tordue, déformée, brisée, tortillée, comme une laine détricotée que rien ne pourrait plus lisser.

Malgré cela, je poussais parfois le vertige de la double allégeance jusqu'à donner, à l'une ou l'autre partie, des gages de fidélité qu'elle ignorerait – et qui n'avaient d'autre objet que de me tranquilliser provisoirement sur mon aptitude à maintenir la balance égale entre les adversaires.

Par exemple, je venais d'employer le « denier de Judas » – cet argent que mon père m'avait versé pour me récompenser de ma docilité – d'une manière à rassurer les Brassard sur mon loyalisme, si du moins ils avaient vent de ma démarche : avant de quitter le Bon Marché pour reprendre le cours interrompu de mes études, j'avais demandé aux dactylos de mon bureau si elles connaissaient un avocat capable de me conseiller; ces jeunes femmes, toutes divorcées, avaient, en effet, sur le barreau de Paris, des lumières à aveugler un bâtonnier; elles m'expédièrent rue Saint-Placide, chez leur directeur de conscience, un certain Lebœuf.

Malgré son pantalon râpé, sa chevelure clairsemée et sa chemise éliminée, Maître Lebœuf affectait, derrière son bureau miteux, la légèreté sautillante et surmenée d'un jeune ténor de l'Ordre et consultait fébrilement un vieil annuaire du téléphone tandis que je lui contais les circonstances de ma naissance.

Il ne me laissa guère d'illusions. A grand renfort de « mutatis mutandis », « pater is est » et « de lege lata », coupés de « délicieuse enfant », « notre belle petite » et autres niaiseries, il m'expliqua d'un air distrait que, si la reconnaissance a posteriori d'enfants adultérins au moment du mariage avec la mère était possible jusqu'en mai 1945, une ordonnance, antérieure au divorce de mon père, avait interdit la légitimation des « enfants conçus à une époque où l'un des conjoints était engagé dans les liens du mariage avec une tierce personne ». Et non seulement, en l'espèce, la légitimation était impossible – me précisa l'ancien espoir du barreau que le caractère désespéré du cas commençait tout de même à intéresser – mais la simple recherche de paternité était prohibée : l'adultère étant réprimé à l'égal de l'inceste, le juge devait opposer une fin de non-recevoir à toute demande qu'on lui présenterait. Ainsi, grâce à une poignée de députés MRP, la vertu conjugale était-elle redevenue « d'ordre public »... Comble de malchance – ajouta le vieil avocat que la jubilation gagnait à mesure qu'il découvrait la perfection du piège où ma naissance m'avait jetée – Jean Valbray, à qui l'on ôtait toute possibilité de me reconnaître pour sa fille, ne pouvait pas non plus m'adopter : à l'époque de son remariage il ne remplissait pas les conditions d'âge requises et, quand il les aurait remplies, l'existence d'un enfant légitime né de sa précédente union lui eût encore interdit l'adoption. De quoi plonger dans l'hilarité tout un régiment d'avoués!

« Est-ce qu'elle a compris ce que je lui ai expliqué, notre charmante jeune fille? » me demanda Lebœuf, soudain pris de regrets à l'idée que, n'étant pas docteur en droit, j'aurais pu ne pas goûter comme il convenait le sel de la situation. Pour mieux se mettre à ma portée, il me parlait maintenant comme ces médecins qui vous entretiennent de vous-même à la troisième personne et semblent s'adresser, à propos de votre santé, à un adulte invisible qui vous aurait accompagné : « Mais elle va beaucoup mieux, notre petite malade, sa tension a remonté, elle a bonne mine »...

« Oui, dis-je en ravalant mes larmes. J'ai compris qu'un enfant adultérin n'existe pas. Il n'a aucun droit. Rien. »

« Voyons, il ne faut pas dire ça ! A l'âge qu'a notre belle enfant, on existe toujours... » Et il coula un regard attendri vers l'ourlet de ma mini-jupe. Il y eut un silence. « Veut-elle que nous tentions quand même une revendication d'aliments? », finit-il par susurrer avec autant de timidité que s'il s'était agi de me proposer une caresse osée.

« Une petite action alimentaire, hum? Qu'est-ce qu'elle en dit, notre charmante? Qu'est-ce qu'elle souhaite au juste? »

Je ne souhaitais plus rien, que fuir sa pitié concupiscente et ses œillades émoustillées.

Pendant que je lui comptais trois des mensualités de Monsieur Valbray (« en liquide, mon petit, si ça ne vous dérange pas... Le fisc nous matraque tellement en ce moment ! »), une larme mal ravalée glissa sur ma joue. Lebœuf me tendit son mouchoir et, sur le palier qui sentait le chou et le Dalloz ranci, il profita de mon désarroi pour me caresser paternellement la tête, les épaules et le décolleté : « Je comprends ce qu'elle éprouve, notre ravissante, allez ! J'ai eu dix-huit ans, moi aussi... Je ne voudrais pas faire pleurer ses jolis yeux... A moins qu'elle ne me permette de les essuyer, hum ? »

De cette coûteuse conversation je retirai l'idée que, si j'étais Brassard pour l'éternité, mon père était moins coupable que je ne l'avais pensé : à cet abandon qui me désespérait la loi l'avait poussé.

Lorsque je montai dans le Palatino, j'étais donc, malgré les promesses faites à Béatrice, plutôt moins mal disposée envers le locataire du Farnèse qu'au cours des deux années écoulées.

Comme je traînais ma valise au long des couloirs en cherchant mon compartiment, un jeune homme s'offrit à me la porter. Par un heureux hasard son wagon-lit était justement voisin du mien. Une heure après, le serveur ne me plaça pas pour le dîner : j'étais accompagnée.

Avant que nous n'ayons terminé l'entrée, le garçon s'était raconté : il allait à Rome pour les vacances; il rentrait des Etats-Unis où il avait rencontré Galbraith, dont le livre, « The Affluent Society », bouleversait les milieux intellectuels. Futur énarque, il ressentait, comme l'économiste américain, les plus vives inquiétudes devant la richesse croissante de nos sociétés de consommation, leur production surabondante : saurions-nous affronter « l'Ere de l'Opulence »? Brutalement saisie par le caractère dramatique de problèmes économiques dont je n'avais jusque-là jamais soupçonné l'intérêt, je m'entendis lui demander d'une voix étranglée : « Que faut-il faire contre l'inflation? », et me trouvai tout étonnée d'attendre sa réponse comme celle d'un oracle.

L'apprenti-financier était beau, bien élevé. En outre, il avait les cheveux roux : les blonds et les bruns n'imaginent pas ce qu'endurent les « rouquins » dans leur enfance; à l'école, par exemple, quand je voyais l'une des filles chuchoter à l'oreille des petites qui tournaient la corde à sauter, je savais qu'elles n'allaient pas tarder à venir me tirer les nattes et me traiter de « sale rouquine, tu pues le vinaigre », gracieuseté à laquelle elles m'avaient accoutumée dès la maternelle; par tout ce que j'avais souffert jusqu'à ma quinzième année, je devinais ce que ce garçon avait supporté, et j'avais pitié.

Cet élan de sympathie m'étourdit au point que je ne songeai pas d'abord à l'identité que je me donnerais lorsqu'il m'interrogerait. A la première question qu'il me posa sur ce sujet, mes yeux tombèrent sur la robe que je portais : le fourreau de la Via Borgognona. Cette robe noire en plein été me parut soudain si incongrue que je me décidai pour la jeune veuve normande : mon mari, médecin, avait été tué l'année passée dans un accident de voiture près de Rouen; j'allais à Rome en pèlerinage car nous avions fait là-bas notre voyage de noces. Je parlai, avec émotion, des crépuscules romains, des coquelicots qui poussent dans l'herbe d'Ostie, des petits enfants de pierre de la galerie Chiaramonti qui portent des pigeons dans leur tablier, et des sept platanes de l'hôtel Raphael.

Dans ce temps-là, comme j'étais encore vierge, ma veuve normande ne « couchait » pas; puisqu'elle ne cherchait pas à se consoler, il fallait qu'elle fût inconsolable. Je me laissai raccompagner à mon wagon-lit par un économiste ému, que mon chagrin attristait; à peine s'il osa me prendre la main pour la baiser, et seulement à la manière du monde : sans y porter les lèvres.

A la réflexion il me sembla que ce n'était pas assez, et je décidai de me montrer assez guillerette le lendemain au petit déjeuner pour apaiser ses scrupules. A la gare, rasséréné, il me quitta sur un regard aussi appuyé que le baiser qu'il posa, cette fois, comme une offrande dans la paume de ma main; au fond de mon sac il avait glissé son nom et son numéro de téléphone pour que je l'appelle si mes souvenirs me rendaient le séjour trop pénible. Il pensait que je lui téléphonerais et je me disais que, peut-être, je le reverrais; ni l'un ni l'autre n'imaginions que ce serait moins d'une heure après...

Vingt ans plus tard, le voyageur du Palatino, dont les tempes commençaient à grisonner, me donna sa propre version de la rencontre : « En me parlant de la mort de son mari, elle a pleuré. Une larme est toujours sincère. Même si le motif allégué peut sembler suspect. Quelles qu'aient été ses raisons du moment, la tristesse de Christine n'était pas feinte. Là résidait son génie : elle construisait des personnages imaginaires autour d'un sentiment vrai. L'inquiétude qu'elle n'arrivait pas toujours à dissimuler, ce qu'il y avait en elle d'extravagant, d'insolite, de bâtard décidément, jusque dans la gaieté, pouvait habiller indifféremment une étrangère égarée sur une terre inconnue, une rapatriée déracinée, une jeune provinciale que le monde effarouchait, une veuve vivant dans le regret. Au moment où elle croyait tromper, elle révélait sur elle-même une vérité autrement profonde, en fin de compte, que si elle s'était tout bonnement avouée étudiante en lettres et fille d'ambassadeur. On ne contrefait bien que ce qui n'est pas simulé. C'est pourquoi j'ai marché... »

Nous dînions dans un grand restaurant. C'était Philippe qui l'avait choisi. « Comme disait mon auteur préféré, le monde ne se soutient que par les machines et la décoration... Soignons les formes, ma chère Françoise, puisque le fond nous est ôté : retrouvons-nous à l'Archestrate. » Un maître d'hôtel empesé nous découvrait solennellement, sous leurs couvercles d'argent, des assiettes vastes comme des roues de charrette où une rondelle de chair affrontait en combat singulier une brindille de légumes; d'abondant, il n'y avait plus, dans les restaurants, que le vocabulaire, et les seuls appétits qu'on pût encore y satisfaire, c'étaient des fringales de mots : « effilochée de lapereau à la mousse de chicorée », « béatilles d'alouette aux pluches de cerfeuil », « margouillis de pépins au vinaigre de groseille ».

Tout en grignotant de petites miettes de pain pour tromper ma faim, je songeais que les affabulations de Christine relevaient moins du mensonge, en effet, que d'une habile transposition de la réalité. Ainsi, dans l'épisode du veuvage normand qui avait abusé Philippe, reconnaissais-je – reportées à une autre époque et jouant sur la gamme adulte des sentiments –, toutes les circonstances de la mort du petit Lacroix telles qu'elle devait plus tard me les rapporter; et je ne m'étonnais plus que, racontant à un étranger de rencontre une aventure imaginaire inspirée de ce vrai chagrin d'enfance, elle eût pleuré. Le glissement qu'elle faisait ainsi subir à son passé, cette manière qu'elle avait de déplacer le calque après relevé, je les devinais, d'ailleurs, en bien d'autres endroits de son récit. Aucun mensonge qui ne contînt sa part de vérité.

Peut-être appliquait-elle ainsi sans le savoir un principe qu'on enseigne toujours aux espions apprentis : ne mentir qu'en serrant de près la réalité? Je croyais aussi reconnaître dans sa démarche quelque chose de l'art du romancier – la vie la plus banale offre la matière de cent romans pourvu que, sans même chercher à l'enjoliver, on la décale. Changez l'origine, prolongez le tracé : tout peut arriver. Les mensonges de Christine Valbray contenaient autant de vérités éventuelles que ma propre existence me semblait receler de mensonges potentiels; c'est pourquoi je ne parvenais pas à la mépriser.

Philippe s'irritait maintenant de cette indulgence et de la complaisance que je mettais à me définir à travers un destin qui n'était pas le mien :

– Je ne vois pas ce que vous avez en commun... Vous n'êtes pas menteuse, vous.

– Menteuse? Non. Quoique sur le papier... D'une certaine manière, l'écriture aussi est un apprentissage de la duplicité, du double « je ». De ce double « je » au double jeu...

– Merci, Lacan, j'avais compris. Il me reste donc à regretter que Christine ne se soit pas défoulée dans des petits romans. Elle m'aurait épargné bien des soucis. D'ailleurs, j'en ai assez que vous ne me rencontriez que pour me parler d'elle!

Il mourait d'envie que je m'intéresse à lui. Il y avait dix ans que je le connaissais par mon mari, mais deux ans seulement que je le voyais régulièrement. « L'affaire » et les ennuis qui s'en étaient suivis l'avaient rendu amer, sans lui ôter tout à fait cet enjouement que Christine aimait : sa gaieté avait noirci, son entrain avait vieilli, c'est tout. Il avait démissionné de la fonction publique et abandonné cette carrière de financier qui le comblait : « Et voilà! Back in the "presse-purée" Comme mon grand-père, et ma mère, avant moi. Paradoxalement, dans la famille, passer à la moulinette nous a toujours sauvés! D'abord de la crise de 29. Puis de la guerre et de l'épuration. Et maintenant de Christine Valbray... »

Il était toujours célibataire et toujours séduisant. Depuis quelques mois il me semblait que je ne lui étais pas indifférente; et cette pensée m'alarmait. Je ne crois pas à la puissance de mes charmes et, lorsque je m'égare jusqu'à supposer qu'on m'aime, je tire seulement de cette illusion l'idée que j'ai commencé d'aimer. Ce soir-là, j'éprouvais si fortement l'impression que Philippe voulait me glisser dans son lit que je me crus trop amoureuse pour accepter d'aller chez lui.

Détourner à mon profit des sentiments que Christine avait fait naître, la rejoindre quelque part et même la dépasser, eût pourtant comblé ma vanité; mais je me consolai de la réserve que ma timidité m'imposait, en me disant que je n'aurais pas trouvé auprès de Philippe tout le plaisir que j'escomptais : Christine serait restée en tiers dans nos transports et sa présence ne m'eût laissé d'autre certitude, la chose faite, que d'avoir accompli sa destinée dans ce qu'elle gardait, peut-être, d'inachevé. La crainte, enfin, de n'atteindre à la volupté que par personne interposée me dissuada de tomber dans les bras de Philippe Valbray.

Je refusai le dernier verre en prétextant que j'avais laissé mes trois fils sans garde et que je devais rentrer. Mon chevalier servant me raccompagna chez moi en grillant les feux rouges et ne fit aucun effort pour alimenter la conversation. J'allumai la radio : « On avance, chantait Souchon, on sait bien qu'on n'a plus assez d'essence pour faire la route dans l'autre sens, on avance... » Sa chanson fut interrompue par un communiqué : un groupe d'Arméniens avait fait sauter une boîte de nuit dans la banlieue lyonnaise; les premières nouvelles donnaient cinquante morts et deux cents blessés, tous adolescents, tous français; au terme d'un raisonnement dont les prémisses me paraissaient obscures et le développement étranger à toute logique, des enfants de Satolas venaient d'expier les crimes commis cinquante ans avant leur naissance par le gouvernement turc. « Si ce n'est toi, c'est donc ton frère... »

« Je me demande si le monde que j'ai connu quand j'étais petite est en train de s'effondrer, ou si je suis seulement un peu déprimée? »

« Vous ne devriez pas aborder ces sortes de sujets à deux heures du matin. »

Il ralentit, me regarda, puis sourit :

« Le monde, vieilli, ne garde plus l'ancienne vigueur.

– Si je comprends bien, vous ne quittez Chamfort que pour prendre Cioran?

– A peu près... Mais, honnêtement, Chamfort me fait plus d'impression. Parce qu'il s'est tiré un coup de pistolet. La survie de Cioran, sa rage à publier, affaiblissent un peu sa démonstration. Au fil des ans, il tourne au rond-de-cuir de la désolation... Songez à la force morale qu'aurait un Cioran suicidé! Enfin, comme vous le dites, ma petite Françoise, aucun sceptique ne va plus aujourd'hui jusqu'au terme de sa philosophie... Il n'y a que les héros de roman pour accomplir leur destinée!

Lorsque, pénétrant dans la salle à manger du Farnèse, je vis le jeune homme du Palatino assis à la droite de Maria-Nieves, je restai pétrifiée. L'ambassadeur déclencha son sourire de fonction et fit les présentations : « Christine, ton frère Philippe... Philippe, Christine. Vous avez eu le temps, je suppose, de faire connaissance pendant le voyage : j'avais prié Mireille de vous retenir des wagons-lits voisins... Ça me fait plaisir, vraiment, de vous voir ensemble. Vous vous ressemblez d'une manière étonnante. Deux vrais Valbray. Tu n'es pas de mon avis, Philippe? »

Les yeux fixés sur mon visage, Philippe hocha la tête en silence. Je rougis et balbutiai à son adresse : « Bien sûr, euh... je savais que vous existiez mais... mais je vous croyais mort. »

Sourire glacé : « Perdez donc, ma chère Christine, cette fâcheuse habitude d'enterrer tout le monde. »

Si j'avais espéré qu'avec quelques paroles aimables et deux ou trois plaisanteries, Philippe me pardonnerait mes mensonges, j'en fus pour mes frais. Pendant trois ou quatre jours, mon frère me battit froid. Je ne le voyais qu'aux repas, où il ne m'adressait la parole que pour me dire des choses désagréables : « Oh, quel ravissant chemisier! Tout à fait " dans le vent "! Ma grand-mère a le même... »; « Tiens, vous lisez les " Promenades dans Rome "? Ça vous donne l'air plus snob qu'intelligent, ma pauvre petite! Dans l'armée, Stendhal avait appartenu à l'Intendance avant d'enter dans le Génie mais, pour ses " Promenades dans Rome " manque de chance, il a plutôt fait dans l'intendance! Lisez donc " Le Rouge et le Noir " et flanquez cette œuvrette au panier! »

– Mais, enfin, qu'est-ce qu'il y a? me demanda mon père en me prenant à part, ça ne colle pas entre Philippe et toi?

– Tu sais, je me suis passée de père jusqu'à seize ans et de frère jusqu'à dix-huit. Au point où j'en suis, je pourrais continuer...

– Ttt, ttt... Est-ce ainsi qu'on parle à son papa chéri?, demanda tendrement l'ambassadeur, et il m'embrassa. C'était la première fois. Deux enfants à la fois, après un si long sevrage : la paternité lui montait à la tête.

Philippe, cependant, n'était pas d'un naturel boudeur. Le cinquième jour, il me proposa d'aller étudier avec lui « l'art d'accommoder les ruines ». Ainsi nommait-il les visites que le directeur de l'Ecole Française de Rome lui avait organisées à la demande de mon père pour lui donner un vernis sur autre chose que l'économie et la science politique : le concours d'entrée à l'ENA comportait une épreuve de culture générale, où l'on s'efforçait de sonder les ignorances du candidat dans les disciplines hors programme, et celles de Philippe étaient, au jugement de mon père, insondables.

On ne comble pas un puits sans fond : le directeur de l'Ecole Française y déversa en vain sa science, mais nous passâmes, en sa compagnie, ou malgré elle, quelques après-midi charmantes. Philippe avait glissé son bras autour de mes épaules et fourrait dans mon corsage les chèvrefeuilles et les jasmins qu'il arrachait aux allées de la Villa d'Este ou du Palatin; notre vieux guide, un peu sourd, ne se rendait pas compte que, tels deux gamins, nous tournions en farce toutes ses explications.

A vrai dire, je ne les ai écoutées qu'une fois, le jour où il nous mena jusqu'à un petit musé où l'on présentait quelques miniatures arrachées à des manuscrits du XVe siècle.

Philippe, que ma compagnie émoustillait, faisait mine de ne s'intéresser qu'aux images coquines, illustrations du Décaméron ou des Contes de Canterbury. Mon regard fut attiré par un curieux parchemin couleur d'aurore : dans un paysage gorge-de-pigeon, on voyait un homme barbu, pareil aux Christs de Saint-Sulpice mais tout de rose vêtu, qui pointait l'index vers un jeune homme imberbe, assis par terre, nu, lequel, à son tour, désignait du doigt un superbe oiseau incarnat; de la bouche de chacun des hommes sortait l'un de ces longs foulards, couverts d'écriture gothique, qui sont aux miniatures du Moyen Age ce que sont les « bulles » à nos bandes dessinées.

Comme je ne parvenais pas à déchiffrer ces textes latins, j'appelai le vieux savant, qui fut enchanté de me voir montrer de l'intérêt pour quelque chose.

« Vous avez raison, Mademoiselle, de vous arrêter sur cette petite peinture. Il est rare, en effet, de trouver Dieu le Père représenté. Oui, cet être barbu en robe rose, c'est Dieu. Il ressemble au Christ, n'est-ce pas? Tel fils, tel père : c'est ce que le peintre se sera dit! Il l'a figuré au moment où il vient de créer l'homme. Ce gringalet assis par terre, c'est Adam... Adam : " terre " " poussière " en hébreu. Justement, Dieu est en train de le nommer. Chaque fois qu'il crée, Dieu nomme en effet : " Et Elohim appela la lumière « jour » et les ténèbres « nuit »... Et Elohim appela l'étendue sèche « terre », et le rassemblement des eaux « mer »... " Il n'y a que les animaux que Dieu n'ait pas nommés. C'est à l'homme qu'il a laissé ce soin : " et Yahweh conduisit les animaux de la lande et les oiseaux du ciel devant Adam pour savoir comment il les appellerait; quelque appellation que l'homme donnerait à chacun, elle serait son nom; l'homme épela ainsi les noms de toutes les bêtes sauvages. " Ici, précisément, vous voyez

Adam occupé à nommer le paon, l'un des plus jolis volatiles de la Création... »

Je remarquai que le dessin était construit autour d'un cercle presque fermé; les banderoles blanches sur lesquelles figuraient les paroles faisaient comme une chaîne de Dieu jusqu'à l'homme et de l'homme vers l'oiseau, dont les ailes, levées, ramenaient l'œil à son point de départ : Dieu.

Toutefois, pour que la continuité fût parfaite, il eût fallu qu'une troisième banderole, semblable aux deux autres, sortît du bec de l'oiseau. Philippe, qui avait écouté la fin de l'explication par-dessus mon épaule, s'aperçut, lui aussi, que la continuité était rompue : « Ce petit oiseau est bien beau, mais il lui manque la parole! Oh, à propos de petit oiseau, regardez Adam... C'est avant le coup de la feuille de vigne! Regarde, Christine, on lui voit très bien le... C'est rare, ça! »

Le vieux professeur, qui était resté absorbé dans la contemplation du cercle presque parfait que formaient Dieu, l'homme et l'oiseau, ne s'émut pas des sottises de mon frère – que d'ailleurs il n'entendait guère – et, imperturbablement aimable et prolixe, il poursuivit : « Il faut que vous sachiez que chez les Sémites le nom n'avait pas sa source dans celui qui nommait, mais dans la chose nommée elle-même, dont il ne faisait que représenter la nature. Le nom était la clé de l'identité. Ainsi, Mademoiselle Valbray, quand l'homme nomme les animaux que Dieu lui présente, il les définit... »

– Hé, le sourd-pas-muet, maugréa Philippe, cette jeune fille ne s'appelle pas Valbray! Elle s'appelle Chris, Chris-la-dorée, l'adorée...

– ... Pour le yahwiste c'est clair : il ne suffit pas de créer, il faut nommer. Sans le nom, qui définit l'être dans son essence, la création n'est pas achevée. Au commencement était le Verbe...

– Et, à la fin, les conjugaisons irrégulières! grimaça Philippe. Non, vois-tu, ma chérie, toutes ces histoires de religion m'ennuient... D'ailleurs, comment prendre au sérieux un Dieu qui fonde son Eglise sur un calembour :

« Tu es Pierre et sur cette pierre je bâtirai mon Eglise »? C'est de l'Almanach Vermot!

Ayant dit, et signé d'un baiser léger dans mes cheveux, il se tourna résolument vers la porte. Notre cicérone sourit, haussa les épaules d'un air plus indulgent que fâché, et renonça à insister.

Mes deux années de vagabondage solitaire à travers la ville et la lecture assidue des guides m'avaient de toute façon beaucoup appris et, hors quelques allusions bibliques qui m'échappaient, je prétendais savoir déjà ce que le directeur de l'Ecole Française pouvait nous enseigner. Philippe, quoiqu'il pensât de même, ne résistait jamais à l'envie de me contredire : « Non, tou né sais rien di Roma, me disait-il en parodiant, en version italienne, l'amant japonais d' " Hiroshima mon amour ", niente di Roma, amore mio, tou n'a rien vou di Roma. »

D'ailleurs, il était vrai que, si inculte qu'il affectât d'être, il me faisait parfois découvrir, en passant, des choses auxquelles je n'avais pas songé.

– Tu lis quoi sur ce réverbère?

– SPQR, Monseigneur.

– Senatus Populusque Romanus... Tu vois, cette petite formule qui portait aux quatre coins de l'Empire la volonté du Sénat romain, les ordres d'Auguste, ceux d'Hadrien, on ne la grave plus que sur les grilles des jardins, les plaques d'égout et le couvercle en plastique des boîtes à ordures... Toutes les civilisations finissent aux poubelles de l'Histoire.

– Et alors?

– Alors, mon enfant, prenons de l'avance sur notre temps : soyons pourris dès à présent!

Le registre naturel de mon frère était la dérision : son cynisme tous azimuts n'épargnait que le multiplicateur d'investissement et les grands équilibres de la balance des paiements. Peu de sceptiques ont la force de se passer tout à fait de divinités. Certains, auxquels la Bible donnerait de l'urticaire, adorent Marx, Freud ou Mao; Philippe rendait un culte à John Maynard Keynes, ce qui me paraissait plus curieux que réellement dangereux : on avait commis bien des erreurs en son nom, mais jamais élevé de bûchers. Plutôt que des théories keynésiennes, cependant, j'aimais mieux que mon frère m'entretînt de sa famille et de la mienne : semant son discours de paradoxes et de singeries, il répondait aux questions que je m'étais toujours posées et dont la solution m'importait plus que l'avenir de l'humanité.

Il couchait alors dans la petite chambre bleue et or, qu'on appelle aujourd'hui « la chambre des Balthus »; cette pièce carrée, dont les murs s'ornaient des tapisseries de la Suite d'Esther, donnait par une porte-fenêtre sur une terrasse étroite, suspendue au-dessus du jardin; tous les soirs, il s'installait sur cette terrasse, avec ses manuels de droit et ses polycopiés d'économie, pour préparer le concours qu'il devait passer en septembre. Je m'asseyais sur une pile de « Thémis » à ses pieds; mais, dès que j'y posais les fesses, il quittait son fauteuil et s'allongeait sur le pavé : « Laisse-moi me mettre plus bas que toi, mon chat, ta mini-jupe m'ouvre des horizons que je ne trouve pas dans le cours de Rémond... » Je reculais précipitamment dans l'ombre. « Je suis sûr que tu rougis, disait-il, une vraie rosière! »

Parlant de tout et de rien, je finissais toujours par lui parler de mon père.

– Mais, moi aussi, je l'ai connu tard, ce père, qu'est-ce que tu crois? Quand je suis né, Monsieur résistait; quand Monsieur a eu fini de résister, il a divorcé; et quand Monsieur n'a plus aimé sa deuxième épouse, il est parti pour l'étranger. Je l'aurais rencontré comment, ce courant d'air? Quand Son Excellence a daigné se souvenir que j'existait et m'inviter à Madrid, j'avais quatorze ans. C'est comme ça, que veux-tu! Il y a des variétés de paternité à éclosion tardive...

– Crois-tu qu'il nous aime?

– Moi, je suppose que oui, mais toi, je ne sais pas... Es-tu vraiment sa fille?

– Oh!

– Bon, ne te fâche pas, je disais ça à cause de ton nom. C'est drôle, quand même, qu'il n'ait pas réussi à se débrouiller pour te donner le sien...

Le vent tiède sentait la citronnelle. Cherchant la fraîcheur, je m'allongeais sur le carreau de la terrasse près de Philippe immobile. Sur le Farnèse endormi tombait enfin l'humidité de la nuit. Des gammes de rosée escaladaient la muraille du Lungotevere; des harmonies d'herbes mouillées, de foin sucré, s'élevaient des pelouses du jardin, tandis qu'à intervalles réguliers, la brise nous apportait des collines, comme en leitmotiv, le souvenir des clématites séchées au soleil, des pivoines et des roses fanées de la journée. Apaisée, je m'abandonnais à cette polyphonie d'odeurs que traversait parfois d'un accord inattendu le parfum métallique de bronze et d'épée des cloches de Saint-Pierre, quand l'heure sonnait.

« Pour qui sonne ce glas? » me demandait Philippe d'un ton solennel; c'était une plaisanterie qu'il avait rapportée de son séjour madrilène. « Ne me le demande pas, lui répondais-je non moins gravement, car il sonne pour toi. » Et nous éclations de rire.

« Mais aussi, tu ne devrais pas te montrer aussi froide avec Maria-Nieves! Elle ne mérite pas ça. Tu verras, quand on la connaît bien, elle est plutôt sympathique. Sans elle, Son Excellence n'aurait sûrement jamais cherché à faire ma connaissance, et je parie que c'est la même chose pour toi. Nieves est très maternelle. » Et comme j'esquissais un geste de protestation : « Bon, je t'accorde qu'elle a une fâcheuse tendance à se glisser dans le nid des autres pour y couver leurs œufs, mais qui n'a pas ses petits défauts? Puis, après tout, tu n'as pas plus de raisons de lui faire la tête que je n'en aurais, moi, de chapitrer ta mère si je la rencontrais! »

Il m'expliquait que, dans toute cette histoire, c'était sa mère qui, comme première épouse, aurait eu le plus de droits à s'offusquer. « Et pourtant, regarde comme je suis gentil avec toi! Suis mon exemple, allez. Fais un effort avec Neige. » Je murmurais que ce n'était pas pareil. « Pourquoi? Parce que ta mère n'est pas divorcée? Mais, bon sang de bois, pourquoi est-ce qu'elle ne divorce pas? Franchement, je ne la comprends pas. Qu'elle fasse monter les enchères, d'accord. Un divorce, ça se négocie, c'est vrai... Mais elle ne négocie rien du tout. Rien! A la fin, c'est décourageant pour Nieves. » Il me raconta comment sa mère avait, avec dignité, monnayé le divorce qu'elle avait accordé : Raoul de Chérailles, son grand-père, s'était compromis avec l'occupant pendant la guerre; à la Libération, on l'avait arrêté et emprisonné, tandis que les biens de la famille étaient confisqués; à toutes fins utiles, on envisageait de le fusiller lorsque Jean Valbray, héros de la Résistance, avait débarqué chez son épouse in partibus avec une petite fiancée bressane de dix-sept printemps et un nouveau-né qu'il espérait encore régulariser. « Ma mère est une femme d'affaires, tu sais : bon sens, esprit de synthèse, réflexes prompts. Elle a compris tout de suite que son divorce, le cher Valmy » – c'était le nom de guerre de mon père : les Prussiens ne passeront pas – « il n'était pas près de le décrocher! C'est qu'en l'absence de mon père, ma mère s'était montrée une épouse exemplaire : elle avait tricoté des cache-nez pour les prisonniers, présidé le comité de la Croix-Rouge et élevé son petit garçon dans le respect du père qui l'avait abandonné. Même un juge partisan n'aurait pu soutenir qu'elle avait “ collaboré ” : elle avait caché, pendant trois semaines, son médecin juif dans un grenier. Pourtant, si ça pouvait faciliter la procédure, elle était toute prête à se reconnaître adultère, et acariâtre! Pourvu que, de son côté, Valmy, auquel le nouveau pouvoir n'avait sûrement pas grand-chose à refuser, sauve la vie de mon grand-père et quelques lambeaux de fortune des Chérailles. Des lambeaux qu'on mettrait à son nom à elle, bien entendu, puisque, pour satisfaire à la morale, il fallait dépouiller le coupable... »

D'ailleurs, Anne de Chérailles était raisonnable : elle convenait que le journal, un peu imprudent, que son père avait dirigé devait être supprimé; leurs usines d'aviation, qu'on parlait de nationaliser pour avoir trop bien honoré les commandes de Messerschmidt, elle les sacrifiait; enfin, elle reconnaissait qu'il n'était pas abusif de saisir leur immeuble de l'avenue du Bois, leur chalet de Megève, leur villa de La Baule, sans compter, bien sûr, ces quelques magasins rachetés à bas prix à des Israélites contraints de les leur céder par la législation de Vichy. De toutes les richesses des Chérailles, elle ne voulait garder que l'hôtel particulier de la villa Scheffer, la vieille maison de Senlis et les « presse-purée » : une petite entreprise qu'ils possédaient en Picardie, et qui répondait au nom, résolument préféministe, de « La Ménagère » – LM pour les initiés.

– Personne n'imaginait l'avenir du presse-purée à une époque où l'on ne trouvait plus de pommes de terre ! Ça, ça a été le coup de génie de ma mère : anticiper le développement de l'électroménager. Mon grand-père a fait le reste. En sous-main, bien entendu, et, jusqu'en 1957, sans apparaître en nom : les presse-purée sont devenus cocottes-minute, hachoirs, moulinettes; ils se sont électrifiés : grille-pain, moulins à café; ils sont entrés dans la salle de bains : sèche-cheveux, rasoirs; ont envahi le salon et la salle-à-manger : aspirateurs, transistors, télévisions... Mon grand-père, de toute façon, tu lui laissais une petite cuillère, il te fabriquait un Constellation ! Tout ça pour te montrer que voilà un divorce bien mené ! Personne n'y a perdu. Et, finalement, tout le monde est content !

– Ecoute, Philippe, ton papa n'a pas vraiment besoin d'avocat...

– Ma douce enfant, si tu le prends sur ce ton-là, rentre dans ta chambre avant que nous ne nous fâchions. Bonsoir, mon ange.

Il m'attirait contre lui; j'esquissais un mouvement de recul.

– Je t'en prie, Christine, pas de pudibonderie. Songe à tout ce que nous aurions pu faire dans ce train de nuit ! Du reste, si tu veux d'abord passer devant le curé, OK : légalement, rien ne nous empêche de nous marier...

Il me tenait enlacée et, vaincue par le souvenir de mes mensonges, la sécheresse de ses reproches et l'ambiguïté de mon état civil, je le laissais enfouir son visage dans le creux de mon corsage.

– Sais-tu, mon poussin, que tes seins sentent le jardin ?

– Pas étonnant. Avec tous les chèvrefeuilles que tu y as fourrés cet après-midi pendant qu'on visitait les ruines...

J'essayais, en riant, de me dégager; mais il resserrait son étreinte. « Un vrai jardin... En fin de compte, tu vois, on en revient toujours à la philosophie : cultivons notre jardin, il n'y a que ça de vrai! » Et il glissait, sous mon chemisier, une main si expertement cultivatrice que je n'osais le repousser.

En vérité, je ne parvenais pas à déterminer s'il éprouvait pour moi une affection plus trouble qu'il ne convenait, ou s'il avait seulement résolu de me faire payer de cette manière l'humiliation d'avoir été, un moment, abusé par mon personnage palatinien; il était sûr toutefois que, réticente au commencement, je prenais un plaisir croissant à ces jeux.

« Tu vois le mal partout, mon bijou », disait-il lorsque je refusais mollement, l'une de ces séances de déshabillage et de décoiffage qu'il baptisait pudiquement « déguisements ». « Tous les frères et sœurs s'amusent à ça! »

Je n'osais lui opposer que nous étions peut-être un peu grands pour nous initier à ces enfantillages... Me maniant comme une poupée, et affectant de n'être pas plus ému de ce qu'il découvrait que je ne semblais l'être de ce que je lui révélais, il m'enveloppait de chemises et de chiffons qu'il drapait autour de mon corps pour me faire représenter telle statue grecque ou tel portrait célèbre. Puis il brossait mes cheveux, les tressait, les lissait, les relevait, les épinglait, tandis que, comme me l'avait demandé mon père, je tenais vainement de lui faire réviser un peu d'histoire, puisant dans cet exercice la force de garder la tête froide.

Sur les vicissitudes du colonialisme et le développement du syndicalisme Philippe était incollable, mais dès que, remontant le cours du temps, nous passions la Révolution de 1848, l'histoire des peuples se perdait à ses yeux dans un brouillard épais que les programmes de Sciences-Po, résolument contemporains, n'avaient guère contribué à clarifier.

– Crécy? Euh, je ne sais pas moi... C'est une bataille.

– Mais encore?

– Oh, la la... Au seizième siècle, non? Une bataille entre les Français (ça, je suis sûr qu'il y avait des Français) et les, euh... Italiens? Bon, écoute, je m'en fous, l'économie a un plus gros coefficient... Tu sais, c'est incroyable comme tu ressembles à la « Bella » de Titien! Et quand je défais tes nattes, et que je laisse tes cheveux pendre sur tes épaules comme ça, on jurerait Lucrèce Borgia, dans cette fresque du Pinturicchio au Vatican... Tandis que là, avec ce petit chignon bas et ton foulard de mousseline, tu as de faux airs de « la Jeune Fille au Médaillon ». Ah non, ne souris pas, surtout! C'est une jeune fille grave... Regarde, petite veuve normande, comme le malheur t'irait bien! Quelle chance d'avoir une sœur... Et une sœur Renaissance, en plus : la plus claire des peintures, les âmes les plus tortueuses!

– Philippe, s'il te plaît, laisse mes cheveux, j'en ai assez. J'ai trop chaud. Et puis j'ai soif... Des fois, tu ne voudrais pas aller me chercher à boire en bas, dans le frigo des cuisines?

– « Des fois », le « frigo », qu'ouïs-je? Mon Botticelli qui parle avec l'accent de Saint-Denis!

– Oh! mais tu m'embêtes à la fin! D'abord, ce n'est pas Saint-Denis, c'est Evreuil.

– Ah, bon... C'est mieux?

J'aurais dû avoir envie de l'assassiner mais, après trois semaines passées en sa compagnie, j'avais compris qu'il mettait dans ces sortes de questions moins de mépris que de véritable curiosité. La banlieue parisienne lui était inconnue; n'ayant jamais circulé intra-muros qu'entre son hôtel particulier du Trocadéro et le collège jésuite de Saint-Louis-de-Gonzague, avec, tout juste, quelques reconnaissances poussées, au nord, jusqu'au Jardin d'Acclimatation à l'âge des sucettes et, au sud, jusqu'aux tennis de Roland-Garros au temps des premiers baisers, il croyait le pont de Sèvres au bout du monde et s'émerveillait d'apprendre qu'il existât, en plus, un dixième, un onzième ou un douzième arrondissement (ne parlons pas du vingtième : « c'est où, ça, le vingtième? »); quant à Evreuil,

Aubervilliers, La Courneuve ou Lagny, ils appartenaient à d'autres planètes. Seuls Saint-Denis et Sarcelles, qui prenaient valeur de symboles dans les conversations, étaient venus, par ouï-dire, à sa connaissance; il les mentionnait à l'occasion, encore qu'il eût été fort en peine de les situer...

Cependant, il ne demandait qu'à découvrir le monde et ne doutait pas, comme il m'en assurait poliment, que la « Ceinture Rouge » ne recélât des trésors de pittoresque. Il m'eût été facile de tromper cette naïveté en lui décrivant un Evreuil de ma façon, qui n'eût pas eu grand-chose à voir avec les vraies banlieues. Comme il m'aimait, il aurait été enchanté d'apprendre que nous n'avions pas vécu jusqu'ici dans des mondes aussi opposés que Nieves le lui laissait entendre; d'ailleurs, quoique je fusse parfaitement sincère dans ma peinture d'Evreuil, il parvenait quand même à cette conclusion – surprenante – que Passy était un peu mieux, peut-être, mais que la différence ne justifiait certainement pas l'écart des loyers...

On n'imagine qu'à partir de ce qu'on connaît; et les mots dont nous usions, l'un et l'autre, couvraient si rarement les mêmes réalités qu'il se méprenait constamment sur ce que je lui décrivais. Si je lui disais « belle maison », pour désigner l'un de ces pavillons en meulière des années vingt qui bordaient l'avenue de Stalingrad à Evreuil, il voyait aussitôt un hôtel particulier ou un château de trente pièces; et quand il m'échappait le mot « hôtel » pour parler de ce bistrot de la gare où des soiffards attablés du matin au soir à des tables en formica réclamaient, sur l'air des lampions, qu'on rechargeât « leurs wagonnets », je n'affirmerais pas qu'il se représentait le « Georges V », mais il se figurait, pour le moins, l'une de ces auberges rustiques, à petits carreaux et poutres apparentes, où les hommes de son milieu entraînent leurs maîtresses le vendredi soir.

Je devais, plus tard, rencontrer chez sa mère, Anne, cette même ingénuité, si désarmante qu'elle en devenait presque sympathique. Un jour qu'interrogée par elle sur un lointain cousin bressan que les Chérailles avaient, un moment, employé comme chauffeur, je lui répondais que la branche de la famille Brassard dont ce monsieur était issu s'était séparée des Brassard du Bugey vers 1880, son visage s'illumina : « Ça alors!, s'exclama-t-elle avec chaleur, c'est exactement comme nous avec les Noailles! » Elle était ravie de nous trouver tant de points communs...

– Philippe, j'ai soif.

– J'irai te chercher à boire, mon petit chat de gouttière, si tu me promets de ne plus dire « des fois ». C'est trop vilain, vraiment.

– J'ai soif, j'ai soif, j'ai soif!

– Et « frigo »... C'est trop laid.

– J'ai soif, Philippe. J'ai soif!

– Promets-moi d'abord de te corriger. Un petit effort. allez. Le su-sucre si donner la pa-patte...

A notre surprise à tous deux, j'éclatai en sanglots, brutalement ramenée trois ans en arrière, dans une chambre rose, sous les combles d'un hôtel particulier d'Enghien, dont ma grand-mère cousait les ourlets – rideaux, dessus-de-lit, coiffeuses juponnées – :

– ... J'ai soif, Mémé, j'ai soif.

– Tais-toi, Christine. Si Madame Dormanges t'entendait...

– Mais je m'en fous, moi, de Madame Dormanges! Mémé, j'ai soif. Soif, soif, soif... Et d'abord, pourquoi est-ce qu'elle ne nous donne rien à boire, ta vieille toupie?

La gifle s'abattit sans préavis; ma grand-mère Brassard avait la main leste.

Assise par terre (« T'assois pas sur les chaises de Madame Dormanges... Des fois que tu les abîmerais, ça me ferait des ennuis rapport à mon patron. Tu m'entends, Christine? C'est pas Dieu possible que cette gamine soye aussi désobéissante! ») je pleurais sans bruit, sous des lambris roses, des cimaises dorées, des trumeaux moulurés...

Depuis deux ans j'avais entendu parler sans cesse du « château de Madame Dormanges »; le tapissier chez qui travaillait ma grand-mère y avait refait successivement toutes les tentures des salons et les garnitures des chambres; Mémé y allait deux fois par mois, pour finir sur place les ouvrages préparés à l'atelier. Madame Dormanges appréciait, paraît-il, beaucoup ma grand-mère, qui s'en vantait à mon Pépé : « Elle a dit à ma chef qu'elle veut plus que moi : " ces jeunesses avec leur transistor, elles me tapent sur le système " qu'elle y a fait... Moi aussi, la manière qu'elles travaillent ces filles-là, ça me déguenille! Surtout que c'est dérangeant, un transistor, dans une maison comme ça. Monsieur Dormanges a de très grosses responsabilités, très grosses... Dans l'import-esport. Il lui faut de la tranquillité. » Germaine Brassard adorait Madame Dormanges : « Tiens, je te le dis, Henri, pour finir c'est pas une patronne, pas une cliente, c'est une amie. En plus elle est tellement distinguée, c'te femme là... »

Mais, la chambre rose terminée, il n'y aurait plus rien à faire chez Madame Dormanges; Mémé ne verrait plus son amie, elle se sentait un peu triste... Que, pour le dernier jour, Madame Dormanges lui eût permis d'amener sa petite-fille lui avait mis du baume au cœur : « Tu vas voir, ma Christine, comme c'est beau... Madame Dormanges a promis qu'elle te fera tout visiter. Les Zaffini peuvent dire ce qu'ils veulent, ça fait plaisir qu'il y ait encore des choses comme ça! »

C'était au mois de septembre 1960. Il faisait chaud. Toutes mes amies du lycée étaient encore à la plage ou à la montagne. Béa et moi, nous devions nous contenter du remblai du métro; par un trou de la clôture nous sortions du jardin et gagnions le talus qui domine la voie ferrée. Cachées dans les hautes herbes, nous passions nos vacances à effeuiller les acacias – « un peu, beaucoup, passionnément » – en pensant qu'à quinze ans il était dommage que ce « passionnément » n'eût pas de visage

– Y a bien Nicolas, me disait Béa.

– Zaffini? Oh non! Avec son nez plat et ses yeux à fleur de tête, tu sais à qui il ressemble? A Jimmy Criquet!

Béa riait :

– Oh, oui! Surtout qu'il est toujours prêt à nous faire la morale. C'est une vraie conscience, ce type-là.

– Attention! Zaffi, ce n'est pas n'importe quelle conscience : c'est une conscience de classe.

Béatrice suçait rêveusement une palme d'acacia :

– C'est quoi, au juste, une conscience de classe?

– Ben... Mettons que c'est un truc trop compliqué pour toi.

En attendant la rentrée, je m'ennuyais. J'avais été plutôt contente d'accompagner ma grand-mère à Enghien pour la matinée. Mais, sous les combles du château, il faisait trop chaud. De plus, il y avait eu un malentendu : ma grand-mère pensait terminer le travail dans la matinée mais, à onze heures, Madame Dormanges lui avait fait porter par sa femme de chambre un pile de draps à ourler; il y en avait pour la journée; Mémé n'avait pas osé refuser, ni lui faire dire que nous n'avions pas apporté de déjeuner.

– J'ai faim, Mémé.

– Mange ton poing.

– J'ai faim, faim, faim.

– Tu mangeras mieux demain. A ton âge on peut sauter un repas, c'est bon pour la ligne.

Coincée dans la chambre rose, j'en avais épuisé toute la bibliothèque : « Toi et Moi » de Paul Géraldy, posé sur la table de nuit. Je trouvais le temps long.

– Elle sait qu'on est là, Madame Dormanges?

– Evidemment qu'elle sait qu'on est là.

– Pourquoi elle ne vient pas nous dire bonjour, alors? Au fait, c'est pas pour dire, mais ils lisent des conneries, ces gens-là.

– Ah... Parce que ce que tu lis, toi, Mademoiselle-je-sais-tout, c'est mieux?

– Quand même, oui! Excuse-moi!

– T'as trop de fierté, ma petite fille, ça te perdra.

A quatre heures de l'après-midi dans la chambre surchauffée, n'ayant pas avalé une goutte d'eau depuis le commencement de la matinée, j'avais l'impression d'avoir traversé le Sahara.

– Je me demande où tu trouves encore assez de salive pour mouiller ton fil avant de l'enfiler, Mémé.

– Et moi, je me demande où que tu t'en trouves assez pour causer...

– Pourquoi est-ce qu'elle ne nous fait pas porter à boire, ton amie? Juste un petit verre d'eau... Elle ne se doute pas qu'on a soif? Elle ne boit pas, elle, peut-être?

– Sans doute qu'elle nous fera porter un petit en-cas sur les cinq heures, marmonnait Mémé en coupant entre ses dents le coton d'un aiguillée.

Mais Madame Dormanges laissa passer l'heure du thé comme elle avait laissé passer celle du café.

A six heures, après avoir rêvé à voix haute de torrents glacés, de bière bien fraîche et de sorbets variés, je commençai à clamer sur tous les tons que je ne tiendrais pas un quart d'heure de plus; je prétendis explorer l'étage pour y chercher une salle de bains et un robinet. « Tu vas rester tranquille, oui? T'es pas chez toi ici. » A six heures dix, je reçus ma gifle.

A sept heures, ma grand-mère enroula son mètre, ramassa ses épingles, et nous fûmes raccompagnées par la femme de chambre jusqu'à la grille du jardin. Je ne disais plus rien; Mémé ne parlait pas davantage, mais me jetait à la dérobée des coups d'œil embarrassés. A la porte, rassemblant tout son courage, elle s'adressa timidement à la femme de chambre :

– Madame, votre patronne m'avait dit qu'elle ferait voir le château à la petite... Puis, comme c'est la dernière fois que je viens, j'aurais bien aimé lui dire au revoir. Mais peut-être qu'elle est pas là? Je voudrais pas déranger...

– Je vais voir, dit sèchement la femme de chambre.

Je maugréai que je m'en foutais, moi, de son château.

– Je voudrais qu'on s'en aille... Parce que j'ai soif. J'ai soif.

Madame Dormanges parut. C'était une grosse dame d'une soixante d'années, au visage excessivement poudré. Elle se récria : « Mais bien sûr, une promesse est une promesse! » Ma grand-mère s'excusa.

Nous visitâmes en procession les salons du rez-de-chaussée. Madame Dormanges nous indiquait obligeamment ce qu'il convenait d'admirer : « Comme vous voyez, ce sont d'authentiques Aubusson... Un Corot à personnages : il paraît qu'ils sont très rares... Vous regardez mes vases? Ils sont beaux, n'est-ce pas? Des Lalique... Non, pas celui-ci : c'est un Baccarat. » Seuls les vases attiraient mon regard, en effet : j'avais envie de boire l'eau des fleurs.

Pour racheter le silence boudeur de sa petite-fille, ma grand-mère en rajoutait dans la mondanité :

– Ce que c'est magnifique, Madame Dormanges! Votre château, c'est beau comme un musée. Quel goût vous avez pour arranger ça! J'en suis toute retournée. Oh! Et cette peinture avec ce petit oiseau sur sa branche... on dirait qu'il est vivant! Regarde, Christine, si c'est pas trognon?

– Une estampe d'Hiroshige, dit Madame Dormanges.

– Vous savez, dit ma Mémé dans un rire qu'elle voulut à la fois modeste et charmeur, Hirochié ou un autre, la vérité c'est que j'y connais pas grand-chose : tout ce qui me faut à moi, c'est que ça soit beau... Ça m'incomberait pas que l'auteur soit inconnu, voyez, pourvu qu'il ait bien peint la nature.

– Cette maison est agréable, c'est vrai, reprit Madame Dormanges un moment déconcertée par les à-peu-près linguistiques de Madame Brassard. Je regrette seulement que les salons qui donnent sur la rue soient un peu bruyants...

– Sûr que, de ce côté-ci, la maison est trop rurale, trancha ma grand-mère, et ça doit vous occasionner du bruit. Il faudrait pas que ça dérange Monsieur Dormanges pour réfléchir...

Le « rural » m'amena au bord des larmes. De la servilité de ma grand-mère, ou de son incapacité à faire illusion, je ne savais pas ce qui m'écœurait le plus. « Le su-sucre si donner la pa-patte... »

Ma gorge était si sèche que chaque inspiration la brûlait. Madame Dormanges continuait à faire défiler impitoyablement les cristaux et les ors, les velours et les dentelles, les sculptures et les tableaux. Un verre d'eau, un pichet même, n'eût plus suffi à calmer ma brûlure; il y aurait fallu maintenant des fontaines, des rivières, des océans. A force de ne pas boire, on ne connaît plus les limites de sa soif.

Le lendemain de ma visite au château, j'avais exaucé l'un des vœux de Nicolas Zaffini : je m'étais inscrite à l'Union des Jeunes Filles de France, seule organisation de jeunesse du Parti Communiste qui fût alors ouverte au « deuxième sexe ».

J'aimerais vous dire qu'on devient marxiste après avoir lu « le Capital », mais c'est aussi rare que de se faire chrétien pour avoir lu saint Thomas d'Aquin. On entre dans ces chapelles-là comme on va chez le médecin : sans autre désir que de souffrir moins. Ce n'est qu'une fois la douleur calmée qu'on peut s'intéresser à la science du sorcier.

Nicolas Zaffini, secrétaire fédéral des Jeunesses Communistes pour la Seine-et-Oise, ne chercha pas, d'ailleurs, à connaître mes raisons; il priait depuis si longtemps pour ma conversion qu'il courut rue Humblot brûler un cierge au siège national de la JC et n'en chercha pas plus long.

Nicolas avait trois ans de plus que moi et, bien qu'il me connût depuis l'enfance, il trouvait du charme à mon adolescence. Son père, Giuseppe, ouvrier italien, délégué CGT chez Bourjois et vice-président de l' « Amicale laïque » d'Evreuil, et sa mère, Rosa, employée à la mairie, étaient entrés dans notre vie en 1953, en même temps que les fins de mois difficiles et l'usine de parfums.

Du jour où le docteur Lacroix, ce médecin de famille qui avait enseigné à Béa enfant les rudiments de sa science, eut quitté Evreuil, les Zaffini et leurs cousins, les Pertini, devinrent nos seuls amis et presque notre seule famille. Rosa et Giuseppe introduisirent à la maison les « spaghetti bolognese », les 45 tours de Marino Marini, le fou rire « alla romana », et des idées que ma grand-mère jugeait redoutablement subversives. Il est vrai que ces idées avaient été longtemps celles de mon grand-père, mais il avait quitté le Parti au lendemain de la Libération sans qu'en dépit de tous ses efforts Giuseppe parvînt à en éclaircir la raison.

Cent fois, entre la doyenné et le gorgonzola, il avait abordé la question devant moi, mais mon grand-père, s'il écoutait patiemment les discours du militant, n'y répondait pas. Quelques hochements de tête, un haussement d'épaules et, après une heure ou deux, une manière si définitive de déboucher le « chasse-cousin » qu'elle mettait un terme à l'entretien.

Le « chasse-cousin » était un poiré que mon grand-père s'obstinait à fabriquer sans succès : sa raideur, son âpreté, son violent parfum d'alcool à brûler l'obligeaient lui-même à reconnaître que cette eau-de-vie avait tous les défauts, ou toutes les qualités, de ce qu'on nomme dans son pays un « chasse-cousin » – boisson qu'on offre pour inciter les parents importuns à prendre congé...

– Vous en boiriez bien un petit verre, Giuseppe? demandait perfidement mon grand-père.

– Bon Dieu, Pépé, lâchait Giuseppe en se levant, excédé, vous ne me direz quand même pas que le monde va bien comme il va!

– Non, disait mon grand-père en taillant du bout de son canif un petit cochon de liège dans le bouchon du poiré, mais ce qu'il y a de sûr, c'est que je suis trop vieux pour le changer.

– Dites plutôt que vous êtes un vieil anarchiste...

Ma grand-mère sortait de la cuisine en apportant le café. « Rassoyez-vous, Giuseppe. Ce que je m'en vais vous verser, moi, c'est du bon. Seulement, faut que vous laissiez mon bonhomme en paix... De militer comme vous faites, ça nous a attiré que des malheurs, à nous autres : d'abord les Allemands, qui m'ont fusillé mon aînée; puis mon Henri, qui a pourri ses poumons aux FFI... Total, on peut dire qu'on a été bien récompensés! Et pour finir, ma Lisette, qui a rencontré, dans le Maquis, cette " bête du Diable " qui l'a mise enceinte. Ah, le vieux fusil! Pendant ce temps, y a des planqués qui ont fait leur beurre, allez! Tenez, Giuseppe, le meilleur sur terre, c'est de se faire oublier... »

Tandis que, dans la cafetière napolitaine (un cadeau de Rosa), le breuvage s'écoulait à petit bruit, l'assistance se réconciliait dans la haine qu'elle vouait à Jean Valbray. Rosa le maudissait à la manière palermitaine, Giuseppe analysait en termes marxistes le mépris que cet « ennemi de classe » lui inspirait, ma grand-mère contait par le menu la vie supposée du débauché, et Lise pleurnichait. « T'inquiète pas, ma Christine, me glissait Nicolas en m'embrassant sur la joue, quand je serai grand, je lui ferai la peau, à ce salaud! »

Le Parti est la famille de ceux qui n'en ont pas. En quelques jours – grâce au Foyer Danièle Casanova, auquel je venais d'adhérer, et à la protection vigilante de Nicolas – je m'étais trouvée pourvue d'un si grand nombre de « parents et alliés » que, habituée à la solitude de l'Hôtel des Rieux, je ne savais plus où donner du cœur. Les camarades que, déjà à ce moment-là, on aimait mieux appeler des « copains », étaient si chaleureux, si prévenants et si préoccupés de me conduire à grands pas sur les chemins du Futur que je ne trouvais plus le temps de penser : on me prêtait de bons livres, qu'on m'invitait à résumer pour être sûr que je n'en avais rien perdu; on m'emmenait pique-niquer avec les « copains du cercle Guy Môquet », on m'abonnait à « Jeunes Filles de France », à « l'Avant-Garde » et aux « Lettres Française »; on organisait pour moi des sorties au TNP – « Arturo Ui », « Mère Courage », Brecht de toute façon; pour mon anniversaire, on m'offrait des fleurs et des poèmes d'Aragon; à la rentrée, on m'entraînait à La Courneuve pour manger des merguez et écouter Jean Ferrat à la Fête de l'Huma; le dimanche, on se réunissait chez les fils du secrétaire de cellule pour regarder à la télé « Quand passent les cigognes » ou « la Ballade du Soldat », en grignotant des cornichons à la russe... Tant de sollicitude, si utilement dirigée, m'étouffait.

Au printemps je fus soulagée de passer enfin à la pratique de l'engagement, qui ne me mettait plus en contact qu'avec un nombre restreint de camarades. Le dimanche matin, je vendais l'Huma : après deux ou trois séances d'entraînement en commando devant la mairie, on me lâcha seule, avec une petite apprentie coiffeuse et une pile de vingt numéros, pour créer un nouveau point de vente en haut de la rue de Paris, face au « Cours des Halles ». La concurrence était rude :

– Mes salades, mes belles salades, criait la marchande, mes carottes à un franc le kilo, un franc seulement... Demandez l'endive belge, la belle - la belle - la belge!

– Demandez l'Huma-Dimanche, murmurait l'apprentie coiffeuse, planquée derrière un réverbère.

– Ma romaine à cinquante centimes, qui-qu'en-veut de ma romaine?

– L'Huma-Dimanche : l'affaire de la baie des Cochons, chuchotait le réverbère.

– Aux pommes, aux pommes, aux pommes. C'est de la vigueur en conserve, ma p'tite dame, du bonheur pour la semaine... Et une ratatouille ici, une! C'est-y pas beau de la courgette comme ça, hein, monsieur, c'est-y pas à faire envie aux dames?

Je pris mon courage à deux mains et, arpentant vaillamment le trottoir, poussai d'un organe sonore quelques titres raccrocheurs :

– Le Crime Odieux de l'Impérialisme Yankee... La Machine de Guerre des Multinationales...

– La belle - la belle - la belge!

– Le Premier Homme dans l'Espace, le Triomphe de la Science Soviétique...

– Le chou-fleur de la Bretagne, la jolie sanguine d'Espagne, frais poussés, frais livrés, frais pesés... On s'approche! On touche! On sent!

Instinctivement, j'inclinai mon visage sur la pile de numéros que je portais, en « femme-sandwich », plaqués contre ma poitrine : l' « Humanité » exhalait une odeur fade d'imprimé; rien qui pût rivaliser avec le parfum des céleris, des oignons et des fenouils du Midi. La petite coiffeuse me lançait des regards désespérés. J'avais beau m'enhardir, fustiger en hurlant « la crise du capitalisme monopoliste d'Etat », vanter en m'époumonant « cette vérité que la presse bourgeoise taira », je devais me rendre à l'évidence : la salade du « Cours des Halles », se vendait mieux que la mienne.

A la fin, vaincue, je laissai le primeur déteindre sur ma technique de vente : « Achetez l'Huma, trente centimes le numéro, ça vous fait pas cher du kilo »; « L'Huma – l'Huma – l'Humanité, le PC français pose le problème des libertés »; « Lisez l'Huma, vous ne le regretterez pas : deux centimes la page, deux centimes seulement. C'est de la réflexion pour la semaine, c'est du bonheur pour la vie : l'Huma, l'Huma, l'Huma-chérie! »

Ma camarade de combat était effarée par ce recours à des méthodes de vente que nul, au PC, ne lui avait enseignées : « Tu crois qu'on peut? »

Au terme de la matinée, la voix cassée, je rentrai chez moi avec dix-sept invendus sur les bras... et trois kilos de tomates qui allaient réjouir ma grand-mère : elles n'étaient pas chères et avaient une mine à vous rendre la santé.

Quelques semaines plus tard, j'avais épuisé les charmes de la vente au numéro : le printemps était froid. D'ailleurs, pour appâter le chaland de nos banlieues, je sentais qu'il eût fallu adjoindre aux promesses du socialisme la prime d'un petit porte-clefs; le Parti répugnait à ces méthodes, et quelques militants de la vieille garde avaient déjà marqué leur surprise indignée devant le modernisme des « techniques d'appel » que j'utilisais au « Cours des Halles »; personne au Cercle ne me reprocha donc d'abandonner la vente militante pour d'autres travaux.

Il y eut, d'abord, le temps des meetings et des « manifs ». Béatrice, qui a toujours cru que je me lassais vite des tâches obscures et n'aimais que le « grand spectacle », serait bien en peine, sans doute, d'expliquer pourquoi je ne me suis pas amusée davantage à ces jeux de la foule qui flattent si bien le regard et le goût de la fête : les flics bleus, les drapeaux rouges, les pompiers noirs, les poings levés, les lance-grenades épaulés, les chants repris à l'unisson, le hurlement des sirènes, et cette abondance de figurants, utilisés sur les boulevards de Paris en technicolor et panavision, auraient dû me séduire. Or (fût-ce la conséquence de la discipline rigoureuse imposée par le service d'ordre du Parti? l'effet de la monotonie des slogans et des parcours Bastille-République? ou le résultat d'une timidité qui m'interdisait d'échanger avec mes voisins paroles et impressions?) le fait est que j'eus bientôt le sentiment de participer à ce que le petit Gaulois Astérix, dont je découvrais alors le premier album, nomme « une orgie refroidie »...

Au bout d'un an de « Jeunes Filles de France », je n'étais plus volontaire que pour le collage : avec deux ou trois camarades que nous déléguait le cercle Guy Môquet, un pot de colle et un balai, nous parcourions les rues d'Evreuil, le samedi après-midi, pour afficher les dernières consignes du Parti. En recouvrant les murs lépreux de papiers neufs aux couleurs vives, j'éprouvais la même satisfaction qu'une maîtresse de maison qui repeint sa cuisine; et c'était moins, sans doute, la force de la conviction qu'un net penchant pour la décoration qui me poussait à rechercher ces tâches que les « copains » trouvaient fastidieuses.

En entrant au PC, j'avais nourri l'espoir, vite déçu, de forcer l'estime de mon grand-père, mais je m'étais aussi bercée de rêves héroïques nourris des souvenirs de guerre de toute ma famille. La sympathie du Parti pour la rébellion algérienne m'avait fait entrevoir la possibilité de jouer, à mon tour, un rôle dans la clandestinité; j'aurais voulu passer des messages, porter des valises, fabriquer des faux papiers; j'aurais berné la police, défié l'armée, on m'aurait torturée, fusillée peut-être, mais je n'aurais pas parlé... Nicolas Zaffini, à qui sans révéler tout à fait les « cachots en Espagne » que je me bâtissais, j'osai demander pourquoi l'hebdo « Jeunes Filles de France » publiait plus souvent des recettes de cuisine que des appels à soutenir Djamila Bouhared et pourquoi la JC elle-même ne s'engageait pas davantage dans le soutien au FLN, doucha mon enthousiasme : « La difficulté, tu sais, c'est de situer le combat anticolonialiste au niveau de la lutte des masses. » En clair, la présence du contingent de l'autre côté de la Méditerranée rendait impopulaire toute alliance avec les terroristes; notre soutien idéologique était sans limites, mais nous devions nous garder de passer aux actes.

Lorsqu'enfin l'Algérie fut libérée, j'étais si désenchantée, si ennuyée du militantisme et du communisme que je n'assistais plus que rarement aux réunions du Foyer; je ne parvenais même plus à chanter « l'Internationale » en entier : « La raison tonne en son cratère, c'est l'éruption de la fin », ou « Pour tirer l'esprit du cachot, soufflons nous-mêmes notre forge », me semblaient relever d'un goût littéraire si douteux que je me bornais à fredonner l'air lorsque les camarades disaient les paroles; chrétienne, j'aurais eu, j'imagine, la même répugnance à réciter le Notre-Père pléonastique du dernier concile : « Pardonnez-nous nos offenses comme nous pardonnons *aussi* à ceux qui nous ont offensés »; mais il est vrai que, si j'avais été chrétienne, j'aurais cultivé l'humilité et pris un vif plaisir à mortifier mon français...

Je n'avais, en tout cas, rien trouvé au Parti Communiste qui, pour l'intensité des émotions et la profondeur de la solidarité, approchât de ce que je sentis un soir de 1963, au coin du boulevard de Charonne et du cours de Vincennes, accrochée avec Béatrice à la façade d'un café, les fesses calées sur l'appui d'une fenêtre du premier, les jambes pendant au-dessus du store, la gorge sèche, le cœur battant, tandis qu'en bas « Johnny » chantait. Sur la place de la Nation, des milliers de filles et de garçons de notre âge, accrochés aux réverbères, montés dans les arbres, grimpés sur le toit des voitures, hurlaient, sifflaient, riaient, applaudissaient, couvrant de leurs clameurs les accords de la guitare électrique et les couplets de ce concert improvisé. Les branches des marronniers craquaient, les vitrines des magasins cédaient sous la pression de la foule : avec cette force il faudrait compter. Nous nous tutoyions sans nous connaître, nous nous embrassions : sur cet amour on pourrait tabler. A califourchon sur l'enseigne du « Terminus », je crus que j'atteignais le bout du voyage...

Il est vrai que, malgré le PC, j'étais alors passablement dépolitisée.

J'aurais pu, d'ailleurs, quitter l'UJFF sur la pointe des pieds sans que personne cherchât à me retenir : dans ces associations d'enfants et d'adolescents, le « turn-over » est tel que les dirigeants résignés cherchent moins à garder qu'à renouveler. Ils pratiquent – à la sauvage – la culture sur brûlis : on épuise le sol et on va plus loin; c'est ainsi, parfois, qu'on conquiert le monde...

« Les Jeunes Filles de France et la JC, soyons francs, ce n'est jamais que du self-service idéologique », disait avec mépris Nicolas Zaffini depuis que, après s'être longtemps rangé dans les travailleurs manuels parce qu'il était élève du technique, il était entré à l'Ecole des Arts et Métiers et, du même coup, à l'union des Etudiants Communistes – laquelle est aux Jeunesses, en terme de prestige, ce que Polytechnique est à la maternelle. Maintenant, chaque soir, il traînait fièrement au « Champollion », rue des Ecoles, avec les leaders du mouvement, publiait des articles dans « Clarté » et vilipendait l'UNEF, « dangereuse et aventuriste ». Moi, pour l'UNEF, j'éprouvais plutôt du penchant – enfin, le même genre d'estime affectueuse que pour Johnny Hallyday : moins une sympathie de classe qu'une sympathie d'âge.

Mais à cause de « Zaffi », et de Béatrice qui avait adhéré pour me suivre et qui, levée tous les dimanches à l'heure de la première messe, mettait à la pratique de nos « exercices spirituels » – vente de l'Huma ou placement des tickets d'entrée à la grande kermesse annuelle – une persévérance dont je n'étais pas capable, je reprenais tous les ans ma carte du PC; à la réunion de reprise, les responsables du Foyer me faisaient grise mine et me servaient au compte-gouttes l'orangeade de l'amitié; mais la protection des Zaffini les empêchait de me renvoyer; puis, je payais mes timbres régulièrement et cette fidélité se révélait assez rare pour n'être pas à dédaigner.

Du reste, je n'avais rien changé au décor de ma chambre, dessiné dans l'enthousiasme trois années plus tôt. Sous le planisphère, qui occupait le mur du fond et dissimulait une fissure qui donnait des nuits blanches à mon grand-père, figurait toujours, soigneusement calligraphiée, une pensée de Marx que je ne reniais pas : « Les ouvriers n'ont pas de patrie, on ne peut leur ravir ce qu'ils n'ont pas. » De part et d'autre d'une reproduction de Watteau (l' « Enseigne de Gersain », qui, pour un œil averti, eût attesté, déjà, d'un goût pervers pour les vanités de la bonne société), deux sentences de Proudhon recopiées sur Canson rouge : « La propriété c'est le vol » et « Dieu c'est le mal ». A la tête du lit, pour cacher des taches d'humidité, un poster de Che Guevara. Mes deux consciences pouvaient entrer à tout moment dans ma chambre : rien n'y trahissait mes tiédeurs intérieures; Jiminy Criquet ne manquait d'ailleurs jamais de m'en témoigner sa satisfaction par quelques privautés. Quand la faiblesse de mon militantisme l'eût choqué, l'admiration qu'il professait pour mon grand-père, et un respect tout italien du patriarcat, n'auraient pas permis à Nicolas de me reprocher mon attitude : si je m'attachais davantage, dans l'immédiat, à réussir mes examens qu'à combattre l'ennemi de classe, n'était-ce pas, d'abord, pour répondre aux vœux du chef de famille?

Lorsque, à l'âge de dix-huit ans, je fis la connaissance de mon demi-frère Philippe, j'étais encore marxiste; mais marxiste comme le duc de Saint-Simon était trappiste : avec un grand désir de réussir dans le monde.

Philippe, auquel, par crainte de déplaire, j'avais soigneusement caché mes opinions politiques, fut, à la faveur de ma crise de larmes inopinée, enchanté de les découvrir. Il aimait détruire et se désolait qu'avec moi ses provocations fissent long feu : parce que je n'avais rien construit, il ne trouvait rien à démolir. La mise au jour d'incertaines fondations marxistes lui offrit une prise.

Je soutenais, paraît-il, la thèse de la paupérisation absolue du prolétariat : cet « absolu » le mit en joie; il n'eut de cesse qu'il ne m'eût démontré, chiffres en main, la sottise de mon catéchisme. Je crois que je me raccrochai, quelques jours, à l'idée d'une « paupérisation relative » mais, à l'aide de ses manuels d'économie et des dernières statistiques de l'INSEE, il réduisit cette hypothèse à néant. Puis, avec le même entrain et le même succès, il s'acharna sur l'appropriation de la plus-value et les rapports capitalistes de production. C'était véritablement user d'un marteau-pilon pour écraser une mouche, car je n'attachais guère d'importance aux doctrines que je professais, convaincue déjà que mon adhésion au communisme relevait moins de la raison que du sentiment. « Mais défends-toi, défends-toi donc », disait Philippe qui rêvait d'en découdre. J'avais beau lui dire qu'en politique j'appartenais à l'espèce des croyants non pratiquants, mes rares souvenirs de combattante l'excitaient : « C'est vrai? Tu vendais le journal sur les marchés! »

A l'ivresse de ruiner mes certitudes se mêlait le voyeurisme d'un bourgeois tombé chez les Apaches : « Et il te disait quoi, hein, Zaffini pour te convaincre? », « L'enterrement des morts de Charonne, c'était comment? », « Non! vous buvez de l'orangeade à la reprise des cartes! Et vous mangez des gâteaux! » Sur ses instances, je finis par lui montrer ma carte des JFF qui lui fit à peu près près le même effet que certaines photos sur un puceau. Il m'avait surnommée « la petite prolétaire ». En abrégé : « la PP »; et cette « pépée », qu'il se plaisait à imaginer, sinon « le couteau entre les dents », du moins – comme les James Bond girls – le poignard dissimulé sous le porte-jarretelles, lui semblait si séduisante qu'il en oubliait qu'elle était sa sœur.

Ce fut alors qu'il inventa le bain de soleil « à la farnesane ». Un jour qu'au long des allées du Janicule nous devisions gaiement de la lutte des classes et de la proximité du « grand soir », Philippe s'avisa que, du Belvédère, on voyait parfaitement bien, sur l'autre rive du Tibre, la corniche et les trois arcs de la loggia Farnèse; au-dessus des pins parasols du palais Corsini et des platanes du Lungotevere, le dernier étage du palais se découpait sur le ciel romain. Les arbres formant premier plan, l'ambassade de France était, à cette distance-là, le seul bâtiment profane dont on vît encore quelque chose parmi les coupoles des églises et les campaniles des couvents : la crête sombre des platanes soulignait le soubassement de la loggia, qui paraissait, comme la scène d'un théâtre, suspendue dans les airs. Une lunette panoramique, mise à la disposition des touristes au pied de la statue de Garibaldi, permettait de distinguer l'intérieur des arcades et jusqu'aux chaises longues que mon père y avait fait placer. Philippe vit aussitôt le parti que nous pourrions tirer de cette situation.

Jusqu'alors j'avais accepté ses séances de « déguisement », mais refusé le nu intégral; je voulais bien qu'il me dévêtît à demi si c'était pour me rhabiller, mais je m'opposais au déshabillage complet. « Quelle petite mère La Pudeur tu fais, lâchait Philippe, comme si j'allais te violer! » A huit cents mètres de distance et un fleuve séparant le spectateur de l'acteur, un strip-tease ne présentait plus, je devais en convenir, les mêmes dangers; il offrait pourtant les mêmes avantages, et peut-être un peu plus : « Imagine, disait Philippe en riant comme un collégien, que, pendant que tu te déshabilles sur la loggia, un touriste occupe la lunette panoramique et que, par hasard, il te voie... Imagine! Moi, faisant les cent pas le long de la balustrade, languissant, séchant sur pied; un gros Allemand, un peu congestionné, l'œil obstinément vissé à la lunette comme s'il voulait compter chaque tuile du Panthéon; et toi, ignorante de la situation, mimant la danse des sept voiles sur les toits de l'ambassade de France... »

Pour vaincre mes dernières résistances, et me prouver qu'il était un authentique féministe, mon frère me proposa d'échanger les rôles une fois sur deux; du reste, il se trouvait bien fait et ne craignait pas de réjouir par inadvertance l'œil d'une de ces petites bonnes sœurs italiennes qu'on voyait débarquer en pullman, place Garibaldi, pour admirer la vue « trois étoiles » sur les clochers de Rome et les Monts Albains.

A la fin, je capitulai; un peu par crainte de lui paraître timorée, et beaucoup par malice : si l'ambassadeur, qui, pour l'heure, dévidait gravement dans son bureau un chapelet de députés démocrates-chrétiens, apprenait à quels jeux se livraient ses enfants au-dessus de sa tête, je ne désespérais pas d'une jaunisse foudroyante, suivie d'une mise à la retraite anticipée...

N'ayant consenti à ces divertissements qu'à contrecœur, Christine ne fit qu'à moitié ce que Philippe voulait. Elle prit sur la loggia les bains de soleil prescrits, mais ne leva jamais les yeux vers les pins parasols et les lauriers du Passeggiate, ni ne tenta de se représenter ceux qui, à leur pied, manœuvraient la longue-vue des touristes. Lorsque le jour vint d'aller prendre son tour derrière la lunette, elle laissa son regard se perdre dans cette brume laiteuse qui, l'été, monte de la mer et des anciens marais et, noyant les détails inutiles, fournit aux peintres le ciel le mieux approprié à la noire raideur des cyprès et au moutonnement rose des coupoles : pas une fois, m'assura-t-elle, elle ne posa les yeux sur la loggia du Farnèse, et elle ne sut jamais si son frère s'y livrait aux exhibitions envisagées.

Je ne la croyais pas tout à fait. « Je vois », « je suis vue », « je suis vue voyant » : trop souvent j'ai rencontré dans le récit de la vie de Christine ces scènes de voyeurisme, avec Fervacques, Saint-Véran et d'autres, pour croire que, si Philippe l'y avait initiée, elle n'y avait pas pris un plaisir plus vif qu'elle ne le disait. Perversion de vieillard, selon l'opinion courante; plaisir d'impuissant probablement, mais qui peut aussi bien accompagner l'anémie des âmes que le déclin des corps. Dans une société qui a fait du massacre en direct et de l'orgasme en différé les fleurons de son « information télévisée », je ne suis pas surprise des goûts de Christine Valbray. La mort, l'amour, la vie, « comme si vous y étiez »...

Jusqu'à quel point d'ailleurs n'ai-je pas trouvé moi-même dans le spectacle du secret d'autrui un bonheur que je ne me défends pas d'y avoir cherché? Quelle sorte de plaisir prend-on à lire, ou à écrire, une biographie? Et, si l'on ne peut être accusé d'indiscrétion quand le personnage met de la complaisance à s'exhiber, où commence le péché de complicité? De peines communes en crimes partagés, vient un moment où le biographe, qui ne voulait que mettre au jour la face cachée du portrait, connaître l'envers du reflet, se découvre l'écho d'une image trouble et le revers d'une fausse monnaie. L'homme n'est pas un bon miroir pour l'homme...

Mais où trouver une surface assez unie, assez pleine, assez fidèle pour nous absorber tout entiers et nous restituer notre vérité?

Quand j'étais enfant, il y avait dans notre salle à manger un « jardin japonais » dont le pont de céramique, le faux temple shinto, les cailloux multicolores et le miroir-étang me faisaient rêver. Souvent, je me penchais sur cette eau dans l'espoir d'y découvrir mes traits, mais, dans l'éclat du miroir brisé, je n'entrevoyais jamais qu'un coin de lèvre, un bout de nez, les morceaux épars d'un visage fracturé – rien qui me permît de deviner qui j'allais être, qui j'étais, rien même qui m'assurât que la personne dont je contemplais l'œil ou le menton était bien celle que mon père, lorsqu'il feuilletait nos albums de photos, me désignait comme un « toi » total, immuable, quels que fussent l'époque ou le vêtement : « toi bébé » « toi à cinq ans », « toi avec le cousin Paul... »

Sans doute mon jardin japonais, s'il m'inclinait à d'angoissantes songeries, n'invitait pas à une méditation aussi relevée que le célèbre Ryoan-Ji de Kyòto dont, en quelque lieu qu'on soit placé, on n'aperçoit, sur la sable ratissé, que quatorze des quinze rochers. Mais Christine, qui se rappelait l'avoir visité, n'avait pas mieux usé de ce jardin que je ne faisais, à sept ans, de son succédané : loin de s'intéresser, sur fond de métaphysique, à un « univers qui contient plus de choses que n'en peut rêver notre philosophie », elle n'avait cherché qu'à reconnaître ses limites – comme je cherchais à retrouver mes traits dans l'étang du jardin japonais; et, de même que j'avais dû renoncer à me rejoindre dans le fragment de glace brisée, il lui avait fallu s'avouer que – jusque dans la passion que Fervacques lui inspirait et qui était sans doute le plus vaste morceau de miroir dont elle pût disposer – elle ne rassemblait jamais plus de quatorze des quinze âmes qu'elle se connaissait.

« Celui qui se cherche se perdra. En ne cherchant que Dieu, je me suis trouvé... » A présent que Dieu n'est plus, et que nous avons tous « reçu le faire-part de décès », maintenant que nos pères sont morts et nos miroirs brisés, qui nous dira ce que nous sommes?

Héritiers sans mémoire, visages sans miroirs, qui nous réfléchira avant que nous ne nous effacions? Orphelins-apprentis, nés de père inconnu, qui nous reconnaîtra pour que nous nous reconnaissions? Bâtards, qui nous nommera pour qu'à notre tour nous nommions?

Lorsqu'en 1981 je découvris la maison que Christine avait habitée dans les dernières années qui précédèrent son arrestation, je fus frappée par la collection de masques vénitiens qui ornait son salon. Masques anciens : pulcinellas, arlequins, voilettes de dentelle, loups de velours noir, « bautas » en papier blanc. Masques modernes : pierrots, faux nez, cagoules de plumes, soleils pailletés, tourets de fleurs séchées. Il y en avait pour tous les goûts. Ayant moi-même collectionné les petites couronnes dorées qui coiffent les Vierges des églises avant de me pencher sur le destin d'une reine morganatique morte en odeur de sainteté, je savais que les collections qu'on fait sont moins insignifiantes qu'il n'y paraît.

Quand, au moment de sa condamnation, Christine vendit les meubles de sa maison, j'achetai ses masques. Ils décorent à présent les murs de mon bureau. Par jeu, j'applique parfois sur mes traits l'une de ces faces blanches qu'on nomme « marottes » et qu'on tient au bout d'un bâton; visage dissimulé, je me regarde dans la glace, je ne sais plus si je suis elle, si elle est moi.

Comment ne pardonnerais-je pas les fautes d'autrui? Ce sont les miennes... Cet amour, que Christine cherchait au Farnèse ou dans les lits de l'Elysée, ce soutien, qu'elle quêtait dans les antichambres des ministères et les officines des services secrets, cette force, ce reflet, je les cherche dans des églises désertées; n'hésitant, comme elle, devant aucun détour, aucune feinte, aucun reniement, et, comme elle, sans rien trouver que décombres, poussière et vent...

« Allez au-delà des miroirs brisés, dit le philosophe, jusqu'à la source infinie dont l'eau nous révèle notre vrai visage. » Mais c'est en vain que je rassemble les éclats épars de ce « miroir ardent » dont j'ai gardé la mémoire, et qui réfléchissait l'amour reçu pour nous le renvoyer – tel le rayon du soleil – plus concentré, plus brillant, plus brûlant. Etait-ce à un vrai foyer ou à ma propre flamme, passée au prisme d'un être abstrait, que je m'étais chauffée?

J'ai beau pousser la porte des cathédrales et racheter sur les marchés les chasubles et les ostensoirs qu'un clergé désemparé y a dispersés, j'ai beau me taire, j'ai beau parler, aujourd'hui le miroir est voilé, la communication coupée. Il n'y a plus d'abonné au seul numéro que vous demandiez.

A l'heure que Philippe m'avait fixée, je rentrais. Dès qu'on a tourné le coin de l'église Saint-Pierre-des-Florentins, on aperçoit – suspendu au-dessus des enseignes de la Via Giulia, des lanternes et du linge qui sèche, des balcons rouillés et des glycines fanées – le pont Farnèse dont l'arcade, enjambant la rue, reliait autrefois le palais au couvent de Sainte-Marie-de-la-Mort. Sur ce pont se découpait la silhouette de l'homme qui m'attendait, auréolé de cette lumière dorée qui, dans ma mémoire, baigne mes premières années romaines et, par la contagion du souvenir, toute mon enfance.

De la Via del Consolato au Vicolo del Cefalo, de la rue du Gonfalon à la rue Saint-Elysée, je marchais vers lui sans hâte et presque sans mouvement, comme les fantômes glissent vers la demeure qu'ils sont condamnés à hanter, comme la Belle effrayée avance dans le long couloir où un souffle magique la pousse vers la Bête.

Sur les marches de l'église abandonnée, je m'arrêtais. Le squelette aux ailes déplumées, qui orne la façade de Sainte-Marie, rappelait aux passant frivoles qu' « hodie mihi, cras tibi », et m'invitait à glisser mon obole par la fente de son tombeau. Quand je ne puisais pas dans la présence de Philippe la force d'y résister, je cédais aux admonestations de ces tibias vindicatifs, de ces humérus vengeurs, et laissais tomber quelques lires dans le tronc de marbre sculpté... Puis, pour me dédommager de mes superstitions, je courais tirer la langue au faune du Mascaron, si stupide qu'après cinq siècles il a toujours l'air surpris par l'eau qu'il vomit.

S'il ne m'attendait pas sur le petit pont, Philippe travaillait dans sa chambre; à peine levait-il la tête lorsque j'entrais.

– T'es-tu bien amusée, ma pépée?

– Oui.

– Mais encore? Etais-je à souhait : beau, lascif, osé?

– Oui...

Il souriait et j'étais une nouvelle fois saisie par l'idée qu'il n'était peut-être pas monté jusqu'à la loggia... Je coupais court à ses questions en m'emparant d'un polycopié ou des livres empilés sur sa table de chevet : « "Précis de Décomposition " dis-moi, ça ne doit pas être folichon folichon? " Le Degré Zéro de l'Ecriture ", " Le Déclin de l'Occident " : tout ça n'est pas très encourageant... Il manque un titre à ta collection : " Point de lendemain "! »

Quand j'exprimais mes doutes sur la profondeur d'un scepticisme si complaisamment étalé, il ironisait sur ma naïveté. « Que veux-tu, ma chérie, tout le monde ne peut pas croire en Lénine-le-Père, Staline-le-Fils et Marx-le-Saint-Esprit... »

Entre deux dissertations sur la fin du monde il m'exposa son dernier projet : me faire inviter à la soirée que donnait, la semaine d'après, une princesse italienne de ses amies. C'était un bal masqué et il avait longuement hésité sur le costume à adopter; mais si je l'accompagnais, il n'y avait plus à balancer : il serait en César Borgia, et je serais sa sœur Lucrèce.

– Et l'ambassadeur? On le déguise en pape?

Il eut l'air surpris :

– Mais non... L'ambassadeur ne viendra pas. Il n'est pas très mondain, tu sais. En dehors de ses relations professionnelles il ne connaît personne. C'est sans doute à cause de Nieves. Enfin, la pauvre, ce n'est pas sa faute... A Rome, c'est grâce à ma mère que je sors : les gens chez qui je vais sont de vieux amis à elle.

La semaine suivante fut employée à me costumer.

« Mon petit garçon, disait Jean Valbray fâché de voir son fils perdre son temps à des essayages, je serais surpris qu'étant donné le sérieux avec lequel tu l'as préparé, ton concours soit couronné de succès! Il est vrai que, dans ta famille, ces réussites-là ne sont pas plus considérées que des hochets... Au service de l'Etat, et à celui de la patrie, les Chérailles ont toujours préféré les réalités du presse-purée! »

Il était acquis, depuis quelques semaines, que, lorsque je portais les cheveux dénoués, je ressemblais, d'une manière frappante, à la Lucrèce du Vatican; aussi Philippe s'inspira-t-il de la fresque pour dessiner mon costume. La lingère du Farnèse et Marie-Neige, amusées, s'employèrent à concrétiser son rêve dans la soie synthétique et le brocart tissé « in Macau ». Des costumiers de théâtre nous fournirent la verroterie et les accessoires qui nous manquaient.

Sous une cape de velours feu, une chasuble de satin qui marquait à peine ma taille (comme il sied à toute jeune fille du XVe siècle bien élevée) découvrait ma poitrine dans un profond décolleté en V; sous ce décolleté, l'original portait une « modestie », mais « une modestie allait à une Borgia comme un tablier à une vache » avait décrété Philippe. Cette gorgerette mise à part, ma parure était en tous points conforme au modèle : collier de topazes pour mettre en valeur la blancheur de mon cou, chaînes d'or un peu partout, et une petite toque brune posée sur mes cheveux, lâchés jusqu'à la taille en serpentins cuivrés. L'ensemble avait un air, candide et provocant, de débauche virginale; c'était exactement le point où j'en étais...

Philippe aussi avait pris le parti vestimentaire d'une demi-sagesse; pour donner plus de piquant au couple que nous formions il avait choisi de figurer César avant qu'il ne devînt ce duc de Valentinois fastueux et insolent, ce « Prince » – modèle de Machiavel – que les contemporains nous dépeignent chevauchant la dague au poing ou violentant les dames d'un stylet négligent : il représenterait le plus célèbre des Borgia à cette époque de sa jeunesse où, cardinal par la grâce de son père, il allait vêtu de pourpre, dissimulant ses ambitions sous un air d'onction et ses poignards dans les plis d'une robe, bien faite, d'ailleurs, pour cacher l'excès d'amitié que lui inspirait sa sœur Lucrèce...

Dans la voiture, conduisant d'une main, le cardinal glissa l'autre sous ma jupe :

– Tu as mis tes bas résille... Et des jarretelles comme je les aime.

– Je me doutais que ça te plairait. C'est pour toi que je les mets.

Son visage se rembrunit, comme chaque fois qu'il croyait découvrir de la complaisance là où il espérait une résistance : se voulant le séducteur de sa sœur, il escomptait pourtant, dans les premiers temps de notre amitié, que je saurais arrêter ses entreprises avant qu'il eût quelque chose à se reprocher; « fanfaron de vices », il ne redoutait alors rien tant que de me voir aller où il feignait de vouloir m'amener.

Au palais Fornari, nous posâmes sur nos visages deux masques blancs vénitiens qui nous donnaient l'air de deux spectres. Le valet annonça « Son Eminence le cardinal Borgia et sa sœur Lucrèce, duchesse de Bisceglie, tels qu'ils parurent à la Cour le 25 juillet 1498 »; mais, passées les quelques scènes indispensables à la vérité de nos personnages (nous traversâmes les salons tendrement enlacés, nos deux robes accolées balayant d'un même mouvement les dalles du palais), César cessa de s'intéresser à la malheureuse duchesse de Bisceglie. Je savais qu'il me punissait d'avoir, avec mes bas résille, anticipé un désir qu'il ne s'était pas encore avoué.

La pertinence de mes analyses ne me consola pas, toutefois, de la solitude où il m'abandonna, au milieu de cette assemblée d'oiseaux de proie, de Chaperons rouges, de Draculas et de maharadjahs que je ne connaissais pas; leur déguisement les rendait presque tous laids et inquiétants : la Belle au bois dormant paraissait ses cents ans, l'Ogre perçait sous le Petit Poucet. Je ne trouvais pas drôle cet homme à tête de bœuf qui meuglait, cet empereur romain qui lâchait des glaçons dans les décolletés, ni même – ignorant tout d' « Histoire d'O » – ce couple où un homme noir, botté, ganté et muet, tirait une femme-oiseau enchaînée, dont le plumage découvrait à chaque pas la nudité maigre et les cuisse marquées de coups de fouet. Seule la princesse Fornari, plus jeune que je ne me l'imaginais, portait avec grâce une jupe d'apsara qui lui laissait la poitrine découverte; mais son visage restait caché sous une « bauta » blanche qui tranchait si fort avec son corps bronzé qu'on l'aurait crue décapitée. Le cardinal poursuivait à travers les salons cette silhouette sans tête.

Ne sachant à qui parler je me cantonnai près du buffet où, à l'intention des serveurs – qui s'en moquaient –, je feignis un appétit insatiable, une soif inextinguible... Le champagne produisit enfin son effet. J'écoutai, avec intérêt, des intellectuels alcooliques expliquer à des starlettes nymphomanes que le soleil cesserait bientôt de nous éclairer. Les lampes faiblissaient en effet, et les fresques lézardées du palais Fornari, ses stucs effrités, ses antichambres démeublées, s'enfonçaient dans la pénombre. Je contemplai béatement quelques couples qui dansaient sur un programme lui-même curieusement déguisé : les premiers twists y alternaient avec la cythare indienne, et l'on passait, sans transition, du rock'n roll aux madrigaux de Monteverdi et du « Beau Danude Bleu » à l'Opéra de Pékin. Plusieurs salons, déjà, étaient plongés dans l'obscurité : à peine si l'on y voyait luire l'or des plafonds; mais les soupirs qui montaient des canapés attestaient qu'ils n'étaient pas inoccupés. Dans des coupelles d'argent brûlaient des bâtonnets d'encens qui conféraient à ces débauches une odeur de sainteté...

De loin j'entendais le fils du pape déclamer l' « Orlando Furioso », réclamer à boire, chanter la Traviata et se faire applaudir à grands cris. Il avait « tombé » la pourpre cardinalice et dansait en caleçon fleuri, ce qui manquait à la fois d'élégance et de dignité mais restait, j'en conviens, dans la ligne du personnage qu'il incarnait.

Ma tenue à moi, avec la cape de velours et les bas résille, me tenait trop chaud. Je sortis.

Les jardins du palais descendaient par une suite de grandes terrasses et de degrés jusqu'aux ruines du mur d'Aurélien. Leurs balustrades de pierre s'ornaient d'urnes sculptées d'où jaillissaient, raides comme des plumets, les hampes des palmiers nains; sur les marches et dans les bosquets, des photophores éclairaient les vasques moussues, les Bacchus mutilés, les Tritons usés qui forment le fond du décor, interchangeable, des parcs romains. De ronds-points en boulingrins, je descendis lentement jusqu'à l'antique clôture dont les pierres grises et les tours carrées faisaient la seule originalité du palais. Relevant d'une main ma robe de satin et tordant mes souliers sur les cailloux du sentier, je parcourus languissamment les quelques mètres qui me séparaient du pied de la muraille; comme le dernier bouquet d'un feu d'artifice lancé depuis deux mille années, des milliers de clématites étoilées s'élançaient du rempart pour retomber en pluie dans la broussaille des fourrés.

Adossé au pied du mur, un homme était assis dans l'herbe : « La ninfa », soupira-t-il.

Je ne compris pas ce qu'il disait : l'alcool m'avait ôté jusqu'au souvenir du peu d'italien que je savais. « Excusez-moi, lui dis-je en me laissant tomber à son côté, je ne parle pas l'italien. »

« Francese? Ah... Je disais à toi : " la nymphe "... Qué tou parais dans le même temps qu'elle. Questa musica... Tou sembles d'être oune fantôme. Ascolta... » Et, comme j'allais répondre que je ne comprenais toujours pas : « Silenzio, ragazza, silenzio. »

Des fenêtres ouvertes du palais montait un chœur de voix d'hommes; lentes, graves, elles psalmodiaient une sorte de « miserere » doux, comme épuisé; un ultime soupir semblait déjà les rendre au néant – la dernière note se fondant dans la tiédeur de la nuit et le souffle du vent –, quand éclata le contrepoint d'une voix de femme. « La ninfa », me chuchota l'Italien.

Dans le silence du jardin la voix s'élevait, si violente qu'on l'eût crue jaillie des fontaines ou arrachée à cette lune blanche qui dessinait, d'un même trait, l'arête des frontons, la margelle des bassins, les marches de l'escalier, et chassait à travers les allées l'ombre pâle des cyprès. Les premières phrases tenaient moins du chant que du sanglot : « Amore, amore », haletait cette voix entrecoupée, pressée, sauvage, que le chœur tentait d'apaiser. Tandis que les voix d'hommes se chargeaient d'intonations tendres pour l'apprivoiser, le cri de la femme s'affaiblit, se fit plainte, respiration, puis chanson. « Non mi tormenti piú », murmurait la voix blessée, sur une note désespérée. Le chœur rassurait encore, ses timbres graves affectant des inflexions molles, des accents timides, et calmant, sur un rythme de berceuse, le tourment de la nymphe amoureuse.

Il avait enlevé ma toque et dégrafé le grand manteau.

« No, no », protesta au loin la nymphe. Comme deux bras nus repoussent en vain les épaules, le visage qui s'approche, quand à ce désir étranger, déjà, le corps est tout abandonné. « Non più », et cette défense tombait de ses lèvres comme un baiser.

Il m'avait couchée sur l'herbe, en déchirant le décolleté bordé de perles d'ambre et de colliers. « Baci, baci », gémit la nymphe que sa force quittait. Les bras nus s'étaient entrouverts; le chœur resserrait son étreinte sur la voix claire qui ne le fuyait plus. « Baci » : fatiguée d'avoir si longtemps combattu, livrée comme une enfant qui s'endort, la nymphe sombra, sur ces deux notes, dans la volupté de la mort.

J'étais près de connaître un sort pareil au sien lorsque le silence m'éveilla : il s'en fallait de quelques mesures que tout ne fût consommé... Je me dégageai des bras qui m'enlaçaient; par réflexe plus que par conviction. Car était-ce la chaleur de cette nuit, qui forçait de chercher au sol la fraîcheur de la rosée? l'alcool, auquel je n'étais guère habituée? ou cette musique, d'une limpidité si lascive qu'elle laissait anéantie comme après une maladie au seuil de l'agonie : je mourais d'envie de mourir pour cet étranger, asphyxiée de baisers, engourdie de caresses, fondue dans un corps sans formes, sans limites, sans mémoire.

L'Italien parut surpris de se voir repoussé : « Monteverdi, dit-il en manière d'excuses, Monteverdi : "il Lamento de la Ninfa..." »

Sur son front et ses joues je remarquai les traces d'un barbouillage rougeâtre; il portait une petite barbe ridicule et, sur les jambes, de grotesques oripeaux mi-bandages, mi-fourrures.

– En quoi êtes-vous?

Il eut un petit rire gêné.

– Oune monstre... oune monstre italien qu'il vit dans les jardins.

– Un satyre?

– Si, si...

J'éclatai de rire :

– Eh bien, il ne nous manquait plus que ça!

– Et vous, ton costoume?

Je baissai les yeux :

– En Lucrèce Borgia.

Ce fut à lui de sourire.

– Quel âge tou as?

– Dix-huit ans.

– A questa età, Lucrezia, elle avait déjà passé trois maris et molti amanti : le père, le frère, et tutta la famiglia! Tou es trop sage pour faire Lucrezia...

Nous remontâmes à pas lents vers le palais rose, d'où ne sortaient plus que les arpèges rassurants des violons et le sirop des slows internationaux. Je m'appuyais sur son épaule, car la tête me tournait encore un peu. Il m'emmena dans le salon où l'on dansait. Je nouai mes bras autour de son cou. Il voulut m'embrasser et, quoiqu'il me parût sans âge et bien laid, je le laissai faire. Fermant les yeux, je tentai de retrouver, sous sa caresse, ces milliers de bouches et de mains qui avaient parcouru mon corps dans l'ombre du jardin. Je me sentis brutalement tirée en arrière.

– Je me présente, Signor : César Borgia. Cette fille est ma sœur. Vous comprenez?

– Si, si, bien entendou..., balbutia le satyre qui s'éloigna vers le vestibule, traînant tristement après lui son appendice caudal en poils de chèvre mités.

Philippe avait repris son habit de cardinal; il affectait la plus grande gravité et me tenait à un mètre de lui pour danser.

– Je t'ai vue, dit-il enfin. Outre que tu choisis mal tes cavaliers, tu ne sais pas embrasser.

– En es-tu sûr?

J'obligeai le cardinal à me serrer contre lui.

– En es-tu bien sûr?

Je passai la main derrière sa nuque et inclinai son visage vers le mien. Il se redressa de toute sa taille pour maintenir entre nous une distance aussi fraternelle qu'ecclésiastique.

– J'espère que ne couves pas une méningite, fratello. Je te trouve de la raideur dans le cou...

– C'est malin!

– Tu as peur?

Je pressai mon corps contre le sien :

– Je ne suis pas mal faite, hein? On juge mieux ces choses-là de près que de loin.

Sans cesser de danser, je me haussai sur la pointe des pieds et, profitant d'un instant de distraction provoquée par l'arrivée inopinée de la princesse douairière vêtue en cocher, je posai mes lèvres sur les siennes. Il me laissa faire, sans y mettre autrement du sien; peut-être ne s'attendait-il qu'à un baiser de cinéma? Surprenant ses défenses, je forçai la barrière qu'il m'opposait. De nouveau, fermant les yeux, je tentai de ressusciter l'émotion du jardin, mais il fallait aller la chercher trop loin... J'appuyai mon front contre son épaule.

– C'est bien ce que je pensais, dit-il enfin d'une voix sans timbre, plus de feeling que de technique...

– Non, Monseigneur : plus de peur que de mal!

– Bon, ça suffit comme ça, on rentre! Tu es ivre et tu te donnes en spectacle. Papa avait raison de douter que tu saches te tenir en société.

Dans la voiture qui nous ramenait vers le Campo dei Fiori, il ne desserrait pas les dents. Pour lui montrer que je n'en étais plus au temps où ses silences m'impressionnaient, je sifflotai. « Je t'en prie, je ne connais rien de plus vulgaire qu'une fille qui siffle. Ah, et puis non! Tu ne vas pas fumer! » Il lança mon paquet de cigarettes par la vitre entrouverte.

Comme nous dépassions le petit temple rond de Vesta, il freina brusquement et arrêta la voiture en bordure du jardin de la Fortune Virile. « J'y songe, j'y songe, dit-il en se frappant le front, serais-tu vierge? »

Sa surprise, sincère ou feinte, me laissa sans voix; quoique nous n'en eussions jamais clairement parlé, je pensais que cette chose-là allait de soi. Il est vrai que je ne croyais pas qu'il eût à tirer vanité de cet état, mais je n'avais pas encore songé qu'on dût en avoir honte; tout cela présentait, du reste, un caractère si transitoire à mes yeux que j'aimais mieux consacrer mes pensées à Tacite ou Cicéron, dont, après vingt siècles, la pérennité au moins semblait assurée...

A la manière dont mon frère avait présenté sa question, je compris pourtant que ma réponse allait me mettre le rouge au front. Mais le moyen de mentir sur la place de la « Bocca de la Verità »!

Derrière moi, les Vestales sous leurs tombeaux fleuris; devant moi, dans le rayon des veilleuses, l'austère Fortune Virile, par où il en faudrait passer. Les hommes ont la manie de réduire à la mécanique ce qui devrait s'élever à la poésie : Baci, baci...

« Je suis vierge », murmurai-je enfin en regardant au loin, du côté de Jeanne d'Arc, Blandine et Antigone, du côté des Sibylles, des fées, des forêts, du côté de Velleda et de Madame Récamier...

« Ce n'est pas vrai ! Dis-moi que ce n'est pas vrai ! » Son hilarité, encore qu'elle ne fût pas bien franche, faisait plaisir à voir. Il riait aux larmes : c'était à se tordre, c'était à crever... Un coup de klaxon irrité le rendit à la réalité : il était mal garé.

« Bon, dit-il enfin en redémarrant, tu as peut-être raison après tout... Les filles du peuple, c'est comme les bouteilles d'eau minérale : ça se vend cacheté. »

Du premier amant de Christine je sais peu de choses. Elle en parlait rarement. A peine l'avait-elle connu.

Il s'appelait Marco Carducci. De lui, hors son nom, Christine n'avait su que l'adresse, dont, par hasard, elle se souvenait.

J'eus la curiosité de voir l'endroit que le garçon habitait dans le Trastevere : une ruelle en escalier qui descend vers le fleuve. La mauvaise herbe, les orties et la mousse poussent entre les marches de briques; une treille de vigne-vierge passe au-dessus du vicolo, s'accrochant au pignon d'une petite maison rouge aux persiennes closes. La porte est surmontée d'une coquille qu'on prendrait, de loin, pour un blason; derrière la grille, quelques géraniums dans une cour, un banc vermoulu sous un mûrier, des bassines qui traînent... Maison de riche? Maison de pauvre? A Rome l'état du crépi et le délabrement des entours ne renseignent pas sur ce genre de choses.

Je n'osai pas sonner : près de vingt années s'étaient écoulées depuis la rencontre de Christine et de Carducci; le hasard pouvait faire qu'il vécût encore ici; aucun miracle ne lui aurait conservé ce sourire confiant, ces cheveux bouclés, cette minceur dont Christine m'avait parlé.

Ce qu'elle avait aimé chez Marco, c'était l'adolescent : le cou délié, les épaules minces, les bras si longs qu'on dirait des ailes, les jambes si frêles qu'on dirait des herbes. Mi-oiseaux, mi-plantes, les garçons de cet âge appartiennent à peine au règne animal; pour quelques semaines ou quelques mois, ils relèvent encore du végétal : maladroits à se mouvoir dans les recoins de nos maisons étroites, ils retrouvent, dès qu'ils sont au lit, des grâces d'algues endormies. Incertains, pourtant, de l'accomplissement d'une puberté qui, chez eux, n'éclôt jamais mais modèle lentement, au fil des années, la chair qui lui est livrée, les jeunes hommes semblent, en dormant, se préparer pour d'étranges combats : leur peau, leur haleine même, sentent l'embrocation et, quand ils s'assoupissent jambes pliées, bras jetés, menton levé, leur corps dégingandé paraît prêt à disputer d'impossibles tournois...

Nu sur le drap gris de l'hôtel Giacomo, mon fils aîné dort, allongé sur le côté. Son bras gauche, si souple qu'on croirait une écharpe, cache à demi son torse; l'autre monte vers son visage et semble soutenir, dans sa main ouverte, son menton têtu. Sa jambe droite est tendue du haut de la hanche jusqu'à la pointe du pied; l'autre, pliée, révèle le dessous de sa cuisse, à peine ombré, et le creux, mystérieux, de son genou. Ainsi couché, il a l'air de monter un escalier sans fin ou de courir comme un hoplite grec, pour les siècles des siècles, autour d'une amphore peinte : éternellement de profil et éternellement prompt, inutile vainqueur d'une course sans arrivée...

Jeune chevalier qui portez mes couleurs, ma bouteille-à-la-mer, mon algue, mon petit nageur endormi, à quels courants vous abandonnez-vous ainsi? Sur quelle rive aborderez-vous, si jamais vous abordez? A quelles tempêtes, à quels naufrages vous préparez-vous en secret?

A Rome, pourtant, la vie est douce. Il y a toujours, sur la Piazza di Spagna, autant de « petites sœurs » bleues, noires, beiges ou brunes, pour faire du lèche-vitrines et s'arrêter, rêveuses, devant les jupes rouges et les corsages décolletés. Les jardins de Tivoli sentent la menthe fraîche et l'amande amère. Sur la place Farnèse, comme sur les mosaïques de Pompéi, des pigeons blancs se baignent dans les vasques empruntées aux palais d'Auguste ou d'Antonin, tandis que, sous le regard calme des madones aux yeux peints, posées à l'angle des rues, des marchands ambulants proposent aux touristes ces galettes de blé dont la recette est si ancienne qu'elle se perd dans la nuit des temps : petits pains ronds et sculptés comme les sept collines de Rome, gressins craquant sous la dent, fougasses cuites aux herbes, biscottes minces et blanches comme du pain azyme, tourtes jaunes mêlées d'épices, panini bruns et luisants. On n'a pas faim, on n'a pas peur, on n'a pas froid. « Il y a du linge étendu sur les terrasses, on dirait le Sud. Le temps dure longtemps et la vie, sûrement, plus d'un million d'années... »

Nu au grand soleil de midi, dans une chambre d'hôtel au pied du Panthéon, l'enfant, qu'une nuit d'amour déposa dans les sables de mon lit, repose entre deux eaux, entre deux âges, entre deux mondes; son transistor allumé à côté de lui, il dort, et quand il remue, la chaînette de son baptême glisse sur son cou, incongrue comme un bracelet passé à un roseau.

« Un jour ou l'autre, il faudra qu'il y ait la guerre, on le sait bien. On n'aime pas ça, mais on ne peut rien y faire, on dit : c'est le destin. Tant pis pour le Sud », lui chante en sourdine Nino Ferrer, « c'était pourtant bien, on aurait pu vivre plus d'un million d'années, et toujours en été... »

« Toute chair est comme l'herbe, et sa gloire passe comme la fleur des champs » : il n'y a pas d'éternel été; et si, pas plus que le moment où mon fils deviendra un homme, je ne sais dire celui où notre monde entrera dans son automne, je ne puis me dissimuler que les jours ont cessé d'allonger.

J'avais connu Marco en juillet 1964.

Je passais seule, chez mon père, les vacances d'été. Béatrice venait d'entrer dans une école d'infirmières; et, pour faire mentir l'Ambassadeur, Philippe avait réussi son concours. Il effectuait à Saumur, dans les EOR, un service militaire distingué, avant d'entamer, rue des Saints-Pères, le dernier cycle de sa scolarité.

Sans Philippe, je m'ennuyais; mais depuis la « soirée

Borgia » nous étions en froid; du reste, je me félicitais de son absence qui allait me permettre de mener à bien mon projet. J'aurais pu, j'y avais songé toute l'année, combler Nicolas Zaffini; il m'eût été facile aussi de tomber dans les bras d'un de ces garçons boutonneux qui me gardaient ma place en « amphi » ou insistaient pour me payer un verre à « La Rhumerie », un pot au « Mabillon »; mais je ne voulais pas d'une liaison; il s'agissait de faire l'amour, non pas d'aimer ni d'être aimée. Puis, s'il était honteux d'être encore vierge à dix-huit ans, mieux valait consommer cette honte dans l'obscurité.

Dans les ruines du Forum, je trouvai l'homme que je cherchais. J'avais suivi un chat abandonné à travers les jardins du Palatin où quelques dizaines de ses congénères, roux et affamés, attendent de la générosité populaire le mou de veau et les têtes de poisson qui leur permettront de prolonger une existence que leurs maîtres ont, depuis longtemps, jugée superflue. Moins bien nourris que les oies du Capitole, ils ont plus de grâce et d'esprit; couchés sur les mosaïques de la Maison de Livie, bondissant des fontaines sans eau du palais Flavien, rôdant dans l'ombre du souterrain de Néron, ils font d'élégants instruments du Destin...

Le chat que j'avais adopté me mena jusqu'à un jeune homme, qui sortait des déchets de viande d'un sac en papier. Nourrir un chat, pas plus que cuire une pizza, conduire un tramway ou garder un musée, n'a jamais empêché un Romain de regarder une femme; tout en caressant avec douceur la fourrure galeuse du chat, le garçon me sourit et s'enquit, comme machinalement, de mon âge, de ma nationalité et de mes projets pour la journée. Le soleil couchant nimbait sa chevelure de reflets cuivrés et le disque solaire, derrière sa tête, semblait l'une de ces auréoles tracées au compas qu'on voit autour des anges adolescents du retable de Fiesole. A mon tour, je lui souris.

Bien que cherchant l'aventure, j'avais reculé, les jours

précédents, devant les propositions trop précises et les geste vulgaires des hommes qui m'abordaient. Pendant une semaine j'avais traîné, vainement, dans le quartier de la Propagation de la Foi : la foi ne laissant nul Italien indifférent, on respire – dans ces rues qui vont de la Place d'Espagne à la Fontaine de Trévi – un air si chargé de spiritualité que les esprits s'y affolent et les mains s'y égarent; mais chaque fois qu'un de ces hommes mal rasés – qui discutent à perte de vue devant les totocalcio, réparent, dans des ruelles sombres, de vieilles voitures volées, ou circulent inlassablement à vespa entre les cars et les taxis – ralentissait à ma hauteur ou pressait le pas pour me rattraper, je me demandais s'il en voulait à mes appas ou à mon sac à main; les voyageurs du Paris-Rome, si « rapides » qu'ils me parussent, m'avaient tout de même habituée à des manières plus enveloppées...

La tendresse de Marco pour les chats, ses yeux de séraphin rêveur droit descendu d'un Fra Angelico, me rassurèrent. Je répondais à ses questions, en mentant comme j'y étais accoutumée : puisque j'avais résolu, ce jour-là, de m'essayer à dessiner quelques pans de murs de la Domus Augustina et portais un carton à dessin sous le bras, je m'inventai Grand Prix de Rome et pensionnaire à la Villa Medicis. Marco, de son côté, se dit étudiant, mais sans insister; je ne parlais pas assez bien l'italien pour juger de son niveau d'instruction dont d'ailleurs, pour ce que j'entendais lui faire faire, je me moquais tout à fait.

Après une heure de bavardage, pendant laquelle il osa tout juste poser la main sur mon bras, j'acceptai un rendez-vous pour le lendemain au même endroit. Trois jours après, j'avais apprivoisé les chats et le jeune homme qui leur portait à manger. Nous allâmes au cinéma, puis dans sa voiture. Il était timide, je l'encourageai.

Par un reste de prudence, ma grand-mère m'ayant raconté force histoires de traite des Blanches, je refusai de me laisser conduire chez lui. Il m'emmena dans un petit hôtel de la place du Panthéon.

Le Giacomo n'a rien d'un palace : l'entrée, étroite, débouche directement sur un escalier, au-delà duquel quelques canapés avachis et ombreux s'enfuient dans l'obscurité; pas un bruit, pas une lumière n'indique, dans cette pièce sans fenêtre, la présence de la vie. De cet antre sort pourtant, à l'appel du client, un vieux gardien chauve, courbé, à la veste fripée. A demi sourd ou mal réveillé, il hésite à trouver les clefs de la chambre qu'on lui a demandée, et traîne, tout au long de l'escalier, les valises qu'il ne peut plus porter : on pense à ces vieux de « L'Arrache-cœur » qu'on achète d'occasion à la foire pour les finir...

Le décor des chambres n'est pas plus soigné que la tenue du valet : des parquets en lamellé-collé, un papier peint taché, des chaises métalliques, et deux ou trois cubes laqués qui servent indifféremment d'armoire ou de chevet.

Je regrettai un peu que Marco n'eût rien trouvé de plus gai; il ignorait, il est vrai, que j'allais y perdre ma virginité. La chose faite, il ne sut d'ailleurs pas davantage qu'il avait été le premier... Je me montrai si peu farouche, en effet, qu'il ne s'aperçut de rien; moi non plus, à dire vrai : je ne me rappelle même pas si j'ai eu du plaisir cette fois-là. Je pensai : « Voilà une bonne chose de faite », et trouvai seulement que j'avais eu raison de ne pas accorder à cette transition une importance philosophique exagérée. Sur mes instances, Marco quitta l'hôtel avant moi. Je nettoyai le drap, qui était à peine taché, et il en fut de mon pucelage comme s'il n'avait jamais été...

J'avais décidé de ne pas revoir Marco; mais à l'heure où il m'avait fait promettre de le retrouver, je fus saisie de remords. Imaginant la déception qu'il sentirait, je courus au Panthéon. Il y avait vingt minutes qu'il m'attendait; il était inquiet; il me serra dans ses bras, en me murmurant qu'il m'aimait. Il m'avait apporté un de ces petits bracelets qu'on nomme « semainier »; les sept anneaux glissèrent sur mon bras; je me crus heureuse d'être enchaînée.

Marco n'avait que dix-sept ans et guère plus d'expérience que moi; sa reconnaissance, son abandon, sa naïveté m'inspirèrent la même pitié qu'il éprouvait pour les animaux affamés; tous les jours, pendant plusieurs semaines, je lui livrai au Giacomo sa ration de caresses et de baisers.

Il aurait voulu me faire connaître sa maison, ses parents; mais je ne trouvais l'audace de mes mensonges et de mes trahisons que dans ces endroits – un train, un hôtel – si anonymes qu'ils n'existent pas : j'attendais mon pardon d'un « non-lieu »... Je n'acceptai pas non plus, cela va de soi, que Marco me raccompagnât à la Villa Medicis : je le quittais à la Trinité-des-Monts, comme Cendrillon.

L'innocence de mon amant, qui m'attendrissait, me donnait toutefois, lorsque je me retrouvais derrière les murs de l'ambassade à l'abri de ses protestations passionnées, des craintes qui, par la suite, se révélèrent justifiées. Prise d'un scrupule tardif, je lui avais bien, les derniers jours, imposé une certaine retenue et, comme les dames du temps jadis, ne consentais plus à goûter au fruit défendu qu'en le lui laissant dévorer... Mais il n'était plus temps.

Fin septembre, convaincue d'être enceinte, je résolus d'en parler à mon père.

Cette démarche peut sembler singulière; on pourrait trouver plus naturel que j'en eusse d'abord parlé à Marco, ou à une autre femme : Rosa Zaffini, ou Béatrice qui, comme toutes les jeunes infirmières de ce temps-là, devait bien connaître une filière suisse et quelques adresses à Paris. Mais Marco n'était qu'un enfant; quant à Béatrice, elle m'aurait méprisée : méprisée d'avoir « couché » pour plaire à ce demi-frère inconnu qu'elle haïssait, et méprisée de n'avoir pris aucune « précaution », comme elle disait...

J'étais déjà bien moins proche de ma sœur que trois années plus tôt. En m'éloignant d'elle, et pour me masquer l'injustice de cet abandon, je m'étais dit qu'elle resterait ma confidente, mon garde-fou, mon juge. Mais plus elle incarnait, à mes yeux, les principes auxquels j'aurais voulu me conformer, plus je devais me cacher d'elle pour ne pas encourir les foudres de sa condamnation. J'avais cru compenser mon détachement en lui reconnaissant une plus grande autorité morale : je n'avais fait qu'affiner mes capacités de dissimulation et augmenter la distance qui nous séparait...

Pour aborder mon père je dus prendre mon courage à deux mains.

Je frappai timidement à la porte de son bureau.

« L'ambassadeur est au Quirinal, me dit Mireille. Audience du Président. Il ne rentrera que dans la soirée. »

Je descendis tromper mon anxiété chez l'attaché culturel, au rez-de-chaussée du palais; ce jeune professeur détaché croyait me faire la cour, et me préparer aux réalités de mon futur métier, en m'entretenant des points d'indice et des avancements d'échelons du corps enseignant; je le trouvai très empressé, mais Philippe le disait homosexuel. Le désir de démêler ce qu'il en était, et l'envie de savoir si ses hommages s'adressaient au père ou à la fille, me faisaient passer par-dessus l'aridité de sa conversation; du reste, Thierry Pasty avait un sourire charmeur, il m'appelait « Mademoiselle Valbray » et, par sa fenêtre ouverte, on jouissait d'une vue unique sur la cour intérieure et l'activité des bureaux qui occupaient l'étage dorique : je voyais les secrétaires d'ambassade se faire des grimaces dans leur glace de cheminée tandis qu'ils téléphonaient aux puissances du Montecitorio, l'attaché militaire vider en catimini la bouteille de gin qu'il cachait derrière ses dossiers, et le conseiller financier sortir le dernier San Antonio des tiroirs de son bureau...

Quand la DS noire de l'ambassadeur pénétra sous la voûte, il se fit un mouvement parmi les dactylos de la « Coopération technique » et les employés du « Service culturel ». Le jeune attaché se précipita vers sa fenêtre :

– Pardonnez-moi, mais je ne voudrais pas manquer ça.

– Manquer quoi?

Je me glissai à son côté. Dans la cour carrée, l'ambassadeur descendait de voiture; avec lenteur il se dépouilla de son manteau, que son maître d'hôtel reçut comme le présent d'un demi-dieu; puis il leva la tête vers le premier étage, y trouvant, à la fenêtre de l'ancienne chambre papale dont il avait fait son bureau, la silhouette respectueuse du premier conseiller; ils s'entre-regardèrent avec gravité. Le silence était si profond qu'on entendait voler les visas derrière les murs du consultat. « Envoyez », lança enfin Jean Valbray. Une vague d'émotion submergea les salles de commissions, parcourut les couloirs et les cabinets du rez-de-chaussée, et des applaudissements éclatèrent tandis que, imperturbable et solennel, Son Excellence gravissait l'escalier de la Résidence.

– Ah, chapeau! Chapeau! s'exclama le petit attaché. Quel type votre père, tout de même!

– Pour tout vous dire, Monsieur Pasty, je ne sais pas du tout à quelle sorte d'exploit je viens d'assister...

– Comment? Vous ignoriez que l'ambassadeur rédige à l'avance le compte rendu de ses entretiens avec les autorités?

Thierry Pasty m'expliqua qu'il appartenait aux diplomates en poste de rapporter au Quai d'Orsay le détail des conversations qu'ils avaient avec les autorités du pays où ils se trouvaient. Mais le télégramme chiffré qui relatait l'audience, Jean Valbray le rédigeait avant même d'avoir rencontré ses interlocuteurs; et quand, au retour, il intimait au premier conseiller l'ordre d'« envoyer », c'était l'équivalent d'un bon à tirer : une fois de plus, l'ambassadeur avait tout prévu des réactions de son adversaire, et le Quai se trouverait informé du résultat de l'entrevue avant que la personnalité visitée ait eu le temps de rappeler son huissier...

– En somme, lui dis-je, mon père est l'ambassadeur le plus « vite » du monde!

L'attaché crut que cette comparaison sportive n'était pas à l'avantage de la diplomatie : « Je ne voudrais pas que vous vous mépreniez, Mademoiselle Valbray : il est très difficile de prévoir comme ça, à la virgule près, l'issue d'une négociation. C'est pourquoi l' " envoyez " de votre père est si célèbre au ministère... »

Comme je ne devais pas avoir encore l'air assez convaincu, Pasty sortit sa botte secrète : « D'ailleurs, vous en connaissez beaucoup, vous, des diplomates qui lisent Pétrone dans le texte? »

– A quoi ça sert, un ambassadeur? avais-je demandé à Philippe un an plus tôt.

– Ça ne sert plus à rien, mon poussin. Mais il faut avouer que notre Excellence fait ce rien comme personne...

En remontant chez mon père, j'espérais qu'il userait de son talent pour le décryptage des œuvres absconses et de ses pouvoirs de divination pour me dispenser de lui avouer par le menu la nature de mes préoccupations; mais il me laissa amorcer la conversation et ne fit rien pour faciliter mes aveux. Je m'en dédommageai par une insolence proportionnelle à ma timidité : « Tu ne seras pas surpris, sans doute, que j'aie des amants... »

S'il en fut surpris, il ne le montra pas et opposa à mes provocations cette réserve dont il ne se départait jamais :

– Je te sais gré de m'avoir informé. Je verrai ce que j'aurai à faire... J'en prends note... J'aviserai. Maintenant, laisse-moi travailler.

Deux jours après, il m'emmena chez un médecin des « suburbi ». « J'aurais mieux aimé, tu t'en doutes, te faire conduire par quelqu'un d'autre. Mais si j'ai appris une chose dans la clandestinité, c'est qu'il vaut mieux se passer d'intermédiaires. »

J'avais emporté ma valise car je partais, officiellement, passer quelques jours chez des amis à Castelgandolfo. Maria-Nieves, qui n'était pas dans la confidence, me souhaita un séjour heureux.

La salle d'attente du médecin me rappela celle de l'avocat que j'avais consulté deux années plus tôt : même crasse, même désordre, même pauvreté. Le « grand commis de l'Etat » s'assit dignement dans un fauteuil effondré et s'absorba dans la lecture de vieux journaux empilés sur un coin du canapé; quand le médecin parut, Son Excellence sortit son portefeuille et, sans un mot, avec des gestes précis de caissier, lui compta une vingtaine de gros billets.

Il faut vous dire que chez ces « spécialistes » on paye d'avance, comme au bordel. Parce qu'il peut arriver, pendant l'intervention, un petit accident qui expédie la cliente dans l'autre monde, et alors : adieu, « mes gages »! De ce danger-là, j'étais d'ailleurs parfaitement consciente malgré mon jeune âge; mais c'était ce sentiment même – la crainte de risquer sa vie, la certitude que le prix à payer serait, de toutes les manières, élevé, l'illusion enfin d'un combat où, entre la mère et l'enfant, les malchances étaient équitablement partagées – qui rendait à la plupart des femmes l'épreuve presque supportable.

Le cabinet, où je suivis le praticien tandis que mon père reprenait sa lecture, avait meilleure mine que la salle d'attente : quoique le mobilier ne fût guère plus propre, les rayonnages qui couraient autour de la pièce étaient garnis de livres joliment reliés, dont les dos – malgré la pénombre et les volets tirés – jetaient des lueurs d'ambre doré. Au moment où j'allais m'étonner de ne pas voir la table de gynécologie et les instruments auxquels je m'attendais, le médecin tira, d'un de ces rayonnages, un gros volume et glissa la main dans l'anfractuosité : comme dans un mauvais film policier, l'une des bibliothèques pivota pour découvrir un réduit sans fenêtre, qui dissimulait une table d'opération, un chariot chargé de flacons et un tube de néon. Dès que je fus allongée, le médecin referma derrière nous la bibliothèque. A peine avait-il la place de passer entre la table et le chariot, mais la manière dont il glissait le long des murs en rentrant le ventre et en effaçant les fesses révélait une si longue pratique et une telle habileté qu'elle inspirait confiance : je tendis mon bras à la seringue qu'il avait préparée et m'endormis. Quand je m'éveillai, je me crus morte et enterrée : on m'avait laissée seule dans le petit cagibi, dont on avait éteint la lumière; trop mal réveillée pour me pincer, je me persuadai que je gisais au fond d'un caveau. Une douleur brutale, qui me traversa le ventre, me rappela à la réalité. Mais je ne me délivrai d'une crainte que pour tomber dans une autre : j'allais mourir étouffée dans ce placard, je sentis l'oxygène se raréfier; déjà, j'avais du mal à respirer, je ruisselais de sueur, la tête me tournait. Je poussai un cri : la bibliothèque s'ouvrit, le médecin rentra, enfila ses gants et m'examina. En regagnant son bureau il eut la bonté de laisser le panneau entrouvert pour renouveler l'air.

De la table où j'étais allongée, je l'apercevais dans le halo de sa lampe, qui classait des fiches, remplissait des dossiers et répondait au téléphone : j'éprouvais pour cet homme, dont je ne voyais que les épaules et la chevelure grisonnante, un élan de haine et de reconnaissance mêlées, un étrange sentiment de dépendance qui me faisait souhaiter de demeurer toujours couchée, toujours cachée, toujours à sa merci, dans une chambre où il resterait toujours loin de moi, toujours assis...

Après un quart d'heure d'oxygénation, le médecin, en homme prudent, referma le placard et me replongea dans le silence, la solitude, et l'obscurité. Enfin, ayant procédé à un ultime examen, il m'aida à me relever et, me poussant dans le dos pour me faire avancer plus vite, de crainte sans doute que je ne prisse plaisir à m'attarder, il me reconduisit jusqu'à la salle d'attente. Il y avait moins de trois heures que j'avais pénétré dans le cagibi de gynécologie. Mon père me jeta un regard distrait, termina posément l'article de la « Stampa » qu'il avait commencé, puis, malgré l'énervement croissant du médecin qui lui lança une phrase peu amène sur ces « irresponsables qui engrossent des filles », il replia le journal sans hâte et le replaça soigneusement sur la pile.

Ensuite il m'emmena, pâle et écœurée, dans un petit hôtel de passe où l'on avait manifestement l'habitude de ce genre de clientèle; il m'abandonna en me disant qu'une infirmière, dont les honoraires avaient été préalablement réglés, viendrait chaque jour me donner des soins. La chambre où il m'avait laissée, mieux faite pour exalter les transports amoureux que pour aider à en réparer les excès, était abondamment décorée de miroirs sur les quatre murs et au plafond; multipliant à l'infini mon visage blême et ma silhouette allongée, ils me donnaient l'illusion d'une salle commune d'hôpital où l'on m'aurait enfermée avec un régiment d'avortées. Je fermai les yeux, et ne les rouvris que pour voir entrer une grosse femme noire qui tira, de dessous les oranges d'un cabas, une poche de glace et la posa, d'un seul geste, sur le ventre d'un si grand nombre de malades rousses et languissantes que j'hésitai, dans ce peuple de reflets, à me reconnaître pour la seule qui souffrait...

Je passai une semaine à l'hôtel. Chaque jour mon père me téléphonait d'une gare ou d'un café pour s'enquérir de ma santé, et il m'adressa par la poste une chemise de nuit de soie rose achetée dans une luxueuse boutique du Corso. Cette sollicitude, à laquelle il ne m'avait pas habituée, me parut douce : j'attendais impatiemment ses coups de fil, sans m'avouer qu'il ne montrait, au fond, que l'intérêt poli d'un vieil amant riche qui n'est pas amoureux...

Il est vrai que – comme me le fit remarquer mon frère lorsque, des années après, je lui appris cet épisode qu'il ignorait – à une époque où l'avortement était rigoureusement puni en France et réprimé encore plus sévèrement en Italie, les risques que prenait un ambassadeur de France en se prêtant à ce type d'action étaient considérables : il y jouait sa carrière. « Il n'est pas impossible, pourtant, avait ajouté Philippe, que courir un danger l'ait amusé. Sacré Valmy! Ça a dû lui rappeler le bon temps de la Résistance. Les réseaux, les filières... Je parie que l'opération-médecin-marron, il l'avait montée avec Mireille, sa secrétaire, une ancienne de " Libération-Nord ". Ton avortement, ma chérie, c'était pour eux un petit coup de jeunesse! Cela dit, je suis bien sûr que, de ton côté, tu n'étais pas fâchée d'entendre le médecin apostropher notre Excellence comme il l'a fait... Au fait, est-ce que tu sais, Poussinet, que ce n'était pas de son frère que Lucrèce Borgia avait été la maîtresse? C'était de son papa, et même elle en avait eu un enfant... Franchement, les mœurs de ces gens-là! Entre frère et sœur, je ne dis pas, hein? Mais le papa! »

Dès qu'il savait un peu d'histoire, Philippe s'en servait pour pimenter ses gamineries...

En tout cas, mon père ne m'avait fait aucun reproche et il avait payé; mais il était bien décidé à se rembourser de ses générosités. Alors que je me flattais d'avoir créé entre nous, à la faveur des événements, sinon un semblant d'intimité, du moins quelque chose qui ressemblait à de la complicité, il me demanda de lui prouver ma reconnaissance sans délai.

Quelques jours après mon retour d'Ostie, alors qu'il avait quitté le Farnèse pour accompagner son ministre des Affaires étrangères à Venise, je reçus une lettre de lui. Sur papier à en-tête de l'ambassade, et après un début assez bien venu sur la nécessaire solidarité entre les parents et leurs enfants, il me sommait de l'aider à mon tour : je devais lui obtenir ce consentement au divorce que Lise refusait. « Je ne te cache pas que j'ai toujours été prêt à prendre les torts à ma charge » (comment faire autrement? Les fautes étaient toutes de son côté), « mais, comme je l'ai quittée, c'est à elle de présenter une requête au Tribunal. » Il poussait la complaisance jusqu'à me détailler les arguments qu'il m'appartiendrait d'exposer à son épouse pour la convaincre de faire le geste qui le libérerait : j'étais notamment chargée d'informer ma mère que, si elle s'entêtait à ne pas composer, l'ambassadeur vendrait la maison d'Evreuil dans l'année.

La lettre, juridiquement bien documentée, se terminait sur une formule incongrue de père à fille : « bien cordialement ». Je n'y vis pas le signe qu'il me traitait en adulte et m'offrait, faute de « tendresses » qui nous eussent surpris tous les deux, son amitié; je me dis seulement que j'avais échappé de peu à sa « parfaite considération ». La signature m'accabla davantage encore : ni « Papa », ni « ton père », ni même « Jean ». « Valbray » tout simplement, comme pour ces notes de service que je voyais affichées dans les bureaux de l'ambassade et du consultat. Il n'y manquait que le timbre de son secrétariat.

– Tu ne peux pas vendre Evreuil! C'est à nous!

Accompagnant le chauffeur à l'aéroport dès l'annonce du retour de l'ambassadeur, je n'avais pas attendu que son ministre eût quitté le « salon d'attente des personnalités » pour me précipiter vers mon père, et l'entraîner à l'écart.

– Dis, c'est une blague? Tu ne vendrais pas Evreuil quand même!

– Evreuil est à moi, me dit-il à mi-voix en jetant vers le fond de la salle des regard inquiets. Nous en reparlerons plus tard.

– Tu ne ferais pas ça! Pas Evreuil! Où irions-nous?

– Où ta mère voudra...

– Mais tu ne peux pas aimer Nieves à ce point-là!

Une hôtesse italienne s'empressait autour des groupes avec des verres de whisky et d'orangeade. Mon père la gratifia d'un sourire ostensiblement décontracté.

– Pas de scandale ici, je t'en prie : parle plus bas... Serais-je incapable d'aimer, selon toi?

– Au contraire! Tu aurais sûrement tendance à aimer trop de femmes à la fois...

Il attendit qu'une Caravelle, qui atteignait le bout de la piste dans un hurlement de réacteurs, eût achevé de décoller, pour murmurer avec un haussement d'épaules :

– Je n'ai jamais aimé ta mère, rassure-toi.

La surprise me laissa sans voix.

– Pourquoi l'avoir épousée? parvins-je péniblement à articuler.

– A cause de toi, chuchota-t-il en feignant de suivre avec intérêt l'atterrissage d'un nouveau 707. Tu aurais préféré que je la laisse avorter sur la table de la cuisine à Saint-Rambert-en-Bugey?

– Pour ce que ton mariage m'a été utile! Je ne porte même pas ton nom!

Il cessa de pianoter sur la vitre de la baie et se tourna brutalement vers moi :

– Que tu le croies ou non, ma petite fille, j'ignorais que ce mariage ne suffirait pas à te légitimer... Pour ne rien te cacher, leur ordonnance de 45, je ne l'avais pas vue passer.

Je reconstruisais la France, moi, j'avais d'autres chats à fouetter! Sinon...

– Sinon, elle aurait avorté sur la table de la cuisine? Tu as eu tort d'hésiter, tu sais : je n'avais pas demandé à naître...

Un ministre italien, qui venait d'entrer, faisait, depuis la porte, de grands gestes de la main en direction de l'ambassadeur :

– Giovanni, Giovanni! Venez dans ma voiture. Avec moi, Gianni!

– J'aimerais que tu m'épargnes ta philosophie de Prisunic, me glissa mon père en filant vers le directeur de cabinet du ministre qu'il escortait.

Je tentai de le rattraper par la manche; il se dégagea si violemment que je me cassai un ongle sur son bracelet-montre.

Nous marchions à grands pas vers les voitures officielles, mon père en tête du cortège avec les ministres, moi en queue avec les porteurs, mordillant mon ongle cassé. Dans la bousculade qui précéda l'embarquement, l'ambassadeur se retrouva à mon côté :

– Moi non plus, à ma naissance, je n'avais rien demandé, siffla-t-il à mon oreille, et je ne crois pas que l'enfant que tu portais ait expressément consenti à être assassiné...

– Vieni con me, Giovanni, vieni!

Le chauffeur de l'ambassadeur me ramena seule au Farnèse. Mon père dînait au palais Bonaparte avec notre ambassadeur au Vatican et le ministre, qui repartait le soir même; Maria-Nieves, libérée du souci de la « visite » et sortie de la coulisse où on l'avait tenue, était au théâtre. J'enfilai ma plus belle robe, une mousseline beige, que Nieves venait de m'offrir pour son anniversaire : depuis mon séjour avec Philippe, elle avait pris l'habitude de me gâter et, n'ayant pas assez de mes fêtes pour le faire, elle prétextait des siennes; elle souffrait, en effet, de « montées de maternité », comme les accouchées de montées de lait.

Pâle, les cheveux dénoués, je descendis attendre mon père dans la grande galerie du premier. On était en octobre, et l'on n'avait pas allumé les lustres; je me trouvai bientôt dans l'obscurité. Seule la petite fontaine suspendue au mur du vestibule, près de la chambre de l'ambassadeur, diffusait une lueur légère. Des vers de Saint-John Perse, ancien Secrétaire Général du Quai d'Orsay, glissaient dans le murmure des eaux; Philippe me les avait appris autrefois, parce qu'il les croyait faits pour peindre Jean Valbray siégeant dans son palais romain : « Des villes hautes s'éclairaient sur tout leur front de mer et, par de grands ouvrages de pierre, se baignaient dans les sels d'or du large. Les officiers du port siégeaient comme gens de frontière : conventions de péage, d'aiguade, travaux d'abornement et règlements de transhumance. On attendait les plénipotentiaires de haute mer. Ha! Que l'alliance, enfin, nous fût offerte! » Mais, par un détour surprenant, le « plénipotentiaire de haute mer », gréé pour la course et la parade, la tempête et l'abordage, finissait toujours par se résigner à pêcher en eaux troubles, renvoyant aux calendes la conclusion de cette alliance tant attendue... « Quel astre fourbe au bec de corne avait encore brouillé le chiffre, et renversé les signes sur la table des eaux? »

Assise sur la première marche de l'escalier je méditais sur les raisons qui avaient pu pousser l'ambassadeur à engager, si abruptement, un nouveau combat : j'avais beau savoir que Nieves s'accommodait mal de la situation, je croyais qu'après dix ans elle s'était fait une raison; du moins étais-je certaine que mon père, quant à lui, ne ressentait pas trop cruellement les humiliations qu'endurait sa maîtresse. Aussi me persuadai-je que, s'il accentuait soudain sa pression sur mes grands-parents, il y allait de son propre intérêt : il devait avoir en vue une ambassade que son ministre réservait d'ordinaire aux diplomates régulièrement mariés. Londres? Moscou? Washington? Je m'offris par la pensée un tour du monde des vanités diplomatiques, qui me ramena à mon point de départ : « Je n'ai jamais aimé ta mère... » J'étais décidée à obtenir une explication.

Quand mon père, ayant rembarqué son ministre à Fiumicino, monta l'escalier, je me jetai sur lui : « Si tu n'aimais pas Lise, il ne fallait pas lui faire un enfant! »

Il eut un geste de recul; la teinte de ma robe se fondait si bien, dans l'ombre, à la couleur des marches qu'il ne m'avait pas vue. Un moment interloqué, il reprit vite ses esprits :

– Tu trouves que ton amant s'est mieux débrouillé!

– Tu n'avais pas dix-sept ans, tu en avais trente!

– Baisse la voix! Tu veux réveiller toute la maison, ou quoi?

Il me prit par le bras et me poussa dans la première pièce qu'il trouva sur la galerie : la salle des gardes, qui déploie ses splendeurs inutiles sur deux étages et seize mètres de hauteur. « Si tu veux crier, vas-y », me dit-il.

La double rangée de fenêtres superposées laissait descendre sur les mosaïques du sol et les bustes d'empereurs romains la lumière incertaine et grisâtre de la lune. J'entendis un frôlement dans l'ombre et m'immobilisai, le cœur battant; mais la régularité du froissement m'eut bientôt rassurée : ce n'était pas une chauve-souris, c'était mon père qui se frictionnait les mains avec ardeur.

Comme je ne disais rien, il se calma, sortit son briquet et alluma une cigarette.

« Tu as perdu ta langue? »

La salle n'était pas meublée : sa voix, renvoyée en écho, y prenait des intonations de quartz et d'obsidienne. Au fond de la salle, je distinguai la tache blanche des grandes statues couchées de part et d'autre de la cheminé comme deux gisants. Tout semblait pétrifié dans cette pièce glacée qu'on n'ouvrait jamais. Rien n'y paraissait vivant que le bout de la cigarette de Jean Valbray, qui rougeoyait à chaque bouffée. Je fus contente qu'il n'eût pas allumé l'électricité.

« Bien », dit-il enfin.

Je crus qu'il allait m'envoyer coucher mais il reprit sans me regarder : « En 44, j'avais trente et un ans, c'est vrai... » Il marcha lentement jusqu'à la cheminée, il me tournait le dos. « J'étais l'amant d'Arlette. Ta tante Arlette... Elle était entrée dans la clandestinité en même temps que ton grand-père. Elle assurait les liaisons. » Il parlait bas, cherchait ses mots. « Je suppose que je l'aimais. Nous vivions dans un univers si... Enfin, les perspectives étaient faussées. Y avait-il même des perspectives? Si Arlette avait vécu... Je ne sais pas. Quand elle a été arrêtée, quand ils l'ont fusillée... » Il jeta sa cigarette dans la cheminée sans l'avoir terminée. Il en alluma une autre et se remit à marcher.

« Après la mort d'Arlette, Lise a rejoint son père. » Il s'arrêta dans l'embrasure d'une fenêtre et considéra rêveusement la cour du palais et la grande façade de Michel-Ange que les rayons de la lune, passant à travers les nuages, sortaient peu à peu de l'ombre. « Arlette ressemblait à ton grand-père : un courage, une droiture, une autorité naturelle... Tandis que Lise... Lise était vendeuse dans une charcuterie à Belley quand sa sœur a été... » A pas lents, il s'éloignait des fenêtres et revenait vers le mur de la galerie. Je ne distinguais plus que la braise rouge de sa cigarette, comme un cœur suspendu dans la nuit.

« Vu son âge, j'aurais dû la renvoyer. Elle n'était pas bonne à grand-chose dans un maquis, la petite charcutière... Mais j'avais une brigade allemande sur les bras, je ne m'apercevais pas que... Un soir... Un soir, j'ai bu. Pour ne rien te cacher, je me suis saoulé... Quand je me suis réveillé, j'étais sur la charcutière. Oui... sur la charcutière. Voilà toute l'affaire », dit-il en écrasant sa cigarette sur l'épaule blanche d'une des femmes couchées.

J'eus envie de lui crier que l' « affaire » ne s'arrêtait pas là; qu'elle commençait à peine, qu'il y avait moi, puis Béa... Prolongements secondaires d'une histoire d'homme où passait, un moment, une Jeanne d'Arc casquée, ultimes retombées d'un concours de virilités, Béa et moi, nous n'existions pas.

« C'est vrai que tu vendras Evreuil si elle ne cède pas? »

Je n'avais pas bougé. Doucement, il revint vers moi,

posa sa main sur mon bras; encore attendri par le souvenir de cette femme de rêve, avec laquelle il trompait, à ses heures de nostalgie, la femme de chair qui partageait sa vie, il me caressa la joue en souriant : « C'est vrai, ma petite Lucrèce, je vendrai... Philippe a raison de dire que Lucrèce est un prénom qui te va bien : avec cette coiffure-là et ton air boudeur, tu as l'air d'une princesse du XVIe siècle. »

Je me raidis :

– Tu sais ce que ça représente, Evreuil, pour Béa et moi? On y a toujours habité...

– Je sais, je sais... Mais je suis sûr que tu persuaderas ta mère. Je n'aurai pas besoin d'en venir à cette extrémité...

– En somme, tu n'en parles que pour intéresser la partie?

Il rit :

– Si tu veux...

– Eh bien, non, je ne veux pas! Tu écriras toi-même à Lise pour lui communiquer tes intentions. Je ne me charge pas du message. Maria-Nieves, qui a tellement de tact, saura sûrement t'expliquer pourquoi.

Ma voix sonna dans la salle comme si elle avait été vide. Tirant vers moi la lourde porte, je me trouvai, au moment de sortir, face à la pièce que je quittais : on n'y voyait plus que les empereurs romains, dont le regard de pierre avait la froideur d'une procédure en désaveu de paternité.

Je partis le lendemain, Jean Valbray ayant jugé inutile de me faire prolonger mon séjour d'une seule journée. Je m'en moquais : mes cours à la Sorbonne allaient reprendre dans deux semaines et l'Education Nationale venait de me confier un remplacement à partir du 15 novembre. En me raccompagnant à Termini, Nieves laissa cependant couler des larmes, qui m'agacèrent.

Dans le train, je resongeai à Marco. Je ne l'avais plus vu depuis le jour où j'avais demandé à mon père de m'aider.

Il ne me manquait pas, mais je l'imaginais errant dans

Rome comme un chat perdu et sonnant à la Villa Medicis où le concierge lui apprenait, sans être cru, que mon nom lui était inconnu; je le voyais planté jour après jour devant l'hôtel Giacomo ou marchant nerveusement sous la colonnade du Panthéon; je me le figurais assis sur un pan de mur effondré, un matou sur les genoux, ou attablé à la terrasse d'un café de la piazza Colonna, cherchant des yeux une chevelure rousse, un foulard gris, une silhouette qui pût lui donner, un instant, le répit de l'illusion...

Dès mon arrivée à Paris, je lui écrivis. Je lui dis qu'un grand malheur m'avait frappée : mon père – que j'avais quitté en bonne santé –, mon père – que j'adorais –, était brutalement décédé : le cœur... Dès réception du télégramme je m'étais précipitée à la gare, sans trouver le temps de passer au Giacomo pour lui laisser un mot. Les jours suivants avaient été cauchemardesques : le désespoir de ma mère, le chagrin de ma petite sœur... J'ajoutais que je ne pouvais pas encore lui donner mon adresse en France et que la Villa Medicis avait ordre de ne pas la lui communiquer : ma mère eût été peinée de me découvrir une liaison dans des circonstances comme celles-là. Du reste, j'allais changer de domicile : mon père disparu, ma mère n'avait plus les moyens d'occuper l'appartement où nous avions toujours vécu.

Je mis Lise au courant des projets et des menaces de Jean Valbray.

– Je lèverai pas le petit doigt pour l'aider, me répondit-elle sèchement, et si c'est lui qui me fait un procès pour divorcer, il le perdra.

– Et après? Ça t'avancera à quoi? De toute façon, il ne reviendra pas! Et, dans l'intervalle, il aura vendu cette maison. Tu te rends compte? Pépé sans cette maison? Sans le jardin? Sans rien... Malise, quand on n'a pas d'argent, il ne faut pas avoir de fierté.

Elle secoua sa main maigre au-dessus des draps :

– Ecoute-moi bien : je divorcerai jamais. Jamais, tu m'entends? La putain de Madrid peut toujours se l'accrocher ! J'aimerais mieux crever... Je m'empoisonnerai, plutôt que de divorcer.

Elle eut un petit geste du menton en direction de la table de chevet où le Valium voisinait avec le Largactyl et la morphine.

« Je t'en prie, ne fais pas l'enfant. Essaie d'être raisonnable une minute. Ce que j'en dis, c'est...

– Ce que tu en dis, c'est ce qu'il t'a soufflé ! Il me vole ma petite fille maintenant ! » Elle se mit à crier : « Dis-lui que je resterai Madame Valbray jusqu'à la mort. Jusqu'à la mort ! Madame Valbray, je suis Madame Valbray, tu m'entends ? On peut pas me l'ôter ! Ça on peut pas me l'ôter. »

Elle hurlait, ses bras tremblaient. Béatrice arriva en courant. « Toi, décidément, chaque fois que tu reviens de Rome, faut que tu déconnes », me glissa-t-elle en se précipitant sur les calmants.

Quelque temps après, Philippe reçut une lettre de sa sœur. Je la reproduis, ponctuation comprise, comme il l'a gardée :

« Fratello mio,

« J'ai décidé de me réconcilier avec toi parce que je ne sais pas comment me réconcilier avec " Valmy " (au fait, pourquoi étions-nous en froid, toi et moi ? Ai-je tort de penser que nous ne l'étions pas tant que ça ?).

« J'ai besoin de ton conseil : l'auteur de nos jours a découvert que j'avais des amants; il est moins naïf que d'autres apparemment, et n'a pas cru à mes protestations de vertu ! Cela dit, il n'a pas été content : et comme il est toujours furieux contre ma mère pour leurs histoires de divorce, tout finit par me retomber sur le dos...

« Pourtant, je ne voudrais pas lui déplaire. Je me suis mis en tête qu'il avait été déçu que j'aie raté le concours de

Normale Sup, l'année dernière. Penses-tu que si je passais l'agrégation il serait content?

« Autre chose : j'ai remarqué, en parlant avec lui, qu'il s'intéressait plus à l'histoire qu'à la littérature. Enseigner l'une ou enseigner l'autre, ça m'est égal à moi... Comme je suis assez forte en histoire (plus que certains ENA, ah, ah!) je pourrais essayer d'obtenir des équivalences (un de mes profs dit qu'il me les aura) et présenter, dans trois ans, une agreg d'Histoire-Géo. Voudrais-tu, sur ce sujet, tâter le terrain " romain " (vite, s'il te plaît, car il faut que je m'inscrive avant décembre, et si Valmy se fiche de ce que je fais je bornerai mon ambition au CAPES de français)?

« Peux-tu, du moins, faire comprendre à notre auteur commun que je ne voudrais pas mécontenter un père dont l' " envoyez " est si célèbre au Quai d'Orsay? " Un père que j'aime, un père que j'adore, qui me chérit lui-même et dont, jusqu'à ce jour, je n'ai jamais reçu que des marques d'amour " (hum, hum)...

« J'attends tes avis... Et tes baisers. Fratello mio, à bientôt. Ecris-moi.

Christina Borgia.

« P-S. Dis-moi si tu aimes le dernier Beatles. Je le trouve terrible (enfin, presque aussi bien que " Twist and Shout... "). Mais peut-être n'avez-vous pas le droit de l'écouter à l'Armée? »

Chaque fois que je lis une lettre de Christine Valbray, je suis frappée par l'usage immodéré qu'elle fait des parenthèses, des guillemets, ou des tirets. La parenthèse, qui met les contraires en parallèle et équilibre les simultanéités, me semble être à la pensée ce que la « partie double » est à la comptabilité; elle enferme derrière ses murs le petit fait qui complète, nuance, balance, ou contredit en secret la phrase ouvertement exprimée. Sous la fiction maintenue de l'unité du discours, ce sont les émotions les plus opposées et les hypothèses les moins conciliables que le scripteur prétend, à la fin, mettre sur le même pied. N'abusent ordinairement de cette figure de style que les êtres impulsifs, insincères, ou désabusés; mais les trois qualificatifs eussent, il est vrai, également convenu à Christine Valbray. Quant aux guillemets, qui permettent à celui qui écrit d'avancer masqué, de se cacher derrière le vocabulaire des autres et de se faire un paravent de leur pensée, on se demande comment notre championne du déguisement aurait pu s'en passer...

Philippe ne répondit pas tout de suite à l'appel au secours de sa sœur. Si j'en juge par la lettre qu'il finit par lui adresser, Christine avait dû, dans l'intervalle, renouveler ses avances épistolaires : « Cristina mia », lui écrivait Philippe, « mais non, ta lettre n'a pas été perdue! Entre deux parcours du combattant, j'ai profité de ma dernière permission pour la lire, relire, pourlécher, adorer! Au point que, resongeant brusquement à tes douceurs si rares, et toujours mêlées d'un sympathique égoïsme, à tes reproches amusés, à tes refus à demi consentants, à nos strip-tease romains de l'an passé, à ton long silence de cette année, à ta lettre, jolie comme une éclaircie, et à notre avenir, lumineux et bouché, j'ai eu pour toi la semaine dernière, faut-il te l'avouer, Minette très douce, quelques pensées tendres dans les bras d'une amoureuse tarifée... En tout cas, tu dois cesser de me bouder, de me griffer, de me fustiger, de me vilipender, amore. Car, désormais, je serai sage, carina. Jamais plus je ne plaisanterai les vertus populaires. Ti prometto, ti voglio tanto bene, et cætera... Je n'ai qu'une chose à te dire : tu m'as très bien apprivoisé, tu m'apprends à ne plus avoir envie d'être méchant. Et surtout, je crois que, à l'inverse des autres filles, tu ne me lasses pas : avoir été beaucoup avec toi, l'autre été, me donne envie d'être encore plus avec toi... Bref, je me fais maintenant l'impression d'être un gros vitellone! (J'espère que cette allusion fellinienne te rappellera la Fornari et que tu seras jalouse! Ça t'apprendra à avoir des amants cachés!) Tandis que je t'écris, Otis Redding hurle depuis un quart d'heure dans le transistor d'un voisin de chambrée, et je t'imagine très bien te levant d'un de nos lits de camp pour danser toute seule au milieu de la pièce, avec un petit sourire évocateur... Tout cela pour te faire comprendre, ma chérie multicolore, qu'il faut m'écrire souvent et, aussi, que je suis triste de ne pouvoir te voir de sitôt... »

A propos des hésitations de Christine sur son cursus

scolaire et de la soumission qu'elle professait à l'égard de son père, Philippe, pour finir, contait à sa sœur cette anecdote qu'il croyait avoir lue dans une biographie de Mozart : « Je te jouerai tout ce que tu voudras », chuchotait l'enfant aux dames de la Cour qui lui proposaient des variations sur un thème stupide, « je jouerai tout ce que tu voudras, mais dis-moi d'abord que tu m'aimes... »

Lorsque Jean Valbray, pressé par l'aspirant-officier, fit enfin savoir à sa fille qu'il approuvait son intention de tenter l'agrégation d'histoire, Christine crut ses impertinences à demi pardonnées; quand il lui adressa les œuvres complètes de Paul Valéry et douze plaquettes de pilules « Ovariostat », elle pensa qu'il ne la détestait pas; et, dès qu'elle reçut le double du dernier télégramme, confidentiel, qu'il envoyait au Quai d'Orsay (Valbray, qui se passait d'approbation morale, gardait le secret besoin de faire admirer son esprit), elle se convainquit que son père l'aimait. Comme il le lui avait demandé, elle chercha l'adresse d'une agence immobilière que la maison d'Evreuil pût intéresser.

Ce fut aussi dans ce temps-là, si j'en juge par la date de l'édition, qu'elle acheta le luxueux ouvrage sur Rome qu'elle devait m'offrir, des années plus tard, pour me remercier de l'avoir hébergée : trois volumes reliés en chagrin doré, où de surprenantes photographies de la ville – Fontaine de Trévi sous la neige ou course de kayaks sur le Tibre – alternent avec de belles reproductions de gravures et de tableaux anciens.

Sans doute cet ouvrage somptueux était-il, comme la plupart des éditions d'art, destiné aux présents de fin d'année, cadeaux d'entreprises et politesses obligées; c'est en tout cas le genre de caprice qu'on hésite toujours, vu son prix, à s'offrir soi-même.

Il fallait que Christine en eût grand besoin pour y consacrer deux ou trois mois de son salaire de maîtresse-auxiliaire; mais peut-être le lui avait-on offert : Philippe? Son père? un contrôleur des wagons-lits?

Le livre a été souvent feuilleté, il s'ouvre seul à certaines pages. Béatrice se rappelle avoir, plusieurs fois, trouvé sa sœur plongée dans l'un ou l'autre des volumes quand elle passait les dimanches à Evreuil; et, bien que Béa ne sût rien de précis sur Marco, elle avait supposé que Christine retrouvait dans ces photos glacées le souvenir d'un amour déçu.

Je doute cependant que Christine ait cherché dans ses pages autre chose que son propre reflet. C'est elle seule, en tout cas, que j'y reconnais à chaque feuillet, dans les portraits de célèbres Romaines de la Renaissance ou de l'Antiquité et, plus encore, dans cette photographie panoramique qui nous montre le « Centro-Storico » depuis le monastère de Saint-François-de-Sales : au premier plan un moine, dans un contre-jour rouge et or, qui défriche, au flanc du Janicule, un insolite potager; derrière lui, dans la vallée, la ville ancienne, offerte comme la paume d'une main dont le Tibre serait la ligne de vie, et les collines hérissées de tours et de clochers, les cinq doigts levés – main abandonnée comme la main d'un mort ou d'un drogué, ville ouverte...

Qu'aucun nom ne pût mieux convenir à la cité que ce titre d'un ancien film, il y a longtemps que je m'en étais persuadée quand, au matin, je la contemplais à mes pieds, couchée au creux des collines et roulée dans les brumes cotonneuses de l'aube comme dans les draps froissés d'un lit. Rose et nue dans la lumière de l'aurore, tiède et lente, soumise, donnée : je m'imaginais la découvrir comme l'avaient vue le photographe du livre et, avant lui, tous ceux qui l'avaient conquise et foulée – Brennus et Alaric, Bélisaire et Charles VIII, Bonaparte et Victor-Emmanuel, Kappler et Clarck.

« Les barbares avaient beau se trouver déjà en vue, les citoyens étaient sans terreur et la Ville sans défense... » Elle glissait, belle endormie, de bras en bras, de siècle en siècle, de rêve en rêve, sans qu'aucun vainqueur pût l'éveiller tout à fait du sommeil où elle était plongée. Eternelle, pour n'avoir jamais commencé d'exister. Pareille à l'enfant nouveau-né qui, les yeux clos, laisse flotter sur ses lèvres l'esquisse d'un sourire sans destinataire, elle souriait en dormant et s'abandonnait aux violences comme on se livre à des caresses,

gardant à la bouche cette gaieté qui semble la promettre à tous sans qu'elle cesse de s'appartenir en entier.

Ville ouverte, comme une fleur, un fruit mûr, un sexe de femme. Sans pudeur et sans mémoire. Babylone de l'Europe, « grande prostituée » des Ecritures, que chacun prend et que nul ne possède...

Comment Christine ne se fût-elle pas reconnue dans cette cité faite de pièces et de morceaux, que des dominations contraires ont privée d'identité, ville-arlequin toute « rapiécée d'étrangers », où les dieux mêmes, à force de se superposer, confondent leurs images jusqu'à la négation du divin? Les madones des rues, bleues et or, plaquées derrière leurs vitrines, ne proposent-elles pas au chaland les mêmes services que lui rendaient les Lares des carrefours? Dans les musées du Vatican, Silène portant Bacchus enfant a l'air d'un saint Christophe triomphant; et, n'était sa coiffure au diadème de boucles serrées, on prendrait l'Isis allaitant son fils pour une Vierge primitive, un peu déshabillée sans doute, un peu fière, mais déjà toute donnée à l'Enfant-Dieu qu'elle presse contre son sein...

On dirait que le christianisme n'a posé sur la ville qu'un vernis léger qui s'écaille; comme ces troupes d'occupation qui, en s'éloignant, ne laissent d'autres traces de leur passage que quelques noms de rues aux consonances étrangères, qu'on aura bientôt changés, et des casernes vides que le prochain libérateur trouvera commode d'utiliser. A l'heure où l'on baisse les lumières pour la pénitence et où les amants profitent de l'ombre pour s'enlacer dans les confessionnaux, les dieux romains plient bagage sans attendre l'arrivée des hommes de demain.

SPQR, « Si-Peu-Que-Rien »...

Rome, ville ouverte. A tous les chemins qui ne mènent plus nulle part.

Comment Christine ne se fût-elle pas trouvée chez elle dans cette capitale pour rois en exil et comédiens en tournée, vouée à l'apparence et au faux-semblant, où les perspectives n'empruntent leur profondeur qu'au trompe-l'œil : faux portiques, fausses rocailles, faux palais?

Dans ce décor à transformations, cette boîte à double

fond, chaque habitant vire au suspect. Ce franciscain en robe brune et ceinture de corde, qui cultive son potager sur la photographie du livre et dévoile en se penchant une paire de jeans sous sa bure, est-il un vrai moine déguisé en cow-boy ou un faux cow-boy déguisé en moine? Et cette petite nonne à peau noire qui, sous la conduite d'une duègne, traverse la place Navone avec ses sœurs et tente, quand elle croise le regard d'un guitariste chevelu, de cacher son visage derrière son voile, est-elle la preuve vivante de l'universalité de l'Eglise, ou, timide éboueur de la Charité portant au cœur de Rome sa nostalgie du tchador, le signe que pour prier nos dieux, comme pour vider nos poubelles, nous ne trouvons plus de forces en nous-mêmes et sommes contraints d'importer du personnel immigré?

Le temps viendra où nous n'aurons plus, nous aussi, à opposer aux barbares du dehors que des barbares retournés, serviteurs à gages des espoirs que nous aurons abandonnés, harkis méprisés mourant pour une cité que ses princes auront désertée.

« Rome n'est plus dans Rome. » Tout y semble exténué, réversible, et les symboles les plus éclatants sont aussi les plus douteux : ces jeunes monsignori, élégants et violets, qui hantent le soir la colonnade du Bernin, plus « évêque d'Agde » que nature, chargeant leur rôle à la manière des acteurs du boulevard, ne faisaient-ils pas, hier, dans le temple de Janus, d'admirables haruspices? Ils feront demain tout aussi bien de plausibles apparatchiks, des dynamiteros convaincants, des imams vraisemblables...

Rome, accueillante à tous les passés, ouverte à tous les possibles. Je n'étais pas surprise que Christine se fût, dès le premier instant, éprise de cette ville facile, ville orpheline, dont aucun roi, aucun saint, nul prêtre, nul général, n'avait choisi l'emplacement ni tracé les plans : point de père-fondateur, mais deux enfants – enfants-loups, enfants perdus, enfants sauvages – pour en poser la première pierre.

De cette naissance à la sauvette, dans les marges de l'Histoire, la Ville a gardé la docilité des « enfants assistés » qu'on a passés de nourrice en nourrice, et qui n'ont pu survivre qu'en évitant de s'attacher.

A moi aussi parfois, quand je feuillette le livre que Christine a laissé et les souvenirs de mes séjours passés, cette ductilité, cette inconstance semblent précieuses : j'imagine que la dictature à Rome serait plus légère qu'en n'importe quel endroit de la terre, car aucun Romain n'y croirait tout à fait. « C'est à Rome qu'on sera bien pour attendre la fin du monde », dit un personnage de Fellini, et je pense comme lui qu'il sera plus aisé ici qu'ailleurs de se détacher d'un univers qui n'a jamais eu que l'apparence de la réalité, qu'on le quittera en riant, comme une défroque usée, un habit de carnaval après la fête : « Allez, la pièce est jouée. » La décadence prend à Rome des airs de relâche; on y attend avec la même indifférence la reprise du spectacle ou la clôture définitive...

Je me souviens de ces années où, par suite de la désorganisation du système bancaire italien, la petite monnaie était venue à manquer dans toutes les boutiques romaines. On vous faisait l'appoint en bonbons, en timbres-poste, en tickets de tramway, en gracieusetés, et il suffisait de trouver ensuite un gogo à qui repasser, avec la même amabilité, la même fausse monnaie. On y parvenait sans peine : illusion pour illusion, le bonbon vaut bien le papier-monnaie; et les Romains, rois de la mystification, étaient assez vieux dans le métier pour ne pas s'étonner davantage qu'on prétendît changer un sourire en billet que, d'un coup de pinceau, des colombes vives en sculptures dorées; bon public, ils jouaient à la marchande avec la conviction troublante des jeunes enfants, et seul, de temps à autre, un clin d'œil discret vous donnait à comprendre que le prestidigitateur n'allait pas jusqu'à se duper lui-même...

Rome, ville ouverte. Comme un piège aux mâchoires écartées, une grenade éclatée, un corps éventré.

Mon amour pour la cité tourne à l'indulgence désenchantée de ces amants qu'on a beaucoup trompés, et qui consentent à leur malheur pourvu qu'on ne s'imagine plus les abuser : je sais que cette ville, d'où naquirent nos cités d'Europe, où s'ourdit la chaîne de nos espérances et de nos abdications, sera la suprême tentation de nos peuples épui-

sés, leur ultime refuge, leur dernier bastion, tombé avant d'être assiégé.

Toutes murailles démantelées, toute mémoire envolée, toute pudeur dissipée, « Rome prévoyait l'esclavage mais elle ne le craignait pas. »

« Des rues sans habitants, des enclos, des places, des jardins où il ne passe personne, des cloîtres aussi muets et dépeuplés que les portiques du Colisée » : de saint Jérôme à Chateaubriand, et de Chateaubriand à Rossellini, je vois se découper sur l'horizon cette lente procession d'ombres et de siècles vides, ce cortège de déshérences et de désertions, qui ont fait de Rome ce qu'elle est, et – de reniements en conversions, d'illusions perdues en espoirs retrouvés – lui ont tout juste laissé l'écorce de la liberté, l'extérieur du bonheur, l'apparence de la réalité.

Face à cette ville, ouverte à mes pieds comme un abîme, une blessure béante sous le ciel blanc, je comprends enfin ce vertige de la trahison, poussé jusqu'à l'oubli de soi-même, cette ivresse du néant qui saisit un jour une petite fille qu'aucun amour n'avait reflétée, qu'aucun père n'avait nommée.

SENLIS

« Vous irez dire au roi : le vestibule orné s'est effondré, le dieu n'a plus d'abri; ni laurier prophétique ni source qui parle; l'eau bavarde s'est tarie. » Devant l'église Saint-Frambourg transformée en garage, et l'église Saint-Pierre qui servait de marché couvert, le dernier oracle de la dernière Pythie m'était souvent revenu à la mémoire.

Pourtant, ni les voûtes noircies de Saint-Frambourg où pourrissaient les carcasses de voitures, ni les trognons de choux et les feuilles de salades qui traînaient sur le pavé de Saint-Pierre, n'évoquaient précisément les colonnades et les cyprès de Delphes; mais un même abandon sème les pierres dans la même confusion, et la pluie du Valois n'ajoutait à ces vestiges d'un culte oublié que la touche de deuil qui en écarte les touristes étrangers.

Enfant, j'étais venue deux ou trois fois à Senlis avec mes parents; jeune fille, j'y avais amené des amants; mère j'aimais, le dimanche, y promener mes enfants. Y revenant après plusieurs années, pour visiter le vieil hôtel particulier où Christine avait séjourné, j'eus la surprise de trouver restaurées ces églises dont le délabrement m'avait frappée; mais on n'avait pas rendu à la religion ce qu'on retirait au commerce : mi-auditorium, mi-galerie, Saint-Frambourg offrait ses murs aux peintres d'avant-garde et ses bancs aux mélomanes; de Saint-Pierre on avait fait une salle des fêtes, où un podium et des haut-parleurs occupaient la place du chœur. La source à laquelle faisait allusion la Pythie était bien tarie, même si, sur la place Notre-Dame, les hauts contreforts nervurés de la cathédrale dressaient encore contre le ciel leurs ossements blanchis, usés, délavés comme ces arbres que la mer a sculptés.

Toute la ville avait ce caractère des objets polis par les flots, travaillés par les siècles et rejetés au rivage. Peu de gens y passaient, peu de choses y changeaient. Derrière les volets clos, les jardin emmurés, le temps semblait arrêté : les rues, silencieuses, exhalaient une odeur humide de sacristie; les magasins, au pied du rempart, sentaient la cire fondue et le placard moisi; et la même rose fanée s'effeuillait de toute éternité sur le pavé de l'impasse du Courtilet.

Sous prétexte de mieux m'imprégner des charmes de cette ville figée où Christine avait passé ses plus heureuses années, je marchai du rempart des Otages à la rue des Pigeons-Blancs, reconnaissant, ici, les trois marches usées où, à l'âge des rubans roses et des jupes plissées, j'avais joué à chat perché et, là, l'auberge dans laquelle j'allais autrefois retrouver un homme que j'aimais... Plus que les traces de l'Histoire, ou celles de Christine Valbray, je cherchais dans ce décor pétrifié le souvenir de mes pas et la mémoire de mes années.

Peu de choses aujourd'hui nous rappellent à nous-mêmes. De la ville où je suis née, il n'est rien resté : les vergers ont été rasés, comme l'ont été les vieux quartiers; je n'y retrouverai jamais l'école ni le chemin des écoliers...Comment croire celui qui disait : « Quand tout change pour toi, la nature est la même », ou cet autre qui écrivait : « Grands arbres qui m'avez vu naître, bientôt vous me verrez mourir »? J'enviais les poètes du siècle dernier qui, s'attendrissant sur le village de leur enfance, mesuraient le vieillissement des êtres à la permanence des choses. A voir abattre les chênes qui devaient m'ombrager, démanteler les murailles promises à m'abriter, expulser les morts de leurs concessions à perpétuité, je croyais avoir perdu jusqu'au sentiment de mon identité : pour être, il faut sans doute se souvenir d'avoir été. J'errais dans ma vie comme une âme expropriée.

Les rues de Senlis, seules, restaient pareilles aux impres-

sions que j'en avais gardées; et les plis immobiles de la cathédrale me rendaient l'illusion de ma pérennité. Unissant mon regard à la chose regardée, si intimement qu'on ne pût les séparer, coulant mon âme dans les objets inanimés, je me reprenais à espérer que, s'ils me survivaient, je leur volerais une part d'éternité; tant qu'une petite fille se pencherait sur la margelle du Puits-Tiphaine, qu'une femme longerait sous la pluie les maisons basses du Petit-Châlis, que la bise rabattrait la fumée d'une cheminée sur le couvent des Cordeliers, je ne serais pas morte tout à fait.

Parce que Senlis ressemblait encore à ce qu'elle en avait aimé, Christine avait laissé son empreinte sur les pierres de la cité. Je ne souhaitais pas, pour moi-même, une communion plus profonde que celle où j'atteignais avec son ombre pourchassée de seuil en seuil au long des ruelles et des sentiers, traquée, perdue et rattrapée, comme ce parfum de roses mouillées qui paraissait émaner des maisons bâties sur les ruines de Sainte-Bathilde et s'évanouissait dès qu'on en approchait : à l'automne, le jardin des Chérailles continuait d'embaumer la rue encaissée qui monte le long de l'ancienne chapelle.

Je savais que, depuis des années, l'hôtel était fermé; le parc restait à l'abandon. Je demeurai un long moment devant la porte, rêvant à cette roseraie-fantôme dont l'odeur ressuscitait un être évaporé; bientôt, ces roses délaissées retourneraient à l'églantier; un jour, l'églantier lui-même... Je voulais que la rose fût toujours au rosier. Avant que le seau ne se brise sur la margelle et qu'il ne reste plus une pierre du couvent des Cordeliers, « avant que s'obscurcissent le soleil et la lumière », je parlerais de Christine Valbray; je doublerais ces murailles fragiles d'une cloison de papier; j'écrirais.

Comme je songeais ainsi aux cahiers que j'allais empiler, étayer, maçonner, le vent changea : le ciel prit la teinte roussie d'un vieux journal, d'une lettre brûlée dont aucun signe ne peut plus être déchiffré, la pluie se remit à tomber, et je me trouvai trop mouillée pour philosopher.

« Si vous allez à Senlis, m'avait écrit Christine, laissez votre voiture dans la rue du Heaume; grimpez la Montagne-Saint-Aignan, passez sous la Fausse-Porte et prenez la rue de la Treille; l'hôtel des Chérailles est là, sur la gauche. » Elle ajoutait que je n'aurais qu'à prétexter, auprès du concierge, un repérage pour un tournage TV. Senlis est, en effet, la providence des producteurs de cinéma et des réalisateurs de télévision; pas de poteaux électriques, peu de vitrines, aucune usine : cette ville pétrifiée devient, au gré des mises en scène, la Valognes de l'« Ensorcelée » ou le Nemours d'« Ursule Mirouet », toute la France enfin, du moins tout son passé... Bien qu'Anne n'eût jamais autorisé aucun tournage dans sa maison, Christine pensait que, si j'étais dans la place, le concierge ne me ferait pas de difficultés pour la visite et qu'il me laisserait contempler la cour composite de ce vieil hôtel où une tour du XIII*e siècle prolonge un corps de logis du* XVII*e; peut-être même, si je me montrais généreuse, me permettrait-il d'admirer la grande façade* XVIII*e qui donne, de l'autre côté, sur le jardin et le rempart gallo-romain...*

Le stationnement de ma voiture, l'alibi à invoquer pour m'introduire dans la place, le montant du pourboire à offrir au vieil Ali, et jusqu'au circuit à suivre dans le parc entre l'ancienne chapelle et la serre 1900 : Christine avait tout prévu pour ma visite à Senlis, sauf la mort de l'héritier, le licenciement du gardien, la fermeture de l'hôtel et le délaissement de la roseraie – « la chute de la Maison Chérailles »... Du bâtiment je ne connaîtrais jamais que la muraille grisâtre et la porte cochère que surmonte une corne d'abondance effacée par les années. Au-dessus du fronton, un arbre dénudé tendait son bras maigre; une mousse légère comme une moisissure couvrait les pierres du mur et les deux bornes plantées dans la rue aux coins de l'entrée. Il pleuvait.

Transie, trempée, je repartis pour Compiègne où le proviseur du lycée Jeanne-d'Arc m'attendait.

Pas plus que les remparts de Senlis, les hêtres séculaires de la forêt domaniale n'avaient changé : à chaque virage, je m'attendais à voir surgir, dans le brouillard des phares, les cavaliers rouges, les carrosses et les piqueurs d'une chasse royale condamnée, pour l'éternité, à hanter le lieu de ses forfaits. Comme je craignais d'arriver en avance à mon rendez-vous, je pris un raccourci – pour allonger ma route –; un moment, entre les étangs de Saint-Pierre et la trouée des Beaux-Monts, je crus m'être égarée. La voiture patinait dans la boue des sentiers forestiers; un sapin abattu en travers du chemin m'obligea à faire demi-tour. Mais à l'heure dite, j'étais devant le lycée Jeanne-d'Arc.

Le directeur me reçut dans son appartement de fonction, où brûlait un feu de bois qui me réchauffa le cœur. Il n'occupait son poste que depuis deux années et n'avait pas connu Christine, mais il me confirma qu'elle avait enseigné au lycée comme maîtresse-auxiliaire de français dès 1963, puis comme agrégée d'histoire de 67 à 69. Il me fit visiter les classes, vides à cette heure, les corridors éteints, le réfectoire silencieux dont les grandes fenêtres donnent sur la forêt. Le lycée – une bâtisse en brique, perdue dans un grand parc – avait des airs désuets de château anglais; la pluie, qui ce soir-là ravinait les allées et balayait la verrière du parloir, ajoutait à l'illusion.

Le proviseur avait retrouvé une photo de classe, où Christine posait parmi ses élèves : les enfants avaient les blouses grises et les chaussettes bien tirées d'avant 68; assise sur une chaise du premier rang, Christine sacrifiait à la mode « mini »; malgré ses responsabilités, et l'inquiétude irraisonnée que lui causait parfois le galbe de ses cuisses, sa robe de jersey sombre lui découvrait plus que les genoux; cette audace pédagogique, qu'elle croyait rattraper par le catogan sévère dont elle avait noué ses cheveux et le regard clair qu'elle dardait sur l'objectif, s'en trouvait au contraire accentuée. Le jeune directeur dut partager mon sentiment car il ajouta, sans nécessité : « Remarquez, Mademoiselle Brassard n'était pas mal notée... »

Dans le hall aux larges bow-windows baignés d'humidité verdâtre on avait accroché sur trois rangées les portraits des anciens proviseurs du lycée; en haut, les moustachus à col cassé; en bas, quelques barbus à col roulé. Yves Le Louarn terminait la rangée – glabre – du milieu : à ce quadragénaire avantageux le flou Harcourt de la photo donnait l'allure d'un jeune premier pour série B de Gilles Grangier ou d'Etienne Périer; instinctivement on cherchait, dans l'angle du portrait, la dédicace, l'autographe, qui ne pouvaient manquer d'y figurer.

– Après Compiègne, il a été nommé du côté de Grenoble, me dit le directeur. Il était passé dans l'Enseignement Supérieur. Mais il ne doit plus être loin de la retraite maintenant ... Il y a quelques années, il a publié un très bon petit livre sur la défaite de 40. Il faut vous dire qu'avant d'être le proviseur de Mademoiselle Brassard il était professeur d'histoire.

– Je sais. Christine Valbray – enfin, Mademoiselle Brassard – avait fini par enseigner l'histoire, elle aussi...

– En effet ... Vous croyez qu'il pourrait y avoir un rapport? Je veux dire : est-ce que l'influence de Monsieur Le Louarn...? Parce qu'ici, comme maîtresse-auxiliaire, elle avait commencé par enseigner le français, et même – peut-être ce détail vous intéressera-t-il? – elle était mieux notée dans cette matière qu'en histoire-géographie, où elle a décroché l'agrégation... Je me suis fait communiquer son dossier administratif par des amis du Rectorat : les appréciations sur sa façon de professer sont beaucoup plus nuancées – pour ne pas dire franchement mitigées!– quand elle passe à l'enseignement de l'histoire : de bonnes connaissances, sans doute, mais son inspecteur souligne, avec regret, son manque d'intérêt pour la matière ... C'est un curieux cas.

– Pas vraiment : elle n'avait pas choisi cette orientation par vocation.

En disant ces mots, je songeai que je ne donnais qu'une partie de l'explication – celle que Christine elle-même aurait pu donner. D'ores déjà j'en voyais une autre, qu'un philosophe américain avait mise en évidence dans un ouvrage récemment publié : « L'esprit de nos contemporains est devenu de plus en plus indifférent à l'Histoire; on ne peut manquer d'interpréter cette rupture des liens avec le passé comme la révolte évidente d'une génération contre ses pères et la recherche d'une nouvelle définition de soi-même... »

Je quittai Compiègne à neuf heures du soir.

Sortie du lacis des vielles rues et des sens interdits, je sentis, par la fenêtre entrouverte de l'auto, passer le souffle de la forêt dont la pluie avait exalté les odeurs fauves. La présence de ce dragon vert, enroulé autour des faubourgs qu'il semblait prêt à étouffer, était finalement ce que j'aimais le mieux dans cette ville provinciale un peu guindée; il semblait que l'agglomération, d'une bienséance trop convenue, retrouvât dans cette proximité la sauvagerie altière des presqu'îles gagnées sur la mer et le mystère des clairières aux frontières mal tracées, aux limites constamment menacées. Christine ne m'avait-elle pas assurée qu'on voyait parfois surgir en plein centre, au fond d'une cour ou d'un jardinet, les racines blanchâtres d'un chêne tricentenaire ou d'un tilleul géant planté à la lisière des bois, qui, se frayant un chemin vers les maisons, soulevaient brutalement le macadam des rues? Le vent, chargé de graines légères, apportait jusque sur les balcons d'invisibles pollens qui mettaient à profit la moindre motte pour germer : si l'on n'y prenait pas garde, des marronniers envahissaient les pots de géraniums, et des hêtres pointaient sous la feuille des rosiers; pour peu qu'on eût laissé s'accumuler la boue des orages dans le caniveau, on y voyait, la saison d'après, pousser du muguet. Chaque automne, au moment des chasses à courre, des biches et des chevreuils cherchaient refuge dans les squares ou les parkings; chaque hiver, les tempêtes fauchaient des pins et des bouleaux qui, s'abattant sur les routes, détruisant les clôtures et éventrant les toits, privaient momentanément les habitants de téléphone ou d'électricité.

Seuls quelques quartiers récents, conquis à grand fracas sur les bois et abondamment bétonnés, échappaient, pour un temps, à cette pression constante de la forêt. Posés sur une semelle de bitume, au centre d'espaces largement dégagés, ces « grands ensembles » de ciment et d'acier avaient des silhouettes ramassées de casernes, de blockhaus, de postes avancés; mais, malgré le confort et la sécurité qu'ils prétendaient offrir à leurs « résidents », je devinais qu'ici aussi on attendait impatiemment la victoire de l'ennemi – la revanche de cette terre cachée, meurtrie, enfermée, qui réussirait un jour à soulever la croûte des places et des allées pour rendre aux spores et aux rhizomes la liberté d'exploser ... Tout abandonnée à ces espérances végétales, je manquai l'entrée de l'autoroute et repris machinalement la départementale qui traverse la forêt.

Je ne tardai pas à le regretter. Ce n'était pas la solitude qui m'effrayait, mais la sensation que ce bois était surpeuplé; la nuit y grouillait de loups-garous, de rois des aulnes, de loubards et d'assassins ... Des flaques d'eau m'obligeaient à ralentir, rendant la voiture vulnérable à n'importe quel assaut; la pluie avait repris, le tonnerre grondait; je pris peur et fermai les quatre portières à clef, songeant que si des monstres m'arrêtaient, il leur faudrait au moins briser le pare-brise pour forcer mon refuge.

Pourtant, je ne songeais aucunement à rebrousser chemin. Orgueil? Manque d'imagination? Dans un siècle où la ligne courbe est le plus court chemin d'un point à un autre, je garde encore l'illusion que, si profondes soient la tourmente, la nuit et la forêt, c'est en ne revenant jamais sur ses pas qu'on atteindra « le bout, le port, le jour » : cet étang d'eau glacée, si vaste dans la lumière retrouvée qu'on pourra s'y refléter tout entier et, descendant au fond du miroir, s'y noyer...

Si l'ascension sociale consiste à passer « des petits pois moyens » aux « pois extra-fins », j'en étais, dans ma période compiégnoise, à l'étape intermédiaire des « petits pois fins ». Comestibles, mais pas vraiment délicieux.

Ma première année comme maîtresse-auxiliaire avait été franchement dure : je donnais tout mon salaire à ma grand-mère et, bien que menant de front, au prix d'un travail exténuant, mon enseignement au lycée et le cursus universitaire de la Faculté, il ne me restait pas de quoi m'offrir la 2 CV d'occasion dont je rêvais; j'habitais toujours Evreuil et le voyage jusqu'à Compiègne, via la gare du Nord et les omnibus de banlieue, était interminable.

Par bonheur je n'étais pas chahutée; par hasard j'avais même « de l'autorité ». Cette réputation de fermeté, que j'établis à peu de frais, me coûta d'autant moins à entretenir que je n'avais aucun goût pour les adolescents. Je plains cet âge où l'on se cherche sans se trouver, où l'on se trouve sans s'aimer; mais ma commisération ne va jamais jusqu'à la sympathie, encore moins jusqu'à l'affection : la dernière personne qu'un lion devrait attendrir est celle qu'on lui jette en pâture.

Certaines de mes collègues avaient pourtant la vocation du martyre; Solange Drouet, jeune maîtresse-auxiliaire de mathématiques qui devint à Compiègne ma meilleure amie, était de celles-là. « Je voudrais tant les rendre heureux », disait-elle. Moyennant quoi, les fauves ne lui épargnaient rien : le fluide glacial, les boules puantes, les réveil-matin montés en batterie, les capotes anglaises gonflées comme des ballons, son manteau taché d'encre, l'essence de son vélomoteur siphonnée, sa serviette volée...

– Ils sont un peu durs, c'est vrai, mais il y en a eux une telle soif de pureté...

– Mais oui, l'homme est naturellement bon... Et la paire de baffes le corrompt! Sans vouloir t'offenser, Solange, tu crois qu'on nous paye pour quoi? Pour les aimer? ou pour leur enseigner les maths et le français?

– Tu ne peux pas être aussi productiviste quand même! Les spécialiser, les calibrer pour cette société pourrie qui va les exploiter, en faire des esclaves du Capital, c'est justement ce qu'on attend de nous et ce qu'il faut éviter...

– Bon. De toute façon, la MGEN a d'excellentes maisons de fous...

« Ame-vaillante » dans son enfance, Solange était, depuis deux ou trois ans, membre du PSU. Elle me pardonnait mes propos réactionnaires et mes comportements répressifs parce qu'elle me savait inscrite au PC et que cette audace l'impressionnait; ce qui ne l'empêchait pas, d'ailleurs, d'espérer m'attirer dans la section compiégnoise – ou plus précisément la tendance E – de son parti prétendument « unifié ».

Ce fut aussi, assez vite, le projet du nouveau proviseur.

En février 1963, Le Louarn était arrivé d'un lycée de Brest avec une réputation politique si radicale qu'elle mit le corps professoral en émoi : jeune professeur à Oran, il avait osé témoigner en faveur des inculpés du Réseau Janson et soutenu le « Manifeste des 121 » ; rembarqué en hâte pour la métropole, il y avait participé à la fondation du « Parti Socialiste Unifié » et provoqué, dans sa patrie brestoise, une telle agitation autour de la Préfecture maritime et de l'Arsenal que le ministère s'était résigné à le déplacer une nouvelle fois, en avancement; on espérait que l'humidité du Valois tempérerait ses ardeurs révolutionnaires; et, pour lui rendre la paix du cœur, on comptait sur la placidité de la bourgeoisie compiégnoise, dont les audaces intellectuelles s'arrêtent à la critique de l'étalage des Nouvelles-Galeries et à la dégustation raisonnée des macarons de la « Modern' Pâtisserie ».

Quoique, dans les premiers mois, Yves Le Louarn eût en effet beaucoup modéré sa fougue idéologique, le corps professoral (en majorité féminin) ne laissa pas d'être troublé : le nouveau proviseur ressemblait à Louis Jourdan.

Pour moi, la coquetterie m'interdisant de cacher derrière des lunettes de myope ces yeux « ni gris ni verts » qui faisaient mon succès, j'étais peu sensible, à distance, au corps masculin : si je me trouvais parfois troublée par les gestes d'un homme, je n'étais émue par ses traits que lorsqu'il était déjà assez près pour m'embrasser. Aussi, malgré son physique de star, fut-ce Le Louarn qui me remarqua le premier : quelques semaines après sa prise de fonctions, il me convoqua pour me demander, tout à trac, si j'étais parente d'une des « fusillées de Nantua ».

Qu'il connût le nom d'Arlette Brassard m'étonna; si, comme je l'avais moi-même vérifié, les exploits de Valmy figuraient en bonne place dans les ouvrages consacrés à la

Résistance, on n'y indiquait que rarement l'identité des maquisards ordinaires tombés pour la patrie : la « troupe » ne fait pas l'Histoire, elle alimente la Statistique. Je n'avais rencontré le nom de la sœur de Lise que dans un opuscule édité par l'UJF : l'exécution d'Arlette y figurait entre celle de « Nénette », fusillée avec quatre maquisardes à Kériacunf, et celle des brancardières liquidées après la prise de l'infirmerie de La Chapelle-de-Jacquelotte. Plus personne, à part le PC, ne se souciait de rappeler ces choses-là; encore le parti lui-même le faisait-il dans un but intéressé, la conclusion de la brochure étant que, « pour « éviter les mêmes tourments », nous devions faire adhérer nos amies au Mouvement de la Paix que l'URSS patronnait...

Voyant que l'étendue de sa science m'étonnait, Le Louarn m'avoua que, agrégé d'histoire moderne, il avait entrepris autrefois une thèse, jamais achevée, sur la Résistance lyonnaise. Quand il sut que, nièce d'Arlette Brassard, j'étais aussi la fille de Valbray-Valmy, il me considéra avec une révérence si marquée que je me promis d'essayer, dès la prochaine guerre, de la mériter. Je ne savais pas alors qu'Yves, qui avait eu vingt ans en 44, ne se consolait pas d'avoir passé son bac avec « mention bien » tandis que de plus jeunes se faisaient tuer dans le Vercors ou à la 2e DB; comme Jean-Paul Sartre et Simone de Beauvoir, dont il avait fait ses maîtres à penser, il souffrait d'une « résistance rentrée » : à Brest, en Algérie, il avait obstinément, mais vainement, recherché les occasions d'un sacrifice, dont le statut de la fonction publique et le laxisme du ministère l'avaient, de manière tout aussi obstinée, protégé.

Il tomba, en dix minutes, amoureux de la bravoure de la famille : charmé d'apprendre que sa jeune maîtresse-auxiliaire de français préparait une licence d'histoire, il lui proposa de l'aider ... Ce fut à l'occasion de ces séances de travail, qui se prolongeaient fort avant dans la nuit, que je m'avisai enfin qu'il avait une bouche joliment dessinée et de belles mains.

Entre l'amitié exigeante de Solange Drouet, la sollicitude du nouveau proviseur, et la préparation de cette licence d'histoire qui me demandeait un gros travail, généralement fastidieux, je n'avais guère le temps de souffler. Cependant, ma deuxième année à Compiègne fut plus heureuse que la première.

Mon grand-père m'avait permis de quitter la maison, et je m'étais installée avec Solange dans un studio qu'elle louait à proximité du lycée. Réconcilée avec mon père, j'en recevais, de temps à autre, un mandat, qui « mettait du beurre » dans nos petits pois; le plus clair de mon salaire allait toujours en effet à l'Hôtel des Rieux, où ma famille continuait de vivoter sous des toitures percées. Ma grand-mère venait de prendre sa retraite, et Béatrice avait encore deux années d'études avant de pouvoir exercer : je m'épuisais pour radouber ce navire en perdition, colmater, l'une après l'autre, les brèches financières et les avaries de maçonnerie que mon grand-père me signalait.

Ces tours de force budgétaires ne m'empêchaient pas d'entretenir, à l'insu des Brassard, des contacts réguliers avec les agences immobilières que mon père avait chargées de vendre son « château de la misère ».

Depuis que j'en étais éloignée, j'essayais de me persuader que je n'étais plus attachée à cette maison, que sa vente ne changerait rien à ma vie et que, n'ayant jamais eu de racines, je ne serais pas déracinée. Cependant, au moment même où, à la demande de Jean Valbray, je relançais telle ou telle des agences qu'il avait mandatées, je mettais au point avec mon grand-père une manière efficace de décourager les acheteurs potentiels : le béret sur l'oreille et le sourire en coin, mon Pépé faisait le guide; la façade décrépie, les volets descellés, les murs lézardés n'étaient déjà pas très engageants; mais, sur mon conseil, mon grand-père parvenait à noircir encore le tableau en affectant de dorer la pilule.

Sous prétexte de faire admirer le jardin par exemple (« Ça, Monsieur, je veux pas vous tromper, c'est vrai que la maison a des petites fissures. Mais le parc, on pourrait tirer quelque chose, du parc!), il ouvrait violemment une des fenêtres du premier, dont l'huisserie pourrie lui restait entre les mains. « Ah, disait-il navré, c'est sûr qu'il faudrait revoir les menuiseries ... Mais pas la charpente, qu'est très saine. Venez voir vous-même, je veux pas vous tromper. » Il menait son monde au grenier, où nous avions multiplié les bassines, et tapait d'un air entendu sur la poutre-maîtresse : « Pas de vers, pas de termites. Tâtez vous-même. Les jambages sont bons. Allez-y, vous pouvez cogner ... S'il peut dans c'te maison, c'est sûrement pas à cause des poutres! Avant qu'il manque des ardoises, y avait même pas tellement d'humidité... Mais enfin, une toiture, ça se refait. C'est pas la mer à boire ... »

Dans les chambres et les couloirs, nous avions ôté les posters qui dissimulaient les taches d'humidité, enlevé les carpettes qui cachaient les trous du parquet, badigeonné au minium tous les tuyaux de plomb, et entouré de bandelettes de chatterton les crémones des portes-fenêtres du rez-de-chaussée : ainsi, sanguinolente et à demi pansée, la maison avait-elle l'air d'un grand blessé... Cet air, bien qu'un peu outré, ne répondait pas mal à la chanson car, depuis deux ou trois années, nous ne maintenions plus « hors d'eau » que la chambre de Lise au premier et les deux pièces du rez-de-chaussée où s'entassait le reste de la famille. Les acquéreurs effarés prenaient la fuite, à la grande joie des Brassard que cette petite guerre de l'immobilier commençait à amuser. Tous les six mois, mon père, irrité, retirait l'affaire à la dernière agence désignée et me priait d'en trouver une autre, avec laquelle tout recommençait...

Avant de repartir pour Compiègne, le dimanche, j'inspectais les lieux et indiquais à mon grand-père tel détail qu'il ne faudrait pas omettre de signaler à la prochaine visite du « musée » : une plinthe décollée, un tuyau dessoudé, une fuite probable, un court-circuit possible. Béa nous suivait en riant; j'avais à la faveur de cette comédie, retrouvé avec elle un peu de notre ancienne complicité; elle me pardonnait mes séjours romains, convaincue maintenant que c'était mon père que je bernais.

Il va de soi que je m'arrangeais pour être absente les jours de visite : si les agents immobiliers avaient reconnu dans la petite-fille de ce vieux locataire, obligeant et sincère, la « secrétaire » du propriétaire qui les mandatait, j'aurais encouru les foudres des deux parties.

Pourtant, je ne lésais personne : d'un côté, les meilleures agences de la région défendaient âprement les intérêts de Jean Valbray; d'un autre, la situation objective du marché immobilier permettait aux Brassard de garder leur maison. Qu'eût produit de mieux la sincérité? Me bornant à retrouver, au prix d'un double artifice, le statu quo qui nous satisfaisait, je ne gagnais à cette manœuvre que d'être aimée : l'affection nouvelle de mon père et la confiance renouvelée de mon grand-père m'importaient plus que la moralité. Je ne voyais aucune raison, d'ailleurs, pour que ce capital sentimental cessât de fructifier : j'étais sûre que mon père s'entêterait, et certaine aussi qu'il ne parviendrait pas à vendre son hôtel délabré ... Comme je le disais à Béatrice pour la tranquilliser : « Qu'un richard restaure cette baraque à grands frais pour se retrouver ensuite au fond d'une impasse dans une banlieue paumée, avec vue sur le métro et municipalité PC, ça m'étonnerait! Si elle était à Rueil, à Vincennes, à Sceaux ou au Vésinet, je ne dis pas... Mais un château à Evreuil, mon lapin, ce n'est pas demain qu'on verra des milliardaires s'y intéresser! »

Je pensais que nous avions encore de beaux jours en perspective, tant, du moins, que « les Rieux » ne s'effondreraient pas sur ceux qui les occupaient. Mon Pépé, qui prétendait en savoir long sur la résistance des matériaux – « une fissure comme celle-là, ça fait de l'effet, mais des murs de c't'épaisseur, au fond, ça a pas de fatigue » – m'assurait que la maison n'était, somme toute, pas plus délabrée que sa propre santé, et qu'elle durerait bien autant que lui: c'était tout ce qui m'importait. Je regagnais Compiègne le cœur léger.

Solange habitait, dans la ZUP de Royalieu, en bordure de la forêt, l'une des casemates de première ligne que la société d'HLM venait d'édifier. En dépit du manque d'imagination des architectes qui, de toutes les figures de la géométrie, n'avaient retenu que le carré, l'appartement que ma nouvelle amie occupait avait fini par lui ressembler : révolutionnaire et désordonné, il paraissait livré à l'anarchie des objets comme elle l'était aux caprices de ses élèves. Livres, disques et papiers s'entassaient en piles hétéroclites et fragiles sur le lino de l'entrée, sans qu'elle pût se résoudre à les classer; les matelas, les draps, les couvertures, qu'on n'avait jamais contraints au carcan du sommier, suggéraient, par leur enchevêtrement, des nuits « sexuellement libérées » et tentaient, tous les matins, de gagner subrepticement le centre de la pièce, d'où je les chassais, sournoisement, à coups de pied; dans les tiroirs, les petites cuillers fraternisaient avec les crayons et les lampes de poche; dans les placards, on mélangeait, par principe, les torchons et les serviettes. Tout cela ne rendait pas le ménage facile : aussi n'était-il jamais fait. Il m'arrivait, saisie d'un irrépressible besoin de propreté, de laver les vitres ou de nettoyer l'évier, où traînaient toujours un saladier gras ou une casserole brûlée, rétifs au récurage; mais, faute de pouvoir réprimer les velléités d'indépendance des jupes, des slips et des dossiers qui glissaient à terre entre les bouteilles de Chianti vides – que Solange gardait pour les transformer en pieds de lampes – et les cendriers pleins – qu'elle ne vidait pas, parce que la poubelle elle-même débordait –, j'avais depuis longtemps renoncé à passer l'aspirateur.

Ce fouillis, cette saleté, bien qu'ils m'aient alors pesé, n'étaient pas tout à fait sans mérites : Solange disait, avec raison, qu'ils humanisaient ce studio-placard qui n'avait d'autre charme que la modestie de son loyer; les ponchos péruviens, que ma colocataire avait rapportés de son unique voyage au long cours et cloués sur les portes, les foulards indiens, qu'elle « piquait » dans les Prisunic pour en faire des abat-jour, les affiches de films, qu'elle volait à la devanture des cinémas pour les coller dans les w.c., et même les cartons d'épicerie qu'elle entassait dans le séjour pour séparer son matelas de mon oreiller, mettaient, en effet, des notes de gaieté sur le plastique anthracite du sol et le papier beigeâtre des murs.

Je m'étais cependant efforcée, dans un premier temps, de délimiter mon territoire en posant quelques planches de bois sur des parpaings « empruntés » à un chantier voisin; mi-bibliothèque mi-rempart, cette construction devait me permettre de ranger mes polycopiés et protéger mon nid contre la marée, quand même un peu envahissante, de la pagaille-Drouet. Malheureusement Solange n'éprouvait guère de respect pour la propriété privée; elle s'obstina donc à fouiller dans mes classeurs pour y prendre le papier qui lui manquait et à faire coucher dans mes draps, lorsque j'étais à Evreuil, ses amis de passage. Nous eûmes quelques disputes véhémentes; puis, comme Béatrice me donnait tort et qu'elle ironisait avec Solange sur mes « manies de vieille fille », (« Tu verras, Sol, que bientôt elle te forcera à poser tes chaussures dans l'entrée pour prendre des patins! »), je finis par douter du bien-fondé de mes protestations et m'habituer ...

Béa s'était prise d'une vive sympathie pour ma nouvelle amie; à Evreuil, où j'avais emmené Solange passer quelques week-ends (« Mademoiselle Solange » disait humblement ma grand-mère intimidée, et cette déférence m'agaçait), ma sœur et la petite Drouet échangeaient volontiers leurs pulls et leurs idées. Il arrivait bien que, dans la chaleur de la discussion, Béa se laissât aller à traiter Solange de « réviso » (« social-traître » étant réservé à ce qui restait de la SFIO) ou que Solange accusât Béatrice d'être restée « stalinienne », mais elles finissaient toujours par se réconcilier : sur mon dos. « Vise un peu Chris avec son chiffon ... Mémé-Plumeau dans son grand numéro de vidange-graissage : " moi, M'ame Boudin, J'ai mon Omo! " C'est sûrement dans les ambassades qu'on lui apprend à astiquer comme ça! »

Je les laissais dire. Sur le plan intellectuel, ma présence entretenait entre elles une saine émulation : même lorsqu'elles ne m'adressaient pas la parole, j'étais l'enjeu de toutes leurs conversations; c'était toujours moi, finalement, qu'il s'agissait de convaincre, de séduire, et de convertir.

Depuis que Solange Drouet était entrée dans ma vie, Béatrice craignait en effet de perdre la première place dans mon amitié; et depuis qu'elle connaissait Béatrice, Solange mourait d'envie de la diminuer dans mon affection. Je trouvais très flatteuse cette incessante compétition...

Quant à moi, naturellement accommodante, je ne demandais qu'à plaire aux deux. C'est pourquoi, si j'étais toujours inscrite au Parti Communiste à Evreuil – où je donnais encore des coups de main intermittents –, j'accompagnais Solange à toutes les réunions de la section PSU de Compiègne.

J'y avais du mérite: l'arrière-salle du « Café des Sports », qui abritait les discussions des Socialistes-Unifiés, n'était pas très accueillante : des chaises dures, des murs gris et – par-dessus d'épais relents de bière – les vapeurs des manteaux mouillés, l'âcre fumée de la « Gitane » militante, et les exhalaisons de la haine, qu'on respirait à plein nez.

Depuis le congrès d'Alfortville, les camarades de la tendance A détestaient, en effet, les camarades de la tendance C, qui se proposaient d'écraser les camarades des tendances D et E; pour compliquer le débat, ces grandes tendances faisaient parfois des petits, par croisement ou scissiparité, et nous étions sommés d'opter à main levée pour des motions F, G ou H, dont la prolifération multipliait les inimitiés. Certains bras, se levant, déclenchaient des tonnerre de vociférations : « Renégat », « Kerenski », « Trahison », « Quisling »!

Cette excitation réveillait nos fous : les partis politiques, comme les sectes, attirent les déséquilibrés qui attendent de la collectivité la solution de leurs problèmes privés; quand la température montait, nos « camarades-déprimés », ordinairement discrets car incapables d'un discours structuré, se mettaient à crier, agrippaient leurs voisins au collet, cassaient des verres ou éclataient en sanglots. Chaton par exemple, un garçon qui trouvait son état civil lourd à porter, bondissait comme un ressort et, le poing tendu, lançait d'une voix fluette des phrases définitives du genre : « De Gaulle n'a jamais mangé de harengs avec le peuple! » ou « Occupons la tour Eiffel! » Comme la civilité n'est pas une valeur de progrès ni la charité un projet de société, Chaton se faisait durement rabrouer : « Ta gueule, Chaton », « Chaton, va te faire enculer! » (allusion malveillante aux difficultés que le malheureux jeune homme rencontrait dans le « vécu de sa virilité »). Chaton se mettait à pleurer en silence, le visage chaviré. Je pris l'habitude de m'asseoir à son côté; je ne pouvais l'empêcher de s'exprimer, mais, dès qu'on l'avait maltraité, je lui prêtais une épaule compatissante, sur laquelle il s'effondrait : « Ils ne sont pas gentils », disait-il entre deux reniflements. Je le prenais dans mes bras comme un enfant : « Ne viens plus, Chaton, laisse-les tomber. » Mais à la réunion suivante, il était le premier arrivé, cherchant fébrilement une nouvelle occasion d'être battu, piétiné et d'éprouver la cruauté de ceux dont il partageait les idées...

« On a plus de peine dans les partis, écrivait déjà le cardinal de Retz, à vivre avec ceux qui en sont qu'à agir contre ceux qui y sont opposés. » Je me demande, en effet, si la bourgeoisie, qu'il s'agissait d'abattre, a jamais été autant haïe par ses ennemis de classe que l'étaient, par leurs frères, nos camarades du PSU... Il est vrai que, si le « pouvoir d'Etat » était à prendre, l'échéance en semblait éloignée, tandis qu'on votait la semaine d'après pour désigner le Bureau de la section ou nos nouveaux représentants à la Fédération. Des Machiavel au petit pied déployaient des trésors de roublardise et d'ingéniosité pour usurper un poste de trésorier, des Robespierre de banlieue nouaient – avec les syndicats d'enseignants ou les débris de la Franc-Maçonnerie – des intrigues compliquées pour enlever une « subdélégation à la propagande », des Lénine de pacotille renversaient leurs alliances et falsifiaient les procès-verbaux pour s'emparer du secrétariat adjoint d'un « sous-comité de liaison »...

Incertains d'accéder un jour aux vraies responsabilités, ils se hâtaient d'en confisquer les apparences et, faute d'espérer goûter aux délices du pouvoir, ils s'entretuaient pour en respirer le fumet. Transformant leur camp retranché en champ clos, ils avaient fait de l'outil de la conquête l'unique enjeu du combat.

J'avais connu au PC plus de fraternité; les communistes, comme les moines, trouvent dans l'absolu de la soumission une certaine forme de paix; mais, à l'inverse du Grand-Parti-des-Ouvriers qui fonctionnait comme une monarchie ou, à tout le moins, une aristocratie, le PSU était une vraie démocratie : la piétaille s'y étripait.

Ces incessantes vocations m'ayant bientôt lassée, je m'apprêtais à abandonner Solange à ses querelles de tendances lorsque Yves Le Louarn, dont la section brestoise venait de faire don à la section compiégnoise, fut élu trésorier : les camarades des tendances A et C s'entendirent aussitôt pour accuser le nouvel élu, qui appartenait à la tendance B, d'avoir été à la « pêche-aux-voix » des D dans des conditions douteuses, mais Le Louarn avait une trop grande pratique du militantisme pour s'en émouvoir.

Dès le lendemain de son élection, notre proviseur, qui m'avait déjà reçue plusieurs fois dans son bureau pour me parler d'histoire, me fit passer, pendant ma classe, un petit billet d'un ton amical et complice qui me charma : « Le nouveau trésorier sollicite de Mademoiselle Brassard l'honneur d'un entretien politique de la plus haute portée. » Il me dit qu'il m'avait aperçue deux ou trois fois aux réunions de la section, et qu'il avait été surpris, en devenant trésorier, de ne pas me trouver sur la liste des adhérents. Il fallait mettre un terme à cette situation ambiguë : sûrement, ayant vu vivre le Parti de l'intérieur, je n'éprouvais plus d'hésitation à m'y engager; justement, à Compiègne, la tendance B manquait de bras.

Il me vanta les charmes de sa faction, selon lui promise au plus brillant avenir; la tête pensante en était un certain Georges Servet : « Un nom de guerre, vous pensez bien. Il est inspecteur des Finances, alors il court des risques ... Nous devons prendre des précautions. Moi-même, dans le Parti, comme vous avez dû vous en apercevoir, je ne suis connu que sous le nom de Moulin...

– Jean?

– Christine, ne vous moquez pas! Ces choses-là sont

sérieuses. » C'était la première fois qu'il m'appelait par mon prénom. Je pris ma carte.

Le soir, je mis Solange au courant, en lui attribuant les mérites de cette conversion; elle accepta d'avoir le triomphe modeste et de garder le secret vis-à-vis de Béatrice : « Tu comprends, lui dis-je, j'ai payé mes timbres d'avance de l'autre côté... Alors j'attendrai la séance de reprise des cartes de l'année prochaine pour prévenir Béa que je quitte le PC... »

C'étaient toujours quelques mois de gagnés. Après quoi, j'aviserai : il suffirait probablement, en me réinscrivant à la cellule d'Evreuil, de demander à Béatrice de ne rien dire à Solange, à qui je serais supposée avoir promis, pour avoir la paix, de considérer une éventuelle adhésion au PSU en cours d'année...

Tout cela n'était pas plus compliqué que de berner les agences immobilières de Jean Valbray, ni plus difficile que de dissimuler à ma famille et mes collègues ma liaison, toute neuve, avec notre « proviseur-trésorier ».

Forte de l'expérience que me valaient quatre ou cinq années de Palatino (l'« Ovariostat », dont mon père me pourvoyait largement, me permettait des libertés qui, mieux que ma trop brève rencontre avec Marco, m'avaient instruite sur la psychologie des messieurs), j'avais cru remarquer, assez vite, que je ne déplaisais pas à Yves Le Louarn : comme proviseur, il me consultait volontiers sur les aménagement du réfectoire ou de la salle des professeurs; comme trésorier, il testait sur moi tous les projets de motions de la tendance B et m'avait emmenée écouter l'illustre Servet à la section du Ve arrondissement; comme historien enfin, il assumait bénévolement une bonne part des recherches que je consacrais à Alexis-Paul Le Veneur, sujet du roi Louis XV et de mon mémoire de maîtrise.

Ce Le Veneur me plaisait. Cadet des seigneurs de Carrouges, il avait été, dès l'âge de dix-sept ans, voué à l'Armée comme, benjamin, on l'eût voué à l'Eglise. Naturellement frondeur (tous les cadets l'étaient), il faisait partie de ces aristocrates progressistes qui, dans une société chancelante, trouvaient leurs propres privilèges démodés. Et si, fondateur d'une loge maçonnique et ami de Jean-Jacques Rousseau, il avait accepté du roi Louis XVI de brillantes promotions, c'était sûrement à son corps défendant puisqu'en 1789 on le retrouvait militant pour l'égalité des Ordres...

Elu administrateur de son département, il avait été de toutes les fêtes révolutionnaires et, général républicain, de toutes les batailles livrées pour la patrie en danger, portant joyeusement, en janvier 1793, la nouvelle de la mort du « Tyran » à l'ordre du jour de son armée. Deux ou trois fois on l'avait emprisonné; mais il n'était pas homme à se laisser guillotiner et les relations qu'il entretenait dans tous les partis lui avaient sauvé la tête. Aussi put-il, en 1799, saluer d'un grand coup de chapeau l'avènement de Bonaparte, auquel il se rallia sans barguigner.

Président du Conseil général de l'Orne sous le Consulat, député au Corps législatif sous l'Empire, il fut fait officier de la Légion d'honneur et comte d'Empire avec majorat. Au fond de son cœur néanmoins, il devait garder quelque tendresse pour les Bourbons – en vieillissant, l'homme ne se retourne pas sans émotion sur son passé – car, en 1815, il manifesta courageusement son attachement à la monarchie légitime en suppliant Louis XVIII d'ordonner, dans le royaume restauré, des cérémonies expiatoires pour l'anniversaire de la mort du regretté Louis XVI... Pour le récompenser de sa fidélité, le nouveau souverain le décora de la croix de Saint-Louis.

Si le Roi l'avait fait commandeur dans cet Ordre, comme il l'avait demandé, Le Veneur n'eût peut-être pas été tenté de rejoindre, en 1830, les rangs des Orléanistes : sous la Restauration, n'avait-il pas malicieusement rappelé que le duc d'Orléans s'était conduit en lâche à la bataille de Neerwinden? Mais le seigneur de Carrouges, esprit avancé, n'était pas rancunier : sitôt que le duc d'Orléans fut « roi des Français », Le Veneur devint son homme, comme il avait été auparavant celui de Louis XV, Louis XVI, Robespierre, Napoléon, Louis XIII et Charles X.

Ainsi mourut, en 1833, dans son château normand, le vieux comte Alexis, entouré de l'estime de ses voisins, de l'affection des siens et des centaines d'hectares de bonne terre qu'une gestion diligente lui avait permis de faire fructifier. On inscrivit le nom de ce héros sur le côté nord de l'Arc de Triomphe; il y est encore ...

Je trouvais que « ça, au moins, c'était une vie! » Le Louarn, très moral dès qu'il ne s'agissait plus de motions de synthèse et d'élections au Bureau, s'indignait et me disait que, si j'en tenais pour l'Ouest et la Révolution, je n'avais qu'à me pencher sur la vie de l'aide de camp de ce Le Veneur, Lazare Hoche, qui avait eu un destin autrement brillant, autrement romantique, autrement admirable! Mais non, décidément, je n'avais pas de goût pour les poitrinaires : c'était Le Veneur que j'aimais. Pendant une heure ou deux, Monsieur Le Louarn s'appliquait à dépouiller ces archives de la palinodie et de l'opportunisme, jusqu'au moment où, repris de nausées, de nouveau il explosait :

« Mais pourquoi avoir choisi ce type-là? Pourquoi? »

« Parce que c'était lui, parce que c'était moi », finis-je par lui lâcher, excédée. Et il me semble, maintenant que je me connais mieux, que c'était une excellente réponse. En tout cas, elle rendit mon proviseur pensif. Suçant rêveusement le bout de son crayon, il murmura sans me regarder : « Ce serait toujours vous ... Mais si c'était moi? »

Ces manières de collégien commençaient à m'agacer : si, un jour, il m'apportait une rose cueillie dans son jardin, pour rattraper cette audace que j'aurais pu interpréter il en apportait deux le lendemain à Madame Maquet, la prof de latin, ou à Mademoiselle Vialatte, le professeur de musique, dont les moustaches et les bas de coton gris n'offraient pas matière à interprétation; le soir, lorsque nous nous penchions sur les mêmes livres tandis qu'à l'étage au-dessus, dans l'appartement de fonction, j'entendais claquer les petits talons de Madame Le Louarn et les notes de piano de ses filles, il osait des gestes fustifs, des frôlements indécis, des demi-sourires, des quarts de regard, qui voulaient tout dire mais sans rien avouer, et ne me laissaient d'espoir que ce qu'il en faut pour mieux souffrir du démenti; lequel venait immanquablement dans les heures d'après : rappel à l'ordre sévère au sein de la section, ou appréciation mitigée sur mon travail d'enseignante.

Ce manège exaspérant passe pour être, chez certains, une technique de séduction; je doute qu'Yves eût été capable d'un tel calcul; ce proviseur, réputé bourreau des cœurs, gardait simplement des pudeurs d'adolescent auxquelles s'ajoutaient, depuis quelques années, les scrupules intermittents de l'homme marié; il appartenait à la variété des séducteurs timorés, comme, en politique, il devait s'illustrer plus tard, à mes yeux, dans la catégorie des révolutionnaires modérés...

Avec son « ce serait toujours vous, mais si c'était moi? », il venait sûrement de franchir son Rubicon, mais ce grand saut ne nous menait pas loin.

– Ça veut dire quoi : « Mais si c'était moi? »

– Vous m'avez très bien compris...

– Pas du tout. « Vous m'avez compris », « je vous ai compris » voyez où ce genre de phrase, qui ne signifie rien, a mené les Français d'Algérie... Je ne comprends que ce qu'on me dit clairement

– Tants pis ...

Je poussai un profond soupir. On se méprend encore plus facilement sur le sens d'un soupir que sur celui d'un propos sibyllin. J'exprimais de la mauvaise humeur; il crut à un regret... Ainsi me retrouvai-je dans ses bras, avant d'avoir compris comment.

Quand j'y fus, cependant, je my trouvai bien.

La rapidité de mes aventures ferroviaires m'avait fait oublier le goût des baisers; le souvenir de ceux du petit Marco s'était éloigné. Je me découvris heureuse qu'Yves prît mon visage entre ses mains comme une coupe et le portât lentement jusqu'à ses lèvres. J'aimais sentir, tandis qu'il m'embrassait, la pression de ses mains en coque sur mes oreilles, et ses paumes appuyées sur mes joues tendrement, légèrement, comme celles du prêtre qui offre un calice à l'admiration des fidèles. J'adorais enfin, lorsqu'il m'avait détachée de sa bouche, enfouir mon visage dans la laine de son pull-over – une mode qu'il avait lancée au lycée; ses idées révolutionnaires lui interdisant en effet le port du costume trois-pièces, il avait pris l'habitude, vite imitée de tous nos collègues masculins, de porter sous son veston des pulls en cachemire, dont le col en V laissait passer la chemise ouverte, sans cravate.

« Qu'allons-nous faire? » me demanda-t-il gravement en caressant mes cheveux tandis que, comme un chat, je frottais mon nez aux fibres tièdes de la laine qui l'enveloppait. Je me blottis plus avant dans ses bras : « Vous ne vous en doutez pas? »

Le passage à l'acte ne me semblait pas une affaire d'Etat. Mais je ne savais rien encore des amours adultères dont, par-delà le bien et le mal, la problématique se réduit au « où? quand? comment? ». L'enseignement nous laissait, à partir de seize heures trente, assez de temps pour le « quand? »; mais le « où? » faisait problème : je ne pouvais utiliser l'unique pièce que j'occupais avec Solange sans la mettre dans la confidence; il ne pouvait pas se servir de son appartement de fonction... Restait la forêt.

L'été, à condition d'éviter le dimanche qui jette dans les sentiers des cohortes de randonneurs et sème dans les clairières des nuées de pique-niqueurs, nous trouvions toujours un sous-bois agréable, un coin d'herbe inviolé. Mais l'hiver nous était moins clément : nous étions réduits à la Volkswagen du proviseur, arrêtée dans une allée cavalière, à la merci des voyeurs et des indiscrets. Encore, si Monsieur Le Louarn avait été possesseur d'une DS 19 ou d'une 404, nous aurions pu trouver dans le risque couru quelque piment, mais Yves était très grand, je ne suis pas petite, et la « Coccinelle » est calculée au plus juste; connaissant le goût des Américains pour les ébats automobiles, je me demande, d'ailleurs, comment les Allemands ont pu vendre aux Etats-Unis autant de ces miniatures, juste bonnes pour les étreintes réservées, les femmes-caoutchouc et les couples japonais...

C'est ainsi que nous découvrîmes Senlis. Prétextant des congrès PSU, des séminaires du SNES ou des colloques du ministère de l'Education, Yves me retrouvait dans cette ville-musée dont mon frère m'avait souvent parlé, sans me l'avoir fait visiter : éloigné de Paris par son service militaire, puis par un stage dans les Pyrénées, Philippe ne me rencontrait qu'à Rome et devait se borner, dans l'intervalle, à me courtiser par lettres ou télégrammes, tantôt ironiques, et tantôt enflammés.

A Senlis, Yves et moi nous rendions séparément, par prudence : lui en voiture, moi par le car. Nous nous retrouvions dans la cathédrale; le souvenir des « prises de contact » de la France Libre – telles qu'on nous les montre au cinéma – et un fond de catholicisme breton lui avaient fait choisir ce rendez-vous de préférence à tout autre. Sitôt qu'il arrivait, nous nous éloignions à pas pressés, et quasi sans nous parler, vers l'« Auberge du Lion d'Or » ou l'« Hostellerie de la Porte Bellon »; sous un faux nom, mon proviseur y avait réservé une chambre; à la réception, l'œil et l'oreille aux aguets, il satisfaisait hâtivement aux obligations de police, encore imposées aux hôteliers, en présentant de faux papiers que le FLN lui avait fabriqués du temps où il enseignait en Algérie.

Quand, pour une raison ou une autre – groupe d'élèves du lycée en visite guidée ou enterrement d'un notable –, le premier arrivé à la cathédrale était contraint de s'en éloigner, nous glissions à l'intérieur du confessionnal, sous le coussin destiné au pécheur, un petit billet fixant un nouveau rendez-vous.

Toutes ces précautions, dignes de John Le Carré, Jean Bruce ou « Tintin chez les Miliciens » me paraissaient puériles, mais Yves y croyait : enfin, il « résistait »! Il ne résitait qu'à Madame Le Louarn à dire vrai, mais on livre les combats qu'on peut et sans doute était-il venu trop tard dans un monde trop vieux. Depuis que nous étions amants, il ne me recevait même plus dans son bureau, en vertu du principe des cloisons étanches applicable à la constitution des bons réseaux; et, s'il m'écrivait, c'était en déguisant son écriture et en signant de pseudonymes, malheureusement plus transparents qu'il ne pensait : Brossolette (Pierre), Guesde (Jules), Just (Saint-)... Tout son Panthéon y passait.

Ma vie n'était déjà pas simple, et il prenait plaisir à me la compliquer; mais il est probable qu'en ce temps-là je l'aimais.

A dix-huit ans de distance, je ne puis, sans m'avancer, être plus affirmative sur la nature des sentiments que je lui portais. Je me rappelle, avec tendresse, la douceur de ses pull-overs, assortis à la couleur de ses yeux, et le contour de ses lèvres, que je suivais du doigt avant de l'embrasser. Je me souviens, avec reconnaissance, de ces leçons qu'il me faisait réciter quand je préparais l'agrégation (personne chez moi ne m'avait jamais fait réciter, même une table de multiplication), et des longues promenades dans la forêt qu'il acceptait de faire, les veilles d'examens, pour apaiser l'angoisse qui m'étreignait. Je garde enfin une douce mémoire de son prénom, qui tient tout entier dans une syllabe, dans une voyelle, dans une respiration et qu'on peut, dans l'amour, étirer à la dimension de son plaisir, comme un cri, une plainte, une chanson, entrouvrant la bouche sur le « i » pour y laisser pénétrer le bien-aimé, et refermant les lèvres sur le « v » pour l'y garder prisonnier. Yves, « qui voudrait votre nom retourner »...

Ces émotions faisaient-elles de l'amour? Elles faisaient une liaison en tout cas, et la première que j'avais. Si Yves n'avait pas été marié, ma grand-mère Brassard aurait été comblée, elle qui s'inquiétait qu'à vingt ans je n'eusse pas encore de « petit ami sérieux », de « fiancé », comme elle disait; ignorant tout de mes rencontres SNCF, elle me croyait trop sage et craignait un réveil brutal qui eût doté la maison d'un « champi » de la deuxième génération... Malheureusement, Yves ne pouvait lui être présenté.

Je ne sais, d'ailleurs, s'il m'aurait aimée assez pour divorcer; le fait que je ne me sois jamais posé la question montre les limites du sentiment qui nous unissait ...

Il m'aima suffisamment, cependant, pour m'aider à passer un cap décisif : en 1966, j'obtins ma maîtrise « Le Veneur » avec mention « très bien » et, en 1967, l'agrégation d'histoire; bien que je ne fusse pas normalienne, le jury m'avait classée seconde. Mon répétiteur y était pour beaucoup, mon habileté personnelle aussi.

J'avais vite appris, en effet, à servir à mes juges un breuvage subtil, teinté de marxisme, mais déjà un peu moins « rouge » qu'Yves ne l'eût souhaité; je coupais le matérialisme historique d'histoire des mentalités, et, si l'occasion s'en présentait, n'hésitais pas à tempérer le quantitatif par le psychologique, ni à jeter sur les « infrastructures » en ciment armé l'esquisse, encore timide, d'une « superstructure » démontable; bref, je révérais Soboul, j'avais lu Labrousse et Mathiez, mais je pressentais la gloire d'Ariès, le succès de Braudel et la victoire de Furet, ayant compris, bien avant mon proviseur, que l'Ecole Historique Française était en train de prendre son second virage idéologique.

Quand mon père était entré à Normale Sup dans les années trente, les historiens n'y étaient pas bien vus : tout littéraire doué se devait de faire l'agrégation de philosophie; on abandonnait aux normaliens médiocres, incapables d'une pensée originale et d'un style relevé, l'étude de l'histoire et de la géographie : n'importe quel imbécile, croyait-on rue d'Ulm, pouvait réciter des dates et reconstituer le plan d'une bataille; l'histoire n'expliquait rien, et n'annonçait pas grand-chose; tout juste concédait-on à ces malheureux que la partie « géographie » de leur programme pouvait présenter quelque intérêt – du moins s'agissait-il d'une science, courte mais indiscutable ...

Pour rehausser leur prestige, les historiens méprisés eurent un trait de génie : ils se firent marxistes. Le marxisme avait, entre autres propriétés, celle de transformer en science tout ce qu'il touchait; il passait successivement à travers nos disciplines littéraires avec l'efficacité d'une « tournade blanche », ne laissant après lui, dans nos offices poussiéreux et nos arrière-cuisines encombrées, que déterminisme bien ordonné, sociétés rigoureusement classifiées, pronostics et catégories étincelants de propreté. L'histoire, jusque-là voisine du conte et incapable d'arrêter un grand esprit, gagna à cette cohabitation avec les petits-fils d'Engels des axiomes, des lois, un vocabulaire, et vit s'ouvrir devant elle, lorsque nos sorbonnards entrèrent en masse au PC, le champ – immense – de la recherche appliquée. Comme la géométrie, la physique ou la chimie, enfin elle généralisait, elle étiquetait, elle prédisait...

Lorsque le caractère scientifique de leurs travaux fut établi, nos historiens, parvenus à la respectabilité, osèrent pourtant s'avouer des états d'âme, des doutes, un malaise. Tandis que l'arrière-garde des certifiés et l'infanterie des agrégés pataugeaient encore dans les basses plaines du « Capital », les Annales, les Hautes Etudes et le Collège de France transportaient discrètement leurs pénates sur les hauteurs du révisionnisme et de la Nouvelle Philosophie ... J'eus l'adresse de les y rejoindre avant le gros des troupes, et constatai qu'au terme de cette évolution nos chefs avaient atteint leur objectif : l'honorabilité du savant sans la compromission du politique, la gloire sans le risque – par un prodigieux tour de passe-passe, ils n'étaient plus marxistes, mais restaient « scientifiques », et, comme tels, fort considérés. Devrais-je prétendre que je n'ai pas partagé, à leur sujet, l'enthousiame du public? Ce serait inexact; certes, je ne donnai jamais plus d'estime à ces professeurs qu'on n'en doit à des escamoteurs, mais pas moins non plus : le numéro, pour comporter un truc, ne laisse pas d'être admirable...

Et, si je ne m'abusais pas une seconde sur les raisons de mon succès ni sur mes capacités – l'aptitude à sentir le vent n'est pas le premier mérite d'un Tocqueville ou d'un Michelet, j'étais fière, malgré tout, de figurer en bonne place sur la liste des reçus, d'être « admise » ... Heureuse de songer à la joie qu'on en aurait au Farnèse, j'expédiai aussitôt un télégramme à mon père, sûr qu'il allait pavoiser, déboucher le champagne, m'inviter à Rome par retour du courrier.

Je me méprenais : je ne reçus une lettre de Rome qu'au bout de trois semaines; elle contenait le double d'un télégramme chiffré que mon père adressait au Quai d'Orsay à propos des exportations illicites de vins italiens vers certains Etats de la Communauté; dans un angle, de sa petite écriture fine, il avait sobrement ajouté : « Mes sincères félicitations ». Signé « Valbray ».

Je me consolai en me rappelant que je ne devais pas

cette réussite à un travail acharné, mais au fait que j'avais triché; j'étais satisfaite d'avoir dupé avant d'être moi-même trompée.

Dans une lettre que j'ai perdue, Christine m'exposait comment, non contente d'avoir leurré son jury sur ses convictions en anticipant sur la mode et le ton du lendemain, elle avait réellement « triché ». Le procédé de la fraude était assez simple et ne me semble, au demeurant, ni bien méchant ni très dangereux : en tout cas, je ne le crois pas susceptible d'application sur une grande échelle.

Comme professeur, elle avait remarqué qu'aucun correcteur ne peut prétendre à connaître, ni encore moins à vérifier, toutes les statistiques et citations dont les élèves émaillent leurs copies; cependant, dans un devoir de géographie, le chiffre, de préférence décimal, donne toujours à l'examinateur une haute idée de la compétence du candidat, et, dans une copie d'histoire, la citation fait plus d'impression que l'expression d'une pensée personnelle, volontiers présumée hasardeuse par les éléments rassis de l'Université. Aussi Christine fit-elle le contraire de ce que font certains penseurs : elle attribua à d'autres le fruit de ses réflexions, prêtant à Robespierre ses propres élans révolutionnaires, au duc de Morny son cynisme, et à Thiers sa lucidité désenchantée.

J'avoue qu'il me paraît à tout prendre plus généreux de mettre ainsi son inspiration entre guillemets que d'ôter les guillemets à la pensée des autres ... Un tel exercice suppose d'ailleurs une connaissance approfondie du style et de la pensée de ceux qu'on s'apprête à pasticher, de même qu'il exige une bonne culture préalable : la production de tungstène en Bolivie, donnée à la virgule près, produit, certes, un gros effet; encore faut-il être sûr qu'il y a du tungstène en Bolivie ... Si, membre du jury, je m'étais avisée de la supercherie, je n'aurais certainement pas déclassé Mademoiselle Brassard.

J'étais plus choquée, en revanche, que Christine, dès cette époque, eût volé du parfum dans les supermarchés, circulé dans les trains sans billet, obtenu des médecins – pour justifier ses absences – des certificats de complaisance, ou usé de moyens répréhensibles pour atteindre, d'une cabine téléphonique de Compiègne, le réseau international sans payer. Mais elle ne s'attaquait encore qu'à la collectivité et ne bousculait pas les vieilles dames dans le métro pour les détrousser; ce qu'elle aurait peut-être fait, avec la même candeur, si elle était née dix ans après : les valeurs de « l'éthique traditionnelle », comme disent les sociologues, connaissent une baisse rapide à la Bourse des idées...

L'effondrement des temples a rendu aux individus un sentiment exagéré de leur virginité; et cette innocence recouvrée sape, dit-on, les fondements de la morale sur laquelle nous étions installés.

« De l'avis général, nous entrons dans un univers post-chrétien », convenait parfois Philippe Valbray lorsqu'il consentait d'abandonner, un instant, ses prétentions à la frivolité pour me suivre dans mes pérégrinations spéculatives, « le seul ennui, ma chère, c'est que personne ne sait à quoi peut bien ressembler une morale post-chrétienne... »

Quand je songeais aux raisons qui m'avaient, à l'inverse de Christine, poussée à m'interdire les possibilités de fraude que l'Université m'offrait, je ne trouvais, en effet, ni la peur du gendarme ni la crainte du remords, mais, tout juste, l'estime de soi : élisant le bien comme on choisit la difficulté, j'avais préféré la porte étroite aux portes cochères; sans, d'ailleurs, redouter l'Enfer ni espérer d'autre récompense que celle, délicieuse, du défi surmonté et de l'orgueil comblé... Cette morale de solitaire qui permettait de se passer également du regard de Dieu et de celui d'autrui supposait, cependant, qu'on se fût fait « une certaine idée » de soi-même.

Or Christine n'avait jamais eu la possibilité de se forger d'elle-même une image respectable. On peut même dire qu'elle ne se faisait aucune idée de Christine Valbray; ou bien qu'elle s'en faisait plusieurs, interchangeables, comme ses identités, variables au gré des miroirs qu'elle rencontrait.

« Vous avez eu la chance de naître dans une famille stable et cultivée, m'avait dit Philippe, vous avez lu de bons auteurs. Votre conscience est une conscience élitiste, ma petite Françoise... Elitiste à la mode antique, par-dessus le marché! »

Qu'on ne puisse sans ridicule tenter de ressusciter la morale romaine après avoir enterré la morale chrétienne, j'en conviens. Si imparfaite, pourtant, que fût cette morale de la fierté, je l'aimais mieux que l'amoralité. L'horreur de l'aventure, et un penchant mal contrôlé à la spiritualité, me rendaient pénible l'effondrement dans l'insouciance et l'animalité; je cherchais toujours quelque branche où me raccrocher.

Tout le monde ne ressentait pas cette nécessité : « La morale », avait dit un jour devant moi un jeune instituteur, frais émoulu du lycée, à l'un de mes fils qui l'interrogeait, « la morale, ça ne sert à rien ... » Cela servait à peu de chose, en effet : à mettre l'homme sur ses pieds. Colonne vertébrale pour les uns, corset orthopédique pour les autres – à chacun selon ses besoins –, la morale nous tenait droits, autant qu'il se pouvait. Mais nos peuples fatigués réclament la « station-debout-pénible » pour toute une société et marchent à quatre pattes, en attendant de ramper...

Cependant, le mot du jeune instituteur m'avait remis en mémoire un souvenir occulté, presque oublié. Je devais avoir sept ou huit ans, et j'étais rentrée de l'école, ma médaille de baptême cachée au fond de ma poche; ma grand-mère s'en était inquiétée; je lui avais avoué qu'une « grande » s'était moquée de moi parce que Dieu n'existait pas.

Ma grand-mère avait haussé les épaules : « Que tu croies en Dieu ou que tu n'y croies pas, ça n'a pas tellement d'importance. Mais, ajouta-t-elle en me tendant mes tartines, essaie tout de même d'agir comme s'il existait : tu n'auras pas à t'en repentir... »

Beaucoup plus tard, un grand historien, passé du christianisme au communisme et du communisme au christianisme, m'avait assuré que la foi était « une exigence pernicieuse des luthériens ». Les chrétiens du Moyen Age savaient, paraît-il, que les œuvres suffisent...

Et peut-être ma grand-mère et l'historien avaient-ils raison? Peut-être fallait-il apprendre à faire semblant, agir « comme si », mentir pour mieux se persuader, feindre pour espérer? Pendant les deux ou trois années qui avaient suivi ma visite des églises de l'Ile-de-France, j'avais essayé moi aussi, poussant fermement mes enfants vers ce qui restait d'absides, d'autels et de clochers, et hantant les saints lieux chaque fois que, par hasard, on pouvait encore y accéder...

Puis, peu à peu, je m'étais lassée : expérience faite, la reconstruction des chapelles détruites – comme le redressement des civilisations fatiguées – me semblait appeler d'autres ressorts, d'autres élans que la « méthode Coué ». Nécessaires aux religions, indispensables aux sociétés, l'aveuglement et le préjugé perdaient leurs vertus à être décrétés. Pas plus qu'une rivière à sa source, un sceptique ne pouvait retourner à sa crédulité; et notre histoire, si elle avait un sens, ne saurait en avoir qu'un désormais : celui de la pente.

Mais, du reste, avait-elle un sens? Je comprenais maintenant que, depuis mes quinze ans, j'avais cherché, et cru trouver, dans la science du passé un substitut passable à la divinité : comme Dieu, l'Histoire nous tient des origines jusqu'à la fin, et, faute d'avoir préexisté au rien, elle est au moins ce qui régnait avant nous et durera après. David s'extasiait qu'au Seigneur tous ses chemins fussent familiers : je m'émerveillais que, pendant le bref instant où je faisais route avec l'Histoire, aucun de mes actes ne lui fût étranger. Faute de pouvoir croire à l'éternité, j'avais déifié le temps. Non pas la fuite des jours, le changement, le fleuve qui coule, ces années qui nous échappent et dont nous disons qu'elles « passent », mais la rémanence. A mes yeux, le temps passait moins qu'il ne restait : universel, infini, omnipotent. J'aimais cette puissance dans toutes ses dimensions : pour ce qu'elle ferait de nos vies au-delà de nos vies mêmes, et pour ce qu'elle nous préparait déjà avant que nous fussions au monde. Ainsi considéré de dos, de face et de profil, mon dieu me semblait toujours neuf, perpétuellement renaissant – le temps passé aussi jeune que le temps à venir, et hier bien plus étonnant que demain.

A défaut d'une véritable espérance, j'avais donc pensé découvrir dans l'Histoire un cadre stable, une justification globale à ce que nous vivions, comme autrefois nous le proposait la religion : à la fois une identité (la lignée), une fiction (le progrès), et une lumière (celle des faits); une autre manière, enfin, de rejoindre « la voie, la vérité et la vie »...

Mais c'était l'illusion d'une direction, d'un axe orienté, qui s'était d'abord évanouie. Il semblait en effet, en y regardant de près, que l'Histoire, au lieu d'avancer, fît d'étranges aller et retour, d'inutiles va-et-vient, qu'elle partît de nulle part pour ne mener à rien, née, tel un oued, du désert pour retourner au désert... Sa route, après force détours, bifurcations et inflexions, s'égarait peu à peu sous les feuilles, comme cette ancienne voie romaine que j'avais suivie sur quelques dizaines de mètres dans la forêt de Compiègne un jour que j'y marchais sur les traces d'Yves Le Louarn et de Christine Valbray, et que j'avais bientôt perdue de vue à ses deux extrémités malgré mon désir de la reconnaître et de l'explorer.

Si des amis ne m'avaient pas signalé son existence, je ne l'aurais d'ailleurs même pas remarquée, tant, au fil des siècles, la montée des terres l'avait bouleversée, la végétation dévorée. Ce n'était plus une route, pas même un chemin, mais seulement de loin en loin, au milieu des arbres et des racines, en bordure d'un plateau dont elle semblait longer l'arête, un désordre de pierres grises, un peu trop plates, un peu trop larges pour pouvoir être assimilées aux rochers qui parsemaient la forêt. Ces sortes de dalles, qu'on devait, pour bien prendre conscience de leur étrangeté, dégager au préalable de la mousse et des couches d'humus superposées, semblaient témoigner d'un ordre ancien, d'une volonté. Pourtant il n'y avait, aux deux bouts de la chaîne, ni ville ni clairière : rien que la forêt, aussi épaisse, aussi sombre au commencement qu'à la fin. On ne pouvait même pas – en prolongeant idéalement au-delà des futaies le tracé de cette prétendue chaussée – trouver le moindre vestige de citadelle, la plus petite mention d'oppidum, de camp, de carrefour ou de foire. Rien que la forêt, puis la plaine, et d'autres forêts, d'autres plaines : pas le plus léger indice qui permît de déterminer d'où cette route venait ni où elle allait... J'en arrivais à me demander si la société d'Archéologie du Compiégnois, et mes amis avec elle, ne s'étaient pas trompés : peut-être n'y avait-il jamais eu de voie romaine à cet endroit, mais au mieux les restes d'un mur de soutènement d'époque indéterminée, ou une accumulation géologique originale, une fantaisie de l'écorce terrestre? Puisque des savants éminents voyaient la ville d'Alésia là où elle n'était pas, mes archéologues amateurs avaient fort bien pu projeter sur ce vague alignement de hêtres et de cailloux leur rêve de sentier...

Cependant, durant quelques heures, je m'étais entêtée à fouiller, arrachant au sol quelques-unes de ces roches singulières, comme si, tout en consentant qu'on ne pût distinguer aucune logique dans cet amoncellement, je voulais qu'il y eût quand même quelque chose à mettre au jour – à défaut d'ouvrage, un matériau rare par son ton, sa forme –, une vérité à exhumer, qui nous définirait.

En 1966, Philippe était rentré des Pyrénées pour accomplir, à l'ENA, la deuxième partie de sa scolarité. Tous les week-ends, il quittait Paris pour cette maison de Senlis sauvée par sa mère des confiscations de l'après-guerre et dont, à Rome, il ne m'avait jamais parlé sans émotion; mais bien que, depuis son retour, il me poursuivît de lettres « express » et de « petits bleus » (ni à Evreuil ni à Compiègne je n'avais le téléphone – luxe auquel, en ces temps de pénurie, on ne pouvait espérer accéder sans de fortes recommandations), nous n'avions pas réussi à nous revoir : lorsqu'en fin de semaine il se rapprochait de Compiègne, je m'en éloignais pour regagner Evreuil où mes grands-parents m'attendaient; et, quoique je fusse prête à rester à Royalieu un week-end entier pour le voir une heure ou deux, il ne me l'avait pas encore demandé.

J'allais m'en vexer lorsque, enfin, il m'invita : sa mère, Anne de Chérailles, souhaitait faire ma connaissance et me priait de venir dîner à Senlis le jeudi suivant « en voisine ». « Mets une robe Borgia, mon chat – ajoutait Philippe in fine – un sourire botticellien et séduis-là : c'est de la plus haute importance pour toi ... Je ne te dis pas encore pourquoi, c'est un secret, mais plus tard tu comprendras. Oh please, darling, hurry, come, be with me », concluait-il dans ce style comico-anglais qu'il affectionnait, « need me, want me, be fun, love me! »

Intimidée, j'arrivai à Senlis en avance et dus arpenter longuement la rue du Chat-Hâret en attendant l'heure du dîner avec, dans les bras, un gros bouquet d'œillets.

A huit heures précises, je sonnai au portail de l'Hôtel de Chérailles. Quand un valet à veste blanche m'eut ouvert la lourde porte cloutée, je fus surprise de me trouver dans une petite cour mal entretenue : l'herbe poussait entre les pavés, un vieux puits débordait de fougère et d'« herbe-aux-ânes », et la vigne vierge, qui grimpait sur la tour angulaire, aurait eu grand besoin d'être taillée. Les bâtiments eux-mêmes semblaient, sinon aussi délabrés que ceux de l'Hôtel des Rieux, du moins très fatigués : crépi fané, peinture écaillée. Je me dis que Philippe avait dû exagérer l'état de fortune des Chérailles.

J'ignorais encore que, pour Anne, un hôtel de famille doit se porter usé comme le costume d'un Anglais bien élevé : elle se donnait beaucoup de peine pour conserver à sa maison, en dépit des indispensables réparations et des concessions au confort, cette patine des siècles qui la distinguait des hôtels « nouveaux riches », fraîchement ravalés, que des Parisiens restauraient à grands frais autour de la Fontaine-des-Etuves et du Collège Saint-Vincent. L'herbe et la mousse, dont j'avais cru qu'elles déshonoraient la cour d'entrée, faisaient au contraire l'objet de soins particuliers : « J'te foutrais ben un coup de désherbant là-dedans! On y verrait plus clair, tiens », entendis-je, un jour, grommeler le jardinier chargé d'arroser l'ivraie entre les pavés et de rapporter de la terre, dans les interstices des pierres, pour nourrir la fougère...

Dès qu'on m'eut fait entrer dans le hall, Philippe dévala l'escalier et se jeta sur moi pour me serrer dans ses bras. Il m'enleva mon manteau, considéra longuement la robe verte à manches épaulées que j'avais passée pour la circonstance, voulut bien approuver mes cheveux dénoués, et n'ôta que mes boucles d'oreille, qu'il jugea de mauvais goût. « Et puis, on n'offre jamais d'œillets, poussinet », me glissa-t-il à l'oreille. « Bon, bon, ça ne fait rien : pour toi mon chou, je déborde d'indulgence, de tendresse, de désir, de faiblesse, enfin tu vois... »

« Madame est dans la roseraie », dit le valet en emportant mon manteau et mon bouquet. Philippe me prit par la main et me mena dans le jardin.

On était en mai, la nuit n'était pas encore tombée tout à fait; un faux jour bleuâtre s'attardait sous les tilleuls et les buissons des allées. Le jardin, aussi abandonné qu'Anne pouvait le souhaiter, était plus grand qu'on ne l'eût imaginé de la rue : deux fois plus longue que du côté de la cour, la grande façade de l'hôtel avait été refaite au XVIIIe siècle, lorsqu'on avait prolongé la maison de deux ailes subaissées; depuis, à en juger par l'apparence des volets et la taille des pieds de lierre qui grimpaient contre les murs, on n'y avait plus touché.

Anne n'était pas dans la roseraie. elle était au fond du parc, dans la serre ronde et « modern style » qu'on avait édifiée, vers 1900, en bordure du parapet. Le jardin des Chérailles suplombait, en effet, les jardins des hôtels environnants comme leur famille avait autrefois dominé l'aristocratie senlisienne; alliés aux Bouteiller, administrateurs des vignobles royaux au Xe siècle, les Chérailles ne se vantaient-ils pas d'avoir contribué de leur deniers à la construction de la cathédrale Notre-Dame? Philippe, qui m'avait négligemment informée du fait, avait toutefois ajouté, avec une fausse simplicité, que cette prestigieuse contribution était rien moins que prouvée, et qu'à sa connaissance, jusqu'à l'invention de l'aviation et du moulin à café, les Chéràilles n'avaient été que des « crève-la-faim-à-parchemins »; et s'il avait, chemin faisant, trouvé encore le moyen de m'apprendre qu'au XVIIe sa famille était alliée à Madame de Montespan, ça l'avait été en tempérant l'annonce de cette illustre parenté d'un « pas du côté du Roi, malheureusement : du côté du cocu! »...

A l'extrémité de la pelouse, devant la porte de la serre, tournoyait un curieux cylindre d'agrent qui, par les interstices ménagés entre les parois, renvoyait en trilles éblouissants l'ultime rayon du soleil couchant.

« Une cage à miroirs, m'expliqua Philippe. C'est Olga, une amie de maman, qui l'a rapportée d'Orient... Ma mère déteste les bêtes, mais elle fait une exception pour les oiseaux : elle aime leur chant; elle dit qu'il est à l'animal ce que les parfums sont au végétal; ma formation scientifique ne me permet pas de discuter ce point de vue... Cela dit, rien n'ennuie autant maman que de nourrir ces bestioles. Elle en a déjà laissé crever plusieurs couples, et des espèces protégées encore! Et tu penses que si la patronne s'en moque, les domestiques...! Il ne lui restait plus qu'un malheureux " cardinal de Virginie ", auquel elle se refusait à donner de la compagnie. Comme l'esseulé ne lâchait plus une note, Olga, une de nos amies, lui a acheté cette cage en Turquie. Le principe est simple : en voyant son image multipliée dans les miroirs l'oiseau pense avoir trouvé l'âme sœur, et il se surpasse. Notre célibataire à tête de linotte est persuadé qu'il tient un public; il chante pour lui-même, mais il croit qu'il chante pour d'autres. C'est à cette sorte d'illusion qu'on reconnaît le véritable artiste... Maman! Maman, c'est Christine! » cria mon frère en poussant la porte de verre.

« Déjà? Mon Dieu, mes enfants, que vous êtes en avance! » soupira un laurier-rose auquel les reflets aquatiques des vitrages et des plantes grimpantes donnaient la mauvaise mine d'un hortensia.

« Maman, ne dites pas des choses comme ça! Vous allez intimider ma sœur! »

Le buisson s'agita, s'entrouvrit, et, au-dessus d'un palmier nain, apparurent le visage et les épaules d'une grande femme blonde, qui, telle une Néréide émergeant d'entre les algues le trident à la main, s'avança en brandissant un sécateur monumental.

« J'étais en train de cueillir quelques fleurs pour la table. J'avais prié Olga de s'en occuper, mais tu connais Olga... Trop intellectuelle! Le jardinage et elle n'ont jamais fait bon ménage! Il faudrait pourtant qu'on se décide à tailler les rhododendrons du parc... Enfin, ce sera pour demain! Tenez, Christine, ajouta-t-elle en me tendant le sécateur, si vous aimez les boules-de-neige, il y en a encore quelques têtes là-bas, dans le coin, qui seraient du meilleur effet dans la salle à manger... Je vous quitte, je vais préparer mes bouquets. » Elle s'éloignait à grands pas, ses fleurs sur le bras. En arrivant à la porte, elle se retourna pour poser ses gants de jardin sur le muret de la serre : « Philippe ne m'avait pas menti, vous êtes tout à fait charmante... » Il faisait nuit maintenant et, à cette distance, j'étais sûre qu'elle ne me voyait pas; comme, du reste, elle ne m'avait pas regardée lorsqu'elle était passée près de moi, je pris le compliment pour ce qu'il valait.

Cependant, ce premier contact, que j'avais appréhendé (après tout, ma naissance était à l'origine de son divorce), s'était mieux passé que je ne l'avais imaginé : sans doute Anne ne m'avait-elle pas accordé beaucoup d'attention, et, si notre rencontre était un événement pour Philippe, ma visite n'en était pas un pour elle; mais son indifférence me mettait plus à l'aise qu'un excès d'égards. J'éprouvais, d'ailleurs, une sympathie a priori pour la beauté sportive, la jupe de tweed et les bottes terreuses de Madame de Chérailles.

Quand nous la rejoignîmes au salon, elle avait passé un tailleur de crêpe bleu, un collier de perles et des talons hauts; mais, qu'elle circulât entre les fauteuils avec un plateau dans les mains, disposât des fleurs dans un vase, glissât les doigts dans sa chevelure pour ramener une mèche rebelle, ou pliât les genoux pour laisser tomber un glaçon dans un verre de whisky, elle gardait cet air d'insolence courtoise, d'indolence affectée et de grâce efficace, qui faisait l'essence de son charme : par-delà les manières apprises, quelque chose de l'élégance spontanée des chats.

Je voyais bien pourtant (et je manquai d'autant moins à le remarquer que j'en tirai quelque vanité) qu'elle n'avait jamais dû être aussi jolie que Lise : son visage n'était pas très fin et sa carrure, malgré le décolletage et les cheveux blonds, lui donnait l'air un peu masculin. Mais elle me plut.

Aux quelques personnes déjà réunies dans le salon elle me présenta, avec une négligence affectée, comme « Christine », sans autre précision; et je lui fus reconnaissante de n'avoir pas mentionné le matronyme bâtard que je traînais comme un boulet. Plus tard, d'ailleurs, pour tourner la même difficulté, elle devait mettre au point un mode de définition à la fois plus original et plus explicite; elle disait, avec simplicité : « la sœur de mon fils » – ce qui devait, j'imagine, plonger bien des gens dans des supputations sans fin sur les structures respectives des familles Chérailles et Valbray.

M'ayant nommée, Anne me nomma ses invités : « Hugues », un gros homme joufflu d'une quarantaine d'années que je supposai, d'après mes souvenirs du Who's Who, être l'oncle de Philippe, le député; « Olga Kirchner », une brune maigre aux lèvres excessivement fardées, aux mains nerveuses, et aux yeux vairons, l'un bleu, l'autre brun, qui lui donnaient l'air inquiet; « Alfonso Vasquez – un jeune ami vénézuélien », blond et anodin; « François Moreau-Bailly » enfin, un bel homme dans la cinquantaine, qui, au-dessus d'épaules légèrement voûtées, portait un visage émacié au front haut, au regard pâle, presque délavé mais précis comme le quadrillage d'une feuille de copie – un vrai regard de président de jury –, impression de sévérité que démentait heureusement la bouche molle, sensuelle, une bouche de Cicéron au-dessus d'un corps ascétique de Père du Désert, d'une carcasse de Siméon Stylite.

Peu après, une très vieille dame à dentelles et chignon blanc, qu'Anne me présenta comme « la comtesse de Chérailles, ma mère », rejoignit notre groupe et s'enfonça silencieusement dans une bergère. Tandis qu'Olga Kirchner interrogeait Hugues de Chérailles sur la dernière session de l'Assemblée, Philippe, qui s'était assis près de moi sur un coin de canapé, me chuchotait quelques informations sur les personnalités avec lesquelles j'allais dîner. « Tu sais qui est Moreau-Bailly? Le nouveau directeur de " la Presse "! Lui-même, mon poussin, en chair et en os! L'ex-bras droit de Mendès, le fondateur du club " Jean Moulin ", le maître à penser de l'intelligentsia parisienne! Si avant lui le tirage de " la Presse " n'atteignait pas celui du " Monde " ou du " Figaro " , crois-moi que, maintenant qu'il s'en occupe, c'est en train de changer! Un caïd, notre M.B.! Tu vois que, pour ton " invitation au Château ", nous t'avons gâtée. » J'en convins : Morceau-Bailly était une célébrité dont l'importance était au commencement de ces années soixante, objectivement mesurable au nombre de manifestes qu'il signait; le directeur de « la Presse » – « le quotidien de l'élite », le journal chic « Pour Français de progrès » – atteignait en effet une moyenne annuelle de soixante-dix, ce qui le laissait sans doute assez loin derrière Sartre, notre moderne Béranger, qui faisait du cent dans les bonnes années, mais le plaçait tout de même entre Laurent Schwartz et Vladimir Jankelevitch; je fus dûment impressionnée. « Si tu veux te faire bien voir du grand homme », reprit mon frère, pragmatique, « plutôt que de son journal, dont tout le monde lui parle, parle-lui de son violon d'Ingres : l'histoire. Il vient justement de publier un petit livre sur Alexandre le Grand. Il y a quelques années, il avait fait une biographie assez remarquée de " Monsieur ", le frère de Louis XIV. Remarque, je ne suis pas sûr que ce qu'il écrit soit de l'histoire pure. Il y met un peu de fiction. Pour que le mélange soit plus savoureux. " Ça se lit comme un roman ", disent les imbéciles : forcément, c'en est un! Mais " l'histoire pure ", de toute façon, ça n'existe pas, hein? Tiens, je suis content de voir que tu es de mon avis, pour une fois! Bon, en tout cas, c'est sûrement le genre de type à qui tu peux parler de la bataille de Crécy... Olga Kirchner, la dame brune, c'est la meilleure amie de ma mère, une Sud-Américaine richissime. Ah oui, je sais : son nom peut tromper. C'est qu'elle est d'origine polonaise ou roumaine, enfin Yiddish, et qu'elle avait épousé un Autrichien... Bref, des affaires compliquées! Ils ont fait toute leur fortune à Cuba, sous le régime de Batista... Alfonso, c'est un jeune peintre qu'elle protège. Tu as dû entendre parler de lui. Il commence à être connu. Son dernier vernissage a fait une forte impression. Il y exposait une... enfin, une pissotière, quoi! Une pissotière prise sur les Boulevards. C'est un collectionneur californien qui l'a rachetée. Dix fois le prix de fourniture par la mairie. Il faut dire qu'entre-temps l'édicule était devenu une œuvre d'art! Remarque, moi, je ne critique pas, je n'y connais rien. Et puis, comme m'a dit Olga, on ne voit pas pourquoi une vraie pissotière serait une fausse œuvre d'art... Heureusement – " heureusement " pour moi, qui ne suis qu'un paysan du Danube –, les trois quarts du temps, Vasquez peint " pour de vrai ". Mais une peinture très épurée... Des formes il n'a gardé que la ligne droite, et des couleurs les trois primaires. Sans aucun mélange et parfaitement saturées. Le style Mondrian, tu vois, mais en nettement, nettement plus dépouillé...

– Je suis au courant, lui dis-je, il y a eu dans " le Monde " un article très élogieux sur sa dernière exposition. Un truc signé par un jeune romancier des Editions de La Marge... Mais si, tu sais bien, ce type qui porte une grande écharpe et qui a un nom de défaite... Waterloo? Pavie? Bérésina?

– Ah, je vois de qui tu veux parler : Coblentz. Georges Coblentz. En effet... " Vasquez ou l'empire de la nécessité " : en gros, ça expliquait que " la pureté des couleurs et la stabilité des angles concourent à indexer un sentiment de nécessité transgressive qui nie l'empirique " ... Ni plus ni moins! Il n'a l'air de rien, notre Vasquez, mais c'est une sommité! Enfin, à défaut de peindre comme lui, j'aimerais savoir écrire comme Co... »

Une sonnerie-aux-Morts, tonitruante, interrompit le discours de Philippe et les explications qu'Hugues de Chéraillles donnait sur l'affaire Ben Barka; mais personne n'eut l'air surpris. Après la minute de silence qui s'imposait, la conversation reprit, sans paraître autrement gênée par les trompettes et les tambours de « Sambre-et-Meuse » qui défilaient de l'autre côté d'une des portes du salon.

« Ne t'inquiète pas, mon chat, dit Philippe en s'amusant de ma stupéfaction, ce n'est pas le Premier-Spahi qui manœuvre, c'est mon grand-père... Il n'écoute plus que de la musique militaire. Autrefois, il était très musicien mais, petit à petit, il a réduit son " champ d'audition ", comme il dit. En vieillissant, il trouve la musique trop triste. Mozart a résisté quelque temps, puis il a été balayé lui aussi et, depuis trois ans, Bon-Papa ne veut plus entendre que la marche des " Dragons de Noailles " ou celle de la Légion. A tue-tête de préférence, parce que c'est meilleur pour le moral. Enfin, on s'y fait... Pour l'instant, il reste dans sa chambre parce que, depuis son attaque, il ne boit plus d'alcool, mais il nous rejoindra pour le dîner. »

Au moment de passer à la salle à manger nous vîmes, en effet, entrer un vieillard en chaise roulante, poussé par une infirmière. Il ne salua personne et fut mené directement au bout de la table, où l'on n'avait placé aucun siège. Chacun prit place après lui.

– Je vous ai mis à côté de mon père, me dit Anne en me poussant vers l'infirme, vous n'allez pas pour vous ennuyer.

J'en doutais. D'abord, les extraits de « Sambre-et-Meuse » me laissaient craindre que ce vieux monsieur n'eût la cervelle aussi ramollie que les jambes; ensuite, ce que je savais de son attitude pendant la guerre ne m'inspirait ni respect ni sympathie : la Résistance – parce que je l'identifiais largement à un père longtemps détesté – m'agaçait parfois, mais la Collaboration me dégoûtait; aux côtés du vieux Chérailles je me sentais, jusqu'au fond du cœur, fille du grand Valmy et nièce de fusillée.

« Alors, vous êtes une rejetonne de Valbray, cette fripouille? me dit l'aimable vieillard en dépliant sa serviette. Enfin, je suppose que tout le monde a le droit d'exister... »

Comme début, c'était encourageant. Je ne sus que dire. Hugues de Chérailles me tira d'embarras en m'interrogeant sur mes études. J'expliquai que je venais de passer l'agrégation d'histoire et dis quelques mots d'Alexis Le Veneur, aussi brefs que possible car, si je savais manger proprement, j'éprouvais les plus grandes difficultés à parler en même temps : au Farnèse j'avais pris l'habitude des couverts mais pas des dîners, puisqu'on ne me sortait jamais. Heureusement, le député avait son idée sur l'enseignement de l'histoire et il nous l'exposa complaisamment avant de conclure, sur un ton très « fin de banquet » : « Moi aussi j'ai été tenté un moment d'étudier l'histoire, mais finalement, j'ai préféré la faire... »

« Tais-toi donc, grand couillon! lâcha le vieux Raoul de Chérailles, qui ajouta en se tournant vers moi : je lui achète sa circonscription. »

Hugues rougit et baissa le nez sur son assiette; l'infirmière, assise à son côté, lui jeta un regard apitoyé. Tandis qu'Anne enchaînait avec brio sur le dernier livre de Moreau-Bailly, je me rappelai brusquement que le jeune Chérailles était, depuis des années, l'une des cibles favorites du « Canard Enchaîné » : n'avait-il pas un jour, emporté par l'un de ces élan pontifiants qui lui semblaient familiers, déclaré à la tribune de l'Assemblée que « l'édifice social s'écroulerait par la base mais que les sommets demeureraient inébranlables »? On prétendait aussi qu'il avait écrit, dans sa première profession de foi, que, lorsqu'il serait élu, « toutes les communes de l'Oise auraient un revenu supérieur à la moyenne de leur département », promesse qui avait plongé les statisticiens dans la perplexité... Mais, plus encore que du mépris pour sa sottise, l'octogénaire éprouvait à l'égard de son fils une hostilité faite de la jalousie du fondateur d'empire pour son héritier, de l'envie de l'infirme pour le bien-portant, et d'une totale incompréhension politique : Hugues « osait » être gaulliste et UNR quand son père, au fond de son cœur, restait fermement pétainiste.

« Mon fils est un " godillot ", soupira Monsieur de Chérailles, c'est toujours aussi bien, remarquez, que d'être une talonnette... Comme ce monsieur, par exemple. » Et il désigna du doigt la plus grande célébrité de la soirée, François Moreau-Bailly.

J'aurais voulu disparaître sous la table mais personne, sauf Olga Kirchner qui était à la droite du vieil homme, ne parut remarquer le geste ni le propos. Chérailles, en revanche, avait parfaitement observé mon mouvement de recul. Il me dévisagea avec dureté : « Ah oui, je vous choque? Je vous semble grossier? Mademoiselle Valbray est une raffinée... Au fait, non : il parait que vous ne vous appelez pas Valbray. Encore une fripouillerie du sinistre Valmy! ... Donc vous me trouvez mal élevé. Mais je vais vous dire une bonne chose, mon enfant : quand vous aurez quatre-vingts ans et qu'on vous mettra des couches comme à un bébé parce que vous pissez sous vous, vous remettrez les convenances à leur vraie place – sous vos pieds ... J'en reviens à ce Monsieur Moreau-Bailly... Mais j'y reviens sans bruit, comme vous voyez, pour ne pas vous gêner... Entre nous, ma famille me croit " dur de la feuille ", ils pensent que c'est pour ça que je dis tout haut ce qu'on doit dire tout bas. Mais je ne suis pas sourd! C'est déjà bien assez d'être paralysé! Je ne parle si fort que pour les emmerder... »

Olga Kirchner me lança un coup d'œil rapide, sourit, et se retourna vers Philippe qui lui servait à boire.

« Bon ... Ce Moreau-Bailly, vous ne trouvez pas bizarre, vous, qu'il n'écrive de biographies que pour démontrer qu'à la guerre un homme inverti en vaut deux? A la place de ma fille, je me méfierais... Il est vrai qu'avec son ignorance encyclopédique et sa bienveillance bornée cette pauvre Anne ne voit pas plus loin que le bout de son nez! »

La conversation des autres – qui, par égard pour Alfonso Vasquez, mon voisin de gauche, était passée de « la Bataille d'Alger » (rayon cinéma) à l'art vénézuélien (rayon peinture) – venait de tomber sur la grève générale du secteur public, les arrêts de travail de la métallurgie, du textile, du bâtiment... Moreau-Bailly, qui parlait peu, eut alors cette mimique que je devais, par la suite, lui revoir cent fois : il lissa lentement son nez entre le pouce et l'index, et, au moment où il arrivait au bout de l'appendice, le pinça, soit par crainte des mauvaises odeurs qui émanaient de cette société, soit par une ultime appréhension de plongeur novice – d'une manière ou de l'autre, un vrai geste de mendésiste. Le nez pincé, il se lança : « En France, dit-il enfin, fort de l'autorité que lui valait la fréquentation des grands professeurs de science politique du moment, les mois de mai ont toujours été agités : mai 1871, mai 1876, mai 1936, mai 45, mai 58... Mai 66 : vous voyez que nous sommes dans la ligne! Mais chaque nouvelle crise nous donne au moins quelques années de tranquillité, c'est la loi de l'alternance : en 67 et 68 vous pourrez dormir sur vos deux oreilles, allez! »

Mon vieux voisin, qui ne s'intéressait guère au fond du sujet, vit là l'occasion de faire une irruption brutale dans la conversation; à la hussarde, puisque c'était sa façon :

« En tout cas, nous n'aurions sûrement pas tant de grèves si vos copains, Capitant et Vallon, n'avaient pas lancé cette fumisterie de " participation "! De la foutaise, oui! En économie, il n'y a pas trente-six solutions, il n'y en a qu'une : il faut prendre l'argent où il est. Dans la poche des pauvres. Ils en ont peu, mais ils sont si nombreux! »

Un vacarme de Jugement Dernier conclut son propos; le maître d'hôtel venait de laisser échapper le plat de volaille. « Evidemment, me dit Monsieur de Chérailles d'un air excédé, la comtesse veut qu'ils servent avec des gants, ils ne savent plus! »

Je regardai, à l'autre bout de la table, la vielle dame que le fracas d'argenterie ne semblait pas avoir tirée de la contemplation où, depuis le début de la soirée, elle semblait plongée; je n'avais pas entendu le son de sa voix; les yeux dans le vague, elle mangeait avec gloutonnerie dès qu'elle était servie et attendait sagement entre deux plats, en repassant de ses deux paumes la serviette posée sur ses genoux. Je me demandais si la malheureuse pouvait encore vouloir quoi que ce fût et si même, avec le mari qui était le sein, elle avait jamais pu exprimer l'ombre d'une volonté...

« C'est comme cette idée de faire dîner l'infirmière à notre table! Mieux vaut ne pas chercher à savoir. Enfin ...!

Vous avez de beaux seins, Christine », dit Monsieur de Chérailles.

La surprise me laissa bouche bée.

« Fermez la bouche, vous avez l'air stupide... Eh bien, quoi! Oui, vous avez de beaux seins! Ce n'est pas une injure, tout de même... D'ailleurs, il n'y a pas que les seins... Vous êtes mignonne à croquer, la bouche surtout. Mon petit-fils a bon goût. Savez-vous ce qui m'arrive? Je suis en train de tomber amoureux de vous. A mon âge, il vaut mieux ne pas attendre pour vous le dire... »

Depuis trois quarts d'heure qu'il me faisait la conversation, je commençais à m'habituer un peu à ses « sorties » et je pris le parti d'en rire : « Mais vous êtes marié », lui dis-je, d'un ton amusé. « La comtesse est peut-être mariée, dit-il en regardant sans tendresse la vieille dame qui pliait et dépliait sa serviette, mais moi, je suis célibataire. »

Jusqu'à la fin du repas il me fit une cour d'autant plus leste dans les mots qu'il était condamné à beaucoup de sagesse quant au reste. Lorsque l'infirmière vint se replacer derrière sa chaise roulante : « Pardonnez-moi de vous quitter si abruptement, me glissa-t-il, mais il paraît qu'on doit me coucher de bonne heure...J'espère que vous reviendrez. Et que vous voudrez bien me donner un peu de votre amitié. » Il inclina la tête d'un geste sec, comme un officier de l'armée allemande dans une production de la MGM, et je crus entendre ce paralytique claquer les talons... On l'éloigna comme on l'avait amené, sans qu'il eût pris congé d'aucun autre invité.

Quoique son cynisme et sa brutalité m'eussent finalement plus divertie que choquée, je fus heureuse que son départ me permît de suivre la discussion de ses hôtes, que je m'étais figurée, tout le temps du repas, par les bribes que j'en saisissais, brillante et instructive. Au salon, autour du café, ces conversations reprirent sotto voce. Moreau-Bailly envisageait avec Philippe les conséquences internationales du retrait français de l'OTAN et décrivait, par le menu, le départ des troupes américaines et la fermeture de leurs bases : « Châteauroux est une ville sinistrée! » dit-il, et il lissa son long nez. Anne et Olga parlaient chiffons et grands couturiers. Puis les convives firent chœur, un moment, autour des « Amours d'une Blonde » et du cinéma tchèque, s'égaillèrent de nouveau – qui dans les « Sentiers de la Gloire », qui dans les allées du Pouvoir –, se rejoignirent sur la cuisine chinoise et les vases Ming, s'opposèrent sur la Rhodésie, médirent de deux Paul (VI et Bocuse) et louangèrent deux Pierre (Mendès France et Cardin).

Je me taisais. Ils passaient trop vite d'une question à une autre, effleurant successivement l'art, la religion, la politique, sans jamais s'attarder, sans creuser, sans conclure. La plupart du temps, chacun avait sa phrase à lancer et, la percée faite, filait vers un nouveau sujet sans écouter ce que les autres avaient à lui répondre, semant, dans sa fuite, des prénoms connus, des anecdotes allusives, des sigles abscons et des sourires riches de sous-entendus – qui permettaient aux initiés, comme les cailloux du Petit Poucet, de refaire la route à l'envers pour revenir, quand plus personne ne s'y attendait, au cœur du débat longtemps après l'avoir quitté... Cette légèreté me donnait le tournis. J'étais comme un enfant sur un manège, qui aimerait bien attraper la « queue du Mickey » mais la voit glisser si vite entre les mains de concurrents plus musclés qu'il renonce à lever le bras.

Du reste, François Moreau-Bailly, Hugues de Chérailles, Philippe et Olga ne parlaient d'aucune des choses auxquelles, toute la semaine, je consacrais mes pensées et dont j'avais fini par croire que je les connaissais : la pédagogie, la vie de Trotski, les amours adultères, le droit de la filiation, la Nouvelle Histoire, les agences immobilières, les « fusillées de Nantua » et le prix des loyers.

J'en venais à regretter le vieux Chérailles dont les discours, au moins, touchaient à des sujets d'intérêt universel – la famille, le sexe, l'argent, la santé – et n'autorisaient jamais, dans leur crudité, la moindre erreur d'interprétation.

J'avais fait cours toute la journée et je commençais à avoir sommeil; j'aurais bien voulu partir, mais je n'osais pas me lever. Je me disais : « Dans cinq minutes, Je m'en vais », espérant lâchement que, passé ce délai, quelqu'un d'autre aurait levé le camp et que je n'aurais qu'à lui emboîter le pas. Je me disais : « Dès qu'ils auront fini de parler de la guerre du Vietnam, je me lèverai et j'expliquerai que j'ai un train à prendre pour rentrer ... » Je me disais : « Je vais rater le dernier train. »

On avait servi des liqueurs après le café; puis, des jus de fruits; puis, rien. Olga Kirchner étouffait des bâillements discrets. Moreau-Bailly me regardait d'un air fâché. Dans la cheminée, le feu s'éteignait. La conversation languissait. J'attendais.

Quand il y avait un silence, je pensais que je devrais en profiter pour me remettre sur mes pieds : « J'ai passé une excellente soirée... » Mais, s'il me semblait difficile de couper une conversation par l'annonce de mon départ, il me paraissait plus impossible encore de rompre un silence pour prendre congé : c'était donner la solennité d'une déclaration à une phrase que je ne savais même pas comment tourner; mieux valait attendre que le bavardage eût repris pour m'éclipser en glissant à l'oreille d'Anne un rapide remerciement. Malheureusement, l'oreille d'Anne était bien loin, il m'aurait fallu traverser la pièce dans toute sa longueur en gardant l'air naturel tandis que l'assistance au complet suivrait des yeux cette interminable traversée... Si bien que, lorsque la conversation reprit, poussive comme une locomotive fatiguée, je décidai péremptoirement qu'étant – Alfonso mis à part – la plus jeune de l'assemblée, ce n'était pas à moi de donner le signal du départ.

« Eh bien, Christine, dit Anne en riant, vous allez coucher ici. »

Je bondis comme si j'avais reçu un coup de pied : « Je suis désolée, je ne m'étais pas rendu compte qu'il était... Oh! deux heures du matin! oh, je ... »

« Mais non, ça n'a aucune importance, reprit la " première épouse ", il est trop tard pour que vous partiez, vous allez coucher dans la chambre d'amis. Philippe vous reconduira à Compiègne demain matin. » Tous les invités se levaient déjà, soulagés.

Quand Philippe vint dans la chambre m'apporter la chemise de nuit que sa mère me prêtait, j'étais déjà couchée; il me fit d'affectueux reproches : « Alors, Poussinet, tu ne sais pas t'en aller? »

Je rougis de confusion : « Franchement, je n'y comprends rien... D'après ce que Nieves m'avait expliqué à Rome, puisque les autres étaient plus vieux ils auraient dû partir les premiers. »

J'avais envie de pleurer; j'appuyai mon visage contre mes genoux levés et l'enfouis dans le couvre-pied : il y avait chez les gens riches trop d'usages qu'une petite fille d'Evreuil ne comprendrait jamais...

Au lycée déjà, j'éprouvais constamment l'humiliation de ne pas savoir « me tenir » et la honte de ne pas saisir le pourquoi des bonnes manières au respect desquelles les enseignants me rappelaient sans aménité. Je me souvenais, par exemple, de ma stupéfaction le jour où le professeur de mathématiques avait interrompu une explication qu'il me donnait, en s'exclamant avec la plus vive indignation : « Enfin, Mademoiselle Brassard! Est-ce qu'on se mouche quand quelqu'un vous parle? C'est un comble, ça! » J'avais remis mon mouchoir dans ma poche sous les rires de mes camarades, sans même oser demander ce que devait faire, dans ce cas, une élève enrhumée : renifler? s'essuyer le nez d'un revers de manche? ou laisser couler? Les bourgeois, les nantis, les intellos – enfin « ceux de la Haute », comme disait mon grand-père – manquaient décidément de simplicité...

A propos de la façon de prendre congé, Marie-Neige m'avait décrit un système absurde et complexe dans lequel entraient à la fois l'âge des participants, la nature de leurs relations avec le maître de maison, et leur ordre d'arrivée... J'étais presque parvenue à l'assimiler, er voilà qu'il me fallait déjà le réviser!

« Mon pauvre lapin, c'est de ma faute! me dit mon frère en caressant mes cheveux. J'aurais dû te mettre au courant : tous les autres couchent ici. Ma mère et Hugues, parce qu'ils y vivent dix mois sur douze; Olga parce qu'elle s'installe chez nous tous les ans de mai à septembre; et

Moreau-Bailly, parce qu'il est l'amant de maman : lorsqu'il vient de Paris, il reste toute la nuit. Quant à Alfonso, le " protégé " d'Olga, nous faisons semblant de croire qu'il retourne à son auberge après nous avoir dit " bonsoir ", et nous fermons les yeux si nous le croisons le matin en pyjama dans un couloir ... Voilà. Maintenant, qu'est-ce que tu me donnes pour que j'aille produire ces justificatifs à ma mère et prendre sur moi la responsabilité de cette tragique méprise? Hein, qu'est-ce que tu me donnes? »

J'avais ressorti mon visage du couvre-pied; je le regardais; et sous ce regard, qui passait de la reconnaissance à l'insolence à mesure que lui-même perdait contenance – « qu'est-ce que tu me donnes, dis? » – c'était maintenant Philippe qui rougissait, l'homme du monde qui s'embarrassait.

« Mais je ne sais pas, moi, lâchai-je enfin d'un air distrait, qu'est-ce que je peux bien te donner? Un baiser? »

Aussitôt il se pencha sur moi et m'embrassa, comme trois ans plus tôt au palais Fornari; mais cette fois, sans retenue, avec une passion reconnue, acceptée; il m'embrassa comme il aurait embrassé une fille rencontrée dans une surprise-party. Puis, ôtant la couverture dont je m'étais enveloppé, il posa son visage contre mon ventre.

– Philippe, nous ne devrions plus jouer à ces jeux-là...

– Tu as peur?

– Non, je n'ai pas peur! Mais enfin, nous sommes frère et sœur!

Je sortis du lit.

– Légalement, reprit Philippe péremptoire, nous ne sommes rien et tout nous est permis...

– N'empêche que, avec ou sans loi, nous savons très bien que nous sommes frère et sœur!

– Pas du tout. Si, encore, nous avions la même mère et des pères différents ... Mais frère et sœur « de père »? Alors là, j'ai des doutes! La paternité, tu sais, ce n'est jamais prouvé...

J'étais nue; il m'avait reprise par les épaules.

– Vraiment? Et comment expliques-tu ça?

J'appliquai une boucle de mes cheveux sur son front, où elle se fondit dans ses mèches rousses:

– Ta mère est blonde, la mienne est brune... Soyons sérieux!

Vaincu il se dirigea vers la porte sans me jeter un regard de plus, et dit simplement en s'en allant :

– Je crois que tu ne m'aimes pas autant que je t'aime...

Le lendemain, j'écrivis une longue lettre à Anne pour m'excuser de m'être attardée; je craignais d'avoir déplu. Mais le samedi, la gardienne de mon immeuble m'avertit qu'on m'avait fait porter un paquet : c'était un grille-pain LM et un électrophone, avec deux disques de « Marches et Fanfares »; le tout accompagné d'une carte de visite de Raoul de Chérailles, « qui souhaite que vous ne l'oubliiez pas tout à fait »...

A partir de ce jour, je divisai mon temps entre Senlis et Compiègne, la vie de château et celle d'HLM comme, dans les cinq années précédentes, je m'étais partagée entre Evreuil et Rome.

Senlis, dès que je pris l'habitude d'y passer des week-ends ou des soirées pour répondre aux tendres sollicitations du grand-père ou du petit-fils, devint, pour Yves Le Louarn, « zone interdite » : je ne voulais pas risquer qu'Anne de Chérailles, Alfonso Vasquez ou Moreau-Bailly nous rencontrassent ensemble, sortant de l'« Hôtellerie de la Porte Bellon ». La cathédrale elle-même cessait d'être sûre : la vieille comtesse adorait les messes et gobait les hosties avec la même avidité qu'elle avalait les calissons d'Aix, les pralines de Montagis et autres bêtises de Cambrai.

C'était l'été; nous reprîmes le chemin de la forêt. Yves n'était pas de trop bonne humeur. Il nourrissait à l'encontre de ce demi-frère, si soudainement réapparu, d'inavouables sentiments de jalousie. Ne sachant à quoi s'en prendre, encore que les sujets – milieu social de Philippe, passé chargé de son grand-père, ou ambiguïté de nos comportements sexuels – ne lui eussent pas manqué s'il les avait connus, il ironisait, faute de mieux, sur l'appartenance de mon frère à l'école de la rue des Saints-Pères. On venait de sortir en librairie un petit pamphlet, « l'Enarchie » : Yves en fit son livre de chevet; tous les jours il y puisait la matière d'une nouvelle agression.

– Mais enfin, lui disais-je, ton chef de réseau, je veux dire : ton chef de tendance ... Le fameux Servet, il est bien inspecteur des Finances? C'est un énarque aussi, que je sache!

– Ce n'est pas la même chose, grommelait-il, boudeur, avant de me faire médiocrement l'amour.

Sentant sa position menacée, sans parvenir à s'expliquer en quoi un frère pouvait être, pour un amant, un rival dangereux, il devenait, comme tout homme inquiet, de moins en moins capable d'occuper le terrain conquis. Il croyait suppléer à ces insuffisances en m'entourant d'une tendresse envahissante : notes administratives soudain si élogieuses qu'elles en devenaient gênantes, larmes dans les sous-bois, petits poèmes lyriques adressés poste restante. Je voyais venir ce moment où, comme la courtisane célèbre, je pourrais m'exclamer parlant de lui : « Il me dit des poèmes toute la nuit, et au matin... il me rate! »

Cela dit, il gardait, dans sa détresse, quelque chose de « smooth », une douceur spongieuse de marshmallow, un velouté Woolmark, une délicatesse tiède et parfumée de « bathsoap » qui m'émouvaient. En me blottissant contre lui, je trouvais un confort anglais, une paix ouatée, des bonheurs de nursery, qu'enfant je n'avais guère connus. Je l'aimais comme un nounours et, quelquefois encore, comme un homme; je l'aimais assez, en tout cas, pour souffrir lorsqu'il m'entretenait longuement des problèmes de santé de Madame Le Louarn, des difficultés scolaires de ses filles et des remords qu'il éprouvait à l'égard de ces trois dames. Ses états d'âme de « monsieur-marié » m'agaçaient. N'étant guère en position de m'en venger sur le proviseur, je décidai de prendre, à titre de provision, une petite revanche sur le militant.

Le PSU traversait alors une grande période d'agitation. Il était question, comme d'habitude, de choisir entre différentes motions; mais, cette fois, dans la perspective des Colloques de Grenoble, les motions ne seraient pas dictées par le sommet, elles émaneraient de la base : il s'agissait de laisser chaque section définir sa propre notion de la « liberté socialiste »; les Fédérations départementales opéreraient ensuite une synthèse de ces « contributions », avant que la Direction Nationale ne mît au point une « motion globale ».

Yves avait dû quitter Compiègne pour assister à un séminaire de formation des proviseurs aux techniques de « Rationalisation des Choix Budgétaires »; à la réunion précédente, il avait bien demandé qu'on fixât une autre date pour le vote des motions, mais certains camarades étaient trop heureux de se trouver, pour la circonstance, débarrassés de sa présence : la tendance B serait définitivement écrasée...En l'absence d'Yves je pensais qu'on pouvait, en effet, donner l'ex-courant C gagnant et le E placé.

Depuis qu'Yves m'avait fait adhérer, j'étais B. Son éloignement forcé me rendait une liberté que je résolus de mettre à profit pour miser sur le bon « ticket »; mais je ne m'accrocherais pas passivement au char du vainqueur, je le tirerais. Droit à l'abîme, s'il se pouvait. Solange allait m'y aider.

La petite Drouet était un pilier de la tendance E, « socialiste révolutionnaire ». Depuis qu'elle avait créé au lycée un comité « Vietnam-de-base », elle faisait même figure de tête pensante : les photographies d'enfants napalmés et les proclamations des Black Panthers avaient remplacé sur les murs de notre studio les affiches bleues du « Knack » et des « Parapluies de Cherbourg »... La sortie imminente d'un petit journal, « Action lycéenne », et l'assistance obligatoire à de nombreuses manifestations empêchaient toutefois Solange Drouet de participer aussi activement qu'elle l'eût souhaité aux travaux de notre section.

Je lui remontrai qu'à propos de la liberté elle ne pouvait s'abstenir de nous faire connaître sa pensée; personne n'était plus qualifié qu'elle pour exprimer le point de vue du courant E, et sachant qu'elle avait peu de temps pour rédiger, j'étais prête à l'assister : sur la question des libertés en effet, curieusement, ma « sensibilité » me rapprochait de sa tendance ... « Sol » fut enchantée de me laisser préparer un canevas.

J'intitulai mon projet : « Pour une stratégie de rupture et un socialisme de l'engagement. » Le titre lui plut.

Notre exposé commençait par un bref rappel du passé; les fresques historiques et les exégèses philosophiques – rapides, ambitieuses et controuvées – plaisaient beaucoup aux camarades, beaucoup trop en vérité... Solange, sans méfiance, m'abandonna d'autant plus volontiers cette partie-là qu'elle ne connaissait rien à l'histoire. « Le socialisme a été contaminé pendant tout le XIXᵉ siècle par le libéralisme, écrivis-je. Il a cru à la liberté politique comme outil d'affranchissement, il a cru à la démocratie dite sociale. Aujourd'hui, il doit se dégager des gangues où il s'était enfermé, faire l'inventaire de ce qui lui appartient en propre, refuser l'abâtardissement insidieux que le capitalisme lui a fait subir : il est contre la ploutocratie libérale déguisée en démocratie et contre la consommation de masse oppressive et obligatoire, transposition fallacieuse de cette universelle prolétarisation qui est l'essence même du régime du profit... » Suivaient une phrase bien balancée sur les libertés formelles et les libertés réelles, deux colonnes sur le dynamitage nécessaire des « structures monopolistiques et concentrationnaires », et une conclusion en boulet de canon : « On ne compose pas avec une société en décomposition. »

Au terme de laborieuses réunions (« la présence sur le front des luttes » ou les « désistements de classe » ne déchaînent pas moins de passions que n'en déchaînaient, en leur temps, la « grâce nécessaire » et la « transsubstantiation »), les amis de solange changèrent la dernière partie, mais ils ne touchèrent pas à mon exposé historique, qu'ils ne regardaient que comme une heureuse enluminure en marge de leur pensée.

Nous avions bien travaillé : notre motion plut aux camarades de la section. Si l'on avait voté tout de suite, j'osais maintenant pronostiquer E gagnant et C seulement placé; Solange jubilait. Les C, conscients du danger, eurent la sagesse de proposer une fusion des deux motions : on intervertit cinq ou six paragraphes, on mêla le tout, on secoua fort, et la nouvelle mixture, présentée conjointement par les deux courants, l'emporta haut la main.

Lors du vote, mes amis B, outrés, me traitèrent de renégate, mais je m'en moquais: on n'avait rien changé à mon « cheval de troie », cette « analyse historique » qui partit de Compiègne avec l'ensemble de la motion pour atterrir sur le bureau du secrétaire fédéral. Avec un peu de chance, la commission départementale, à majorité A, tout en repoussant notre projet, conserverait l'exposé préliminaire pour faire, à peu de frais, une bonne manière aux C. Mon petit couplet se fraierait un chemin jusqu'au comité politique national, à majorité B, qui, dans un de ces compromis chèvre-chou dont il avait le secret, sabrerait le fond des propositions émanant des fédérations minoritaires mais conserverait l'introduction historique, croyant donner, pour pas cher, une compensation aux A. Ainsi, de tripatouillage en malentendu, mon anonyme contribution connaîtrait-elle la gloire, d'abord modeste, des communiqués de presse, des échos, des éditoriaux, puis – quand, enfin, le scandale éclaterait – celle, aveuglante, des gros titres...

J'étais avec ma prose comme Perrette avec son pot au lait. Yves fut ma pierre d'achoppement.

Dès qu'il fut rentré de son congrès et eut pris connaissance de la motion votée, il me pria, par un billet un peu sec, de le retrouver, sitôt mes cours terminés, au « rendez-vous-des chasseurs » à Saint-Jean-aux-Bois.

En semaine, ce café-épicerie, installé face aux rempart du village, était toujours désert; et, discrétion pour discrétion, son Viandox valait bien l'eau bénite de la cathédrale de Senlis.

Yves m'attendait, la motion sur la table. Il la poussa vers moi avant que j'eusse eu le temps d'ôter mon manteau.

– Qu'est-ce que c'est que ça?

– Voyons, Yves, tu le sais bien... Evidemment, je suis désolée pour le projet de la tendance B...

– Je suis au courant de ton lâchage. mais là n'est pas la question... Le texte que vous avez adopté, c'est la petite Drouet qui l'a pondu?

– Oui.

– Tu ne l'as pas aidée?

– Pratiquement pas.

– Eh bien, pour un prof de maths, elle en sait long en histoire, cette fille-là!

– Oh, son exposé historique n'a rien d'extraordinaire... l'habituel prêchi-prêcha.

– Mais non, mais non! Pas si habituel que ça, justement!

Il tapa sur la table :

– Christine, tu me prends pour un con? L'introduction historique de la motion votée par la section de Compiègne n'est ni de Solange Drouet ni d'aucun des petits « trotskos » de la tendance E : c'est du Marcel Déat, du Déat 1944, un grand cru! ... Aussitôt que je l'ai lue, ça m'a rappelé quelque chose. Mais cette « consommation de masse » m'égarait... Tu as substitué ce mot-là au texte original, n'est-ce pas?

– Oui. Ça faisait plus moderne. Pour le reste, tu sais, il n'y avait rien à changer... C'est marrant, hein, de penser que cette prose nazie est toujours d'actualité...

Il se frappa le front du poing :

– Mais cette fille est folle! Cette fille est folle! Tu te rends compte de ce que tu as fait? De quoi aurions-nous l'air si à la fédé...

– Au contraire. Je ne dis pas que c'est pour ça que je l'ai fait, mais... Réfléchis : c'est une motion des courants E et

C. Toi et tes copains du B, vous tenez là une occasion unique de retourner la situation et de...

La tête dans les mains, Yves semblait effondré :

– Ce n'est pas possible... Pas possible : tu es cinglée! Imagine que je ne me sois aperçu de rien... Imagine que, de synthèse en synthèse, ta petite « contribution » soit remontée jusqu'au congrès national et qu'elle y soit passée. La profession de foi d'un chef de la collaboration, votée dans l'enthousiasme par un congrès PSU! Mais c'est tout le parti qui aurait été discrédité! Que dis-je? Toute la gauche... Et dire que c'est la fille de Valmy qui cite Déat, la fille de Valmy qui joue à ces jeux-là... Contre ses propres amis. Mais tu ne respectes donc rien? Tu ne crois à rien, dis?

Il avait attrapé le col de mon imperméable et me secouait comme un prunier.

– Si, balbutiai-je, je crois en toi.

Evidemment, c'était très exagéré... Mais l'argument porta. Il se rappela qu'au fond je n'avais adhéré que sur ses instances et se dit qu'il était coupable d'avoir confondu l'expression, un peu dévoyée, d'un sentiment naissant pour le trésorier avec la manifestation d'une conviction politique. Il pensa sûrement que j'avais cru nécessaire de monter ce bateau pour l'aider, que je ne m'étais lancée dans cette aventure que pour ridiculiser Poperen et les leaders du courant C, qu'enfin le piège du texte effaçait la trahison du vote. Il crut que je l'aimais. Aussi se persuada-t-il qu'il devait me pardonner...

Il mit tout de même quelque temps pour y parvenir. Il eut de la peine, il est vrai, à rattraper ma motion à la Fédération; mais les vraies raisons de sa rancune étaient ailleurs : si les gens de droite prennent mal les plaisanteries (Maria-Nieves n'avait pas apprécié ma sérénade « internationale »), les hommes de gauche acceptent encore moins bien la taquinerie; le canular, bien que d'esprit révolutionnaire, ne doit pas être d'essence marxiste...

Mon proviseur, qui se voyait assez bien dans la peau d'un Attila occupé à faire table rase de l'ancienne société ou sous l'uniforme d'un chevalier de la pureté lancé contre les Sodomes occidentales, jugea mes amusements décadents. Pendant deux ou trois mois, il me fit à la fois bonne figure et grise mine : comme un Janus, il me présentait tantôt une face, tantôt l'autre.

J'eus tout de même droit à des tendresses prolongées lorsque je lui apportai, un jour – comme sur un plateau – un nid d'amour douillet : le F3 d'une voisine, Carole Massin, qui consentait à me le prêter lorsqu'elle s'absentait.

J'avais fait la connaissance de cette aimable personne par hasard, en allant lui restituer un portefeuille qu'elle avait perdu dans l'escalier. Elle vivait au dernier étage de l'immeuble, dans un appartement curieusement désuet pour une locataire de vingt-deux ans, en ces temps où la jeunesse, rassasiée de cosy-corners, de cretonne et de buffets bretons, commençait à rêver de poufs gonflables, de couverts scandinaves, et de design italien. Quand, pour me remercier de mon amabilité, la jeune fille m'invita à prendre chez elle une tasse de café, je découvris en effet ce que Malise eût décrit, avec ravissement, comme une « exquise bonbonnière » : doubles rideaux à pompons, coussins tricotés, vases chinois « made in Hong Kong », lampes à franges et fanfreluches, le tout dans des tons framboise et « mûre écrasée ». La chambre, qu'elle me fit visiter avec une gentillesse mêlée de fierté, me parut encore plus étonnante : le lit, immense et couvert de poupées de foire et d'ours en peluche, occupait toute la surface, d'ailleurs réduite, de la pièce, et se trouvait encadré à droite par une gravure galante faussement dix-huitième – « le Départ de l'amant comblé » –, et à gauche, une « Descente de croix » violette, authentiquement sulpicienne, cadeaux (je l'appris plus tard) d'un brocanteur amoureux.

Détournant les yeux de ce décor sucré pour éviter la nausée, je me laissai cependant aller au plaisir de boire un vrai café dans une tasse bien lavée, placée sur un napperon brodé au milieu d'une table cirée.

Carole Massin était gaie, simple et bavarde, avec un

accent plus relevé qu'il ne convenait au climat brumeux du Valois : « Je suis de Toulon. Ouais, je sais : le soleil, la pétanque... moi, pétard! Des raisons, j'en avais plus d'une pour préférer le Nord! J'ai suivi un estivant qui remontait. Et je suis restée... »

Candide et potelée, ma nouvelle amie ressemblait à Cléo de Mérode, en moins aristocratique et en plus maquillée : un visage rond et enfantin, une bouche minuscule qui paraissait sourire même quand elle pleurait, et d'épais cheveux bruns qu'elle séparait en bandeaux et nouait sur la nuque, les libérant sur les épaules où ils descendaient en vagues serrées jusqu'à ses reins. Cette coiffure de pensionnaire – qui contrastait, d'ailleurs, avec le khôl charbonneux dont elle fardait ses yeux –, ses cols Claudine, ses nœuds de velours et son profil de madone 1900, s'accordaient à merveille avec le style endimanché de son appartement : la boîte semblait faite pour la poupée, et la poupée, peut-être pour d'autres jeux que ceux des enfants. Son allure sage mettait en tout cas si bien en valeur ses charmes pervers de petite-fille-déjà-grande que, songeant à l'estivant qui l'avait « détournée », je me demandai combien certains vieux loups de ma connaissance auraient été prêts à payer pour se laisser dévorer par ce Chaperon rouge...

Le Chaperon rouge travaillait comme vendeuse aux Nouvelles-Galeries, rayon literie. « Epeda multi-spires, le confort Dunlopillo, bref tu vois le topo! Heureusement que maintenant, j'y suis plus qu'à mi-temps! Vive la quille! Boudiou, ça fait du bien de prendre l'air! » Comme je m'étonnais que, célibataire, elle eût obtenu pour elle seule la jouissance d'un F3 : « Oh, quand on a des copains, tu sais ... » fit-elle, évasive, avant d'ajouter dans un grand rire qui découvrit deux rangées de quenottes aussi mignonnes que des dents de lait, mais plus pointues : « Té, dans la vie il faut savoir se débrouiller! »

Elle se débrouillait sûrement très bien puisque, partie en voyage (« en virée », « en vadrouille », comme elle disait) la moitié de la semaine, elle semblait néanmoins jouir de revenus confortables.

Elle m'invita plusieurs fois à déguster des « petits plats mitonnés », qui me changeaient agréablement du jambon-nouilles qui faisait l'ordinaire de nos menus, à Solange et à moi.

Puis elle vint prendre un verre dans notre studio, que j'avais, pour la circonstance, rangé de mon mieux. Quoiqu'elle n'en fit rien voir, l'état des lieux dut lui paraître pitoyable puisque, dès le lendemain, elle me proposa le double de ses clefs : « Je pars en vadrouille jusqu'à mardi, Mistouflette (dès notre deuxième rencontre elle m'avait rebaptisée " Mistouflette " – que je trouvais un peu " caillette "), installe-toi chez moi. Tu seras plus au large que dans ta piaule pour travailler. En plus, j'ai le téléphone, ajouta-t-elle en désignant un combiné noir emmitouflé dans une housse volantée, tu pourras te faire appeler »; et, comme je me récriais d'admiration sur l'objet, « Oh! fit-elle avec simplicité, j'ai connu un monsieur bien placé aux PTT, une huile, quoi; il m'a eu une ligne en moins d'un an... Allez... Mistouflette, faut apprendre à profiter. Profite de ce que j'ai! D'ailleurs, ça me dépannera : quand je serai pas là, tu arroseras mes plantes et tu feras la converse à mes perruches... »

Je pris ainsi l'habitude de vivre trois jours par semaine chez Carole, au milieu des poupées à crinolines et des gravures fluorescentes.

« Caro » nourrissait une admiration sans bornes pour le travail intellectuel, et elle avait pour moi des attentions dont j'avais perdu l'habitude depuis que je ne vivais plus avec mon grand-père : elle m'installa une table pliante dans son boudoir lilas afin que je pusse écrire commodément, dégagea les rayons d'une armoire pour faire de la place à mes dossiers, me tricota une paire de chaussons pour que, tout en lisant, j'eusse les pieds au chaud, et me couvrit de médailles pieuses, Vierge de Lourdes – elle nourrissait une superstition toute méridionale pour la « Bonne Mère » – et sainte Thérèse de Lisieux, supposées faciliter mon succès aux examens; enfin, elle prit l'habitude de me laisser sur un coin du bureau un drageoir de cristal rose empli de friandises variées : « Faut nourrir ta cervelle, Mistouflette. Quand on réfléchit, on a besoin de sucre! »

Moi, c'était plutôt après l'amour que j'avais besoin de sucre; mais les visites qu'Yves me rendit bientôt dans ma garçonnière me fournirent l'occasion d'en consommer. Sur le grand lit de Carole (« Matelas Relax » de Tréca), nous passions des heures tantôt brûlantes, tantôt tièdes, après avoir retiré le dessus-de-lit de satin mauve pour ne pas le froisser, et retourné contre le mur la « Descente de Croix » : un Breton, si mécréant qu'il soit, ne se résout pas aisément à commettre l'adultère au pied du calvaire...

– Elle a de drôles de goûts, ta copine! me disait Yves quand il retrouvait le temps de penser.

– Comment ça, de drôles de goûts?

– Oui, à part la « Descente de Croix », on dirait un appartement de cocotte...

– Evidemment! Dès que ça ne ressemble pas à un appartement d'enseignant, c'est un appartement de cocotte! Au moins ici, c'est féminin. Ce n'est pas comme chez toi, ajoutai-je, mettant à profit l'unique coup d'œil que, en l'absence de Madame Le Louarn, Yves m'eût permis de jeter chez lui. Tabourets de fer forgé! Bibliothèque en acier! Table chromée! Murs nus, vitres nues, sol nu... Sitôt la porte passée, la déprime vous fond dessus! Et ta chambre, parlons-en! On dirait une chambre d'hôpital. Ça ne doit pas être drôle tous les jours de baiser la malade...

– Je ne te permets pas de parler de ma femme sur ce ton!

– Et moi, je ne te permets pas de parler de mes amies comme tu le fais!

Notre grand amour boitait; mais les enfants infirmes ne sont pas ceux auxquels on est le moins attaché...

Un jour, cependant, j'aggravai moi-même la situation en prenant une initiative qu'Yves ne pouvait guère apprécier : j'osai, modeste professeur, m'opposer publiquement à mon proviseur sur une question pédagogique où mes collègues le suivaient à l'unanimité. Il s'agissait du sort d'une élève de quinze ans, Laurence de Fervacques qui, depuis deux ans, se montrait rétive à toute espèce de discipline et d'enseignement. Elle avait redoublé sa quatrième et recommençait sa troisième. On l'avait « collée » un jeudi sur deux, puis tous les jeudis, exclue du lycée pour deux jours, pour trois jours, pour une semaine : en vain. Laurence refusait de faire les devoirs qu'on lui donnait, quittait la classe au milieu d'un cours, ou sortait ostensiblement un roman policier si le sujet l'ennuyait; elle traitait les surveillants de « petits cons », fumait malgré l'interdiction portée au règlement, et signait elle-même ses carnets de notes. Avec tout cela, elle n'était même pas populaire auprès de ses camarades, qu'elle regardait tous – bons élèves ou chahuteurs – avec un mépris non dissimulé. Pour comble, depuis quelque temps, elle s'était mis en tête de ne plus manger; à midi, au réfectoire, elle n'absorbait qu'un verre d'eau; déjà maigre, elle devenait transparente.

Le Conseil de classe fut invité par le proviseur à prononcer le renvoi définitif de Laurence de Fervacques.

Je pris sa défense, sans savoir pourquoi. Je n'aimais aucun des enfants qui m'étaient confiés en effet, je ne me croyais même pas tenue de les comprendre et, si j'éprouvais pour les bons élèves ce sentiment vague de gratitude qu'on voue à ceux qui vous « fichent la paix », Laurence, à l'évidence, n'entrait pas dans cette catégorie... D'un autre côté, soyons honnêtes, je ne raffolais guère des éducateurs qui attaquaient la petite Fervacques; instructeurs diplômés qui promenaient devant eux, comme des femmes enceintes, des certitudes encombrantes dont ils n'accoucheraient jamais, ils portaient quarante ans durant la « petite graine » reçue en dernière année de licence, regardaient la France future du haut de leur « état », et n'épousaient aucun dogme plus étroitement que celui de l'infaillibilité professorale; géants d'un monde de nains, je les trouvais plutôt « bas de plafond »... Mais il est probable que ce qui me détermina à me faire soudain, devant le Conseil de classe, l'avocate de cette élève difficile fut une réflexion échappée à Mademoiselle Vialatte, la championne du pipeau et du « vous me copierez cent fois l'exercice 5 en clé de fa » :

– Le pire, dit-elle, pincée, c'est l'arrogance avec laquelle cette gamine nous considère! On dirait qu'à ses yeux on est moins que du pipi de chat! Non mais, pour qui se prend-elle, cette demoiselle-de-je-ne-sais-quoi, avec sa particule en sautoir? Ces familles-là, vraiment...!

– En effet, renchérit le censeur, je me demande si son père...

Je bondis :

– Ah, son père! Qu'est-ce qu'on en a à faire, des pères? Laissons donc son père tranquille. C'est d'elle seule qu'il s'agit!

Et, tout étonnée de m'être si soudainement lancée, j'exposai à mes collègues, médusés, que si nous connaissions mieux notre métier, nous serions capables de captiver ces « mauvais éléments », de les réconcilier avec l'école :

– Ne voyez-vous pas qu'elle meurt d'ennui, cette petite Fervacques? Au sens propre, oui. Elle va périr d'ennui! Déjà elle ne mange plus ... Si vous croyez que la punir lui rendra l'appétit!

Certains collègues, irrités de voir leur compétence mise en doute, me répliquèrent vertement; je reçus alors le renfort, amical et inespéré, de Solange Drouet. La réunion tournait au pugilat : jeunes pédagogues contre professeurs chevronnés, maîtres-auxiliaires contre enseignants titulaires ... Laurence de Fervacques était presque oubliée.

Excédé de me voir afficher une opinion opposée à la solution qu'il préconisait et plus inquiet encore de me voir semer la discorde dans les rangs de son personnel, Yves trancha : Laurence aurait trois mois de sursis pendant lesquels elle devrait faire preuve de bonne volonté; puisque son cas m'intéressait, j'étais chargée de lui parler, de rencontrer ses parents, et d'obtenir, par toute méthode qu'il me plairait, le changement d'attitude dont je m'étais portée fort.

– Je n'ai pas bien compris le pourquoi de ta « sortie » de cet après-midi, me dit Solange tandis qu'appuyées contre ma bibliothèque nous grignotions sans appétit les sandwiches aux sardines que je venais de confectionner. Mais je suis d'accord avec tout ce que tu as dit. Tu as vachement évolué, tu sais! Remarque, il y a tout de même au lycée des cas sociaux plus intéressants que cette petite Laurence... Tout ce qu'on peut dire pour l'excuser, c'est que ses parents sont divorcés...

– Ah? Ils sont divorcés?

– Evidemment... Tu ne savais pas? Mais tu l'as bien vu sur sa fiche au début de l'année, quand même!

Non, je ne l'avais pas lu sur sa fiche. Parce que je ne faisais jamais remplir de fiches à mes élèves.

« En haut, à droite, vous inscrivez votre nom de famille... En dessous, nom et adresse des parents ou de votre correspondant... Profession du père, profession de la mère... Date de naissance ... » Pas un seul de ces renseignements qui ne fût un crève-cœur pour moi quand j'avais dix ans, pas une ligne qui ne me rappelât ma situation de bâtarde, d'enfant mal née, de fille abandonnée. « Brassard Christine, née le ... » Mais ma mère s'appelait Valbray et mon père... Que dire pour le père?

J'avais fini par penser que le plus simple, pour éviter à mes professeurs de s'interroger, était d'opter pour le « père décédé »; si certains s'étonnaient que ma mère ne portât pas le même nom que moi, ils concluraient d'eux-mêmes qu'elle s'était remariée. Tous n'étaient pas aussi indiscrets que ce professeur d'anglais dont la curiosité me fit frôler la catastrophe : « Christine Brassard, je vois que votre maman s'est remariée... Alors, mon petit, il faut mettre la profession de votre beau-père, Monsieur Valbray. Qu'est-ce qu'il fait ? »

« Euh... Mon beau-père, monsieur? C'est que ... Il est mort aussi. » Le professeur parut surpris et affligé; il dut se dire que, décidément, dans cette famille on n'avait guère de santé.

« Perdez donc, ma chère Christine, cette fâcheuse manie d'enterrer tout le monde » : mais c'était pour survivre que je les enterrais!

J'eus moins de peine d'ailleurs à tromper pendant sept ans tous mes professeurs sur le décès du « pauvre Monsieur Brassard » qu'à convaincre Béatrice, lorsqu'elle entra au lycée, d'adopter le même procédé que moi pour ne pas me démentir : « Qu'est-ce que ça peut faire? Moi, ça m'est égal de ne pas m'appeler Valbray... Et je ne vois pas pourquoi je ne dirais pas que mon père est ambassadeur et qu'il ne s'occupe pas de moi, ce salaud-là! » A la fin, elle me vit si bouleversée qu'elle consentit à calquer ses déclarations sur les miennes; et nous naviguâmes de concert, pendant toute notre scolarité, entre le « père-mort » et le « beau-père-décédé » ... Peut-être même n'ai-je été aussi bonne élève au cours de ces années que pour ôter à mes maîtres tout prétexte à rencontrer mes parents?

En tout cas, cette horreur des interrogatoires d'identité et des « petites fiches » de début d'année expliquait que je n'eusse pas su que Laurence de Fervacques était une fille de divorcés. Je n'avais même pas fait le rapprochement entre elle et ce jeune ministre dont on commençait à parler : Secrétaire d'Etat aux Affaires étrangères en 1962 dans le premier gouvernement Pompidou, ministre du Commerce extérieur trois ans après, il apparaissait, dans les pages-couleurs des magazines, en tenue de tennisman ou de coureur automobile (il disputait chaque année le rallye de Monte-Carlo). Quel âge pouvait-il avoir? Trente-cinq, quarante ans? Il était si dynamique, si souriant, si moderne...

– Si facho surtout, oui! protesta Solange. Un joli réac, ton Fervacques! Tiens, ça rime, on pourrait faire un slogan avec ça : Fervacques, réac, le peuple aura... Qu'est-ce qu'on pourrait trouver en « ac »?

– Fervacques, réac, le peuple aura... son bac? Allez, Solange, arrête de déconner!

Deux jours plus tard, j'entraînai la fille du ministre au café. Réfléchis dans les glaces du bar entre deux philodendrons, ses cheveux longs et raides et son visage blafard lui donnaient l'air d'une Ophélie noyée dans un aquarium. Je lui fis le sermon dont le Conseil de classe m'avait chargée; l'immergée ne desserra pas les dents.

Je convoquai sa mère. Je fus surprise de voir entrer au parloir une petite femme grisonnante, qui semblait plus âgée que l'homme politique dont j'avais vu les photos. La conduite de Laurence la désespérait; je la consolai de mon mieux : « Rien n'est perdu, Madame. Nous pourrions tenter de... Mais je crois que vous êtes divorcée? »

Elle m'apprit qu'au moment de son divorce, Laurence avait six ans; Fervacques s'était remarié aussitôt après. « Avec Elisabeth de Sévigné, vous la connaissez? Il a trois enfants de son nouveau mariage. Et comme il est très pris par ses activités, il n'a, bien sûr, pas beaucoup de temps à consacrer à ... »

En clair, la dernière fois que Laurence avait vu son père, elle avait huit ans. Depuis, rien.

– Pas même une lettre?

– Une carte postale de temps en temps...

Mais il payait la pension alimentaire régulièrement et il ne fallait pas se plaindre. Laurence, d'ailleurs, ne se plaignait pas, elle avait même été une enfant exceptionnellement calme, douce, obéissante, jusque vers sa douzième année. « Mais maintenant, c'est la catastrophe! Je ne sais pas ce qu'elle a. Du reste, elle ne me parle pas. On dirait qu'elle a quelque chose à me reprocher... C'est si difficile, mademoiselle, d'élever seule un enfant... Je ferai tout ce que vous me conseillerez. »

Je revis encore Laurence en tête-à-tête; je l'avais invitée à goûter chez Carole, à qui j'avais demandé de me préparer un gros gâteau. Je ne connaissais rien de meilleur que les quatre-quarts au chocolat de Caro; Laurence n'y toucha pas. Elle était assise, les lèvres pincées, toute raide et pointue au bord d'une chaise, devant cette table chargée de gâteaux qui disaient « mange-moi », ces piles de coussins qui disaient « couche-toi » et ce grand miroir qui disait « aime-toi »... Mais Laurence ne s'aimait pas.

J'essayai de l'aimer pour deux. J'entrepris de lui donner, trois fois par semaine, des leçons particulières de français et de latin; je persuadai Solange, qui était politiquement hostile aux « petits cours », de déroger à ses principes en lui faisant rattraper le programme de mathématiques; je lui achetai des livres; je l'emmenai au cinéma, au musée, dans les salons de thé... Rien n'y fit.

Lassée d'entretenir un dialogue fictif et de questionner sans obtenir de réponse, je décidai, un beau soir, d'opter franchement pour le soliloque. Nous étions chez Carole, qui venait de partir « en villégiature » pour une semaine; Laurence caressait la petite chatte adoptée par Caro, que j'étais chargée de nourrir en l'absence de sa maîtresse. J'avais déjà remarqué que ma jeune protégée avait un faible pour les fourrures, les peluches; la chatte sur les genoux, elle semblait plus détendue. Refermant brusquement le Gaffiot, je me mis à lui raconter ma vie.

Elle fit mine de ne pas écouter mon histoire d'enfant abandonnée et continua de jouer avec « Mistinguett », qui cherchait toujours à glisser sa tête sous l'aisselle des jeunes filles pour respirer l'odeur des eaux de toilette et des déodorants; mais bientôt, elle ne caressa plus que machinalement la tête du chat et elle prêta attention au récit que je lui faisais. Enfin, elle posa Mistinguett par terre et m'interrogea :

– Vous pensez que votre père vous aime, en fin de compte?

– A sa manière...

– Hmm... Ça reste à prouver! Mon père à moi, dit-elle sans transition, il est très célèbre, on le voit dans les journaux et à la télévision...

– Je sais.

– C'est un homme très occupé. N'empêche qu'il m'écrit souvent. Et il pense à moi tout le temps... Dommage qu'il soit parti à cause de maman. Elle lui faisait la vie impossible. Il ne me l'a jamais dit, mais je le sais... Et puis, maman est plus vieille que lui et elle n'est pas jolie. Pas jolie du tout même, à mon avis. Elle se fringue comme l'as de pique... Moi non plus, malheureusement, je ne suis pas jolie.

Comme je protestais, elle s'exclama qu'il était inutile de lui prétendre le contraire, qu'elle voyait très bien comment les gens la regardaient dans la rue, dans les magasins, dans le train qu'elle prenait chaque matin pour venir. « Je suis si mal habillée que, sur le quai de la gare, tout le monde me regarde. Les jeunes, les vieux, les hommes, les femmes, les voyageurs, les poinçonneurs, ils me regardent tous. Ils commencent par mes chaussures. Et mes socquettes... A mon âge, vous ne croyez pas, tout de même, que ma mère devrait me laisser porter des bas? Ils regardent sans arrêt mes souliers... »

Je sentis, comme à Rome, mes jambes me brûler et fus soulagée d'avoir acquis une paire de bottes neuves pour les cacher.

« Ils regardent mes mains aussi : elles sont trop courtes et je me ronge les ongles. J'enfonce mes deux poings dans les poches de mon manteau... Alors, c'est ma figure qu'ils se mettent à regarder. Je me tourne de l'autre côté, vers le bout du quai, les poteaux, les rails, pour ne plus voir leurs regards... Seulement, c'est pire parce que je les entends. Ils se mettent à parler de moi. Ils chuchotent, ils rigolent, ils disent des grossièretés. Et je ne dois pas rougir, pas bouger... Continuer à regarder devant moi, dans le vide, les poings dans les poches... Loin devant, loin, loin... »

Si Yves l'avait entendue parler comme elle faisait, il aurait aussitôt tranché, de son petit ton sec de proviseur apprenti-psychiatre : « schizophrénie du premier degré » ou « paranoïa galopante, cette petite n'a pas sa place dans un lycée, il faut l'orienter ». Je me dis, non moins légèrement, que la maladie de Laurence, c'était d'avoir quinze ans; et quand elle eut commencé à me parler je pris bon espoir, le temps aidant, de la guérir d'un mal si passager.

Ses confidences me permirent, en effet, d'apporter quelque soulagement à ses tourments : elle eut des bas et des talons hauts, on lui acheta des gants, je modernisai sa coiffure et rajeunis sa garde-robe; mais si je réussis à lui rendre un peu d'assurance et un semblant d'appétit, son visage ne perdit jamais le pli de tristesse qui marquait, comme une ride précoce, les coins de sa bouche, et elle ne se fit pas d'amis. Je pouvais tout donner à Laurence, sauf le père qui lui manquait.

Faute de mieux, j'enlevai de haute lutte son passage en seconde. Pour l'obtenir, je n'hésitai pas à me prostituer : Yves ne m'accorda cette faveur, en effet, qu'après une nuit d'amour si passionnée qu'il en oublia de retourner contre le mur la « Descente de Croix » dont la vue l'offensait...

Quand il me voyait ainsi consacrer à Laurence mes rares instants de liberté et toutes mes pensées, mon proviseur s'étonnait : « Vraiment, je ne sais pas si tu en ferais davantage pour ton amie Drouet ou pour Béatrice. Cette petite, tu l'aimes comme une sœur! » Il se trompait : je l'aimais comme moi-même.

Philippe aussi, lorsqu'il venait me chercher à Compiègne avec sa « Triumph » pour m'emmener passer le week-end chez sa mère, s'émerveillait que je parvinsse à m'intéresser à cette enfant de quinze ans « qui n'est même pas jolie, soyons francs! ».

Pourtant, ce qu'il m'avait appris de la famille de Laurence et des circonstances de sa naissance avait beaucoup contribué à m'attacher à elle.

– Une fille Fervacques? Alors, la mère de ta protégée, c'est sûrement Malou Weber...

– Elle s'appelle Weber, en effet.

– Oui... Eh bien? L'affaire Weber? « Les ballets bleus »? Ça ne te rappelle rien? En 1955?

– Voyons, Philippe, j'avais dix ans. Attention, ralentis! C'est un sens interdit...»

– Ça ne m'impressionne pas du tout, ma chérie...

Philippe ne respectait pas plus la réglementation de la circulation que le tabou de l'inceste. Ce qu'il me prouva aussitôt, en brûlant un stop d'une main et en relevant ma jupe de l'autre.

« Je te donne des émotions, hein? Pour en revenir à ta Laurence, le père Weber, son grand-père, a été plusieurs fois ministre sous la IIIe République et président du Sénat dans les débuts de la IVe. Radical-socialiste ou MRP, enfin quelque chose comme ça. Marie-Louise, sa fille, tenait son secrétariat politique. Les chansonniers ne se privaient pas de plaisanter le dévouement de " Malou " à la carrière de son père : " Je suis la secrétaire de mon Papa... ", ou " Qui sont les meilleurs soldats? Les Marie-Louise, les Marie-Louise. Ils se font tuer pour leurs Papas, les Marie-Louise, les Marie-Louise... " Ah, tu vois bien que ça te dit quelque chose! C'était vraiment une figure de la vie politique de ce moment-là, la petite Weber. Et voilà qu'en 1951 cette Malou qui avait la trentaine, et qu'on voyait très bien en demoiselle éternelle, s'entiche d'un tout jeune homme et l'épouse sur l'heure. Le père Weber a dû être surpris, mais ce que je peux te dire, c'est que les Fervacques l'ont été aussi : que le plus brillant de leurs rejetons épouse la fille, un peu mûre, d'un ancien chef de gare aveyronnais, il leur a fallu du temps pour s'en remettre! Le vieux Fervacques – celui qui préside la Banque Française d'Extrême-Orient, la Fervacques and Spear, la Compagnie Minière, et caetera... – en a avalé ses jetons de présence et son dentier! mais le jeune Charles, ça ne l'a pas troublé : il avait la tripe politique, il savait ce qu'il faisait. En 53, il reprenait la mairie de Sainte-Solène que son arrière-grand-père, Pinsart de Fervacques, avait occupée soixante-dix ans plus tôt, et en 54, avec l'appui de son beau-père et l'aide de Malou, il était élu député MRP du Finistère à l'occasion d'une partielle. Il avait vingt-cinq ans, c'était sans précédent! »

La suite aussi était sans précédent : en 1955, un scandale éclaboussait la plus digne partie du Sénat; quelques vieux sénateurs, unanimement respectés, étaient convaincus de « détournement de mineurs sur la personne d'enfants du sexe masculin ». Les réjouissances sénatoriales avaient lieu dans une discrète propriété : la gentilhommière de Weber dans l'Orléanais. Gros titres, photos dans les journaux, procès. Weber démissionnait, Malou tentait de se suicider. Aux législatives de 56, Charles de Fervacques, à qui soudain tout manquait, affrontait dans des conditions désespérées un poujadiste musclé; un parfum de moralité flottait sur les urnes : « Sortez les sortants! »; Fervacques, dont le scandale beau-paternel ternissait l'image, avait été « sorti ».

« Etre un has-been à vingt-sept ans, c'est dur, tu sais! reprit Philippe. Mais l'Archange-des-Chambres, comme l'avaient surnommé des journalistes parlementaires sensibles à sa beauté, ne s'est pas laissé abattre. Aussi sec, il a divorcé de Malou comme on se débarrasse d'un boulet, et c'est d'un pied léger qu'il est reparti à la conquête des cimes. Il a changé de parti : pour lui, le “ 13 Mai ” est tombé à pic; en deux ans il avait eu le temps de se refaire une virginité. Ayant renvoyé son poujadiste à l'écurie – ça ressemble au jeu des petits chevaux, la politique, n'est-ce pas? – il est revenu au Palais-Bourbon comme UNR. En même temps, il a changé de femme : il a épousé une petite Sévigné, la fille du Gouverneur de la Banque de France; une Soubise par sa mère, enfin tout ce qu'il y a de bien. Le vieux Fervacques a pu recracher son dentier... Dans la foulée, notre Charles aurait aussi changé d'enfants, dis-tu? Bah, sa progéniture s'en remettra! Moi aussi, je suis un fils de divorcés... Et, tu vois, Poussinet, je ne suis peut-être pas très équilibré, mais, conviens-en, je suis gai! »

Après plusieurs mois d'hésitations, et voyant que, malgré toute la peine que je me donnais, Laurence ne faisait pas, en seconde, les progrès décisifs que j'avais espérés, je me décidai à écrire à cet « Archange des Chambres » qui ne m'inspirait qu'une piètre estime. Comme je n'avais jamais écrit à un homme politique et que ce que j'avais à dire n'était pas trop facile, je fis plusieurs brouillons. Le résultat fut une lettre courte, émouvante et habile. J'y montrais combien il était urgent de sortir Laurence de ce perpétuel tête-à-tête avec sa mère qui tournait à l'affrontement (cette mise en valeur des oppositions devait, pensais-je, toucher un politique : les « Face à Face », « Duel sur la 2 », « Un partout », c'étaient des choses qu'il connaissait – au moins par la télévision), combien il était important aussi qu'elle fût éclairée sur les raisons de la séparation de ses parents (un appel à la sincérité me paraissait susceptible d'éveiller l'intérêt d'un homme rôdé aux « Cartes sur Table » , « Minute de Vérité », « Parlons franc » et autres « Grand Jury »), combien enfin l'affection ou du moins l'attention, d'un père lui était nécessaire : « Croyez, Monsieur, que, comme professeur, j'ai fait pour Laurence tout ce que j'ai pu, et au-delà. Mais les difficultés de votre fille ne sont pas d'ordre scolaire. Elle est bien assez “ forte ” pour se passer de leçons particulières, elle ne l'est pas pour se passer d'amour... » En conclusion de ma lettre, j'offrais de me déranger pour parler de l'enfant d'une manière plus précise si son père le souhaitait.

Je ne reçus aucune réponse. Laurence continua d'avancer dans la vie scolaire et extra-scolaire comme un unijambiste qu'on n'aurait pas appareillé : à cloche-pied. De temps en temps, je lui servais de béquille.

Lorsque je faisais le point sur ma vie, dans ces années-là, j'étais surprise qu'elle ressemblât à celle dont Madame Hollier, mon professeur de français, avait rêvé pour moi quand j'étais, à Evreuil, une lycéenne méritante : comme Madame Hollier, je bûchais les concours de la Fonction Publique en partageant l'appartement d'une collègue, j'étais inscrite au PSU, et je me passionnais pour l'une de mes élèves.

C'était toujours aussi bien, sans doute, que de recopier des bordereaux de prix au Bon Marché; j'avais même suffisamment progressé dans l'échelle sociale pour m'offrir enfin ces choses que, enfant, j'avais tant désirées : un canif à manche de nacre, des massepains sculptés en forme de fruits, et des petits pois fins... mais ces cadeaux du destin venaient un peu tard pour me combler, et les vitrines des pâtissiers m'attiraient moins maintenant que celles, à leur tour inaccessibles, des grands couturiers. Surtout, à mesure que les années passaient, j'éprouvais, au spectacle de ma vie, une stupeur croissante; et ce qui m'étonnait le plus, dans les classes du lycée Jeanne-d'Arc ou l'arrière-salle du Café des Sports, c'était de m'y voir.

Chaque chose semblait à sa place dans cette existence : la craie dans ma main, le tableau noir dans mon dos; mon grand-père dans son jardin et mon père dans son bureau; les coussins sur le lit de Carole, les journaux sous celui de Solange; la Triumph rouge de Philippe dans une vieille cour de Senlis, la Volkswagen du proviseur sur un parking de Royalieu... Mais, dans ce monde bien ordonné, j'étais déplacée : en apparence, je me fondais dans le décor; en secret, j'étais ailleurs.

Petite fille déjà, quand ma grand-mère me chargeait

d'exécuter l'une de ces tâches ménagères ennuyeuses et nécessaires – mettre le couvert ou éplucher les pommes de terre –, je n'acceptais d'y obéir que pour donner le change : exécutant à l'insu de ceux qui m'entouraient une mission cachée – si cachée que je ne savais pas très bien, moi-même, en quoi elle consistait –, j'avais besoin d'un camouflage en attendant de pouvoir faire éclater la vérité. Sous les dehors d'une enfant obéissante qui essuie les assiettes et range les plats, je dissimulais ma véritable identité. Je n'étais pas cette petite fille qui lavait la vaisselle : j'imitais, à la perfection, une petite fille qui lave la vaisselle; et si l'on me prenait pour une « équeuteuse » de haricots, c'est que je jouais, à s'y méprendre, le rôle d'une « équeuteuse » de haricots... Plus le personnage était éloigné de mes goûts réels et de mes possibilités, plus l'ennemi était trompé. Je lavais par terre jusqu'à faire briller le pavé, je récurais les casseroles au tampon Jex et je vidais volontiers les seaux hygiéniques de Malise : en m'appliquant à ces activités déplaisantes, ce n'était pas moi que je trahissais mais ceux qui m'employaient. Rirait bien qui rirait le dernier...

Ainsi fus-je à Compiègne, de 64 à 68, un professeur consciencieux, une amie obligeante, une militante dévouée, une maîtresse complaisante : bien avant de m'être découvert un pareil dans le délicieux « Monsieur Ripley », je savais que « si l'on voulait être joyeux, mélancolique, rêveur ou courtois, on n'avait qu'à faire les gestes qui correspondaient à ces états d'âme »... Mais, malgré cette application à abuser la terre entière et à me leurrer moi-même, je gardais le sentiment confus – et oppressant, comme le souvenir intermittent d'une affection chronique, d'une maladie discrète mais mortelle – que je ne vivais rien de tout cela « pour de vrai ».

Pour me distraire de la médiocrité de cette vie d'apparences et de faux-semblants, j'avais heureusement Senlis et ses « Rendez-vous ». Ainsi Anne de Chérailles nommait-elle les week-ends politico-littéraires qu'elle organisait, depuis huit ou neuf ans, dans son hôtel de la rue de la Treille.

La vieille comtesse, sa mère, avait eu, sous la IIIe République, un de ces salons brillants où les ministres radicaux croisaient les romanciers de l'Action Française; un moment même, le salon de la Villa Scheffer avait approché en notoriété les cercles de la duchesse de La Rochefoucauld ou de la marquise de Crussol. Mais, avec l'invasion allemande, le salon de Madame de Chérailles, née Frédérika von Gleiwitz, s'était ouvert de plus en plus largement aux penseurs prussiens en uniforme et aux Jean-Hérold Paquis de tout poil que Raoul de Chérailles employait dans un journal d'opinion, « l'Européen », créé avec les bénéfices dégagés par ses usines d'aviation et les fonds de la Propaganda Staffel. Aussi, en 1944, le salon avait-il sombré en même temps que le « Grand Reich », les usines Chérailles-Lauter, le chalet de Megève et l'immeuble de l'avenue du Bois... Anne, qui avait passé sur les genoux de Paul Morand et de Jean Giraudoux les moments les plus heureux de son enfance, ne s'en consolait pas.

Quinze ans plus tard, mettant à profit l'expansion de l'électro-ménager, les relations journalistiques de son amant, les amitiés politiques de son frère et l'aura, confidentielle, d'un petit journal belge, « la Gazette des Arts » – qu'elle venait d'hériter d'une tante –, elle avait résolu de rendre au nom des Chérailles le lustre intellectuel qu'il avait perdu.

Elle-même jouissait d'une réputation honorable chez les gens d'esprit : en 1952, à une époque où elle dirigeait, seule en nom, l'entreprise LM sauvée de la débâcle, elle avait publié à compte d'auteur un opuscule intitulé « Femme-Patron », qui avait retenu l'attention de plusieurs sociologues américaines et d'un jeune journaliste des « Echos », François Moreau-Bailly; s'étant ensuite libérée de tout souci comptable en rétrocédant à son père la propriété de l'entreprise, elle s'était spécialisée dans un féminisme de bon ton, publiant successivement « Deux siècles de journalisme féminin », une vie de Madame du Deffand et « les Amours de Julie de Lespinasse ».

Cependant la mode n'était plus aux salons, elle était aux week-ends; rien de plus en vogue, alors, que la fermette aménagée, les fausses poutres et le barbecue : on n'avait jamais tant aimé la campagne que depuis qu'on n'y vivait plus. Anne le comprit et se souvint de cette maison de Senlis, si proche de Paris et pourtant si champêtre, avec son parc et sa roseraie : elle commença d'y inviter deux jours par semaine, autour de sa famille et de ses amis, quelques intellectuels dépourvus de résidence secondaire.

A ces penseurs désargentés elle offrait des chambres tout confort, des repas légers, une grande bibliothèque et un cadre propice à la réflexion; car il était entendu qu'on ne venait pas à Senlis pour papoter mais pour travailler : « Pour avancer votre livre (ou « votre concerto », « votre article », « votre thèse »), venez donc faire une retraite dans ma chartreuse, mon petit couvent... »

Au début les « Rendez-vous de Senlis » – moins « lancés » que le Gouvieux d'Anne-Marie Casalis où débarquait, certaines fins de semaine, le Tout-Saint-Germain-des-Prés – n'attirèrent que des Américains de passage encore inconnus, le jeune Milton Friedman, le très mondain Gore Vidal, John Sturges, Pierre Salinger, et les moins fortunés – ou les plus vieux, les plus oubliés – des artistes français : Henri Bordeaux, le couple Jouhandeau, Hériat, Monfreid, un ou deux rescapés du « Groupe des Six », et des peintres figuratifs que l'art abstrait avait ruinés... S'y ajoutaient parfois de jeunes espoirs de la politique (les gloires établies passaient les week-ends dans leur circonscription) et, le samedi soir, quelques évêques désireux de prendre des forces avant le sermon dominical. Mais il se dit vite que l'hôtesse était charmante « dans un genre incroyablement Vieille-France, mon vieux, très Marquise du Châtelet! », l'endroit calme, les invités plus discrets que les existentialistes chevelus qu'on croisait ailleurs, la chère plus raffinée, et qu'on y travaillait vraiment; bientôt, on se disputa le droit de venir à Senlis corriger son paquet d'épreuves, finir l'orchestration d'un oratorio, terminer un scénario ou préparer ses tracts pour les municipales.

Quand, par la grâce de mon demi-frère, je fus admise dans ce cénacle, le règlement intérieur était le suivant : arrivée des invités le vendredi soir; le samedi, « petit déjeuner décontracté », collectif et obligatoire, où l'esprit devait se montrer sans apprêt, en babouches et robe de chambre; à midi, pour garder la plume alerte, pas de déjeuner – enfermés dans leurs chambres, certains travaillaient d'arrache-pied, d'autres cherchaient l'inspiration sous les frondaisons du parc, la plupart, répandus par affinités dans les rues de Senlis ou les sentiers de la forêt, inventoriaient d'auberge en auberge le patrimoine gastronomique du Valois –; à vingt et une heures, dîner aux chandelles dans la grande galerie du premier, ou buffet campagnard dans la roseraie (cette « veillée » du samedi était le clou du week-end, Anne y dépensait des trésors d'imagination, des fortunes en reparties); le dimanche enfin, quartier libre pour la journée – liberté que la maîtresse de maison s'efforçait aussitôt de baliser en offrant aux moins imaginatifs de ses hôtes tout un choix d'activités, du concert champêtre à la cueillette du cresson –, la présence des « cloîtrés » n'étant strictement requise qu'à l'heure du thé qui réunissait, autour de scones à l'anglaise, les invités pressés de regagner Paris avant les embouteillages de la nuit.

En 1966, lorsque je commençai à participer à ces « Rendez-vous » dont le niveau de recrutement s'était depuis longtemps élevé et la recette précisée, Madame de Chérailles se plaisait à distinguer, parmi ses hôtes du samedi, le « fond de sauce » – vieux habitués illustres mais tranquilles, qu'on retrouvait chaque semaine rue de la Treille –, les « beaux morceaux » – académiciens-vedettes, politiciens chevronnés qu'on ne pouvait attirer plus de deux ou trois fois dans l'année –, les « vol-au-vent » – Nobels de circonstance, jeunes virtuoses venus donner un récital à Paris, stars étrangères détournées entre deux avions –, et les « restes » – prix Goncourt oubliés et cinéastes de la « nouvelle vague » déjà balayés par la contre-marée – dont ses vertus d'économie empêchaient Anne de se débarrasser.

Le « fond de sauce » lui-même se divisait en « béchamel » pour les liants, « sauce piquante » pour les provocants.

Fortier de Leussac, par exemple, était « béchamel ».Cet écrivain catholique – « catholique » comme on est picard ou bourguignon : par hasard de naissance, plus que par conviction – avait commencé sa carrière dans les années trente et le vers régulier; son style se caractérisait alors par une surabondance de « oh » et de « ah », qui, à défaut de lui faire gagner le ciel, lui faisaient toujours gagner un pied. Quant au fond, le poète faisait dans le remords; ayant eu, comme tout le monde, une idylle avec sa secrétaire, il avait consacré à son épouse bafouée des poèmes déchirés, et depuis que, pour garder l'épouse – assez riche –, il avait rompu avec la secrétaire, il dédiait à cette dernière des strophes pathétiques sur l'amour renié : bon an mal an, ces aller et retour lui fournissaient la matière d'un recueil semestriel; mais, l'âge et la sagesse venant, la veine s'était tarie. Fortier n'écrivait plus maintenant que des critiques, qui commençaient à lui valoir, à cinquante ans passés, la célébrité que ses douloureuses élégies ne lui avaient pas apportée. Son côté « béchamel », surtout, faisait merveille : encensant les auteurs à proportion de leur obscurité – car il adaptait à la littérature la philosophie du « credo quia absurdum » qui l'avait jeté jadis au pied des autels –, il poussait l'éloge jusqu'à prendre chaque semaine, le temps d'un article, le style de l'écrivain qu'il vantait. Ce qui donnait des chroniques du genre « L'accès au second roman de Georges Coblentz est à la fois provoqué et refusé par l'énigme de son beau titre : “ Silence Glauque du Bloc ”. Quel est ce “ bloc ” qui fait entendre tout au long du livre sa glauque sonorité? Coblentz ne répond pas. Du chaos primitif des mots, il laisse monter l'écriture, discontinue, imponctuée, asyntaxique, indicible dans son surgissement, ineffable dans son commencement. “ Silence Glauque du Bloc ” est un livre étonné qui convoque le lecteur, l'interpelle et le somme en même temps de s'effacer – prodigieuse interlocution du néant, impénétrable questionnement qui récuse jusqu'au sujet et aux signes graphiques de ce dehors rauque et ténébreux qui longe le lieu. Avec " Silence Glauque du Bloc ", de bout en bout superbement maîtrisé, c'est le corps même de l'écriture qui est ressuscité. »

Bien entendu, Fortier ne louait pas tout à fait sur le même ton un jeune auteur « riche et difficile » comme ce Coblentz, un Néo-Romancier définitivement installé aux Editions de Minuit, ou un poète du « pur-présent » fraîchement découvert par « Tel Quel »; le seules choses qui, d'un article à l'autre, ne changeaient jamais, c'étaient la profusion de métaphores bibliques, la confusion hyperbolique du propos, et l'alléluia final. Car les neuf dixièmes de ses articles se terminaient par : « Voilà un écrivain », « Saluons la naissance d'un grand romancier », « Un vrai poète nous est donné » , ou « Un grand écrivain est né », le tout sur fond de hautbois et de « résonnez, musettes »... A le lire chaque lundi, on brûlait d'imposer à la littérature un contrôle des naissances – sanction qu'on aurait eu tort d'étendre à la sexualité de l'euphorique critique puisque, d'extases en épectases, il avait, sur le tard, engendré avec la terne Madame Fortier un « divin enfant » de chair et d'os qui était, à ce qu'il assurait lui-même dans une envolée digne de ses comptes rendus littéraires, « un prodige de grâce et de beauté ». Cette petite Nadège d'une dizaine d'années, pensionnaire dans un collège suisse, dont ses parents ne parlaient jamais que sur le ton d'adoration bêtifiante propre aux géniteurs tardifs, Anne était la seule de notre société qui l'eût rencontrée, amis elle prétendait qu'elle méritait en effet l'admiration exagérée que lui vouaient les Fortier : « C'est une enfant exquise, immatérielle. Un elfe, une sylphide, une vraie fille de poète... Si elle tient ce qu'elle promet, je prends le pari qu'aucun homme ne pourra la voir sans l'aimer. » Elle se la figurait déjà comme l'ornement futur de son salon : une « béchamel » de plus, où se prendraient quelques pigeons...

Le Père Prioux aussi était parmi les « liants ». Gros homme « plein de babines et de bourgeons » , de tentacules, pédoncules, ventouses et appendices variés – tous destinés à la préhension –, il charmait par sa facilité d'élocution, sa poignée de main insistante et son sourire à chaleur constante, qui le classaient dans la catégorie des onctueux. Cette onction n'avait cependant rien d'ecclésiastique et je mis longtemps à découvrir qu'il appartenait à la Compagnie de Jésus : metteur en scène à la mode, il vivait en ménage rue Mouffetard et poussait la discrétion jusqu'à ne rien révéler de religieux, ni dans l'habit ni dans le propos. Personne, du reste, n'eût osé lui donner du « Père »; on l'appelait « Pierre », et sur cette pierre je n'aurais pas bâti mon Eglise...

Lorsque je fis sa connaissance, Pierre Prioux préparait la mise en scène de « l'Ecole des Femmes » pour un théâtre subventionné; il en faisait une lecture nouvelle, qui réconciliait Marx avec Freud.

Selon lui, Agnès représentait la bourgeoisie montante : au fond de son cœur, elle était follement éprise d'Arnolphe (« le père, donc le Roi. Vous me suivez? »); mais celui-ci tardait à l'épouser en justes noces (« de même que le monarque s'appuyait sur la bourgeoisie sans lui reconnaître, légalement, la place qui lui revenait dans les superstructures du régime »). A la fin, Agnès, justement lassée, abandonnait la monarchie à son triste sort pour suivre Horace, un jeune révolutionnaire... Lutte des classes, conflit des générations, 14 Juillet et complexe d'Œdipe : tout cela se mariait admirablement. Prioux s'interrogeait seulement sur le point de savoir s'il ne devrait pas confier le rôle d'Agnès à une comédienne noire, « parce qu'on pourrait alors superposer une seconde lecture à la première : le Tiers Monde colonisé – successivement " bluffé ", puis déçu par l'Europe – reconquérant enfin sa liberté... »

– Politiquement, je ne conteste pas votre interprétation, hasarda Philippe, mais êtes-vous sûr qu'Agnès soit amoureuse d'Arnolphe? Il me semblait au contraire...

– Mon petit Philippe, vous n'y avez rien compris... Non, aucun doute : pour les trois premiers actes, ma lecture colle à la pièce. Je n'éprouve de difficulté qu'à la fin : je ne sais pas pourquoi, au quatrième acte, Molière me résiste...

Molière était bien le seul, car il n'y avait personne qui pût résister durablement au bagou, à l'entregent et au miel du Père Prioux; personne sauf, parfois, le vieux Chérailles qui, depuis vingt ans qu'il avait cessé de « collaborer », résistait à tout. De temps en temps, du bout de la table ou du coin de son feu, il apostrophait le « jésuite de théâtre », « l'abbé de cour et de jardin » comme il l'appelait :

– Cette fois, j'ai décidé de frapper un grand coup, disait Pierre Prioux, la cravate en bataille, l'Artaud que je viens de monter à Chaillot laisse l'avant-garde loin derrière... Nous sommes tous d'accord aujourd'hui : le théâtre doit être la négation dialectique de la théâtralité. Mais peu de mes confrères osent aller jusqu'au bout de leurs convictions... Eh bien, moi, j'ai osé : ma mise en scène adhère si intensément, si mystiquement, à la vérité de l'anti-spectacle que...

– Ah, mais si c'est de l'anti-spectacle, je m'explique tout! coupait bruyamment Raoul de Chérailles. Je me disais aussi en regardant votre salle lundi : « tiens, on n'est pas beaucoup »... Mais de l'anti-spectacle, forcément, hein? C'est destiné aux anti-spectateurs, et, comme l'anti-matière, ils sont invisibles...

– Voyons, père, si vous continuez, tout le monde va croire que vous regrettez Porto-Riche! disait Anne de Chérailles, la main tendrement posée sur le bras du comte mais le sourire tout entier tourné vers l'abbé.

Anne, on s'en doute, était « béchamel » autant que Raoul était « sauce piquante ». Mais s'il n'y avait qu'une seule manière d'être « liant », il y avait bien des façons d'être « provocant ». Olga Kirchner, par exemple, avait du piment, sans être cynique ou brutale comme le vieux Chérailles : elle se contentait d'être extravagante.

Elle correspondait même si exactement à l'idée qu'on pouvait se faire alors d'une milliardaire sud-américaine excentrique que je trouvais cela presque trop bien : instruite par mes propres fantaisies d'enfant, je me demandais jusqu'à quel point elle ne jouait pas, elle aussi, un rôle de composition – celui de la riche veuve judéo-cubaine. Des vêtements voyants, de jeunes amants qui ne l'étaient pas moins, quelques jurons espagnols, beaucoup de proverbes yiddish, des fortunes gagnées en un jour sur un coup de Bourse et perdues en une nuit sur la table des casinos, un penchant marqué pour les alcools forts et les opinions fascistes, trop de maquillage, trop de bijoux, trop de « ma chérrrrie », trop de caprices. Par-dessus le marché, un accent à la Elvire Popesco qui rappelait de manière théâtrale ses origines balkaniques, une galerie d'art où l'on croisait Salvador Dali, et un matricule tatoué au poignet qui était la marque d'un séjour de deux ans à Auschwitz.

C'était beaucoup pour une seule personne. J'aurais pu en rester à ce premier sentiment d'incrédulité – qui était le bon – si je n'avais été emportée, comme fétu de paille, dans le « tourbillon Kirchner » : Olga était intelligente, drôle, passionnée, et généreuse comme on l'est rarement dans ces milieux.

« Elle donnerait sa chemise », disait Anne.

« Surtout à un jeune homme », me précisait à l'oreille le vieux Raoul, qui n'osait guère attaquer « la Cubaine » que de biais. Quelquefois, lorsqu'elle avait quitté la pièce, il marmonnait, pour se dédommager : « Vous avez vu la robe de la veuve? Ce n'est plus une femme, c'est un perroquet », mais il se gardait de pousser la critique plus loin et s'assurait toujours, avant d'attaquer, que j'étais la seule à pouvoir l'entendre.

Nous étions dans cette longue galerie dorée du premier étage, que ses propriétaires avaient baptisée « la Belle Inutile » jusqu'à ce qu'Anne lui eût rendu, avec ses dîners du samedi, un emploi conforme à sa destination. J'avais la main appuyée sur l'accoudoir de la chaise de Monsieur de Chérailles, et les doigts repliés en coquille contre le pouce. Le vieil infirme, que les parures du « cacatoès » mettaient en appétit, introduisit dans ce petit puits un index énergique :

– C'est un peu coquin, n'est-ce pas?

– Disons... très allusif, du moins.

– Bah, ma pauvre enfant! Il y a longtemps que le petit

oiseau ne chante plus, me dit-il, l'œil en coin. Nous ne ferons l'amour qu'au Paradis...

– Pourvu, Monsieur, que nous n'y ayons point le sexe des anges.

– Bien... Très bien. Je vous trouve en progrès. Je n'aimais pas votre petit air vertueux des débuts. Voyez-vous, il faut permettre aux vieux messieurs ce qu'on n'autoriserait pas aux jeunes : c'est charitable, et si peu dangereux! Si je vous tâte les cuisses, par exemple (il joignait le geste à la parole), vous me laissez faire gentiment, ce qui prouve votre intelligence. La « Cubaine » a failli m'arracher les yeux, la dernière fois que je l'ai pelotée. Madame Kirchner-Dimenchstein (il faisait mine de s'étrangler en prononçant son nom) prétend sûrement n'être pas celle que je crois!... Convenez pourtant qu'avec son rouge aux lèvres, son vert aux yeux et sa figure à trouver des clients, d'autres s'y tromperaient...

– On dirait que vous n'aimez pas beaucoup Olga?

Il levait les yeux au ciel et poussait un soupir profond, assez éloquent pour le dispenser d'en dire plus long.

– Bon-Papa est un homme prudent, m'expliqua Philippe comme je m'étonnais que Monsieur de Chérailles ménageât l'amie de sa fille plus qu'aucune des célébrités qu'il recevait. Il ne rejoue pas deux fois la même partie, surtout quand il l'a perdue. Or il se trouve que le seul bras de fer qu'il ait engagé avec Olga, c'est elle qui l'a gagné.

Anne et Olga s'étaient connues en 1935 chez Schiaparelli. Anne y achetait des robes et des pulls qu'Olga, fraîchement débarquée d'un ghetto d'Europe Centrale, et fort appétissante en ce temps-là, présentait à la clientèle. Je ne sais comment s'était nouée l'amitié entre deux personnes si différentes d'aspect, de milieu et d'idées, mais cette amitié avait pris bientôt un tour si passionné que le comte et la comtesse de Chérailles s'étaient alarmés. On avait exigé d'Anne qu'elle rompît avec cette « demoiselle Dimenchstein », cette « petite vendeuse », dont les origines, plus encore que les manières, laissaient à désirer; « en dehors de toute considération sociale, d'ailleurs », comme disait si noblement Madame de Chérailles mère, comment ne pas trouver malsaine cette liaison exclusive et violente entre une jeune fille de dix-huit ans et une femme de dix ans son aînée? « N'est-ce pas, Madeleine? demandait la comtesse à sa meilleure amie, la princesse de Rubempré. Je ne suis pas un monstre, tu le sais! Une " passion de pension ", mon Dieu, je crois que j'aurais fermé les yeux... Mais d'abord, Anne n'est plus une collégienne! Et puis, que veux-tu, à Notre-Dame-de-Sion, nos familles savaient au moins sur qui nous tombions! » A la fin, devant l'obstination d'Anne à défendre son amie, Raoul de Chérailles avait dû jeter son autorité dans la balance : il avait menacé d'expédier sa fille dans un couvent du Québec jusqu'à sa majorité. Anne avait beaucoup pleuré, puis elle s'était résignée. On s'était empressé de lui présenter des jeunes gens, et lorsqu'elle s'était entichée de Jean Valbray, dont les études brillantes ne pouvaient faire oublier les origines provinciales et l'absence de fortune, on avait regardé la chose comme un moindre mal.

Pendant près de vingt ans, Anne et Olga s'étaient perdues de vue; et si, durant ce temps, Anne avait mené une vie parfaitement conforme au modèle « béchamel », Olga avait vu du pays. En 1937, elle s'était laissé enlever par une vieille et riche anglaise qui vivait à la Jamaïque; en 1939, brouillée avec sa protectrice, elle était rentrée en France; en 1942, seule de toute sa famille, elle avait réussi à échapper à la rafle du Vel d'Hiv, mais, en 1944, elle avait échoué dans un « terminus » de Silésie, après un long voyage dans l'un de ces wagons que les chefs de gare allemands et les chauffeurs polonais baptisaient pudiquement « wagon de transférés »... Rescapée des camps de la mort, où tous les siens avaient péri, elle épousait en 1947 Hans Kirchner, un Autrichien d'une soixantaine d'années, qu'elle avait connu à Kingston neuf ans plus tôt et qui faisait des affaires avec Batista à Cuba, Duvalier à Haïti et Trujillo à Saint-Domingue.

Commencèrent alors, à La Havane et à Santa Clara, huit années d'une existence dorée, au bout desquelles Monsieur Kirchner eut la délicatesse de décéder en laissant à son épouse deux florissantes entreprises d'import-export, un hôtel, un casino et une petite compagnie d'aviation. Le défunt poussait le sens de l'à-propos jusqu'à disparaître avant la chute de son patron cubain, ce qui permit à Olga de liquider son patrimoine dans de bonnes conditions et de replacer les fonds en Suisse à la veille du débarquement castriste.

A Gstaadt l'hiver suivant, ses skis avaient croisé, par hasard, ceux d'Anne de Chérailles. Retrouvailles brutales, mais si émues qu'il avait été décidé qu'on ne se quitterait plus. Anne n'était plus une enfant et la propriété des actions LM lui donnait, sur son père, d'utiles moyens de pression; Olga, de son côté, n'avait plus rien d'une « va-nu-pieds », du « schnorer de luxe » qu'elle confessait avoir été, et, sur ses mœurs, son mariage passé et sa galerie de jeunes peintres rassuraient : Monsieur de Chérailles avait dû recevoir en triomphatrice dans sa maison celle qu'il en avait chassée trois ou quatre lustres auparavant.

Olga avait aussitôt reconquis son ancienne emprise sur Anne, se rendant aussi indispensable à la femme de lettres, dont elle « préparait » tous les livres, qu'à la femme du monde, à laquelle elle avait suggéré l'idée des « Rendez-vous » et ses premières listes d'invités. Anne, « belle inutile » comme la galerie de son château, régnait sur Senlis en monarque constitutionnel : Olga était son Premier ministre – aussi discrète dans l'exercice de ses fonctions qu'elle pouvait être voyante dans ses façons, aussi classique la plume en main qu'elle pouvait sembler bigarrée dans sa conversation. Car, sous ses falbalas hispano-slaves, ses opinions tonitruantes et son accent exotique, Madame Kirchner cachait l'habileté d'un Mazarin – corps de laquais, âme de souverain –, et ses yeux croisés dissimulaient aux regards naïfs les rudes finesses d'un « Colombo » toujours prêt à jouer les débiles pour mieux perdre un imbécile. Bref, à Senlis, comme sur bien d'autres théâtres, c'était le pantin qui tirait les ficelles.

Mais de cette vérité, pressentie dès le départ, je ne devais mesurer les conséquences que sur le tard, et, si je m'avisai vite, avec un étonnement admiratif, qu'Olga, outre la douzaine de dialectes qu'elle baragouinait, pouvait pratiquer avec le même bonheur deux langages rigoureusement opposés – le style écrit, très dépouillé, des ouvrages qu'Anne signait, et le style oral, exagérément bariolé, de ses interventions du week-end –, je ne m'aperçus pas tout de suite que c'était un troisième idiome qu'elle parlait le mieux : La « langue de bois », espéranto des temps modernes...

« Je me demande pourquoi " la Cubaine " tient tant à se faire passer pour un " oiseau des îles "... Depuis dix ans que je l'observe, je sais qu'elle n'a rien d'une écervelée. Au contraire, elle a la tête froide. Le reste aussi, d'ailleurs. Il me semble qu'il y a quelque chose dans Barbey sur ce genre de femmes : " le Dessous de cartes d'une partie de whist "... Attrapez-moi " les Diaboliques ", Christine, voulez-vous? »

Le vieux Raoul adorait s'enfermer avec moi dans sa bibliothèque. Lorsque je passais le week-end à Senlis, il m'accaparait, me transformant en dame de compagnie, en lectrice, en courtisane et même en infirmière. Il est vrai que j'avais acquis, avec ma mère, une vraie compétence en matière de handicapés : après quinze ans de dressage, je savais, mieux que la plupart des auxiliaires médicales, placer un coussin, régler un repose-pieds, avancer un verre, arranger un plaid... Je devançais les désirs, et mes malades me savaient gré de leur épargner l'humiliation d'avoir à « déranger ».

« Mon cher Monsieur, il n'y a plus que quatre pages dans vos " Diaboliques " : trois pour " le Bonheur dans le crime ", et une pour " le Rideau cramoisi ". Laquelle choisissons-nous? »

Les conceptions de Monsieur de Chérailles en matière littéraire n'étaient pas moins originales que ses conceptions musicales. Il trouvait que les livres avaient trop de pages et s'employait à les ramener à de plus justes proportions. De son bras valide, le bouillant hémiplégique éliminait rageusement les redites, supprimait les lieux communs, sabrait les clichés. De plus en plus exigeant à mesure que les années passaient, il revenait régulièrement sur les carnages précédents pour s'assurer qu'il n'avait pas laissé survivre quelques pages indignes de leur auteur. Aussi chacun de ses passages dans la bibliothèque se traduisait-il par une nouvelle jonchée de cadavres. Dans leurs belles reliures de cuir, les grandes œuvres de la littérature, réduites à quelques feuillets, commençaient à flotter à l'aise.

– Lisez-moi votre page du « Rideau cramoisi », que je voie si elle tient le coup... Parce que, lorsqu'il n'y a plus qu'une page, il faut être très exigeant... Oui. C'est bien ce que je craignais... Vous pouvez l'enlever, ça fera de la place!

– De la place? Pour quoi faire?

– Ce que les dames font du temps qu'elles gagnent grâce à mes appareils ménagers : du vide, Christine! de la va-cuit-é...

Il parlait de sa mort; finalement il parlait toujours de sa mort et ne se consolait de quitter le monde qu'en entraînant avec lui la politique, les affaires, l'art – tout ce qui faisait le plaisir de nos vies... Dans sa bibliothèque de Senlis, il avait ramené « La Recherche du temps perdu » aux dimensions d'un haïku et entreprenait de réduire « La Colline inspirée », à la taille d'une taupinière; quant aux « Mémoires d'outre-tombe », il n'en gardait que la page de titre et l'épigraphe.

– Pauvre Chateaubriand! Vous êtes méchant : ne conserver d'un auteur que l'épigraphe de son livre, laquelle est précisément d'un autre...

– Mais pas du tout! Une épigraphe bien choisie ne prouve pas que l'écrivain soit un créateur, c'est vrai, mais elle montre au moins qu'il est un homme de goût. On ne peut pas dire cela de tout le monde : il y a de très nombreuses reliures vides dans mes rayons! Tenez, vous me feriez un grand plaisir, mon enfant, en me relisant cet excellent Chateaubriand...

– Comme vous voudrez. Cet « excellent Chateaubriand » est, dois-je le préciser, tiré du Livre de Job...

– Un bon choix.

– Et le texte n'est pas long. Six mots : Sicut nubes, quasi

naves, velut umbra. Sicut nubes, comme un nuage ... Quasi naves, comme des navires... Velut umbra, comme une ombre...

Je refermai ce qui restait du livre. Dehors, on entendait le vent secouer la cime des arbres et agiter la chevelure des broussailles. La nuit tombait sur le parc. Dans la grisaille du crépuscule ma myopie me jouait des tours : l'ancien cimetière des Chérailles avec ses pierres usées et sa chapelle ruinée, autour de laquelle Anne avait créé la roseraie, semblait peuplé de silhouettes torturées; et Monsieur de Chérailles, dont seul le visage se détachait comme une tache blanche sur les murs verts de la bibliothèque, avait l'air d'un spectre. « Comme un nuage, comme un navire, comme une ombre... »

– Vous voyez, dit enfin le fantôme d'une voix enrouée, il n'y a rien à ajouter...

Un ange passa. C'était une compagnie que Monsieur de Chérailles n'appréciait pas.

Pour mieux marquer le terme de notre entretien, il laissa sa main valide retomber sur le bras du fauteuil... déclenchant une violente déflagration qui ébranla les murs de la bibliothèque : un souffle d'incendie tordit les peupliers du parc et je vis au loin, du côté du Musée de la Vénerie et du vieux château, voler des pierres calcinées, des chiffons noirs, qui s'élevaient dans les airs comme une armée de chauves-souris effarées.

Tremblement de terre? Accident d'avion? Bombardement nucléaire?

« Rien à ajouter », avait dit le vieil infirme – et je fus près d'imaginer que, tel le docteur Folamour, il cachait dans l'accoudoir de son fauteuil roulant un bouton qui permettait de déclencher l'apocalypse à volonté; à moins qu'il n'eût partie liée avec les démons et ne se plût à les évoquer à point nommé pour souligner la portée philosophique de son propos?

L'explication était plus naturelle, heureusement : un morceau du rempart venait de sauter. L'attentat fut revendiqué : c'était le Front de Libération de la Bretagne qui, las de pulvériser les émetteurs de la RTF et les pylônes de l'EDF, avait entrepris de varier ses plaisirs en rayant de la carte touristique divers musées et palais, symboles de la grandeur d'une France que les « opprimés bretons » rejetaient. Les mêmes opprimés devaient s'attaquer peu après au château de Versailles avec le même succès, et plus de bon sens, au fond, car si Senlis avait, comme ils le prétendaient, symbolisé le « colonialisme intérieur français », seuls les Picards ou les Beaucerons eussent été fondés à s'en plaindre : lorsque Charles VIII avait annexé la fougère bretonne, il y avait beau temps que les palais Capétiens du Valois n'abritaient plus le gouvernement; les défaillances du gardiennage et l'assurance de l'impunité pèsent plus lourd, chez les artistes du plastic, que l'adéquation du geste au discours...

C'est ce que, sitôt les gravats retombés, Fortier s'empressa de souligner dans un article qui ne fit pas moins de bruit que l'explosion elle-même.

A peine, en effet, les vitres avaient-elles fini de trembler et avions-nous appris par un communiqué de la radio de quoi il retournait, que, dans la bibliothèque où nous étions revenus, le vieux Chérailles et moi, laissant les hôtes du « Rendez-vous » exprimer leur émotion autour d'un verre non programmé, nous vîmes arriver le grand Fortier, en proie à une poussée manifeste d'inspiration. D'une voix entrecoupée, il me réclama « un Chateaubriand, vite! »

« Chateaubriand? comme c'est drôle! Justement, au moment où la bombe a sauté, nous... »

Il coupa mes explications : « Vous ne voyez donc pas ce qu'il se passe, Mademoiselle? Non? Cette confusion des âmes, ce crépuscule des pierres, ça ne vous rappelle rien? Allez, cherchez-moi un Chateaubriand. Soyez gentille. Dépêchez-vous. »

C'était apparemment un cas d'urgence. Je lui tendis la reliure des « Mémoires d'outre-tombe » qui était restée posée sur un canapé.

– Malheureusement, dis-je tout en adressant au grand-père de Philippe un demi-sourire complice, malheureusement il reste encore moins de pages à ce Chateaubriand que de pierres au château de Senlis... Si ce « dos », qui est d'ailleurs fort beau, ne vous suffit pas, et si vous tenez absolument au texte, je crois qu'il vous faudra chercher plutôt du côté de la bibliothèque municipale...

Le surlendemain, l'article écrit par Fortier, dans la fièvre de l'inspiration et sous le haut patronage du Vicomte, faisait la première page de la « Presse », le quotidien, sinon le plus lu, du moins – après « le Monde » – le plus commenté. Le critique-poète (comme chez les centaures on ne savait jamais chez lui laquelle des deux natures l'emportait sur l'autre et devait, par préférence, servir à sa définition), le critique-poète, donc, s'y essayait, à propos du FLB, à la méditation sur l'avenir de l'Europe et la grandeur de la France – un sujet qu'il était jusqu'alors d'usage d'abandonner au chef de l'Etat, lequel, en l'espèce, donnait plus volontiers dans le triomphalisme que dans le catastrophisme élégant qui sied aux grandes plumes.

« Le poids de leur passé écrase les nations congédiées par l'Histoire », écrivait Fortier de Leussac, qui prenait les pains de plastic d'assez haut, « parfois, une bombe bien placée rend aux peuples fatigués un peu de leur sérénité... Humiliées par leurs grandeurs défuntes, nos nations d'Europe semblent s'attacher à effacer la trace de leurs pas, à déboulonner leurs idoles, et à ôter de leur esprit le souvenir de ces siècles d'or qui pèsent sur elles de toute leur charge de trophées, de médailles dépareillées, de pompons rongés... Comme s'il s'était convaincu qu'en se mettant tout nu il aurait l'air plus jeune, qu'en élaguant ses branches, il trouverait la force de repartir du pied, notre vieux peuple marche vers l'amnésie à travers un paysage chaviré qui ressemble à ces tableaux flamands où, dans un grand désordre, une tête de mort posée auprès d'un sablier, une montre brisée auprès d'une chandelle consumée ou d'un verre renversé, rappelle que tout finit – même l'hégémonie, et la mémoire même de l'hégémonie. »

– On dirait du Malraux!, s'était exclamé Hugues de Chérailles qui, depuis qu'il était député UNR, croyait devoir professer une admiration sans réserve pour le ministre de la Culture, plongeant chaque fois dans des rages froides son vieux pétainiste de père qui s'entêtait à renifler sous les chamarrures ministérielles l'odeur de poudre et de sueur des Brigades Internationales. En tout cas, il y avait si longtemps qu'il ne restait plus une seule page de l'auteur de « La Condition humaine » dans les rayons de la bibliothèque du premier que le pauvre Hugues était excusable d'ignorer son style...

Pour moi, qui savais à quoi m'en tenir sur le diapason qui avait, cette fois, donné son « la » au sémillant Fortier, je trouvais, en fin de compte, notre écrivain plutôt meilleur quand il prenait modèle sur le gisant du Grand-Bé, que lorsqu'il s'essayait à bêtifier à la manière de Georges Coblentz, Pierre Prioux, ou Roland Barthes. La modernité, sans doute, n'était pas son fait. Jeune déjà, tout catholique qu'il fût, il réussissait mieux dans l'alexandrin post-voltairien que dans le mille-pattes à la Claudel. Peut-être aurait-il pu devenir un grand écrivain s'il avait accepté d'être aussi passéiste en littérature qu'il se flattait de l'être en politique? Peut-être même, s'il lui fallait à toute force imiter de grands hommes, fût-il parvenu à se découvrir un style en n'en plagiant qu'un? Mais il en changeait toutes les trois ou quatre semaines, comme on change de brosse à dents : pour garder l'haleine fraîche et la jeunesse du sourire. D'ailleurs, bien qu'il nous eût ainsi, au fil des années, donné de nombreux échantillons de sa pensée dans les divers coloris stylistiques possibles, il n'avait pas trouvé grand-chose à dire. Comme le lui avait écrit autrefois Jean Paulhan, dans une lettre qu'il montrait volontiers parce qu'il la croyait élogieuse, « je crains, mon cher Bertrand, que ce que vous écrivez ne soit pas assez vrai pour vous ... »

Quoi qu'il en fût, son article, daté de Senlis et du jour de l'explosion, avait fait sensation. Si le ton, assez gaullien tout bien pesé faisait l'unanimité chez ses amis des « Rendez-vous », le contenu avait suscité une vive polémique dans les rangs des écrivains officiels de la majorité : on voulait bien concéder à Fortier de Leussac les « pompons rongés », mais on ne lui pardonnait pas son « nation congédiée par l'Histoire ». « Congédiée » la France, à un moment où, guidée par son grand timonier, elle recouvrait son indépendance et revenait au rang de grande puissance, morigénant avec la même superbe le gamin américain et le sauvage russe? Finie l'hégémonie, quand nous avions Marielle Goitschel et Michel Jazy, Kiki Caron et Jean-Claude Killy? Les gaullistes qui avaient élu Fortier à l'académie quand le général s'était opposé à la désignation de Paul Morand redoutèrent, un moment, d'avoir réchauffé un serpent dans leur sein. Il y eut des réponses à l'article, des réponses à la réponse, et des réponses aux réponses faites à la réponse.

Fortier, tout étonné de l'ampleur prise par le débat (il s'était laissé entraîner par son style du jour, emprunté à une pensée plus pessimiste que la sienne, et le fond avait, presque malgré lui, suivi la forme), hésitait encore à voler au secours de ses propres idées. Il cherchait à se tirer au plus vite du guêpier...

Mais Anne, trop heureuse de pouvoir faire mousser un événement senlisien, l'en avait empêché : poussant François Moreau-Bailly à publier en « Libres propos » toutes les pièces du débat et à donner deux pages au courrier des lecteurs révoltés par « cette tache d'encre jetée sur le soleil gaullien » (ainsi Mauriac, dans son « Bloc-Notes », qualifiait-il aimablement le propos de son confrère académicien), elle avait elle-même consacré les gros titres de sa « Gazette des Arts » au sujet, incité la revue « Esprit » à sortir un numéro spécial sur le déclin français – qu'en sollicitant un peu abusivement la pensée de Fortier on avait intitulé « La France : une chandelle consumée? – et organisé, dans l'hôtel même qui avait vu la genèse du fameux article, un week-end qui comprendrait la visite guidée du lieu de l'attentat et une méditation obligatoire sur les vitraux crevés de la cathédrale, pèlerinage dont les invités avaient été soigneusement sélectionnés pour qu'on fût bien sûr de parler de l'affaire et de ne parler que d'elle.

Ainsi la maîtresse de maison avait-elle convié en « vol-au-vent » le jeune chanteur Yann Borel – dont les sympathies pour « L'Armorique libre » n'étaient plus un mystère –, le prince Otto de Habsbourg, chargé de représenter les dynasties défuntes de la décadente Europe, Juan Arroyo, un ministre argentin, qui devait, j'imagine, symboliser dans son esprit l'ascension économique du continent sud-américain (nul ne voyant encore poindre à l'horizon cette concurrence asiatique qui devait, plus tard, ruiner « La Ménagère »), un célèbre psychanalyste anglais qu'on chargerait de justifier en termes freudiens le dynamitage des vieilles ruines, et, au titre des « restes » – car il avait l'air aussi ranci qu'une vieille momie – un professeur du Collège de France spécialiste des premiers Capétiens. Personne, n'aurait, ce soir-là, permission de s'égarer en direction des seins de Brigitte Bardot...

Sitôt l'entrée avalée, Anne nous mit en effet, avec autorité, « la fin de la grandeur » au menu. Au dessert, nous y étions encore. Cela me rappelait les « buffets d'amitié » que nous organisions quelques années plus tôt chez le secrétaire de cellule d'Evreuil et où, depuis le bortsch jusqu'au concombre-malossol nous devions, sur fond de balalaïkas, ne nous entretenir que de la lutte des classes et de la défaite imminente de l'impérialisme américain...

Heureusement le bavardage de Philippe, qui avait obtenu de sa mère d'être placé à mon côté, m'avait empêché de suivre la première partie du débat; l'autre voisine de mon frère, une Balmondière qu'on avait apparemment choisie pour son grand nom plus que pour son esprit, nous contraignait, en effet, à lui donner la réplique sur la chasse à courre, sujet auquel faute de connaissances, je devais consacrer toute mon attention. La dame d'ailleurs, irritée peut-être par les égards dont Philippe entourait cette « Christine » qu'on ne lui avait pas autrement présentée, ne perdait pas une occasion de souligner mon ignorance : si, par exemple, rassemblant les rares souvenirs que Vigny m'avait laissés, je m'enhardissais jusqu'à évoquer le son du cor, « c'est de trompe, sans doute, que vous voulez parler? » glissait la mijaurée, et si je m'indignais, comme tant de mes aïeux paysans avaient dû le faire avant moi, de la manière dont la bête est forcée « la bête ? quelle bête?, s'étonnait dédaigneusement le Nemrod femelle, vous voulez dire " l'animal ", je suppose? ». Comme enfin, pour conclure « à la béchamel », je n'exprimais que des réserves prudentes sur l'intérêt de ce sport « beau sans doute, et noble, mais un peu cruel », « vraiment? s'exclama la Diane que cette politesse circonspecte excitait à l'hallali, je vois mal pourquoi vous vous mêlez de condamner un sport que personne, apparemment, ne vous a jamais demandé de pratiquer! »

Philippe n'aimait pas qu'on s'en prît à moi, et dans le monde étranger et hostile où il m'introduisait, il se faisait d'autant plus volontiers mon chevalier servant qu'il était content de pouvoir prétendre ensuite à ma reconnaissance. Volant à mon secours, il eut à cœur, dans cette circonstance, de me prouver qu'il était le digne petit-fils de son grand-père : « Mais enfin, ma chère Sibylle, dit-il à la dame d'un ton froid, voilà une demi-heure que vous ne nous parlez que de chasse et de cheval. C'est à croire que vous ne vivez que pour cela... Avez-vous tant besoin de serrer quelque chose entre vos cuisses? »

La conversation particulière s'arrêta là; silencieux et glacés, nous n'eûmes d'autre ressource que de rejoindre le courant général qu'Anne, souriante, maintenait fermement dans l'axe du déclin.

On en était au moment où Moreau-Bailly, par un astucieux retournement des propos de Fortier et dans l'espérance de mettre tout le monde d'accord, venait, de ses lèvres voluptueuses et œcuméniques, de suggérer – avec l'approbation tacite de l'écrivain – que l'opinion gaulliste avait probablement mal interprété le fameux article et que la France était peut-être moins une « nation congédiée par l'Histoire » qu'une « nation qui avait congédié l'Histoire ». Comme s'ils n'avaient attendu que ce signal pour se réconcilier sur le dos des absents, tous daubèrent aussitôt sur l'indifférence de la jeune génération à l'égard de son passé, et sur « ce peuple d'amnésiques » que le xxe siècle nous fabriquait. Chacun, ravi de pouvoir enfin porter ses cinquante ans à l'actif de son bilan, y allait de son anecdote sur l'inculture des jeunes. On aurait dit une réunion de professeurs au lendemain du bac...

Justement Anne – soit qu'elle voulût m'offrir une occasion de briller, soit qu'elle cherchât à justifier par mes compétences professionnelles ma présence incongrue à un dîner où tant de monde, entre deux déclins, pratiquait le yachting, le golf, et la chasse à courre – me demanda, « en tant que professeur d'histoire » , mon avis sur la question. Prise au débotté, je balbutiai que je n'étais pas sûre que l'histoire pût apporter beaucoup aux enfants d'aujourd'hui pour la compréhension de la société dans laquelle ils vivraient. « Pourquoi donc? Expliquez-vous », me pressa Moreau-Bailly qui, trouvant peut-être incommode de partager son temps entre des passions aussi contradictoires que l'histoire et le journalisme, n'était apparemment pas fâché qu'on sciât l'une des deux branches sur lesquelles il était assis.

Malheureusement, je ne pus défendre mon point de vue : tout au plus bredouillai-je quelques justifications confuses sur l'ennui que dégageait l'histoire, cette science « à l'écart de la vie » ... Le psychanalyste anglais, appliquant à ces paroles obscures sa grille préfabriquée, trancha que « finalement tout cela – mon indifférence au passé, de même que l'ignorance de mes élèves – relevait, on ne peut plus classiquement, de la révolte contre les pères ».

« Au contraire, protestai-je d'une voix que l'émotion faisait trembler, c'est pour plaire à mon père que j'ai fait une agrégation d'histoire. J'ai toujours voulu m'intéresser à ce qui l'intéressait. Je ne suis pas une révoltée. Tout ce qu'il me demande de faire, je le fais... »

On rit beaucoup autour de la table de ces déclarations de petite fille. Le professeur au Collège de France, qui venait de nous rappeler l'importance de son apport personnel à la nouvelle école historique française et cherchait obstinément à nous démontrer que l'avenir de l'Europe était dans son passé, fut enchanté de me jeter la dernière pierre. Peut-être, d'ailleurs, croyait-il qu'en se montrant piquant à la manière d'un grand seigneur, et aussi méchant qu'il eût été de bon ton de le paraître deux siècles plus tôt dans ce même salon, il retrouverait un peu de la faveur dont Anne l'avait autrefois honoré : « En somme, Mademoiselle, suggéra-t-il avec une doucereuse perfidie, vous êtes une fille soumise? »

Je ne savais pas que, pour les messieurs de sa génération, l'expression avait un sens particulier et offensant : « Oui, fis-je gentiment, je suis une fille soumise. » Moreau-Bailly pinça son grand nez, et, au sourire entendu qui parut sur toutes les lèvres masculines – à l'exception du vieux Chérailles, qui me lança un regard furibond –, je compris que j'avais encore dit une sottise; je rougis et, désespérée, me tournai vers Philippe.

Il fut superbe; redressant le buste et rejetant sa mèche en arrière, il s'attaqua au vieil intellectuel dédaigneux comme un jeune paladin à un chevalier félon : « Il me semble, Monsieur, que ma sœur a raison » (à ce mot de « sœur », le professeur pâlit et se tourna vers Anne d'un air de repentir si piteux qu'il me parut gênant). « Je ne voudrais certes pas vous empêcher de croire à l'utilité d'une discipline qui est votre gagne-pain, poursuivit Philippe avec une petite moue de dégoût, mais je suis bien sûr que vous conviendrez avec moi que jamais l'histoire n'a été aussi dénuée d'implications philosophiques ni aussi dépourvue de retombées pratiques qu'aujourd'hui. Je dirais même que jamais le temps n'a semblé une catégorie mentale aussi peu nécessaire à la pensée... »

Il y eut quelques murmures effarouchés du côté des « dynasties défuntes »; mais la plupart des dîneurs, suspendant leur fourchette, attendaient avec un intérêt amusé la suite de cette brillante péroraison que le « chevalier félon », troublé par la soudaine révélation de mes liens de parenté avec ses hôtes, n'osa interrompre que d'un timide : « Prouvez-le! »

« Mais je le prouve, reprit mon frère. Depuis cinquante ans, toutes nos sciences réhabilitent le discontinu, l'intemporel. Tantôt on déclare que les phénomènes étudiés sont imprévisibles, impromptus, tantôt au contraire on les découvre éternels et – si vous me passez ce terme industriel en usage dans les usines de ma famille – “ pré-formés ”; mais, dans tous les cas, on les juge étrangers à la notion de progression, de causalité... »

« Généralités », grogna le félon qui, voyant que Madame de Chérailles n'avait pas nettement choisi son champion, reprenait de l'assurance. « Généralités brillantes, mais, pardonnez-moi, un peu Sciences Po... On brûle, jeune homme, de vous voir passer au Déluge! »

« Attendez, dit mon frère qui n'était pas décidé à se laisser démonter, j'y arrive... Me contesterez-vous, par exemple, que la théorie des quanta a introduit de la fantaisie dans le déterminisme mécanique? Qu'en somme, elle a rendu leur liberté aux électrons? Non, n'est-ce pas? Nierez-vous que la relativité a fait de la durée une quantité propre à chaque individu – dépendante de sa position, de sa vitesse? Que, par suite, elle a transformé toutes nos anciennes mesures en données subjectives, aléatoires, réversibles? Eh bien, Monsieur, vous convenez donc avec moi que nos sciences physiques n'ont que faire du temps! Que le temps n'est plus! »

Bien à l'abri derrière le rempart que mon frère me faisait de son esprit, j'écoutais, médusée; plus tard, comme je m'étonnais auprès de lui de l'étendue des connaissances qu'il avait étalées, il m'avoua dans un éclat de rire :

– Rassure-toi, mon poussin, je ne suis pas un érudit! Simplement, j'avais eu un sujet dans ce goût-là à l'entrée de l'ENA. A cause de cette interview de Foucault dans “ Les Temps Modernes ”, tu sais; « Comment supprimer l'Histoire? » Quoi, tu ne connais pas Foucault? Dis donc, on n'est pas très « in » à l'Université!... Bref, comme j'avais planché là-dessus pendant six heures, il m'en restait deux ou trois idées que j'étais bien aise de servir réchauffées à ce con prétentieux!

Le « con », cependant, ne désarmait pas; au mot de « quanta », il avait levé les bras au ciel en signe d'impuissance et paraissait inviter par ses mimiques comiques à ranger Einstein et Planck parmi les précieux ridicules : « Des quanta! Oh là là! dites-moi, vous ne vous refusez rien! Bon, je capitule: aucun individu normalement constitué ne peut lutter contre des quanta! » Rire servile du ministre argentin qui haïssait toutes les nouveautés et entendait bien qu'on traitât les quanta avec la même fermeté dédaigneuse qu'une brigade de tupamaros égarés. Oui, j'accorde à vos quanta tout ce que vous voudrez... Je vous rappelle seulement, mon jeune ami, que l'histoire n'est pas une science physique : elle appartient jusqu'à nouvel ordre, à la catégorie des sciences humaines. Humaines », insista-t-il en souriant finement comme s'il s'adressait à un mal-entendant. « Humaines... »

« Très bien », dit Philippe, et, d'un geste nerveux, il réexpédia sa mèche en arrière en prévision d'un nouvel assaut. « Passons aux sciences humaines puisque vous y tenez... La psychologie – Monsieur Schoenberg, notre éminent psychanalyste, nous le confirmera –, qu'est-ce qu'elle se propose aujourd'hui, la psychologie, sinon de mettre au jour des structures mentales autonomes, invariables, aussi peu susceptibles d'évolution et de progrès qu'une bande d'électrons déchaînés? Quant à la sociologie... Mais ce serait, je pense, faire injure à un esprit comme le vôtre que de lui rappeler ce que la sociologie contemporaine doit au structuralisme, lequel est, vous me l'accorderez aussi, parfaitement a-historique... L'économie – ah, Monsieur, je vous en prie, je ne vous ai pas interrompu, laissez-moi parler! – l'économie elle-même, qui n'a été longtemps, qu'une histoire des politiques économiques, recourt aujourd'hui de plus en plus aux modèles mathématiques et renonce à la diachronie. Quant à l'enseignement de la littérature... »

En un éclair j'entrevis ce que Philippe allait dire sur le sujet – de même que, lorsque nous dansions ensemble, je pressentais, une seconde avant qu'il ne l'ébauchât, le mouvement qu'il souhaitait amorcer; et, comme pour ces figures de rock où nos gestes s'accordaient d'autant mieux que chacun devinait exactement où l'autre voulait le mener, je complétai sa pensée avant qu'il l'eût exposée : « Oui, fis-je péremptoire, l'enseignement de la littérature évolue dans le même sens : plus d'histoire des idées et des filiations littéraires, mais, avec l'avènement de la linguistique, la recherche de systèmes, de typologies, indépendants de la succession des époques et des événements. Des classes lexicales, des champs sémantiques, étrangers même à toute thématique... » Philippe me couvrait d'un regard tout ensemble protecteur et admiratif. « Voilà pourquoi, conclus-je en nos deux noms, nous vous disons, Monsieur, que l'histoire n'a plus désormais d'utilité, et qu'il importe peu aux enfants d'aujourd'hui de savoir la date de la bataille de Crécy... » Et sous la table, je pressai légèrement mon pied sur celui de mon frère.

« Ah, n'en jetez plus! N'en jetez plus! glapit le professeur. Tant de science dans une si jolie bouche : je m'avoue vaincu. » Il cherchait encore à donner à sa défaite l'air d'une bonne manière. « J'espère seulement que vous ne m'interdirez pas de continuer à enseigner cette discipline que vous méprisez... Il faut bien vivre! »

« Il y a des cas où je n'en vois pas la nécessité », grommela Philippe, mauvais joueur; mais sa remarque se perdit sous le tonnerre d'applaudissements que le vieux Chérailles produisait tout seul au bout de la table, en tapant énergiquement de son bras valide sur le rebord de son fauteuil :

« Bravo, mon petit Philippe, bravo! Au moins, toi, tu sais parler! Tu lui as rivé son clou au professeur! Hein avouez, Professeur, que vous êtes à court d'idées! Enfoncé, hein? Mais aussi ce n'était pas gentil de vous attaquer à une jeune fille! Quand tu le voudras, mon petit Philippe, je t'offrirai une circonscription. Tu n'as qu'à me demander... Avec tous les cons qu'il y a au Parlement, tu seras Premier ministre en deux ans! »

Anne jeta vers son frère le regard apitoyé que lui réservait l'infirmière lorsqu'elle partageait nos dîners.

« Merci, Bon-Papa », répliqua Philippe très digne, tout en me rendant mes caresses du bout du genou , « merci beaucoup, mais je n'aime ni l'Histoire toute faite ni l'Histoire à faire. Les seules histoires qui comptent pour moi, ce sont les histoires de cœur, n'est-ce pas, petite sœur? »

Philippe n'avait sans doute jamais pensé qu'il y eût des gens pour qui l'Histoire elle-même fût une histoire de cœur... Mais, quant au reste, je ne lui donnais pas tort : cette Histoire que j'avais idolâtrée pouvait-elle paraître autre chose, de nos jours, à un esprit bien fait, qu'une forme vide, un songe creux, une enveloppe inutile comme les remparts de Senlis et le palais des rois capétiens?

Tout la fuyait. Impuissante à coordonner des temporalités qui s'évanouissaient, elle venait de capituler en chassant de son sein cette suite raisonnée qu'était la chronologie; les professeurs, inversant l'ordre des causes et des effets, invitaient leur élèves à remonter le cours des siècles en ramant à contre-courant, et, pareille aux vieillards de Senlis dont Christine se moquait, je voyais avec étonnement mes enfants rapporter de l'école des livres étranges d'où il semblait résulter que la Révolution de 89 avait engendré la féodalité et que Jeanne d'Arc était l'arrière-grand-mère de Vercingétorix...

Il n'y avait plus de lois, plus de sens : l'envers valait l'endroit, chacun pouvait être à la fois A et non-A, l'espace dévorait le temps, et l'avenir commandait le passé. Comment, dans ce tohu-bohu d'idées, cette victoire généralisée du hasard sur la nécessité, l'Histoire aurait-elle pu être autre chose qu'un conte, un beau roman à la Moreau-Bailly?

Malgré le culte que je rendais encore au temps répudié, malgré le bonheur confus que j'éprouvais à entendre les siècles me murmurer leur chanson sans rime ni raison – aussi absurde désormais qu'une comptine d'amnésique ou un limerick oublié –, malgré ma rage, enfin, à me convaincre que cette vénération d'un dieu universellement renié me comblait, j'avais de plus en plus conscience qu'en pulvérisant nos mémoires les plastiqueurs du FLB, de l'ETA ou du FNLC ne détruisaient rien sur quoi nous eussions pu nous fonder : passagère d'une machine folle, je ne savais pas plus qu'eux d'où je venais ni où j'allais.

Depuis longtemps nous avions perdu le pilote et, avec le délabrement du temps, c'était maintenant la route qui nous lâchait : « Sa belle ordonnance sévère s'était défaite. La volonté qui avait sabré de cette estafilade les solitudes pour y faire affluer la sève était morte – et mortes les conditions qui avaient guidé cette volonté; il restait une cicatrice blanchâtre et indurée, mangée peu à peu par la terre comme par une chair qui se reforme... Un signe engourdi, crépusculaire, d'aller plus avant, plutôt qu'une voie – une ligne de vie usée qui végétait encore au travers des friches comme sur une paume... »

Même quand le FLB et l'histoire de France ne s'en mêlaient pas, j'aimais mieux passer mes dimanches à Senlis – avec Darius Milhaud, Fortier de Leussac ou Raymond Aron – qu'essuyer tristement les assiettes de notre déjeuner dominical dans ma banlieue d'origine. A partager, dans ce décor désuet, la compagnie de célébrités de rencontre et d'aristocrates oubliés, de notabilités exclusivement locales et de vieillards excessivement cosmopolites, qui, tous, se gardaient de nouer entre eux – de parties de jacquet en collations champêtres – d'autres rapports que ceux, courtois et superficiels, qu'on noue dans les villes d'eaux, je prenais le même plaisir que certains déclassés du XVIIIe siècle dans la fréquentation de Spa ou de Bourbon-l'Archambault; le Senlis d'Anne avait en effet quelque chose de ces Baden et de ces Forges-les-Eaux où, à la veille de la Révolution, la bonne société d'Europe venait noyer son désenchantement dans l'eau médicinale et le vin de Champagne sous l'œil attentif des charlatans, des escrocs et des tenanciers de tripots. Me berçant de l'illusion délicieuse que la vacance, l'attente, la parenthèse n'auraient pas de fin, tantôt je me persuadais – comme les marquises d'alors – que la vie était un coup pour rien, tantôt je voulais croire – comme les sigisbées d'industrie qui les accompagnaient – qu'elle se jouait sur un coup de dés. Cette bienheureuse désinvolture relevait-elle du snobisme, comme Béatrice le prétendait? Il est vrai qu'aux yeux d'un enfant du peuple le charme de la bourgeoisie n'a rien de discret : les mérites de l'argent, qui procure dans un même élan les vieux châteaux et les jeunes beautés, s'y marient trop étroitement aux plaisirs de l'esthétique – splendeur des meubles, des tableaux, des corps. Bien nourris, bien maquillés, bien habillés, les hommes et les femmes de ce monde-là sont plus grands, plus minces, plus blonds, que ceux qui s'entassent, entre cinq et six, dans le métro. « Beautiful people » souriants, athlétiques et bronzés, jusque dans un âge avancé, les Balmondière, les Sévigné, les Fornari, les Worsley – qui avaient été les premiers ingrédients de la « sauce » qu'Anne montait –, semblaient toujours sur le point de rattraper une balle de tennis à la volée et ne tenaient au sol que par la pointe des pieds...

Que je fusse plus sensible à la liberté de ces corps bien découplés, à l'harmonie de ces dentures parfaites, à l'élégance de ces chevelures soignées, qu'à la conversation des grands hommes qui faisaient la gloire des « Rendez-vous », c'était la dernière chose pourtant à laquelle Solange songeait lorsque nous parlions de ces séjours senlisiens qui l'irritaient : « Evidemment, me disait-elle parfois dans un suprême effort de tolérance, passer le week-end avec des “ illustres ”, des “ intelligences ” comme Moreau-Bailly, Leussac ou Miller, je comprends que ça ne manque pas d'intérêt... »

De la verve de Jouhandeau, pourtant, j'ai gardé moins de souvenirs que des chapeaux d'Elise, et du talent de René Clair je ne sais que ce matin d'été où il m'avait entraînée dans les sentiers de la roseraie pour cueillir un bouquet tandis que j'essayais vainement de trouver quelque chose à lui dire sur le cinéma. Chez Jules Romains, ce n'est pas l'esprit qui m'a frappée, mais le visage rustique, posé, comme un buste trop lourd, sur un corps impotent qu'on traînait, et la politesse, âpre et goulue comme un coup de fourchette. Le jeune Giscard d'Estaing, dont j'avais espéré une analyse neuve du marché financier, m'a raconté ses chasses au tigre en jetant des « cerises d'amour » dans mon panier; le vieux nonce apostolique, dont j'attendais des révélations sur l'au-delà, m'a entretenue sous les futaies des questions juridiques qui le préoccupaient; et l'éternel Robbe-Grillet, dont je n'attendais pas vraiment une leçon de littérature, m'a conté par le menu, tout en ramassant des champignons, l'un de ses voyages en Corée, sans me faire grâce d'aucun avion, d'aucun hôtel, d'aucune réception, d'aucune harangue flatteuse, d'aucun article élogieux, d'aucun admirateur, et il paraît qu'en Corée ils sont nombreux... Au milieu des roses du jardin et des fougères de la forêt, les musiciens m'ont donné des recettes de cuisine, les hommes politiques des adresses de dentistes et d'acupuncteurs; et lorsqu'il m'arrive de regretter de n'avoir pas connu Marcel Proust, je me console en pensant qu'il m'aurait parlé du cours de ses actions en Bourse...

Contrairement à ce que croyait Solange, si l'on faisait abstraction des charmes de l'oisiveté, des agréments du luxe, et de la grâce surannée des rapports sociaux qui s'établissaient entre les invités, les « Rendez-vous » de Senlis étaient toujours pour moi, à leur manière, des rendez-vous manqués : l'homme qui dîne n'est pas l'homme qui crée.

Rien, par exemple, n'égala la déception que j'éprouvai, à vingt ans, en rencontrant chez les Chérailles la fameuse Maud Avenel : Mademoiselle Avenel – qui était entrée dans le cercle des « Rendez-vous » plusieurs années avant moi, amenée par le Père Prioux à une époque où elle jouait encore à la Comédie-Française, et qui avait continué à passer de fréquents week-ends dans la maison de la rue de la Treille lorsque le cinéma l'eut rendue célèbre – était l'une de mes idoles. Pourtant, quand mon frère nous présenta un samedi matin dans la petite salle à manger d'été, je ne la reconnus pas : beaucoup plus petite que je ne l'imaginais, elle était aussi plus quelconque de traits; son visage, qui accrochait si bien la lumière des projecteurs, semblait commun dans l'ombre des jours ordinaires; et, comme à Senlis elle n'avait pas de texte à dire, elle se taisait. J'avais beau me répéter que sa discrétion, sa banalité même, la rendaient sympathique, je ne parvenais pas à me persuader que j'avais là, devant moi, en peignoir, la jeune comédienne que j'admirais, et que cette même voix, si émouvante dans Bérénice, Prouhèze ou la Sanseverina, pouvait, avec les mêmes inflexions graves, un peu affectées, prononcer des mots aussi simples que : « Pourriez-vous me passer le beurre, s'il vous plaît? »

« Le meilleur d'une actrice, on l'a pour six francs », me dit plus tard Renaud Kahn-Serval lorsque, un jour, je lui avouai ma déception. « En payant sa place au guichet... »

Maud Avenel habitait les affiches des Champs-Elysées et les écrans des cinémas de quartier, comme Jules Romains occupait les éventaires des libraires et les fichiers des bibliothécaires : dans la salle à manger des Chérailles je n'avais rencontré qu'Antoinette Plouzoux et Louis Farigoule, personnages qu'ils incarnaient à l'état civil avec beaucoup de bonne volonté mais sans talent particulier.

En dehors de ces étoiles de première grandeur – qui n'éblouissaient qu'à distance –, je trouvais le milieu des Chérailles assez terne sur le plan intellectuel. « Il est vrai, m'avait expliqué un jour un vieux journaliste ami de Moreau-Bailly, que, dans l'ensemble, les gens qu'on voit ici sont moins malins, et moins " dans le vent ", que ceux qu'on trouve chez les Lazareff, à Louveciennes. Tenez, dimanche dernier, j'ai déjeuné là-bas avec Georges Pompidou, Bruno Coquatrix et Norodom Sihanouk... Cinq colonnes à la une! Mais, d'un autre côté, chez les Chérailles la société est plus chic, moins mêlée, moins directement opportuniste... Il me semble que, même si tous les gens qui fréquentent Senlis n'ont pas " cassé quatre pattes à un canard " comme vous dites, il recherchent la difficulté : vous n'avez pas remarqué que les sujets qu'on y aborde au coin du feu sont toujours élevés, élégants, désintéressés? Pas tous intelligents, non, nos invités des " Rendez-vous ", mais, à leur manière, tous des intellectuels et des raffinés! »

C'était vrai, peut-être, de certains « beaux morceaux » et de quelques « vol-au-vent », amis, à l'époque, je doutais que ce le fût des habitués; comme je l'ai dit en effet, hors Fortier, Prioux et une demi-douzaine d'autres artistes plus ou moins renommés, le type du « fond de sauce » senlisien était Sibylle de Balmondière, la chasseresse, ou Florence Worsley, née princesse de Guéménée. A la loterie mondaine – Anne avait pris l'habitude de me placer à table en « bouche-trou », comme on fait avec les jeunes parentes –, je ne tombais jamais sur la mamelle généreuse et le regard « bleu génisse » de la propriétaire des parfums Worsley sans un profond sentiment de déréliction : dire que Madame de Guéménée-Worsley avait l'esprit plus court que son nom, et une culture moins étendue que la liste des succursales de sa maison, relèverait de l'euphémisme; dîner en sa compagnie tenait, en effet, pour l'aridité et la détresse, d'une traversée du désert sans boussole... Pour comble, Anne, qui aimait les parfums et eût vu du meilleur œil un mariage entre Philippe et la jeune Cynthia – fille de la grosse vache –, les Chérailles et les Guéménée, les eaux de toilette et les robots ménagers, arrangeait toujours autour de Florence une corbeille de nullités propres à rehausser son éclat : un généalogiste gâteux, un décorateur à la mode, un vieux duc aveugle qui avait connu Madame Worsley jeune et ne la voyait plus qu'avec les yeux de l'amour, une astrologue de salon, une journaliste de « Point de Vue » – qui avait ramassé des ragots princiers dans le monde entier –, et un général en retraite. Dans cette société choisie, Florence réussissait à être, sinon brillante, du moins bavarde, tout en n'abordant d'autres sujets que sa famille, l'aménagement de ses maisons et la vie sentimentale de ses relations.

La première fois qu'on m'assit à sa table, elle ne m'adressa même pas la parole : Monsieur de Chérailles m'avait présentée comme Christine Brassard et ce nom ne lui disait rien; elle me considéra comme une variété de plante de genre indéterminé mais d'espèce indubitablement « vulgaris », et m'accorda moins d'attention qu'à un pot d'azalées. Pendant une heure, j'assistai, en silence, à un impressionnant défilé nominal de personnalités, qu'encadraient avec fermeté le généalogiste, l'échotière et le vieux duc; puis Florence se tourna vers le décorateur pour lui parler des travaux qu'elle avait entrepris dans le château de son enfance : « Vous voyez la petite cour des écuries? Mais si, sur la droite... Cette cour délicieuse, en forme de quinquagone... » Un mot si savant, dans sa bouche, la surprit elle-même; elle le roula contre son palais, le suça longuement, s'en délectant trop pour le ravaler aussitôt : « Quinquagone? Quinquagone... C'est bien ça, n'est-ce pas, puisque c'est un carré à cinq côtés? Un petit quinquagone. » Soit sottise, soit lâcheté, le décorateur consulté, confirma rêveusement : « Oui... Un quinquagone... » Je ne sais ce qui me prit; réflexe de professeur ou démangeaison de la langue, je m'entendis rectifier d'une voix timide : « Un pentagone, peut-être? »

Quand les bégonias parleront, Florence Worsley ne les considérera pas avec plus d'étonnement; elle ouvrit un œil rond, battit des ailes, se rengorgea comme un poulet fâché et finit par me concéder : « Un pentagone, vraiment? Oui, c'est possible après tout... Si vous y tenez », avant de reprendre le fil de son exposé.

Je n'eus plus d'autre occasion de me manifester et mis à profit le reste du dîner pour regretter mon intervention inopinée. Cependant, dès que nous eûmes quitté la table, Florence se précipita vers Anne de Chérailles et, comme je passais près d'elles, je compris, à la réponse qu'Anne lui faisait, qu'elles venaient de parler de moi :

« ... Elle est agrégée d'histoire », disait « la mère de mon frère ».

« Ah, je comprends maintenant! reprit Madame de Guéménée-Worsley, je me disais aussi... Tant de culture, tant de brio... Elle est étourdissante, cette petite! » Et, enrichie d'un pentagone, elle s'éloigna, reconnaissante et extasiée, dans un sillage de bergamote et de muguet : « Rêve », de Worsley...

– On a tort de prétendre que l'argent n'a pas d'odeur, murmura près de moi un homme brun que je ne connaissais pas.

– N'est-ce pas? Il sent bon...

L'homme secoua la tête :

– Oui... Mais c'est un parfum d'emprunt.

Narquois, il m'offrit un jus d'orange attrapé sur un plateau qui passait à sa portée : « On presse l'orange, la bergamote ou l'ouvrier, et on jette l'écorce... » C'était un langage que je pouvais comprendre – ma grand-mère avait assez longtemps travaillé dans les parfums et les poudriers! – mais il m'étonna, venant d'un hôte des Chérailles :

– Seriez-vous révolutionnaire, Monsieur, dites-moi?

– Socialiste seulement, dit l'inconnu en s'inclinant légèrement comme pour une présentation.

Je considérai les dorures de la « Belle Inutile », les valets gantés, les bijoux des femmes, le smoking des hommes :

– Il me semble que vous avez de drôles de fréquentations pour un socialiste!

– C'est que je ne fais pas passer « la barrière des classes » à travers mon cœur ...

– Ah, parce que...

Il sourit; et ce sourire tendre, éclairant brusquement un visage sombre, m'éblouit comme ces rayons de soleil inattendus qui peinaient à se frayer un chemin à travers les ombrages épais de la forêt et vous éclaboussaient soudain, entre deux couverts, d'un flot de lumière d'autant plus violent qu'il avait été plus retenu. Tout en souriant, l'inconnu caressait du bout des doigts un coffret d'ivoire sculpté, posé sur un guéridon, comme s'il voulait l'apprivoiser, le rassurer, l'endormir avant de le violer.

– Me direz-vous quelle est l'heureuse élue?

Il hocha la tête et, sans cesser de sourire, mais avec une affectueuse familiarité, posa son index sur mes lèvres pour me faire taire. J'entrouvris la bouche pour protester, ma lèvre glissa contre son doigt; quand elle toucha son ongle, je songeai qu'il me suffirait de pencher la tête sur le côté pour que, sans que nous l'eussions cherché, j'en vinsse à embrasser cette main qui me bâillonnait. La lèvre supérieure pressée contre la pointe de l'ongle qui me blessait, je m'efforçai de ne pas plier le cou, de ne plus remuer, incertaine, pour la première fois, de vouloir oser; enfin, fuyant la caresse trop douce de ce doigt sur ma bouche, je tournai les talons et me réfugiai auprès de mon frère au fond du salon.

Ainsi fis-je, entre deux portes, entre deux verres, entre deux flirts, la connaissance de Renaud Kahn-Serval.

Maire de Châtillon-le-Duc depuis 1959, Kahn-Serval avait été élu député PSU de Besançon en 1962; puis, abandonnant ce qui était à ce moment-là mon nouveau parti, il avait adhéré à la Convention des Institutions Républicaines et avait été réélu, l'année où je le rencontrai, sous l'étiquette de la FGDS. Comme il n'avait que trente-trois ans et un passé édifiant d'écolier pauvre, de polytechnicien brillant et d'ingénieur émerite, il était vite devenu, pour les magazines, l'exact pendant en brun, boursier, juif, orphelin et progressiste, et de ce qu'était pour la droite l'aristocratique et blond Fervacques, père évanescent de ma pauvre Laurence. Il y avait l'« Archange des Chambres » et le « Hussard de l'Opposition », le « dauphin de Pompidou » et le « poulain de Mendès ». A peine élu d'ailleurs, Kahn-Serval avait, dans son « maiden speech » à la tribune de l'Assemblée, choisi de défier le Général lui-même, en critiquant « l'exercice solitaire du pouvoir, les caprices séniles d'un roi décrépit », et, si je me souviens bien, il osait conclure sa diatribe par le propre mot de De Gaulle sur Pétain : « la vieillesse est un naufrage »...

Dans ce Parlement plutôt terne de la fin des années soixante, je devais toujours prendre – sitôt que je connus Renaud – un vif plaisir à l'entendre depuis les bancs du public; à la fois concis et violent, ironique et passionné, il y avait chez lui l'étoffe d'un Saint-Just, même si, réduit, faute de guerre ou de révolution, aux polémiques convenues des débats de censure et aux maigres astuces du règlement de la Chambre, il ne parvenait pas à donner sa mesure : sa parole enchantait, mais sans convaincre tout à fait, ni vraiment rassasier; c'était Jésus installant son petit éventaire parmi les marchands du Temple...

« Râble de taureau et " choses " d'hirondelles! » me dit,

huit ans plus tard, très méprisant, un vieux député de l'UDR à qui j'avouais à la fois mon ancienne amitié pour Kahn-Serval et ma déception devant l'exercice oratoire auquel il venait de se livrer, une fois de plus avec brio mais sans aller jusqu'au terme, quasi nihiliste, de sa logique. « Votre ami Serval, je vais vous dire ce que c'est, moi : un mirobolant! » Le « vieux routier » manquait d'aménité; mais il n'avait pas tort de s'étonner que le « Hussard » gardât, à l'instant de sauter le pas, des scrupules d'enfant sage, des pudeurs de vierge effarouchée : quand il entonnait le Chant du Départ, on l'aurait suivi au bout du monde, et voilà qu'il s'arrêtait à la première barrière...

Par chance, le jeune député joignait à cette éloquence, un peu trop timide pour lui assurer, à elle seule, une réputation, une réelle photogénie. Non qu'il fût beau, mais son immense regard tourné vers l'intérieur, ses joues creusées, son teint brûlé et ses boucles noires lui donnaient un air ténébreux, tourmenté et vaguement tuberculeux, qui plaisait. Aussi dans « les années Pompidou » ne pouvait-on ouvrir « Paris-Match », « l'Express » ou « le Nouveau Candide », sans tomber sur son portrait; cependant, alors que son homologue de droite, Charles de Fervacques, n'apparaissait jamais, sur le papier glacé des magazines, que dans ses activités extra-ministérielles – au volant d'une voiture de course, sur un court de tennis ou devant un piano – Kahn-Serval, qui tenait à son image de premier de la classe, n'acceptait de poser que dans le décor austère de sa petite mairie de campagne, au chevet des vieillards de l'hospice de Besançon, dans la bibliothèque du Palais-Bourbon, ou sur les marches de sa Préfecture, cartable à la main...

Cette prudence iconographique, ces précautions verbales, cette sagesse un peu empruntée – qu'il m'arriva de déplorer et sur lesquelles je l'ai souvent plaisanté – n'ont pu cependant empêcher Renaud de me laisser le souvenir d'un être incandescent, qui traversa le ciel politique comme un météore et s'abîma.

De cette comète si vite passée, flambée, perdue, qu'ai-je eu le temps de connaître, qu'ai-je retenu, à part sa mort et quelques traits abstraits (son amertume intransigeante, sa loyauté désespérée) ou insignifiants – comme cette manière particulière d'approcher les objets que j'avais notée dès le premier soir, de les cajoler, de les tenir entre ses mains sans les serrer, comme des oiseaux prêts à s'envoler?

Fervacques avec un sabre, un javelot, un poignard, Renaud avec une colombe, un vanneau, une mésange : en les connaissant mieux tous deux, je devais m'apercevoir que, contrairement aux sobriquets dont on les avait affublés, c'était Renaud l'oiseleur, l'archange, et Fervacques le hussard...

Sous des dehors mordants, « RKS » – c'est ainsi que les journalistes avaient pris l'habitude d'abréger son nom – cachait mal, en effet, la douceur et la tristesse qui faisaient le fond de son caractère. Je ne sais d'où lui venait cette allure fragile et rembrunie « d'inconsolé » : de son enfance, pourchassée de rafles en vérifications d'identité, de zone occupée en zone libre, puis de zone allemande en zone italienne? Trains de nuit, faux papiers, faux amis, orphelinat, conversion forcée, mensonges, placements, foyers, tel avait été le lot de Renaud Kahn, en effet, jusqu'à son adoption, en 1950, par Jacques Serval, un vieux bourrelier de Châtillon, dernier ami de ses parents déportés et, selon toute apparence, unique famille qui lui restât. Mais étaient-ce ces chagrins anciens qui le tourmentaient ou la prémonition de ce qui l'attendait? Peut-être avait-il déjà le pressentiment de ce que, par-delà les roses et les couronnes des commencements, la vie politique aussi lui réservait en fait de faux amis, trahisons, défaites et tromperies?... En tout cas, mon bel oiseleur était aussi peu fait pour cet univers de condottieres que je devais m'y trouver un jour merveilleusement adaptée; aucun mot ne l'eût alors mieux défini, en effet, que celui de « mélancolie », qui n'est ni un terme constitutionnel ni une expression de politologie...

Christine prétendait que, lorsqu'elle était professeur de français, elle aimait laisser ses élèves choisir des mots dans le dictionnaire pour leur sonorité. Parfois, ils cédaient à la facilité : un jour, l'une de ses « sixième » opta, paraît-il, en rougissant pour le mot « concupiscent » dont l'assemblage de syllabes lui paraissait délicieusement grossier...

Il me semble, pourtant, que d'ordinaire les enfants sont moins superficiels dans leur choix; c'est au plus profond d'eux-mêmes qu'ils vont chercher leurs affinités linguistiques, et leur goût, là-dessus, tient trop à l'irrationnel pour changer. En retrouvant l'ébauche de journal que j'ai tenu jusqu'à treize ans, je m'aperçois par exemple que je nourrissais une passion particulière pour les mots d' « orgueil », de « soleil » et de « gloire », que je trouvais beaux comme des donjons espagnols. Certes, pour « gloire », j'en ai bien rabattu : le « l », mal placé, donne à l'ensemble une inflexion molle et charge la barque comme une voile mouillée que le vent ne pourra pas gonfler; quant à la diphtongue, on la dirait chantée par un troupeau de jars défilant au pas cadencé, ou aboyée par une meute de chiens lancés sur la piste du gibier... Mais j'ai longtemps gardé la nostalgie de « soleil », d' « orgueil » surtout, dont la consonne gutturale évoque le rocher, la falaise, les sommets; je crois encore quelquefois que, sur ce pic-là, on pourrait construire quelque chose, quand ce ne serait qu'une solitude.

J'imaginais Christine plus sensible, en revanche, à des sonorités brèves, cinglantes – des « mer », « vent », « sort », « feu », « mort » – ou à des mots très longs et composés : « passe-velours », « chasse-pierres », « pic-épeiche », « pied-de-roi » ou « cligne-musette », dont chaque partie semble si peu faite pour épouser l'autre qu'on ne sait plus à la fin à qui l'on a affaire – plante, outil, oiseau, code pour service secret, ou charade introuvable d'un poète fou à lier? Le genre de mots avec lesquels on n'est pas fâché de se déjouer un peu soi-même avant d'égarer les autres...

A ces sortes d'accords, malheureusement, Renaud ne s'intéressait pas; ou pas assez, du moins, pour vouloir les déchiffrer. En dehors des discours publics et de ses interventions à l'Assemblée, je le soupçonne de n'avoir aimé que les harmonies de consonnes liquides, mots ailés tournant sur eux-mêmes avec un bruit de jupes froissées – « saule », « nacelle », « luciole », « folies »... Son âme glissait vers des allitérations fluides, « valse mélancolique et langoureux vertige », tourbillons de tendresse et d'illusions, quand le cœur de Christine Valbray ne battait plus qu'au rythme d'alexandrins durs et syncopés –« perdus sans mâts, sans mâts ni fertiles îlots »... Malgré leurs efforts, leurs musiques intérieures ne s'accordèrent pas. Et il en fut du goût de Christine pour Kahn-Serval comme de cette « Montagne Magique » dont il faisait grand cas, et qu'elle tenta un jour de lire pour lui plaire : elle dut s'arrêter à mi-pente.

Ce tendre politicien – qui devait devenir mon plus cher, sinon mon plus proche, ami –, c'était Moreau-Bailly qui l'avait amené à Senlis dans un temps où Anne, instruite par le souvenir des malheurs advenus au salon de sa mère, se souciait de diversifier la palette des opinions représentées à ses « Rendez-vous ».

François Moreau-Bailly, qui portait de longs gilets informes avec des pièces de cuir aux coudes pour éviter de « faire bourgeois » et passait encore pour un homme de gauche auprès des professeurs qui lisaient son journal, n'éprouvait guère de difficultés à débaucher, pour un week-end, des penseurs de « Témoignage chrétien » et de « Jeune Afrique », ou à recruter, le temps d'un dîner, quelques jeunes loups du futur CERES ou de la naissante CFDT, avides de placer une « Libre opinion » dans « la Presse ». Certes, le nom de Chérailles faisait parfois tiquer les politiques expérimentés, mais la caution morale de Moreau-Bailly les rassurait; du reste, plutôt qu'à des politiciens chevronnés on faisait appel à de jeunes espoirs, assez naïfs pour croire qu'Otto Abetz était un pianiste célèbre et Jacques Doriot un personnage des « Hommes de bonne volonté »...

« François est un merveilleux rabatteur », disait Anne qui, bien qu'elle ne donnât pas aussi systématiquement que ses amis Balmondière dans le massacre du « poil » et de la « plume », avait gardé de son ascendance aristocratique des manières de chasseresse.

Sous le compliment, le rabatteur tendait l'échine et, comme un chien qu'on flatte, levait vers sa maîtresse un regard humide de fidélité : Monsieur Moreau-Bailly faisait profession d'adorer Madame de Chérailles, et, pour ne rien laisser ignorer de l'ampleur de ses sentiments, il assurait tout un chacun, dès qu'elle avait un rhume ou une angine, qu'il ne lui survivrait pas s'il la perdait... « Je lui dois tout », répétait-il et, comme tout le monde savait qu'il ne lui devait pas sa carrière, on s'interrogeait sur la nature du service rendu.

Olga, peut-être, était dans la confidence; en tout cas, il existait entre elle et Moreau-Bailly une complicité affectueuse, et lorsqu'elle entonnait, à son tour, le couplet des « amants immortels » (« Chérrrie, je n'ai jamais vu deux êtrrres faits l'un pour l'autrrre comme ces deux-là. Le pot et son couvercle!... Ah! ces regarrrds, ça ne trrrompe pas! »), elle y mettait un tel air de connivence et de satisfaction qu'on eût dit d'une marieuse prêchant pour sa boutique. Publicité aidant, à Senlis et à Paris, on regardait le couple d'Anne de Chérailles et de François Moreau-Bailly comme une conjugaison exemplaire, dans le genre de celle que les duettistes Aragon-Elsa proposaient en modèle à toute la France intellectuelle.

Seul, Raoul de Chérailles émettait des réserves sur la profondeur, ou la nature, de cette passion partagée. D'abord, il croyait sa fille aussi froide qu'il l'estimait sotte : « Anne? Il vaut mieux s'adresser au Bon Dieu qu'à ses seins! », aimait-il lancer aux « béchamel » qui faisaient par politesse une cour discrète à l'hôtesse. Ensuite, il ne se privait pas de prononcer sur son faux gendre des jugements téméraires, soulignant notamment l'attachement immodéré que le directeur de « la Presse » nourrissait pour un jeune éditorialiste auquel, depuis deux ans, il ouvrait largement les colonnes et la caisse de son journal : les propos outranciers de l'apprenti-gazetier valaient en effet à « la Presse », quotidien d'ordinaire aussi distingué que prudent, une kyrielle de procès et d'amendes que Moreau-Bailly supportait sans sourciller.

« Si " la Presse " n'avait été condamnée en justice, il est probable que Moreau-Bailly se serait débarrassé de son Escudier », disais-je à Monsieur de Chérailles pour l'apaiser. « S'il le garde, c'est pour ne pas avoir l'air de se déjuger : les grands journaux sont comme les grands princes, ils aiment mieux perdre leur empire que perdre la face. »

Chérailles haussait les épaules : « Vous êtes aussi myope au moral qu'au physique ! »

Je ne l'étais pas : tout en cherchant à le rassurer, je ne croyais pas plus que lui qu'il existât entre Anne et son amant proclamé un amour passionné; mais je ne pouvais m'empêcher de constater qu'il y avait tout de même quelque chose – que je prenais alors pour une simple complicité, une entente intellectuelle comme celle que je tentais désespérément d'établir avec mon père. Même au milieu d'une foule d'invités, en effet, Madame de Chérailles et son François ne pouvaient rester plus de cinq minutes sans se parler; aussi, lorsqu'ils devaient présider, chacun à un bout, une longue tablée de beaux esprits, avaient-ils soin de placer un petit bloc-notes à côté de leur couvert et trouvaient-ils, au milieu des discussions les plus animées, le moyen de s'adresser de petits messages que les extras, transformés en courriers, tentaient d'acheminer discrètement sous les saucières d'argent et les compotiers. Insolemment tracés au nez et à la barbe des interlocuteurs les plus proches, ces « petits papiers » me semblaient parfois à la limite de l'impolitesse, et je brûlais de découvrir ce qu'ils cachaient; mais le premier moment d'agacement passé, je devais bien m'avouer que deux êtres qui ne peuvent attendre le café pour échanger leurs impressions sur le dîner ont, au moins, quelque chose à se dire – ce qui, après dix ans de vie commune, n'est pas si fréquent qu'on croirait...

J'avais remarqué aussi qu'ils adoraient se provoquer mutuellement et s'envoyer en public de ces piques émoussées qui amusent sans blesser, ou – mieux – mettent en valeur l'agressé : « Ne me dites pas que vous allez introduire dans votre chambre cet horrible bureau à cylindre? », s'exclamait François, « oui, oui, je sais qu'il est Louis XV... Mais, justement, j'en ai assez, moi, du "dix-huitième"! Je n'entends plus parler, partout où je vais, que des dames que vous avez réhabilitées, les Du Deffand, les Lespinasse! Leur siècle, on m'en rebat les oreilles, vous savez... Alors, s'il faut maintenant, en plus, qu'il m'entre par les yeux! Je finirai par vous interdire d'écrire des best-sellers, ma chère! » (La vie de Madame Du Deffand, écrite en collaboration par Anne et Olga, n'avait tiré qu'à six mille exemplaires, mais ni les auditeurs de Moreau-Bailly ni les lecteurs de « la Presse » n'auraient pu s'en douter.) « Mon petit François, raillait Anne de son côté, j'aurais bien aimé vous voir disputer une partie de tennis cet été, avec l'un ou l'autre de nos invités. Je sais qu'on n'imagine pas Beuve-Méry sur un court et que vous n'êtes pas moins chargé de responsabilités que lui, mais il a quinze ans de plus que vous! On vous a trop tôt accablé de devoirs et d'honneurs, mon ami, mais secouez-vous ou vous vous encroûterez! »

De même, tandis que Madame de Chérailles plaisantait à tout bout de champ le directeur de « la Presse » sur les jeunes femmes qui, soi-disant, lui tournaient autour, Moreau-Bailly affectait-il de regarder comme de vieux amants d'Anne, dont il lui fallait prendre ombrage, quelques débris des premiers « Rendez-vous » – un peintre gâteux, l'historien capétien, le duc aveugle, et deux ou trois notables régionaux... Et si, dans ces taquineries, ils mettaient tous deux trop d'ostentation pour qu'il n'y entrât pas une large part de comédie, il n'en restait pas moins que cette manière de quêter sans cesse l'attention de l'autre, cette façon de renvoyer la balle – et l'ascenseur –, excluaient, à coup sûr, l'indifférence.

Du reste, sous toutes leurs disputes – même les vraies, car ils en avaient –, transparaissaient un respect mutuel, une indulgence réciproque, qui attendrissaient. Par exemple, il était indiscutable que « la Gazette des Arts », terne, austère, mal titrée et mal ficelée, énervait prodigieusement Moreau-Bailly, qui, en professionnel du journalisme, tentait vainement d'amener Anne à le moderniser :

– Croyez-moi, votre formule est dépassée. Malgré tous vos efforts, vous finirez, ma chère, par ne plus avoir une seule ligne de publicité! Pour attirer les annonceurs, il faut vous tourner vers une clientèle plus populaire. Commencez par sortir de ce gris : osez la quadrichromie, l'offset, le format tabloïd! Et pourquoi pas quelques pages sur les programmes de télévision? Regardez le temps que les Américains passent devant leur poste... Je suis personnellement convaincu que, même chez nous, les revues consacrées au petit écran ont de l'avenir... Bon, je ne vous dis pas de faire de votre « Gazette des Arts » un « Télé pour Tous », quoique... Mais quatre ou cinq pages illustrées sur le sujet, Anne... Songez-y.

– Mon bon ami, tranchait Madame de Chérailles, hautaine et souriante, vous vous laissez trop influencer par Servan-Schreiber et son « Défi américain »! Je ne sais pas si la télévision prendra ici autant d'importance que vous le dites... Et, compte tenu du niveau des programmes de notre RTF, je préfère en douter! Mais, quoi qu'il en soit, je ne me vois pas apporter le crédit de mon journal à votre machine à décerveler! Non, non, et non! N'insistez pas : je refuse de m'intéresser à cet objet! Quant à la couleur, je la trouve, pour un magazine sérieux, parfaitement déplacée! Pourquoi pas une bande dessinée comme dans « France-Soir », tant que vous y êtes!

La mère de mon frère se faisait volontiers la championne d'une culture élitiste, résolument « difficile »; elle préférait voir sa « Gazette » sombrer plutôt que de devoir son succès au suffrage populaire qui avait, en d'autres temps, plébiscité les robots ménagers de la LM : « Affaire d'éducation, disait-elle, on ne confond pas chez nous l'art avec les casseroles! »

Elle me faisait irrésistiblement penser à cet industriel de l'alimentaire – vieille famille bourgeoise du Nord – qu'on voyait parfois à Senlis et qui, depuis quelques années, connaissait de graves mécomptes avec sa branche confiserie (spécialité de bonbons acidulés), en raison de la concurrence que lui faisait sur tous les marchés le chewing-gum américain : « Si le bonbon au citron ne se vend plus auprès des jeunes, pourquoi ne fabriquez-vous pas du chewing-gum, vous aussi? », lui avais-je naïvement demandé; il m'avait lancé un regard sévère : « Dites-moi franchement, Mademoiselle, supporteriez-vous de voir un jour vos enfants mâcher de la gomme? Moi pas! C'est d'une vulgarité! J'aimerais encore mieux fermer mon usine que d'attacher le nom de notre famille à ce genre de produits! »

« Faites donc ce qu'il vous plaira!, maugréait Moreau-Bailly, contraint de remballer, pour la énième fois, sa quadrichromie et ses " pages-télé ", je ne voudrais surtout pas vous empêcher de vous ruiner! Puisque cela vous amuse... »

Il parlait d'autant plus légèrement de faillite que jamais la perspective n'en avait été plus éloignée : la LM connaissait, depuis quelques années, sa période la plus faste; partout dans les campagnes où les épiceries fermaient, s'ouvraient des magasins d'électroménager; l'entreprise des Chérailles absorbait, ici et là, de petites affaires familiales, diversifiait sa production en passant du « blanc » au « brun », lançait de grandes opérations de publicité. Rien alors ne laissait à penser que la conjoncture pourrait se retourner, que le marché se trouverait, en peu d'années, saturé; même les erreurs de gestion – et déjà la LM en commettait – ne semblaient plus devoir être sanctionnées; Anne, grisée, venait encore d'accroître sa renommée en proposant au CNPF d'infléchir les orientations du Ve Plan et d'opter franchement pour une « croissance à la japonaise » de 8 à 10 % par an... Aussi la LM avait-elle largement, pour l'heure, les moyens d'entretenir « la danseuse » de Madame de Chérailles – cette « Gazette » à laquelle l'entreprise de presse-purée passait les pages de publicité que le journal ne pouvait plus espérer trouver auprès d'aucun autre annonceur, faute de lecteurs; et quoi qu'il dît en privé, François secondait cet effort en continuant de faire, dans les pages « culture » de « la Presse », le plus large écho aux opinions, confidentielles, du mensuel d'Anne. Jamais, en effet, leurs divergences de vue ne diminuaient leur amitié, et comme cette amitié se doublait d'une solide communauté d'intérêts – François fournissant au salon d'Anne l'alibi politique qu'il lui fallait, et Anne un alibi sexuel à la carrière bourgeoise de François –, on ne voyait pas comment une Olga ou un Escudier auraient pu sérieusement la menacer.

Quels qu'aient été, d'ailleurs, les penchants secrets de Moreau-Bailly et le rôle d'Escudier dans sa vie, on ne pouvait soupçonner Kahn-Serval d'être resté dans le cercle des habitués de l'Hôtel de Chérailles par sympathie pour ses goûts ou ses amis : c'était exclusivement aux liens politiques que le directeur de « la Presse » continuait d'entretenir avec Pierre Mendès France que Renaud devait d'avoir été mis en rapport avec le petit groupe des « Rendez-vous », mais – soit que François, comme penseur, lui eût fait de maladroites ouvertures, soit que, comme homme, il eût été imprudent dans ses avances – RKS ne professait plus qu'une estime modérée pour son mentor, et il dissimulait parfois si peu son mépris pour le gros de la société qu'il trouvait à Senlis que je crus d'emblée plus que problable l'existence de cette maîtresse cachée dont il m'avait fait la confidence avec autant de grâce que de mystère. Cependant, je ne parvenais pas à mettre un visage sur son caprice.

Son sentiment, du reste, ne me paraissait pas complètement couronné de succès; un observateur superficiel eût même pu croire que c'était moi qu'il aimait : j'étais la seule de l'assemblée dont il parût apprécier la compagnie.

Renaud dormait peu; moi aussi. A Compiègne, je prenais des somnifères mais, à Senlis, j'aimais mieux boire mes nuits, jusqu'à la lie : pour ne rien perdre de ces moments d'oisiveté légère, de richesse nonchalante, que je devais à l'hospitalité des Chérailles, je dégustais mes migraines étendue sur des méridiennes Louis XVI à la lueur d'un feu de cheminée ou d'un candélabre oublié, et je promenais mes insomnies sous les étoiles du jardin endormi. Ces nuits blanches prolongeaient délicieusement des jours roses; et quand Renaud prit à son tour l'habitude de quitter sa chambre pour me rejoindre sur le velours d'une ottomane ou l'herbe d'une pelouse, je n'eus plus aucun désir d'amputer de leur part nocturne ces journées que je trouvais trop courtes.

Je savais que le noctambule qui nous eût découverts chuchotant dans la serre au milieu de la nuit, couchés côte à côte sur le tapis du salon, ou confectionnant, à trois heures du matin, un punch dans la cuisine à la seule lumière de la lune, se fût inévitablement mépris sur la nature de nos relations; mais il me plaisait qu'on pût s'y tromper : je souhaitais même qu'on nous surprît – ce qui ne se produisit jamais...

Au reste, il ne se produisit rien de ce que je m'obstinais à espérer : Renaud n'eut pas avec moi de gestes plus osés que d'allumer sa cigarette à la mienne ou de poser sa veste sur mes épaules lorsqu'il faisait frais.

Assis l'un près de l'autre dans l'obscurité, nous parlions, n'échangeant que ces informations si générales ou si particulières – petits secrets ébauchés sans second plan ni perspective – qu'elles ne permettent pas de saisir la personnalité dans son entier : je savais qu'il revoyait, dans ses rêves, des camions allemands et la place, bordée de tilleuls, d'une ville où l'on séparait les mères juives de leurs enfants; il compatissait au récit de ces cauchemars où une main invisible me précipitait dans une fosse à serpents; j'avais appris que mon père adoptif lui préparait des « laits de poule » pour lui donner des forces les matins d'examens, il avait découvert que j'avais peine à m'endormir sans les briques chaudes envoloppées de journaux que mon grand-père glissait dans mon lit; je n'ignorais rien de sa passion pour l'astronomie, il connaissait tout d'Alexis Le Veneur; et quand il s'était laissé aller à me parler d'une ancienne petite amie rochelaise, j'avais avoué un amant compiégnois. Mis bout à bout, cela ne faisait pas une confession; et j'avais l'impression que nous nous en disions davantage lorsque nous nous taisions.

Moitié jeu, moitié jalousie, j'essayais encore de lui faire avouer le nom de sa bien-aimée; mais, en riant, il répondait toujours à mes questions par la chanson de Fortunio :

« Si vous croyez que je vais dire
Qui j'ose aimer... »

Au fil des semaines, si nous nous enhardîmes un peu, ce ne fut jamais au point de faire des « bêtises » ensemble; tout au plus, quelques sottises de collégiens : « le mur », par exemple. La serre et la roseraie bornaient trop étroitement nos rêveries; il nous fallut la blancheur des rues, l'ombre des réverbères, des alignements de volets clos, des clairs de lune inhabités, l'haleine de vase des fontaines, l'humidité du tombeau et l'impression que, dans cette ville morte, nous étions les derniers vivants. Comme la porte de la cour était fermée à clef et que Renaud, député de la Fédération de la Gauche Démocrate et Socialiste, répugnait à réveiller le concierge au milieu de la nuit, nous apprîmes à escalader un petit arbre dont les branches passaient au-dessus du portail de l'entrée, et à redescendre en nous accrochant à la treille qui donne son nom à la ruelle.

Dans ces promenades nous ne rencontrions jamais personne. Aussi pris-je, à la belle saison, l'habitude de sortir comme j'étais : en chemise de nuit, ou en déshabillé. Renaud continua, pour sa part, de porter ses insomnies en boutons de manchette et smoking, mais il ferma les yeux sur mes extravagances, aussi bien que sur les charmes que révélaient en transparence la dentelle de nylon et la mousseline gaufrée... J'aimais le couple ambigu que nous formions ainsi chaque nuit, lui vêtu de sombre, en cravate et gilet, moi pâle, dénudée, les cheveux dénoués. Deux personnages de Manet errant, loin des bords de la Marne, sous la lumière blafarde de ruelles vides. Deux silhouettes de Delvaux, emportées dans le tourbillon glacé de « la Ville Inquiète » écrasées sous les racines et les lierres de « l'Eveil de la Forêt » et, condamnées, dès l'origine, à l'incommunicabilité puisque l'homme et la femme – déesse en péplum qu'escorte un monsieur coiffé d'un haut-de-forme, ouvrier en « bleu » que croise une fillette alourdie de crinolines – ne parcourent pas la même plage du temps...

Comme eux, Renaud et moi cheminions dans des siècles différents; mais de nous deux, malgré ma beauté Renaissance et mes airs de « fille d'archevêque » le plus passéiste était le jeune député.

Etait-ce son allure 1880? Sa sagesse surannée? La manière grave et désuète dont il me parlait de l'amour? Il m'expliquait qu'en hébreu l'homme se dit « ish », la femme « isha », et que l'assemblage des caractères de ces deux noms forme le mot « Dieu »; mais que si, à l'inverse, on soustrayait de cet ensemble les signes qui composent le nom du Seigneur, il ne resterait que ceux qui désignent le feu de l'Enfer.

– Vous voyez, concluait-il, pourquoi l'on a raison d'assurer qu'il ne faut pas séparer ce que Dieu a uni...

– Vous croyez à ces balivernes?

Il souriait aux anges :

– Pourquoi pas? Il y a beaucoup de vérités dans les textes sacrés... Et puis, j'aime l'écriture hébraïque. Je l'ai apprise très tard, en sortant de Polytechnique. Du reste, j'ai tout appris très tard, sur ma famille, sur moi...

– Dommage : vous auriez fait un excellent rabbin.

– Peut-être... Rabbin, député, n'est-ce pas, au fond, le même métier?

– Pitié! Ne me faites pas le coup du sacerdoce!

Il riait, ironisait sur mon « cynisme de petite fille », se targuant de ses dix années de plus pour revendiquer l'espérance comme une conquête de l'expérience.

Une nuit que nous étions assis sur la place du parvis, face au portail de la cathédrale, et qu'à la lueur d'un lampadaire, nous méditions, lui en habit, moi en chemise, sur « l'Enterrement de la Vierge », il m'assura que rien ne mourait tout à fait, ni les êtres ni les sociétés, et me conta la parabole du berger afghan. Quoiqu'il me donnât l'histoire pour vraie, elle prenait, comme tout dans sa bouche, des airs de conte évangélique.

Cinq ans plus tôt, il était allé en Afghanistan avec un groupe d'ingénieurs des Ponts pour dresser les plans d'un barrage; s'enfonçant dans les montagnes, il s'y était égaré; quand, après plusieurs heures de marche sur un plateau désolé, il avait aperçu un troupeau et son berger, il s'était cru sauvé. Mais l'Afghan, mi-pâtre, mi-guerrier, vers lequel il s'avançait, le regardait avec une franche hostilité : d'un geste instinctif, la brute avait même porté la main au coutelas passé dans sa ceinture.

Pour le rassurer, Renaud avait tenté de s'expliquer dans toutes les langues qu'il connaissait : « Français... Ingénieur français... perdu. » En vain : le berger ne comprenait aucune des langues que Renaud parlait et ne savait apparemment rien de l'Europe ni de l'Amérique; il gardait la main crispée sur la garde de son couteau, considérant cet homme volubile à la peau claire, aux habits propres et aux dents neuves, comme un être tombé d'une autre planète.

« Il avait l'air si méchant que je finis par croire qu'il en voulait à ma montre en or », m'avoua Renaud. Pourtant, il continuait de saupoudrer ses phrases de noms célèbres dont il espérait qu'ils aideraient le berger à le situer et à comprendre ce qu'il voulait : « Kennedy, tour Eiffel, Casino de Paris, Jésus-Christ... » A mesure que Renaud parlait, l'homme semblait s'apaiser : immobile, le sourcil froncé, on aurait dit qu'il cherchait gravement, posément, dans sa mémoire, le moyen d'identifier l'étranger et de lui montrer qu'il n'avait pas de mauvaises intentions.

Tout à coup, son visage s'illumina, son corps se détendit, il lâcha le poignard et sourit; comme d'autres, au bout du monde, disent machinalement pour nous faire plaisir : « Pariss? Rou de la Paix, Folies Berrgère », dans un grand sourire il dit : « Platoun! »

« Platoun », répéta le jeune berger en montrant d'un

geste large les crêtes au-delà desquelles le soleil se couchait. Il ne savait pas s'il prononçait le nom d'une fleur, d'une fille ou d'un dieu : tout ce que sa race connaissait des hommes clairs qui viennent de l'Ouest avec des langues agiles et des vêtements légers tenait dans ces deux syllabes, autrefois enseignées par un vieux à d'autres vieux qui les lui avaient apprises. « Platoun », insistait-il. « Platon? murmura Renaud, interloqué.

Alors, comme s'il n'attendait pas d'autre signe de reconnaissance, le berger se jeta sur lui et le serra dans ses bras. Puis, abandonnant son troupeau, il conduisit le jeune ingénieur, replacé dans la mémoire de sa lignée, jusqu'à un lointain village, une route, un pylône – les faubourgs de la civilisation. Lorsque, après force « Platouns », ils se séparèrent dans la nuit, Renaud lui laissa sa montre en cadeau : « Pour qu'il garde de Platon la haute idée qu'il s'en faisait... »

D'une étoile éteinte depuis des siècles, le berger afghan était le seul à voir encore la lumière. Comme, dans ma prison, je suis la dernière à recevoir du souvenir de Kahn-Serval cette fausse lueur d'espoir, cette illusion qu'il n'y a pas dans la mémoire des hommes de solution de continuité et que nous ne mourons jamais tout à fait.

Mais que quelques chauffeurs de taxi athéniens connaissent encore le nom de Platon – comme celui d'une rue ou d'un collège –, que des mages indiens invoquent celui d'Iskander au détour d'un proverbe ou d'une incantation – sans y attacher plus de signification qu'à un « pic et pic et colégram » plus exotique ou mystérieux – ne nous rendra jamais l'intelligence du premier, ni la beauté blonde du second et son amour pour Ephestion...

Qu'avons-nous à faire, en vérité, d'un Platon ramené aux deux syllabes qui forment son nom, du Siècle d'Auguste rétréci aux dimensions d'un « Pater noster », ou de Kahn-Serval réduit au souvenir inexact, imprécis, que deux ou trois journalistes parlementaires en garderont?

Toute cette pacotille, à laquelle Renaud faisait mine de croire pour se consoler, je l'échangerais contre une heure, une heure seulement, de la présence réelle de ceux que j'ai aimés, le rire de Frédéric Lacroix dans les coquelicots du remblai, et la main douce d'un inconnu posée sur mes lèvres dans la galerie de la « Belle Inutile ». Toute l'histoire du monde, je la donnerais pour que mes amoureux n'aient pas déjà collaboré, par vermine interposée, à la croissance harmonieuse de la ronce et du liseron, que rien n'appartienne au passé, que les civilisations d'Europe aient devant elles leurs siècles de balbutiements, que Platon tarde à venir, qu'Homère se fasse espérer, que la rose, juste éclose, fleurisse toujours au rosier et que les neiges d'antan en soient encore à tomber...

C'est précisément parce que l'Histoire nous garde tous les pétales des roses fanées, les flocons des neiges tombées, que, malgré les dégoûts de Christine et de Philippe Valbray, j'ai longtemps continué à l'aimer. Il m'était, à la réflexion, assez indifférent qu'elle eût cessé d'être un vecteur, une ligne orientée, qu'elle ne fût plus ni support ni mouvement, pourvu qu'elle restât le reliquaire, la réserve, le musée, dont j'attendais qu'il rendît moins bref, moins vain, notre passage parmi les hommes.

Accumulant dans ma mémoire les vestiges du passé, la trace de tous les morts, la preuve de nos origines et de notre identité, j'avais choisi d'abandonner l'administration, la carrière qu'on construit, la vie qu'on bâtit, pour rechercher, sur les siècles effacés, la vérité des faits et ces menus événements, retrouvés à grand-peine sous l'erreur et l'indifférence comme les dalles romaines de la forêt de Compiègne sous des couches de feuilles décomposées, j'étais résolue à les enfermer dans des livres, des coffres, et l'esprit de mes enfants, pour les conserver à travers les siècles jusqu'à ce qu'ils atteignent ce port, de l'autre côté du temps, où j'espérais qu'ils finiraient par aborder...

A l'époque où Christine me décrivait du fond de sa prison les instants heureux qu'elle avait connus à Senlis avec

Renaud, au moment encore où je tentais de rassembler sur sa vie les premiers éléments d'une biographie, j'étais persuadée, en effet, qu'il y avait sous la pourriture des années quelque chose à dégager; je croyais, parce qu'on se plaisait à nous le répéter, que les faits étaient « têtus », aussi fermes et obstinés, à leur manière, que les pierres enfouies qu'il suffit d'exhumer... Il allait me falloir longtemps – le temps de cette enquête sur un passé récent, examiné à la manière d'un passé plus éloigné, le temps d'un voyage de Rome à la lagune sur les pas de Christine Valbray – pour m'apercevoir que les faits ne sont pas têtus, mais malléables, ductiles et menteurs comme le reste, et me convaincre qu'il n'y avait plus rien de solide à déterrer, rien à garder, rien à transmettre, que l'Histoire est une fable, et que les hommes modernes, s'ils n'ont pas de meilleure espérance à se proposer, devront entrer dans leur futur sans bagages et les yeux ouverts, comme les morts dans leur néant...

La nuit, quand Renaud me parlait à mi-voix de son amour mystérieux, j'accompagnais ses « Chimères »; le jour, lorsque nous nous aventurions jusqu'à ces villages bleus construits dans les clairières de la forêt, je cherchais machinalement la chaumière de « Sylvie » et ses palissades de roses trémières...

Professeur d'histoire, je n'étais déjà que trop menacée d'oublier mon siècle. Enseignant au cœur d'une ancienne futaie dont je ne quittais les ombrages que pour le rempart des Chérailles ou le palais de mon père, je trouvais regrettable de n'avoir, hors les bombes occasionnelles du FLB, que peu d'occasions de me rappeler que je vivais dans un pays voué à l'ivresse du « Plan Calcul » et des OPA d'Honeywell-Bull, à la gloire de l'expérimentation nucléaire, du Concorde, du France et des « villes nouvelles »... En s'entêtant, de son côté, à considérer la lune comme un éclairage propice à l'évocation des peines de cœur plutôt que comme une source possible de minerais, Renaud encourageait cette distanciation : quand nous parcourions ensemble les rues de Senlis, notre époque se perdait à nos yeux dans la nuit des temps.

Et ce n'était pas en regagnant, à l'heure du café au lait, les murs décrépis de l'Hôtel de Chérailles que nous avions une chance de rentrer dans le siècle. Passer de la compagnie de Kahn-Serval à celle d'Anne de Chérailles, c'était, au mieux, passer du Valois romantique à l'Angleterre post-victorienne.

Anne tenait en effet, par plus d'un trait, de ces robustes ladies à demi campagnardes, qui se reposent de leurs chasses au renard en cultivant leur jardin d'hiver – ne quittant la carabine que pour le sécateur, et le sécateur pour le tisonnier. Jusqu'au climat de l'Oise qui n'allait pas sans évoquer l'humidité lénifiante du Kent et du Yorkshire, où les vêtements portés gardent dans leurs plis, même en été, une odeur aigre de feu de bois et de fumée. D'ailleurs, l'Hôtel de Senlis était meublé dans un style qui n'eût pas dépaysé Walter Scott : des crédences gothiques, des causeuses Napoléon III, des stores bouillonnés, des opalines Louis-Philippe, des nappes à franges, des trophées de chasse, des canapés Chippendale et des couronnes de fleurs d'oranger, le tout baigné dans la lumière bleu-vert qui tombait des grands arbres et rayonnait des pelouses. Dans ce décor de manoir anglais, le rassemblement un peu hétéroclite des invités autour d'une tasse d'Orange-Pekoe et de toasts fumants rappelait ces réunions-prétextes qu'Hercule Poirot organise rituellement, à la fin des romans d'Agatha Christie, pour débusquer l'assassin caché; n'y manquaient ni le brillant député, ni le peintre en renom, ni la milliardaire excentrique, ni même l'inévitable major de l'Armée des Indes, dont le vieux Chérailles avec ses idées fixes, son caractère acariâtre et son franc-parler, tenait l'emploi. Quant à moi, je représentais la dactylo ou la coiffeuse orpheline dont la présence, imposée par le détective, surprend la société, mais dont on apprendra dans les dernières pages qu'elle était la légitime héritière de l'oncle d'Amérique ou la fiancée secrète du jeune lord. Tant d'irréalisme m'enchantait.

Quand, vers dix ans, j'avais abandonné la lecture des contes de fées pour des ouvrages « de grandes personnes », je m'étais, à la vive indignation de la vieille demoiselle qui tenait l'unique librairie d'Evreuil, entichée des romans jaunes du « Masque » et de leurs crimes britanniques propres. Délaissant la Belle au bois dormant pour Miss Marple, j'avais pourtant bien moins changé de genre que la vieille libraire ne le croyait; mes livres jaunes, je les aimais comme les « Cygnes sauvages » ou « l'Odyssée » : parce que rien n'y rappelait la vie que je vivais, les rues de ma banlieue, la maladie de ma mère et les soucis d'argent qui occupaient mes grands-parents. A dix ans, j'étais midinette, c'est vrai; et mes études de lettres me permirent de le rester, en fournissant l'alibi culturel qui me manquait : substituant Balzac à Delly, Philippe Ariès à « Ma Mère l'Oye », et troquant mes contes trop roses pour des romans trop noirs, je me mis à l'abri de la critique sans pour autant renoncer à la rêverie... Qu'on ne vienne pas me dire, d'ailleurs, que les lecteurs bourgeois qui s'intéressent à la vie des usines ont plus de mérite que les ouvriers qui se passionnent pour les amours princières : les uns comme les autres cherchent à se dépayser, et ce n'est pas la faute des OS si rien ne paraît plus exotique aux professeurs d'université que l'existence aventureuse des plombiers...

Midinette, cependant, je ne l'étais pas au point d'espérer que la vie pût ressembler aux fantaisies dont, Proust et Dekobra m'aidant, je me berçais si constamment. Découvrir dans le milieu Chérailles une reproduction fidèle, quoiqu'un peu superficielle, de l'univers du « Secret de Chimneys », ou d' « Un cadavre dans la bibliothèque » me stupéfia. Je fis part de ma surprise à Renaud, qui s'amusa des parallèles que j'établissais entre les habitués des « Rendez-vous » et les hôtes de Grosvenor House, Wythenshave Hall et autres Saint-John's Manor.

– C'est bien joli, tout ça, me dit-il un soir en riant, mais qui est l'assassin?

Je n'y avais pas pensé.

– Voyons, faites travailler vos petites cellules grises, my dear Hastings...

Je proposai Berton. Lionel Berton était, à quarante-deux ans, le directeur général des usines LM; il venait à Senlis, le samedi, rendre des comptes à son vieux président; habituellement il restait à dîner et en profitait pour se faire, dans le minimum de temps, un maximum de relations.

– Vous n'êtes pas charitable, Christine : c'est à cause de son visage que vous soupçonnez Berton...

Depuis un accident de voiture qui l'avait laissé en piteux état, Berton présentait, en effet, un visage double : à droite, les « beaux restes », bouche souriante, œil profond et sourcil lisse; à gauche, la chair labourée, la lèvre tordue, l'œil vitreux, et le sourcil relevé sur un point d'interrogation démoniaque. Ce qui gênait n'était d'ailleurs pas tant la vision de ce mauvais profil que la perception simultanée des deux moitiés. Berton en était conscient et s'arrangeait pour se présenter de côté à ceux qu'il voulait aborder; il marchait en crabe, s'asseyait de guingois, dînait en biais, et son corps – qui se trouvait rarement dans le même axe que son visage – lui conférait l'allure énigmatique d'un dieu égyptien. Cette habileté aux déplacements obliques, ces regards louches, ce perpétuel louvoiement m'avaient persuadée que Lionel Berton devait avoir acquis une aptitude particulière à agir par les fentes et à la dérobée; aussi me défiais-je de ses façons humbles et me défendais-je de tout attendrissement devant sa « gueule cassée ».

Mais si le malaise que créait ainsi la présence du jeune directeur semblait général, le sentiment très vif d'hostilité qu'il avait fait naître en moi ne paraissait pas partagé : les invités de Senlis, embarrassés – émus aussi par ce que son visage droit gardait d'amabilité –, redoublaient de gentillesse pour son visage gauche; et le propriétaire du tout ne se privait pas, à mon avis, d'abuser largement de cette pitié.

En tout cas, le bon Renaud ne rata pas l'occasion de me faire un brin de morale :

– Convenez, ma petite Christine, que si tout le monde portait son âme sur sa figure, la vie serait bien simple!

– Ne me prenez pas pour une sotte. Je ne prétends pas que l'âme se lise sur le visage. Je me demande seulement si, à la longue, la figure ne déteint pas sur le caractère.

– En somme, l'habit ferait le moine?

– Pourquoi pas? Tenez, à propos de moine sans habit, l'abbé Lambert... Ne croyez-vous pas qu'il ferait, lui aussi, un criminel passable?

L'abbé Lambert était, avec le Père Prioux, le principal représentant de la gent ecclésiastique aux « Rendez-vous de Senlis ». Aussi obscur, gueux et maigre que l'autre était célèbre, prospère et opulent, Lambert avait été, quelque temps, le desservant de la paroisse dont dépendait l'Hôtel de la rue de la Treille. A ce titre, Madame de Chérailles l'avait invité à certaines des veillées de son « petit couvent », comme elle invitait, de loin en loin, le maire ou le sous-préfet, moins sans doute pour faire une bonne manière à ces hôtes modestes, dont elle ne se souciait nullement, que pour prouver à ses convives parisiens que les Chérailles avaient encore « leurs gens », qu'ils traitaient avec autant de lumières et de libéralisme que Voltaire les notables de son Ferney. L'image de grande dame qu'Anne cherchait à se donner en sortait, à ses propres yeux, renforcée; la présence, discrète et effarée, du notaire ou du curé au milieu des célébrités la rassurait sur sa crédibilité; aussi déployait-elle en leur honneur, tant du moins qu'ils étaient du pays, plus de grâces et de civilités qu'elle n'en dépensait ordinairement pour les personnes connues. Changeaient-ils d'affectation, ils sortaient aussitôt de sa vie comme de sa « circonscription » : elle les remplaçait par leur successeur désigné.

Lorsque Lambert, nommé prêtre à Nanterre, avait changé de diocèse, Anne l'avait pourtant gardé. « C'est que si je n'y veillais pas, ce pauvre Guy ne mangerait même pas. Il distribue dans sa nouvelle paroisse le peu qu'il a... Ces bidonvilles sont une honte dans un régime comme le nôtre, vous savez. Une telle misère... J'ai demandé à Hugues d'interpeller le ministre des Affaires sociales à ce sujet. »

Guy Lambert offrait à Anne l'occasion d'ajouter à son amazone de hobereaute les mitaines de la dame d'œuvres, touche audacieuse, certes, mais qui n'allait pas mal dans le tableau; car il fallait « faire province » pour plaire aux Parisiens – ce qui, à cinquante kilomètres de la capitale, devenait chaque jour plus difficile – et « faire aristocrate » pour séduire la bourgeoisie de gauche qui formait le meilleur de la clientèle des « Rendez-vous » : dans un cas comme dans l'autre, la note « dame d'œuvres » pouvait être d'une certaine utilité.

« Et puis, ajoutait Madame de Chérailles avec un léger vibrato dans la voix, moi, je ne crois pas, évidemment, mais ce Lambert a une Foi! »

L'abbé Lambert avait, il est vrai, la foi à la mode, qui n'était sûrement pas celle du charbonnier : pleinement éclairé sur les dessous psychanalytiques de l'Evangile et les substrats sociologiques du catholicisme, précurseur de cette « théologie de la libération » qui devait établir, dans un même élan, le socialisme dans ce monde et le Royaume de Dieu dans l'autre, il était fort intelligent et, néanmoins, croyant. Cependant, en prêtre moderne, il se gardait de tout prosélytisme. Il était de ces élus qui s'attachent à réduire méthodiquement le nombre des appelés. Il y avait beau temps, par exemple, qu'il ne baptisait plus, à moins qu'on ne lui donnât l'assurance que le bébé entrerait dans les Ordres – ce qui ne l'empêchait pas, d'ailleurs, d'envoyer en psychothérapie les rares vocations qui venaient encore à lui. Par haine des conventions sociales, il avait supprimé dans sa paroisse cette « première communion », prétexte à d'indécents achats de montres ou de transistors, et il répugnait à « marier à l'église » – sauf à célébrer un mariage « mixte » ou unir deux divorcés pour se prouver à lui-même son indépendance d'esprit. Quant à faire le catéchisme aux enfants, il n'en était pas question : « C'est aux parents à transmettre leur foi. Nous, prêtres, n'avons pas à nous en mêler. Prêcher des fils d'incroyants serait aussi vain qu'ensemencer le désert... » C'était son côté sectaire.

« Vous avez raison, l'abbé. Comme disaient sûrement les premiers chrétiens : si ton papa est païen, ne compte pas sur moi pour te parler du Bon Dieu, persiflait Monsieur de Chérailles. Je parie que c'est ce que saint Paul expliquait aux Corinthiens, mais si ! Il faut garder sa foi pour soi et se garder d'en rien communiquer à l'extérieur ! C'est ainsi qu'on gagne les masses... »

Sous prétexte de pureté, l'abbé Lambert se félicitait, en effet, de la baisse régulière de la « fréquentation dominicale » et il rêvait d'une Eglise qui, rompant avec la société, retournerait aux catacombes. Courageux, sincère du reste, il aspirait au martyre : avec quelle joie, quelle fermeté, il eût affronté les tortures infligées par les « gentils » !

« Mais, monsieur l'abbé, vous ne serez pas torturé, lui dit un jour suavement mon " rabbin-de-minuit " qui l'aimait et se plaisait à le taquiner. C'est pire : vous serez tenté. Confort, argent, sexe, vous verrez que ce ne seront pas les coups de fouet qui tueront votre Eglise, c'est la facilité... »

– De tentation en tentation, ne croyez-vous pas, Renaud, que Lambert ferait un assassin plausible ? Il pourrait tuer par esprit de lucre, par amour, par idéologie.

– Nous n'en sommes pas là.

– Qui sait ? A votre place, mon cher Poirot, je me méfierais : un curé qui veut passer inaperçu et s'habille comme Monsieur Tout-le-Monde, ça me semble suspect...

L'abbé Lambert avait en effet gardé – dans son langage comme dans son vêtement – des traces de ses états successifs : aux coquetteries stylistiques de l'ancien aumônier du lycée (« une chouette fille », « un chic petit gars », « Christ est épatant ! ») et au col roulé correspondant, il ajoutait le blouson du prêtre ouvrier – qu'il avait été en Lorraine dans les années cinquante – et parfois, depuis qu'il officiait à Nanterre, le passe-montagne de l'éboueur immigré. Il n'évitait soigneusement que la soutane et la croix. « Vous avez déjà vu des bonzes ou des imams en civil, vous? Même les clergymen, on les reconnaît... L'habit, Renaud, tout l'homme est dans l'habit! »

« Ma chère Christine, sous votre étiquette PSU, vous êtes la personne la plus authentiquement réactionnaire que j'aie jamais rencontrée... Et puis, si certains n'ont pas “ gardé leur vigne ”, est-ce bien à vous, qui ne buviez pas leur vin, de le leur reprocher? »

A cause de Renaud, je mis un peu d'ordre dans mon existence. Je fis le ménage. Non pour lui plaire car il n'en sut rien, mais à la manière de Carole Massin dans son F3 mauve de Royalieu, qui ne laissait traîner aucun objet sous prétexte que « La Demeure de France » ou « Maison et Jardins » pourraient s'aviser que ce coquet intérieur existait et venir, à l'improviste, le photographier... Je voulus, moi aussi, que tout fût net dans ma vie, pour le cas, improbable, où Renaud prendrait envie de la visiter.

Jetant sur mes activités politiques et sentimentales le regard qu'il n'eût pas manqué d'y porter si la chose l'avait intéressé, je fus frappée de constater que mon appartenance au PC, maintenue en parallèle avec mon adhésion au PSU, faisait désordre.

En janvier 68, je décidai de ne pas reprendre ma carte à la cellule d'Evreuil. Je mis en avant, pour me justifier, les démêlés que Nicolas venait d'avoir avec le Parti; l'UEC, qui donnait la colique au Comité Central, avait été purgée et Nicolas avait rallié la « Fédération des Etudiants révolutionnaires », trotskistes de tendance lambertiste et barbue : à la honte du vieux Giuseppe (qui voyait, par ricochet, sa position menacée au sein de la CGT), « la Révolution permanente » et « la Défense du terrorisme « avaient en effet succédé, sur le chevet et dans le cœur de Zaffi, aux œuvres complètes de Waldeck-Rochet et de Casanova – Laurent malheureusement, et non Giacomo qui l'eût davantage éclairé sur les « abus de position dominante » et le bon usage des jeunes filles... Mais, d'ailleurs, ce Casanova lui-même, si excessivement convenable qu'il me parût, venait d'être mis à l'index par les staliniens de service; c'était donc, par pans entiers, tout ce que « Zaffi » nous avait enseigné que nous devions, rétroactivement, regarder comme suspect. Je prétextai qu'un tel changement d'optique exigeait de la réflexion, de l'éloignement, une retraite... Béatrice, qui aimait Nicolas comme un frère et le Parti comme un père, m'avoua qu'elle se sentait elle-même ébranlée jusqu'au tréfonds de son orthodoxie par ce divorce de famille : aussi, sur le moment, trouva-t-elle mon évolution très naturelle.

Ayant ainsi simplifié sans drames ma vie politique, j'entrepris de clarifier ma vie sexuelle.

Je renonçai d'abord aux aventures du Palatino : n'ayant guère eu d'autre plaisir avec ces messieurs que celui de me moquer d'eux – volupté vite émoussée, comme toutes les joies de l'esprit – je jugeai qu'un bon « polar » et la lecture des journaux du soir remplaceraient avantageusement mes fanfarons du wagon-lit.

Mais, à y bien songer, Yves et Marco m'avaient-ils apporté mieux? Les avais-je aimés? J'avais joui d'eux comme on jouit d'une belle vue, d'un bon repas; et le bonheur que je leur devais était de même nature, sinon de même degré, que celui que j'éprouvais à me dorer sur la terrasse du Farnèse en été, me chauffer les mains à la flamme d'une cheminée ou déguster, chez les Chérailles, une douzaine d'huîtres pendant les mois en « r ». Rien dont on ne pût se passer. Seul le souvenir du vieux satyre de la soirée Fornari me laissait parfois entrevoir une autre sorte d'émotion que je m'étonnais de ne pas avoir retrouvée...

Ayant constaté que je pouvais me priver des galants du Palatino aussi aisément que des fruits dont la saison est passée, j'en vins donc, pour me hausser au niveau d'exigence de Renaud et me rendre digne de sa « visite », à envisager de vivre sans Yves.

Les lettres que, par prudence, il m'adressait poste restante alors que nous nous rencontrions dix fois par jour dans les couloirs du lycée, le côté « Famille Fenouillard » du quatuor qu'il formait avec la triste Madame Le Louarn et leurs deux filles jumelles, également pâles, sottes et guindées, la manie qu'il avait de plier pull et pantalon avant de les disposer sur un dossier de chaise à chaque fois qu'il s'apprêtait à donner du mouvement à ses sentiments dans le grand lit de Carole Massin, m'étaient d'ailleurs devenus pesants.

Au commencement de 68, j'appris que, pour grimper quelques nouveaux échelons dans sa carrière et améliorer son traitement, il avait demandé son affectation à la tête d'un grand lycée grenoblois. Dans la présentation qu'il me fit de cette décision il ne manqua pas de couvrir ses ambitions du voile de l'intérêt général – pour un homme de gauche comme lui, il y avait de grandes choses à faire à Grenoble sous Dubedout – et du masque des convenances familiales – la santé fragile de Madame Le Louarn s'accommoderait mieux de l'air des montagnes... S'il était honnêtement dupe des raisons qu'il se donnait je l'ignore, mais il ne me trompa pas. Aussi fus-je satisfaite qu'on lui refusât le poste; mais je restai peinée que – malgré ses protestations de passion auxquelles j'avais fini par m'habituer et qui m'emplissaient de remords chaque fois que je songeais à le quitter – il ne se souciât pas davantage de me laisser derrière lui.

Le souvenir de nos longues soirées d'étude sur Alexis Le Veneur, la conscience de lui devoir mon agrégation, la douceur angora de ses pull-overs, le bleu de ses yeux et l'avantage professionnel qu'on trouve toujours à coucher avec son patron me retenaient pourtant encore sur la voie que, lassitude et désir de pureté mêlés, je savais bien que je prendrais. Yves finit par me fournir lui-même le prétexte qui me manquait.

J'avais à peu près fait le tour de ses médiocrités, sans rien soupçonner de sa méchanceté; je l'avais même si bien assimilé aux plaisirs comestibles de l'existence que je n'imaginais pas qu'il pût – plus que les fruits ou les chocolats – faire preuve d'animosité et me blesser de propos délibéré; c'était oublier que l'amour réserve des plaisirs moins sûrs, et autrement dangereux, que la gastronomie...

En ce jour de mars où il m'avait entraînée dans les taillis du Mont Saint-Pierre pour m'y dévorer de sa flamme, je me croyais donc, malgré tout, dans de bonnes dispositions à son égard. Le temps était doux et le printemps avait de l'avance : depuis deux jours, les hêtres s'étaient couverts de petites feuilles tendres qui touchaient par leur fraîcheur et leur fragilité; on savait cette verdure trop précoce pour ne pas périr à la première gelée; tant de grâce, condamnée, émouvait. J'avais pitié des sentiments de mon amant comme de ces pousses d'herbe et des bourgeons dorés qu'un retour de froidure flétrirait; et j'étais décidée à prolonger notre liaison de quelques belles journées...

Ignorant de mes résolutions, Yves se tenait sur la réserve; mon éloignement l'avait rendu à son vouvoiement :

– On ne vous voit plus, Christine. Vous passez votre vie chez ces Chérailles maintenant...

– N'exagérons rien. J'enseigne toujours au lycée Jeanne-d'Arc. On m'y trouve seize heures par semaine. A condition de m'y chercher. D'ailleurs, si tu étais à Grenoble, nous nous verrions encore moins...

– Oh, je ne vous reproche rien. Je vous aime trop... Je suis seulement un peu triste de vous voir attachée à une société aussi artificielle, aussi frelatée... Au milieu de vos petits marquis, vous ne savez plus rien de la réalité du pays.

Depuis qu'il s'était aperçu que l'oncle de Philippe était ce député UNR dont sa section avait ardemment combattu la réélection l'année d'avant, Yves s'était trouvé un nouveau motif de reproche, qui tombait à pic pour renouveler le sujet, un peu éculé, de l' « Enarchie » : je passais à l'ennemi de classe; pis, je me coupais de la réalité du pays.

– Vous ne vous intéressez même plus à l'actualité, reprit-il, accablé.

Je crus qu'il me reprochait mes absences répétées aux dernières réunions du Parti.

– Je te demande pardon pour lundi, lui dis-je, je sais qu'il y avait un vote décisif pour le Colloque de Cachan, mais je n'ai pas pu... J'avoue que, ces derniers temps, je n'ai pas beaucoup milité. Mais je veux bien donner un coup de main, samedi, pour vendre « Tribune ».

Il sourit, d'un sourire amer d'agonisant auquel on promet la santé.

– Il y a longtemps, ma petite Christine, que je sais à quoi m'en tenir sur votre militantisme. Cela non plus, je ne songe pas à vous le reprocher. Non, je vous parlais de la vie politique en général. Il se passe des choses dans le monde pendant que vous vous cloîtrez dans vos palais... Vous obstinez-vous toujours à ne pas lire les journaux?

Depuis que j'avais rencontré Moreau-Bailly et vu vivre, autour de lui, d'Anne et des dispensateurs de capitaux qui fréquentaient la rue de la Treille, quelques-uns de ces journalistes dont les analyses m'avaient paru, de loin, parole d'Evangile et parole d'honneur, je partageais le dédain du vieux Chérailles pour la presse politique : briguant tout à la fois « une place de valet et une réputation de grand homme », la plupart s'étaient, dans la poursuite d'objets si contraires, tordu l'échine et gauchi l'esprit. Comme, du reste, la vie ne fournit pas assez de matière pour noircir chaque jour des hectares de forêt et que, cependant, il faut paraître et, titre après titre, révéler, affirmer, supputer, annoncer et conclure, Moreau-Bailly et ses amis étaient réduits, bon gré mal gré, à faire mousser, comme un champagne, l'écume des jours. Cette plongée quotidienne dans les bas-fonds, à la recherche de l'« info », leur donnait une amertume d'égoutiers qui jugent du monde par les tuyaux qu'ils parcourent. Ils promenaient sur la société le regard ennuyé de ceux qu'on ne peut plus étonner : jeunes, ils n'étaient pas drôles; vieux, ils n'étaient pas gais... Pour avoir supporté leur conversation durant le week-end, je croyais avoir mérité de ne pas m'infliger leur lecture pendant la semaine.

Je n'achetais plus – et par politesse – que la gazette littéraire confidentielle qu'Anne dirigeait et, tous les deux ou trois mois, un numéro du « Monde » ou de « la

Presse ». L'incertain dissipé, la contingence évaporée, je récoltais le sel de l'actualité sans avoir pataugé dans sa saumure : laissant « reposer » les nouvelles comme, plus tard, au ministère, je laisserais décanter au fond d'un tiroir le courrier pressé, j'attendais qu'à l'urgence eût succédé l'essentiel...

Yves, bien qu'il se levât avec « l'Humanité », déjeunât avec « Combat » et se couchât avec « le Monde » (Madame Le Louarn étant, elle-même, plus portée sur le « scoop » que sur la bagatelle), avait fini par admettre mon point de vue ou par s'y résigner. Je fus surprise qu'il revînt à la charge, mais n'hésitai pas, une fois de plus, à lui confesser mes désinvoltures de lectrice :

« Je n'ai rien lu depuis quinze jours, en effet... »

Il eut du mal à cacher sa joie sous un air navré. Ce ravissement, mal dissimulé, m'étonna plus encore que la reprise d'un vieux débat que je croyais depuis longtemps terminé.

– Dans ces conditions, reprit-il en glissant dans sa poche une main fébrile, vous n'avez pas lu les articles de « la Lettre » et de « la Vérité »?

Et, sans attendre ma réponse, il me tendit quatre petites coupures de presse, soigneusement pliées.

Ces deux feuilles à scandales, que leurs opinions opposées n'empêchaient pas de recourir à des méthodes identiques, alimentaient alors de leurs potins les dîners en ville du Tout-Etat; abondamment citées sans être toujours prises au sérieux, craintes sans jamais être respectées, elles avaient inspiré à leurs victimes cette plaisanterie désabusée : « " La Lettre " ne dit pas " la Vérité ", et " la Vérité " n'est pas à prendre au pied de " la Lettre ". »

Cependant, leur tirage et leur influence, d'abord marginaux, croissaient régulièrement à mesure que s'enflaient, dans le pays, ce goût de l'indiscrétion, cette passion de la diffamation, que les industriels du journalisme baptisaient « droit à l'information »... En cette année 68 déjà, tout mensonge publié dans « la Vérité » valait au calomnié, selon son rang, sa ration de lettres anonymes ou d'interpellations au Parlement.

Le premier article paru dans « la Lettre » (Yves avait noté les dates dans l'angle gauche des coupures) portait pour titre : « Le Quai embarrassé... » On y disait qu'un ambassadeur de France en poste dans la capitale d'un pays européen s'y serait livré à des actions que la morale et la loi réprouvaient également, et que son ministre, pour éviter un scandale susceptible de rejaillir sur les relations entre la France et le pays considéré, s'apprêtait à le rapatrier. La même semaine, « la Vérité » publiait une information plus explicite : il s'agissait de l'Italie et de Monsieur Valbray; l'action commise – qui n'était toujours pas précisée – relevait du droit pénal dans les deux Etats en cause; on ajoutait, pour rester dans la ligne politique propre à « la Vérité », qu'il était, en tout état de cause, permis de s'étonner qu'on eût nommé, dans la « capitale de la chrétienté », un ambassadeur dont personne n'ignorait au Quai d'Orsay que la vie privée n'était pas irréprochable; « mais, ajoutait le rédacteur, certaines amitiés nouées pendant la guerre dans des maquis contrôlés par les FTP pèsent plus lourd dans les nominations que l'intérêt du pays... » Il appelait, en conclusion, à une épuration qui libérerait les Affaires étrangères de la tutelle communiste : « Notre Badingaulle, dont toute la politique est tournée vers l'Oural, est-il cependant le mieux qualifié pour y procéder? On peut en douter. »

La semaine suivante, « la Lettre » consacrait une demi-page à l'affaire : une fois encore, le « crime » n'était dénoncé que par allusion (« la Lettre » paraissait, toutefois, trouver au péché commis plus d'inconvénients diplomatiques que moraux); pour l'essentiel, l'article consistait en un étalage complaisant de la vie privée de Monsieur Valbray (« Un ambassadeur à double foyer », « Le Quai... des Brunes », « Un corps très diplomatique ») et un rappel des conditions douteuses dans lesquelles s'était effectué, à la Libération, le sauvetage de l'entreprise Chérailles. Suivaient quelques lignes sur l'union probable de Philippe Valbray et de l'héritière des parfums Worsley.

« La Vérité », pour n'être pas en reste, s'intéressait à la famille Brassard : le journal s'étonnait qu'on pût faire une carrière au Quai d'Orsay en ayant des liens familiaux si étroits avec le PC. On y rappelait la brève existence de ma tante Arlette, « une héroïne du marxisme »; mon grand-père était dépeint comme « un des leaders du Parti dans la banlieue rouge », « un cosaque auquel une invalidité aussi précoce qu'opportune laisse bien des loisirs »; on présentait Béatrice comme une « syndicaliste de choc, qui sème le désordre dans les cliniques du Val d'Oise »; on indiquait enfin, en me confondant avec Solange Drouet, que j'animais le Comité d'Action Lycéenne de Compiègne... « Est-ce bien là le genre de famille que nous souhaitons à un représentant de la France à l'étranger? Et faut-il s'étonner si le gouvernement italien n'a pas trouvé très édifiants certains des comportements de Monsieur Valbray? »

De la lecture de « la Vérité » je retirais l'impression que mon père pouvait avoir commis, dans l'exercice de ses fonctions, une imprudence politique; mais les rédacteurs du journal, rescapés de la LVF et de la Division Charlemagne, haïssaient De Gaulle et politisaient par principe tout ce qui touchait à ses vassaux. « La Lettre », au contraire, paraissait faire allusion à une imprudence sexuelle, le ton égrillard des deux articles – où Maria-Nieves apparaissait comme une « fraîche et luxuriante beauté ibérique » – semblant avoir été inspiré à ses auteurs par la nature du délit.

En tout cas, c'était à cette catégorie de crimes qu'on pouvait rattacher la seule faute que, à ma connaissance, Jean Valbray eût commise depuis qu'il était à Rome : mon avortement. En un moment, je me persuadai que la police italienne avait arrêté le médecin et appris de lui comment, trois ans plus tôt, l'ambassadeur de France avait eu recours à ses services pour faire avorter « une jeune maîtresse ».

De quelle manière ce médecin aurait pu connaître l'identité de l'homme qui m'accompagnait, je ne pris pas le temps de me le demander. J'étais trop bouleversée : j'allais quitter le nom abhorré des Brassard pour prendre celui des Valbray au moment même où, par ma faute, il serait déshonoré...

Huit jours plus tôt, en effet, Philippe m'avait révélé pour quelle raison il avait tenu à me faire connaître, et séduire, sa famille : l'ambassadeur voulait m'adopter. Une loi de 1966 avait ouvert à certains parents adultérins la faculté d'adopter leurs bâtards, après autorisation spéciale du président de la République et accord des enfants légitimes. Philippe, qui avait attendu, par égard pour sa mère, que les Chérailles consentissent à la permission qu'il devait donner, venait d'écrire à Rome que, au jugement de tous, j'étais digne de partager le nom qu'il portait. Mais le sort était décidément contre moi, et j'allais tomber de Charybde en Scylla...

Je rendis les articles à Yves sans pouvoir masquer mon émotion. Elle lui fit plaisir à voir.

« Ma pauvre enfant, dit-il, apitoyé autant que sa gaieté le lui permettait, vous avez vraiment une drôle de famille... Quelle affaire, dites donc ! Je ne me doutais pas que votre père était si... Et votre frère ? Vous avez vu ce qu'ils disent de votre frère ? Ce mariage, c'est vrai ? »

L'œil grave mais le sourire en coin, il ressemblait à cette publicité dont une banque couvrit un jour les murs de France : « Votre argent m'intéresse. » La fortune des Chérailles, l'argent des Worsley...

– Je parlais justement des problèmes de votre père hier soir après la réunion de Section : Pérouge croit que c'est une affaire de mœurs. Mais Vermandier pense que c'est une histoire de fric... De quoi s'agit-il, à votre avis ?

– De l'envie des imbéciles, lui dis-je en fauchant du bout d'un bâton toutes les têtes de violettes qui perçaient la mousse du sentier.

Nous marchâmes un moment en silence. « Vous abîmez ces jolies petites fleurs... », finit-il par lâcher. Sa pitié était à la mesure du bonheur que ma souffrance lui donnait : elle débordait.

« C'est sans importance, lui dis-je, de toute façon, elles crèveront de froid la semaine prochaine. » J'effeuillai méthodiquement les basses branches des arbres et écrasai sous mon talon quelques jacinthes sauvages.

– Remarquez, vous avez raison de ne pas lire les

journaux. Ils salissent tout. J'espère que vous n'accorderez pas trop d'importance à ces...

– Rassurez-vous, je les ai déjà oubliés... Mais je ne savais pas que vous lisiez « la Vérité ». Pour un homme de gauche!...

Il soupira : « Que voulez-vous? Il faut bien être informé... Et lire ces saloperies pour pouvoir répliquer. »

Je permis à cette « belle conscience » de forniquer hâtivement dans le sous-bois puisque nous étions venus pour cela... Ayant mesuré, avec stupeur, la force de la haine qui l'animait contre mon frère, l'envie qu'il gardait à l'égard des vrais héros de la guerre, et le ressentiment obscur qu'il nourrissait contre ma jeunesse et ma légèreté, je ne voulus pas en effet qu'il pût attribuer notre rupture à sa méchanceté : je crus politique de remettre son exécution à huitaine. Je lui laissai faire sa petite affaire dans les fourrés; il fut piètre, comme il avait pris l'habitude de l'être. Il ne m'en assura que davantage de l'immensité de son amour; je suppose qu'il y croyait...

La semaine suivante, dans l'appartement de Carole Massin, je lui jetai que nous n'avions plus rien à nous dire et, sûrement, plus rien à nous faire. Les cinq soirs précédents, j'avais pleuré sur l'oreiller au souvenir de ses pull-overs en shetland et des guerres révolutionnaires tendrement étudiées à la lueur de sa lampe... Ces larmes m'avaient armée contre les siennes. D'ailleurs, il y avait eu un nouvel article dans « la Vérité ».

Je trouvai du soulagement à le blesser, puis à verser du vinaigre sur ses plaies. Déchiré, étrillé, banderillé, écartelé, rompu, il fut magnifique; le vieux cocker tournait au taureau de combat. Quand je lui dis que je ne l'aimais plus, il retrouva les tardifs accents de noblesse d'un Don José bafoué : « Mais moi, Carmen, je t'aime encore... Carmen, hélas, moi, je t'adore! » Pour le contraindre au sublime, je fus odieuse à souhait.

Cependant, au baisser du rideau, Yves ne me tua pas : il était fonctionnaire, père de famille et « tendance B »; à l'aube, il s'en alla.

Quand la porte fut retombée, je pleurai amèrement sur

ma solitude et laissai remonter dans mon cœur tous mes chagrins de petite fille; j'échauffai si bien mes anciennes douleurs que lorsque Carole rentra dans l'après-midi elle me trouva trop affligée pour croire que j'avais pris l'initiative de la rupture.

Comme l'héroïne de Bizet, j'étais de ces femmes plus fatales à elles-mêmes qu'aux autres.

Ayant rompu avec Monsieur Le Louarn, j'allai passer le week-end à Evreuil : si agréable que me fût le séjour de Senlis, c'était toujours à Evreuil que je revenais lorsque j'avais des soucis.

Peut-être espérais-je trouver enfin, dans la chambre du premier, cet amour maternel dont je confondais les timides élans avec l'odeur des médicaments; en tout cas, je n'avais jamais eu de chagrins que les heures passées avec mon grand-père à comparer les mérites de la bigarreau et de la Montmorency n'eussent apaisés. Hiver comme été, je savais pouvoir trouver Henri Brassard au fond de son verger, occupé à bêcher, tailler, greffer, bouturer, le béret sur l'oreille et les pieds dans la boue :

« Le pauvre laboureur, il a bien du malheur,
Qu'il pleuve, tonne ou vente, qu'il fasse mauvais temps,
On voit toujours sans cesse le laboureur aux champs... »

Comme le laboureur de la chanson, mon grand-père ne savait pas rester inoccupé : lorsqu'il ne réparait pas les trésors récupérés dans les poubelles du voisinage, la plomberie de la cuisine ou la machine à coudre de Mémé, il « faisait » ses légumes et ses fruits – qui nous revenaient plus cher qu'au « Cours des Halles »...

De l'extrémité du potager j'entendais sa respiration bruyante, son halètement de bronchitique, que l'effort physique accentuait. Comme le bruit du vent dans les arbres et le grondement du métro, ce râle avait accompagné tous mes jeux d'enfant dans le grand parc des Rieux.

Ce jour-là, en m'approchant, je vis qu'il fumait, sa prochaine cigarette installée déjà derrière l'oreille.

– Pépé, tu ne devrais pas fumer! Le docteur...

– Les docteurs, je les emmerde!

– Il a raison, Giuseppe, de dire que tu es un vieil anar...

– C'est pas pour me faire des reproches que t'es venue? Ou alors je pourrais t'en faire quelques-uns, moi aussi! C'est qu'on te voit plus beaucoup par chez nous ces temps-ci. Lise dit que, depuis que tu vas chez des comtesses, on est plus assez bien pour toi...

Mon grand-père m'aimait et même, fasciné par mes succès scolaires et ma réussite sociale – un poste de fonctionnaire et une « deux chevaux » –, il m'admirait; mais j'avais toujours l'impression qu'il ne m'estimait pas, ou que, du moins, il redoutait de me voir commettre une action pendable qui justifierait a posteriori la crainte vague qui l'habitait. La peur de mériter son mépris, et le désir de soutirer à Malise quelques-uns de ces baisers camphrés, balsamiques, aqueux et sucrés qu'elle réservait à ma sœur, me liaient plus sûrement à Evreuil que le souvenir des jours heureux que j'y avais passés.

A ma première maison, à ma première famille, j'étais attachée par le « complexe de Peter Pan » : quand le jeune Peter, bébé prodigue échappé à sa nursery, décide, après quelques mois, de regagner son berceau et rentre à tire-d'aile vers l'asile des bras maternels, il trouve closes toutes les portes et les fenêtres de sa maison; à celle de sa chambre on a fixé une grille de fer, et sa mère, entrevue à travers les barreaux, berce contre son cœur un autre nouveau-né. Abandonné de ceux qu'il avait laissés, interdit d'amour pour cause de vagabondage, Peter était, à mes yeux, le plus émouvant des Enfants Perdus; sur son aventure j'avais pleuré plus que lui, et j'en gardais l'idée que, pour ménager les puissances d'Evreuil, il fallait procéder, de temps à autre, à quelque visite propitiatoire; si je n'avais été aussi impatiente de faire mon chemin, j'aurais même tenté, comme la tortue, d'emporter ma maison sur mon dos...

Roulée dans le couvre-pieds du lit Louis XV et la tendresse intermittente de Malise, j'absorbais, comme une potion sédative, le bavardage des deux dames Brassard sur le sujet, indéfiniment ressassé, des amours de stars et raflais l'amour inquiet de mon grand-père avec la même hâte qu'un solde avant inventaire.

Ce week-end-là, j'obtins de lui la promesse qu'il recevrait mon demi-frère à déjeuner la semaine d'après : il y avait des mois que Philippe insistait pour connaître Béatrice et cette impasse de la Gare où j'avais passé ma jeunesse.

Craignant toutefois que mon frère et ma sœur n'eussent quelque peine à trouver un terrain d'entente, je décidai de les noyer dans une marée d'invitations : Solange Drouet, les Zaffini, leurs cousins Pertini, Carole Massin, deux infirmières stagiaires qui travaillaient avec Béa, et même Laurence de Fervacques dont le moral était au plus bas – son père, victime d'un accident d'auto au Rallye du Portugal, était donné pour mourant par tous les journaux, on avait dû le remplacer dans ses fonctions ministérielles et le général De Gaulle en avait profité pour célébrer les mérites du blessé avec tant de chaleur que tout le monde regardait cet éloge comme une oraison funèbre...

« Un grand raout! s'exclamait Lise, tout exaltée, on va donner un grand raout! On mettra des lampions partout et des guirlandes dans le salon. On fera un vrai banquet! Qu'est-ce qu'il va être épaté, ton grand frère! » Elle s'agitait sur ses oreillers, consultait fébrilement ses livres de recettes et son manuel de savoir-vivre, composait des menus, sortait de ses boîtes à chaussures de vieilles photos de sa période américaine, vérifiait, du fond de son lit, la bonne marche de l'électrophone, essayait des maquillages inspirés de « Ciné-Revue » et de « Votre Beauté », dessinait des robes, ordonnait des bouquets, renversait de l'encre sur son drap, du lait sur son chevet et du fond de teint sur le couvre-pieds. Béatrice dut lui donner une double dose de Valium pour la calmer.

Le dimanche suivant, j'arrivai à Evreuil dès l'aube, inquiète de savoir ce que Béa et Mémé auraient préparé. Ma grand-mère était penchée sur son fourneau.

– Où est Pépé?

– Il s'occupe à ses espaliers, dit-elle en goûtant une sauce du bout du doigt. Mais t'inquiète pas, je l'ai habillé. J'y ai mis son costume noir et son chapeau. Comme pour le banquet des Anciens combattants. Il te fera honneur, tu sais, il fait pas ouvrier... Y a que ses caoutchoucs que j'y ai laissés aux pieds. Je lui mettrai ses chaussures qu'au dernier moment, vu que, dans c'te gadoue, il me les abîmerait...

Sur l'appui de la fenêtre deux laitues, feuilles en l'air prenaient le frais; dans la glacière, un colin, long comme un serpent de mer, prenait ses aises en attendant la mayonnaise; derrière les mailles du garde-manger, trois kouglofs offraient à l'admiration du gastronome leurs coupoles dorées : Mémé, qui avait « fait les batteuses » dans le Bugey, était une cuisinière d'une redoutable efficacité que ne handicapait même pas l'absence de vrai Frigidaire – les délices de l'expansion, tant célébrée dans ces années-là, n'étant, pas plus que les vices de la « société de consommation », encore entrés dans notre maison...

« Finalement, j'ai quand même préparé, hier au soir, une petite crème pâtissière. Des fois que faudrait compléter... Mon saucisson brioché, je crois que je le mettrai chauffer qu'au dernier moment, qu'est-ce que t'en dis? tu sais que mon bœuf en daube fait que deux petits kilos? Quand je pense que t'as pas voulu que je rajoute des bouchées à la reine! Total, j'ai peur que ça soye trop juste, moi, qu'il y ait pas assez... »

Je la rassurai de mon mieux, sans parvenir à la convaincre tout à fait : pour les menus, tandis que les élites s'orientaient résolument vers le « haricot vert, yaourt, eau minérale », ma grand-mère restait une adepte des grandes quantités et du « viande en sauce, féculents, vin rouge »...

Un chant mélancolique descendit du plafond : dans sa

chambre, Lise fredonnait. Dès qu'elle était gaie, Lise chantait; de préférence, des chansons tristes. Depuis quinze ans, son grand air était celui du « Train sifflera trois fois » : « Si toi aussi tu m'abandonnes »... Elle avait une façon de murmurer « O mon unique amour » qui me donnait la chair de poule. Il me semblait que, s'il l'avait entendue, Monsieur Valbray serait rentré à genoux... Du reste, Lise chantait bien. Elle avait une voix chaude et puissante qu'on s'étonnait de voir sortir d'un corps aussi menu, rétracté, ratatiné. Plus la maladie progressait – soudant ses membres au sommier de son lit comme à un rocher – mieux Lise chantait : petite sirène délaissée passant avec le Diable un pacte inverse à celui qui perdit l'héroïne d'Andersen, elle semblait avoir échangé ses deux jambes contre une voix.

« Ta sœur y a fait sa toilette, dit ma grand-mère, en montrant vaguement de la pointe d'un couteau les auréoles de salpêtre du plafond. Elle y a mis sa robe de chambre à rubans. Quand Giuseppe sera là, vous la descendrez dans sa chaise pour qu'elle mange avec nous... »

Tandis que Mémé retournait à ses sauces blanches et à ses bains-marie, j'entrepris une inspection complète de la maison. J'ôtai des commodes et des buffets les cendriers légendés que mon grand-père affectionnait (« Les femmes, c'est comme les allumettes : vite allumées, tôt consumées », « Les Henri sont courageux à la guerre, heureux au lit »); je décrochai des murs quelques têtes de chien au point de croix et le « Château de Cheverny » offert par les PTT, cachait au fond des placards les baromètres faussement rustiques et les biches en plâtre, changeai de place quelques fauteuils pour dissimuler les taches du papier et remplaçai, dans les vases, les orchidées en plastique par des roses du jardin.

Dans ce qui avait été autrefois le grand salon, les deux amies de Béatrice accrochaient des guirlandes de papier découpé; l'électrophone trônait dans la cheminée, entre deux tas de disques hauts comme des piliers. « Y a qu'un problème : c'est l'électricité, me dit l'une des filles, le courant ne marche plus ici... Faut aller se brancher dans l'entrée... »

Je haussai les épaules avec résignation. L'examen que, tout en la toilettant un peu, je venais de faire subir à la maison avait confirmé mes craintes; en exposant ses blessures, en débridant ses plaies, nous avions réduit l'Hôtel des Rieux à l'agonie : au premier, où le vent et la pluie pénétraient à leur guise, on ne pouvait plus entrer dans aucune des pièces sans risquer de se retrouver inopinément au rez-de-chaussée. Même si mon père renonçait à ses menaces, nous ne pourrions jamais refaire ce que nous avions défait. Il ne fallait plus espérer restaurer l'édifice : sous la conduite de notre vieux capitaine au béret, nous avions brûlé notre vaisseau derrière nous.

Béatrice m'aida à mettre le couvert. Quoiqu'elle ne comprît rien à mes fantaisies (« Je ne vois pas pourquoi tu veux cueillir des crocus pour décorer la table... A mon avis, des petits menus qu'on aurait recopiés pour chacun des invités, comme au restaurant, ç'aurait fait bien mieux! »), elle aussi chantait en disposant les fourchettes et les assiettes. Chez les Brassard, les fêtes, rares, mettaient tout le monde de bonne humeur.

Même mon grand-père riait dans son verger en taillant ses espaliers. Il m'accueillit par un : « alors, paraît que t'es plus communiste maintenant? », qui me parut plutôt gai si je songeais à la scène qu'il m'avait faite huit ans plus tôt lorsque j'avais adhéré.

A l'automne de 1960, en effet, lorsque, tenant à la main la carte de l'Union des Jeunes Filles de France, et, sous le bras, « l'Etat et la Révolution », j'avais couru au fond du potager où, ses lunettes sur le nez, Henri Brassard s'occupait à arracher des raves, je n'avais pas été accueillie avec les transports d'enthousiasme auxquels je m'attendais. Encore tout exaltée par la portée de mon geste, enivrée d'avoir osé, et fière de pouvoir montrer à mon grand-père que je suivais le chemin qu'il m'avait tracé, j'avais eu beau sauter au milieu des plants d'oignons avec une désinvolture toute révolutionnaire et me lancer aussitôt dans de grandes explications – « J'en ai assez, tu sais de voir Mémé exploitée comme elle l'est! Et puis, il y a cette guerre d'Algérie. L'impérialisme capitaliste... La misère, la mort... Un jeune d'aujourd'hui ne peut pas rester indifférent. C'est comme toi en 40, avec les Allemands. Je ne peux pas rester dans mon coin, je dois m'engager » –, Henri Brassard continuait à regarder ma carte sans broncher, contemplant d'un air rêveur le profil résolu de la Jeune-Fille-Française-tournée-vers-l'Avenir qui se découpait sur le carton blanc. « Après tout, lui avais-je jeté pour en terminer, Lise n'était pas plus vieille que moi quand elle a rejoint les FTP!

– C'est vrai, ça... Et ta tante Arlette avait vingt-deux ans quand on l'a fusillée. De l'avis des chefs, on n'est jamais trop jeune pour se faire tuer... »

Il avait pris sa pioche et s'était mis à retourner avec des gestes doux, presque caressants, la terre que je venais de piétiner entre les potirons et la rangée d'oignons. J'étais revenue précipitamment dans l'allée :

– Justement, tu vois : la mort d'Arlette, pour moi, c'est une raison de plus d'entrer dans le « Parti des Fusillés ».

– Cherche donc pas tant de raisons! J'ai l'air d'une vieille bête, mais je savais que ça finirait par arriver... Seulement, j'aurais préféré que t'aies passé tes examens avant...

Il avait reposé sa pioche, essuyé son front, puis, assis sur un muret qui soutenait la terre du verger, avait lentement roulé une cigarette; ensuite, tirant de sa poche son petit canif et une poire jaune, qu'il frotta sur le velours de son pantalon, « tiens, goûte-moi ça : c'est la première des " Beurré-Hardy ", avait-il dit, je crois qu'elles vont être fameuses c't'année. Je t'ai gardé aussi une petite " Cuisse-Madame " pour que tu me donnes ton avis... »

Alors, entre deux bouchées, assise à son côté, je lui avais débité un petit boniment destiné à lui montrer quelle bonne petite-fille j'étais et quelle communiste appliquée je ferais : « Les contradictions internes du capitalisme... La bataille idéologique... Le Parti dans les luttes... L'écoute des masses... » Prit-il ce bavardage pour l'étalage prétentieux d'une science mal assimilée? Pourtant, ayant si longtemps souffert de ne pouvoir parler – avec aucun de ceux que j'aimais – des livres que je lisais ni de rien de ce qu'on m'apprenait au lycée, je ne cherchais qu'une culture à partager.

En tout cas Henri Brassard rejeta son béret en arrière, se gratta la tête, et, considérant avec un sourire moqueur cette gamine de quinze ans qui pérorait : « Bon Dieu, Christine Brassard, te v'là devenue un vrai perroquet! Dis-moi plutôt si elle était " goûteuse ", ma poire? »

Encore qu'il ne me prît guère au sérieux, je crois qu'il était plus attendri qu'il ne le souhaitait par mon adhésion au PC; sans doute, s'il avait su le faire, m'aurait-il serrée dans ses bras, embrassée, pour se consoler de mes enfantillages ou récompenser ma bonne volonté? Faute de pouvoir exprimer son amour par les gestes ou les mots appropriés, il m'avait au moins donné la première poire de son verger... Mais, indifférente à sa gentillesse, je n'étais touchée que de son refus de discuter; et, sans songer que, s'il ne me disait rien de Marx ou de Lénine, c'était probablement qu'il ne les avait pas lus, j'avais osé à la fin, comme il insistait (« Alors, elle était bonne, ma petite Beurré? »), lui lancer que je n'en avais « rien à foutre de sa Beurré! Ecoute, je te parle de la Révolution et tu me demandes si tu dois mettre de la " Mouille-Bouche " ou de la " Duchesse " dans ton poiré! Tu me traites comme une gamine! »

Il s'était relevé brusquement.

« C'est que t'es une gamine, justement! » Il cracha son mégot, qu'il écrasa sous son sabot. « Et pour rien te cacher, j'espère même pas que tu seras une vraie communiste... Jette pas ton trognon n'importe où, s'il te plaît! »

Puis, refermant son canif d'un geste sec : « Etre communiste, pour un " manant " comme moi, c'était pas compliqué, avait-il bougonné, c'était naturel, comme de respirer. Ça nous venait de naissance... A quatre ans, j'avais plus de mère parce qu'on n'avait jamais eu de quoi payer un médecin... Mes sœurs aînées étaient placées " à maître ", dans des fermes au-dessus d'Hauteville... Notre père travaillait de jour à la filature, et de nuit à la tannerie... »

Il m'avait tourné le dos et parlait comme pour lui-même, en abritant du vent la flamme de son briquet et en s'interrompant de temps à autre pour tirer sur la cigarette qu'il tentait d'allumer. « A six ans, un soir, je me souviens : j'étais seul avec mes deux petites sœurs, la Marthe et l'Eugénie, on avait faim, les gamines ont sorti les provisions de la maie... C'était vite fait, vu qu'il y avait plus de pain, et plus de farine de maïs pour faire les gaudes... Elles ont regardé le sel, le restant de cidre, le panier à œufs : " Dis donc, Henri, comment qu'on pourrait se nous faire une petite omelette pour tous trois? " Y avait plus qu'un œuf dans le panier. " Des fois... En y mettant bien de l'eau... " Alors, avec un grand bol d'eau, deux cuillerées de farine qu'on a raclées au fond du sac, et un œuf, on s'est fait ce soir-là une bonne omelette pour trois... C'est comme ça qu'on devient communiste de bonne heure à Saint-Rambert-en-Bugey. »

Il avait repris sa pioche et, sans me regarder : « Passe ton bac d'abord, fille d'ambassadeur, avait-il lâché entre ses dents, on reparlera après... »

Rentrée dans ma chambre, les oreilles encore bourdonnantes de sa prédiction – « Je crois que tu seras jamais une vraie communiste » – j'avais glissé « l'Etat et la Révolution » sous le sommier de mon lit et repris la lecture des œuvres de Stéphane Mallarmé...

Huit ans plus tard, Henri Brassard n'était peut-être pas mécontent de voir qu'il ne s'était pas trompé et que « la fille d'ambassadeur » n'avait pas eu le cran de rester dans « le parti des ouvriers ».

« Alors, comme ça, t'es plus communiste? », reprit-il, joyeux, tandis que je cueillais en hâte un bouquet de lilas et de reines-des-prés pour la table du déjeuner. « Et le petit Zaffini a quitté le Parti, lui aussi! Je l'aurais pourtant cru vacciné, celui-là. Mais la mode a changé, on dirait... Tiens, enroule-moi ce fil de fer au lieu de rester plantée... Je voudrais voir la tête de Giuseppe! Note bien que j'avais déjà remarqué depuis quelque temps qu'il était pas gai... Mais que Nicolas soit devenu trotskiste, ça, jusqu'à ce que ta sœur m'en cause, je m'en serais pas douté! Elle est bonne, celle-là, elle est bonne! » Tout en palissant ses pommiers, il riait.

« Dis-moi, Pépé : quand j'adhère au PC, tu m'expliques que le Parti est si bien que je ne suis pas digne d'y entrer, mais quand je le quitte tu as l'air plutôt content qu'il ait perdu un adhérent... J'aimerais comprendre! »

Et parce qu'il portait son chapeau des dimanches, que c'était une bonne année pour les fraisiers et que ses petites-filles préparaient « un grand déjeuner », mon grand-père consentit enfin à m'expliquer les raisons de sa rupture avec le communisme, tout ce qu'il refusait de confier à Giuseppe : il avait fait les tranchées de Verdun – puis en 42, les maquis – avec « un dénommé Hervet qui sortait d'Ambérieu-en-Bugey, un brave petit gars », militant communiste de la première heure comme lui, et membre du bureau fédéral de l'Ain; et voilà qu'en 1944, cet Hervet, alors qu'il venait juste de renter chez lui, était arrêté par des FTP de Lyon comme collaborateur et fusillé dans la cour de sa ferme sans autre forme de procès : l'affaire expédiée, on s'était rendu compte, bien sûr, qu'il s'agissait d'une méprise, provoquée, paraît-il, par une homonymie; on avait rétabli la vérité, élevé une statue à Hervet et pensionné sa veuve. Pourquoi mon grand-père ne s'en était-il pas tenu, comme tant d'autres, à cette version officielle des faits?

Il avait fallu que ce vieil entêté menât sa petite enquête de son côté. Avec l'obstination d'un Maigret, il avait cherché à qui « l'erreur profitait; et, à son grand désespoir, il avait trouvé : en 38, une jeune sœur d'Hervet avait épousé un militant trotskiste de la Quatrième Internationale et pas n'importe qui – un des chefs; Hervet, qui ne partageait pas ses idées, avait, malgré tout, de la sympathie pour ce beau-frère, « les sentiments de famille, commentait sobrement mon grand-père, ça se commande pas... » Mais, sitôt les Allemands vaincus, le parti de Staline, qui ne cède pas volontiers aux ivresses du foyer, ne voulut plus s'exposer à laisser la doctrine de la « Révolution Permanente » contaminer ses adhérents, encore moins un fédéral influent. Mieux valait s'amputer d'un membre sain que risquer la gangrène; c'est pourquoi il y avait eu ici et là, dans l'euphorie de la Libération et le feu de l'action, une dizaine de « bavures » semblables à l'assassinat d'Hervet...

« Que le parti des fusillés devienne le parti des fusilleurs, ça, j'ai pas pu l'encaisser! Et puis, tu vois, tant qu'à faire, je préfère être assassiné par mes ennemis que par mes amis... Tu me diras que le plus simple, de ce point de vue-là, c'est de plus avoir d'amis. Ben oui. Voilà pourquoi j'ai quitté ceux du Parti... » Il reposa le pied sur sa pelle et regarda amoureusement son jardin : « Mais j'ai mes arbres. » Il sourit : « Et puis je vous ai, toi et Béa... »

J'esquissai un geste pour lui sauter au cou; la haie de groseilliers freina mon élan. Déjà il s'était ressaisi; il me gronda : « Non, mais regarde comment que t'as roulé mon fil de fer, on dirait une toile d'araignée! Rembobine-moi ça! Et puis motus aux Zaffini pour ce que je t'ai raconté, hein? N'empêche que de voir le fils à Giuseppe devenir trotskiste, pour moi, c'est comme de voir Hervet moitié vengé! »

Il y eut un crissement de pneus dans l'impasse, près de l'entrée : Philippe venait d'arriver.

Je m'étais finalement convaincue que tout pourrait se passer bien : les fenêtres entrouvertes sur les jonquilles du jardin, un déjeuner paisible arrosé de bons vins, un échange de propos courtois entre Philippe et Nicolas, et mon frère trouvant, au fil des plats, chez chacun des invités l'une des qualités qu'il aimait – la culture chez Solange, la naissance chez Laurence, la beauté chez Carole, et chez les Pertini cette gaieté italienne bon enfant qu'il se plaisait à traquer dans les trattorias du Trastevere; au dessert, Béatrice se mettrait au piano que le docteur Lacroix nous avait laissé et, dans un silence recueilli, nous jouerait une mazurka; puis, tandis que les plus vieux se presseraient autour de la cafetière napolitaine, nous, « les jeunes », esquisserions quelques twists polis dans la pièce d'à côté...

Dès l'apéritif, malheureusement, le ton fut donné : sur une fausse note.

Lorsque j'eus avancé la table roulante chargée de liqueurs, je vis ma grand-mère sortir de sa poche une liasse de petits feuillets qu'elle glissa, avec une grâce appuyée, dans la main de chaque invité. C'étaient des morceaux de papier quadrillé sur lesquels figurait, l'un au-dessous de l'autre, le nom des apéritifs proposés (« Dubonnet », « Pernod », « Cinzano Blanc »), suivi d'une case que nous étions censés cocher. « Attention, lança joyeusement Malise, pressez-vous! on va ramasser... » Où – dans quel « Chez Nous », dans quel « Nous Deux » – ces deux sottes étaient-elles allées pêcher cette idée supposée originale? Solange Drouet, dont la famille était de bonne bourgeoisie nantaise, leva vers moi, lorsqu'elle « toucha » son questionnaire, un regard lourd de bienséante réprobation.

Mon frère, en revanche, avait tiré son stylo de sa poche et s'appliquait, avec des mines de bon élève, à remplir sa commande. Sans doute se disait-il que c'était une pratique en usage dans les banlieues; peut-être même s'enchantait-il d'y trouver encore plus de pittoresque qu'il n'en espérait; il mit, en tout cas, beaucoup de complaisance à trinquer... Combien de temps pourrais-je lui faire prendre les fautes de savoir-vivre pour la courtoisie ouvrière?

La suite du déjeuner fut à la hauteur de son introduction. Dès le hors-d'œuvre, Béatrice mit la politique sur le tapis et réussit à unir, pour la dernière fois, Solange Drouet, Nicolas Zaffini et le vieux Giuseppe dans une cause commune à toute la gauche : pilonner mon malheureux demi-frère qui, par égard pour son oncle député, défendait – d'ailleurs mollement – la politique du général De Gaulle. Quand arriva la daube, Philippe, peu formé à la dialectique du « Café du Commerce » était KO, sans que j'eusse osé lever le petit doigt pour le défendre. Lise, que l'alcool, ajouté aux barbituriques dont on la gavait, avait grisée, put profiter d'une accalmie pour nous assener l'inévitable « Si toi aussi tu m'abandonnes »; sa larme versée, elle enchaîna sur « Le Bois de Chaville » (« Tout ça parce qu'au Bois de Chaville, y avait du muguet »), allusion particulièrement pertinente aux circonstances dans lesquelles Monsieur Valbray avait été amené à divorcer de la mère de mon frère. Quand ma grand-mère, enfin, posa le saladier sur la table en annonçant « les délices de l'escargot », les Pertini avaient déjà lancé la série de toasts traditionnels dans nos faubourgs : « Il est des nôtres, il a bu son verre comme les autres, c'est un ivrogne, ça se voit bien à sa trogne », refrain au terme duquel le convive qu'on honore doit, sous les hurlements de joie de l'assemblée, porter son verre successivement « au frontibus, au mentibus, au nombribus, au sexibus », avant de faire cul sec. Philippe y passa trois fois, la troisième au « chasse-cousin », ce qui ne laissa pas de m'inquiéter pour sa santé car je le savais peu habitué aux boissons fortes.

Dans la fumée des cigarettes et les vapeurs de l'alcool, la température montait et les voix s'éraillaient. Une odeur de graisse froide et de grivoiserie tiède flottait autour de la table. Le jeune Pertini, dont l'esprit de comique-troupier n'était jamais en reste, comparait les femmes aux automobiles et vice-versa : « Quand on les gonfle, elles tiennent neuf mois. Quand on les règle, elles font du cent... « Les amies de Béatrice, accoutumées aux plaisanteries de corps de garde, s'esclaffaient, mais Laurence me jetait des regards éperdus. Nicolas, qu'elle avait pour voisin de table, lui glissa deux bisous dans le cou et la prit par les épaules d'un geste protecteur qu'il réservait depuis toujours aux tendrons d'une quinzaine d'années.

« Encore un que les Allemands n'auront pas! » lança mon grand-père en repoussant son assiette d'un air satisfait et en repliant triomphalement sa serviette. Rosa Zaffini crut venu le moment d'attaquer, entre deux kouglofs, « Les Filles de Camaret », dont mon frère reprit le refrain avec une bonne humeur qui devait beaucoup au « chasse-cousin ».

Dehors, le soir tombait; j'avais chaud, j'avais sommeil, j'aurais aimé m'en aller... Ou me coucher par terre, sur le tapis, pour m'endormir, comme à cinq ans, dans le brouhaha des rires et des éclats de voix.

Etait-ce l'irrésolution de l'ivresse ou celle de la tendresse? Je n'arrivais plus à avoir une vision nette de la situation; comme disent les oculistes, je ne parvenais pas à accommoder : tels ces gens privés de vision binoculaire, qui sont dans l'incapacité de superposer les images, je me trouvais, tout à tour, écœurée ou ravie selon que je regardais ce déjeuner avec mon œil-Philippe ou avec mon œil-Béatrice.

Quand je prenais mon œil-Philippe, la médiocrité de la tablée m'accablait : je ne distinguais plus que les taches de vin sur la nappe, les joues empourprées de Malise, la couverture rouge de l'Almanach Vermot sur le buffet, et la chemise à carreaux de Nicolas. Mais sitôt que j'adoptais l'œil-Béatrice, j'étais frappée par la politesse mécanique, les manières guindées de mon demi-frère : déplié comme un ressort chaque fois que ma grand-mère quittait la table pour porter un plat, il se tenait debout, au garde-à-vous, jusqu'à ce qu'elle se fût rassise, sans même qu'il lui vînt à l'esprit de l'aider : cassé en deux pour baiser cérémonieusement la main d'une femme ivre qui chantait le « De Profundis morpionibus », il laissait le fils Pertini peloter mon amie Carole dont il m'avait pourtant avoué qu'elle lui plaisait... Jamais cette marionnette ridicule, ce trop gentil pantin, ne deviendrait un « vrai petit garçon ».

Récupérant alors mon œil-Brassard pour contempler Evreuil, je m'émerveillais de trouver, à défaut d'humour, tant de joie vraie et de générosité dans nos fêtes; puis, reconsidérant Philippe d'un œil-Valbray, j'admirais cette modestie naïve, cette bonne volonté qui lui faisaient traiter sur un même pied la Mamma Pertini et la Princesse Fornari... La vérité des êtres devait se situer quelque part entre mes deux yeux, à cet endroit précis où, par une étrange infirmité, les images, chez moi, ne se rencontraient pas. Mes amis, à en juger par la simplicité de leurs convictions, n'avaient pas ce souci-là : la plupart étaient borgnes, et croyaient la place des choses définitivement fixée.

Je fus soulagée qu'en prenant l'initiative d'emmener « la jeunesse » danser au salon, Carole mît fin à cette diplopie mentale.

Dès qu'elle eut posé « Fire » sur le plateau et que les accents du jerk envahirent la pièce, je me sentis mieux : si j'ai plusieurs âmes, je n'ai qu'un corps; c'est lui que je rejoins dans la danse. Me trouvant aussi bien dans ma peau que j'étais mal dans mon cœur, je m'appliquais, avec succès, à ramener mes sentiments à mes sensations, l'intelligence à l'instinct et la course des planètes aux mouvements de mon nombril...

Mon frère, que la longueur du repas semblait avoir éprouvé (il n'avait pas coutume de rester à table cinq heures d'affilée devant des assiettes sales et des serviettes froissées) ne se donna pourtant pas le temps de succomber à mes sortilèges de Salomé : profitant de notre passage au salon, il prit congé . « Maintenant qu'il est parti, le grand coincé, on va pouvoir s'amuser! » me jeta Béa sur le ton du défi. Nicolas l'approuva d'un retentissant « Salut les chieurs! », qui atteignit Philippe dans le dos au moment où il passait la porte; puis, sa flèche tirée, Zaffi entraîna Solange Drouet, effarée, et Laurence de Fervacques, surprise mais ravie, dans une farandole échevelée.

Bercée par les harmonies du synthétiseur, frissonnant sous les coups de cymbales comme au claquement d'un fouet, étourdie par l'éclat des guitares électriques, j'atteignis bientôt à une espèce d'ivresse rythmique, d'extase syncopée, d'orgasme cadencé...

De ce bonheur violent que j'éprouvais dans la danse il devait paraître quelque chose à l'extérieur puisque, dans les discothèques de Compiègne où j'allais parfois passer la soirée, les garçons se disputaient la faveur de secouer leur corps auprès du mien et de m'embrasser sous les lasers violets qui balayaient les pistes en plastique de ces décors bon marché.

Pendant quelques semaines, ce fut dans ces dancings de la forêt que, pour oublier la trahison d'Yves et mes propres cruautés, je passai la plupart de mes nuits; mais, fidèle aux idéaux de Renaud, je ne livrai à mes amoureux d'un moment que l'image d'un corps que je leur laissais à peine toucher, l'apparence d'une flamme, l'illusion d'un désir... Au petit matin, quand je sortais de ces caveaux suffocants et moites, ce n'était pas Renaud pourtant qui m'attendait, mais le brouillard vert et glacé, qui me retombait sur le dos comme un manteau mouillé.

Cette année-là, le mois d'avril fut frais. Comme je l'avais prévu, les pousses tendres, les bourgeons, les crocus de la forêt, trop tôt sortis, périrent à la première gelée : ce printemps avorté semblait l'annonce des déconvenues qui attendaient une jeunesse pressée de fleurir, lorsqu'un vent de glace l'aurait privée du fruit de sa précocité...

Mais je ne lisais pas notre avenir dans les futaies : j'étais trop occupée à éviter Yves Le Louarn dans les corridors du lycée. Lui qui, du temps de notre liaison, avait été si discret, portait maintenant son cœur en écharpe avec tant d'ostentation que plusieurs collègues me signalèrent, obligeamment, que « Monsieur le Proviseur » était tombé amoureux de moi...

Il devait d'autant plus regretter nos bonheurs passés qu'il avait maintenant quelques ennuis dans la gestion de son établissement; le Rectorat avait licencié l'un de ses maîtres-auxiliaires et aussitôt, de notre studio de Royalieu était sorti un tract, affiché dans toute la ville, sur le problème de la répression dans les lycées de l'Oise : « Pourquoi Desgenet à Compiègne? Parce que son blouson de cuir et ses " idées nihilistes " compromettent la soumission des élèves à l'administration. Pourquoi Jacob à Pierrefonds? Parce qu'il s'est joint à la lutte des élèves qui exigeaient une réelle liberté d'expression. Pourquoi le déplacement et l'exclusion de nombreux maîtres-auxiliaires? Parce qu'ils révèlent de façon spectaculaire les contradictions du rôle de l'enseignement. Chaque fois que des enseignants montrent par la pratique le contenu de classe de l'enseignement, ils risquent, comme les collègues que nous avons cités, d'être l'objet d'une répression. En conséquence, nous avons formé un collectif inter-établissements. Il faut cesser de nous défendre pour passer à l'offensive... »

Je ne voyais pas sans amusement ce pauvre Yves

contraint de défendre les positions de son Recteur et condamné, pour garder sa place, à se présenter en suppôt d'un régime qu'il combattait. Servitude et grandeur fonctionnaires...

Notre « Comité d'Action Lycéen » était en pleine effervescence; nos jeunes gens faisaient une forte poussée de sève, l'émotion croissait, les tracts se multipliaient, et les portraits de Mao fleurissaient sur tous les murs du studio : Solange, qui ne supportait plus d'appartenir au même parti que son patron et n'avait admis ni l'élection de Rocard (ex-Georges Servet) au Secrétariat National ni l'exclusion de Jean Poperen, venait d'adhérer à l'Union des Jeunesses communistes marxistes-léninistes. Bien qu'elle ne manquât pas une occasion de fustiger les agrégés, je donnais à ses pétitions toutes les signatures qu'elle voulait, et je l'accompagnais à la Mutualité pour applaudir les têtes pensantes du « Comité Vietnam National ». En échange j'aurais bien aimé qu'elle me laissât, de temps à autre, disposer du lit qui m'était attribué. Mais il n'en était plus question : notre modeste HLM était devenu le siège d'un comité de rédaction, la permanence d'un conseil de liaison, le QG d'un groupe d'action, et mon sommier servait successivement de canapé, de dressoir, de bureau, et même de table à langer, jusqu'à deux ou trois heures du matin.

Le lendemain, en parlant à mes « sixième » de la bataille de Chéronée, j'avais les paupières qui tombaient. Ce manque de sommeil m'enfonçait dans une sorte de dépression que je ne parvenais plus à contrôler : je prenais de plus en plus mal les échos que « la Vérité » continuait d'imprimer sur Jean Valbray; j'étais brouillée avec Béatrice, fâchée avec Philippe; et, chaque fois que je le croisais, j'avais envie de gifler Monsieur Le Louarn à la volée pour rendre à son visage la bonne mine qu'il perdait. Solange fit les frais de cette mauvaise humeur.

J'essayais de faire croire aux « seconde » C que les querelles du Parlement de Paris avec la Régente en 1647, quoiqu'un peu dépassées, n'étaient pas absolument indignes de notre commun intérêt – et j'avais besoin de toute la force de ma conviction pour m'en persuader moi-même –, lorsque le niveau sonore monta brutalement dans la classe d'à côté : cris d'oiseaux, pupitres bousculés, braillements divers, piétinements variés. Après avoir tenté de couvrir ce brouhaha d'une voix qui finit par s'enrouer, je me jetai dans le couloir.

« Qu'est-ce qu'il se passe ici? »

J'avais pris mon air le plus sévère, sourcils froncés et lippe amère; mais seuls quelques éléments calmes, qui jouaient au morpion en travers de la porte, me virent entrer : les autres étaient trop occupés à coller des affiches au mur, montrer à leurs voisins une nouvelle passe de karaté, ou danser sur les pupitres groupés en cercle autour d'un centre vide.

Pour mieux me faire comprendre, je sautai sur l'estrade et m'emparai d'un innocent absorbé dans la calligraphie d'une pensée originale sur le tableau noir : « merde aux enculés ». Devant mon air furibond, il eut un geste du bras pour se protéger le visage; je le saisis par le poignet : « Toi, mon petit ami, tu vas m'accompagner chez le censeur, et plus vite que tu ne crois! »

Mon intervention provoqua, au premier rang, l'émotion que j'espérais : des dos frissonnèrent, quelques têtes se tournèrent. « Y a-t-il d'autres candidats pour le conseil de discipline? », dis-je en poussant mon otage en avant. Lentement, dos après dos, la classe, dont je n'avais encore entrevu que le côté pile, me fit face. Les danseurs s'assirent, les avachis se relevèrent, les bavards se turent.

« Où est le chef de classe là-dedans? » Une main hésitante émergea du dernier rang. « Alors? Vous ne savez pas que lorsqu'un de vos professeurs est absent vous devez prévenir le surveillant général?

– Mais...

– Il n'y a pas de " mais "... Filez! »

Il repartit sans demander son reste.

– On ne peut donc pas vous laisser dix minutes sans professeur! Remettez-moi ces tables à leur place.

Docile, le premier rang se rapprocha de l'estrade et se sépara en deux pour reformer la travée centrale. Et soudain, l'hémicycle ouvert, je vis – assise comme une élève à l'un des pupitres du fond, le visage vert et les lèvres pincées – Solange Drouet.

Je ne pouvais plus reculer.

« Bon... Que vous ayez un professeur ou pas, lançai-je, superbe, c'est à moi que vous aurez affaire si j'entends le moindre bruit! » Et, sur cette noble déclaration, je sortis sans attendre le surveillant général avec lequel Solange allait devoir s'expliquer.

Quand je rentrai à Royalieu, je me heurtai à deux valises posées dans l'entrée, où s'entassaient en outre un électrophone, un grille-pain, un transistor et trois mixers LM : Solange avait eu la bonté de me préparer mes paquets. Prenant acte de notre divorce, j'y adjoignis, sans commentaire, les quelques livres et disques qui m'appartenaient (œuvres de Paul Valéry, Fanfares et Défilés) et m'en fus, chargée comme une roulotte tsigane, chercher asile auprès de Carole Massin.

Elle m'accueillit à bras ouverts, et me proposa de m'installer définitivement chez elle.

« Je te demanderai seulement de plus m'appeler Carole... Parce que maintenant je m'appelle Ghislaine. Ghislaine, c'est plus chic quand même! »

Tout en brossant ses longs cheveux elle m'expliqua que, depuis quelques semaines, elle ne travaillait plus aux Nouvelles-Galeries. « Je te le dis pour que tu t'étonnes pas si tu me vois traîner au lit... Quand je serai là, évidemment! Parce que, tu sais, je t'embarrasserai pas souvent! »

Elle avait trouvé un travail d'hôtesse, « par une amie qui tient une agence. Huit ou dix fois par mois, je dîne avec des hommes d'affaires qui ne connaissent pas Paris... »

Il y avait quelque temps que j'avais mon idée sur la vie professionnelle de Carole : intriguée par ce qu'Yves m'en disait, j'avais profité de son absence pour visiter ses placards. J'y avais trouvé une édifiante collection de lingerie, sans parler d'accessoires singuliers, dont je ne connaissais pas toujours l'usage mais dont les formes ne laissaient pas d'être puissamment évocatrices – même si, parfois, je m'y étais trompée : l'accessoire le plus suggestif n'était-il pas, en fin de compte, un simple « bonnet de nez », curieuse prothèse nocturne inventée par Carole pour amincir ses narines qu'elle jugeait épatées?

Comprenant que je la devinais à demi-mot et que je ne la jugeais pas, Carole se laissa enfin aller aux confidences qu'elle retenait depuis trois années. J'appris comment elle avait commencé :

« C'était au " Whisky-Club ", tu sais, cette boîte au bord de la forêt... Je venais d'arriver à Compiègne, mais j'ai tout de suite vu que c'était pas le Bus Palladium, ce truc-là. Pas le rendez-vous de la jeunesse, non! Plutôt le genre " twist des pépés " : des représentants de commerce, des clercs de notaire, des médecins. La cinquantaine pas riche-riche mais aisée, et le vin gai... Enfin, le style Rotary, en plus marrant... Seulement, ça manquait de dames. Moi, j'avais dix-huit ans. J'en paraissais quatorze. Je nattais mes cheveux. Je plaisais. C'est comme ça que, de fil en aiguille, ma Mistouflette, j'ai michetonné... Au début, c'était pour compléter le salaire des Galeries. Pour tout dire, d'ailleurs, au début ça me rapportait pas beaucoup... Sans blague! Je m'y prenais mal, tu comprends, j'arrivais pas à demander l'argent, et puis je savais pas me débarrasser des bonhommes après. Les types, ils restaient longtemps avec moi, et finalement peut-être qu'ils repartaient moins contents qu'avec une fille plus dégourdie... Faut pas se figurer : ça s'apprend! Bon d'accord, ça s'apprend pas à l'université, mais c'est quand même un métier. Remarque, ça m'a pas pris longtemps pour me mettre au courant. A ce moment-là, j'habitais une petite chambre pourrie derrière la mairie, mais, coup de bol, c'était au sixième – une veine, oui, parce que, avec le métier qui venait, je montais l'escalier devant le mec pour qu'il ait le temps de bien me voir bouger, et plus il y avait d'étages, plus je pouvais me réconforter en me disant " Bon, je monte au sixième, mais y aura du boulot de fait avant d'arriver en haut... " Je te choque pas, dis? »

Plus tard, les hommes qu'elle rencontrait lui avaient donné des adresses de discothèques du même genre que le « Whisky », en province; elle n'avait plus gardé qu'un mi-temps aux Nouvelles-Galeries (« J'aimais mieux, question respectabilité, puis pour mon loyer... »), mais le reste de la semaine elle michetonnait un peu partout, du Nord au Midi, sans jamais rester plus de quelques jours dans le même pays. Itinérante.

« Dans ce métier, vaut mieux itinérer, tu sais. Si on veut pas se faire maquer, faut bouger... Moi, j'ai toujours fait gaffe! »

Maintenant, elle était contente d'avoir trouvé ce travail à Paris. « Parce qu'avec mes clients, pour que ça rapporte, fallait que j'aie l'air d'une gamine. Je te dirai pas que j'étais une gagneuse, mais enfin, ça marchait. Seulement, ça devenait de plus en plus dur! Des fois, quand je me regardais dans la glace avec mon nœud dans les cheveux, j'avais envie de rigoler!

– Tes mecs... Tes michetons, comme tu dis, est-ce que tu leur racontais que tu étais mineure? Tu aurais pu les faire chanter...

– On peut pas dire que je les faisais chanter, non. Ils chantent tout seuls, tu sais. Les pôvres, le détournement, à leur âge, ça leur plaît... »

Dans son nouveau travail, elle pouvait enfin abandonner les cols Claudine et avoir l'air de ce qu'elle était : une « hôtesse » de vingt-cinq ans qui avait vu du pays et pouvait en montrer.

– Et puis, les types que l'agence m'envoie, ils sont distingués, Boudiou! La classe, quoi! Ça arrive même que je couche pas. Ils veulent rien que dîner... Et si on couche quand même, c'est que dans des hôtels super luxe. Oh, les lustres qu'il y a, je te dis pas! C'est vrai, Mistouflette, que je te choque pas? – Elle n'en revenait pas de ne pas être condamnée. – J'étais si contente déjà que toi, un professeur, tu t'intéresses à moi...

La radio passait un slow qu'on ne pouvait pas entendre sans danser. Caro portait ses cheveux dénoués, j'ai lâché les miens; à la lueur de sa lampe de chevet la grande vitre du HLM reflétait nos silhouettes jumelles, l'une brune, l'autre rousse.

« Tu nous vois toutes les deux dans une vitrine à

Amsterdam, on ferait un tabac! » Mais elle voulait « s'en sortir »; elle serait décoratrice (j'eus, en un éclair, la vision de millions d'intérieurs framboise-écrasée, meublés de pantins de foire et de crucifix phosphorescents) : « J'ai pas étudié, tu vois. J'ai pas tes facilités. Mais je sens que, pour la décoration, pétard! j'ai un don... T'inquiète pas, je m'en sortirai... D'ailleurs, j'ai jamais fait le trottoir, hein Mistouflette? Et surtout, ça je peux te le jurer, j'ai jamais fait de " spécialités "! Faut pas dramatiser! »

Devant la nuit qui collait aux carreaux nous dansâmes en nous tenant par la main : « Pars, surtout ne te retourne pas, pars », grésillait la voix du chanteur dans le transistor. Les lampadaires gris de la mairie noyaient les parkings dans une nappe de néon, où les tours dressaient leurs proues de paquebots échoués. Tous les jours à Royalieu, comme à Chanteloup, à Grigny, à Evreuil, et dans toutes les banlieues, des architectes inspirés promettaient de « poétiser la ville » – à grands coups de coffrages-tunnels et de préfabrication lourde – et de donner enfin au peuple « les mégastructures articulées » et « les pyramides proliférantes » dont, paraît-il, il rêvait. Derrière les mots, des grues fermaient le ciel de leurs barreaux d'acier. « Pars... » Un panneau rouillé vantait les mérites du Club Méditerranée. Partout des excavatrices, des arbres déracinés, des bétonneuses, la boue des chantiers et ces alignements de fenêtres éteintes, chapelets d'yeux morts, d'espoirs suspendus, de vies en souffrance.

« Oui, dis-je à Carole, on s'en sortira... »

Au milieu des panties rouges, des porte-jarretelles noirs et des nuisettes festonnées que j'avais tirés des commodes, nous terminâmes la soirée sur le grand lit mauve, dans un éclat de rire et un envol de petites culottes.

Mon installation chez Ghislaine-Carole ne m'apporta pas sur-le-champ le soulagement espéré : Caro avait refusé la participation financière que je lui proposais – « Je gagne plus que toi, Mistouflette, et j'ai personne à charge, moi! » – et je me demandais s'il était bien convenable qu'une agrégée vécût ainsi aux crochets d'une modeste prostituée. Ce débat intérieur m'occupa plusieurs journées, au terme desquelles, avec l'argent que j'affectais jusque-là à mon logement, je courus m'acheter une très belle robe couleur d'émeraude et d'espérance, et des cuissardes en vinyle façon Cardin. Ma conscience, dûment interrogée, m'avait en effet prescrit la dissipation. Car n'était-ce pas par un scrupule de pureté que je m'étais débarrassée d'Yves Le Louarn? Cette rupture ne m'avait-elle pas jetée dans un ennui proche de l'accablement? Cet accablement n'avait-il pas provoqué le mouvement d'humeur qui m'avait brouillée avec Solange Drouet? Cette brouille ne m'avait-elle pas forcée de chercher refuge dans l'appartement d'à côté? Puisque le désir de vivre dans la morale et la clarté chères à Renaud conduisait droit au lit de Carole Massin, il fallait suivre ce chemin jusqu'au bout et goûter, sans remords, aux fruits qui le bordaient.

Cette réflexion me fit sentir, néanmoins, le besoin de revoir mon « Hussard ». J'enfilai ma robe neuve et m'en fus passer le week-end à Senlis.

Philippe, en mission d'inspection des Finances du côté de Carpentras, n'était pas là; je ne trouvai, à l'Hôtel de Chérailles, qu'une lettre qu'il adressait à Olga et que la destinataire, gentiment, me communiqua; il y affichait la bonne humeur de rigueur mais, lui qui avait rêvé de rétablir les grands équilibres financiers du pays, commençait, apparemment, à déchanter sur l'intérêt de son métier : « Savez-vous pourquoi je suis gai comme un pinson, aujourd'hui? demandait-il à “ l'amie de maman ”, savez-vous pourquoi je suis ravi? Eh bien, parce que j'ai réussi à découvrir trois carnets de cent *un* tickets dans la caisse d'un percepteur! En arriver là après quatre heures d'efforts est parfaitement ridicule, je vous l'accorde, mais, après tout, ma satisfaction trouvait, selon les bons principes de la comptabilité en partie double, sa contrepartie dans la mine effondrée du percepteur! Ça, c'était une bonne matinée (quand c'est une mauvaise matinée, c'est que je ne trouve *rien du tout* après les mêmes quatre heures d'efforts!). Sur quoi, mon camarade de promotion, Christian

Frétillon, m'assure que compter les tickets et faire peur aux percepteurs est une excellente formation qui permettra de sélectionner (encore!) ceux qui, parmi nous, sont de vrais chefs (l'intéressé étant, bien entendu, avec son mètre soixante, ses cravates à pois et sa vue basse, le type même du chef!)... Ah, comme le chante le poète, " qu'il vienne, le temps dont on s'éprenne! " Dites à Christine que je l'embrasse tendrement. »

L'absence de mon frère et son ton doux-amer ajoutèrent à ma mélancolie; et ce ne fut pas le Renaud maussade et enrhumé, quinteux et bougon à souhait, que je finis par découvrir au fond du parc, qui me changea « les idées ». Ni mes tendresses, ni mes facéties, ni même mes analyses politiques (en désespoir de cause, j'avais tout essayé), ne purent le dérider. De grogs en chaises longues, il traîna sa mauvaise humeur pendant vingt-quatre heures, et s'en libéra dans un éclat.

Nous dînions ce soir-là en petit comité sous l'autorité souriante de la maîtresse de maison qui nous indiquait avec fermeté les sujets d'intérêt général dont il convenait de ne pas s'écarter. Sommé de donner son sentiment sur les derniers romans parus et les jeunes auteurs dont on parlait, Fortier de Leussac s'était exécuté de bon gré. Il parlait d'un nouveau romancier, Thierry Saint-Véran, dont le livre, un remake du « Satiricon », connaissait un certain succès. Dans ces années-là, la mode était aux pastiches, en effet, et aux adaptations modernes d'œuvres anciennes : on tournait « les Liaisons dangereuses 1960 » et « Boccace 70 »; on écrivait « la Fin de Lamiel »; l'Evangile même y passait; découpé en tranches, il alimentait plusieurs biographies du Messie – « l'Homme de Nazareth » dans les librairies et « Jésus-Christ Super-Star » sur les scènes.

Dans cette rage à glisser ses petits pieds dans les grands pas des Anciens, à chausser les chefs-d'œuvre du passé pour courir les sentiers battus, on pouvait voir la marque d'une impuissance à créer, et dire – comme l'avait fait quelques mois plus tôt Bertrand Fortier, chantre affligé d'une « France congédiée par l'Histoire » – que la décadence des empires commence le jour où ils n'ont plus de terres vierges à défricher, et qu'une culture réduite à se nourrir de ses propres références, à se claquemurer dans le « second degré », est une kermesse de fantômes, un ballet de vanités...

– Littérature décadente? Si vous voulez, mon cher Fortier, nous laisserons ces sortes de considérations aux amateurs de ruines, aux Hubert Robert de l'affaissement dont notre époque est si prodigue, coupa Moreau-Bailly que les réminiscences de l' « Ecclésiaste », échappées de loin en loin au chrétien, agaçaient.

– Il semble que le succès de Saint-Véran soit avant tout un succès de scandale, suggéra Anne. Les turpitudes de la bonne société romaine sont tellement à la mode depuis que Fellini...

– A la vérité, ce n'est pas le sujet, pourtant bien usé, qui me gêne dans cette « Vie de Giton », mais le style, précisa Fortier. C'est terriblement classique et très démodé.

Bertrand Fortier, qui n'écrivait bien qu'en alexandrins, affichait, en tant que critique, un goût servile pour les parutions des Editions de Minuit, Ararat de la modernité d'où nous viendrait, croyait-il, le rameau d'olivier annonciateur du renouveau espéré. S'obligeant ainsi à chanter sur tous les tons l'avènement des nouveau-nés conçus au bar du « Pont-Royal » et mis au monde entre la rue du Bac et la rue du Dragon, il avait si souvent dû réchauffer des prématurés et ranimer des avortons, tant de fois tremblé de rater une première dent et craint de se méprendre sur le sens d'un vagissement, qu'il était bien aise de se dédommager de cet esclavage de nourrice en montrant de temps en temps une véritable sévérité à l'égard de ses premiers romans respectueux de la concordance des temps.

« Il est évident, reprit-il en promenant sur l'assemblée le regard du professeur qui rend la composition de français, qu'on ne peut plus écrire comme ça après Céline! »

Il aurait pu, tout aussi bien, choisir Joyce ou Guyotat, et il aurait mieux fait. Au nom de Céline je vis Olga pâlir sous son maquillage et Renaud, occupé à rouler mélancoliquement de la mie de pain autour de son assiette, releva le nez : « Je vous demande pardon, murmura-t-il avec une douceur extrême, voudriez-vous répéter? »

Fortier de Leussac parut surpris : « Je disais qu'on ne peut plus écrire comme Saint-Véran après Céline. C'est évident. Tous les spécialistes vous le confirmeront... Je parle de Céline comme écrivain bien sûr, pas comme...

– J'entends bien... Vous aimez Stendhal, je crois?

– Oui, dit timidement Fortier que le ton de la conversation commençait à inquiéter, c'est le plus grand ro...

– Certainement. Vous aimez aussi Saint-Simon, n'est-ce pas? J'ai lu son éloge sous votre plume... »

Comme un procureur sur un accusé, Renaud braquait son doigt sur notre « grand-écrivain-catholique », celui que la critique, maintenant confraternelle, affectait de considérer comme le digne héritier de Charles Péguy.

– Mais cet éloge de Saint-Simon, bredouilla le poète de plus en plus mal à l'aise, cet éloge, je ne le renie pas.

– Eh bien, j'en suis heureux. Parce que, voyez-vous, on ne peut pas écrire comme Saint-Simon après Marivaux ni comme Stendhal après Victor Hugo!

Olga, qui tenait, sous des pseudonymes variés deux ou trois rubriques littéraires dans la « Gazette des Arts », profita du silence qui suivit pour apporter au « Hussard » le renfort de sa culture, trop contente de pouvoir liquider Céline à travers Fortier.

– Il est vrrrai que Saint-Simon écrivait au milieu du XVIIIe siècle avec des mots du XVIe... Pas le XVIe arrondissement, oÿ! Le siècle, le siècle! (Chaque fois qu'elle était amenée à prononcer une phrase intelligente, ou seulement intellectuelle, Olga l'enluminait de sottises dans les marges pour ne pas démentir sa réputation de légèreté.) Et ce cher Stendhal, qui a écrit « Le Rouge et le Noir » après « Hernani »? Il peint les battements du cœur romantique avec la sécheresse de style du XVIIIe... Je ne suis pas si lettrée que notre ami Renaud, je m'y connais sûrement en littérature comme une chèvrrre en levure, mais je ne crois pas trrrahir sa pensée en disant que ce décalage entre la forme et le fond – le fond de sauce, évidemment, hé! hé! –, ce décalage fait la pérennité d'une œuvre...

Renaud, les yeux baissés, déchirait nerveusement sa boulette de mie. Il rêvait d'en découdre et craignait que l'intervention d'Olga ne le privât du plaisir d'un esclandre.

– Il faut sortir de son siècle pour le décrire sans tomber dans ses excès de vocabulaire, ses ridicules de pensée. Or, mon cher Leussac, on n'en sort jamais par l'avenir, qui nous est fermé : il reste le passé! C'est en retardant bien frrranchement qu'on prend de l'avance!

– Oui, peut-être, dit Bertrand Fortier qui, naturellement « béchamel », retrouvait vite le pli de la conciliation. Si vous voulez... Enfin, bien sûr, il faudrait voir...

– Eh bien, voyez, monsieur! lança Renaud qui avait à peine contenu son agacement pendant le discours d'Olga. Voyez! Et, en attendant, cessez de parler de ce que vous n'avez pas lu et d'admirer sans savoir quoi! Tenez : vous eussiez encensé Casimir Delavigne (sous l'injure personnelle que constituait ce recours à un conditionnel passé – qui appelait un plus-que-parfait du subjonctif dont il proscrivait l'emploi – le « Maître » verdit) si vous eussiez (et ce second « eussiez » glissa à travers la table comme une flèche empoisonnée), si vous eussiez vécu en 1830!

Anne s'empressa autour du blessé : « Vous avez toujours le mot pour rire, mon petit Renaud : Saint-Véran n'est pas Victor Hugo! Que dites-vous de cette tarte, mon cher Bertrand? Elle est faite avec les fraises de mon petit bois d'Ormival... » Olga, confuse d'avoir un moment cédé à la vivacité de son tempérament, se rappelait maintenant l'un de ses dictons yiddish favoris – « Après les fêtes on a du linge sale » – et elle tâchait de rattraper son imprudence en secondant, du mieux qu'elle pouvait, Anne de Chérailles dans sa tâche difficile de réconciliatrice : « Si notre ami Leussac ne connaît pas Ormival, je m'offre à l'y conduire moi-même cet après-midi. Il y a une église romane de toute beauté. Sur ma vie! Elle aurait pu inspirer la chanson de ce parolier pompier... Delmet! “ Je sais une église au fond d'un hameau dont le fin clocher se mirrre dans l'eau ”... », susurra-t-elle avec des mines de vedette du Caf'Conc, tandis que, sous les saucières, la maîtresse de maison et son amant in partibus procédaient à un furieux échange de billets.

Fortier de Leussac, maintenant que l'orage semblait s'éloigner, avait récupéré le sourire accommodant qui lui était habituel et mangeait on ne peut plus obligeamment sa tarte d'Ormival; ce fut donc seulement sur sa lancée, que, presque mécaniquement, pour en terminer, il dit tout bas à sa voisine : « C'était bien la première fois qu'un politicien se permettait de me donner une leçon de littérature...

– Juste compensation à celles, innombrables, où les littératures se mêlent de nous donner les leçons de politique! vociféra le Hussard qui lisait sur les lèvres de son vis-à-vis pour y trouver une occasion de repartir à l'assaut.

– Oh... Cette fois-ci, en voilà assez! dit Anne, que le dernier billet reçu de François avait troublée.

– Vous avez raison, Madame, en voilà assez! »

Se levant d'un bond, Renaud jeta sa serviette sur son assiette et sortit.

La dernière bouchée avalée, je courus à sa chambre. Il avait sa valise à la main et tenait son pardessus sur le bras.

– Quelle mouche vous a piqué?

– Je ne les supporte plus... La droite la plus bête du monde! Ah, Guy Mollet n'avait pas tort, vous savez!

– Je croyais que, de votre propre aveu, vous ne faisiez pas passer la barrière des classes à travers les lits... Auriez-vous été définitivement repoussé?

– Il s'agit bien de cela! Non. Cette espèce de bourgeoisie-là ne me convient décidément pas... Et à vous non plus, Christine, ajouta-t-il en passant un bras affectueux autour de mes épaules, croyez-moi, laissez-les tomber. Vous vous y gâcherez!

– Alors, vous ne viendrez plus?

Il répondit à la question que je ne lui avais pas posée : « Mais nous nous reverrons sûrement, ma petite Christine. Le monde n'est pas si grand! » Il sourit : « Nous avons passé ensemble tant de nuits inoubliables... » Et, sans poser sa valise, il m'embrassa sur la joue.

La semaine suivante j'obtins d'un médecin, que Carole connaissait, un congé de maladie de quarante jours. J'avais grand besoin de mettre Compiègne, Senlis et Evreuil en quarantaine. J'annonçai à Nieves, ravie, que je venais à Rome soigner mon vague à l'âme.

De loin, les malheurs de Jean Valbray m'avaient attendrie; de près, je n'y trouvai plus matière à me tourmenter : en tout cas, je ne pouvais pas être plus royaliste que mon roi. Des soucis de carrière de mon père, Marie-Neige que je questionnais ne savait rien, sinon que l'ambassadeur l'avait priée de préparer leur prochain départ; mais lorsqu'elle avait tenté de l'interroger sur la campagne de presse que menait « la Vérité » , il avait écarté le sujet d'un air dédaigneux : « Bah, ma pauvre amie... Quand ils auront fini, ils s'arrêteront ! »

Je n'eus pas plus de chance quand je tentai d'en savoir plus long :

– Dis-moi... Ces articles dans les journaux français?

– Méprisables!

– Mais vous allez déménager?

– Oui. Pour ne rien te cacher, ce sont des choses qui arrivent dans mon métier! Et plus souvent, d'ordinaire, qu'une fois tous les sept ans...

Ainsi rabrouée, je n'osai pas pousser mes investigations plus avant. Comment, du reste, parler de ses peines et de ses secrets avec un homme qu'on ne sait même pas comment appeler? Parlant de lui à d'autres, il m'arrivait de dire « mon père » ou « papa » (même si c'était moins souvent que « Valmy », « J.V. », « l'Ambassadeur », ou « Monsieur Valbray ») mais, comme il ne m'avait jamais indiqué si je pouvais, en sa présence, prendre cette liberté à laquelle seize années d'indifférence et d'éloignement ne nous avaient ni l'un ni l'autre accoutumés, j'évitais, en lui parlant, de le nommer. Je tournais mes phrases de telle manière que je n'eusse pas à l'appeler; je ne l'appelais pas, je ne l'appelais jamais.

Pour l'apostropher, j'avais recours à des interjections un

peu sottes, ou des périphrases faussement enjouées – des « dis-moi », des « au fait », des « Votre excellente Excellence » – supposées accrocher l'attention de mon interlocuteur. Il s'en amusait tout le premier, sans rien faire, d'ailleurs, pour me mettre à l'aise. Mes « dis-moi », surtout, le mettaient en joie; avant que j'eusse pu poursuivre, il m'interrompait : « Dimoua, dimoua, dimouacoua? »

– Dis-moi... La maison d'Evreuil, finalement, tu comptes en faire quoi?

– Ah, la maison d'Evreuil! A ton avis, est-elle irréparable?

– Absolument irréparable. Il vaudrait mieux renoncer...

– Je crois que tu as raison : nous ne la vendrons pas comme ça.

Il avait dit « irréparable », j'avais entendu : « invendable »; il avait dit « nous ne la vendrons pas comme ça », j'avais compris : « nous ne la vendrons pas »... Ce malentendu me fit sentir pour lui un retour d'affection et me donna l'audace de l'interroger sur mon adoption. Il me confirma que Philippe lui avait envoyé son accord, qu'il avait bien reçu le mien, que le dossier était en règle (il le tira du tiroir de son bureau et le posa sur son sous-main), il n'y manquait qu'un détail : le consentement de ma mère.

– Mais puisque je suis majeure...

– Oui... Aussi n'est-ce pas en tant que mère que son accord est nécessaire, mais comme épouse. Eh oui, que veux-tu? nous sommes toujours mariés! Légalement, je ne puis adopter personne sans l'assentiment de mon conjoint. Evidemment, si nous étions divorcés... Mais sûrement, elle ne refuserait pas son consentement à un acte dont ton bonheur dépendrait?

Je secouai la tête, les yeux pleins de larmes : « Ne rêvons pas. »

« Bien. Comme tu voudras. Ne rêvons plus... » Et il jeta mon dossier d'adoption dans la corbeille à papiers.

Je me levai et marchai jusqu'à la fenêtre de son bureau

pour qu'il ne me vît pas pleurer. A travers le brouillard de mes larmes, je voyais la hampe du drapeau où un pigeon s'était juché, et, sous l'étendard de la patrie, les vasques de la place Farnèse, les façades ocre, les glycines en fleur et le portail de Sainte-Brigitte : l'horizon tranquille d'un bonheur que je n'atteindrais jamais.

Enfin, sur le ton dégagé dont il m'avait suggéré quelques années plus tôt que Paris valait bien une messe, mon père reprit froidement :

« Je ne te cacherai pas que, dans cette affaire de divorce, nous avions, toi et moi, les mêmes intérêts... Quel dommage que nous n'ayons pas su les lier!

– Tu sais bien que j'ai fait ce que je pouvais, bredouillai-je dans un souffle sans me retourner.

– Pas tout à fait... Tu as beaucoup d'influence sur ton grand-père, ne l'oublie pas; et lui en a beaucoup sur sa fille. Pour ne rien te cacher, je ne suis pas surpris que cette vieille bourrique n'ait pas cédé. Brassard n'est pas un homme qu'on achète, je le savais. Mais l'honneur... Ah, l'honneur, pour lui, c'est autre chose. » Il se frottait les mains avec véhémence. « Supposons que ta mère n'ait pas toujours été une vertu. Supposons que j'aie pu en réunir sinon des preuves – car dans ce cas je serais allé droit devant les tribunaux, soyons francs – mais du moins des présomptions très concordantes. Supposons que, de ton côté, tu puisses, en rassemblant tes souvenirs, témoigner que... Oh, non! Non, ne proteste pas! Tu as certainement des souvenirs de cet ordre-là : Lise m'a bien assez trompé! Il suffirait que je t'apprenne deux ou trois choses pour que, dans ta mémoire, tout se remette en place...

– Tu me dégoûtes! »

Le drapeau tricolore agita ses plis. « Bien sûr, bien sûr... Il n'est pas facile de devenir une grande personne. Allons, je reprends tout de même ce dossier... Si tu changes d'avis, tu me trouveras toujours prêt à en reparler. »

Comme, de nouveau, il se penchait sur la corbeille il y eut, au fond, un murmure de papier froissé, le battement d'ailes d'un oiseau tombé; et je crus qu'il allait tirer, de dessous les vieux journaux et les pages déchirées, le corps meurtri d'un de ces passereaux venus du Nord qu'on retrouvait, au matin, morts au pied des paulownias de la Via Cernaia ou des thermes de Dioclétien...

L'hiver, des milliers d'oiseaux tournoyaient ainsi dans le ciel romain, obscurcissant l'air comme un orage. Lentement, ce tourbillon descendait sur la ville, et, à l'instant où le soleil disparaissait derrière l'horizon, ces nuées de moineaux émigrés s'abattaient sur la fontaine et les arbres, face à l'église Sainte-Marie-des-Anges. Doublant chaque rameau d'une aile, chaque feuille d'une huppe ou d'un manteau, ils se serraient les uns contre les autres pour passer la nuit, fuir le froid, sauver leur vie. Si un retardataire tentait alors de trouver une place où percher, il soulevait une tempête de coups de becs et de sifflets; tout l'arbre piaillait, caquetait, tremblait, perdant ses plumes à poignées; longtemps l'oiseau tard-venu voletait de cime en cime sans pouvoir poser ses pattes ni replier ses ailes... A la fin, épuisé, il tombait. A l'aube, les balayeurs en jetaient des dizaines comme lui à la voirie, ils en remplissaient les poubelles municipales et les grandes corbeilles à papiers plantées sur les trottoirs.

Un jour, pour épargner à l'un de ces petits passereaux ramassé au bord du caniveau la tristesse du sort commun, je l'avais glissé dans mon sac et emporté en haut du Passegiata pour l'enterrer. Tandis que j'accomplissais cette besogne funèbre, j'apercevais en contrebas les jardins du palais Corsini où veille le portrait de Béatrice Cenci – son visage pâle et ses yeux tristes tournés vers le fouillis d'herbes et de pilastres effondrés du parc abandonné. En creusant, sous l'abri d'un taillis, le petit trou où j'allais déposer la fauvette brisée, c'était sa figure étroite d'enfant battue, son sourire décoloré que j'avais devant les yeux... La pluie venait de plonger la ville dans une demi-obscurité; mais du sommet de la colline on voyait jusqu'aux Monts Albains, que l'orage avait épargnés : un premier plan sombre, et, tout au fond du tableau, un rayon de soleil éclairant de biais un village ou un château perchés sur une roche tourmentée, comme un paysage de Mantegna.

Je songeais – en ce temps-là avec regret – que de Rome

je ne saurais jamais que ce que savent les visiteurs des musées : la Pieta de Michel-Ange, les jardins Borghèse, les Carrache du Farnèse, et le Passegiata. Par la suite, j'avais compris que c'était tout ce qu'en connaissent les diplomates qu'on y a affectés. Des villes où ils résident les gens de nos ambassades, touristes expérimentés, ne fréquentent que les grands cafés, les antiquaires, les stations de taxis, les galeries réputées, les pinacothèques cachées. Des autochtones qui ont-ils rencontré, à part le personnel de service, les ministres en exercice et les hauts fonctionnaires?

En sept années de séjours je n'avais appris de la ville que ce qu'en apprennent les « chargés d'affaires » et les oiseaux que le froid y a chassés. Pas plus qu'eux, je n'avais cru que je pourrais y faire mon nid; tout au plus avais-je espéré m'y poser le temps d'une saison... Mais il n'y avait plus, depuis longtemps, de place pour moi à l'abri des paulownias.

J'étais donc au Farnèse depuis dix jours, avec diverses peines de cœur, un dossier inutile récupéré in extremis au fond d'une corbeille à papiers, et l'humeur allègre d'un passereau blessé... Un soir, en cherchant à capter sur la radio anglaise la retransmission d'un récital des Beatles pour me changer les idées, je compris qu'il se passait des choses à Paris : il était question d'émeutes, de blessés. Je courus chez Nieves. Elle ne savait rien, « mais si c'était grave, Jean m'en aurait parlé. »

Dans le bureau de Mireille, je trouvai le dernier numéro de « France-Soir » : en première page, des photos de combats de rue; la veille, il y avait eu dix mille manifestants à l'Arc de Triomphe et deux cents blessés au Quartier Latin; des étudiants étaient emprisonnés; on avait fermé la Faculté de Nanterre et la Sorbonne. En page quatre, l'abbé Lambert, parlant au nom de la « Communauté Chrétienne de Nanterre », justifiait la révolte des jeunes de la Faculté des Lettres que, « par un jeu de listes noires d'inspiration politique, le doyen entendait frustrer du fruit de leur effort »; quelques lignes plus bas, il élargissait le débat : « Nous contestons une société qui néglige les profondes aspirations de sa jeunesse. » « Dieu n'est pas conservateur », concluait-il enfin dans l'un de ces élans inspirés qui lui étaient familiers. Photos de visages ensanglantés, de policiers casqués, gros plans sur des matraques : les organisations étudiantes appelaient les travailleurs et les lycéens à manifester le 10 mai.

Mon père, fatigué, s'était déjà retiré dans sa chambre : en sept ans je n'y étais jamais entrée. J'avais dû demander à Philippe à quoi elle ressemblait : « A son bureau, Poussinet. Cent mètres carrés de tapisseries qui ne sont pas à lui, et des meubles de musée. Bien sûr, aucun livre de chevet! Je le soupçonne même de dormir sans se déshabiller pour ne rien révéler à des caméras éventuelles de son intimité. A supposer qu'il ait une intimité!...

Parce que mes amis faisaient la révolution à Paris, ce soir-là j'osai frapper. L'ambassadeur était au fond de son lit, en pyjama. Mon frère s'était trompé : si, sur la table de nuit, je repérai aussitôt les parapheurs prévus, j'aperçus aussi, sur le couvre-pied, un Garcia Marquez inattendu – à Paris, l'auteur était encore inconnu – , et ces « Cent ans de Solitude » en version originale m'intimidèrent.

– Dis-moi... euh... Dis-moi...

Il me regarda par-dessus ses lunettes :

– J'espère que tu ne me déranges pas à cette heure-ci sans d'excellentes raisons?

– Non... qu'est-ce qu'il se passe à Paris?

Il haussa les épaules :

– Rien! Des conneries. Des gamins excités qui sont tombés directement du yéyé dans la rue. Ce sera bientôt réglé... C'est tout?

Mon sang ne fit qu'un tour : j'imaginai Nicolas blessé, Béatrice défigurée, Solange matraquée...

– Je pars.

– Comment ça?

– Oui. Je pars ce soir... Désolée de t'avoir dérangé. Bonsoir.

Marie-Neige m'accompagna en taxi jusqu'à Termini.

« Nieves, je ne peux pas rester : ils font la révolution à Paris... On va flanquer le Vieux à l'hospice! Ma petite Nieves, on va rire! De toute façon tout ça ne pouvait plus durer. »

« Tout ça, quoi? » demanda-t-elle, étonnée. C'était trop long à expliquer...

Je pris le premier train pour la France : un train de nuit, qui n'allait que jusqu'à Marseille; je dus me contenter d'une place assise dans un compartiment où nous étions huit. L'ampoule du plafond resta allumée toute la nuit; mes compagnons de voyage somnolaient, visages usés, mains crevassées. Je ne dormis pas : l'indifférence des voyageurs à des événements que je jugeais graves me confortait dans l'idée de mon propre génie politique. A Marseille je restai quelques heures jusqu'au départ du train pour Paris. Devant la gare Saint-Charles, un Arabe sortit éméché d'un café; un policier voulut contrôler ses papiers; un attroupement se forma autour de lui; des passants ordinaires – mères de famille à cabas, employés de bureau à attaché-case – prenaient l'agent à partie : « Vous pourriez être poli! », « Vous n'avez aucune raison de tutoyer Monsieur », « Ses papiers, mon pote, t'as qu'à te les foutre où je pense! », « Ras le bol de la flicaille... Le policier quitta la place sans demander son reste : on avait changé mon pays.

Je n'arrivai à Paris que le 9 mai, la tête farcie de projets : j'allais demander à Zaffi, qui louait deux pièces dans le Quartier Latin, de m'héberger; ensemble nous allions prendre l'Elysée, libérer les usines, émanciper les lycées... Déjà, j'avais une dette envers les manifestants : en une nuit et une journée ils m'avaient délestée de mes soucis personnels, allégée, lavée. La révolution est, comme la danse, un lieu où vivre au-dessus de soi-même et le meilleur des remèdes contre les chagrins d'amour.

Le 10 mai, je n'avais toujours pas trouvé Nicolas, qui n'avait pas dormi chez lui. En désespoir de cause je décidai de rallier les Comités d'Action Lycéens. A cinq heures du soir, j'étais place Denfert-Rochereau. J'aperçus Chaton perché sur le lion de Belfort. Une grande écharpe rouge autour du cou, il haranguait la foule; par-dessus les cris et les banderoles, des bribes de son discours me parvenaient : « De Gaulle... Tour Eiffel... Harengs avec le peuple... »

Une petite main se glissa dans la mienne : c'était Laurence. Depuis quelques semaines elle vivait dans l'orbite de Solange Drouet, dessinant des affiches pour la Gauche Prolétarienne et des BD pour ce journal de « l'Action Lycéenne » qu'on distribuait à l'entrée du collège; était-ce au dessin, pour lequel elle avait un petit talent, ou à la compagnie omniprésente des amis de Solange qu'elle devait d'avoir retrouvé un semblant d'équilibre? Avec Zaffi, à Evreuil, elle avait dansé; maintenant elle semblait capable de sourire et de tendre la main.

– Je te croyais à Rome, dis donc! Solange disait que tu t'arrangerais sûrement pour ne pas revenir avant que tout soit terminé! N'empêche que je suis contente que tu sois là.

– Et ton père, Laurence?

– Il n'est pas mort...

– Tant pis!

Derrière les drapeaux rouges et les drapeaux noirs, nous descendîmes jusqu'à la prison de la Santé : « Libérez nos camarades! »

Je m'aperçus que Laurence connaissait les paroles de l'Internationale; elle les chantait même de si bon cœur que j'eus honte des scrupules esthétiques qui m'encombraient; je joignis ma voix à la sienne, même si la chanson de Paul Fort – « Si tous les gars du monde » – me paraissait mieux accordée à la nature généreuse et naïve du mouvement qui nous animait. Mais il était dit que, tout le temps que dureraient les fêtes de mai, nous ne sortirions pas des schémas anciens et nous obstinerions à boire une liqueur neuve dans de vieilles tasses.

Nous ne nous en grisâmes pas moins pour cela. Le manque de sommeil des deux dernières journées, le rythme lancinant des slogans, la manière dont nous avions tourné en rond entre Denfert et Montparnasse faute de pouvoir franchir les ponts, la faim, la fatigue de la marche et l'effet de foule m'eurent bientôt amenée à un état proche de l'hypnose. Dès que je fermais les yeux, je voyais danser des millions de points lumineux. Nous avions perdu Chaton et n'avions pas retrouvé Solange Drouet. Je me laissais guider par Laurence comme une aveugle, heureuse de ne plus penser à rien qu'à mettre un pied devant l'autre. Au-dessus des têtes j'apercevais parfois le toit bombé d'un car de police, luisant comme le dos d'un scarabée. Des filles émergeaient de la marée des chevelures, juchées sur le dos d'un garçon pour brandir plus haut une pancarte, un drapeau, poissons volants qui replongeaient bientôt sous la vague. A deux reprises, comme le flot venait battre au pied d'un bâtiment public, je me trouvai, par hasard, dans les premières lignes : « au contact ». Les policiers, rangés derrière leurs casques et leurs écus, prenaient des airs impassibles de légionnaires romains formant la tortue; mais ils avaient le fusil à la bretelle. Mitraillettes ou lance-grenades? Je l'ignorais; je n'avais même pas encore appris à distinguer la police urbaine des CRS ou des Gendarmes mobiles; je faisais mes classes.

La nuit était tombée. Nous n'avions pas délivré nos camarades, pas occupé la Sorbonne, pas pris l'Elysée : nous ne pouvions pas aller nous coucher.

Les garçons dirent qu'on construisait une barricade rue Le Goff; ils venaient de l'entendre à la radio. Un grand barbu brandit un marteau piqueur, volé à un chantier voisin. Des membres du service d'ordre du SNESUP entreprirent d'arracher la grille d'un platane. Laurence alluma le transistor japonais qu'elle portait dans la poche de sa veste; machinalement, elle chercha Europe N° 1 : nous avions écouté si souvent « Salut les Copains »! « Ici Fernand Choisel, qui vous parle de la rue Gay-Lussac... » Déjà le grand barbu attaquait les pavés de la rue au marteau piqueur; d'autres revenaient du chantier, armés de pelles et de pioches pour l'aider; on poussait une Simca 1000 en travers de la rue; on apportait des madriers, on s'emparait des couvercles de poubelles pour en faire des boucliers.

Quand les premiers pavés eurent été extraits du bitume,

les autres vinrent sans difficulté : c'était comme un tricot qu'on défait.

Je les voyais, l'un après l'autre, rebondir sous les coups de pioche et, chaque fois, je croyais entendre ma grand-mère murmurer cette vieille chanson dont elle m'avait bercée :

« Autant de pavés par le monde,
De grands et de petits pavés,
Autant de chagrins encavés
Dans ma pauvre âme vagabonde... »

Mais ces chagrins sautaient l'un après l'autre, comme des dents pourries, gâtées; on ouvrait la terre ainsi qu'on débride une plaie et, le couvercle de pierre et de goudron ôté, apparurent l'argile et le sable : la ville retournait aux champs d'où elle venait, et mon cœur à cette première insouciance d'où je regrettais qu'on l'eût tiré.

Des curieux se montraient aux fenêtres des immeubles, des femmes en chemise de nuit, des hommes en pyjama; les concierges entrouvraient leur porte, des badauds applaudissaient.

Trois gamins du CAL arrivèrent de la place Edmond-Rostand en chantant; d'un baraquement du Luxembourg où les jardiniers de la Ville entreposaient leur matériel, ils rapportaient une grande scie circulaire qu'ils posèrent au pied d'un marronnier. Sous la morsure de la lame, l'arbre frissonna de la base au sommet. « Vous savez qu'il faut trente ans pour en faire un? », cria de sa fenêtre une vieille dame en peignoir. L'un des gosses – il n'avait pas plus de quatorze ou quinze ans – se releva et, en riant : « Ne vous inquiétez pas, Madame, dit-il, si on gagne ce soir, on aura l'éternité pour en replanter! »

Un garçon d'une vingtaine d'années, que les autres appelaient Patrick, me passait des pavés que je donnais à Laurence, qui les tendait à ses voisins; ainsi, de main en main, parvenaient-ils jusqu'à la barricade. Nous faisions la chaîne comme des porteurs d'eau dans un incendie, mais le feu, nous l'allumions. « Ici Fernand Choisel. Je suis au coin de la rue des Irlandais. Une cinquantaine de jeunes s'affairent autour de la barricade de planches et de pavés... », « Jacques Paoli, je reprends l'antenne. Rue Gay-Lussac, il y a maintenant trois barricades. Rue Claude-Bernard, on édifie un barrage de wagonnets de chantier. Boulevard Saint-Michel, on abat des arbres pour interdire l'accès du quartier aux forces de police... »

« Les gendarmes en cavalcade
Me poursuivront après ce coup
Pour m'attacher la corde au cou
Je me bâtis ma barricade! »

Elle faisait bien trois mètres de haut et avait autant l'allure d'une baraque foraine que d'un ouvrage défensif : en bas, appuyées aux voitures rouges et bleues, les grilles des arbres, posées comme des demi-roues de loterie; au milieu, les feuillages de l'arbre coupé, tels qu'on en voit parfois au printemps dans les guinguettes des kermesses et les « parquets » de campagne; au sommet de l'édifice, la guirlande des drapeaux et des banderoles. Deux gars des Beaux-Arts, assis sur le trottoir, jouaient « la Butte Rouge » sur leurs harmonicas. Il ne nous manquait que les majorettes et les feux d'artifice. Nous n'allions pas tarder à les avoir.

Impeccablement rangés derrière leur leader comme derrière un tambour-major, les militants de la Fédération des Etudiants Révolutionnaires, qui tenaient un meeting à la Mutualité, arrivèrent après minuit, drapeaux en tête; du bout de la rue la rumeur les avait précédés, volant de bouche en bouche, de cœur en cœur : « C'est la FER qui vient en renfort! » Le renfort eût été d'importance : les « lambertistes », ce soir-là, étaient un bon millier, organisés comme la Wehrmacht, « sehr korrekt » et disciplinés. Ils parvinrent jusqu'à nous sans encombre car notre barricade était encore, à ce moment-là, la première en partant de la place Maubert. A trois mètres de l'arbre scié, les étudiants trotskistes marquèrent le pas, s'arrêtèrent et chantèrent une Internationale musclée, suivie d'un petit cantique guilleret, dont le refrain affirmait qu'il aurait demain « 500 000 travailleurs au Quartier Latin »; tandis qu'ils proclamaient ainsi la profondeur de leur foi révolutionnaire, je reconnus Nicolas au premier rang, celui des chefs. Je me glissai jusqu'à lui.

– Christine! Qu'est-ce que tu fous là?

– Je te cherche depuis deux jours. Je peux habiter chez toi?

Il me demanda de rentrer avec lui.

– Maintenant?

– Tu ne te figures quand même pas qu'on va rester là! Non, mais vous êtes complètement dingues avec vos barricades, toi et tes petits copains! On n'est plus en 1830, on ne renverse pas le capitalisme avec des pavés. Regardez-vous : on croirait que vous allez tourner la soixantième version des « Misérables ». Des petits-bourgeois, tiens, voilà ce que vous êtes, des petits-bourgeois!

Le caporal donna le signal du départ; les majorettes avaient défilé, elles redescendirent le boulevard Saint-Michel en bon ordre et rentrèrent dans leurs foyers.

Moi aussi j'étais fatiguée, avec des alternances de dépression et d'énervement comme dans ces surprises-parties où l'on a décidé de danser jusqu'au matin et où, entre deux rocks échevelés, deux baisers exaltés on va de coup de pompe en coup de pompe jusqu'à l'heure de la soupe à l'oignon...

La barricade était achevée; seuls quelques perfectionnistes y ajoutaient encore des poubelles, des cartons, un vélo, comme la dernière touche à une œuvre de pop-art. D'autres mitonnaient des cocktails Molotov : « Je te dis que tu te gourres dans les quantités! Secoue pas, bon sang! »

Je m'étais assise sur le capot d'une Peugeot. J'écoutais le transistor de Laurence. Le Préfet de Police lançait un appel aux parents pour que les lycéens rentrent chez eux : ce Grimaud était un ami des Chérailles, je l'avais rencontré à Senlis, il aimait Proust; un homme qui fréquente Céleste Albaret ne peut pas être foncièrement mauvais. Je pris son avertissement au sérieux et, comprenant que le feu d'artifice allait commencer, me dis qu'il valait mieux, en effet, que les petits enfants fussent couchés. « Laurence, tu vas rentrer... » Elle protesta. « Si ! Tu vas aller chez Nicolas, tu m'attendras. » Son visage s'illumina : « Chez Nicolas? » Elle ne fit plus de difficulté pour m'abandonner... Je gardai son transistor.

Patrick, l'arracheur de pavés, s'approcha de moi pour entendre les nouvelles :

– Je crois pas que la police attaquera. C'est de l'intox !

– Ah oui? Et qu'est-ce qu'ils vont faire à ton avis? Donner l'indépendance à la « République-du-Quartier-Latin » comme si c'était San Marin?

A l'autre extrémité de la rue, un groupe d'étudiants du « 22 Mars » bâtissait dans la hâte une seconde barricade. « Ici Fernand Choisel. Tout le Quartier Latin est maintenant hérissé de barrages de voitures et de pavés. On en compte une soixantaine de la fontaine Saint-Michel au boulevard de Port-Royal et de Jussieu à l'Odéon... »

Un gringalet en blouson, qui avait coiffé un casque jaune des Travaux Publics et tenait sous son bras un plan de Paris grand format, dégringola de la barricade derrière nous et se planta au milieu de la rue : « Z'avez vu ce que vous avez fait, bande d'andouilles? Z'avez planté vos barricades les unes derrière les autres, dans les mêmes portions de rue. Vous v's êtes enfermés vous-mêmes ! Plus de sortie. S'rez faits comme des rats, pauv' cons ! »

Je me dis que ce stratège des travaux finis devait être ploytechnicien; en tout cas, il avait le goût de la manœuvre. Toutes les révolutions produisent leur Napoléon; mais, comme l'Histoire s'accélère, le nôtre entrait dans la carrière avant même que nous n'eussions pris la Bastille...

A deux heures du matin, les vraies réjouissances commencèrent. Grenades au chlore, grenades CB, lacrymogènes, fumigènes. De tous côtés nous parvenaient le bruit des explosions, le hurlement des sirènes d'ambulances et des voitures de pompiers. « Il paraît que la barricade de la rue d'Ulm est en train de tomber ! », nous annonçaient des courriers affolés, mais nous ne pouvions pas porter secours aux autres émeutiers : comme l'avait si justement remarqué le Napoléon du pavé, nous étions coincés et condamnés à attendre l'assaut sans bouger. Par les fenêtres grandes ouvertes des immeubles la rumeur des combats nous arrivait, amplifiée par des dizaines de radios allumées : « Le professeur Monod a eu la main arrachée », « Un bébé a été tué », « Vingt mille ouvriers remontent le boulevard Saint-Michel »... Informations et démentis se succédaient; la fébrilité gagnait les plus assurés; quelques filles, dont les jupes étroites et les hauts talons entravaient la marche, se replièrent hâtivement sur la barricade du bout de la rue, escaladant à grand-peine le tas de pavés.

Quand les premières grenades explosèrent à nos pieds, une fumée âcre envahit notre camp retranché et une petite flamme apparut dans les branches des marronniers; Patrick me plaqua au sol : « Bouge pas, les réservoirs des bagnoles vont exploser! » En un éclair, toute la barricade fut embrasée; les voitures garées le long des trottoirs s'enflammèrent à leur tour. Je tenais ma main serrée contre ma bouche et mon nez; mes yeux pleuraient. « C'est les grenades au chlore, dit Patrick, prends ton mouchoir. » Pliée en deux, je reculai vers la barricade du « 22 Mars » . Au-dessus de nous des pavés volaient, croisant les grenades. La vieille dame qui avait regretté l'assassinat du marronnier me lança un torchon mouillé. J'en enveloppai mon visage. Du dernier étage de l'immeuble des hommes balançaient des seaux d'eau sur les voitures en feu.

Dans la fumée j'avais perdu Patrick, et je ne vis pas les CRS arriver. A un mètre de moi, je distinguai soudain une espèce de géant bleu qui s'acharnait à coups de matraque sur un corps allongé : les flics venaient de franchir la barricade, qui brûlait encore. Ramassant un pavé je le lançai de toutes mes forces vers le forcené.

A l'aveuglette, je m'étais rapprochée de la barricade au drapeau noir comme de ma seule chance de salut; lorsqu'un boulon me frôla l'épaule, je compris que je me trouvais entre les matraques des policiers et les projectiles de mes propres amis. « S'rez faits comme des rats, pauv' cons! »

Derrière moi, planqués contre les murs et progressant par bonds vers la barricade anarchiste, les CRS, matraque au poing; devant moi, dans la fumée, les silhouettes des défenseurs et la grêle, de plus en plus dense, des boulons et des pavés. Quelqu'un me saisit par le bras : un homme avec une carte de presse épinglée à son blouson et un appareil photo. « Mais baissez-vous, nom de Dieu! Vous voulez vous faire tuer ou quoi? » Il me poussa dans l'encoignure d'une porte; le vantail s'ouvrit : « Passez par la cour, chuchota la concierge, et prenez le corridor du fond, ça rejoint la rue des Carmes. »

Pendant trois heures, j'errai de la rue des Ecoles à la rue Pierre-Curie, de barricade en barricade, et de matraquage en matraquage, cherchant vainement à gagner l'appartement de Zaffini. J'avais perdu le transistor de Laurence et j'ignorais que le réduit formé par la rue de l'Estrapade, la rue Blainville et la rue Thouin, où vivait Nicolas, tenait toujours : cerné de tous côtés, il ne se rendrait qu'au matin.

Fuyant de la place Edmond-Rostand vers la rue Mouffetard, je tombai, rue des Fossés-Saint-Jacques, sur Alain Chaton : accroupi dans l'entrée d'un cinéma, il regardait brûler sa barricade; le visage illuminé par les flammes, le regard extasié, il murmura comme je lui touchais le bras : « Que c'est beau, la Révolution... Que c'est beau! » Il ne me reconnut pas; peut-être d'ailleurs, avec mon visage barbouillé de larmes et de mascara, mon torchon noué sur les cheveux et mon manteau déchiré, n'étais-je pas reconnaissable. « Suis-moi, Chaton! Allez, magne-toi. » Il ne bougea pas. Les flics approchaient; je l'abandonnai.

Vers cinq heures du matin, épuisée, ayant cassé mes ongles sur les pavés et perdu un soulier, je trouvai refuge derrière Censier, chez un boulanger qui avait ouvert son fournil aux révolutionnaires de passage : une dizaine d'éclopés se pressaient autour de son pétrin; tout en sortant du four ses baguettes dorées, notre hôte nous raconta gentiment qu'il était SFIO, ce qui fit rire les durs et lui valut d'assez méchants quolibets; mais, lorsqu'il nous offrit ses premiers croissants, les filles lui sautèrent au cou :

c'était l'heure du petit déjeuner; il faut savoir terminer une fête...

Dans les jours qui suivirent, la vie s'organisa tant bien que mal dans le petit appartement de la rue Thouin; les lits y faisaient les « trois-huit » car nous étions nombreux : outre Zaffi, Béa et moi, il y avait Laurence de Fervacques, Solange Drouet, réconciliée, et deux copains de Nicolas, Jacquoux et Dauzat; quand les usines fermèrent, nous accueillîmes encore Jo Pertini et son frère. Pendant trois semaines, dans notre deux-pièces du cinquième arrondissement, la « Voix ouvrière » cohabita pacifiquement avec l'OCI, et le « Mouvement du 22 mars » avec les JCR : plus les lits sont étroits, plus les idées doivent être larges...

De notre asile de la rue Thouin je ne garde que des souvenirs joyeux. Le prolétariat, messie collectif, allait apporter le salut à l'humanité en la délivrant du mal; mais nous n'étions pas trop pressés : en attendant le « Grand Soir » et la révolte des ouvriers, chaque étudiant apprenait à porter confortablement sa croix. Je revois Béatrice s'équipant, comme chaque soir, pour sa manif' : un pantalon et des baskets – pour courir plus vite –; un béret qu'elle rembourrait de vieux journaux – pour se protéger des coups de matraque –; de gros gants de laine – pour déterrer les pavés sans s'abîmer les ongles –; un foulard de soie – pour se protéger des lacrymogènes; et un petit parapluie pliant dont elle prétendait user, en cas de nécessité, comme d'un mini-gourdin. A l'instant de passer la porte, elle tendait le pépin dans une parodie de salut fasciste : « Ave Caesar, morituri te salutant » (c'était tout ce qu'elle savait de latin, mais le mot était en situation).

Je revois aussi (car, entre deux Golgothas, nous faisions la pause) la table sur tréteaux encombrée de bouteilles vides et de papiers gras, les deux transistors posés côte à côte sur la commode (nous écoutions en même temps « Luxembourg » et « Europe N° 1 » pour être sûrs de ne rien manquer), et nos journaux qui jonchaient les lits défaits : « Action », « le Pavé », « l'Enragé », « Les Barricades »...

– On ira derrière le Rideau de fer pour organiser le Pouvoir Etudiant, disait Jacquoux qui n'en était pas à un rêve près.

– On ne peut quand même pas parler d'un « Pouvoir Etudiant » comme on parle d'un « Pouvoir Noir » ou d'une « dictature du prolétariat »! Les étudiants ne forment pas une classe, objectait Nicolas.

Et les cendriers se remplissaient tandis qu'ils tentaient, vainement, de couler leurs désirs dans des idéologies préformées.

Le jour, la fumée des cigarettes; le soir, celle des lacrymogènes : nous eûmes, à tous égards, un printemps fumeux... Mais nous étions heureux.

Le soir, quand le temps était doux et qu'on ne se battait nulle part, nous descendions jusqu'à la Sorbonne, moins pour y discuter que pour y découvrir de nouveaux slogans, retrouver des amis ou croiser des célébrités. J'y rencontrai un jour le professeur d'histoire médiévale qui m'avait fait passer mon oral de licence; il était assis sur un banc du Grand amphithéâtre et écoutait religieusement les élucubrations d'un orateur cubain plus prolixe encore que ceux qui l'avaient précédé : « Le drapeau français est fait pour être déchiré et transformé en drapeau rouge », concluait, pour la troisième fois, l'intarissable disciple de Fidel Castro. Près de moi, Laurence bâillait; au bruit insolent de ses mâchoires, le professeur se retourna et leva les yeux sur moi : « Je vous ai bien eue comme élève, vous? » Il hocha la tête, prit son front dans ses mains : « Ma pauvre petite, je ne sais pas ce qui se passe en moi mais, tout d'un coup, ma thèse sur le rire au Moyen Age me paraît d'un ridicule! »

Tout basculait, même les escaliers : en montant au Comité d'Organisation (escalier C 1er étage), où siégeait maintenant Nicolas Zaffini, que Dauzat avait fini par convertir aux barricades et à la lutte spontanée des masses, j'hésitai à poser mon pied sur cette marche qui proclamait : « J'en ai assez d'être une marche! » Je craignais qu'elle ne se dérobât sous mes pas...

Le pays allait sens dessus dessous, comme une nef-des-fous : Chaton avait conquis l'Odéon, Fortier de Leussac voulait prendre l'Académie – qui ne l'avait pas encore accueilli –, et l'abbé Lambert envahissait Saint-Séverin, réclamant, goupillon au poing, qu'on remplaçât la messe par un débat. Pierre Prioux faisait part aux foules de son propre décès : « Prioux est mort, vive l'art collectif, vive le peuple acteur! » Dans les sous-sols de Censier, le spécialiste des Capétiens qui m'avait ridiculisée à Senlis quelques mois plus tôt exprimait son désœuvrement sur la porte des W.-C., avouant au crayon la persistance de désirs incestueux refoulés : « Violez votre Alma mater, nom de Dieu! » A la tribune de l'Assemblée, Hugues de Chérailles, qui avait raté son bac quatre fois de suite, suggérait qu'on laissât des jurys d'étudiants attribuer, à main levée, leur diplôme aux candidats bacheliers. La princesse Fornari, mollement étendue dans une baignoire de l'Odéon qu'envahissaient les puces et les morpions, s'avouait déchirée « entre ses Goya et ses idées », pendant que, sur une montagne de sacs-poubelle, l'infirmière du vieux Chérailles forniquait hâtivement avec un éboueur en grève. Dressé comme la statue du Commandeur au beau milieu des salons du Rectorat, le Richelieu de Philippe de Champaigne faisait des « bulles » de saison, et, dans les amphithéâtres « libérés » , Philippe remorquait des troupeaux de jeunes bourgeoises en visite guidée : affalé sur une banquette, en haut des gradins, auprès de Cynthia Worsley vêtue d'un tailleur Mao à col rouge avec casquette prolétarienne assortie, mon frère grignotait des chips et des noix de cajou, lançant parfois dans la fosse, avec un sourire amusé, une cacahuète grillée.

– Tu es venu avec ta Porsche neuve?

– Tu plaisantes! J'ai emprunté la 4L du gardien...

– Il y a encore de l'essence à Senlis?

Dans un Paris sans carburant et sans transports, qui s'étirait aux dimensions d'un Etat souverain, Vatican de la révolution si bavard qu'il imposait silence à toute la

France, nous marchâmes des heures durant, sans but, dans des rues vides. Le temps était léger, comme mes robes et mes idées. J'avais mis mon cœur en vacances : « déjà dix jours de bonheur »...

Chacun avait, en peu d'instants, trouvé sa vocation. Solange « bombait » des slogans sur les murs du Palais de Justice : « Il est interdit d'interdire »; Nicolas présidait des comités, posait pour des photos, parlait dans les micros, toujours plus radical car les propos extrêmes s'usaient avec rapidité; Laurence, transfigurée, lumineuse, presque belle, regardait Nicolas parler; et moi, marchant au hasard entre deux murailles d'ordures ménagères et de détritus, je n'allais nulle part, aussi lentement que possible. Si j'avais espéré, dans mon enfance, pouvoir être Robespierre ou Danton, je comprenais maintenant que j'avais tout juste l'étoffe d'un Fabre d'Eglantine : j'aurais aimé donner de nouveaux noms aux jours que nous vivions...

Aux environs du 20 mai, je consommai mes derniers litres d'essence en allant à Compiègne chercher quelques vêtements pour Solange et Laurence, qui vivaient, depuis le 10 mai, nues sous des pulls empruntés. Je trouvai Carole à la maison; assise devant l'écran vide de la télévision, elle tricotait.

– Je ne pensais pas te rencontrer là...

– Et comment veux-tu que je travaille? Y a plus de passage : ni trains ni avions! Et les hôtels font grève... J'ai hâte que ça soit fini, tout ce charivari!

Je tentai de lui démontrer que la société l'avait aliénée, que nous allions la délivrer.

– Peut-être, ouais... Mais si c'est pour retourner, après, aux Nouvelles-Galeries même libérées, moi je vous dis « non merci »! Sans compter mon manque à gagner...

Elle se plaignait d'avoir dû dépenser toutes ses économies pour faire des provisions : les placards de la cuisine débordaient d'épicerie, en effet – conserves variées, bouteilles d'huile, pots de Nescafé; il y avait vingt kilos de sucre en morceaux dans ma penderie et dix paquets de lessive sous le lit.

« Tu n'es pas un peu cinglée, quand même? »

Elle prit l'air solennel d'un vétéran qui se souviendrait des famines de la guerre de Cent Ans : « Allez, tu seras peut-être bien contente de les trouver, mes confitures! » Au moment où j'allais partir, elle glissa dans ma valise deux douzaines de petits sablés qu'elle venait de faire cuire et une bouteille de mousseux : « Vous la boirez à ma santé : je serais bien venue avec vous, mais je peux pas m'éloigner du téléphone. Au cas où l'Agence aurait quand même quelque chose à me proposer... Dis à Solange et aux autres que je vous souhaite de gagner. Mais dépêchez-vous! Pour qu'on puisse retravailler... »

Je passai devant le lycée, espérant vaguement y rencontrer Yves. A la porte de la conciergerie, une affiche, décolorée, achevait de se décoller : « Le Louarn, toi et tes sbires, vous n'avez rien compris. On en a marre! Marre du bac qu'on nous fait miroiter pendant sept ans pour refouler nos véritables problèmes : l'ennui, la sexualité, le dégoût de vivre dans un monde d'esclaves... Marre de voir ce que la société a fait de vous, pauvres pantins! Vous nous faites horreur : nous ne voulons pas d'un monde où la garantie de ne pas mourir de faim s'échange contre le risque de périr d'ennui... »

En redescendant sur Paris, je m'arrêtai à Senlis : je devais faire parvenir à Moreau-Bailly un communiqué de la FER sur la répression dans les usines de Flins. Derrière les grilles fermées des « jardins du Roi », l'herbe avait poussé : les gazons n'étaient plus tondus; les jardiniers de la ville, en grève, occupaient le Musée de la Vénerie.

La porte de l'Hôtel de Chérailles était entrouverte; j'entrai sans rencontrer personne. Mal éclairés par un soleil humide qui devait traverser plusieurs épaisseurs de feuillage avant d'atteindre leurs fenêtres, les longs couloirs glauques de la maison avaient ce jour-là l'air de coursives désertées... Le son d'un piano m'amena jusqu'à la « Belle Inutile »; je m'arrêtai sur le seuil.

Anne, que je voyais de dos dans une clarté diffuse de grotte marine, était au clavier; debout, François s'était accoudé au piano, enveloppé dans l'un de ces gilets informes qu'il portait pour avoir l'air plus cérébral, plus dégagé des contingences de la respectabilité; et, l'œil rivé sur la partition, il chantait : « S'il est vrai, Chloris, que tu m'aimes... » L'instrument prenait des sonorités de clavecin et accompagnait sa voix pâle d'une mélodie très XVIIIe, dans le goût des « bergeries » du « Devin de village ».

Je reconnus une chanson de Reynaldo Hahn que Philippe fredonnait parfois; je ne croyais pas qu'on pût encore chanter ce madrigal sérieusement : à l'entendre ainsi modulé par le directeur de la « Presse » entre deux incendies, je me demandai si je ne rêvais pas...

Sans un mot Moreau-Bailly sortit de dessous le « Chloris » un autre cahier, et aussitôt le piano préluda sur un mode plus grave, plus lent, où les dissonances mettaient des nuances de mélancolie : « Oublie, ô Pholoé, la lyre et les festins, les dieux heureux, les nuits si brèves, les bons vins, et les jeunes désirs volant aux lèvres roses... »

Etait-ce à cause du sujet? Ou de l'amitié qui avait si longtemps lié les deux hommes? Il me sembla que la phrase de Reynaldo, toujours suspendue, reprise et jamais posée, adoptait le rythme même de la phrase proustienne; comme la respiration d'un être cher, comme une forêt sans clairière où l'on s'égare avec l'homme qu'on aime, on désirait qu'elle ne finît jamais.

Le chanteur connaissait assez bien cette partition pour la chanter sans la lire; mais, bien qu'il me fît face, il ne me vit pas : de ses yeux pâles il regardait Anne, qui ne pouvait pas m'entendre puisqu'elle écoutait François.

« ... L'âge vient, il t'effleure en son vol diligent et mêle en tes cheveux, semés de fils d'argent, la pâle asphodèle à tes roses. » A l'instant où il parla des « fils d'argent », Moreau-Bailly posa doucement sa main sur l'épaule de la pianiste; elle, sans cesser de jouer, pencha la tête de côté pour que sa joue vînt, dans l'ombre verte, frôler le poignet de l'homme à la chevelure grisonnante.

Ma première pensée, en pénétrant dans la galerie, avait été que, après avoir joué au Tout-Paris la comédie de Tristan et Yseult, la comtesse et le journaliste allaient maintenant nous infliger la farce de Philémon et Baucis. Jusqu'à ce jour, j'étais restée persuadée en effet, comme le vieux Chérailles et les mieux informés de ses invités, que Moreau-Bailly nourrissait un penchant coupable pour le petit Escudier, que Madame de Chérailles éprouvait des sentiments un peu vifs pour son amie Kirchner, et qu'enfin cette liaison, tant célébrée, n'était, pour l'un et l'autre, qu'un paravent commode. Tout au plus consentais-je à voir dans leur numéro public, si bien rodé, la marque d'une vraie communion d'esprit et d'une forme particulière d'amitié – société d'admiration mutuelle et d'entraide mondaine, solidarité des délits partagés... Mais soudain le geste de François, celui d'Anne, la tendresse que tous deux se manifestaient sans témoins, l'accord de cette voix et de ce piano dans la maison vide, l'irréelle harmonie de ces deux âmes communiant dans une musique désuète à l'heure de la tourmente, me convainquirent que les malins s'abusaient : si le directeur de « la Presse » et la propriétaire de « la Gazette des Arts » n'étaient peut-être pas amants, ils étaient beaucoup plus que cela.

Un instant, à les voir en si parfaite conformité de sentiment et tellement occupés l'un de l'autre qu'ils se coupaient du monde, l'idée m'effleura même qu'ils formaient le couple le mieux assorti qu'il m'eût été donné de rencontrer; mais, à peine m'en étais-je fait la réflexion que je m'en voulus de ma légèreté : même si je devais convenir aujourd'hui qu'il entrait de l'amour dans leur duo, je sentais bien qu'ils n'avaient jamais formé ce qu'on appelle « un couple ».

Leur union, presque asexuée, évoquait plutôt l'une de ces associations, très littéraires et très britanniques, à la mode des années vingt – Virginia Woolf et son mari, Vita Sackville-West et le sien –, liaisons bâtardes, mariages en trompe l'œil, faux ménages et vrais malheurs, où bien des choses pouvaient entrer, il est vrai, même la passion, mais dans lesquels il me semblait qu'on ne pouvait pas s'engager sans être jeune et naïf, ou très vieux et très désespéré... Comme je n'étais plus innocente et que je ne me croyais pas encore blasée, je fus surprise de me trouver intéressée – et même plus émue que je ne l'aurais voulu – par le spectacle de tendresse sereine et inachevée qu'Anne et François me donnaient. Immobile à l'entrée de la « Belle Inutile », je ne parvenais pas, en effet, à décider si leur étrange association était plus ridicule ou plus admirable, s'il fallait davantage les plaindre ou les envier.

Songeant au mot qui courait autrefois sur le fameux Joubert, je me dis qu'eux aussi avaient l'air de deux âmes qui auraient trouvé des corps par hasard et s'en tireraient comme elles pourraient. Mais ce soir sous mes yeux, loin du tumulte et des contingences, ces âmes, brièvement désincarnées, se joignaient... Et, tandis qu'Anne, grisée par la musique, baisait religieusement le poignet de son chanteur, je demeurai suspendue entre le malaise et le désir, le sourire et les larmes, mettant mon trouble sur le compte de la fatigue et de l'énervement des derniers jours.

Reynaldo Hahn vint mettre un terme à cette confusion de sentiments; je dus, en effet, étouffer un grand rire sous une quinte de toux lorsque j'entendis les paroles de la chanson suivante :

« Le ciel est par-dessus le toit, si bleu, si calme,

Cette paisible rumeur-là vient de la ville »

psalmodiait le directeur d'un des plus grands quotidiens français sourd au crépitement des grenades et au choc des « événements »...

Dérangés dans leur empyrée par mon éclat d'hilarité et le violent toussotement par lequel j'essayai de le camoufler, les musiciens amoureux consentirent enfin à s'aviser de ma présence.

Anne se précipita sur moi pour m'embrasser; je pris garde à ne pas lui administrer les quatre bisous en usage dans ma famille et m'arrêtai aux deux baisers convenables. « Mais on dirait que tu te civilises, Poussinet! », eût dit le jeune dandy qui, sur les bancs de la Sorbonne, jouait depuis trois nuits les esthètes de la révolution aux côtés de la « Worsley and Co », camouflée en « mao ».

Je donnai rapidement les raisons de ma visite; mais j'eus de la peine à commenter avec conviction le communiqué de la FER : Reynaldo Hahn et les amours de Madame de Chérailles m'avaient menée un peu loin du « front des luttes »...

Par bonheur, François Moreau-Bailly ne s'intéressait pas aux turpitudes de la CGT. D'un mariage qui n'avait guère duré il gardait un fils de vingt-deux ans, et le boycott des examens était tout ce qui le préoccupait. Je dus discuter avec lui la possibilité d'attribuer les diplômes par ordre alphabétique et l'hypothèse d'une validation automatique de l'année scolaire pour tous les inscrits. « Mais, finalement, vous allez peut-être vous décider à les passer, ces examens? Ce serait tellement plus raisonnable! »

Il y avait huit jours qu'on avait rappelé les réservistes de la Gendarmerie, que huit cent mille ouvriers avaient défilé dans Paris, que vingt-neuf compagnies de CRS et soixante-treize escadrons de gendarmes mobiles campaient, l'arme au pied, sur l'esplanade des Invalides et les Champs-Elysées, que les grèves et les séquestrations de P.D.G. s'étaient étendues au pays entier... et le directeur de « la Presse » s'inquiétait du mode d'attribution des doctorats! Cet homme qui faisait l'opinion avait une semaine de retard sur l'événement – un siècle, en ces temps où l'analyse la plus pertinente, le pronostic le plus solide, se démodaient en trois heures...

Je remontai dans ma voiture, chargée d'encombrants bouquets; les « roses Chérailles », qu'Anne avait inventées par hybridation d'une variété d'églantier, étaient aussi champêtres et efficaces que leur créatrice : évoquant, pour la couleur, les fraises à la crème d'Orcival et, pour la forme, le trèfle à quatre feuilles, elles répandaient un parfum tenace de thé de Chine. Déjà leurs effluves couvraient l'odeur du bidon d'essence détourné des usines LM occupées, précieux « breuvage » dont Anne m'avait également gratifiée et qui rejoignit, dans le coffre, le mousseux de Caro.

– Comment Monsieur de Chérailles prend-il l'occupation de votre usine de Noyon et la séquestration de son fondé de pouvoir?

– Très mal, on dirait. Mais il est en cure à Abano et, avec les grèves, il ne peut plus rentrer... Il s'en venge en injuriant Berton au téléphone. Philippe a suggéré à son grand-père de demander asile au Farnèse, mais entre mon père et Jean, vous savez, ça a toujours été... Dites-moi, Christine, à propos de Philippe, j'espère qu'il ne s'expose pas?

L'idée d'un Philippe « s'exposant » me parut si incongrue que j'éclatai de rire : « Oh non! Il s'exposerait tout au plus à un blâme de son administration! Mais ne craignez rien. Les bureaux des Finances sont vides, eux aussi. »

Anne de Chérailles poussa un soupir de soulagement et regarda ma 2CV s'éloigner en agitant la main. Jusqu'au tournant de la rue, je contemplai dans mon rétroviseur sa longue silhouette de tweed et cette chevelure blonde où l'âge mêlait « la pâle asphodèle à ses roses »...

Un jour que je lui avais envoyé dans sa prison de Rennes quelques catalogues d'horticulture et de vieux numéros de « Maison et Jardins » qu'elle m'avait réclamés, Christine m'adressa, en remerciement, une longue lettre où elle me décrivait les merveilles de la roseraie de Senlis. Elle pensait que je la visiterais un jour. Je le supposais aussi. Mais je n'avais, à cette époque, ni jardin ni balcon et, parce que je préférais les iris de Gallé aux baccaras d'Interflora, je me croyais indifférente à la beauté des roses; manque de place ou négligence, j'imagine que cette lettre finit au panier...

Plus tard, j'ai tenté d'en reconstituer le texte égaré; pour mieux me représenter les fleurs qu'Anne faisait pousser dans sa serre, au pied du rempart et tout autour de l'ancien cimetière des comtes de Chérailles, je me suis aidée d'ouvrages spécialisés, grâce auxquels la « rose Chérailles » ne n'est plus tout à fait inconnue. Un manuel illustré m'a appris, en effet, que « l'oubli dans lequel est tombée cette variété, née en 1958, est injuste car elle pouvait couvrir tout un treillage de ses fleurs légères, presque éthérées ». La photo qui accompagnait la légende montrait, grimpant au mur d'une chaumière, une petite rose à l'ancienne que la simplicité de ses formes apparentait à l'églantier ou à la fleur du pêcher tandis que ses tons mauves fanés, lisérés de blanc, évoquaient tantôt les reflets nacrés de la « Cécile Brunner », tantôt l'opulence couperosée de la très britannique « Flight ». Au contraire de ces rosiers modernes qu'on croirait avides d'imiter leurs contrefaçons plastifiées, le rosier Chérailles ne produisait aucune fleur isolée, mais lâchait, sur le fond clair de son feuillage, des grappes de bouquets froissés que les soleils et les pluies semblaient avoir décolorés au gré de leur fantaisie, laissant, ici, un pétale pourpre déteindre sur un pétale blanc, là, un cœur irisé déborder sur une corolle trop pâle. En fermant à demi les yeux, j'imaginais les guirlandes délavées d'un très vieux Chintz, d'une cretonne passée. C'était une fleur faite exprès pour un jardin de curé, une procession de Fête-Dieu, une grand-mère 1900 et un dimanche à la campagne...

Anne n'aimait que les fleurs d'autrefois, m'avait expliqué Christine; plus antiquaire que jardinière, elle s'efforçait de réacclimater d'anciennes variétés qui avaient déserté le sol français, ou tentait de retrouver, de greffon en greffon, des espèces disparues. Aussi sa roseraie mêlait-elle, au mépris de la cohérence politique, les restes de l'Empire aux gloires de la Restauration et la sombre « rose du Roi », créée en 1815, à ce « Souvenir de la Malmaison » qui répandait dans les allées le parfum de Joséphine de Beauharnais...

Je présume qu'on devait y trouver aussi cette « Cent-feuilles » chère aux anciens Grecs, la « Kazanlik » jaillie des buissons d'Ispahan pour donner aux sultanes leurs plus suaves eaux de senteur, ou cette « Albertine », fleur des jeunes filles en fleurs, née au pied d'une pergola, mûrie à l'ombre des vérandas et séchée en bouquets de mariée sous le globe de verre des garnitures de cheminées. Dans les massifs et sur les palissades je voyais, par la pensée, succéder à la

Fantôme », comme il l'appelait. Je l'imaginais, suivant les péripéties de notre combat avec la même émotion, candide, bon public, que lui donnaient les matches de catch à la télévision.

Le corps penché en avant et le cou tendu vers l'écran, il souffrait avec les lutteurs, s'indignait, s'enthousiasmait, sans abdiquer tout à fait cette retenue altière qui lui était naturelle; à peine s'il laissait échapper de temps en temps un soupir, un grommellement, mais ses pommettes s'empourpraient, ses yeux brillaient et si, par hasard, nous passions en jouant devant l'appareil il s'emportait : « Bon, je coupe! C'est ça que vous voulez? »

Nous nous en moquions : « Mais, Pépé, tout ça c'est du chiqué! »

« Ah, foutez-moi la paix », murmurait-il de l'air désespéré d'un mal-aimé.

Il était écrit que tous les combats truqués l'abuseraient. Moi, qui voyais maintenant Cynthia Worsley et ses amies déambuler rue des Ecoles, le « Petit Livre Rouge » sous le bras, et le Père Prioux passer en vedette à l'Odéon, je savais bien que nous ne nous battions pas pour que nos enfants aient du pain et des œufs. Nous nous battions, comme le disaient les gamins de Compiègne, « pour nos véritables problèmes : l'ennui, la sexualité... » Quant à Zaffini, j'étais choqué que, sacralisant le prolétaire en général, il méprisât autant son père en particulier. Sans parler de son amitié pour Dauzat, qui, fils de bourgeois, affrontait les CRS, fils d'ouvriers, avec toute l'arrogance d'un dandy!

Les petites frondes bricolées avec amour me parurent mériter de plus nobles guerriers. Je les remballai dans leur papier d'origine et les cachai au fond de ma valise. J'avais beau pressentir que tous, même la princesse Fornari, même Zaffi, même Fortier, nous avions dans nos âmes torses un vrai canton d'espérance, un authentique coin de folie, et que le double jeu n'est pas toujours exclusif de la sincérité, je ne croyais pas – à l'inverse de mes « camarades de combat » – que le fait de comprendre imposât d'excuser.

Olga Kirchner semblait partager cet état d'esprit. Je la

rencontrai un matin, rue de Seine, alors qu'elle sortait de sa galerie, dont les volets de bois restaient, depuis deux semaines, hermétiquement clos. Elle ne tomba pas dans mes bras avec des transports de joie, comme elle l'affectait à Senlis depuis qu'un jour elle m'avait surprise sortant du bain, le peignoir entrouvert; elle ne me prit pas par les épaules, ne s'appuya pas sur mon bras, n'arrangea pas ma coiffure, ne caressa pas mon genou, et ne me chuchota rien à l'oreille; elle se borna à me demander sèchement comment j'allais.

« Je sais que je n'ai pas bonne mine, lui dis-je. C'est le manque de sommeil, nous menons tous une existence fatigante en ce moment. Et puis, respirer chaque nuit des gaz lacrymogènes, ce n'est pas bon pour les poumons... Les " forces de l'ordre " nous mènent la vie dure, vous savez. Mais il faut résister. »

Elle était en train de refermer sa porte à clef; pivotant sur ses talons, elle se tourna vers moi, avec ses yeux vairons qui lui sortaient de la tête : « Résister? Guevalt, résister! Savez-vous ce que c'était, " résister " pour nous dans les camps? C'était ramasser jusqu'à la dernière patate, la dernière miette de pain pour ne pas mourir de faim dans les baraques, c'était voler la chemise des morts pour ne pas crever de froid sur les chantiers, c'était garder les yeux ouverts pendant les appels qui duraient des nuits entières. »

Elle parlait d'une voix coupante et sans rouler les « r », oubliant dans sa colère de prendre cet accent slavo-cubain qu'Anne jugeait si séduisant.

« Résister, c'était ne pas se liquéfier avec ses tripes dans un coin des latrines, ne pas s'effondrer le crâne brisé sous les coups d'un kapo, c'était se répéter " si je sors d'ici " alors qu'on n'avait pas une chance sur mille d'en sortir, c'était se dire " ils me le paieront " alors qu'on savait déjà qu'ils ne le paieraient jamais... Oÿ! Allez jouer à la petite guerre, à la micro-révolution, au mini-martyre... Allez jouer aux petits cons! »

Le 24 mai, « Le Vieux Fantôme » fit un discours qui désespéra ses partisans : il nous promit tout ce que nous réclamions... mais pour plus tard.

Nous étions quelques milliers devant la gare de Lyon. Quand nos transistors se furent tus, « cette vieille andouille », dit Dauzat, « il a mis trois semaines pour annoncer qu'il allait entreprendre dans un mois ce qu'il n'avait pas réussi à faire en dix ans! » La cause était entendue.

De mystérieux émissaires vinrent nous avertir que les ponts vers le Parlement, les ministères, et les studios de télévision de Cognacq-Jay, n'étaient plus gardés; des CRS faisaient savoir aux émeutiers qu'en aucun cas ils ne tireraient sur ceux qui voudraient passer; le VIIe arrondissement se déclarait « ville ouverte ».

« Ne tombez pas dans le piège, camarades! hurla un délégué de la CGT, c'est une provocation! » Et, tandis que les rues se remplissaient de drapeaux noirs et de poings levés, le Parti Communiste et son syndicat-gigogne canalisèrent une jeunesse incertaine de ses projets vers les quartiers ordinairement dévolus à son défoulement : les Ve, VIe et XIVe; aux loubards venus de la banlieue le service d'ordre du PC abandonna en prime le IIe arrondissement, dont la mise à sac ne dérangeait pas grand monde.

Il y eut encore des vitrines brisées, des voitures incendiées, des arbres abattus et des blessés.

« La nuit terrible », « Nuit tragique à Paris », « Le camp retranché a tenu jusqu'à l'aube », « Spectacle de désolation » : les journaux s'en donnaient à cœur joie. La presse était, il est vrai, la seule industrie qui fonctionnât encore dans le pays.

Quant à l'Etat, que le parti de Béatrice venait de sauver, il s'était retiré du débat : il avait suffi que des enfants vissent le Roi nu pour que, l'un après l'autre, Matignon, l'Elysée et l'Intérieur sombrassent dans une étrange léthargie. La légalité évanouie, aucun pouvoir d'opposition ne paraissait apte à se substituer aux autorités défaillantes : le PC poursuivait activement sa politique d'immobilité; les autres se laissaient dérober par leur propre agitation. « Je ne peux plus contrôler personne », m'avoua Nicolas à l'aube du 25 mai; « Nous ne savons pas quand les manifestations s'arrêteront, mais tant qu'elles dureront nous y participerons », proclama crânement un autre leader étudiant; « Où voulez-vous aller? », lançait un troisième, perché sur une statue, aux « enragés » qui l'entouraient : les chefs suivaient leurs troupes sans espérer les rattraper...

Ce fut au lendemain de cette nuit mémorable, terminée avec Solange Drouet et Pierre Prioux sur une barricade de la rue de Rennes, mon « côté de chez Swann » embrassant mon « côté de Guermantes » sur fond d'ambulances et d'incendies, que mon père arriva.

Apparemment, il débarquait à Paris de sa propre initiative, non pas, comme tant d'autres, pour venir aux nouvelles, mais pour voler au secours de « l'homme du 18 Juin », en ancien officier d'ordonnance fidèle et stylé. Comment il avait voyagé, il ne me le dit pas : sur un tapis volant? dans le coffre d'un routier? un avion du GLAM? ou une camionnette des RG? En tout cas, l'apparition d'un extraterrestre ne m'eût pas intimidée davantage que l'entrée hautaine de ce gaulliste de choc dans notre bouge révolutionnaire.

Il avait fait irruption chez Nicolas au moment où je m'apprêtais à sortir, et, jetant un coup d'œil méprisant sur notre désordre idéologique, il me précisa sobrement qu'il avait obtenu mon adresse par Philippe; ce point d'histoire précisé, il borna au minimum ses civilités : « Tu as bien une voiture? As-tu encore de l'essence? » Il me restait deux ou trois litres du bidon Chérailles. « Parfait. Tu vas me conduire au Quai. »

Comme il accompagnait cet ordre d'un médaillon qui avait appartenu autrefois à ma grand-mère Valbray, d'un Apollinaire de « la Pléiade » (« j'ai coché mes poèmes préférés, et j'aimerais bien savoir ce qu'en pense ma petite lettrée ») et d'une tape affectueuse sur ma joue (« je te trouve bien pâle, ma pauvre enfant »), je vis mal comment lui désobéir... Sans doute osai-je à cet instant, pour le remercier ou pour gagner du temps, une plaisanterie, une familiarité : il rit. D'habitude, quand il souriait, ce n'était jamais pour évacuer un trop-plein de gaieté, mais pour se moquer – de lui même ou des autres –; à moins qu'il n'affichât ce sourire japonais de pure convenance qui dissimule plus qu'il ne révèle, sourire si parfaitement adapté à la carrière diplomatique qu'il en abusait... En tout cas, c'était la première fois que je le voyais rire aux éclats. Et ce fut comme une banquise qui craque, un jour violet sur la Baltique, une aurore boréale, une nuit de Saint-Jean : terrifiant et enivrant. Toutes nos folies de mai tenaient dans ce rire inopiné, violent, indécent. Vaincue par ce dégel, j'eus envie de me jeter dans ses bras. Mais je refrénai prudemment cet élan et lui représentai seulement que si j'avais quelque chance d'atteindre le ministère, il était peu probable que je pusse en repartir sans courir le risque de tomber en panne sèche.

« Je te ferai faire le plein là-bas. Les cuves des administrations ont des réserves. »

Docilement je jouai les taxis à travers un Paris « désembouteillé » où le jour et la nuit semblaient inversés : après des minuits chauds, de calmes midis – silencieux, dépeuplés; les combattants récupéraient.

Quai d'Orsay, un rempart de gendarmes mobiles protégeait sans conviction les bâtiments du ministère et du Palais-Bourbon. Les murailles tombèrent au vu du coupe-file tricolore qu'exhiba mon père. Ma 2CV fit une entrée triomphale dans la Cour d'Honneur.

J'avais pensé repartir sitôt le plein fait; mais mon père avait d'autres projets. Nous traversâmes deux petites cours sombres qui donnaient sur la rue de l'Université; dans un coin, sous des arcades, un tas de papiers achevait de brûler.

Ayant parcouru les couloirs obscurs de la « Valise Diplomatique » et passé quelques antichambres poussiéreuses (les femmes de service étaient en grève depuis deux semaines et, sur les paliers, les guérites des huissiers semblaient elles-mêmes désertées), ayant ensuite grimpé et redescendu plusieurs escaliers mal entretenus où seuls les portraits des ministres des Affaires étrangères défunts mettaient une note de gaieté, nous parvînmes, par les derrières, à des corridors tapissés de moquettes à ramages, éclairés de lustres à pampilles, et ornés des verdures et Gobelins mythologiques chers au Mobilier National; des doubles portes à filets dorés, capitonnées de cuir miel ou de velours grenat, avaient succédé aux portes basses, ripolinées de gris et de « caca-d'oie » : mon habitude des ambassades m'avertit que nous approchions des centres de décisions. Mais ils ne paraissaient pas plus fréquentés que les bureaux miteux de la périphérie. C'était véritablement le palais de la Belle au bois dormant.

Nous pénétrâmes dans une salle de conférences où, sur une table à tapis vert, s'entassaient des cartons mal ficelés, emplis à la hâte de fiches et de dossiers; au fond de la pièce, un coffre-fort, dont mon père lut la combinaison sur une petite carte à en-tête du Cabinet et tira un porte-documents usagé que gonflait une liasse de dépêches. Il me chargea du paquet tandis qu'il s'emparait lui-même de deux des cartons et, par le même labyrinthe, nous regagnâmes ma voiture, sans échanger une parole.

La 2CV chargée jusqu'au toit, je me permis de lui demander où nous allions.

– A Evreuil, me dit-il comme si la chose allait de soi.

L'endroit lui paraissait sûr et les greniers assez vastes pour abriter tous les secrets de l'Etat.

– Tu ne vas quand même pas te montrer là-bas?

– Je t'attendrai au coin de l'impasse. Peux-tu décharger la voiture seule?

Mon grand-père m'aida : je lui dis que je devais cacher des documents pendant quelque temps; il ne me posa pas de questions, persuadé sans doute qu'il s'agissait des archives de la révolution. Comme si les révolutions avaient le temps de constituer des archives...

Je récupérai mon père sous le réverbère où je l'avais laissé; il me parut fatigué. En tout cas, il avait cessé de rire et roulait de sombres pensées : « Songe, me dit-il à la Porte des Lilas, que les petits copains de ton Cohn-Bendit ont osé écrire sur les murs du Farnèse que " l'Europe Rouge commence à Paris ". En plein sur ma façade! Avec des lettres d'un mètre de haut! Passe pour les occupations d'usines, passe encore pour les voitures brûlées, mais ça, vraiment!... »

Les jours suivants, j'étais rodée : quand l'ambassadeur revint me chercher, j'emportai le sac de voyage de Solange pour pouvoir déménager plus commodément ses kilos de paperasses. En compagnie de mon « passe-murailles », je visitai, en effet, d'autres couloirs, d'autres services, d'autres coffres : de charmantes choses Louis-Philippe en acajou qui, dissimulant des blindages de même époque, eussent fait le bonheur d'un cambrioleur maladroit; des classeurs de métal vert style Banque de France; des cassettes mignonnes comme des coffrets à bijoux, retranchées derrière des tableaux; et de grandes armoires blanches qui ressemblaient à des réfrigérateurs américains, mais ne gardaient au frais que des « pot-aux-roses » et des « anguilles-sous-roches ».

Après la démission d'Alain Peyrefitte le 28, et la manifestation de Charlety, les méthodes artisanales de mon père se révélèrent pourtant trop lentes pour suivre le mouvement, toujours plus rapide, de l'Histoire en marche. Dans la cour où j'avais aperçu, le premier jour, quelques papiers consumés, on ralluma un bûcher, arrosé de l'essence réservée aux membres du cabinet, et je vis deux ou trois diplomates gaullistes – le dernier carré – jeter des dossiers par la fenêtre du premier étage pour gagner du temps.

En trois jours, nos allées et venues ne nous avaient pas amenés à croiser plus d'une vingtaine de personnes. Tout au plus décelais-je parfois, au murmure d'un transistor, la présence probable d'un fonctionnaire derrière une porte : les rares individus qui dissimulaient encore leurs incertitudes derrière leur sens du Service Public s'enfermaient à double tour pour écouter les discours de Geismar et de Sauvageot, puisqu'ils ne trouvaient plus rien dans leurs cartonniers qui fût à négocier, hors ce virage politique qu'ils hésitaient à prendre...

Le 29 mai au soir, alors que le général de Gaulle battait la campagne, laissant sa Vieille Garde dans l'affolement, nous rencontrâmes, dans les couloirs du Cabinet, un vieil homme maigre, pâle et blanchi, auquel son habit froissé et son œil hagard donnaient la mine d'un prêtre réfractaire errant entre deux placards.

« Ah, Valbray! Je n'oublierai jamais ce que vous avez fait. Le ministre n'oubliera pas... Je savais que nous pouvions compter sur nos vieux compagnons! » Il ôta ses lunettes pour essuyer une larme « Savez-vous ce que vient de me dire le jeune Blondet, un homme qui doit tout à Couve et au Général? Il m'a dit que " Le Vieux " (c'est son expression!) doit s'en aller et laisser la place à la CGT... Cette planche pourrie travaille pour le KGB, j'en suis persuadé! La DST m'avait prévenu, mais je ne l'avais pas crue. Ah! si nous nous en sortons, nous n'oublierons rien, soyez-en certain... » Et, tirant de sa poche un mouchoir de Cholet qui eût fait l'orgueil de Monsieur de Charette, il moucha bruyamment son chagrin. « Je vous jure que nous saurons reconnaître les vrais mérites! Enfin ... Dites-moi, Valbray, le cas échéant, accepteriez-vous la succession de Blondet? »

Mon père eut un sourire triste et poli : « Mon cher Thomas, attendons, si vous voulez bien, que ce cas nous échoie... » Et, laissant le vieux chouan rentrer dans sa cachette, il repartit vers ma 2CV, ses lourds cartons de secrets au bout des bras.

Ayant, pour la dernière fois, déposé mon père au siège de l'UNR, rue de Lille, j'usai de l'essence du ministère pour livrer à la Sorbonne trois caisses de matraques que des énarques, amis de mon frère, venaient d'arracher aux post-nazis du Mouvement « Occident ». Outre les matraques, la prise de guerre comportait une centaine de baguettes de pain : toute l'intendance des jeunes « fafs » de la rue d'Assas, qui avaient espéré prendre Sciences-Po à revers par la rue des Saints-Pères et faire des locaux de l'Ecole d'Administration une tête de pont pour la reconquête des élites... Malchance pour eux, l'ENA qui, telle cette biche-baromètre que Rosa avait offerte à ma grand-mère, ne changeait de couleur, d'ordinaire, que longtemps après le changement du temps, venait de virer au rouge; une poignée de stagiaires révolutionnaires, ou de révolutionnaires stagiaires, avait héroïquement repoussé l'assaut de commandos à croix celtique, et, dans l'euphorie de la victoire, planté un drapeau rouge au-dessus de la porte d'entrée, sans en ôter, toutefois, le drapeau tricolore...

La Sorbonne occupée accueillit mes matraques et mes sandwiches, tous également blonds et fuselés, avec des hurlements de reconnaissance. J'étais populaire dans les amphis : on me croyait la sœur de Zaffini et j'avais, depuis quelques jours, en jouant les agents de liaison et les coursiers de la Révolution avec l'essence du Quai d'Orsay, rendu aux Comités des services signalés. Que ces services ne fussent que la contrepartie des services rendus à leurs adversaires, c'était affaire entre ma conscience et moi. Or, depuis le commencement de cette aventure, « ma conscience » s'abstenait : elle avait dû se retirer à Besançon dans sa circonscription, et, quoique j'eusse bien des fois cherché sa silhouette romantique sur les barricades ou au stade Charlety, je ne l'y avais pas trouvée. Il me semblait même que Renaud était le seul homme politique de sa génération qui n'eût rien déclaré aux journaux et, bien qu'il ne fût pas naturellement bavard, j'en concluais que l'amour fou faisait mauvais ménage avec le militantisme.

Cette abstention aidant, je profitai du trouble croissant des esprits pour donner libre cours à ma bâtardise : arpentant, le jour, les allées désertes du Pouvoir, je faisais mon chemin, la nuit, dans les avant-postes d'une révolution surpeuplée, souris avec les rats et oiseau avec la gent ailée.

J'aimais en effet de plus en plus ces heures crépusculaires où tous les partis sont gris, où les augures bégaient, où les nations tâtonnent; pour la première fois, j'éprouvais que l'ambiguïté de mon état civil, de ma condition sociale et ma situation affective, m'avait mieux préparée que les autres à ces moments où l'Histoire balance. Pourtant, si je mettais des poids égaux sur les deux plateaux, c'était moins dans le dessein d'y gagner quelque chose que pour retarder l'instant où les vrais ambitieux parviendraient à faire basculer la pesée : je dépensais des trésors de duplicité sans autre espérance que de reculer la décision et de voir « jouer les prolongations... »

Double dans mes actions, je ne sombrais cependant ni dans la confusion des sentiments ni dans l'équivoque du jugement; j'aimais la « chienlit » pour elle-même et souhaitais encore la victoire de l'insurrection : entre deux Terreurs, il y a toujours place pour un Le Veneur... Mais comme la sympathie ne devrait pas altérer la faculté de raisonner, ni le plaisir ôter le sens des réalités, je n'allais pas jusqu'à pronostiquer la victoire du parti que je soutenais.

Le 30 mai, je déjeunai avec mon frère. La veille, de Gaulle avait fui l'Elysée et, depuis l'aube, toute la France s'interrogeait sur cette disparition du chef de l'Etat. Un de perdu, dix de retrouvés : Cohn-Bendit, les cheveux teints en noir, venait, malgré les barrages de police, de réapparaître à la Sorbonne, à la barbe des douaniers. Ayant passé ma matinée à brûler des dossiers dans la cour des Affaires étrangères, je savais à quoi m'en tenir sur l'état des esprits... Dans un petit restaurant italien, derrière la Bourse incendiée de frais, Philippe m'expliqua que, cette fois-ci, le Général, ulcéré, avait renoncé; on n'allait pas tarder à le savoir à Brégançon ou à Colombey. Quant à lui, il se consolait de la défaite de ses amis pourvu que cet échec politique tournât au triomphe de ses intérêts :

– Quand tes copains gauchistes seront au pouvoir, il ne se passera pas un an avant que les Français n'aient plus que des patates à manger. Songe alors, mon poussinet : quel avenir pour nos presse-purée!

– A ta place, j'attendrais pour me réjouir. Tes presse-purée, ils sont bien capables de les nationaliser...

– Ah, tu crois? fit-il pensif, en entamant une troisième pizza.

– Non, grand bêta, je ne crois pas... Parce que, à mon avis, de Gaulle va gagner. Il est à Baden avec Massu. Dès qu'il sera sûr du soutien de l'armée, il l'annoncera au pays. A la prochaine manif, il appellera la troupe et, au premier char qui passera la frontière, je te parie, que toute la France de gauche s'aplatit...

Philippe n'était pas convaincu; il tint le pari. Sans argumenter davantage, il fixa l'enjeu : si de Gaulle s'était, comme il le croyait, retiré sans bruit, je lui devrais une nuit entière dont il ferait « tel usage qu'il lui plairait »; s'il perdait, il m'offrirait ce voyage sur les canaux hollandais, dont je rêvais depuis qu'à huit ans j'avais lu « les Patins d'Argent ».

Le 30 mai au soir, quand j'entendis à la radio les reportages sur la manifestation gaulliste des Champs-Elysées, je compris que le succès de la parieuse passait encore par son ampleur les craintes de la militante : pour me faire gagner, le Général n'avait même pas eu besoin de montrer ses chars.

Je me souvenais d'une conversation surprise trois jours plus tôt dans une cour de la Sorbonne; un étudiant barbu et imaginatif annonçait à un petit groupe médusé qu'il avait entendu toute la nuit des tanks et des camions militaires rouler sur les pavés de sa banlieue :

– Y a des bidasses planqués dans les casernes de la périphérie, je vous dis! Si on se remue trop, « ils » les feront rentrer dans Paris!

– T'en fais pas, camarade. Le Contingent ne tirera jamais, assura une petite jeune fille à longues boucles qui semblait en savoir long sur le moral de l'Armée.

– Bien sûr que si! Le contingent tirera, reprit le pessimiste barbu.

– Si les appelés voulaient tirer, on s'avancerait vers eux avec les femmes et les gosses, et on leur dirait : « Frères, ne tirez pas! », suggéra, sur le mode conditionnel cher aux enfants, un trotskiste joufflu qui avait vu six fois le « Cuirassé Potemkine ».

– Mais, mon vieux, s'ils sont dans des tanks, ils n'entendront pas ce que tu leur diras... Ça fait du bruit, un tank, je sais pas si tu es au courant?

– Ah, bien sûr, s'ils sont dans des tanks..., acquiesça mélancoliquement le trotskiste cinéphile. Surtout que nous, on n'est pas armés.

Je sentis du flottement dans l'air et tentai, sans trop d'illusions, de remonter le moral des troupes :

« On pourrait quand même essayer de s'organiser pour résister. Prendre la caserne Dupleix. Se procurer des armes. Juste assez pour tenir un ou deux arrondissements. Et, au premier sang versé, je me demande tout de même si le Contingent ne...

– Non, camarades! Si ces salauds nous envoient l'Armée, faut s'écraser... Nous ne devons rien gaspiller de nos forces. La Révolution n'a pas besoin de martyrs », trancha un maoïste sentencieux. « Donc, si l'Armée se ramène, repli stratégique. Mais momentané. Dès que les circonstances redeviendront favorables, nous reprendrons le combat! Et cette fois-ci, je vous jure qu'on la balaiera, la clique capitaliste! Un bon révolutionnaire, camarades, est un révolutionnaire patient... »

Arrêter des chars à mains nues, mourir pour la liberté, ces choses-là n'étaient bonnes, il est vrai, que pour les Tchèques ou les Biafrais. Opprimés de luxe, nous étions autrement conscients des droits et des devoirs d'un révolutionnaire bien élevé...

Compte tenu de l'état d'esprit des émeutiers, ma plus grande surprise, le 30 mai, ne fut pas de voir de Gaulle retourner la situation à son profit; ce fut de reconnaître, sur une photographie de la manisfestation des Champs-Elysées, à moitié dissimulé par le drapeau tricolore qu'il brandissait derrière André Malraux et Michel Debré, pressé dans la foule des grands bourgeois porteurs de photos du Vieillard, l'air vainqueur et l'œil mauvais, Yves Le Louarn.

Mais fallait-il s'en étonner? Les « événements de mai » avaient moins opposé la gauche à la droite que la jeunesse aux « hommes d'expérience »; et Yves avait quarante-cinq ans.

Quand je marchais dans la rue où les voitures recommençaient à circuler, je savais maintenant que chaque ride, chaque cheveu blanc, chaque barbe grise me signalait un ennemi en puissance. J'avais envie de faire des crochepieds aux vieilles dames et de voler leurs cannes aux octogénaires pour briser leur dentier. On venait, quelques mois plus tôt, de mettre au point ces transplantations cardiaques qui permettaient de réparer les corps de patriarches avec des cœurs d'adolescents; j'y vis la preuve du complot : les burgraves qui nous gouvernaient offraient des voitures-pièges à leurs enfants et, lorsqu'ils s'étaient tués, jeunes, parmi les arbres, arrachaient leurs cœurs palpitants pour rafistoler leurs machines usées et gagner du temps...

Oubliant que j'avais, par ma subtile politique de balance et les déménagements du Quai d'Orsay, contribué à la défaite de mes amis, j'en vins, pendant quelques semaines, à haïr indistinctement tous les plus de trente ans.

Nicolas lui-même fut près d'y passer. Depuis qu'ayant quitté la FER pour « Lutte Ouvrière » il avait rasé sa barbe et adopté des petites lunettes cerclées de métal, style « Lev Davidovitch », il paraissait dix ans de plus que son âge et ne m'inspirait pas le respect; lorsqu'il me pria de le débarrasser de Laurence, qui le suivait partout comme un petit chien : « Elle est bien gentille, cette petite, mais enfin... plutôt compromettante, hein? Avec le nom qu'elle porte », je ne doutai plus qu'il fût, à son insu, passé dans le camp des variqueux et des pourrissants.

Laurence sous le bras, je quittai la rue Thouin. Le Général venait d'annoncer des élections : je pris le premier train en partance pour Besançon.

Renaud nous accueillit avec reconnaissance. Son équipe manquait de bras : les étudiants gauchistes, ayant qualifié les législatives de « pièges à cons », laissaient les députés de l'opposition se débrouiller seuls avec des électeurs dont les émeutes parisiennes avaient refroidi l'enthousiasme. « C'est tout de même trop facile, maugréait mon " Hussard ", on casse des vitrines, on fout le feu aux bagnoles, on donne le frisson à toute la France profonde... Puis on se désintéresse de la question et on va aux fraises pendant que les " cons " de mon espèce essaient de recoller les morceaux!

– Ça se présente mal dans le Doubs?

– Encore plus mal que vous ne l'imaginez! Vous êtes professeur d'histoire, vous avez lu les récits de la " Grande Peur " de 89? Eh bien, nous y sommes! Dans les villages là-haut, on a fermé les volets et ressorti les fusils, les épiciers organisent des milices et " des inconnus " lapident la voiture de l'instituteur... A Mouthier, à Villedieu, à Orsans, on ressasse les vieilles querelles de l'Occupation et de la Libération, on dresse des listes noires et des listes rouges, on dessine le portrait-robot des futurs fusillés... Ça occupe toujours les veillées!

– Mais qu'est-ce qui leur prend? Ils sont fous, vos administrés!

– Non, mais allez leur expliquer qu'une Simca du boulevard Saint-Michel qui flambe en gros plan dans leur journal du soir, ce n'est pas toute la France à feu et à sang! Puis, ils ont pris au sérieux les proclamations de vos matamores de banlieue, et je les retrouve maintenant dans mes hameaux, déformées, amplifiées aux dimensions d'une épopée! Ajoutez à ça les déplacements de la Gendarmerie qui, sur ordre du gouvernement, se défonce pour jeter un maximum d'huile sur un maximum de feux... Ils n'ont jamais autant enquêté que depuis huit jours, ces salauds! Et partout où ils sont passés, je peux " repasser ", moi, pour calmer les esprits! Enfin, pour résumer la situation, vous avez déchaîné les sorcières et les sorcières battent la campagne... Il n'y a pas eu un seul mort à Paris, n'est-ce pas? Les Parisiens ne s'assassinent qu'à coups de communiqués! Eh bien, des morts, dans le mois qui vient, je ne jurerais pas que nous n'aurons pas à en déplorer quelques-uns dans nos montagnes : les paysans, voyez-vous, ça tire plus vite que ça n'écrit! »

J'étais ravie de voir mon « Hussard » en action : une maigreur de Bonaparte, une passion de Savonarole et une éloquence de Danton. J'aimais le contraste entre ses colères bisontines et ses tendresses senlisiennes, sa violence présente et sa douceur passée; même si, dans un premier temps, j'en fis les frais. Dès le lendemain de mon arrivée il m'enjoignit, en effet, sans trop d'amabilité, d'aller m'acheter d'autres vêtements que ceux que je portais; Laurence et moi étions descendues en jeans et blousons; il exigea des jupes sombres, des chemisiers et des chignons : le jean lui faisait perdre des voix. « Du reste », reprit-il adouci, lorsqu'il vit nos nattes et les collerettes à fleurs que nous avions dénichées aux « Dames de France » , « les gens qui viennent m'écouter n'auraient pas tort de se sentir déshonorés par vos tenues négligées... Mais oui! vous n'iriez pas à une soirée chez Madame de Chérailles ou une réception du Farnèse avec votre vieux chandail. Si vous l'imposez à mes paysans, qui ne viennent pas à mes réunions en salopette ni en bleu, eux, c'est que, toute gauchiste que vous soyez, vous les méprisez. Si, si! Avouez que vous m'avez toujours pris pour un petit-bourgeois avec mes costumes trois-pièces? Mais, si je m'oblige au port de la cravate, c'est par respect du peuple! Ce peuple dont vous sortez et que vous avez déjà oublié... »

Je revis, en un éclair, le chapeau noir que mon grand-père avait ressorti pour faire visiter son jardin à Philippe Valbray le jour du déjeuner, le costume anthracite et la cravate à système qu'il mettait chaque fois qu'il se rendait à la mairie, et le pardessus bleu – précieusement embaumé dans la naphtaline – qu'il portait une fois l'an pour honorer la mémoire des morts de Verdun... Dans le petit bureau que Renaud louait sur la Place du 8 Septembre, face à l'Hôtel de Ville, la glace de la penderie me renvoyait l'image d'une provinciale endimanchée; ni plus ni moins sincère que la gauchiste en jean, la Lucrèce Borgia du Farnèse, la twisteuse en mini qui hantait les boîtes de nuit, ou l'étudiante sage dont les Chérailles faisaient mine d'apprécier les tailleurs Prisu et les sac en « simili » : j'eus honte de m'être, pour plaire à ceux que j'aimais, si souvent déguisée que je ne savais plus qui j'étais... Ma vérité, si j'en avais une, je l'avais quittée depuis longtemps avec mes vêtements d'enfant, ces robes que nous donnait Madame Lacroix lorsqu'elles étaient devenues trop courtes pour sa fille et que ma grand-mère rallongeait avec des bandes de tricot cousues à l'ourlet du bas, rajoutées autour du cou et des poignets, et complétées un an après – « C'est pas Dieu possible que cette enfant ait encore grandi! » – par une bande plus large autour de la taille et un empiècement assorti. Je n'avais jamais été une enfant du peuple ordinaire, bonne renommée et ceinture dorée. J'avais été, de tous temps, un arlequin mal tricoté... Assise entre deux piles de tracts, j'eus soudain une immense envie de pleurer.

Renaud, que je ne croyais plus capable de pénétrer mes états d'âme, comprit pourtant qu'il m'avait touchée. Il pâlit, se leva : « Je suis un imbécile. Je vous demande pardon. C'était d'abord à moi que je voulais faire la leçon... » Passant derrière ma chaise, il posa ses deux mains sur mes épaules; je laissai une larme couler et, sans me retourner, glissai mes doigts entre les siens. Que serait-il arrivé si Laurence n'avait pas été là, dans le bureau, occupée à feuilleter de vieux journaux?

Sa présence permit à Renaud de se ressaisir : pour nous remercier, dit-il, d'avoir adopté la tenue de la groupie-de-Gauche version comtoise, il proposa de nous mener jusqu'à la citadelle de Besançon.

Quand nous fûmes au sommet de la colline, en haut des murailles dressées par Vauban, il nous montra, d'un geste large, la ville aux toits roses à ses pieds, la rivière, les monts des Buis et, sur les hauteurs de Brégille et de Montfaucon, les kilomètres de forêt, les villages, les fortins perchés : « Mon fief... Un panorama admirable, avouez! A tenter le Diable. Vous vous souvenez de cette jolie scène où Satan mène le Christ sur la montagne pour lui offrir les royaumes de la terre? »

Je n'avais jamais lu l'Evangile, mais, comme Renaud faisait souvent référence aux textes sacrés, j'avais volé, à l'hôtel où Laurence et moi avions passé la première nuit, l'une de ces Bibles que les Gédéons de France glissent dans les tables de chevet; le soir, j'y cherchais les passages auxquels mon candidat avait fait référence dans la journée.

– Moi aussi, reprit-il, quand j'avais quinze ans, le Diable m'a tenté : il m'a mené sur cette colline et montré le département du Doubs. Croiriez-vous qu'on puisse vendre son âme pour le département du Doubs? Mais ce que le Diable donne, le Diable le reprend... Et maintenant, ajouta-t-il en soupirant, il va falloir rendre tout ce qui a été reçu. Tout.

– Ne dramatisons pas! La campagne électorale commence à peine. Rien n'est perdu. Attendez au moins pour vous « enterrer » que toutes les candidatures aient été déposées... Vous ne savez même pas qui se présentera contre vous! Le seul fait que la droite n'ait pas encore désigné son candidat montre que l'ennemi n'est pas pressé de venir se faire étriller...

– Au contraire, Christine! Ils tardent parce qu'ils se bouffent le nez. Et ils se bouffent le nez parce qu'ils savent bien que leur candidat désigné – quel qu'il soit – sera plébiscité... Non, j'ai pris cette circonscription à l'UNR il y a six ans et je la lui rendrai dans trois semaines... Tôt ou tard, de toute façon, nous devrons restituer ce qui nous a été prêté, nous dépouiller des biens amassés, tout abandonner. Comme dans le « Château de Feu », vous savez.

Quelques mois plus tôt, Renaud avait mis à profit l'une de mes insomnies pour me faire écouter chez les Chérailles cette cantate que Darius Milhaud avait écrite à la mémoire de son neveu, disparu dans les crématoires d'Auschwitz ou de Treblinka. « Donnez vos bagues, donnez vos doigts », grondait la voix du Moloch, « donnez vos mains, donnez vous yeux », et les nus, les bafoués, les battus abandonnaient aux flammes, sans retour et sans espoir, leur sang, leurs rêves, leurs âmes... Certes, Kahn-Serval avait des raisons personnelles pour être fasciné par ce « Château de Feu » dont il avait seul de toute sa famille, manqué l'entrée, mais je ne supportais pas qu'il y revînt au point de constituer en morale ce qui n'avait été, pour les siens, qu'un tragique caprice du destin.

Pour lui changer les idées je fis mine de prendre ses obsessions à la légère :

« Allez! On s'embarrasse toujours du superflu alors qu'au fond il n'y a rien qu'on ne puisse abandonner... A part son cœur, naturellement.

– C'est au contraire la seule chose qu'on puisse offrir

sans trembler », dit-il souriant à un nuage qui passait, « car il vous est toujours rendu avec intérêt ... »

A lancer des répliques idiotes, on s'attire des reparties regrettables : si j'avais voulu savoir où en étaient ses amours, je le savais.

Sans rancune pourtant, sinon sans tristesse, je commençai de mettre au service du candidat Kahn-Serval et de la FGDS les compétences acquises comme militante du PC, puis du PSU. Adaptant ma science aux données propres à une circonscription rurale, j'appris à Laurence comment coller une affiche sur une porte de grange, distribuer un tract dans les chemins creux à l'heure où les vachères mènent les bêtes aux champs, et faire du porte-à-porte au moment de la traite lorsque l'agriculteur, coincé sur son tabouret, a les oreilles libres et les mains occupées.

Chaque jour, Renaud faisait une dizaine de réunions publiques dans les mairies de village, les salles de café et les comités d'entreprise. Pour lui permettre de se reposer un peu, et parce que c'était l'occasion de passer quelques minutes à ses côtés, je conduisais sa voiture, étonnée, du reste, qu'il n'eût ni chauffeur ni cortège. J'avais assisté de Senlis, l'année d'avant, à quelques épisodes de la campagne que menait Hugues de Chérailles pour sa réélection dans l'Oise : équipes de « colleurs » salariés, claque rémunérée, sono, panneaux loués, voitures-radio, hebdomadaire de circonstance tiré à deux cent mille exemplaires, gardes du corps musclés, affiches en couleur et cars de ramassage pour électeurs égarés... Renaud menait une campagne si solitaire et misérabiliste que, n'eût été son talent, je n'aurais pas misé sur lui un sou vaillant. Par chance, dès que le « Hussard » grimpait sur une estrade, se perchait sur le zinc d'un bistrot, embrassait une vieille ouvrière ou complimentait une rosière, le courant passait : les « bancs-du-fond », bien décidés à huer l'adversaire, finissaient par dialoguer, les ivrognes renonçaient à chanter et les enfants cessaient de pleurnicher.

Ce devait être une question de cordes vocales : « la

présence » comme on dit chez les acteurs. Celle de Renaud devait tout aux contrastes dont il était fait : voix tout à la fois sèche et chaleureuse, bouche amère et regard tendre, diction ample et gestes courts. Le silence obtenu, le discours se déroulait sans surprises, comme un numéro bien rodé. C'était d'ailleurs au numéro que le public venait assister, car personne, à mon avis, ne s'intéressait à ce que disait le jeune député; son langage un peu précieux, souvent abstrait, passait largement au-dessus de la tête de ses auditeurs. Le plus curieux est qu'il le faisait exprès : « le respect du peuple » encore une fois, comme pour la cravate et le gilet. Alors que je lui reprochais, en effet, tous ces « manichéisme », « monolithique », « consensus » et autres « bicéphalisme » dont il émaillait son propos, il me rétorqua que, même pour me plaire, il ne parlerait pas patois : ses électeurs savaient qu'il était polytechnicien et il ne feindrait pas d'être ce qu'il n'était pas. Pour le langage, comme pour le vêtement, il pratiquait, en effet, cette politesse des souverains qui avait, un jour, conduit une reine d'Angleterre, visitant un quartier de miséreux, à exiger ses plus beaux bijoux : « Nous allons chez les pauvres, il ne faut pas les décevoir. » Ce serait, du reste, m'expliquait-il, mépriser son électorat que de le supposer incapable de s'élever aux concepts des politologues et des journalistes : « La démagogie n'avilit pas seulement le public auquel on la sert, elle abaisse ceux qui en usent. Si le chef de l'Etat s'oublie dans ses discours jusqu'à entretenir de sa " chienlit " la patrie de Michelet et de Chateaubriand, je ne le suivrai pas dans ces égarements... Même pour le combattre. »

Renaud croyait à l'instruction publique, au progrès moral et à la vocation civilisatrice du socialisme; sans songer qu'il ne pouvait s'offrir le luxe de ces illusions que parce qu'il était joli garçon : un chauve aphone et ventripotent, qui eût entretenu les foules du « malthusianisme inhérent à la forme obsolète de notre magistrature suprême », n'eût pas fait une voix. Bref, c'était Gérard Philipe promenant Corneille dans les banlieues et s'émerveillant du goût des ouvriers pour « la règle des trois unités »...

Au bout de quarante-huit heures, je savais son discours par cœur; je l'entendais du matin au soir et il n'y changeait pas un mot. Je n'en goûtais que mieux le talent du comédien qui réussissait le prodige de renouveler, à chaque représentation, un répertoire usé : feignant de chercher des mots qu'il avait depuis longtemps trouvés, il riait, dix fois par jour avec le même entrain, à des plaisanteries qu'il affectait de découvrir avec l'auditeur; vibrant d'une indignation toujours neuve à l'énoncé, indéfiniment ressassé, des turpitudes pompidoliennes, il bégayait de colère en fustigeant, dans des termes identiques à ceux de la veille et du lendemain, « la grande peur des bien-pensants, la grande trouille des possédants ». Et, chaque fois, cette émotion simulée emportait l'adhésion : entré dans un silence hostile ou sous les quolibets, il ressortait sous les applaudissements.

Découvrir dans celui dont j'avais fait « ma conscience » un pareil talent d'illusionniste, de bateleur de foire, de charlatan en tournée, me tourmenta, jusqu'au moment où je remarquai que, comme tous les grands acteurs, Renaud n'était « bon » qu'à proportion de sa sincérité : sur un texte qui, à force, lui était devenu presque étranger, il se donnait sans retenue, recréant l'émotion qui l'avait inspiré et se menant lui-même, la gorge serrée, le regard brouillé et la voix brisée, au bord du trou de mémoire, du vertige, de l'évanouissement... Plus que la pièce, plus même que le « métier » du jeune premier, le public applaudissait cette générosité qui ne lui était pas ménagée.

Renaud sortait de ces réunions trempé de sueur, hagard, épuisé, et se laissait tomber dans la voiture sans un mot. Parfois, il s'endormait; je roulais lentement pour ne pas l'éveiller, espérant le garder quelques minutes de plus que l'horaire prévu.

Quand j'étais lasse de l'applaudir sous les préaux et que j'avais épuisé ma provision de tracts et mes rouleaux d'affiches, je restais dans la voiture à l'attendre, gardant toutes les fenêtres fermées pour conserver plus longtemps l'odeur qu'il y avait laissée. Couchée sur le coussin qu'il avait occupé je m'abandonnais à des songeries d'amour, tout en sachant bien que Renaud ne n'aimait pas et que, sans doute je ne l'aimais qu'un peu... Quand, entre deux villages, il dormait, la tête renversée sur le dossier, les cheveux collés à son front, j'étais touchée de sa fragilité; je rêvais de le protéger; mais je n'ignorais pas qu'un tel programme était fort au-dessus de mes capacités.

Après la dernière réunion du soir, Renaud, énervé, avait souvent de la peine à rentrer se coucher. Il cherchait un café encore ouvert, une brasserie allumée, et, tandis que Laurence somnolait sur la banquette, il griffonnait des articles, rédigeait des proclamations, dressait des plans de bataille. Ayant quadrillé son département, il avait arrêté le planning de ses réunions suivant une stratégie subtile dont il était seul encore à connaître la progression. Sur une carte d'état-major, déployée sur la table, il tentait de me l'expliquer : « Ici, voyez, j'attaque le Centre. Puis je descends la vallée de la Loue, je ramasse des troupes, et j'enveloppe ce canton et son conseiller général Indépendant d'un grand mouvement tournant... Une semaine après, dans la montagne, je fais ma jonction avec le PC, réunion commune et...

« Vous serez réélu, Renaud.

– Non, je ne me fais pas d'illusions... Les réunions touchent peu de monde. Et des sympathisants, plutôt que des opposants. Ah si j'étais sûr, au moins, d'avoir trois semaines sans mainfestations, trois semaines de sérénité... Mais tout dépendra du candidat que les gaullistes vont me coller dans les pattes. Pour l'instant, je profite d'un double avantage : comme député sortant j'ai pu commencer la campagne avant son lancement officiel; et comme survivant » – le député UNR auquel Renaud avait pris son siège six ans auparavant était mort en effet l'hiver précédent – « j'ai une longueur d'avance sur les héritiers... Mais j'ai mangé mon pain blanc. Dans trois jours, clôture du dépôt des candidatures : les petits nervis de l' " Action Civique " auront un chef et vous allez voir alors quelle danse ils vont nous mener... Sauf si, par chance, ils choisissaient le père Braud, le maire d'Arlosse, une vraie bourrique... Mais savez-vous surtout ce qu'il me faudrait? De vrais militants. La SFIO ne peut plus m'apporter que des élus exténués, des camarades blanchis sous le harnais... Comme ce vieux libraire chez qui vous logez ce soir : la droiture même, mais soixante-dix-huit ans... Il me faudrait des troupes fraîches, des gens neufs. »

Dieu l'entendit. Le lendemain, dans un village de la forêt où nous dînions entre deux réunions, nous reçûmes un renfort inattendu : Lionel Berton. Le vieux Chérailles venait de le licencier, pour le punir sans doute d'avoir échappé à la séquestration... Ce coup du sort avait éclairé le directeur général du groupe LM sur les abus du patronat; du reste, mettant à profit l'occupation de ses usines, il avait beaucoup médité depuis trois semaines dans les couloirs de Nanterre et de Censier.

Berton était originaire d'Ornans; il gardait, dans le département, beaucoup d'amis, des parents; il se proposait, si Renaud le souhaitait, d'organiser un comité départemental de soutien à sa candidature « regroupant des notables centristes, des élus non engagés, de manière à mordre sur l'électorat potentiel de vos adversaires... »

Renaud eut un sourire désabusé : « Ne rêvons pas... »

Berton se reprit aussitôt : « Je vois que vous êtes réaliste. Vous avez raison. Mais un comité de ce genre aurait, au moins, le mérite de rassurer la fraction la plus modérée de votre majorité de l'an passé... »

Il exposa avec conviction son projet, qui n'avait rien d'insensé; Renaud, auquel il offrait son meilleur profil, l'écoutait avec un intérêt croissant. Assise au fond de la salle du café-restaurant, entre le secrétaire de la fédération SFIO et un vieil ouvrier horloger, ami du père adoptif de Renaud, je me trouvais placée vis-à-vis de Monsieur Berton et ramenais sans cesse mes yeux sur mon omelette pour éviter de rencontrer en face ce visage qui donnait à voir simultanément le docteur Jekyll et Mister Hyde. Au fromage, Berton s'offrit à recruter quelques colleurs d'affiches à ses frais : « J'ai touché une grosse indemnité de licenciement. Ne craignez pas de faire appel à ma générosité... Il y a d'ailleurs assez longtemps que nous nous connaissons pour que vous puissiez me traiter en ami. » Au dessert, mon « Hussard » et le « bifrons » avaient fait affaire : Renaud suggéra certains contacts, nomma les élus dont il n'était plus très sûr et ceux qu'on pourrait encore rattraper; il exposa son plan de campagne et donna à Berton la liste de ses prochaines réunions. Au meeting du soir, l'ingénieur joignit ses applaudissements à ceux de notre petite claque.

Pendant deux jours, il nous accompagna dans tous nos déplacements. Il était, malgré sa figure divisée et ses déboires professionnels, d'une bonne humeur communicative; son optimisme remontait le moral de l'équipe. Pour mieux affûter les arguments qu'il développerait auprès des médecins, des artisans et des commerçants qu'il espérait ramener à Kahn-Serval, il avait pris connaissance de la maquette du journal électoral que Renaud se proposait de diffuser avant le scrutin, et il en avait chaleureusement approuvé tous les termes; il aimait nos projets de tracts, il adorait nos affiches... Au soir du second jour, enchanté de nous comme nous l'étions de lui, il nous quitta pour installer son QG d'Ornans.

Le lendemain, nous apprîmes, par la lecture des journaux, que, pour porter ses couleurs dans le combat qui l'opposait « aux aventuriers, aux sous-marins du Bolchevisme et aux fossoyeurs de la Liberté dont Monsieur Kahn est le digne représentant », l'UDR avait choisi un « vieil enfant du pays » : Lionel Berton...

Le pessimisme de Renaud appartenait à cette variété de mélancolie où, la tendresse le disputant à la clairvoyance, le malheur, à la fin, passe toujours les espérances. La trahison de Berton l'emplit donc d'un bonheur amer, d'une joie noire, qui toucha à sa perfection lorsqu'il se vit contraint d'assister à sa propre ruine en spectateur : en donnant à Berton sa confiance et toutes les armes qu'il possédait, il lui avait livré la corde pour le lier et il ne pouvait pas plus s'en plaindre qu'il ne pouvait remuer.

L'un après l'autre, le candidat UDR fit basculer de son côté les « tièdes » que Kahn-Serval lui avait lui-même indiqués. Des « éléments incontrôlés » brisèrent les machines du petit imprimeur sur lequel Renaud comptait pour tirer le journal qu'il avait préparé. Etablissant le programme de ses réunions en fonction de celui que le jeune député avait eu la faiblesse de lui révéler, prévenant de ses tracts les défenses et objections de son adversaire avant que celui-ci eût eu le temps de les formuler, Berton ôtait au « Hussard » l'avantage de l'initiative et le privilège de l'offensive. Il le condamna à une campagne d'arrière-garde qui sentait le radotage et le réchauffé.

Quant à moi, quoique l'événement m'eût donné raison et que je pusse me prévaloir du bien-fondé de mes préventions, j'étais au désespoir.

Je voyais, au fil des jours, notre électorat s'effilocher; en vain, je pressai Renaud de réagir. Il s'était opposé à ce que j'allasse harceler Berton dans ses réunions pour exposer au public le détail de sa trahison : « Vous lui feriez gagner des voix. Les électeurs seraient trop contents d'avoir enfin un député malin, un homme susceptible de faire son chemin... »

Raoul de Chérailles, que j'avais appelé pour l'informer des agissements de son ancien employé, décharger la bile qui m'oppressait, et demander du secours, me tint le même langage; ayant commencé par affecter l'indifférence la plus totale quant aux résultats nationaux de l'élection (« Pour ce qui est de l'assise politique du pays, fesse droite ou fesse gauche, c'est toujours un cul! »), il se récria quand je lui proposai de participer aux frais de campagne de Renaud : « Moi, aider financièrement le petit Kahn-Serval? Mais vous rêvez, ma pauvre enfant! Quand je n'aurais aucune raison de souhaiter la défaite de la gauche, l'adresse de Berton me serait un motif suffisant pour ne rien entreprendre contre lui : une fripouille de cet acabit a de l'avenir... Franchement, je m'étonne d'avoir sous-estimé à ce point ses capacités : il faut croire que je n'y vois plus bien clair dans les âmes noires. Je vieillis, et tout est dit. Quant à vous, puisque vous voilà édifiée, un conseil : ménagez-le! »

Nos amis parisiens, de leur côté, mettaient le paquet pour assurer la victoire de ce challenger, qui avait si bien prouvé qu'il pouvait se débrouiller tout seul. Fortier de Leussac, que le retour concomitant de l'essence et du général De Gaulle avait soudain désabusé, et qui venait de stigmatiser dans « le Monde » les excès du mouvement étudiant, vit dans la campagne de Berton l'occasion de faire payer à Kahn-Serval l'audace de ses opinions sur Stendhal et Saint-Simon, en même temps qu'il se dédouanerait définitivement de la révolution manquée : sous l'égide du « Comité National d'Action Civique », il organisa à Besançon une grande réunion de soutien au candidat UDR où, devant les Comtois ébahis et enchantés, quelques vedettes de la littérature et du spectacle se trémoussèrent devant le micro « pour la France et contre la subversion ».

Mais nos camarades gauchistes firent plus pour Berton que ne l'eût pu faire Fortier : en manifestant à Paris dans la nuit du 11 au 12 juin et en attaquant les commissariats et les casernes de pompiers, ils transformèrent en triomphe l'avantage que le traître commençait à s'assurer. Dans les hameaux de la montagne, on ressortit les fusils qu'on venait de ranger.

Le 13, en désespoir de cause, je suggérai que Mendès France, dont Renaud passait pour être le protégé, vînt à son tour parler aux Bisontins : « Et pourquoi pas Mitterrand tant que vous y êtes? Ma pauvre Christine... Vous voulez donc me faire perdre les derniers électeurs qui me restent? » Il était vrai que, faute de pouvoir rien reprocher à Kahn-Serval personnellement, Berton axait sa propagande sur les liens qu'il lui supposait avec les deux hommes dont le come-back gaulliste venait de faire les « bêtes noires » des Français : sur les affiches de Renaud, les commandos du SAC apposaient de petits papillons blancs « Kahn-Serval = Mitterrand », et cette accusation laconique suffisait, dans les villages où on l'avait portée, à dissuader les curieux de venir écouter sous les préaux les beaux discours de Renaud.

« Il faut voir les choses en face, me dit mon chevalier-à-la-triste-figure, Mitterrand et Mendès sont deux hommes finis. A cause de Charlety et de cette histoire de " gouvernement provisoire de gestion ". Les voilà au fond du trou. On ne remonte pas un handicap pareil dans l'opinion... Retenez bien ce que je vous dis : ils sont finis! »

Le futur « ancien-député » peignait la catastrophe avec des couleurs si vives et tant de ressemblance que je n'osai lui répliquer que le pire n'a pas de figure; il prend celle qu'on veut lui donner et il suffit, pour l'éviter, de renoncer à l'imaginer : or justement, je ne me représentais pas François Mitterrand en halluciné...

La campagne, commencée dans l'inquiétude, s'achevait dans la tristesse et la lassitude. J'essayais de lutter contre le défaitisme ambiant en moquant le physique de notre adversaire, dont mon cher rabbin abandonnait enfin le visage à mes sarcasmes; j'ironisais sur le « Beau Masque », « l'Ambiface », « le Dyptique », et plaisantais cette profession de foi où « l'Un-et-l'Autre » figurait de trois quarts dans un flou nébuleux : « S'il fait un face à face à la télé, je vous parie qu'il sera de dos! » Nous traînions cette gaieté forcée, cet entrain sans objet, de village en village, mornes comme les clowns d'un cirque ambulant qui ne fait plus assez d'entrées pour nourrir son dernier poney...

Renaud s'accordait maintenant les libertés du potache qui se sait, dès le deuxième trimestre, condamné à redoubler. Il faisait l'école buissonnière, manquant des rendez-vous et arrivant en retard aux réunions; un jour qu'on nous attendait depuis un quart d'heure à l'usine Rhodiaceta dans les faubourgs de Besançon, il fit un détour par le centre-ville et s'arrêta dans la rue du Chapitre, devant la façade austère d'un vieil hôtel particulier. Ayant sorti d'entre les paquets d'affiches, pliées dans son coffre, deux petits duffle-coats d'enfants, il entra dans l'hôtel, m'abandonnant à toutes sortes de suppositions.

– Auriez-vous un enfant caché de la maîtresse de cette maison? lui demandai-je sitôt qu'il eût réapparu.

– La maîtresse de cette maison porte le voile et la bure... Pour ne rien vous cacher, la maison en question se trouve être l'ancien orphelinat des sœurs de la Sagesse. J'y ai passé plusieurs mois en 43, converti au catholicisme pour l'occasion... C'est devenu un excellent pensionnat, tenu par des religieuses de la Sainte-Famille.

– Et c'est en mémoire de votre conversion forcée que vous vêtez charitablement les petits derniers de cette Sainte-Famille?

« Mais non! » Il rit. « Je n'en habille que deux. Ils ont six et huit ans. D'aillleurs, vous les connaissez... » Il eut un regard en dessous qui ne lui était pas habituel, le petit air égrillard et complice du gosse qui voudrait bien vous persuader que la confiture qu'il a volée, c'est vous qui l'avez mangée. « Mais oui! Vous les avez rencontrés à Senlis deux ou trois fois. Ce sont les fils de Maud Avenel... »

Je me souvins que l'actrice avait deux enfants, de pères probablement différents; j'avais gardé ces bambins mal élevés un jour qu'à Senlis elle en était embarrassée.

– Je ne savais pas que Maud était de Besançon...

Je continuais d'aligner des mots machinalement, comme un canard sans tête court après qu'on l'a décapité.

– Maud est bretonne. Enfin, elle est si célèbre aujourd'hui qu'elle est presque internationale, à dire vrai! Mais moi, je suis d'ici, comme vous savez...

J'étais tellement interloquée par ce que je venais de comprendre que je ne me souviens plus bien de ce qui se passa ce soir-là à la Rhodiaceta. C'était une réunion contradictoire, je crois. D'après les journaux locaux, Renaud fut très brillant : le chant du cygne, ou la sérénade du rossignol amoureux... Il paraît qu'il y eut une bagarre à la sortie entre des proxénètes de l'Action Civique et des colleurs d'affiches de la CGT; un des intellectuels du SAC sortit un Parabellum et procéda, selon le rapport de police, « à un tir de sommation » qui effleura, malencontreusement, l'épaule du suppléant de Renaud. Je ne revois rien de cette échauffourée; je me souviens seulement d'avoir pensé, ensuite, que si cet imbécile avait tué le vieil horloger, nous aurions retrouvé une bonne chance de gagner l'élection... Je me rappelle surtout cette brasserie « ouverte jusqu'à minuit » où Renaud, malgré la gravité des événements, m'avait emmenée le même soir pour me parler de Maud Avenel. Tandis qu'il évoquait des amours sublimes, qui s'imprégnaient au fil des heures d'odeurs de choucroute, le juke-box jouait en sourdine une chanson des Beatles – « Yesterday, love was such an easy game to play ... » Ce jeu-là était terminé, et moi seule en éprouvais des regrets.

Que j'eusse deviné où son cœur le portait, sans qu'il en eût trahi le secret, semblait au contraire avoir délivré mon Hussard d'un grand poids. Son âme se débondait, sa passion débordait; lui, d'ordinaire peu communicatif, vengeait d'un coup les silences qu'un orgueil d'amoureux mal assuré, ou le désir de protéger Maud des ragots que lui valait la célébrité, lui avaient longtemps imposés. Rien sans doute – pas même la possession – ne nous donne autant de plaisir que de parler de l'être aimé à des gens qui, ne le connaissant guère, ne nous priveront pas d'en faire un portrait flatté : Renaud avalait ce bonheur à longs traits. Cet excès d'enthousiasme, justifié peut-être par le rare talent et la demi-beauté de Mademoiselle Avenel, pouvait aussi s'expliquer par le besoin – non moins excusable – de s'aveugler sur d'autres réalités : voyant ses ambitions déçues, Renaud ne cherchait-il pas à se raccrocher aux promesses de cet amour couronné et à se persuader lui-même qu'il avait volontairement sacrifié les vanités du pouvoir aux vérités du sentiment? Il me faisait penser à ces ambitieux dégoûtés que le poète loue d'immoler une fortune improbable à des jouissances plus immédiates :

« Vous pourriez conquérir, s'il plaisait au Destin,
Les terres du couchant, les climats du matin,
Et l'île dont la rose est la reine de l'onde...
Vous pourriez imposer des lois à tout le monde,
Mais tout cela vaut moins qu'un regard de Philis. »

Restait à souhaiter que sa vieille « Philis » – elle avait au moins trente-cinq ans – ne se détournât jamais d'un amant capable de tant d'abnégation... Mais elle avait de telles qualités : les paroles de Renaud sur son sujet coulaient comme des flots de miel. Silencieuse, je laissais le fleuve passer, tout occupée à découvrir au fond de moi-même ce qui, à part son âge avancé, avait pu me détourner si longtemps d'envisager Maud comme une passion possible pour Renaud; et, tout à coup, tandis que Renaud m'entretenait des circonstances professionnelles qui avaient amené Mademoiselle Avenel, si maternelle pourtant, à se séparer des ses enfants, la mémoire me revint. Je le coupai : « A propos, c'est bien vous qui m'aviez dit que le meilleur d'une actrice, on l'avait pour six francs? »

Sans paraître autrement ému par ses propres contradictions, le « poulain de Mendès » se lança dans de chaleureuses explications sur la « nudité spirituelle » de l'acteur une fois le rideau tombé (j'essayais de me représenter la nudité de la jeune vedette, et elle n'avait rien de « spirituel »), le dépouillement du comédien entre deux rôles, sa solitude, sa virginité; de cet éloge de l'érémitisme de music-hall et de baraques foraines, il ressortait que ce n'était pas Maud Avenel qu'il aimait mais cet autre elle-même qu'elle tenait dans la coulisse, dissimulé : Antoinette Plouzoux.

Cette fois, c'en était trop; je concevais qu'on pût me préférer l'ex-jeune première du Théâtre Français, la vedette des grandes séries télévisées, la star du « nouveau cinéma », mais qu'on plaçât au-dessus de moi une Antoinette Plouzoux sans masque et sans art me parut aussi stupide qu'humiliant. Je quittai Besançon dès le lendemain en prétextant une soudaine aggravation de l'état de santé de ma mère : Renaud se ferait battre aussi bien sans moi...

Il le fit, en effet, avec panache et en deux rounds : le 30 juin, à l'issue du second tour, il n'était plus député. Pour se consoler, il épousait, le 24 juillet, à Châtillon-le-Duc, « la grande Maud Avenel ». Ish-Isha : ce que Dieu a uni, l'homme ne le séparera pas...

Christine alla finir à Rome ces vacances que « les événements » avaient interrompues. Elle aimait mieux ne pas rester à Evreuil où Lise venait, comme on pouvait s'y attendre, de refuser sans phrases son consentement à l'adoption de sa fille par son mari légal.

Il est probable que, dès ce temps-là, Christine trouvait plus de compréhension auprès de Marie-Neige qu'auprès d'une mère infantile qui se complaisait à des rêveries de petite fille et des caprices de bébé sénile. Avec « l'Espagnole », en tout cas, les rapports de la jeune fille étaient passés de la franche hostilité à l'agacement poli pour en arriver, au fil des années, à une mutuelle affection.

Christine goûtait de plus en plus la solidité de Nieves, sa discrétion bienveillante, et sa générosité : sans être tout à fait vénale, notre jeune agrégée appréciait les cadeaux, et les gros plus que les petits... Comme tous les enfants mal aimés qui doutent de la puissance de leurs charmes, elle mesurait l'intensité des sentiments qu'elle inspirait au prix qu'on était disposé à payer. Or Marie-Neige payait : des robes, des sacs, des bijoux, des grands coiffeurs, des salons de thé... En outre, Christine savait gré à sa pseudo belle-mère d'aimer Jean Valbray comme elle le faisait : quand, quelques mois plus tôt, il avait été question que l'Ambassadeur quittât Rome pour une destination inconnue – mais plus probablement, alors, pour un placard à balais que pour un des Palais de la République –, Christine avait plaint Nieves d'abandonner un lieu qu'elle aimait et où elle s'était fait, à grands frais, quelques relations. « C'est un mauvais moment à passer avait répondu " l'Ambassadrice ", mais je ne suis pas inquiète : la où est Jean, je suis toujours bien... » Le dévouement qu'il avait su inspirer à cette femme estimable persuadait Christine que son père, quoiqu'il ne se donnât guère de peine pour elle, possédait des mérites secrets qui justifiaient son propre acharnement à le conquérir.

Le seul reproche que la jeune fille eût pu trouver à formuler contre Nieves était que Jean Valbray l'aimât; mais l'aimait-il? Christine en doutait depuis qu'elle avait décou-

vert un grand portrait d'Arlette Brassard dans un tiroir du « Saint des Saints » : ayant, à la faveur des troubles étudiants, osé pénétrer dans la chambre de son père, elle s'était bientôt enhardie jusqu'à en explorer méthodiquement tous les placards; et cette révolution, pour être la seule qu'eût accomplie Mai 68 dans sa vie, s'était révélée riche de conséquences. Ainsi cette idée – dénichée au fond d'une armoire – que Marie-Neige n'était pas heureuse en ménage avait aidé la jeune fille à trouver avec l'Espagnole un nouveau terrain d'entente : celui que finissent toujours par découvrir deux femmes victimes du même homme.

Maria-Nieves, quant à elle, regardait la fille de son amant comme une sorte de filleule, qu'il lui appartenait – comme à toute fée-marraine – de doter de manières convenables, de robes du soir et d'un prince charmant. Elle n'était pas loin de considérer la beauté de Christine comme son œuvre, et, se rappelant les nombreux « à vot'santé », « bonne continuation » et « au revoir, m'sieurs-dames » qu'elle avait dû corriger dans les premières années, elle s'attribuait au moins le mérite de la distinction qu'on reconnaissait à sa belle-fille. Comme Pygmalion, elle succombait aux charmes de son ouvrage.

Il est vrai qu'en ce temps-là les femmes y cédaient plus vite que les hommes : il faut croire que cette timidité dans l'allure, cette fragilité dans le regard, qui caractérisaient la Christine d'alors, en appelaient davantage au sentiment maternel qu'au désir masculin. Toujours est-il qu'elle ne se trouvait pas si aisément des pères de remplacement que des mères d'emprunt; de celles-là, en revanche, elle s'était constitué, au fil des temps, une jolie collection : Marie-Neige, Anne de Chérailles, Carole Massin, et même, depuis quelques mois, Olga Kirchner.

Soit complaisance pour Philippe, soit évolution naturelle d'un authentique coup de cœur, Olga, en effet, ne se bornait plus à lutiner Christine dans les coins ou à lui presser interminablement la main, mais, cédant à des débordements quasi maternels, elle la couvrait de cadeaux inutiles, coûteux et charmants : lampes à énergie solaire qui, éclairant le jour, s'éteignaient la nuit; coupelles de cristal destinées à la présentation du caviar; brosses à cils de chez Cartier; vases à orchidées; et même un chihuahua, lauréat de divers concours canins, que Christine dut revendre par petites annonces...

Aurais-je été touchée moi-même par la grâce indécise de la jeune fille, aurais-je eu ce même désir d'en être aimée si je l'avais alors rencontrée? J'ai quelques raisons de le croire, mais je ne sais pas si les sentiments qu'elle m'eût inspirés auraient pu relever, dans ce temps-là, du genre d'émotions propres à la maternité.

En tout cas, ce n'était nullement l'image d'un enfant désarmé, d'un être à protéger, que j'avais retrouvée dans ma mémoire quand des amis de Pierrefonds, auxquels je venais de parler du travail de recherche que j'effectuais sur « le scandale du siècle », m'avaient assuré que j'avais connu Christine Valbray dès cette époque et par eux.

D'abord, rappelant les circonstances de ma première rencontre avec « l'étrangère de Kédar » au fond d'un miroir du Palais-Royal, j'avais protesté qu'ils se trompaient, mais ils s'étaient entêtés : en septembre 68, Christine avait assisté à leur mariage; je m'y trouvais aussi. « Enfin, tu dois bien te rappeler : le soir, quand nous sommes allés danser dans cette boîte à Vieux-Moulin – une espèce de bunker dans la forêt où l'on entrait par un faux tronc d'arbre, comme dans " Tintin "... Tu te souviens sûrement de cette grande fille rousse, genre mannequin, qui dansait d'une façon si, enfin... »

Je revis le décor métallique du dancing, les spots du plafond et le laser qui balayait la piste où s'exhibaient, en effet, quelques minettes payées par le patron; et, au milieu d'elles, tout à coup, cette femme qui avait jailli comme une flamme... Elle portait une mini-jupe de cuir fauve, un pull à col roulé et des bottes souples, si hautes qu'elles lui montaient à mi-cuisse; lorsqu'elle balançait son corps de gauche à droite, pliant le genou et entrouvrant les bras, on apercevait, entre l'ourlet de la robe et le revers de la botte, quelques centimètres de peau nue, si claire que, sous le rayon du laser, elle en devenait fluorescente.

Je ne me souvenais pas d'avoir vu ses traits : il y avait

trop de cheveux – une toison rouge, qui lui balayait les reins et que, d'un coup sec de la nuque, elle renvoyait devant son visage en dansant. Chaque fois qu'elle levait les bras ou rejetait la tête en arrière, son pull trop court remontait, découvrant, au-dessus de la ceinture de la jupe, une plage de chair blanche de la largeur d'une main; mais déjà, écartant ses jambes et plaquant ses paumes contre ses hanches, elle se pliait en avant et le rideau de sa chevelure retombait sur son ventre et ses cuisses.

En haut du podium parmi les entraîneuses, elle dansait, toute de cheveux vêtue, et belle comme une sirène. Assise à ma table, je ne me lassais pas de la regarder. Une entorse malencontreuse m'avait empêchée de suivre les mariés sur la piste, mais je ne regrettais plus d'être restée dans mon coin puisque, d'où j'étais placée, je pouvais tout à loisir admirer l'impudeur sauvage de cette prêtresse grimpée sur le podium d'acier comme sur l'autel d'un temple pour s'unir à la musique dans un élan sacré.

Les hommes aussi se crurent bientôt à la messe. En quelques minutes, il y en eut plusieurs rangées, debout au milieu de la piste, fascinés par ce nombril qui tournait tel un soleil dans le ciel de Fatima. Pour accompagner sa danse ils se mirent à taper dans leurs mains; les couples qui s'élançaient sur la piste s'arrêtèrent; leurs dos finirent par me cacher la danseuse. Ensuite, il y eut une série de slows, et, quand le podium redevint visible, la jeune femme ne s'y trouvait plus.

J'avais supposé que son numéro figurait au nombre des attractions offertes par la maison, mais quelqu'un m'informa que la belle rousse était l'une des invitées de la noce; comme il était peu probable qu'elle eût porté la même tenue pour la cérémonie, je ne fus pas surprise de ne pas l'avoir identifiée.

Ne l'ayant vue qu'à distance et sans distinguer ses traits, je ne m'étonne pas davantage de ne pas l'avoir reconnue trois ou quatre années après... Il y avait, de toute façon, si loin de cette femme-là au portrait Renaissance du Palais-Royal que j'aurais eu de la peine à établir un rapport entre les deux. Rien, en effet, ne ressemblait moins à cette torche de cheveux que le chignon natté de la dame au miroir, rien ne différait plus de cette mini-jupe de peau qu'une robe de velours broché.

Peut-être, d'ailleurs, souffrais-je moi aussi de la curieuse diplopie oculaire dont Christine se plaignait car, encore aujourd'hui, je ne parviens pas à superposer l'image de la danseuse dorée à celle du « grand paon de nuit », ni la joie sensuelle qui émanait de l'une à la tristesse poignante que dégageait l'autre. Je ne trouve à ces deux personnes qu'un point commun : le goût de la mise en scène et du spectacle.

« Je voulais que ma vie soit comme la fontaine de Trévi, m'écrivit un jour Christine, pleine de mouvement et de bruit, de chevaux qui s'emballent, d'anges à trompettes et de tritons jaillissant devant la foule assemblée... » « Le monde est une scène, me disait-elle aussi, et c'est quand on n'est rien qu'on se trouve le plus apte à y devenir quelque chose. Comme ces acteurs qui, dit-on, manquent de personnalité et n'en ont que plus de facilités à s'incarner. Tenez : je ne réussissais pas mal dans la politique, eh bien, je me demande aujourd'hui si je n'aurais pas encore mieux réussi dans la comédie ! » Entre les deux le choix me semblait indifférent, car lorsque je revoyais Christine sur le podium de la boîte de nuit – ou, déguisée en héroïne de Shakespeare, contemplant son visage dans un miroir terni – je songais chaque fois que, comme le dit la maxime, « sur un théâtre, un trône ou un échafaud, elle aurait toujours été bien pourvu qu'elle attirât les yeux » ...

En cette longue soirée du mariage de nos amis elle avait fait mieux pourtant que de capter mon regard : elle m'avait donné à rêver. Pendant quelques années, chaque fois que j'entrais dans une discothèque, il me semblait que j'allais retrouver la brillante inconnue, prête à illuminer du flamboiement de ses cheveux l'ombre de nos nuits... Puis, l'espérance de la revoir et le souvenir de l'avoir vue devinrent plus imprécis, plus confus. Je ne savais plus en quelle circonstance j'avais croisé cette femme ni pourquoi on l'avait applaudie.

Et si, alors que je connaissais Christine depuis des années déjà, je songeais encore, de temps en temps, à « l'inconnue de la boîte de nuit », je n'y pensais plus que comme à une personne rencontrée dans un songe, aperçue dans un film. C'était seulement lorsque je laissais, sans réfléchir, ces vers d'Apollinaire remonter à ma mémoire:

« Et sur le pont des " reviens-t'en "
Si jamais revient cette femme
Je lui dirai : je suis content »

que, soudain, son corps, sa danse, m'apparaissaient avec une précision presque douloureuse; mais je savais que si, par extraordinaire, ma route avait recroisé la sienne, je n'aurais rien montré de ce contentement : il fallait une rime masculine au « reviens-t'en » ...

Quand, longtemps après que j'eus perdu la belle danseuse de la forêt, mes amis de Pierrefonds tentèrent de me persuader que je l'avais retrouvée, je m'obstinais encore, malgré leur assurance, à douter qu'il pût s'agir de Christine Valbray.

Certes, je savais que le destin se plaît à essayer sur nous plusieurs versions des coups de foudre qu'il nous prépare, comme un romancier essaie ses scènes sur le papier. Ne me souvenais-je pas, par exemple, de deux « premières rencontres » successives avec celui qui allait devenir mon mari? L'une, que j'avais prise pour notre rencontre initiale, et qui m'avait laissée sous un charme dont je ne m'étais pas déprise depuis; l'autre, antérieure d'au moins une année, mais au cours de laquelle l'inconnu croisé m'avait paru si antipathique que j'avais choisi de l'oublier jusqu'à ce qu'une amie vînt, beaucoup plus tard, me rappeler notre entrevue... Quand mes enfants me demandaient comment j'avais connu leur père, je racontais tantôt une scène, tantôt l'autre, les deux me semblant également extraordinaires par la violence des impressions qu'elles m'avaient laissées, et l'hostilité guère moins prometteuse, tout compte fait, que l'amour instantané.

Mais sans doute y avait-il une moindre différence entre les émotions successives que m'avaient fait éprouver les deux visages de Christine Valbray? Ce n'était pas de la réticence que pouvait susciter la belle dryade de la forêt. A l'inverse, le premier sentiment qui s'était emparé de moi pouvait m'être apparu si trouble – et si éloigné de la compassion désintéressée que je devais m'autoriser ensuite à avouer – que, tout en gardant le souvenir de cette étrange exaltation, j'avais pu préférer effacer de ma mémoire l'objet qui l'avait inspirée...

Le plus probable néanmoins, c'est que mes amis de Pierrefonds s'étaient trompés. Ne l'avaient-ils pas déjà fait en m'annonçant, comme une vérité d'évidence, que les pierres des hauteurs de Champlieu étaient les vestiges d'une route romaine, dont personne d'autre, apparemment, n'avait entendu parler? Comme historienne et comme magistrat, j'avais appris à me défier de ces certitudes spontanées, assertions subjectives d'amateurs éclairés, dépositions faites trop longtemps après l'événement... N'était-il pas possible qu'à quinze ans de distance mes amis eussent confondu deux de leurs invitées? Une photographie prise à Rome pendant ce même été – photo que Philippe Valbray avait fini par m'abandonner – me faisait pencher pour une telle confusion : sur ce cliché contemporain de la noce de Vieux-Moulin, Christine m'apparaissait en effet beaucoup plus proche de ma vision du Palais-Royal que de la fille trop provocante de la boîte de nuit.

Il est vrai qu'ordinairement les photographies nous en disent plus sur le photographe que sur son modèle, et qu'ici – à la froideur de la pose, à la recherche d'une perfection classique dans le modelé du visage et le drapé du vêtement, à tout ce qui manque, d'ailleurs, de sensualité au portrait sans qu'il y perde de son mystère – on imaginait Marie-Neige derrière l'appareil plutôt qu'un jeune danseur compiégnois. De là, peut-être, cet écart entre les deux représentations... De toute façon, l'auteur de la photo, à quelque sexe qu'il ait appartenu, connaissait sûrement le tableau de Bronzino qui est aux Offices de Florence : « Portrait de Lucrezia Panciatichi ». C'est d'ailleurs à cette Lucrèce-là, plutôt qu'à la petite Borgia du Vatican, que Christine m'a toujours fait penser dans ses années romaines ou senlisiennes.

Sur le tirage que Philippe m'a donné en effet, elle est, comme la Lucrèce de Florence, assise dans un fauteuil sculpté et tient, posé sur sa robe à gros plis, un livre entrouvert qu'elle ne lira pas; le dos droit, le menton haut, elle regarde le portraitiste comme ferait une souveraine : sans ciller. Ce n'est pas un portrait en pied; il s'arrête juste au-dessous de la ceinture à cabochons d'argent et de rubis alternés qui marque la taille comme on serre dans un ruban la base d'un bouquet. De ce lien étranglé le corps jaillit telle une gerbe de corolles, s'épanouissant de plus en plus largement à mesure qu'on monte vers la lumière du visage : décolleté carré qu'adoucit le cercle des colliers superposés; épaules rondes; larges manches bouillonnées... Outre la similarité des attitudes, on peut trouver entre la Christine de la photo et la Lucrèce de Bronzino des ressemblances qui tiennent aux canons Renaissance de la beauté : toutes deux ont ce front haut et ce long cou que les coiffures relevées mettent en valeur, cette blancheur de peau que souligne le reflet cuivré des cheveux, et ces mains fines, nerveuses, transparentes, plus éloquentes que les yeux.

Les yeux, pourtant, sont ce qui rapproche le plus Christine Valbray de Lucrezia Panciatichi : même regard gris et bienséant, mais, derrière cette réserve, même expression double. A cause de la manière dont le peintre a placé les prunelles dans l'ovale de l'œil, de la façon dont il a modelé les lèvres, et de la courbure que les ombres donnent au menton, on dirait que la moitié de la bouche sourit tandis que l'autre garde un pli amer, qu'un œil exprime de la douceur quand l'autre trahit la sévérité : si l'on cache la partie droite de ce visage, par ailleurs parfaitement régulier, on n'a plus devant soi qu'une jeune femme hautaine et glacée; si l'on cache la partie gauche, elle s'attendrit, s'alanguit, s'empreint de mélancolie. Effet de mon imagination ou jeu des éclairages, je trouve cette même dichotomie chez la Christine de la photographie, ce même mélange émouvant de morgue douce, de raideur craintive, de fierté câline.

L'ensemble me paraît irrésistible, et bien de nature à susciter le désir. Mais je me rassure : la ressemblance est si grande entre cette photo de Christine à vingt-trois ans et Philippe Valbray, tel que je l'ai connu plus tard, que ce ne peut qu'être pour retrouver les traits du frère que je scrute avec tant de passion ceux de la sœur... Philippe aussi avait l'insolence tendre, le cynisme caressant, et ce visage demi-ouvert, demi-fermé, qui semble un clin d'œil du divin, une invite à s'avancer plus loin et se perdre dans le dédale du destin. J'ai parfois rêvé de superposer ces ébauches de jumeaux, de fondre une seule photo ces deux moitiés d'un même être, de les joindre, enfin, dans un unique amour, équivoque, androgyne et parfait... A leur manière, n'en rêvaient-ils pas, eux aussi?

Quand je revins à Paris, on recouvrait de bitume les petits pavés de la rue Gay-Lussac et des ruelles adjacentes.

Le nouveau député de Besançon, Lionel Berton, venait de prononcer une allocution remarquée sur la participation. On replantait des platanes sur le boulevard Saint-Michel. Les mouvements de personnel prévus au Quai d'Orsay avant les « événements » se déroulaient sans changement, et Blondet venait d'être promu à l'ambassade de Londres. Monsieur Le Louarn convoquait le corps enseignant de son établissement pour le 15 septembre. Les troupes soviétiques « secouraient » leurs frères tchèques. Les smicards rentraient de Saint-Tropez. Et Fortier de Leussac, nommé à la tête de la radio nationale en récompense des services rendus au cours de la campagne électorale, lançait à grands sons de trompe une association culturelle, baptisée « Programme d'Action Pour l'Europe » – PAPE par abréviation – laquelle se proposait rien moins que de « rendre aux peuples européens, de l'Atlantique à l'Oural, le souvenir de leur patrimoine culturel commun »:

pour commencer, Fortier inaugurait en grande pompe une plaque à la mémoire de Sully Prudhomme, premier Nobel français, et une statue à la gloire des sculpteurs allemands, français et russes, « tombés au champ d'honneur pendant la Guerre de 14 ».

Il semblait que rien ne fût changé...

Carole me prouva le contraire : l'émission télévisée, « Art et magie de la cuisine » , de Raymond Oliver et Catherine Langeais, qui durait depuis plus de quinze ans et fournissait ma room-mate en menus variés, s'était arrêtée avec la machine de l'Etat et n'avait pas redémarré; la pseudo-Ghislaine, bien qu'elle eût, à la vive satisfaction des touristes étrangers, repris ses travaux d'hôtesse, ne décolérait pas : « Supprimer " Art et Magie "! Non, mais tu vois à quoi ça mène, vos conneries! Et qui c'est qui va me la donner, maintenant, la recette des ris de veau au Xérès? Alain Krivine peut-être? »

Du printemps des peuples les fruits ne tenaient pas la promesse des fleurs; l'hiver s'annonçait long... Mieux valait faire provision de chaleur avant les grandes gelées : Nicolas s'offrait des vacances révolutionnaires en Algérie; Chaton s'était trouvé un charter pour Cuba; Renaud Kahn-Serval et Maud Avenel m'envoyaient des cartes postales d'un kibboutz israélien; et Solange Drouet prenait une année sabbatique dans les Cévennes pour approfondir la pensée du Grand Timonier.

Incertaine d'obtenir un nouveau congé de maladie, je décidai d'employer mes derniers jours de vacances à rassembler, moi aussi, des souvenirs de soleil en prévision de la prochaine glaciation : « L'Invitation au Voyage » me promettait, depuis des années, « une chaude lumière et des senteurs d'ambre » sur les canaux hollandais, et Philippe me devait toujours le prix de ce pari, si malheureusement gagné le 30 mai.

« Mon enfant, ma sœur, songe à la douceur d'aller là-bas vivre ensemble... » La voix du chanteur emplissait tout l'habitacle de la Porsche verte de mon frère.

Philippe avait le goût des gadgets et inaugurait, avec les « Mélodies » de Duparc, l'un des premiers lecteurs de cassettes – LM, bien sûr. La chanson était tellement en situation que je comprenais que mon frère eût exigé l'installation de cet appareil avant notre voyage hollandais : lui aussi prétendait offrir à sa sœur le luxe, le calme et la volupté... Pourtant la violence tragique de l'accompagnement, le ruissellement éploré des dernières notes, semblaient donner à ces paroles un démenti véhément : ni le poète ni le musicien n'avaient cru à ce qu'ils promettaient.

Cela ne m'empêchait pas de rêver : lorsqu'elle évoquait la lumière des canaux de Delft et d'Haarlem, la voix du chanteur, soutenue par un piano déchaîné, atteignait de tels sommets de passion que je sentais la température s'élever dans l'habitacle de la Porsche; déjà, dans le crépuscule jaune de septembre et les feuilles rousses des peupliers qui se collaient au pare-brise mouillé, je croyais reconnaître les rayons d'or promis et revenir, avec eux, des années vertes de Senlis aux jours plus chauds de mes premiers séjours romains.

Philippe, mettant à profit mon émotion esthétique, becquetait mes mains et mon cou de petits baisers pressés et m'entourait les épaules d'un bras affectueux, qui pressait mon sein par inadvertance... En vérité, je n'ai jamais connu aucun homme – pas même certain champion de conduite automobile que j'ai vu d'assez près – capable, comme mon frère, d'embrasser une passagère en menant à vive allure une voiture de sport sur des voies à grande circulation. Talent d'autant plus admirable que, médisant des uns et cancanant sur les autres, il conduisait aussi une conversation des plus animées, destinée à m'étourdir sur le caractère extra-familial des libertés qu'il prenait.

« Comment? Tu rentres de Rome et tu ne sais pas que les affaires de l'Ambassadeur sont arrangées? Il ne t'a rien dit? Quel cachottier!... Tu ne devrais pas porter de soutien-gorge, Poussinet. Surtout à balconnets. Le soutien-gorge est aux seins ce que la Cité de Nanterre est aux étudiants : un ghetto sexuel. Je ne voudrais pas qu'il soit dit que nous avons fait la révolution pour rien : ouvre la cage aux oiseaux, ma colombe, rends-leur la liberté... A propos de révolution, je me demande quel service ce cher Papa a bien pu rendre au nouveau gouvernement. Il est vrai qu'il a toujours été bien avec Debré : Libération, vieux Compagnons, tout le tremblement. Toujours est-il qu'on ne parle plus de lui faire quitter le Farnèse... Oui, tu as raison, ç'aurait été dommage : les frontons lui vont à ravir. " Un prince "? Là, tu exagères! Au mieux, c'est un prince de fonction, comme les appartements du même nom... Hum... Délicieux parfum. Non, ne dis rien, laisse-moi deviner : " Chamade "? Attends, je sais! " Fidji "! Tu vois que je suis doué. Profumo di donna. Mais non, ce n'est pas à cause de Cynthia! Qu'est-ce que tu vas chercher là! D'ailleurs, dans les bras de Cynthia, je ne pense qu'à toi! Eh oui, c'est comme ça! Si on vous demande, Mademoiselle, pourquoi je vous aime, dites que vous n'en savez rien... Oh certes, je ne suis pas le seul à t'aimer, mais Pasty, non vraiment, je ne crois pas que tu puisses encore y compter. Les mœurs de Thierry Pasty, ce n'est plus une rumeur aujourd'hui, ma chérie, c'est le secret de Polichinelle! Et ils ne t'ont pas dit ça non plus, les Romains? Saint-Véran, le romancier, et Pasty, le petit conseiller, ne faisaient qu'un seul et même homme, figure-toi! Au début, notre jeune Thierry a préféré l'incognito pour ne pas nuire à sa carrière. Mais avec le succès... Il y avait même une série de photos de lui dans " Playboy " la semaine dernière. Remarque, " la Vie de Giton ", ce n'est quand même pas " Emmanuelle "! D'ailleurs, " Emmanuelle ", c'est encore un diplomate qui l'a pondu : en poste, il faut bien s'occuper... Tiens, toi aussi, tu mets des collants maintenant? Qu'est-ce que c'est que cette mode à la con?... Mais je l'ai vu, je l'ai vu, le camion-citerne! Et la caravane aussi... Ne joue pas toujours les rabat-joie comme ça. Sur la route, je ne fais qu'appliquer un slogan gauchiste après tout : " ne vous emmerdez plus, emmerdez les autres "!... Dis donc, heureusement que je t'ai prévenue pour Saint-Véran-Pasty. Parce que tu aurais pu te trouver nez à nez avec lui à Senlis. Ma mère l'a invité deux fois. Finalement, elle le trouve intéressant. Pas franchement " upper upper class ", mais intéressant. Puis, comme Fortier vient moins souvent depuis qu'il dirige la " Maison Ronde " du Quai Kennedy, il faut bien qu'elle complète son stock d'écrivains... Est-ce que les filles qui mettent des collants ne pourraient pas aussi bien se passer de petites culottes? Non? Bon, ce n'était qu'une suggestion... Oh, Fortier est toujours très bien avec maman. Il a trop besoin d'Olga, tu penses! Elle intrigue pour le faire élire à l'Académie, et puis c'est elle qui finance le secrétariat de son association. La sauvegarde des valeurs traditionnelles, c'est tout à fait le genre d'Olga. Surtout quand, sous la défense de la culture, c'est celle de l'Occident qu'on camoufle... Je ne devrais pas te le dire, mais leur truc, en réalité, c'est un piège à Russes... L'idée, c'est d'envoyer derrière le " rideau de fer " des intellectuels européens qui prendront contact avec les dissidents. Ils les mettront en relation les uns avec les autres et ramèneront dans leur valise des manuscrits " samizdat ", des pétitions, des machins... On fait mine de photographier les vieilles églises de Prague ou de vouloir diffuser les disques du folklore hongrois, et on crée de l'Atlantique à l'Oural un réseau d'intellectuels anti-coco... Oui, je sais, mais si tu la défaisais toi-même, ta fermeture Eclair, je ne serais pas obligé de conduire avec les genoux... Au fait, sur cette histoire de PAPE, motus, hein? Il n'y a que maman qui soit au courant. Il ne faudrait pas que " l'Ours Soviétique " ait vent du complot. Olga prend des airs terriblement mystérieux. Tu sais, je ne serais pas surpris qu'elle soit en cheville avec la CIA... Oh, mais je m'en fous du cycliste! Et du feu rouge aussi, je m'en fous! " Songe à la douceur, mon enfant, ma sœur... " »

Un peu avant Rotterdam, la voiture, conduite d'une main dissolue, heurta la bordure d'un trottoir. Rien de grave; mais la roue avant droite était voilée et les garagistes fermés. Nous nous vîmes contraints de passer la nuit sur place. Philippe dut décommander les chambres retenues dans un bel hôtel du Herengracht d'Amsterdam et se vit obligé d'aller à pied demander asile au premier motel de la route où nous nous étions échoués.

Je l'attendais dans un café; il revint et s'empara de ma valise : on pouvait nous héberger. A la réception du motel, j'eus la surprise de voir le concierge lui tendre une seule clef; je protestai. « Malheureusement, mon ange, ils n'ont plus qu'une chambre... », m'assura mon frère. Le concierge savait quelques mots de cet anglais espéranto qu'on parle dans les aéroports internationaux et les boutiques de souvenirs du monde entier; je lui fis comprendre, tant bien que mal, que je désirais une seconde chambre. Il démentit aussitôt mon frère, en convenant que plusieurs étaient libres; mais il insista néanmoins pour ne nous en donner qu'une : « You and him, same room. No use other room, no use... One room good for you. »

Je crus qu'on l'avait soudoyé; mais Philippe, désolé de m'avoir fâchée, voulait se faire pardonner et exigeait à son tour, avec véhémence, une deuxième clef. Le concierge, intraitable, nous barrait l'accès à son tableau : « No, Sir... Two rooms, bad... One room, enough. » Faute de vocabulaire, il ne pouvait motiver sa décision. Gênée d'abord que le portier m'eût prise pour la maîtresse de ce jeune homme qui « me ressemblait comme un frère », je ne trouvais finalement chez lui, en l'observant, rien de complice ni d'égrillard : il ne se souciait nullement de la nature de nos rapports ni de notre état civil; il jugeait superflu de nous donner deux chambres, et c'était tout. A la fin, Philippe se fâcha, tapa sur le comptoir, et sortit des gros billets; l'homme haussa les épaules d'un air résigné et prit deux clefs. Renonçant à contrarier les riches, mais ne se privant pas de leur faire savoir ce qu'il pensait de leurs caprices, il ne cessa de maugréer tout au long du couloir.

Quand il eut ouvert les deux portes – voisines – je compris d'un coup les raisons du conflit; ce motel de deuxième ordre était un motel familial de type germano-nordique, caravanes-en-tous-genres et convivialité asexuée : chaque chambre comportait quatre lits d'une personne. Nous avions huit lits pour deux. Nous passâmes la nuit dans le même.

Dans ce petit carnet beige à spirale que je garde dans un tiroir de mon bureau, Christine n'écrivit rien de plus. Pourtant, elle disposait encore de plusieurs pages blanches : elle préféra rester sur un sous-entendu. Etait-ce par pudeur? Et de quelle pudeur s'agissait-il – celle de ses actes ou celle de ses mensonges?

Je me rappelais fort bien l'embarras de Philippe Valbray le soir où nous avions dîné à l'Archestrate; je ne lui avais pas parlé du carnet beige, mais l'eussé-je fait que ses inévitables dénégations ne m'auraient pas éclairée... Même l'appréhension qu'il trahissait, ses questions tardives et maladroites (« Que vous dit-elle de moi? »), je ne pouvais les rapporter à un motif sûr : Philippe pouvait aussi bien s'effrayer des inventions éventuelles d'une sœur mythomane que redouter la vérité.

A la réflexion, pour les liaisons incestueuses, mon ami Valbray me semblait un assez bon sujet. On ne voyait aucune femme qui eût joué un rôle éminent dans sa vie, à part Christine. De ses interminables fiançailles avec les parfums Worsley il n'était rien sorti, pas même une filiale commune ni une petite OPA, bien que Cynthia fût à ranger dans la catégorie des débutantes consommables... D'ailleurs, toutes les filles avec lesquelles on rencontrait Philippe dans les lieux publics étaient jolies : on ne le voyait jamais, à l'Opéra, à Longchamp ou à la garden-party du Sénat, que brillamment accompagné; quand j'interrogeais mes amies, j'apprenais qu'il avait passé quelques jours à Courchevel avec Catherine de Bussy, fait l'ouverture d'une nouvelle boîte de nuit avec Bérénice de Savoie, ou qu'on l'avait photographié sur le yacht des Péridès avec un équipage de starlettes. Mais, bien qu'il eût à Paris, Villa Scheffer, son propre appartement dans l'hôtel particulier que possédait sa mère, il ne vivait pas – pour autant qu'on le sût – avec les jeunes beautés qu'il sortait. Il semblait se plaire exclusivement au rôle de chevalier servant et était, au jugement des mères, le cavalier rêvé pour le « Bal des Petits Lits Blancs », parce que, dans ces lits-là, il ne couchait jamais... Personne, cependant, ne doutait qu'il fût un homme comblé et j'étais moi-même bien placée pour savoir qu'il plaisait.

Etait-ce par réserve qu'il ne parlait pas de celles qu'il aimait? Une seule fois, lui si retenu, si ironique, se laissa aller à un semblant de confidence. Je lui parlais des romans de la Table Ronde et de la première rencontre, bouleversante, entre le vieil enchanteur Merlin et la jeune Viviane – cet instant où le magicien découvre au bord d'une fontaine l'enfant « de douze ans d'âge », dont sa propre science des êtres et sa connaissance du futur lui permettent d'entrevoir qu'elle le perdra –; pourtant, si savant qu'il soit, il est déjà trop épris pour ne pas consentir à sa perte et se borne à mettre dans sa capitulation juste assez d'élégance pour que son bourreau ne soupçonne pas la complaisance de sa victime : quand la petite Lolita médiévale le persuade, avec force cajoleries et pauvres ruses, de lui livrer un à un les secrets de sa puissance, il fait mine de ne les abandonner qu'après une longue résistance et feint, pour la flatter, d'ignorer qu'elle retournera contre lui les armes dont il se laisse dépouiller, « car, bien qu'il sût les intentions qu'elle avait chaque fois qu'elle le caressait », dit le poète, « il ne pouvait s'empêcher de lui enseigner tout ce qu'elle désirait... »

Après m'avoir écoutée, Philippe, soudain grave, me dit qu'il avait éprouvé, lui aussi, cette sorte d'amour pour une femme qui ne le méritait pas. Comme à ma connaissance, la seule femme qui l'eût dépossédé de ses biens et de sa science, lui empruntant sa famille, lui dérobant ses relations, détournant ses amours et ruinant sa carrière, était sa sœur Christine, je trouvai, dans ce demi-aveu, une confirmation de mes hypothèses les plus aventurées.

Et il était vrai que, comme Merlin l'amour de Viviane, l'inceste pouvait avoir enfermé Philippe dans une « prison d'air », si transparente qu'on n'en voyait rien, mais si fermée qu'elle l'isolait du reste de l'humanité...

Cependant, si probable que me parût la passion de Philippe pour sa sœur, je continuais de trouver peu vraisemblable que Christine eût consenti à devenir sa maîtresse; elle adorait son frère, mais elle ne m'en avait jamais paru amoureuse à proprement parler. Il est vrai qu'elle pouvait ne pas avoir cherché, en lui cédant, à satisfaire ses propres désirs : peut-être voulait-elle seulement assurer sa domination, ou contenter son goût un peu pervers pour la provocation? Pourtant, je n'arrivais pas à me persuader qu'elle eût sauté le pas. L'enjeu ne valait pas la mise : quelle enfant mal aimée eût risqué, sur un pareil coup de dés, l'unique amour dont elle se sentît assurée?

Lorsque, en revanche, j'envisageais l'hypothèse d'un mensonge ou, du moins, d'un de ces sous-entendus choisis exprès pour me mener au malentendu, j'y trouvais plus de vraisemblance : Christine se plaisait à mentir, à tromper, par jeu plus que par nécessité, et presque toujours pour se faire pire qu'elle n'était. Elle affectait, depuis l'adolescence, de se reconnaître dans tous les miroirs-sorcières qu'on lui tendait et semblait prendre à l'aveu de ses fautes, réelles ou supposées, un bonheur âpre qu'elle n'eût pas trouvé, sans doute, dans un éloge mérité...

Mais, sur le fond, que savait-elle de l'inceste, sinon que j'étais moi-même trop ignorante du sujet pour pouvoir la confondre?

Dans un jardin du Midi, un soir, à la lumière vacillante d'un photophore, un homme, qui se prétendait compétent, m'avait assuré que l'amour entre frère et sœur ne pouvait être consommé à visage découvert : « Un corps garde quelque chose d'anonyme. Le corps d'une sœur, c'est le corps d'une femme, de n'importe quelle femme... Mais son visage! Ce visage unique, si connu qu'on en sait toutes les cicatrices, toute l'histoire, tous les pouvoirs... Il faisait noir. Nous n'avions pas allumé. Ma sœur ne me parlait pas. Je ne distinguais plus ses traits, et j'évitais de toucher ses paupières, ses joues, son cou. Pas une seule fois, pendant toute cette nuit, je n'ai baisé ses lèvres, pas une fois je n'ai caressé son front ni respiré ses cheveux, pas une fois je n'ai croisé son regard. Je lui ai fait l'amour sans tendresse, en silence, l'amour sans mots et sans figure. Au matin, je pouvais encore espérer que j'avais rêvé... »

Cette confidence m'avait rendue à mes propres chimères : un motel au bord d'une route hollandaise, Rotterdam, la mer proche... Moins, pourtant, que la raffinerie de pétrole dont la torchère géante embrase le ciel. Le frère et la sœur ont tiré les rideaux. Est-ce assez pour empêcher la lueur orangée du pétrole et les lumières de l'autoroute de filtrer à travers le tissu mince, de pénétrer dans la chambre obscure et d'éclairer, par instants, un profil perdu, un sourire trop connu? « Mon enfant, ma sœur... » Au bout de la rue, le port. Les sirènes des bateaux qui remontent le chenal en contrebas du motel couvrent leurs voix, leur souffle. Ils sont nus sur un lit dans le faisceau du phare de la raffinerie, écorces rouges dans la nuit. On ne voit plus leur visage, car ils ont remis les « bautas » blanches de la soirée Fornari. Deux masques d'os, figures de proie : des crânes ronds, des yeux creux, des nez en bec de rapace, vautours suspendus au-dessus d'une pieuvre de chair qui se plie et se déploie lentement dans le halètement des paquebots. Plus tout à fait humains, plus tout à fait vivants : quand l'un d'eux s'étend sur le drap blanc, on croit voir l'autre enlacer un corps décapité. « Mourir au pays qui te ressemble... »

Mais Philippe ne se croyait pas un personnage tragique. Quant à Christine, ce qu'elle aimait chez ce frère c'était son visage justement, si pareil au sien qu'il en semblait le reflet à peine durci, un peu forcé. Ce qu'elle attendait de l'inceste, qu'elle eût pu aussi bien chercher dans l'homosexualité, c'était de se découvrir et non pas de se cacher, de reconnaître son visage dans le visage de l'autre, non de le lui dissimuler : comme un Narcisse égaré dans un pays sans fontaines espère que ses mirages, en s'évanouissant, lui laisseront au moins une goutte d'eau...

Si l'homme au photophore n'avait pas menti, si cet amour farouche avançait masqué, Christine et Philippe n'avaient rien à faire ensemble dans le huitième lit hollandais.

Mais cet homme lui-même m'avait-il dit la vérité? N'avait-il pas cédé, dans la douceur de l'air et le chant des cigales, à l'envie de broder, de suivre une mode que quelques cinéastes venaient de relancer, de moquer ma naïveté en s'abandonnant à des rêves qu'il n'aurait pas été capable de réaliser? S'il m'avait mystifiée, son mensonge rendait Christine à sa liberté et me renvoyait à des incertitudes que l'analyse psychologique ne permettait pas de lever.

Toujours, les déclarations intempestives des uns, les silences équivoques des autres, et les contradictions des intéressées, m'empêcheraient de déterminer jusqu'où Christine avait aimé Philippe.

Je laisserais donc éparses les pierres que j'avais ramassées. Comme les archéologues de Delphes qui ont numéroté les morceaux des temples avec assez de précision pour pouvoir les remonter, mais se refusent toujours, au nom de l'authenticité, à reconstituer la Tholos ou le Trésor des Athéniens, je répugnais maintenant à la fiction qui m'eût permis de suppléer les déficiences du témoignage; je renonçais à compléter le récit en allant d'un jalon à l'autre, là où les certitudes manquaient. Certes, j'avais moi aussi, dans le temps, cédé à la mode Moreau-Bailly – la vie des grands hommes comme si vous y étiez –; mais, du jour où, en réfléchissant sur les dégoûts de Christine Valbray, j'avais compris que l'Histoire n'avait plus de sens en soi, ni d'utilité pour les autres disciplines de pensée, du jour où je m'étais convaincue qu'elle ne gardait d'intérêt que pour autant qu'elle recensait encore, dans ce monde falsifié, de menues vérités, je m'étais tellement accrochée à cette prétendue sincérité que je ne supportais plus rien de ce qui aurait pu l'altérer.

Je dégagerais une à une les dalles du chemin, mais je ne le reconstruirais pas; j'aimais mieux laisser la forêt dévorer le sentier que recouvrir de mes propres pas la trace de passages plus anciens... Je ne réécrirais pas les pages blanches du carnet.

L'automne. Des larges avenues de Compiègne, bordées d'hôtels rococo semblables à des casinos de villes d'eaux, émanait la même tristesse que des stations balnéaires dont la saison est terminée. Quand le vent prenait en enfilade ces boulevards parfaitement rectilignes et, balayant le sable des trottoirs, secouait les volets fermés des résidences secondaires, quand la pluie frappait à grand bruit les marquises des hautes maisons haussmanniennes et les lucarnes à colombages des faux manoirs normands, quand la brume montée de la forêt noyait l'extrémité de ces rues silencieuses et les ouvrait sur des perspectives infinies, je cherchais, au bout de l'avenue Royale ou de l'allée des Avenues, la digue, la jetée, le front de mer, qui ne pouvaient manquer de s'y trouver...

Il pleuvait. De larges gouttes qui détrempaient les sentiers du lycée, les plates-bandes défleuries du réfectoire, et les tracts du groupe anarchiste, semés au hasard des pelouses : « Le Louarn, tu ne fais plus peur à personne. On sait qu'on peut te balayer, te faire baisser culotte. Alors, arrête les frais, Le Louarn, ou ça va chier! »

Il pleuvait sur les banderoles, les capuchons des élèves et le parapluie du proviseur. Une rentrée qui traînait avec elle une odeur amère de caoutchouc – imperméables humides et bottes mouillées – et le poids d'un ciel bas, uniformément gris; un temps si froid qu'il me faisait tout redouter de l'hiver, sauf ce qui m'en advint : en novembre, mon père m'écrivit qu'il avait conclu la vente de l'Hôtel des Rieux.

En le persuadant que la maison n'était plus réparable et en lui trouvant à Paris une nouvelle agence plus imaginative que les précédentes, je l'avais aidé, me disait-il, à découvrir la seule solution possible : vendre l'hôtel pour le démolir. Evreuil s'était beaucoup développé ces dernières années et le terrain était admirablement situé : dans ce qui avait été le parc, la grande chaîne de distribution qui venait d'acquérir la propriété se proposait de construire un supermarché, dont les parkings occuperaient l'emplacement de la maison. Il y avait bien un « petit problème avec le plan d'urbanisme », mais les acquéreurs avaient les moyens de tout arranger; ils pensaient obtenir le permis de construire avant Noël et commencer les travaux fin janvier. Mon père, qui avait tiré de la vente un prix supérieur à celui qu'il espérait, ne tarissait pas d'éloges sur le service que je lui avais rendu en lui ouvrant les yeux; il tint à manifester sa reconnaissance à son « intermédiaire » en joignant à sa lettre ce qu'il appelait ma « juste commission », ou, pour suivre la mode politique, ma « participation ».

Je n'avais pas besoin de retourner chez Maître Lebœuf pour savoir que les Brassard n'avaient aucun moyen de s'opposer à la vente : mes parents s'étaient mariés sous le régime de la séparation de biens et les Rieux étaient la propriété exclusive de mon père; mes grands-parents, qui n'étaient même pas locataires, avaient le statut, peu enviable, d' « occupants sans titre »; quant à ma mère, elle était supposée jouir, comme épouse d'ambassadeur, de revenus assez confortables pour se loger où bon lui semblerait. Tout au plus pouvait-elle espérer obtenir de mon père de quoi payer le loyer d'un nouveau logis; encore cette mince compensation supposait-elle qu'elle se fût décidée à engager cette action en « revendication d'aliments » dont Maître Lebœuf m'avait autrefois vaguement parlé, mais que mon grand-père, pour des raisons qui m'échappaient, la persuadait toujours de différer.

Un moment je songeai à envoyer au « Canard Enchaîné » ou à « la Vérité » un petit écho qui peindrait les dernières turpitudes du sieur Valbray et attirerait l'attention du Quai d'Orsay. J'y renonçai : le moyen manquait de dignité. Du reste, même menacé des foudres de la Direction du Personnel – qui avait en horreur les scandales de vie privée –, mon père ne pourrait plus reculer puisque l'acte de vente était signé.

J'allai, en tremblant, apprendre la nouvelle à mes grands-parents, me bornant à parler du déménagement sans rien dire de la démolition. Le repas fut triste et silencieux. « Mais où c'est qu'on va aller? Où c'est qu'on va aller? » gémissait de temps en temps ma grand-mère, accablée.

Mon grand-père ne disait rien; il regardait son jardin. La saison des poires tirait à sa fin; il ne s'était pas douté, en mettant son poiré en bouteilles, que c'était son dernier poiré.

Seule ma mère prit la chose avec une certaine gaieté; inconscience ou crânerie, elle dit qu'elle n'était pas fâchée de quitter cette vieille bâtisse : « Parce que le confort moderne, y a quinze ans que j'en rêve, moi! »

Je voulus l'obliger à plus de réalisme pour lui épargner des déceptions ultérieures :

– Bien sûr, dans un HLM, tu auras une baignoire...

– Et le chauffage central!

– Et le chauffage central, oui... Mais j'ai peur qu'on ne puisse pas loger la moitié des meubles qu'on a ici. Dans une chambre de huit mètres carrés, ton grand lit par exemple...

– Tu crois qu'un lit à une place me suffirait pas?

La réplique avait fusé, acide, ironique, et je vis passer dans les yeux de Malise cet éclair de malice qui avait dû éclairer autrefois le regard de la « petite charcutière » : mon père avait-il raison quand il présentait comme une sotte cette enfant de quinze ans assez audacieuse pour rejoindre les maquisards dès l'annonce de l'exécution de sa sœur, et assez habile pour se glisser aussitôt dans les bras – sinon dans le cœur – du « veuf éploré »? Elle venait de me prouver qu'elle était encore, malgré sa déchéance physique et mentale, capable de faire preuve d'à-propos quand on s'y attendait le moins. Du reste, elle était d'humeur joyeuse ce jour-là : pour une femme clouée depuis des années dans sa chambre à coucher, un déménagement, c'est, au pire, une occasion de voyager...

– Dis-toi bien, reprit-elle guillerette, que si l'Ambassadeur a gagné la première manche, moi, je n'ai pas dit mon dernier mot. Je vais écrire au Secrétaire général de son ministère pour lui raconter les misères qu'il me fait.

– Malise, ne fais pas ça! Je ne sais pas si ça peut lui

nuire, mais ça ne te servira à rien. Si tu veux une pension, fais-lui un procès.

– Non, pas de procès. Ni divorce ni procès... Oh mais, c'est que j'ai de quoi faire durer le plaisir!

Je compris brusquement que cette petite guerre qui déchirait ses filles et bouleversait ses parents était le seul lien qui unissait encore Malise à son mari. C'est pourquoi elle prenait si bien les dernières péripéties du conflit : peu lui importait, au fond, de perdre une bataille pourvu que la guerre continuât...

– T'en fais pas, mon petit, parvint à articuler mon Pépé sur le pas de la porte en se laissant embrasser, on le sait bien pour cette baraque t'as fait tout ce que tu pouvais...

J'avais fait tout ce que j'avais pu en effet, et même ce que je ne pouvais pas; au point que, revenue à Evreuil pour aider Béatrice à trier de vieux vêtements, démonter les meubles et préparer les caisses du déménagement, je dus encore, une fois ou deux, jouer à cache-cache avec les représentants de l'agence de Paris chargée de faire presser l'évacuation des lieux : je ne tenais pas à être identifiée comme l'aimable secrétaire du propriétaire.

Je trouvai un logement pour mes grands-parents plus tôt que je ne l'espérais. Philippe, le premier à savoir mes ennuis, avait proposé de leur faire attribuer un HLM dans la circonscription de son oncle, Hugues de Chérailles; mais, bien qu'ayant successivement servi avec un même cœur le PC, le PSU et la FGDS, je n'avais pas encore assez progressé vers la droite pour accepter les bienfaits d'un UDR : il n'y a pas de limites à la trahison, mais il y faut des délais...

« Carole-Ghislaine » vint à mon secours; depuis l'époque du « Whisky-club », elle bénéficiait de protections locales discrètes et efficaces, auxquelles elle devait, entre autres, son F3 de Royalieu; naturellement généreuse, elle fit des pieds, des mains, et du reste, afin d'obtenir des mêmes puissances tutélaires un logement décent pour les miens. Il nous tomba donc, dès le mois de décembre, un petit trois-pièces neuf dans un « grand ensemble » en construction, près de Creil.

Ma grand-mère, que la perspective d'avoir enfin « une cuisine propre » consolait, faisait ses paquets d'assez bonne humeur.

Mon grand-père, à qui j'avais fait visiter, aussi triomphalement qu'il se pouvait, le HLM de Creil, ne disait rien; le premier moment d'accablement passé, il semblait se désintéresser de la question. Il ne se mêlait pas de nous aider à jeter, plier, emballer; il continuait de vivre sans hâte, au milieu des valises et des cartons qu'il repoussait du pied pour passer. J'avais fini par lui avouer que la propriété serait transformée en supermarché, mais sans lui dire que la maison serait rasée ni qu'on allait arracher les arbres du parc. Aussi s'obstinait-il à se lever tous les matins à cinq heures pour aller travailler dans son potager, semant pour le printemps suivant : « Tu vois, comme ça, si ils veulent, les patrons du magasin, ils pourront approvisionner leurs rayons avec ce qu'ils récolteront... Note bien, peut-être pas en totalité : surtout pour le petit pois, qui est jamais bien venu par ici. Mais enfin, ça leur fera toujours autant d'économisé... » Je vis que, dans le verger, il avait coupé deux ou trois vieux pruniers desséchés pour planter à leur place de jeunes arbustes vigoureux : ces petits scions tendaient leurs moignons dépouillés vers un ciel qu'ils n'atteindraient jamais . « Tu sais, c'est la bonne saison pour semer, me dit mon Pépé comme pour s'excuser. Et puis, c'est pas parce qu'on s'en va qu'il faut se désintéresser. La terre reste, et les arbres qu'on a plantés. » Ce fut la plus longue explication qu'il consentît à me donner. Il allait toujours, le béret sur l'oreille, la bêche sur l'épaule et les sabots aux pieds, traçant ses sillons et ses allées, rangeant son bois, réparant le clapier, calme et taciturne, méprisant l'agitation que « ses femmes » menaient à travers la maison. Il allait, comme s'il avait devant lui l'éternité.

Parfois, je me demandais s'il avait compris, si le coup qui le frappait ne l'avait pas plongé dans la sénilité...

D'autres fois, je voyais dans son comportement la sagesse, dérisoire et résignée, que les livres d'histoire prêtent à saint Louis de Gonzague : comme ses compagnons s'amusaient à envisager la fin du monde et à imaginer ce qu'ils feraient si on la leur annonçait – prières ou festins, réconciliations émues ou méditation solitaire –, l'enfant leur avait simplement dit qu'il continuerait de faire ce qu'il avait commencé...

J'aidai Béatrice à ranger la chambre de Malise. La tâche était malaisée, car Lise, malgré nos mises en garde répétées, prétendait tout garder : ses vieux « Cinémonde » et sa collection complète de médicaments périmés, sa panoplie de chaussures des années cinquante, sa garde-robe de jeune fille et des monceaux de cartes postales jaunies... J'empilais soigneusement ces souvenirs dans des cartons, me débarrassant de ballots entiers dès qu'elle avait la tête tournée. Je faillis ainsi jeter un petit paquet de lettres à demi moisies que j'avais trouvées cachées au fond du cabinet de toilette, lorsque brusquement je reconnus la petite écriture penchée du docteur Lacroix, si souvent lue sur les ordonnances que mes grand-parents ne parvenaient pas à déchiffrer. Intriguée, je glissai ces missives dans une valise dont je déversai le contenu, pêle-mêle avec les romans de Delly, les albums photos et un fatras de « bijoux-fantaisie », dans le petit réduit bétonné du troisième sous-sol, que la société des HLM de Creil baptisait pompeusement « cave-resserre ».

Quand cette cave fut remplie jusqu'au plafond, je profitai des dernières journées de remue-ménage pour laisser libre cours à mon iconoclastie et éliminer discrètement les objets qui m'avaient toujours encombrée : le Certificat d'Etudes de ma mère, encadré « en doré », deux fausses bûches vernies, cadeau d'une cousine du Bugey, un pot de chambre légendé, et la grande photographie de ma tante Arlette dont j'avais trouvé le retirage dans la chambre de mon père; on mettrait ces disparitions au compte des déménageurs... Au moment où je glissais subrepticement la photo de l'héroïne familiale dans un sac-poubelle, je croisai le regard de Malise : prestement, elle rabattit l'œil vers son « Femmes d'Aujourd'hui », mais sans pouvoir ravaler assez vite le sourire qui montait à ses lèvres... La gentillesse, quasi maternelle, qu'elle me montra dans les jours qui suivirent me prouva que, pour une fois, je l'avais comprise.

Début janvier, j'avais casé toute ma famille dans le petit appartement de Creil. A Evreuil, le déménagement n'était pas complètement terminé : restait à vider les caves et les greniers. Songeant aux papiers du Quai d'Orsay, j'avais proposé de m'en charger pendant le week-end. Ayant prié Philippe de demander à son père – auquel je ne souhaitais plus parler – ce qu'il comptait faire de ces précieux secrets, j'attendais anxieusement les instructions que l'ambassadeur avait sollicitées du nouveau Cabinet.

Pour tromper mon impatience, j'achevai de déblayer les greniers de ce que mon grand-père y avait entassé : des outils cassés, des planches dépareillées, des bouts de ficelle effilochés, des porcelaines brisées, tout un fouillis pareil à celui qu'on trouve, le soir, dans les poches des petits garçons – coquilles d'escargots et tickets de manège, canif rouillé, cosses de pétards et bonbons collés. Je fis ainsi, méthodiquement, les poches de la maison. De temps en temps, je rencontrais sous la poussière un souvenir d'enfance – vieux jouet , cahier d'écolière –, ou un instrument dont l'usage m'était inconnu mais « qui pourrait encore servir », comme disait mon grand-père : je le mettais de côté.

Telle une veuve qui trie les vêtements de « son défunt », je prenais mon temps, peu pressée d'achever cette besogne de deuil qui me rattachait encore à l'objet aimé. Différant le moment de me mettre au travail pour ne pas en avoir terminé trop tôt, je marchais dans Evreuil jusqu'à l'heure du dîner, redécouvrant des quartiers que je n'avais plus fréquentés depuis des années. Partout, la brique et le béton avaient remplacé les tomates et les fraisiers : les derniers jardins ouvriers avaient cédé la place aux « cités » et « résidences », et les lampadaires d'acier poussaient où avaient fleuri les lilas. Dans tous les quartiers, les sentiers se transformaient en avenues, les pavillons en immeubles, les bois en squares, les places en parkings. Même le jardin du curé avait été vendu pour tracer un carrefour, au centre duquel le presbytère désaffecté, tout hérissé de feux rouges et d'annonces publicitaires, avait l'air d'une roulotte de foire.

Sans doute, toutes les banlieues alentour avaient-elles changé dans ces années-là, mais il me semblait qu'Evreuil changeait plus vite que les communes voisines; sans doute parce que la ville avait une municipalité communiste et que, dans leur souci de bien faire – et de faire vite crèches, lotissements, maisons de jeunes, HLM, stades et dispensaires –, ces édiles énergiques sacrifient peu à l'esthétisme : ils améliorent le niveau de vie, au détriment de la vie même. D'un autre côté, comment des élus marxistes seraient-ils restés insensibles aux promesses d'urbanistes qui se proposaient de faciliter – à coups de « barres » de quatre cents mètres de long – « la naissance d'un être collectif », opposé à la médiocrité petite-bourgeoise et à l'individualisme sordide de « l'habitat pavillonnaire »? Mais ce qu'il y avait en moi d'écologisme post-soixante-huitard, ou ce qui me tirait déjà vers les valeurs réactionnaires de Chérailles, m'incitait maintenant à préférer à ces technocrates dynamiques, qui refont l'homme et remodèlent le paysage, les municipalités indolentes qui, ne faisant rien, n'abîment rien...

De ce bétonnage forcené, cette rage à tout « aménager », seule notre petite impasse avait été relativement protégée. A l'entrée, « le Belvédère », la maison du docteur Lacroix, n'avait pas changé; fermée depuis le départ du médecin, la grande demeure restait, au fond de son parc abandonné, semblable à ce qu'elle était au temps où les petits Lacroix m'en faisaient admirer l'ordonnance et les pièces sombres, richement meublées... Comme « le Belvédère », l'Hôtel des Rieux, au bout de l'impasse, toutes fenêtres éteintes, entrait à son tour dans la nuit.

D'aussi loin que je me souvenais, jamais je n'avais vu ainsi notre maison sans lumières : mes grands-parents ne l'ayant jamais quittée, il y avait toujours le soir, quelque part, une lampe allumée. Maintenant, par les nuits sans lune, les ténèbres mangeaient la toiture et les murs, effaçant pour quelques heures ce que les hommes allaient effacer pour l'éternité... Et soudain, devant ce vide étrange, je m'aperçus que j'avais toujours été heureuse à Evreuil; mais cette félicité, que je n'avais pas reconnue quand je l'avais vécue, me donna envie de pleurer. Le bonheur ne se goûte pas en conserve : il doit être consommé frais.

Soir après soir, dans les greniers maintenant déserts de l'Hôtel des Rieux, assise sur les cartons de la « raison d'Etat » et le sceau du secret, j'attendais les instructions du Quai d'Orsay. A ma demande, Philippe rappela deux fois le Farnèse. La réponse des autorités me vint enfin, via Senlis et Rome : « Il n'y a pas d'instructions. »

Parce que je ne savais pas encore grand-chose de l'administration, cette absence de consigne me plongea dans la perplexité. J'imaginai une lutte d'influences au sommet, des conseillers compromis par les mystérieux papiers, de sourdes rivalités, un ministre embarrassé – là où, mieux informée aujourd'hui, je ne discernerais que désinvolture banale et vulgaire incurie. A la fin, pressée par le temps ((la démolition était prévue pour le 25 janvier), je fis la seule chose qui me restait à faire : portant une main sacrilège sur ces prestigieux documents où je n'osais même pas jeter les yeux, je les réduisis en charpie et enfermai le tout dans de grands sacs en plastique bleu que j'alignai, trois nuits de suite, au bord du trottoir.

Le premier soir, en déposant timidement mon fardeau dans le caniveau, je craignais que la face du monde n'en fût changée; mais les éboueurs d'Evreuil emportèrent, sans s'émouvoir, les secrets du Pouvoir parmi les épluchures et les bouteilles vides; et je n'en entendis plus parler.

Pour me distraire de mes tristes pensées j'avais heureusement eu, dans les derniers jours de ce déménagement, le divertissement d'une comédie que nous donna à l'impromptu Solange Drouet. Retirée dans les Cévennes pour penser, elle ne m'avait plus envoyé de ses nouvelles jusqu'au matin où j'en appris d'étonnantes par notre ami Chaton. Hirsute et mal rasé, il fit irruption dans l'appartement de Carole pour m'expliquer, avec cette grandiloquence tantôt agressive, tantôt larmoyante, qui le caractérisait, qu'il avait roulé toute la nuit pour me retrouver car j'étais la seule à pouvoir sauver Solange Drouet; il fallait faire vite : les impérialistes allaient l'assassiner.

Encore mal réveillée, je n'acceptai de prolonger la discussion qu'autour d'une tasse de café; et, bribe par bribe, m'efforçant à le calmer, je parvins à reconstituer les semaines écoulées. Chaton, revenu de La Havane, venait de passer deux mois chez Solange, dans une masure sans électricité du côté de Saint-Hippolyte-du-Fort; lui aussi, finalement, s'était converti au maoïsme; ils avaient beaucoupe parlé – du Vietnam surtout. Quand elle avait lu dans les journaux que le président des Etats-Unis allait être reçu au début de février à l'Elysée, Solange avait résolu de tout faire pour empêcher cette visite, qu'elle regardait comme une ignominie; elle avait donc entrepris une grève de la faim silencieuse et déterminée : plus de jambon, plus de nouilles. Au bout de trois semaines, elle était si pâle et si affaiblie que Chaton lui-même, dans un sursaut de lucidité, l'avait déposée à l'hôpital d'Alès, où on l'avait gardée. Elle y était depuis huit jours, refusant toute alimentation; et le médecin-chef n'avait pas caché à Chaton que les jours de son amie étaient en danger.

– On peut pas laisser faire ça, hein, Christine? Je veux pas qu'on l'assassine! Je veux pas qu'ils la tuent, comme ils ont tué les Biafrais et les Boliviens, comme ils tuent tous les jours les petits Indiens...

Sa voix s'étranglait.

– Attends, Chaton. Ne confondons pas : son truc à

Solange, c'est quoi? Le Vietnam, la Bolivie, l'Inde ou le Biafra?

– Plutôt le Vietnam mais, comme disait Che Guevara, on peut pas distinguer les combats dans la lutte mondiale pour...

– Bon. Ecoute, il y a encore une chose que je ne comprends pas : avant de se mettre à jeûner, Solange n'a pas écrit à quelqu'un, rédigé une petite motion, une pétition, je ne sais pas moi... alerté la presse?

– Non... La semaine dernière, j'ai envoyé une lettre au « Midi-Libre » pour tout leur expliquer, mais ils l'ont pas publiée. Y a pas eu une seule ligne dans les journaux, même à Alès.

– Mais Solange doit quand même être soutenue par son club, enfin son machin, la « Gauche Prolétarienne »... Non? Elle ne les a pas prévenus? Quoi? Elle a démissionné? Mais, bon sang de bonsoir, on ne s'embarque pas dans une grève de la faim comme ça! Sans biscuits... Enfin, tu vois ce que je veux dire...

Profitant du week-end, je descendis à Alès où je trouvai Solange, le cheveu mou et l'œil terne, hospitalisée entre deux rangées de bouteilles d'eau minérale. Elle avait fondu en effet, mais comme elle avait toujours eu quelques kilos de trop, je n'étais pas inquiète. Du reste, ayant à deux reprises tâté du régime amaigrissant de la Mayo Clinic, que Carole s'imposait avant certaines « vadrouilles » pour combattre l'effet des petits plats mitonnés, je ne me sentais plus très impressionnée par les conduites de famine. Les médecins me détrompèrent : les atteintes musculaires qu'ils avaient constatées chez Solange étaient déjà sérieuses; dans deux semaines, les lésions seraient irréversibles; au quarante-cinquième jour, Solange perdrait la vue; dans les jours suivants, l'ouïe, puis, très vite, la vie.

Je tentai de la raisonner. Chaton, plein d'illusions sur l'influence de mon éloquence, lui avait apporté une petite boîte de lait concentré qu'elle repoussa avec la même brutalité qu'un camisard des Cévennes l'hostie.

– Voyons, Solange, tu n'espères quand même pas, à toi toute seule, empêcher De Gaulle de recevoir Nixon?

– Si.
– Tu es folle, ma pauvre fille!
Je cherchai vainement une pensée de Mao qui fût en situation; la seule citation qui me vint à l'esprit était de Jaurès; mais je n'en étais plus, depuis longtemps, à une fausse citation près : « Comme dit Chou En-Laï, on ne peut aller à l'idéal qu'en comprenant le réel... Autrement dit : ce n'est pas le tout de mourir, pauvre pomme, il faut encore le faire judicieusement! »
Solange haussa les épaules, remonta sa couverture et fixa son regard, par-dessus les toits d'Alès, sur la ligne bleue des résistances à toutes les conversions. Je m'offris un grand verre d'eau d'Evian.
« Tu conviendras au moins que tu n'as aucune chance d'obtenir satisfaction si De Gaulle lui-même ignore ton action. Or, personne ne sait que tu fais une grève de la faim, ma pauvre Solange, et tout le monde s'en fout!
Ses mains se crispèrent, son visage s'affaissa : « Tu crois que je ne le sais pas que tout le monde s'en fout? D'abord, je ne l'ai dit à personne... Parce que personne ne s'est jamais soucié de savoir si j'existais. Et que personne n'aura de peine le jour où je mourrai... »
Et elle se mit à sangloter sur l'épaule de Chaton, si troublé qu'il secouait sa grosse tête en murmurant : « Je te l'avais bien dit qu'il fallait occuper la tour Eiffel, je te l'avais bien dit... »
Après deux jours de négociations, j'avais tout de même pu obliger Solange à borner ses revendications : elle consentirait à s'alimenter si les journaux nationaux parlaient de sa protestation et si le Secrétaire général de l'Elysée venait, personnellement, lui apporter des apaisements sur le contenu des entretiens entre les deux présidents.
Après avoir échappé successivement au général De Gaulle, au Premier ministre, au Ministre des Affaires étrangères et à l'ambassadeur des Etats-Unis – toutes personnalités que Solange imaginait fort bien à son chevet –, je devais considérer ce Secrétaire général comme un moindre mal...

Bien qu'encore persuadée de ne rien pouvoir obtenir d'aussi extravagant, je revins à Paris, décidée à faire tout ce que je pourrais pour sauver la visionnaire d'Alès. Je ne savais pas encore que le pilotage de cette grève de la faim si mal engagée me permettrait de faire mes premières armes d'attachée de presse et de rencontrer mon futur mari.

Coincée entre les poubelles d'Evreuil, le petit appartement de Creil – où mon grand-père ne passait pas sans difficultés des sabots aux pantoufles –, et la gréviste des Cévennes, je ne savais plus où donner de la tête; un nouveau congé de maladie me permit de me débarrasser de l'enseignement pour consacrer mon énergie aux vraies priorités.

Une fois de plus, les relations de Philippe me furent précieuses.

Moreau-Bailly lut gentiment l'entrefilet que je lui proposai de passer dans « la Presse » :

– Dites-moi, votre amie a-t-elle tout son bon sens?

– Pas vraiment. Mais vous ne voudriez pas, je suppose avoir sa mort sur la conscience...

Moreau-Bailly ne voulait rien avoir sur la conscience; et, comme il est malaisé au capitaine de tenir la barre et de se laver les mains dans le même temps, son journal, livré au vent changeant de la politique, donnait depuis quelques mois l'impression de virer de bord à chaque courant d'air : soucieux de ménager les gauchistes après avoir, dans un éditorial remarqué, rendu au Général un hommage digne et mesuré, il passa mon information.

Quand « la Presse » eut donné la nouvelle, je reçus un accueil aimable dans la plupart des rédactions : « Combat » consacra deux échos au cas de Solange Drouet, et « la Cause du Peuple » publia une demi-page sur le sujet, élargi au cas des Palestiniens et d'une peuplade amazonienne en danger d'être exterminée; le président de la Fédération protestante de France, touché par la localisation cévenole de ce « jeûne pour la paix », se félicita publiquement que « la démarche de Mademoiselle Drouet rejoignît une préoccupation plus d'une fois exprimée par les Eglises protestantes »; « France-soir » envoya un reporter à Alès, et l'« Express » me promit un encadré pour la semaine d'après.

D'heure en heure, j'améliorais mes prestations d'impresario : j'avais compris que, pour émouvoir, il fallait que Solange fût jolie et je me félicitais d'avoir pu dénicher, dans mes archives personnelles, une photo qui la flattait; j'avais aussi légèrement infléchi le propos de mon amie afin qu'il parût plus sensé – il s'agissait moins pour elle, expliquais-je, d'empêcher la rencontre Nixon - De Gaulle que de ramener l'attention de l'opinion française vers le Vietnam, trop longtemps éclipsé par le Quartier Latin. Les journaux de la majorité n'étaient pas les derniers à convenir que ce recentrage de l'actualité s'imposait...

Restait pourtant à convaincre l'Elysée, et je ne savais par quel moyen m'introduire dans la citadelle.

Philippe se rappela opportunément qu'il y connaissait l'un des jeunes conseillers, un sous-préfet, qui, quelques années plus tôt, était directeur de Cabinet dans la préfecture où il avait effectué son stage d'ENA. Ce Maleville ne suivait, en principe, que les affaires sociales, mais le comportement de Solange ne relevait-il pas plus du cas social que de l'événement politique? « Et quand je dis " cas social ", je suis gentil... Parce qu'on pourrait dire " psychiatrique " », grommelait Philippe.

Sans hésiter davantage, il invita Maleville à dîner. Comme il m'avait persuadée que la photo de Solange ne suffirait pas à émouvoir l'éminent conseiller et qu'il y faudrait mettre du mien, je lui laissai le plaisir de choisir lui-même la robe que je devrais porter et la joie enfantine de jouer à l'habilleuse pour me la passer.

En pénétrant dans la salle du restaurant, je ne pus retenir un sourire à l'idée que nous allions faire bombance pour parler d'une grève de la faim... Mais cette circonstance ne me gâta aucun des plats. Même, songeant aux eaux minérales de Solange, je me sentis de l'appétit pour deux.

Maleville arriva en retard et fit un peu l'important, mais sans exagérer : il tutoyait Philippe et avait, apparemment, gardé d'excellents souvenirs des comices agricoles et des banquets de sapeurs-pompiers qu'ils avaient honorés de leurs présences conjointes.

« Tiens, tu fumes la pipe maintenant? », s'étonna Philippe en voyant son ex-mentor tirer de sa poche une blague à tabac.

Avec un sourire charmeur, le « conseiller pour les affaires sociales » nous confessa que son prédécesseur lui avait légué la pipe avec la fonction : « Dans les discussions avec les syndicalistes, rien ne vaut une pipe... Surtout quand on est, comme moi, d'origine bourgeoise et qu'on n'a que trente-deux ans! La pipe vous pose, tu vois. Dans le genre madré, rural, buriné... Elle appelle, en plus, toutes sortes de ménages et de manèges qui donnent le temps de la réflexion : pour nettoyer le fourneau, ou sortir son " Saint-Claude " et recharger l'objet à petites pincées, une halte s'impose. La critique s'émousse, l'adversaire s'engourdit... Bref – si vous m'autorisez, Mademoiselle, cette comparaison un peu cavalière –, je dirai qu'on ne tire pas plus sur un homme qui bourre sa pipe que sur un soldat en train de pisser! Même la CGT respecte le rite de la bouffarde : les samouraïs respectaient bien la cérémonie du thé! J'ajoute que, comme dans le " chanoyu " japonais, il y a, dans cette gestuelle rigoureuse et le petit bruit de tétée qui lui succède, quelque chose d'apaisant, de rassurant... »

Je regardais attentivement le jeune conseiller : de toute sa personne – de son costume gris-bleu, de son sourire cordial, de ses gestes lents et précautionneux – il émanait, avec ou sans la pipe, une espèce de douceur subtile, de force sereine, infiniment séduisantes, même si une fois informé de mes soucis, il ne me cacha pas que les exigences de Solange étaient ridicules, et qu'il ne concevait pas d'aborder le sujet avec son Secrétaire général : « Pardonnez-moi, mais une histoire aussi folle que celle-là, il faudrait la tourner en plaisanterie... Or, Tricot n'a rien d'un rigolo. Il m'expliquera gravement qu'il ne peut tout de même pas se rendre au chevet de toutes les cinglées qui ont une opinion sur la conduite de l'Etat! Et comme il aura raison, c'est moi qui passerai pour un niais... Non, je suis désolé, Mademoiselle, mais je ne peux vous laisser aucun espoir. »

J'étais bien résolue à ce qu'il m'en laissât; tour à tour émouvante et gaie, ironique et câline, je l'enveloppai de ces regards admiratifs et mouillés qui n'avaient laissé insensible aucun de mes vis-à-vis du Palatino. Ces efforts ne me coûtèrent guère : Frédéric Maleville avait une silhouette de sportif, l'œil clair d'un marin anglais, d'épais cheveux blonds mal disciplinés, et, dans le cou, trois petits grains de beauté alignés, qui – aurait dit le vieux Chérailles que le sort de ses ancêtres guillotinés obsédait – semblaient inviter ses ennemis à le « découper suivant le pointillé » et révélaient, à son insu, une touchante vulnérabilité. En outre, il répondait à un prénom que je n'avais plus prononcé depuis une quinzaine d'années, mais dont les trois syllabes étaient le Sésame du paradis de mes amours enfantines. Pour des raisons que j'exposerai plus tard, j'avais toujours craint que leur son ne me restât dans la gorge quand je devrais en user pour nommer un étranger, mais je trouvais l'occasion excellente pour vaincre cette appréhension. Au saumon, tout doucement et d'une voix nouée, j'osai appeler le jeune conseiller par son prénom; au poulet à l'estragon, je réitérai l'essai avec plus de fermeté; puis, enhardie par ces succès et mêlant l'espérance de l'oubli à l'illusion de la résurrection – comme ces mères qui, pour mieux triompher du passé, font porter les vêtements de leur enfant mort aux cadets survivants – je mis des « Frédéric » partout et me trouvai capable, au dessert, de chanter ce prénom sur tous les tons. Si bien que Monsieur Maleville, après m'avoir répété qu'il pensait ne rien pouvoir faire pour Solange Drouet, promit de me rappeler.

Il le fit deux jours après; il croyait avoir trouvé le moyen de tourner la difficulté à condition qu'en fait d'Elysée, Solange se contentât d'un conseiller : dans le cadre des attributions qui lui étaient confiées et sous prétexte de mieux s'informer, il envisageait d'organiser une visite-éclair dans les établissements hospitaliers du Vaucluse et du Gard; ainsi pourrait-il rencontrer fortuitement Mademoiselle Drouet à l'hôpital d'Alès; l'affaire semblerait si naturelle que les médias ne lui donneraient pas une importance démésurée et que personne « au château » n'aurait à lui reprocher d'imprudence; du moins il l'espérait... Il lui faudrait, toutefois, quatre ou cinq jours pour mettre au point cette fausse opération-coup-de-poing. Pour régler les derniers détails du côté de Solange, il m'invitait à déjeuner à l'Elysée le surlendemain, dans l'appartement du « permanencier » où ce serait son tour d'être de garde.

Bien que son idée me parût ingénieuse, je fus tentée de refuser : le même jour, la société Supermag entreprenait la démolition de l'Hôtel des Rieux et je ne pouvais imaginer de ne pas me trouver sur les lieux. Comment supporter, dans la même journée, l'assassinat de ma maison et l'évocation de l'agonie de Solange Drouet? Cependant, les nouvelles qui me parvenaient d'Alès étaient de plus en plus alarmantes; j'acceptai l'invitation.

Béatrice avait promis de m'accompagner à Evreuil.

Je crois qu'elle nourrissait de vagues remords après sa courte plongée dans le gauchisme, elle avait réintégré le PC comme l'enfant prodigue retrouve le toit paternel; mais elle ne pouvait se dissimuler qu'en délivrant à Supermag le permis de construire son supermarché – et en se mettant ainsi « objectivement » au service du grand capital immobilier – ses amis de la municipalité avaient fait le bonheur d'un père qu'elle détestait et le malheur du grand-père qu'elle adorait.

Quand elle voyait le vieil homme tourner en rond dans son minuscule logis, regarder le ciel vide au-dessus des immeubles en marmonnant qu'il serait temps de tailler la glycine, ou insister pour que nous retournions à Evreuil couper ses derniers choux, je la sentais gênée. Je devinais d'autant mieux ses sentiments que j'avais de bonnes raisons de les partager.

Au matin de l'« exécution », je m'apprêtais à quitter Royalieu pour Evreuil, Chaton m'appela d'Alès; il hurlait dans le téléphone, à m'en arracher les oreilles : « J'ai une bonne nouvelle pour toi, Chris. Solange vient d'arrêter sa grève de la faim! »

Je crus avoir mal compris :

– Voyons, ce n'est pas possible, elle n'a encore rencontré personne de l'Elysée... Et « Paris-Jour » envoie son reporter demain!

– Oui, mais elle a arrêté, je te dis. Hier, y a un nouveau médecin, un jeune, qui a passé toute la journée avec elle. Il lui a raconté dans le détail la façon dont elle mourrait. Mais gentiment, tu vois, parce que c'est un mec de gauche, un type ultra-sympa... Enfin, je ne sais pas ce qui s'est passé entre eux : peut-être qu'elle a fini par avoir peur de clamser? Tout d'un coup, elle s'est jetée sur les petits chèvres des montagnes que je rapportais du marché. Elle m'a mangé trois pélardons. Faut dire qu'ils sont très bons. C'est un copain à nous qui...

– Mais ce n'est pas vrai, Chaton! Dis-moi que ce n'est pas vrai! J'avais décroché un article dans l' « Express » de la semaine prochaine et j'ai rendez-vous pour elle aujourd'hui même à l'Elysée... Qu'est-ce que tu veux que je leur dise à tous ces gens-là? Il faut absolument l'empêcher de manger, Chaton. Je t'en prie, empêche-la de manger. Je ne lui demande que quatre ou cinq jours. C'est rien, quatre ou cinq jours, quand on a jeûné cinq semaines...

– Ben... Tu veux pas qu'elle meure, tout de même? Et puis, comme elle avait revomi les pélardons, les infirmières l'ont mise sous perfusion. Maintenant ils la nourrissent par les veines. Je crois pas que j'oserai la débrancher.

– Oh merde! De quoi je vais avoir l'air, moi? Tu peux me le dire?

Je pensais qu'il était trop tard pour décommander mon rendez-vous à l'Elysée. De toute manière, j'expliquerais mieux les fantaisies de Solange de vive voix que par téléphone. Je devais bien cette politesse au pauvre Maleville qui avait dû alerter les directeurs d'hôpitaux et ne pourrait pas annuler la visite prévue; je l'imaginais, traînant inutilement de salles communes en blocs opératoires, contraint d'écouter les récriminations des chefs de service, les demandes de crédits des préfets, ou échappant de justesse à une manifestation du personnel infirmier... Tout ça pour une sotte qui n'avait pas su résister à un pélardon!

En arrivant à Evreuil, je trouvai Béatrice assise sur une borne au fond de l'impasse. J'avais espéré pouvoir passer sur elle ma colère en lui contant le dernier tour de « son » amie Drouet, mais la vue du bulldozer qui venait de défoncer le mur du jardin et s'attaquait à la haie de troènes me laissa sans voix.

Près de la maison, une grue était déjà en action. De son bras pendait un filin, au bout duquel se balançait une énorme boule de fonte. Cette boule, je la vis approcher comme le soldat regarde s'élever le boulet de la catapulte qui va l'écraser; je la vis comme le condamné voit la hache, le fusil, la lame, le garrot.

Quand elle frappa la façade de la maison à hauteur du premier étage, je fermai les yeux. « Tu peux regarder », me souffla Béa. Quelques volets étaient tombés, mais, inexplicablement, la vieille muraille avait tenu bon : « T'en fais pas, ma p'tite fille, murmurait une voix douce à ma mémoire, des murs de c't'épaisseur, ça a pas de fatigue, tu sais... » Quand, pour la deuxième fois, la boule frappa la maison au front, j'entendis que Béatrice suspendait sa respiration, et je n'osai pas rouvrir les yeux. A la troisième fois il y eut un bruit d'averse sur les feuilles des lauriers, puis un grondement d'avalanche : comme une coquille, la maison s'était fendue sur les deux tiers de sa hauteur et, par la brèche, on apercevait le tissu à ramages de la chambre de Malise et les moulures du grand salon au rez-de-chaussée.

Une seconde grue s'approcha alors du pignon pour hâter la démolition. Avançant, reculant, passant de l'arrière-cour au perron et glissant d'un bout à l'autre de la maison, les deux grues tournaient autour du bâtiment comme des tours romaines autour d'une citadelle assiégée. Balançant au hasard leur pendule d'acier, tantôt elles creusaient, dans la muraille, des cratères ronds comme des trous d'obus, tantôt elles déchiraient la pierre, de haut en bas, comme du papier. Chocs mats et pluie de gravats, odeur de sable et de poudre. La façade tombait par pans entiers. L'Hôtel des Rieux s'ouvrait telle une maison de poupée, découvrant en même temps les papiers peints bigarrés de tous ses alvéoles, sa cage d'escalier décrochée, et les cheminées qui se cramponnaient encore aux cloisons quand les planchers avaient cédé. Une heure, déjà, que durait l'agonie de cette bâtisse usée; et c'étaient les murs les plus lézardés qui se dressaient encore au milieu du champ de ruines, c'était la charpente vermoulue qui résistait.

Curieusement, le jardin, que mon grand-père avait beaucoup rajeuni, avait plus vite succombé. En quelques minutes, les bulldozers eurent achevé de niveler le potager, n'en laissant subsister que la grande allée de chênes, que Supermag ferait scier parce que son bois valait la peine d'être réutilisé. Poussant devant elles une montagne de débris qui ensevelit les premiers arbustes du verger, les machines se dirigeaient maintenant vers la petite baraque où mon grand-père gardait ses outils. La boue l'écrasa avant que la pelle l'eût touchée. Les uns après les autres, les poiriers, les cerisiers, les pruniers, tombèrent par rangées, comme des fantassins l'arme au pied; seules leurs racines, émergeant de la glaise, s'agrippaient encore, comme des mains crispées, au bord de la tranchée. « La terre reste après nous, Christine... Et les arbres qu'on y a plantés. »

Tandis que, tapie contre Béatrice dans le seul angle qui restât du mur de clôture, je contemplais cet océan d'argile (cherchant à y reconnaître, sans succès, le bosquet où Frédéric Lacroix poussait nos balançoires, l'arbre creux où j'avais caché à huit ans un billet mendié), la terre trembla : le toit de la maison venait de s'effondrer.

Je sentis mes larmes couler jusque dans ma bouche, si chaudes, si salées qu'elles avaient le goût du sang. « Il faut partir, me dit doucement Béatrice en enveloppant mes épaules de son bras, y a plus rien à voir. »

« Va-t'en si tu veux, mais laisse-moi. Tu ne peux pas comprendre... » Je pleurais à gros sanglots : « Tu ne sais pas ce que j'ai fait. »

« Nous savons tous au contraire que tu as fait de ton mieux pour sauver les Rieux. » Son ton était un peu pincé, mais elle tâcha de le radoucir : « Ma pauvre Christine, il est inutile de remâcher le passé. Il faut tourner la page. Pour Malise, pour Pépé, pour Mémé... » Je pleurais toujours. « Songe à l'avenir. C'est de Solange d'abord que tu dois t'occuper... Allez, Chris, sois raisonnable. Je croyais que tu avais rendez-vous avec un type du gouvernement pour négocier... »

Je haussai les épaules, incapable de lui expliquer que Solange venait de me lâcher. Me guidant de force vers la ruelle, elle épousseta de la main le col empoussiéré de mon manteau : « Voyons, Chris, il est presque midi, essuie tes larmes. » Elle me tendit son mouchoir. « Pour Solange, Christine, pour Solange... Dépêche-toi : ils n'ont pas l'habitude d'attendre, à l'Elysée. »

Au-delà des remparts, la rivière de Senlis est petite mais claire. Sous le vieux pont, les eaux ont l'odeur des fontaines de Versailles – odeur de mousse et moisissure quand le soir tombe sur les jardins vides après un jour d'été. Des prairies proches et des fourrés déserts s'élève le parfum douceâtre, presque écœurant, des foins coupés; de l'autoroute à la forêt, la nuit court dans l'herbe tiède et les joncs mouillés.

Au loin, sur trois notes, se plaint la cloche d'une chapelle tandis que, des petites maisons de bois aux fenêtres entrouvertes, montent dans la fraîcheur du soir des bruits de casseroles, tintements de verres entrechoqués, grésillements de friture, murmures de paroles étouffées : tout le remue-ménage familier du dîner, apaisant comme la caresse d'une mère.

Assise au bord de l'eau, j'ai l'impression d'avoir mille ans et de me rappeler les vies que je n'ai pas vécues. Senlis, inchangée, m'abandonne une parcelle de son éternité...

Je sais : j'ai trop tendance à prendre la partie pour le tout, à révérer la cathédrale sans adorer Celui qui l'a inspirée, à aimer les grands palais démeublés où nul ne viendra plus régner... Je conviens que j'ai souvent confondu le moyen et la fin, et qu'il est aussi ridicule d'aligner, comme je l'ai parfois fait, d'anciens ostensoirs sur son buffet de salle à manger que de transformer un obus de la guerre en pot de fleurs; qu'enfin tout ce passé mort et congelé ressemble aux conserves « à l'ancienne » que promeuvent nos supermarchés, et qui n'ont d'autre valeur que celle, ajoutée, du regret...

Combien de fois, en visitant nos villes-reliques – Avila, Carcassonne, Dubrovnik ou Saint-Malo – aux remparts soigneusement réparés, aux tours inutilement alignées, aux ruelles « d'époque » plus belles que nature, où mâchicoulis, ponts-levis et fenêtres à meneaux sont plus nombreux qu'ils ne l'étaient au temps de la splendeur des cités, me suis-je surprise à penser que ces villes-musées étaient pareilles aux reliures dorées de la bibliothèque du vieux Chérailles, peaux vides et façades de papier, et que, à trop se retourner sur le passé, à regarder en arrière au lieu d'avancer, les hommes d'Europe risqueraient de se changer en statues de sel, en colonnes creuses, en larmes gelées? Maintenant que l'Histoire ne les mène plus nulle part et qu'elle ne relève, en somme, que des techniques de conservation au même titre que la réfrigération, l'emballage sous vide ou la dessiccation, si nos contemporains hésitent à revenir vers leurs souvenirs autrement qu'en touristes légers, plus soucieux du décor que de la vérité, peut-être devrions-nous nous en féliciter...

Quant à moi, rien ne peut m'empêcher de me sentir déracinée chaque fois qu'un orme disparaît, éventrée lorsqu'on rase un vieux quartier, décapitée quand des agriculteurs désœuvrés abattent sans nécessité des chênes plus anciens que la mémoire de leur village. Je suis vieille de toutes les blessures infligées aux lieux que j'ai aimés...

« L'acrimonie propre aux ruminations du vieillissement naît de ce que nous replaçons des épisodes passés de notre vie dans un cadre resté intact », assure Gracq, « et c'est la

jeunesse inaltérable du monde qui rend mal tolérable la caducité dont elle est devenue le support ». Il me semble, au contraire, qu'ils ont les rides des vieillards, ces enfants déplacés, apatrides, qu'on voit contempler d'un air hébété les décombres de leur maison bombardée, suivre sur les routes des carrioles chargées de matelas, dormir sur des quais inconnus entre une valise mal ficelée et un landau crevé, et jeter un regard éteint au rivage qui s'efface au loin – ces enfants que la destruction de leur passé a privés de leur avenir... Mais peut-être la consolation qu'éprouvent certains à voir s'altérer la ville de leur jeunesse au moment où leur corps s'effrite participe-t-elle simplement de l'égoïsme naturel aux hommes sans descendance : plutôt que d'abandonner aux étrangers la maison qu'ils ont aimée, pourquoi ne pas en emporter la clé?

Pour moi, j'aurais voulu léguer à mes enfants le monde que j'ai reçu; et, quoique je ne me dissimule pas ce qu'il peut y avoir d'égocentrique dans cette générosité – puisque c'est encore désirer d'être aimée que de chercher à communier, par-delà la mort, dans l'amour d'un même objet –, je suis ainsi faite que, de tous les malheurs de Christine, la destruction de sa maison est celui qui m'a le plus touchée.

Je doute néanmoins que, le premier moment d'émotion passé, Christine ait ressenti aussi profondément la perte de ses quelques arpents de jardin. Elle était si jeune alors et si pleine de vitalité qu'elle s'imaginait probablement pouvoir rebâtir plusieurs fois sa vie par le pied... En tout cas, elle prétendait n'avoir aucune photo de l'Hôtel des Rieux, ce qui prouvait au moins qu'elle ne s'était pas attardée à la délectation morose qu'alimentent les vieux clichés : « Chez nous, disait-elle en manière de justification, il n'y avait pas d'appareil photo. Parce qu'il n'y avait rien à photographier... »

C'est moi qui ai cherché chez les brocanteurs d'Ile-de-France d'anciennes cartes postales d'Evreuil. Je suis habituée à ces recherches minutieuses chez les archivistes, les bouquinistes et les antiquaires, investigations patientes auxquelles j'apporte l'acharnement du détective que rien ne saurait rebuter dans sa quête du « petit fait vrai », qui confondra enfin les faux témoins, les escrocs et les assassins... Un jour, je suis tombée, comme je l'espérais, sur une épreuve jaunie représentant le vieil hôtel et les frondaisons du parc à la fin du siècle dernier; devant la façade blanche, auprès du bassin, se tenait une silhouette sombre : un homme encore jeune, vêtu d'un costume de sport, coiffé d'un canotier, et appuyé sur une canne de jonc; la bâtisse, sans être délabrée, semblait déjà mal entretenue, les volets auraient eu besoin d'être repeints et rescellés; mais la lumière frisante, qui éclairait la pelouse tandis que les grands arbres s'enfonçaient dans l'ombre, prêtait au parc l'apparence d'une clairière et à la vieille demeure cet air chaleureux qu'on trouve, par contraste, aux maisons forestières et aux rendez-vous de chasse. De cette charmante « folie » qui abrita plusieurs générations il ne reste que ce bout de carton que mes enfants, après ma mort, lorsqu'ils me feront les poches, jetteront au panier...

« On parle toujours de l'âme des maisons, m'avait dit Christine, à votre avis où va l'âme des maisons mortes? »

Comme le souvenir des civilisations disparues, elle se réfugie dans les livres, les photos, les tableaux; mais quand les pierres sont mortes, quand s'est éteint l'esprit qu'elles abritaient, les lignes et les traits ne leur survivent que peu d'années : la toile et le papier, tendres comme la chair des hommes, sont un fragile support. Que brûle une bibliothèque et nous ne savons plus rien d'Epicharme que Platon regardait comme son maître...

C'est la tristesse des historiens que de travailler sur les destructions du temps sans pouvoir espérer sauver de la prochaine secousse les débris miraculeusement arrachés aux séismes précédents. Quelquefois, pourtant, je voudrais bien m'entendre dire que rien ne sera oublié de ce que nous avons réduit en cendres, je voudrais penser que tout – les joies comme les souffrances – nous est gardé...

Arpentant l'impasse de la Gare et le lac de goudron du parking Supermag où naviguent les camions de livraison et les chariots métalliques, considérant le lourd bandeau de béton où brille l'enseigne rouge de la grande surface et les panneaux-réclames qui vantent les promotions de la semaine, j'essayais de relever par la pensée les murailles blanches de l'Hôtel des Rieux, de reconstruire la courbe du petit bassin, le tracé des allées; mais je ne parvenais même pas, avec l'unique carte postale dont je disposais et les indications vagues que Christine m'avait données, à savoir si la maison était parallèle ou perpendiculaire à l'immeuble actuel, ni si le potager occupait l'emplacement de la station-service ou celui du rayon « literie »... Comme lorsque, quelques années plus tôt, j'avais découvert les ruines du château où l'héroïne de ma dernière biographie avait passé son enfance, je me sentais la gorge nouée par un chagrin qui n'était pas le mien.

« Que cherchez-vous? Pourquoi pleurez-vous? Il n'est point ici, il est ressuscité. Voici le lieu où on l'avait couché, mais voyez, il n'est point ici... Il vous précède en Galilée et c'est là que vous le verrez. »

J'aurais passé ma vie à chercher la route de Galilée... A défaut, j'ai parfois espéré retrouver sous la mousse les vestiges d'une autre route, plus large, plus longue, plus fréquentée : celle que l'Histoire nous traçait à travers la forêt. Mais c'est à peine aujourd'hui si, dans le désordre des taillis, des lianes, des coupes et des fourrés, on la reconnaît : à cette « trouée plus claire devant soi » peut-être, à cet « alignement plus rigide des arbres dans l'éloignement, à je ne sais quelle suggestion encore vivante de direction, comme ces anges des chemins de la Bible qui, du seul doigt levé, faisaient signe de les suivre sans daigner se retourner »? La route des siècles est coupée, et les anges m'ont semée... Christine, qui, en fait de « Voie, de Vérité et de Vie », eut le bon esprit de se contenter du chemin de l'Elysée, fut plus vite arrivée.

SAINTE-SOLÈNE

DANS le Faubourg Saint-Honoré, à deux pas de l'Elysée, il y a, coincée entre deux immeubles de bureaux, une petite église étroite dont la modestie fait tache au milieu des vitrines des grands couturiers : « Dis donc, il n'y a pas grand-chose dans ce magasin-là! », m'avait fait remarquer, sur le ton du dépit, le plus jeune de mes enfants la première fois que nous y étions entrés.

Cachée derrière une façade 1900 vouée à la corne d'abondance et aux légumes sculptés, et encadrée de deux madones à « tournure » si solides qu'on les prendrait pour des allégories de la « Prospérité en marche » offertes par le Comité des Forges, cette chapelle passe auprès des mécréants pour une annexe de la Chambre de Commerce et d'Industrie. Discrète dans sa religiosité au point d'être ignorée des habitants du quartier, Notre-Dame-de-la-Consolation m'avait été signalée par un ami de Frédéric Maleville, « homme du Président » qui, entre deux comités interministériels, y avait trouvé un refuge commode contre le harcèlement des importuns et la sonnerie du téléphone : lorsque ce financier avait un dossier urgent à traiter, il passait une ou deux heures dans cette église peu fréquentée. « J'ai même envisagé d'y tenir des réunions. Vous n'imaginez pas la qualité du silence qu'on peut trouver dans ce genre d'endroit : c'est extraordinaire! En tout cas, j'y ai rudement fait progresser mon dossier de taxation des plus-values! D'ailleurs, il y a une formule gravée en haut de la façade – " Ne vous attristez pas comme ceux qui n'ont pas d'espérance " – qu'on dirait faite exprès pour encourager le fiscaliste néophyte à débrouiller les mystères du Code des Impôts... Tenez, une bâtisse comme celle-là, située comme elle est, ce serait sensationnel pour des séminaires! »

Il parlait, bien entendu, des seuls séminaires auxquels on se dispute encore le droit d'accéder : ceux des cadres.

Je félicitai ce haut fonctionnaire d'avoir su – à une époque où l'administration des Monuments Historiques s'interroge sur la réutilisation des édifices culturels qu'elle restaure – donner si naturellement une nouvelle destination à cette carcasse inutile, dont le sous-emploi choque dans une ville où le prix du mètre carré ne cesse de grimper. Pour ma part, j'avais parfois songé qu'au prix d'aménagements minimes (toilettes dans la sacristie, mini-toboggan dans le chœur et Ripolin pastel sur les colonnes) on pourrait transformer beaucoup d'églises en garderies; mais la chute rapide de la démographie, qui rendra bientôt les enfants aussi rares que les curés, m'avait dissuadée d'engager mes collègues des Affaires culturelles dans une voie dont tout laissait déjà présager qu'elle s'achèverait en impasse. « Et puis, une crèche, franchement ce serait dommage, m'avait dit l'homme de l'Elysée. Parce que la décoration intérieure n'est pas mal et qu'il faudrait tâcher de la conserver. Dans mon " pensoir " par exemple, il y a d'assez jolies colonnes de marbre noir et, derrière l'autel, quatre petits vitraux orange qui donnent du soleil les jours de pluie... »

Cette chapelle oubliée, qui fut élevée en 1897 à la mémoire des victimes du Bazar de la Charité, n'a pourtant rien d'une merveille d'architecture. Aussi, me rendant en Bretagne, à Sainte-Solène, pour y retrouver les traces de la vie de Christine dans les années soixante-dix, appréhendais-je d'y découvrir ce que l'auteur de Notre-Dame-de-la-Consolation avait pu faire de la célèbre pointe de la Dieu-Garde qui ferme la baie : en 1898, ce maître d'œuvre à la mode n'avait-il pas, en effet, à la demande du fameux auteur dramatique François Pinsart de Fervacques (dont la fille aînée et le plus jeune fils comptaient, eux aussi, parmi les victimes du grand incendie), édifié au bout de la presqu'île, sur des terrains appartenant à la famille, un oratoire néo-byzantin?

Je me figurais mal un bulbe doré, des colonnes torses et des mosaïques polychromes se découpant sur fond d'océan breton.

La pointe de la Dieu-Garde, qui est à cette région de la Bretagne ce que la presqu'île de Saint-Jean-Cap-Ferrat est à la Côte d'Azur, abrite, derrière ses pins, quelques dizaines de villas de granit et d'ardoise. Construites dans les années 1900 - 1920 qui virent la première prospérité de Sainte-Solène, ces vastes bâtisses pseudo-gothiques, richement pourvues en lanterneaux, tourelles, vitraux et ogives de toutes sortes, ont définitivement effacé le souvenir de ces siècles où le cap et la centaine de rochers à fleur d'eau qui se pressent contre ses flancs faisaient la terreur des marins et le bonheur des naufrageurs. Comme le casino beige qui, dressé sur le sable en bordure du rivage, propose aux touristes – avec sa grosse coupole, son soubassement rebondi et ses superpositions de tortillons en crème chantilly – la silhouette appétissante d'une « religieuse au café » servie sur un plateau doré, les grandes villas de la Dieu-Garde évoquent toutes la Belle Epoque, celle dont le syndicat d'initiative parle encore avec nostalgie, « temps béni où les reines de Sainte-Solène, Madame François de Fervacques et sa belle-fille, la riche Américaine Gladys Mellon, gouvernaient une cour de grands-ducs moscovites, de lords britanniques et de barons baltes, qu'on voyait arriver sur leurs yachts, par trains spéciaux, ou dans des limousines bondissantes d'où descendaient précautionneusement des dames emmitouflées de tulles et de mousselines qu'elles ne quittaient jamais, par crainte que les ardeurs du soleil ne vinssent ternir leur peau couleur de rose... »

Seule l'extrémité du promontoire, au-delà du parc des Fervacques, a gardé son caractère d'origine, avec ses falaises de grès déchiquetées, ses buissons de lentisques et ses sentiers bordés de chèvrefeuille : paysage presque exclusivement minéral et balayé par les vents. C'est là qu'au centre d'une petite esplanade, occupée ce jour-là par les éventaires d'une médiocre « foire à la brocante », se dresse, au pied d'un calvaire du XIVe *siècle, la chapelle de l'Espérance, dédiée à Jean et Marie Pinsart de Fervacques.*

Tout compte fait, cet oratoire me parut moins laid que je ne l'avais craint. Oriental certes, mais modestement : le spécialiste des mausolées, cénotaphes, chapelles commémoratives et sépulcres en tout genre pour « dames chics », s'était résigné cette fois à employer les matériaux locaux; et les gros moellons de granit argenté dont il avait bâti les murs se fondaient aux rochers aussi harmonieusement que l'ardoise grise du dôme se mariait au ciel.

Adossée au chevet de l'édifice, je contemplais, de part et d'autre de la pointe, les deux baies qui avaient fait la réputation de Sainte-Solène : à droite, entre le phare des Fées et la Dieu-Garde, l'anse du Clair-de-Lune avec son casino, ses palaces « début de siècle » l'Hôtel d'Angleterre, le Majestic, le Royal, le Brighton – et ses rangées de tentes rayées que le vent gonflait comme des voiles; à gauche, de la Dieu-Garde à la presqu'île du Fort des Moines, la grande baie du Décollé que bordaient les greens du golf, les frondaisons du cimetière des Chevaliers – où dorment quelques chouans oubliés –, et la longue ceinture d'une plage qui doit à la force de ses vagues de n'avoir pas changé depuis le commencement du monde.

Au moment où, m'éloignant de la chapelle et quittant le chemin des Douaniers, je m'approchais témérairement du bord de la falaise pour regarder quelques planches à voile qui fendaient les flots de leur aileron triangulaire, un vieil homme assis au soleil me mit en garde : « Faites attention, ma petite dame. Les rochers sont pas bien solides par ici. Ils sont tout rongés. Chaque année il y a des morceaux de falaise qui tombent. Il paraît que la Dieu-Garde s'amincit. Un de ces jours, il en restera plus rien. Remarquez que moi, ça m'est égal, je le verrai sûrement pas! N'empêche qu'il vaut mieux regarder où on met les pieds... Ils ont dû consolider la chapelle l'an passé, et rebitumer l'esplanade. Et tenez, voyez donc " Bois-Hardi ", la maison du maire... » Il me montrait, accrochée à la corniche, sur l'autre versant de la pointe, une énorme maison au style composite – créneaux moyenâgeux et bow-windows victoriens – que prolongeait au-dessus de la mer une longue terrasse à balustres tournés qui épousait toutes les anfractuosités du rocher.

Je mis quelques secondes à m'apercevoir que cette balustrade s'interrompait sur plusieurs mètres pour reprendre plus loin; à l'endroit où les colonnettes manquaient à la rambarde, le rocher, raviné, semblait plus rouge, comme sanglant.

« C'est tombé au début de l'été, reprit le vieux. Encore heureux qu'ils étaient pas à se bronzer sur la terrasse! On dit que toute la maison est menacée. Dommage! Paraît que c'est un vrai palais là-dedans. Des marbres, des dorures... C'est l'arrière-grand-père du maire qui l'a fait construire. C'était le propriétaire de toute la pointe, à ce que j'ai lu. Un richard. Soi-disant qu'il avait fait fortune avec des pièces. Des pièces de théâtre, oui... On croirait pas que ça peut rapporter si gros. Pinsart de Fervacques qu'il s'appelait... »

Je me souvenais de ces noms d'auteurs que nous récitions à l'école comme des litanies, des comptines; « Racine de La Bruyère Boileau de La Fontaine Molière », ou pour le Second Empire cet « Halévy et Meilhac, François Pinsart de Fervacques, Offenbach, Offenbach ».

« Enfin, c'est pour vous dire, ma petite dame, qu'il vaut mieux pas vous approcher du bord... »

Suivant le conseil du vieillard, je revins vers la chapelle où j'espérais voir cette très ancienne statue de sainte Solène que Christine m'avait dépeinte : « Aussi mystérieuse et " peu catholique " que les Malo, Cast, Lunaire, Noyale et Jacut qui peuplent le paradis breton, la sainte est vêtue d'une robe grise, vaguement médiévale, et coiffée d'une sorte de turban; elle ne présente d'autre signe distinctif qu'une espèce de plumeau poussiéreux qu'elle porte sous son bras gauche. On la prendrait pour la patronne des ménagères, mais ce plumeau est, paraît-il, la palme du matyre. »

Christine m'avait parlé des ex-voto qui couvrent les murs de la chapelle autour de la statue – « A sainte Solène, un bachelier reconnaissant » – et de ces vaisseaux miniatures suspendus à la voûte pour rappeler le souvenir des naufrages évités par l'intercession de la sainte... Mais quand je voulus pousser le portail, je le trouvai clos. La petite porte latérale, que j'avais remarquée derrière un bouquet d'ajoncs, était fermée elle aussi. Je revins au portail, secouai la poignée en tous sens, poussai le battant du genou, de l'épaule : en vain. Mais plus la serrure résistait, plus j'avais envie de la forcer, d'abattre cette clôture, ces murs qui m'interdisaient l'accès à un bien dont la privation me semblait soudain aussi insupportable que la libre jouissance du lieu m'eût laissée, la veille, indifférente; je ne pouvais plus repartir de Sainte-Solène sans avoir vu la statue de la sainte au plumeau, humé l'odeur de cire fondue et de varech qui devait imprégner les voûtes, senti tomber sur mes épaules cette chape d'humidité des églises qui est au corps ce que le baiser mouillé d'un petit enfant est au visage : un baptême d'amour. Je m'acharnais sur le portail comme un cambrioleur frustré, ou comme un prisonnier; je me sentais, comme disent les enfants, « enfermée dehors ». De rage, je lançai même un grand coup de pied dans le vantail.

« Hé, là-bas! gronda une voix sévère, ça va pas, non? »

C'était un des brocanteurs de l'esplanade, celui dont le stand était le plus proche de la chapelle; si, comme beaucoup de ses confrères, il se faisait, à l'occasion, pilleur de troncs ou receleur d'objets de piété, il entendait bien que ce fût pour son compte et ne tolérait pas qu'un amateur s'en mêlât. Son apostrophe avait attiré sur moi l'attention des marchands et des chalands : les tractations s'interrompirent et je vis vingt paires d'yeux fixées sur moi. Seule, debout sur le parvis de la petite église, les mains vides et le rouge au front, j'éprouvai un sentiment d'abandon si vif qu'il me remit en mémoire cette supplication d'un paysan russe, lue dans le récit d'un voyageur bien des années plus tôt : « Orthodoxes, criait-il – depuis le seuil d'une église à demi ruinée de Moscou – à la foule qui passait, orthodoxes, je suis de Koursk; chez nous tout a été brûlé. Donnez-moi un petit livre qui me parle de Dieu, rien qu'un petit livre parlant de Dieu, au nom du Christ. » Instruite par le silence réprobateur qui avait accueilli le cri de cet homme, je m'obligeai à me taire : il n'y avait pas plus à attendre des marchands d'Occident que des ilotes de Moscou... Je sortis des jumelles de ma poche et fis mine d'observer avec intérêt le mouvement des barques dans le Port des Fées.

Sur l'esplanade les porte-monnaie se rassuraient. Lentement, prudemment, les sacs se rouvrirent, les négociations reprirent, et les mains, hâtives, fiévreuses, retournèrent à la poursuite des objets. Un moment troublée, la « Huitième Foire à la Brocante » de la Californie bretonne (c'est ainsi que les dépliants de l'Institut de Thalassothérapie présentaient la côte de Sainte-Solène et son « microclimat privilégié ») battait de nouveau son plein au pied du calvaire verdâtre, rongé de lichens, où, sous la pierre gangrenée, le Christ mal crucifié semblait mourir, comme tout le monde, d'un cancer...

On ne me prêtait plus attention. Je passai, sans être insultée, au milieu des éventaires, où chèques et billets circulaient de main en main comme le furet de la chanson. Ici et là, on offrait aux acheteurs le petit Jésus de la crèche au milieu des casseroles, ou trois rois mages posés sur un bidet; on bradait des Nativités découpées au rasoir et des chasubles entassées pêle-mêle avec de vieilles montres et des vases de nuit.

La plupart des clients de la foire étaient âgés; il avançaient à petits pas avec des grâces surannées de salon de thé, mais les vertus conjuguées du « microclimat », de la thalassothérapie et des instituts de beauté les aidaient à garder une silhouette jeune : ceintures sanglées, dos droits, façades peintes et cheveux teints, il baptisaient leur arthrite « tennis elbow » et justifiaient les taches brunes qui envahissaient leur peau par une malencontreuse « allergie solaire ». Comme des collégiens, ils allaient par bandes de sept ou huit et je surpris ainsi auprès d'un stand, riant aux éclats, un petit groupe d'octogénaires qui plaisantaient bruyamment les infidélités supposées de leurs conjoints respectifs, affectant de craindre, ou de tolérer, un très large « échangisme »... Et peut-être, en vérité, n'étaient-ils pas beaucoup plus ridicules que ne le paraissaient à leurs fils de quinze ans mes amis quadragénaires, lorsqu'ils tenaient entre eux le même genre de propos?

Grâce à ce troisième âge dynamique et conquérant, Sainte-Solène était redevenue, depuis quinze ans, la station prospère des années 1900.

« Le vieillard, voilà l'avenir! », avait déclaré un beau jour le père de la triste Laurence, Charles de Fervacques, à son Conseil municipal médusé; et d'expliquer que le marasme récent dont souffrait Sainte-Solène – désertée par les milliardaires dès avant la Grande Crise, mais devenue, au temps des congés payés, une plage familiale qui parvenait encore à vivoter – devait être imputé à la baisse de la natalité : l'enfant se raréfiait et le « jeune couple » s'envolait vers des cieux plus exotiques, des mers plus chaudes, des frontières plus nouvelles. En revanche, l'allongement de l'espérance de vie et l'augmentation des retraites montraient où trouver, dans le futur, un marché porteur : la sénescence . « La ville a tout à gagner à cette reconversion, avait ajouté le jeune maire, les " troisième âge " ne commettent pas de déprédations et leur corps électoral est d'une remarquable stabilité... Songez en outre qu'il leur faut peu d'équipements publics : ni écoles ni crèches, pas de stades, pas de piscines – autant d'économies pour la mairie! Nous devrons seulement prévoir l'extension du golf et l'agrandissement du cimetière... »

Sainte-Solène avait bien des atouts pour séduire cette nouvelle clientèle : ses hivers cléments (dans les jardins abrités, quelques palmiers réussissaient à survivre), ses palaces fin de siècle qu'il serait aisé de diviser en appartements, ses pâtisseries réputées, son casino, et même une petite source thermale oubliée depuis soixante-dix ans – il suffirait de convaincre la Sécurité Sociale que l'eau en était souveraine contre les rhumatismes ou l'artériosclérose...

En peu d'années, sous l'impulsion fougueuse de sa municipalité, Sainte-Solène – « la Côte d'Azur de la Manche », comme l'annonçaient les panneaux placés à l'entrée du territoire communal – avait réussi un remarquable lifting. La plupart des grands hôtels s'étaient transformés en « résidences-multiservices » qui portaient les noms évocateurs d'« Eden » ou d' « Hespérides » (on évitait « Paradis », trop précis). Les principales mutuelles avaient ouvert, dans les énormes bâtisses de la Dieu-Garde, des maisons de retraite ou de postcure fort recherchées. On organisait au casino des thés dansants, des concours de scrabble, on multipliait les kiosques à musique dans les squares fleuris, et même, forçant un peu la note méditerranéenne (« notre Riviera armoricaine », disait Fervacques à la télévision lorsqu'il parlait de sa région), on avait repeint en rose les façades crépies, remplacé quelques toits d'ardoise trop sévères par des terrasses et planté des lauriers, des touffes d'anis et des cactées tout au long du front de mer.

Cette subtile altération du paysage donnait à Sainte-Solène l'air un peu artificiel et apprêté des réserves pour espèces protégées; on voyait que Charles de Fervacques et son équipe de zoologistes n'avaient rien négligé pour recréer le cadre le plus approprié à la conservation de ces animaux en voie de disparition dont il n'y avait plus lieu d'espérer la reproduction. Sainte-Solène transposait donc, dans la Bretagne des années soixante-dix, l'ambiance opulente et tranquille de la Côte d'Azur des années 1900, mais à la manière dont les pitons de béton du zoo de Vincennes évoquent les montagnes africaines : si les singes s'y retrouvent, le visiteur, étonné par la maladresse de la reconstitution, ne se réconcilie avec le site qu'en supposant chez ses « aménageurs » quelque intention malicieuse, une recherche de la naïveté au second degré, une parodie du Douanier Rousseau, un humour de bandes dessinées...

Ce n'était pas, pourtant, que dans ce trompe-l'œil de carton-pâte, on ne croisât, de temps à autre, un jeune homme réel, musclé « pour de vrai » : les zéphyrs du Fort des Moines et les brises du Port des Fées amenaient parfois, jusqu'à la plage du Décollé, quelques planchistes fanatiques qui n'hésitaient pas, pour l'amour de leur sport, à affronter les austères boiseries de l'Hôtel d'Angleterre et les pastilles à la menthe des douairières. En combinaison de caoutchouc au milieu des robes imprimées des dames de la côte, en maillot bronzé parmi les blazers des septuagénaires distingués, ils semblaient aussi déplacés qu'un figurant sioux dans un remake d'« Autant en emporte le vent » : l'époque avait beau être la même, et l'avenir des uns paraître aussi compromis que celui des autres, Indiens et Sudistes n'appar-

tenaient pas au même rêve. Aussi le metteur en scène faisait-il de son mieux pour dissimuler aux yeux du public cette jeunesse résurgente qui s'était trompée de film...

Je passai devant le casino, d'où ne s'échappaient, à cette heure, que les odeurs de beurre fondu du « Kouign Amann à la solenaise » et la rumeur, languissante, d'un thé dansant.

« Nous sommes sans nouvelles, sans nouvelles d'espoir... »

Je passai devant le Pavillon des Sources, reconstruit en 1967 dans le style Art-Déco, vers lequel se pressaient, gobelet en main, des veufs hépatiques et rhumatisants.

« Nous sommes sans nouvelles, sans nouvelles d'amour... »

Je passai devant les vérandas du Brighton, les portails blindés du Crédit Agricole et de la Banque de Bretagne, les palmiers en pot du Royal, marchant au milieu des rues chaque fois que je ne pouvais plus emprunter les trottoirs, envahis par les voitures rutilantes des nouveaux Solenais et les victuailles ou cosmétiques variés que les vitrines dégorgeaient jusque dans les caniveaux, sur la digue du front de mer, et le sable de la plage – déballage qui, comme l'âge moyen des touristes, expliquait que la station parût moins vouée au culte du corps qu'à celui de l'objet.

« Nous sommes sans nouvelles, sans nouvelles de Dieu... »

Arrivée au phare des Fées, je me retournai, embrassant d'un seul coup d'œil l'anneau du Clair-de-Lune et la paroi de la Dieu-Garde, avec ses rochers naufrageurs, le dôme de sa chapelle byzantine, son calvaire moussu et le palais XIXe des Fervacques dont la longue rambarde de pierre sculptée couronnait les fragiles escarpements de grès : l'Europe aux anciens parapets...

Le parapet avait perdu quelques balustres, et ce qui restait du garde-fou, suspendu au-dessus du vide, n'en avait plus que pour quelques étés.

Si l'on m'avait prédit que je vivrais quatre ans dans une maison de retraite étendue aux dimensions d'une commune entière et presque d'un arrondissement, j'aurais ri. Il est vrai que je ne m'étais pas attendue que mon mari fût jamais nommé dans ce coin perdu de la Bretagne. Pour tout dire, je ne m'étais pas attendue, non plus, que ce petit Maleville, avec lequel j'avais rendez-vous, devînt mon mari... Cette succession d'événements, qui avait fait d'un jeune conseiller de l'Elysée mon amant, de cet amant un mari, et, par un brutal retournement de la situation, de ce mari brillant un médiocre sous-préfet, s'était passée comme dit la chanson : « simplement ».

Quand, en ce jour de 1969, j'étais arrivée, les yeux rougis et la chevelure poudrée de plâtre, devant le palais de la rue du Faubourg Saint-Honoré, j'avais trouvé Frédéric Maleville à l'entrée de la cour, occupé comme une sentinelle à faire les cent pas devant le poste des gendarmes chargés de vérifier les identités. « Christine! Mais il est presque deux heures! J'étais très inquiet, je craignais que vous n'ayez oublié... » Tandis que je balbutiais une vague explication il vidait nerveusement le fourneau de sa pipe contre son soulier et, sitôt fait, il m'entraîna, sans m'écouter, vers l'appartement du « permanencier », écartant d'un geste dédaigneux le factionnaire qui s'avançait pour contrôler mon passeport : « N'ayez pas peur, Sergent : c'est bien Mademoiselle Valbray! »

Je n'étais pas si neuve dans le monde administratif que je ne mesurasse l'extraordinaire de la conduite de Frédéric; il n'est pas d'usage qu'un haut fonctionnaire fasse antichambre avec les CRS ou les huissiers pour attendre un visiteur retardé. Mais je ne songeai pas tout de suite qu'en venant me chercher lui-même à la porte Frédéric m'avait, à son insu, tirée de l'embarras où m'eût plongée l'erreur qu'il commettait sur mon identité : ignorant tout des particularités dans ma situation familiale, et convaincu qu'étant la sœur de Philippe je devais porter le même nom que lui, il m'avait annoncée au poste de garde comme « Mademoiselle Valbray »...

Pour ne pas avoir à prouver mon état civil aux gendarmes de service, ni à détromper le jeune et candide conseiller, je résolus d'éviter, dorénavant, les guérites de l'Elysée; par la suite, je m'arrangeai pour rejoindre Monsieur Maleville dans des lieux moins gardés. Car, si je ne puis dire précisément de quelle manière, en ce 25 janvier, je tombai dans les bras du « permanencier » et me trouvai passer l'après-midi dans un lit de l'Elysée, il fut aussitôt évident, pour l'un comme pour l'autre, que ce charmant accident devait se renouveler...

Peut-être, pour excuser mon retard, avais-je détaillé au jeune conseiller la démolition de ma maison. Sans doute m'étais-je, ce faisant, laissé aller à pleurer : la honte d'avoir à révéler la dérobade de Solange Drouet et le remords, moins avouable encore, d'avoir trahi mon grand-père me donnaient assez de sujets d'affliction; par bonheur, je pleure si proprement que les larmes ajoutent à mon charme... Je crois me rappeler que, si les cailles sur canapé, cuites et recuites en attendant mon arrivée, étaient desséchées, les vins dont nous les arrosâmes étaient capiteux à souhait; il me semble que l'entresol sur cour, où l'on confine, le samedi, le conseiller « de corvée » – avec son plafond bas, ses tentures lourdes et ses divans profonds – avait, dès ce temps-là, une apparence de boîte à bijoux capitonnée qui évoquait trop les fastes des cocottes du Second Empire pour ne pas inciter un professeur d'histoire à la débauche; je me souviens enfin que, malgré les précautions de vertu que « Tante Yvonne » imposait aux jeunes permanenciers, la salle à manger était très proche de la chambre à coucher... Il y avait, au-dessus du lit, un portrait d'Eugénie de Montijo, ancienne « locataire » du palais, et si je ne me dis pas, en m'abandonnant aux consolations que me prodiguait le chargé de mission, qu'on pouvait, sans déchoir, commencer là où cette dame avait fini, c'est que j'étais assez grande fille pour me passer d'alibis...

Frédéric, d'abord décontenancé, puis attendri et déboutonné, n'avait retrouvé son assurance que dans l'expression gestuelle codifiée d'une passion que les événements le forçaient d'exprimer avant qu'il fût sûr de l'éprouver. Ses serments maladroits, balbutiés entre deux sonneries du téléphone, et son corps – couvert des insignes de la respectabilité (gilet, cravate, boutons de manchette) dont, même dans l'amour, il ne put se dépouiller par crainte de devoir à tout moment cueillir un télex entre les mains d'un huissier – se sont, en tout cas, plus vite effacés de ma mémoire que le portrait en pied de l'impératrice au chevet du lit, et celui de Badinguet en vis-à-vis, menton dressé, regard impérial et braguette avantageuse.

« Badinguet », c'était justement le surnom dont mon grand-père affublait le général de Gaulle lorsqu'il en parlait : j'avais le Badinguet d'origine à portée de la main et le Badingaulle, sa copie républicaine, à portée de voix – à quelques dizaines de mètres seulement de ce lit où, étendue dans la lumière pâle de janvier, les cheveux épars sur l'oreiller, je tentais d'oublier que je n'avais plus de refuge en ce monde et que les bras de mon nouvel amant, si pressé qu'il prenait à peine le temps de les refermer, ne m'en tiendraient jamais lieu...

Ma conquête se rangeait, en effet, parmi ces hommes dont l'ascension est si rapide qu'ils n'ont plus loisir d'assurer leur prise. On voyait régulièrement sa photographie dans les hebdomadaires dont la rédaction politique prétendait présenter en deux ou trois pages « les troupes de choc du Général », « les coulisses de la République », ou « les leaders de la prochaine décennie ». Ces journaux ne retenaient pas dans leurs filets tous les membres des cabinets de Matignon et de l'Elysée; mais je n'ai jamais su de quelle manière, parmi tous les candidats possibles à la célébrité, ils sélectionnaient leurs favoris. Tout au plus ai-je constaté que, neuf fois sur dix, ces pronostiqueurs fantaisistes perdaient leurs paris; quelques années après, c'étaient des outsiders qui franchissaient en vainqueurs la ligne d'arrivée, soit que leur anonymat les eût protégés, soit que leur médiocrité les eût servis.

Pour Frédéric, que, à la fin des années soixante, certains

de ces visionnaires donnaient, au petit bonheur, pour un futur Secrétaire d'Etat ou le possible directeur d'une banque nationalisée, j'imagine qu'il devait à l'originalité de la photo que possédait l'agence Gamma de figurer si fréquemment dans le trombinoscope de la Fortune : on l'y voyait à Saint-Topez, au départ d'une régate, devant une voile que le mistral enflait; tignasse ébouriffée, regard rieur, pipe d'écume et ciré de marin, il avait plus l'air d'un loup de mer que d'un « jeune loup ». Cette image plaisait : elle était assurément plus décorative que la théorie des jeunes technocrates en marche vers leur « bureau ministre » dont on était contraint de l'entourer; elle était surtout facile à légender : « Maleville, le vent en poupe? »

Peut-être, lorsque je l'ai rencontré, Frédéric avait-il « le vent en poupe » en effet ... Mais si, avec le départ du Général, ce vent vint à tomber et si, dans l'adversité, mon pauvre « Vent-en-Panne » se révéla incapable de ramer, je ne me tiens pas pour responsable du temps qu'il fait, ni des naufrages auxquels s'exposent ceux qui prennent la mer sans savoir nager...

Les amis de Monsieur Maleville prétendent que j'ai brisé sa carrière; c'est faire bon marché de la chronologie. Dans les dernières années de notre mariage, j'ai pu le maltraiter; mais, au commencement de notre liaison, j'avais l'esprit trop troublé par les événements que je vivais et le cœur trop triste pour ne pas espérer l'aimer : je me lançai donc, avec reconnaissance, dans un sentiment qui offrait le mérite du divertissement. Cette passion me fournissait, en outre, de sensibles dédommagements d'amour-propre : comment n'aurais-je pas tiré vanité de ce qu'un homme important fît cas d'un don que Kahn-Serval avait méprisé? J'étais si fière d'être admirée que je crus être éblouie par celui qui m'aimait. Mais pour que la réparation fût complète, il aurait fallu que Frédéric parvînt si haut que la seule possession de son cœur me mît hors de pair; dans les premiers temps de notre mariage, j'étais prête à l'y aider; si je n'y parvins pas, c'est que mon mari, loin d'être le lion que j'espérais, appartenait à l'espèce des doux, des herbivores, des proies.

Sans être dépourvu d'ambition – on ne parvient pas par hasard là où je l'avais trouvé –, il devait à une enfance protégée de conserver sur l'humanité les illusions d'un « Cœur-Vaillant » et, incapable de hargne, il manquait également de pugnacité. Enfant, comme il n'avait guère de défauts, l'éducation provinciale rigide qu'on lui avait donnée – tout entière tournée vers le contrôle de soi et le rejet du naturel – l'avait conduit à développer des qualités qui, faute de vices, n'avaient pu s'opposer qu'à ses vertus innées, à son génie spontané. Aussi voyait-on, chez l'adulte qu'il était devenu, chaque qualité première combattue par une qualité acquise qui lui était contraire : prodige d'équilibre négatif dont, à terme, personne, pas même lui, ne pourrait tirer profit. Impulsif et néanmoins prudent, généreux mais économe, révolté mais poli, idéaliste mais calculateur, ce romantique avait été modelé jusqu'à paraître le type même du « juste milieu »; secrètement poète et timidement bourgeois, s'il avait toujours en apparence, comme ses collègues des Cabinets, deux fers au feu, c'étaient maintenant des fers bien émoussés... Assez naïf pour croire que la réussite sociale s'obtient comme les bons points à l'école, il travaillait avec l'acharnement d'un prix d'Excellence; trop bienveillant pour imaginer la malveillance des autres, il rendait service à ceux qui le lui demandaient, convaincu que, comme au catéchisme, ses bienfaits lui seraient comptés. Quand il songeait à sa carrière (car, tout de même, il y songeait), il pensait devoir à ses mérites une place qu'assurément il ne devait pas à ses intrigues, et il tablait sur l'estime d'autrui pour la conserver. Enfin, il n'avait pas grandi et était de ces hommes dont, à soixante ans passés, on parle encore dans les salons comme de « charmants garçons »...

Correctement informé, aucun rédacteur politique n'eût misé trois sous sur les succès d'un arriviste si bien élevé; moi-même, dès nos premiers contacts, j'avais eu quelques doutes sur la manière dont il menait sa course vers les sommets : je l'avais trouvé trop aisé à émouvoir, à convaincre, à pervertir, trop désireux de plaire, et même trop imprudent dans la manière dont il s'était associé à mes efforts pour sauver une gauchiste affamée.

Mais, avant de pousser plus loin ces réflexions, j'avais été – comme tous les journalistes et leurs metteurs en page – séduite par son beau visage. Balzac dit que « les parvenus sont comme les singes; tant qu'ils grimpent on admire leur agilité; quand ils sont en haut, on ne voit plus que leur derrière »; de Frédéric on voyait encore, sous la casquette du marin, la sourire serein et, dans un paysage qu'encombraient les postérieurs des singes comblés, ce visage viril et tendre reposait l'œil.

Ces traits paisibles me furent bientôt d'autant plus chers, d'ailleurs, que la magie d'un prénom y superposait la figure imprécise, idéalisée jusqu'à la transparence, d'un autre Frédéric, mort à treize ans et enterré depuis presque autant d'années dans le cimetière d'Evreuil et le fond de mon cœur. Feignant de m'adresser à Maleville, j'osai redire ce nom longtemps banni de mon souvenir et retrouver doucement le chemin de mes sentiments.

Frédéric Lacroix – « l'autre Frédéric » – avait deux ans de plus que moi; et bien qu'il n'ait jamais atteint l'adolescence, je ne pense pas à lui comme à un enfant : les jeunes morts grandissent avec nous et il me semble qu'il a gardé ses années d'avance et reste mon aîné. S'agit-il, d'ailleurs, d'une illusion? A douze ans, il prenait l'air grave pour me dire que j'avais bien de la chance d'en être encore à « rosa, la rose » et que lorsque j'aborderais « la Guerre des Gaules », je connaîtrais les vraies difficultés du latin : « L'ablatif absolu, tu vas voir, bébé, tu ne vas pas te marrer! Tu ne peux même pas imaginer ce que c'est! Faut y être passé! »

Il y a longtemps que j'ai laissé derrière moi César, et même Tacite, sur lequel il n'a pas eu le temps de peiner; j'ai accumulé les diplômes, les amours, les années; mais je n'ai jamais eu le sentiment de l'avoir rattrapé... Sur le chemin de la vie, sa mort lui a donné une bonne longueur d'avance : il sait depuis vingt ans ce que j'ignore encore, et ma survie creuse chaque jour l'écart à son profit...

Clotilde Lacroix avait un an de moins que son frère; mais elle était déjà d'assez grande taille pour que les robes qu'elle ne pouvait plus mettre, et que sa mère donnait à ma grand-mère, me fissent un long usage. Aujourd'hui encore, lorsqu'il m'arrive de tirer du fond d'un placard une robe vieille de quelques saisons, un peu démodée, presque oubliée, je ne puis me défendre de l'impression que Clotilde l'a déjà portée...

Frédéric et Clotilde étaient, avec nous, les seuls enfants de l'impasse de la Gare. Le fait que leur père fût notre médecin, et surtout celui de Malise qui faisait une grande consommation d'ordonnances, nous fournit le prétexte à des rencontres quotidiennes : ils venaient dans notre jungle jouer « aux enfants perdus », nous allions dans leur jardin nourrir les poissons du bassin. Lorsque Frédéric apprit sans ménagement à Béatrice que Mozart n'était plus de ce monde et que Béa, bouleversée, se fut exclamée devant le docteur Lacroix d'une voix étranglée : « C'est triste, quand même, que Mozart est mort! », il fut décidé qu'on la mettrait au piano; le médecin proposa de lui faire donner, à ses frais, des leçons par le professeur de Clotilde, et elle fut autorisée à aller chaque soir faire ses gammes sur le demi-queue des Lacroix; le docteur habilla cette charité de la nécessité de donner une compagne à Clotilde pour stimuler son application à l'étude de la « Méthode Rose ».

Au piano Béa se révéla vite une élève douée et studieuse; chaque jour, à la nuit tombée, quand j'avais terminé mes devoirs sur la toile cirée de la salle à manger, j'allais la chercher au « Belvédère », la grande maison du bout de l'impasse qui sentait l'eau de Javel, la cire, la lavande, l'aisance bourgeoise et la propreté austère.

Dans une chambre ornée de boiseries sombres, Clotilde possédait une collection de poupées articulées et tout un mobilier de bambou adapté à sa taille d'enfant. Dans la pièce voisine – qui lui servait de garde-robe – auprès des manteaux bleus à col de velours et des jupes écossaises à bretelles pendaient de somptueux déguisements, que sa mère lui achetait « tout-faits ». Lorsque, coincée dans le salon sous la surveillance de son professeur, Clotilde répétait avec Béatrice une étude à quatre mains, elle m'autorisait à revêtir, en attendant, le maillot pailleté de la trapéziste, le justaucorps noir et jaune de l'abeille ou le long manteau de Blanche-Neige; seuls me demeuraient interdits la robe de la fée et le hennin bleu, dont elle se réservait l'exclusivité.

En 1953, les Lacroix achetèrent la télévision; ce fut chez eux que je vis pour la première fois cet engin gros comme une commode, qui donnait de toutes petites images; montant sans bruit l'escalier, je me faufilais dans la bibliothèque du premier où se trouvait la lanterne magique. L'écran jetait de faibles lueurs bleutées sur les canapés de cuir noir qui garnissaient la pièce, plongée dans l'obscurité. Allongé sur le tapis et absorbé dans la contemplation de la mire de réglage ou de « la Joie de Vivre » de Jean Nohain, Frédéric ne semblait pas remarquer mon arrivée; mais au moment où je m'abîmais à mon tour dans l'admiration des foulards magiques de Télévisius ou le spectacle de l'élection du président Coty, je recevais en pleine figure un coussin envoyé d'une main sûre, ou me trouvais rappelée à la réalité par un amical pinçon à la cuisse : « Alors, bébé, on sait sa table de multiplication? On a appris tout son alphabet? » Rampant jusqu'au canapé, Frédéric hissait nonchalamment son grand corps auprès du mien puis, les deux pieds posés sur le cuir, les genoux relevés et le menton sur les genoux, il rendait son esprit au merveilleux rayon bleu. Ainsi demeurions-nous de longs moments côte à côte, muets et interdits. Captifs de la cage aux images, immobiles, silencieux et parallèles, nous laissions les reflets de la « Piste aux Etoiles » et des « Trente-six Chandelles » glisser lentement dans nos yeux ouverts. Nous n'échangions jamais un sentiment ni une impression. Pourtant nous nous sentions unis comme peuvent l'être deux compagnons de cellule qui, sans s'être rien avoué l'un à l'autre, ont si longtemps mêlé leurs rêves et leurs respirations dans la même prison qu'ils finissent par se croire complices des mêmes crimes...

Il arriva plusieurs fois que, descendant de la bibliothèque, je ne trouvai plus personne au salon : la leçon était terminée depuis longtemps et Béa, ignorant ma présence dans la villa, était rentrée seule à la maison; une ou deux fois, je rentrai même si tard que mes grands-parents avaient fini leur dîner.

On me gronda. Pourtant, je me jugeais très excusable : d'abord, je n'avais pas de montre; ensuite, Frédéric, qui travaillait rarement (j'entendais son père le menacer de « la pension » comme, à la moindre incartade, on nous menaçait chez nous de « la maison de correction »), entretenait avec le temps le rapport dédaigneux du dompteur avec le fauve qu'il a apprivoisé : il ne craignait plus d'être dévoré et se vantait sans cesse « d'avoir le temps » comme on parle d'un esclave possédé sans partage. Il s'en jugeait si bien le maître qu'il en fixait les bornes à son gré : les journées avaient plus de vingt-quatre heures, les vacances n'avaient pas de fin... Ce n'était pas sur ce rêveur que je pouvais compter pour me rappeler l'heure; mais je ne pouvais pas, non plus, compter sur les autres, car personne, dans la villa des Lacroix, ne semblait se soucier de savoir si j'étais là ou pas.

Le docteur, quoiqu'il eût toujours en réserve pour Béa et moi un mot gentil ou une caresse, était généralement occupé à des visites ou retenu à son cabinet, qu'il avait installé dans l'ancien pavillon des gardiens; il ne passait chez lui qu'en coup de vent. Des deux bonnes âgées qui prenaient soin de la maison et des enfants, on ne soupçonnait l'existence qu'à de vagues remuements de casseroles dans l'office, d'intermittents glissements de patins dans les corridors, des grincements d'armoires, des odeurs de lessive. Clotilde, son pensum musical achevé, courait s'enfermer dans sa chambre où elle avait, en robe de fée, d'interminables conversations avec ses poupées. Quant à Madame Lacroix, elle était invisible : de l'époque de mes premiers vaccins, je gardais le souvenir d'une grande femme, vêtue de sombre, qui semblait plus âgée que le docteur et lui servait parfois d'infirmière au cabinet; mais, quand je commençai de fréquenter régulièrement « le Belvédère », Madame Lacroix s'était définitivement retirée dans ses appartements; dans une suite de trois ou quatre pièces aménagées autour de sa chambre, elle passait ses journées à répondre au courrier des associations de bienfaisance, lire des ouvrages de piété, et soigner, dans la pénombre de la solitude, des migraines de plus en plus violentes.

Je pénétrai une fois, à la suite de Clotilde, dans cette chambre où l'on devait marcher sur la pointe des pieds. Les rideaux étaient tirés, toutes les lampes éteintes. Je finis par distinguer un corps étendu sur le lit, enveloppé d'un peignoir noir et surmonté d'un visage démaquillé. Clotilde cherchait à convaincre sa mère de satisfaire je ne sais quel caprice; la dame en noir fit mine de lui résister, sans y mettre de conviction; ayant chuchoté un appel à la raison, elle porta soudain la main à son front d'un air extrêmement douloureux, poussa deux ou trois soupirs, puis, devant l'insistance de Clotilde, ferma les yeux et battit en retraite : « Fais ce que tu veux, ma pauvre enfant... » Et elle tourna avec lassitude son visage vers l'autre rive de l'oreiller pour nous signifier que l'audience était terminée.

Il n'était pas étonnant qu'avec une mère si fatiguée les enfants Lacroix eussent gagné, auprès de la pharmacienne, de la teinturière et des domestiques, une réputation d'enfants gâtés : on disait qu'ils avaient trop de jouets. Pour moi, s'il m'arriva de les jalouser, ce ne fut jamais pour leurs richesses – riches, il ne l'étaient qu'à l'aune d'Evreuil – ni pour leur bonheur : c'était pour leur désinvolture et leur élégance, dont je voyais bien qu'elle devait moins qu'on ne croyait aux culottes de flanelle et aux robes à smocks que leur mère achetait pour eux dans des magasins anglais.

Très maigres, très pâles, et blonds jusqu'à la transparence à la manière des Scandinaves, Clotilde et Frédéric avaient cette nonchalance teintée d'impertinence, que je devais reconnaître plus tard chez mon demi-frère, certains hôtes d'Anne de Chérailles, ou Charles de Fervacques; mais la chose semblait d'autant plus remarquable chez eux que leurs parents étaient loin de posséder la grâce légère, l'évanescence, qu'ils leur avaient léguées. Peut-être faut-il plusieurs générations pour appauvrir un sang vigoureux, exténuer une solide santé, et faire pousser en hauteur ces jeunes espèces rustiques dont la nature est de croître en largeur? Descendants de maquignons, arrière-petits-enfants de vétérinaires, petits-enfants de notaires et enfants de médecin, Clotilde et Frédéric présentaient enfin, au terme d'une rigoureuse sélection des souches, cette allure longiligne et chlorotique de plantes de serre, qui dispense de faire ses preuves.

Aussi les révérences de la petite fille avaient-elles déjà un air d'insolence, et le regard rêveur de Frédéric se nuançait-il parfois d'un mépris distrait.

« Tiens, v'là le petit prince », disait ironiquement mon grand-père lorsqu'il le voyait traverser notre potager en prenant, pour ne pas se salir, des précautions de chat primé... Néanmoins, Henri Brassard aimait bien les petits Lacroix, qui lui vouaient, en retour, une admiration passionnée; ce que le corps des deux enfants savait déjà, leur esprit l'ignorait encore en effet, et rien ne leur était plus étranger que la conscience de leur supériorité.

Frédéric, par exemple, se consolait des difficultés qu'il rencontrait avec le « De Viris » en se rappelant que le latin n'était pas exigé pour le métier qu'il voulait exercer : il avait décidé d'être conducteur de métro.

Quand la télévision eut perdu à ses yeux de son attrait de nouveauté, il se mit à m'entraîner, chaque soir, sur le remblai de la ligne que, seule, une clôture de piquets à demi arrachés séparait de notre jardin; là, assis dans les herbes folles, un carnet à la main, il notait soigneusement l'heure de passage des rames, le numéro des motrices, la couleur des wagons et leur degré approximatif d'occupation. Il en tirait des courbes décoratives et de savantes statistiques, qu'il collait aux murs de sa chambre où, derrière un carton portant le nom des stations, il avait bricolé un système électrique lui permettant, comme sur le quai des gares parisiennes, d'éclairer le nom des arrêts de la prochaine rame; de temps en temps, il usait d'un autre carton, roulé en cornet, pour annoncer d'une voix forte, à la manière singulière du chef de gare d'Evreuil : « Terrr-minus! to le môde daissô! » Parfois pourtant, entre deux annonces, il était saisi d'inquiétude : « Dis, tu crois que c'est difficile de devenir conducteur de métro? Y a des concours? En quoi est-ce qu'il faut être bon? » Il s'était persuadé que l'examen portait sur la connaissance de la ligne, de ses cadences et de ses incidents, et il regrettait que la SNCF, en faisant amorcer aux rails une large courbe dès l'extrémité de notre jardin, eût privé « le Belvédère » de toute vue sur le ballast et y eût rendu aléatoire la perception de la rumeur des passages.

« Ah, si j'habitais chez toi, ce serait formidable! Parce que je pourrais noter les métros de nuit. Et les premiers métros du matin! Quand je serai plus grand, j'achèterai ta maison pour me tenir au courant... »

Avec le réalisme prudent d'une « petite prolétaire », je lui avais fait remarquer qu'il n'était pas sûr qu'un conducteur de métro gagnât suffisamment d'argent pour s'acheter une si grande maison. Il eut l'air déçu, mais trouva vite une solution : « Et si j'étais ton mari? Faudrait bien que je dorme dans ta chambre! »

Comme c'était la première demande en mariage qu'on me faisait, et qu'elle n'avait pas été entourée de tous les égards romantiques que j'imaginais convenables aux circonstances, je crus devoir me faire prier; dissimulant mon visage derrière le bouquet de coquelicots que je venais de cueillir parmi les herbes du remblai, je lui dis que je ne savais pas si j'accepterais de l'épouser. Son petit visage vira au blême, ses cheveux pâlirent : « Oh... pourquoi, Chris? Pourquoi? »

Il avait refermé son « carnet de métros » d'un geste découragé; je crus qu'il allait pleurer; il secoua gravement la tête : « Si tu me détestes, évidemment... Mais si tu ne me détestes pas, si ça t'est seulement égal de te marier avec moi, tu devrais penser que c'est tellement important pour moi... »

Il y eut un long silence, que rompit le fracas du 18 heures 56, HB 124, direct de Saint-Lazare à Maingon-la-Jolie, omnibus de Maingon-la-Jolie à Evreuil, quatre automotrices Z à attelage Willison et bogies Pennsylvania.

J'étais entrée au lycée en même temps que Clotilde; chaque matin, je la retrouvais à la gare pour prendre l'omnibus de 7 heures 30 qui nous menait à Maingon-la-Jolie; mais, le lendemain de la demande en mariage de Frédéric, je l'attendis en vain dans cette salle d'attente d'Evreuil qui sentait l'urine l'été, et, l'hiver, le ciment mouillé. Jusqu'au départ du train je gardai la portière ouverte, espérant voir déboucher sur le quai une Clotilde échevelée qui se jetterait en riant dans le dernier wagon; mais je fis seule le trajet.

Je savais que, la veille au soir, le docteur et Madame Lacroix avaient emmené leurs enfants dîner chez des amis; du bout de l'impasse je les avais vus monter dans la Frégate bleue du médecin; Frédéric, qui me boudait, ne s'était pas retourné, mais Clotilde m'avait fait un petit signe de la main : « Hé, Chris, n'oublie pas de m'apporter ton numéro de “ Fillette ”, demain! ». Le « Fillette » de mai était dans mon cartable, coincé entre le Mallet-Isaac et le Lagarde et Michard, mais Clotilde avait raté son train.

J'avais pensé d'abord que, s'étant couchée tard la veille, elle avait refusé de se lever; ses parents, indulgents à ses « pannes d'oreiller », lui fournissaient toujours le mot d'excuse qui lui permettait d'arriver en retard au lycée sans se faire gronder; mais, à midi, je ne trouvai pas Clotilde au réfectoire.

A la récréation qui suivit, des amies m'interrogèrent : « Elle est malade, ta copine? »

Je songeai qu'elle pouvait être « indisposée »; elle avait ses règles depuis six mois, et, à l'en entendre parler, ce n'était pas une petite affaire; je m'efforçai de me rappeler la date de sa « dernière fois » et me livrai à des calculs compliqués, jusqu'au moment où Sophie Courtet, qui devait à son âge d'être mieux informée que moi sur les aspects médicaux de la chose, me fit remarquer, avec un haussement d'épaules, que « sûrement, ce n'était pas encore très régulier... »

Un instant, nous hésitâmes à poursuivre le championnat de marelle commencé la semaine précédente. « Clotilde aura vite fait de nous rattraper », dit Sophie Courtet qui refusait d'interrompre la compétition. Clotilde avait l'agilité d'un elfe, en effet, et menait ce championnat avec une telle avance de points qu'elle pouvait se permettre de ne plus en gagner pendant quelques jours.

A quatre heures et demie, je recopiai soigneusement le cahier de textes de la Sixième A; j'apportais ses devoirs à mon amie chaque fois qu'elle avait un rhume ou une angine; elle m'en voulait beaucoup de cette sollicitude, mais il me fallait bien un prétexte pour pénétrer dans la villa lorsque le cours de piano était suspendu...

Je rentrai seule à Evreuil. Toute la journée, j'avais lutté contre le sentiment qu'il y avait quelque chose d'irréel dans les explications, pourtant plausibles, que nous avions trouvées à l'absence de Clotilde. Ce n'était pas un pressentiment : tout au plus une sensation de ralenti, de décalage, de flou, que j'aurais traduite – si j'avais connu le cinéma – par cette idée que le film projeté avait besoin d'une mise au point. J'avais l'intuition, vague, d'avoir glissé dans un univers parallèle où la pesanteur et la perception se trouvaient altérées, un monde à la fois plus lourd et plus nébuleux, où chaque parole, chaque mouvement donnait l'impression de traverser des couches d'ouate superposées avant d'atteindre son objet. De ce malaise, je tirai la conclusion que Clotilde devait avoir la grippe et que, sûrement, je l'avais attrapée.

A la sortie de la grande courbe qui précède l'entrée dans la station d'Evreuil, je regardai, comme chaque soir, par la fenêtre du wagon, pour voir si Frédéric était à son poste en haut du remblai : il n'y était pas. Impasse de la Gare, le portail du « Belvédère » était fermé; d'ordinaire, il restait ouvert pour les consultations du docteur. Saisie d'une timidité soudaine, je renonçai à sonner.

Au fond de la ruelle, mon jardin débordait de lilas et de cerisiers. « Voici le mois de mai où les feuilles volent au vent, si jolies mignonnes, si mignonnement », nous avait appris le matin même le professeur de chant. Peut-être fredonnais-je sa chanson en poussant la porte du vestibule? Si je me sentais fatiguée – trop fatiguée pour aller chez les Lacroix – je n'étais pas triste. Etais-je même malade? Tout au plus, un mal au cœur diffus : « C'est pas la grippe, ça, dirait ma grand-mère d'un air entendu, c'est les glandes. »

« Voici le mois de mai où les feuilles volent au vent, le gentil fils du Roi s'en va les ramassant... » Le fils du Roi préférait les coquelicots qui poussent sur le remblai du métro, mais, comme moi, il aimait ce mois de mai où l'odeur encore hivernale du chocolat chaud du goûter se mêle déjà à celle, si légère, du muguet.

Je lançai mon cartable à la volée dans l'entrée et ouvris gaiement la porte de la salle à manger. On avait descendu ma mère de sa chambre; elle était assise dans le fauteuil, très belle, très pâle. Ma grand-mère repassait du linge, debout derrière la table. La radio était éteinte; elles ne se parlaient pas. Toutes deux portaient des robes sombres.

Ma grand-mère a relevé son fer; elle a dit : « Clotilde était pas au lycée ce matin? » Mais sa question n'avait pas l'air d'une vraie question, et je compris que, depuis l'instant où j'avais attendu vainement la petite fille à la portière du métro, j'avais su.

On dit que dans les catastrophes – les naufrages, les incendies, les avions qui tombent – les victimes voient le temps s'arrêter. Dans les accidents d'auto par exemple, entre le moment où la voiture quitte la route et celui où elle s'arrête contre un arbre ou un camion, les passagers ont le sentiment de vivre des siècles. Quand la vie dérape, le temps plane; les secondes s'allongent et les mouvements, décomposés à l'infini, s'immobilisent. Entre le crissement des pneus et l'éclatement des tôles, il faut des heures à ce pied pour atteindre la pédale du frein, à ce bras pour remonter jusqu'au visage qu'on espère encore protéger des éclats du pare-brise. Le temps s'étire, s'étale à perte de vue, perte de mémoire, perte de conscience : toute une vie dans une seconde; et ceux qui meurent jeunes dans le fossé des routes ont vécu très vieux.

De même s'écoula-t-il une éternité entre la première et la seconde phrase de Germaine Brassard : j'avais encore la main sur la poignée de la porte et ma grand-mère tenait son fer levé au-dessus d'un de mes tabliers; mais avant qu'elle ne repose le fer sur le tissu mouillé, avant qu'elle n'apporte, d'une voix blanche, une réponse inutile à sa question superflue, j'ai eu tout le temps de descendre à reculons les marches du perron, de remonter l'impasse, de rentrer dans la gare, de revenir au lycée pour défaire la marelle, détricoter ma journée, et d'attendre Clotilde sur le quai, de reprendre à la hâte mon petit déjeuner, de repasser la nuit, et de les revoir, une dernière fois, monter dans la « Frégate » bleue devant la glycine en fleur du bout de l'allée.

Le film, maintenant, était parfaitement au point; et s'il tournait en arrière, c'est qu'il fallait, à tout prix, l'empêcher d'aller au bout de l'histoire. Arrêt sur image. Ma mère se taisait. Ma grand-mère ne bougeait pas. Mais le même charme qui figeait leurs visages et paralysait leur langue me clouait au sol, quand j'aurais voulu m'envoler. Il y avait des années que j'avais la main posée sur la poignée; et le temps, hésitant, titubant, reprit lentement sa marche en avant.

Ma grand-mère dit sans me quitter des yeux : « Frédéric et Clotilde sont morts... »

Je laissai retomber ma main et fis deux pas de côté pour reprendre mon cartable dans l'entrée; je sortis soigneusement mes cahiers, mes crayons, glissai le Carpentier-Fialip sur un coin de la table en écartant avec précaution les deux piles de chemises de nuit. « Tu goûtes pas? » dit ma grand-mère. Ma mère avait sorti son mouchoir et reniflait. « J'aime mieux pas, j'ai eu mal au cœur toute la journée », « – C'est les glandes », dit Mémé en soupirant.

Plus tard, mon grand-père rentra du jardin. Il faisait

nuit. J'étais toujours assise devant mon devoir d'anglais parce que je n'arrivais pas à distinguer les lettres; même les phrases françaises, il me fallait les relire plusieurs fois pour les comprendre. Assise par terre aux pieds de Malise qui lui caressait les cheveux, Béatrice déshabillait une poupée. Debout derrière moi, mon grand-père fumait en silence. Comme je me balançais sur ma chaise, il se fâcha : « T'as décidé de me démolir les pieds de c'te chaise, ou quoi? Je t'ai dit cent fois que je veux pas qu'on se balance. » Un moment, je me contraignis à l'immobilité; puis, m'efforçant pour la dixième fois de retenir les exemples de la forme fréquentative que le livre donnait – « he used to say », « they used to play » – je recommençai machinalement à me balancer. Sans prévenir, mon grand-père m'envoya une gifle, qui me laissa les cinq doigts marqués sur la joue; n'ayant pas l'habitude de sa propre violence (c'était la première fois qu'il me giflait), il n'avait pas su la contrôler. La surprise et la douleur me coupèrent la respiration; mais j'eus beau sentir que je tenais enfin un prétexte honorable pour me laisser aller, une occasion de sangloter qui libérerait tout le monde, un motif avouable pour hurler, me rouler par terre et pleurer, je serrai les lèvres et gardai les yeux secs. Mes larmes, ravalées, coulèrent à l'intérieur. Le lendemain, j'avais de la fièvre.

Un médecin, que nous ne connaissions pas, diagnostiqua un improbable « empoisonnement alimentaire » qui me permit de passer trois jours au lit. Par la suite, pour mes vaccinations ou mes angines, je revis ce médecin compréhensif. Ma grand-mère n'osa plus, en effet, déranger le docteur Lacroix : on hésite à appeler pour un rhume un homme qui vient d'enterrer ses deux enfants. Aussi perdit-il, le même jour, sa famille et sa clientèle.

Des deux enfants il ne fut plus jamais question à la maison; bien que mes grands-parents fussent allés à l'enterrement, c'est à peine si, dans les jours suivants, j'entendis ma grand-mère et Malise échanger à mi-voix quelques impressions sur ce sujet; j'appris tout de même, en prêtant l'oreille, que Madame Lacroix avait été blessée dans l'accident et n'avait pas accompagné les corps au cimetière;

je me souviens aussi d'avoir entendu Mémé préciser à ma mère que Frédéric, d'ordinaire si pâle, avait bonne mine sur son lit de mort : « Je lui avais jamais vu des joues aussi roses. Tu sais, en pyjama comme ça, ce gosse, on aurait cru qu'il dormait »; enfin, elle s'étonna qu'on eût enterré Clotilde dans sa robe de fée; sans doute trouvait-elle à ce dernier déguisement un air de caprice et d'enfant gâtée... Ces quelques détails mis à part, Béa et moi ne fûmes jamais informées des circonstances exactes de l'accident. Nous ne fîmes aucune question à nos grands-parents et n'en parlâmes pas davantage entre nous. Le nom des Lacroix devint, à la maison, un nom tabou : on faisait des détours dans la conversation pour l'éviter, comme on pressait le pas devant la grille de leur villa.

Et la vie continua. Au lycée, personne n'osa interrompre le championnat de marelle; mais les concurrentes gardaient toutes en mémoire le score de Clotilde, et aucune ne put ignorer qu'il fallut encore une semaine à la meilleure pour battre la petite morte qui continuait la course en tête. Personne, cependant, ne fit le moindre commentaire. Tout se passa, à la maison et à l'école, comme si les enfants Lacroix n'avaient jamais existé. Ils avaient si peu pesé sur ce monde qu'ils semblaient n'y avoir laissé aucune trace.

Même au cimetière, où je réussis à faire deux ou trois incursions à l'insu de ma famille, je ne parvins pas à découvrir leur tombe. Mon cartable à la main, je parcourus toutes les allées sans trouver nulle part la dalle blanche que j'avais imaginée. Je vis des monuments élevés à la mémoire des vieillards, des fosses communes, des caveaux pour famille nombreuse, des tombes « offertes par le personnel de l'usine à gaz »; je vis des croix de guerre et des croix de Dieu, des anges de marbre, des fleurs de céramique, des « regrets éternels », des « à notre chère cousine », mais rien qui ressemblât au tombeau d'une petite fille en robe de fée et d'un futur conducteur de métro.

« Odeur du temps, brin de bruyère, nous ne nous verrons plus sur terre... » A Evreuil c'était, chaque été, l'odeur des coquelicots du métro que le temps avait gardée

– je fermais les yeux quand la rame s'engouffrait dans la grande courbe des Rieux –; et l'hiver avait la couleur bleu pâle d'un voile de mousseline tombant d'un hennin et la saveur des caramels au lait que Clotilde suçait...

Puis, avec les années s'en furent les souvenirs. Le visage de Clotilde se brouilla le premier; un jour, je ne parvins plus à me rappeler si Frédéric avait des taches de rousseur sur le nez... Sans doute si ma famille avait entretenu par ses discours la mémoire des petits morts, serais-je parvenue à m'imaginer que je savais une foule de détails à leur sujet; si même j'avais gardé des occasions de rencontrer Monsieur et Madame Lacroix, de trouver dans leurs rides et leurs larmes la preuve qu'ils avaient eu deux enfants, j'aurais pu reconstruire les traits, l'histoire, de ces deux êtres incertains, imprécis au point d'en devenir mythiques, et ne pas me sentir si coupable de m'être consolée. Mais je ne revis pas Madame Lacroix, et, s'il m'arriva, à deux ou trois reprises, de croiser le docteur dans l'impasse, ce fut comme on croise une ombre : je le vis à peine, il ne me vit pas; on disait qu'il ne soignait plus que les immigrés de la cité d'urgence – des gens qui ignoraient tout de son malheur. Au bout de trois ou quatre années enfin, les Lacroix déménagèrent, se retirant en Alsace où ils avaient de la famille.

Dissimulée dans le feuillage d'un marronnier qui poussait ses branches jusqu'au-dessus des pavés de la ruelle, j'assistai au déménagement de leurs meubles; quatre déménageurs en salopette vinrent jusqu'à notre maison pour y déposer le demi-queue et une caisse pleine de partitions, que Madame Lacroix abandonnait à Béatrice; puis une Simca noire emporta pour toujours le docteur et sa femme.

Leur villa, qu'ils n'avaient pas vendue, resta fermée. Les gens qui ont perdu leurs enfants ne taillent plus leur glycine, ne repeignent pas leurs volets, ne réparent pas leur grille, et ils ne vendent pas leur maison de peur de les tuer une seconde fois. Pendant des années, tandis que, tout autour, la banlieue changeait, « le Belvédère » resta – derrière ses murs de meulière, sa vigne vierge, ses vieux sapins et sa grille rouillée – comme un témoignage rare, et bientôt unique, de ce que les faubourgs de Paris avaient été au siècle dernier lorsqu'on y venait en carriole de Belleville et de Charonne goûter le vin d'Evreuil ou danser à la Cressonnière, au bord de la rivière. Des sureaux envahirent les terrasses; des chouettes firent leurs nids dans les allées, et des chauves-souris quittaient chaque soir les corniches et les gouttières pour hanter le ravin du métro et les quais.

Quand j'ai rencontré Frédéric Maleville, il y avait longtemps que je n'avais plus de vrais souvenirs de Frédéric Lacroix; et plus longtemps encore que je n'avais ressenti la moindre douleur à contempler, depuis la gare en contrebas, le faîtage de sa maison, dissimulé dans les branchages du jardin abandonné. Le mot « douleur », du reste, n'avait jamais été le mot juste; mais il n'existait pas de mots pour dire ce que j'avais éprouvé; du moins, à onze ans, ne les connaissais-je pas ... Les chagrins des enfants ne devraient être que des chagrins d'enfant; quand leur peine passe leurs compétences, ils se taisent, moins par indifférence que par manque de vocabulaire.

Seul un curieux cauchemar, qui revint toutes les nuits dans les mois qui suivirent l'enterrement de mes amis, et souvent par la suite, me rappelait les circonstances de leur mort. Il faisait noir; j'étais couchée dans l'herbe d'un talus; des voitures passaient à quelques centimètres de mon corps, presque à portée de ma main; mais je ne pouvais ni bouger ni voir la route au bord de laquelle j'étais allongée. Incapable de soulever la tête ou de remuer les jambes, je sentais un liquide chaud inonder mon ventre, couler le long de mes cuisses et mouiller l'herbe sous mes reins; je sentais mon sang s'en aller. J'aurais voulu pouvoir reconnaître ma blessure, en apprécier la gravité; peut-être était-il encore temps de tenter un pansement, un garrot... Mais, bien que je fisse des efforts surhumains pour me redresser, je ne parvenais même pas à lever le petit doigt. Au-dessus de mon corps étendu, à mi-chemin entre la terre et les étoile, j'apercevais des visages penchés – des badauds, des témoins; j'avais envie de leur crier de faire quelque chose pour moi. Mais je n'avais plus la force d'appeler, déjà les étoiles s'éloignaient, le froid m'envahissait et, la tête renversée dans l'herbe mouillée, j'attendais, sans bouger, cette mort qui lentement pénétrait en moi par la plaie ouverte d'où la vie s'écoulait...

M'étais-je imaginé, à onze ans, que Frédéric et Clotilde étaient morts d'hémorragie sous les tôles déchirées de leur « Frégate » bleue? Chaque fois que je m'endormais, je craignais de sentir mon sang s'épancher et de me réveiller trempée de sueur dans mon lit; mais, pas plus que je n'avais osé parler à qui que ce fût de la mort de Frédéric, je ne crus pouvoir confier cette terreur absurde à ceux qui m'entouraient.

Puis vint Frédéric Maleville; et son amour imprévu, débordant, me fit, dès la première fois, l'effet d'une transfusion. Je ne parle pas de ses sentiments : sa jouissance seule m'importait, et, dans cette jouissance, non la possession de son corps mais celle de cette liqueur blanche qui se substituait, peu à peu, au sang perdu pendant tant d'années. Nuit après nuit, ce que Frédéric me donnait de lui-même, chaque fois qu'il s'enfonçait en moi et s'y épanchait, me ramenait à la vie. Recherchant moins ma propre volupté que la sienne, je m'emplissais avec avidité de cette force qui coulait et imprégnait mon ventre d'une chaleur assez délicieuse pour me donner l'illusion qu'elle atteignait mon cœur.

Comme un mourant qui entrevoit la santé, je me montrais même trop impatiente. « Quel tempérament! », s'exclamait Frédéric, amusé. Je lui en voulais : il s'agissait bien de tempérament quand, couchée en travers de son lit, je me savais agonisante au bord d'un fossé! Dans ces instants-là, j'éprouvais envers lui la rancœur du malade en voie de guérison auquel le médecin refuse le dernier flacon, l'ultime perfusion. Ces fureurs, que Frédéric attribuait à son talent, le flattaient : il prit pour de la passion la dépendance fiévreuse du récepteur à l'égard de son donneur...

Réparant à son insu la blessure que m'avait causée

l'accident, comblant le vide qu'elle avait provoqué, Maleville, en se glissant dans mes draps, se glissait à l'intérieur de cette seconde infinie où, entre le « Clotilde n'était pas à l'école aujourd'hui? » et le « Frédéric et Clotilde sont morts », j'avais vécu toute mon enfance. Mon nouvel amant, par son prénom et sa douceur, participait de cet univers préservé, oasis de pureté, qu'était devenue pour moi la mort des enfants Lacroix; en même temps que, par l'attention qu'il exigeait et la tendresse dont il m'entourait, il me persuadait peu à peu que son double m'avait pardonné. Car il ne suffit pas d'oublier les morts, il faut encore ne plus se souvenir qu'on les a oubliés...

Ayant invité Béatrice à passer quelques jours à Sainte-Solène, je l'interrogeai sur Frédéric et Clotilde Lacroix; elle resta évasive. Lorsque je lui suggérai que leur mort avait pu bouleverser Christine, elle parut surprise :

– Nous les connaissions si peu... Evidemment, Christine était en classe avec Clotilde. Mais Frédéric avait deux ou trois ans de plus que Chris : nous étions trop petites pour l'intéresser.

– Je croyais que les enfants du docteur venaient jouer chez vous?

– Oh, non! Enfin, rarement... D'une certaine manière, nous n'étions pas du même monde.

– Tout de même, vous avez appris le piano avec Clotilde?

– J'ai pris quelques leçons avec elle, oui... Mais c'est surtout après sa mort que j'ai travaillé. Sur son piano, c'est vrai, mais il était chez nous. Et j'étudiais seule.

Le vent fit claquer les toiles des transats de l'Hôtel d'Angleterre : c'était un jour sans « microclimat » et sans vieillards. Nous étions seules, Béatrice et moi, sur un balcon face à la plage déserte, obligées de forcer la voix pour nous entendre, hurlant nos confidences à tue-tête comme si nous faisions des discours aux mouettes.

– Vous souvenez-vous du jour où les enfants sont morts?

– Du quoi?

– Du jour où les enfants sont morts?

– Non... Il me semble que c'était pendant les vacances et que nous ne l'avons appris qu'après...

Les registres d'état civil d'Evreuil, à condition que les enfants y fussent nés, permettraient peut-être de vérifier laquelle des deux sœurs mentait... Mais je savais que je n'irais pas y voir : il y a, dans tous les cas, plus de vérité dans un mensonge à la première personne que dans un fait sincère énoncé à la troisième. Puis, Christine pouvait être de ces gens chez qui le souvenir absorbe, peu à peu, le sentiment de la vie réelle; si elle m'avait avoué, comme Chateaubriand : « Des personnes dont je ne me suis jamais occupé, si elles meurent, envahissent ma mémoire; qu'un de mes amis s'en aille de la terre, c'est comme s'il venait demeurer à mes foyers, il ne me quitte plus », de quelle tromperie aurais-je pu l'accuser? Je crus devoir suggérer, entre deux rafales, que Christine avait épousé Maleville pour effacer certains remords à l'endroit du petit Lacroix.

Cette fois, Béatrice s'indigna : « Qu'elle ait épousé Frédéric Maleville à cause de Frédéric Lacroix, alors là! On se demande où vous allez chercher des choses pareilles! En tout cas, si c'est elle qui vous l'a dit, c'est de la fantaisie! Non, ce qui a fasciné ma sœur chez Frédéric Maleville, ce n'était ni le prénom du monsieur, ni la résurrection de ses souvenirs d'enfance, c'était l'Elysée. Oui; l'Elysée! Le luxe des palais, le vertige des sommets, l'odeur du pouvoir. Je me souviens très bien qu'elle m'a dit un jour – mais c'était peut-être du temps de Fervacques, remarquez – que le pouvoir donne un goût spécial à la peau des hommes... Cette conne! Enfin, maintenant, je ne voudrais pas avoir l'air d'en dire du mal... »

« Vous aimiez votre sœur? »

Béatrice détourna son regard.

« Il me semble que... que je n'ai jamais aimé qu'elle. » Elle

serra son châle autour de ses épaules. « Seulement, après ce qu'elle a fait à ma mère, à mon grand-père, je l'ai vue telle qu'elle était... Surtout, il y a eu cette histoire de vente de la maison, vous comprenez?... Oui, elle a toujours cru que je n'étais pas au courant de son rôle. Mais, quelques mois après notre installation à Creil, j'ai tout appris. Par le notaire qui s'est trouvé hospitalisé dans la clinique où je travaillais. Il y est même mort, le pauvre! ... Tiens, justement, ça me fait penser, à propos de votre question : vous n'auriez pas, par hasard, perdu des enfants dans votre famille? Non, je vous le demande parce que ma sœur adorait raconter aux gens ce qu'ils avaient envie d'entendre. C'était sa manière de plaire, vous voyez, son côté caméléon. Remarquez qu'un caméléon, ça ne trompe pas volontairement : ça se fond... »

L'Hôtel d'Angleterre était tombé dans un trou d'air : les volets avaient cessé de grincer, l'auvent des tentes s'affaissait. J'espérais profiter à mon tour de cette accalmie pour me faire entendre quand, dans un craquement de chaînes brisées et d'amarres arrachées, le balcon reprit la mer; des rafales glacées vinrent rompre le fil du dialogue de sourds auquel nous nous étions essayées.

La veille, il avait neigé sur la baie du Décollé et de grands lambeaux blancs, pareils à des ventres de baleines dépecées, des chairs de poissons morts, traînaient encore sur le sable gris. « Ce n'est pas le meilleur moment pour venir chez nous », m'avait avoué la femme de chambre de l'hôtel en poussant dans ma salle de bains un radiateur d'appoint, « quoique ce soit rare qu'il fasse si froid. C'est la Côte d'Azur de la Manche, ici... Seulement, faut reconnaître qu'avec leur bombe atomique ils nous ont détraqué le temps... N'empêche que pour quelqu'un de jeune comme vous, Sainte-Solène l'été, ce serait plus riant. » Elle ne s'était apaisée qu'en recevant l'assurance que je connaissais déjà sa région aux mois fastes du calendrier et qu'il me fallait au contraire, pour le travail que j'achevais, la découvrir à cette époque où les touristes la fuyaient.

Pour toutes les stations, c'était en effet la morte-saison; mais, comme Charles de Fervacques l'avait autrefois exposé à ses conseillers, c'est toute l'année la saison de la mort.

Aussi, seule des plages de la côte, Sainte-Solène ne chômait-elle jamais, même au fort de l'hiver. Les vieillards, pris au piège de la Riviéra armoricaine, se terraient dans leurs maisons de retraite et leurs résidences-multiservices; grâce aux congestions pulmonaires, aux grippes et aux catarrhes variés, les cliniques de la ville se remplissaient, les infirmières bretonnes piquaient, les masseurs celtes pétrissaient, les funérariums locaux embaumaient et les fossoyeurs autochtones creusaient. Quand l'automne chassait des vitrines le pantalon de flanelle et la robe imprimée, les merceries faisaient fortune dans la laine à tricoter, et quand, chez les imprimeurs, les courbes de vente de la carte postale fléchissaient, le faire-part prenait le relais.

Même le Casino continuait, en cette saison creuse, à faire des affaires qui rendaient jaloux ceux de Deauville et de Monte-Carlo : la douceur de la nuit – généralement plus clémente, plus océanique que ne l'était la journée –, la nécessité de promener le chien avant d'aller se coucher, et l'incertitude que leur état de santé faisait peser sur leurs chances d'aborder au printemps d'après, poussaient quelques bernard-l'ermite à sortir de leur coquille; pour trois ou quatre heures, toute une portion de la jetée, entre le Pavillon des Sources et les palmiers du Majestic, ressuscitait à petit bruit.

Au Club de la Marine, sous les combles du Casino, des messieurs comparaient entre deux cigares les mérites de leurs rhumatologues respectifs, tandis qu'à l'étage au-dessous leurs épouses – rosissantes sous leurs cheveux lilas – se faisaient, à grands frais, battre le cœur autour des tapis verts. Dans le dancing du rez-de-chaussée, transformé en « salon-rencontres », un chanteur italien susurrait de molles romances à des veufs impatients de reconvoler, qui prolongeaient indéfiniment la dernière tasse de tisane en guettant la porte d'entrée; au sous-sol enfin, où le cinéma venait de programmer une série de conférences de « Connaissance du Monde », des aveugles venaient contempler la splendeur de cieux inconnus et des paralytiques se donner une dernière fois l'illusion de courir la planète...

A minuit, sur la Promenade du Clair-de-Lune et les

trottoirs des rues adjacentes, on entendait encore de sourds martèlements de cannes, des toux étouffées, des froissements d'étoffes, des raclements de gorge, des tâtonnements de serrures – tout un fourmillement timide, une agitation discrète et presque silencieuse qui donnait à la vie, ainsi recommencée pour quelques heures autour du Casino, « l'air de la vie et de la promenade des ombres qui redescendent à l'Erèbe aux approches du jour ». Comme dans la Rome nocturne de Chateaubriand, on croyait surprendre les squelettes « passant, durant la nuit, de cercueil en cercueil »; mais alors que j'avais trouvé dans la « Ville Eternelle » l'ambiguïté d'une vie toujours recommencée, d'une espérance sans identité, à Sainte-Solène je demeurai frappée par la procession de cadavres qui accompagne la décadence d'une société. Sclérose des élites, pourrissement des idéologies, déclin des naissances, vieillissement des populations, triomphe du néant : à petits pas, petits soupirs, petits potins, de cercueil en cercueil les Solenais nous montraient le chemin.

Morts imminents, réunis en abondance en un même lieu, ils y formaient presque visuellement le chaînon entre les défunts d'hier et ceux de demain, le maillon indispensable à notre perception de la danse macabre dans sa continuité.

Mais était-ce à cause des cahiers où Christine évoquait, dans des termes qui m'avaient touchée, la disparition des enfants Lacroix – ou parce que la contemplation du passé, si triste soit-il, effraie moins que le futur qu'on aperçoit –, sur le balcon de l'Hôtel d'Angleterre où j'étais restée seule après le départ de Béatrice, je ne parvins pas à arrêter longtemps ma pensée sur l'avenir des Solenais... Sans cesse je me sentais ramenée vers le souvenir, plus particulier, de ceux qui m'avaient quittée.

Béatrice avait visé juste en suggérant que sa sœur avait pu, pour me plaire, exagérer l'importance de Frédéric et Clotilde dans sa vie; car il était vrai que je vivais depuis des années avec la mémoire d'une enfant morte et que Christine ne l'ignorait pas.

Sans avoir jamais souhaité connaître sur la vie de

Madame Valbray d'autre vérité que la sienne, ni refusé qu'elle me mentît si elle se mentait, je compris, en sentant combien l'hypothèse de Béatrice me troublait, que je ne supporterais jamais l'idée que Christine eût, de propos délibéré, détourné ma vie pour mieux orner la sienne : si je la traitais en biographe, je n'acceptais pas que, retournant la situation, elle usât de moi avec la liberté d'une romancière.

Pour sortir du doute où j'étais, je résolus de montrer quelques-unes de ses lettres à une amie psychanalyste. La spécialiste me rendit les feuillets avec une moue dédaigneuse d'initiée : « Ne me fais pas croire, dit-elle, que tu n'avais pas établi de toi-même un lien entre cette histoire de petite fille prétendument " indisposée " – dont on découvre, pour finir, qu'elle est morte – et ce soi-disant rêve d'hémorragie? Elémentaire, mon cher Watson! Si tu veux mon avis, ta correspondante a eu un peu de peine à assumer sa féminité! En tout cas, psychologiquement, son affaire se tient très bien. Bien qu'on puisse se demander quelle est la part du réel et celle du fantasme... J'inclinerais plutôt pour le réel. A cause du sentiment de culpabilité qui a accompagné ce double décès... La mort d'un proche alimente toujours le remords des survivants.

– Mais de quoi Christine aurait-elle pu se croire coupable dans cette histoire?

– De tout et de n'importe quoi! Par exemple, de ne pas avoir répondu avec assez d'enthousiasme à la demande en mariage du petit garçon... D'où son mariage ultérieur. Pour " réparer ".

– Pour réparer? Comment ça? »

Mon amie haussa les épaules :

– Oh, écoute, j'ai entendu dire que ta correspondante n'était plus de ce monde. Alors, restons-en là. Il ne serait pas convenable de coucher les morts sur le divan...

Ce qu'elle m'avait dit avait pourtant suffi à me rassurer : la concordance qu'elle établissait entre les cauchemars de Christine et sa version de la mort des Lacroix me persuadait que, même si les souvenirs de Béatrice étaient exacts, il y avait eu dans le récit de sa sœur une part de vérité; qui sait?

peut-être une part plus grande que Christine ne le supposait...

« Christine Valbray ne savait pas de quelles blessures étaient morts les enfants, repris-je. Est-ce que l'un d'eux pourrait être mort d'hémorragie? »

La jeune psychanalyste trouva ma question cocasse : « Oh là là! Chassez le surnaturel, il revient au galop! »

Il était vrai que, depuis la mort d'une petite fille que j'aimais, j'aurais voulu croire parfois que les rêves sont des messages que les morts nous envoient.

Dans la nuit qui avait suivi l'arrachement de cette enfant je m'étais vue en songe, glissant dans les couloirs de l'hôpital de province où on l'avait emmenée; le long de ces corridors blancs que je ne connaissais pas, j'errais à la recherche de sa chambre. A mon approche, les infirmières se plaquaient contre les murs, ou s'enfuyaient comme à l'apparition d'un spectre : dans la cité des morts ce sont les vivants qui font peur.

Une grosse femme en blanc trouva enfin le courage de me barrer la route; je m'expliquai; elle parut soulagée, laissa filtrer sous sa lèvre un sourire de bienveillance : « Mais cette petite fille n'est plus là, bien sûr! Notez que vous avez quand même bien fait de venir, parce qu'elle vous a laissé une lettre... »

« Pourtant... Quand on m'a téléphoné, on m'a dit qu'elle était déjà morte en arrivant ici, qu'il n'y avait pas eu moyen de la ranimer... »

La bienveillance de la surveillante se nuança d'agacement : « Sans doute qu'elle était morte! Seulement, ma petite dame, entre la mort complète et la vie que vous vivez, il y a un intervalle, comme j'espère que vous le savez. Un moment où les morts peuvent encore sentir, se rappeler... Evidemment qu'elle est arrivée morte, la pauvre chérie, mais elle tenait tellement à vous écrire! »

Tout en causant, nous étions entrées dans une chambre au lit vide, soigneusement bordé. Sur la table de chevet, j'aperçus un petit morceau de papier quadrillé, qui portait une écriture malhabile d'enfant. En parcourant la première phrase, je sentis mes larmes couler; la surveillante hochait la tête d'un air compatissant et satisfait. Elle me tendit son mouchoir. « Oh madame, lui dis-je, c'était tellement important qu'elle nous écrive ça! Pour nous ça change tout, n'est-ce pas? » Elle continua à hocher la tête, comme quelqu'un qui sait de quoi il retourne.

Le cœur battant, je poursuivis ma lecture, mais la deuxième phrase était moins intelligible que la première, et la troisième presque incompréhensible; l'écriture devenait irrégulière, confuse; pourtant, la difficulté tenait moins à la manière dont la petite formait ses lettres qu'aux temps des verbes qu'elle utilisait; elle semblait les tirer à l'aveuglette d'un sac qu'elle aurait secoué et en saupoudrait ses lignes au hasard, confondant les futurs et les passés, brouillant l'actif et le passif, le conditionnel et l'indicatif; je tentai de me rappeler si, de son vivant, elle commettait des erreurs grammaticales aussi grossières et ne trouvai dans ma mémoire que le souvenir d'une enfant qui connaissait parfaitement ses conjugaisons.

Pressée de lire le message jusqu'au bout, je me dis que je reviendrais sur ces mots à tête reposée et que, la plume en main, je parviendrais à reconstituer leur sens; je tournai la page : la cinquième phrase n'était pas achevée, elle s'arrêtait court, au bord d'un grand blanc.

« Dame! il faut comprendre, dit la surveillante en me voyant désappointée. En écrire si long dans son état, c'était déjà beau... »

J'acquiesçai poliment : « J'imagine, en effet... D'ailleurs, le plus important dans cette lettre, c'est ce qu'elle dit au commencement... » Je glissai la feuille dans ma poche et m'éveillai.

Le rêve avait été si fort que, machinalement, je cherchai le billet sous mon oreiller, comme si « la petite souris » qui ramassait autrefois mes dents de lait avait pu laisser dans mon lit une « enveloppe » pour racheter la perte que je faisais; et, quoique je n'eusse trouvé aucun papier sous mes doigts, je revis encore clairement, l'espace d'un instant, la première phrase de la lettre et éprouvai de nouveau ce sentiment de bonheur navré, d'allégresse poignante, où la joie de la reconnaissance se mêlait à la tiédeur des larmes :

je savais désormais pouvoir rencontrer, au cœur même de l'horreur, une promesse cachée. Mais quand j'ouvris les yeux tout à fait, j'étais assise dans mon lit, les joues mouillées, et n'avais plus d'autre souvenir de la lettre que celui du papier quadrillé et de l'écriture maladroite qui serpentait entre les lignes. Du message même, je ne me rappelais rien

Les minutes passèrent sans que je parvinsse à retrouver un seul de ces mots qui m'avaient bouleversée. Je commençais à me persuader qu'il n'y avait rien à faire de ce songe étrange qu'à l'oublier lorsque – comme dans ces contes fantastiques où le héros qui pensait avoir dormi découvre sur une chaise ou une commode la preuve matérielle du passage des personnages de son rêve – je retrouvai soudain dans un coin de mon esprit le souvenir de ces verbes mal conjugués, de ces temps mêlés au mépris de toute logique, de toute syntaxe; je crus voir dans ces confusions le signe que l'auteur du billet, quel qu'il fût, n'appartenait plus au temps mais à l'éternité, à ce règne de la mort où il n'y a ni présent, ni futur, ni passé, où les temps ont cessé de s'accorder et s'enfuient, dérisoires et dissonants, dans le désordre du néant...

Croyant que la petite fille que je pleurais pouvait avoir tenté, une dernière fois, de parler notre langue pour dire ce qu'elle découvrait, mais que déjà ce langage lui était devenu trop étranger pour qu'elle pût se faire entendre de ceux qu'elle laissait de l'autre côté, je découvris qu'il y avait pire dans la mort que la séparation : l'espoir épuisant de rejoindre par la pensée ceux qu'on ne peut plus toucher; l'effort, toujours recommencé, pour comprendre des signes qui ont cessé de signifier, et décoder les paroles obscures d'un chiffre dont on n'a pas la clef; l'angoisse d'un enfant qui répéterait inlassablement, nuit après nuit, comme de derrière une vitre fermée, des mots que les vivants n'entendraient jamais, et le désespoir des vivants qui ne pourraient pas essuyer les larmes de découragement qui glisseraient, de plus en plus pressées, sur le petit visage mort et, brouillant la vitre entre eux, voileraient d'un éternel rideau de pluie le souvenir de leurs jours heureux... Par-delà les consolations qui, un instant, m'avaient été prodiguées, il me sembla enfin que l'horreur du « nevermore » n'était rien auprès de l'enfer du « qui sait? »

Me souvenant de ce que m'avait appris l'infirmière sur l'intervalle qui sépare la vie de la mort, et songeant que je ne savais pas combien durait la période pendant laquelle les disparus pouvaient nous hanter, je coupai la communication : pendant des semaines, je pris des somnifères pour ne plus rêver.

Quand je revins à mon sommeil naturel, je ne fis plus aucun songe qui se rapportât à l'enfant, et si je me rappelais encore la forme – sinon le contenu – du petit billet qui m'attendait au chevet du lit et l'espérance confuse dont il m'avait bercée, j'avais cessé de croire que cet avis mystérieux venait de la petite fille que j'aimais : le mauvais usage des conjugaisons pouvait certes prouver que je n'étais pas moi-même l'auteur du billet, mais il aurait pu, tout aussi bien, révéler que je savais plus de choses sur la mort que je ne me l'avouais.

Message de l'au-delà? Message de l'en deçà? Depuis que les sciences humaines, en nous dépouillant de nos crédulités, nous ont débarrassés des vérités révélées, nous n'avons plus, comme l'enfant nouveau-né, aucun moyen de savoir où finissent notre corps, notre conscience, notre solitude.

Sitôt que nous rencontrons un visage souriant, un amour surprenant, la lucidité à laquelle nous sommes exercés nous porte à nous défier de l'illusion de bonheur qui nous embrase : n'aurions-nous pas croisé dans un miroir l'ombre de notre propre reflet?

On nous a persuadés que nous ne sommes pas amoureux : nous nous croyons amoureux; nous ne sommes pas bons, nous nous croyons bons; nous ne sommes pas malades, nous nous croyons malades. J'attends de m'entendre dire, dans une ultime envolée de subjectivisme, que nous ne mourons pas : un beau jour, nous nous croyons morts et voilà tout...

Imprégnée, comme je l'étais, du scepticisme de la subjectivité, je me trouvais devant le petit billet à l'encre bleue comme devant le sentiment de Dieu : troublée, mais incrédule. Difficile à consoler.

Les sermons trotskistes de Zaffini, les prêches léninistes de Béatrice, les remontrances maoïstes de Solange – quand je leur appris, à tous, ma liaison avec Frédéric Maleville – me laissèrent aussi indifférente que les « Fondements de la métaphysique des mœurs » un paysan du Danube. « Bon Dieu, on ne peut tout de même pas faire n'importe quoi comme ça ! Il faut être un peu kantien, Christine! », s'exclamait Nicolas Zaffini lorsqu'il était las de bécoter la petite Fervacques et avait épuisé son argumentation « de classe ». Sans doute eût-il été bien en peine de m'exposer ce qu'il entendait par ce « kantien », qu'il trouvait assez chic pour en saupoudrer son discours entre deux pincées de « surtravail » et de « concentration capitalistique » (mis en vedette par les médias, il commençait, en effet, à tomber dans les travers intellectuels de cette bourgeoisie qu'officiellement il vomissait), mais je ne lui demandai pas d'explication de texte : je me sentais libre; aussi peu kantienne, par conséquent, que marxiste ou chrétienne.

J'aimais à aimer mon Frédéric gaulliste et à me donner, grâce à lui, l'illusion de prolonger indéfiniment la seconde qui avait, treize ans plus tôt, séparé mon entrée dans la salle à manger d'Evreuil du « constat de décès » prononcé par ma grand-mère. Le présent, grâce à mon amant, s'étirait comme un chewing-gum; je n'avais qu'à me donner la peine de mâcher. « Mon adorable, insupportable, épuisante Christine (je cherchais un autre compliment ou mot joli, mais je ne trouve rien de plus doux, de plus aimable, que ton nom) », m'écrivait-il, « dites-moi, ma versatile amoureuse : aimeriez-vous que je vous aime assez pour vous aimer d'amour? »

Je lui permis Senlis.

Anne l'y accueillit à bras ouverts. Elle n'était pas fâchée de me voir enfin une liaison sérieuse; depuis quelque temps elle regardait d'un œil inquiet l'enlisement des projets matrimoniaux des « Parfums Worsley » avec « La Ménagère » et, bien qu'elle ignorât jusqu'où allait mon influence, elle ne pouvait pas ne pas m'attribuer quelque part de responsabilité dans le goût que Philippe affichait pour le célibat.

Comme elle ne savait guère dissimuler, elle entoura Frédéric de toutes les attentions, toutes les prévenances d'une future belle-mère pressée de caser sa fille : chambre au sud, sourires allusifs, petits cadeaux et place d'honneur à table; et quand le nouveau venu reçut, comme tout fonctionnaire de son grade, le ruban bleu du mérite, elle organisa même sous ses frondaisons une brillante réception à laquelle furent conviés le ban et l'arrière-ban du Parlement. En elle-même la politesse était d'ailleurs moins flatteuse que Frédéric ne le crut, car, par une pudeur héritée des temps difficiles de l'après-guerre, Madame de Chérailles, dès qu'elle sortait de la routine des « Rendez-vous », s'arrangeait pour ne recevoir qu'en se cachant derrière un de ses invités; les rares fêtes qu'elle offrait au Tout-Etat ou au Tout-Paris, elle prétendait toujours, en effet, ne les donner qu'en l'honneur d'un tiers : pour célébrer un anniversaire, la sortie d'un livre, une élection, un retour de voyage, une guérison. Le héros de la fête, d'abord accablé par tant de générosité, se trouvait encore plus gêné lorsque, après quelques mois, il découvrait de quelles visées mondaines cet accès d'affection était l'instrument... Mais la candeur de Frédéric le protégea de cette pénible révélation.

Auprès de ce complaisant alibi, qu'en petit comité elle ne nommait plus déjà que mon « fiancé », Anne ne manqua pas une occasion de me mettre en valeur : parée des bijoux qu'elle me prêtait, et chaleureusement présentée aux hôtes nouveaux comme sa « fille adoptive » afin d'ôter à Monsieur Maleville tout doute sur l'étroitesse de notre parenté, j'étais – au hasard d'une conversation habilement menée par la maîtresse de maison – invitée à parler d'abondance sur tous les sujets que je connaissais; ainsi mangeâmes-nous plus d'une fois nos viandes à la sauce Le Veneur. En présence du jeune conseiller de l'Elysée, la mère de mon frère – qui, quoiqu'elle pût dire de la liberté prétendument laissée à ses invités, raffolait des loisirs collectifs et organisés – contraignit même les « béchamel » de sa société à baptiser solennellement, dans la forêt, une source qui porterait mon nom : on la « découvrit » en grand cérémonial, on mêla du champagne à son eau sous les cris de joie, on pique-niqua sur ses rives avec un entrain bruyant, et on lut un poème de circonstance, dédié par Fortier « à la fontaine Christine et sa nymphe... » A intervalles réguliers Madame de Chérailles avait besoin, en effet, de battre des mains comme un enfant, de s'écrier, de bêtifier, et, pour que son monde pût l'accompagner dans ses accès de puérilité, elle s'était fait une spécialité de divertissements naïfs – représentations de marionnettes, feux d'artifice, promenades à dos d'âne, ou équipées nocturnes dans les sentiers – dignes de « la Bonne Dame de Nohant » ou des « Petites filles modèles »... En cette année 69 donc, tous les enfantillages auxquels elle se plaisait – « portraits chinois » et randonnées forestières, « dîners de têtes », « petits papiers » et tournées des « boîtes » – furent conçus ou adaptés pour tourner à ma gloire.

Aussi, en même temps que j'assurai mon empire sur Frédéric, étendis-je, malgré moi, le champ de mes conquêtes. Le petit Saint-Véran par exemple – qui nourrissait un goût prononcé pour tous les Valbray et avait déjà, du temps où il habitait Rome, montré pour moi une vive amitié – revendiqua bientôt, dans mes séjours senlisiens, l'emploi de chevalier servant et de compagnon d'insomnies : le poste même que, non moins chastement, Renaud Kahn-Serval y avait occupé jusqu'en 68.

Thierry Saint-Véran-Pasty – que les journalistes de « la Presse », toujours désireux de gagner quelques lignes sur les faits pour les donner à l'expression de leur pensée, avaient rebaptisé TSVP (« Tournez-vous, s'il vous plaît ») – n'était pas très à l'aise en société; quoiqu'il eût approché quelques grands de ce monde dans les réceptions diplomatiques et que certaines feuilles lui eussent fait, à coups d'allusions perfides, une réputation d'homosexuel mondain et scandaleux, l'ex-conseiller promenait dans les soirées de

« la Belle Inutile » un sérieux de fonctionnaire de catégorie B, une maladresse de génie de province édité à compte d'auteur, et des pudeurs de jeune fille. Il rougissait dès qu'il m'apercevait; ce qui ne l'empêchait pas de se coller aussitôt à mes pas car, naviguant entre Charybde et Scylla, il aimait encore mieux rougir avec moi que bafouiller avec les autres.

Anne était toujours contente d'exhiber rue de la Treille « un jeune auteur plein de promesses »; et prometteur, Saint-Véran l'était : la « Vie de Giton » avait été un succès de vente; et si « Débris, Bribes et Riens », son second ouvrage, mince recueil d'aphorismes hésitants, de boutades inachevées et de souvenirs décousus, avait déconcerté le grand public, il avait séduit Roland Barthes – auquel il devait inspirer ses « Fragments d'un discours amoureux » –, Michel Foucault, et même Maurice Béjart, qui songeait, disait-on, à en faire l'argument d'un ballet. Ainsi projeté sur le devant de la scène intellectuelle, Saint-Véran s'était vu offrir des rubriques critiques dans « Modes et Travaux », « la Semaine à Paris » et « le Républicain de Guéret », rubriques qu'il tenait, depuis trois mois, avec un brio remarqué, sinon des lecteurs, qui s'en fichaient, du moins des autres critiques, auxquels il les destinait.

« Je sais tout cela, me disait Anne, mais franchement – ajoutait-elle comme si elle m'avait parlé d'un valet de chambre à engager – il présente mal... Que voulez-vous, nous ne sommes pas chez les Lazareff ici : il ne suffit pas d'être connu pour être reçu! D'une certaine façon, j'ai un rang à tenir, vous comprenez? J'aime les grands esprits, bien sûr, mais je les préfère dans un emballage original, hardi, novateur, ou même franchement choquant, pourvu qu'il soit marquant! Mar-quant... Or, de ce point de vue-là, la tournure de notre pauvre Saint-Véran... Faut-il, Seigneur, qu'Olga ait trouvé d'intérêt à son contenu pour que j'aie toléré ce piètre contenant! »

Thierry Pasty manquait autant d'allure que d'audace, en effet : avant que l'âge et la célébrité n'eussent étoffé son corps frêle, son mince visage, et plaqué sur ses traits incertains le masque de Lovelace-des-saunas qu'il se plairait bientôt à arborer, il était – avec ses cheveux plats, son menton pointu, ses épaules étroites et ses costumes Bodygraph – aussi peu séduisant qu'un séminariste en rupture de couvent. Mais déjà, dans le fond de son cœur – qu'il m'ouvrait de plus en plus volontiers –, il ne manquait pas de grandeur.

En tout cas, je le voyais paré de la même grâce torturée que le jeune homme riche de l'Evangile. Renaud m'avait fait découvrir ce petit texte un jour qu'il cherchait à alimenter ma foi socialiste aux meilleures sources : c'est l'histoire d'un jeune bourgeois de Palestine, affectueux et bien élevé, qui, touché par l'enseignement du Christ, décide de devenir son disciple; mais – lui dit Jésus – il ne suffit pas, pour me suivre, de respecter les commandements et d'aimer son prochain comme soi-même, il faut encore renoncer à ce qu'on possède; « Ayant entendu ces paroles, rapporte l'évangéliste, le jeune homme s'en alla tout triste, car il avait de grands biens... » Malgré la symbolique du chameau qui passerait par le chas d'une aiguille plus aisément qu'un riche n'entrerait au Paradis, je n'avais pas vu dans cette anecdote la seule condamnation du capitalisme que Renaud et ses amis chrétiens progressistes croyaient y trouver; à mes yeux il s'agissait d'une dénonciation – autrement ambitieuse – des aspirations contradictoires auxquelles sont livrés les hommes de toutes les classes et de tous les partis : lequel d'entre eux n'a pas espéré faire en même temps son bonheur et son salut, obtenir toutes les gloires mortelles et se voir octroyer en prime l'immortalité, gagner enfin, dans un même mouvement, l'admiration des ses contemporains, l'estime de la postérité et la louange des anges?

Ce jeune homme riche, qui, quoiqu'il eût entendu l'appel, ne pouvait se résoudre à faire l'impasse sur l'acquis et à sacrifier son bien présent pour un bien plus grand, ce garçon scrupuleux et touchant, que sa propre pusillanimité condamnait à une prospérité désespérante, c'était Thierry Saint-Véran. L'auteur de la « Vie de Giton » pressentait bien, en effet, que le royaume d'un écrivain n'est pas de ce monde, mais il ne parvenait pas, pour atteindre l'idéal qu'il entrevoyait, à s'arracher aux complaisances et aux facilités que lui offrait notre « vie de vanités ».

« J'aime mieux être un écrivain qui écrit qu'un écrivain qui parle », m'avait-il confié pourtant dans les premiers temps qu'il venait à Senlis, tandis que, de loin, nous contemplions le jeune Coblentz, écharpe et cheveux au vent, qui pérorait avec grâce devant un cercle d'admirateurs.

Tous les six mois, Georges Coblentz créait l'événement; cette fois – au grand scandale des Fortier de Leussac de tout acabit, mais à la vive satisfaction du Quai Conti dont il espérait, disait-on, le Grand Prix du Roman – il venait de redécouvrir la ponctuation; en vérité, il n'avait guère redécouvert que le point d'exclamation et, en somme, il finissait par où commencent tous les enfants; mais l'idée qu'il pût en arriver un jour au point-virgule mettait en émoi tous les salons, qui trouvaient irrésistible ce chantre du gauchisme depuis qu'il flirtait grammaticalement avec la réaction. Coblentz vendait donc son nouveau roman comme il avait vendu ses précédentes marchandises : avec le supplément gratuit d'un scandale et d'une théorie, le discours annexé à l'article du jour portant, dans cette livraison, sur la ponctuation signifiée opposée à la ponctuation signifiante, le rapport syntaxique conçu comme une corrélation ludique, et le système typographique en tant que structuration aléatoire de l'affectif. Le jeune romancier appliquant, en effet, scrupuleusement la recommandation d'Hérault de Séchelles dans sa « Théorie de l'Ambition », mettait toujours dans ses livres des problèmes sans en donner la solution, des logogriphes sans en donner le mot, « car on se rappelle aisément le nom des lieux où l'on s'est arrêté malgré soi »...

Saint-Véran n'avait pas de mots assez durs pour qualifier cette phraséologie d'auteur mondain. C'est cependant ce même contempteur des frivolités qui, deux ans après, délaissant le grand roman qu'il avait entrepris, accepta simultanément à la radio la chronique d'humeur que lui proposa Fortier, dans « la Presse » la rubrique gastronomique que lui offrit Moreau-Bailly, et à Monaco, Alicante et Bezons, la présidence de quelques jeunes jurys; quatre ans plus tard, il assurait chaque semaine l'éditorial du « Temps Littéraire », portait des vestes de velours cramoisi, écrivait le scénario d'une série américaine, posait en caleçon pour « Lui », recevait le « prix de la Critique » et acceptait la direction d'une nouvelle collection d'essais chez l'éditeur le plus sollicité. « Je sais bien, me disait-il, que si j'avais moins de talent, on ne me proposerait pas ces choses-là, mais je sais aussi, ajoutait-il avec un petit sourire triste, que si j'en avais davantage, je ne les accepterais pas... » Ce n'étaient encore que les premiers de ces triomphes amers qui devaient l'amener, en moins de quinze années, à la présidence du Centre Beaubourg et de la Société des Auteurs, et le propulseront tôt ou tard dans le catalogue de « la Pléiade » et les pages « noms propres » du Petit Larousse illustré...

Cette carrière brillante, Saint-Véran l'a faite comme on fait un chemin de croix car, à l'inverse de tant d'autres, il n'a jamais été dupe de la faiblesse de ses choix; aujourd'hui qu'il est une de nos gloires parisiennes les plus enviées, je sais qu'il cache, sous ses habits d'or, un cœur déchiré. Sa vie illustre parfaitement cette autre parole de l'Evangile que Renaud m'opposa un jour pour justifier ses échecs politiques et refuser les propositions avantageuses que lui faisait Fervacques par mon intermédiaire : « Que servirait à un homme de conquérir le monde s'il se perdait lui-même? »

Il m'arrive de penser que je ne les ai, l'un et l'autre, si bien compris et tant aimés que parce qu'ils se ressemblaient : entre les félicités du moment et le pari sur l'avenir ils ne s'étaient pas dissimulé qu'il fallait choisir, mais leurs choix, si opposés (« ici et maintenant » pour Saint-Véran, « ailleurs et plus tard », pour Kahn-Serval), les avaient rendus également malheureux parce qu'ils s'étaient tous deux trompés : Saint-Véran en oubliant qu'un écrivain maudit peut toujours en appeler aux « happy few » des siècles futurs, Kahn-Serval en croyant qu'un politique qui échoue de son vivant garde une carte dans sa manche...

En cette année 1969, cependant, si Renaud avait déjà de

moins en moins l'air d'un politicien, Thierry Saint-Véran, dont la renommée ne faisait que poindre et fuyait encore les tréteaux, ressemblait à un véritable écrivain; non qu'il n'eût – avec sa « Vie de Giton » et ses « Débris » – passablement sacrifié aux modes du temps, mais il gardait l'ambition, l'application et les bonnes résolutions d'un débutant. Ainsi avait-il commencé un roman où, sans faiblesses, il peindrait la société contemporaine à la manière de la « Comédie humaine », en un peu plus ramassé... Dès qu'il était remonté dans sa chambre pour y travailler, Coblentz, qui, en parfait homme de lettres, « louait toujours deux sortes de personnes, les morts et lui-même, et jamais ses contemporains excepté le maître de maison », ne se privait pas d'ironiser; si, en guise d'explication, Anne avait le malheur de lâcher à un « vol-au-vent » de passage à Senlis : « Thierry a un grand roman en train », Coblentz précisait avec un grand rire froid que « ce train-là n'était pas près d'arriver »...

Il est vrai que le nouveau livre de Saint-Véran n'avançait guère et que son auteur souffrait mille morts pour l'achever.

– C'est que dans un roman, m'expliquait-il, il faut sacrifier la partie au tout, alors qu'aujourd'hui nous aimons mieux sacrifier le tout à la partie. Regardez Gracq avec ses « Lettrines », Cioran avec ses recueils de pièces et de morceaux... Le roman – j'entends celui du XIXe : le roman-père, le roman-dieu –, ce roman est mort, je le crains...

– Pourtant, votre « Vie de Giton »...

– C'était très différent parce que, justement, il ne nous reste que des fragments du « Satiricon ». En le pastichant, j'étais très proche de mon futur « Débris, Bribes et Riens »... Tandis qu'un vrai roman, structuré, complet ... Un vrai style, aussi... Vous vous souvenez de ce que Proust disait du style : « Ce n'est pas une technique, c'est une vision »? Il avait raison : pour réussir ce que j'ai entrepris, il faudrait avoir une vision du monde, des certitudes... Mais je ne vois rien. Et peut-être n'y a-t-il plus rien à voir?... En tout cas, j'ai l'impression, en écrivant, de traverser une nuit profonde sur un quadrupède emballé : j'essaie de me tenir en selle, sans savoir quel sorte de monstre j'ai enfourché... Ni si je serai à l'arrivée!

– Je vous trouve bien désabusé, mon petit Thierry... Remarquez, je vous avais toujours cru fait pour la diplomatie : vous parliez de mon père avec tant d'enthousiasme!... Pourquoi avoir abandonné les ambassades si la littérature ne vous rend pas heureux?

– Mais écrire ne rend personne heureux! Pas même Georges Coblentz, qui a pourtant le bonheur facile. Regardez-le : il aime mille fois mieux parader dans les cocktails d'Anne et se faire tirer le portrait que de prendre son stylo... Nous formons tous avec la littérature de ces couples passionnés et mal assortis où chacun, conscient de ne pouvoir vivre ni avec ni sans l'autre, se résigne à traîner son boulet. Un écrivain, c'est quelqu'un à qui écrire est indispensable, mais très désagréable... A peu près comme de vivre avec un jockey!

– Et comme, en effet, il partageait sa vie et son appartement avec un jeune jockey qu'il nous avait invités, Philippe et moi, à rencontrer, il se permettait, sans craindre le malentendu, de poser sa main sur ma joue et de me demander en rougissant : « Et si nous parlions d'autre chose... Si vous me disiez que vous m'aimez? Un peu... »

Je prenais dans ma main cette petite main timide et, sans quitter son visage des yeux, je déposais sur la veine bleue de son poignet un long baiser qui nous rendait parfaitement heureux tous les deux. Dans un coin du salon, Philippe, complice, souriait; Frédéric tirait plus nerveusement sur sa pipe et son regard bleu-vert, couleur d'huître et d'écume, virait à la mer des tempêtes.

Parce qu'Anne, qui poussait à l'officialisation de notre liaison, nous donnait maintenant, rue de la Treille, une seule chambre pour deux, Frédéric se croyait autorisé à se montrer jaloux de tous ceux qui m'approchaient. Mais je savais comment le rassurer : plantant là mon jeune écrivain torturé, je me glissais dans ses bras et appuyais mon corps contre le sien avec autant d'indécence que le caractère public de l'exhibition nous le permettait, ou avec une indécence d'autant plus marquée que l'exhibition était publique; car, en serrant Frédéric contre moi, en l'embrassant à pleine bouche pour retrouver ce goût de réglisse que le tabac donnait à ses baisers, je me grisais du plaisir de rendre trois hommes furieux : Saint-Véran, qui jouait avec moi au chien du jardinier qui ne mange pas de chou mais ne laisse pas les autres en manger; Philippe, qui ne tolérait Frédéric qu'en se persuadant qu'il s'agissait d'une passade; le vieux Chérailles enfin, qui m'en voulait de délaisser sa société pour celle d'un « minet » et d'une « tapette » – ainsi qu'il qualifiait gracieusement mon amant du jour et mon ami du Farnèse...

« Allez-y, jeune homme, épousez-la! lâcha-t-il un soir à Frédéric interloqué. Si vous vous plaisez dans la douleur, elle fera votre sort heureux! » Cette agression sans sommations m'avait étonnée; mais, réduit le plus souvent à la compagnie de la vieille comtesse qui passait ses journées à somnoler dans un fauteuil, Raoul de Chérailles, à l'évidence, s'aigrissait. Rentrant à l'improviste dans la bibliothèque ou le petit salon de télévision, je l'avais plus d'une fois surpris accroché de sa main valide à la crosse de sa canne qu'il brandissait au-dessus du corps inerte de sa femme, puis abattait à grand coups sur les jambes ou les bras de la malheureuse pour la tirer du sommeil; et je ne savais pas ce qui me bouleversait le plus : de la placidité de la pauvre vieille qui entrouvrait un œil éteint et murmurait d'une voix sans timbre « qu'est-ce qui se passe, mon Raoul? », ou de la haine glacée qui étincelait dans le regard du comte comme givre au soleil.

« Il se passe que vous êtes là pour regarder la télévision, vieille buse, et pas pour roupiller », hurlait-il. « Je dis " vieille buse " à la comtesse, commentait-il à mon adresse, parce que, de toute façon, elle ne m'entend pas : elle est sourde comme un pot! »

« Ah, la télévision? Oui, oui... c'est bien intéressant, n'est-ce pas, mon Raoul? Bien intéressant... », et, pendant quelques minutes, la vieille dame faisait un effort méritoire pour tenir droite sa tête qui, déjà, dodelinait. Dès que, de nouveau, elle s'affaissait, son mari recommençait à l'aiguillonner du bout de sa canne, qu'il piquait rageusement dans sa cuisse ou son flanc.

« Tu te trompes, mon ange, mes grands-parents s'adorent, affirmait Philippe. Si Bon-Papa secoue ma grand-mère, c'est qu'il a peur de la voir disparaître la première. Il répète toujours le dicton : " Jeunesse qui veille, vieillesse qui dort, sont tous deux proches de la mort. " Il croit qu'en l'empêchant de s'assoupir, il augmente son espérance de vie... » Et c'était bien possible, après tout : dans les moments où il bâtonnait sa femme, Chérailles la haïssait, mais était-ce comme on hait son compagnon de chaîne ou comme on en veut à l'ami qui s'apprête à vous lâcher?

De toute façon, Madame de Chérailles répondait peu aux efforts de son mari; seules les visites d'une amie de jeunesse, Madeleine de Rubempré, qui habitait à deux pas, avaient encore, de loin en loin, le pouvoir d'éveiller son intérêt. Elles passaient de longs moments à évoquer ensemble ces époques heureuses où les étés étaient plus chauds, les femmes de chambre dévouées et les Allemands « corrects ». Madeleine de Rubempré – qui portait fièrement le nom de princes belges ou hollandais dont on assurait qu'ils s'étaient mal remis de voir leur noble patronyme traîné dans la boue du roman par un « Balzac » pas même parent des Balzac authentiques –, avait soixante-dix-huit ans; elle était de trois ans la cadette de la vieille comtesse; aussi, chaque fois que la porte s'était refermée sur son amie, Madame de Chérailles se désolait-elle sous sa pèlerine, en finissant les gâteaux : « Pauvre Madeleine! quand je ne serai plus là, à qui viendra-t-elle parler de son premier bal... C'était il y a ... attendez... soixante-trois ans déjà... chez les Bibesco. Duras, le deuxième mari de sa mère, la pourchassait dans les coins et elle me suppliait : " Cache-moi, cache-moi, Frédérika! "... Et son histoire, sur le tard, avec Maurice de Rothschild...! Sans compter le mari de Mirna Loy! " La star fidèle ", ça ne vous dit rien? Non, plus personne ne sait ces choses-là... Et la marquise Bellini qui piquait des papillons vivants sur ses chapeaux? Non... Pauvre Madeleine, quand je m'en irai, c'est elle qui va se trouver bien seule, allez! Comme je le dis toujours à mon Raoul, c'est une chance pour moi d'avoir trois ans de plus qu'elle et de partir la première... »

Quand Madame de Chérailles évoquait ainsi, entre deux petits fours, les temps bénis de l'avant-guerre, je croyais lire quelques pages arrachées à l'une de ces revues que j'avais trouvées empilées dans les greniers de l'Hôtel des Rieux, à la veille de sa démolition; avant de se passionner pour le béret basque de Joseph Darnand, le propriétaire qui nous avait précédés avait dû être un grand amateur de mondanités :

« La grande saison de Paris se termine par la Nuit de Longchamp. Cette année, plus de cinquante mille spectateurs se sont rendus à la pelouse où, dans la tribune d'honneur, Monsieur Albert Lebrun recevait l'empereur d'Annam. Au pesage, illuminé de tous côtés, les élégantes avaient revêtu leurs toilettes les plus somptueuses pour venir contempler le feu d'artifice final; la plupart arboraient comme coiffure des plumes d'autruche, des aigrettes ou des paradis. Le même soir, la comtesse de Chérailles, épouse du célèbre industriel et l'une des personnalités les plus en vue de la haute société parisienne, donnait une grand fête de nuit dans son magnifique hôtel de la Villa Scheffer.

« Dans le parc éclairé de projecteurs, à côté d'un orchestre tyrolien qui animait le bal champêtre, une piste de cirque avait été aménagée où les invités de la comtesse purent contempler un spectacle de chevaux dressés. Un second orchestre faisait danser dans le hall, cependant qu'un souper était servi par petites tables dans les salons ornés de la fameuse suite de tapisseries des Gobelins, récemment acquise à Londres par le comte de Chérailles. La comtesse, réputée pour son élégance, portait une aigrette de plumes bleu lilas et avait pour voisins de table le comte Hedervary, ministre de Hongrie, et le marquis Sommi-Piccinardi, la princesse de Rubempré, née Madeleine de Fervacques, et la princesse de Faucigny-Lucinge, qu'on voit, sur notre photographie, dévisageant l'assistance avec son face-à-main de diamants.

« Jusqu'au jour, les hôtes de Monsieur et Madame de Chérailles profitèrent de l'inoubliable fête qu'ils leur offraient et qui, avec la Nuit de Longchamp, terminait en beauté la grande saison de Paris ... »

« ... Pour le tricentenaire de la naissance de Racine, le comte Raoul de Chérailles a donné un bal déguisé où les invités devaient évoquer les héros ou les contemporains du poète. Ci-dessus, le mariage de Louis XIV (Monsieur Hugues de Chérailles) et de la Reine (baronne de Cabrol) à l'île des Faisans. De nombreuses personnalités diplomatiques assistaient à la fête. On voit ici Monsieur Lequerica, ambassadeur d'Espagne, et le comte von Welezeck, ambassadeur d'Allemagne, en dominos, échangeant leurs impressions avec le danseur Serge Lifar. Monsieur Henry Bernstein, en habit, gilet et nœud blancs, le baron Maurice de Rothschild, costumé en Bajazet, et le peintre Christian Bérard contemplent le défilé des invités. »

Je trouvais à ces chroniques mondaines d'une époque révolue le même charme suranné qu'aux vieilles actualités cinématographiques; il me semblait, en les lisant, entendre la voix nasillarde et guindée du speaker des bandes Pathé; surtout lorsqu'en regard de ces pages sucrées figurait, en « brève », sous la photographie d'une brochette d'uniformes : « A Dantzig, le putsch du week-end n'aura pas lieu. »

Avant de les jeter, j'avais découpé dans l'une de ces vieilles revues, dont la couverture était consacrée aux « Officiers hindous des Lanciers du Bengale », une petite photo en noir et blanc où l'on voyait, assis sur un canapé Louis XV, un homme blond, aux jambes croisées et à l'air décontracté de jeune premier américain, et une jeune femme en profil perdu dont on ne distinguait pas les traits, mais qui, au-dessus d'une taille un peu raide, offrait au lecteur les épaules les plus admirables qu'il m'eût été donné de voir et dont la courbe se trouvait savamment mise en valeur par le décolleté d'une longue robe à raies contrariées, étalée autour du buste de marbre blanc comme un parquet au point de Hongrie : « Le fils de lord de La Warr causant avec la fille du comte de Chérailles, Madame Jean

Valbray, qui porte une robe de Schiaparelli. » Compte tenu de la date, 6 juillet 1939, mon frère devait déjà être caché sous la jupe rayée; mais mon père, que j'avais cherché à travers toutes ces fêtes fanées, jaunies, et rongées par les souris, ne figurait nulle part, comme si, dès son mariage, il s'était volontairement retranché de cet univers de perles, de champagne et de plumes. « Ce sinistre Valmy! Il n'avait rien d'un rigolo, me dit Monsieur de Chérailles à qui j'avais montré la petite photo. Et puis, il avait peur de croiser chez moi l'ambassadeur du général Franco ou le représentant d'Hitler. Dès 38 il était communiste, vous savez... Pauvre Anne, pas une fois où elle ne se soit trompée dans ses choix! Pourtant, elle était bien jolie en ce temps-là. Entre nous, elle n'a pas embelli depuis... Quelles épaules elle avait! Et quel cou! Si long, si lisse... Un cou comme ça, on dirait qu'il appelle le couperet, vous ne trouvez pas? C'est curieux, d'ailleurs, de voir comme, dans nos milieux, les femmes ont des cous graciles, souples, transparents, des cous qu'on meurt d'envie de tordre ou de trancher... On dit que je suis un vieux réac, mais vous voyez que je comprends les révolutionnaires! Rassurez-vous, mon petit, vous, vous ne risquez rien, vos seins sont mille fois mieux que votre cou. Vous avez le téton conquérant, je dirais même " militant " : des nichons dans le genre des vôtres, ça plaide pour la vie... Au fait, Christine, pourquoi me laissez-vous tomber? »

Je le délaissais, c'était vrai. Peut-être parce que j'avais du mal à admettre ce que Philippe m'avait appris au cours de notre voyage hollandais : à la suite du coup de téléphone désespéré que je lui avais adressé de Besançon, son grand-père avait financé la campagne électorale de Lionel Berton. « Ne vous faites pas plus bête que vous ne l'êtes, jeune fille. Quand vous m'avez parlé du coup de poker de Monsieur Berton, j'ai compris qu'il était urgent de me réconcilier avec lui... Il faut toujours se mettre bien avec le talent. Et c'est si facile quand on a de l'argent...

– Mais vous aviez reçu Kahn-Serval chez vous pendant deux ans!

– Oui, oui... Je me permets tout de même de vous

rappeler que c'est lui qui nous a plaqués. Sur un coup de tête ridicule, et d'une manière à me brouiller avec ce con de Fortier. Alors, mon petit enfant, excusez-moi, mais vôtre séducteur au zizi raccourci, vous pouvez vous le garder! »

Les événements de 68 avaient, par contrecoup, accentué le caractère conservateur, et généralement antisémite, des propos du vieux Chérailles. Je comprenais maintenant qu'une bonne part de son hostilité à Olga, de son indifférence à Renaud, et de son ardente admiration pour Céline et Brasillach – dont il gardait encore un volume entier dans sa bibliothèque – devait être attribuée à ces sentiments inavouables, qu'il n'avait osé mettre au jour que de 40 à 44. J'étais gênée de subir ces discours odieux sans avoir le courage de réagir.

Comme la plupart des moins de vingt-cinq ans, j'avais clamé sur le boulevard Saint-Michel que nous étions tous des Juifs allemands, et j'enviais sincèrement les racines profondes de ce peuple déraciné. Aussi me semblait-il – non sans raison – qu'en écoutant poliment Monsieur de Chérailles, j'entrais maintenant dans la voie d'une honteuse complicité. Ce malaise s'aggravait des mouvements de joie que je sentais parfois en entendant l'irascible industriel parler comme il faisait. Je me souvenais très bien, en effet, du jour où Kahn-Serval m'avait déclaré tranquillement, comme si la chose allait de soi, qu'il n'épouserait jamais une « goy » : seule une femme juive pouvait avoir assez de fidélité pour accompagner un homme juif dans les épreuves qui l'attendaient. J'avais gardé, pendant plusieurs jours, un goût amer dans la bouche, une boule dans la gorge; mais, ce chagrin n'était rien auprès des souffrances que Renaud m'avait infligées un an après, en épousant, contre des principes si déclarés, Mademoiselle Plouzoux, bretonne, née d'une mère bretonne et baptisée.

Maintenant que je n'aimais plus Kahn-Serval, il me restait – comme le refrain d'une vieille rengaine dont on a oublié les couplets – la peine de n'en avoir jamais été aimée...

Aussi, sous le coup du dépit, regardais-je parfois les dédains racistes de Monsieur de Chérailles comme un semblant de dédommagement.

Je me rappelle, par exemple, ce soir de neige où nous nous serrions autour de la grande cheminée du salon, assez peu nombreux ce jour-là pour nous chauffer ensemble à cet unique foyer : Frédéric était retenu à l'Elysée par la préparation du référendum sur le Sénat; Philippe mettait la dernière main à un rapport sur la Trésorerie générale d'Aurillac; Thierry Saint-Véran était dans sa chambre, occupé à raturer pour la troisième fois la dixième version des cinq premières pages de son « grand roman »; le cinéaste Vittorio de Sica, que la neige déprimait, venait de monter se coucher; et Anne dînait dans une auberge de la forêt, avec Olga et le nouveau ministre de la Justice dont elle espérait apprendre quelques nouveaux détails sur l'affaire Markovic. Un préfet lui avait remis la veille un jeu de photos qui mettaient en scène, dans des positions variées et fort déshabillées, l'ancien Premier ministre sa femme et deux ou trois acteurs connus; Anne, tout heureuse d'être à ce point dans la confidence des dieux, refusait de croire ces clichés truqués et, quoiqu'elle fît mine de les cacher et de n'en parler qu'allusivement et à contrecœur, elle les avait déjà montrés et commentés à tous ses hôtes du week-end.

Ce soir-là donc, faute de l'autorité de la maîtresse de maison, des insolences d'Olga et des fous rires de Philippe, la conversation languissait au salon : Georges Coblentz et François Moreau-Bailly l'avaient à peu près assassinée à coups de sentences définitives sur l'Histoire, la Femme, les Masses, le Sexe et la Révolution, toutes énoncées dans un langage qui passait de loin mes capacités mentales à cette heure de la journée et celles du vieux Chérailles, à demi somnolent dans son fauteuil roulant.

Il y avait bien là – assis à califourchon sur une chaise Louis XVI et fumant, d'un air blasé, un énorme cigare dont l'odeur combattait victorieusement celle des gros bouquets de « roses Chérailles » qu'Anne avait extraits de sa serre et savamment dispersés dans la galerie – le jeune

Stuart Michels, un sculpteur anglais, auquel le gouvernement grec venait de confier le soin de mouler pour l'Acropole de fausses cariatides en béton armé, afin de remplacer les vraies qui, sous l'effet de la pollution, commençaient à se désagréger; Michels avait, dans le même ordre d'idées, proposé à la France de construire une fausse grotte de Lascaux en plastique à côté de la vraie, que la fréquentation touristique abîmait et qu'on projetait d'interdire à la visite; et je venais d'apprendre qu'il avait travaillé pendant deux ans à la restauration du château de San Siméon, en Californie, où Randolph Hearst avait fini sa vie : on l'avait chargé de refaire en faux Renaissance récent le faux Renaissance 1930 qui décorait la salle à manger.

J'aurais aimé entendre Michels parler de San Siméon : ce palais, mi-hispano-mexicain, mi-gréco-romain, d'ailleurs parfaitement laid, avait inspiré le Xanadu de « Citizen Kane » et il me semblait qu'il tirait de ce reflet une lumière nouvelle; piètre copie de la Villa Adriana et des collections des mécènes d'autrefois, il était devenu désirable à mes yeux depuis que Welles l'avait imité – comme si, à force de se dédoubler, les faux gagnaient un semblant de vérité, et comme si le second degré, en ouvrant des perspectives dans le mur des certitudes, pouvait donner au réel une profondeur insoupçonnée... En tout cas, j'étais toujours enchantée quand la réalité se transformait en image et que l'image, à son tour, modifiait la réalité au point que personne, à la fin, ne sût plus où était l'original, où, la copie. Dans ces jeux de miroirs à l'infini, je reconnaissais quelque chose de ma propre vérité et de la lassitude un peu perverse que j'éprouvais, certains soirs, à ne plus savoir qui j'étais.

Mais point de Michels, ni de Xanadu : Georges Coblentz avait décidé que nous ne nous perdrions pas aujourd'hui parmi les sarcophages romains, les bibliothèques gothiques et les plantes exotiques de San Siméon; il coupa la parole au sculpteur anglais qui, depuis qu'il avait travaillé pour « les Colonels », n'était plus, à son avis, digne de s'exprimer, et manu militari il ramena la conversation sur la littérature, sujet qu'il croyait posséder et dont il nous épuisait un week-end sur deux. Tandis que Stuart Michels, qui d'ailleurs parlait mal le français, retournait flegmatiquement à son gros cigare et à la contemplation muette du feu de cheminée, Moreau-Bailly donna une réplique timide – mais suffisante – au « jeune-et-brillant » romancier (Coblentz avait déjà trente-cinq ans et je me demandais jusqu'à quel âge Fortier allait lui appliquer, dans ses critiques enthousiastes, ces deux adjectifs accolés). Encouragé de loin en loin par un hôte poli que la fatigue gagnait, Coblentz put envisager successivement l'hypothèse d'une écriture « de l'antimentir », celle d'une « littérature de la dilution » et d'un « discours du silence » avant d'affirmer, dans le mouvement, la nécessité d'une « politique poétique », d'un « écrire-le-sang » et d'une « écoute-des-naître »; puis il conclut péremptoirement, à propos d'un récent ouvrage de Nathalie Sarraute : « La structure lacunaire de ce livre n'est pas une coquetterie... Je voudrais postuler qu'elle est nécessitée par ce que l'auteur poursuit : la vérité meurtrière des signifiants. » Après quoi, il y eut un long silence : nous étions fourbus.

Je regardai Coblentz. Il avait compris très tôt qu'à l'ère de la communication, il importe pour un penseur de donner de lui-même une image physique typée, à degré de photogénie constant; l'intellectuel arrivé devait être aussi reconnaissable qu'un camembert de marque. Comme il portait les cheveux très longs – ce qui n'était déjà plus une vraie nouveauté et n'aurait pas suffi à le singulariser – Coblentz accompagnait cette chevelure moderne d'une allure rétro. Ni parka ni veste Mao : hiver comme été, il s'enveloppait d'une cape de drap noir, que barrait une large écharpe de soie blanche. Je me souviens de lui avoir demandé, par un après-midi caniculaire de juillet, comment il pouvait supporter cet accoutrement : « Quelle question! Je crève de chaud, pardi! » m'avait-il répondu sèchement...

En ce triste soir de février, comme Anne ne se pressait pas de rentrer, je crus tout de même bien faire en tentant de ranimer la conversation moribonde; par manque d'habitude, je le fis sans originalité : « Et... vous écrivez un livre en ce moment? » demandai-je poliment en me tournant vers le simili-dandy qui appuyait sa vaste houppelande au manteau de la cheminée.

D'un gracieux mouvement de tête, Coblentz rejeta en arrière sa longue mèche. Un instant, il consentit à arrêter sur moi ce regard étincelant qu'il ne posait jamais par crainte qu'on pût douter de la mobilité de sa pensée; cet œil fureteur et inquiet lui semblait la meilleure réclame pour une cervelle en ébullition. Ayant accepté comme contraint et forcé, de fixer sa prunelle sur ma modeste personne, mais ne voulant quand même pas laisser oublier à quel point il était intelligent, Coblentz affûta son regard et m'en perça jusqu'à la moelle : « Sept, lâcha-t-il enfin fort froidement. Sept livres. »

Je demeurai coite; c'était six de trop et je ne savais par lequel commencer. Je voulais encore paraître aimable mais j'étais débordée, comme un qui voit débarquer toute une tribu là où il n'attendait qu'un invité... Monsieur de Chérailles, soulevant une paupière, me tira d'affaire :

« Sept d'un coup, grommela-t-il d'une voix caverneuse. Ce que c'est, tout de même, que d'être le fils d'un vaillant petit tailleur! »

Je n'étais pas fâchée de voir Coblentz puni des méchancetés qu'il disait sur Thierry. Mais quand je courus raconter l'histoire à Saint-Véran, il me gronda, car il n'avait pas pour deux sous de rancune. Un moment, je me crus ramenée à l'époque où Renaud me faisait la leçon; mais « Tournez-vous-s'il-vous-plaît » était trop incertain de la morale qui le guidait pour m'infliger longtemps reproches et recommandations. J'avais perdu ma dernière « conscience » depuis près d'une année; je savais que je n'en retrouverais jamais; quant à chercher, dans cette matière, quelques ressources en moi-même, j'avais beau creuser, mon imagination me fournissait peu...

« Si quelquefois j'ai pu trouver Dieu par déduction, avait écrit un philosophe qu'affectionnait Philippe Valbray, je ne l'ai jamais trouvé dans mon cœur. » Christine, apparemment, était dans le même cas. Chez moi, curieusement, le processus était inversé, mais le résultat similaire : le raisonnement ne m'avait jamais menée jusqu'à Dieu, et si je l'avais souvent rencontré dans mon cœur, je n'y voyais pas la preuve qu'il pût exister ailleurs. Il existait pour moi, en moi; autant dire, comme le philosophe, qu'il n'existait pas. Je me bornais à le reconnaître comme la meilleure part de moi-même et ne lui accordais d'autre réalité que celle d'une impression pénétrante et fugace, que la déchristianisation de nos villes et de nos campagnes embellissait des couleurs de la nostalgie.

Intermittent et délicieux, ce sentiment de Dieu me renvoyait, du reste, à un isolement d'autant plus cruel que, comme dans le rêve de l'enfant morte et du billet bleu, j'avais d'abord cru pouvoir approcher un monde étranger, déchiffrer le message d'une conscience plus éclairée, sonder les mystères de l'âme et de la nuit, et qu'à l'instant où je m'apprêtais à en percer le secret, je me sentais tirée en arrière et brutalement renfermée dans mes propres limites.

Sans cesse partagée entre l'hypothèse d'un monde sans pardon – car sans autre juge que moi-même pour me comprendre et m'acquitter – et la supposition d'un pardon venu d'ailleurs qui resterait inaccessible à ma médiocrité, déchirée entre le « mon père, pourquoi, m'as-tu abandonné? » et le « dans tes mains je remets mon esprit », continuellement écartelée enfin entre la révolte et la docilité, je trouvais dans ce balancement métaphysique de quoi alimenter mes inquiétudes et me donner la nausée.

De même que j'avais coupé toute communication avec les morts, j'aurais aimé pouvoir arrêter ces oscillations mystiques qui m'étourdissaient; mais c'est pour le coup qu'il m'eût fallu prendre des somnifères toute la journée, car, si – comme le dit l'humoriste – « Dieu se dissimule à la manière du loup des devinettes qui cache son image dans les branches du pommier », on ne voit que lui quand on l'a découvert...

J'avais beau envier ceux qui ne voient jamais que le pommier, j'étais ainsi faite que, dans mes périodes d'enthousiame, je voyais Dieu dans tous les vergers – tout en continuant à me persuader qu'il s'agissait d'une hallucination et que je ne savais pas regarder.

Vérité de l'âme? Objectivité des faits? Comme biographe aussi, je connaissais, cent fois le jour, des incertitudes de cette nature : si l'on n'atteint les héros disparus qu'« en passant par soi-même », la femme que je prétendais par ce détour redonner au public lui paraîtrait-elle irréductible à son inventeur, ou m'étais-je condamnée à la traîner derrière moi comme ma créature, émanation sans épaisseur de ma propre sensibilité?

Historienne de Madame Valbray, je croyais connaître toutes les angoisses que dut éprouver Moïse, premier biographe du Très-Haut : comment convaincre le lecteur que – si partiale et partielle que soit l'image que nous en donnons – le personnage a tout de même existé? Désespérant de mes capacités au point de ne plus être sûre d'avoir rencontré Christine ailleurs que dans mes propres portraits, incertaine en tout cas de l'avoir comprise et montrée telle qu'elle était, j'en venais, par parallélisme, à me représenter Moïse devant l'Eternel dans la position du romancier : je ne doutais plus qu'il l'eût créé...

Mais peut-être cette opinion qu'il n'y a d'autre conscience au monde que la nôtre, ce pari d'athée, sont-ils ce qui fonde la décadence? Car si les événements n'ont pas de réalité, pourquoi nous en soucier? Si nous sommes, en tout, les juges et les parties, pourquoi nous mettre en procès? Un jour, nous nous éveillerons du rêve que nous avons fait : la peau bleue et les pieds palmés, nous nous découvrirons une figure toute neuve dans le miroir d'un autre univers; rien, jusque-là, ne devrait nous empêcher de dormir en paix...

Ce triomphe du narcissisme, ces débordements d'un égocentrisme exacerbé, pourraient en effet expliquer l'affaiblissement d'une culture, l'écroulement d'une collectivité. A condition, toutefois, qu'à la foire aux illusions le déclin lui-même fût plus qu'une catégorie de la pensée et que, parmi tant de fictions, le vieillissement des cités revêtît un caractère certain.

Or, plus j'y réfléchissais, plus je doutais que la décrépitude des empires fût un fait : les historiens ne nous apprenaient-ils pas qu'on n'avait élaboré qu'en Europe – et au XVIII*e siècle – cette notion d'effondrement des sociétés? Parfaitement circonscrit dans l'espace et dans le temps, le sentiment de la décadence semblait une spécialité occidentale au même titre que l'idée du bonheur ou l'amour-passion, et, comme eux, invérifiable et contingent. Effet second d'une hypertrophie du moi, retombée noble d'une explosion d'égotisme, que pouvait-il nous apprendre d'objectif sur les civilisations et la manière dont elles se défont?*

Peut-être, sur le sujet, n'y avait-il rien de plus profond à dire que ce que m'avait lancé un soir Philippe Valbray : « Etes-vous sûre, Françoise, que nous déclinions? Ne serait-ce pas plutôt que vous vous sentez un petit peu déprimée? »

Qu'il s'agît de Dieu, de l'affaissement des sociétés ou de Christine Valbray, je ne trouvais, comme tous mes contemporains, aucune limite à ma subjectivité.

– Vous n'avez aucun sens moral, Christine Brassard! En tout cas, vous devriez avoir honte de me laisser tomber comme vous faites. Après m'avoir tellement encouragé. Je dis bien : « encouragé »! Car enfin, quand vous me laissiez tâter... Aucune jeune fille, depuis longtemps...

– Faut-il, monsieur, qu'à votre âge je vous fasse l'injure de vous rappeler le distique « Souvent femme varie »?

La vérité était que, du temps où sa protection m'était nécessaire pour me maintenir à Senlis, je pouvais passer sur les défauts de Monsieur de Chérailles – musique militaire, antisémitisme, grossièreté et pornographie – mais que, ces défauts s'accentuant sensiblement dans un temps où il avait à la fois cessé de me servir et de me distraire, je ne trouvais pas de bonnes raisons pour passer dans sa bibliothèque des heures que je pouvais employer plus agréablement avec Frédéric, Philippe ou Saint-Véran. « La fête passée, adieu le saint... » L'infidèle ne manque pas d'excuses quand le saint commence à radoter, qu'il ne fait plus beaucoup de miracles et qu'il sent mauvais; car malgré les soins, quasiment filiaux, dont l'entourait son infirmière (par ailleurs maîtresse discrète de son fils, le député), le vieil infirme s'oubliait de plus en plus souvent dans ses langes...

« Epousez-la! Si vous vous plaisez dans la douleur, elle fera votre sort heureux », avait prononcé le dédaigné, dans son ultime oracle; et je ne sais pourquoi Frédéric prit cette sombre prédiction pour une suggestion...

En mai 69, alors que nous nous connaissions depuis moins de six mois et que, s'il savait tout de mon corps, il ignorait encore mon nom (avec la complicité d'Anne qui croyait mon adoption en bonne voie, je continuais de lui laisser penser que je m'appelais Valbray), il me demanda ma main.

J'étais sur le quai d'une gare où il m'avait accompagnée. Après un baiser rapide j'avais sauté sur le marchepied du wagon, et je me demandais comment j'allais meubler ces minutes interminables qui séparent l'adieu du départ (« c'est si gentil de m'avoir accompagnée », « ne t'inquiète pas, je trouverai une place dans le wagon de tête », « ne reste pas là, tu vas prendre froid »), quand Frédéric, poussé, lui aussi, par l'horreur du silence, me dit en se rapprochant de la portière du wagon : « Je voudrais que tu restes, Christine. J'ai envie de te garder... Je me demande si... finalement on ne pourrait pas... se marier? Non, s'il te plaît, ne me dis pas que... C'est tellement important pour moi. Tellement important... » Le train avait démarré. Immobile la haute silhouette blonde de mon amoureux s'éloignait.

Le soir même je lui téléphonai que je ferais tout ce qu'il voudrait : j'avais trop de peur que les demandes en mariage, présentées sur fond de ballast et d'automotrices, ne portassent malheur à tous les Frédéric que j'aimais.

Mais deux jours après Maleville n'était pas mort; et il me présenta à sa famille...

Passé le premier moment, qui m'avait si soudainement ramenée à ma onzième année, je sentis tout ce qui s'opposait à ce mariage – l'amour de Philippe, mes problèmes de nom –, mais je ne vis plus comment reculer. Je m'efforçai seulement de gagner du temps, convaincue qu'à des fiançailles officieuses, indéfiniment prolongées, pourrait succéder une rupture lente, câline, édulcorée. Je m'en persuadai d'autant mieux que je ne croyais pas à la sincérité des sentiments de Frédéric : j'avais bien entendu dire qu'il faut parfois peu de temps pour aimer, mais, à une époque où le mariage n'était déjà plus de mode, je m'étonnais du caractère brusqué de sa démarche. Le général de Gaulle venait alors de quitter la présidence, et Frédéric qui, comme la plupart des conseillers de Matignon et de l'Elysée, n'avait nullement prévu l'échec du référendum, joignait au chagrin de l'orphelin les remords du parricide : je crus qu'il cherchait un pardon et une protection, et qu'il se flattait de les trouver ensemble en la personne de Jean Valbray. En tout cas, je le suppliai de garder encore secrets nos projets matrimoniaux.

C'était compter sans l'habileté d'Olga à tirer aux plus malins les vers du nez.

Délaissant un « Rendez-vous » dont la moyenne d'âge était particulièrement élevée, nous étions allés passer la soirée au « Whisky-Club » de Saint-Jean-aux-Bois, où Carole avait fait ses débuts; il y avait là Philippe et son éternelle Cynthia, Thierry Saint-Véran et une petite Fornari, le fils Moreau-Bailly avec sa fiancée, Frédéric et moi.

Le pauvre Frédéric dansait si maladroitement qu'on aurait cru qu'il avait appris la danse par correspondance; aussi ne se risquait-il qu'aux slows... Au premier rock, mon frère se jeta sur moi.

C'était lui qui, autrefois, dans les combles du Farnèse, m'avait enseigné les figures du rock'n roll; les étés suivants nous avaient permis de roder notre numéro dans les greniers de l'ambassade ou les palais délabrés des princesses romaines. Une légère pression de ses doigts sur ma main, mon épaule ou ma taille, me suffisait pour comprendre quels pas Philippe souhaitait enchaîner, quelle passe il allait faire, quelle volte il attendait. J'avais appris à deviner à son sourire, plus tendre ou plus impérieux, la cadence qu'il fallait adopter, et je liais naturellement mes mouvements entre eux sans donner l'impression qu'il les dirigeait. Il m'avait si bien dressée à lui donner la réplique que j'éprouvais presque autant de bonheur à danser avec lui qu'à danser seule. En le regardant évoluer sur la piste d'acier, je sentais le même plaisir, en effet, qu'à contempler mes gestes dans un miroir, consciente, cependant, que les arabesques que je dessinais autour de lui gagnaient à être soulignées par ses propres élans : quand il me soulevait dans ses bras, me plaquait contre son torse, ou me repoussait au loin, je savais que l'harmonie de nos deux corps, également minces, longs et roux, et l'accord de nos attitudes faisaient de chacun de nous le parfait faire-valoir de l'autre.

Non contents de nous livrer ainsi à des exhibitions de qualité, nous nous efforcions, comme deux professionnels, de soigner notre présentation : pour mieux danser avec Philippe, j'avais consenti à porter les robes qu'il aimait, des jupes-corolles qui s'ouvraient de plus en plus largement à mesure que le rythme s'accélérait et découvraient mes cuisses; lui, revêtait pour la danse ce visage insolent, si sauvage sous les mèches en bataille qu'il me faisait toujours penser à cet aventurier dont André Breton assurait qu'il gardait dans ses cheveux la trace des incendies qu'il avait allumés... Ce charmant garçon, que les amies de sa mère couvraient de petits baisers et de compliments sucrés, se révélait enfin tel qu'il était : corsaire, forban, négrier, écumeur des mers; et, quand je le voyais si magnifique et si méchant, je regrettais que l'épaisseur de sa fortune et la douceur des temps ne lui eussent pas permis de devenir autre chose qu'inspecteur des finances ou P.D.G.

Toutes corolles déployées, tous poignards tirés, nous avons dansé si bien ce soir-là que les autres couples, subjugués, nous laissèrent bientôt toute la piste; ils firent cercle autour de nous, en tapant dans leurs mains pour marquer le tempo. Nos doigts enlacés glissaient contre nos paumes mouillées, la sueur perlait aux lèvres de Philippe et mes cheveux, trempés, se tordaient sur ma nuque en longs serpents dorés : Vénus et Apollon, éclaboussés de l'écume des folies partagées. Comment, occupés à nous admirer l'un l'autre, aurions-nous pu voir la tête que faisait dans son coin Cynthia Worsley?

Quand, profitant d'une nouvelle série de slows, nous revînmes à la table, assoiffés, Cynthia – qui ne dansait pas mal et n'avait pas les même raisons que Frédéric pour accepter de faire tapisserie – eut un geste maladroit. Se levant d'un bond, elle me repoussa; puis, saisissant le bras de Philippe avant qu'il eût pu tremper ses lèvres dans le verre de gin qui l'attendait, « j'espère que ces danses-là sont pour moi! » dit-elle.

Le « bon garçon », chassant le corsaire, avait déjà réinvesti l'enveloppe charnelle de mon frère; je le vis reposer gentiment le verre auquel il n'avait pas touché.

Appuyant à mon tour une main pressante sur le bras dont Cynthia ne s'était pas emparée, j'arrêtai Philippe dans son élan : « Mais le pauvre garçon meurt de soif! fis-je en me tournant vers la soi-disant fiancée. Vous pouvez tout de même lui laisser boire une gorgée! », et je tendis à mon frère mon propre verre, dont je venais d'avaler les trois quarts à grands traits. « Tu connaîtras toutes mes pensées », ajoutai-je en riant.

Il but lentement en me regardant; une dernière fois, je vis dans ses yeux le flibustier affronter le jeune homme bien élevé. Puis, se laissant tomber sur la banquette auprès de la petite Fornari : « Franchement, dit l'écumeur des mers, je suis mort de fatigue, Cynthia. Permets-moi de souffler... ».

Cynthia se rassit en silence; et quand Frédéric, toujours galant, lui proposa de l'emmener danser, elle refusa. Philippe s'appuya lourdement aux coussins, renversa la tête en arrière, poussa de profonds soupirs; enfin, il s'efforça de donner à sa mauvaise excuse le maximum de crédibilité, nous infligeant, tant que durèrent les slows, le manège du danseur épuisé. Mais, dès que revinrent les « rapides », il redressa le buste, s'ébroua comme un dormeur qui s'éveille, s'étira et me sourit : « Un petit rock, mademoiselle? »

Quand, après vingt minutes de bop et de « hard », le patron de la boîte tamisa de nouveau les lumières et posa sur la platine la dernière complainte tendre des Moody Blues, nous ne regagnâmes pas la table : mieux valait éviter une nouvelle scène; d'ailleurs, les slows nous permettaient de bavarder.

Dans la pénombre, au loin, j'apercevais – au-dessus des lueurs orangées de la bougie plantée sur la table, entre le costume sombre de Thierry Saint-Véran et le fourreau pailleté de Cécilia Fornari – les joues abricot de Frédéric et le nez saumon de Cynthia; je ne sais pas s'ils se parlaient, mais ils avaient l'air de s'ennuyer. « Marions-les, marions-les », me chuchota Philippe en parodiant une chanson de Juliette Greco. « On en a assez, hein, de ce pauvre Maleville toujours occupé à se frapper le cœur où n'est pas son génie!... Comme dit Sade, on serait prêt à n'importe quel crime pour échauffer ses humeurs d'un millième de degré supplémentaire : ton conseiller à l'Elysée, lui, il se gratte les plaies... Au fait, t'ai-je déjà dit que je m'embête, ma petite minette, quand j'embrasse une autre fille que toi : il va falloir que je me fasse o-pé-rer! »

De nouveau les jerks succédèrent aux slows, puis les valses lentes aux danses vives; et, dans toute la boîte, la marijuana prit la place du Coca-Cola; des joints circulaient de table en table, que peu de danseurs osaient refuser. C'était l'époque, en effet, du hasch obligatoire et communautaire; même Frédéric, que ses fonctions ne portaient pas au « psychédélisme », y succombait, par timidité. J'étais souvent la seule, dans nos dîners d'étudiants et nos soirées « saucisson-vin rouge » du Marais ou du Seizième, à repousser le sucre imbibé d' « acide » et l' « herbe » mal roulée – non par vertu, mais parce que je me sentais trop individualiste pour courir cette aventure en compagnie...

Vers trois heures du matin, Frédéric, que le hasch avait

dû exciter, interrompit violemment un « Soixante-neuf, année érotique », Gainsbourg de saison que nous dansions, Philippe et moi, avec autant de tendresse que son titre nous y invitait :

– Excuse-moi, mon vieux, dit-il à mon frère, mais Christine adore danser ce slow-là avec moi...

– Je t'en prie, vieux, c'est tout naturel... Je vais chercher Cynthia.

– C'est inutile. Cynthia est rentrée voilà une demi-heure, avec Saint-Véran et le petit Moreau-Bailly qui ont beaucoup « fumé » et voulaient se coucher.

– Se coucher? Tiens donc... et comment? Ensemble?

– Ils ne me l'ont pas précisé. Mais Jacques Moreau-Bailly a suffisamment dansé avec sa fiancée, lui, pour qu'on n'aille pas lui prêter d'autres goûts que ceux qu'il avoue... Tout le monde n'a pas de ces habiletés!

Je terminai donc la soirée dans les bras de Maleville et Philippe dans ceux de Cécilia Fornari, qu'il enlaça aussi spectaculairement qu'il avait, quelques années plus tôt, embrassé sa jolie mère au corps charmant d'apsara; mais il lui fallait boire davantage maintenant pour se donner le courage de ces éclats lorsque je ne les approuvais pas...

Nous revînmes à Senlis au petit matin. Philippe était un peu éméché. Au moment où j'entrai dans ma chambre, j'entendis la porte de Cynthia s'ouvrir; ils se parlèrent dans le couloir à mi-voix; je m'endormis sans chercher à les écouter.

En m'éveillant vers midi, je trouvai la maison en révolution : Cynthia était partie. « Mon gendre, tout est rompu! »

Il y avait du comique d'un autre siècle dans le désespoir d'Anne et les fureurs du vieux Chérailles. La « mère de mon frère » avait, toutefois, l'habileté de ne pas mettre en avant les intérêts financiers du groupe LM; elle se bornait à souligner la gentillesse de Cynthia, sa beauté, et l'amitié qui liait depuis toujours sa famille à la princesse de Guéménée; à l'entendre, elle venait de perdre la belle-fille idéale – une jeune fille qu'elle eût évidemment distinguée à ses rares qualités en quelque état que la fortune l'eût mise...

Philippe, dégrisé, avait cru se défendre en affirmant que, instruits par l'exemple de notre père, lui et moi avions des vocations de célibataires; mais Olga, qui avait, à mon insu, réussi à confesser Frédéric, avait souri : « Toi, peut-être... Mais Christine, sûrement pas : Frédéric et elle vont se marier avant la fin de l'année. »

Sans plus s'occuper de Cynthia Worsley, qu'il considérait depuis des années comme du passé, Philippe m'avait aussitôt sommée d'éclairer Frédéric sur mes intentions véritables; il ne croyait pas une seconde que je pusse envisager d'épouser un garçon aussi sage, provincial et petit-bourgeois : « Même en termes de carrière, il est mal barré, ton petit marin! De Gaulle parti, qu'est-ce qu'il va faire, tu peux me le dire? Redevenir directeur du cabinet du préfet de Digne ou d'Alençon? Non mais, sérieusement, tu te vois en sous-préfète? »

Je m'abstins de lui faire remarquer qu'une sous-préfète valait bien un professeur de lycée et que je n'avais aucune chance, moi, d'unir ma destinée à celle des parfums Worsley. Me rappelant l'heureuse époque où j'avais en même temps dans mon portefeuille la carte du PSU et celle du PC, et espérant toujours que le temps dénouerait les liens que je n'avais pas le cœur de trancher, je le priai seulement de me laisser quelques mois pour préparer Frédéric à la rupture.

Cette démarche temporisatrice n'avait pas rassuré mon frère : il gardait la bouche mauvaise et l'air inquiet. Il mit sur sa chaîne l' « Invitation au voyage » de Duparc et, couché sur la moquette, les yeux fermés, murmura avec le chanteur des « mon enfant, ma sœur » à faire pleurer les pierres. Quand il en fut à entrecouper ces lamentations de « Septembre, ah, la Hollande », « Rotterdam, ah, le port », j'explosai :

« Arrête ton cinéma! Ce n'est quand même pas moi qui t'ai demandé de renvoyer Cynthia! »

« Ah non? » Il rouvrit les yeux. « Bois dans mon verre, tu connaîtras toutes mes pensées », fit-il d'une petite voix flûtée. « Le breuvage devait être trouble, mon ange, j'ai mal saisi le message... Je serai donc plus explicite que toi : Frédéric, tu le largues avant la fin de l'année. OK? Conviens que je suis compréhensif : je lui accorde de connaître avec toi tout ce qu'il n'a pas encore connu, un amour d'été – le sable, le soleil, la mer bleue, les corps bronzés – et un amour d'automne – bois dépouillés, terre mouillée, larmes glacées, " Tristesse d'Olympio " ... Mais, à Noël, finie la comédie! C'est compris? Parfait. Que cela ne t'empêche pas, au cas, où tu garderais un doute sur le fond de ma pensée, de t'offrir une gorgée d'eau dans mon verre à dents. Pour t'éclairer... »

Tandis que, pour l'apaiser, je lui promettais tout ce qu'il voulait, le disque jouait le « Lamento » de Théophile Gautier :

« Connaissez-vous la blanche tombe
Où flotte avec un son plaintif
L'ombre d'un if?
Sur l'if une pâle colombe,
Triste et seule au soleil couchant,
Chante son chant.
On dirait que l'âme éveillée
Pleure sous terre à l'unisson
De la chanson »...

Dans la voiture qui nous menait à Amsterdam, la première fois que j'avais entendu la mélodie dont Duparc l'avait accompagné, je n'avais pas saisi le sens du poème; mais le piano, dont les notes glissaient comme des gouttes d'eau, m'avait entraînée dans un de ces souvenirs effacés dont on ne sait plus s'ils correspondent à des choses vécues il y a longtemps, des scènes imaginées à la lecture d'un livre, depuis oublié, ou bien encore à la contemplation, lointaine, d'une peinture dont le sujet nous aurait échappé; à moins qu'il ne s'agît tout simplement d'une de ces images sans suite qui précèdent l'endormissement et n'ont même pas la logique du rêve...

A travers des vitraux de couleur j'avais, en écoutant

distraitement la chanson, revu un petit jardin sous la pluie avec quatre allées bordées de buis et de lauriers, et, au centre, une vasque 1900 où se tenait, perché sur un pied, un amour de plâtre; il pleuvait sur la terre au pied des lauriers, sur le ciment des allées, sur la fonte du bassin – une pluie grasse qui faisait reluire les feuilles du buis, formait des flaques huileuses dans les allées, et rebondissait mollement sur la bordure chantournée de la fontaine. Des rigoles au dessin capricieux se formaient contre les carreaux que traversaient obliquement, de bas en haut, des gouttelettes pressées de se rejoindre, de s'unir l'une à l'autre, et de venir mourir ensemble dans la feuillure du dormant.

« Oh jamais plus, près de la tombe
Je n'irai, quand descend le soir
Au manteau noir »...

Il m'avait semblé que les verres multicolores qui me séparaient de l'angelot moussu et du quadrilatère de lauriers étaient ceux d'un jardin d'hiver, d'une serre « Belle Epoque »; mais la musique avait-elle réveillé ce souvenir endormi, ou l'avait-elle suggéré? Il y avait sur la fin des phrases – « manteau noir », ou « l'ombre d'un if » – des glissements musicaux très Modern Style, des mouvements chromatiques qui annonçaient Ravel et Debussy, des dérapages, des modulations et des efflorescences comme on n'en trouvait que dans les romances de café-concert des années vingt et les entrées de métro dessinées par Guimard. On croyait entendre passer – dans des vérandas encombrées de sellettes, de nappes à franges et de fauteuils crapauds – des fantômes en robes de Fortuny et pelisses d'ocelot, qui effleuraient légèrement de leurs doigts morts des orchidées mourantes dans des vases de Gallé.

Et soudain, tandis que tout en rassurant mon frère sur mes projets je réécoutais la mélodie, je vis céder la barrière de verre et s'ouvrir la rangée d'arbustes : de l'autre côté de la haie, au bord du bassin, au pied de l'ange abandonné, tout au bout de la charmille, derrière le vieux kiosque à musique et la véranda abandonnée du « Belvédère », s'étendait la tombe blanche de Frédéric et Clotilde Lacroix que j'avais si vainement cherchée; elle était là, au fond de leur propre parc, baignée dans la clarté froide de la lune, nette, ciselée – au pied d'un grand if noir qui, comme dans un dessin de Chirico, ne projetait aucune ombre sur le sol nu :

« On dirait que l'âme éveillée
Pleure sous terre à l'unisson
De la chanson
Et du malheur d'être oubliée »...

Je comprenais enfin pourquoi je n'avais jamais vu leurs noms au cimetière : peu après l'inhumation, leurs parents avaient dû obtenir l'autorisation de les ramener dans leur maison. J'eus envie de retourner à Evreuil sur-le-champ, de franchir le vieux mur et d'avancer, au cœur de la broussaille, jusqu'à ces enfants endormis depuis cent ans, qui n'attendaient peut-être que mon amour pour s'éveiller.

En tout cas, je ne voulais plus oublier Frédéric Lacroix ni perdre ce double un peu pâle, un peu effacé, un peu sous-préfet, qu'il m'avait envoyé... Jetant sur Philippe un regard attendri par la peine que j'allais lui causer, je quittai sa chambre et courus me réfugier dans la bibliothèque, où j'espérais qu'on me laisserait enfin en paix.

Monsieur de Chérailles s'y trouvait en compagnie de deux petites sœurs à voile bleu, des « visiteuses des malades » qu'il recevait chaque semaine pour faire plaisir à la comtesse et ne pas nuire à leur fils, dont « le Canard Enchaîné » prétendait qu'il n'avait été réélu en 67 qu'avec les voix des couvents, des pensionnats et des hospices religieux, nombreux dans la région.

Voyant les sœurs lancées dans une exhortation biblique – « Je panserai la brebis qui est blessée, je fortifierai celle qui est malade » –, je voulus me retirer, mais Raoul de

Chérailles, espérant trouver dans ma présence prétexte à écourter l'entretien, me fit signe de rester.

La plus âgée des religieuses, grise et maigre, les fesses posées au bord du fauteuil, récitait sa leçon sans se presser. De Monsieur de Chérailles les deux femmes n'apercevaient que le profil gauche : assis derrière son bureau, dans sa chaise roulante, il semblait les écouter avec patience, son bras inerte pendant le long de son corps et son visage figé dans une raideur inexpressive; mais moi, qui me tenais près des fenêtres de la cour et contemplais le côté droit du vieil hémiplégique, je voyais ses doigts, posés sur le buvard, s'agiter convulsivement, l'épaule se hausser d'exaspération et le sourcil tressaillir d'indignation. Ce n'était pas sa faute sans doute, ni celle des deux sœurs, si la nature même de sa maladie l'obligeait à entretenir le malentendu : la vie l'avait mis dans cette situation délicieusement évangélique où sa main gauche ignorait ce que faisait sa main droite... Parfois tout de même, si pieux qu'il voulût paraître, Monsieur de Chérailles ne pouvait dissimuler son agacement; quand l'une des religieuses lui assura que Dieu aime particulièrement les malades, « je vous dirais bien, lâcha-t-il, que j'aurais préféré qu'il m'aime moins et qu'il me laisse la santé. Mystère de la sollicitude divine! » Et sa main droite s'éleva dans les airs comme pour saisir un pan de la robe du Tout-Puissant avant de retomber, découragée, sur son bureau.

Un moment décontenancée, la sœur retrouva vite le train-train du discours qu'elle débitait chaque jour dans les maisons de retraite et les hôpitaux, au chevet des aveugles, des sourds et des cancéreux : « Bienheureux ceux qui pleurent car ils seront consolés... Les grands saints ont tous été de grands souffrants... Bonne souffrance, d'ailleurs, que la nôtre si, unie à celle du Christ, elle vient déboucher sur la lumière de Pâques! Dieu lui-même... Qui pourrait souffrir plus que Dieu? N'allez pas croire qu'il soit le spectateur indifférent de nos douleurs. Partout où l'homme souffre, Dieu souffre avec lui... » Monsieur de Chérailles tordit un peu plus, dans ma direction, sa bouche déformée et, tandis qu'à sa gauche la sœur continuait de pérorer, il me glissa à voix basse : « Il y a longtemps en effet que je me doutais que leur Bon Dieu souffrait et qu'il était même plus atteint que moi – parce que sourd et manchot, le pauvre, ce n'est pas d'aujourd'hui qu'il l'est ! »

« ... Dieu n'a pas fini de souffrir puisque Jésus est en agonie jusqu'à la fin du monde. Il souffrira pour nous jusqu'à ce que, dans ce monde nouveau dont nous parle l'Apocalypse, il puisse effacer toutes les larmes de nos yeux... Sachons accueillir en nous ce don précieux de la douleur. Voulez-vous que nous le demandions pour vous au Seigneur, humblement ? »

Sur cette proposition, le fleuve de bondieuseries tarit; les deux religieuses prirent congé, non sans avoir soulagé Monsieur de Chérailles d'un petit billet pour leurs œuvres.

« Je vous suis très reconnaissant de votre bonté, mes sœurs... Au revoir, mes sœurs... Bonnes Pâques, mes sœurs. »

Dès que la porte fut refermée, le vieil infirme poussa un soupir, chaussa ses lunettes à double foyer, et, tirant d'un geste sec le tiroir de son bureau, y plongea avidement son regard. Un sourire de béatitude céleste se peignit sur sa face : « L'antidote », murmura-t-il. Je m'approchai et vis, épinglées au fond du tiroir, sous la liasse des bilans et des comptes d'exploitation, deux photos de cover-girls découpées dans « Playboy », toutes rondeurs et pilosités dehors. Le malade s'absorba dans la contemplation de cette aimable apparition, puis, revenant à lui comme après avoir entrevu le Paradis : « A mon âge, dit-il, on ne reçoit plus de visites que de deux sortes de personnes : les petites sœurs des pauvres et les promoteurs immobiliers. Ah ! j'oubliais : les agents de change aussi, qui veulent me convaincre de convertir ma fortune en emprunt Pinay pour éviter à mes enfants les droits de succession... Vous connaissez le dicton des milieux d'affaires ? " La mise en Pinay précède de peu la mise en bière "... Convertir, il ne pensent qu'à ça. Convertir mon âme, convertir mes biens... Oh, pas mon âme, non ! Ils s'en foutent tous, au fond ! Même les prêtres n'en veulent qu'à mes sous. Une petite donation par-ci, une petite aumône par-là, des messes pour les Missions, un chèque pour les Chantiers du Cardinal... »

Depuis le départ de De Gaulle – qu'il regardait comme un triomphe personnel –, le vieux comte débordait de vitalité inemployée, de hargne sans objet : les juifs, les femmes modernes et les curés en faisaient momentanément les frais. En l'entendant entamer le chapitre des missions, je compris qu'il amorçait la montée en régime de son grand numéro anticlérical; mais l'exorde, le développement et la péroraison m'en étaient maintenant trop connus pour ne pas commencer à m'ennuyer. Je me levai donc et marchai vers la porte en m'excusant de ne pouvoir rester davantage lorsque, au moment où je mettais la main sur la poignée, j'eus l'œil attiré par le loquet doré, fixé sur le chambranle à hauteur des yeux. Avant d'avoir compris ce que je faisais, j'avais poussé ce verrou, joli comme un bijou, et m'étais lentement retournée vers le vieillard.

Il était trop loin de moi désormais pour que je pusse distinguer ses traits : disparues les bajoues du grand âge, la peau qui tombe sous le menton comme un sac vide; effacés les sillons du front, les plis de la lèvre supérieure que la disparition des dents d'origine a rentrée sous la lippe pendante trop lisse et trop rose, indécente comme une plaie exhibée, une vulve ouverte; à cette distance-là ma myopie m'interdisait même d'être certaine que le tas gris, posé au fond de la pièce, eût jamais été animé de volonté. Ne m'arrivait-il pas de prendre les réverbères pour des hommes, les enfants pour des chiens, les rais de lumière du petit matin pour des linceuls jetés en tas sur les parquets et les ombres des arbres, le soir, pour des chats noirs? Ne m'arrivait-il pas de prendre le mal pour le bien?

Derrière la pyramide immobile, les rayonnages presque vides de la bibliothèque dessinaient – sur la peinture claire des murs – des rayures sombres, comme dans l'un de ces tissus finlandais que les décorateurs de ces années-là avaient rendus populaires. Une toile de fond abstraite, à bandes géométriques, et, au milieu de la scène, un cône grisâtre : on aurait dit un décor pour « Roméo et

Juliette », monté par Pierre Prioux au Théâtre d'Aubervilliers...

Regardant droit devant moi sans rien voir que ces lignes contrastées, je déboutonnai mon chemisier et le laissai tomber à mes pieds; puis je fis tourner ma jupe autour de ma taille et descendis la fermeture Eclair. Oter un collant debout sans se livrer à des contorsions ridicules tient toujours de la gageure, mais, depuis que Philippe m'y avait invitée, je m'étais remise au porte-jarretelles. Je dégrafai mon soutien-gorge, fis glisser mon slip, et demeurai nue, sans bouger, la poitrine haute, la tête droite et le ventre plat, comme on fait dans la cabine du radiologue : « Ne respirez plus... respirez. » Après quoi, lentement, je me rhabillai.

Il n'y avait pas eu une parole, pas un bruit. Raoul de Chérailles était peut-être parti discrètement par la porte de derrière pendant que je me dirigeais vers le loquet doré? A moins qu'il ne fût mort d'apoplexie dans son fauteuil, ou que les larmes ne l'y eussent étouffé...

Avais-je été trop méchante? Trop gentille? L'un vaut l'autre, et tout ne vaut rien. Je tirai le loquet et, sans me soucier davantage des conséquences d'un geste que je n'avais pas prémédité, je m'en retournai sur la pointe des pieds consoler Philippe comme il aimait à être consolé...

J'avais décidé cependant que, pendant quelque temps, il vaudrait mieux chercher un autre abri pour mes amours avec Frédéric : la double jalousie du grand-père et du petit-fils finissait par me lasser.

Du reste, je trouvais moins d'attrait à la demeure des Chérailles que dans les commencements : comme les enfants qui constatent, en grandissant, que leur maison rétrécit, je voyais, de « Rendez-vous » en « Rendez-vous », se resserrer les murailles de la « Belle Inutile » et rapetisser ces hôtes impressionnants que j'appelais tous maintenant par leurs prénoms.

Seuls les berceaux de la roseraie, et les guirlandes qui en tombaient aux premiers jours du printemps, continuaient de m'émouvoir; non par leur beauté propre, ni par ce vernis aristocratique qu'y ajoutait la longue silhouette d'Anne, entrevue au bout de l'allée sous le déguisement d'une pèlerine de tweed ou d'un chapeau de jardinier, mais pour le souvenir des promenades que j'avais faites, nuit après nuit, avec Renaud sous leurs arceaux... A l'heure où tous les trésors de Senlis m'étaient devenus accessibles, seules ces tonnelles fleuries gardaient le prestige des espérances enfuies.

Abandonner, pour quelques mois, les buissons de cette roseraie, ses palissades débordant d'églantines et de mélancolie, ses phalènes des soirs d'été, et l'odeur nocturne entêtante de ses roses roses – qui mêlaient dans leur parfum l'arôme du brugnon aux effluves de la poudre de riz, la peau des femmes et la chair des fruits – me fut un vrai chagrin.

Comme je ne pouvais me résoudre à accueillir chez ma mère un Frédéric qui me croyait encore Valbray – ni lui imposer, chaque week-end à Royalieu, les bavardages inconsidérés de Carole –, la famille de mon amoureux accepta de nous recevoir dans sa maison d'Etampes.

La première impression de ma future belle-mère m'avait été très favorable : la fille d'un ambassadeur lui semblait a priori une personne fréquentable et, quoiqu'elle ne se fît pas volontiers à l'idée de se séparer de son fils, elle avait eu l'amabilité de me regarder comme un pis-aller. Elle m'avait fait bonne figure; et cet effort de politesse, joint à sa haute taille, son allure impériale et la régularité de ses traits, la rendait presque belle – de cette beauté marmoréenne qu'on trouve aux statues de Junon en majesté :

> « Je hais le mouvement qui déplace les lignes,
> Et jamais je ne pleure et jamais je ne ris... »

Les choses commencèrent à se gâter quand elle crut devoir – en ces temps où les femmes prétendaient échapper à leur « destin biologique » – m'exposer à titre préventif ses idées sur la condition féminine. Elle ne pensait pas qu'une femme dût travailler – ce qui ne me gênait qu'à moitié car j'espérais, en épousant Frédéric, me débarrasser d'un métier qui m'avait toujours pesé; elle ne croyait pas non plus qu'une femme pût avoir ses propres idées en politique, mais, comme je m'étais de longue date accoutumée à épouser les convictions de mes entourages successifs, je pouvais encore passer là-dessus; mais elle professait aussi qu'une bonne épouse devait donner à son mari quatre ou cinq enfants, mâles de préférence (« Il ne faut pas que le nom des Maleville se perde »), et, jugeant des qualités d'une femme à son degré de soumission, assurait que « dans un bon ménage la femme doit suivre le mari » – affirmation qui n'allait pas sans surprendre car, dans le couple qu'elle formait avec le beau-père de Frédéric (veuve assez jeune, elle s'était remariée à un Monsieur Dupont, greffier), c'était elle qui précédait l'époux silencieux et rabougri qu'elle s'était choisi et qu'on voyait se glisser dans son sillage aussi timidement qu'un youyou dans celui d'un paquebot de ligne, ou qu'un de ces petits oiseaux de mer parasites que remorquent les baleines...

L'antiféminisme exacerbé de la mère de Frédéric nous opposa pourtant moins que l'écart de nos milieux sociaux.

Parce que j'étais passée directement du peuple à cette « noblesse de robe », élitiste et sévère, dont relevait mon père, puis à l'intelligentsia cosmopolite des Chérailles, je ne connaissais pas la classe intermédiaire à laquelle appartenait Frédéric. Dans cette bourgeoisie-là – occasionnellement alliée aux débris de l'aristocratie rurale, aux descendants ruinés de Monsieur de Pourceaugnac ou de la Comtesse d'Escarbagnas – on était, de pères en fils, officiers, directeurs de banque ou pharmaciens, tous conseillers généraux et membres actifs du Lion's Club et du Rotary, substrat sociologique d'où émergeait parfois un sujet d'élite qui, au terme d'une carrière brillante, devenait Président du Tribunal de Commerce, Secrétaire National des Parents d'Elèves de l'Enseignement Libre ou sénateur radical – start dont on conservait pieusement quelques discours autographes dans le secrétaire du salon entre un Boudin « première manière » (« Une vache, malheureusement, mais c'est tout de même un Boudin, ça se vend bien... ») et un faux Corot. Dans des bureaux de syle Empire, on avait des cartonniers remplis de quittances, de titres de propriété et de relevés de compte et, dans des chambres à coucher fleuries de percales anglaises, des chiffonniers et des bonheurs-du-jour bourrés de souvenirs de famille – mèches de cheveux, vieux albums, images de première communion, bouquets de mariée et mouchoirs fanés; on se repassait, de génération, en génération les armoires rustiques, les robes de baptême et les bons mots. Plus souvent bibliophile que lecteur, et amateur d'art qu'artiste (même amateur), on était abonné aux tournées Karsenty, au club philatélique de la Chambre des Notaires, au bulletin de la Société départementale d'Archéologie, à « l'Expansion » et au « Reader's Digest ». Le dimanche, de toute éternité, on pratiquait le tennis entre amis, tout en tolérant maintenant que les jeunes fissent défection pour rejoindre l'aéro-club local où ils s'initiaient au pilotage; on avait encore une grande villa à Royan ou à Arcachon pour l'été, mais, délaissant l'hiver ces vieilles maisons mal chauffées, on passait, depuis quelques années, les vacances de Noël en Guadeloupe au Club Méditerranée avec des kinésithérapeutes et des quincailliers enrichis que, pour sauver la face, on affectait de considérer comme des « médecins » et des « fabricants d'électroménager »; et si déjà, comme dans les familles ouvrières d'Evreuil ou de Creil, on demandait à la télévision de meubler la plupart des soirées, dans la journée on dissimulait encore soigneusement le poste derrière les panneaux laqués d'un faux coffre chinois... Bref, on entrait dans le siècle à reculons, avec des timidités effarouchées.

Tout cela m'amusait et ne me dérangeait guère : je suis de bonne volonté en société... Aussi fus-je très surprise d'apprendre, après quelques semaines, que mon ignorance des bonnes maisons et des bonnes manières choquait la famille Maleville – laquelle, pour tout dire, me trouvait « peuple ».

Pour la mère de Frédéric, il y avait une adresse, et une seule, pour chacun des objets ou des services qu'on désirait se procurer : on commandait ses fourrures chez Révillon, ses chocolats à « La Marquise de Sévigné », et ses nappes aux Trois Quartiers; les messieurs ne pouvaient porter que des cravates Lanvin et les dames des capelines de Daniel Masson, faites exprès pour la garden-party du « Tennis-Club Etampois » et les mariages chics du Hurepoix.

Chez les Brassard, évidemment, nous ne nous étions jamais posé ce genre de questions : tout s'achetait au plus près ou au moins cher; le « Radar » voisin comblait nos vœux alimentaires, « André » équipait nos cinq paires de pieds et, trois ou quatre fois l'an, « Tati », à Barbès, nous fournissait en robes et lingerie variée.

Or, pas plus que nos habitudes familiales, la façon de penser d'Anne de Chérailles ne m'avait préparée à respecter une liste de fournisseurs attitrés, hors desquels il ne serait point de salut mondain; si, par extraordinaire, elle avait eu une telle liste en tête, on ne lui aurait d'ailleurs trouvé que peu de points communs avec celle que ma future belle-mère regardait comme le Décalogue, ou comme une série d'impératifs au moins aussi catégoriques que le commandement d'avoir à porter des gants pour sortir ou l'injonction d'assortir ses escarpins à la teinte de son sac à main... Aux bouquets de Lachaume Anne préférait les fleurs de sa roseraie ou les premières violettes ramassées dans la forêt, à un gâteau de Lenôtre une tarte paysanne préparée suivant la recette ancienne d'une grand-mère excentrique ou d'une servante dévouée, de même qu'elle n'eût pas balancé entre un de ces bagages Vuitton que le conformisme impose aux « m'as-tu-vu » et une vieille malle en cuir usé dénichée aux Puces de Montreuil...

Anne pensait, en outre, qu'il lui suffisait de décider qu'une chose se faisait pour qu'elle se fît, en effet. Elle croyait n'avoir pas besoin d'estampille : c'était elle qui signait ce qu'elle acceptait. Et il était vrai qu'elle nous avait prises, Olga et moi, sans certificat d'origine et nous avait imposées à un entourage réputé difficile. Parce que les Fornari, les Worsley, les Fortier, que leur propre médiocrité ennuyait, s'éprenaient du premier anticonformiste capable de les réveiller, et qu'ils nous avaient trouvées « drôles » (à la manière, peut-être, dont le roi Louis XV trouvait la compagnie des petites paysannes du Parc-aux-Cerfs plus « amusante » que celle de ses cousines bien nées), je n'avais jamais supposé que – dans un milieu moins élevé mais, d'une certaine façon, plus fermé – on pût reprocher à Madame Kirchner ses airs de confectionneuse du Sentier, ou à moi la gouaille faubourienne et les accents « titi » qu'un simple passage par l'Université ne m'avait pas permis d'éliminer aussi complètement que l'eût fait un séjour prolongé à Sciences Po ou HEC... Enfin, Madame de Chérailles ayant toujours proclamé qu'elle trouvait « adorables » mes pulls de La Redoute, mes chemises de nuit Etam, et ces jupons de dentelle hippies que je marchandais au marché Malik (« Quand on songe aux sommes qu'on paye pour une jupette de Courrèges ... Deux cents francs seulement ce petit caraco-là ! Mais regarde, Olga, comme c'est charmant ! »), j'avais fini par me persuader qu'ils l'étaient. Je ne cachais plus les provenances ni les prix, j'étais même à deux doigts de m'en vanter; aussi fus-je fort étonnée quand ces étiquettes, que j'aurais cru regrettable de maquiller, ne firent pas à Etampes l'effet que j'escomptais.

Il en alla de même pour mes manières : si j'avais beaucoup appris au contact de mon frère et de sa famille, je n'avais pu apprendre que ce qu'ils avaient souhaité m'enseigner. Parce qu'à Senlis les intellectuels appelaient un con « un con » et que, dans la grossièreté, nul ne pouvait prétendre à dépasser le vieux Chérailles quand il était lancé, mon langage gardait certaines verdeurs que la province des « Dames de France » jugeait déplacées. En outre, je fumais à table, puisque Anne le faisait, et, si j'avais froid, je n'hésitais pas à entrer dans un café et à y commander – fût-ce en présence de tiers distingués – ces Viandox dont ma grand-mère avait réchauffé mon enfance et qu'Hugues de Chérailles affectait maintenant, à ma suite, de préférer au thé de Chine quand nous rentrions transis de nos balades en forêt.

Tout cela choqua chez les Maleville; mais moins que

mon inertie sportive (« Comment? Vous ne savez pas jouer au tennis? Vous ne faites pas de ski? Mais c'est très mal, ça! Il faut vous secouer un peu, mon petit ») : la bourgeoisie traditionnelle a si bien su, grâce au sport, parer son oisiveté de « classe nantie » des vertus de l'effort qu'elle n'imagine plus qu'on puisse transpirer ailleurs que sur un stade... Quant à mon ignorance des deux jeux de société dont la connaissance conditionnait, pour les parents de Frédéric, le passage dans la classe supéricure – les échecs et le bridge –, elle les consterna.

On jouait rarement au bridge à l'Hôtel de Chérailles, au grand désespoir d'Olga : Anne et François considéraient que les cartes nuisent à la conversation; dès mes premiers week-ends à Senlis, profitant de ce que je sentais chez eux d'hostilité à ce jeu, j'avais donc avoué tout ignorer du grand chelem. « Par contre, avais-je gaiement lancé, je me débrouille bien à la belote! Surtout à la parlante! » Anne avait ri et m'avait aussitôt demandé d'apprendre à ses amis les règles d'un jeu que Raimu et Arletty avaient porté, avant la guerre, au sommet de la cinématographie; il arrivait maintenant que la grande galerie retentît des éclats triomphants d'un « atout, ratatout et dix de der! »; et si « mettre capot » son adversaire n'amusait la princesse de Guéménée ou Arthur Koestler qu'au second degré, cela me permettait à moi d'y prendre mon plaisir au premier.

Mais quand, croyant naïvement m'attirer la même admiration, je fis à Etampes chez Monsieur de Savigny, le Président du Tribunal d'instance, la même proposition, je vis la consternation se peindre sur tous les visages. « Il faut vous mettre au bridge, mon enfant », me dit ma future belle-mère le lendemain au petit déjeuner, en regardant sans aménité la tartine que je venais de tremper dans mon café au lait.

Elle avait les traits tirés : je savais qu'elle avait eu dans la nuit une longue explication avec Frédéric. Ayant enfin appris par lui que si j'étais bien la fille d'un ambassadeur, c'était d'un ambassadeur divorcé (« Ah, je comprends : une de ces mésalliances de la Résistance... Il y en a eu tant! »), elle était ressortie de cet entretien nocturne rassurée quant aux règles de fonctionnement de la société (« Je me disais aussi que ce n'était pas dans nos ambassades qu'on apprenait à jouer à la belote! »), mais bien décidée à ne plus rien me passer.

La malheureuse n'était pas au bout de ses peines; j'allais le lui prouver avec le bal du 14 Juillet.

J'avais l'habitude de fêter chaque année la prise de la Bastille dans les bals de quartier avec Béa, Zaffini et toute la tribu Pertini : par jeu, mon grand-père m'avait appris la valse musette dès l'âge de six ans, et je mettais dans le déhanchement de la java, chez « Gégène » de Joinville ou au « Grand Arbre » de Robinson, presque autant de passion que dans l'exécution des figures du rock'n'roll.

Comme on ne pouvait pas toujours – pour agrémenter nos « Rendez-vous » – envahir en bande un « café-théâtre » de Beauvais, donner en pré-projection privée le dernier film de Maud Avenel, organiser une cueillette de champignons dans les bois de Villers-Cotterets, ou monter en amateurs une scène d'Ionesco sous la direction de Prioux, Anne avait été ravie de me voir entraîner, chaque 14 Juillet, les plus délurés de ses invités à la retraite aux flambeaux et au bal des pompiers.

Mes futures belles-sœurs et leurs trois maris furent, en revanche, atterrés d'apprendre que j'avais osé participer, dans leur ville, aux réjouissances organisées par l'Amicale Laïque : juste après le feu d'artifice, ne m'avait-on pas vue sur la place de la Mairie, danser avec le jardinier du notaire, tandis que Frédéric, un peu pataud mais consciencieux, guinchait avec la shampouineuse de ma belle-mère qui, toute la semaine d'après, dans le salon de coiffure le plus chic du pays, n'allait pas tarir d'éloges auprès des dames de la bourgeoisie sur la simplicité du jeune monsieur Maleville les 14 Juillet...

En vérité, c'était faire beaucoup d'histoires pour une tradition qui, déjà, se perdait. Le temps n'était plus même à Evreuil, où l'on voyait une rivière de flambeaux descendre la grand-rue et les petits garçons endimanchés, perchés sur les épaules de leur pères, porter fièrement au bout d'un bâton le lampion rouge au creux duquel vacillait une bougie, tandis que l'Harmonie des Sapeurs-Pompiers faisait retentir, jusque dans les culs-de-sac et les ruelles reculées, des Marseillaises triomphantes. Il y avait des années que la dernière fusée du feu d'artifice tirée, les jeunes couples ne se précipitaient plus sous les préaux d'école, festonnés de guirlandes et couronnés de drapeaux en papier, pour valser au son des accordéons et se désaltérer au pichet de la Madelon... L'automobile, les congés d'été, le « pont » du 14 Juillet, la télévision et le scepticisme généralisé avaient eu raison de la commémoration de la Révolution, comme ils avaient entraîné la disparition de cette « Fête-Dieu » où j'allais, autrefois, admirer, derrière la bannière dorée du curé, Clotilde Lacroix en souliers vernis, robe de piqué et gants de fil blancs : elle marchait au milieu des petites filles du patronage, toutes d'organdi vêtues, qui portaient, suspendus à leurs cous par de longs rubans roses, des paniers bordés de dentelles; de ces corbillons d'osier elles tiraient à poignée les pétales de fleurs qu'elles semaient dans les rues et qui – à mesure que la procession s'avançait – teintaient leur petits ongles, sous leurs gants salis, de sucs pourpres, mauves ou carmin, comme si elles avaient saigné les jardins...

Toutes ces fêtes avaient vécu. « Les jeunes ne savent plus s'amuser », répétait Monsieur de Chérailles; et il était vrai qu'à Senlis, où il n'y avait plus déjà que la vieille comtesse et un prêtre camerounais pour assister à la grand-messe du dimanche – les rares chrétiens restants lui préférant les messes-express du samedi soir qu'on a moins de peine à glisser, dans un emploi du temps, entre la piscine de l'après-midi et la séance de vingt heures au cinéma –, les « gens du château » seraient bientôt les derniers à danser la Carmagnole sous les fanions tricolores des parquets républicains... Madame Dupont-Maleville (ma future belle-mère, épouse Dupont mais veuve Maleville, ajoutait toujours le nom de son premier mari au nom du second, de peur d'être confondue avec des Dupont moins bien nés) n'avait pourtant pas vu le monde changer, et elle croyait toujours le 14 Juillet aussi dangereux et mal famé qu'un défilé du 1er Mai dans le Chili de Pinochet.

Elle ne put se résoudre à n'être pas choquée; et comme je ne pus, de mon côté, me décider à exprimer des regrets, l'atmosphère vira rapidement à la « franche cordialité » qui caractérise toujours, à en croire les communiqués des Chancelleries, les rencontres au sommet entre les gouvernants des nations prêtes à s'étriper. Nous aurions même aisément franchi l'écart qui, dans l'échelle des hostilités, sépare cette « franche cordialité » de la « conversation directe », également chère à nos diplomates, si, tout en rejetant le moule qu'on prétendait m'imposer, je n'avais eu, de mon côté, la sagesse de passer sous silence les ridicules qui entachaient à mes yeux cette belle-famille potentielle. Je lui en trouvais pourtant plus d'un, que je ne savais à qui imputer : au milieu? Ou aux individus?

Etait-ce dans la bourgeoisie d'Etampes qu'on croyait élégant, par exemple, d'afficher, dans son entrée et ses couloirs, des arbres généalogique à faire mourir de rire un professeur d'histoire? Il y avait ainsi, près de la porte du salon, un diagramme de la « Famille Dupont-Ascendance de la ligne 5 », dont le seul intitulé, très RATP, m'inspirait un slogan, mi-métropolitain mi-républicain : « Bastille! Tout le monde descend! » que j'avais peine à retenir sur le bout de ma langue. Ce tableau proposait aux visiteurs une manière neuve de remonter le temps : les « Dupont-Maleville », après un court passage où ils étaient « Dupont » tout court, se rattachaient miraculeusement, vers les années 1820, aux « Du Pont de Nemours », ce qui, par parenthèse, leur assurait déjà, dans les branches collatérales, d'intéressants cousinages avec la fine fleur du capitalisme américain; mais le plus beau restait à venir : à la fin du XVIe siècle, par une nouvelle mutation – plus surprenante encore si l'on songe que les Du Pont de Nemours étaient, comme les Girod de l'Ain ou les Martin du Nord, des députés de la Convention qui, pour éviter certaines homonymies, avaient fait suivre leur nom de celui de leur circonscription – ces « Du Pont » dit « de Nemours », laissant tomber le « Du Pont », se rattachaient à la famille ducale elle-même, par ce Jean de Nemours qui fut le favori d'Henri III; et, comme il suffit d'attraper une lignée royale par un bout (et quel bout!) pour dévider tout le peloton, à partir de là les origines venaient toutes seules : sur cette seule « ligne 5 », la famille du greffier étampois remontait à Philippe le Bel, Christian de Danemark, Frédéric II de Sicile, Marie Stuart, Alphonse XI de Castille, Alphonse IV de Portugal, et quelques non moindres...

Plantée devant cet arbre de Noël, je ne savais qu'admirer le plus : de la maestria du généalogiste, qui passait de 1510 à 1740 en quatre générations, ou de la naïveté du commanditaire? Comme je faisais de longues stations dans le couloir pour admirer ce chef-d'œuvre, je sentis que mes ébahissements étaient portés à mon crédit : Madame Dupont-Maleville se disait qu'une petite que la noblesse éblouit n'est pas tout à fait perdue pour la bourgeoisie. Frédéric s'énervait davantage. Un soir, il vint se placer derrière moi, tirant sur sa pipe à petites bouffées, et, quand à la fin il rencontra mon regard, il haussa ostensiblement les épaules et me prit par la taille pour m'entraîner. Je le crus aussi gêné que je l'étais moi-même par cet étalage de bêtise et de présomption; mais il ajouta à mi-voix, en regagnant la salle à manger : « Je voudrais bien arriver à convaincre ma mère qu'il est aussi indécent d'afficher ces trucs-là que le solde de son compte en banque. » D'où je déduisis que, toute prétention mise à part, il croyait, lui aussi, qu'on pouvait trouver dans l'histoire de sa famille matière à affichage...

Cela dit, j'aimais bien mon joli marin; et ce sentiment, à Etampes, n'avait rien d'original car tout le monde l'aimait.

Parce qu'il avait appartenu au cabinet du général de Gaulle et avait rendu tous les petits services qu'on peut rendre à ce niveau de responsabilité, les commerçants le regardaient avec reconnaissance et respect; les bridgeuses à marier rêvaient de l'épouser; quant à ses sœurs, il était pour elles bien plus qu'un frère câlin et câliné : un héros. Je me souviens de ma stupéfaction le jour où, jouant avec elles au « questionnaire de Proust », j'entendis l'aînée répondre à la question « Quel est votre héros dans la vie réelle? » : « Mon frère Frédéric. » Elle ne plaisantait pas;

et le « héros » accueillit lui-même ce compliment sans sourire, avec la modestie blasée des enfants sages qui savent qu'on finit toujours par les récompenser.

Je lui avais déjà vu ce même air humblement satisfait le jour où, après l'élection à la présidence de Georges Pompidou, Chaban-Delmas l'avait, en constituant son cabinet, appelé à ses côtés : seul de tous ceux qui avaient appartenu à la dernière équipe gaulliste – que le nouveau Pouvoir élyséen n'avait pas en odeur de sainteté –, mon « fiancé » allait appartenir au staff de Matignon.

Philippe eut beau me faire remarquer méchamment que son ami avait descendu d'un cran dans la hiérarchie, qu'en outre Frédéric, en acceptant de collaborer avec des responsables du départ de De Gaulle, trahissait son ancien maître, je savais ce repêchage inespéré.

J'ignorais si mon jeune loup le devait à sa photo « vent en poupe », à ses relations dans l'Administration, à sa passion pour le sport qui se trouvait faire très « Nouvelle Société », ou à son aptitude à traiter les problèmes les plus complexes en deux parties et quatre sous-parties bien balancées... Mais peu m'importait : j'étais contente pour lui, même si je ne partageais pas tout à fait l'admiration éperdue de son entourage.

Frédéric Maleville n'était pas, pour moi, un « héros dans la vie réelle », en effet. Ce qui me touchait le plus en lui, c'était, au contraire, sa fragilité et son manque total de réalisme, vertus qu'il avait en commun avec le premier Frédéric de ma vie.

Je m'attachais aussi chaque jour davantage à d'autres qualités, toutes physiques celles-là : pour parler comme ma mère l'eût fait, malgré son sourire naïf, sa blondeur, et l'inquiétant « pointillé » qui semblait désigner sa gorge aux bourreaux, Frédéric « faisait très homme »; plus que Philippe certainement, qui gardait des airs d'adolescent, plus même que mon Yves Le Louarn de triste mémoire, qui avait tourné comme certains fruits de mon grand-père dans les années de pluie : blet avant d'être mûr.

En somme, Maleville me plaisait. D'ailleurs, quand il ne m'aurait pas tant plu, il m'eût été impossible, pour raison d'homonymie, de prendre l'initiative d'une rupture qui l'eût peiné. Aussi ne voyais-je pas d'un mauvais œil l'hostilité croissante de Madame Dupont-Maleville à mon endroit : si c'était Frédéric qui, poussé par sa famille, me laissait tomber, je m'en consolerais...

Après l'incident du 14 Juillet, j'allai passer à Rome le reste de l'été.

Puisque mes robes à cent sous avaient déplu, je me fis monter par Maria-Nieves une garde-robe complète chez les grands couturiers italiens : je ne pouvais plus me contenter des petits cadeaux, dispendieux mais occasionnels, qu'elle avait l'habitude de m'offrir; il fallait qu'elle m'équipât de pied en cap chez Valentino, Gucci et Bulgari. J'y avais d'autant moins de scrupules que je supposais bien que Monsieur Valbray paierait.

Il le fit de bonne grâce; nos relations passaient alors par une nouvelle lune de miel, qui me rappela l'époque de mon premier séjour. Ne pouvant toujours pas produire Maria-Nieves dans les réceptions officielles, il prit l'habitude de m'y montrer. Eclairée par mes séjours chez les Maleville, j'eus souci d'y respecter les convenances de la bourgeoisie de province et découvris, avec surprise, que les conventions du monde des ambassades étaient plus proches de celles des notaires étampois que des principes en usage dans la société intellectuelle des Chérailles et des Fornari. Enchanté d'ailleurs de découvrir une nouvelle tête, ce petit monde diplomatique me fit fête. De temps en temps, une ambassadrice à tête chercheuse, plus indiscrète que les autres, essayait bien d'en savoir plus long sur « ma maman » ou « la charmante intendante de l'Ambassadeur », mais j'avais derrière moi – avec mes institutrices, mes camarades de classe, mes collègues de travail et mes amoureux – vingt ans d'entraînement aux faux-fuyants et l'on ne pouvait plus me tirer des renseignements avec ces malices cousues de fil blanc.

Quand nous nous retrouvions seuls, mon père me parlait des livres qu'il lisait, et j'admirais qu'il fût toujours aussi peu sensible aux modes intellectuelles. Ne pouvant faire dans son métier d'administrateur qu'un usage limité des connaissances universitaires qu'il avait, n'ayant pas davantage l'emploi de son grec et de son latin dans ces dîners où l'on ne parlait – en anglais – que du commerce international, il avait gardé vierge sa culture de normalien et continuait de se tourner vers les choses de l'esprit en « honnête homme », de manière désintéressée. Ainsi, à l'inverse des invités des « Rendez-vous », pouvait-il se passionner pour Hans Holbein sans qu'il eût fait l'objet d'une exposition au Grand-Palais, pour saint Thomas d'Aquin avant que Gallimard ne sortît une nouvelle édition commentée de ses œuvres complètes, ou pour Septime Sévère même si Jean-Luc Godard n'envisageait pas de tourner ses amours en trente-cinq millimètres...

Il lisait méthodiquement, crayon en main, et sans sauter une page; dès qu'il avait reconnu les limites de son sujet , il dressait la carte de cette terre ignorée, plantait systématiquement son drapeau sur chaque sommet, puis, sa conquête faite, partait, du même pas régulier, à la découverte d'un autre continent inexploré... Cette curiosité insatiable et le même esprit de sérieux le poussaient à traiter son métier avec plus de respect qu'aucun des énarques que j'ai rencontrés : quand il me donnait à lire les télégrammes qu'il envoyait à la Direction des Affaires politiques du Quai d'Orsay, je savais qu'il ne se satisferait pas d'un commentaire rapide et exigerait de me voir entrer avec lui dans le détail des situations. Sans prévoir qu'il me donnait ainsi des leçons d'économie ou d'histoire diplomatique qui me seraient un jour précieuses, j'aimais cette application. Mais je comprenais mieux maintenant pourquoi Philippe avait ri lorsque j'avais prétendu considérer comme un « prince » ce fonctionnaire consciencieux : un prince digne de ce nom ne traite pas gravement des choses graves...

Assis côte à côte sur le canapé blanc de ce petit salon qui avait, trois siècles plus tôt, servi de chambre à la reine Christine, nous passions, comme l'année de notre première rencontre, de longues heures à faire valoir, chacun pour l'autre, les beautés respectives de nos esprits déliés.

De nos cœurs, bien entendu, il n'était pas question. Mon père poussait la pudeur, ou l'indifférence, jusqu'à ne jamais s'enquérir de mes amours ni de mes affections. De son côté, quand il consentait à me faire part de « son sentiment », c'était toujours de son sentiment sur les affaires publiques qu'il s'agissait...

Pour le surplus, qu'il me promenât dans le monde ou me gardât dans son petit salon, il ne marquait pas plus d'intérêt pour la personne de chair qu'il avait à ses côtés que pour une poupée articulée : il ne m'embrassait qu'une fois tous les deux ou trois ans, dans un élan de distraction; il payait mes robes, mais ne les regardait jamais; si je tombais malade, il ne s'enquérait pas de ma santé; et bien qu'il eût autrefois organisé mon avortement et approvisionné mon armoire à pharmacie en contraceptifs interdits, on aurait dit qu'il me supposait la vie sexuelle exaltante d'une de ces fleurs cléistogames qui s'autofécondent en circuit fermé sous leurs pétales repliés... Même cette intelligence, qu'il trouvait divertissante, il ne l'appréciait que lorsque, par hasard, elle se trouvait à portée : il ne se fût pas donné la peine d'aller la chercher. Bref, il était clair que cet être de fuite, quand par extraordinaire, il se posait à mes côtés, ne s'y arrêtait que comme un « corps astral », un fantôme léger.

De près ou de loin, mon père brillait surtout par son absence – ce qui, si j'en juge par les rapports qu'entretiennent certains dévots avec leur Dieu, et les intoxiqués avec leur drogue, reste un très bon moyen d'occuper le terrain : il avait réussi à remplir ma vie de sa disparition...

Mais alors que Frédéric et Philippe se disputaient l'avantage de meubler cette vacance – et que j'espérais encore les voir combler mes béances intérieures –, Maria-Nieves me fit, sans y songer, une confidence qui me rejeta dans le trou.

La belle Hispanique avait fini par me parler aussi librement d'elle, de sa jeunesse franquiste, de ses amours carlistes et des vertus cachées de mon père, que Monsieur Valbray lui-même me parlait peu de mon avenir et de son passé. Avertie cependant par les difficultés qu'elle avait éprouvées avec moi dans les commencements, elle avait à cœur de ne plus critiquer ma famille maternelle; mais, parfois, elle s'enhardissait jusqu'à évoquer imprudemment cette période obscure qui séparait l'arrivée de mon père à Madrid du moment où il s'était établi avec elle à Prague. Non qu'elle cherchât à me convaincre que l'ambassadeur n'avait pas les torts que je lui attribuais : elle voulait seulement rappeler le souvenir d'une rencontre qui avait bouleversé sa vie, et m'enseigner incidemment – comme toute bonne mère l'eût fait – ce que l'expérience lui avait appris sur la passion et la conjugalité.

C'est ainsi qu'un jour, m'ayant conseillé de fermer les yeux sur les « caprices » de Frédéric au cas où je l'épouserais, elle ajouta que rien n'était plus ridicule qu'une femme jalouse. Je crus qu'elle allait en profiter pour glisser quelque perfidie sur ma mère, mais elle poursuivit : « La jalousie n'est pas seulement ridicule, elle est dégradante. Quand on pense que certaines vont jusqu'à dénoncer leur propre mari au mari de l'autre! Comme la femme de votre docteur, tenez... Cette lettre qu'elle avait envoyée à Jean à propos de votre mère... Un vrai tissu d'insanités! Du reste, s'il y avait eu la moindre part de vérité dans ce qu'elle affirmait, c'est alors qu'elle aurait dû avoir assez d'orgueil pour le cacher! »

Maria-Nieves croyait, de bonne foi, que je savais de quelle lettre il s'agissait; mon père avait dû lui laisser penser qu'il m'en avait parlé.

Tâchant de ne pas perdre pied, je m'efforçai de paraître au courant de ce que j'ignorais : « Vous voulez parler de la lettre de... de Madame Lacroix? »

« Oui... c'était une folle, n'est-ce pas, cette femme-là? J'ai toujours dit à Jean qu'une personne sensée n'écrit pas des horreurs pareilles! Songez qu'elle lui a écrit trois fois ... Les femmes de médecins sont toutes les mêmes : elles s'imaginent que leur mari a des histoires avec ses malades! Remarquez, je ne dis pas que ça n'arrive jamais... Avec les gynécologues, en particulier... » et, sans poursuivre davantage sur un sujet dont elle croyait que j'avais, comme elle, épuisé l'intérêt, elle passa au récit détaillé de l'aventure que son amie malienne avait eue avec un obstétricien de la via del Babuino.

Dès mon retour à Paris, je courus à Creil. Il y avait dans le réduit bétonné qui servait de cave à l'appartement de mes grands-parents un sac de plastique jaune à l'emblème de « Prisunic » auquel, pendant les derniers jours de mon séjour à Rome, je n'avais cessé de penser; huit mois plus tôt, au moment du déménagement, j'y avais entassé pêle-mêle les ordonnances périmées et le paquet de vieilles lettres découverts dans le cabinet de toilette de Malise.

Pendant que mes grands-parents s'endormaient devant la « télé » et que ma mère, assommée de Librium, les yeux fixes et la bouche entrouverte, suivait avec une extrême attention la danse des mouches au plafond, je pris la petite clé dorée accrochée dans la cuisine et, la cachant au creux de mon poing fermé, descendis en hâte l'escalier qui menait aux caves. Là, sous l'ampoule nue qui pendait au bout de son fil et les vieilles robes de Malise qui tombaient des cintres accrochés aux murs, assise parmi les débris de ce qui avait été ma maison – chaises brisées, poupées manchotes et outils rouillés – je glissai la main dans le pochon jaune.

La première lettre qui me tomba sous les yeux portait une date incomplète : Sélestat, le 8 août; elle était signée « Pierre » et je me rendis compte que je n'avais jamais connu le prénom du docteur Lacroix. Entre la date et la signature il y avait quatre pages d'amour qui ne laissaient aucun doute sur la nature des relations entre « Madame Lise Valbray » et le « Pierre » signataire.

L'une après l'autre, je tirai les lettres du sac. Beaucoup étaient incomplètes, sans date, tachées d'humidité, illisibles; mais quelques-unes avaient été soigneusement pliées et replacées dans leurs enveloppes; le cachet de la poste permettait de les dater : 1951, pour les plus anciennes. Toutes venaient de lieux éloignés, l'Alsace l'été, la Savoie l'hiver. C'étaient les lettres de vacances d'un homme plus âgé que la femme qu'il aimait; il lui parlait comme à une enfant, têtue, fragile, dont il semblait redouter de n'être pas vraiment aimé.

1951 : Lise n'avait que vingt et un ans; elle venait d'être très malade, mais elle allait mieux. C'était le temps où nous recevions encore des chèques de Madrid, où Malise cousait gaiement les rideaux de la chambre Louis XV au premier, et dansait, toute seule, des paso doble endiablés qu'elle passait sur le pick-up de la salle à manger. Elle avait laissé pousser ses cheveux; ils étaient très noirs, bouclés, doux, soyeux.

Les dernières lettres – 55, 56, – étaient moins enflammées et plus médicales. Les occasions de faire l'amour dans la chambre du premier semblaient s'être raréfiées, l'état de santé de la jeune femme ne lui permettant plus d'être aussi accueillante que par le passé; on parlait des nuits divines à l'imparfait, entre deux conseils gynécologiques... On s'entretenait des enfants, Béatrice surtout : veillait-on bien à ce que, même privée de piano pendant les vacances, elle continuât le solfège? Lise avait vingt-cinq, vingt-six ans. Quel âge pouvait avoir le docteur Lacroix? Quarante-cinq, quarante-six peut-être... Il aimait toujours, mais d'un amour d'habitude, triste et résigné. Il avait compris qu'il ne guérirait jamais sa maîtresse, qui s'éloignait de lui en ne bougeant plus de son lit. Il lui parlait du temps où elle venait le retrouver dans le petit pavillon du « Belvédère » où il avait son cabinet, de l'époque où il traversait notre jardin la nuit : la porte qui grince un peu, le grand escalier monté sans bruit, le palier obscur, et elle en chemise de nuit – son corps d'adolescente, ses seins menus, ses longs cheveux.

Je lus toutes les lettres, même celles que la fuite d'eau du cabinet de toilette avait tachées, collées, moisies, et dont je ne saisissais pas un mot sur dix. La cave était basse de plafond, les ourlets des robes de Malise me frôlaient le front; je les écartais pour pouvoir lire, sans en passer une ligne, ce message que j'avais compris au premier mot – comme ce soir où ma grand-mère n'avait qu'à me demander d'une voix blanche : « Clotilde n'était pas à l'école aujourd'hui? » pour éclairer le sens de ma journée.

Dès la réflexion de Maria-Nieves ou peut-être avant – dès la découverte, à Evreuil, de ce paquet de lettres soigneusement mis de côté –, les événements de mon passé avaient commencé à se remettre à leur place; et j'avais compris que je savais tout depuis longtemps : pourquoi Madame Lacroix ne nous aimait pas, ne voulait pas nous voir, Béa et moi – Madame Lacroix que l'amitié de ses enfants pour ceux de Lise Valbray torturait, Madame Lacroix en peignoir qui, entre deux lettres de charité, écrivait à Madrid des « tissus d'insanités » –; pourquoi le docteur, si distrait, si occupé, n'oubliait jamais de nous caresser la tête en passant et avait eu l'idée généreuse de payer les leçons de piano de Béatrice et de décrocher les vieilles robes de Clotilde pour me les donner; pourquoi mon grand-père ne s'était pas plaint quand le Premier Conseiller nous avait coupé les vivres, et refusait que sa fille lui fît un procès; pourquoi ma grand-mère, imprégnée d'un reste d'éducation chrétienne, n'avait plus osé parler des enfants Lacroix après que le Bon Dieu les eut « rappelés »; et pourquoi, après 56, l'état de Malise s'était encore aggravé...

Les longues robes de jeunesse de ma mère, basques de velours et « new-look » à plis, pendaient du plafond comme les vertugadins des six femmes mortes de Barbe-Bleue; et, telle la septième femme, épouvantée de découvrir l'étendue de ce que je pressentais, je lâchai la clé dorée dans la tache de sang qui s'élargissait à mes pieds, un sang que rien ne pourrait effacer : celui de Frédéric assassiné.

Ayant repris sa voiture, Christine ne rentra pas à Royalieu. Elle erra toute la nuit dans les forêts entre Creil et Compiègne, s'efforçant de rejoindre une dernière fois, à travers ses larmes et le brouillard des bois, le fantôme de Frédéric Lacroix qui s'éloignait « comme un navire, comme un nuage, comme une ombre... ».

Elle disait que la révélation de l'infidélité de sa mère n'était pas ce qui l'avait bouleversée, qu'elle était même plutôt satisfaite de penser que l'épouse abandonnée n'avait pas toujours été la victime qu'elle paraissait.

Ce que la découverte de cette correspondance altérait, c'était le sens de l'amour qui l'avait liée à Frédéric Lacroix : elle ne voyait plus soudain, dans leurs rencontres au bord des rails et des vergers, l'effet du hasard ou de vraies affinités mais le résultat d'une conspiration, la réplique innocente des gestes, moins pudiques et plus cachés, de la chambre du premier. Ce n'était plus la tendresse qui présidait aux retrouvailles quotidiennes et aux leçons partagées, mais la cruauté – celle des adultes, dont les enfants avaient été l'instrument privilégié. Comment Christine pourrait-elle resonger sans dégoût aux soirées passées avec Frédéric devant la télévision ou dans la chambre des poupées, alors qu'à deux pas Madame Lacroix, que leurs rires mêlés déchiraient, s'abandonnait aux délires épistolaires de sa haine? Comment aurait-elle pu se rappeler avec gratitude les cadeaux du « bon docteur » quand, aujourd'hui, elle se croyait prostituée pour les avoir acceptés? Même dans les serments de fidélité échangés avec son « conducteur de métro », elle devinait une commune initiation à la trahison : en aimant Christine, le petit garçon n'agissait-il pas contre sa mère? En aimant Frédéric, ne prenait-elle pas parti contre son père? On avait joué d'eux, on les avait joués, comme deux pions sur un échiquier...

La courte vie, si lumineuse, de Frédéric se trouvait souillée de complicité; sa mort même – et le secret qui l'avait entourée – se chargeait de honte et de culpabilité; et de ces découvertes, ce n'était pas seulement l'enfance de Christine qui sortait salie, mais tout ce royaume inaccessible aux horreurs du monde qu'elle avait construit autour de la mort des enfants pour s'y cloîtrer.

Tout la nuit, elle roula dans la forêt. Au matin, elle se souvint qu'elle avait gardé la clé de la cave dans l'une des poches de sa veste; en la sortant, elle trouva presque étrange que cette clé fût restée pareille à ce qu'elle était la veille. C'est seulement dans les contes de fées que les assassinats laissent des traces indélébiles sur les clés dorées. Elle pouvait retourner à Creil pour la raccrocher, personne ne devinerait qu'elle l'avait empruntée : son âme seule restait tachée.

Au moment où elle replaçait, sans bruit, la clé dans la cuisine, elle sentit enfin, me dit-elle, la main de Frédéric – qu'elle croyait depuis douze ans tenir encore dans la sienne – desserrer lentement ses doigts, se détacher d'elle, s'écarter, et disparaître sans qu'elle pût tenter un geste pour la ressaisir : Frédéric venait de la quitter, et cette mort-ci n'avait plus rien d'un accident...

Eût-elle, après son mariage, lorsqu'elle s'installa à Trévennec, l'occasion de visiter, dans la baie de Sainte-Solène, le cimetière des Chevaliers? Elle aurait pu y retrouver, sur certaines tombes, cette image des mains séparées dont elle me parlait.

Les « Chevaliers » enterrés à Sainte-Solène sont des émigrés, fusillés au moment où ils tentaient de débarquer à la pointe du Décollé; à leurs corps furent ajoutés, plus tard, ceux de quelques chouans célèbres que la mort avait éparpillés au hasard des landes où ils étaient tombés : la paix civile revenue, leurs ossements avaient été soigneusement rassemblés par des personnes auxquelles les envolées lyriques du « Génie du Christianisme » et le remords – tardif – d'avoir bâti leur fortune sur l'acquisition de biens nationaux avaient inspiré ce geste de piété. Par la suite, quelques familles avaient rejoint leurs chevaliers; aussi trouve-t-on, dans ce cimetière de soldats, autour de la colonne de granit qui commémore leurs exploits, de petites tombes de femmes et d'enfants.

Toutes ces sépultures sont curieuses : leur style se ressent du mélange de christianisme et d'antiquité qui caractérise l'époque où elles furent édifiées. On dirait des tombeaux de vierges athéniennes ou d'hoplites spartiates convertis – un cimetière pour Eudore et Cymodocée... Si l'on a pourvu ces simili « Martyrs » de tout ce qu'il faut de croix pour entrer dans l'Eternité en effet, ces symboles chrétiens surmontent des stèles à l'antique, des élégies de marbre dont le dessin semble inspiré des bas-reliefs païens trouvés au Céramique.

Des femmes Directoire, vêtues à la grecque, se tiennent

assises de profil au bord des dalles, comme repliées sur elle-mêmes, le sourire pensif et le geste las. Leur corps alangui, transparent, et les plis de leur vêtement semblent aspirés par un souffle si puissant qu'il tord la pierre; elles sont assises, et pourtant elles semblent sur le départ : la maladie, la mort les emportent; et si fort est le vent qui les prend, si vif l'élan qui les éloigne des leurs, que les mouvement qu'elles ébauchent pour échanger avec eux une dernière caresse, un dernier objet, demeurent inachevés. Une jeune fille tend mollement vers ses parents une main sans poids qu'ils ne saisiront pas; une mère expirante jette à son enfant une colombe qu'il ne pourra pas rattraper; un héros mourant offre à son épouse une épée brisée qu'elle ne recevra jamais. Des regards qui ne se croisent pas, des sourires qui pleurent, des mains qui demeurent suspendues au-dessus du vide que la mort creuse entre les deux groupes de figures sculptées : ceux qui restent – tournés vers le cœur de la stèle –, et ceux qui partent – déportés vers l'extérieur et pressés de sortir du cadre. Seuls leurs bras, arrondis ou tendus, dessinent, au sommet du monument, un arc qui relie celui qui meurt au groupe des vivants; mais l'arc est brisé : si proches encore que soient les doigts, ils ne se touchent plus, ne se toucheront plus jamais. Le malheur tient tout entier, au cimetière des Chevaliers, dans ces quelques millimètres qui séparent, pour l'éternité, les mains désunies que la pierre a figées.

En passant dans les allées du petit cimetière entre ces épitaphes rongées par la mousse, ces scènes d'adieux, ces chagrins gravés que le temps a effacés, je me souvenais de la peinture qu'on voit au plafond de la Sixtine : deux mains séparées sur le fond des cieux – la main de l'homme, la main de Dieu.

La main de Dieu retombe au bord du nuage, comme résignée, résolue peut-être, à ce divorce; mais l'homme tend encore la sienne dans un geste d'imploration, que la force qui l'emporte au loin rend vain : si pendant quelques minutes, en effet, on détournait son regard de la fresque, on trouverait, en y ramenant les yeux, une plus vaste surface de ciel, un aplat élargi au point que l'homme, à un bout, semblerait près de glisser dans le panneau du Jugement Dernier tandis que

Dieu – suivant le même sens obligatoire que les touristes en visite – aurait gagné la sortie; quelques secondes encore et ils franchiraient les murs, ils disparaîtraient tous les deux. Au-dessus de nos têtes levées, de nos visage renversés, ne resterait qu'un azur de peinture – immense et vide.

Par ce symbole de mort Michel-Ange prétendait figurer la vie : c'est la création du monde qu'il peignait. Mais n'est-ce pas en enterrant ses parents, en quittant ses amis d'école, en oubliant ses dieux d'enfant, qu'on devient grand? Aux âmes fortes il est possible que le deuil siée.

En s'éloignant du Dieu qui les a longtemps guidés, en prenant leur liberté, les hommes d'Europe ne se donnent-ils pas, eux aussi, une chance de maîtriser leur destin? La ruine des églises comme la séparation des mains peuvent être signes d'élévation autant que de déclin...

De même, en perdant, avec Frédéric, le dernier lien qui l'attachait à son enfance, Christine gagnait-elle la liberté d'aller de l'avant, de se dépasser. Et, sitôt arrachée à son passé, elle franchit un grand pas en effet; mais ce fut comme on saute le Rubicon : sans plus de morale ni de façons.

Il est vrai qu'elle n'avait pas choisi de s'éloigner, on l'avait poussée : « La pierre que les maçons ont rejetée », c'est elle qui abattra la maison...

Je pleurai huit jours.

« Ghislaine », qui ne savait pas la cause de cette affliction et la rapportait, dans le doute, à un nouveau chagrin d'amour, tentait en vain de me faire manger : « Regarde le bon p'tit ragoût que je t'ai préparé, Mistouflette. Et je t'ai acheté du rosé... Allez, un homme de perdu, dix copines de retrouvées! » A la fin, je me dis qu'elle avait raison et que, s'il fallait un jour recommencer à manger, autant valait s'y mettre tout de suite. Cherchant, d'ailleurs, si je ne pourrais pas « tirer quelque fruit de ma douleur », je vis qu'à la réflexion il y avait bien du bénéfice à en tirer.

Revenue dans la cave de Creil, je ramassai les lettres et en fis des photocopies. Puis, profitant d'un dimanche où mes grands-parents faisaient un tour en ville pendant que je gardais leur fille, je mis le tout sous le nez de Malise.

Ce qu'il y avait de bon avec ma mère, c'est qu'elle était moins stupide qu'elle n'en avait l'air. Elle me traita de « salope », mais comprit tout de suite qu'elle n'avait pas intérêt à me refuser plus longtemps le consentement à l'adoption que j'avais vainement sollicité depuis une année. Elle me donna sa signature.

Compte tenu de ce que mon père m'avait dit au printemps 68 dans son bureau romain, je n'étais plus certaine toutefois que cela fût suffisant. Comme il faut battre le fer tant qu'il est chaud, j'informai « Madame Valbray » que l'Ambassadeur, de son côté, détenait trois lettres de cette pauvre Simone Lacroix – en vérité, je doutais qu'il les eût conservées : Maria-Nieves avait dû le persuader de détruire ces calomnies, et je le soupçonnais d'avoir passé quinze ans de sa vie à regretter ce beau geste.

J'invitai donc Malise à déférer sur-le-champ au désir de son mari, en engageant contre lui la procédure de divorce qu'il appelait de ses vœux. Puisque « Son Excellence » avait toujours affirmé qu'il prendrait les torts à sa charge, je me faisais fort d'obtenir une coquette pension à l'épouse délaissée. Elle n'avait qu'à écrire la lettre que j'allais lui dicter.

Lise commença par renâcler :

– Maintenant? Mais je peux pas signer n'importe quoi comme ça! Béatrice voudrait pas... Et pourquoi pas ma condamnation à mort tant que tu y es?

– Parce qu'il y a vingt siècles qu'on ne lapide plus la femme adultère... Allez, Malise, un petit effort. Les lettres du docteur Lacroix, l'Ambassadeur ne les connaît pas. Si tu te montres raisonnable, il ne les verra jamais. Sinon... Ce sera le divorce quand même, mais sans pension.

D'une petite écriture tremblée, en appuyant son papier

sur le Bottin du téléphone, elle écrivit les phrases que je lui dictais.

– Seulement maintenant, ma petite fille, c'est la guerre entre nous... Tac-tac-tac : pas de pitié! Tu vas voir de quoi je suis capable, tu l'auras voulu... Tac-tac-tac!

Elle adorait les métaphores guerrières et les onomatopées, qui lui rappelaient le bon temps du Maquis.

– Oui, oui : c'est la guerre. Seulement il y a huit jours que tu l'as perdue...

– Je le dirai à Béatrice! Je lui dirai ce que tu m'as fait... Et d'abord, rends-moi ces lettres! Maintenant que tu as eu ce que tu voulais, t'as pas le droit de les garder. Tu me les as volées. Rends-les...

Je m'appuyai contre le chambranle de la porte, le paquet serré dans mon poing levé :

– Viens les chercher...

– Putain!

– J'ai de qui tenir, à ce qu'il paraît... Je te rendrai tes lettres quand le divorce sera prononcé. D'ailleurs, vu l'état dans lequel je les ai trouvées, je ne crois pas que tu y tenais...

Je menai rondement la suite de l'affaire. Les lettres du docteur Lacroix m'avaient donné ma mère; le consentement de ma mère au divorce me livra mon père. Le dossier d'adoption, que l'ambassadeur avait heureusement récupéré dans sa corbeille à papier, fut envoyé, dûment complété, à la Présidence de la République qui, seule encore, à cette époque, pouvait accorder la dérogation nécessaire.

Je tentai, tant que j'y étais, de faire étendre à Béatrice le bénéfice de cette mesure de justice.

Monsieur Valbray commença par s'y opposer; il faut dire que ma sœur, bien qu'elle fût de nouveau rentrée dans le sein du PC, gardait des nostalgies gauchistes et venait d'abandonner sa clinique pour travailler à la chaîne de Flins. Renault-Flins était du dernier chic dans ce temps-là, même chez les bourgeois; mais l'ambassadeur ne suivait pas les modes et n'approuva pas la conduite de sa seconde fille – laquelle, du reste, contrairement aux craintes de son père, ne persévéra pas dans l' « entrisme » et, après quelques mois de fraisage, de boulonnage et d'affrontement avec la Gauche Prolétarienne, revint de son usine aussi sagement qu'elle serait rentrée d'une colonie de vacances... Mais il faut avouer que, dans ces premiers moments d'exaltation où Serge July publiait « Vers la guerre civile », où la Cour de Sûreté condamnait Krivine, et où Zaffini organisait un Tribunal Populaire pour dénoncer les « crimes du patronat », on ne pouvait pas prévoir une si rassurante évolution; Jean Valbray commença donc par refuser tout net d'ouvrir le parapluie familial au-dessus d'une tête brûlée.

« Je donne peut-être mon nom, dit-il dignement quand je lui proposai d'adopter Béatrice, mais je ne le brade pas... »

« Je ne voudrais pas te paraître puriste, répliquai-je non moins calmement, mais enfin... Tu ne me donnes pas ton nom, tu me le vends. Contre ce papier justement ... » Et je lui agitai sous le nez le gribouillis maternel : « Or il se trouve que pour ce prix-là, je veux deux noms. Honnête proposition. Souviens-toi que, de ton propre aveu, Paris valait bien une messe... Maria-Nieves en vaut sûrement deux... N'est-ce pas, " cher Papa "? »

Avec un homme qui a l'habitude des négociations, on finit toujours par s'entendre; il n'était pas en position de force et en tira les conclusions qui s'imposaient. Mais Béatrice fit échouer le montage.

Je l'avais informée par téléphone de l'état d'avancement des pourparlers.

– La seule chose que j'aimerais savoir, me dit-elle froidement, c'est comment tu t'y es prise avec Malise et quelle combine tu as pu inventer pour qu'elle accepte... Enfin, ce qu'il y a de sûr, c'est que, depuis ton passage ici, je ne la tiens qu'en doublant son Valium. Elle est dans le trente-sixième dessous...

– Tu l'avais déjà vue dessus?

– Vas-y, fais le bel esprit! En tout cas, moi, ça fait vingt-trois ans que je m'appelle Brassard et il est trop tard pour changer... Encore un mot : Brassard, ce n'était pas seulement ton nom, c'est le nom de Pépé. Tu me diras si je me trompe, mais je crois me souvenir que c'est lui qui t'a élevée? Que tu trahisses Malise pour le mec de Rome, ça me paraît déjà fort de café, mais Pépé... Alors, réfléchis bien, Christine. Parce que comme tu feras, je ferai.

Mon adoption fut prononcée en novembre 1969, six semaines avant mon mariage. Frédéric ne sut jamais que je ne m'étais appelée « Valbray » que le temps de publier les bans; mais je ne sus pas, moi, pourquoi je l'épousais...

Ce qu'il y avait de plus profond dans l'amour que j'avais éprouvé pour lui était mort dans la cave de Creil avec le souvenir du petit Lacroix. Restait un peu de tendresse, un zeste d'ambition, un soupçon de plaisir. Et mon âge : ma grand-mère avait toujours tellement redouté de me voir coiffer Sainte-Catherine qu'elle avait fini par me communiquer sa superstition.

Pour le surplus, j'avais besoin que cette adoption qui me coupait de mes bases ne fît pas souffrir que moi. Ma douleur me semblerait plus légère si nous étions deux à supporter les conséquences de ma décision. En rendant mon mariage possible, mon adoption me permettait de torturer Philippe; et peut-être ne me mariai-je, en effet, que pour pouvoir annoncer à mon frère que je le faisais?

J'allai jusqu'à lui proposer d'être mon témoin. Il fut très fair-play : « Rien ne pourrait me faire plus de plaisir », me dit-il gravement en s'inclinant pour baiser ma main. C'était merveille que de le voir, le cœur serré, faire les honneurs de sa sœur à la famille du fiancé; car il fit inviter les Maleville à Senlis, se donna un mal fou pour m'obtenir au meilleur prix la plus belle bague de chez Cartier et s'occupa des démarches administratives à la place de Frédéric, que son travail à Matignon absorbait. Dans ces milieux-là, on ne perd jamais son sang-froid...

Pour second témoin, je choisis Carole Massin. Il me semblait que la prostituée et le jeune aristocrate feraient un couple parfait; ils seraient, en tout cas, également éloignés du genre que ma belle-famille prisait. Mais je serais seule à jouir pleinement de cet effet d'esthétique puisque personne autour de moi ne savait de quoi Carole vivait et qu'elle avait de moins en moins l'air de ce qu'elle était.

Ce fut en remplissant le formulaire de la mairie d'Etampes que je m'aperçus que Carole s'appelait Jeanine; cette révélation me libéra d'un grand poids : « Ecoute, Carole, puisque tu t'appelles Jeanine, permets-moi de ne plus t'appeler Ghislaine... » Elle convint que ce serait plus commode, en effet, et me dispensa de continuer à la suivre dans la ronde de ses « petits noms » – car, chaque fois qu'elle croyait monter d'un échelon dans la société, elle se haussait d'un prénom : Pauline, Stéphanie, Marie... Mais, si au moment de mon mariage elle se montra conciliante sur le sujet des noms, c'était surtout qu'elle s'inquiétait de savoir ce que j'allais mettre à la rubrique « profession ».

– Tu me mets quoi, au juste, comme métier? Hôtesse? me demanda-t-elle un soir, d'une voix embrumée par le « bonnet de nez ».

– Décoratrice, mon chou. J'anticipe, mais je sais que tu y arriveras.

Son petit visage rond s'illumina; elle était à croquer.

En fait de prénom, je m'aperçus soudain que je n'étais pas baptisée. Jusqu'alors, la chose ne m'avait guère gênée, mais on ne pouvait se contenter d'un mariage civil chez les Dupont-Maleville. Il me fallait au plus vite un prêtre accommodant. Il y avait bien les deux ou trois curés habitués des « Rendez-vous »... J'écartai l'abbé Lambert, qui s'était écarté lui-même : depuis les « événements de mai » il avait disparu; emporté par l'élan de la contestation il était tombé dans les bras d'une étudiante de Nanterre et s'était défroqué. Restait le père Prioux...

– Vous voulez rire! s'exclama Pierre Prioux, il y a vingt ans que je n'ai pas baptisé!

– Justement, il ne faut pas perdre la main.

– Et puis le rituel a changé! Je ne sais faire ça qu'en latin...

– Ne vous en faites pas, nous serons entre nous, vous pourrez lire votre texte. Il doit quand même bien y avoir des brochures! Vous n'aurez qu'à imaginer que vous êtes sur la scène d'un vos théâtres pendant une répétition et que vous montrez à l'un des acteurs comment jouer avec naturel le rôle d'un curé en train de baptiser... On trouve sûrement des scènes comme ça dans Claudel... Non? Dans Molière alors?

– Mais non! Mais non! Vous confondez avec le ballet du Grand Turc! Enfin, c'est bien parce que c'est vous...

Frédéric, que je savais vaguement croyant – tendance « Chaban » – tint à assister à la cérémonie. Je le sentais ému. Il était bien le seul... Quoique, de son côté, Pierre Prioux n'en menât pas large : entre deux répons il me glissait des « Ah, là, là, qu'est-ce que vous me faites faire! », il suait à grosses gouttes, et, quand il m'imposa l'huile sur le front, il avait les mains si moites qu'il faillit lâcher l'huilier.

Quand il me fallut signer le registre à la sacristie entre mon parrain, Moreau-Bailly, et Anne, ma marraine, je pris un certain plaisir à écrire sur la page blanche ce patronyme tout neuf dont je déplorais que mon mariage dût me priver avant que j'eusse eu le temps de m'en lasser. La procédure de divorce entre mes parents était officiellement engagée et, en signant « Valbray », je songeai que ma mère et moi allions, en quelque sorte, échanger nos identités : je lui prenais son nom au moment où, redevenant Brassard, elle se trouvait contrainte de réendosser le mien...

Bien que mon père eût commencé de lui verser par provision une généreuse pension ... qui tirait les Brassard de la misère où ils vivaient depuis tant d'années –, son état physique et mental s'était sensiblement dégradé depuis l'ouverture du procès; pour elle aussi, la possession de ce nom avait été une manière de reconnaissance et d'illustration, et elle ressentait sa perte comme une ignominie, non sans raison si l'on songe à l'étymologie de cet « in-gnomen »... Et, certes, j'étais désolée de priver ainsi ma mère de la part noble de son être, mais, comme me l'avait objecté un jour l'une de ces petites bohémiennes yougoslaves qui volent les sacs à main dans le métro : « Faut bien, comme on dit, qu'tout l'monde, il vit! » Là où il n'y avait pas de place pour deux, je savais maintenant qu'il y aurait toujours une place pour moi.

De toute façon, comme ni Béatrice ni ma mère ne me parlaient plus, j'évitais d'aller à Creil. J'y fis juste un saut pour annoncer mon mariage à mes grands-parents et dire qu'évidemment « si quelqu'un voulait assister à la cérémonie... »

Ma grand-mère était partagée entre son envie de contempler les robes du « Beau Monde » et sa crainte de déplaire à Béatrice; comme je l'espérais bien, la seconde l'emporta. Elle me dit qu'elle ne viendrait pas (« T'auras qu'à leur expliquer que je dois surveiller ta maman, qui est patraque en ce moment »), mais elle ne me dissimula pas sa satisfaction de me savoir fiancée à un monsieur « si bien placé »; comme elle avait un proverbe en réserve pour toutes les situations – des proverbes si peu courants que je me demandais toujours si elle ne les inventait pas (« La foire est pas sur le pont », pour signifier qu'il n'y avait pas « péril en la demeure », ou « On ferre pas un baudet qui trotte », ou encore « Toutes les mouches qui doivent te piquer sont pas nées ») – elle m'en sortit un de sa façon qui traduisait mieux qu'un long discours sa manière d'envisager la situation : « Quand t'as une fourchette, tu te brûles plus les doigts. » Elle me le répéta deux fois; c'est qu'à son avis j'avais réussi à m'emparer d'une fourchette en or massif...

Mon grand-père fut, à son ordinaire, plus réservé. Comme il y avait trois semaines que j'avais abandonné le nom des Brassard, je n'osai pas le regarder en face. Assis à la table de la salle à manger devant un petit verre de son vieux poiré, il fumait cigarette sur cigarette, sans parler.

– Ben moi, lâcha-t-il enfin, j'irai.

Ma grand-mère s'affola :

– Mais voyons, Henri, t'as pas de costume propre... et puis, je sais pas ce que Béa va en penser. Avec c'te pauvre Lison qui...

– Y a rien à penser. J'irai au mariage de mes deux petites-filles. Je commence par l'aînée.

Je n'aurais pas pu rêver pardon plus complet; mais la bonne volonté de mon grand-père faisait naître une difficulté que son abstention m'eût évitée : les Dupont-

Maleville comptaient sur la présence de Jean Valbray au mariage de sa fille; et si je n'avais jamais vu mon père et mon grand-père ensemble, j'avais lieu de penser que le moment était mal choisi pour une rencontre au sommet... Je fis donc de mon mieux pour dissuader mon Pépé, en évitant de le peiner : Etampes était loin, je ne savais pas qui pourrait l'emmener...

Mon grand-père m'écoutait. Il posait sur moi le même regard tranquille et glacé qu'à l'époque où, petite fille, je venais lui expliquer que, contrairement à ce qu'il croyait, ce n'était pas moi mais le chat qui avait piétiné ses fraisiers, le même regard qu'au temps où je lui avais annoncé mon adhésion au PC en disant que je le devais à la mémoire de ma tante fusillée, le même regard que pendant toutes ces années où, passant mes week-ends à Senlis, je justifiais mon absence au déjeuner dominical par un excès de travail au lycée... Dans ce regard sombre et las, je voyais l'indulgence le disputer à la sévérité; mais jamais la clémence de l'affection ne parvenait à racheter complètement la rigueur du jugement. Si j'avais été peintre, j'aurais aimé représenter le reniement de saint Pierre : j'aurais si bien su peindre l'expression du Christ quand, avec un sourire triste, il informe courtoisement son disciple favori qu'avant que le coq ait chanté il l'aura renié trois fois... Je hais cette fausse lucidité, ces pardons anticipés qui jettent dans la faute ceux qui en sont l'objet : comment mériter, autrement qu'en péchant, cette absolution donnée par provision?

Il m'arrive même de me demander si mon grand-père n'a pas été, avec son amour sans illusions, plus responsable que Malise ou Jean Valbray de toutes mes trahisons. Ce jour-là, en tout cas, son regard lourd de reproches informulés et de miséricorde à venir fut cause que, renonçant brusquement à l'empêcher de faire ce qu'il voulait, je l'encourageai à assister au mariage, et que je me trouvai, par le fait, en situation de le rejeter à jamais. Dès l'aube du jour J en effet, Henri Brassard, solitaire et têtu comme un vieux sanglier, se tenait, comme il l'avait décidé, devant la mairie d'Etampes où devait se dérouler la cérémonie. Or, tout se passa plus mal encore que je ne l'avais redouté.

Il neigeait sur le Hurepoix. Mariée blanche sous la neige blanche, j'apparus, doublement immaculée. Philippe m'avait aidée à choisir la robe et le long manteau à capuchon bordé d'hermine, qui remplacerait le voile, hors de saison. J'avais l'air d'une bergère de porcelaine : lisse, froide et fragile. Mon père aussi était magnifique. Son arrivée dans une Bentley de louage fit sensation chez les Dupont-Maleville; en jaquette gris clair et haut-de-forme, comme les témoins et le marié, il écrasait de sa prestance tous les hommes présents; seul son fils supportait à peu près la comparaison...

J'avais averti l'Ambassadeur que mon grand-père serait présent. Sitôt arrivé, Jean Valbray piqua droit sur lui; et je le vis se lancer, tête baissée, dans un discours animé. Paraissant deux fois plus haut que mon Pépé, il se penchait pour lui parler, et c'était une chose curieuse que de voir ce grand seigneur multiplier les courbettes devant un petit bonhomme au costume sombre, trop large, mal coupé, et au chapeau rond de paysan breton.

Comme, depuis trois semaines, je n'avais cessé de redouter un éclat, je m'approchai d'eux. Mon père donnait dans l'éloquence fleurie qui caractérise les discours d'ouverture des conférences américano-soviétiques. Je remarquai toutefois qu'il se balançait légèrement, comme un petit garçon timide se dandine en récitant sa leçon. Mon grand-père, il est vrai, ne lui facilitait pas la tâche. Il avait cette bouche plate, serrée en fente de tirelire, que je lui avais toujours connue dans les moments difficiles; et il se taisait. Sous le sourcil broussailleux, le regard était absolument noir : ciel couvert sans promesse d'éclaircie. Et, brusquement – comme mon père, soulagé que je fusse venue me glisser entre eux deux, se récriait sur ma beauté et invitait mon grand-père à l'admirer –, le vieil homme posa la main sur mon bras d'un geste de propriétaire et, relevant la tête, articula posément : « Je suis content de vous voir vous occuper de votre fille, Valbray. Mais je crois que j'aurais préféré vous le voir faire vingt ans plus tôt », et il tourna les talons, laissant mon père un peu désemparé, avec son haut-de-forme sous le bras et le sourire assorti.

« Toujours été une vraie tête de mule, le père Brassard! Vieux con, va! » Il soupira : « Enfin, entendons-nous bien : quand je dis " con " je ne dis pas " crétin "...

– Non, fis-je, surtout que ce qu'il te reproche, au fond... Hein? » Mon père avait retrouvé toute son assurance. Il écarta les bras dans un geste de résignation, eut un large sourire : « Oui, comme tu dis; au fond... », et, content de pouvoir ramener son comportement passé aux dimensions d'une plaisanterie, il revint, joyeux, faire la roue devant les Dupont-Maleville.

Je crus que le plus dur était fait; à l'évidence d'ailleurs, aucune des deux parties ne souhaitait en découdre. Mon grand-père n'estimait pas assez sa fille pour épouser sans réserve ses querelles conjugales; mon père estimait trop mon grand-père pour nier devant lui les torts qu'il avait : complicité de soldats qui expliquait qu'ils eussent pris soin d'éviter toute confrontation pendant une vingtaine d'années.

Nous avions quitté la mairie d'Etampes pour un petit village près de Dourdan où aurait lieu la cérémonie religieuse : ayant garé les voitures sur la place, nous nous apprêtions à marcher vers l'église; en voyant nos invités se ranger, je compris que nous étions supposés traverser le hameau, et entrer dans la chapelle, dans un ordre déterminé. Déjà, mes belles-sœurs se mettaient en ligne. Toute seule, au milieu de la place, je me tenais les bras ballants, le capuchon blanc rabattu sur les cheveux, l'air emprunté. Apparemment, il n'était pas question que j'arrive devant le curé au bras de celui qui, aux termes de la loi, était déjà mon mari : Frédéric, en souriant, avait saisi le bras de sa maman.

Avant que j'eusse pu prendre, de mon côté, les dispositions qui s'imposaient, je vis mon grand-père, à peine extrait de la mini-Fiat de Carole Massin, se précipiter dans ma direction, aussi vite que le lui permettaient le verglas qui couvrait les pavés et sa démarche de rhumatisant, habitué, depuis qu'il vivait à Creil, à ne passer que de la chambre à la cuisine et du lit à la télé. A travers la place glacée il avançait à petits pas pressés, projetant son corps vers moi – le regard, le sourire, les mains. Et, soudain, je compris pourquoi il avait tellement tenu à venir à Etampes : le « taiseux », le mécréant, le vieil indifférent, voulait que je monte à l'autel à son bras...

Immobile sous la neige, au milieu de la place, mon bouquet d'edelweiss à la main, je regardais le petit chapeau noir, semé de flocons blancs, sautiller au gré des pavés. Sous ce couvre-chef ridicule il y avait celui à qui je devais toute la reconnaissance du monde; mais je sentais, fixés sur moi, l'œil réprobateur de ma belle-mère – et des « lignes » cinq, six, sept des Dupont-Maleville –, l'étonnement poli des notables étampois, l'indulgente ironie de mon frère : « Mon Botticelli qui parle avec l'accent de Saint-Denis! » A travers la neige, l'angoisse et la fatigue de ces dernières journées, je ne vis plus que le sommet du chapeau, tressautant sur la place comme la coque sombre d'un scarabée, la carapace sale d'un bousier, le dos tacheté d'une punaise, le corps moisi du Roi-Grenouille revenu contraindre la belle à tenir sa promesse...

Dans un crissement de pneus, la Bentley stoppa au milieu de la place à quelques centimètres de l'ourlet de ma robe. Mon père en sauta, prit mon bras et, sans me laisser le temps de dire un mot, m'entraîna vers le cortège, déjà formé au pied du monument aux morts.

Ayant parcouru la grand-rue du village, la noce monta solennellement les marches de l'église; je me retournai; sur la neige blanche, le cortège s'étirait comme un fil multicolore au bout duquel – tel un bouchon à l'extrémité d'une canne à pêche – s'agitait une rondelle noire : en queue du défilé, à l'autre bout de ma vie, mon grand-père donnait le bras à la bonne des Maleville.

Christine passa sa lune de miel à Rome, auprès de Maria-Nieves et de Jean Valbray.

Six ans plus tôt, dans le Palatino, ne s'était-elle pas présentée à son frère comme la veuve d'un jeune Frédéric, decédé après avoir effectué avec elle un inoubliable voyage de noces dans la capitale italienne? On aurait dit qu'elle s'attachait à rendre vrai ce qu'elle avait inventé; un peu comme ces romanciers qui assurent qu'ils ne mettent pas leur vie dans leurs romans mais que ce qu'ils écrivent finit par leur arriver...

Ainsi le mensonge prend-il souvent chez Christine des airs de vérité anticipée : elle fit, comme elle l'avait raconté par anticipation, de longues promenades avec son Frédéric dans les ruines d'Ostie, l'embrassa sous l'arc obscur des Cenci, lui offrit des fleurs au marché de la via della Pace, et dîna aux chandelles dans les trattorias du Trastevere. Après quoi, il fallut rentrer; n'est pas veuve qui veut et Frédéric Maleville, taillé en Neptune, menaçait d'avoir de la santé...

Christine, qui avait cessé de travailler dès le lendemain du mariage, installa son ménage. On n'avait jamais vu une jeune mariée si richement dotée en appareils ménagers de toutes sortes : Raoul de Chérailles l'avait accablée d'aspiro-batteurs, coupe-frites électriques, fours à chaleur tournante et machines à repasser; ce n'était pas assez de vingt-quatre heures et de soixante mètres carrés pour pouvoir tout utiliser. Aussi laissa-t-elle bientôt ces instruments envahissants dormir dans les placards, lassée d'ailleurs, jusqu'à l'écœurement, de relaver chaque jour ce qu'elle avait lavé la veille et de cuisiner toutes les six heures : elle donna son linge au teinturier et adopta les surgelés. « Ma belle-fille est une parfaite femme d'extérieur », disait Madame Dupont-Maleville dans les dîners.

Pour se mettre à l'abri de ce genre de réflexions, Christine crut devoir donner à sa désinvolture domestique un alibi intellectuel et elle entreprit sur-le-champ une thèse de 3e cycle : « La chouannerie – mythe romanesque et réalités ». La période post-révolutionnaire qu'elle avait commencé d'étu-

dier avec Le Veneur continuait de la fasciner; après les apostats, pourquoi ne pas consacrer quelques années à méditer sur les fidèles?

Elle cherchait à établir des comparaisons entre la matérialité des faits, la légende qui en naissait, et la façon dont, ensuite, les écrivains du XIX*e s'emparaient de cette romance populaire pour écrire « Les Chouans » , « Quatre-vingt-treize », ou « Le Chevalier Des Touches ».*

« Par exemple, on considère toujours " Le Dernier Chouan " comme une œuvre de fantaisie, me disait-elle, mais regardez comme Balzac met en évidence des données sociologiques caractéristiques des guérillas d'aujourd'hui : ces Bleus qui occupent les villes, les plaines, les jours, ces Blancs qui tiennent les campagnes, les collines, les nuits, c'est l'Angola, l'Afghanistan! Voyez aussi, à l'inverse comme ses erreurs nous en apprennent long sur la mentalité de son temps : cette idée, par exemple, de nous montrer les chouans et les Vendéens comme des vieillards! Quand on sait l'âge qu'avaient la plupart des soldats du roi, les Charette, les Lescure, les La Rochejaquelein... Mort à vingt et un ans, celui-là, qui dit mieux? Ma tante Arlette peut-être ... »

De nombreux historiens travaillaient alors, autour de François Furet, à donner une nouvelle image des guerres de Vendée et le projet de Christine, mieux centré, eût pu accrocher l'attention d'un professeur au collège de France ou aux Hautes Etudes. Mais Christine ne se souciait pas de prolonger sa carrière universitaire; je me demande même jusqu'à quel point elle s'intéressait au sujet qu'elle avait choisi : en fait de « réalités », elle se passionnait surtout pour le « mythe romanesque »; et dans l'ensemble de la production littéraire considérée, un seul personnage la touchait : Marie de Verneuil.

Sur la belle espionne républicaine envoyée pour séduire le chef des Blancs, elle savait tout; elle avait cherché, dans la petite histoire de la Révolution, les modèles dont Balzac avait pu s'inspirer, répertorié les Mata-Hari des deux partis, fait l'inventaire des femmes fusillées entre 1793 et 1800, retracé l'état civil des filles les plus célèbres du Palais Royal; à partir des bribes de renseignements que nous donnait le romancier, elle s'était même efforcée de reconstituer la vie de Marie avant sa rencontre avec Fouché – ses opinions, ses amis, son enfance...

Sur cette enfance elle ne m'apprit rien; j'avais relu « Les Chouans » dès qu'elle avait commencé à m'en parler et je savais ce qu'entre les lignes on pouvait y trouver; une petite fille bâtarde née, dans la misère, d'un grand seigneur libertin qui abandonne la mère et oublie l'enfant; ce père, retrouvé quinze ans après, qui jette sa fille dans le luxe et la prostitution; la « fille galante » s'emparant alors, comme d'un « nom de guerre », du nom noble qui devrait être le sien et s'en servant pour tromper, puis abattre le chef des aristocrates...

Avec le personnage de Marie, Christine jouait comme l'eût fait un romancier, tentant, à partir d'un donné commun, de dessiner, de mensonge en mensonge, une figure possible de son propre destin; mais, tandis que sa vie semblait prendre un cours plus réglé, son jeu devenait plus dangereux; elle avait trop de ressemblances avec Marie - plus, en tout cas, qu'avec ces princesses finnoises et ces veuves normandes qu'elle s'était autrefois complu à imaginer –, et l'on n'affronte pas sans péril son double en champ clos.

Pour moi, si risqué qu'ait pu également me paraître l'intérêt que je portais à Christine Valbray, je gardais au moins une issue : la biographie que j'entendais lui consacrer. Chaque ligne tracée m'éloignait, pensais-je, du danger, tandis que Christine, qui n'avait pas l'échappatoire de l'écriture, risquait à tout moment de se laisser dévorer par le personnage qui la fascinait.

L'imprudente passion de la jeune Madame Maleville pour la chouannerie m'aida, néanmoins, à découvrir sur le tard l'une des raisons qui m'avaient amenée à lui servir de miroir pendant tant d'années.

A douze ans, comme Christine j'avais lu cette scène où la belle espionne, pour mieux séduire le chef des chouans, se pare devant sa glace : j'avais admiré la robe de mousseline des Indes « semblable à un linge mouillé », le spencer rouge, les longues nattes brunes relevées sur la tête et piquées de branches de houx « dont les baies rouges répétaient heureu-

sement dans les cheveux la couleur de la tunique »; j'avais observé le poignard qu'elle glissait entre ses seins, laissant passer « les rubis qui en ornaient le bout et dont les reflets rougeâtres devaient attirer les yeux »; et cette robe, ce spencer, ces bijoux, je les avais vus, non comme les voyaient celle qui s'en vêtait ou la lectrice qui se glisse dans le regard de l'héroïne, mais d'en face : en me mettant au lieu même de cette glace dans laquelle Mademoiselle de Verneuil, tout en tortillant les feuilles du houx, « regardait l'ensemble de sa toilette pour juger de son effet ».

Moi qui, également incapable d'audace et de passion, ne m'embarque pour l'Amérique qu'à condition d'être rentrée avant six heures et qui borne ma témérité au redoublement d'une épithète, comme aurais-je, en effet, osé rêver d'être Marie? Je rêvais d'être le miroir de Marie.

Certes, j'avais, en vieillissant, changé de goûts littéraires. N'étant pas si midinette que Christine se flattait de l'être restée, je croyais qu'on ne devait pas éprouver beaucoup plus de peine à se passionner pour la collection Harlequin que pour ce roman où les « rires affreux » succédaient aux « emphases sardoniques », et les « Eh bien, dit-il hors de lui, prends ma vie! » à des « Oh, mon amour, s'écria-t-elle d'une voix étouffée, voici le bonheur que j'attendais ». Mais je gardais toujours dans mon cœur le désir secret de rencontrer face à face une femme capable, comme Marie, de se donner à un amour sans espoir, à une action sans illusions, de se livrer tout entière au bonheur d'un seul matin, de prendre plaisir à « une belle journée sans lendemain »...

Si longue que fût ma journée, je savais, moi aussi, qu'elle serait sans suite en effet, et je déplorais que, à l'inverse de Christine et de Marie, cette absence de perspectives me gâtât la douceur du moment. Inhabile à tirer parti d'un présent sans avenir, je ne pouvais même pas me consoler en répétant à tout bout de champ, comme les vieillards de Sainte-Solène, que « ça durerait autant que moi » : « La falaise de la Dieu-Garde tombe en morceaux mais à ce rythme-là, allez, ça attendra bien pour disparaître que je ne sois plus là! » « La mer est polluée, mais le jour où plus personne ne pourra s'y tremper, ce n'est toujours pas moi qui le verrai! » « Les balcons de l'Eden se fissurent, mais ils tiendront sûrement aussi longtemps que mes artères! »

J'avais besoin, pour profiter de la beauté des choses, de savoir qu'elles dureraient plus que moi et que je me survivrais dans la joie que d'autres en tireraient. Contrairement à ces Solenais moribonds que je voyais vivre au jour la journée, j'avais besoin d'éternité et je souffrais de vieillir moins vite que le monde auquel j'appartenais.

Certains soirs pourtant, quand un rayon de soleil perçait les nuages et que, marchant à grands pas sur la jetée, je m'efforçais gravement de trouver les mots qui conviendraient pour décrire ces dégradés de l'océan – vert au bord du sable, outre-mer à l'horizon et bleu au milieu –, assortis au bermuda rayé des derniers baigneurs, je m'exaspérais de la vanité de mon projet : que cherchais-je avec mes phrases, sinon à me bercer des mêmes illusions que mon petit garçon brun, trop carré, trop têtu, celui des trois qui me ressemble le plus, qui, chaque matin, cette année-là, entreprenait la construction d'un château de sable sur la plage du Clair-de-Lune?

Chaque jour, près des cabines du Sporting, il rebâtissait son château que, chaque jour, la mer détruisait. Le soir parfois, quand il s'en allait, abandonnant à regret les tours et les créneaux qu'il avait passé l'après-midi à élever, il se tournait vers moi, plein d'espoir : « Il est solide, n'est-ce pas? Demain, je le retrouverai là... »

« Voyons, mon chéri, tu sais bien, disais-je doucement en l'entraînant, la marée qui monte, les enfants qui courent, les gens qui passent... Bonhomme, tu sais bien. »

Le petit garçon têtu fermait son visage comme un poing et serrait ses paupières pour retenir les larmes qui glissaient déjà sur ses joues : « Je voulais tellement que celui-là dure! Qu'il dure toujours! Je le voulais tellement, Maman... Pourquoi? »

Comme lui, jour après jour, je bâtissais sur le sable, espérant, contre toute expérience, que cette fois-ci les murailles tiendraient... Mais, du fond de mes chimères, du haut de mes projets, j'admirais que Marie de Verneuil et Christine Valbray, conscientes de leur fragilité, eussent su jouir du bonheur comme d'une belle journée et qu'elles l'eussent détruit d'elles-mêmes avant que la nuit l'eût défait.

Bien que le sujet de la chouannerie – première « résistance bretonne » – me passionnât, une fois passé l'enthousiasme des débuts j'eus du mal à travailler. Ce n'étaient pas les idées qui me manquaient, mais la ténacité : il m'eût fallu un Le Louarn pour m'encadrer...

Pour m'occuper, je fis la jeune mariée : je rendais des visites, j'en recevais. C'est ainsi que je revis Malou Weber et sa fille. Laurence militait toujours pour le « Comité Prolétarien de la Jeunesse », dont Nicolas Zaffini venait d'accepter la vice-présidence. Au grand effroi de sa mère, la petite Fervacques usait d'un vocabulaire de plus en plus radical, dont elle mitraillait l'interlocuteur avec une exaltation proche de l'orgasme; elle venait d'abandonner les Beaux-Arts – où elle n'avait guère mis les pieds – pour se consacrer complètement à l'« art révolutionnaire ».

De manière incidente, elle me parla de son père et, pour la première fois, avec mépris : non seulement Charles de Fervacques s'était tiré de son accident, mais il en avait tiré parti. S'il y a des gens pour qui, comme le disait Churchill, toutes les opportunités sont des calamités, Fervacques était de ceux pour qui toutes les calamités sont des opportunités : hospitalisé au moment des « événements de Mai », il n'avait pas eu à prendre position dans le débat qui avait agité la nation – ce qui lui avait valu de garder intacte sa réputation de fidélité au Général; encore convalescent au moment du référendum de 69 et du départ de De Gaulle, il n'avait pas non plus été amené à participer au gouvernement Couve et à se prononcer contre Pompidou – aussi le reflux l'avait-il épargné... Jouissant également de la confiance des paléo-gaullistes et des pompidoliens, il avait accepté le portefeuille des Affaires étrangères dans le gouvernement de Jacques Chaban-Delmas.

Malou me dit avoir été d'autant plus surprise de la promotion de son ex-époux qu'il ne s'était jamais privé de moquer Pompidou. « Remarquez qu'à l'inverse de beaucoup, il ne l'a pas calomnié au moment de l'affaire Markovic. Et pour une bonne raison : il était dans le coma à ce moment-là! Sinon... Ce n'est pas que Charles soit méchant, mais il est imprudent. Mon pauvre père le lui répétait souvent : " Mon petit Charles, en politique, il faut savoir résister à un bon mot... " D'après ce que j'entends dire, Charles ne sait toujours pas. Les boutades et les jupons le perdront! »

Elle me raconta qu'au moment où il constituait le premier gouvernement de son septennat, le nouveau président de la République avait convoqué « l'Archange des Chambres » à l'Elysée. Frétillant d'impatience, le blessé avait traversé la cour d'honneur d'un pas léger, montant trois par trois – sous les flashes des photographes de presse – les marches du perron que Chaban montait deux par deux : un homme politique ne prouve jamais assez qu'il a de la santé, surtout lorsque, comme celui-ci, on le donnait pour mort dix-huit mois plus tôt... Mais Georges Pompidou, dont le jeune ancien ministre attendait un accueil chaleureux, l'avait, à sa vive surprise, reçu plutôt froidement.

Se rasseyant dans son fauteuil sitôt qu'il lui eut serré la main, il alluma une cigarette sans lui en proposer, puis, s'appuyant des deux coudes sur son bureau, laissa tomber sur Fervacques un regard encore plus charbonneux qu'à l'accoutumée. Il y eut un silence, si prolongé qu'il en devint pesant; enfin : « Je suis content de vous revoir, Fervacques, dit Pompidou gravement, surtout en si bonne forme... J'avais quelques projets pour vous. Seulement... »

Il suivit des yeux quelques ronds de fumée qui s'évanouissaient dans la pénombre du cabinet; l'emploi de l'imparfait venait de plonger Fervacques dans une inquiétude qu'il ne pouvait dissimuler : croisant et décroisant nerveusement les jambes, il changea trois fois de fesse au bord de la bergère.

« Puisque nous sommes entre nous, reprit le président, dites-moi un peu, avant que nous ne poussions plus loin cette conversation, quels sont ces mots que vous colportez sur moi?

– Des mots, Monsieur le Président? Quels mots?

– Les bons, Fervacques. Les bons mots... Vous me les diriez en face?

– Euh... les bons mots? Mais sûrement, Monsieur le Président. Attendez... Il y en a un ... je ne sais pas si vous le trouverez bon, remarquez... C'était l'autre semaine, à l'occasion du débat sur la Force de frappe... Dans la Salle des Pas Perdus je croise Claude Labbé qui lisait votre anthologie... Alors je ne sais pas, moi... la fatigue? l'énervement? J'ai dit quelque chose comme : " Si les Mirages de notre Force de frappe connaissent aussi bien leur plan de vol que le président de la République la poésie française, ils ne trouveront pas souvent leurs cibles... "

– Hum...

– Oui... Pour être complet, je dois vous avouer que, sur la succession aussi, j'ai un peu... Enfin, dans des dîners, deux ou trois fois, j'ai lâché comme ça, incidemment, pour plaisanter – vous savez ce que c'est – " après César, César Birotteau... "

– Meilleur. Honnêtement, c'est meilleur.

– Oui... je dois dire que je partage votre avis.

– Vous en avez d'autres? Non parce que, tant qu'à faire, j'aime autant les apprendre directement... Par personne interposée, ça arrive toujours un peu déformé...

– Franchement, Monsieur le Président, pour l'instant je n'en vois pas... C'est une affaire, comment dire? d'inspiration...

– Evidemment... Je comprends très bien. J'ai fréquenté les poètes, maladroitement peut-être, comme vous l'avez souligné, mais enfin je les ai fréquentés... Alors, l'inspiration, bien sûr, je connais... Vous êtes un insolent, Fervacques. Il me reste à formuler le souhait que, comme ministre des Affaires étrangères, vous apprendrez à tenir votre langue... »

« Il paraît, me dit Malou Weber, que Charles a dû se retenir pour ne pas lui sauter au cou. On m'assure que, du coup, il ne jure plus que par Pompidou...

– Bah! fis-je en me rappelant à propos l'un des proverbes de ma grand-mère, entre Gitans on ne se dit pas la bonne aventure... Mais, au fait, s'ils n'étaient que tous les deux, enfermés dans un bureau de l'Elysée, par qui connaît-on leur conversation?

– Oh, par " l'Archange " lui-même, n'en doutez pas! répliqua madame Weber en haussant les épaules. Etre ministre des Affaires étrangères ne lui aura pas appris à se taire...

– C'est ça! Pendant qu'avec leurs bons mots mon père et les autres laquais de la bourgeoisie occupent le devant de la scène, les ouvriers de Billancourt font cinquante-quatre heures par semaine! Pendant que la Fervacques-Compagnie amuse la galerie avec ses conneries, les flics de Marcelin interpellent nos camarades, nous empêchent de vendre nos journaux, interdisent nos meetings... » Laurence en avait les larmes aux yeux.

Madame Weber, un instant ranimée par l'évocation des dessous d'un monde politique qu'elle avait connu et aimé, reprit aussitôt cette mine froissée, aplatie, usée qui lui donnait l'air d'une robe de Dior passée dans l'essoreuse d'une machine à laver : « Que tu es excessive, ma pauvre enfant! »

Laurence était excessive en effet, au point de ne pouvoir figurer dans aucun des dîners amicaux que j'organisais; elle s'accrochait avec tout le monde, même avec Kahn-Serval dont les idées ne paraissaient pourtant pas si différentes des siennes, bien qu'il les exprimât en termes plus modérés. A propos de l'attaque de l'épicerie Fauchon – « Tout le caviar au peuple! » – et de l'adoption de la loi anticasseurs, elle traitait mon malheureux ami d'« allié objectif de la bourgeoisie », de « diviseur des forces populaires », de « crypto-CGT », et d'« apprenti nazi »; et c'était une chose étrange pour moi que de voir sortir de dessous sa frange blonde les idées que j'avais vues germer, deux ou trois années plus tôt, sous la tignasse brune de Zaffini : « la voix de son maître »...

Heureusement, Renaud ne s'offusquait pas plus des injures de Laurence qu'il ne se choquait de l'appartenance de Frédéric au cabinet du Premier ministre. Si, depuis son mariage avec Maud, il n'avait pas mis d'eau dans le vin de ses opinions, il s'était, en revanche, beaucoup apprivoisé dans les rapports humains. Il rayonnait d'une espèce de bonté œcuménique, que son échec politique ne semblait pas avoir altérée. Comme ingénieur des mines, la perte de son siège l'avait rendu quarante heures par semaine aux Charbonnages de France, mais il prétendait se plaire au contact des mineurs : le noir de poussier s'accordait bien, il est vrai, avec son physique ténébreux, et l'imagerie révolutionnaire de « Germinal » avec ses options politiques.

Sur ce plan-là, du reste, malgré le reflux de la gauche électorale, il n'avait pas tout perdu : ayant participé dès juillet 69 à la création du nouveau Parti Socialiste, il venait d'être élu membre de son Comité Directeur et désigné comme porte-parole du parti auprès de la presse; tout auréolé du prestige que lui valait dans le public la conquête de Mademoiselle Avenel, il y faisait merveille; il ne se passait guère de semaine qu'on ne vît son nom et sa photo dans les journaux.

Pendant les quelques mois que nous passâmes à Paris, ce nouveau Renaud, plus conquérant, plus épanoui, fut conquis par mon mari et mon mari conquis par lui : ils avaient, à la réflexion, quelques points communs – goût de la raison, bonne volonté, ingénuité... Chez Renaud, cependant, on sentait une amertume en attente, un désespoir « en souffrance » qui ne demandaient qu'à s'employer; Frédéric, au contraire, manifestait une volonté de s'aveugler si constante et délibérée qu'il resterait dupe jusqu'au bout – bienheureuse cécité, qui me rassurait sur sa solidité : c'est au pays des clairvoyants que les borgnes sont rois.

Renaud et Frédéric parlaient peu de politique, du moins devant moi; mais, profitant de ce que, bon gré mal gré, je devais m'affairer à la cuisine et que Maud n'accompagnait jamais son mari dans les dîners, il se lançaient, une fois nos invités partis, dans d'interminables conversations scientifiques : avant d'entrer à l'ENA, Frédéric avait fait une petite école d'ingénieurs et, sans pouvoir rivaliser avec Renaud, il était tout de même capable de soutenir son point de vue avec assez d'ardeur.

C'est ainsi que, plusieurs soirs de suite, je les entendis discuter, autour d'un verre, le point de savoir si le monde était riemannien ou lobatchevskien. Egalement éloignés des théories euclidiennes, ils ne s'accordaient pas sur le mode de courbure de l'univers : pour Renaud, que sa nature portait au repliement, les parallèles convergeaient, le monde se refermait sur lui-même; pour Frédéric, optimiste, les parallèles divergeaient et l'univers, lobatchevskien, s'ouvrait comme une grande corolle. En tout cas, ils tombaient d'accord sur un espace courbe où le mouvement, que ce fût par un côté ou un autre, revenait toujours à son point de départ, comme un boomerang.

Je n'osais contredire mes deux savants, mais toute mon expérience démentait leurs propos; j'avais beau ne pas connaître grand-chose à la géométrie, je savais sûrement que des vies parallèles bien menées ne se rencontrent jamais...

Seules nos sottises se retournent parfois contre nous. Les bêtises, qu'on fait sont rarement euclidiennes en effet; elles nous rejoignent – par-devant, par-derrière, par en dessus ou par en dessous –; et Frédéric, que deux ou trois bévues firent dégringoler des salons dorés de Matignon à la triste sous-préfecture de Trévennec, le ramenant ainsi à son point de départ en moins de dix-huit mois, eut tout loisir de méditer sur le tour brutalement riemannien que prit son destin.

Le Premier ministre avait confié au jeune chargé de mission l'un de ces portefeuilles « ramasse-miettes » qu'on trouve dans tous les cabinets : outre la « réforme administrative » – qui n'allait pas l'occuper beaucoup – on avait mis dans son corbillon un peu de social (« prévention et hygiène publique »), de culture (« recherche et technologie »), de loisirs (« sports et tourisme »), et un brin d'écologie. Ce brin le perdit.

Afin de répondre aux plus modestes des exigences soixante-huitardes, on venait en effet de créer un ministère de l'Environnement; et pour exister, ce Département s'agitait autant qu'un Etat nouveau-né – ses puissants voisins de l'Agriculture, de l'Equipement et de la Santé Publique ne mettant aucune hâte à libérer les zones occupée. Non moins pressé de se poser vis-à-vis de ses pairs plus anciens qu'une nation fraîchement décolonisée d'impressionner l'Assemblée Générale de l'ONU, le ministre tout neuf avait eu l'idée – toujours pertinente dans ces circonstances – de se mettre à dos la moitié de l'humanité : il allait prendre une série de décrets destinés à protéger du promeneur innocent et de l'écolier faiseur d'herbiers des espèces supposées menacées; on classerait le papillon de chou, l'ancolie des Alpes, la mite du coton, le bolet satan, le liseron et le moustique bas-breton.

Chaque décret préparé par le jeune ministre devait porter la signature d'une demi-douzaine de « ministres intéressés » avant de recevoir – comme un sceau – celle du Premier. D'en haut, Frédéric supervisait distraitement la manœuvre : quelque mal que se donnât le protecteur du moustique pour « percer », l'environnement n'est pas une matière noble. De toute façon, il ne s'agissait que de règlements simples – qu'on ne devait présenter ni à l'Elysée ni au Conseil d'Etat – et d'une « suite de numéros », dont la présentation matérielle a ce côté répétitif, standardisé, des productions de série : dix articles sur la protection de la sauvagine, quinze sur celle des orthoptères, vingt-cinq sur la composition de engrais autorisés ou la réglementation de la cueillette des cryptogames vasculaires – enfin, ce qu'on appelle un « train de décrets ». L'ennui c'est que, comme les autres, ces trains-là peuvent dérailler... Frédéric, dont les fonctions faisaient l'aiguilleur suprême en la matière, jeta un coup d'œil rapide sur le premier texte, se borna à vérifier, sur les bordereaux, que tous les autres décrets portaient les visas des services concernés, apposa son propre paraphe et envoya le tout à la signature du Premier ministre. Le Premier ministre lut la note de son chargé de mission entre deux avions et, constatant qu'il avait visé, signa.

Entre-temps, Frédéric m'avait épousée et nous étions partis pour Rome. Ce fut pendant que nous visitions Saint-Pierre-aux-Liens et Sainte-Marie-Majeure que « l'affaire » éclata à Matignon : le Premier ministre apprit qu'au titre de « l'Environnement » il venait de classer le « tilleul-menthe » parmi les espèces protégées...

Un obscur fonctionnaire du Secrétariat Général du Gouvernement, chargé de transmettre au Journal Officiel les textes signés, avait en effet lu par hasard l'intégrité des décrets et relevé, avec étonnement, que le gouvernement protégeait une espèce naturelle qu'il n'avait jamais rencontrée qu'en sachets et dans les supermarchés... Prenant sur lui d' « arrêter le train », il avait osé, timidement, reconsulter Matignon. Si Frédéric s'était trouvé là, le dossier lui eût été retourné; invoquant une coquille, il eût corrigé le décret et personne n'en eût entendu parler. Mais en son absence, le texte fautif – accompagné du « bon à tirer » qu'il avait délivré – atterrit sur le bureau de Frétillon, un collègue de Philippe que Frédéric, au Cabinet, avait pour « frontalier ». L'ambitieux jeune homme (dès l'ENA, il se croyait l'étoffe d'un Bonaparte, dont il avait déjà la taille), voyant dans l'affaire l'occasion d'élargir ses trop minces attributions, eut soin de ne rien cacher au chef du gouvernement de la légèreté avec laquelle « on » instruisait les affaires qu'« on » lui soumettait; il peignit, d'un pinceau coloré, l'éclat qu'eût fait dans la presse la publication d'un texte aussi ridicule, si lui-même ne s'était avisé du piège qu'on tendait au gouvernement – car il s'agissait d'un piège, à ne pas douter : comment croire à la distraction d'une secrétaire? Quelqu'un avait introduit cette bombe dans le décret en sachant qu'en haut on ne vérifierait pas; et pour qu'on pût tabler sur une telle négligence, il fallait, assura-t-il, que la réputation d'écervelé du sieur Maleville fût déjà bien établie auprès des bureaux...

Quand Frédéric, débarquant de Rome ivre d'amour et de chianti, grimpa allégrement le perron de Matignon, il eut la surprise de se voir convoqué chez « le patron », lequel l'accueillit d'un sévère : « Alors, Maleville, la prochaine fois, vous me faites classer quoi? Le Vittel-fraise, la vodka-orange ou le Mandarin-Curaçao? », et il lui annonça qu'il lui retirait l'Environnement pour le confier à Frétillon.

La faute de Frédéric était vénielle, à dire vrai : le sous-directeur vise parce que le chef de bureau a visé; le directeur confirme de confiance la signature du sous-directeur; le chargé de mission, paraphe sans lire, et le ministre, se fiant à son chargé de mission, scelle le tout – c'était, à peu de choses près, le mécanisme qui avait autrefois failli propulser ma motion Déat vers les sommets...

Mais j'eus beau remontrer à mon mari que la diminutio-capitis qui le frappait était la moindre des sanctions possibles – au ministère de l'Environnement, le chef du bureau d'où était sortie la première mouture du décret venait, malgré ses protestations d'innocence, d'être muté à Florac (deux mille habitants) –, je ne parvins pas à le rassurer. L'affaire, me dit-il, était remontée jusqu'à l'Elysée où l'on en faisait des gorges chaudes : Frétillon appartenait au « réseau » Juillet-Garaud, lequel ne cherchait qu'une occasion d'éliminer des postes de responsabilité les archéo-gaullistes soupçonnés d'avoir voulu nuire au nouveau président.

Mon mari avait, à l'en croire, perdu la confiance du chef du gouvernement; comme par ailleurs il n'avait que des ennemis à l'Elysée, il allait s'effondrer, faute de point d'appui. Nous fîmes le réveillon là-dessus, et il ne fut pas gai. Quelques jours après la fête, nous reçûmes un envoi de ma belle-mère; elle avait une adresse pour le foie gras – la meilleure de France, naturellement – et, chaque année, faisait adresser, par ce fournisseur attitré, quatre ou cinq terrines à son fils bien-aimé.

Lorsqu'il accusa réception du paquet, Frédéric, quoique fort abattu, ne put cacher un sourire gourmet; dans sa détresse il me parut sensiblement réconforté. Mais il se refusa à faire ce que j'eusse fait dans les mêmes circonstances : manger chaque jour un foie frais, jusqu'au retour de mon moral ou jusqu'à l'effondrement de mon estomac.

Même déprimé, Frédéric respectait les principes d'économie que ses parents lui avaient inculqués; il ne mangea qu'un foie, dont il m'abandonna un petit bout – « Pour goûter, mais tu sais que ça ne te réussit pas » –, puis il enferma soigneusement les quatre terrines qui restaient, non sans les avoir débarrassées de leur surplus de graisse dont il remplit la terrine vide : « Il ne faut pas laisser perdre ça; c'est délicieux comme sauce avec des haricots... Ou pour assaisonner les pâtes que tu nous fais. »

Aux environs du 15 janvier, tandis que, entre deux comités interministériels sur la réforme de la Santé, Frédéric ressassait encore le chagrin d'avoir perdu l'Environnement et supputait ses chances de garder le Tourisme, il lui vint une idée : des amis bien placés lui avaient assuré que son seul défenseur à l'Elysée, lors de l'affaire du tilleul-menthe, avait été l'un des adjoints du Secrétaire Général – réputé, pourtant, pour son caractère acrimonieux, la violence de ses susceptibilités et l'ardeur de ses ressentiments –; ce conseiller influent ne connaissait pas mon mari mais il s'entendait mal avec l'équipe de Pierre Juillet et, appliquant de manière quasi mécanique l'adage qui veut que les ennemis de nos ennemis soient nos amis, il s'était spontanément rangé aux côtés de l'inconnu qu'on attaquait. Frédéric se dit qu'il fallait cultiver cette amitié née de communes inimitiés et manifester sa reconnaissance au puissant qui l'avait protégé : il songea au foie gras.

« Une terrine avec mes vœux... Ça le toucherait, tu ne crois pas? »

Sitôt dit, sitôt fait : il empaqueta l'un des pots.

Nous vécûmes deux jours d'euphorie. Frédéric s'était retrouvé un suzerain et une raison d'espérer; cent fois le jour, il pensait à sa terrine et au bon effet qu'elle avait dû produire. A force, cette pensée le mit en appétit. Le samedi, il décida que nous ferions une folie : nous mangerions, à déjeuner, non pas un foie – il fallait tenir jusqu'au bout de l'année avec les trois qui nous restaient –, mais un rizotto à la graisse d'oie. Je fis le riz et le laissai me mesurer le « gras », dont il n'usait, comme sa mère, qu'avec parcimonie : « Une demi-cuillerée suffit à parfumer. » Mais, comme il enfonçait sa cuillère dans la graisse, je vis la stupeur se peindre sur son visage : « Dis donc... il y a un foie dans cette terrine-là! »

« Ah... C'est qu'elles se ressemblent toutes, tu sais. Tu as dû te tromper. »

Je sortis les deux autres pots du réfrigérateur et les posai sur la table. Avec des précautions d'archéologue il en explora les bordures du bout d'un couteau : « Un foie... Et encore un foie! »

Je regardais les trois terrines alignées sur la table de la cuisine : trois foies. En ce cas...

« Bon Dieu! murmura Frédéric, j'ai fait porter la graisse à l'Elysée! »

Avant qu'il n'eût terminé sa phrase je m'étais effondrée sur une chaise, secouée d'un grand éclat de rire. Je ne savais pas ce que je trouvais le plus gai, de la tête sinistre que faisait mon jeune mari ou du naufrage des principes Dupont-Maleville :

« Il y a des économies qui vous ruinent, ça, on peut le dire! »

Je ne pouvais plus m'arrêter. Frédéric me regardait, atterré.

« Christine, dit-il à la fin, tu ne m'aimes pas. »

Devant ce visage chaviré, je compris que c'était trop pour un homme de perdre en un seul jour l'amour de sa femme et la protection de l'Elysée.

Je me ressaisis : « Ecoute, Frédéric, soyons raisonnables. Il n'y a pas lieu de s'affoler. Tu n'as qu'à courir chez le conseiller. » Je lui mis l'une des terrines entre les mains : « Tu vas bien trouver sa femme ou sa bonne... Il n'y a aucune raison pour qu'il se soit jeté sur ce foie! Tu procéderas à un échange standard. Pas de quoi en faire une maladie! »

Frédéric partit, son foie gras sous le bras; mais il faut croire qu'il était né sous une mauvaise étoile.

Lorsqu'il sonna à l'appartement du conseiller, la petite fille qui lui ouvrit ne lui laissa pas le temps de s'expliquer : « Papa, papa! Il y a un monsieur pour toi », et, par l'interminable couloir des appartements bourgeois, elle l'entraîna jusqu'à la pièce mal éclairée où se terrait la famille, privée de service le samedi : dans cette grande cuisine à l'ancienne, carrelée de gris. Frédéric ne vit, sur la table rustique, que le champagne débouché et les toasts grillés. Sans s'attarder à considérer les convives attablés – l'épouse du conseiller, sa petite fille, ses vieux parents – il laissa son regard remonter jusqu'au bout de cette table, préparée pour un pique-nique de gala; là se tenait – assis sur un tabouret – « l'homme de l'Elysée ». La terrine sur les genoux, la main armée d'une spatule de bois et l'œil vengeur, il fourrageait rageusement dans la graisse...

Certes, les excuses embarrassées qu'il fallut ensuite présenter furent acceptées, on procéda à l'échange des pots, on se serra la main sur le palier... Mais, quatre mois plus tard, Frédéric quittait Matignon.

Il était nommé chef adjoint du cabinet du ministre de l'Intérieur, et ce n'était pas une promotion. Il en gémit toute une nuit entre mes bras. « Tu ne te rends pas compte, Christine! Avoir été à la Présidence il y a moins d'un an, et être déjà redescendu, marche après marche, jusqu'au cabinet de Marcellin! » Le pauvre ignorait qu'il n'était pas encore au bout de son escalier...

Je tentai de lui rendre un peu de sérénité. Je le fis d'autant mieux que ses malheurs m'atteignaient peu : ce qu'il y a de bon dans la dégradation des fonctionnaires, c'est que – pas plus que leur promotion – elle n'affecte en quoi que ce soit leur niveau de vie; Frédéric ne touchait pas un sou de plus, pas un sou de moins; nous habitions toujours les cages à jeunes cadres qui surplombent la gare Montparnasse, où chaque soir nous nous endormions au bruit des trains; et, bien qu'il ne gagnât pas de quoi me payer une femme de ménage, il avait toujours droit à un chauffeur de fonction...

Seule la baisse – tout immatérielle – de son prestige chagrinait mon chargé de mission. « Bon, tu as des ennuis, c'est vrai, mais on ne peut pas gagner sur tous les tableaux, lui disais-je pour le consoler. Considère quelle petite femme merveilleuse tu t'es offerte! Tu as vu la tête de la copine de Frétillon? Et l'allure de la femme d'Augé? Il faut être charitable et laisser aux mal baisés les consolations du pouvoir... » Là-dessus, stimulée par les annonces des haut-parleurs de la SNCF et bercée par la chanson des diesels, je lui faisais l'amour avec la même énergie que dans un wagon-lit, convaincue d'ailleurs que, s'il était plus détendu et cessait de s'agiter dans les rets de ses ennemis, les plus hostiles se lasseraient.

Tout alla mieux, en effet, pendant six mois. Revenu dans son administration d'origine, Frédéric me disait même espérer s'y faire parachuter, à terme, dans une préfecture agréable; il fallait seulement patienter jusqu'à ce qu'il eût atteint le grade requis.

Un après-midi que, mollement étendue sur un canapé, je me flattais d'avoir retrouvé la paix, j'eus la surprise de voir débarquer deux inspecteurs des RG. J'avais beau avoir épousé l'un des « premiers flics de France », je gardais, devant la police, la réaction effarouchée d'une gauchiste prise en flagrant délit de pavé... Ils m'eurent bientôt rassurée : ils me rapportaient le portefeuille que mon mari avait perdu.

Je ne savais pas que Frédéric eût perdu quoi que ce fût. « Ah, peut-être que lui non plus... On a retrouvé ce portefeuille en fin de matinée, après l'inauguration de la Maison des Orphelins de la Police, à Garges. Monsieur Maleville accompagnait Monsieur le Ministre. C'est le commissaire de Garges qui a ramassé l'ob-jet (ils détachaient les syllabes comme des gendarmes qui tapent un procès-verbal avec deux doigts, et transformaient tous les « e » muets en « e » mouchards). L'ennui c'est que Monsieur Maleville était déjà re-parti pour Vannes avec Monsieur le Ministre... Alors on s'est dit qu'on aurait plus vite fait de vous le ra-pporter... Pour la forme, il faudrait seulement que vous signiez notre petit re-levé. C'est l'habitude : on établit la liste des papiers, on fait le compte de l'argent trou-vé, puis on demande au propriétaire de confirmer pour être sûrs qu'il n'y a rien de vo-lé... »

Ils me tendirent un formulaire sur lequel figuraient le numéro du permis de conduire et de la carte d'identité, la date d'un abonnement au Tennis-Club étampois, la référence d'une carte de lecteur de la bibliothèque de l'Arsenal... Je parcourais cette liste distraitement lorsque je tombai sur deux mentions dont le rapprochement me stupéfia : « coupe-file du cabinet du ministre » et « carte de membre du Parti Socialiste ». Les policiers me pressaient de comparer le formulaire avec les papiers qu'ils me tendaient imperturbablement, l'un après l'autre : « Tennis-Club étampois ». « coupe-file du ca-binet », « carte du Parti Socialiste »... Je leur jetai un regard rapide : il avaient l'air de deux parfaits imbéciles – genre Dupont-Dupond, mais il ne faut pas rêver... Aussi vite que leur componction me le permettait je signai leur décharge, me bornant à y faire figurer un gribouillis qui, compte tenu des circonstances, me semblait relever de la plus élémentaire prudence : « Sous réserve que mon mari, absent de Paris, soit bien le propriétaire de toutes les pièces mentionnées. »

Une fois les inspecteurs partis, je repris entre les mains cette carte du PS dont je ne pouvais imaginer qu'elle fût autre chose qu'un faux grossier destiné à perdre Frédéric dans l'esprit de ses employeurs; mais pour un faux, elle était bien imitée : même la signature du titulaire, vraisemblablement décalquée, était parfaite. J'aurais voulu savoir qui était derrière cette machination : Frétillon? Marie-France Garaud? Le conseiller à la graisse d'oie?

J'attendis Frédéric une partie de la nuit, me grisant des images de ma propre fidélité : j'étais la gardienne du foyer, la sentinelle éveillée, le chien du berger...

Vers trois heures du matin, mon maître débarqua de l'avion du GLAM, harassé, et, comme je me précipitais sur lui, liste au poing, il me repoussa froidement : « Eh bien, oui, quoi? Où est le problème? J'ai adhéré au PS il y a deux mois... »

Je dus m'asseoir : « Alors là!... »

Frédéric crut que je m'étonnais de « l'évolution de ses

opinions ». Il se lança dans de longues explications d'où il ressortait que Renaud l'avait prêché en dehors de ma présence, chaque fois que l'occasion s'en était trouvée; je connaissais assez l'éloquence de Kahn-Serval pour savoir quels ravages elle pouvait exercer... Frédéric fit également état de plusieurs conversations qu'il aurait eues avec mon père.

J'avais, depuis longtemps, remarqué que l'Ambassadeur n'était pas pompidolien. Il l'était moins encore depuis 68 : à ses yeux, Pompidou avait trahi le Général en annonçant sa candidature à un moment où le siège n'était pas vacant. De son côté, le nouveau président en voulait à Jean Valbray d'avoir autrefois donné au « Discours de Rome » une publicité qu'il n'avait pas recherchée. On avait reparlé de mettre « l'Excellence » sur la touche; mais la reconnaissance du vieux Thomas – le « chouan du placard » – l'avait sauvé : on s'était borné à prier mon père d'aller faire admirer ailleurs son fameux « envoyez ». Il avait quitté Rome pour Vienne, et l'on ne pouvait pas considérer cette affectation comme un avancement... Tous deux victimes du nouveau Pouvoir, mon père et mon mari avaient marié leurs rancœurs en famille et, tout à ses déboires, « l'Excellence » avait suggéré à Frédéric que les socialistes pourraient bien être les vrais héritiers de la pensée gaulliste, dans sa dernière mouture du moins : celle de la participation, des sections syndicale d'entreprise et de la réforme des droits de succession, Bon apôtre, « Valmy » s'était cependant gardé d'adhérer...

– Quand même, reprit mon mari, ce n'est pas toi qui vas me reprocher mon adhésion, Christine : tu as toujours eu des opinions de gauche...

– Il ne s'agit pas d'opinions, crétin! Il s'agit, quand on est le chef de cabinet d'un ministre de l'Intérieur, de ne pas adhérer à un parti d'opposition. Il s'agit, si on n'a pas pris de pseudonyme, de ne pas mettre sa carte de militant avec ses papiers du Cabinet. Et, si on a été assez bête pour, en même temps, adhérer au PS, le faire sous son nom, et ranger la preuve de sa trahison avec son coupe-file officiel, il s'agit, au moins, de ne pas perdre son portefeuille! Ce n'est pas un ambitieux que j'ai épousé, c'est un calamiteux!

Frédéric, mesurant à la vivacité de mon inquiétude les conséquences de son imprudence, tenta d'apaiser ses angoisses en calmant les miennes. Mais le miracle habituel ne se produisit pas : les inspecteurs des RG restèrent entre nous.

Au matin, tandis que, face à la grande fenêtre de la cuisine, nous prenions mélancoliquement un café au lait au-dessus des rails, des quais, et des chariots de déchargement : « Tu sais, Chris, me dit-il, j'ai beaucoup pratiqué les types des Renseignements Généraux quand j'étais en province. Ils ne sont pas futés... »

On ne devrait jamais avoir à tirer des traites sur la sottise d'autrui pour équilibrer son propre passif d'âneries. En tout cas, ce procédé de cavalerie mène plus sûrement au dépôt de bilan qu'au doublement du bénéfice : en novembre 70, Frédéric Maleville, ci-devant conseiller à l'Elysée, ancien conseiller à Matignon, ex-chef du cabinet du ministre de l'Intérieur, fut nommé sous-préfet de Trévennec, un poste pour débutants déshérités ou fins de carrière disgraciées – le Hazebrouck de la Préfectorale. « Il est nommé à Trévennec, votre minet? Eh bien, vous n'allez pas vous ennuyer! s'exclama Raoul de Chérailles. Je ne sais pas comment les Bretons s'y sont pris pour faire une ville aussi moche dans une région aussi jolie, mais Trévennec, ma pauvre enfant, c'est le cul du monde! »

Quand nous arrivâmes en vue de la cité par la grande route de Brest, je compris ce que le vieux Chérailles avait voulu dire; si partial qu'il voulût se montrer, le maire n'avait rien trouvé à vanter sur les panneaux-réclames que la municipalité destinait aux touristes : pas la moindre chapelle romane, le plus humble château, le plus médiocre des ponts, la plus ruinée des ruines. Les affiches, éloquentes dans leur sobriété, proclamaient simplement : « Trévennec – ses parkings ombragés... »

Par chance, l'arrondissement de Trévennec ne se limitait

pas à son chef-lieu, ni à sa proche banlieue plus riche en porcheries industrielles qu'en calvaires gothiques : mon mari était aussi chargé d'administrer une trentaine de kilomètres de côtes, sauvages et déchiquetées, au milieu desquelles, comme une perle rare dans un collier de verroterie, brillait Sainte-Solène dont la réputation n'était plus à faire.

A cause de Sainte-Solène, je m'étais résignée sans trop de peine à notre exil; c'était de la baie du Décollé en effet que, quinze ans plus tôt, j'avais aperçu la mer pour la première fois...

A cette époque, le ministère des Affaires étrangères possédait dans une petite rue perpendiculaire à la Promenade du Clair-de-Lune, un « Centre Aéré » où s'entassait, deux mois par an, le menu personnel des bureaux. Comment ma mère obtint du Service Social un bon de séjour dans cette institution, et lequel – du docteur Lacroix ou de Jean Valbray – paya les frais de cette villégiature, modeste mais encore très au-dessus de nos moyens, je me le suis souvent demandé. Mais je n'ai jamais interrogé personne de crainte de devoir mettre au jour – une fois de plus sans l'avoir voulu – un autre « monsieur » caché derrière un palmier du « Brighton » ou de l' « Hôtel d'Angleterre »... Toujours est-il que, cette année-là, en compagnie d'une Malise momentanément convalescente et de ma grand-mère – émerveillée d'entrer par cette petite porte dans la haute société –, Béa et moi découvrîmes la mer, que nous ne devions plus revoir que sept ans après, à Ostie, Marinella et Civitavecchia.

Jamais, d'ailleurs, je ne pris goût aux grèves italiennes, à ces galets noirs que ne lavent jamais les marées : avec son odeur d'algues et d'huile solaire, de varech et de beignets, avec la rumeur de ses plages blanches d'où montaient – comme la chanson du soleil – les cris des enfants, timides au matin, éclatants autour de midi, puis déclinant avec le jour pour s'éteindre au dernier rayon, Sainte-Solène seule représentait « la mer » à mes yeux. Je n'imaginais même pas qu'il pût y avoir au bord de l'océan de plaisir plus grand que de marcher sur la digue avec ses parents, le soir, à l'heure où ceux qui vont lentement vers la pointe de la Dieu-Garde croisent dans l'ombre ceux qui en reviennent lentement.

Pourtant, c'était à l'ancienne station que je pensais : je n'avais séjourné à Sainte-Solène qu'un seul été – l'année où Charles de Fervacques en avait été élu maire – et n'avais connu que la formule touristique ambiguë qui avait succédé aux folies des lords anglais et des grands-ducs moscovites. En ce temps-là, les pensions de famille de la Pointe-aux-Fées – « Ker-Pierrot » ou « Ker-Jacqueline » – et les campings de la baie du Décollé s'efforçaient de faire coexister les « congés payés » avec d'aristocratiques débris enfermés dans le ghetto de luxe borné par la chapelle de l'Espérance d'un côté, et, de l'autre, par le casino; de cette époque intermédiaire où la station souffrait de son genre mal défini, les commerçants locaux ne se rappellent pas – à l'ère bénie de la thalassothérapie et du « microclimat » – comme d'un moment faste.

Pour moi, qui n'avais gardé que d'heureux souvenirs de la période noire du tourisme solenais, je me réjouissais de pouvoir renouer avec ce petit coin de passé aussi souvent qu'il me plairait. Car, quoi que Fervacques eût fait de sa commune, j'étais certaine qu'il n'avait pu ôter au chemin des Douaniers son parfum de bonbon à l'anis ni au Fort des Moines son donjon doré, sur lequel, chaque matin, le soleil se posait comme une boule de glace rose en haut d'un cornet.

J'espérais encore revoir sur le front de mer cette bâtisse ruinée, théâtre de style byzantino-celtique demeuré inachevé parce qu'en 1917 le prince russe qui en avait entrepris la construction avait été lui-même renvoyé à la friche... Les enfants de la plage avaient baptisé ce pudding « la maison de l'ogre », parce qu'y vivait alors un clochard barbu, énorme, qui apparaissait inopinément dans l'encadrement d'une fenêtre ou jaillissait, sous notre nez, de l'épais fourré de noisetiers, de pruniers sauvages et de genêts qui ceinturait la ruine; nous le soupçonnions de s'être lié d'amitié avec le vagabond établi dans le blockhaus du cap des Moines, et tous deux, à notre avis, se réunissaient la nuit pour faire des orgies de petits enfants frits à l' « Ambre Solaire » et servis nappés d'une couche onctueuse de crème « Nivéa ».

A l'heure où les deux monstres se retrouvaient ainsi pour partager leur dîner d'anthropophages, le club d'équitation laissait descendre, sur la partie noble de la plage, ses alezans et ses bais dont les pattes, reflétées par le sable mouillé, dessinaient au bord de l'eau une fragile et mouvante succession d'arceaux. Les chevaux couraient dans les vagues tandis que les cavaliers, sanglés dans leurs vestes de velours uniformes et aussi imperturbables sous leurs bombes noires que des « horse-guards » anglais, défilaient parallèlement à la plage, le visage fermé, sans tourner la tête vers le large ni vers les dunes où se pressait la piétaille heureuse de les voir passer.

Assise derrière une touffe d'oyats, je m'imaginais en amazone bleue, remontant lentement la colonne; altière et le menton haut, je prenais la tête du cortège; comme une souveraine cachée que tous reconnaîtraient, je conduisais la chevauchée; et si mon cheval venait à s'emballer, si ma coiffure au long voile roulait dans les flots, si mes cheveux coulaient, couleur de sang, sur le miroir de l'eau, si je m'envolais dans les cieux, je laisserais au moins dans la mémoire des cavaliers le souvenir de cette oriflamme qui flambait derrière moi et, sur le sable gris, une longue traînée d'écarlate que les vagues n'effaceraient pas...

En appelant l'attention de ma mère sur la silhouette de l'un ou l'autre des jeunes cavaliers, ma grand-mère me ramenait brutalement sur terre : « Eh bien, leur maire, on peut dire qu'il est pas fier! Non, il est pas faquin! » (elle usait de ce mot à contresens pour signifier « faraud », « élégant »). « Non, mais regarde donc : il porte des bottes en caoutchouc! » Elle se rengorgeait : « C'est toujours pas le docteur Lacroix qui ferait ça... »

Ce n'était pas le docteur Lacroix non plus qui fût descendu au Centre Aéré – nappes en papier, lits de fer superposés, un lavabo pour huit et les WC sur le palier. Pour Frédéric et Clotilde, il eût fallu les grands hôtels de ce qu'on appelait, entre la Dieu-Garde et le Casino, le

« quadrilatère anglais » : le Majestic, le Victoria, les Rois d'Ecosse, et – à tout seigneur tout honneur – l'Hôtel d'Angleterre.

Avec ses balustrades faussement XVIIIe, son crépi jaune et ses pins parasols, l'Hôtel d'Angleterre, perché sur ses rochers, dominait toute la baie. Aussi fallait-il attendre le soir et l'embrasement des lustres pour que, de la digue en bas, on pût apercevoir, par les fenêtres étroites, les hautes boiseries rustiques de la salle à manger, ses plafonds sculptés, et le sommet poussiéreux des bibliothèques du salon. Mais, même quand la nuit contraignait ainsi le sévère hôtel à se mettre en vitrine et à dévoiler aux promeneurs ses charmes discrets, ma mère refusait de s'avouer « bluffée »; elle disait que la Réception avait grand genre peut-être, mais « qu'il n'y avait même pas de bidet dans les chambres... » Un petit escalier creusé à même le roc conduisait cette clientèle dédaigneuse des commodités de plomberie à une plage privée qu'une barrière de bois séparait de la grande plage : les petits garçons en col marin et les fillettes blondes – en barboteuses de piqué blanc – des bonnetiers catholiques de Tourcoing y jouaient au diabolo devant un public de vieilles Anglaises et de magistrats en retraite.

A l'autre extrémité du « quadrilatère britannique », le Majestic était, selon ma mère, autrement « épatant ». Tout à côté du casino, en plein milieu du front de mer, il dressait son massif de granit sur cinq étages de haut et vingt-cinq fenêtres de long. Devant la porte à tambour, sous le drapeau rouge à lion doré qui pendait du premier, se tenait jour et nuit, en haut d'un tapis vermillon, un chasseur cramoisi. Le Majestic vivait, en effet, sous le signe du rouge : de la pivoine plus exactement; d'épais rideaux à pivoines rouges cachaient au public le processus nutritionnel de la clientèle du restaurant; de semblables ramages dissimulaient, dans les chambres, ses ébats amoureux, ordinairement bruyants; et de grandes mosaïques formées des mêmes pivoines échappées aux moquettes de l'entrée envahissaient le trottoir, dessinant des guirlandes autour des initiales de l'hôtel incrustées en lettres dorées. A droite du massif, une boîte de nuit, « Le Mambo », intégrée à l'hôtel, ouvrait directement sur la rue. A gauche, une longue galerie couverte menait jusqu'à la porte du casino. Dès la fin de l'après-midi, une musique afro-cubaine, qu'on entendait jusque sur la plage, sortait sans interruption du « Mambo »; à l'autre bout, les allées et venues entre l'hôtel et le casino s'accéléraient. On riait et on criait toujours devant le Majestic, tard allumé dans la nuit. L'hôtel attirait la clientèle des nouveaux riches de l'après-guerre – commerçants tapageurs et noctambules impénitents. Parfois, un chanteur connu séjournait au Majestic, éveillant une grande émotion et pas mal de cupidités : il faut dire, à la décharge des indigènes, qu'on jetait, par les fenêtres de cet hôtel, l'argent aussi généreusement que les pivoines.

Grâce à quoi le Majestic faisait vivre Sainte-Solène : la pâtisserie de la « Belle-Hélène », le « Café des Arcades », le photographe de la plage, les loueurs de tentes et le marchand de beignets... Mais, comme le monde est ingrat, c'était l'Hôtel d'Angleterre qui donnait à la station sa réputation.

Quand on avait dépassé le bloc de granit du Majestic, on ne trouvait plus, sur le front de mer et dans les rues adjacentes, que de petits hôtels de second rang et des pensions quelconques : « les Flots Bleus », l' « Auberge du Port », la « Pension Sans-Souci »... Le moins médiocre de ces hôtels de deuxième catégorie était l' « Hôtel des Ducs de Bretagne », ainsi nommé par un propriétaire jaloux du succès des « Rois d'Ecosse ». La maison de vacances du ministère se trouvait dans la même rue que les « Ducs de Bretagne »; et parce que chaque hôtel déposait sa clientèle sur la plage comme le grand collecteur ses ordures sur les rochers – à l'endroit même où il débouchait –, je liai amitié avec quelques enfants du dépôt « Ducs de Bretagne », qui jouxtait le dépôt du Centre Aéré.

J'étais lasse d'entendre parler sur la plage de la vie du Quai d'Orsay : l'avancement, les nominations, les mutations... De grosses dames s'entretenaient de ma mère : « Il paraît que c'est la femme d'un premier conseiller », « Vous êtes sûre? Je n'aurais pas cru », et je les entendais critiquer la pauvreté de nos vêtements et le laisser-aller de notre tenue sans me douter que, toutes épouses de chiffreurs ou d'huissiers, elles seraient trop contentes de pouvoir dire chez elles, en rentrant, que le standing du Centre s'améliorait d'année en année : « Songez que, cet été, il y avait même *des* femmes de premiers conseillers... »

J'espérais trouver un peu d'air frais du côté des « Ducs de Bretagne ». Ainsi devins-je l'amie d'une petite fille plus rousse que moi, qui n'était pas intimidante. Après deux ou trois jours de pâtés et de châteaux, nous en vînmes à comparer les avantages de nos hôtels respectifs comme nous avions, la veille, comparé les mérites de nos institutrices. « Et au petit déjeuner, vous avez quoi? » Nous avions du café au lait avec du pain beurré. Aux « Ducs de Bretagne », ils avaient également du café au lait avec du pain beurré, mais on leur donnait, en plus, un petit pot de confiture dont le parfum variait chaque jour, et qu'on renouvelait tous les matins même si le pot de la veille n'était pas terminé...

Cette confiture m'ouvrit les yeux.

Je vis brusquement la société telle qu'elle était : compartimentée. Il y avait le pain sec, le pain beurré et le pain confituré. Etais-je certaine même que la confiture fût ce qu'on pouvait tartiner de mieux sur un morceau de pain? Toute la hiérarchie des classes m'apparut, mais à la manière de l'Echelle de Jacob dont les derniers barreaux se perdaient dans les nuées : je pressentis l'existence du caviar, mais n'osai pas encore y croire...

Ce n'était pas, d'ailleurs, que j'eusse pour la confiture un goût immodéré : si j'en avais réclamé, Mémé m'en aurait acheté un pot, qu'elle aurait gardé dans la penderie de la chambre, et, chaque matin, elle en aurait tiré de quoi adoucir mon petit déjeuner, en dépit de l'interdit que le terrible règlement du Centre Aéré, destiné à préserver le « standing » de l'établissement, faisait peser sur la détention d'aliments (« Défense est faite aux occupants de conserver dans leurs chambres des denrées alimentaires ou d'y faire sécher du linge », lisait-on dans les couloirs, « les pensionnaires qui auront causé des dégradations en contrevenant au présent règlement devront les signaler au Directeur afin d'éviter toute suspicion »); mais ce pot prohibé et honteux, acheté de nos deniers chez l'épicier et peureusement caché dans un placard, n'aurait pas eu, à l'évidence, la même saveur qu'un pot offert sur un napperon par la Direction et sacrifié sitôt entamé, un pot qui nous aurait été dû et que nous aurions laissé perdre. A lui seul, ce « laisser perdre » m'était une révélation...

Jusque-là, je n'avais pas mesuré l'écart des conditions sociales ni imaginé que nous fussions plus près de la base que du sommet. Je souffrais, certes, de devoir porter à l'école les vieilles robes de Clotilde Lacroix. J'avais bien vu, en fréquentant la grande maison de meulière de l'impasse de la Gare, qu'il y avait des gens plus riches que nous puisque certains achetaient à leurs enfants des « déguisements-tout-faits ». Je savais, enfin, qu'avec l'argent il fallait « faire attention », qu'il était comme le lait sur le feu, qui se sauve dès qu'on cesse de le surveiller. Mais je n'avais pas attaché à ces faits une importance exagérée, ni cru qu'on pouvait en tirer une théorie.

A dater de la confiture, je portai sur la plage un regard nouveau; et je vis le monde s'ordonner : il y avait les baigneurs qui louaient des cabines, et ceux qui se contorsionnaient sous une serviette pour se déshabiller; il y avait ceux qui apportaient sur le sable d'épais draps de bain bariolés, et ceux qui s'essuyaient avec les petites serviettes « nid d'abeilles » fournies par leur pension de famille; il y avait ceux qui transportaient pelles et maillot de rechange dans un sac de plage, solide et étanche, et ceux qui se promenaient avec les poches en papier gris que l'épicier donnait à sa clientèle; enfin, il y avait ceux qui, comme moi, mangeaient pour leur goûter le pain dur distrait dès le matin de la portion du petit déjeuner, et ceux qui achetaient les beignets aux pommes qu'apportait de la « Belle-Hélène » un garçonnet en veste blanche qui passait entre les chaises longues et les parasols avec un éventaire attaché à ses épaules comme un colporteur d'autrefois.

Et, sans doute, comme elle se perdait dans les nuées,

l'échelle de la société s'enfonçait-elle jusqu'à des profondeurs insoupçonnées : ne voyais-je pas bien, déjà, qu'au-dessous des enfants au « quatre-heures » rassis, il y avait ce petit marchand fatigué qui ne jouait jamais?

Quand j'eus relié tous ces signes entre eux, je compris que le dépôt du Centre Aéré n'était pas la plus riche colonie de la plage, et que je ne pouvais décemment pas rester plus longtemps l'amie d'une enfant dont la famille – dûment confiturée tous les matins – pouvait s'enorgueillir de la possession d'un vrai sac de plage, de la location de deux transats, et d'un séjour-plein-tarif aux « Ducs de Bretagne ».

Puis, appliquant au Centre lui-même la grille qui m'avait permis de décrypter la station, je dus me rendre à une nouvelle évidence : ma mère, toute femme de premier conseiller qu'elle se prétendît (son mari était conseiller en effet, mais était-elle encore sa femme?), occupait une position sensiblement plus modeste que ses prétentions.

Ce fut surtout aux « suppléments » que je remarquai notre pauvreté. L'ordinaire de la cantine était assez copieux mais peu raffiné; heureusement, il y avait les « suppléments ». La boisson, par exemple, était « en supplément » : la plupart des parents buvaient du vin, certains enfants de la limonade ou du sirop; nous buvions l'eau du robinet. Il y avait toujours des fruits au dessert, mais on pouvait avoir des glaces « en supplément » : nous mangions des fruits, meilleurs, selon ma grand-mère, pour les dents et l'intestin. Chaque dimanche enfin, il y avait le « supplément de langouste » : la plupart des tables se couvraient de carapaces rouges, de casse-noix et de mayonnaise; la nôtre, presque seule, restait vierge de toute atteinte crustacée. « Quand je vois s'accumonceler toutes ces coquilles, ces mandibules et ces pattes poilues », disait bien haut ma grand-mère pour que la table voisine n'en perdît rien, « ça me donne envie de rendre, moi. La langouste, c'est comme l'araignée de mer : je trouve ça dégoûtant. » Longtemps j'avais pris au pied de la lettre ce dénigrement des signes extérieurs de richesse, auquel ma mère – plus encore que ma grand-mère – se livrait régulièrement; combien de fois avais-je ainsi, sans douter le moins du monde de sa sincérité, entendu Malise assurer, en s'emparant de sa fourchette en inox, que « les couverts en argent, ça donne mauvais goût aux aliments » et que si elle en avait, elle ne s'en servirait jamais. Ce fut en assistant, quatre dimanches d'affilée, à la critique de la langouste – alors que je mourais d'envie d'y goûter – et en surprenant les regards de pitié qu'attiraient sur nous les bruyantes déclarations de ma grand-mère, que je discernai enfin, sous ces superbes rodomontades, un aveu d'indigence qui me fit rougir...

Cette naissante conscience de classe – à laquelle je ne savais pas encore donner son nom et que je ne devais reconnaître que six ou sept ans après, avec l'aide de Zaffini et de Madame Dormanges – ne gâta pourtant pas tout à fait le bonheur que j'éprouvai cette année-là à mettre mes pieds dans l'eau. Certes, quand je passais sur le front de mer, consciente de ma nouvelle indignité, je faisais un large détour sur la chaussée pour éviter la mosaïque et la porte à tambour du Majestic. Il m'arrivait aussi de jeter par-dessus mes palais de sable un regard mélancolique vers l'Hôtel d'Angleterre et le « château du maire »; mais il y avait tant de moules sauvages sur les rochers du port, tant de crevettes dans les trous d'eau, de coques et de couteaux endormis sous le sable gris, tant d'algues pour s'en faire des colliers, d'anémones de mer pour en faire des bouquets, que je résolus – provisoirement – de passer par-dessus l'opprobre du pain sec. Un jour d'ailleurs, j'en étais sûre, j'aurais plus de confiture que je n'en pourrais manger...

Aussi avais-je, pendant des années, gardé la nostalgie des vacances « aérées » passées à Sainte-Solène. Depuis quelques mois, je retrouvais même d'autant plus volontiers ces souvenirs-là que c'était le seul endroit de mon enfance qui ne fût pas contaminé : les enfants Lacroix n'y étaient pas mêlés; mon père en était absent; et mon grand-père lui-même, que je n'avais plus revu depuis mon mariage, n'avait jamais posé son regard désabusé sur la grande baie du Décollé.

Contente de revenir à Sainte-Solène, j'étais satisfaite aussi d'y revenir en femme de sous-préfet.

Si modeste que mon destin parût à Philippe, qui daubait sur les « malheurs de ce pauvre Frédéric » il me permettait au moins de sacrifier aux rites sociaux que, faute d'argent, ma famille avait dû mépriser si ostensiblement : enfin je pourrais manger les huîtres de « l'Escale », boire la bolée de cidre du « P'tit Breton », danser au « Mambo », et m'acheter tous les beignets de la « Belle-Hélène », toutes les langoustes du port.

Dès que nous fûmes arrivés à Trévennec, sans prendre le temps de défaire nos bagages je priai Frédéric de m'emmener dîner au restaurant du Majestic. Mais nous eûmes beau longer deux ou trois fois la Promenade, je dus me rendre à l'évidence : il n'y avait plus de restaurant.

Il n'y avait plus de restaurant parce qu'il n'y avait plus de Majestic : on avait découpé le massif en appartements, fermé les baies vitrées, détruit la galerie; seule la mosaïque rouge et or sur le trottoir, à demi effacée, me prouvait que je n'avais pas rêvé. A côté, le casino, repeint de beige et de blanc, avait été doté d'une marquise fin XIXe, si monumentale qu'on l'aurait jurée d'origine; quant à la « maison de l'ogre », elle avait cédé la place à un Pavillon des Sources tellement 1900 qu'on avait de la peine à croire qu'il n'y était que depuis quinze ans. L'Hôtel Victoria, dont on disait déjà, autrefois, qu'il ne faisait guère ses affaires, avait été converti en institut de thalassothérapie. Les « Ducs de Bretagne » étaient devenus une « Résidence-club troisième âge » du meilleur standing, et les « Rois d'Ecosse » une maison de retraite de la Mutuelle de l'Education Nationale. Plus de « Ker-Pierrot », plus de « Ker-Jacqueline » : des crépis roses, des terrasses, des kiosques à musique. Mais le plus curieux, c'étaient les palmiers, les plantes grasses, les massifs de mimosa et les rosiers d'une luxuriance californienne qui ornaient maintenant la promenade du front de mer : ils n'avaient pas l'air d'y pousser plus naturellement que les réverbères.

« La Riviera armoricaine... », me dit Frédéric comme nous nous asseyions dans une petite auberge sur le port pour déguster un plateau de fruits de mer. « Est-ce que je ne t'avais pas expliqué que notre ministre des Affaires étrangères a fait de sa commune une collectivité locale exemplaire? J'ai même eu une conférence sur ce sujet quand j'étais à l'ENA... Songe que les Solenais ont un budget en suréquilibre et l'un des taux d'endettement les plus faibles de France! La ville est considérée comme le type de la reconversion touristique réussie. " Tout-pour-les-vieillards ", c'était tout de même un sacré pari!... Finalement, je crois que ce n'est pas si mauvais pour moi d'avoir été nommé à Trévennec : la région est en expansion, ça bouge beaucoup, et puis si je n'ai que cent mille administrés l'hiver, j'en ai tout de même trois cent mille chaque été. Sans compter le Festival du Court-Métrage d'Armezer, qui attire des tas de gens bien... Ce qui fait que si Fervacques m'apprécie comme administrateur, tous les espoirs me seront permis... Quoique, bien entendu, j'attende davantage d'une victoire de la Gauche... »

Ce fut seulement quand Frédéric s'étendit sur les particularités du budget communal que je m'avisai que l'élu si peu « faquin » – dont j'avais entendu Mémé parler l'année de nos vacances à la mer – et le père indigne de Laurence faisaient un seul et même homme; mais j'hésitai encore à rhabiller mon jeune cavalier de conte de fées avec le fil-à-fil distingué d'un quadragénaire posant sur les marches de l'Elysée...

Par la fenêtre j'apercevais la pointe de la Dieu-Garde à l'autre bout de l'anse du Clair-de-Lune : Bois-Hardi, le « château du maire », n'avait pas changé; j'y rencontrais chaque colonne, chaque gargouille, chaque vitrail à l'endroit exact où je l'avais laissé; mais, à mon vif étonnement, je trouvai le tout atrocement laid.

Je demeurai un long moment mélancolique à regarder s'abîmer dans la grisaille de la nuit cette bâtisse de style « gothique industriel », hérissée de tourelles, d'échauguettes et de créneaux à faire baver Dracula d'envie. Avait-elle mal vieilli? Etait-ce mon goût qui avait changé? J'étais maintenant, il est vrai, la fille légitimée d'un prince du Farnèse, la demi-sœur d'un « héritier », et la femme d'un sous-préfet... Je n'enviais plus les cavaliers et n'avais plus peur des châteaux.

Christine savait depuis longtemps, par son frère, que les Fervacques n'étaient pas dans la misère, mais il est probable que, mal informée des affaires financières, elle plaçait leur fortune au même rang que celle des Chérailles. Pour le surplus, elle les croyait moins bien nés que ses amis de Senlis, commettant, au fond, la même erreur que « la Lettre » ou « la Vérité », qui pensaient avoir tout dit sur les prétentions aristocratiques de la famille lorsqu'ils avaient imprimé derrière le prénom du ministre, ou de son frère, le banquier, « Pinsart, dit-de-Fervacques ».

Il est vrai que Charles de Fervacques ne descend pas du maréchal du même nom. Les Pinsart de Fervacques, comme les Giscard d'Estaing, ont obtenu du Conseil d'Etat le droit d'adjoindre à un patronyme bourgeois un nom plus glorieux qui ne leur appartenait pas. Avec, au bénéfice des premiers, une légère antériorité : la transposition des Pinsart en Pinsart-de-Fervacques date en effet de 1899, ce qui leur donne une « noblesse apparente » plus vieille d'une trentaine d'années que celle des Giscard d'Estaing. Quand on est si neuf dans la carrière, chaque mois compte...

Dans le cas des Fervacques, il s'agissait d'ailleurs simplement d'autoriser une famille à ajouter à son état civil légal un « nom de plume » que son possesseur avait illustré. Tout le monde connaît encore, en effet, le nom de François de Fervacques, même si personne aujourd'hui ne lit plus son théâtre, qu'on ne représente guère. Ami de Mérimée et d'Emile Augier, complice de Meilhac et d'Halévy, Fervacques connut, pendant tout le Second Empire et jusque dans les débuts de la Troisième République, une célébrité dont on ne peut plus maintenant se faire une idée qu'en découvrant, au hasard des « Choses vues » de Victor Hugo ou du « Journal » de Barbey d'Aurevilly, telle critique – virulente – de sa dernière pièce, tel écho – malveillant – de la polémique qui l'opposa à Théophile Gautier, telle peinture – au vitriol – de son physique et de ses manières; ces attaques, émanant d'hommes que nous considérons comme grands, nous étonnent par leur violence, apparemment disproportionnée à leur objet; elles nous sembleraient mesquines si nous ne nous avisions que, seules, elles nous restituent les perspectives de l'époque et nous permettent d'imaginer la place que, pour avoir suscité des haines si vigilantes, leur cible devait occuper dans la littérature de son temps...

De même qu'un La Baumelle ou un Fréron survivent dans la mémoire des Français par ricochet – grâce à Voltaire qui consacra une partie de son œuvre à les vilipender –, François de Fervacques, qui écrivit les livrets de trois opérettes d'Offenbach, présida aux bouts rimés de l'Impératrice à Saint-Cloud et lança Vittel et Sainte-Solène avant de terminer dans la peau d'un Secrétaire perpétuel de l'Académie française, ne nous apparaît plus qu'en creux, à travers les écrits de ses contemporains mieux servis par la postérité, en contrepoint de leur rage et de leurs insuccès.

De quelle manière ce jeune clerc de notaire, né Pinsart, fils d'un aubergiste de Saint-Brieuc et ambitieux, s'était choisi le nom de « Fervacques » pour entrer en littérature, c'est aussi par la médisance d'un confrère, Maxime Du Camp, que nous le savons. Un jour que François de Fervacques brillait au cercle de la princesse Mathilde, le duc de Morny lui aurait demandé comment il avait eu l'idée de changer son nom pour celui de cette famille éteinte depuis deux siècles :

« Le plus simplement du monde, dit François de Fervacques. J'étais en route pour Paris et je traversais la Normandie. J'ai décidé de prendre pour " nom de guerre " le nom du prochain village où passerait la diligence : ce fut Fervacques... »

« Quel dommage que vous n'ayez pas patienté un peu! soupira Morny. Quelques kilomètres plus loin, c'était Montmorency... »

François de Fervacques, aussi bien introduit dans les milieux politiques que dans le boudoir des théâtreuses, devait épouser en 1862 Jeanne Fialin, unique sœur du ministre de l'Intérieur, Persigny. Cette femme effacée mourut en mettant au monde un garçon, qui se trouva, quelques années plus tard, le seul héritier de la fortune de son oncle. Quand, à son tour, le jeune homme disparut, emporté par la phtisie, Pinsart, « dit-de-Fervacques », récupéra, comme héritier de son fils, l'une des plus grosses fortunes immobilières du Second Empire. Cette manne lui permit d'élever, mieux que dignement, les cinq enfants qu'il avait eus de son second mariage, avec une demoiselle de Normanville.

Fruits du croisement du capital et de la naissance (les Normanville étaient déjà bien nés, et déjà pauvres, sous Louis XIV), ces enfants risquaient pourtant de devoir traîner comme un boulet un patronyme à peine bon pour un notaire briochin. L'illustre académicien avait bien introduit auprès du Conseil d'Etat une requête en changement de nom, mais on tardait à la juger; et Anne-Marie de Normanville ne voyait pas arriver sans appréhension le temps où il lui faudrait marier ses aînés : ni l'immense fortune paternelle ni l'excellente ascendance maternelle ne pourraient faire passer sur cette hérédité – bonapartiste, littéraire et pinsartesque – triplement ignoble aux yeux des Broglie ou des Mortemart.

Le hasard, qui avait jusqu'ici si bien servi la carrière de François Pinsart, produisit en sa faveur un dernier effort : le 4 mai 1897, Marie, la fille aînée de l'écrivain, décida d'emmener son plus jeune frère, Jean, âgé de sept ans, voir la lanterne magique qu'on montrait près de chez eux, dans une vente de charité; comme Jean et Marie venaient de s'installer sur un banc face à l'appareil, la lanterne prit feu, le feu sauta sur les tentures, les tentures enflammèrent le toit de bois et, en quelques secondes, toute la kermesse brûla. Jean et Marie Pinsart venaient de périr, avec une centaine d'infortunés, dans l'incendie du Bazar de la Charité.

Bien que n'ayant jamais vécu dans la meilleure société, ces deux enfants mouraient en excellente compagnie : les décombres de la Charité n'avaient-ils pas enseveli aussi la marquise de Bouthilliers-Chavigny, la baronne de Carayon-Latour, la comtesse de Saint-Ange et la duchesse d'Alençon, propre sœur de l'impératrice d'Autriche?

François Pinsart, que son âge commençait d'endurcir un peu sur les décès, vit le parti qu'on pourrait tirer d'un malheur si unanimement respecté; songeant à ses enfants survivants, il domina sa douleur pour tirer le suc de l'événement. Il fut de tous les enterrements et de tous les comités, conquérant de haute lutte la vice-présidence de l'Association chargée de l'édification du Mémorial et contribuant largement de ses deniers à la construction de l'église de la Consolation. Il alla jusqu'à aider discrètement quelques familles illustres, que certaines victimes avaient laissées dans le besoin. Anne-Marie de Normanville, jeune encore et jolie, l'accompagnait dans le faubourg Saint-Germain : on lui trouva le deuil touchant, discret et bien élevé... L'incendie du Bazar de la Charité fut pour les Pinsart de Fervacques ce qu'aurait pu être une présentation à la Cour sous l'Ancien Régime : un « Sésame, ouvre-toi ». Le jour de l'inauguration de la chapelle de l'Espérance, où furent déposées les cendres supposées de Marie et de Jean, toute l'aristocratie européenne se trouva représentée à Sainte-Solène : François Pinsart avait laissé entendre à ses nouvelles relations que, compte tenu des circonstances, il se pouvait qu'on y ensevelît aussi quelques débris de duchesses...

Les sœurs de Marie furent mariées, l'une à un prince hollandais un peu « retardé », Onno de Rubempré, dont la mère était morte dans l'incendie, l'autre à un vicomte de La Vauguyon, cousin de l'archevêque chargé de dire la messe de « bout de l'an ». Le Conseil d'Etat ne différa pas davantage à accorder le changement de nom; et, le 25 janvier 1901, Pinsart, apaisé, quitta ce monde en Fervacques. Anne-Marie de Normanville remaria son usufruit à un marquis de Duras.

Parvenus à ce stade de leur ascension, les Fervacques occupaient une position à peu près comparable à celle des Chérailles; c'était, d'ailleurs, de cette époque que datait l'amitié entre la cadette de la famille, Madeleine de Rubempré, et Frédérika von Gleiwitz, future comtesse de Chérail-

les. Mais Bertrand de Fervacques, seul héritier mâle depuis le décès du petit Jean, fit faire à sa lignée un grand bond en avant.

Ayant convaincu ses sœurs de lui laisse gérer leur part de la fortune familiale, il revendit les immeubles haussmanniens, que Persigny avait laissés à sa famille, pour miser sur l'aventure coloniale. Son père avait été, à la fin de sa vie, l'ami intime de Jules Ferry; dès l'âge de vingt-cinq ans, Bertrand avait noué assez de relations dans les milieux coloniaux et boursiers pour fonder, avec Freycinet, la Banque Française d'Extrême-Orient, le Consortium Indochinois des Hévéas, la Société d'Importation des Vins de la Mitidja et la Compagnie Minière de Fort-Gouraud. A l'inverse de la plupart des investisseurs de son temps, il semble cependant qu'il n'ait jamais vu dans l'expansion coloniale autre chose qu'une équipée sans lendemain, un coup de main hardi dont il fallait tirer profit avant de filer. En tout cas, fidèle à ses principes – « rien dans la terre, rien dans la pierre, rien dans la machine » –, il s'attacha à ne monter autour des « perles de l'empire » que des réseaux de financement ou de commercialisation, sans se laisser enfermer dans le circuit de la production : « Je suis un banquier, se plaisait-il à répéter, je fournis le feu. A d'autres d'en tirer les marrons pour moi! »

Très rapidement aussi, en dépit des objurgations du ministère des Colonies, Fervacques s'efforça de diversifier ses activités en s'intéressant à l'Inde britannique, à l'Afrique allemande et au continent sud-américain.

Cette habile analyse de la situation politique mondiale fut accompagnée d'une étude, non moins pertinente, du marché matrimonial. Content d'avoir vu marier ses deux sœurs d'une manière à décrasser la famille, le fils de la nouvelle marquise de Duras ne crut pas devoir sacrifier davantage aux préjugés maternels. Usant de sa parentèle aristocratique comme d'une toile de fond destinée à mettre en valeur ses qualités de financier, il fit la conquête d'une petite jeune fille de seize ans, venue visiter l'Europe avec sa maman : Gladys Mellon, fille du milliardaire américain Andrew William Mellon, s'éprit de ce jeune banquier aux allures – et aux alliances –

de prince. C'était le temps où les aristocrates français décavés faisaient prime, aux Etats-Unis, sur le marché du mari. Comme Boni de Castellane, ils épousaient, puis dédaignaient. Fervacques ne se crut pas d'assez bonne « maison » pour mépriser une femme qui lui apportait un coquet paquet d'actions : il épousa et aima. Soulagé de savoir sa fille heureuse entre Sainte-Solène et Monte-Carlo quand tant d'autres se morfondaient sur leur blason tout neuf, Andrew Mellon voulut prouver sa reconnaissance à son gendre : il aida Fervacques à créer la holding franco-américaine « Fervacques and Spear », aujourd'hui fleuron de l'empire familial.

Quand Bertrand de Fervacques mourut en 1939, âgé de soixante-sept ans, il laissait à ses quatre enfants une fortune mobile et cosmopolite, comparable, pour la nature et l'importance, à celle de la famille Rothschild.

Ses deux filles avaient été mariées à des cousins germains, suivant le principe de stricte endogamie qui avait été celui de l'ancienne aristocratie, tandis que les fils étaient voués à servir la politique de relations extérieures du clan; l'aîné, Henri, avait épousé en 1927 une princesse russe, Sophie Variaguine, que la Révolution avait jetée sur le sable de la Dieu-Garde, où son père possédait, du temps de sa splendeur, la plus belle villa de la côte; quant à Etienne, on l'avait marié à la haute banque protestante en la personne d'une petite Hottenberg. Les nièces avaient eu la permission de suivre leur cœur pourvu qu'il ne les menât pas dans une impasse : Constance de La Vauguyon avait épousé un jeune agent de change juif – Michel Ayem –, tandis que sa sœur Françoise entrait en religion sous le nom de Marie des Sept Douleurs, et que Delphine de Rubempré, renouant avec cette noblesse bonapartiste qui était à l'origine de sa famille, enlevait un duc de Malakoff.

Quand les fils d'Henri de Fervacques et de Sophie Variaguine – Charles et Alban – virent le jour, ils étaient apparentés à la famille impériale russe par leur mère, aux milliardaires américains par leur grand-mère Mellon, à la vieille aristocratie française par leur arrière-grand-mère Normanville, à la noblesse du Pape par leur tante Rubempré, à la noblesse d'Empire par leur cousine Malakoff, à la HSP par les Hottenberg, à la bourgeoisie juive par les Ayem, et à Dieu par Marie des Sept Douleurs...

Internationaux dès avant 1900 par leurs alliances et leurs intérêts, les Fervacques le sont maintenant au point de sortir complètement du paysage français. A l'échelon des arrière-petits-fils de François de Fervacques, on ne trouve plus que Charles qui s'obstine à épouser des Françaises – Alban, son frère, a convolé avec une Bostonienne, Alexandre de Malakoff est marié à une princesse roumaine, André de La Vauguyon vit à Londres, Simon Ayem à Tokyo, et le vieil Henri de Fervacques au bord du Léman, côté Suisse.

La morale de la famille se rapproche de plus en plus de celle des tribus nomades : on s'installe en camp volant, on sème des enfants qu'on prend à peine le temps de connaître, et on pratique résolument l'économie de cueillette en pillant les régimes qu'on soutient. On change d'amant comme de chemise et de chemise comme d'opinion, en ne s'accrochant qu'à un très petit nombre de valeurs sûres – boursières, s'entend – aisément transportables : « Quitte tes maris, ma chérie, aurait dit Madeleine de Rubempré à sa petite-fille, mais ne te sépare pas de tes actions IBM. »

Aussi souples que leurs fonds, aussi rapides et dangereux que cette « hot money » qui glisse sans cesse d'un marché financier à un autre, les Fervacques sautent d'un bateau dans un avion et d'une « première » à New York à un gala de bienfaisance à Lausanne; ils épousent à Vaduz, engendrent aux Bahamas et divorcent à Las Vegas, suivis partout, comme des stars, par une nuée de paparazzi. Ce sont des princes au goût du jour : extrêmement volatils.

Cette circonstance explique que Christine ne soit pas parvenue à situer les Fervacques par rapport aux Chérailles, spécifiquement français et plus faciles à « cadrer ». Son ignorance des questions économiques avait fait le reste : elle mesurait la puissance financière à la longueur des usines et, comme le PC, identifiait encore le patronat aux maîtres de forges; entourée d'anciens dévots de Staline, elle révérait l'industrie lourde, les laminoirs et les hauts fourneaux, et si elle consentait, depuis sa licence de géographie, à prendre au sérieux la machine-outil, et admettait le « bien de consommation durable » parce qu'elle connaissait les Chérailles, elle se croyait sortie de la ploutocratie capitaliste dès qu'on parlait sociétés de services, software informatique, reventes de brevets, perception de royalties sur l'usage de marques déposées, et spéculations sur les matières premières par l'entremise de sociétés basées à Hong Kong ou à Monaco.

Que la fortune de Charles de Fervacques, pourtant moins considérable que celle de son frère Alban ou de sa cousine Diane, pût se trouver dix fois supérieure à celle de son arrière-grand-père, et que, malgré l'essor de l'électroménager, il fallût appliquer le même multiplicateur aux richesses des Chérailles pour approcher des disponibilités de « l'Archange », c'est ce dont Christine n'avait pas la moindre idée.

Il faut dire que le comportement de Charles de Fervacques ne permet guère aux Français d'imaginer l'importance qu'on reconnaît à sa famille sur les grandes places financières et dans l' « Annuaire de la Noblesse ». Qu'un homme qui a de pareilles cartes en main ait pu s'évertuer à devenir maire de Sainte-Solène, conseiller général et député, peut à juste titre être regardé par les initiés comme de la démence caractérisée. Aussi, dans sa famille, n'a-t-on jamais pris au sérieux les ambitions politiques de Charles; si l'on a bien supposé, dès l'origine, qu'il souhaitait devenir président de la République (c'était le moins qu'il pût obtenir après tant de singeries), on espérait qu'il le deviendrait assez vite pour pouvoir consacrer la seconde partie de sa vie à des activités plus réfléchies.

En somme, on le regarde comme le fantaisiste de la famille, un garçon capricieux, qui n'aurait pas « grandi ». On lui passe « sa » politique comme on lui passe ses courses automobiles et ses accidents de rallyes, en espérant que, aîné de la branche aînée, il finira par se ranger. Chez les La Vauguyon, on prétend que les folies de Charles tiennent à son hérédité russe, qu'il est aussi authentiquement Variaguine que son frère Alban est heureusement Pinsart. « Il faut que jeunesse se passe », disait, plus indulgente, sa grand-mère Mellon lorsqu'elle lisait dans les journaux le compte rendu d'une de ses interventions au Parlement ou au Conseil des Ministres. « Souvenez-vous : son cousin Malakoff lui-même a bien fait de la peinture pendant quelques mois! Un jour, Charles nous prouvera que nous avons tort de désespérer... »

Ces jeunes gens de bonne naissance qui s'acharnent à exister par eux-mêmes, en marge de leur patrimoine et des traditions de leur maison, m'ont toujours touchée. Tel, dont la famille triomphe depuis trois générations dans le roulement à billes, cherche à s'affirmer dans la Haute Couture; tel autre se croit obligé de franchir les mers en catamaran et de risquer sa vie plusieurs fois l'an pour se punir de n'avoir pas eu à la gagner; tel enfin, qu'on a vu naître à proximité d'une des dernières têtes couronnées, mène à « compte d'acteur » une carrière de comique qui n'approchera jamais, pour l'illustration, de celle d'un ancien garçon boucher... Amuseurs de vagues, pêcheurs de voix ou abuseurs de tréteaux, tous éveillent en moi des sentiments maternels. Eux aussi, à leur manière, aspirent à être reconnus, et consolés, peut-être, des chagrins qu'ils n'ont pas eus.

Pour le chagrin, cependant, les Fervacques, malgré leur puissance et leur légèreté, ne sont pas mal partagés. Cette famille que la Fortune a comblée, a eu, à chaque génération, plus que son lot de malheurs privés; on dirait que leur richesse, fondée sur la phtisie de Jeanne Fialin-Persigny et de son jeune fils, puis sur l'incendie du Bazar de la Charité, leur puissance bâtie à sang et à cendres, ne peut durer qu'autant qu'on lui abandonne, d'âge en âge, sa ration de vies à broyer. Assassinats, déportations, accidents, démences, enlèvements : en étudiant leur destin je pensais à ces vers de Goethe – « Les dieux généreux donnent tout à leurs favoris, les joies infinies et les peines infinies ». « Quand je considère la destinée de ma famille, m'avait confié Diane de Rubempré peu avant le " crash " d'hélicoptère où elle devait trouver la mort, j'admets qu'il puisse y avoir en tout un prix à payer. Je regrette seulement de ne pas le connaître à l'avance. Pour pouvoir marchander... »

Je ne ferai pas aux pauvres l'injure de pleurer sur ces malheurs de princes; ils ont toujours eu, en effet, leur heureuse contrepartie financière : les disparitions prématurées évitaient la dispersion du patrimoine, et les orphelins en tutelle venaient grossir de leurs biens la masse de manœuvre de la holding. Cependant, de deuil en deuil, se constituait, en même temps qu'un empire financier, un état d'esprit particulier, mi-impudent mi-désespéré, toujours hardi, toujours insatisfait, une mentalité de « sauve qui peut » qui donne aux Fervacques une rage, une violence, rares dans leurs milieux.

Cette frénésie altière explique, en tout cas, qu'en répétant, à la suite des journaux satiriques, « Monsieur Pinsart-dit-de-Fervacques » chaque fois que le ministre apparaît dans l'actualité, en rappelant en toute occasion avec une complaisance narquoise le souvenir bon enfant du trisaïeul aubergiste, en passant enfin – sur le personnage et toute sa dynastie – un vernis Labiche d'un autre âge, les Français n'aient pas tout à fait épuisé le sujet...

Sans doute avons-nous chez nous, dès qu'il s'agit de capitalisme, une bonne longueur de retard sur l'événement : on respecte encore les Michelin, parce qu'ils roulent en 2CV, on garde la nostalgie de Marcel Boussac, qui avait de si beaux chevaux, et l'on envie les Chérailles, supposés multimilliardaires parce que chaque Français a dans sa cuisine une moulinette LM; on ignore en revanche, avec obstination, la fortune des Bettencourt, des Seydoux, des David-Weill, des Deutsch de la Meurthe, des Boissonnas ou des Fervacques – malgré la rage que mettent, depuis une dizaine d'années, les plus jeunes représentants de cette dernière famille à défrayer la chronique...

Les grands de ce monde sont comme les étoiles accrochées à la voûte des cieux; si loin de nous que nous ne pouvons évaluer, à l'œil nu, les distances qui les séparent ni les placer dans leur commun firmament de la manière que le hasard les y a mis – plus ou moins haut. Nous croyons ces astres tous de même taille et sur le même rang, à moins que nous ne jugions plus importants ceux qui sont les plus proches de nous. Ainsi Christine pensa-t-elle, d'abord, devoir être moins impressionnée par le maire de Sainte-Solène qu'elle ne l'avait été par Anne de Chérailles – erreur d'optique banale, à laquelle elle renonça bientôt pour tomber dans cette autre, commune aux enfants, que les étoiles sont près des hommes et qu'il suffirait de se hausser sur la pointe des pieds et de tendre la main pour les attraper.

La vie à Trévennec ressemblait aux réceptions de sous-préfectures telles que les peint la chanson : il y pleuvait « des orangeades et des champagnes tièdes »... Je me consolais de devoir absorber, deux ou trois fois la semaine, ces médiocres mousseux en compagnie des notables du lieu en considérant qu'au moins je n'avais pas à laver leurs verres. Les sous-préfectures sont organisées comme les ambassades, en effet : bien qu'avec un moindre faste, le service y est assuré.

Je disposais ainsi à Trévennec d'une certaine Germaine Conan qui, portant le même prénom que ma grand-mère, se montrait aussi bonne cuisinière que son homonyme, et – comme elle – d'un dévouement sans limite au patronat qui l'exploitait. Germaine m'aima comme on aime une jeune parente et une patronne inexpérimentée; je lui avais signifié d'emblée que je n'entendais pas me mêler du train de la maison; elle prit plaisir à tout régenter. Et, quoique je ne me permisse jamais une réprimande, bientôt elle ne supporta même plus mes conseils. Le simple fait de lui suggérer un petit passage de chiffon sur le haut d'un buffet, où la couche de poussière atteignait l'épaisseur d'un bourrelet, soulevait la plus véhémente indignation : « Ah, ben, Madame, je vous le dis carrément : je veux plus m'occuper de vot' buffet. Moi que j'y avais déjà fait toute sa poussière la semaine dernière! Je peux pas croire qu'elle soye revenue (le fait était aisément vérifiable, mais, pour Germaine, il ne s'agissait que d'une superstition), ma parole, y a un sort sur cette maison! » et, partant d'un grand rire franc destiné à me persuader de sa bonne foi, elle continuait à refuser fermement plumeau ou peau de chamois.

Pour ne pas l'obliger à perdre la face, je laissais « tomber », me gardant de lui prouver, comme il m'eût été si aisé, que, contrairement à ses affirmations, elle n'avait pas nettoyé le meuble la semaine passée. Je lui pardonnais ses gros mensonges pour la naïveté dont elle les assortissait : son étonnement, toujours renouvelé, devant la poussière, également renouvelée, gardait, à mes yeux, une fraîcheur touchante chez une professionnelle aussi expérimentée... Et, si sa surprise était jouée, l'espoir qu'elle mettait dans la possibilité de me duper au prix d'une si médiocre comédie ne me semblait pas moins émouvant. De toute façon, l'essentiel pour moi était qu'elle m'ôtât tout souci domestique et me fournît le moyen – à condition de fermer les yeux sur la saleté des vitres et les « moutons » des buffets – de ne plus m'abîmer dans les bassines et l'Ajax ammoniaqué.

Comme Marie de Verneuil, j'étais de ces petites filles pauvres auxquelles on a donné tardivement ce goût d'être servi dont il n'est pas facile de se défaire. Moitié servante, moitié dame de compagnie, intraitable mais fidèle, Germaine, mariée à un Marche-à-Terre rugueux, fut ma « Francine » : « Trois années passées auprès d'une famille opulente avaient développé ces besoins de luxe, dont mon âme ne s'expliquait ni les dangers ni la tyrannie », et je crus que Madame Conan, à elle seule, les assouvirait...

J'étais, en tout cas, plus attachée à me « faire aider » que je ne l'aurais été si, dès l'origine, on m'avait élevée dans la bourgeoisie. Une Elisabeth de Sévigné-Fervacques trouvait amusant, par exemple, de poser dans sa cuisine, casserole en main, les veilles d'élection. Certes, « le Canard Enchaîné » prétendait que le photographe avait été obligé de l'y conduire par la main parce qu'elle n'en connaissait pas le chemin, mais je n'en étais pas sûre : de même que Marie-Antoinette se plaisait parfois à traire les vaches, les femmes de ce milieu-là adorent jouer à la dînette trois ou quatre fois par mois. Pour moi, j'avais suffisamment tenu la queue de la poêle et manié la serpillière pendant toute mon enfance pour ne plus vouloir approcher d'un évier ni d'un four – fût-il autonettoyant, à pyrolyse, et de marque LM.

C'est au point que je me flatte qu'au moment où je devins Secrétaire d'Etat, aucun journal ne put publier de moi un seul cliché domestique : point de marmite ni de fer à repasser, pas de bébé dont j'aurais – en souriant de bonheur – changé la couche sale. Je dus batailler davantage pour parvenir à ce résultat que pour entrer au Gouvernement. Les photographes ne se consolaient pas de me trouver de si mauvaise volonté; ils sont tellement habitués, dès qu'une femme devient Premier ministre, prix Nobel ou P.D.G., à se précipiter dans sa cuisine.

« Même Madame Thatcher n'a pas fait tant de difficultés », me sermonna l'un deux, assez joli garçon, « mon agence a une photo de la " Dame de Fer " en train de faire un pot-au-feu et une autre où elle repeint sa salle de bains. je finirai par croire, Madame, que vous n'êtes pas une vraie femme... »

« Chiche », lui dis-je.

Et, ce jour-là, nous ne photographiâmes pas plus avant...

Au commencement, malgré la laideur de la sous-préfecture, je ne m'ennuyai pas en Bretagne : si les Parisiens recherchaient peu les parkings de Trévennec, Sainte-Solène en revanche attirait du monde. Dès mon premier été, Pierre Prioux choisit d'y monter, pour la deuxième chaîne de télévision, le « Comme il vous plaira » de Shakespeare où Maud Avenel devait tenir le rôle de Rosalinde.

Pour cette mise en scène, digne en tous points du génie propre à « l'abbé de cour et jardin », on avait jeté sur la plage du Décollé quantité de boudins violacés qui, liés entre eux, faisaient une sorte de sol tumultueux. « Les acteurs français sont trop légers, avait déclaré le " jésuite de théâtre " aux hebdomadaires chargés de couvrir l'événement, il faut les obliger à se concentrer sur leurs pieds »... Il réglait un vieux compte avec la Comédie-Française, laquelle avait résolu de se passer de ses services depuis le jour où, le Père ayant semé du gros sel sur la scène du « Soulier de Satin » – dans une histoire de chaussures, n'était-il pas légitime de s'occuper des pieds? – plusieurs comédiens avaient eu les extrémités brûlées et s'étaient, dans un climat d'émeute, emparés du metteur en scène pour le rouler dans sa propre farine...

De part et d'autre de ce gigantesque étal de tripier, d'autres boudins, de plus grand diamètre, servaient de coulisses : les princes et les princesses de la comédie y disparaissaient comme des aliments prédigérés. Entre ces divers intestins, le public, assis sur des gradins face à la mer, pouvait apercevoir le ciel et les flots où passaient, parfois, une voile ou un oiseau.

« Nous voici dans la forêt des Ardennes », s'écriait l'un des héros de la pièce. Je me retins de lui lancer qu'on le trompait, et qu'il le verrait bien si seulement il se retournait.

Quant au reste – décryptage marxiste du « grand Will », ambiguïtés sexuelles, juxtapositions de jeans, de perruques Grand Siècle et de tuniques antiques – mon baptiste m'y avait depuis longtemps habituée. Ce n'était pas non plus la première fois que je le voyais exiger des acteurs qu'ils psalmodiassent leurs rôles, comme des enfants à la composition de récitation du « Cours Moyen-première-année » : « Je ne veux pas de ton! Surtout pas de ton! explosait Prioux dès qu'un acteur commençait à jouer. Vous n'êtes pas là pour ressusciter quoi que ce soit, incarner je ne sais qui, vous êtes là pour laisser le texte couler de votre bouche comme un filet de salive, laisser les vers transpirer à travers vous. Persuadez-vous, un bon coup, que vous êtes transparents, débiles, inexistants : des tamis, des zombies, des néants! »

Seule Maud tirait son épingle du jeu : la façon dont elle se tordait les chevilles sur les boudins violets ajoutait à l'impression de fragilité qui émanait de son corps léger, de sorte que, comme me l'avoua Frédéric, les mâles de l'assistance durent s'attacher à leurs sièges pour ne pas courir lui offrir le bras. Sous ses cheveux noirs, son teint pâle, couleur de perle, s'harmonisait aux reflets des brumes qui montaient de la mer et semblaient, malgré la saison, porter de la neige en suspens; sa voix, douce et naturellement chantante, empruntait ses inflexions au murmure de la vague et du vent; d'ailleurs, elle transportait la forêt des Ardennes et celle de Brocéliande partout avec elle. Quand je la voyais maintenant, je m'efforçais toujours de la regarder avec les yeux de Renaud; et j'y parvenais d'une manière à bien me désespérer...

La représentation eut un grand succès : quelques vieillards locaux, qui pensaient avoir lu Shakespeare, avaient marqué un peu de surprise au premier acte, mais le froid de la nuit eut bientôt congelé leurs velléités d'opposition; moi-même, emmitouflée dans mes châles, je sentais mon indignation s'engourdir à mesure que passaient les tirades; à la fin, nous étions tous si frigorifiés que nous applaudîmes à tout rompre pour nous réchauffer; comme il s'agissait d'une représentation unique, destinée à la télévision, elle passa pour un triomphe.

Enjambant les boudins et les bancs, Anne de Chérailles courut féliciter son cher Pierre : elle mettait toujours tant de chaleur dans ce qu'elle faisait qu'on ne savait jamais, lorsqu'elle vous louangeait, ce qu'on devait à son admiration et ce qu'on devait à son amitié.

Maud, quant à elle, savait à laquelle de ces deux causes rapporter les enthousiasmes superlatifs de son amie : au temps où elle n'était encore qu'une modeste pensionnaire du Théâtre-Français, Anne, déjà, investissait les salles de ses « générales » ou de ses « premières », et, donnant d'un rire généreux le signal de la gaieté, soulignant les répliques remarquables de « oh » extasiés (comme un enfant émerveillé salue les fusées du feu d'artifice), applaudissant après chaque tirade au point d'en avoir les paumes gonflées, elle lui faisait la claque avec tant d'énergie et si peu de discrétion qu'à la fin les autres acteurs, agacés, se penchaient vers la jeune Avenel et, entre deux rappels, la sommaient d'avouer : « Allez, Maud, sois franche : tes amis Chérailles sont encore dans la salle? » Comme Renaud me l'apprit plus tard, Maud lucide – ou contaminée par le pessimisme croissant de son mari – en était venue, au fil des ans, à prendre ses distances avec cette solidarité envahissante et à considérer les volées d'encensoir de sa petite famille des « Rendez-vous » comme l'expression d'un sentiment, plutôt que d'une opinion; à défaut d'être convaincue qu'elle était admirable et qu'on l'admirait, elle y puisait au moins, avec un attendrissement amusé, l'assurance qu'on l'aimait...

Pierre Prioux, en revanche, bien qu'il eût lui aussi bénéficié plus d'une fois des mêmes transports de commande – car Anne n'était pas plus ménagère de sa peine que chiche de son amitié –, restait extrêmement sensible aux manifestations de délire du « fond de sauce » : plumitif refoulé, il avait ceci de commun avec les véritables écrivains qu'on ne pouvait jamais trop le flatter; non, d'ailleurs, qu'il fût assez sot pour être absolument dupe de ces flagorneries, mais, tout en s'efforçant de les prendre pour ce qu'elles étaient, il continuait à les boire comme du petit-lait et en redemandait. Anne, libérale, n'hésitait jamais à lui en resservir une rasade; Olga, par contre, le laissait douloureusement sur sa faim. Bien qu'elle fût désireuse de plaire aux amis de son amie, Madame Kirchner ne pouvait se résoudre à chanter, dans toutes les circonstances et sur tous les tons, le grand air de l'adulation; sauf lorsqu'il s'agissait de Vasquez, son ancien protégé, elle avait, en matière artistique, le compliment réservé, la transe courte, l'emballement borné, et ce manque de flamme – chez une personne ordinairement si effervescente et exagérée – surprenait; Prioux s'en consolait en se répétant qu'il suffisait de voir ses toilettes pour comprendre qu'elle manquait de goût...

Ce soir-là, quand vint le tour de « la Veuve » – on défilait devant le metteur en scène comme à la sacristie après les grandes cérémonies –, elle se borna à serrer vigoureusement la main du jésuite, sans prononcer une seule parole, comme on fait dans certains mariages lorsqu'on n'ose pas franchement féliciter les époux et qu'on espère que, dans l'enthousiasme général, un air entendu vous dispensera, comme l'Agamemnon de l'opérette, « d'en dire plus long »... Derrière elle, Fortier de Leussac fut heureusement dithyrambique pour deux.

D'où j'étais placée dans la queue, attendant de pouvoir approcher pour m'extasier, je saisis quelques bribes de la conversation entre les deux hommes de lettres : « Ah, ce décor! », disait Fortier enivré, « ce lieu qui est cinquante lieux! Ce lieu qui est un non-lieu, une absence... »

« Oui », répondait Prioux, modeste, un rien patelin, « j'aime bien travailler comme ça : en creux, d'une manière blanche. »

« Et la psychologie », reprenait Fortier, qui avait fait trente ans dans l'introspection à la Maine de Biran et l'élégie néo-lamartinienne, mais que les événements récents avaient rendu si prudent qu'il ne savait même pas si l'on pouvait encore oser s'avouer lacanien, « la psychologie est très... »

« La psychologie », tranchait Prioux, « je m'arrange pour qu'elle disparaisse. Pas de psychologie. Vive l'a-psychologie! »

« Comme vous avez raison! » approuvait Fortier, confus de n'avoir pas trouvé la formule lui-même, « quelle force, d'ailleurs, dans cette suite discontinue d'affects, ce déconstruit, ces fractures... comment dirais-je? métalinguistiques. C'est cela : métalinguistiques. »

« Je vous avouerai cependant », concluait Prioux dont l'étincelante humilité flamboyait sous cet astiquage complaisant, « que je ne suis pas entièrement satisfait de ma mise en scène. Je trouve qu'elle serait parfaite en muet mais, telle quelle, avec ce que " ça-parle ", elle laisse à désirer. Les mots... les mots sont de trop. »

« Ah, exactement! Je n'osais pas le dire moi-même », s'exclama Fortier, « mais votre formidable approche le fait éclater : Shakespeare date un peu. »

Et, depuis le bout de la file où je me trouvais coincée attendant mon tour, je vis Bertrand Fortier, tout ému par sa propre intrépidité de pensée, s'éloigner à reculons de son nouveau grand homme, marchant à petits pas, parlant seul, et hochant la tête comme s'il voulait se persuader qu'à l'égard de Shakespeare il convenait de confirmer en appel la condamnation audacieuse qu'il venait d'exprimer si catégoriquement en première instance.

Il est vrai que le « grand poète » ne cessait plus de se surprendre : c'était avec un ébahissement enfantin, le cœur battant et l'œil écarquillé, qu'il assistait, en ces périodes troublées, à ses propres changements d'opinions – en politique comme en littérature –, à l'évolution accélérée de ses goûts, qu'il s'efforçait bravement de faire coller aux révolutions de l'art et à la prolifération quasi maladive de ses activités (car, craignant à chaque instant de laisser passer une mode ou de rater une occasion, incapable de rien refuser après avoir si longtemps attendu, il ne rejetait aucune des propositions que lui valait sa soudaine et médiatique notoriété). Administrateur du Quai Kennedy le matin, président du PAPE à midi, directeur de collections à cinq heures, critique le soir, consultant à l'Unesco le lundi, éditorialiste le mardi, juré le mercredi, « enfin académicien » le jeudi, clubiste le vendredi, poète le samedi, et paysan le dimanche, il ne savait plus à laquelle de ses casquettes donner de la tête. Jusqu'à son nom qu'il lui arrivait d'égarer, car des noms, il en avait maintenant autant que de métiers et de points de vue : il gardait Fortier pour l'état civil et le Quai Kennedy, signait « Apollinaire » les rapports secrets qu'il présentait au Comité directeur du PAPE lorsqu'il se chargeait lui-même des contacts à l'étranger, se hissait jusqu'au « de Leussac » pour l'Académie et la poésie, était « Iris » pour le courrier du cœur d'un grand magazine féminin, « Shiva » pour l'horoscope d'un autre, et « L'ermite » pour son billet hebdomadaire dans « la Vie Catholique illustrée »; enfin, il osait – pour la vie mondaine et les cartes de visite – un « F. de Leussac » hybride, qui tendait à éliminer par étapes le Fortier d'origine au profit du Leussac d'emprunt. Il semblait qu'il eût, sur ce point, résolu d'imiter ce Monsieur Poire, ami d'Olga, qui avait d'abord enrichi son malheureux patronyme d'un « d'Alérac », qui lui donnait l'air d'une espèce exotique (« Poire d'Alérac », avait-il annoncé sobrement la première fois, en se présentant au vieux Chérailles; « Pruneau d'Agen », avait répondu celui-ci, imperturbable, en s'inclinant pour lui serrer la main. « Mais je croyais à une plaisanterie, moi », m'expliquait plus tard cette vieille canaille, « après tout, il y a bien la " poire d'Alençon " et la " poire d'Amanlis ", pourquoi pas la " d'Alérac "? »). Pour éviter ce genre de rebuffade, Poire avait, dans un deuxième temps, réduit son fruit à une simple initiale – P. d'Alérac –, qui pouvait facilement passer pour celle d'un prénom; après dix ans enfin, coupant résolument sa branche d'origine, il n'était plus qu'un Monsieur d'Alérac comme un autre – « De la grande noblesse dans un siècle », commentait le comte de Chérailles, désabusé...

F. de Leussac, qui, en fait de noblesse, avait sur ce d'Alérac une longueur de retard mais tentait, vaille que vaille, de conserver quelques centimètres d'avance dans le domaine de l'art, s'empressa, sitôt rentré à Trévennec où je l'hébergeais, de donner une très longue interview : comme d'autres ont la naïveté de croire que « du moment que c'est écrit dans le journal, c'est vrai », Fortier, naturellement ingénu, nourrissait un respect particulier pour les jugements exprimés sur les ondes – fût-ce les siens... Aussi, lorsqu'il doutait de la justesse des avis qu'il venait d'émettre, allumait-il son poste pour s'écouter penser. Pour mieux se convaincre, ce soir-là, que les positions qu'il venait de prendre n'avaient rien d'aventuré, il expliqua donc devant un micro comment son ami Prioux venait, une fois de plus, de révolutionner la technique théâtrale, et en quoi Shakespeare était « terriblement dépassé » – le tout, éloges et réflexions, livré en direct à sa propre radio. Prétextant de ses introductions dans le monde artistique, politique, et scientifique, Fortier s'était fait, en effet, le premier fournisseur des chaînes qu'il dirigeait : interviewer, interviewé, présentateur, meneur de jeu, tantôt clown blanc, tantôt Auguste, il tournait au Frégoli des médias, à l'homme-orchestre de la scène littéraire.

Outre l'intarissable Fortier de Leussac, je logeais à la sous-préfecture tout le « fond de sauce » des « Rendez-vous », descendu pour la circonstance jusqu'à nous; Olga seule résidait à l'Hôtel d'Angleterre qui, racheté par la Société du Casino, offrait le séjour aux grands joueurs de son espèce.

– Olga me désespère avec son baccara, son chemin de fer, et le reste... Elle y perd des fortunes, me dit Anne comme nous nous maquillions ensemble dans ma salle de bains avant le dîner.

– Mais est-ce qu'elle n'a pas assez d'argent pour pouvoir en perdre?

– Ecoutez, à dire vrai, je n'en sais rien... Olga est très discrète sur les placements qu'elle fait. Je crois qu'elle était très riche quand elle est rentrée en Europe, c'est un fait. Mais maintenant... Elle prétend qu'elle a cinq mille francs de revenus par jour à dépenser... Pourtant, son seul investissement connu, c'est sa galerie : ce n'est sûrement pas ça qui la fait vivre! Bon, elle dit qu'elle spécule à la Bourse. Compte tenu de l'état du marché financier, elle serait bien la seule à y gagner! Les valeurs françaises se tiennent si mal depuis que nous avons Giscard aux Finances...

– Mais Olga gagne peut-être au jeu?

– A la roulette, c'est possible... A l'entendre, elle a toujours des martingales infaillibles. J'en doute un peu. Tous les joueurs disent ça, vous savez.

– Vous ne l'accompagnez jamais? Pour voir si...

– Ah non, par exemple! Au début, j'y allais. En touriste... Mais elle me poussait à jouer! Elle n'avait de cesse que j'aie misé trois sous. Les joueurs sont comme les drogués, ils ont la rage de vous faire partager leur vice... Eh bien, ce n'est pas mon vice à moi, voilà tout!

Maud nous rejoignit dans la salle de bains, où Anne fit bientôt régner devant la psyché une délicieuse atmosphère de gynécée : « Je peux vous emprunter votre rouge à lèvres? », « Maud, tu veux attacher ma robe, s'il te plaît? », « Vous devriez essayer ce pendentif avec votre corsage... », « Pourquoi ne mets-tu pas un peu de vert sur tes paupières? ». Anne et Olga, comme Carole, savaient créer autour d'elles cette complicité tendre, faite de soins mutuels, de vêtements prêtés et de fous rires partagés, où chacune, mise en valeur par les autres, n'affirme sa beauté propre qu'en s'assujettissant au groupe aussi étroitement que la perle s'attache au collier. J'avais connu autrefois, avec Béatrice et deux ou trois amies de classe, cette sorte de compagnonnage dont j'imaginais qu'il devait être aux filles ce que la camaraderie de régiment est aux garçons; mais ces relations de « chambrée » que les adolescentes nouent facilement entre elles, seules les lesbiennes et les prostituées – parce qu'elles restent indifférentes au jugement des hommes – parviennent ensuite à les ressusciter chaque fois qu'elles croisent un regard féminin dans un miroir. Quant à moi, si j'y restais sensible, je ne savais trop, depuis que je fréquentais Madame Kirchner et Mademoiselle Massin, auquel de ces deux titres c'était...

En revanche, j'avais déjà remarqué à Senlis que Maud s'abandonnait rarement aux mystères de cette intimité; du reste, dès qu'elle sortait de scène, elle laissait derrière elle ses forêts enchantées et reprenait cette réserve glacée, cette médiocrité apparente, qui faisaient croire que le génie s'était envolé, la flamme éteinte.

Tandis qu'elle se passait en silence du mascara sur les cils, je vis sa main trembler.

– Vous avez eu froid, Maud. Voulez-vous quelque chose de chaud avant le dîner?

– Non... Je tremble toujours comme ça pendant un certain temps, après. Même quand il fait chaud...

Je me rappelai, tout à coup, cet état d'excitation, de fébrilité maladive dans lequel Renaud plongeait chaque soir après sa dernière réunion publique; je me souvins des longues soirées passées dans des cafés déserts à tirer des plans sur la comète quand il eût été plus sain d'aller se coucher. Ish, isha, ce que Dieu a uni... Raisonnant d'après son mari, je crus Maud vulnérable, mal assurée, je voulus la réconforter, vêtir « l'acteur si émouvant dans sa nudité ».

– Vous avez joué magnifiquement, Maud. Vous avez des dons qui...

– Oh, les dons, ma chère Christine! Nous les laisserons aux figurantes, si vous voulez.

Et, m'ayant ainsi envoyée au tapis, elle recommença à se barbouiller mélancoliquement de mascara.

Cette star sévère m'exaspérait. J'étais pleine de bonne volonté à son égard, mais sa sécheresse, sa timidité, son orgueilleuse humilité et ses impertinences me décourageaient.

Elle avait pris, au fil des années, cette froide insolence des acteurs trop populaires, des présentateurs-vedettes et amuseurs de tout poil, qui, habiles à railler ceux dont, n'attendant rien, ils ne craignent rien – les juges, les médecins, les ingénieurs ou les sous-préfètes –, ne se départent jamais de la stricte servilité à l'égard de ceux dont ils dépendent – producteurs, metteurs en scène ou directeurs de chaînes. Maud était encouragée dans cette double conduite par la complaisance de ses victimes à applaudir son effronterie et la réputation flatteuse d'indépendance que lui faisait son indocilité : n'avait-elle pas refusé avec éclat une invitation à l'Elysée, proclamé à la face du monde qu'elle avait avorté, injurié le ministre des Armées dans une émission de TV, giflé un académicien, et ridiculisé un archevêque? Ce faisant, bien entendu, elle ne risquait rien et ne prouvait pas grand-chose – sinon que le Pouvoir avait depuis longtemps changé d'allées : il siégeait dans les salles de rédaction, campait sur les hauteurs de la Maison de la Radio, et se pavanait sur les plateaux de « télé ». Aussi, dès qu'il s'agissait d'exhiber ses formes – ou sa pensée – en première page d'un journal du soir, de vanter à France-Inter les éminentes qualités de Fortier, ou de cajoler les échotiers de « la Presse » en passant un week-end chez Anne, Maud abdiquait-elle cette arrogance dont Renaud lui faisait une vertu... Qu'il prît ses médiocres bravades pour les manifestations d'une « sensibilité de gauche », et qu'il ne vît pas qu'une actrice qui courtise les médias eût, en d'autres temps, courtisé les princes, n'était pas la moins étonnante des preuves d'amour qu'il lui donnait...

Anne, radieuse, impérieuse et, par certains traits, plus

Sarah Bernhardt que la star elle-même, savait, en tout cas, s'y prendre avec elle beaucoup mieux que moi. Il est vrai qu'elle l'avait connue avant qu'elle ne devînt célèbre, qu'elle la tutoyait, et n'avait consenti à revoir Renaud que pour l'amour d'elle.

« Ecarte-toi, chèrre grrande actrice! lui disait-elle en parodiant l'accent slave d'Olga, tu m'empêches de me coiffer. » Et elle prenait Maud par la taille, la faisant glisser de l'autre côté du lavabo, puis, lui dédiant dans la glace un grand sourire blond et beige : « Tu sais que tu étais ravissante, ce soir, Rosalinde? » murmurait-elle, rêveuse, en immobilisant sa brosse au-dessus de ses cheveux. Et « Rosalinde », confuse, rougissait...

– Comment va Monsieur de Chérailles? Je lui ai écrit trois fois depuis que je suis à Trévennec. Il ne m'a pas répondu...

– Ça ne m'étonne pas. Malheureusement, il baisse de jour en jour, ma pauvre Christine... Il a lu vos lettres et il serait encore capable d'y répondre s'il voulait. Mais il ne veut plus. Il ne veut rien. Heureusement que, au départ de Berton il y a deux ans, j'ai repris moi-même nos affaires en main. Il n'était que temps! Le secteur « lave-vaisselle » est en plein essor, mais notre unité de « presse-purée » perd de l'argent. Il est clair, de toute façon, qu'avec le développement de la purée en sachets c'est une branche condamnée... Il faut fermer. Mais jusqu'à présent mon père s'y oppose : il est resté très attaché, sentimentalement, aux moulinettes qui nous ont tirés de la misère après la guerre... Or, Berton était charmant, mais il passait tous ses caprices à son président et cette complaisance commençait à nous coûter cher! Je me demande, d'ailleurs, jusqu'où ira ce garçon pour ses électeurs... Oh! pardon, ma petite Maud, j'oubliais que c'est lui qui a pris le siège de... Enfin, bon : mon père est très diminué, c'est un fait.

– Pas autant que sa bibliothèque, tout de même?

– Très drôle, ma chère enfant, très drôle... Mais il ne s'agit plus de sa bibliothèque. Il y a pire : c'est sa musique!

– Il y a déjà longtemps qu'il se limitait aux fanfares...

– Ah oui ! Oui, mais depuis que vous avez quitté Paris, il a encore réduit le champ de ses intérêts. Il n'y a plus que la Marche de la Légion qui trouve grâce à ses yeux. Vous savez, le fameux : « Tiens, voilà du boudin, voilà du boudin »... Et encore, s'il écoutait la marche en entier... Mais pensez-vous ! Il a fini par ne plus supporter qu'un seul passage. Vous savez, ce mouvement lent, celui qui dit (passez-moi le mot) : « Ce sont tous des tire-au-cul. » Il a exigé de Philippe qu'il lui fasse un petit montage sur une cassette, où il a mis, bout à bout, une centaine de « tireurs au cul ». Et toute la journée, Christine, toute la journée ces tireurs défilent ! Eh bien, c'est beaucoup plus dur que vous ne croiriez !

– A ce degré-là, je me demande si...

– Oui, j'y ai bien pensé : un message, n'est-ce pas : Une ultime vision de l'humanité ? Et quelle vision ! Ça lui ressemblerait...

Quand Anne était partie à se sentir intelligente, il n'y avait plus moyen de l'arrêter. Je renonçai à lui exposer l'idée qui m'était venue. Si Monsieur de Chérailles, du fond de son naufrage, lançait bien un dernier message, un ultime SOS, j'avais des raisons de penser qu'il m'était uniquement destiné. Anne n'avait-elle pas précisé que c'était depuis mon départ que son père avait laissé tomber la « Marseillaise », les « Dragons de Noailles », et la « 2e DB » ? Ce soudain déploiement de « tir-au-cul » qui occupaient tout le pays n'était-il pas à rapprocher de la manière dont, à la veille de mon embarquement pour Trévennec, le vieux rabat-joie avait qualifié ma destination : « le cul du monde » ? Ainsi, réussissait-il à mêler, dans son chant du cygne, une prière à ses reproches...

Mais si cet appel au secours me toucha, je me souvins qu'il était de tradition dans la Marine de faire passer les femmes et les enfants avant les vieux messieurs. Enceinte de deux mois, je crus avoir une double raison pour m'en tenir à cet excellent principe et ne pas quitter ma chaloupe.

Dans ce fragile esquif Olga me rejoignait de loin en loin. Chaque fois qu'elle venait au casino de Sainte-Solène, en effet, elle m'envoyait chercher.

Elle se levait tard, après avoir passé la nuit aux tables de jeu. J'arrivais au début de l'après-midi; elle était encore en chemise de nuit, mais déjà maquillée; je la soupçonnais de se peindre le visage avant d'avoir avalé son café au lait; il est vrai qu'elle ne prenait peut-être pas de petit déjeuner, au sens où je l'entendais : à deux heures de l'après-midi, Olga marchait déjà au whisky...

Elle me racontait sa nuit : « C'était le bouleur chauve, vous savez, le balbatisher, celui qui me porte bonheur... Voilà qu'il sort le 27, le 14, puis le 7, le 4 et le 22... Une paire! Aussitôt, je pars du 34 et je joue ma combinaison de huit numéros : quand la chance arrive, même votre bœuf peut vous fairrre un veau... Le 34 ressort, gagnant! Et il sort deux fois! Vous vous rendez compte! »

Pas du tout, mais cela ne l'empêchait nullement de continuer à me détailler ses parties, et même, le cas échéant, de me faire ses doléances, comme si, en tant que femme du sous-préfet, il m'incombait de veiller à la bonne marche des roulettes.

« C'est grrrave, je vous assure : les croupiers de Sainte-Solène ne connaissent pas les figures! Vous leur dites : “ figures du 4 ”, et ils vous jouent le 4, le 14, le 24 et le 34! Des gens comme eux, oÿ, qu'on en sème beaucoup et qu'il en pousse peu! »

J'étais toute disposée à partager son indignation, mais je n'y comprenais rien : « Et qu'auraient-ils dû jouer? »

« Mais le 4, le 13, le 22 et le 31, voyons! Claro! »

Olga me regardait d'un air de commisération. Je me sentais stupide, en effet, de ne rien savoir des règles de ces jeux, pourtant plus simples que celles du bridge à ce qu'on en disait. Voyant ma confusion, Madame Kirchner proposait aussitôt de m'emmener avec elle « en visiteuse, disait-elle, pour que je puisse vous expliquer ». Mais je reconnaissais dans son invitation l'impulsion du drogué contre laquelle Anne m'avait mise en garde, et je me dérobais :

« C'est que... je ne suis pas sûre que Frédéric apprécierait. Compte tenu de sa position, je suis obligée de faire attention... »

« Comme voudrez, bubeleh... De toute façon, ce soir, je n'irai pas jouer. Je ne suis pas en forme et, quand on est fatigué, on est mauvais juge de ses attaques... Quand j'étais plus jeune, je pouvais jouer quatre ou cinq nuits de suite. Hélas, la chair faiblit... La vieillesse est une mauvaise maladie ! »

Je trouvais pourtant qu'Olga changeait peu : le profil aigu, nerveux, la bouche amère et sanglante, la poitrine maigre et les cheveux d'un noir de jais étaient pareils à ce que j'avais toujours connu. Le seul changement perceptible affectait son regard, et il ne s'agissait pas seulement des fines ridules qui se multipliaient autour de ses paupières : il me semblait que son œil brun s'assombrissait tandis que le bleu s'éclaircissait. L'accentuation de cette distorsion me donnait maintenant l'impression, gênante, qu'elle louchait; je ne parvenais plus à lui parler en face sans ressentir une gêne croissante; j'en venais à fuir son regard, mais plus je fuyais, plus elle cherchait à me l'imposer.

Elle m'emmenait manger des gâteaux dans un salon de thé, ou une douzaine d'escargots au bar du « Brighton »; car elle se nourrissait de n'importe quoi, pris à n'importe quelle heure; du reste, elle mangeait peu.

« Je ne reviendrai pas le mois prochain », me dit-elle en glissant, comme Léocadia, ses gants dans son assiette pour empêcher qu'on ne la servît. « Je dois terminer le projet d'introduction du prochain livre d'Anne » (je n'ignorais pas qu'elle préparait un ouvrage sur les grandes cantatrices du XIXe siècle, qu'une fois de plus Anne signerait et dont le stipendié de « la Presse » vanterait aux lecteurs, comme si la maîtresse de son directeur lui était inconnue, « le style dépouillé, ferme, efficace, et l'élégante clarté » – non sans raison, d'ailleurs, sur le fond, car Olga avait, comme nègre, d'éblouissantes sécheresses de plume, des raccourcis saisissants et des hardiesses de coupe que son exubérance verbale, les chamarrures de sa conversation, et ses fantaisies de polyglotte déchaînée ne laissaient guère espérer).

« Et dès que le livre sera sous presse, poursuivit Madame Kirchner en prenant l'air franchement mystérieux, je pars pour quelque temps à l'étranger. »

Sachant par Philippe qu'elle s'occupait toujours du « PAPE » – dont, sous l'éminente présidence de Fortier de Leussac, les activités officielles se multipliaient – je croyais deviner de quelle sorte de voyage il s'agissait. Je souris finement : « Qu'allez-vous inaugurer? La nouvelle bibliothèque de l'Institut Français de Bucarest, ou une exposition moscovite sur les amours d'Ivan Tourgueniev et de Pauline Viardot? » Aussitôt, je me repentis d'avoir affiché la mine entendue de celle qui en sait plus long qu'elle n'en dit; car si c'était pour évoquer l'objet avoué du « Programme d'Action Pour l'Europe » – dont relevaient en effet les inaugurations de maisons de la culture et autres musées – point n'était besoin de se faire la figure du limier qui a débusqué la bête...

Aucune expression, si fugitive qu'elle fût, n'échappait à l'attention d'Olga. Mon ironie, puis mon embarras, la frappèrent : « Je vois ce que c'est... Anne aura parlé à Philippe, et Philippe vous aura parlé... C'est ma faute après tout : quand on n'ouvrrre pas la bouche, les mouches n'entrent pas dedans! »

Mais, à ma grande surprise, elle parut plutôt soulagée de me savoir dans la confidence. Elle m'ouvrit son cœur, et son sac à main où elle transportait, pêle-mêle, un plan du métro de Moscou, un dictionnaire franco-tchèque et des listes d'adresses de peintres et d'écrivains persécutés. Avec une flamme que le champagne qu'elle avait commandé attisait, elle me parla de ce vaste réseau de soutien à la « dissidence », qui se mettait progressivement en place de l'Atlantique à l'Oural.

Comme je me moquais de l'ampleur du projet en imitant le « petit père des peuples » à Yalta : « Le PAPE, combien de divisions? », elle croisa des yeux furieux : « Eh bien, je vous donnerai à lire des choses qui vous édifieront! »

Et le soir même, elle me sortit de sa valise un gros paquet de papiers ronéotés : les derniers comptes rendus des « missi dominici » de l'association. Il y avait, pour chaque mission, un double procès-verbal : l'un, officiel, relatif aux poses de plaques et de premières pièces, aux contrats d'importation de disques et de livres, aux organisations d'expositions et aux échanges de tournées théâtrales; l'autre, secret, qui retraçait les rencontres faites par l'envoyé – au prix d'infinies précautions et de grandes difficultés – dans les marges de sa visite guidée. Les deux rapports secrets que me montra Olga avaient été rédigés, me dit-elle, le premier par un historien connu pour sa ferveur gaulliste, le second par un sculpteur réputé, longtemps compagnon de route du PC, que le nouveau « coup de Prague » avait désabusé. En fait, le style des deux comptes rendus ne permettait guère de deviner la personnalité de leurs auteurs ni la divergence de leurs opinions politiques passées. C'était du genre : « J'arrive à V. vers dix-sept heures. Je trouve X. en pyjama, occupé à réparer la porte de sa maison; X. vit dans un extrême dénuement et souffre d'une récidive de sa tuberculose. Je lui remets les trois ouvrages convenus et la veste de laine. Il me donne le manuscrit qu'Y. a réussi à lui faire passer par ses amis. Il m'entretient de la dégradation de la situation à V. : il n'a pas vu de viande dans les boucheries depuis six semaines. Il évoque le cas du musicien Z., gravement malade et isolé dans une cabane en bordure de la forêt; Z. aurait besoin d'un soutien moral et de la partition du " Marteau sans Maître ".

Je convins de l'apparent sérieux, et de la nécessité, du travail qu'effectuaient ces « missionnaires de la paix ».

Enchantée de m'avoir convaincue, et libérée du poids de son secret, Olga se mit à m'interroger avidement sur Charles de Fervacques : soupçonnait-on le nouveau ministre des Affaires étrangères d'avoir des sympathies pour l'URSS? Etait-il très attaché à l'Alliance atlantique? De quel œil considérait-il la dissidence? Les dirigeants du PAPE pouvaient-ils espérer de lui un encouragement, ou, du moins, l'une de ces subventions que distribuait généreusement la Direction des Affaires culturelles?

Je dus lui avouer que je n'avais pas encore rencontré le maire de Sainte-Solène. Je l'avais aperçu de loin dans certaines occasions où je l'avais distingué aux mouvements de la foule. Il se crée toujours, en effet, autour des hommes d'Etat un curieux phénomène de flux et de reflux; dans un premier temps, le public joue des coudes pour approcher « le grand homme » comme si, à la manière de nos rois thaumaturges, il avait reçu pouvoir de guérir les écrouelles : c'est la phase d'agglutinement. Puis, comme il faut bien que le « roi » passe, et qu'il dispose de gardes du corps musclés prêts à l'y aider, la foule, cédant dans un second temps à la contre-offensive de l'élu, s'ouvre brusquement, telle la mer Rouge devant Moïse : c'est la phase d'alignement. La tête du héros, voguant rapidement au-dessus des flots apaisés, atteint alors la casquette du chauffeur comme une Terre Promise, et plonge dans la voiture qui démarre aussitôt.

Ayant trop d'orgueil pour approcher d'un homme dans des telles conditions – je n'aime ni me faire marcher sur les pieds ni me mettre au garde-à-vous pour laisser passer –, je me tenais, le plus souvent, à l'écart des oscillations qui accompagnent la marche des grands et n'avais jusqu'alors reconnu Fervacques qu'aux remous de son sillage. J'avais d'ailleurs une autre raison pour ne pas me montrer trop pressée de rencontrer le ministre : certaine lettre écrite, cinq ans plus tôt, au père de Laurence par un jeune professeur de français... J'avais beau douter que son destinataire l'eût parcourue, et juger plus improbable encore qu'il pût remonter de Mademoiselle Brassard à Madame Maleville via Christine Valbray, j'aimais mieux, pour plus de sûreté, laisser passer autant de temps que je le pourrais.

– Je comprends, me dit Olga, mais Charles de Fervacques n'est pas comme les ministres que vous avez croisés chez Anne : il est jeune, il est beau, il est brillant...

– Giscard aussi.

– Oui, mais Fervacques est plus jeune, « haimish »... Comment dit-on ça chez vous? Et plus joli garçon, si vous voulez mon avis. Si blond, si viril... Hermosissimo! On dit qu'il sera président. J'ajoute qu'il passe pour n'être pas farrrouche avec les dames.

– Giscard non plus. Dites plutôt que les dames ne sont pas farouches avec eux...

Par mon père – que ses fonctions mettaient à même d'approcher l'espèce ministérielle pendant ces périodes brèves où le politique, délesté de « sa moitié » et libéré de la surveillance des journalistes français, jouissait sur le sol étranger d'une relative liberté – je savais que les voyages officiels tournaient aisément au « bordel mobile » des campagnes militaires : les épouses de jeunes diplomates en poste ne reculaient devant aucun sacrifice pour faire tomber dans leurs rets le bel oiseau de passage. Il faut dire à leur décharge qu'on avait vu plus d'un attaché commercial, plus d'un modeste secrétaire d'ambassade, propulsés vers les sommets après que leurs femmes eurent « rencontré » un ministre des Finances, des Affaires étrangères ou de la Coopération. Certaines, conscientes de l'importance de l'enjeu, faisaient de folles dépenses de toilette en prévision de l'événement et, afin de pouvoir arriver parées comme des châsses dans deux ou trois dîners, endettaient leur mari pour des années.

Mon père gardait encore le souvenir, amer, de la lutte sans merci qui, pour la conquête du cœur d'un ministre « bien conservé », avait opposé, trois jours durant, l'épouse, blonde, de son conseiller militaire à la jeune femme, eurasienne, de son attaché financier.

La blonde n'avait que trois ans de plus que la brune, mais, parce que, protocolairement, les militaires passent avant les civils, elle occupait d'emblée une bien meilleure position stratégique : elle avait quatre dîners pour séduire, quand la petite métisse n'en avait que deux. Dès le premier dîner, la brune miniature, bien qu'elle n'eût jamais vécu qu'en Europe, sut attirer l'attention du ministre par un audacieux sarong rose indien; mais les dîners suivants, où elle ne figurait pas, marquèrent un net avantage en faveur de la blonde élancée, habillée pour la circonstance par Givenchy et Balmain. Cependant, le ministre, bien que manifestement alléché – et d'une humeur si joyeuse que nos interlocuteurs étrangers en profitèrent aussitôt pour lui extorquer plusieurs concessions –, ne semblait pas décidé à consommer les délices qui l'avaient mis en appétit. L'Ambassade se résignait déjà à un Waterloo collectif lorsque, la veille du départ du grand homme, la petite Eurasienne reparut; ayant le premier soir joué, sans succès décisif, sa couleur locale, elle tenta le contraste : elle vint au dîner d'adieu, candide et virginale, couverte jusqu'au cou d'une authentique robe de mariée 1900, guipure et dentelle, dont le blanc éclatant faisait admirablement ressortir son visage brun, et ses mains dont elle jouait avec l'habileté consommée d'une danseuse cambodgienne. Dès le hors-d'œuvre, le ministre pria mon père de bien vouloir lui organiser, sitôt après le dîner, une petite sortie : « Quelque chose d'intime, pour découvrir la ville... Enfin, vous voyez ce que je veux dire... Il n'y aurait que vous, ce jeune attaché si cultivé pour nous servir de guide, et sa femme, naturellement... »

Mon père les conduisit dans une boîte de nuit et se retira dignement à minuit; on dit que l'attaché s'esquiva lui-même peu après.

En réalité, comme on le sut plus tard, le combat des épouses n'était pas égal : le ministre, un ancien de la France d'Outre-Mer, avait toujours eu du goût pour les « femmes de couleur »... Les dépenses exposées par l'une étaient donc inutiles, et celles de l'autre, superflues : mais ce fut l'ambassadeur qui eut la plus lourde note à payer, car à peine eut-il rembarqué l'homme d'Etat dans son avion du GLAM que le climat de l'Ambassade commença de se détériorer : la blonde, dédaignée, se jeta sur la brune, honorée, pour lui arracher les yeux et la traiter publiquement de « congaï »; les messieurs, qui avaient beaucoup investi dans l'affaire, épousèrent les querelles de leurs compagnes et renoncèrent à se saluer; le département militaire, qui n'avait pas vu sans chagrin cette victoire du Commerce sur l'Armée, se referma sur sa honte et cessa de communiquer avec le reste de l'Ambassade; enfin, il régnait dans les bureaux la même sérénité que dans certains quartiers chauds lorsqu'un mac a mis ses femmes sur le trottoir de l'autre. Les choses ne rentrèrent dans l'ordre qu'avec le départ de l'attaché financier, qui fut, comme il l'avait espéré, rapidement promu dans un service parisien...

« Vous savez, dis-je à Olga en conclusion de ma petite histoire, mon mari est dans la Préfectorale... Pour autant que je comprenne quelque chose à l'administration, Charles de Fervacques ne peut pas grand-chose pour sa promotion. Quant à mon père, j'imagine mal qu'il me pousse à lui rendre ces sortes d'offices. »

Olga se récria qu'en me vantant les charmes de « l'Archange des Chambres » elle n'avait jamais pensé à des choses de ce genre-là. « Du reste », finit-elle par lâcher en enveloppant mon ventre arrondi d'un regard dégoûté, « dans votre état... »

Thierry Saint-Véran, lui, était fort attendri par cet état. Il vint à deux ou trois reprises à Sainte-Solène faire, pour le troisième âge, des conférences sur les monuments de Rome et la littérature latine; il couchait à la sous-préfecture et, pour me remercier de mon hospitalité, m'offrait de la layette.

« J'espère au moins que vous sortirez de Trévennec pour accoucher. Ce serait un crime d'obliger un enfant à ouvrir les yeux sur un paysage comme celui-là. »

Nous étions accoudés au balcon de sa chambre d'où l'on avait, par-dessus les trois sapins gris et maigres du jardin, un joli point de vue sur les célèbres abattoirs de Trévennec qui fabriquaient, jour et nuit, du jambon industriel et du poulet de batterie; un peu plus à l'ouest, derrière la viaduc, on apercevait les ateliers des « Câbles et Tréfileries »; à l'est, la gare, le square Le Gonidec et la « Cité des HBM », immeubles sociaux des années trente qu'on devait à Loucheur, enfant du pays qui fut ministre de la Construction.

– Vous pourriez peut-être aller jusqu'à Sainte-Solène sitôt que vous sentirez les premières douleurs... Quarante-cinq kilomètres, ce n'est pas si loin.

– Mais, mon pauvre Thierry, il y a longtemps qu'il n'y a

plus de maternité à Sainte-Solène. Il n'y a que des cimetières!

Nous étions, précisément, à ce moment-là très préoccupés par des affaires de nécropoles qui agitaient l'opinion publique de l'arrondissement. Fervacques avait, paraît-il, résolu de ne plus implanter de nouveau cimetière dans sa commune où, pour absorber la production locale, il avait dû en créer trois en quinze ans. « Si ça continue, avait-il déclaré à son conseil municipal, on n'accédera plus à la plage qu'entre deux rangées de tombes! Vous voyez d'ici l'effet produit sur nos résidents... Les morts n'ont qu'à se faire enterrer ailleurs! »

S'étant entendu quelques années plus tôt avec le maire d'Armezer, son chef-lieu de canton, pour établir sur le vaste territoire de cette commune qui ne touchait pas à la mer la décharge d'ordures cantonales, il avait pensé pouvoir renouveler l'opération en y faisant construire, à frais communs, un immense champ de repos qu'on n'apercevrait d'aucune des routes menant à la côte. Malheureusement, on était à la veille des Municipales et l'opposition ne s'était pas privée de critiquer le projet : une « Association pour la défense d'Armezer » venait de se créer pour contraindre la maire UDR de la ville à refuser les propositions de son puissant ami; le PS et le PSU faisaient campagne sur le thème « Sainte-Solène n'a qu'à traiter elle-même ses déchets! Armezer ne doit pas devenir le dépotoir de la Côte des Fées! »

Fervacques, surpris par la violence des réactions armaziroises, avait cherché en hâte dans le voisinage une petite commune rurale qui voulût bien prêter son sol à l'implantation des caveaux; mais tous les maires, instruits par les difficultés de leur collègue d'Armezer, s'étaient montrés réticents : « Vous comprenez, Monsieur le Ministre, c'est pas pour vous désobliger... On comprend que, pour vous, cette affaire-là, ça soit pressé. Seulement... Il aurait pas fallu l'entreprendre avant les élections... »

Fervacques, furieux, résolut d'obliger Armezer à respecter la convention préalable que son maire avait signée; mais, quand les bulldozers du syndicat intercommunal de la Côte des Fées commencèrent à labourer le terrain vague qu'on destinait aux sépultures, les militants de l' « Association de Défense » vinrent s'enchaîner aux arbres que les machines devaient arracher; il fallut faire intervenir la gendarmerie. La presse nationale s'empara de l'affaire : « Le Monde » publia un ou deux articles sévères pour le maire de Sainte-Solène, et Moreau-Bailly appela Frédéric pour en savoir plus long. Mon sous-préfet était sur les dents et, comme nous dînions chaque soir devant les informations télévisées régionales, je ne pouvais éviter de partager les soucis de mon mari.

« C'est drôle, me dit Thierry Pasty, quand je vous fréquentais à Rome je ne vous imaginais pas en sous-préfète. Ni en jeune maman, d'ailleurs... »

Me souvenant de l'après-midi passé dans son bureau à la veille de mon avortement, je lui dis que, moi non plus, en ce temps-là, je ne me voyais pas vraiment tenant un jour entre mes bras le fruit de mes entrailles...

– C'est pour Frédéric que vous faites ça?

– Non, je ne crois pas... C'est pour moi.

Thierry, ému, crut voir se lever dans mes yeux l'aurore de la maternité. Il se trompait : j'avais fait cet enfant, non pour déverser sur lui un trop-plein d'amour inemployé, mais pour me rassurer sur ma capacité à procréer.

Quelques semaines après mon mariage en effet, j'avais rencontré Solange Drouet, déguisée en hippie – robe à volants, collier de sequins, et pendants d'oreilles en dents de requin – errant comme une âme en peine dans les rues de Paris. Je ne l'avais pas vue depuis sa grève de la faim et pensai d'abord ne pas la reconnaître tant elle avait changé de volume : à Alès, elle m'était apparue réduite de moitié par rapport à la personne que j'avais connue à Compiègne; à Paris, je la retrouvais au double de son poids d'origine. Elle avait le visage bouffi, le teint pâle et le cheveu terne, quoique entortillé de perles indiennes de toutes les couleurs. Après m'avoir remerciée tristement de ce que j'avais fait pour elle – et pour le Vietnam – à l'époque où elle avait voulu empêcher de Gaulle de rencontrer Nixon, elle accepta, en traînant les pieds, de m'accompagner jusqu'à mon petit logement ferroviaire et, là, devant un verre, s'effondra en larmes : depuis son retour des Cévennes, elle était en congé de longue maladie, « une mauvaise maladie », dit-elle pudiquement comme ceux qui savent que l'interlocuteur a deviné mais n'aura pas le courage de les interroger. « Remarque, j'ai eu la chance que ce soit pris à temps... Depuis six mois, on ne me fait plus de traitement. Les médecins disent qu'en principe mon espérance de vie... » Sa voix se brisa, elle reprit une gorgée de porto : « ... est redevenue, enfin, presque normale... Seulement, tu vois, il a fallu m'opérer, m'enlever tout... Tout ça », reprit-elle en désignant son abdomen d'un geste vague et découragé. « Maintenant, je ne sers plus à rien... »

Je me récriai et lui dis, avec une conviction forcée, qu'une femme d'aujourd'hui ne se réduit pas à ces fonctions-là, qu'on crée par en haut autant que par en bas, qu'elle pourrait toujours, si elle y tenait, adopter un bébé, il y en avait tant qui mouraient de faim en Inde, au Brésil. « Puis, de toute façon, ta vocation à toi, c'est la politique, n'est-ce pas? » Il y aurait toujours assez de femmes pour faire des enfants, mais on en trouvait beaucoup moins dès qu'il s'agissait de s'intéresser aux vrais problèmes de la société. Avec son acuité de jugement, sa vigueur d'analyse et sa puissance d'engagement, elle, Solange, n'avait jamais été, lui dis-je, plus nécessaire à l'humanité qu'en cette aube du féminisme et de la liberté...

Mon amie convint qu'en effet elle trouvait toujours dans l'action militante de vraies consolations. Elle venait d'aider Jean-Paul Sartre à vendre des numéros de « La Cause du Peuple » au nez et à la barbe des CRS; mais elle l'avait fait pour le principe, car elle était définitivement brouillée avec les gens de la Gauche Prolétarienne. Elle s'était fâchée avec Zaffini aussi. Elle avait beaucoup espéré d'un « conseil de résidents » qu'elle avait créé à Sarcelles, où elle venait d'emménager, mais les locataires l'avaient déçue : le peuple préférait le tiercé à la lecture de « l'Enragé ». Elle avait ensuite fait partie d'un collectif contre la destruction des Halles de Baltard, mais c'était avec l'insuccès qu'on sait. « Au fait », s'interrompit-elle brusquement en jetant par ma fenêtre un coup d'œil sur la gare Montparnasse, « j'espère que tu milites contre la rocade Vercingétorix? » Je m'empressai de l'en assurer; mais, déjà, elle se lançait dans le récit d'autres combats, distribuant blâmes ou satisfecit à la Nouvelle Résistance Populaire, au Secours Rouge, au Front de Libération de la Jeunesse, ou à « Vive la Révolution », un tout nouveau mouvement dont elle attendait des merveilles. Tandis qu'elle énumérait ainsi une dizaine de groupuscules clandestins entre lesquels elle semblait circuler avec rapidité, se faufilant d'une chapelle à l'autre pour porter la bonne parole et bernant en tous lieux le flic en civil et le traître stipendié avec l'aisance d'un vieux Vendéen qui connaît ses fourrés, elle s'exaltait. Deux ou trois fois, elle me cita le « Petit Livre Rouge », qui, dans ses errances de guérillera, paraissait lui servir de point de repère, comme un clocher.

Quand je la raccompagnai dans l'entrée, elle semblait réconfortée; pourtant, au moment où je la vis enfiler par-dessus sa robe à grosses fleurs la tunique informe qui lui donnait l'air d'une future maman, mon cœur se serra : « Sol, qu'est-ce que je peux faire pour toi? »

« Abattre le capitalisme », me dit-elle d'une voix rauque, les yeux brillants. Elle partit et ne me donna plus de ses nouvelles.

Je restai longtemps sous le coup de sa visite : certains avortements aussi rendaient stériles...

Je voulus, le plus vite possible, en avoir le cœur net; et lorsque, trois mois après, je me trouvai rassurée, je n'eus pas le courage de reprendre des risques pour éliminer cette preuve inutile de ma fécondité...

Fut-ce en raison des circonstances particulières dans lesquelles il fut conçu? Pendant toute ma grossesse, ce bébé ne me donna aucune joie. Sans cesse, je revoyais le gros ventre de Solange Drouet et j'avais, jusqu'à la nausée, l'impression que ce qui poussait dans le mien – cet amas cellulaire au développement accéléré, cette vie, étrangère à ma vie, qui se nourrissait à mes dépens – était d'origine maligne. J'eus beau entendre, chez le médecin, battre le cœur du fœtus, je ne pus, pendant neuf mois, me sortir de l'esprit que j'allais mettre au monde un cancer bourgeonnant, auquel la layette bleue et rose de mon ami Saint-Véran irait médiocrement...

La préparation de mon accouchement pourtant, comme les visites à Sainte-Solène des habitués des « Rendez-vous », me distrayait des ennuis de mon mari.

L'affaire du cimetière surtout le tourmentait. Il s'était flatté de plaire à Fervacques, de mériter sa protection, et voilà que Fervacques, pour sauver la face dans une querelle mal engagée et garder le contrôle de la seule vraie commune urbaine de sa circonscription, le mettait en demeure de lui gagner les élections d'Armezer : « Il faut que le maire repasse, mon petit Maleville. Il ne sera pas dit que je laisse tomber ceux qui m'ont soutenu. J'ajoute qu'Armezer est ma plus grosse commune. Pas besoin de vous faire un dessin. Enfin, nous avons absolument besoin de ce cimetière... Oui, oui, je sais que les sondages des Renseignements Généraux donnent nos adversaires de gauche vainqueurs. Mais enfin, Maleville, devons-nous croire les Renseignements Généraux? Ils peuvent se tromper, n'est-ce pas? »

« C'est clair, me dit Frédéric en me rapportant ces mots, Marcellin lui a dit pour quelle raison j'avais quitté son cabinet... Cette histoire d'Armezer, il en fait un test. S'il perd les élections, c'est moi qu'il rendra responsable... Ce n'est pas pour te déprimer, ma petite Christine, mais il faut que tu saches qu'il y a plus bas dans la hiérarchie du corps préfectoral qu'un sous-préfet de Trévennec : c'est un sous-préfet sans poste... »

Frédéric, depuis qu'il vivait en Bretagne, n'avait pas renouvelé son inscription au PS; mais il m'y avait fait adhérer à sa place. Instruit par l'événement cependant, il m'avait inscrite sous mon nom de jeune fille et dans une section parisienne. Combien en ai-je connu, dans ces années-là, de ces jeunes hauts fonctionnaires qui – comme moi, domiciliés à Trévennec, à Lille ou à Paris – n'étaient socialistes qu'à l'autre extrémité du pays! Je commençais, en tout cas, à avoir une assez jolie collection de cartes de toutes les couleurs, et sous différents noms. Je me demandais jusqu'où cela pourrait aller. J'étais curieuse, par exemple, de savoir si l'UDR distribuait des cartes aussi. Et les Républicains Indépendants de Giscard d'Estaing? Mais je n'étais pas pressée : du train où j'allais, je finirais bien par être fixée...

En dépit de cette largeur d'esprit et de cette bonne volonté, je voyais mal, pourtant, comment dans l'immédiat aider mon « trente-six-malheurs » à perdre ses amis pour sauver le cimetière d'Armezer.

Pour une fois, la chance vint à notre secours.

Des difficultés, dont nous ignorions la nature, avaient retardé jusqu'à la dernière heure le dépôt de la liste d'opposition au maire d'Armezer. La tête de cette liste d'union était un socialiste – un certain Hoédic, président de l'Association de Défense – que nous avions vu, successivement, enchaîné aux arbres et déchaîné dans les rues.

Hoédic ne passa à la sous-préfecture que la veille de clôture vers dix heures du soir, et dans un état d'extrême agitation. Frédéric vérifia les pièces qu'il lui remettait; il manquait les mandats de deux de ses colistiers. Hoédic, affolé, offrit de retourner à Armezer sur-le-champ pour se faire donner les mandats manquants et rapporter les pièces avant minuit; mais Frédéric avait envie de dormir, et le futur vainqueur avait lui-même l'air exténué d'un cerf aux abois. « Ne vous inquiétez pas, Monsieur Hoédic, lui dit-il, vous régulariserez demain. Je garde le dossier. »

Ce fut en entendant sonner la demie de minuit que mon sous-préfet bondit hors du lit conjugal et se précipita dans son bureau pour y chercher le code électoral. « C'est quand même inouï, Christine », murmura-t-il, rêveur, en rentrant dans la chambre et en rallumant le plafonnier, « si je transmettais demain matin à la Préfecture le dossier de la " Liste Pour la Défense d'Armezer ", comme je devrais le faire, la Gauche ne pourrait même pas présenter ses candidats! Le dépôt des candidatures est clos depuis une demi-heure, le dossier d'Hoédic est incomplet et je n'ai pas pu lui donner de récépissé d'enregistrement. Sa candidature est légalement nulle... »

« Et qui t'empêche de le transmettre, ce dossier? »

Il sourit d'un air piteux : « Ma propre parole. Je lui ai dit de revenir demain, qu'on régulariserait a posteriori... Ça se fait quelquefois... Sur l'acte de candidature il ne manquait aucune signature, c'est juste un problème de mandats... Mais, évidemment, si on voulait, cela suffirait à le disqualifier. »

Toute la nuit, Frédéric retourna le problème en tirant sur sa pipe, bien qu'il n'eût plus, cette fois, d'autre adversaire que lui-même à persuader. S'il transmettait le dossier immédiatement, le préfet appliquerait la loi : la liste commune PC-PS-Ecologistes ne serait pas « admise à concourir »; la réélection du maire d'Armezer, qui n'aurait plus d'adversaires, serait assurée et la carrière de mon joli marin sauvée. Si, au contraire, Frédéric respectait sa parole, Hoédic serait élu; mais le sous-préfet, limogé, pourrait aller aux champs aussi souvent qu'il lui plairait... Tempête sous un crâne : « Evidemment, je pourrais transmettre. Il n'a aucune preuve de ce que je lui ai proposé. Ce serait légal, sans doute, mais moralement malhonnête. Remarque que, d'un autre côté, il n'aurait peut-être pas eu le temps de me rapporter les deux papiers avant minuit... »

Ecœuré par l'odeur du tabac, épuisée, le dos brisé, la tête rompue, je finis par lui suggérer : « Ecoute, tirons au sort l'avenir d'Hoédic. Tu ne lui as pas donné d'heure limite pour te présenter les pièces manquantes? Eh bien, disons qu'à midi, tu transmets le dossier : s'il vient avant midi, il a gagné; s'il vient après, il a perdu. C'est connu, mon chéri, la fortune appartient à ceux qui se lèvent tôt... »

A midi, Hoédic, décidément négligent, n'était pas là. Frédéric transmit. A trois heures, Hoédic se présenta avec ses deux mandats. A quatre heures, il attaquait devant le Tribunal Administratif le refus d'enregistrer sa candidature. Trois jours plus tard, le Tribunal, qui n'a pas à connaître des promesses verbales, donnait raison à l'Administration. Le maire d'Armezer fut réélu haut la main, et

Fervacques fit savoir à Frédéric qu'il n'oublierait pas le service rendu...

Le pauvre sous-préfet, qu'écrasait le poids de sa culpabilité, s'était attendu, pour sa punition, à une recrudescence d'agitation dans la gauche locale, tollés d'indignation, campagnes de presse, manifestations... Or, à son grand étonnement, il n'y eut que des protestations modérées. Nous apprîmes alors que si le dépôt de la liste avait tant tardé, c'est que les manœuvres d'Hoédic au sein de la section socialiste venaient de déchirer profondément son parti.

La section d'Armezer-Sainte-Solène était, en effet, divisée par moitié entre la tendance CERES et une tendance « nationalement majoritaire ». Faute d'avoir réussi à désigner d'un commun accord leurs dix représentants sur la liste d'Armezer, ces tendances avaient laissé départager leurs candidats à la proportionnelle par l'ensemble des militants; chacune présentait une liste de « candidats à la candidature » et, compte tenu de la répartition habituelle des voix dans la section, il semblait probable que seuls les cinq premiers de chaque liste passeraient – composant ainsi, bon gré mal gré, une représentation socialiste panachée. Or le vote, s'il avait désigné, comme prévu, les premiers de la liste CERES, avait fait émerger des urnes les derniers noms de la liste « majoritaire » : parmi ces élus imprévus, Jean Hoédic. Les premiers de liste, restés « sur le carreau », n'étaient d'ailleurs pas au bout de leurs surprises : deux jours après cette désignation inespérée, Hoédic et ses quatre colistiers heureux de la tendance « majo » s'étaient ralliés au CERES. Celui-ci réussissait ainsi à s'imposer comme seul représentant de son parti sur la liste « pour la défense d'Armezer ».

A Frédéric, que la vie des cabinets avait habitué à d'autres chausse-trapes que celles qu'on trouve dans les partis, je dus expliquer la manœuvre telle que plusieurs années de militantisme me permettaient de la reconstituer : le jeune Hoédic, mal placé sur la liste des « majoritaires » et craignant, à juste titre, de ne pas obtenir sa désignation comme candidat, avait trahi ses amis dès avant le vote; il suffisait en effet que quelques partisans du CERES fussent discrètement invités à ne pas voter pour les lanternes rouges de leur propre liste et portassent leurs voix sur les cinq derniers noms de la liste « majo », pour que ceux-ci, bénéficiant par ailleurs des voix de leurs amis, parvinssent à passer devant les leaders de leur propre tendance. Bien entendu, en échange des votes de leurs adversaires, les cinq « queue de liste » avaient promis de changer de « courant » sitôt la victoire acquise.

Dans les temps anciens, on vendait son droit d'aînesse pour un plat de lentilles. Les prix ont monté : aujourd'hui, on brade son âme pour une « candidature à la candidature »...

Ce petit tour de passe-passe expliquait, pourtant, que les déboires ultérieurs d'Hoédic n'eussent pas également chagriné tous ses amis politiques.

« Tu vois, dis-je à Frédéric, tu te reprochais ton comportement vis-à-vis de cet individu, alors que tu n'étais, dans cette affaire, que l'humble instrument de la justice divine! »

Il y a longtemps que j'ai remarqué, en effet, qu'il existe une mathématique de la morale : moins par moins égale plus; deux turpitudes s'annulent; et la moralité n'est jamais que la résultante de nos immoralités.

Ces émotions m'avaient secouée cependant, et, le lendemain de la réélection du maire d'Armezer, j'accouchai prématurément d'un petit garçon. Comme je ne l'attendais pas si tôt, je ne lui avais pas choisi de nom. Et, soit fatigue de l'accouchement, soit manque d'imagination, je ne parvenais pas à lui trouver un prénom qui me convînt.

« Il faut tout de même bien que j'aille le déclarer, ce pitchounet, me disait Frédéric. Si, comme le sieur Hoédic, je laisse passer le délai, il n'aura même plus le droit d'exister! »

Mais j'avais beau me torturer l'esprit, je ne pouvais me résoudre à parler de cet enfant – que d'ailleurs je ne voyais guère, car on l'avait mis en couveuse – que comme du

« bébé ». Ma belle-mère, accourue d'Etampes, me tira d'embarras : elle décida que le « bébé » avait la mine d'un conquérant et le baptisa Alexandre; c'était, du reste, le nom de son défunt beau-père, de la « ligne 5 » des Dupont-Maleville... A la réflexion, « Alexandre » me parut bien trouvé : le malheureux bébé, quand par extraordinaire il soulevait ses paupières et tentait, un instant, de fixer ses parents à travers le plexiglas de sa couveuse, avait, en effet, le regard ahuri d'une « brute avinée », l'œil louche d'un ilote ivre – Alexandre enfin, tel que la « Nouvelle Histoire » nous le présente...

Dès qu'il fut tiré de sa pouponnière, je remis Alexandre à Germaine Conan, qui s'en occupa avec autant de compétence que ma grand-mère, autrefois, s'était occupée de moi.

L'air était doux ; moins tiède, en vérité, que lisse et mou, comme une soie qui frôle le visage. Quand le temps, à Sainte-Solène, est clément, il a des langueurs d'étole, des grâces un peu lasses de foulard mouillé, la tendresse de ces chiffons usés que les enfants glissent le soir contre leur joue pour s'endormir. Je me sentais moi-même toute somnolente. « Prenez garde au redoux, il est traître chez nous », m'avait dit en confidence la femme de chambre de l'hôtel. C'était un moment, en effet, où les vieillards, étendus, rêvaient qu'ils étaient revenus auprès de « maman », qu'ils couraient dans les prés et attrapaient le bonheur avant qu'il n'eût filé; ils avaient alors de terribles instants de distraction, oubliaient de respirer, et l'employé de la mairie ouvrait – avec le soupir rageur de celui qui n'est pas payé pour faire des heures supplémentaires – une nouvelle page au registre des décès.

Tandis que je rentrais du Port des Fées, par une de ces soirées indolentes, incertaines, où mars lutte avec février, je croisai l'un des « distraits » du jour. C'était l'un de ces privilégiés « d'ancienne résidence » qui avaient pu réserver une place dans un cimetière solenais avant que l'on ne condamnât à l'exil d'Armezer la plupart de leurs congénères. Son cercueil était suivi d'un important cortège auquel point n'était besoin de rappeler le précepte de l'Evangile – « Laissez les morts enterrer leurs morts » – car il était scrupuleusement respecté : il n'y avait que des morts pour mener ce mort au cimetière neuf du Décollé, des ombres voûtées marchant à trois pattes, des aveugles et des paralytiques. Et, quoiqu'ils eussent tous le teint gris et la mine usée des fantômes qui ont beaucoup voyagé, aucun n'avait l'air très affligé : c'est une grâce de la vieillesse que l'insensibilité; on dirait qu'on ne sent plus la mort à force de la côtoyer.

Je me rappelais cette réflexion de Christine lorsqu'elle m'avait confié que les médecins nourrissaient de vives inquiétudes sur sa santé :

« Bah, vivre en centrale ou mourir... Au fond, je me moque de mourir! La seule chose qui me chagrine, c'est de penser que cette mort réjouira tous les octogénaires de ma connaissance... »

« Pourquoi dites-vous cela? »

« Parce que c'est toujours une belle victoire pour un vieillard que d'enterrer ses enfants!... Bon. Si la phrase vous choque, mettons " ses amis ". Ah mais pour les amis, j'en suis sûre par exemple! », et elle me conta la manière dont, bien des années auparavant, la vieille comtesse de Chérailles avait accueilli la nouvelle du décès de son amie Madeleine de Rubempré, emportée en quelques heures par une congestion cérébrale. Anne, effondrée, n'avait pas eu le courage d'aller porter elle-même le triste message à sa mère et avait chargé Christine et Philippe de le faire avec tous les ménagements possibles. « Ma pauvre Mamoune était si sûre de partir la première, se lamentait-elle. A cause de son âge... Souvenez-vous, elle disait toujours que celle des deux qui resterait n'aurait plus personne à qui parler... Quelle tragédie! »

Christine et Philippe, qui avaient remarqué que seules, en effet, les visites de Madame de Rubempré gardaient le pouvoir de tirer Frédérika de Chérailles de la torpeur où elle s'enfonçait, étaient rentrés dans la chambre de la comtesse sur la pointe des pieds et, pour préparer le terrain, Philippe s'était lancé dans un long discours sur la pluie, le beau temps, les refroidissements, les congestions – les pulmonaires, les cérébrales. La vieille dame, le regard éteint, mâchonnait posément des marrons glacés qu'elle enfournait dans sa bouche l'un après l'autre sans prendre le temps de respirer. Philippe, à bout de circonlocutions, s'était enfin résolu à lui lâcher la vérité, ou presque : « Madeleine... Madeleine a eu une attaque, hier soir. Elle n'est pas bien du tout... Les médecins... Les médecins désespèrent de la sauver. » Madame de Chérailles avait brusquement cessé de mâcher et, avalant tout rond son dernier marron au risque de s'étouffer, avait relevé le menton et pointé vers son petit-fils un sourcil interrogateur : « Oui, avait poursuivi Philippe, pour tout vous dire, Bonne-Maman, je crois bien que Madeleine est un peu... morte. »

Un instant, par sympathie, la vieille comtesse – l'œil fixe et la bouche ouverte – avait pris elle-même, selon les propres termes de Christine, la mine avenante d'un cadavre sans mentonnière; puis, après quelques secondes, esquissant le geste de lever les bras au ciel – témérité que son arthrite lui interdisait depuis vingt ans – et abattant ses deux mains l'une contre l'autre, elle s'était mise à applaudir frénétiquement : « Ah, bravo, bravo, bravo! »

Philippe s'était tourné vers sa sœur, consterné : « Elle est de plus en plus sourde! Elle n'a rien compris. Tout est à recommencer. »

– Bonne-Maman, avait-il repris un ton plus haut, votre amie Madeleine de Rubempré est morte hier soir.

– Oui, avait reparti la vieille dame en souriant largement. Et moi, je dis « bravo »!

– Madeleine est morte, hurlait Philippe, excédé.

– Mais pourquoi cries-tu comme ça? s'était fâchée la douairière, je ne suis pas sourde tout de même. J'ai très bien compris. Bravo. Je l'ai eue sur le poteau, hein? Comme à Longchamp. Au finish. Qui aurait cru cela? Bravo, Frédérika!

bétonnées. Lentement, la boîte descendait dans la trappe. Parfois une corde coinçait, et la bière demeurait suspendue au-dessus du gouffre et de l'océan qui faisait à ce piètre cimetière marin une trop riche toile de fond; alors, tandis que l'arrière du cercueil pointait résolument vers le ciel gris, l'avant, passé sous la ligne d'horizon, donnait l'impression de prendre l'eau et de s'enfoncer dans les flots.

Ce spectacle me rappela tout à coup la vision d'un navire naufragé dont la poupe se redressait lentement jusqu'à la perpendiculaire avant de s'abîmer dans un grand remous d'écume : c'étaient les dessins de l'agonie du Titanic *qu'un rescapé avait tracés, minute par minute, dans la nuit du 15 avril 1912, et qu'une revue d'histoire venait de publier.*

Moi aussi, comme les passagers du Titanic, *j'avais longtemps pensé que le bateau sur lequel on m'avait embarquée, « the largest steamer in the world », serait insubmersible; et je m'étais d'autant mieux abusée qu'il n'en était pas, lui, à son premier voyage : il y avait tant de siècles qu'il naviguait... Mais, depuis quelques années, j'avais cessé de partager l'optimisme béat de ces voyageurs des premières classes qui refusaient d'interrompre leur partie de bridge quand, déjà, six des compartiments étanches du navire étaient inondés Si, comme les joyeux passagers, je ne pouvais m'empêcher d'admirer les superstructures du bâtiment, encore tout illuminées et bruissantes des rumeurs de la fête – les salons brillamment éclairés, les bars bien approvisionnés, les officiers galonnés, les belles en robe de soirée –, je ne voulais plus dissumuler qu'en bas les soutes étaient remplies d'eau, les portes des chaufferies enfoncées, les machines arrêtées et que le grand vaisseau, lentement, s'inclinait vers l'avant. Bientôt, les lustres de cristal, qui éclairaient les boiseries d'acajou des salles à manger, formeraient un angle aigu avec les plafonds, les petites lampes de soie rose du restaurant français tomberaient sur le sol, brisées; bientôt les palmiers en pot glisseraient à la mer et les pianos à queue se jetteraient contre les cloisons comme des béliers; bientôt la lumière baisserait.*

Alors sur le Titanic, *où les deux tiers des passagers étaient, mathématiquement, destinés à périr faute d'embar-*

cations, la panique succéderait brusquement à l'incrédulité : les hommes se battraient pour embarquer dans les chaloupes surchargées, le P.D.G de la Compagnie, volant la place d'un enfant, s'enfuirait en robe de chambre, les marins trahiraient et des officiers, bousculant les malades, useraient de leurs armes pour se sauver...

Sur le grand paquebot blessé, seul l'orchestre et l'Eglise feraient leur travail jusqu'au bout; aucun prêtre, aucun musicien ne tenterait, en effet, de se dérober à la mission qui lui était confiée : apaiser l'angoisse des hommes.

Sur le pont arrière, les aumôniers avaient réuni les croyants et ils priaient. Dans le grand salon, les joueurs de banjo, ayant passé par-dessus leurs habits de gala d'inutiles gilets de sauvetage, jouaient, pour les mécréants, les plus gais rag-times du temps : pendant cent cinquante minutes – jusqu'à la dernière seconde, jusqu'au bout de leur souffle, au-delà de leur propre terreur – ils jouèrent pour consoler la peine des condamnés. Quand, à 2 heures 11, ils interrompirent leurs fox-trot, ce fut pour tenter, dans un ultime effort, de donner à ces désespérés une espérance qu'ils étaient loin de partager – ils entonnèrent un cantique, qu'ils ne purent achever : le Titanic *s'était dressé à la verticale, les cheminées se descellaient, les passagers glissaient à la mer par paquets. Avec eux ils glissèrent – le violoniste accroché à son violon, le trompettiste à sa trompette et le prêtre à son missel. A 2 heures 17, la mer se referma sur leurs débris.*

En resongeant à leur fin, il m'arrive de me demander si nous pourrions encore, en cas de naufrage, compter sur l'orchestre; mais je crains bien, en tout cas, qu'il ne faille plus faire fond sur le clergé : il a, pour une bonne part, cessé de croire à la musique qu'il jouait et prendra les canots d'assaut.

Dans l'affaire du Titanic, *du reste, j'avais toujours jugé les hommes de l'orchestre supérieurs aux hommes de l'Eglise; fraternels sans avoir fait vœu d'aimer autrui plus qu'eux-mêmes, dignes sans croire révisable la sentence qui les frappait, réconfortants sans être réconfortés, ils ne pouvaient même pas espérer trouver un secours dans leur art : jouer « Rosalie, elle est partie » à l'instant du trépas ne procure pas tant de réconfort spirituel, ni même esthétique, qu'inviter son père à faire « sa volonté sur la terre comme au ciel ». Plus ambitieuse, j'aurais souhaité faire partie de l'orchestre...*

Mais, bien entendu, il n'était guère probable que j'eusse jamais à bercer mes contemporains de mes médiocres accords : notre vaisseau s'enfonce si lentement... Comme n'eût pas manqué d'ailleurs de le souligner Philippe Valbray, cette crainte vague d'une catastrophe continentale, ce pressentiment mortel qui m'habite, ont sûrement moins à voir avec le destin de la société qu'avec mon propre avenir : seule ma mort est certaine, en effet, et si les grands naufrages, les épidémies, les incendies meurtriers et les génocides me plaisent, c'est qu'il est plus facile de mourir en compagnie, dans des occasions extraordinaires, que de se préparer à la fin banale et solitaire qui nous atttend au bout du chemin.

N'importe : abandonnée ou accompagnée, j'espère mourir en musicien – un refrain aux lèvres, le verre à la main et, dans le cœur, un soupçon de tendresse pour mon prochain.

« Eh bien, ça y est! Le v'là dans le trou, me dit la vieille en gris, on pourra pas dire, le pauvre homme, qu'il y soit allé les pieds devant! Si c'est pas malheureux de faire descendre un défunt la tête en bas! »

Les messieurs des Pompes Funèbres, qui, après s'être épongé le front, avaient retrouvé leur componction, défirent un coussin de roses rouges et en offrirent à ceux qui défilaient devant la tombe ouverte. Chacun lança sa rose sur le cercueil. Je me souvins du temps, lointain déjà, où l'on jetait tour à tour sa pelletée de terre sur le mort jusqu'à ce que le bois eût disparu sous la glaise; maintenant, la mode était aux fleurs – plus décoratives et moins traumatisantes. On évitait avec soin tout ce qui pouvait rappeler la poussière et le pourrissement. Ensevelis sous un buisson de roses, les morts avaient des coquetteries des jeunes mariées.

Les passagers des premières classes n'en finiraient jamais de s'abuser.

L'affaire d'Armezer réglée, je décidai d'aider mon mari en me lançant dans une politique de mondanités. L'habitude des ambassades me donnant une aisance dont étaient dépourvues les notabilités locales, je décidai de déborder le cadre de l'arrondissement : je porterais jusqu'à Paris la réputation de nos soirées.

Ce fut l'époque la plus brillante de la sous-préfecture de Trévennec. Nous donnâmes, dans notre salon, plusieurs concerts de musique de chambre que, par amitié pour Anne de Chérailles, Arthur Rubinstein et Jean-Pierre Rampal honorèrent successivement de leur présence. Pour la remise à Thierry Saint-Véran du « Grand Prix de la Critique » qui couronnait son troisième ouvrage, un essai d'une centaine de pages où il dévorait à belles dents des notoriétés édentées qui ne risquaient pas de lui rendre morsure pour morsure – j'organisai chez nous une brillante réception : autour du jury, je rassemblai l'état-major de « la Gazette des Arts », quelques diplomates en retraite sur la Côte des Fées, et l'élite de la presse régionale.

A cette occasion, je constatai que Thierry, qui s'était longtemps moqué des déguisements « artistes » de Coblentz, commençait à se chercher une silhouette : il essayait en même temps – et dans un grand désordre d'options – la frisure afro (il étrennait sa première permanente), le nœud papillon et la veste Mao. Je le félicitai pour son prix.

« Je ne me fais pas d'illusions, me dit-il, les vieux du jury m'ont récompensé pour avoir fait place nette, " liquidé " leurs rivaux heureux, les Sartre, les Malraux, les Breton, tous ces prétendus pères spirituels de notre génération... Du reste, ils savent bien que ce n'est pas mon style mais leur haine qu'ils couronnent. Je me demande même s'il ne vaudrait pas mieux qu'ils s'aveuglent : s'avouer des sentiments bas n'élève pas – regardez leurs têtes !... Non, franchement, la seule chose qui m'ait touché, c'est l'éloge de Georges Coblentz dans " le Monde " : il est sympathique, ce garçon, finalement... Et puis, on dira ce qu'on voudra, mais il a beaucoup de talent... »

Tout en parlant nous nous étions rapprochés de la présidente du jury, Olympe de Sévigné – une tante de Madame de Fervacques, qui passait tous ses étés dans le château de son neveu à Sainte-Solène. Madame de Sévigné était une dame entre deux âges qui tenait la rubrique « De tout un peu » dans le « Journal du VIIe arrondissement » et n'avait jamais rien écrit, hormis un livre de souvenirs et, de loin en loin, un article de critique dans le « Mensuel de la France catholique » ou le « Message des Assomptionnistes ». Ce qui ne l'empêchait pas de présider le Syndicat de la Presse Littéraire Française et le Prix de la Critique : il y a des noms qui vous portent...

Thierry m'expliqua qu'il devait à la présidente d'avoir été couronné, car sa voix, prépondérante, avait fait basculer la majorité : les plus jeunes membres du jury, qui n'avaient aucun compte à régler avec les surréalistes ni avec les existentialistes, avaient tenté, en effet, de faire triompher in extremis le « Pour une Esthétique de l'Espoir » de notre ministre de la Culture – au budget duquel la plupart d'entre eux émargeaient, qui pour une compagnie théâtrale, qui pour un festival, qui pour une association d'écrivains... « Mais la petite mère Sévigné a résisté à toutes les pressions. Un roc! C'est d'ailleurs une femme d'un courage remarquable, d'un grand savoir, et, ce qui ne gâte rien, un esprit très ouvert pour son âge... On m'assure qu'elle a beaucoup aimé mon Satiricon. »

La « dame de grand savoir » était assise sous ma véranda, face aux Conserveries Olida; enfoncée dans un fauteuil de rotin, entourée des notabilités de la presse régionale comme d'un aréopage, elle avait tout à fait l'air de son prénom – olympien. Saint-Véran, qui avait au passage tiré une rose d'un de mes bouquets, la lui tendit galamment, en mettant un genou en terre comme un chevalier (tandis que les flashes des photographes crépitaient, je compris que la veste Mao ne serait jamais son genre et, cinq ou six ans avant lui, je pressentis que son avenir vestimentaire était dans la chemise de dentelle et le justaucorps de velours) :

– Madame, je sais ce que je vous dois... J'admirais déjà vos œuvres et la pertinence de vos critiques, mais il me sera doux, désormais, d'ajouter la reconnaissance à l'admiration. Laissez-moi, du fond du cœur, vous exprimer ma gratitude...

– Vous êtes trop aimable, mon garçon, dit la présidente, c'était tout naturel : vous aviez été si gentil avec mon petit chien à Deauville...

Le chevalier eut un mouvement de recul, je vis la rose trembler entre ses doigts.

– Mais si, mais si, poursuivit la dame, souvenez-vous : il y a trois ans, pour Noël, à l'Hôtel de la Plage... J'étais votre voisine de chambre. J'avais la grippe et mon petit Philidor, la pauvre bête, tournait entre mes quatre murs comme un lion en cage. Il aboyait toute la journée... Votre charmant ami – il s'occupe de chevaux, je crois? On sent qu'il aime les animaux – est venu me proposer de le promener. Rappelez-vous, un petit caniche gris. Il courait sur les planches avec vous, il était si heureux, mon pauvre petit...

La rose, défrisée, baissait un peu du nez.

– Je crois savoir, reprit vaillamment le chevalier toujours agenouillé, que vous aviez beaucoup aimé mon premier livre... On m'a dit que vous vous passionniez pour les poètes latins...

– Mais oui, mais oui... , reprit la présidente, conciliante, en tapotant affectueusement l'épaule du jeune écrivain. Un bienfait n'est jamais perdu, allez! Il faut dire, insista-t-elle en se tournant vers le directeur du « Télégramme de Brest », qu'il est tellement gentil avec les chiens, ce garçon! Je suis ravie d'avoir pu lui rendre un peu du bonheur que mon Philidor lui devait...

J'emmenai le lauréat se remettre au buffet; il avait besoin de se remonter : c'est dur parfois, la vie d'artiste!

– Et votre grand roman, Thierry?

– Il gonfle! Je suis comme une cuisinière qui aurait jeté dans l'eau une poignée de riz et se retrouverait, dix minutes après, avoir de quoi manger pendant trois mois... Je suis débordé. En plus, j'ai peur.

– De l'accueil du public?

– Je n'en suis tout de même pas là! C'est de moi que j'ai peur. J'avais écrit il y a un an une scène où un Boeing de la TWA s'écrasait au décollage sur l'aéroport de Buenos Aires. Et vous avez vu ce qui s'est passé à Buenos Aires le mois dernier? Pensez que je n'ai même pas osé consulter la liste des disparus de peur d'y trouver le nom de mes héros! Pendant huit jours, j'ai fui les marchands de journaux... Et depuis, j'hésite. Comprenez-moi, je n'aime pas jouer avec le feu! On dit que les seuls vrais romans sont les romans dangereux, mais... En tout cas, il faut que je prenne du champ, que je laisse « reposer ». Momentanément... Je crois que je vais accepter la rubrique de cinéma que me propose François.

Je n'eus pas le temps de le détourner de ce grand chemin, cette large porte, qui menaient « à perdition » : déjà Moreau-Bailly et Pierre Prioux, fendant obliquement la foule, avec des sourires de sucres d'orge, des yeux de chocolat et des rondeurs de massepain, s'approchaient, les mains chargées de promesses et d'offrandes; encadrant fermement le jeune auteur, ils l'entraînèrent – tels Gédéon et Grand-Coquin – vers « l'Ile-des-Plaisirs-Sans-Fin »...

De cocktail littéraire en concert, et de vernissage en « light show », je me flattai que les « Soirées de Trévennec » égaleraient en renommée les « Rendez-vous de Senlis », dont Anne, occupée par les problèmes de gestion de son entreprise de moulinettes, délaissait la promotion. Frédéric rabattit mon enthousiasme : jalouses de nos relations –, ou intimidées par les célébrités que nous leur donnions à rencontrer –, les rares personnes du cru que je conviais à nos festivités ne goûtaient ni mes amis parisiens ni mes robes italiennes, qualifiées par Madame Bernard (des « Câbles et Tréfileries ») d' « indécentes et exagérées ».

« Une sous-préfecture n'est pas une ambassade, ma

pauvre chérie. Si tu veux vraiment servir ma carrière, il serait plus utile que tu reçoives à dîner, en petit comité, les conseillers généraux de l'arrondissement...

Dans une ultime tentative pour m'adapter au pays et séduire la population locale, je proposai un concert de harpe celtique :

– J'ai bien connu Yann Borel chez les Chérailles, et si...

– Ah ça, ce serait le bouquet! Pourquoi pas, pendant que tu y es, un gala au profit du FLB?

Je me repliai provisoirement sur le tricot et la compagnie d'Alexandre; ayant acheté deux tailleurs aux « Dames de France », je visitai quelques laiteries modèles et un casernement de gendarmerie... J'étais d'autant plus encline à me fondre dans le paysage que Frédéric avait – cette fois, par ma faute – de nouveaux soucis.

Au commencement de notre séjour, j'avais cru bien faire en volant au secours de l'abbé Lambert, brusquement réapparu : chassé de meublé en meublé, il errait dans la région avec femme et enfant, n'ayant de diplômes que ceux du séminaire, et ne possédant d'autre pratique que celle du chant scout et de la messe post-conciliaire, il ne trouvait pas d'emploi. C'était véritablement un problème de réinsertion sociale aussi poignant, si l'on voulait bien y songer, que celui des anciens prisonniers : c'est, du moins, ce que m'avait affirmé Kahn-Serval en appelant mon attention sur son cas.

On créait alors, à Sainte-Solène, un nouveau centre pour les vieillards handicapés; je persuadai Frédéric d'user de son influence pour faire nommer l'ancien ecclésiastique à la direction administrative de l'établissement : « Il a toujours été très social, il sera à son affaire. » La Direction de l'Action Sanitaire se fit un peu prier mais, sur les instances répétées du sous-préfet, elle finit par céder. Pendant six mois, Lambert fut parfait; il venait de temps à autre à la maison et nous parlait de ses « petits vieux » avec le même enthousiasme que des libérateurs vietcongs et des Palestiniens opprimés. Sans doute n'avait-il pas beaucoup plus l'air d'un directeur administratif qu'il n'avait eu l'air d'un curé, mais Renaud m'avait convaincue qu'il n'avait pas, non plus, une tête d'assassin : Monsieur Lambert n'avait l'air de rien... Puis, un soir, Frédéric rentra de son bureau, bouleversé : « Ton père Lambert s'est fait la malle! Avec la caisse du Centre et les bijoux d'une retraitée! Félicitations pour tes relations! Encore une histoire qui va me retomber sur le dos! Remarque que ce n'est sûrement pas une canaille ordinaire : il m'a laissé un petit mot pour m'assurer que l'argent serait reversé au Mouvement d'Action Révolutionnaire! De toute façon, je n'irai pas vérifier, hein? »

Et, si la justice n'entendit plus jamais parler de cet abbé Lambert qui détournait les fonds des handicapés au profit des damnés de la terre, Frédéric en eut les oreilles rebattues : enquête administrative, semonce préfectorale et coups de fil inquisiteurs du Cabinet... L'invitation de Charles de Fervacques vint à point pour nous changer les idées.

Une fois par an, à l'occasion de la nouvelle année, Fervacques invitait ses plus proches collaborateurs à passer un week-end à Sainte-Solène; le « dîner des Rois », qu'il offrait alors dans le palais gothique de son arrière-grand-père, était le clou du séjour. A ce dîner, l'illustre maire de Sainte-Solène conviait d'ordinaire le préfet. Cette année-là, parce que le préfet venait de se casser la jambe aux sports d'hiver, le sous-préfet de Trévennec fut chargé de représenter les autorités départementales.

Avant que j'eusse pu me demander si j'allais, pour cette soirée, m'en tenir à la version « Dames de France » de ma personne ou revenir à mes déguisements antérieurs, je reçus de mon père une longue lettre de conseils.

Je n'étais pas encore allée lui rendre visite à Vienne car les circonstances ne faisaient pas de la Schwarzenbergplatz une villégiature attrayante : un terroriste international, qui aspirait à la célébrité du sinistre « Carlos », avait adressé plusieurs lettres de menaces à l'ambassade de France; et la police autrichienne, qui n'avait pas su prévenir « l'exécution » de l'ambassadeur des Etats-Unis, puis du jeune fils de l'ambassadeur d'Australie, avait mis le bâtiment en état de siège. On avait renforcé les grilles, devant lesquelles stationnaient en permanence deux cars de police et une demi-douzaine de voitures banalisées; à l'heure où l'on allumait les lampes des bureaux, un inspecteur venait tirer tous les rideaux afin d'empêcher un éventuel tireur de pouvoir distinguer sa cible; dès 20 heures, toutes les portes du bâtiment étaient bouclées et l'on parquait l'ambassadeur – avec l'ambassadrice, le maître d'hôtel et le cuisinier – dans un deux-pièces blindé hâtivement construit dans l'enceinte du palais, tandis que de puissants projecteurs commençaient à balayer le jardin et les façades. Plus question de réceptions ni de dîners en ville; plus question même que l'ambassadeur prît l'air ou que son épouse se rendît chez le coiffeur. Par une étrange ironie du sort, Maria-Nieves, qui venait enfin d'accéder par mariage au statut longtemps désiré d'ambassadrice, se trouvait, pour raisons de sécurité, contrainte de mener une vie plus retirée que du temps où elle jouait les gouvernantes discrètes en marge de la légalité...

Ce confinement aurait dû laisser assez de loisirs à mon père pour qu'il m'écrivît plus souvent; mais il se bornait à m'envoyer, deux fois par mois, sans commentaires, la photocopie des télégrammes politiques qu'il avait adressés au Quai d'Orsay – ce qui faisait, d'ailleurs, un volumineux courrier, les ambassadeurs répandant toujours beaucoup d'encre, quoique à la manière de la seiche : pour mieux se cacher.

L'habitude de voir mon père écrire pour ne rien dire me rendit plus sensible à l'attention que parut éveiller en lui notre invitation chez les Fervacques; sur la conduite à tenir il nous adressa, en effet, une lettre si circonstanciée qu'elle avait plus l'air d'un ordre de mission que d'un témoignage d'affection : Frédéric devrait dire ceci, ne pas dire cela... Quant à moi, on ne se souciait guère de savoir de quoi je parlerais; on me rappelait seulement, au détour d'un phrase, que le gris clair m'allait à ravir, et que Maria-Nieves se réjouissait de penser que j'allais porter l'une de ces robes romaines qu'elle m'avait achetées et qui me donnait « l'air d'une princesse exilée ».

Je passai quelques jours devant ma glace, et optai finalement, avec l'approbation de Germaine Conan, pour une longue jupe de velours souris et un corsage décolleté, auquel des broderies de jais et de larges manches à soufflet donnaient une allure très XVe siècle – duchesse de Ferrare ou marquise de Mantoue.

Puis, je fis des essais de coiffure. J'avais, successivement et sans conviction, tâté du cheveu lisse et tombant à la Françoise Hardy, du strict chignon-banane, de la natte hippie et de la guiche « à l'anglaise », lorsque je resongeai aux branches de houx que Marie de Verneuil mêle à sa chevelure brune pour le bal des Chouans à Saint-James. On était en janvier : j'eus l'idée de cueillir de ce gui qu'on trouvait dans tous les pommiers; son feuillage gris et ses perles blanches, mariés aux boucles rousses de mes cheveux relevés, couronneraient ma silhouette d'un charme hivernal et botticellien.

Comme j'en étais au choix des bijoux (médaillon autour du cou? fausses perles? ou faux diamants?) ma grand-mère me téléphona : « C'est pas pour te déranger, Chris, je sais que t'as à faire avec ton mari et ton petit... Mais si tu pouvais monter à Creil... Ton grand-père est pas bien du tout. » Elle m'avait déjà écrit deux ou trois fois dans les semaines précédentes pour me dire que « le Pépé n'était pas en forme », elle parlait d'affaiblissement, de somnolence et de difficultés respiratoires : rien qui fût très différent des ennuis de santé qu'Henri Brassard traînait depuis son installation à Creil, et rien qui m'alarmât. « Cette fois, faut pas que je te le cache, Chris, me dit-elle au téléphone, son bon poumon est pris. C'est un kyste à ce qu'il paraît, mais on peut pas l'opérer. Il peine à respirer. Quand je le vois tout racoquillé comme ça, tout dévalant, c'est pas pour dire mais ça me déguenille! Il est au gré, le pauvre homme, au gré... »

Je n'avais jamais très bien su d'où ma grand-mère tirait cette expression singulière – peut-être de vagues souvenirs religieux : « au gré de Dieu », « livré à la providence divine » – mais il est sûr qu'elle n'en usait jamais avec légèreté; quand elle avait dit d'un voisin qu'il était « au gré », on pouvait congédier le médecin et appeler le menuisier... Je pris donc la chose au sérieux; cependant, comme elle m'avouait que le malade ne m'avait pas demandée et que Béatrice, quant à elle, trouvait qu'il n'y avait pas d'urgence à m'appeler, je me bornai à lui promettre de « monter à Creil » la semaine d'après, dès que les peintres qui retapissaient ma chambre auraient terminé et que j'aurais assisté, à Sainte-Solène, au fameux « dîner des Rois ».

Posé au bord de la falaise, Bois-Hardi, le « château » des Fervacques, ressemblait avec ses flèches, ses tours et ses poivrières, à un candélabre rococo en équilibre sur l'arête d'un buffet. L'intérieur était non moins résolument Viollet-le-Duc : de grandes verrières aux reflets violets, et, comme à Pierrefonds, des murs peints de feuillages et de fresques représentant des couronnes, des initiales entrelacées, des devises, des blasons, dans ces tons un peu mièvres – mauve, vert d'eau, ou bleu pastel – que le XIXe siècle regardait comme le comble du moyenâgeux. A ces salles d'apparat, dont on avait soigneusement conservé la décoration et l'ameublement d'origine – hautes cheminées, trépieds en fer forgé, dressoirs de chêne sculpté –, succédait heureusement une série de salons plus intimes, où le style Napoléon III, cessant enfin de se déguiser, osait s'avouer : boudoirs damassés de rouge sombre, meubles noirs incrustés de nacre, jardinières d'orchidées, brocarts d'argent, et sur les murs une profusion de Winterhalter, de Gustave Moreau et de préraphaélites. Dans ce décor à la Visconti, je commençais à trouver mon costume de « Belle Ferronnière » et ma couronne de gui un peu déplacés...

Monsieur et Madame de Fervacques attendaient leurs invités à l'autre bout de la maison, près de l'entrée du salon bleu, dont les baies aux vitraux colorés donnaient sur la terrasse du « Clair-de-Lune ».

Elisabeth de Fervacques était jeune, assez jolie et plutôt

élégante, mais, curieusement, elle produisait la même impression que Malou Weber; la vie semblait l'avoir aplatie, desséchée : « Une pauvre petite plante mal arrosée! » m'avait dit d'elle Moreau-Bailly un jour qu'il était en veine de médisances sur les grands de ce monde, « un canton que le fleuve a cessé d'irriguer... »

Elle me tendit une main molle, comme privée de sève, qui faisait contraste avec la poignée de main énergique de son mari.

Fervacques me parut plus grand que je ne l'imaginais d'après ses photos, plus clair de cheveux et de peau, avec, dans le sourire ou dans les yeux, quelque chose de ces généraux allemands désabusés dont Curd Jurgens s'était fait une spécialité. Mais cette expression d'amertume, qui, avec sa blondeur, frappait d'abord, s'effaçait bientôt derrière la violence des traits : profil acéré, sourcils serrés, bouche âpre. Un rapace mélancolique...

Frédéric retrouva, parmi les membres du Cabinet du ministre, nombre de gens qu'il connaissait; circulant de groupe en groupe, il parlait fiévreusement du « Nixon Round », du rapprochement entre la Chine et l'Europe, ou de l'expérience Allende, et respirait l'air de Paris avec l'avidité d'un noyé; il m'eut bientôt semée. Il faut dire que j'étais d'autant moins apte à le suivre que je ne savais pas bien encore comment me tirer d'un dîner politique, alors que j'excellais désormais dans les petits soupers intellectuels qu'Anne organisait, n'hésitant pas à inventer une œuvre ou un artiste – « Avez-vous lu Martenore, ce maniériste du XVIe, qu'on vient de rééditer aux Editions Rennaises? » – pour mieux éblouir un public de commensaux qui m'avait trop longtemps bluffée avec ses Pontus de Tyard, ses Edmond Jabès, ses Saltykov-Chtchedrine, ses Sidoine Apollinaire, et autres auteurs mineurs promus génies méconnus le temps d'épater le diplômé de banlieue, ni même à colporter des ragots imaginaires pour avoir l'air informé dans une société où tout le monde tranche de tout sans que personne ne sache rien de personne. « S'il y a un Dieu, il est infiniment incompréhensible », avais-je lu chez Pascal du temps où je ne remplissais pas encore de poètes fictifs les marges du Lagarde-et-Michard, « nous sommes incapables de connaître ni ce qu'il est ni s'il est » : il en allait de même du premier venu des invités de Senlis pour tous les autres. Que dire alors de ceux qu'ils n'avaient jamais rencontrés?

Désespérée cependant de ne pouvoir placer, auprès d'aucun des costumes-trois-pièces et des attachés-cases qui peuplaient ce soir le salon de Sainte-Solène, la moindre de ces citations de « Martenore » ou de « Westinger » qui éblouissait Senlis, le plus petit on-dit controuvé sur Françoise Sagan ou Maud Avenel – « Il paraît qu'elle a des intérêts financiers dans l'expérience des Lip à Palente, vous savez? » – je tentai un moment de me rapprocher des jeunes femmes pour parler chiffons, coiffeurs, ou « laits maternisés ». Toutes les épouses avaient été invitées en effet, mais, habituées des dîners de Cabinet et des manifestations officielles du ministère, elles se connaissaient déjà entre elles et formaient, autour des causeuses du salon, de petits cercles fermés; j'étais la seule à ne connaître personne, et nul sourire encourageant, nulle invitation à m'asseoir pour papoter ne me furent prodigués. Mon gui me pesait : je croyais saisir au passage des regards furtifs, ironiques ou désapprobateurs. Une des portes-fenêtres de la terrasse était ouverte; je sortis.

La mer grise assortissait obligeamment sa couleur aux nuances de ma robe et jetait à la côte, face aux réverbères du Casino, des milliers de perles blanches pareilles aux boules nacrées semées dans mes cheveux : demain, quand la vague se serait retirée, on trouverait, sur le sable mouillé, des colliers que les petites filles courraient ramasser et qui s'évanouiraient, tel un rêve d'écume, dès qu'elles y toucheraient... Je me sentais des nostalgies de sirène et, mal à l'aise dans le salon bleu, je voulais espérer que mon royaume était au fond des eaux.

Quand, revenue de mes chimères sous-marines, je vis Charles de Fervacques accoudé à la rambarde auprès de moi, je crus devoir rapporter aux recommandations de mon père, et aux ennuis administratifs de mon mari, la panique qui me saisit. Le ministre se taisait; je me dis qu'il fallait parler.

Terrorisée, je me raccrochai à une banalité :

« Vous avez vraiment une vue magnifique... »

Fervacques se tourna vers moi, avec cet air mi-surpris, mi-ennuyé qui allait me devenir familier : « Oui... », et comme si ma remarque méritait réflexion, songeur il ajouta : « C'est vrai... mais je n'y ai guère de mérite, ce n'est pas moi qui l'ai choisie. » Il y eut un nouveau silence que je n'eus pas le courage de briser.

– Vous vous habituez à la région? demanda-t-il enfin.

– Je la connaissais déjà. Je venais en vacances à Sainte-Solène quand j'étais enfant.

Il fit semblant d'être intéressé :

– Vraiment? Où se trouvait votre villa?

– Ce n'était pas une villa... Nous descendions à l'hôtel... A l'Hôtel d'Angleterre.

Il ne parut nullement ébloui par cette somptuosité. Il avait rallumé une cigarette et regardait pensivement la mer.

« C'est curieux, lui dis-je, la ville n'a pas beaucoup changé. Vous l'avez parfaitement protégée. Pourtant, on a un peu de mal à la reconnaître... Avec tous ces crépis roses, ces palmiers sur la digue, on dirait qu'elle a... dérivé vers le sud. Cela fait un effet un peu... enfin, très... » Je n'étais pas douée pour le « small talk » : affaire d'habitudes sociales probablement; j'avais gardé de mon enfance, et des principes de mon grand-père, l'idée qu'on ne devrait parler que pour dire quelque chose. « Remarquez, je trouve que c'est très bien comme ça. Sainte-Solène est une collectivité locale exemplaire... Parier sur le troisième âge c'était, euh... » Les phrases de Frédéric me revenaient à la mémoire et j'avais l'impression de parler une langue étrangère apprise avec la méthode Assimil. « Je ne regrette que la disparition de la “ maison de l'ogre ” », ajoutai-je soudain dans une inspiration désespérée.

Le ministre des Affaires étrangères devait aimer l'histoire du Petit Poucet car l'allusion sembla le réveiller :

– La maison de l'ogre?

Je lui parlai de l'ancien théâtre ruiné, du vieux clochard...

– Je ne me souviens pas de cet homme-là. C'était à quelle époque?

– Vers 53-54, je crois. J'étais toute petite...

« Ah... » Il me considéra longuement, comme s'il me découvrait. A la fin de l'examen, il sourit : « Bien sûr... Moi, j'ai été vieux très tôt. En 53, en tout cas, j'étais déjà trop vieux pour rencontrer des ogres. »

Il jeta sa cigarette dans les vagues par-dessus la balustrade, se redressa et, m'ayant de nouveau contemplée du haut de sa grande taille : « Je le regrette... D'autant plus, ajouta-t-il, que j'aime vivre dangereusement. »

« C'est drôle : moi aussi! »

J'avais lancé ma phrase dans un élan de petite fille au moment où il s'éloignait déjà en direction du salon.

Pivotant sur lui-même, comme si une flèche l'avait piqué, Fervacques me toisa une dernière fois, puis me jetant un maigre sourire de commisération : « Vraiment? dit-il, et comment fait-on pour vivre dangereusement quand on est la femme d'un sous-préfet? »

Je restai stupide : chacun pouvait voir, en effet, comment on fait pour risquer sa vie quand on est Monsieur de Fervacques (il gardait de son dernier accident de rallye une profonde cicatrice au menton), alors que je ne pouvais donner à personne une idée de la manière dont la femme du sous-préfet de Trévennec, fille d'un ambassadeur de France, pourrait « vivre dangereusement » s'il lui plaisait; pour côtoyer les périls il me suffirait pourtant de gifler à la volée le ministre des Affaires étrangères, mais comment aurais-je le cœur de faire payer à mon mari et à mon père le prix de ce sursaut d'orgueil blessé?

Tandis que, pour exprimer mon indignation, je tentais en vain de me rappeler ce que Montesquieu disait des rois – « Une raillerie piquante leur est moins permise qu'au dernier de leurs sujets parce qu'ils sont les seuls qui blessent toujours mortellement » –, l'insolent avait disparu derrière la porte-fenêtre. Je demeurai seule au bord de la terrasse silencieuse et glacée, jusqu'à ce qu'un maître d'hôtel vînt m'avertir qu'on allait servir le dîner.

Sous les plafonds à caissons peints de la grande salle à manger et les énormes lustres de bronze doré, les convives étaient dispersés autour d'un dizaine de petites tables. Tous étaient assis; une seule place restait vide : à la gauche de Fervacques. Je ne pouvais croire qu'elle me fût destinée.

Elle l'était pourtant : en vertu du protocole, le ministre devait prendre à sa droite la femme de son directeur de Cabinet, et à sa gauche l'épouse du représentant des Collectivités.

Fervacques, de bonne humeur, bavardait avec son vis-à-vis. Il interrompit son propos pour saluer mon arrivée d'un « nous vous avions crue perdue en mer, Madame Maleville »...

Si, quelques minutes plus tôt, j'avais pu retenir ma main, je ne pus cette fois retenir ma langue : « Malheureusement, lui dis-je, on se retrouve toujours... »

Il prit ce mot à double sens pour la leçon que je prétendais lui donner et, tout en se montrant aimable et disert, ne se risqua plus à m'adresser directement la parole de tout le dîner.

Du reste, comme beaucoup d'hommes politiques, il était accoutumé à faire la conversation tout seul; confondant ses voisins de table avec le public de ses réunions électorales, il en attendait moins des répliques que des applaudissements. Rivalisant de servilité, les épouses des membres de son Cabinet et son nouvel attaché de presse, Paul Escudier, nourissaient l'applaudimètre à point nommé. Il faut dire, à leur décharge, que « l'Archange des Chambres » savait une foule d'anecdotes, qu'il contait avec esprit; car s'il donnait volontiers à son discours la forme monologuée du sermon, il restait, pour le fond, un homme de salon.

Comme j'avais cessé de me soucier de l'impression que je produisais, je l'écoutai avec attention; et je vérifiai bientôt que Malou m'avait dit vrai : le goût, tout mondain, du ministre pour les bons mots et les ragots l'entraînait à des indiscrétions surprenantes chez un chef de la diplomatie; ce n'était pas mon père, si attentif à ne jamais rien laisser entendre qui pût être interprété, qui se fût abandonné à dauber ainsi publiquement sur les amants de madame Gandhi ou les maîtresses de Kissinger... Ces témérités, toutefois, donnaient au langage de Fervacques une fraîcheur qu'on trouve rarement chez les hommes d'Etat; ajoutée à l'extrême mobilité de ses traits et à la juvénilité de ses mimiques, cette légèreté de propos conférait à chacun de ses geste la grâce d'une gaminerie : il y avait de l'Arsène Lupin chez ce grand junker un peu las.

Son intelligence même, parce qu'elle ne semblait guère s'appliquer aux idées et restait cantonnée aux hommes et aux événements, procédant par « coups » et « charges », attaques et saillies, avait quelque chose d'allègre, de primesautier. A la longue pourtant, cette gaieté pointue, cette désinvolture acide agissaient autour de lui comme un corrosif : on se sentait dissous dans un bain d'ironie; les moins solides devaient y perdre la tête et tous, sûrement, y laisser quelques lambeaux de chair. Aussi, à première vue, les familiers du ministre – ses femmes et ses conseillers – ne présentaient-ils guère plus d'épaisseur qu'une arête; comme aurait dit ma grand-mère, « y en avait plus... » Quant à savoir si lui-même gardait assez de fond pour y loger l'ombre d'une opinion ou l'apparence d'une passion, c'était une autre question. Sous ce vernis d'insouciance et de causticité, je croyais bien avoir discerné, pendant les quelques minutes aigres-douces passées sur la terrasse, une teinture de regret, une nuance d'âpreté qui pouvaient changer la couleur du tableau; mais il y avait sans doute beaucoup à décaper.

Animé par les boutades et les contes de Charles de Fervacques, le dîner avança vite.

A force de me taire, je sentais reculer ma timidité; le vin aidant, j'oubliai même mes premières rancœurs. Une chaude odeur de laine et de tabac anglais montait, à mon côté, du costume d'alpaga bien coupé.

Souvent des amies m'avaient dit que Fervacques était « splendide »; et, quoiqu'il eût accepté, pour « Paris-Match », de poser nu – de dos – sous la douche après une course à Montlhéry, cette perfection ne m'avait pas frappée tant que je ne l'avais vu qu'en photo; quand je l'eus devant moi, ni sa présence, pourtant incontestable, ni la vigueur de ses traits ne m'en imposèrent non plus tout à fait autant que je l'espérais. Mais, à la fin du dîner, j'avais cessé de me demander ce que les autres femmes pouvaient lui trouver : il sentait l'homme.

C'est une odeur codée, qui plaît par ce qu'elle suggère plus que par ce qu'elle est. Comme peut charmer l'odeur âcre des genêts – parce qu'elle évoque la liberté des forêts, la course des vents, et l'envol de la sauvagine dans les fossés –, la senteur acidulée de la citronnelle – qui rappelle les vacances, le midi, les chambres aux volets fermés –, ou celle, plus pénétrante, de la cire – lorsqu'elle réveille le souvenir d'une grand-mère aimée, d'un buffet à confitures, d'une enfance sucrée –, le parfum de terre tiède et d'herbes brûlées que dégageait le corps de Fervacques évoquait pour moi certaine nuit d'été dans les jardins de la Villa Fornari, un séducteur aux tempes grises incertain de ses désirs, une pluie de clématites sur un rempart ruiné, et le mol abandon de « la ninfa ». Ses mains surtout m'attiraient; j'avais envie de les prendre, de les ouvrir pour y appuyer mon visage et respirer de plus près ces creusets d'odeurs...

Par chance, le dîner touchait à sa fin : les serveurs apportaient les galettes des Rois. Quand le plat passa devant moi, j'aperçus la fève blanche sous la pâte mal cuite. Machinalement, je fis ce que font les enfants et, comptant le nombre des parts et celui des invités, je calculai que la couronne tomberait sur Escudier.

Il l'avait bien méritée : ayant, pendant deux ou trois ans, compromis « la Presse » dans des combats révolutionnaires douteux et des procès coûteux, « le petit Paul » – comme l'appelait affectueusement Moreau-Bailly à l'époque où il était encore son patron – avait tourné casaque au lendemain des élections de 68 qui consacraient la défaite de ses idées. Par petites étapes, il avait rejoint la Majorité, passant successivement de « Combat » au « Figaro », puis à « la Nation », où, dans un environnement d'anciens combattants et de barbouzes musclées, il avait, un moment, incarné la Jeunesse, l'Audace, le Social... « Je ne comprends plus mon petit Paul », disait tristement Moreau-Bailly, dont le regard s'embuait comme celui d'un capitaine Haddock privé de whisky, « la droite est condamnée : ce n'est qu'une question d'années... Je le lui ai dit quand il a voulu me quitter. Mais il m'a répondu qu'il n'avait plus le temps d'attendre. Quel enfant! Si encore il faisait une carrière... Mais quitter " la Presse " pour " Combat " et " le Figaro " pour " la Nation "! »

Et, haussant les épaules, Moreau-Bailly retournait à la contemplation mélancolique de sa bouteille perdue.

En fait, il se trompait sur l'adresse de son protégé : Escudier qui, comme me l'avait dit Philippe, « se mettait toujours en croupe de ceux qui sont les mieux montés » suivait un plan longuement mûri. Mieux informé que la plupart de ses confrères sur la nature de la « grippe » qui persécutait le président Pompidou, il avait fait un premier tri parmi les candidats possibles à la succession; Chaban était trop vieux, Chirac trop jeune, Peyrefitte impopulaire et Giscard réactionnaire; seul Fervacques, qui n'était rien de trop, semblait avoir à moyen terme des chances raisonnables à l'intérieur de son propre clan. Sympathique à l'opinion, parent de Poniatowski par les femmes, de Guy de Rothschild par les pouliches (« Crystal Palace », cheval du baron, était fils d'une poulinière née dans le haras normand des Fervacques), et de Pierre Juillet par les brebis (car, pour estomper l'éclat antidémocratique du haras, le ministre élevait dans sa circonscription quelques centaines de moutons qu'il croisait avec les « soudounes » creusois de Puy-Judeau), Charles de Fervacques, baron du gaullisme, intime de Lecanuet et obligé de Pompidou, venait de créer, au sein de l'UDR, son propre groupe d'études autour d'une revue sociale, « Progrès et Solidarité ». Un nombre croissant d'élus de droite – désireux de se donner un « look » moderniste, un « petit coup de jeune » sans fronder – assistaient à ses colloques juvéniles, ses réunions informelles, ses séminaires champêtres que clôturaient, au frais de la « Fervacques and Spear », de plantureux banquets. Les rangs de ces « solidaristes » (on n'osait tout de même pas les appeler « progressistes »!) grossissaient d'autant plus vite que Fervacques avait l'intelligence de ne tirer de leur assiduité ni gloire ni publicité.

En politique intérieure, ce ministre « play-boy » cultivait, en effet, une manière bien à lui d'être à la fois bavard et secret, de siéger dedans, dehors, au centre et à côté, qui révélait une habileté et une prudence tactiques fort au-dessus de ce que ses étourderies diplomatiques laissaient présager. Même, ses intempérances verbales et ses aventures extra-conjugales le servaient : ses compétiteurs avaient pris l'habitude de le regarder comme un esthète capricieux et désabusé, pour qui la politique était plus un violon d'Ingres qu'une vocation. Si sous la IVe, on s'était méfié du trop jeune député MRP, on jugeait maintenant le ministre plutôt gentil, fidèle en amitié, mais si mondain qu'il en devenait, somme toute, fort anodin; on se répétait à son sujet une confidence de De Gaulle à Sanguinetti : « Le jeune Fervacques m'a avoué que, dans la vie, seules les femmes et la chasse l'intéressaient. Cela ne fait peut-être pas un homme d'Etat, mais cela fait un homme sincère! » Du coup, on aimait bien l'Archange; et on le mettait de tous les gouvernements, puisque l'équilibre de la trésorerie du Parti en dépendait.

Escudier trouva que cette réputation de frivolité était, avec sa richesse, le meilleur atout de son poulain auprès des leaders du mouvement; Fervacques n'était peut-être pas « présidentiable », mais il était sûrement le Premier ministre le plus probable de n'importe quel président. Le jeune journaliste lui fit rendre par « la Nation » quelques hommages appuyés, puis, se faufilant à travers « Progrès et Solidarité », parvint par reptation jusqu'à son Cabinet. Il y jouait depuis quelques mois – comme attaché de presse adjoint – les porte-coton comblés. Ce soir, sa complaisance serait récompensée : il aurait la fève et la couronne de papier.

Je le regardai manger sa part de galette : il ne semblait pas avoir remarqué, sous le feuillage, le haricot de porcelaine qui me crevait les yeux; j'attendais avec impatience qu'il s'y heurtât de la fourchette; mais je le vis piquer distraitement le morceau, le mâcher posément, longuement, bovinement, puis déglutir sa bouchée comme si de rien n'était.

L'aventure me laissa songeuse : j'avais vu avaler bien des couleuvres en politique, mais jamais de fève. Les plaisanteries que fit ensuite le ministre, le sourire en coin, quand toutes les tables, sauf la nôtre, eurent tiré leur roi – « Mon cuisinier est impardonnable... Oublier une fève! Nous obliger, au pays des chouans, à rester républicains, voilà qui est fort impertinent! » – ajoutèrent à ma perplexité.

Je n'eus le fin mot de l'histoire qu'au café. J'avais rejoint Frédéric qui causait dans l'embrasure d'une fenêtre avec deux amis du Cabinet : « Je l'ai échappé belle, dit l'un d'eux, figure-toi que j'avais tiré la fève à ma table... Par chance, c'est la première année que le ministre renonce à bizuter les rois. Il y a deux ans, il a fait faire à chacun un " discours du trône " au pied levé : avoir de l'esprit, comme ça, au dessert, et devant un patron qui se paye votre tête, ce n'est pas aussi facile qu'on croirait! Les deux tiers des couronnés ont lamentablement bafouillé... L'année dernière, autre chanson : sous prétexte que si " la crainte a fait les dieux, l'audace a fait les rois ", il oblige chaque tireur de fève à embrasser sa voisine de droite. Mais sur la bouche, hein? D'accord, c'est un jeu, mais tu vois d'ici la joie des maris! Et l'adresse des Plénipotentiaires condamnés à jouer les Casanova devant toute une assemblée... Il ne sait pas quoi inventer pour nous rendre ridicules...

– On dirait pourtant que vous êtes tous contents d'être invités à son dîner?

– En un sens, c'est vrai, convint le jeune conseiller un peu gêné. Mais, voyez-vous, c'est qu'on espère toujours qu'on n'aura pas la fève... Et puis, voir peiner ses amis, c'est quelquefois d'un drôle! Si vous aviez entendu le discours du trône de ce fier-à-bras de Cognard : il en bégayait! Et quand le joli Durosier a dû embrasser la vieille Dindeau... Non, franchement, il faut dire que, certaines années, nous avons bien ri. »

Dans ce petit monde de courtisans et de pieds-plats, un Escudier prêt à avaler une fève plutôt qu'à se laisser ridiculiser semblait rafraîchissant, et si je ne lui donnai pas plus d'estime, je modérai mes mépris.

En revanche, le sadisme tranquille de Fervacques, heureux de jouer sur toute la gamme des médiocrités, m'exaspéra. Je fus soulagée que, passant d'un groupe à l'autre, il m'évitât autant que je l'évitais. Quand nous prîmes congé, pourtant, il retint un instant ma main dans la sienne : « Dites-moi, Madame... Que buviez-vous, tout à l'heure, sur la terrasse? »

Je me demandai quel nouveau piège il me tendait : « Je ne sais pas, Monsieur le Ministre... Un jus de tomate, je crois. »

Il eut l'air déçu. « Ah... Dans l'ombre... on aurait cru un verre de sang... », dit-il rêveusement. Puis il se reprit, sourit : « C'est sans doute que les rouges vous vont bien. »

Comprenne qui pourra : je portais une robe grise ce soir-là... Il me parut néanmoins qu'il cherchait à m'être agréable pour la première fois de la soirée, et je lui en sus gré.

Je retirai de ce dîner une impression mélangée : la maison était laide certes, mais il émanait de ses tentures, des ses sofas, de ses « confidents », de ses « indiscrets », un charme désuet, prenant, musqué, qui troublait la tête comme certains parfums, trop capiteux, des temps passés; quant aux membres du Cabinet, tous – à l'exception de celui qu'ils surnommaient « le joli Durosier » – avaient l'air d'imbéciles satisfaits, tandis que leur ministre, malgré son cynisme et ses bizarreries, exerçait une réelle séduction faite d'élégance, d'abus de pouvoir et d'étrangeté – la grâce fantasque d'un orphelin trop tôt souverain, d'un roi sans divertissement, d'un tsar fou... Toute la nuit, je rêvai de bal à Saint-Pétersbourg. A six heures du matin, le téléphone m'arracha à l'étreinte d'un bel officier à épaulettes : c'était Béatrice; mon grand-père venait de mourir.

On l'enterra dans la fosse commune de Creil : nous n'avions pas encore de concession. Je n'avais rien pu faire pour lui, pas même mettre dans le cercueil ce petit couteau avec lequel il mangeait, taillait des flûtes d'écorce dans les sureaux, et greffait ses cerisiers : quand j'étais arrivée à Creil, la bière était déjà fermée. Ma grand-mère me donna le canif en cachette de Béatrice : « Parce que, dit-elle en s'essuyant les yeux au torchon de la cuisine, je crois bien que t'as toujours été sa préférée... Il t'a beaucoup demandée, la dernière nuit. Il savait plus que tu habitais en Bretagne, que t'étais mariée... Il se faisait du souci pour toi. »

Sur la tombe provisoire, Zaffini père prononça un éloge ému du disparu. Je fus frappée, malgré mon chagrin, de l'entendre parler à plusieurs reprises d'Henri Brassard comme d'un « vieux camarade fidèle à nos combats », auquel il rendait hommage « au nom de la cellule de Creil et de mes amis du Parti, qui ont été les siens jusqu'à son dernier soupir ».

A la sortie du cimetière, je m'en étonnai auprès de Béa.

– Pépé avait repris sa carte il y a trois mois, me répondit-elle sèchement.

– Comment ça? Je rêve! Tu l'as converti à son lit de mort? Tu fais ce que tu reprocherais à la plus vile des veuves dévotes? Tu profites des faiblesses d'un agonisant pour lui imposer l'extrême-onction de tes copains!

– Ecoute-moi bien, Christine, « tu vois quand j'ai bu, mais tu vois pas quand j'ai soif », comme dirait Mémé : ça fait deux ans que tu n'avais plus revu Pépé, deux ans que tu l'avais laissé tomber. Pas une visite, pas un cadeau : la grande dame était trop occupée... Et quand Mémé t'appelle au secours, tu lui demandes un petit délai pour courir un dernier bal, une dernière soirée... Alors, si j'ai des leçons à recevoir, tu es la dernière personne qui puisse m'en donner!

Dans le train qui me ramenait à Trévennec, je me trouvai assise seule dans le compartiment le plus proche du wagon-restaurant; ce n'était pas encore l'heure du premier service; un petit cuisinier inoccupé m'aperçut et, me voyant triste, vint s'asseoir auprès de moi pour me tenir compagnie : « Je parie que vous avez laissé votre amoureux sur le quai. Allez, y a pas de quoi pleurer : vous le reverrez... » Il fut si gentil, et j'étais si malheureuse que, lorsqu'il tira les rideaux sur les portières et ferma le verrou, je le laissai faire. Et quand il m'eut consommée, ce fut avec une gentillesse touchante qu'il m'apporta gratuitement le « plat du jour » : la plus belle fille du monde ne peut donner que ce qu'elle a...

J'avais promis à ma grand-mère d'acheter une concession et de faire construire à mes frais un caveau pour y transférer le corps de mon grand-père; mais les réceptions dont j'avais, quelque temps, ébloui la bonne société de Trévennec avaient fort entamé le compte en banque de Frédéric : son découvert atteignait des montants que tout directeur d'agence eût jugés inquiétants si le débiteur imprudent n'eût été le sous-préfet de l'arrondissement et le skipper talentueux dudit banquier dans toutes les régates de la Côte des Fées. Frédéric, néanmoins, avait trouvé préférable de me retirer sa procuration et de reprendre en main la gestion du budget familial. Pour tenir la promesse que j'avais faite et ne pas laisser mon grand-père pourrir dans une fosse commune, il ne me restait plus qu'à me prostituer bien que je visse mal à qui me vendre : Trévennec était si petit! Je songeais à demander quelques conseils à Carole, lorsque Olga tomba chez moi.

Elle m'apportait l'un de ces petits cadeaux de milliardaire, superflus et dispendieux, dont elle avait le secret : des fourchettes à escargots en argent massif, dessinées par son ami Salvador Dali.

Pinçant légèrement ma taille, elle me fit des compliments

sur ma ligne retrouvée, puis sur ma pâleur et la douceur de ma peau, enfin sur mon élégance qui mettait si bien en valuer la rondeur de ma poitrine; passée derrière moi, elle fit mine d'emprisonner mes seins dans la coque de ses mains posées sur ma robe – ce n'était qu'un jeu, bien sûr. Je la laissai donc jouer, sans autrement participer : depuis des années que « la Veuve » me tournait autour, je m'arrangeais toujours pour n'avoir ni à lui céder franchement ni à la repousser. Le plus souvent, je me bornais à arborer sur un visage stupide un sourire d'autant plus niais que les gestes subis étaient moins innocents. Quand elle fut lasse de me voir, comme d'habitude, transformer une délicieuse « partie de dames » en jeu de l'oie, Olga proposa, une nouvelle fois, de m'emmener au casino. Pour ne pas la fâcher – car je commençais à penser qu'une plus grande complaisance à son égard pourrait peut-être me valoir quelques-uns de ces avantages financiers après lesquels je courais –, j'acceptai de l'accompagner sous cette coupole beige et or qu'Anne m'avait présentée comme l'antichambre de l'Enfer.

A l'entrée, les physionomistes de service saluèrent « la Cubaine » avec respect. Dans la salle, les inspecteurs des jeux lui adressaient de petits sourires complices : « Madame Kirchner! Tout le monde s'ennuyait de vous! » Le directeur vint la saluer : « Vous avez une mine resplendissante, Madame. Et cette méchante hanche, va-t-elle mieux? » Un valet vêtu à la française, qui allait de table en table avec une petite brosse pour épousseter les cendres dont les joueurs distraits maculaient la feutrine, interrompit son manège pour apporter à Olga la coupe de champagne qu'elle n'avait pas encore demandée. Fêtée comme une souveraine, ma vieille amie, à qui l'on avança pompeusement un fauteuil de velours, se laissa installer au « chemin de fer » où un Iranien en smoking blanc, un Sud-Vietnamien en smoking noir, et un Saoudien en djellaba – que le nouvel Institut de Thalassothérapie attirait en ces cantons excentrés – jouaient déjà gros jeu.

Je tentai de m'intéresser à leur partie mais je n'y comprenais rien; je mis même plusieurs minutes avant de saisir que les plaques multicolores que je voyais glisser dans les mains des joueurs et des croupiers, comme passent entre les doigts des enfants les jetons du « Monopoly », du « Nain Jaune » ou de la « Bonne Paye », représentaient des dizaines de millions « vrais ».

Olga les empilait devant elle en petits tas qui montaient et descendaient alternativement; parfois, quand le tas était trop bas, elle tirait une liasse de billets de son sac à main et m'expédiait à la caisse pour y refaire provision de rondelles jaune soleil ou bleu ciel, polies, nacrées, irisées; mais dès que la pile avait remonté, elle me renvoyait convertir le plastique en billets – « pour me freiner un peu », murmurait-elle en s'octroyant une rasade de champagne.

Il régnait sur la salle, pourtant pleine à cette heure de la nuit, un silence religieux; on n'entendait que les phrases monocordes et convenues des chefs de table, et le cliquetis des rectangles de galalithe. Au « chemin de fer », les râteaux poussaient à travers les tapis couleur de prairie des sommes tellement au-dessus de tout ce dont j'aurais pu rêver qu'elles en devenaient abstraites : le jeu perdait à mes yeux toute signification.

Je me repliai d'abord vers le « Black Jack » qui n'attire que les petits joueurs : les mises y restant à portée de ma bourse, les enjeux y demeuraient accessibles à mon esprit. Puis, j'allai rôder autour des tables de roulette dont le cinéma m'avait rendu familiers les cris des bouleurs : « faites vos jeux », « rien ne va plus », « rouge, impair et passe »... Comme je m'abîmais dans la contemplation de ces tapis-jardins que l'argent parsemait de fleurs de couleur, je sentis une main familière enserrer ma taille : « Eh bien, Christine, la roulette vous tente? Jouez trois sous, allez, c'est si drrrôle, vous verrez! Tenez », dit-elle en posant un petit tas de piécettes dans ma main, « je vais au " Trente et Quarante ". Jouez pour moi. Tous les novices ont de la chance au jeu... », et parce que j'hésitais encore à accepter son argent : « Ce n'est qu'un prêt : je serais de moitié dans vos gains », ajouta-t-elle avec un clin d'œil.

Je jouai d'un coup toute sa pile de jetons, pour m'en débarrasser. Je les posai au hasard sur un numéro plein :

le 2. Je ne vis pas le cylindre tourner. « Deux, noir, pair et manque », annonça le chef de table. Avant que j'eusse pu comprendre ce qui m'arrivait, le râteau poussa vers moi une marée de plastique : trente-cinq fois ma mise...

La première partie est comme la première cigarette, ou le premier amour : trop brève, trop nouvelle, trop étonnante pour qu'on sache si l'on aime ça. C'est pour préciser ses sentiments qu'on recommence, c'est en recommençant qu'on s'habitue, et c'est en s'habituant qu'on en vient à ne plus pouvoir vivre sans... Je décidai que, n'ayant pas encore – malgré cette bonne fortune – gagné de quoi enterrer décemment mon grand-père, je pouvais m'offrir le luxe d'éclaircir mes impressions : je rejouai.

Assise entre un croupier aux manières de prestidigitateur et aux principes d'euthanasiste – il escamotait les plaques si vite que les perdants n'avaient pas le temps de souffrir –, et un vieil Italien poudré qui attendait la dernière seconde pour placer ses pièces et se cachait les yeux comme un migraineux sitôt que la boule roulait, j'appris peu à peu, tandis que la nuit avançait, à diversifier la nature de mes mises – cheval, transversale, carré, sixain – et le vocabulaire de mes annonces – « tiers du cylindre », « les isolés », « tout aux voisins »...

La plupart des joueurs avaient de petits carnets sur lesquels ils notaient les numéros qui sortaient; beaucoup échafaudaient de savantes combinaisons de possibilités, s'attachant aux « numéros chauds » qui étaient tombés plusieurs fois dans la soirée, ou aux « numéros en retard » que le bouleur n'avait pas sortis depuis des heures. Presque tous avaient des tics, des marottes : l'un, feignant l'indifférence, s'éloignait ostensiblement de la table au moment où la boule tombait, l'autre refusait fermement les jetons jaunes ou les bleus... Pour moi, qui me flatte d'avoir toujours été, au jeu, un esprit fort, je n'ai pas plus cédé à ces superstitions de couleurs, de dates, de vêtements ou de bouleurs, que je n'ai tenté d'introduire de la raison dans le hasard. L'existence d'une martingale suprême ne me paraissait ni plus vraisemblable ni plus souhaitable que celle de la clé des songes, du nombre d'or ou du triangle des Bermudes; du premier au dernier jour, j'ai joué « au petit bonheur la chance », me laissant seulement guider, par un numéro, une figure géométrique ou une progression qui me « tapaient dans l'œil » et me « parlaient au cœur ».

La chance souriant aux innocents, je gagnai néanmoins, dès le permier soir, trois fois plus qu'il n'était nécessaire pour offrir à mon grand-père le caveau de marbre noir dont Mémé rêvait.

Le lendemain, ayant expédié à Creil l'argent promis et remboursé Olga de ses bénéfices et de son prêt, je m'accordai le droit de rejouer le surplus. Je le perdis.

Je revins le surlendemain, pour voir si – on ne sait jamais – je ne pourrais pas me refaire un peu : je sentais dans l'air des effluves de « huit plein », des odeurs fauves d' « impair »; des pistes encore chaudes menaient aux « voisins du zéro »; je marchais sur les brisées d'une fortune qui musardait dans les parterres du Casino... Je demandai à Olga si elle ne pourrait pas me prêter quelques jetons pour « relancer ». Je gagnai.

A partir de cette troisième nuit, j'étais « accrochée ».

Au commencement, je jouais rarement de grosses sommes. Je devais attendre, en effet, qu'Olga eût gagné; alors, elle me donnait le même pourboire qu'au personnel... J'ai vu plus tard, à Deauville ou Monte-Carlo, certains gros joueurs – potentats libanais, émirs arabes – récompenser de la sorte, en même temps que les croupiers, de pauvres filles en robes du soir défraîchies, mi-ondines mi-prostituées, qui, debout derrière leur fauteuil, attendaient, des nuits entières, sourire aux lèvres, qu'on leur fît l'aumône de leur « dose » : quelques jetons à perdre à la roulette ou au Black Jack. « Remarquez », me dit un jour un directeur qui me voyait attendrie par la constance de ces malheureuses, « je ne suis pas sûr qu'en contrepartie, ils leur demandent de coucher... » Probablement non, ils ne leur demandaient pas de « coucher », il leur suffisait de les mépriser. Qu'il se mêlât d'ailleurs à ce mépris – qui visait leur pauvreté – beaucoup de sympathie pour un vice qu'ils partageaient, c'est ce que j'avais compris depuis longtemps au contact d'Olga...

Lorsque Madame Kirchner n'était pas là, je ne m'aventurais jamais sous les lustres et les ors du Casino. Ces périodes d'abstinence forcée me rassuraient; comme les alcooliques, je me diais que, puisque je pouvais, pendant quelques semaines, me passer de ma drogue, je n'étais pas intoxiquée. En vérité, je ne m'en privais que pour pouvoir puiser dans ce renoncement intermittent le droit de céder de nouveau – sans remords et sans craintes – à ma passion : la diète autorisait l'excès, l'abstention justifiait l'action; je ne me ressaisissais que pour mieux m'abandonner... Du reste, mes carêmes étaient de courte durée : si Olga ne passait pas sa vie à Sainte-Solène, elle y venait souvent. Relativement indifférente aux « jeux de contrepartie », mais passionnée des « jeux de cercles » – baccara, chemin de fer –, elle ne pouvait satisfaire son vice à Paris où l'accès des Cercles demeure interdit aux femmes (il restait à Solange et Béa de grands combats féministes à livrer!); et si, l'été, Anne parvenait à la garder captive dans son hôtel, dès que revenait l'automne Olga recommençait son manège, allant de Deauville à Sainte-Solène et de Sainte-Solène à Deauville.

Au bout de quelques mois d'ailleurs, je me sentis assez sûre de moi pour oser monter seule le grand escalier de marbre du Casino : je ne jouai d'abord que de la menue monnaie, gratée sur les pourboires d'Olga. Mais, ayant bientôt pris l'habitude de gaspiller l'argent gagné les jours fastes, je fus réduite, les jours néfastes, à faire de petits emprunts – à droite, à gauche, auprès de Germaine Conan, du chauffeur, ou de nos rares amis de Trévennec – afin de provisionner les chèques que je laissais à la caisse du Casino. Quand il me fallut rembourser ces prêteurs pour ne pas éveiller l'attention de Frédéric, je n'eus pas l'idée de m'adresser à mon frère, qu'il aurait fallu mettre au courant de mes dérives de flambeuse : je demandai son aide à Olga, qui m'accorda tout le crédit que je pouvais souhaiter, moyennant quelques complaisances, qui n'allaient pas beaucoup au-delà de ce que j'avais consenti, gratuitement, au vieux Chérailles, et de vagues reconnaissances de dette signées au profit de sa galerie (« pour la bonne forrme, me disait-elle, et pour mon commissaire aux comptes... Car, pour moi, vous pensez bien que je n'en ai nul besoin! »). N'étant pas naturellement disposée à faire pour mon sexe tout ce que je faisais pour l'autre, je trouvais très légitime, au demeurant, qu'une dame mûre produisît, pour séduire une jeune sous-préfète, plus d'efforts que pour retenir un peintre vénézuélien...

Ainsi nos rapports, faits de délinquance partagée et d'irrévérence réciproque, s'enrichissaient-ils par intermittence des saveurs de la galanterie et du piment de la vénalité, dispositions congénitales chez moi mais qui avaient rencontré en Olga, comme en Nieves, des désirs maternels tardifs et contrariés : c'était, tout compte fait, davantage comme une mère que comme une « protectrice » qu'Olga couvrait mes dettes de jeu sans paraître trop pressée d'être remboursée, qu'elle m'abandonnait ses étoles de vison démodées, les bracelets et les pendants d'oreilles dont elle était lassée, ou m'achetait chez les antiquaires les babioles qui m'amusaient.

Du reste, lorsqu'elle ne se crut plus obligée de me prouver par ses cadeaux l'ampleur de sa fortune et l'étendue de sa légèreté, elle parvint mieux qu'aucun de mes amis à deviner ce qui pouvait me tenter. Soit qu'elle fût plus psychologue, soit que – issue, comme moi, d'un milieu populaire – elle connût les hontes et les privations dont j'avais souffert, elle savait toujours trouver le présent modeste et enfantin qui m'irait au cœur : une vieille maison de poupée, un panier de légumes en pâte d'amande, un bol breton marqué à mon nom, ou une édition ancienne de « Petite Princesse » – ce livre anglais dont l'héroïne longtemps humiliée, et tardivement reconnue pour ce qu'elle était, avait, comme « Daddy Long Legs », enchanté mes huit ans.

Ces goûts puérils, il est vrai que je les confiais plus volontiers à Olga qu'à la trop noble dame de Chérailles ou à l'Espagnole chaleureuse – mais comtesse – que mon père avait épousée : à la petite arpette juive je pouvais avouer sans rougir le versant Brassard de ma vie. Elle était curieuse, d'ailleurs, de tout en connaître et me pressait de questions sur ma jeunesse, mon grand-père, ma sœur... Elle paraissait si bien comprendre, et si bien pardonner, que je lui cachai peu de choses. Sur elle, en revanche, malgré sa prolixité, ses saillies, sa cocasserie, j'étais beaucoup moins renseignée : sa vie – dans les récits qu'elle m'en faisait – semblait n'avoir commencé qu'en 1947, avec son mariage. Elle me parlait longuement des potentats caraïbes et des mers chaudes, me décrivait Cuba, Kingston, Haïti, s'étendait sur les cérémonies vaudou et les « clandés » de La Havane... Mais sur la période de la guerre ou d'avant, rien : un blanc. Parfois, pourtant, le voile se déchirait et, par les fentes, j'apercevais un paysage ravagé, brûlé.

Je me souviens ainsi d'un jour où, ayant gagné une forte somme au baccara, elle avait décidé de m'offrir une « petite gâterie » dans une boutique de mode de Sainte-Solène (elle aimait bien ces séances d'habillage et de déshabillage qui permettaient, pour mieux juger d'un tissu ou d'une coupe, de passer la main dans l'échancrure d'un corsage, de frôler un sein, de caresser une cuisse). Cet après-midi-là, j'avais jeté mon dévolu sur un large pull à bandes colorées et asymétriques, qui découvrait audacieusement une épaule. Mais, quand je sortis de la cabine d'essayage, Olga détourna les yeux : « Otez ce pull tout de suite, Christine. Sil vous plaît.

– Pourquoi? Ça ne me va pas?

– Otez-le! Ne discutez pas... dit-elle sur un ton d'autorité qui m'étonna et me déplut.

– Je ne comprends pas... Il ressemble aux chandails que dessinait Schiaparelli. Vous avez vendu ce genre de choses pour elle pendant des années quand vous étiez dans la couture. Vous aimez ce style... Et l'épaule, vous avez vu l'épaule? »

Sans argumenter davantage, Olga sortit en claquant la porte. J'abandonnai le pull à la vendeuse pour rattraper Madame Kirchner qui marchait à grands pas en direction du port; elle fit brusquement demi-tour et partit, tête baissée, vers la Dieu-Garde; là, elle se retourna de nouveau et revint, toujours à longues enjambées, vers le Pavillon des Sources. Ainsi parcourûmes-nous la digue une demi-douzaine de fois; je trottinai à ses côtés en silence – jusqu'au moment où, calmée par le vent de la mer, elle me proposa, d'une voix radoucie, d'entrer prendre un thé à l'Hôtel d'Angleterre. Mais ce ne fut que le lendemain matin, après une nuit de Casino où elle joua plus gros jeu que jamais, qu'à l'heure de la soupe à l'oignon je tirai d'elle quelques explications dans l'arrière-salle du « P'tit Breton ». Profitant de sa fatigue et du champagne qu'elle avait absorbé, je parvins à reconstituer un morceau de son passé : en juillet 42, quand ses parents, ses frères et sa sœur avaient été ramassés dans « la grande rafle du Vel d'Hiv », elle avait réussi à quitter Paris avec le plus jeune des enfants, le petit Samuel âgé de sept ans. Ils s'étaient cachés tous deux pendant quelques mois dans le grenier d'une ferme en Savoie; l'hiver venu, il y fit froid; avec la laine récupérée en détricotant de vieux gants, des bonnets mités et des chaussettes percées que la fermière lui abandonnait, Olga avait tricoté pour Samuel un gros pull-over bariolé, composé de rayures et de triangles contrastés, comme ceux qui, avant-guerre, faisaient chez Schiaparelli le succès des sweaters qu'elle vendait.

« C'était vraiment un drôle de Schiaparelli qu'il portait! Une manche rouge, l'autre bleue, un empiècement gris, des côtes noires et des poignets mauves. Un modèle unique! »

Au printemps, quand l'argent vint à manquer et qu'il fallut quitter le grenier, Olga réussit à caser Samuel et son gilet dans une institution de la région lyonnaise qui hébergeait, sous des noms d'emprunt, une cinquantaine d'enfants juifs.

« Cela s'appelait la “ Colonie des Enfants Réfugiés de l'Hérault ”. Je savais que, là au moins, mon “ kinder ” serait en sécurité, qu'il courrait moins de risques qu'à traîner avec moi d'une cachette à l'autre, de Nice à Marseille et de Marseille à Toulouse... »

Quand on l'avait arrêtée à Carcassonne en janvier 1944, puis déportée à Auschwitz, elle s'était une fois de plus félicitée d'avoir eu le courage de se séparer de l'enfant : « Vous avez vu " Métropolis "? Ces foules hébétées, ces golem sans visage, au crâne rasé, ces uniformes sans couleur... Moi je l'avais vu : en arrivant au camp, j'ai cru que je ne serais pas dépaysée... Pas dépaysée! Après... Que vous dire sur " après "? Seulement que, chaque fois que j'allais abandonner, chercher la mort pour m'évader, je revoyais Samuel dans sa grande maison des monts au Bugey, avec ses boucles brunes, son menton pointu, ses yeux dorés – en train de manger une pomme, d'escalader un arbre, d'apprendre une table de multiplication, et de sourire, de sourire de toutes ses dents de lait. Des sourires de dents de lait, ma pauvre Christine, il y avait des siècles que personne n'en voyait plus! Les enfants passaient vite au camp – de la gare aux " douches ", de la rampe au " lazaret ", nebech!... Peut-être d'ailleurs, depuis le temps que je n'avais pas vu mon frère, avait-il perdu quelques-unes de ses dents de bébé... Et sans doute ne le verrai-je jamais, moi, avec ses " dents définitives " – c'est ce que je me disais dans les moments de lucidité – mais, il aurait des dents définitives... Cette histoire de dents, voyez-vous, c'était devenu une idée fixe. Et jour après jour, nuit après nuit, je survivais en lui, pour lui. »

Après avoir fait partie d'une équipe de chantier, Olga avait été affectée au triage des valises des déportés, puis à celui des vêtements laissés par ceux qu'on avait gazés. C'est ainsi qu'un soir d'avril 44, entre une robe noire de vieille paysanne et une jupe écossaise de petite fille, elle était tombée sur un chandail « avec une manche rouge, une manche bleue, un empiècement gris et des poignets mauves »...

« Eh bien, vous voyez », dit-elle en se resservant rageusement un whisky, « je n'en suis pas morte! On croit qu'on vit pour les autres, mais on vit pour soi. Oh, je me suis bien raconté pendant quelque temps que le pull était venu là sans lui, porté par un autre enfant... J'ai fait semblant d'espérer. Vous n'imaginez pas quelles ruses on trouve pour survivre quand on est doué! Après la guerre, je suis même allée jusqu'à Lyon pour le chercher, mein fogeleh!

Je m'étais si bien menti jour après jour, nuit après nuit... Et aujourd'hui je me dis que je vis pour attendre l'heure où on prendra un certain Barbie. Klaus Barbie... C'est le nom de la bête puante qui a déporté les " Enfants de l'Hérault ", les petits de la colonie d'Izieu... Mais la vérité, c'est qu'on ne pendra jamais ni Barbie, ni Bormann, ni Mengele, et que je vis, le matin, pour le whisky de l'après-midi et, l'après-midi, pour le whisky du matin... »

Olga, comme on voit, n'avait pas que des moments heureux; mais elle brassait tant de passions, remuait tant d'air, agitait tant de démons, qu'elle me changeait – souvent agréablement, parfois tragiquement, mais toujours follement – de la vie monotone de Trévennec et de la compagnie, de plus en plus pesante, de Frédéric.

Mon sous-préfet était amoureux, prévenant, et aussi « bon père et bon époux » qu'une épitaphe... Après trois ans de mariage, ses sujets de conversations favoris commençaient à me donner la nausée : à l'aube, il me racontait ses rêves; le soir il me détaillait ses déjeuners. Or, la seule chose qui m'ennuie autant que d'écouter le récit des cauchemars que je n'ai pas faits, c'est d'entendre parler des plats que je n'ai pas mangés.

Les délires de l'esprit, comme les plaisirs du corps, ne sont guère communicables aux tiers. A moins d'être poète... Mais Frédéric était énarque; il expliquait tout et ne suggérait rien : « C'était du saumon mariné, mais du norvégien, tu vois, presque blanc, avec une sauce au citron chaud, un soupçon d'estragon et une garniture de céleris coupés en carrés, des petites tomates pelées, bien rondes... Trop cuites, les tomates, mais les céleris dégageaient un parfum! Ajoute le goût du citron chaud qui... », ou « Le lutin que j'avais aperçu au début de mon rêve, celui qui avait la barbe blanche et la couronne rouge, me dit en secouant la main – tu vois comme c'était bizarre! – il me dit : " Monseigneur, vous allez rater votre train "... »

Pour le coche conjugal, en tout cas, c'était déjà fait : mon mari avait si bien rempli la fonction, d'ordre médical, que je lui avais impartie que – tirée par ses soins de la double mort de Frédéric Lacroix, transfusée et réhydratée – je n'avais plus besoin de lui. Depuis quelques mois, j'éprouvais même une envie d'autant plus furieuse de prendre le large que sa présence à mes côtés me rappelait mon malaise passé en un temps où, comme ces comateux miraculeusement ranimés qui font un large détour pour ne pas passer devant l'hôpital où on les a sauvés, je préférais l'ingratitude au souvenir des moments difficiles...

Ce n'était pas pourtant que Frédéric, comme amant, fût sans mérite : lisant, entre deux dossiers sur la réforme de la fiscalité locale, « les Trente-deux positions », « Dossiers secrets d'un sexologue », ou « Union », il montrait assez d'imagination. Mais l'invention dans ces matières ne mène pas loin. La seule chose nouvelle en amour, c'est l'homme. Encore sa nouveauté s'use-t-elle vite et convient-il d'en changer souvent... Or, si mon mari, en gymnaste appliqué, renouvelait volontiers ses pratiques, il renouvelait peu sa personne; quand il s'y risquait, ce n'était d'ailleurs jamais dans le sens que j'aurais souhaité. Ainsi s'était-il laissé pousser la barbe : pour accentuer son côté « officier de marine »? révéler, tout en les cachant, ses sympathies de gauche? ou me séduire en me dépaysant? Si cette dernière hypothèse était la bonne, son effet était manqué : j'ai toujours soupçonné – non sans raison! – les barbus de me dissimuler quelque chose. J'avais épousé un homme rassurant, une « force tranquille », je me réveillais dans les bras d'un inconnu broussailleux, masqué de poils et de timidité, qui me faisait aussi peur que « l'Ogre » de Sainte-Solène.

De même mon mari avait-il peu à peu, et bien à tort, abandonné les attentions romantiques dont il m'avait entourée dans les premiers temps. « Je prends une douche, ou pas? » demandait-il maintenant laconiquement lorsqu'il voulait tâter le terrain. On a beau n'être pas « fleur bleue », cette façon de faire sa cour sent son cavalier; malgré soi, on se prend à rêver...

« Comment fait-on pour vivre dangereusement quand on est la femme d'un sous-préfet? » Les périls que je courais à fréquenter Olga et risquer à la roulette plus que je ne possédais, s'il me fournissaient un commencement de réponse, ne me paraissaient pas à la hauteur de la réplique que j'entendais donner au maire de Sainte-Solène. Et quant à jouer les Bovary dans ma province et intégrer à mon image de jeune bourgeoise rangée, maman du petit Alexandre, quelques tumultueuses liaisons locales, je jugeais la chose si commune que j'aurais rougi de m'y abaisser.

Aussi repoussais-je sévèrement toutes les avances de nos amis bretons – le banquier, l'avocat, les Câbles et Tréfileries, et les Conserves Olida. Hors l'intermède du petit cuisinier emprunté au Paris-Lannion, je restais fidèle à mon mari – en actes, sinon en pensées, car, pendant nos derniers mois de vie commune, je l'ai à ma manière beaucoup trompé : avec tel acteur aperçu la veille à la télévision ou tel général dont un magazine publiait la photo. Je me suis donnée passionnément à des vivants que je n'avais jamais rencontrés et à des morts qui ne me connaîtraient jamais; j'ai couché avec Victor Hugo à la veille de son constat d'adultère, Moshe Dayan au lendemain de la guerre des « Six Jours », Gregory Peck et Lucien Leuwen, Cary Grant et Alphonse de Montauran... Cléopâtre avec César, Joséphine avec Napoléon, Katia avec son tsar, je sentais nuit après nuit se développer mes pouvoirs occultes et croître mes appétits de sorcière. Epouse soumise et discrète, je convoquais des inconnus à mes sabbats. Il y venaient, à cheval sur le balai de mon mari... A force, je m'enhardis. J'essayai dans mon lit des hommes rencontrés dans ma vie : le préfet, l'évêque ou le pédiatre d'Alexandre. Si par hasard je les croisais le lendemain dans un cocktail ou un dîner, je brûlais d'envie de leur demander avec malice où ils avaient passé la nuit; je devais me retenir pour ne pas pouffer quand le préfet – qui m'avait rendu la veille, par Frédéric interposé, des hommages fort osés – s'élevait avec indignation contre « la vague de pornographie »...

Mais, à mesure que mes nuits devenaient plus mouvementées, mes réveils se faisaient plus pénibles; si l'Hélène de Giraudoux compare les hommes à des grands savons qu'on frotte contre son corps, Frédéric, au matin, était une écharde dans le mien.

Anne m'en débarrassa : au début de l'année 1972, invoquant l'habileté avec laquelle j'avais, trois ans plus tôt, promu la grève de la faim de Solange Drouet, elle me proposa un poste de public-relations à « La Gazette des Arts ».

« La Gazette des Arts » tirait si peu qu'elle aurait eu plus d'avantages, à ce moment-là, à soigner ses relations avec ses rares lecteurs qu'à développer ses contacts avec les artistes ou les musées; mais Anne ne m'engageait qu'à mi-temps et me chargeait en outre des contacts du groupe LM avec la presse. En vérité, le groupe LM n'avait pas non plus besoin de moi; d'excellentes agences de publicité s'occupaient de son image de marque et chaque nouvel ustensile recevait le meilleur accueil dans la presse féminine et les revues spécialisées. Mais Anne voulait avant tout me sortir de Trévennec.

Les sentiments qui la poussaient à me ramener ainsi vers Paris n'avaient rien d'altruiste : Madame de Chérailles ne connaissait pas mes états d'âme; et, quand elle les aurait devinés, elle les eût tenus pour négligeables au regard de l'équilibre de son fils bien-aimé, lequel mettant à profit mon éloignement forcé, venait de trouver le courage de se fiancer – bague au doigt, champagne, Figaro et tout le tralala – avec une journaliste de six ou sept ans son aînée, Catherine Darc.

Si Anne m'offrait à ses côtés un emploi inutile et alléchant, c'est plutôt qu'elle supportait mal de voir se développer entre Olga et moi une intimité qu'elle ne contrôlait pas... Au début, elle s'était réjouie de mon installation à Trévennec qui lui permettrait d'être mieux informée sur les séjours d'Olga à l'Hôtel d'Angleterre et – en faisant surveiller, sermonner et distraire sur place l'intempérante milliardaire – de limiter, le cas échéant, l'abus qu'elle faisait des boissons fortes et des jetons de casino. Madame de Chérailles s'était donc félicitée de nos premiers dîners en tête-à-tête au « P'tit Breton », de nos longues conversations, de la manière, enfin, dont j'avais su, en peu de temps, apprivoiser son oiseau des îles. Mais la reconnaissance s'était muée en agacement quand elle avait appris que le préposé à la surveillance partageait les vices du surveillé; lorsque, ensuite, les villégiatures de Madame Kirchner sur la Côte des Fées s'étaient démesurément allongées, que les « petits prêts » s'étaient multipliés, l'agacement avait cédé la place à l'inquiétude – puis à la panique, le jour où Olga avait renvoyé son dernier peintre, un Maltais qui avait succédé au Vénézuélien, en décrétant que ces folies-là n'étaient plus de son âge...

Sans doute à Paris pourrais-je voir Olga plus souvent qu'à Sainte-Solène, mais Anne, au moins, serait à même d'apprécier directement l'ampleur des dégâts et d'organiser un contre-feu s'il en était encore temps.

Frédéric, qui ne voyait pas sans déplaisir ce nouveau travail m'éloigner de son lit et du berceau d'Alexandre pendant la moitié de la semaine, espérait que je me dégoûterais vite de Paris et de l'électroménager : il m'encouragea à ne pas chercher de logement.

Carole Massin me rouvrit sa porte.

Notre témoin de mariage – qu'on appelait Pauline à cette époque de sa vie – avait quitté Compiègne depuis deux ans pour s'installer dans un petit appartement du sixième arrondissement : avec calme et méthode elle poursuivait une ascension sociale parallèle à la mienne, quoique plus souterraine et marginale. Devenue – à la faveur d'une augmentation de capital – codirectrice de l'Agence Cléopâtre qui l'employait depuis quatre années, elle ne travaillait plus « en direct », comme elle disait, que pour les très « gros bonnets ». Le reste de son temps, elle l'occupait à recruter et former de jeunes hôtesses, et à faire passer des petites annonces dans les journaux de langue anglaise et les revues distribuées aux touristes : « Escort Service – Exclusive girls accompany you during the day and in the evening », « You are a gentleman? You want the best? Then, call our number », ou « Cleopatra – Discreet and reliable escort service, Charming young girls day and night, Home visits ». Certaines propositions étaient sous-titrées en arabe : bien que les prix du pétrole n'eussent pas encore connu l'envol du premier choc pétrolier, la clientèle des émirats faisait déjà l'objet des soins les plus empressés de ma room-mate. « En somme, ma Mistouflette, toi et moi, on va travailler dans le même secteur : les relations publiques... Je peux t'apprendre un tas de choses utiles, tu verras. »

Carole-Pauline (« Ghislaine, finalement, ça faisait tarte. " Pauline " est plus chic, plus authentique, plus " directrice ", tu trouves pas? ») ne se bornait pas à codiriger « Cléopâtre » : elle venait de monter sa propre entreprise, une petite société de commercialisation d'un bip-bip électronique d'un modèle particulier – le « Contact ».

« Le " Contact " – disait la publicité – est une petite boîte de la taille d'un paquet de cigarettes, qu'on porte sur soi : quand on croise un autre possesseur de " Contact ", il émet un bip sonore. Ainsi le " Contact " permet-il de multiplier à l'infini les rencontres décontractées... »

« Tu comprends, m'expliqua Carole de cette voix nasillarde que lui donnait le " bonnet de nez ", j'ai choisi de lancer un modèle plein de possibilités : mon " Contact " contient quatre codes différents, un pour les hétéros ordinaires – ceux-là, en réalité, ils ont pas tellement de problèmes, c'est pas une bonne clientèle pour mon zinzin –, mais surtout un pour les hommes gays, un pour les femmes homos, et le dernier pour les couples échangistes. L'électronique dans la drague, pour eux, Mistouflette, c'est l'avenir! »

En même temps qu'elle se lançait dans l'industrie, Caro avait réussi à s'introduire dans la décoration : elle aménageait les studios de ses hôtesses et, parfois, le pied-à-terre parisien d'un client africain. « Je viens d'arranger un vrai petit bijou pour un ami de Bokassa : tout un salon en peau de tigre et des lianes en caoutchouc qui descendent du plafond – ça jette un jus! Et, au milieu, un vrai gros lustre ancien qui vient de chez le dernier empereur de Russie. Comment qu'il s'appelait déjà, celui-là? Comme ton copain italien, non? Nicolas?... Et puis je termine l'appartement d'une ancienne de chez nous qui a trouvé un industriel de Bordeaux; alors maintenant, tu penses bien... Sa salle de bains, je te dis que ça! Elle a voulu que du sur mesure, de la pièce unique : j'ai fait mouler son bidet sur la forme de ses fesses... »

Entre deux contrats artistiques ou commerciaux, Carole, consciente de ses insuffisances, travaillait dur pour améliorer ses performances intellectuelles et esthétiques : gymnastique abdominale, massages faciaux et « bonnet de nez » alternaient avec l'Assimil d'anglais, l'« Histoire des Styles et du Mobilier », la petite Encyclopédie Larousse (« Je lis cinq pages par jour, je les prends dans l'ordre alphabétique ») et la lecture d'un manuel de droit simplifié, « le Petit Avocat chez soi ». En échange de l'hébergement qu'elle m'offrait, elle me demanda de lui donner des petites leçons de culture générale : « Un peu d'histoire, de sculpture, de français... Ce qu'il faut pour pas avoir l'air trop gourde dans la conversation. Parce que l'ennui avec moi, c'est que je lis beaucoup mais je retiens pas. L'autre nuit, j'ai dit à un monsieur très bien que ce que j'aimais le mieux dans la musique, c'était la marche funèbre du " Caprice des Dieux ". " Ah oui ", qu'il me fait, pince-sans-rire, " crémeux à cœur, il est parfait... " Tu te rends compte, ma Mistouflette, confondre Wagner avec un fromage! On a beau dire, la culture c'est difficile quand on n'a pas étudié! »

Malgré les défaillances de sa mémoire, Carole avait beaucoup amélioré le standing de sa conversation : l'accent restait méridional et la gouaille faubourienne, mais les cuirs devenaient plus rares et les tournures révélatrices de son milieu d'origine tendaient elles-mêmes à s'éliminer; restaient encore quelques « voyons voir, qu'il me fait », des « si j'aurais su » et des « j'y ai dit » malencontreux, que notre nouvelle cohabitation allait me permettre, en peu de mois, de faire disparaître à jamais.

A raison de deux ou trois heures d'exercices quotidiens, je fis pour Carole ce que le professeur Higgins avait fait pour sa « fair Lady », ce que Philippe avait fait pour moi, et ce que personne n'avait fait pour ma grand-mère... Dix ans plus tard, parvenue au sommet de son élévation, Carole, dite « Marie », jeune décoratrice « lancée », ne trahirait plus son passé populaire que par un relatif excédentaire dont, malgré mes corrections répétées, elle s'obstinerait à faire suivre certains « comment » : « je ne comprends pas comment qu'on peut... » Ce « que » superfétatoire, explosant comme ses premiers « pétard! » dans un langage par ailleurs châtié, et même coquettement adorné des bourgeoisismes à la mode – « dément », « drastique », « incontournable » –, me surprendait chaque fois comme une verrue sur un visage parfait. Par chance, ceux qui ne verraient « Marie » qu'occasionnellement croiraient toujours avoir mal entendu, et ceux qui – tel Alban de Fervacques – la verraient chaque jour de près aimeraient cette verrue comme un grain de beauté...

Donnant à Carole les leçons utiles à sa promotion dans le monde, je recevais moi-même de la fiancée de mon frère les enseignements nécessaires à la compréhension d'un milieu professionnel dont j'ignorais presque tout.

Divorcée de deux ou trois médecins ou professeurs d'université, Catherine Darc, fille d'un célèbre publicitaire et d'une mère née Balmondière, était entrée dans le journalisme quinze ans plus tôt « pour s'occuper »; on y avait, assez vite, reconnu ses mérites; plume alerte et peu conformiste, elle excellait dans le « papier d'humeur ». Aussi, après avoir appartenu à la rédaction politique de deux ou trois hebdomadaires, n'opérait-elle plus maintenant qu'au coup par coup, sur des sujets qui l'amusaient, et en solo : elle se présentait comme « free-lance » – se dire « pigiste » lui eût en effet paru étriqué –, mais on pouvait lui passer cette anglomanie puisque, depuis quelques années, elle était, par ailleurs, la correspondante à Paris du « Herald Tribune » et de la chaîne CBS. Ses distances ainsi prises – géographiquement – avec la presse parisienne, elle portait sur ses anciens collègues, depuis la lointaine planète qu'elle avait atteinte, un regard dépourvu de tendresse et des jugements aussi acerbes que ces « croquis de société » qu'elle lâchait de loin en loin au « Nouvel Observateur », à « la Presse », ou dans « les Libres Propos » du « Monde ».

« Comme le disait Cocteau, ma chère Christine, l'inexactitude des journalistes vient d'une mauvaise influence sur eux de l'art moderne : ils craignent de faire ressemblant... Si vous voulez qu'on passe de bons articles sur LM dans les journaux français ou qu'on y parle davantage des expositions et des concerts qu'organise " La Gazette ", n'essayez pas d'approcher la vérité, ni même de faire vraisemblable. Faites " tableau ". Utilisez les techniques de la publicité : titillez! Partez de n'importe quelle idée fausse mais neuve, abracadabrante mais visuelle, déroutante mais chic. Suggérez, par exemple, que ce petit pianiste blondinet qu'Anne veut lancer est un authentique descendant d'Apache, qu'il use de son Steinway comme d'un tomahawk, et que, s'il torture Chopin, c'est pour mieux le faire parler... Quant à votre nouvel aspirateur-traîneau, transformez-le en " symbole de société " : il est exceptionnellement silencieux dites-vous? Faites-en le compagnon glacé de nos modernes femmes d'acier, revolver, scalpel, requin... Nous sommes à l'heure de Mac Luhan et dans l'Ere des Poissons, n'est-ce pas? Votre aspirateur, ma petite Christine, n'a plus rien d'un ramasse-poussière électrique, c'est un syndrome sociologique, une vision d'astrologue, un poème cosmique... Bref, jouez l'intellect, la gauche, et la préciosité. »

Sur le même ton désinvolte et désabusé, elle me parlait des patrons de presse du moment, des éditorialistes-vedettes, et de la manière de les approcher : « Déjerine, le nouveau rédacteur en chef de " la Lettre ", est un ancien photographe. Il aime l'image. Surtout la sienne. Renvoyez-lui un reflet aussi flatteur que vous pourrez et ne craignez pas de " charger " : il n'est pas blasé... A propos de Déjerine, j'ai lu son petit écho au sujet des difficultés d'LM dans le secteur " presse-purée ". J'ai vu aussi l'article de " la Vérité " – inquiétant, celui-là. On dit que, à leur tour, les types de " L'Expansion " préparent un dossier... Oui, je sais qu'ils ne mentent pas, que les Chérailles vont licencier. Il est vrai que ces choses arrivent, même dans des boîtes fondamentalement saines... Et la LM a sûrement encore de beaux jours devant elle puisque le " Hudson Institute " nous assure que la France sera la troisième puissance économique mondiale en 1985! Mais, en attendant, vous ne devriez pas laisser passer des articles comme ceux-là sans réagir. A votre place, je verrais le chef d'orchestre lui-même : Pierre Lefort, à " la Vérité ". Oh, sûrement, Monsieur Lefort a plus d'un crime sur la conscience... Mais votre délicatesse n'en sera pas choquée : il n'a aucune tache sur les mains. C'est un monsieur entre deux âges, propret, poli, et joliment cravaté; les bourreaux ne sentent pas le sang, mon enfant, ils sentent l'eau de Cologne... Je suis certaine d'ailleurs que, tous les deux, vous trouverez un terrain d'entente. Nos industriels finissent toujours par s'entendre avec " la Vérité " : question de tarifs... Pensez que ce cher Lefort a commencé avant-guerre à " la Volonté ", la feuille la plus vénale de France, compromise avec Stavisky soi-même, et qu'il a continué avec " Gringoire " et " le Charivari " : c'est vous dire qu'il n'a pas son pareil pour extorquer des budgets de silence aux gens " embêtés "... Ah, et tant que vous y êtes, mais dans un autre registre évidemment, prenez donc rendez-vous avec Antonelli à " Match " : vous passerez quelques publi-informations dans son canard – quatre pages en couleurs rassurantes, élogieuses, du genre " La LM modernise ", ou " Robotisation du processus industriel ", " La LM prend de l'avance sur son siècle "... Au fait, pour votre gouverne, il faut que je vous dise, à propos d'Antonelli, que si on vous a laissé entendre dans le milieu que c'est un arriviste qui doit sa place à la manière dont il a su, tout jeune, enjôler le vieux Prouvost, on vous a menti... Croire que tout le monde calcule, voilà bien une maladie de nos journalistes français! En réalité, ma pauvre petite, les événements s'enchevêtrent. Tôt ou tard, nous sommes les spectateurs étonnés de notre propre histoire, vous verrez... En tout cas, si les carrières ne sont pas dues au mérite, elles sont, moins souvent qu'on ne croit, imputables à l'intrigue : le hasard, Christine, tout procède du hasard! On joue son avenir sur un retard de train, une date de vacances, une erreur d'adresse, un dîner où l'on n'était venu qu'en bouche-trou... Tenez, si mon métier m'avait laissé le temps d'avoir de enfants, je n'aurais développé chez eux qu'une qualité : la chance... Le père Antonelli, quoi qu'on vous en dise, c'est tout simplement un veinard. Il n'a rien manigancé. A vingt-cinq ans, journaliste au " Figaro ", un soir de 15 Août il a coulé une bielle à Longjumeau alors qu'il partait pour Saint-Trop', et il est rentré à Paris. A la même heure, une dépêche tombait sur les téléscripteurs du journal : le Premier ministre japonais venait d'être assassiné. Le chef du service politique était sur les routes, son adjoint visitait l'Anatolie et le spécialiste du Japon mariait sa fille en Corrèze – où, à l'époque compte tenu de la manière dont fonctionnait le téléphone français, on n'était pas plus facile à joindre qu'au fond de la Turquie... On a donc confié la " une " au petit nouveau. C'était la première chance d' " Anto ". La deuxième? Notre jeune homme venait justement de participer, pour une marque de lessive, à un concours radiophonique sur le Japon... Sa " une " fut somptueuse, inexacte et brillante comme on les aime en France, en tout cas plus franchement culturelle qu'aucun des autres papiers pondus cette nuit-là en catastrophe par les concurrents. Et c'est comme ça qu'à la fin de l'été Anto coordonnait tout le secteur " Afrique-Asie " et dînait chaque semaine avec son directeur général... Je vous passe la suite : elle a tenu les promesses du début. Le plus beau, c'est peut-être encore son élection comme député de Paris l'an dernier : le vieux Jarnisson, l'élu des concierges, le seul représentant du peuple qui se soit jamais vanté de " ne pas faire de politique ", a carrément filé son siège à Anto après s'être toqué d'un de ses éditos! Election dans un fauteuil, qui n'a d'ailleurs pas empêché " le Figaro " de garder le nouveau député dans son groupe de presse, avec les appointements afférents. Bref, la carrière d'Anto, c'est une succession de veines. Toutes les veines, il les a eues, y compris, bien entendu, celles du cocu... Voilà pourquoi ce n'est pas en ayant l'air ambitieux que vous lui plairez : c'est en ayant l'air heureux... »

Armée de ces instructions, assurée de l'appui amical de Moreau-Bailly, et dotée – « la chance », eût dit Catherine – des mensurations convenables à une attachée de presse (plus d'un mètre soixante-dix et moins de soixante kilos, cinquante-cinq de tour de taille et quatre-vingt-dix de poitrine), je rendis bientôt avec un maximum d'efficacité les maigres services qu'on attendait de moi : en un jour de travail j'avais fini toute ma semaine. Comme Anne tenait absolument à m'avoir sous les yeux du lundi au jeudi – elle comptait sur mon mari pour me surveiller pendant le week-end – elle me fit nommer à la Commission de Contrôle du Cinéma pour y représenter sa « Gazette ».

J'aimais le cinéma et me réjouis de pouvoir enrichir ma culture. Mais je déchantai vite : on était alors à la grande époque du « porno »; l'Europe, libérée de vingt siècles de puritanisme chrétien, se ruait sur « L'arrière-train sifflera trois fois » et « Ça glisse au pays des Merveilles ». Pour un Alain Resnais, la Commission de Censure visionnait une centaine de « Petites cochonnes » et de « Règlement de comptes à OQ Corral ». Comme les affectations en sous-commissions étaient aléatoires et que le respect des droits de l'homme imposait la mise en jeu d'une interminable procédure d'appel en cas d'interdiction, je vis quatre fois de suite « Une soutane n'a pas de braguette ». Même un anticlérical militant s'en lasserait...

Tous ces films, d'ailleurs, se ressemblaient : même absence de dialogues, de décors et de costumes. La plupart du temps, comme la pellicule coûte cher et que les acteurs mâles n'atteignent pas toujours à la pointe de leur forme, on se borne à découper les films précédents, à recoller au hasard ces scènes disparates, et à donner un titre nouveau au patchwork ainsi obtenu : le fait qu'on voit rarement la tête des comédiens facilite ce raboutage économique... Un jour pourtant, tandis que je visionnais d'un œil distrait « Vierges jouisseuses à Pigalle », je crus reconnaître, derrière les monticules de chair à demi fraîche, un décor familier : le metteur en scène, qui avait dû disposer d'un gros budget, avait abandonné le « deux-pièces-cuisine » – qui lui servait ordinairement de studio – pour les mosaïques de céramique et les étals « Art Déco » de la poissonnerie de ma rue... Je ne pus plus désormais aller acheter deux cents grammes de crevettes sans voir se dérouler au milieu des maquereaux et des morues, entre la caisse et le frigorifique, des scènes troublantes; le merlan me faisait rougir, le congre me donnait des idées. Tous ces corps fuselés, ces ouïes béantes, ces entrailles rosées, ces écailles luisantes... Je mis Caro au régime carné. « Moi, franchement, le porno je suis contre », me dit-elle lorsqu'elle sut le pourquoi de notre changement d'alimentation, « y a des tas de filles – les plus toutes jeunes, les boudins de Barbès et de Clichy – que ça prive de recettes. Nous, bien sûr, ça ne nous gêne pas beaucoup parce qu'on n'a pas le même genre de clientèle. Mais monter dans le monde ce n'est pas une raison, à mon avis, pour oublier celles qui n'ont pas réussi »...

Elle parlait lentement, en veillant à mettre toutes les négations qui s'imposaient; et tandis qu'elle s'appliquait ainsi scrupuleusement à suivre les leçons que je lui donnais, je compris qu'elle aussi avait peut-être quelque chose à m'enseigner : je revis le petit le marchand de beignets de la « grande plage », avec sa veste blanche parmi les baigneurs nus, sa corbeille de viennoiseries plus lourde que lui, dont les bretelles lui sciaient les épaules, son visage hâlé, noirci, et sa bouche amère qu'aucun sourire ne détendait jamais; je revis mon grand-père couché sous sa dalle de marbre noir... Sans que Frédéric me l'eût demandé, je repris ma carte du Parti Socialiste et, pour me décrasser des odeurs de bourgeoisie dont la fréquentation de Senlis et les relations nouées dans mon nouveau métier m'imprégnaient certains soirs jusqu'à la pestilence, je fis, chaque fin de semaine, don de mon corps aux plongeurs et aux serveurs du Paris-Lannion-Trévennec.

Frédéric, bien qu'il s'exagérât beaucoup l'intérêt de mes nouvelles fonctions – « Attachée de presse, j'en conviens, c'est un métier passionnant » – aurait voulu me voir rentrer plus souvent dans mes foyers : « Tout de même, tu aurais pu attendre pour retravailler. C'est ennuyeux que tu sois partie précisément au moment où Alexandre grandit... »

Le petit garçon sortait en effet du bébé : bien planté sur ses deux jambes, le ventre rond, le cou puissant et le front têtu, mon fils ressemblait à cet Hercule enfant, potelé, bouclé et confiant, qui, dans la statuaire romaine, a plus l'air de s'amuser avec le serpent homicide que de vouloir le terrasser. En tout cas, il ne paraissait pas souffrir beaucoup de l'absence maternelle.

« Germaine Conan est très dévouée, je le reconnais », reprit Frédéric en caressant sa barbe neuve – un moment, j'espérai qu'elle allait lui rester dans la main, comme un postiche –, « mais elle ne peut pas donner à cet enfant le langage, les manières qui conviendraient... »

Comme chaque fois que je traversais une crise de remords du côté Brassard, je faisais une forte poussée de gauchisme : je dressai l'oreille.

« Notre Alexandre commence à parler comme un petit paysan, poursuivait mon mari. L'autre soir, il est venu dans ma chambre avec son pot et il m'a demandé – je te le cite – à " faire caca "... »

« Et alors? Que devrait dire un enfant de deux ans, à ton avis? »

Frédéric jeta sur moi le regard mi-dédaigneux, mi-effaré, des Dupont-Maleville de la ligne 5 :

« Mais , " popo ", voyons! »

Le ridicule des conventions bourgeoises ne finira jamais de m'étonner...

« Oh, " popo " ou " caca ", c'est toujours " cucul ", va! » lui lançai-je, exaspérée; et, pour le punir, je partis passer le week-end dans la ferme des Conan – où, tout en me laissant traiter comme une princesse, je me donnais l'illusion d'un retour au peuple.

Catherine Darc, qui n'essayait pas de masquer son appartenance aux milieux socio-culturels favorisés – comme disent les intellectuels du « Figaro-Magazine », dont le vocabulaire n'est guère moins euphémique sur ce sujet que celui des penseurs de l'Huma lorsqu'ils traitent de « l'assistance aux pays frères » de Pologne ou de Hongrie –, fit à son tour les frais de cette flambée de mauvaise humeur. Certes, elle m'avait beaucoup aidée en m'introduisant dans les salles de rédaction et en me recommandant à ses anciens patrons, mais quel obligé ne trouve pas dans la reconnaissance une raison supplémentaire de rendre un mauvais service? Je décidai que mon frère n'épouserait pas mon « ennemie de classe ».

Catherine ne se méfiait pas de moi : Philippe n'avait pas dû la mettre au courant des vraies raisons de sa rupture avec Cynthia... Tout en parlant métier, je cherchai à apprendre d'elle jusqu'à quel point mon frère l'aimait; elle m'avoua qu'il l'avait conquise en lui faisant la plus originale des déclarations d'amour qu'elle eût entendue : assis à ses pieds, la tête posée sur ses genoux, il lui avait dit « table » sur tous les tons – des « table » prudents, timides, presque innocents, puis des « table » graves, profonds, sensuels, des « table » exaltés, douloureux, désespérés, enfin des « table » résignés, soumis, mais si tendres, si humblement interrogatifs qu'on ne pouvait qu'y répondre « oui ».

Je connaissais ce numéro; je le lui avais vu faire avec d'autres en utilisant « chaise » ou « pantoufles », ou en récitant l'alphabet. Cette pitrerie, à laquelle aucune femme ne résistait, dispensait Philippe de dire qu'il aimait; il y recourait, non par un excès de pudeur, mais par un reste d'honnêteté, car lorsqu'il aimait pour de bon il avait des mots – et des silences – appropriés à leur objet...

– Catherine est sympathique, dis-je un soir à mon frère. Et intelligente. Ta mère doit beaucoup l'aimer... J'ajoute qu'elle a dû être fort belle. Elle a de beaux restes, franchement... Surtout de face. Tu sais à qui elle me fait penser? A l'Agrippine qu'on a vue ensemble à Rome au musée Capitolin : même noblesse de visage – bouche énergique, poitrine large, front serein. C'est de profil que ça se gâte un peu : le cou épaissi, le double menton qui s'affaisse... Mais enfin, c'est l'âge... N'importe, on voit que c'est une femme de tête.

– Je préfère te prévenir tout de suite, Christine : j'aime beaucoup Catherine.

– Oh, je sais... Table, table, table... Et elle, elle aime les usines Chérailles. « Elle aime LM », comme disent vos slogans... Dommage qu'elle soit tellement plus vieille que toi : vous n'aurez pas d'enfants. Et comme, déjà, ton oncle... Ton grand-père doit être désolé de laisser un empire de cette taille sans héritier. Que dit-il de ce mariage?

A Paris j'avais du temps, et Anne ne pouvait pas être partout à la fois : occupée à surveiller Olga et appliquée à défendre son fils contre moi. Je revis donc Philippe très souvent, en tête-à-tête, ou en tiers lorsqu'il sortait avec Catherine – laquelle me traitait maintenant en petite sœur un peu envahissante, indiscrète pour le moins, et n'allait pas tarder à me faire comprendre, aussi poliment que possible, que mes intrusions répétées la dérangeaient. Pourtant, même alors, si quelqu'un, encouragé par ses plaintes et ses protestations, lui avait parlé de Cynthia, mon mariage et mon statut de jeune mère eussent continué à la rassurer, comme le veuvage d'Olga et son goût pour la peinture avaient autrefois apaisé les craintes du comte de Chérailles : sauvez les apparences et les apparences vous sauveront...

Quand nous sortions tous les trois au restaurant ou au cinéma, je m'asseyais auprès de Catherine et lorgnais discrètement son profil; Philippe suivait mon regard.

– Je veux bien renoncer à l'épouser, finit-il par lâcher. Mais à condition que tu divorces.

– Où serait la différence? Je vis déjà comme si c'était fait! Ne me dis pas que tu es toujours jaloux de Frédéric! Quant à passer devant le juge, c'est une autre affaire : j'ai un enfant.

– Je ne vois pas le problème : les tribunaux confient toujours la garde des enfants en bas âge à leur mère...

– Justement! Moi, je n'ai aucune envie d'avoir la garde d'Alexandre!

Philippe avait toujours eu un penchant pour Carole – un de ces penchants pervers d'hommes du monde pour les beautés frelatées, agressives, vulgaires. Depuis quelque temps, je ne lui cachais plus rien de la vie que menait ma colocataire; j'aurais même eu tendance à l'exagérer : je savais qu'auprès des garçons bien nés les call-girls jouissent de la meilleure réputation. « Ta petite pute », disait affectueusement mon frère lorsqu'il m'en parlait; cette « petite pute » l'excitait.

– Carole, le cas échéant, tu t'occuperais de mon frère?

– Ton frère? Et comment!

Je leur ménageai quelques rendez-vous galants. Ils se virent d'abord chez Philippe ou à l'hôtel; puis, je poussai Caro à recevoir son « amant de cœur » chez nous : Philippe adorait faire l'amour dans mes draps, même quand je n'y étais pas.

Un jour qu'ils devaient passer la soirée dans notre petit deux-pièces, j'invitai Catherine Darc à dîner au Dôme pour lui demander quelques informations complémentaires sur des hommes que « la Gazette des Arts » me demandait d'approcher : Jacques Fauvet, Olivier Chevrillon... A la fin du dîner, je lui proposai de venir prendre un verre dans mon appartement, qui se trouvait à deux pas. J'avais ma clé, je la tournai sans bruit dans la serrure; j'eus beaucoup de chance : mes amoureux étaient sur le tapis du salon. Tandis que Philippe remettait hâtivement son pantalon et que Carole cachait avec beaucoup de grâce son « simple appareil » derrière une peau de tigre – un solde de l'appartement centre-africain –, je fis les présentations : « Catherine, une amie journaliste... Carole, une amie décoratrice. »

Une Darc, dont la mère est née Balmondière, ne risque guère d'être une sentimentale; mais elle peut avoir la fierté et s'y raccrocher d'autant plus volontiers que, par ailleurs, elle s'humilie en s'éprenant à quarante ans d'un homme plus jeune qu'elle. C'est là-dessus, en tout cas, que j'avais tablé...

Catherine se tourna vers moi tout d'une pièce, avec l'autorité que lui conféraient son double menton et douze ans d'aînesse : « Ma petite Christine, me dit-elle, je pensais vous avoir donné certaines preuves de mon intelligence... Je ne parle pas de ma bienveillance, elle aurait l'air d'un mauvais point... Laissez-moi cependant vous donner un dernier conseil : tâchez de ne pas vous surestimer, vous pourriez le regretter. Quant à votre délicieuse invitation de ce soir, soyez sans crainte : je vous la revaudrai »; et elle sortit sans un mot pour Philippe, que Carole et moi eûmes tôt fait de consoler.

Catherine partie et Philippe retrouvé, je ne trouvai plus rien à ourdir pour me distraire de l'ennui et du chagrin qui me rongeaient depuis la disparition de mon grand-père. Je n'avais même plus, pour occuper les longs loisirs que me laissait mon métier, la roulette verte et les croupiers rouges de Sainte-Solène : pour jouer il m'eût fallu quitter Paris, et trouver un nouveau banquier car je ne disposais plus de l'argent d'Olga qui, résolue à ménager Anne affectait de fuir ma compagnie, à Senlis comme à Paris.

Je ne la revis qu'un soir, par hasard, à l'Opéra; elle revenait de Deauville où elle avait passé trois jours avec la mère de mon frère, l'éternel Moreau-Bailly, et les partitions de Reynaldo Hahn. Le récit que, pendant l'entracte, elle me fit de leurs soirées – Anne avait fait des concessions et consenti à accompagner son amie dans l'antre de la perdition – me mit l'eau à la bouche : « J'ai inventé une méthode extrrraorrdinairre à la roulette! Il faut absolument que vous l'essayiez : elle repose sur les figures, avec des écarts constants et des numéros pleins. Pour attaquer, j'attends que sorte une pairrre, précédée de deux numéros dans la couleur inverse, ou de deux membres d'une même famille avec un intercalaire. J'applique une montante raisonnable, que vous pourriez suivre : je débute à deux cents francs; à deux mille de gain, je double la mise : si je perds deux fois, je reviens à deux cents; c'est seulement au-dessus de cinq mille que je passe à huit cents d'attaque... J'ai gagné cent mille francs en deux heures. Savez-vous que vous me porrrtez bonheur, mon petit enfant? » Elle glissa dix mille francs dans mon réticule de soirée. « Je ne veux pas que vous continuiez à travailler pour « La Gazette ». Vous valez mieux que ça. Ne dites rien à Anne, mais j'ai parlé à Antonelli, le nouveau député du VIIIe . L'ancien directeur de " Match ". Un vieil ami des Pompidou. C'est aussi un de mes amis. S'il est nommé ministre de l'Education comme on le dit, il vous prendrrra à son Cabinet... De cette manière, vous et moi », ajouta-t-elle avec un clin d'œil (et l'espace d'une seconde je pus la croire brune des deux yeux), « nous aurons davantage de liberté... »

Je ne plaçai pas ces dix mille francs sur un tapis vert mais sur un plus vaste échiquier : je les fis porter par Laurence de Fervacques à Nicolas Zaffini pour le Mouvement International Prolétarien qu'il venait de créer après s'être séparé de « Lutte Ouvrière » en entraînant, proclamait-il fièrement, le tiers des effectifs – en clair : trois ou quatre normaliens, appuyés sur une douzaine d'OS algériens et de bacheliers bretons. Mais peu m'importaient les effectifs ou les initiales : MIP, FER, LO ou JCR, je gardais aux trotskistes de toutes obédiences une certaine sympathie; ce que mon grand-père m'avait dit de l'assassinat d'Hervet leur conférait le prestige du martyre, et je n'oubliais pas non plus qu'à la Libération Henri Brassard avait quitté le Parti à cause d'eux. Il me semblait qu'en les aidant à mon tour, je retrouvais, par-delà sa mort, une voie qu'il eût approuvée.

A mesure, d'ailleurs, que la vérité sur la Révolution culturelle chinoise se faisait jour et que maoïsme sombrait dans le discrédit, le trotskisme renforçait ses positions : comme les carlistes espagnols chers à Marie-Neige, les amis de Nicolas adoraient un prétendant exilé qui n'avait jamais régné; ce double éloignement, dans l'espace et dans le temps, parait le prince malheureux de toutes les vertus. Rien n'est plus fort dans le domaine des idées qu'une religion dont le dieu ne s'est pas encore incarné...

Laurence, malgré son absolu dévouement à la cause perdue, prit tristement mon argent. Peu à peu, elle se rendait à l'évidence : Nicolas ne l'aimait pas : en tout cas, il ne lui accordait pas le centième d'attention qu'il réservait au cadavre barbu de Pierre Overney – rude concurrence pour une jeune fille vivante! De nouveau, elle ressemblait au cocker mouillé, abandonné, chien sans collier, qui m'avait émue lorsque nous étions au lycée; mais, comme à cette époque-là, dès qu'on approchait la main pour le flatter, l'animal mordait : « Je n'en ai rien à foutre de ta générosité, de ta gentillesse, de ta pitié! »

« Mais ce n'est pas de la pitié, Laurence. S'intéresser à quelqu'un, lui vouloir du bien, demander de ses nouvelles, ça s'appelle l'amitié... »

Pour rendre Nicolas jaloux – rend-on jaloux ceux qui ne vous aiment pas? – elle partageait son deux-pièces de Belleville avec Chaton. Chaton, comme Solange Drouet, avait laissé tomber le maoïsme; il venait de fonder le « Groupe Anarchiste Individualiste » et, avec les allocations de chômage qu'il touchait, éditait un mensuel, « l'Anar de Base », dont il était le seul rédacteur et l'unique lecteur.

« Le connaissant comme je le connais, j'ai peur que Chaton, lui aussi, ne s'occupe davantage de sa production idéologique que de toi! »

Elle eut un sourire amer : « On vit comme frère et sœur, oui, si c'est ce que tu veux savoir! Surtout qu'en ce moment, il ne va pas très bien, le pauvre Alain. Il a laissé pousser ses cheveux... Oui, je sais, tous les garçons le font. Mais, lui, ils descendent déjà plus bas que ses épaules et il tresse des rubans et des fleurs dedans... Et puis, je ne comprends pas ce qui lui prend, mais il a tout le temps besoin de se photographier. Il se fait des autoportraits au polaroïd, tu vois. Cinq ou six par jour, mais, dans les moments de crise, ça peut aller jusqu'à la vingtaine... Il les examine sous toutes les coutures, puis il les colle sur les murs, partout : dans la cuisine, la chambre, la salle de bains... Ça commence à nous faire une jolie collection! Il dit qu'il n'arrive pas à se retrouver. Forcément, tu sais ce que c'est : une photo, on ne se reconnaît jamais tout à fait. Alors il recommence. Mais entre-temps, évidemment, il a un peu changé. Si bien qu'il faut encore recommencer. Bref, avec cette manie, il finit par me donner le tournis! Seulement, il a beau être bizarre, il reste affectueux, il est gentil, pas phallocrate pour deux sous... Autre chose que Nicolas! Tu sais, Nicolas, pour qu'il me revienne, pour qu'il m'aime comme en 68, il faudrait une vraie révolution, une guerre, quelque chose de grave, quoi... Ou que mon père meure!

– Ne dis pas n'importe quoi! Les positions politiques de ton père ne peuvent pas vraiment gêner Nicolas... Regarde les Joxe : le père est un ministre gaulliste, et le fils un opposant notoire...

– Mais il ne s'agit pas de politique, il s'agit d'argent! Quand mon père mourra, je ferai le quart de sa fortune, automatiquement. Il ne se souvient peut-être plus de moi, mais, au regard de la loi, j'ai les mêmes droits que ses autres enfants...

– Voyons! Je suis sûre que ton argent n'intéresse pas du tout Nicolas! Il a ses défauts, mais ce n'est pas Rastignac, quand même! Et puis on ne vit plus au XIXe siècle...

– Si, justement : il y vit, lui! Tu verras ce que je te dis...

– C'est un fils d'ouvrier, lançai-je, indignée. »

Les affaires d'héritage de Laurence, comme l'argent trop facile d'Anne et d'Olga, les projets matrimoniaux de Catherine Darc, les « pipi-popo » des Dupont-Maleville, et les soirées mondaines d'un Charles de Fervacques – qui n'hésitait pas à arracher des petits-enfants au lit de mort de leurs grands-parents –, m'avaient momentanément rejetée dans une gauche ouvriériste, populiste, où même Kahn-Serval eût fait figure d' « exploiteur bourgeois ».

Laurence eut un sourire sournois :

– Fils d'ouvrier? Même pas...

– Dis, tu ne vas pas m'apprendre qui est Zaffini! Je connais Giuseppe depuis plus de vingt ans ...

– Justement : Guiseppe n'est pas le père de Nicolas.

Et, toute fière d'avoir reçu les confidences de son

éphémère amant, Laurence m'expliqua que Nicolas était le fils de Rosa et d'un cousin de Giuseppe parti pour l'Amérique sans laisser d'adresse – un homme de la Maffia peut-être? –; Guiseppe, célibataire et sicilien, avait épousé la jeune fille pour réparer la faute de son cousin et prévenir une vendetta. Nicolas avait appris la vérité d'une de ses tantes alors qu'il avait dix ans.

Je me rappelai la haine qu'il vouait à mon père, ses « votre ambassadeur, je lui ferai la peau » glissés dans la chaleur hargneuse des fins de repas d'Evreuil lorsque, enfant, il m'entourait de ses deux bras et d'une tendresse trop sourcilleuse et « condoléante » pour n'être pas, par quelque côté, fraternelle : que Nicolas eût reçu, comme un vêtement superflu, le nom d'un homme qui ne lui était rien – à une époque où je souffrais de rester dévêtue, faute qu'un autre me rendît le patronyme qui m'était dû –, c'était possible après tout; comme il se pouvait que Laurence lassée de ne pouvoir pénétrer la vie et les secrets de Nicolas, eût imaginé, entre sa situation familiale et celle du chef se son parti, les mêmes similitudes qui l'avaient, en d'autres temps, rapprochée de moi. De toute façon, je n'étais plus assez avant dans l'intimité des Zaffini pour pouvoir trancher.

– Mon petit épagneul, si tu veux plaire à Zaffi, coupe tes cheveux, maquille-toi un peu, porte des robes pop-art, des maxi-cirés, des plexi-bijoux. Fais-toi mode! Et ne te laisse pas aller comme ça... Frédéric monte à Paris tout à l'heure pour un dîner; et je repars avec lui cette nuit pour passer trois jours à Trévennec. Veux-tu venir avec nous? Nous irons bronzer ensemble sur la plage de Sainte-Solène...

– Sainte-Solène? Tu veux rire! C'est précisément le seul endroit où je ne puisse aller!

Il y eut un silence un peu lourd : « Dis-moi, Christine, comment est sa maison? »

Le dîner de Frédéric était un dîner socialiste. L'oubli dans lequel le ministère le laissait – malgré le service rendu à Armezer – avait en effet renforcé ses convictions révolutionnaires; il avait noué de nouvelles relations au sein du PS et participait de loin en loin, dans la banlieue parisienne, à de mystérieuses réunions de réflexion, des commissions industrielles, des groupes-sécurité, destinés à préparer la prise du pouvoir. L'opposition, cédant à la mode britannique, avait en effet constitué un « contre-gouvernement », doublé d'une « contre-administration » : elle avait ses ministres de l'ombre, ses égéries du crépuscule et ses fonctionnaires des ténèbres.

De la même façon que l'Armée de Vendée payait autrefois ses soldats en leur distribuant des assignats sans cours reconnu dans l'Etat, on achetait les ralliements et récompensait les dévouements en jetant à poignées, aux gogos comme aux fidèles, ces titres sans valeur que le Prince, en cas de victoire, acquitterait sur sa cassette. Bien entendu, une fois la monarchie restaurée, aucun chouan ne put changer un de ces faux billets contre un vrai louis : c'est une tradition en France que le Roi ne reconnaisse point les dettes du Dauphin...

Ce soir-là, nous devions dîner chez un certain Mandrin, jeune polytechnicien qui avait choisi l'Armée, et que le Parti avait nommé responsable du comité « Défense et Relations extérieures »; tout en roulant, Frédéric m'assura qu'après les prochaines présidentielles Mandrin remplacerait Bourges ou Fervacques, ou qu'à tout le moins il dirigerait un Cabinet – une relation utile...

Quand la voiture s'arrêta devant la maison – un vieil hôtel particulier entouré d'un grand parc, dans une banlieue résidentielle – j'éprouvai l'impression confuse d'être déjà venue. « Tu sais, me dit Frédéric, Soisy, Saint-Prix, Enghien, toutes ces banlieues-là se ressemblent finalement. On y trouve des quantités de grandes baraques XIXe, style Haussmann ou Viollet-le-Duc. Avec des pelouses, des étangs, des vergers, des jardins à faire rêver... Je suis toujours surpris de voir à quel point les environs de Paris sont restés champêtres de ce côté-ci. Ils ont un petit air rural... »

Ce « rural », plus encore que la façade de l'hôtel, me

rappela quelque chose : « Ton type, il s'appelle vraiment Mandrin? Ou bien il a pris ce nom-là comme il aurait pris " Robin des Bois "? »

Frédéric ne savait pas; mais le premier salon, avec ses Aubusson, ses Baccarat et son Hiroshige, était trop profondément gravé dans ma mémoire pour qu'il me fût encore permis de douter; dans le fumoir, je reconnus des rideaux de velours noir que j'avais vu ourler par ma grand-mère.

– Il y a longtemps que vous habitez Enghien? demandai-je négligemment au jeune Mandrin.

– Je suis né dans cette maison, et ma mère l'habite toujours. Moi, je vis à Auteuil maintenant; mais, comme dans l'Armée nous sommes extrêmement surveillés, je reçois mes amis du Parti à Enghien. J'ai d'ailleurs la chance d'avoir des parents qui partagent mes idées...

– Au cas où la chose t'intéresserait, glissai-je à Frédéric, ton « Cartouche » s'appelle Dormanges.

– Ah... Et qu'est-ce que ça change?

Pour moi, cela changeait tout. Prendre l'apéritif au bord de l'Avenue du Lac dans cette bibliothèque un peu trop bruyante, « un peu trop rurale », dont le souvenir me brûlait comme un fer rouge, entendre Dormanges-fils détailler, pour les sans-grades du Parti, les sous-groupes et les collectifs qu'il animait – avec la même ostentation que sa mère mettait , vingt ans plus tôt, à faire défiler devant les pauvres ses tableaux de maître et ses cristaux – me donnait mal au cœur.

Ambitieuse, j'aurais pu me réjouir que ce dîner me donnât l'occasion de mesurer le chemin parcouru : j'entrais par la grande porte là où j'avais poussé la porte de service, et je me désaltérais aux meilleurs alcools dans une maison où l'on m'avait refusé un verre d'eau... Mais j'ai toujours été moins carriériste qu'on ne l'a dit, et la présence des soubrettes aurait suffi à me gâter le plaisir de la réussite : il y en avait trois, en robe noire et tablier blanc, qui apportaient les plats, desservaient les assiettes et ramassaient humblement nos miettes.

Dormanges, au bout de la tablée socialiste, exposait

imperturbablement ses théories sur l'organisation des milices populaires, l'association des travailleurs à l'exercice du pouvoir patronal, l'autogestion; Frédéric, de son côté, développait l'idée d'un impôt sur la fortune et d'une décentralisation administrative qui rendrait le pouvoir au peuple; les chefs de commission présents, saisis d'émulation, proposaient, à qui mieux mieux, la gratuité des loisirs, l'égalisation des revenus, l'ouverture d'ateliers d'art dans les HLM, l'élection des ingénieurs par les ouvriers, et la « prise au tas ». Bref, nous « changions la vie... »... Les soubrettes servaient.

Je regardais Renaud Kahn-Serval; les yeux dans le vague, le visage las, il écoutait distraitement mais semblait approuver ces propos, corrigeant seulement de temps à autre la formulation d'un projet de motion ou l'exactitude d'une citation; l'interprétation erronée de la théorie marxiste le choquait plus, apparemment, que la complaisance de la jeune élite du Parti à se faire servir... J'avais honte – honte pour Frédéric, Renaud, et leurs amis, qui aimaient un peuple mythique mais prêtaient moins d'attention aux domestiques, aux chauffeurs ou aux huissiers qu'au mobilier; et honte pour les employées de Madame Dormanges, qui ne rendaient pas leur tablier. La plus âgée s'affairait efficacement – changeant les couverts, présentant les plats – sans plus se soucier du discours des convives qu'ils ne s'inquiétaient de ses mouvements : ce monde où la cécité des uns rencontrait à point nommé la surdité des autres était admirablement fait... Aveugles ou sourds, tous savaient pertinemment que, par-delà les pétitions de principe, les engagements électoraux et les prurits révolutionnaires, la partie était jouée depuis le commencement des temps et « pour les siècles des siècles, amen »...

« Va, Christine », me répétait souvent mon grand-père avec ce haussement d'épaules résigné des Jacques Bonhomme qui savent qu'il faudrait plus qu'un mouvement d'impatience pour les débarrasser d'un fardeau si bien accroché, « nous autres, on sera toujours des manants. toujours des perdants... »

Au café pourtant, en entendant « Mandrin » réclamer

tout à trac la suppression de l'héritage – tandis qu'il prenait durement des mains d'une soubrette une tasse dont il ne crut pas devoir la remercier –, je n'y tins plus. Il y avait dix minutes déjà que, regardant les cantonnières montées par Germaine Brassard, les nappes qu'elle avait surjetées, les coussins qu'elle avait volantés, je sentais monter en moi la colère de ces Canuts, dont le chant, plus populaire que la Marseillaise ou l'Internationale dans les filatures de la Valserine, avait bercé ma petite enfance : « Mais notre règne arrivera quand votre règne finira. Nous tisserons le linceul du vieux monde, car on entend déjà la révolte qui gronde... »

Je pris calmement sur une console un grand vase de cristal, dont Madame Dormanges m'avait autrefois signalé la valeur, et je le lâchai sur le parquet où il éclata dans une gerbe d'eau.

– Oh, fit Dormanges-fils, atterré.

– Mais... dit Frédéric.

– Qu'est-ce qui... murmura Renaud.

– Pardonnez-moi, monsieur Mandrin, je ne l'ai pas fait exprès... De toute façon, un homme qui propose de supprimer l'héritage et envisage de faire don de tous ses biens à la nation ne peut pas sérieusement regretter un vase. Vous avez tant de belles choses ici que je me demande même si vous ne devriez pas procéder régulièrement à des petits sacrifices de cette nature pour vous entraîner.

Passé le premier moment d'effarement, mon acte et la déclaration qui l'avait suivi soulevèrent une grande agitation dans le Parti. Au sein de la cacophonie à plusieurs voix qui s'éleva j'entendis un baryton assurer, « con fuoco », que la suppression de l'héritage ne saurait porter sur les résidences principales et leur mobilier, un petit ténor susurrer « mezza voce » que la Commission compétente autoriserait probablement la transmission des œuvres d'art, et trois ou quatre choristes entonner d'une voix que l'émotion altérait : « Et l'outil de production des agriculteurs et des petits commerçants, l'interdirons-nous de succession? Ah non, non, non! », cadence ornée d'une trille, et suivie d'une reprise : « Peuple de gauche, prends garde ! Prends garde à ne l'interdire pas... » Dormanges, en sous-dominante, réexposait sobrement le motif : « Un vase de Bohème, du XVIIIe ! » tandis que Frédéric répétait en basse continue : « Excuse-toi, Christine, excuse-toi... »

Debout près de la console, je demeurai insensible à ses supplications. A mes pieds la vieille femme de chambre passait la serpillière – à quatre pattes – et ramassait les morceaux.

En septembre, mon père m'écrivit : il m'expédiait Marie-Neige qui avait de sérieux soucis de santé et souhaitait consulter des médecins français. « Tu sais comme elle t'aime. Tu es à Paris. Consacre-toi à elle... »

« Faites ce que je dis, ne faites pas ce que je fais », dis-je en montrant la lettre à Philippe.

Je trouvai à l'ambassadrice le teint jaune et la taille épaissie. Quand je vis que, pour les examens qu'on lui faisait, on l'hospitalisait à l'Hôpital Franco-Musulman de Bobigny, et non, comme on s'y fût attendu pour une femme de son milieu, à l'Hôpital Américain de Neuilly, je me dis qu'on ne la parquait pas ainsi parmi les Maghrébins des faubourgs sans de graves raisons. Ces raisons tenaient, en l'espèce, aux qualités du service de cancérologie que dirigeait à Bobigny le professeur Israël.

Nieves était atteinte d'un cancer du foie. L'équipe médicale ne me cacha pas qu'elle était perdue, on hésita d'autant moins à me dire la vérité qu'on me prenait pour la fille de la malade. A juste titre : après avoir épousé mon père, Maria-Nieves m'avait adoptée. Des lois récentes donnaient en effet aux nouveaux mariés de grandes facilités pour s'annexer les enfants préfabriqués par leur conjoint ; comme par ailleurs j'étais majeure, et que depuis le divorce de mes parents le consentement de ma mère n'était plus nécessaire à la procédure, j'avais accepté de donner à Neige un bonheur qui me coûtait peu. Dirai-je aussi qu'après toutes les difficultés que ma reconnaissance avait soulevées, je ne découvrais pas sans surprise combien, depuis les dernières réformes votées par le Parlement, il était devenu facile de changer de parents, d'identité, de passé, et que je me grisais de cette faculté nouvelle comme d'un plaisir dont on a été longtemps sevré? Les papiers signés, je me trouvai dotée non seulement d'un père assez neuf mais d'une mère toute fraîche... Les Brassard n'apparaissaient plus dans mon état civil – s'ils y apparaissaient! – que comme un appendice superflu, une redondance familiale. Aucun d'eux ne s'en doutait...

A Bobigny, malgré les soins qu'elle recevait, Nieves dépérissait. Ma sollicitude exagérée comme la lâcheté de son mari – qui ne trouva qu'une demi-journée pour venir l'embrasser entre deux conférences diplomatiques – l'eurent bientôt renseignée sur son état. Elle comprit qu'elle ne se rétablirait pas, elle crut pourtant – car on s'illusionne encore au cœur de la désillusion – que sa maladie lui laisserait quelques mois de répit.

Ainsi, moitié par aveuglement et moitié par résignation, tantôt lucide et tantôt crédule, Nieves fut-elle, en fin de compte, une agonisante facile. Elle parlait avec calme de sa mort prochaine; aux visiteurs qui compatissaient et protestaient contre l'injustice de son sort, elle demandait de ne lui parler « ni d'iniquité ni d'absurdité, car alors, disait-elle, ma tristesse serait sans bornes... » Elle voulait que sa mort eût un sens, au moins dans la vie des autres.

Je ne sais pas si elle avait jamais cru en Dieu; en tout cas, il y avait longtemps qu'elle avait cessé de le pratiquer. Elle se souvenait pourtant d'un conte de son enfance qui n'était pas sans rapport avec le sujet : un vieux paysan un peu sot, parti au marché avec ses économies pour y acheter un cheval de trait, en revenait, ayant tout perdu à la suite de trocs malheureux, avec un simple panier de pommes; loin de se lamenter, sa vieille compagne, aimante et confiante, l'en félicitait : comme elle le comprenait! Qu'auraient-ils fait d'un cheval? Ces pommes étaient si belles! « Ce que fait le Vieux est bien fait. »

« C'est drôle, me disait Nieves, chaque matin, en me réveillant, j'ai cette phrase qui me trotte dans la tête : “ ce que fait le Vieux est bien fait ”... »

Elle avait toujours désiré un mari, un enfant, un statut; et voici qu'au moment où elle les obtenait, un terroriste anonyme la privait à la fois des mondanités que son titre nouveau lui permettait et du bonheur de présenter comme sienne sa fille d'emprunt; voici que, sans avoir joui de ces vanités, elle les échangeait déjà contre les seuls biens qui ne nous soient pas disputés : une chemise de nuit, une chambre aux murs blancs qui sent la fièvre, l'alcool à 90 et l'excrément, une agonie solitaire et policée...

Comme elle avait laissé les gros bouquets des ambassades pour les deux roses qui fanent dans un bocal en verre blanc entre le vaporisateur d'Evian et le paquet de Kleenex, Nieves céda sans une plainte, sans un regret, son embonpoint contre un corps décharné, sa bouche vermeille pour des lèvres décolorées, et son regard andalou pour des yeux révulsés. « Ce que fait le Vieux est bien fait... »

On l'avait transférée dans un autre hôpital : la « médecine de pointe » ne lui était plus nécessaire. Dans ce nouvel établissement, les mourants n'intéressaient guère. Nos Hippocrate divisent la vie à l'infini, comme Zénon la course d'Achille; aussi ne la voient-ils pas s'achever; jusqu'à la dernière seconde il y a un vivant, et le cadavre, apparu par hasard à la fin, sort heureusement de leur compétence...

Pour ne pas mettre en péril cette philosophie du « mouvement immobile » en la confrontant avec la réalité, le chef du service, les internes même, évitaient de pénétrer dans la chambre de Marie-Neige. Seules les aides-soignantes et les femmes de ménage s'y risquaient encore, avec des sourires qu'elles voulaient cordiaux et des phrases qu'elles croyaient de circonstance :

« Vous savez que, dehors, il tombe des cordes, aujourd'hui. Vous êtes rudement mieux dans votre petit lit, allez! Je vous envie... »

« Alors, Madame Valbray, ça va la petite santé? Vous avez meilleure mine. N'est-ce pas, Madame Maleville, que votre maman a meilleure mine? »

Je ne leur en voulais pas : elle ne mentaient à Nieves que pour se mentir à elles-mêmes, et, tant qu'à ne pas pouvoir regarder la mort en face, il me semble moins coupable de l'envisager de biais – comme elles faisaient – que de ne pas la regarder du tout.

La dernière semaine, tandis que je tentais péniblement de lui faire avaler deux ou trois cuillerées de yaourt, ou dans un verre à dents en plastique jamais lavé ces ultimes gorgées d'eau tiède qui sont aux malades ce que la dernière cigarette est aux condamnés – la caricature d'un plaisir, l'éponge de vinaigre du crucifié –, Marie-Neige comprit que mon père ne viendrait plus. Alors, elle m'avoua que les quelques cadeaux personnels qu'il m'avait offerts depuis cinq ou six ans – les œuvres complètes d'Apollinaire ou le médaillon de ma grand-mère Valbray –, c'était elle qui les avait suggérés, choisis et emballés; je ne lui dis pas que les derniers présents d'anniversaire, de Noël, ou de fête, que son mari lui avait faits, c'était à moi qu'elle les devait...

Mais Neige n'était pas rancunière. D'ailleurs, il faut de l'énergie pour haïr et elle n'avait plus la force de changer de sentiments à l'égard d'un homme qui lui avait tenu lieu de tout – amant, père, frère et enfant – pendant vingt ans; n'ayant regardé le monde que pour lui et regardé que lui dans le monde, elle mourait comme elle avait vécu : aveuglée.

Trois jours avant sa mort – malgré les sondes, les perfusions et l'absence de Jean Valbray – elle revint donc à sa pente naturelle de bonté, cette espèce de charité universelle dont elle enveloppait la Création, prenant généreusement l'Ordre-de-Malte-et-des-Deux-Siciles pour celui des chevaliers de Rhodes, une bijoutière libanaise pour une comtesse authentique, et un faux amant pour un vrai. L'esprit obscurci par la morphine qu'on lui injectait, elle finit même par croire que son mari passait ses journées auprès d'elle : « Il vient juste de sortir pour m'acheter un collier », m'assurait-elle lorsqu'elle s'éveillait.

« Là où est Jean, je suis toujours bien », m'avait-elle avoué quelques années plus tôt; comme Balzac qui, dans les derniers jours de sa maladie, réclamait qu'on fît venir Bianchon à son chevet, elle convoquait à son lit de mort l'amour qu'elle avait inventé.

De la fenêtre de sa chambre, par-dessous le store baissé,

on apercevait un coin du jardin de l'hôpital : quelques centimètres carrés de verdure sèche – l'automne, cette année-là, était exceptionnellement chaud. La veille de sa mort, un bruit d'arrosage tira Nieves de son engourdissement; quelques gouttelettes vinrent frapper sa vitre. Les jours précédents, elle s'était inquiétée pour l'avenir de ces parterres assoiffés. Elle me sourit malgré ses lèvres fendillées : elle était contente, m'expliqua-t-elle, qu'on donnât enfin au jardin l'eau qui lui rendrait la vie. Sa tendresse englobait jusqu'aux bordures de thuyas... Comme elle avait perdu toute notion du temps, je ne lui fis pas remarquer qu'il était deux heures de l'après-midi, et qu'en douchant les arbustes à ce moment de la journée l'imbécile préposé à l'arrosage augmentait la brûlure du soleil et tuait ses plantes aussi sûrement que s'il les avait saupoudrées de désherbant. « Ce que fait le Vieux est bien fait... »

Nieves morte, mon père accourut. Il se frotta les mains : c'était l'émotion. Le voyant pâle au pied du cercueil, dans la chapelle ardente de l'hôpital, je resongeai à un mot de Sveltlana Staline qui m'avait bouleversée : « C'est comme si mon père était à l'intérieur d'un cercle noir. Quiconque s'aventure à l'intérieur du cercle disparaît, meurt ou est détruit d'une manière ou d'une autre... »

Le corps, maintenant si léger, de Marie-Neige Valbray fut ramené à Vienne où on l'enterra. Il y eut une grande cérémonie au Cimetière Central : l'ambassadrice de France recevait, pour la première et la dernière fois. Face à cette foule élégante et empressée, mon frère, à l'ordinaire plus charmant encore en vêtement de deuil qu'en smoking ou en habit, détonnait franchement : avec ses yeux rouges, son nez humide, sa barbe de deux jours et sa cravate mal nouée, il montra que, dans certaines circonstances, il ne se souciait guère de la réputation de play-boy que quelques gazettes lui faisaient et, au grand embarras de certains assistants, il versa autant de larmes que moi. Seul, mon père, impénétrable et souverain, reçut les condoléances dignement, en homme habitué à serrer des mains.

Plusieurs jours de suite, j'avais apporté une Bible à l'hôpital, dans la chambre d'un de mes amis qui mourait. Chaque soir, à l'« heure des visites », cette Bible gonflait mon sac à main, tirait sur mon épaule, entravait mes mouvements et me pesait de toutes les façons; quand, en rentrant chez moi, je déposais enfin mon fardeau sur la desserte de la salle à manger, je rencontrais le regard mi-sympathique, mi-intrigué de mon fils aîné : « Comment va-t-il? Pas mieux? Ah... Tu lui as parlé? Je veux dire : parlé du Paradis, du Purgatoire et de ces machins-là? Non? Oh, après tout, moi je n'y crois pas beaucoup! C'est très démodé, hein, ces histoires? Et puis, peut-être qu'il guérira... »

Encore une fois, c'était vrai, je n'avais parlé de rien à celui qui nous quittait : je n'osais, par peur de me ridiculiser...

J'avais beau sentir que c'était assez de mourir, sans mourir désespéré, j'étais navrée que, pour aider un homme à trouver au fond des ténèbres un dernier rayon, nous n'eussions rien à proposer que cette ancienne promesse, cette vieille chanson... Pourtant, j'avais vu nos fusées partir vers les étoiles et nos cosmonautes piétiner la lune; je savais qu'avec la bombe à neutrons nous avions inventé une merveilleuse façon de tuer des millions d'hommes sans abîmer leurs maisons; je n'ignorais pas, enfin, que nos bricoleurs généti-ques, faisant, tel Jupiter, jaillir des êtres de leur cerveau, pouvaient à volonté fabriquer des fils sans père, des bébés sans mère, des embryons à géniteurs multiples et des enfants de gestatrices nombreuses. Se pouvait-il qu'ayant découvert tant de moyens nouveaux pour détruire la vie ou pour la donner nous n'ayons trouvé aucune manière moderne de parler de sa mort à un mourant?

Puis je me souvins d'un livre américain, « la Vie après la vie », qui avait connu un grand succès; il disait la même chose que la Bible, mais dans le style du Reader's Digest : en entourant ses révélations d'un luxe de précautions scientifiques – témoignages de médecins, statistiques, graphiques, et procès-verbaux d'huissiers –, de nature à rassurer les esprits forts sur leur solidité.

Laissant résolument la révélation divine au fond de mon sac, je parvins peu à peu, grâce à ces Américains, à entrer dans le vif d'un sujet que les visiteurs du malade contournaient d'aussi loin qu'ils pouvaient... Je fus mieux reçue que je ne m'y attendais. Encouragée, je pris des risques et m'essayai à communiquer, tout doucement, une espérance que j'étais loin d'éprouver : certes, je ne me hasardais pas à prononcer des mots que la pudeur intellectuelle commande de garder cachés; mais, d'anecdote en anecdote, d'hypothèse en hypothèse et sans rien nommer, je nous laissais dériver – à la façon de Marie-Neige – vers l'ultime supposition. Alors, comme au détour d'un argument nous frôlions le concept d'immortalité – cette improbable probabilité –, je vis le regard de mon ami s'enfiévrer. Tout, soudain, brillait dans ce corps brisé; tout, de nouveau, désirait : l'âme, à son aurore, crevait la figure décharnée.

Qu'un mourant ne demandât qu'à croire ne fut pas, bien sûr, ce qui m'étonna : je fus davantage surprise de ma propre prolixité. Plus je creusais dans ce fond que je croyais stérile, plus l'eau en jaillissait. D'un désert naissait une fontaine, et cette fontaine, loin de se tarir, se nourrissait de son propre flux... Ce miracle n'empêcha pas, pourtant, que mon ami ne mourût.

Lorsqu'il s'en fut allé, presque apaisé, je me sentis tout à coup le cœur et l'esprit dépeuplés. Son départ ne me privait pas seulement de son amitié, il m'appauvrissait de cette assurance que lui avais donnée et qu'il emportait avec lui. Quand on le mit en terre, je compris en effet qu'aucune des paroles dont je l'avais bercé ne m'avait un instant persuadée; telle ces médiums qui prétendent mettre en contact le monde visible et l'univers invisible et, prêtant leurs voix aux ombres du passé, ne se souviennent pas au réveil des mots qu'ils ont prononcés, j'avais servi de truchement mécanique à un dialogue dont le sens m'échappait.

Je restai seule. Désemparée. La mort de ceux que nous avons accompagnés jusqu'à ce bord « où tous s'arrêtent interdits » nous renvoie si cruellement à notre dénuement que nous ne pouvons nous empêcher de nous demander si nous n'aurions pas dû faire un pas de plus et sauter avec celui qui est tombé... Plus que le chagrin qui suit la fin des amours partagées, la peine qui naît d'une mort épousée nous laisse les mains vides et le cœur dépouillé; car la passion, même la plus folle, ne dénude jamais tant l'âme que la compassion.

En enterrant Marie-Neige, Christine pleura. Restée jusqu'au bout près du lit d'hôpital, elle aussi pleurait peut-être d'être trop brutalement rendue à sa solitude, à sa vacuité.

Avec Nieves et son grand-père elle perdait, coup sur coup, les deux êtres qui lui avaient témoigné le plus d'affection et dont la droiture l'avait plus d'une fois soutenue, étayée, charpentée. Certes, il lui restait Kahn-Serval, mais il aimait ailleurs... Privée de ses deux ancres de miséricorde, elle se laissa aller à une dérive de plus en plus dangereuse.

Marie-Neige lui avait légué, en mourant, deux ou trois châteaux en Espagne à demi ruinés; elle les revendit hâtivement, pour un prix médiocre dont elle remit aussitôt le montant sur les tapis verts de Sainte-Solène. Il ne lui fallut que quelques semaines pour tout perdre. Sans doute s'en trouva-t-elle satisfaite; on ne change pas de mère impunément, et j'imagine qu'elle se sentit soulagée à la pensée que cette trahison ne lui avait rien rapporté...

Dans le temps même où elle semait ainsi à tous vents l'argent que Nieves lui avait laissé, Christine Maleville multipliait les aventures sur le Paris-Trévennec. Le « Palatino » fit bientôt figure d'école de vertu auprès des débordements dont nos anciens. « Chemins de Fer de l'Ouest » furent pour elle l'occasion. Abandonnant l'alibi politique dont elle avait d'abord masqué le retour à ses précédents errements, elle s'offrit à tous ceux qui voulaient la prendre : ingénieurs, professeurs ou P.-D.G. – aussi bien que plongeurs ou cuisiniers. « Ça ne fait rien, on s'en fout, on n'est pas d'ici », disait-elle à ses amants d'un soir, imitant la désinvolture fin de siècle d'un Crayencour. A aucun de ces hommes elle ne révéla sa véritable identité; à tous, en revanche, elle demandait nom et adresse, leur laissant espérer – et se laissant croire – qu'elle les reverrait.

Ces amours d'une nuit lui donnaient de ses partenaires le même aperçu que le train donne des villes traversées : des faubourgs, un quai de gare, la silhouette d'un lointain clocher. Heureux d'apprendre que la ville existe, d'avoir une idée de ce qu'elle promet et d'imaginer qu'on pourrait y revenir, on ne souhaite pas pour autant en faire la visite complète, ni même s'y arrêter...

Fausses découvertes, simulacres d'équipées, hardiesses à la sauvette, tourisme borné : je doute qu'elle ait pu trouver dans ses intrépidités ferroviaires un divertissement véritable à l'ennui qui l'accablait. Prise entre un mari qu'elle n'aimait pas et un métier qui n'utilisait pas le quart de ses capacités, elle suivait les conseils de son moraliste favori – épongeant sa vie à mesure qu'elle s'écoulait.

Ce fut dans cette période de trouble et de dégoût que je la rencontrai, triste et pâle, au fond du miroir du Palais-Royal.

« Christine Valbray, à cette époque de sa vie, c'était un rayon de miel : ses cheveux, du miel liquide, et sa peau, du miel blanc, sous lequel on devinait en transparence des profondeurs rosées », m'avait dit Emmanuel Durosier, poète à ses heures, qui n'étaient pas les heures de bureau, « on mourait d'envie de la goûter, votre Christine! De la toucher, de la caresser, de la consoler. Oui, de la consoler : elle avait l'air si désemparée... Au milieu d'un salon, avec sa silhouette fragile et ses cheveux longs, elle ressemblait à Mélisande : " Un soir, je l'ai trouvée tout en pleurs au bord d'une fontaine, dans la forêt. Je ne sais ni son âge ni qui elle est ni d'où elle vient, et je n'ose pas l'interroger. Car elle doit avoir eu une grande épouvante et, quand on lui demande ce qui lui est arrivé, elle pleure tout à coup comme un enfant, si profondément qu'on a peur... " Mais ce que je n'ai jamais pu déterminer chez Christine, poursuivit-il, c'est si elle pleurait sur ses souvenirs – je crois qu'elle n'avait pas eu une enfance très gaie – ou sur un futur qu'elle aurait déjà eu ses raisons,

inconnues de nous, d'appréhender... Mélisande, quand on la trouve en larmes dans la forêt, que craint-elle le plus : le retour du passé? ou l'avenir dans lequel Golaud va l'engager? »

Emmanuel, satisfait d'avoir fait prendre l'air à sa culture – que son travail au Quai d'Orsay lui laissait peu d'occasions d'exposer –, fit mine de se rengorger; mais le personnage du mandarin glorieux n'allait guère à son genre de beauté; mouchant bruyamment son chagrin et son petit nez retroussé dans une vaste batiste, « cette petite Mélisande, au fond, je l'aimais bien, vous savez », ajouta-t-il d'une voix enrouée.

A mon tour, je revoyais « l'étrangère de Kédar » dans sa robe de velours vert, debout dans la lumière obscure d'un salon écarté; à moi aussi elle avait bien fait comprendre qu'elle n'était pas « heureuse ici »...

Dans ce temps-là, elle approchait de la trentaine. La proximité d'un changement de dizaine est, pour beaucoup, l'occasion de faire le point. Sans doute ai-je toujours entendu Christine affirmer qu'elle était, comme les enfants, moins sensible aux dizaines qu'aux unités et que passer de vingt-neuf à trente lui avait paru un rajeunissement : on remettait le compteur à zéro. Pourtant, elle paraissait plus obsédée par le vieillissement qu'elle ne voulait en convenir; non qu'elle guettât anxieusement la première ride, le premier cheveu blanc – elle s'était découverte belle trop tard pour accorder à son corps une importance exagérée –, mais elle supportait mal l'idée que le temps réduisît ses possibilités, éliminant des chances, des hypothèses, des probabilités, l'obligeant à choisir entre ses virtualités pour devenir enfin ce qu'elle était. Elle répétait volontiers cette phrase qu'elle avait trouvée dans Valéry, et qui sonnait pour elle comme un glas : « Je suis né plusieurs et je meurs un seul. »

Peut-être les larmes qu'elle versait en regardant un soir, au Palais-Royal, son image trop précise enfermée dans les limites d'une glace dorée, devaient-elles moins aux deuils successifs qui l'avaient frappée qu'à cette crainte de l'âge que faisait peser sur elle une vie banalisée, uniforme, diminuée : un état civil régularisé, un mariage ordinaire, une maison de fonction, un succès médiocre dans une carrière sans intérêt... Une personnalité ressassée, pléonastique, répétition d'une redondance, « photocopie toujours plus grise de l'original » : il n'y avait plus là-dedans, malgré le casino et les inconnus du Paris-Trévennec, matière à rêver...

Ne pouvais-je pas comprendre cette inquiétude, moi qui n'ai choisi d'écrire que pour garder ce don d'ubiquité, cette aptitude de l'enfance aux avatars variés, moi qui n'éprouve de bonheur qu'à me démembrer, et, tel Fantomas, tel Protée, à enfiler d'autres peaux, à chevaucher d'autres destins que le mien? En tout cas, il m'arrivait de penser que Philippe avait raison et que, si Christine avait écrit des romans ou des biographies, bien des ennuis auraient été évités aux gens qui l'entouraient...

Car si, finalement, elle se ressaisit et parvint, malgré les années, à rester multiple, ce ne fut pas aux seuls dépens du papier : nombre de ses amis en firent les frais... Mais au moins lui doit-on cette justice qu'en y mettant le prix elle sut partir « plusieurs », comme elle était venue.

A l'occasion d'un remaniement du gouvernement Messmer, Antonelli fut nommé ministre de l'Education et, comme Olga me l'avait promis, il m'appela à son Cabinet.

Je n'avais rien à y faire : ancien patron d'un grand journal, « Anto » connaissait la presse et les médias mieux que moi. Sur un plateau de télévision il savait, plus vite qu'aucun ministre en exercice, repérer à sa lampe rouge la caméra qui tournait et regarder, à travers son objectif, « la France au fond des yeux »; il n'ignorait pas qu'il convenait de commencer ses exposés par la fin pour tenir compte de la capacité d'attention limitée de l'auditoire; enfin, il faisait preuve d'un art consommé pour esquiver les questions embarrassantes en plaçant, quel que soit le sujet, les réponses qu'il avait préparées : « Vous me posez là une excellente question, mais je vous dirai franchement que ce n'est pas actuellement ma principale préoccupation. Ma principale préoccupation, c'est... »

Je m'instruisis beaucoup en le voyant faire; mais ses collaborateurs constatant qu'on n'attendait de moi aucun service, m'écartèrent bientôt de toutes les manifestations publiques, et même des voyages officiels. Quand je tentai de protester : « Tu n'es pas sur la liste, non... Mais tu verras, me dirent-ils, c'est mieux pour toi. Les voyages au fond, ce n'est pas ton créneau... » Je compris vite que les hommes de Cabinet ne connaissaient qu'une façon de faire passer la pilule : assurer la victime, finalement consentante, que c'était « mieux-pour-elle ». Quand j'appris à me méfier de ces justifications lénifiantes, il était trop tard : mes aimables collègues m'avaient mise sur la touche.

Je profitai de ce qu'on m'avait exclue des fonctions politiques pour m'initier à l'Administration; les chargés de mission du Cabinet avaient peu de relations avec les services administratifs qu'ils coiffaient – ils ne connaissaient que les Directeurs auxquels ils donnaient, de loin en loin, quelques directives très générales ou très politiques; mais, de prise sur le fonctionnement quotidien du ministère, la vie concrète des bureaux, les décisions que les divisions mûrissaient jour après jour et imposaient à la nation, ils n'en avaient aucune. Dans cette période de la Ve République où la stabilité gouvernementale s'accompagnait d'une grande instabilité ministérielle, et où certaines administrations consommaient, mine de rien, jusqu'à deux ministres par an, les rapports des fonctionnaires avec les politiques semblaient réglés sur la base d'un principe simple : au Cabinet tout le prestige, aux services tout le pouvoir. « Les ministres passent, les chefs de bureau restent », me dit un rédacteur chenu avec un sourire en coin.

N'ayant pas su plaire à mon ministre, je décidai de me mettre bien avec ses chefs de bureau. Comme, par Frédéric et par mon père, je n'avais connu que les coulisses de la vie administrative, je procédai d'abord à une exploration méthodique du théâtre sur lequel j'avais résolu de jouer ma carrière; en arpentant les couloirs, en poussant les portes, en me présentant aux jeunes énarques comme aux vieux recteurs – sous prétexte d'informer les journaux de la qualité du travail qu'ils accomplissaient –, je découvris un monde encore plus hiérarchisé que la plage de Sainte-Solène : tout y était signe.

Chaque détail du décor, par exemple, devait répondre au grade et à la fonction de son occupant. L'administrateur de base n'avait droit qu'au tube de néon; le lustre – à trois branches – apparaissait au niveau du chef de bureau; il atteignait six branches chez le sous-directeur, et neuf chez le chef de service. La présence d'une pendule de cheminée, d'une porte capitonnée, d'un voilage en tergal, indiquait au visiteur qu'il était entré chez une « huile », l'état de propreté des rideaux lui permettant, dans un deuxième temps, d'affiner sa prédiction : le tergal du sous-directeur ou du chef de division n'était lavé qu'une fois l'an, tandis que le chef de service avait droit à deux lessives annuelles, et le Directeur à un rinçage trimestriel. Les plantes vertes enfin, diffenbachia et philodendron, n'étaient jamais l'indice d'une origine campagnarde ou d'une nostalgie écologiste; attribut exclusif du Directeur – les plantes fleuries, plus coûteuses et fragiles, étant réservées au Cabinet, et les fleurs coupées au Ministre –, elles n'ornaient pas : elles cataloguaient. Bien entendu, ces marques de puissance, aussi directement lisibles à l'œil d'un bureaucrate exercé que les galons des uniformes le sont aux militaires, pouvaient connaître quelques variations dans l'espace : ainsi, les bâtiments modernes, malheureusement dépourvus de cheminées – et, par voie de conséquence, de la pendulette assortie – avaient-ils obligé les services du Matériel à produire de remarquables efforts d'imagination pour combiner le nombre des fenêtres et la couleur de la moquette à la nature des serrures... Après quelques semaines d'entraînement, je me mouvais dans cette forêt de signes avec autant d'aisance que dans les landes de Trévennec.

Je constatai d'ailleurs, en « faisant les couloirs », que si les administratifs toléraient mal du Cabinet qu'il se mêlât de leurs affaires – un décret piégé, du type « tilleul-menthe », pouvait constituer la réplique ultime de la base à un interventionnisme indiscret – ils avaient cependant grande envie d'avoir, comme les jeunes Messieurs de l'étage noble, leur photo dans le journal.

M'emparant d'un sinistre « Bulletin de l'Education nationale » – quatre pages de circulaires hebdomadaires imprimées par le Journal Officiel – j'en fis en six mois un mensuel tout en couleurs, « l'Education nouvelle », qui diffusa, dans les écoles et collèges de France, des informations sur l'administration de la maison avec interviews des chefs de service, reportages sur l'action des Inspecteurs d'Académie, photos retouchées – genre vedettes – des principaux responsables de divisions, et louanges en tout genre.

Je ne pense pas, franchement, que « l'Education nouvelle » ait été beaucoup plus lue dans les provinces que le « Bulletin » dont elle avait pris la suite; mais les chefs de bureau me lisaient, eux; ils montraient leurs interviews à leurs femmes, qui les montraient à leurs amies, et tout le monde était content. L'écho de cette satisfaction parvint jusqu'aux oreilles du ministre, qui me félicita de mon initiative.

Cet éloge, et la popularité croissante dont je jouissais auprès de certains bureaux – qui virent bientôt en moi une courroie de transmission commode avec leurs services extérieurs, puis avec des secteurs entiers de la maison –, éveillèrent enfin l'attention du Directeur de Cabinet, Christian Frétillon : se souvenant que je n'étais pas seulement l'épouse de son ancien rival de Matignon mais un professeur agrégé, il me confia une grande enquête sur le « le malaise » de mes anciens collègues. Ainsi aurais-je pu, de fil en aiguille, me reconstituer un portefeuille de responsabilité. Mais j'avais épuisé les charmes d'Antonelli et de ses amis.

Les discours du Trône d'un Fervacques me paraissaient maintenant peu de chose, en effet, comparés aux facéties de mon ministre. Sa passion pour le Japon et les samouraïs l'ayant un jour inopinément servi, « Tout-m'est-bonheur » (comme le surnommait Catherine Darc) en gardait l'idée que les tocades intellectuelles recèlent des bénéfices professionnels potentiels dont il serait dommage de se priver; il s'adonnait donc, avec fougue, à des études dignes du « Quitte ou Double » ou des concours télévisés – l'histoire des Jeux olympiques, la littérature omeyyade, la vénerie de 1450 à 1680, ou la vie des mollusques –, passions d'un moment qu'il obligeait ses collaborateurs à partager. Les journalistes de « Paris-Match » ne gardaient pas, par exemple, un trop bon souvenir de sa période « Pierre de Coubertin » (les mauvaises langues prétendaient qu'il espérait alors l'assassinat du Président du Comité Olympique International et préparait sa « une »); non seulement Anto interrompait à tout bout de champ les conférences de rédaction par des colles du genre : « Qui a gagné le 400 mètres haies d'Helsinki? » ou « Jesse Owens, quelle année? », mais il contraignait ses grands reporters à venir au journal en short et en baskets...

Son époque mythologique, que j'ai eu le bonheur de connaître au ministère, ne fut guère plus drôle pour l'entourage; dans un accès de simplicité il nous avait invités à ne plus lui donner du « Monsieur le Ministre » en réunions de Cabinet : « Appelez-moi Jupiter », avait-il dit modestement, avec un sourire de rosière. Ce n'était pas une plaisanterie : lui-même n'appelait plus son Directeur que « Junon », et, comme il avait distribué les surnoms sans égard à la physionomie ni au sexe, mais en s'attachant uniquement à la fonction, le gros conseiller moustachu chargé des Relations avec le Parlement était « Vénus », l'inspecteur des impôts chargé du Budget, « Cérès », et le petit maigrichon qui supervisait la direction des Bibliothèques, « Apollon ». J'échappai à ces ridicules; par hasard, en effet, la messagère des dieux répondait au doux nom d'« Iris »... Au début, sans doute trouvais-je comique que l'horrible Frétillon se fît donner du « ma chère Junon »; et quand le ministre, ayant complimenté un modeste conseiller, surprenait une flamme ombrageuse dans l'œil dudit Frétillon et que, poussant à son terme la logique conjugale de son personnage jupitérien, il s'exclamait : « Mais regardez-la... Ma parole, elle est jalouse! », je jouissais sans retenue du rouge au front et de la fureur rentrée du cafard ambitieux dont on mettait en doute la virilité.

Cependant, en réunion je jugeais de plus en plus agaçant d'être moi-même apostrophée par mes collègues comme « la messagère aux pieds ailés », et de devoir me prosterner verbalement devant le « Maître des Dieux ». Il me semblait que j'avais passé l'âge de ces jeux; et je ne voyais pas sans inquiétude venir le moment où – pour peu que le ministre s'entichât de la conquête de l'Ouest ou des coutumes sioux – je devrais entamer mes discours par : « Ecoute, ô Aigle-Noir, ce que Plume-Fidèle, ta squaw, pense des projets du Grand Sachem de la rue de Varennes... »

« Tout pouvoir corrompt »; le pouvoir d'un âne, exercé sur quelques imbéciles complaisants, corrompt absolument.

J'en étais à ce point de mes réflexions quand un coup de téléphone de mon frère m'apprit que Paul Escudier venait de se tuer : accompagnant Charles de Fervacques, son ministre, à une chasse de Rambouillet, il avait fait une chute malencontreuse dans un fourré, le fusil à l'épaule; le coup était parti, lui emportant la moitié de la tête. L'habitude de la presse m'avait donné le goût des gros titres; cette déformation du métier me conduisit aussitôt à envisager un « Après avoir avalé une fève, il avale son extrait de naissance » – d'un goût, j'en conviens, plutôt douteux. Mais, en vérité, la mort d'Escudier ne m'affectait guère; resongeant à la manière dont il avait si longuement mâché sa galette, j'étais seulement désolée qu'il se fût donné tant de mal pour rien...

– On l'enterre à Sainte-Solène, me dit Philippe, il venait d'y acheter un petit appartement et une concession pour ses parents.

– Courtisan jusqu'au bout, notre « petit Paul », dis-moi!

– A propos de François et de son « petit Paul », justement... Ma mère voudrait que tu ailles à l'enterrement d'Escudier. Elle ne peut pas y accompagner François et

un journal de la qualité de “ la Presse ” puisse ne pas se sentir tenu à la plus extrême prudence... » De vieux abonnés se désabonnèrent.

Sans doute l'impact de l'affaire sur les ventes de « la Presse » fut-il moins durable, et moins lourd de conséquences, que l'effet du faux rapport Jones sur les opinions publiques arabe et israélienne : les gouvernements égyptien et syrien, convaincus en effet que, malgré démentis et contre-preuves, les Américains souhaitaient prendre leurs distances vis-à-vis de Tel-Aviv, déclenchèrent peu après la guerre du Kippour avec le bonheur qu'on sait... Mais, si l'avenir du journal ne fut pas sérieusement compromis, ses rédacteurs commencèrent à mettre en doute la sagacité de leur directeur; des rumeurs de « retraite anticipée » circulèrent.

Pourtant, nous expliqua Moreau-Bailly à Trévennec, en pinçant mélancoliquement son long nez, c'est par Juan Arroyo, l'ancien ministre argentin, que j'avais eu ce papier. Vous avez sûrement rencontré Juan à Senlis. Il vient d'être nommé à l'UNESCO... C'est l'un de nos « vol-au-vent » les plus fidèles, un vieil admirateur d'Anne et d'Olga. Je lui dois plusieurs informations de politique étrangère, qui se sont toujours révélées exactes... Cette fois-ci malheureusement, on dirait que ce pauvre Arroyo a été manipulé. Par le Mossad. A moins, bien entendu, que le Mossad ne soit lui-même, dans toute cette histoire, la victime d'une opération d'intoxication montée par la CIA... Allez savoir!

– Et le KGB? demanda Frédéric.

– Oh, mon cher ami, épargnez-moi votre « kagébite »! s'exclama le directeur de « la Presse ». Avant la dernière guerre – évidemment vous ne vous en souvenez pas mais, moi, j'ai l'âge de me le rappeler – les Français avaient, de la même manière, l'obsession de la « Cinquième Colonne » que les Allemands étaient supposés entretenir chez nous. « Des oreilles ennemies vous écoutent... » Eh bien, mes petits enfants, ce n'est pas par la « Cinquième Colonne » que l'armée française a été vaincue, mais bien par les quatre premières, avec chars et mitrailleuses lourdes...

Toute la nuit, il nous exposa sa conception des rapports

entre Etats et sa vision de la politique internationale, retrouvant par instants le mordant juvénile du clubiste qu'il avait été. Je le poussais dans ses retranchements pour l'obliger à répliquer et le sortir de son chagrin; mais j'eus beau faire, l'image du rapport Jones – ou celle du « petit Paul », le visage emporté par la carabine – revint sans cesse se glisser entre nous. Lorsque, ayant épuisé les ressources du problème palestinien et de l'imbroglio vietnamien, je lui demandai par exemple quand il comptait publier le livre sur Verlaine auquel il travaillait et que, ayant reposé sur moi un œil hagard, il murmura d'une voix atone : « Mon livre? Quel livre? Moi, un livre? Je ne sais pas ... », je jugeai qu'il valait mieux ne plus insister.

Ce fut donc un Moreau-Bailly fort défait que je conduisis le lendemain au cimetière cantonal d'Armezer qu'on venait d'inaugurer.

Le vaste enclos funéraire dont seul un petit carré commençait d'être « habité », avait l'air d'un grand pré : entre les allées, on avait gardé les pommiers auxquels les écologistes tenaient; l'ivraie et le bouton d'or croissaient en liberté.

Les vieux parents de Paul Escudier menaient le cortège; immédiatement derrière eux venait le ministre du défunt, Charles de Fervacques, élégant et blond comme jamais, qui semblait, en vérité, plus préoccupé qu'affligé : sans doute cherchait-il encore, tout en marchant, de quelle manière il pourrait rattraper vis-à-vis du State Department le « coup de sang » piqué par le gouvernement français dans les premières heures de la publication du rapport Jones...

Il faisait gris, mais lourd. Sur la petite colline, derrière la concession de la famille Escudier, les cantonniers d'Armezer venaient de procéder à la première fauche de printemps : le foin était resté en petits tas ici et là. Cette herbe coupée mêlait à l'arôme des couronnes des senteurs de sève et de terre tiédie. Des grillons chantaient. Un désir amoureux, vaste et confus – qui englobait, en même temps, les prairies, les papillons, le chèvrefeuille du chemin des Douaniers, la caresse du soleil et tous les hommes de l'assemblée – m'envahit tout à coup. J'avais envie de me coucher dans l'herbe. La respiration précipitée, le cœur battant, je croyais sentir mes jambes se dérober sous un corps élargi aux dimensions de l'univers entier. Je dus m'appuyer contre un vieux pommier et, comme dans ces exercices de yoga auxquels Carole m'initiait, prendre plusieurs inspirations profondes; encore ne parvins-je qu'avec peine à retrouver mon calme. On ne devrait inhumer que par temps froid ou sous la pluie; au printemps, certains enterrements donnent trop d'idées...

Ces « idées » si peu à leur place, François manifestement ne les partageait pas. Sa peine était sincère; la mort de son ancien protégé semblait l'avoir vieilli de dix ans; quand on mit Escudier en terre, je craignis de le voir pleurer. Je pris son bras. A pas lents, par des allées mal rabotées, nous gagnâmes la sortie du cimetière. « C'est un peu comme d'enterrer son enfant », me dit-il, en s'efforçant vaillamment de sourire, « Un enfant auquel on a beaucoup donné et qui n'a pas eu le temps de vous le rendre. Mais un jour, j'en étais sûr, il me serait revenu... »

Un cri nous fit sursauter : « Madame Maleville, Madame Maleville! »

Je me retournai : derrière nous, Fervacques descendait le sentier à grandes enjambées. Je fus surprise que, ne m'ayant vue qu'une fois, il m'eût reconnue; mais les hommes politiques, comme les bons vendeurs, cultivent la mémoire des visages... Il me serra la main comme si nous nous étions quittés la veille et dit quelques mots de condoléances polis à Moreau-Bailly : « Paul Escudier était un garçon remarquable. Il savait tout ce qu'il vous devait. Vous l'aviez admirablement formé », puis, posant légèrement sa main sur mon épaule, il m'entraîna un peu plus loin, laissant François causer avec les parents du jeune mort.

« En vous voyant tout à l'heure, j'ai pensé... Il faut que je remplace Escudier. On m'a dit que vous aviez fait du très bon travail chez Antonelli. N'échangeriez-vous pas l'Education nationale pour les Affaires étrangères? », et comme, étonnée par cette proposition imprévue, je semblais hésiter et tentais de négocier un délai, il planta son regard dans le mien et, avec une petite moue ironique et charmeuse : « Madame, me dit-il, quand on veut vivre dangereusement, il ne faut pas prendre le temps de la réflexion... Alors, c'est oui?

– C'est oui. »

Quelques semaines plus tard, « la Presse », dans sa série « Les Hommes de demain », publia un portrait élogieux du jeune ministre des Affaires étrangères. On lui prédisait le plus brillant destin. La seule réserve émise par le journaliste portait sur la « proverbiale, l'excessive gentillesse du ministre », mais il se reprenait in fine : « Après tout, dans un pays en paix, la gentillesse n'est pas nécessairement un défaut. Elle pourrait même être un atout le jour où il faudra trouver des Premiers ministres suffisamment tolérants pour effacer les rancœurs partisanes et suffisamment discrets pour ne pas porter ombrage au prochain Président »...

On aurait cru entendre, post mortem, la voix même d'Escudier; en tout cas, c'était son analyse. Ce chroniqueur de « la Presse » que, dans le cadre de ses fonctions mon prédécesseur avait dû savamment endoctriner, commettait néanmoins deux erreurs. La première – dont le « petit Paul » portait sans doute la responsabilité – consistait à surestimer les chances immédiates de Fervacques : l'Archange était bien placé, mais il ne pouvait gagner qu'à moyen terme et s'en doutait. La seconde, plus banale – commune, en tout cas, à l'ensemble du personnel politique – venait d'une méconnaissance profonde du caractère du ministre : Fervacques était beau, drôle, séduisant, irrésistible tant qu'on voudra, mais – comme son attitude vis-à-vis de Laurence et le souvenir mitigé de notre première rencontre me le laissaient déjà à penser – il n'était pas « gentil ».

Dans les débuts de notre collaboration, il me donna même plus d'une fois l'occasion de regretter « Tout-m'est-bonheur », qui manquait peut-être de dignité et d'esprit, mais plaçait ses collaborateurs sur le même pied que les divinités et ne les grondait jamais.

La première remontrance à laquelle je m'exposai dans mon nouveau ministère eut pour motif une interview-bidon que Fervacques m'avait demandé d'adresser à un journal breton : je devais rédiger moi-même les questions et les réponses, et envoyer le tout à la rédaction. Rassemblant toutes les connaissances de droit international et d'histoire diplomatique que je devais à mon père, je m'appliquai à exposer aux lecteurs les tenants et aboutissants de la politique Est-Ouest et le sens de nos dernières interventions à l'ONU, n'hésitant pas à employer, pour mieux rendre mes idées, des mots comme ceux dont Renaud usait au cours de ses campagnes électorales : « extraterritorialité », « dyarchie », « supranationalité » ou « droit imprescriptible des minorités à s'autodéterminer ».

Quand il vit son interview publiée, le ministre me fit appeler. Debout derrière son bureau, férocement blond et terriblement pâle, il m'attendait, aussi froid et coupant qu'un couteau. « Qu'est-ce que c'est que ces âneries? » dit-il en me tendant la coupure. D'un ton glacé, il m'expliqua que les lecteurs du « Petit Bleu des Côtes-du-Nord » ou du « Télégramme de Brest » n'en avaient « rien à foutre de la supranationalité et du droit imprescriptible des minorités! Que je leur parle du broutard et du petit feuillu, voilà ce que mes électeurs attendent de moi... et ce que j'attends de vous! »

Et, devant ma mine effarée, il consentit à m'expliquer, toujours sur le mode courroucé, que, dans son pays de bocage – comme en tant qu'épouse de sous-préfet j'aurais pu tout de même le remarquer! – la question de l'exploitation rationnelle des friches et taillis (le « petit feuillu ») devenait essentielle; quant au « broutard », jeune veau de trois mois que ses agriculteurs prenaient « sous la mère » et engraissaient dans leurs prés salés, ses cours avaient, depuis deux ans, une fâcheuse tendance à baisser. « Voyez-vous, la principale différence entre une agrégée d'histoire et un homme de terrain, ajouta-t-il en guise de conclusion, c'est que le second a les pieds dans la glaise! » Je ne pus m'empêcher de laisser mon regard descendre jusqu'à ses chaussures : elles étaient si bien cirées qu'on aurait pu se voir dedans.

Fervacques avait baissé les yeux en même temps que moi; il y eut un long silence; je m'attendais à être mise à la porte avec fracas. Mais, passant brusquement de l'ombre à la lumière, il éclata de rire : « Bon, mettons que, pour la glaise, je ne sois pas le meilleur exemple... Je voulais simplement vous dire, reprit-il adouci, que je n'ai pas besoin de vous pour définir la politique étrangère de la France. Les relations internationales, c'est mon travail, et quoi que puissent en dire certains de mes amis politiques je fais très bien ce travail-là. Je n'y ai d'ailleurs aucun mérite; notre marge de manœuvre est généralement si étroite que n'importe qui prendrait les mêmes décisions que moi! Il y a longtemps que les problèmes politiques, dans ce secteur comme dans les autres, ont cessé d'être des problèmes de fond... Je ne demande à mes collaborateurs que de maîtriser la forme. Faire passer dans le public la meilleure image possible de mon action et de ma personne, voilà ce que j'attends de vous. " Bien faire ", peut-être, mais, surtout, ne pas " laisser dire " : faire savoir... Dans ma commune, voyez-vous, je dois apparaître avant tout comme l'homme du " troisième âge " : vous mettrez l'accent sur mon côté social, mon groupe solidariste, et vous ne parlerez que de la revalorisation des retraites. Compris?... Dans ma circonscription, vous cadrerez un peu plus large : je suis l'apôtre du " petit feuillu ", le chantre du " broutard ", le défenseur du marin-pêcheur... Quant à la presse nationale, évitez, je vous prie, de m'y montrer comme un penseur – il y a déjà Giscard pour cet emploi-là –, ne me laissez pas non plus présenter comme un professionnel de la politique : glissez sur les " solidaristes " et gommez mon appartenance partisane. Je ne suis pas d'abord un UDR, je suis d'abord un jeune ministre, un battant, un optimiste. Gentil, musclé, plein d'allant : une espèce de d'Artagnan... Vous me suivez? A partir de là, naturellement, vous enchaînez sur la détente Est-Ouest – elle va comme un gant à mon optimisme confiant –, mais vous pourriez, le cas échéant, partir du même profil pour défendre une politique de fermeté – alors, ce serait mon côté sportif et vigoureux qu'il vous faudrait mettre en avant... Pour le reste, ne soyez pas trop cartésienne : ne vous souciez pas de faire coïncider les clichés rad-soc de Sainte-Solène avec mes portraits parisiens " dans le vent ". Ce qui compte en politique, ce n'est pas ce qu'on est mais ce que les autres croient qu'on est. Un homme peut s'offrir autant d'images qu'il a de miroirs, et autant d'âmes qu'il a d'images... »

Il pencha la tête de côté, quêtant dans le seul miroir qu'il eût à sa portée – celui de mes yeux – un reflet flatteur; il l'y trouva sans doute, car il sourit. Il avait le sourire radieux et enfantin de l'ange de Reims – un arc-en-ciel après l'orage.

Ce sourire blond, auquel, il devait son surnom d'Archange vous enveloppait insidieusement dans un filet de douceur, vous noyait dans une brume émolliente des mers du Sud. Expression de la sérénité, miraculeusement surgie de l'expérience, écume de douceur sur un océan d'amertume, ce sourire m'envoûtait déjà.

J'ignorais, bien sûr, que les journalistes américains, habiles à déceler la cruauté sous la bonhomie et la fermeté sous l'effusion, avaient baptisé mon nouveau patron « Smiling Cobra »... Ayant toutefois constaté par moi-même l'écart entre la réputation d'amabilité du Ministre et sa rudesse effective, j'aurais voulu me tenir sur mes gardes; mais, chaque fois que Fervacques laissait glisser de ses lèvres cette caresse qui ensoleillait ma journée, je ne pouvais m'empêcher de me blottir avec volupté dans sa tendresse furtive et de croire que, s'il me regardait encore souvent de cette façon-là, même dans la mort il ne pourrait rien m'arriver de mauvais...

Aussi, dans l'espoir d'obtenir l'aumône d'un de ces sourires qui donnaient aux vieillards agonisants de la Côte des Fées un avant-goût du paradis, étais-je prête à faire tout ce que le ministre m'avait demandé et au-delà. Pendant quelques mois, je poussai même le scrupule jusqu'à lire les journaux... Jusque-là, j'étais probablement la seule attachée de presse du gouvernement qui ne lût « le Monde » qu'une fois par semaine et jamais « le Figaro »; j'aimais mieux regarder les bikinis des starlettes dans « Elle » ou dans « Jacinthe » : pour la presse, c'est un fait, je tiens de ma mère...

Surmontant mon dégoût, je me mis à découper méthodiquement les revues politiques, à organiser des petits déjeuners « meet the press », à assister aux colloques « solidaristes », à éplucher la livraison mensuelle de « Progrès et Solidarité », à dîner avec Pierre Charpy et à constituer, pour les articles illustrés, trois jeux complets de photos de l'Archange : des « noir et blanc » exclusivement destinées à l'arrondissement, et prises dans un comice agricole entre deux veaux primés ou au milieu des moutons frisés de sa propriété; des « couleurs » que je passais dans « Match » ou « Jours de France » – Fervacques au départ du Rallye du Monte-Carlo, Fervacques en aviateur, Fervacques enjambant le bastingage du *Jeanne d'Arc*, Fervacques au manche à balai, au volant ou à la barre, aux commandes en tout cas : enfin, pour la presse internationale, des clichés qui le montraient dans l'exercice, moins photogénique, de ses fonctions ministérielles – autour des tables de négociations ou serrant la main des chefs d'Etat.

Malgré ces soins, « Smiling Cobra » continuait de me gratifier de plus de réprimandes que de sourires... Les éclats de voix du ministre passèrent même sa double porte capitonnée le jour où, ayant lu dans le « New York Times » un article sur notre nouveau représentant à l'ONU, il m'accusa de « saper froidement la politique française auprès des Américains ». Petites causes, grands effets : je m'étais bornée à dire à un journaliste new-yorkais, qui se plaignait de l'extrême sécheresse et du caractère aigre de notre nouvel ambassadeur aux Nations Unies, qu'il fallait laisser au malheureux le temps de s'adapter, « il était Secrétaire Général au Quai... Alors, pour lui cette nomination, bien sûr, ce n'est pas une promotion. » Dans son article le journaliste reprenait mon analyse à son compte, en insistant sur les confidences qu'on lui aurait faites dans les « milieux bien informés ».

« Vous dites que vous avez cru défendre notre ambassadeur, fulminait Fervacques, l'aider à s'insérer... Mais, pauvre sotte, en présentant sa nomination comme une sanction, vous avez miné sa position : comment ses interlocuteurs croiraient-ils désormais qu'il a la confiance de son gouvernement? Il est brûlé. Je n'ai plus qu'à le rapatrier... Vivre avec un sous-préfet ne vous a rien appris sur le " petit feuillu ", et être la fille d'un de mes ambassadeurs, rien enseigné sur la diplomatie! Il faut que vous soyez... je ne sais pas, moi... Une sotte! » Soulagé d'avoir enfin trouvé un qualificatif adapté, quoiqu'un peu faible, il laissa sa voix, naturellement ample, et faite pour les tribunes électorales, le Dies Irae, ou Boris Goudounov, s'enfler dans un crescendo d'indignation dont il espérait sans doute qu'il m'intimiderait : « J'ai bien dit : une sotte! Et petite-bourgeoise en plus. Une petite-bourgeoise myope, sotte, et irrécupérable! » Puis, pour accompagner cette fureur feinte que, tout compte fait, les injures banales et répétitives qui lui venaient à l'esprit ne lui paraissaient pas rendre avec assez de force, il expédia un cendrier sur le tapis de la Savonnerie, où il se désagrégea sans bruit.

C'était le côté russe de Charles de Fervacques : le knout lui manquait. Mais avec le cristal, il était mal tombé : depuis que j'avais cassé un vase chez les Dormanges, le bris de verre avait cessé de m'impressionner...

Hasardant d'ailleurs chaque semaine à la roulette des sommes considérables que je ne possédais pas, j'avais pris l'habitude des défis; aux propos que venait de me tenir le « gentil ministre » j'avais compris que mon père et mon mari risquaient d'être enveloppés dans ma disgrâce, mais je ne m'y arrêtai plus : je souris.

– Mais, s'exclama Fervacques stupéfait, je crois que vous ne m'écoutez pas!

– Pardonnez-moi, Monsieur le Ministre : je vous regarde.

Cette impertinence, dite sur un ton poli, produisit sur lui le même effet que le coup d'œil jeté, quelques semaines plus tôt, sur ses souliers : il parut décontenancé, gêné, comme pris en faute. Avec la hâte éperdue d'un petit garçon qui rectifie son nœud papillon avant d'entrer au salon ou essuie sur le fond de son pantalon ses doigts maculés de chocolat, il jeta un regard inquiet sur son costume, sa cravate, son gilet : « J'ai quelque chose de ridicule? »

« Mais non... » Lancée dans l'insolence, j'osai poursuivre en riant : « tout au plus manquez-vous parfois de moelleux, Monsieur le Ministre... »

« Et vous, de bon sens et de... du minimum de respect que je suis en droit d'attendre des membres de mon Cabinet! », répliqua-t-il avec violence.

Je songeai, non sans ennui, que « c'était reparti », mais, épuisé par sa propre véhémence, il se rassit brusquement, se prit la tête dans les mains et, me regardant entre ses doigts, il soupira : « Je suis un peu fatigué, excusez-moi... » Puis, lentement, comme on ouvre un rideau sur une scène nouvelle, il écarta ses mains, découvrant enfin sur son visage le tendre sourire de l'ange : « Je viens d'arriver du Nigeria cette nuit, je n'ai pas fermé l'œil depuis quarante-huit heures », me confessa-t-il complice, « et ce matin, au petit déjeuner, je buvais déjà de la vodka avec les Polonais! Alors, vous imaginez... »

Chaque fois que Fervacques me convoquait dans son bureau – comme mon père l'avait fait tant de fois depuis ma quinzième année – et qu'il me tançait, je sortais de l'entretien sensiblement plus avancée dans son intimité : il ne détestait pas qu'on lui tînt tête, pourvu, comme il me l'avoua plus tard, qu'on le fît « avec gaieté, longs cils, et une bouche bien maquillée »... Mes collègues du Cabinet, qui avaient assisté de loin à quelques-unes de ces algarades homériques et comptaient fébrilement les morceaux de cendrier dès que le ministre avait quitté son bureau, croyaient pourtant ma position menacée et cachaient mal la joie qu'ils en éprouvaient; bien que ce fût une fort petite position – un strapontin dans une rangée de fauteuils – et que, placée où je l'étais, je ne pusse faire d'ombre à personne, on espérait bien que j'allais tomber : « C'était quelqu'un qui tombait, cela fait toujours plaisir »...

Cognard, le directeur de Cabinet du ministre, jubilait plus que tous les autres réunis. J'imaginais que je devais à ses bons offices la plupart des mercuriales que je subissais : le ministre ne lisait pas chaque jour le « New York Times », surtout quand il voyageait entre Lagos et Paris... A l'évidence, « on » lui découpait les articles intéressants.

Si Cognard se donnait tant de mal pour me nuire, ce n'était pas d'ailleurs qu'il vît en moi une rivale possible : personne, alors, n'eût donné trois sous de mon avenir. Il ne m'en voulait que d'avoir repoussé avec mépris ses avances maladroites et déplacées. Ce chauve, au physique carré de baroudeur, semblait convaincu, en effet, que le droit de cuissage faisait partie de ses attributions; toutes les secrétaires y étaient passées; le seul chargé de mission du Cabinet qui portât jupon devait, à son avis, suivre tout naturellement le sort du pool dactylographique...

Que Maurice Cognard fût devenu directeur du Cabinet d'un ministre des Affaires étrangères, alors qu'il n'était ni diplomate ni juriste ni même inscrit à l'UDR, pouvait passer pour l'un des « mystères de Paris ». Aux questions qu'on lui faisait sur les raisons qui l'avaient poussé à confier une responsabilité de cette importance à un homme si peu fait pour l'exercer, Fervacques ne répondait jamais que par « il m'est personnellement dévoué ».

C'est une phrase que j'ai entendu prononcer à d'autres hommes politiques, et toujours à propos d'insignes médiocrités dont on s'étonnait qu'elles fussent parvenues jusqu'aux sommets. Ces promotions, pourtant, ne paraissent inexplicables qu'à ceux qui connaissent mal la psychologie des hommes d'Etat : constamment agressés, critiqués, menacés, ils développent au fil des années – comme certains professeurs chahutés – une mentalité paranoïaque; soupçonnant leurs subordonnés, leurs « clients », leurs amis, et leurs parents même, de cacher en permanence un poignard dans leur dos et une boule puante dans leur cartable, ils ne sont rassurés que par ceux dont l'intelligence larvaire, le caractère flasque et les vices envahissants font des fantoches dociles, des zombis incapables d'exister par eux-mêmes. Encore ces médiocres favoris doivent-ils en rajouter sans cesse dans la flagornerie pour endormir la méfiance, toujours en alerte, de leur grand homme : chaque tyran épuise d'innombrables Lorenzaccio avant de périr de la main du dernier...

L'ascension de Maurice Cognard était l'ascension type d'un second-couteau « personnellement dévoué ». Il avait commencé sa carrière comme assistant d'un assistant de l'assistant du directeur de Radio-France-International. Fervacques, jeune secrétaire d'Etat, était venu y enregistrer une émission à destination de Saint-Pierre-et-Miquelon. Cognard, chroniqueur sans chronique, était assis dans un coin du studio; dès la fin de l'entretien, il s'était précipité vers le ministre, lui serrant la main avec effusion : « Ah, bravo, Monsieur le Secrétaire d'Etat, vous avez été excellent! Je peux vous le dire, c'est mon métier : je n'ai jamais entendu un exposé aussi clair ni un timbre de voix aussi riche de possibilités, radiophoniquement parlant... »

Quelques jours plus tard, Fervacques passait aux Buttes-Chaumont dans une émission télévisée de l'après-midi : Cognard traînait dans un coin du plateau avec les techniciens. Dès que la régie eut rendu l'antenne à Cognac-Jay, même scène : poignée de main, enthousiasme, et éloge, cette fois-ci, de la photogénie, du charisme du jeune homme d'Etat, qui, touché de tant d'admiration, remercia chaleureusement.

A partir de ce jour, chaque fois que Fervacques fit un enregistrement, Cognard était au premier rang (il s'était introduit dans les bonnes grâces de la secrétaire du ministre et en obtenait ponctuellement des invitations); le premier à applaudir, le dernier à quitter le studio, il habitua si bien l'entourage de l'Archange à son visage réjoui, son crâne glabre et ses épaules de déménageur, que, le soir où, au sortir d'une de ces émissions, il suivit les intimes chez Lipp et s'installa en bout de table, chacun le laissa faire, le croyant ami des autres. Quand, après deux ou trois « tête-de-veau-vinaigrette » dans la brasserie à la mode, les plus clairvoyants s'avisèrent qu'il n'était l'ami d'aucun des familiers, ils le prirent, trompés par sa carrure, pour un inspecteur de la Sécurité... Gros mangeur et boute-en-train, Cognard sut vite se faire accepter; quand on le reconnut enfin pour ce qu'il était, ou ce qu'il prétendait être – une compétence en matière de radio-télé –, il s'était rendu si sympathique à la compagnie ordinaire du ministre et tellement indispensable au « grand chef » lui-même qu'il n'était plus question de s'en séparer : son enthousiasme après chaque enregistrement – « Quelle prestation, Monsieur le Ministre, quelle prestation! » – rassurait Fervacques, lequel, ne doutant ni de ses capacités politiques ni de son aptitude à gérer une grosse administration, manquait encore de confiance en lui pour ce qui touchait aux médias. La présence de Cognard à ses côtés, sitôt qu'on le poursuivait avec un flash ou un micro, lui rendait sa sérénité. Quand il devint ministre du Commerce extérieur, l'Archange nomma Maurice Cognard conseiller technique; et lorsque, ministre des hommes du Quai –, il propulsa à sa place l'ancien assistant dont il se prétendait certain que lui, au moins, lui serait « personnellement dévoué ».

Jusqu'alors, Cognard ne s'était signalé que par la vigueur de son appétit, la puissance de ses battements de mains et l'étendue de ses talents de bouffon – souplesse de polichinelle, verve de conteur et complaisance de portemanteau; mais dans ce registre limité, il était vrai qu'il avait brillé. Sa promotion soudaine le perdit. Après l'euphorie des débuts (il reçut à dîner ses anciens patrons, le directeur de Radio-France et les présidents de chaînes, qu'il éblouit de sa puissance nouvelle), il succomba à « l'alcool gratuit ». Monter dans l'échelle du pouvoir, c'est d'abord parvenir, en effet, à ce niveau de compétences où l'on n'a plus à payer son verre. Honorant de sa présence trois ou quatre cocktails par soirée, disposant dans son secrétariat d'un réfrigérateur et d'un riche assortiment de boissons apéritives qu'il proposait à chaque visiteur avant d'en user lui-même, Cognard cessa bientôt d'être opérationnel, même pour les tâches limitées dans lesquelles il s'était illustré : soûl comme un Polonais dès le déjeuner, il lui arriva, certains soirs de « Face à Face » ou de « Tous contre Un », d'applaudir l'adversaire du ministre... Quand il eut tenté de violer sur le canapé de son bureau une vice-ministre bulgare, quinquagénaire et pucelle, Fervacques ordonna de grouper tous ses rendez-vous importants en début de matinée. A l'époque où j'entrai moi-même au Cabinet, Cognard était pratiquement écarté des vraies responsabilités; mais, ne pouvant plus servir, il pouvait encore nuire, comme il me l'eut bientôt prouvé.

Fervacques, d'ailleurs, ne se décidait pas à le remplacer. L'alcoolisme de son directeur tranquillisait le ministre sur sa fidélité : dans cet état-là, il ne risquait pas d'intriguer. Son regard spongieux, sa démarche titubante, son allure d'épave, devenaient, chaque jour, plus chers à son employeur : comme le disent si bien les Anglais dans une formule ambivalente à souhait, « a friend in need is a friend indeed »...

Après l'incident du « New York Times », je me promis de faire la peau de cet assoiffé; mais j'avais compris que seul parviendrait à le détrôner celui que Fervacques jugerait plus dépendant encore de sa faveur et de sa personne. Tout en subissant, tantôt avec patience, tantôt avec agacement, les algarades ministérielles que mes sottises et l'hostilité de Cognard me valaient, je réfléchissais, sans me décourager, à la manière de persuader mon ministre que je pourrais être ce fidèle entre les fidèles, cette ombre de lui-même qu'il cherchait.

Puisque, malgré les cendriers cassés, je n'abandonnais pas la place et ne me laissais jamais convaincre de ne pas figurer sur les « listes » – quelque bon prétexte qu'on avançât pour m'y inciter –, mes collègues consentirent à me reconnaître la qualité des vrais politiques : j'étais insubmersible.

Du reste, ils commençaient à soupçonner leur ministre de céder inconsidérément à la mode du féminisme : quand une réunion du Cabinet s'était prolongée fort avant dans la soirée et que Fervacques passait la nuit dans son appartement de fonction du Quai d'Orsay, ne me faisait-il pas raccompagner chez moi par son chauffeur personnel? Cette faveur enviée, qui m'attira autant de jalousie que de considération, je ne la devais en vérité ni à mon charme ni à mon sexe, mais à la circonstance que je n'avais pas encore de voiture de fonction. N'importe : je ne pouvais me défendre d'être moi-même sensible à l'attention que Fervacques, ordinairement dédaigneux du « vulgaire et du subalterne », avait porté à ce détail d'intendance... Les « jeunes Messieurs », que ces raccompagnements ministériels avaient incité à passer en peu de semaines du mépris goguenard à la haine déférente, cessèrent enfin de me mettre des bâtons dans les roues; ils me firent entrer dans tous leurs projets, je fus de toutes leurs expéditions. Alors qu'on m'avait soigneusement évincée en juin du voyage présidentiel à Reykjavik, et en septembre du voyage en Chine, je fus invitée, au début du mois de novembre 1973, à accompagner Fervacques en Yousgoslavie où les Etats membres de la CEE allaient rencontrer, en terrain neutre, les pays du COMECON.

La conférence devait se tenir en partie à Belgrade en présence des chefs de gouvernement, et en partie à Dubrovnik avec les seuls ministres. L'Elysée souhaitait que nous saisissions l'occasion de ces contacts pour préparer la rencontre Pompidou-Brejnev qui devait avoir lieu trois mois plus tard à Pitsounda; mais, comme me l'avaient révélé quelques diplomates chevronnés – pour lesquels, utilisant l'expérience acquise à l'Education nationale, j'avais monté un petit « Journal de la France et de l'Etranger » qui m'attirait bien des sympathies –, du côté français on n'espérait pas grand-chose de ce sommet : la maladie du Président avait gagné, l'un après l'autre, tous les rouages de l'Etat; le corps administratif entrait en léthargie; on ne prenait plus d'initiatives, on reportait les décisions, et cet attentisme qui paralysait peu à peu la politique intérieure tournait à la franche prostration dès qu'on abordait les affaires extérieures où, comme on le sait, il n'est déjà pas d'usage, en temps normal, de se hâter...

Je partis donc pour Belgrade convaincue que j'aurais le temps d'y faire du tourisme. Je pus en effet mettre à profit l'enlisement de la négociation, et l'abondance des festivités offertes aux Premiers ministres, pour quitter la capitale un soir au volant d'une voiture louée. Roulant à vive allure à travers la campagne, avec pour seuls compagnons de route le Michelin vert et les cartes d'état-major détaillées qu'Olga avait tenu à me prêter, je croisai des chars à bœufs d'un autre âge, conduits par des hommes maigres coiffés de feutre cabossés. De vieilles femmes en fichus noirs suivaient lentement à travers champs des charrettes bringuebalantes, en ramassant des potirons jaunes qu'elles fourraient dans leurs paniers. L'obscurité noyait peu à peu dans un jus brun, digne d'un tableau de genre du XIXe, ces plaines infinies, ces villages monotones, ces silhouettes misérables. Au volant de ma « Hertz-rent-a-car », je m'enfonçais dans un « Angelus » de Millet modèle slave, encore plus sombre que l'original.

La plupart des bourgades n'avaient pas l'électricité en effet, et les rares agglomérations qui en étaient pourvues n'en faisaient qu'un usage limité : les maisons ne possédaient qu'une ou deux ampoules de maigre puissance, qui – comme il convient à un peuple de paysans – n'éclairaient que la cour, cette lumière jaunâtre suffisant à donner par surcroît, aux étables ou aux cuisines, la faible clarté nécessaire aux travaux domestiques. Comme à Rome, aucun éclat ne trouait la nuit. Mais alors que les soirées italiennes y gagnaient un velouté qui m'enchantait, la nuit serbe me sembla rugueuse, râpeuse, inquiétante – une nuit à ressusciter les vampires et réveiller les chauves-souris.

Rentrée tard à Belgrade, je fis, cette nuit-là, des rêves éprouvants : la méchante Babayaga lançait à mes trousses sa cabane à pattes de poule, des nuées d'enfants tziganes s'attaquaient à mon porte-monnaie, et des oustachis glissaient des bombes sous mon lit; heureusement, à l'instant où tout allait sauter, je me trouvai transportée au fond d'une campagne tolstoïenne – vastes champs de maïs, cour de ferme boueuse et maison basse qu'ornaient des chapelets de poivrons séchés – où, surgissant de derrière un tas de bois, une espèce de grand cosaque botté fondit sur ma bouche avec tant de violence et de rapacité que je n'eus pas le temps de distinguer ses traits; mais ce baiser volé fut si long, si doux, et si désespéré que je m'éveillai bouleversée. Habituée à convoquer des inconnus dans mon lit, je me demandai lequel avait eu l'audace de s'y glisser malgré moi, déguisé en boyard. Comme je refis le même rêve le lendemain et les jours suivants, chaque fois avec le même émoi, je dus me rendre à l'évidence : j'étais tombée amoureuse. Mais de qui?

Je ne pensais pas que ce pût être de Josip Tito – même si ses bâtons de maréchal, exposés dans tous les musées, avaient un air vainqueur de godemichets –, ni de Maurice Cognard... Un moment, trompée par la forme de sa bouche, je crus reconnaître mon voleur de cœur sous le masque de l'interprète monténégrin, galant à souhait, qu'on avait affecté à notre délégation. Puis, je m'arrêtais à Emmanuel Durosier, l'un de mes jeunes collègues du Cabinet chargé des questions européennes : il avait de l'amitié pour moi, un humour entreprenant et un petit nez délicieusement impertinent. J'essayais de me représenter Emmanuel penché sur mes lèvres, de sentir la pression de sa main sur ma nuque, le goût de sa salive; je tentais même – tandis que le train personnel du Président yougoslave, acajou et citronnier marqueté, nous emmenait, avec les ministres des Affaires étrangères, vers la Dalmatie où le congrès allait s'amuser – de ranimer quelques images suggestives de la Commission de Contrôle du Cinéma et d'imaginer Durosier nu sur mon drap; mais je n'y parvins pas. La longue théorie des voitures officielles avait déjà passé le petit port de Cavtat et franchi les portes de Dubrovnik, les attachés de Cabinet avaient refait leur nœud de cravate et leur pli de pantalon, les ministres repassé leur sourire et les photographes dûment mitraillé cet important cortège de personnalités, que j'en étais toujours, songeuse et préoccupée, à chercher, dans le souvenir d'un rêve, qui j'aimais.

« Les vieilles murailles et les hautes tours qui enserrent la ville de Dubrovnik comptent parmi les plus massives d'Europe. Construits pour sauvegarder l'indépendance de ses habitants, ces remparts magnifiques sont l'expression d'une brûlante aspiration à la liberté »... Avec ce didactisme un peu lourd propre aux pays de l'Est, le guide édité à Zagreb par le Turistkomerc fait ainsi des murs de l'antique Raguse l'emblème de la souveraineté nationale et des droits de l'homme.

Dérisoire symbole, pourtant, que ces courtines et ces bastions qui n'ont pu préserver l'autonomie de l'ancienne République qu'ils abritaient ni empêcher ses citoyens, absorbés dans un empire plus vaste, de perdre, après leur souveraineté, leurs dernières libertés quand leurs vainqueurs les eurent eux-mêmes abdiquées. Un rempart ne protège pas plus une ville de la barbarie qu'une reliure ne défend un livre du vandalisme : d'Ouest en Est, hérissé de lignes Maginot, notre Europe ressemble à la bibliothèque du vieux Chérailles – succession d'apparences et d'illusions, contenant sans contenu, parade de « dos »...

Accroupie sur sa presqu'île, à l'ombre de ses arsenaux et de ses créneaux, Raguse est morte, comme est morte l'idée qu'elle incarnait.

Aussi blanche qu'un sépulcre, propre au point de n'avoir plus d'odeur, la ville offre au touriste ses rues cirées, ses pavés polis, ses pigeons immobiles posés, tels des sculptures de marbre noir, sur les frontons dorés des églises, et ses marchandes figées dans leurs longs tabliers bleus – mannequins pour musée Grévin plantés au bord des places auprès de paniers de raisins qui n'ont pas l'air vrai. Abandonnée aux étrangers de passage, livrée aux représentations théâtrales et au commerce des souvenirs, plus irréelle encore que Senlis ou Sainte-Solène, Dubrovnik aspire à l'immobilité parfaite de Kotor et de Budva, ses voisines, qu'un tremblement de terre a ruinées en laissant debout les façades, les tours et les clochers; de loin, les anciennes cités semblent intactes, on croit deviner des géraniums aux fenêtres des maisons, des éventaires sur les places et des gosses dans les ruelles; c'est en s'approchant qu'on tombe sur les barrages de police qui en interdisent l'accès, et que, jetant un coup d'œil par la poterne étayée de madriers, on aperçoit les places désertes, les fontaines sans eau, les persiennes fermées, les campaniles obliques, les toitures crevées, les horloges arrêtées : l'herbe pousse entre les moellons des maisons et les pavés des rues; il manque des balustres aux balcons, des colonnes aux porches, des marches aux escaliers, et, seules, quelques mouettes criardes osent encore troubler le silence qui pèse sur ces « villages-Potemkine » où tout, derrière les façades des cathédrales et des palais, s'est écroulé.

A Dubrovnik déjà comme à Kotor, et comme à Sainte-Solène, aucun enfant sur les trottoirs ou dans les cours, plus un rire, pas une chanson : de l'Atlantique à l'Oural le mal court sans connaître de frontières, à la manière d'un très lent tremblement de terre, d'une de ces failles à peine visibles qui parcourent des continents entiers et qui, sans qu'on y prenne garde, s'ouvrent chaque année davantage, jusqu'à engloutir dans une dernière secousse le sol miné qui les portait. C'est comme si l'Europe, par l'effet d'on ne sait quelle dérive wegenérienne, glissait souterrainement sous d'autres plaques plus robustes et s'enfonçait, à chaque minute, d'un degré de plus dans l'abîme. Longtemps, je m'étais interrogée sur l'ampleur du phénomène : d'où venait que des pays, dont l'environnement était si différent, pussent présenter la même fissure, souffrir de la même peste, courir le même danger? A peine pouvait-on, pour expliquer les maux qui les frappaient, parler des mœurs du temps, car il ne semblait pas que le temps leur fût commun...

Les nations touchées n'appartenaient pas à la même époque en effet. Il y avait bien deux cents ans d'écart entre la manière de vivre des Français et celle des Monténégrins; et, en France même, la société d'Etampes et de Trévennec (qui, malgré la télévision, le jean et l'informatique, s'efforçait toujours de retrouver un équilibre balzacien) ne vivait pas dans le même siècle que les Parisiens. Jusqu'aux Parisiens que je trouvais inégalement « avancés » selon les quartiers, les milieux, les métiers. La bourgeoisie d'Auteuil ne terminait pas le millénaire au même pas que les « beurs » de banlieue; même au sein de la classe nantie, que les critères marxistes réputaient homogène, les différences de comportement ne me semblaient pas moins marquées qu'entre les groupes situés aux extrémités de l'éventail social : les Grands Corps de l'Etat par exemple, Conseil d'Etat ou Quai d'Orsay, gardaient les usages du XIXe *siècle et le vocabulaire du* XVIIe *– Saint-Simon les peignait mieux que ne l'eût fait « Libé » –, tandis que les auteurs de bandes dessinées ou les publicitaires lancés affectaient d'anticiper, pour le langage, l'habit et les manières, sur les modes du troisième millénaire; au point que, sortant d'un cocktail diplomatique ou de la bibliothèque du palais pour me rendre à un dîner littéraire ou une soirée du showbiz, je croyais chaque fois tomber chez des Martiens... Pour un immigré de la deuxième génération promu Secrétaire général de l'Elysée ou un chamelier entré, par la grâce de quelques puits de pétrole, dans des cercles fermés, combien encore de Lamoignon « à mortier » dans la bourgeoisie de robe, et de Messieurs Thiers à la Chambre des Députés?*

Entre tous ces mondes dont les uns sortaient du Moyen Age au rythme de leurs chars à bœufs quand les autres vivaient déjà à l'heure de la robotique, je ne trouvais guère qu'un point commun : le vide de leur ciel...

Le palais de la Rijeka, où le gouvernement yougoslave avait invité Charles de Fervacques et les autres ministres des affaires étrangères à passer, avec leurs assistants, une « grande soirée historico-folklorique », est resté, quant à lui, résolument immergé dans un XVIe *siècle profond, même si, en abritant quelques manifestations officielles, il sert à l'occasion des desseins plus contemporains. Il s'agit en effet d'une de ces résidences d'été gothico-Renaissance que les patriciens de Raguse ont fait construire hors des murs de la ville, en bordure de la rivière, comme plus tard les riches Vénitiens bâtirent les maisons palladiennes de la Brenta. J'avais été moi-même reçue, avant Christine, dans l'une de ces maisons de la Marina dont les anciens parcs, mal entretenus, se perdent dans les roseaux du bord de l'eau. Des fresques bleues de la grande salle où devait avoir lieu le dîner on ne distinguait plus ici ou là, sous le salpêtre, qu'un torse amputé, une lance ébréchée, un blason effacé. Même les draperies de velours rouge qui pendaient aux fenêtres semblaient moisies. Néanmoins, les autorités croates n'avaient rien négligé pour nous restituer l'atmosphère des grands dîners d'autrefois : de hauts chandeliers d'argent éclairaient les tréteaux dressés en U où les convives avaient pris place à la lumière ancienne – d'un seul côté – réservant entre les tables l'espace nécessaire au spectacle : des joueurs de flûte en pourpoint de brocart, des bouffons chargés de grelots, des cracheurs de feu, des danseuses à longues nattes étaient venus successivement faire leurs tours sur les dalles de pierre rongées et la soirée s'était prolongée si tard que dehors, chauffeurs et policiers, las de battre la semelle, buvaient la slivowitz à la bouteille pour se réchauffer.*

J'imaginais la soirée de Christine à la Rijeka semblable à celle que j'avais vécue, à ceci près que, lors de la conférence COMECON-CEE, quelques jeunes danseurs folkloriques en pantalons brodés et calottes rouges avaient, paraît-il – dans un élan de conscience professionnelle qui les honorait, et avec une bonne humeur communicative – tenté d'entraîner dans leur sillage ministres et ambassadeurs; mais, si finalement un garde du corps et deux petites interprètes avaient consenti d'entrer dans leur farandole, le personnel de haut rang s'était unanimement récusé, se contentant de sourire jaune et de battre poliment des mains – à contretemps. Seule de tous les négociateurs présents à cette réunion, Christine Maleville avait accepté de se joindre au groupe des danseurs, soit qu'elle eût été sensible au caractère bon enfant de cette invitation qui lui rappelait l'heureuse époque des danses du tapis et des javas d'Evreuil, soit qu'elle ne voulût pas laisser passer l'occasion de monter sur une scène. Elle dansait assez bien de toute façon pour attraper un « kolo » au pied levé et tenir honorablement sa place dans un ballet dont elle ne connaissait aucune figure l'instant d'avant.

Comme sa robe à l'ancienne et sa coiffure torsadée s'accordaient à merveille au décor Renaissance et au cos-

tume brodé des konavli, l'assistance entoura sa prestation d'une chaleureuse approbation et les jeunes gens du groupe folklorique, touchés de sa bonne volonté, la mirent en vedette de leur mieux.

« Pour plaire », m'avait dit un jour Christine Valbray qui donnait volontiers des leçons sur ce chapitre, « il s'agit moins d'être belle que d'être différente. » Avec sa chevelure-flamme qu'elle n'avait jamais coupée au carré pour faire concurrence à Vartan, ni séparée en couettes pour imiter Sheila, ses vêtements hors de mode qui ne rappelaient pas plus les jupes Vichy de Brigitte Bardot que les pulls informes de « la Shrimp », et sa rage à chanter la Carmagnole dans les soirées d'Etampes ou à lancer des kolos endiablés à la face des diplomates rangés, Christine était différente, en effet. Comme si sa naissance dans les marges de la légalité l'avait à jamais préservée de la « normalité », elle avait tiré de cette disparité forcée le principe même de sa séduction.

Consciente de l'émotion qu'elle suscitait ce soir-là, elle sourit de plus en plus tendrement aux danseurs qui la prenaient par la main ou la hissaient sur leurs épaules; ajoutant à ces danses trop convenables une touche de joyeuse sensualité, elle s'attira la sympathie croissante du public masculin. Les ministres de l'Est la regardaient avec appétit. Un observateur japonais, dont les Etats européens avaient accepté la présence à leur sommet, avait sorti son polaroïd et mitraillait la danseuse rousse sous toutes ses coutures. Seul, notre ambassadeur à Belgrade ne paraissait pas goûter les prouesses athlétiques de cette danseuse légère issue de son ministère.

Choqué par l'exhibition de sa compatriote, l'Excellence prenait en effet un air farouche, tandis que Fervacques, à la table d'honneur, gardait la mine impénétrable d'un ministre des Affaires étrangères étranger à l'affaire.

Durosier se souvenait pourtant que, malgré cet apparent dédain, le ministre ne perdait rien du spectacle; comme lui-même s'était approché en catimini du fauteuil de son patron pour l'entretenir d'un échange de propos que l'interprète du Quai d'Orsay avait surpris entre deux des représentants tchèques, il se fit envoyer sur les roses :

« Votre interprète parle tchèque comme une vache espagnole !

– Cependant, Monsieur le Ministre, il est formel : il a entendu votre homologue tchèque confier à son vice-ministre que le Secrétariat du COMECON n'accepterait pas le projet de communiqué que nous avons établi cet après-midi... Je crains que nous n'ayons une méchante surprise demain et que tout ne soit à recommencer. Ne devrions-nous pas...

– Cet interprète est un ignorant, Durosier. Quant à vous, vous n'êtes pas transparent : vous me gênez...

– Pardonnez-moi d'insister, Monsieur le Ministre, fit Durosier piqué, mais comment pouvez-vous affirmer que notre interprète s'est trompé ?

– Mais parce que je les ai entendus moi-même, les Tchèques ! Et je comprends sûrement mieux leur charabia que votre corbeau croate ! Vous avez l'air d'oublier que le russe est ma langue maternelle... »

Cette brusque allusion à son histoire familiale, il l'avait, me dit Durosier, lancée sur un ton de fierté très extraordinaire – un peu comme d'autres auraient jeté un « vous oubliez, Monsieur, que je suis tout de même polytechnicien », ou « souvenez-vous, mon jeune ami, que mes ancêtres ont fait les Croisades ! » Comme, à la réflexion, il n'y a rien de très surprenant à ce qu'un Français parle le russe – moins, en tout cas, que l'hindi ou le swahili – le jeune conseiller, frappé d'étonnement, considéra rêveusement son supérieur cherchant à percer l'intention cachée que révélait ce sursaut d'orgueil déplacé. Mais, déjà, balayant d'un revers de main – comme on chasse une mouche – les réflexions ou objections éventuelles d'Emmanuel Durosier, Fervacques avait repris avec énergie : « Bon, allez, faites-moi confiance, mon petit Emmanuel. Et au lieu de vous tourmenter, admirez le charmant spectacle que nous offrent ces beautés illyriennes... » Puis, comme sans doute le jeune homme ne s'était pas ôté assez vite de son « soleil », le visage de Charles de Fervacques s'assombrit et une lueur homicide passa dans ses yeux – ce « killer instinct » que les politiciens regardent comme la marque même de l'homme d'Etat : « Tirez-vous,

Durosier, murmura le ministre entre ses dents, ne me le faites pas répéter : tirez-vous! »

Christine, qui avait connu à la Rijeka un triomphe mérité, n'eut pas le temps de s'en féliciter : elle fut prise, dans la nuit même, de nausées et de violentes douleurs au ventre. Au matin, elle fit appeler Emmanuel Durosier qui logeait dans le même hôtel qu'elle. Il la trouva si mal en point qu'il demanda un médecin, lequel diagnostiqua une appendicite aiguë et conseilla une opération immédiate. Durosier accompagna Christine à l'hôpital.

Alors qu'elle attendait dans un couloir, couchée sur une civière, que son jeune collègue eût réglé les problèmes que soulevait l'admission en urgence d'une étrangère, Christine vit dans l'ombre, sur le mur lépreux du vestibule, s'avancer tout un régiment de cafards qui manœuvra, sous ses yeux horrifiés, aussi posément qu'une division du Pacte de Varsovie en période de « grandes manœuvres » : c'est du moins ce qu'elle affirma à Durosier. Lorsqu'il revint avec son dossier d'admission, il la trouva en proie à la plus violente agitation : « Je ne veux pas rester ici. Ce n'est pas un hôpital, c'est un mouroir... Je ne suis même pas sûre qu'ils aient des vrais chirurgiens. Diplômés, équipés. Ils vont m'ouvrir, et ils ne seront pas capables de me refermer! Non, j'aime mieux rentrer en France et me faire opérer chez moi » et, tremblant sur ses jambes, elle se remit debout et se dirigea vers la sortie à petits pas douloureux.

Emmanuel Durosier, bon garçon, héla un taxi, revint à l'hôtel, aida Christine – que la souffrance pliait en deux – à jeter ses vêtements dans une valise, et embarqua le tout – femme, valise et appendicite – pour l'aéroport de Cilipi. Mais arrivés à Cilipi, nouveaux déboires : comme il advient souvent en cette saison sur la côte dalmate, tous les vols avaient dû être annulés, deux heures auparavant, en raison de la violence des vents. Les météorologues prévoyaient que la tempête qui se levait pourrait durer deux ou trois jours... Jusque-là, l'aérodrome resterait fermé.

« Mais la conférence se termine demain soir, objecta Durosier, que feront les ministres? »

Les autorités de Cilipi l'assurèrent qu'on était en train d'y penser : des cars prendraient les ministres à Dubrovnik pour les conduire à Cetinje, d'où le train présidentiel les ramènerait à Titograd; de là, des avions de l'armée yougoslave les transporteraient à Belgrade, où ils retrouveraient leurs jets respectifs.

« Je me dis que Christine ne pourrait pas plus supporter cette succession de transbordements qu'attendre trois jours la reprise des vols réguliers, me raconta Durosier. Encore une fois, je tentai de la convaincre d'entrer à l'hôpital, mais elle protestait qu'elle aimait mieux mourir... Désespéré, je la ramenai à l'Hôtel Impérial, où je la laissai couchée avec une poche de glace sur le ventre et un tube d'aspirine sur la table du chevet. Puis je me rendis au Palais des Congrès : j'avais disparu toute la matinée sans m'être excusé et je m'attendais à me faire engueuler. »

Fervacques l'accueillit en effet avec un sourire pincé : « On a beaucoup remarqué votre absence, Durosier, et celle de Madame Maleville. Nous sommes à Raguse, ici, mon ami, pas à Capoue... Qu'avez-vous fait de votre danseuse? Est-elle trop fatiguée pas ses relations privées pour s'occuper de mes relations publiques? » Durosier, confus, expliqua tout, et pour achever de lever les doutes que son ministre pouvait garder parla même d'inflammation possible du péritoine, d'intervention urgente, de mort éventuelle; enfin, il brossa un tableau bien noir d'une situation qui n'était pas absolument rose.

« Le père de Madame Maleville est toujours en poste à Vienne? demanda Charles de Fervacques. En ce cas, je crois que j'ai une idée... »

Je voyais tantôt des montagnes, et tantôt la mer; parfois, au loin, des îles sombres aux contours incertains qui avaient l'air de nuages d'orage flottant dans un ciel clair, et parfois, au bord de trouées noires, des bandes de cirrus effilés que la tempête pressait comme des vagues montant à l'assaut des rochers. Le paysage se renversait sans cesse; le ciel et la terre basculaient : la route devait tourner beaucoup et la voiture rouler trop vite. A moins que ce ne fût la fièvre.

J'avais pourtant l'impression qu'elle restait légère; mais je n'y connaissais pas grand-chose : j'avais si peu d'habitude des frissons, des courbatures, des nausées, ou, tout simplement, des migraines... A la maison, la maladie avait toujours été l'exclusivité de ma mère, aucun autre membre de la famille n'eût osé s'y attaquer. Ce monopole, quotidiennement et triomphalement réaffirmé à coups d'escarres et de vomissements, d'évanouissements, d'ambulances et de soins intensifs, ne nous laissait d'autre choix que la bonne santé – même mon grand-père avait dû assumer jusqu'à sa mort une réputation de solidité qui m'avait abusée sur son agonie.

Couchée sur la banquette de l'auto, et resongeant à Evreuil, je recouvrai peu à peu la mémoire des dernières heures écoulées : passant de mon grand-père, puis à Rome, j'en revins à Dubrovnik, à la Rijeka, l'Hôtel Impérial, l'hôpital... Je me rappelais maintenant très bien Emmanuel Durosier assurant péremptoirement à l'hôtelier inquiet que, tant que la fièvre ne monterait pas davantage, la péritonite n'était pas à redouter; plus tard, je le revoyais, attentif comme une nounou, m'installant sur le siège arrière et m'enveloppant les jambes d'un plaid écossais après avoir glissé un oreiller sous ma tête; c'est ensuite que j'avais dû m'assoupir.

Avec précaution pour ne pas réveiller la douleur qui me sciait le ventre, je tentai de me redresser pour m'assurer que c'était bien Emmanuel qui conduisait. J'aperçus une longue nuque bronzée qu'un profond sillon vertical divisait; dans le creux du sillon, quelques cheveux blancs se mêlaient aux boucles blondes; Durosier était brun... Je pensai avec tristesse qu'il m'avait confiée à un chauffeur de taxi ou un ambulancier; je ne savais pas où cet homme m'emmenait; je me rendormis, épuisée.

Quelquefois, en entrouvrant un œil, je trouvais le ciel immobile, la voiture silencieuse : l'homme avait dû s'arrêter pour prendre de l'essence ou boire un café. Je me rendormais. En m'éveillant, j'entendais de nouveau le ronronnement doux de l'auto, je sentais le roulis des virages, régulier comme un bercement, et je revoyais, se découpant sur le fond sombre de l'océan, la nuque du conducteur et ses mèches blondes qui auréolaient un profil perdu, trop éloigné de moi pour que, sans lunettes, je pusse l'identifier. Ce dos, pourtant, me rappelait quelque chose, quelqu'un... et, soudain, la souffrance qui me tordait les entrailles me rendit la mémoire : le médecin italien! Comme onze ans plus tôt lorsque, allongée dans son cagibi, j'attendais que mon « opération » fût terminée et qu'assis à son bureau il remplissait patiemment des dossiers, c'était son col ouvert, sa peau brune, sa chevelure d'or pâle, sa présence silencieuse, que j'avais devant moi. Comme onze ans plus tôt, je me sentis envahie par un malaise étrange où la crainte se mêlait à la reconnaissance, l'horreur de la douleur aux délices de la dépendance, et le regret de la mort donnée au bonheur de la mort reçue.

La nuit tomba. Depuis combien d'heures roulions-nous? Il alluma la radio. Je reconnus le « Lamento de la Nymphe »... Dans l'ombre, je ne voyais plus les cheveux du chauffeur, mais, sous l'odeur de cigarette américaine qui remplissait maintenant l'habitacle, je distinguais un parfum puissant de terre brûlée et de clématites séchées. Avais-je pu confondre le médecin des suburbi avec le satyre des Fornari? A moins que tous deux ne se fussent ligués pour m'enlever et me ramener en Italie... Mais comment avaient-ils pu retrouver ma trace, obtenir des places d'ambassadeurs au « Sommet », et abuser Emmanuel Durosier? Et de quel mal devaient-ils m'opérer, de quel fruit me délivrer? La fièvre montait, mes cheveux collaient à mon front, ma couverture avait glissé et je n'avais plus la force de la ramasser. « Non mi tormenti più... »

J'avais dû plonger dans le sommeil encore une fois. L'air frais me ranima. On avait ouvert la portière à mes pieds, on arrangeait doucement la couverture : avions-nous atteint le terme du voyage? Je vis une enseigne allumée dans la nuit. « Je vous ai apporté un verre d'eau, dit l'ombre penchée, je ne sais pas s'il vous est permis de boire, mais vous avez tant de fièvre... » Je saisis avidement le gobelet d'eau fraîche; un instant l'idée m'effleura que le liquide pouvait être empoisonné; dans un sursaut de conscience historique, je me rappelai avec terreur le breuvage glacé qui avait terrassé Henriette d'Angleterre, « Madame se meurt, Madame est morte »... Mais déjà, une main glissée derrière mes épaules me soulevait avec fermeté, une autre écartait tendrement les mèches qui me tombaient sur les yeux : je bus avec un abandon de condamnée. Pour redresser mon oreiller, « l'homme noir » alluma le plafonnier et, de nouveau, il se tourna vers moi. Alors, je le vis en face pour la première fois; le conducteur de la voiture douce, de la roulotte chaude, berceuse sans contour, sans nom, sans couleur, qui m'emportait dans la nuit, ne ressemblait ni au médecin romain ni au faune du palais Fornari; je le reconnus : c'était l'homme de mon rêve, dont les baisers à Belgrade m'avaient réveillée. Mais il n'avait pas non plus les traits d'Emmanuel Durosier. Il avait retrouvé son vrai visage – celui, sévère et clair, de Charles de Fervacques.

Je ne lui demandai pas ce qu'il faisait là ni où il comptait m'emmener, car, pour ce qui me concernait, nous pouvions aussi bien rester, la vie entière, au bord de ce chemin que continuer à rouler jusqu'au bout du monde : de toute façon, j'étais arrivée.

Quand le jour se leva, je distinguai, derrière les vitres, des balcons de bois, des toitures pointues, des pics neigeux, et auberges roses aux rideaux immaculés; Fervacques m'apporta une tasse de tilleul : « L'Autriche... Comment vous sentez-vous? » Comme je voulais l'obliger à me prendre dans ses bras pour me soulever, je ne fis aucun effort pour me redresser et le laissai porter la tasse à mes lèvres pour me faire boire à petites gorgées. « Vienne n'est plus très loin... J'espère au moins que vous ne doutez pas que les chirurgiens autrichiens valent les chirurgiens français... En tout cas, je puis vous assurer qu'il n'y a pas de cafards dans leurs salles d'opération! »

Nous reprîmes la route. Je vis des lacs, des fleuves et des villes, mais de la même manière que j'avais vu, la veille, la mer et les îles illyriennes : dans une demi-conscience, en mélangeant les lieux et les temps. En vérité, maintenant que je l'avais reconnu, que je l'avais trouvé, je ne distinguais bien que Charles de Fervacques.

Du trajet lui-même je ne garde aujourd'hui que des souvenirs, si brouillés qu'il me semble que notre traversée de l'Europe dura plusieurs jours... c'est, sans doute, ce qui s'appelle prendre ses désirs pour des réalités, car je me rappelle avoir plus d'une fois souhaité – malgré la maladie, la fièvre et les nausées – que notre voyage n'eût pas de fin; je savais que l'inconnu qui bordait ma couverture, essuyait mon visage et me menait, par des routes connues de lui seul, vers une destination qu'il avait seul choisie, était en train de me donner, à vingt-huit ans passés, mon plus beau souvenir d'enfance.

Comme je le sus plus tard par Emmanuel Durosier, c'était Fervacques lui-même qui avait eu l'idée de cette expédition : de Dubrovnik, ne serait-il pas plus facile de gagner Vienne que Paris? Compte tenu des circonstances, le moyen de transport le plus rapide, et le moins inconfortable pour moi, était la voiture; il suffisait de louer le modèle le plus puissant et le plus spacieux de l'agence Atlas – une Bentley peut-être, une Mercedes à la rigueur – et de rallier la capitale de l'Autriche dans le minimum de temps.

Durosier avait pris ce qu'il avait trouvé de mieux, mais au moment où, m'ayant installée sur la banquette arrière, il s'apprêtait à prendre le volant, notre ministre avait fait irruption dans la cour de l'hôtel : « Durosier, mon petit vieux, j'ai une autre habitude que vous de la conduite sportive... Et je connais ces routes-là – les virages de la côte dalmate, ceux de Carinthie –, ce sont des routes dangereuses. Il vaut mieux que je me charge moi-même du paquet si je veux qu'il arrive à bon port... »

Prenant calmement possession des clés, des papiers et du « paquet » qui sommeillait à l'arrière, il avait expliqué à Emmanuel, stupéfait, qu'il avait déjà prévenu Cognard et notre ministre des Finances, lequel venait d'arriver; de toute façon, la conférence s'achevait le lendemain et le projet de communiqué était arrêté : ce départ précipité ne nuirait pas aux intérêts français. « Du reste, avait ajouté l'Archange en riant, je ne suis pas fâché de m'en aller de cette manière-là... Le retour par Cetinje et Titograd, très peu pour moi! Et puis, que voulez-vous, quand Giscard est là, j'ai pour toujours l'impression qu'un de nous deux est de trop... »

Lorsque je repris connaissance après l'opération, mon père se trouvait à mon chevet – éclairée par l'exemple de Marie-Neige, j'en déduisis que j'étais en bonne santé... Lui, par contre, semblait fatigué : la visite-éclair de son ministre l'avait mis dans tous ses états; il avait du mal à retrouver son équilibre.

Fervacques, en effet, m'avait déposée à l'hôpital, puis, toujours au volant de l'auto louée, il avait débarqué à l'ambassade. L'irruption du fameux terroriste, contre lequel nos diplomates s'étaient depuis des mois armés moralement, et physiquement blindés, n'eût pas semé une panique plus totale dans les bureaux. Il semble, cependant, que le ministre n'y vît rien qui ne fût à l'honneur du chef de poste : avant de reprendre, le soir même, l'avion pour Paris, il lui fit compliment sur la bonne tenue de ses services.

Pendant mes quelques jours d'hospitalisation, puis durant ma convalescence à la Schwarzenbergplatz, l'Ambassadeur fut aux petits soins pour moi; j'eus de nouveau droit à une chemise de nuit de soie rose : c'était apparemment le seul cadeau qu'il fût capable de faire tout seul... Monsieur Valbray, en tout cas, me traitait déjà par anticipation, avec le respect dont, dit-on, le sire de Saint-Vallier, père de Diane de Poitiers, entourait sa fille, et je suppose qu'il n'était pas loin d'adresser au ciel la même prière : « Dieu sauve le bon c... de ma fille, qui m'a si bien sauvé ! »

Il avait beaucoup espéré en me voyant entrer au Cabinet de son ministre; il ne doutait plus de voir ses espérances couronnées...

Les miennes, en revanche, étaient déjà déçues : Charles de Fervacques, au contraire du petit Durosier, n'avait pas appelé une seule fois pour savoir de mes nouvelles.

Songeant combien il prenait plaisir à tenir un volant et appuyer sur un accélérateur, et à quel point – véhiculé comme un objet fragile dans de trop calmes limousines par des chauffeurs de fonction – il se trouvait frustré de ce bonheur pendant ses déplacements officiels, je me dis qu'en me ramenant à Vienne il n'avait cédé qu'à l'amour du sport et au plaisir de la conduite. Je n'étais même plus très sûre de n'avoir pas rêvé les gestes de tendresse dont je me souvenais...

Pressée d'aller constater à Paris ce qu'il en était, je ne passai que quelques jours de convalescence à la Schwarzenbergplatz – assez, toutefois, pour m'apercevoir que Marie-Neige était déjà remplacée dans son rôle privé, sinon dans un rôle public. Cette dernière étape risquait, du reste, d'être bientôt franchie : mon père ne me « cacha pas » qu'il fallait une maîtresse à cette grande maison... Evelyne, la nouvelle élue, une petite secrétaire du service commercial, avait tout juste mon âge; elle faisait de son mieux pour avoir une conversation sans comprendre que, dans l'état de sa culture et de ses dons, il eût été préférable de n'en avoir point du tout. Elle ne s'intéressait qu'à l'ésotérisme en effet, et je me demandais si mon père supporterait longtemps de n'entendre parler que de « nombre d'or », de « grands initiés », de croix celtes, de soucoupes volantes et autres « secrets de la grande Pyramide »...

Comme les épouses d'Henry VIII dont les destins marchent par trois – Catherine d'Aragon, divorcée, Anne

Boleyn, décapitée, et Jeanne Seymour, morte dans son lit, le trio suivant se bornant à reproduire dans le même ordre le même schéma –, les épouses de mon père se succédaient, par groupe de deux, suivant un dessin répétitif, et préétabli : à Anne de Chérailles, issue de l'aristocratie, répondait Lise Brassard, apprentie charcutière à Belley-en-Bugey, et la comtesse Villosa de Vega devait immanquablement être suivie d'une Evelyne Martineau, blondinette Pigier sacrifiée à la symétrie...

– Cette petite Martineau est bien touchante, dis-je à mon père lorsqu'il me raccompagna à l'aéroport.

– Ou très ambitieuse... Je ne suis pas bête au point de m'abuser sur les serments d'amour des petites filles de son milieu : pour une femme, tu sais, le plus court chemin d'un point à un autre passe encore par un lit ! Et quand on voit d'où vient Evelyne, on conçoit que le raccourci en vaille la peine...

J'étais bien près de partager son avis : on n'arrive pas à vingt-huit ans sans savoir qu'il suffit aux femmes de se coucher pour asseoir une position... N'aurais-je pas pu, moi-même, trouver autant d'avantages de carrière que de bonheurs de cœur à passer par la chambre de l'Archange ? Chaque fois que je songeais à cette troublante éventualité, j'avais grand soin, en tout cas, de mettre en avant, à mes propres yeux, ces intérêts professionnels dont la feinte prééminence me rassurait sur la liberté de mes sentiments...

De retour à Paris, je dus cependant quitter mes illusions : rien n'était changé à mes relations avec Fervacques, et si, après la Yougoslavie, le ministre cassa nettement moins de cendriers, je ne devais cette modération nouvelle qu'aux progrès que j'avais faits dans mon métier, et qu'il reconnut en ajoutant à mes attributions d'attachée de presse un portefeuille de « conseiller technique pour les affaires culturelles et les lycées français de l'étranger ».

A un ministre de la Culture égyptienne, qui accompagnait son chef d'Etat en visite à Paris, Charles de Fervacques me présentait aimablement comme « Madame Catherine Maleville, notre nouveau conseiller », et le fait qu'après huit mois de collaboration et un long voyage à deux il ignorât encore mon prénom suffit à me donner la mesure exacte de l'intérêt qu'il me portait... Pour comble de malheur, ma récente promotion m'avait privée de ces minces privilèges ministériels auxquels je m'étais accoutumée et dont, même, je m'étais vaguement flattée : ayant maintenant mon propre chauffeur, j'avais perdu toute occasion de me faire déposer chez moi par la voiture du Ministre... A deux ou trois reprises pourtant, au sortir de réceptions à Versailles ou Vaux-le-Vicomte, à l'heure où les voitures officielles se pressent en désordre au bord des perrons et où les VIP, frissonnant sous la pluie dans leur costume de soirée, guettent l'approche de leur automobile à cocarde aussi impatiemment que les travailleurs de nuit l'arrivée du premier métro, je m'arrangeai pour ne pas retrouver mon chauffeur; chaque fois Fervacques, galant, m'offrit une place à ses côtés; chemin faisant, il poussa la complaisance jusqu'à me faire la conversation, toujours sur ce mode badin et presque familier qu'il adoptait sitôt que nous sortions de son cadre professionnel habituel, et dont je tirai vite avantage pour oser, moi-même, des réponses gentiment effrontées et des propos taquins. Mais Fervacques remarquait-il le changement de ton auquel me poussaient ainsi l'obscurité, la chaleur, le bruit rassurant du moteur et l'odeur de sa cigarette? Il faisait mine, en tout cas, de ne pas y prêter attention et, si parfois il me remettait à ma place, c'était d'une manière infiniment plus subtile que dans les premiers temps : il se contentait de me montrer que j'étais incapable de trouver un sujet qui pût l'intéresser, et tâchait de me persuader que le semblant d'attention dont il m'entourait à l'occasion ne pouvait être imputé qu'à sa parfaite éducation... Au milieu d'une discussion que j'avais la faiblesse de croire passionnée, il laissait par exemple l'une de ses phrases en suspens, ou renonçait brusquement à finir un développement; à moins qu'il ne regardât sa montre à la dérobée – en gentleman qui fait tout pour que ce coup d'œil ne soit pas surpris.

« Ça, ma petite Christine, me dit plus tard Malou Weber, c'est son genre " ennuyé ". A vingt ans, il adorait déjà faire ce numéro-là. Il paraît qu'il s'en sert avec toutes les femmes. Ce n'est pas un trop mauvais truc non plus en Conseil des ministres ou en Comité directeur : ses distractions distinguées ôtent aux plus fanfarons de ses collègues une bonne partie de leurs moyens... Mais, franchement, ce style détaché est exécrable dans les débats télévisés! Dites-le-lui : quand il fixe dédaigneusement le plafond pendant qu'on lui répond, ce n'est pas seulement son adversaire qu'il humilie, c'est le public qui se sent méprisé! »

Pour sortir de l'incertitude où, après certaines confidences et des prévenances appuyées, me jetaient brusquement ses airs las, j'aurais pu, bien sûr, tenter une approche plus explicite – exhiber des décolletés vertigineux, croiser les jambes un peu haut, garder, entre deux propos, la bouche entrouverte et mouillée, à la Marilyn Monroe, ou laisser passer dans mes yeux des lueurs câlines, nostalgiques et lascives... Mais, par manque d'habitude, je n'osai pas. Des hommes que j'avais aimés, combien en avais-je choisi? Aucun, à part Marco. C'était toujours eux – Zaffini, Philippe, Yves, Frédéric, et même les dragueurs des gares – qui m'avaient repérée, abordée, séduite. Cette passivité, que je ne pouvais imputer à la timidité, je l'attribuais à ma myopie : j'avais toujours, sur les hommes que je rencontrais, un regard de retard; vue avant de voir, j'étais proie plutôt que chasseur.

De son côté, il se pouvait que ce ministre Don Juan appliquât le principe qu'on prêtait à l'évêque de Trévennec, solide coureur de jupons : « Jamais dans le diocèse... » Cette réserve hautaine, ou circonspecte, et mon inexpérience ne nous laissaient guère de chances de conclure.

Je remâchai ma déception sans même pouvoir espérer, cette fois, que Frédéric, prêtant son enveloppe à mes désirs, donnerait du corps à ces chimères. Mon mari venait en effet de quitter la Bretagne pour le Roussillon, où, passant d'un « cul du monde » à un autre, il avait été nommé Secrétaire Général de la Préfecture de Perpignan : il ne remontait que trois ou quatre fois l'an à Paris pour des réunions administratives et retournait bientôt dans son Roussillon la mort dans l'âme, désespéré de ne m'avoir retrouvée que pour quelques nuits. Je recevais de lui des lettres pathétiques où, au terme d'un cheminement plus courant qu'on ne pense, la frustration sexuelle débouchait sur la métaphysique – « Ma petite chérie, tu vois, je n'ai pas attendu longtemps pour t'écrire. Voici de nouveau le décor des soirées solitaires, le buffet de la gare embrumé de fumée, les vieilles dames tristes devant leur verre de limonade et les sous-P.-D.G. de province débarquant du train avec leur usine sous le bras... Je retrouve dans les grands couloirs silencieux de la Préfecture, dans la place centrale sinistre écrasée sous un soleil de carte postale, tout ce qu'il me faut pour être triste! Comprends-moi, je ne suis pas malheureux, ni rendu neurasthénique par le manque de sommeil, mais la solitude me jette dans un état second, doux-amer, où tout ce qui n'est pas toi me semble indifférent, étranger, irréel. Ce n'est peut-être pas la grande âme russe » (il fallait voir là une perfide allusion à mon patron), « mais c'est sûrement ma petite âme immortelle puisque j'ai presque envie de croire en Dieu dans ces moments-là » (processus classique de sublimation du « ça » – j'espérais tout de même qu'il attendrait un peu avant d'entrer à la Trappe, car qui s'occuperait d'Alexandre? –) « Tout à l'heure, en descendant du rapide, je me suis demandé comment j'avais pu être assez fou pour ne pas rester à Paris quelques heures de plus, quelques jours même, ou toute la vie. Je songeais à toi, pauvre minette chérie, seule dans ton taxi, seule dans le studio de Caro, seule partout, abandonnée avec tes dossiers du Quai d'Orsay... Dis, Christine, quand on se sent si esseulés ensemble, c'est encore une manière de s'aimer, non? », et il finissait sa lettre en traçant d'une main malhabile une vue cavalière du buffet de la gare de Perpignan – histoire de terminer sur une note gaie... Je ne répondais pas souvent; et, quant à le rejoindre, j'étais trop occupée désormais par mon « double portefeuille » pour faire deux mille kilomètres chaque week-end! Du reste, je ne connaissais rien de pire que cette solitude à deux sur laquelle il s'abusait si complaisamment. J'aimais mieux rêver toute seule.

Je ne revis Sainte-Solène qu'en janvier 74, pour le traditionnel dîner du Cabinet . Cette année-là, le ministre avait décidé, pour varier les plaisirs, que nous ferions un dîner de têtes, et la plupart de mes collègues s'attendaient qu'une fois de plus il se « payât » quelques-unes de ces « têtes »-là...

C'était la mort dans l'âme, en tout cas, que Cognard avait adorné d'une perruque Louis XIV sa trogne de courtisan alcoolique, tandis que le conseiller technique chargé de l'Europe orientale dissimulait sa pâleur sous une chapka, et qu'Emmanuel Durosier, espérant intimider l'adversaire, s'était déguisé en Louis XI; à sa jeunesse, sa candeur et son nez retroussé, le chapeau aux médailles allait comme un gant à un manchot...

Pour moi, je consentis de paraître en victime – puisque Fervacques aimait les martyrs –, mais en victime dangereuse : je mis la mort autour de mon cou. Je me déguisais en Simonetta Vespucci. Cette charmante rousse du Quattrocento n'avait pas, comme son cousin, découvert l'Amérique mais conquis Julien de Médicis – ce qui était plus directement rentable; malheureusement, elle n'avait pu jouir longtemps de sa situation de maîtresse officielle : atteinte de phtisie, elle était morte à l'âge de vingt-trois ans. Piero di Cosimo avait célébré sa mémoire dans un fameux portrait qui la représentait hautaine, pâle et demi-nue, portant un serpent noir en collier.

La coiffure du portrait – cheveux torsadés autour de chaînes de perles – me sembla facile à réaliser : il y avait des années que Philippe m'avait entraînée à natter ma chevelure en y mêlant des fils d'or, des rubans, des cabochons ou des ferronnières. Le collier fut plus difficile à trouver; mais un joaillier, ami d'Olga, accepta de reproduire le modèle du tableau en tordant, autour d'un lien d'or, un serpent d'argent, qu'il revêtit de lamelles de jais et termina par deux petits yeux de jade à l'éclat inquiétant.

Je n'avais évidemment pas de quoi me payer une pareille merveille; Olga accepta de m'avancer l'argent : au titre des affaires culturelles dont j'étais maintenant chargée, je venais d'obtenir une importante subvention pour le PAPE de Fortier, et la Secrétaire Générale du mouvement ne pouvait faire moins que de m'en témoigner un peu de reconnaissance...

Louis XI, Louvois, le Sibérien, le fakir et les autres, me regardèrent entrer dans le hall de Sainte-Solène avec des yeux admiratifs, mais sans me reconnaître pour ce que j'étais. Il est vrai que je ne retins pas longtemps leur attention : en faisant son entrée en même temps que moi mais de l'autre côté, par la porte de la terrasse, un grand smoking noir m'avait volé la vedette. Au-dessus de son col châle lustré on ne voyait, sur fond de nuit, qu'une cagoule de cuir brun qui lui couvrait entièrement le visage et les épaules, exacte réplique du chaperon de cuir qui coiffait l'oiseau perché sur son poing droit. Levant haut ce poing ganté, l'homme fit faire à l'oiseau un lent tour de salle; les conversations avaient cessé, les conseillers, immobiles comme l'oiseau masqué, semblaient pétrifiés. On n'entendait que les pas lourds de l'homme sur les dalles de pierre du salon.

Puis il y eut, dans l'angle d'une porte-fenêtre, comme un bruit de serviette froissée, de parapluie qu'on déplie, d'éventail déchiré : une tourterelle grise et rose volait à grands coups d'ailes autour d'un lustre allumé. D'un geste sec, le smoking noir libéra l'attache de son oiseau encapuchonné et releva le chaperon de cuir fauve. Je n'eus pas le temps de m'effrayer du bec puissant du rapace ni de l'envergure de ses ailes : déjà, des plumes roses tombaient du plafond stuqué. La lutte, trop inégale, fut brève; le pigeon tomba comme une masse sur le sol dallé et s'y fracassa la tête, éclaboussant de sang la bordure d'une nappe blanche préparée pour le dîner .

« Tu ne savais pas que notre “ gentil ministre ” adorait les faucons? murmura le jeune Louis XI. Le public non plus, remarque. Et il vaut sans doute mieux pour le grand homme que son goût des oiseaux de proie ne s'ébruite pas : la cruauté envers les tourterelles, ce serait mauvais pour “ l'Image ”... Heureusement, nous ne bavarderons pas : nous avons trop peur de connaître le même sort que ses pigeons!... Il paraît que cette passion pour les rapaces l'a pris tout petit. Il a commencé à dresser des éperviers vers neuf ans. Juste après avoir renoncé à apprivoiser des serpents. Sans blague : pour ses sept ans, son père lui avait offert un terrarium où il donnait des petits lapins à manger à des grands boas... Mais pour les faucons, l'Archange est vraiment devenu un champion. Il a même écrit un traité de fauconnerie, " le Haut Vol ". Un traité, c'est avouable. D'ailleurs, c'est avoué : dans le Who's who, à la rubrique des œuvres... »

L'oiseau était revenu sur le poing du chasseur qui, avec d'infinies précautions de tendresse, lui tendait des petits morceaux de viande crue; un valet desservait sur une pelle les restes de la tourterelle brisée. Puis, le fauconnier remit lentement le capuchon du gerfaut, de nouveau fixé sur sa main gantée, et il ôta le sien. Ses cheveux blonds, que la chaleur du cuir avait mouillés de transpiration, bouclaient un peu sur son front.

« Après tout, me glissa encore Durosier, il y en a bien qui aiment les corridas... »

« Je pense, messieurs, dit le ministre d'une voix grave et nonchalante en lançant sa cagoule sur une console de marbre, que vous me jugerez d'âge à pouvoir sortir sans chaperon... »

Il y eut quelques rires complaisants. Cognard applaudit : « Bravo! Ah, bravo! Quelle démonstration! Quel dresseur! Et, ce qui ne gâte rien, quel esprit! »

Fervacques, agacé, posa sur lui un regard de glace. « Sortir sans chaperon », reprit-il en orateur consommé que les interruptions intempestives des bancs du fond ont cessé de troubler, « ce n'est pourtant pas ce qu'en ce début d'année je conseillerais à la plupart d'entre vous. Vous êtes bien jeunes... On apprend plus à vos âges en se laissant chaperonner, et même, le cas échéant, leurrer, qu'en tentant de chasser pour son compte. N'est-ce pas, Froment? » (Un hebdomadaire venait de donner le jeune Froment « partant » pour les prochaines législatives sous l'étiquette des Républicains Indépendants; mais chacun put prendre pour lui-même l'avertissement : à la veille des bouleversements politiques qu'annonçait la maladie du Président, Fervacques appelait ses troupes à serrer les rangs.) « Quant à la Sans Pareille, ajouta le ministre pour détendre un peu l'atmosphère, elle est, à mon avis, trop jolie pour se promener sans duègne à une heure aussi tardive... » Il s'avança vers moi en souriant. « Bonsoir, Sans Pareille », dit-il en prenant ma main dans sa main gauche – le fauve ailé était toujours accroché à son poing droit – et portant mes doigts à ses lèvres.

« Sans Pareille » était la devise que Julien de Médicis arborait, avec les couleurs de la belle Simonetta, dans tous les tournois.

Je ne fus qu'à demi surprise que Fervacques eût identifié le modèle qui m'avait inspirée; bien qu'il se vantât toujours de n'être pas un intellectuel et proclamât bien haut qu'il ne lisait rien, hors quelques ouvrages utiles comme le rapport annuel de nos inspecteurs des postes diplomatiques ou les « Bleus » du Budget, il avait cette culture picturale étendue des enfants de riches que leurs nurses ont tôt promenés de musées en collections privées, et baladés des enchères de Sotheby's aux ventes de Monaco. Il se lança d'ailleurs aussitôt dans une évocation émue de mon « original », qu'il avait vu à Chantilly.

Cognard, qui ne supportait pas de voir son ministre s'attarder avec d'autres, trouva qu'il me faisait une politesse bien longue et ramena sa perruque à notre hauteur :

– Je viens d'admirer le salon que vous avez fait décorer par Chagall, Monsieur le Ministre. C'est une pure merveille... Ces fresques, ce plafond! Et le petit boudoir que vous avez confié à Léonor Fini! Vous allez faire de « Bois-Hardi » un véritable musée de l'art contemporain!

– Oui, dit Fervacques, j'étais un peu las du Napoléon III...

– Quand je vois tous les embellissements que vous avez faits en si peu de temps, je me sens pleinement rassuré sur la solidité du bâtiment. Figurez-vous que j'avais entendu dire – les gens racontent vraiment n'importe quoi! – que toute la falaise de la Dieu-Garde était minée, que certaines maisons étaient menacées et que les compagnies d'assurances n'acceptaient même plus de...

– En effet, coupa Fervacques, la falaise est minée. Ma maison tombera.

« Mais alors? » Dans son émotion, Cognard rejeta sa perruque en arrière comme un vulgaire béret. « Je ne comprends pas... Pourquoi y investir des, des... »

« Des sommes pareilles? Mais pour les perdre », murmura Fervacques, et il s'éloigna, superbe, son faucon au poing.

Caprice de milliardaire que ces dressages de bêtes de proie et ces investissements à fonds perdus? Fascination du risque? Ou, comme Catherine Nay le suggérait déjà dans « la Double Méprise », attirance morbide pour l'échec, la destruction et la mort?

Quoi qu'il en soit, un homme que les ombres et les périls fascinent ne pouvait qu'être séduit par cette Simonetta Vespucci dont je lis, sous la plume d'un critique d'art, une description qui semble avoir été écrite pour Christine Valbray : « Belle, et présentée de profil sur un fond de paysage admirable, elle semble narguer son propre destin au-delà de la mort. Liée à la nature par ce serpent qu'elle porte au cou comme le symbole de la maladie foudroyante qui l'emporta, elle ignore les juges et défie la société par la fascination triomphante dont elle se sait porteuse. Moqueuse, souriante, naturelle et pourtant séductrice, pure et pourtant vicieuse, je ne jurerais pas par cette femme-là... »

Christine, en Simonetta Vespucci, exerça sur le fauconnier de Sainte-Solène le même charme trouble et puissant que Marie de Verneuil sur Montauran lorsqu'elle lui avoue son passé de prostituée, ou la Mort Rouge sur le héros de la nouvelle d'Egar Poe quand elle jette son masque. D'un seul coup – un coup de maître –, par delà l'application un peu

laissa tomber dans l'unique fauteuil de la pièce, face à un cartonnier d'où il tira une liasse de papiers qu'il me tendit.

« Redevenons sérieux », dit-il – je n'avais jamais cessé l'être : le massacre des tourterelles ne me met pas précisément en humeur de badiner et la crainte des reproches que j'allais maintenant essuyer me rendait trop grave pour plaisanter, ou seulement apprécier à leur juste valeur les sarcasmes dont mon ministre avait cru devoir m'accabler. « Ces chiffres ne seront publiés que la semaine prochaine, mais ils ne sont pas brillants. Je faisais quatre points de mieux dans le sondage IFOP d'octobre... »

Tandis que, debout devant lui, je parcourais hâtivement le dossier, il me dévisageait en silence, les sourcils froncés. On n'entendait que le pétillement des bûches et le ronflement des flammes dans la haute cheminée simili-Louis XIII qui, à l'extrémité opposée de la pièce, faisant pendant au portrait de famille. Tout en déchiffrant les résultats du sondage à la lumière du chandelier, je songeais, non sans ironie – Charles de Fervacques n'était-il pas considéré par les électeurs interrogés comme « le plus gentil » des présidentiables? –, que j'allais commencer l'année en beauté : par une nouvelle réprimande, dont je ne doutais pas que, une fois de plus, le motif n'eût été inspiré au ministre par Maurice Cognard...

Je fis front : « Je vous assure, Monsieur le Ministre, protestai-je en lui rendant les feuillets, que, pour ce qui est de la presse et de l'opinion, j'ai fait depuis six mois tout ce que vous désiriez. Hier encore, le " Spiegel " a publié une analyse très élogieuse de votre politique européenne. De son côté, " Ouest-France " a passé votre interview sur la coopérative laitière d'Armezer, avec deux clichés de la Foire Agricole de Pleren. C'était bien ce que vous souhaitiez? Et en décembre, pendant votre voyage en Inde, est-ce que je n'ai pas réussi à mettre toutes les agences dans le coup lorsque vous avez brusquement décidé de traverser le Gange à la nage? Même les petits maoïstes du " Front Rouge " ont consacré un entrefilet à votre exploit! Il est vrai que la traversée des fleuves à la brasse par des hommes publics, les prochinois adorent ça...

– A propos de ce voyage en Inde, riposta doucereusement M. de Fervacques, n'omettez pas, tant que vous y êtes, de mentionner aussi la première page du " Canard Enchaîné " – " Pinsart-dit-de Fervacques, un politicien qui sait nager "... Faut-il que je vous rappelle également les sous-titres de cet article : " Le requin du Gange ", " le pêcheur en eaux troubles ", " le brasseur de fond ", etc.

– Ce ne sera pas nécessaire, Monsieur le Ministre, je m'en souviens très bien. Mais, que voulez-vous, il fallait s'attendre à quelques papiers de ce style-là! Pour un humoriste c'était tentant... On aurait même dû y penser avant de vous lancer dans ce, enfin, ce défi sportif un peu... A ce sujet, je vous ferai remarquer que ce n'est pas moi qui l'avais suggéré : c'était Monsieur Cognard – si j'ai bonne mémoire.

– Je sais, je sais... Et ne vous énervez pas comme ça : vous risqueriez d'oublier à qui vous parlez... J'apprécie l'humilité chez mes subordonnés, et, si la déférence n'est pas votre fort, tâchez au moins de rester polie... Je vous accorde que si Cognard veut absolument " rajeunir mon image " – à ce jeu-là, d'ailleurs, je vais bientôt me retrouver en culottes courtes! –, il ferait mieux de m'inscrire au rallye Bandama : l'automobile, c'est ma spécialité... En tout cas, je pilote mieux que je ne nage, n'est-ce pas? C'est bien ce que vous cherchiez à exprimer? » Il eut un large sourire, aussitôt voilé de tristesse : « Et puis, le rallye Bandama, ça me permettra de m'entraîner pour " la traversée du désert " ... Sept ans de traversée, il vaut mieux se préparer! Surtout que la manne ne risque pas de tomber!

– Demain, repris-je pour l'adoucir, il y aura dans " Elle " le résultat – très flatteur pour vous, celui-là – d'un autre sondage effectué auprès de deux mille lectrices. " Avec qui aimeriez-vous passer votre dernière nuit? " a-t-on demandé à ces dames et j'ai le plaisir de vous annoncer, Monsieur le Ministre, que si vous êtes classé derrière Alain Delon et Yves Montand, vous devancez largement vos concurrents politiques : 54 % des Françaises voudraient mourir entre vos bras... Votre brillante performance sera illustrée dans le même journal par la photo de l'agence Rush où l'on vous vit jouer au tennis avec le champion de France junior. Toutefois, il faut que je vous prévienne : sur ce cliché-là, vous êtes déjà en culottes courtes... »

En fait, j'avais été ravie de faire passer cette photo : c'était ma préférée. Charles de Fervacques, dont la chemise Lacoste mettait en valeur le cou bronzé et les larges épaules, courait sur la balle avec autant d'application que si son sort en dépendait; il gagnait à cet exercice un regard intense et une expression désarmante, tout à la fois sauvage et enfantine, qu'accentuait la manière dont il mordillait sa lèvre inférieure : cette lèvre mordue comme celle d'un petit garçon anxieux de bien faire, contrastait de la façon la plus heureuse avec la haute taille du ministre, ses cicatrices d'aventurier et sa raquette brandie comme une massue; en outre, elle attirait habilement l'attention sur la plus belle bouche du gouvernement. Aucune femme ne pourrait voir cette photo sans brûler du désir d'embrasser le tennisman : cela ne suffisait-il pas aujourd'hui pour gagner une élection?

Fervacques poussa un soupir excédé : « Ne vous moquez pas de moi, Christine Maleville. Je pourrais être assez fin pour m'en apercevoir... »

J'étais toujours debout et il ne songeait nullement à me prier de m'asseoir; il me regardait sans me voir. Songeur, il reprit lentement d'une voix sourde : « Du reste, vous vous trompez : en vous amenant ici je n'avais pas l'intention de vous reprocher quoi que ce soit. J'espérais... que peut-être vous me consoleriez? »

Il avait approché sa main du chandelier posé sur un guéridon auprès de son fauteuil, et il passait lentement les doigts au-dessus de la flamme.

« Je sais bien, au fond, que tout est de ma faute : je n'ai pas été bon à la télévision en décembre face à Kahn-Serval. Il est redoutable, votre petit ami – c'est bien un de vos amis, n'est-ce pas? Tiens, Berton ne m'avait pas menti...

Oui, il est redoutable, votre RKS, parce qu'il croit ce qu'il dit. Et que puis-je, moi, contre un homme qui a la foi? Quand, avec des trémolos dans la voix, il promet au " peuple de France " – j'adore son expression : " peuple de France "! – des lendemains qui chantent, il est très ridicule évidemment, mais très convaincant. Tenez, moi-même, il me touche : lorsque je le vois peindre en rose bonbon, ou en vert espérance, les aléas de l'idylle PC-PS et les ratés de " l'union ", j'hésite entre le fou rire et les larmes. En tout cas, je perds mes moyens... »

De ses longs doigts il caressait la flamme comme on caresse les cheveux d'une femme; il l'emprisonnait au creux de sa main sans la serrer, de même qu'on garde une seconde prisonnier le papillon qu'on relâchera, affolé, froissé, blessé, dans la brûlure du soleil.

« Ajoutons que Cognard, qui m'a été très précieux dans les débuts, est devenu incapable aujourd'hui de me donner un seul conseil utile sur le bon usage des écrans. Enfin! Au moins m'est-il dévoué...

– Le fait est, insistai-je, que si Monsieur Cognard a de grandes qualités, il est très handicapé par sa maladie. »

C'était ainsi que les secrétaires désignaient pudiquement les intempérances du directeur; pour en décrire les symptômes elle parlaient de polynévrite, d'étourdissements, de vertiges de Ménière...

« Quant à vous, Monsieur le Ministre, si vous me permettez de vous donner, non pas un conseil – je ne me le permettrais jamais –, mais mon impression » (Il n'avait qu'à me laisser m'asseoir : debout, je me découvre facilement l'étoffe d'un procureur), « vous ne devriez pas, pendant ces face à face télévisés, prendre l'air aussi ennuyé. Cette allure désabusée vous nuit. Faites semblant d'être intéressé. Après tout, si vous ne l'êtes pas par le thème du débat, vous l'êtes au moins par son enjeu... Franchement, face à quelqu'un d'enthousiaste, de passionné comme Kahn-Serval, vous faites un peu, comment dire? non pas " aristocrate décadent ", mais...

– Heureusement que ma fortune vous interdit de compléter par " décavé "! Eh bien, c'est un plaisir, Madame, que de voir comment vous vous y prenez pour consoler un homme affligé! Dites-moi : faisiez-vous la même chose pour rassurer votre mari quand je le terrorisais avec mon histoire de cimetière? L'enfonciez-vous davantage, histoire de le remonter? A l'époque, je vous avais imaginée plus... Au fait, quelle est donc cette autre qualité dont vous m'avez un jour dénié la possession? Ah oui, le moelleux... C'est cela : je vous avais imaginée plus moelleuse.

– A cette époque-là, Monsieur le Ministre, répliquai-je en riant, vous n'imaginiez sûrement rien du tout : vous ne me connaissiez pas!

– Encore une impertinence gratuite. Et une inexactitude, qui plus est : une jolie femme se remarque tout de suite dans un endroit aussi déshérité que Trévennec... D'autant que dans toutes ces kermesses et ces inaugurations où les gens du cru ne regardent que moi, j'ai tout le temps, moi, de regarder les autres! De là, sans doute, cet air accablé dont vous me faites grief... »

Troublée à l'idée qu'il avait pu m'observer à distance pendant de longs mois avant que je ne l'aie vu pour la première fois, je restais silencieuse, embarrassée, gênée soudain par ma taille trop haute, mes bras trop nus, et ma coiffure apprêtée. Pas un instant je ne soupçonnai qu'en reportant notre première rencontre dans la nuit des temps Fervacques m'avait menti et ne cherchait qu'à dissimuler l'impression profonde qu'avait produite sur lui mon apparition, un soir d'hiver, à la terrasse de Sainte-Solène, un verre rouge entre les mains...

« A propos, comment va votre Perpignanais? demanda le ministre qui aimait sauter du coq à l'âne. Est-il satisfait? Je lui avais promis de l'avancement s'il arrangeait mon affaire d'Armezer. J'ai mis longtemps à lui tenir parole, mais c'est qu'au Cabinet de l'Intérieur il n'est pas en odeur de sainteté, votre sous-préfet! »

Il jouait toujours avec les bougies, laissant la cire couler sur son poignet et la flamme lui brûler la paume sans trahir la moindre émotion, manifester la plus légère douleur.

« Perpignan, c'est une promotion pour lui, déclara-t-il

avec conviction. Et puis la ville a du charme... Enfin, un charme au moins : elle est loin. Loin de Sainte-Solène... » Il sourit : « Et loin de Paris. »

Fascinée par les arabesques que sa main dessinait au-dessus du chandelier, émue par la tendresse avec laquelle le feu, apprivoisé, domestiqué, lui léchait la peau, je n'écoutais qu'à moitié ce qu'il disait : je n'avais de toute façon aucune envie de discuter des perspectives de carrière de Frédéric à deux heures du matin; et j'étais trop occupée à rechercher dans ma mémoire ce que me rappelait l'étrange complicité de Charles et des flammes. Tout à coup je revis la scène des « Visiteurs du Soir » où le Diable révèle son identité en se faisant obéir du feu qu'il a dompté, en le cajolant comme un chat, en flattant les braises de la même façon un peu dédaigneuse, gentiment distraite, qu'on caresse une fourrure...

« Encore une fois, vous ne m'écoutez pas », remarqua Lucifer sans se départir du ton doux qu'il avait adopté, « il faudra aussi que je vous apprenne à écouter. Il faut tout vous apprendre décidément : à lire les journaux, à répondre poliment à vos supérieurs, et à consoler les sous-préfets... Tenez », s'écria-t-il en plongeant brusquement les doigts au fond de la flamme et en saisissant la mèche entre le pouce et l'index aussi brutalement qu'un renard serre sa proie au collet, « je parie que vous ne savez même pas moucher une chandelle. » Il étrangla la première bougie. « Je vous l'apprendrai aussi. Je vous montrerai comment jouer avec le feu sans vous brûler, Madame Maleville. C'est si simple. » Il étrangla la deuxième bougie. « Il suffit de ne pas trembler... » Les trois bougies du candélabre posé sur le guéridon rentrèrent dans l'ombre.

Fervacques se tourna vers le fond de la pièce où brûlait le second chandelier. « Vous avez compris? Mais vous êtes trop douillette pour m'imiter! »

Sur un défi, on me ferait marcher à l'échafaud. Pour bien montrer au ministre des Affaires étrangères que, si je redoutais les accidents d'avion – ce dont il se moquait toujours en réunion du Cabinet –, je ne craignais pas grand-chose d'autre, j'avançais vers le chandelier, décidée à me brûler les doigts. Mais, comme je passais devant le fauteuil où Fervacques était assis, une main saisit ma taille...

Il avait appuyé son visage contre ma poitrine et je ne voyais plus que ses boucles blondes et sa nuque.

Je mis quelques secondes à comprendre qu'en me dirigeant vers le chandelier je ne m'étais pas bornée, comme je le pensais, à prouver mon courage physique : j'avais acquiescé à l'idée de plonger la pièce dans l'obscurité, et consenti à devenir sa maîtresse. Déjà, me serrant plus fort contre lui, il posait sur ma jupe un baiser long, avide, précis, dégrafait ma ceinture, et doucement, il me contraignit à m'agenouiller devant lui. Je baissais la tête incertaine de ce qu'il attendait mais prête à tout ce qu'il voudrait. Il prit mon visage entre ses mains et, le relevant lentement, se pencha sur ma bouche. Je sentis le tremblement léger de son haleine contre mes lèvres. Puis il dénoua mes cheveux, qui retombèrent autour de mes épaules comme un voile de sang.

« Tout l'opium, ô chevelure,
Les cheveux roux de mon amour
Et ces lenteurs tandis que dure
L'éveil des monstres tour à tour... »

L'une après l'autre, les bougies du second chandelier achevèrent de se consumer; lorsqu'elles furent éteintes, le feu qui brûlait dans la cheminée éclaira le tapis, les dépouilles de soie que j'avais semées à travers la pièce comme au hasard d'une course échevelée, et le visage de Charles. Tantôt le reflet des flammes lui prêtait les cheveux roux de Philippe et le regard incandescent de Kahn-Serval, tantôt il les barbouillait de rouge comme le satyre des Fornari, ou de sang comme le médecin des suburbi. A tous ces visages aimés-haïs je murmurais d'étranges serments, d'une voix de petite fille que je ne me connaissais pas. Sous ses doigts, sous sa bouche, mon corps s'ouvrait comme un coquillage, se déroulait comme une corolle – algue dans l'océan, anémone de mer, calice – et mes lèvres dessinaient sur les siennes des « je t'aime » silencieux, comme autant de bagues, de boucles et d'anneaux pour l'attacher...

Puis les bûches de la cheminée s'effondrèrent dans un crépitement de Jugement dernier et le foyer, à son tour, s'éteignit. Il fit noir. Je frissonnai. J'avais tout abandonné – pudeur, vêtements et parures – sauf le serpent de jade et d'argent qui me serrait la gorge à m'étrangler chaque fois que Charles glissait ses doigts sous ses maillons pour caresser mon cou. Nue devant l'âtre éteint, je grelottai. Pourtant je n'avais pas froid. « Voici l'heure où les étoiles s'éloignent, dit Charles en m'enveloppant de son corps, où les vampires rentrent au tombeau, où les feux s'étouffent... L'heure des cendres, Madame Maleville. »

Il repoussa doucement sur mes tempes mes cheveux mouillés, et posa un baiser sur mes paupières : « Garde les yeux fermés. Ne me regarde pas... »

Il posa son visage contre ma joue et me serra fort dans ses bras. Je crus sentir glisser une larme tiède, qui roula lentement contre ma tempe et se perdit.

Quand je m'éveillai, il faisait grand jour. Charles était sorti. Sous l'œil réprobateur de la marquise de Duras, je rassemblai mes vêtements et achevai d'ôter de mes cheveux dénoués les chaînettes de perles et les colliers d'or que la nuit avait brisés. Puis, je posai sur mes épaules la longue cape de velours que j'avais achetée pour réchauffer la nudité de la « Sans Pareille » et, chevelure au vent, je quittai le petit salon que la lumière crue du matin rendait triste et laid.

En robe du soir et manteau blanc, je fis quelques pas sur la terrasse. Je n'étais pas lavée, pas maquillée, pas coiffée, mais je me sentais belle, et aussi délicieusement artificielle qu'un personnage de film. Tout en me répétant, comme une actrice qui cherche à entrer dans son rôle, « je suis la maîtresse de Fervacques », je fis ce qu'eût fait une héroïne de David Hamilton : je m'appuyai gracieusement à la rambarde et affectait de considérer la valse des mouettes.

Mais j'y prêtais si peu d'attention que lorsque les oiseaux s'enfuirent à tire-d'aile aux quatre coins de l'horizon, je ne m'en avisait même pas. « Je suis la maîtresse de Fervacques... »

Il fallut que la victime du jour frôlât mon épaule dans sa chute pour qu'en levant les yeux je visse le faucon disparaître derrière l'une des tourelles d'angle. Sans un cri, la mouette s'enfonça dans la mer, comme une pierre, et resurgit quelques secondes plus tard, le ventre en l'air. Du bout de la terrasse j'entendis s'élever une voix grave, dont la rumeur des vagues couvrait les paroles mais laissait venir à moi les intonations, douces, caressantes, presque amoureuses.

Je marchai le long de la balustrade à la rencontre de cette voix, de ce souffle, de ces lèvres... Dans le mouvement – très « Véronica Lake » – que je fis pour écarter de mes yeux une mèche de mes cheveux, mon regard fut brusquement attiré par une tache sur la manche de mon manteau. Jusqu'alors j'avais cru tourner en noir et blanc – ciel livide, sable gris et mante d'argent – mais, à l'endroit où la mouette avait touché ma cape, le velours portait maintenant une longue traînée d'écarlate; je compris que je venais de changer d'époque et de metteur en scène : j'accédai au technicolor. J'en avais enfin terminé des heures ternes et des temps insipides : tout, autour de moi, devenait plus âcre et plus salé – la mer, les larmes, et le sang.

J'entrais dans la vie de Fervacques bien après le commencement de la pièce, et par les coulisses; mais si l'on entre toujours par les coulisses dans la vie des autres, cette fois-ci je ne craignais pas de m'apercevoir que la salle était vide et la rampe éteinte : avec l'Archange, j'étais sûre qu'il y aurait « du spectacle »...

Derrière la tour, le chasseur invisible parlait toujours à son compagnon. Les pleurs que je croyais lui avoir vu verser et le sang qu'il répandait me le rendaient également désirable.

De même que la grâce naît du désir et qu'aucun mouvement n'atteint plus naturellement à l'harmonie que celui d'une femme dans un lit, la jouissance naît du sentiment autant qu'elle le nourrit : je veux bien que ce que j'écris là soit une lapalissade, mais c'était une découverte pour la femme « libérée » que j'étais...

Aussi pensais-je que j'aurais trouvé auprès de Charles de Fervacques un bonheur complet si j'avais pu espérer qu'il le partagerait. Malheureusement, après cette première nuit où je lui avais ouvert « les neuf portes de mon corps » et donné toutes leurs clés, où il s'était lui-même plus abandonné que je n'aurais osé l'espérer, il était très vite – comme après le voyage de Dubrovnik – revenu à une demi-indifférence.

Nous nous rencontrions « en privé » une ou deux fois la semaine, mais il se gardait bien de définir la couleur de ses sentiments. Jouant avec mes cheveux ou caressant mon épaule, après l'amour il me parlait en russe; et si je me laissais consoler par la musique de cette langue inconnue, qui, mieux que toute autre, me semblait faite pour la passion, sur le fond je me défendais de toute illusion : dans la langue de Pouchkine ou de Tourgueniev, Charles me disait sûrement « table » ou quelque chose d'approchant...

Je souffrais du reste beaucoup moins, dans ces premiers temps, de ces marques de tiédeur que de l'impossibilité où j'étais de prendre le contrôle de la situation : c'était toujours lui qui décidait de « traverser la rue » – comme il disait pour désigner nos rencontres dans l'appartement que la Fervacques and Spear réservait, rue de l'Université, à ses fredaines et celles de son frère – de la même façon que, seul, il décidait de l'opportunité de me convoquer dans son bureau pour une réunion de Cabinet, un rendez-vous de presse ou une visite d'ambassadeur. Il pouvait ainsi se passer plusieurs jours sans que j'eusse seulement la possibilité de l'apercevoir, bien que son bureau fût au bout de mon couloir...

Entre deux dossiers et deux voyages à l'étranger j'apprenais un nouveau métier ... la passion – même étymologie que patience...

Cette patience, j'avais eu tout de suite en effet de quoi l'exercer. Dès les premiers jours de notre liaison, j'attendais de neuf heures à vingt heures devant le téléphone gris du ministère que Monsieur de Fervacques voulût bien m'appeler pour commenter le dernier article d'André Fontaine ou discuter de la prochaine affectation d'un conseiller culturel; et de vingt heures à neuf heures, je me morfondais devant le téléphone blanc de Caro dans l'espérance que Charles aurait l'heureuse inspiration de m'inviter rue de l'Université. Toute la journée, je le désirais dans l'espoir; le soir, dans le désespoir, je finissais par l'adorer. Quand, par hasard, il me « sonnait », je n'avais plus la force de lui prétendre que j'étais occupée...

Occupée, du reste, c'était surtout lorsqu'il ne me « sonnait » pas que je l'étais – mais « occupée » à la façon d'un pays vaincu, possédé, submergé par le déferlement de sa propre défaite.

La soirée commençait toujours de la même manière : je me hâtais de rentrer à l'appartement sans faire le moindre détour ni m'arrêter, car mon ministre aurait pu tenter de m'appeler pendant le trajet.

Sitôt la porte refermée, je me précipitais sur le téléphone : je m'assurais qu'il n'était ni en dérangement ni débranché. Puis je m'installais dans le séjour : un verre de porto pour patienter, un livre ou un dossier sous les yeux; je n'allumais pas la télévision car le téléphone était dans la chambre de Caro et le bruit du poste aurait pu couvrir celui, plus éloigné, de la sonnerie. Je ne dînais pas parce qu'il pouvait arriver, certains soirs, que Fervacques m'invitât dans l'un de ces restaurants peu compromettants – « Chez Françoise » aux Invalides, ou « le Petit Laurent », rue de Varennes – où il régalait de temps en temps ses collaborateurs méritants.

Assise sur le canapé, je lisais, ou j'essayais, car ma lecture était souvent interrompue : le téléphone sonnait souvent; mais si chaque fois je me jetais avec ardeur sur le combiné, c'était chaque fois une voix importune qui résonnait. Parce que depuis quelque temps je refusais toutes les sorties, des amis inquiets venaient aux nouvelles; je les expédiais sans excès de précautions : « Tu m'excuses, mais je préfère te rappeler demain. Ce soir, j'attends un coup de fil important du " Foreign Office "... »

A partir de dix heures, la voie se libérait : aucune relation ne se fût plus risquée à téléphoner; seul Fervacques pouvait encore oser braver les règles de la correction; mais, à dix heures, il devenait évident que s'il ne m'avait pas appelée, c'est qu'il était allé dîner; il m'appellerait après. A moins, bien entendu, qu'il ne se fût déjà efforcé de me joindre pendant qu'un des enquiquineurs encombrait ma ligne. Par acquit de conscience, j'allais vérifier que l'appareil était bien raccroché. Mais comme, pour m'en assurer, il m'avait fallu le reprendre en main, au bout de quelques secondes je commençais à me demander si je ne l'avais pas reposé de travers – auquel cas Charles eût, encore une fois, obtenu le signal « occupé »...

Je retournais donc dans la chambre, reprenais le combiné, constatais que j'avais bien la tonalité, puis le replaçais soigneusement sur son support dont j'avais au préalable contrôlé, en appuyant du bout du doigt sur la butée métallique, qu'il émettait le déclic caractéristique de la bonne santé. Je me croyais rassurée... Bientôt pourtant, l'évidence du danger me ressaisissait : et si, en manœuvrant ce support – peut-être avec trop de vivacité – j'avais dérangé son fonctionnement? Au correspondant désireux de me parler, la ligne aurait répété que je n'étais « pas libre »...

Quand, pour des raisons variées, j'avais ainsi manipulé l'appareil une douzaine de fois – en m'obligeant entre chaque épreuve à m'asseoir un moment sur le canapé pour me calmer – je sentais la folie me gagner; dans un suprême effort de volonté, je me contraignais à laisser le téléphone dans la dernière position où je l'avais placé; mais j'avais alors l'impression de jouer plus gros qu'en lançant tous mes jetons sur un seul numéro du Casino...

Pour restaurer mes forces, j'ouvrais un paquet de chips ou de friandises salées trouvé dans le bar, et je grignotais;

je me resservais un porto, deux portos, trois portos, j'attendais. Vers onze heures, je me disais que Fervacques avait probablement un dîner officiel ou une soirée chez des amis; il ne pourrait me téléphoner que vers une heure du matin, en sortant... J'avais devant moi deux heures de tranquillité; je mettais la radio, en sourdine. J'aurais aimé pouvoir prendre un bain, enfiler une robe de chambre et brosser mes cheveux. Mais je n'osais ni me déshabiller ni me décoiffer; je devais rester prête à le rejoindre, ou à le recevoir autrement qu'en pantoufles si par hasard, sortant de son dîner, il lui prenait envie de passer à l'appartement sans m'avoir prévenue : « Je n'arrivais pas à vous joindre, Christine; c'était sans cesse occupé. Votre téléphone doit être mal raccroché... »

Passé une ou deux heures du matin, j'étais forcée de m'avouer, pourtant, qu'il n'était plus très probable qu'il vînt sans s'être annoncé. Mais il pouvait encore téléphoner : si, par exemple, il avait assisté à une séance de nuit à l'Assemblée... On ne pouvait exclure, non plus, que, rentré chez lui après son dîner – bien décidé à ne pas m'appeler pour ne pas me donner une idée exagérée de ses sentiments – il fût pris, vers trois heures, d'une insomnie violente rebelle à tout médicament, l'une de ces insomnies que guérit seul le contact de la personne aimée... Mais Fervacques était-il insomniaque? Je ne l'imaginais pas très bien errant au petit matin, comme Kahn-Serval sous les berceaux d'une roseraie.

Une chose était certaine, en tout cas : il n'eût semblé naturel à aucun observateur impartial que, depuis plusieurs heures, mon téléphone fût resté muet. Le central était peut-être en dérangement? Le réseau fonctionnait si mal, ces dernières années... Pour en avoir le cœur net, j'appelais les Réclamations : « Des amis m'affirment qu'ils ont du mal à me joindre. Il paraît qu'on entend sonner mon poste, mais qu'on a l'impression qu'il n'y a personne; pourtant, je suis à côté du combiné... » J'insistais pour qu'on fît des essais. « Ben, si vous y tenez, me disait une voix embrumée de sommeil. On tachera de voir ça demain. Parce que, à cette heure-ci... »

« A cette heure-ci », il était raisonnable de dormir, en effet. J'enlevais mes chaussures, je dégrafais ma jupe, j'ouvrais mon chemisier. Mais je n'avais plus sommeil; comme ces bébés qui ont crié trop longtemps pour rappeler une mère qui ne vient jamais, je me sentais encore plus énervée qu'épuisée. Pour dormir il m'aurait fallu prendre un somnifère, et je ne pouvais pas : si tout de même mon ministre m'appelait, comment traverser Paris après avoir avalé deux ou trois Halcions? Comment lui faire l'amour, droguée à l'Equanil ou au Mogadon? J'avais attendu si longtemps qu'il y aurait eu de l'inconséquence à abandonner si près du but; car je ne doutais guère qu'il y eût un but, même si, à mesure que les heures passaient, il m'échappait... Il vient un moment où l'attente est à elle-même son propre objet; quand on a commencé d'espérer en vain, il faut avoir le courage d'aller au bout.

L'aube, et quelquefois Caro, me trouvaient assoupie sur le canapé, affolée – sitôt réveillée – d'avoir aussi peu dormi. Je courais évaluer dans la glace l'ampleur des dégâts : ces paupières gonflées, ce teint blafard... Devant ma figure en déroute je m'efforçais au « calme des vieilles troupes » – une expression que Fervacques affectionnait lorsqu'il s'agissait d'exhorter son Cabinet à faire retraite en bon ordre sur une question politique contestée... D'abord une douche froide; puis, un thé très fort et un citron pressé, riche en vitamine C; ensuite le crayon anti-cernes, et un fond de teint léger; beaucoup de rouge à lèvres pour qu'on remarque moins les yeux; enfin, pour attirer l'attention sur une silhouette moins fripée que le visage, une robe éclatante...

« Je vous trouve bien en beauté aujourd'hui, Madame Maleville », me disait gentiment l'huissier qui montait la garde dans l'antichambre du ministre. Il était neuf heures. Je marchais droit sur le secrétariat : « Monsieur de Fervacques ne m'a pas demandée? » Une nouvelle journée commençait...

En vérité, ce n'était pas la faute de Charles si je passais ainsi des nuits blanches et des jours noirs devant mon téléphone : il ne m'avait rien promis, il n'avait rien exigé.

C'était à moi d'apprendre à régler ma flamme sur la sienne, à moi de me « mettre en veilleuse » , et je m'en croyais encore très capable, malgré le démenti des faits.

Je ne suis en effet entrée dans la passion que comme on entre en religion : après un long noviciat. Si j'ai bientôt su que j'aimais Charles, j'ai longtemps gardé l'illusion que je pourrais reculer dans la voie où je m'étais engagée, et que quitter, en cas de péril, un attachement un peu vif était affaire de volonté. Quand il m'arrivait déjà de souffrir à cause de lui, je regardais ces premiers chagrins, et ma propre capacité à les supporter, comme une expérience intéressante, pensant que rien ne me serait plus aisé que d'y mettre un terme dès que je serais rassasiée du bonheur de trembler. Je m'observais, avec une certaine complaisance, dans ce rôle nouveau d'amoureuse, me moquant avec gaieté de mes naïvetés, de mes désespoirs et de mes embarras. Evidemment, je jugeais ridicule de passer ainsi mes soirées à attendre ses coups de fil ou à répertorier les gestes qu'il avait faits dans la journée, mais tant que je sentirais ce ridicule il n'y aurait pas de danger à continuer : rassurée sur mon intelligence, je persistais à bêtifier... Rien, en somme, ne m'alarmait, puisque j'étais certaine de n'aimer qu'autant que j'y consentais : on ne progresse dans l'amour qu'à reculons.

Je dois convenir cependant que, quelques semaines après le commencement de notre liaison, la dépendance que je manifestai malgré moi, un jour que Fervacques me fit faux bond, m'inquiéta.

Un vendredi soir, en me rendant mon parapheur et deux ou trois arrêtés signés : « Je resterai peut-être à Paris ce week-end, m'avait-il dit, en tout cas je vous appellerai... » J'annulai sur-le-champ un « Rendez-vous » de Senlis, et m'installai dans la chambre de Carole. Je passai le premier jour à l'attendre – remplissant fébrilement ma journée de l'emploi du temps que je lui prêtais : « Il a préféré terminer d'abord son courrier; il a encore quelques courses à faire; le pauvre, il n'a même pas eu le temps de déjeuner;

Cognard l'a dérangé; il avait un rendez-vous à Montlhéry, un cocktail chez les Anglais; bien entendu, il n'ose pas venir avant d'avoir dîné... »

Je vécus ainsi pleinement les soixante minutes de chaque heure – je n'en laissai rien perdre... Le samedi soir, vieillie de quatre-vingt-six mille quatre cents secondes, je me dis qu'il était encore temps d'aller à Senlis me faire consoler. Mais je ne pus quitter la place : Charles ferait peut-être son apparition demain pour le petit déjeuner? Carole avait eu un amant dans ce genre-là, un homme très occupé qui, de temps en temps, nous apportait les croissants et nous faisait le café; en tout cas, il était certain que Fervacques me téléphonerait puisqu'il me l'avait dit...

Le dimanche matin, j'étais sensiblement moins assurée. Je me persuadai que Charles avait été forcé de quitter Paris; mais il n'allait sûrement pas tarder à m'appeler – en y songeant, je posai machinalement la main sur le récepteur comme si je pouvais déjà toucher son corps et caresser sa peau à travers l'enveloppe du plastique. De toute façon, il était un peu tard maintenant pour courir chez les Chérailles.

Le dimanche midi, il était encore plus tard; le dimanche soir, il était vraiment trop tard; et le lundi matin, exténuée, j'étais au bord du suicide.

Mais je ne me tuai pas. Je me rappelai à temps que j'avais déjà vécu tout cela et que je m'en étais remise : dix ans plus tôt, un été, mon père m'avait écrit qu'il prenait quelques jours de vacances en France au bord du lac d'Annecy, qu'il allait monter à Paris, qu'il serait content de bavarder avec moi et de me faire choisir pour mon anniversaire (dont il avait largement laissé passer la date) un cadeau qui me plairait...

Précisément, à la date qu'il m'indiquait, les Zaffini devaient nous emmener en Vendée pour la semaine – mes grands-parents, ma mère, Béa et moi. Giuseppe et ses cousins Pertini venaient en effet d'acheter deux caravanes, et ils avaient retenu des places au camping municipal de Saint-Jean-de-Monts; comme nous n'avions plus eu l'occasion de respirer l'air de la mer depuis le « Centre Aéré de

Sainte-Solène », nous nous étions fait une joie de ce voyage – moi autant que les autres. Ma mère étrennait pour la circonstance une nouvelle chaise roulante, pliable et transportable, Béatrice s'était acheté un bikini à petits pois, et je venais de passer un temps infini chez l'opticien pour me choisir une paire de lunettes noires « façon star ». Mais quand il fallut préparer les bagages, je sentis que je ne pourrais pas supporter de n'être plus à Paris quand mon père y viendrait; les visions de tête-à-tête dans les cafés, de confidences sur les quais, de shopping dans les boutiques de luxe, de fous rires dans les musées et de « mardis habillés » à la Comédie-Française combattaient victorieusement celles des sables de la Vendée.

Mon grand-père le comprit. « Christine, me dit-il en feignant la sévérité, je crois que c'est pas raisonnable que tu viennes avec ta sœur. T'as des examens à passer. Vaut mieux que tu restes ici pour travailler. La mer, t'auras bien le temps d'y aller... – Quand même, Henri, tu vas pas encore pousser cette petite, protesta ma grand-mère, elle s'abîme déjà les yeux avec ses écritures. A force, elle va se donner mal à la tête! Elle a besoin d'un peu de bon air... » Mais, à la grande tristesse de ma Mémé, j'entrai tout à fait dans les raisons de mon grand-père.

Comme nous n'avions pas encore le téléphone et que, de toute façon, je serais seule à la maison, j'écrivis à mon père qu'il pouvait venir me chercher directement à Evreuil; puis je l'attendis. Je l'attendis sans sortir du jardin, sans même oser aller acheter du pain au bout de la rue. Je l'attendis dans mes plus beaux atours, jour après jour parée de mousseline et de taffetas – en mangeant hâtivement des conserves froides sur un coin de table. Je l'attendis à chaque instant comme un prisonnier attend la liberté, et un enfant de la Maternelle « l'heure des mamans ». Je n'avais pas son adresse à Annecy – mais puisqu'il avait promis... A mesure que les journées passaient, je songeais, avec étonnement croissant, aux vagues bleues, au soleil, aux parties de pédalo avec Nicolas, aux soirées dans les boîtes avec Béa, au bronzage, au flirt, à l'amitié, au sourire de mon grand-père marchant dans l'eau avec ses bas de pantalon retroussés; et je ne pouvais pas croire que j'eusse misé si gros sans rien toucher. Cette visite, maintenant que j'avais payé, mon père me la devait...

Pour les « mardis habillés », je compris, le mercredi, que c'était terminé, pour le shopping, fichu dès le samedi, et pour les musées, extrêmement mal parti; mais je ne demandais plus qu'une heure à la maison, un verre dans un café, un baiser; peut-être même me fus-je contentée d'une lettre gentille, d'un mot d'explication – n'importe quoi, enfin, qui ne fût pas « rien »...

Quand, la veille du jour où la famille devait rentrer, je dus admettre que je ne recevrais ni visite ni excuses, je fouillai les tiroirs de la table de nuit de Malise : j'y trouvai assez de comprimés pour expédier dans l'autre monde un régiment de déprimés. Je revins dans ma chambre avec deux ou trois plaquettes, fermai les volets, et, tout en pleurant, j'avalai les premiers cachets. J'avais du mal à les faire passer. Pour essayer de les absorber sans trop penser à ce que je faisais, je pris sur l'étagère du cosy un livre drôle que Béa m'avait recommandé : je croyais qu'il serait plus facile de mourir en riant. J'ouvris le livre au hasard; mes yeux tombèrent sur un paragraphe qui assurait que Roméo, s'il avait eu la sagesse de patienter un peu avant de se poignarder, aurait pu connaître des années de bonheur avec Juliette. « On devrait, concluait le romancier, toujours remettre son suicide au lendemain. » Frappée par la coïncidence, je suivis le conseil à toutes fins utiles... Plus tard, mon père, qui ignorait à quelles extrémités son abandon avait failli me pousser, répondit aux questions que je lui posais par un vague : « Ma pauvre chérie, je ne suis pas libre de mon emploi du temps comme tu peux l'être du tien! si vous aviez eu le téléphone à Evreuil, j'aurais pu t'expliquer... »

Aujourd'hui, ce téléphone, je l'avais; et loin de diminuer ma dépendance, il ajoutait une torture nouvelle à mes souffrances.

« Vous ne m'avez pas appelée ce week-end, dis-je le lundi soir à mon ministre, d'un air détaché et en posant une pile de télex sur son bureau.

– Ce week-end? Pourquoi? Je devais le faire?
– Oui... Vous m'aviez dit, vendredi, que vous me téléphoneriez...
– Vraiment? Je suis tout à fait désolé ». Il semblait, en effet, sincèrement affecté. « Je ne m'en suis pas du tout souvenu. Je ne voudrais pas vous avoir déçue... Mais êtes-vous sûre que vous ne vous êtes pas trompée? Je suis surpris d'avoir pu vous promettre une chose pareille : samedi j'inaugurais un Centre Culturel dans ma circonscription, dimanche je participais à un rallye en Belgique, et... »

Je le rassurai en riant : « Monsieur le Ministre, vous m'ôtez un grand poids. La vérité, c'est que je craignais que vous ne m'ayez appelée. Parce que – pour ne rien vous cacher – je suis beaucoup sortie et vous ne m'auriez pas trouvée... »

Au fil des semaines je m'étais ainsi résignée à ce que mes relations avec Charles de Fervacques fussent inégalitaires; je ne m'en inquiétais pas outre mesure, certaine, toujours, de pouvoir me détacher de lui sitôt que je cesserais de m'exagérer ses mérites. Ce qui m'avait jetée vers lui, c'étaient d'abord le goût du défi, et le souvenir d'une tendresse, l'espérance d'une sollicitude, qui n'étaient peut-être que des malentendus; plus tard, le plaisir s'en était mêlé, et l'amour avait suivi, pays nouveau où j'avançais le cœur battant, égarée comme dans un bois dont on a perdu l'orée. Mais, puisque ni les forêts ni les sentiments ne sont infinis, j'attendais sans inquiétude de trouver devant moi, un jour prochain, la sortie de celui-ci. Jusque-là je consentais à aimer trop un amant qui ne m'aimait pas assez; il me tutoyait, je lui donnais du « vous »...

Ce qui me portait, d'ailleurs, à lui manifester ce respect, même dans l'intimité, n'était pas tant l'infériorité de ma position hiérarchique que l'écart de nos âges : il avait quinze ans de plus que moi et je songeais que si, du fait de ce décalage, ma vie n'avait pu servir de guide à la sienne, tout laissait en revanche penser que j'étais née pour le rencontrer... Considérant les années écoulées, j'avais en peu de temps réussi à me convaincre qu'elles prenaient un sens depuis notre « nuit des Rois » et que le parcours mouvementé que j'avais accompli aurait pu – je mettais encore mon destin au conditionnel – n'avoir d'autre terme que lui. « Tu viens à moi du fond de ta jeunesse, me chantait le poète, tu viens à moi et tu ne le sais pas... »

Lorsque le « Journal télévisé » eut montré le président Pompidou épuisé incapable de se lever de son fauteuil à Poitiers, Charles aussi se mit à compter les années; mais à sa manière : « J'ai quinze ans de moins que Chaban et quatorze de moins que le Premier ministre. Même Giscard, qui passe pour jeune, a quatre ans de plus que moi... Je devrais pouvoir, le cas échéant, attendre sept ans de plus, tu ne crois pas? »

Sa carrière et l'imminence des choix à faire lui donnaient quelque souci. Aimé du public, apprécié du Parlement et des instances internationales, Charles ne possédait pas encore cette « aura » qui, quatre ou cinq ans plus tard, devait faire de lui, pour tous les partis, « l'homme à abattre ». Si certains politiques – les Kennedy, les De Gaulle, ou aujourd'hui, à un moindre degré, les Rocard et les Thatcher – forment inexplicablement une somme supérieure à l'addition de leurs composantes, Charles, en ce temps-là, n'atteignait pas son propre total : au lieu de s'ajouter, les qualités qu'il possédait – jeunesse, intelligence, élégance et intrépidité –, comme affectées de signes contraires, s'annulaient. Le jeune premier ne parvenait pas à se dégager de la masse des seconds rôles de bon métier, et, quoi qu'il fît, il ne « perçait » pas autant qu'il l'espérait.

Un soir que dans son grand bureau du Quai d'Orsay nous nous entretenions, une fois de plus, de ses problèmes « d'image » et que, jouant le rôle du meneur de jeu de je ne sais quelle émission télévisée, je tentais de le mettre en difficulté par des questions abruptes ou déplacées, il s'arrêta brusquement au milieu d'une de ses reparties

pour toi, Christine. Tu as tout renié, tes amitiés, ton passé...

– Mais c'est avec l'accord du parti socialiste que je suis entrée chez ton père » – c'était d'ailleurs vrai – « ils m'ont demandé de sortir du Cabinet le double de toutes les lettres compromettantes qu'il signerait et le jour venu, crac! ils refileront les meilleures au " Canard Enchaîné "...

– Oh! ce n'est pas possible, tout de même, que tu te prêtes à des magouilles comme ça! A ces... ces palinodies!

– Excuse-moi, Laurence, mais " palinodies ", en français, ça n'a vraiment pas ce sens-là...

– Et sale prof avec ça! Pionne, va! Pauvre pionne! Palinodies de social-traître! Voilà au moins un qualificatif que vous n'aurez pas volé, tes amis et toi!

– Ecoute, Laurence, quand je t'entends maintenant, j'ai tout le temps l'impression d'entendre Zaffi et, tu vois, cette espèce d'écho m'ennuie... »

Il m'arrivait bien encore, songeant à la petite noyée que j'avais aimée, de retomber à l'improviste sur l'idée du salaud qui l'avait abandonnée, sur cette vieille image du père indigne à laquelle, pendant dix ans, je m'étais accrochée; mais je ne pouvais la superposer à celle de l'homme jeune, fantasque et séduisant, qui, certaines nuits, me gardait contre lui.

Ce ne fut donc pas comme la mère de Laurence ni comme l'ex-épouse de Charles que je fis venir chez moi Madame Weber, mais comme une retraitée de la vie publique qui aurait connu à ses débuts un jeune homme glacé que les journalistes, surpris par sa beauté, surnommaient l'Archange.

Malou arriva, le « Nouvel Observateur » sous le bras; décoiffée, fardée de biais, un pan de son chemisier dépassant de sa jupe froissée, elle avait, comme toujours, l'air égaré d'une rescapée de catastrophe aérienne; mais, sitôt qu'elle parlait de Fervacques, elle retrouvait l'autorité d'un copilote expérimenté :

« Je lui ai beaucoup appris, me dit-elle, il était si jeune... Ajoutez qu'il ne connaissait pratiquement pas la France :

ses parents s'étaient installés aux Etats-Unis dès le début de la guerre; il avait neuf ans. Quand je l'ai rencontré, en 1950, il venait juste de rentrer. Le vieux Fervacques, lui, n'a jamais voulu remettre les pieds dans son pays d'origine; il est vrai que, par sa mère, mon beau-père était américain et qu'il s'est toujours senti plus proche des Mellon que des Pinsart... En France, il n'avait gardé que le château de Fervacques, le berceau du titre... Enfin, comprenons-nous, ce château, les Fervacques ne l'avaient acheté qu'un demi-siècle après en avoir emprunté le nom... Bref, à part le château, le vieil Henri n'avait conservé aucun pied-à-terre dans la mère patrie. Même la maison de Sainte-Solène était abandonnée depuis plus de trente ans quand, un beau matin, j'en ai poussé la porte avec Charles... »

Comme je n'étais pas venue aux renseignements en maîtresse inquiète mais en attachée de presse soucieuse de mieux vendre son produit, Malou s'attacha à ne rien me cacher.

« Vous avez raison », me répétait-elle, convaincue de son utilité et enchantée de renouer avec le passé, « si vous ne savez rien de votre patron, vous ne pouvez pas savoir non plus comment promouvoir son image, comment le défendre. Je ne comprends pas, d'ailleurs, que Charles ne vous ait rien dit... Enfin, il y a peut-être des choses qu'il préfère oublier : par exemple, que c'est moi qui lui ai choisi sa circonscription et qui lui ai fait faire ses premières législatives, en 54... Il faut avouer qu'à part le souvenir de son arrière-grand-père, il n'avait pas tellement d'atouts en Bretagne. Bien sûr, les amis de mon père s'étaient mobilisés derrière lui, mais une poignée de militants, ça vous chauffe un " préau ", ça ne vous fait pas une élection. Charles devait se faire connaître et accepter comme n'importe quel débutant : à ce stade de sa carrière, non seulement la fortune des Fervacques ne lui était d'aucune utilité, mais elle pouvait le gêner. N'oubliez pas que c'était aux petits paysans, aux pêcheurs de la Côte des Fées, et aux ouvriers des conserveries de Trévennec qu'il lui fallait plaire... Pour ça, quand on n'est pas vraiment du pays et qu'on n'a pas, dans chaque commune, un correspondant capable de vous " cornaquer ", il n'y a qu'une technique : la marche aux lumières. Le soir, vous vous plantez sur une route, vous regardez ce qui s'allume dans le bocage, et vous marchez sur tout ce qui brille : vous poussez la porte des cafés à l'heure de " l'apéro ", et celle des maisons au moment où, sur la toile cirée, la mère pose la soupe et les gosses rangent leurs cahiers. Vous entrez dans leur vie privée, en proclamant bravement : " Je suis le candidat... " Et ça, croyez-moi, c'est plus facile à dire qu'à faire! Quand vous n'avez pas été jeté dehors dans les trente premières secondes, c'est encourageant. Quand on vous répond, c'est franchement bon signe; et quand on vous interroge, c'est encore mieux. Mais quand on trinque avec vous ou qu'on vous propose de partager l'omelette, alors là, c'est gagné! Eh bien, une fois sur deux, ma chère Christine, Charles mangeait l'omelette! Inouï! On aurait cru que ce travail de démarcheur, il l'avait fait toute sa vie – c'était sans doute un résultat de son éducation américaine : il semblait plus décontracté que les politiciens français... Et puis, il était si beau que pas une femme, même les vieilles décrépites, n'osait l'empêcher d'entrer... »

Je voyais parfaitement ce que Malou voulait dire : aucun homme ne savait, comme Charles, donner à chaque femme l'impression qu'elle était unique; cette illusion tenait à sa façon de vous sourire, de vous regarder, de vous serrer la main en la retenant longuement dans la sienne. Même un geste aussi convenu qu'un baisemain prenait avec lui une autre dimension, car il posait vraiment ses lèvres sur la peau et, tout en s'inclinant, ne quittait pas sa victime des yeux alors que tant d'hommes n'hésitent pas à nous offrir, avec leur révérence, le spectacle de leur calvitie naissante... Toutes les femmes, d'ailleurs, avaient également droit à ces prévenances, car un homme qui aime les femmes les aime toutes, même les vieilles, les laides, les obscures et les déprimées.

La mère de Laurence n'avait pas tort : il y avait dans cette aptitude à séduire le jupon-qui-vote un formidable gisement électoral.

« Ajoutez que Charles possédait des qualités de sérieux rares à son âge : toujours ponctuel, précis, jamais découragé ni fatigué... Enfin, contrairement à tout ce qu'on aurait pu attendre d'un enfant gâté comme il l'avait été, il se révélait un homme de terrain, un vrai. Les deux pieds dans la boue. »

Je compris, non sans un petit pincement de jalousie, que c'était Malou aussi qui avait appris au ministre des Affaires étrangères le vocabulaire dont il se servait aujourd'hui...

« Il avait fait une excellente campagne. Mais voilà que quatre jours avant l'élection, son adversaire fait distribuer un tract où il l'accuse d'être milliardaire et américain... Les millions que j'avais soigneusement cachés nous explosaient à la figure, et au plus mauvais moment! J'ai téléphoné à mon père; il ne m'a donné qu'un seul conseil : “ N'avouez jamais... ” Justement, le même soir dans une réunion, un vieil ouvrier se lève, sort lentement le tract de la poche de son bleu, et l'agite devant nos yeux : “ Dites donc, M'sieur de Fervacques, c'est-y vrai ce qu'on dit, que votre père est un des hommes les plus riches de France... ou d'Amérique, j' sais pas bien? ”

« J'étais assise au premier rang; Charles me cherche du regard; de l'index, je lui fais un geste énergique de dénégation. Mais il repose les yeux sur le vieil homme et répond calmement : “ Je puis vous assurer que je ne suis pas américain. Par contre, ce que mon adversaire a écrit sur les millions de mon père est absolument vrai.

« – Alors comme ça, reprend le bonhomme un peu surpris par la franchise du candidat, c'est vrai que vous avez jamais manqué de rien?

« – Non, dit Charles, je n'ai manqué de rien.

« – Et c'est vrai aussi, par le fait, que vous avez jamais travaillé de vos mains?

« – En effet, dit Charles qui continue d'éviter mon regard.

« – Eh bien, s'exclame le vieillard en rempochant son tract, moi qui ai passé ma vie à visser des boulons, j' peux vous dire, Monsieur, que vous y avez rien perdu! Et le gars qui se porte contre vous, c'est le roi des cons si il prétend le contraire ! "

« La salle a éclaté en applaudissements et j'ai compris, ce soir-là, que mon mari avait gagné : même milliardaire, les Bretons l'avaient adopté. Voilà comment a commencé la liaison entre Charles de Fervacques et Sainte-Solène... »

Ce rapide historique et le jugement que Madame Weber portait sur les qualités politiques de son poulain se trouvaient confirmés par ce que j'avais pu moi-même constater : Fervacques possédait sûrement de vrais talents de « battant » – pugnacité, rapidité, capacité d'adaptation, et santé de fer –, ceux-là mêmes qui faisaient tellement défaut à Renaud... Mais les souvenirs de Malou n'éclairaient guère ma lanterne : j'aurais voulu, avant tout, savoir pourquoi j'ennuyais Charles et comprendre contre quelle « ombre » il prétendait lutter.

« Je ne vois que son frère... fit Malou, songeuse.

– Mais il s'entend très bien avec Alban !

– Il ne s'agit certainement pas d'Alban, riposta la mère de Laurence, mais de Bertrand. Bertrand Junior, comme on disait dans sa famille américaine; pour le " nickname ", la branche européenne s'en tenait, elle, à " Bertrand II ", plus conforme à ses traditions monarchistes... " Bertrand II " avait cinq ans de plus que Charles. C'était lui que le vieux Fervacques destinait aux affaires. Depuis trois générations, on avait évité de partager le pouvoir dans la famille. On a donc élevé Charles comme le frère du roi : d'une manière telle qu'il ne lui prenne jamais envie de se mêler du gouvernement. On l'a laissé se faire régulièrement rosser par son aîné, tout en le gâtant par ailleurs outrageusement : tous ses caprices étaient encouragés – songez qu'il a eu à cinq ans sa première auto pour rouler dans le parc de Fervacques, une vraie voiture à moteur, fabriquée sur mesure par Ferrari ! L'essentiel, c'était que, pendant que Charles, dilettante et distrait, traînait dans les petites classes de son collège new-yorkais, Bertrand fit de solides études à Oxford. Quand un étranger à la famille, surpris des ignorances du cadet, lui reprochait de ne pas connaître

– à douze ans! – sa table de multiplication ou la géographie des Etats-Unis, Charles penchait sa tête blonde et avec un sourire gentil : “ Ça ne fait rien, Monsieur : Bertrand sait... ” “ Que voulez-vous, expliquaient les proches, Charles tient de sa mère : il est tout Variaguine – figure d'ange, âme de démon, et indolence de Russe blanc... ” Puis Bertrand, dont l'appétit de gloire ne connaissait pas de limites, s'est mis en tête de devenir un héros : en 44, avec quelques camarades d'Oxford, il s'est engagé dans l'armée britannique pour libérer son sol natal. Et il est mort, un matin, au bord du Rhin, brûlé vif dans son char. Il avait vingt ans... Son père, qui l'adorait, ne s'est jamais remis de ce coup du sort. “ Remarquez, m'a dit Charles peu après notre mariage, dans toute cette histoire mon père n'avait eu que ce qu'il méritait : lui aussi trouvait qu'un héros ferait bien dans la famille. Il l'a eu, son héros! Malheureusement, c'était un héros mort... Tout était à recommencer! ” En chef dynastique responsable, Henri de Fervacques a reporté tout de suite ses ambitions sur le cadet : à grand renfort de leçons particulières, de visites d'usines et de psychothérapie, on a tenté de faire rattraper à l'adolescent les années perdues et d'en faire un Bertrand bis. Mais après cinq ans il a bien fallu se rendre à l'évidence : Charles refusait de vivre la vie de Bertrand par procuration... Finalement c'est le benjamin, Alban, qui a accepté la succession et endossé le costume du défunt. A la mort d'Henri, il a pris la tête du groupe – où Charles lui fiche une paix royale. Moyennant quoi, Alban soutient toutes les ambitions de son aîné et règle ponctuellement ses factures. Y compris le salaire de ses secrétaires et ma pension alimentaire. Bon frère, bon fils et bon payeur : voilà Alban. Et discret, avec ça : songez qu'il n'a jamais cherché à nous rencontrer, Laurence et moi... »

Dans le grand geste maladroit qu'elle fit pour évoquer ce « mur américain », cette barrière infranchissable qui l'avait coupée du passé de son jeune mari, Malou renversa la carafe. Elle avait déjà taché son chemisier de vinaigrette en mangeant la salade, constellé sa jupe de miettes de pain et barbouillé sa bouche de sauce au vin.

« Je ne me suis jamais leurrée, reprit-elle comme si elle lisait dans ma pensée. C'est parce que je ne pouvais pas être aux yeux des Fervacques une belle-fille ou une belle-sœur présentable que Charles m'a épousée. Et accessoirement, parce qu'il n'était pas indifférent d'être le gendre du président du Sénat dans un temps où le Parlement faisait les carrières politiques... Quant à ces onze années d'âge qui nous séparaient, lui et moi, – dans le mauvais sens, vous dites-vous – croyez-vous vraiment qu'elles constituaient un handicap à ses yeux? Au contraire : j'avais l'expérience qui lui faisait défaut, et il avait dramatiquement besoin de conseils; je dirai même – quoique, s'agissant de votre ministre, le mot puisse vous sembler curieux – " de protection "... Si vous saviez quel enfant c'était dans ce temps-là! Comme il s'abandonnait contre mon épaule, comme il... »

C'était précisément le genre de souvenirs dont je voulais éviter le rappel. Je la coupai :

« Bon. Mais tout cela ne m'explique pas pourquoi la mémoire de son frère mort l'obsède encore, maintenant qu'il a réussi. »

Malou lâcha sa cuillère dans la crème au chocolat – en regardant son chemisier, on pouvait reconstituer tout le menu du déjeuner – :

– Réussi? Mais, ma chère dame, il faudrait des succès éclatants, une carrière fulgurante pour justifier l'abandon de poste dont Charles s'est rendu coupable aux yeux de Fervacques! Et puis la mort héroïque d'un garçon de vingt ans qui avait tout pour lui – intelligence, fortune et courage – le sacrifice, sur un coup de tête, de tous ces trésors accumulés, ce « potlatch » absolu, définitif, cette flamme claire qui monte vers les cieux, que pensez-vous qu'il faudrait à un rival pour l'équilibrer? Que pèse, dites-moi, le destin d'un Couve de Murville quand c'est Jeanne d'Arc qu'on a mis dans la balance?

– Admettons... Il y a encore une chose que je ne comprends pas : s'il refusait de prolonger la compétition avec Bertrand sur le terrain des affaires, pourquoi avoir choisi la politique, qui l'ennuie? Il aurait pu poursuivre dans la compétition automobile... Ou faire dans le faucon en grand? Qui sait même : renouer avec la tradition littéraire de la famille?

– Il a peut-être essayé... Juste avant de quitter les Etats-Unis, il a composé un recueil de poèmes à la mémoire de son frère mort. Enfin, pas un vrai livre : une sorte d'album, destiné à la famille. Ça s'appelait « Paroles de feu », et chaque poème était illustré d'une photo de Bertrand – Bertrand en lauréat de concours hippique, Bertrand à Oxford, Bertrand en lieutenant, et, pour finir, le char incendié... Il a remis solennellement ce recueil à son père pour le cinquième anniversaire de la disparition du héros. Henri de Fervacques n'a regardé que les photos! Fin d'une carrière littéraire... Cela dit, la politique aussi était de tradition dans la famille de Charles. Pas chez les Fervacques bien sûr, ni chez les Mellon, mais permettez-moi de rappeler au professeur d'histoire que vous avez été que le dernier Premier ministre de Nicolas II, à la veille de la Révolution, était un prince Variaguine...

– Madame Weber, à votre tour permettez à l'attachée de presse que je suis devenue d'oublier ce détail, qui serait de très mauvais ton pour « l'Image » et de bien sinistre présage.

Sur les débuts de Charles dans la vie, ma conversation avec Madame Weber m'avait un peu déniaisée, mais je ne voyais toujours pas comment parvenir à amuser ce fils de prince désenchanté. Je savais que le temps pressait : il n'était pas homme à poursuivre longtemps des relations avec des personnes qui avaient cessé de le distraire ou de le servir – la rapidité de son divorce avec Malou me le prouvait. Cependant, pour divertir cet ennuyé ou le rassurer, je ne trouvais rien. Rien de mieux que de lui répéter bêtement que je l'aimais. Et de jour en jour, je voyais son sourire se voiler, son regard se durcir : ses yeux n'ouvraient plus sur son âme, ils étaient comme deux miroirs sans tain dans lesquels je ne découvrais plus que ma propre image. « The worse type of soul is the great slav soul », s'exclamait Philippe en riant, chaque fois que je prétendais lui faire lire du Dostoïevski ou écouter du Prokofiev; je n'étais pas loin de penser que le proverbe s'appliquait particulièrement au ministre français des Affaires étrangères...

Puis, soudainement, à la fin du mois de février, il trouva lui-même le remède à son ennui. Cette semaine-là, il m'avait demandé de l'accompagner en Bretagne, pour y assister à une réunion des solidaristes à laquelle il souhaitait donner un peu de publicité : aux « Journées d'Armezer » les amis de Fervacques devaient s'interroger sur l'avenir de la France.

Sous un chapiteau, dans une ambiance de kermesse, entre une série de chansons de Michel Sardou et un repas de cochon de lait sur fond de « petit feuillu », Charles prononça un discours remarqué, sur le thème : « Il faut intégrer la classe ouvrière à la classe moyenne. »

« En somme, lui dis-je, c'est comme dans les trains d'après-guerre, vous voulez supprimer la troisième classe : tout le monde en seconde! A part ceux qui continueront de monter en première, évidemment... »

J'avais beau faire du mauvais esprit, son propos avait plu : il correspondait admirablement à l'image de générosité aimable du jeune ministre « social ». Une petite phrase, soigneusement lâchée devant trois ou quatre correspondants de presse que j'avais rameutés, ne fut pas moins commentée; comme un de ces journalistes abordait la question de la maladie du Président, Fervacques coupa court : « Actuellement, je considère que cette place est occupée par le meilleur... D'ailleurs, il me semble qu'à mon âge, on peut encore servir la République autrement qu'en intriguant pour en prendre la tête! » C'était ranger d'un mot le fringant Giscard parmi les vieillards ou les assassins : au choix.

La fête solidariste ne se termina qu'à minuit. Fervacques fit mine de vouloir me déposer à l'Hôtel d'Angleterre, mais il m'arrêta devant chez lui.

« Etes-vous sûr qu'il n'y a pas de danger? », demandai-je, inquiète, en voyant une lampe allumée dans la maison du gardien.

« Aucun danger », trancha Charles; et il me fit entrer dans sa chambre, aussi intime, avec son lit à baldaquin et crosses gothiques juché sur une grande estrade, que la chambre du roi à Versailles...

Il avait gardé sa chemise, qu'il aimait que je lui enlève moi-même. A l'instant où je me glissais nue sur le lit à son côté, on frappa à la porte. Je me levai d'un bond et me précipitai vers la salle de bains. Il se mit à rire : « Mais non, revenez, voyons. C'est moi qui ai sonné la femme de chambre. »

« Mais... »

« Ne soyez pas ridicule, Christine. Cela n'a aucune importance. » Il ralluma la lampe de chevet : « Entrez, Sylvie. »

Regagnant en hâte l'abri du lit, je remontai les draps jusque sous mon menton. Une jeune fille entra, portant un panier de fruits et deux coupes de champagne. Elle déposa son fardeau au pied de l'estrade avec une grâce nonchalante, sans m'accorder un seul regard ni marquer le moindre étonnement. J'allais m'extasier sur la force du métier et admirer qu'elle se retirât, aveugle et sourde, en domestique stylée, quand je la vis s'approcher du lit et s'asseoir sur le bord du matelas, tout près de Charles adossé à l'oreiller.

« Alors, Sylvie, quelles sont les nouvelles du pays? » interrogea-t-il d'un ton bonhomme, en posant familièrement la main sur le genou que la blouse grise de la jeune fille avait découvert en s'ouvrant.

« Très bonnes, Monsieur... Vous savez sûrement que Toine est rentré hier de la centrale. Dès ce matin il était au bistrot, vous le connaissez... Il dit pourtant que, cette fois-ci, il a compris, qu'il va s'acheter une conduite et se tenir peinard. Il veut louer un hors-bord pour promener les touristes en mer, l'été. Enfin, c'est ce qu'il dit. Maintenant, allez savoir où il trouvera l'argent pour démarrer! »

Charles se tourna vers moi : « Antoine est le mauvais sujet de la commune. Il vient de passer cinq ans à la centrale de Rennes : hold-up à main armée. A part ça, il est sympathique, et " pas ramenard ", comme on dit ici... Au fond, le seul drame dans toute cette histoire, c'est sa femme. Une jeune femme très honnête, très courageuse. Nous l'avons prise à l'école comme dame de service... » La main de Charles restait posée sur le genou de Sylvie. « Mais elle a quatre enfants », reprit gravement le ministre des Affaires étrangères soudain pénétré par l'ampleur de la misère sociale, « et avec un seul salaire, ce n'est pas facile, bien sûr. »

« Surtout qu'il lui refait un môme chaque fois qu'il sort de tôle », ajouta Sylvie à mon intention.

Cette conversation sur les affaires municipales à minuit passé et la manière qu'avait Charles de m'y associer avec désinvolture me plongeaient, compte tenu de la situation, dans la plus profonde surprise. Prisonnière du drap comme d'un linceul, n'osant pas même bouger un bras de crainte de dévoiler une épaule dénudée, je m'efforçais de donner au sourire transi qui surmontait mon gisant une apparence décontractée...

« Tu n'as pas froid, au moins? » me demanda Charles avec une sollicitude où je crus déceler une trace d'ironie; ce tutoiement en présence d'un tiers ajouta à mon embarras. Ayant laissé, cependant, l'alibi du conseiller technique sur le dos d'une chaise avec mon tailleur bleu marine, je me dis que – au point où nous en étions – nous n'avions plus d'apparences à sauver, fût-ce devant l'employée de maison la plus bornée.

Avais-je, à cette pensée, manifesté une gêne quelconque? Avais-je rougi? Ou seulement bougé? Je vis Charles sourire et, bien qu'il ne me quittait pas des yeux, sa main droite s'enfonça plus profondément sous le pan, à demi soulevé, de la blouse grise de Sylvie tandis qu'ouvrant un second front, sa main gauche attaquait l'agrafe du petit col officier qui fermait le haut du tablier; puis, ayant fait glisser, un à un, dans leurs six boutonnières les six boutons de nacre blanche, il dénoua la ceinture...

La jeune fille, le buste raide et immobile, me dévisageait avec insolence et, quand Charles eut terminé, je vis que, sous sa blouse, elle était habillée comme une personne qui ne craint pas les courants d'air.

A son tour, d'un geste précis, et sans cesser de me fixer, elle défit les boutons qui fermaient la chemise de Charles, ôta un poignet, fit glisser l'autre, et, d'un mouvement rapide, jeta le tout en boule contre l'oreiller. Après quoi, elle attendit – sans bouger, sans parler – toute droite au bord du matelas. Elle était jeune, la poitrine menue, les hanches étroites; le froid qui la gagnait faisait dresser le bout de se seins et ses épaules tremblaient.

Lentement, Charles l'attira vers lui et posa ses lèvres sur sa bouche. Ils avaient fermé les yeux, et il me parut qu'ils les fermaient longtemps...

Lorsque Charles cessa enfin de l'embrasser, la jeune fille se jeta sur sa poitrine qu'elle parcourut de baisers légers, mordant son cou, ses épaules, sa taille, et glissant sa tête jusque sous le drap dont Fervacques était encore enveloppé.

Il avait passé ses doigts dans les longs cheveux noirs de Sylvie et tantôt il pressait le visage de la jeune fille contre son ventre, tantôt, faisant tomber les peignes qui retenaient sa chevelure, il l'en écartait violemment pour retrouver sa bouche. Toujours c'était Charles qui baisait les lèvres de Sylvie, et toujours c'était Sylvie qui embrassait le corps de Charles. Penchés alternativement l'un vers l'autre, comme s'abreuvant l'un à l'autre, ils semblaient ivres d'une même ivresse puisée à des sources opposées.

J'étais si peu préparée à cette scène que j'en restai pétrifiée. Jusque-là j'avais cru les goûts amoureux de Fervacques assez communs et, quoi que j'eusse pu entendre autrefois dans les salles de rédaction sur la vie privée des hommes publics, je jugeais celui-là incapable de sophistication dans l'amour. Maintenant c'était en vain que, dans le plus grand désordre d'idées, je tentais de ressaisir l'ancienne image de lui que je m'étais formée et que je croyais avoir aimée.

M'efforçant d'attacher mes regards au plafond, le cou raidi, je les sentais qui mettaient du défi dans leurs caresses et, s'ils ne me regardaient pas, je savais qu'ils ne m'avaient pas oubliée.

Or j'avais beau me répéter que je ne devais pas rester une minute de plus dans ce lit, je ne parvenais pas à déterminer quelle contenance sauverait le mieux ma dignité : me lever, jeter mon manteau sur mes épaules, descendre au salon, et attendre qu'on voulût bien me fournir une explication? Quitter Sainte-Solène à pied, seule, dans la nuit? Ou ne pas leur donner la joie de penser qu'ils me choquaient, et prendre le parti d'une indifférence amusée?

« Tu vois, dit enfin Charles d'une voix qui me parut étrangement lointaine, tu vois comme Sylvie sait embrasser... » Il ne me regardait pas. Je ne voyais pas son visage et je reconnaissais à peine sa voix dans ce timbre rauque, cette prononciation alanguie, pâteuse. « Je voudrais, Christine, que tu aies les lèvres de Sylvie, les dents de Sylvie, la langue de Sylvie... » Elle restait penchée sur lui, pâle, presque sans mouvement, et sa bouche seule, rouge et luisante, vivait comme une excroissance maladive, un animal monstrueux qui dévorait leurs deux visages.

Tout à coup, Charles la repoussa : « Sylvie, dit-il durement, donne une leçon à Madame. »

Sylvie releva la tête et son regard narquois croisa le mien; s'allongeant sur le lit sans plus de façon, elle rampa vers moi. Paralysée par cette trop lente approche, fascinée par sa bouche comme par un gouffre, je n'eus pas la force de m'enfuir. Elle arracha le drap qui me couvrait et glissa son corps sur le mien. Je fermai les yeux.

Quelques expériences timides, à peine ébauchées avec Carole, et encore incomplètes avec Olga, ne m'avaient pas donné le goût des caresses féminines. Mais fut-ce la science de Sylvie ou le regard de Charles, que j'imaginais posé sur nous deux, je m'abandonnai sans me défendre aux baisers qu'on m'imposait. D'abord glacée, je me laissai peu à peu gagner par un trouble que l'humiliation rendait à chaque moment plus vif et plus délicieux.

Mon corps s'éparpillait aux quatre coins du lit, se dissociant au gré des sollicitations de Sylvie. Bientôt, j'osai lui rendre son baiser. Alors, soulevant les paupières que la confusion m'avait fait fermer, je vis que Charles, – enveloppé de son peignoir – s'était assis par terre à nos pieds. Si l'on peut faire abandon de toute son âme dans un seul regard, je lui fis ce don à l'instant où mes yeux se rouvrirent sur lui. Un précepte romain, inutile reliquat de mes études historiques, me revint à la mémoire : « Donner et retenir ne vaut. » Je ne retins plus rien...

Le visage enfoui dans l'oreiller, je renonçai à voir, je renonçai à entendre, et à toute autre sensation que le baiser de Sylvie, à tout autre sentiment que le souvenir du regard de Charles.

La caresse timide d'une main sur ma cuisse me rendit à moi-même : Sylvie ne s'était pas permis une seule fois de me toucher de ses mains. Je rouvris les yeux. Charles venait de s'allonger près de nous; je m'arrachai à la jeune fille et me blottis contre lui, nouant mes bras à son cou, mes jambes à ses reins, mon amour à son mépris.

« Va-t'en », dit doucement Charles à Sylvie.

Déjà ses lèvres étaient sur les miennes, son ventre sur mon ventre.

« Dois-je remporter le plateau? demanda la petite femme de chambre d'une voix pointue, ou Monsieur en aura-t-il encore besoin? »

Il n'y eut pas de réponse. Sylvie éteignit la lampe en sortant.

La nuit qui m'avait envahie nous engloutit. Une nuit noire, chargée de parfums, saturée d'odeurs de soie, de chair et de sueur. L'ombre était partout, dans la pièce et dans nos yeux : et sur cette ombre se détachait parfois une figure sans corps, un visage lumineux qui montait dans la nuit comme un lampion de fête, tout éclairé du dedans – son visage, ou le mien que je ne puis avoir vu et dont pourtant je me souviens...

Et soudain il fit jour; de longues raies de lumière

passaient à travers les persiennes et s'allongeaient sur le parquet. Charles suçait une mèche de mes cheveux. Tout en caressant de la joue une épaule que le soleil commençait à dorer, je songeai à la plage dehors, à la baie grise au pied de la falaise, au Fort des Moines, et à la côte, plus loin, sur l'autre rive de l'océan, la côte anglaise, l'Angleterre... L'Angleterre, mon Dieu! La note pour notre ambassadeur en Angleterre!

« Charles, la note pour notre ambassadeur de Londres! »

Interrompu dans un nouvel élan, Charles, le premier mouvement de stupeur passé, se moqua de moi. « Décidément, les mères victoriennes savaient ce qu'elles faisaient quand elles disaient à leurs filles : " Au moment suprême, pense à l'Angleterre. " Excellent moyen de rester glacée, en vérité! Vous venez de me le prouver... »

« Mais, Charles, je ne plaisantais pas. Vous savez que l'ambassadeur attend des instructions pour la réunion de demain. J'avais promis au service de la Valise qu'on expédierait le papier cet après-midi... »

Le ministre, allongé sur le lit, se redressa à moitié et, s'appuyant sur son coude d'un air las et blasé de patricien romain en fin de banquet : « Eh bien! dit-il, je vois que nous avons fini de nous amuser... Bon, passe-moi cette note que je la signe; mon chauffeur partira tout de suite, elle sera au Quai dans quatre ou cinq heures, elle s'envolera avec la Valise de ce soir... Donne.

– Mais c'est que... je ne l'ai pas encore faite.

– Comment ça? Tu ne l'as pas faite!

– Non. Rappelez-vous : nous devions en reparler hier. Je comptais m'y mettre dans la soirée et...

– C'est le bouquet! »

Il se leva brusquement, tira avec violence les rideaux dont le cordonnet cassa, ouvrit la fenêtre et, contemplant les volets fermés, poussa trois ou quatre soupirs excédés.

« Je me demande parfois, Madame Maleville, dit-il enfin, si nos relations sont de bonne pratique administrative... On fout sa chargée de mission et c'est la République qui est baisée!

– Excusez-moi ». J'enfilai mes bas. « Je m'y mets tout de suite.

– Recouche-toi.

– Je vous en prie : je n'ai plus le temps... »

Il jeta mon soutien-gorge à l'autre bout de la pièce d'un geste rageur et s'assit sur le lit. « Regarde-moi ce chantier », dit-il en montrant les draps froissés, sa chemise en boule, les couvertures arrachées. « Lendemains de fêtes! Tiens, voilà ton petit déjeuner. » Il me tendit une coupe de champagne tiède, qu'il me força d'avaler comme un médicament.

« Recouche-toi. » Il ouvrit les robinets de la baignoire. « Je t'ai dit de te recoucher... Je la ferai, cette note.

– Vous? Mais pourquoi?

– Pourquoi? D'abord parce qu'elle n'est pas faite, figure-toi. Et que je doute de ta capacité à la rédiger en si peu de temps! Ensuite, ma chère, parce que, comme ministre et comme amant, je suis doublement responsable de vos légèretés... Et légère, Madame, légère, Dieu sait si vous l'avez été cette nuit...! Allez, dormez, ma Sans Pareille. Dormez, je veille. »

En dépit de mes protestations, auxquelles les bâillements ôtaient de la véhémence, il prit son bain, s'assit au petit bureau de la chambre et, bercée par le glissement régulier de sa plume sur le papier, je sombrai bientôt dans un sommeil moite et haché. Parfois, m'éveillant à demi, je voyais son dos, sa robe de chambre de soie pourpre, ses boucles plus claires dans la nuque, et son cou que le sillon vertical semblait couper en deux – « pour séparer Charles le Sage de Charles le Fol », expliquait-il en riant. Et pendant qu'assis devant un « bonheur du jour » minuscule, mieux fait pour suggérer le griffonnage hâtif de lettres d'amour que la rédaction laborieuse de notes administratives, il écrivait le texte destiné à notre ministre de Londres, je respirais entre deux songes, l'odeur sucrée de ses cigarettes, mêlée à celle du café que Sylvie avait dû apporter tandis que j'étais endormie. La lumière de la mer entrait à flots dans la chambre par les fentes des persiennes, mais je ne voulais ni m'éveiller complètement ni m'assoupir tout à fait.

Demi-sommeil plus rempli d'amour qu'une veille : Charles réparait mes folies, il protégeait mon abandon; et – comme six mois plus tôt à notre retour du Dubrovnik – je m'ensevelissais dans cette irresponsabilité, amoureuse de ma passivité, de mes erreurs qui, me soumettant davantage à sa volonté, me rendaient plus dépendante de son amour. Blottie dans ma faiblesse, aspirant au néant, je me rendormais avec la confiance d'un enfant et me réveillais, chaque fois, avec la gratitude d'un nouveau-né. Ce matin de mars, entrecoupé de réveils incertains et baigné – jusque dans l'oubli du sommeil – de la certitude de sa présence, fut aussi tendre, enfin, que la nuit qui l'avait précédé avait été passionnée.

Lorsque nous descendîmes, Sylvie vint prendre nos bagages. Quand je revis sa blouse grise, j'osais à peine la regarder. Je voulus porter moi-même ma valise : « Elle n'est pas lourde », lui dis-je.

« Madame, c'est mon métier. »

Elle semblait si fâchée que je dus la lui abandonner. Alors que la voiture démarrait et que disparaissait, derrière les tamaris, la silhouette tourmentée de « Bois-Hardi », « Sylvie est très efficace, me dit Monsieur de Fervacques, depuis qu'elle s'en occupe, la maison est parfaitement tenue. Il faudra que je le dise à Elisabeth... Cette petite est d'ailleurs d'une famille tout à fait méritante, reprit-il après un temps de réflexion, de braves gens... »

Je le regardai avec attention, mais il n'avait pas l'air de plaisanter.

« On a bien raison de dire, ne pus-je m'empêcher de lâcher, qu'il n'y a que dans les grandes maisons qu'on sache encore se faire servir. »

En mon for intérieur, je pariai qu'il ne la payait même pas au SMIC; cependant, le moment me parut mal choisi pour la pousser aux revendications syndicales...

Je n'eus plus d'occasions de revoir la petite Bretonne ni d'en entendre parler, jusqu'au jour où – par le plus grand des hasards – Germaine Conan, que je revoyais avec plaisir chaque fois que je retournais en Bretagne pour les affaires du ministre, jeta sur notre nuit un éclairage nouveau. Elle allait souvent à Sainte-Solène et s'arrêtait volontiers chez le couple de gardiens de « Bois-Hardi » dont la femme était une cousine de son mari. Je risquai devant elle une allusion aux perfections de la jeune Sylvie; elle marqua de la surprise : en dehors des gardiens, il n'y avait à « Bois-Hardi » qu'une vieille cuisinière, qui était au service de la famille depuis quarante ans, un maître d'hôtel vietnamien et un valet marocain...

« Oui, répondit Carole aux questions que je lui posais, il doit bien y avoir deux ou trois boîtes à Trévennec où une fille dans mon genre pourrait à la rigueur travailler. Mais on trouve plus de choix à Brest, franchement. A cause des marins. Il y a même des endroits spécialisés... »

Sylvie avait-elle été recrutée pour la circonstance dans l'une de ces maisons locales, ou l'avait-on importée de Paris? A moins qu'il ne s'agît vraiment d'une petite paysanne du canton particulièrement dégourdie, sur laquelle le seigneur du lieu exerçait un droit de cuissage intermittent...

Je ne sus jamais qui était la petite esclave de Bois-Hardi; mais je finis du moins par connaître la raison qui avait poussé Charles à l'inviter avec nous :

« Quel drôle de personnage tu m'as joué dans les débuts! me dit-il, un soir que j'étais seule avec lui dans son bureau. Si amoureuse, si déférente... Le genre pudique et prosterné! Ah, tu as bien failli me tromper! Heureusement que le conseiller général de Guingamp m'a mis au courant. Figure-toi qu'en février, un jour qu'il attendait dans mon antichambre, il t'a vue passer. Tu portais un dossier à mon secrétariat. Il t'a prise pour une des dactylos, et il m'a dit en rigolant qu'avec des secrétaires comme toi, je ne devais pas trouver la semaine trop longue... Il t'avait connue dans le Paris-Lannion. Tu ne te souvenais pas de lui apparemment, mais lui ne t'avait pas oubliée... Tout de même, pourquoi m'avoir caché ces talents? Bizarre enfant... »

Je ne me défendis pas. La perversité que Charles me supposait allait bien à la « Sans Pareille » qui l'avait séduit, et elle le rendit, pour tout de bon, amoureux.

La-nuit-de-Sylvie fut notre nuit de noces : le surlendemain, pendant une réunion préparatoire au Conseil des Affaires Générales de la Communauté – qu'il présidait –, Charles se retourna pour me passer, sur un papier à en-tête du ministère, un billet bref, non signé, plus éloquent cependant qu'un long discours. Dix mots – au conditionnel diplomatique : « Il se pourrait que je vous aime... M'en aimeriez-vous moins? »

A quelque temps de là il commença à m'emmener, à Paris ou en banlieue, dans des résidences discrètes dont, à en juger par le nombre de ceux qui s'y pressaient, il ne devait pas être le seul à posséder la clé.

La première fois pourtant, il exigea de me bander les yeux. Nous roulâmes pendant une heure environ, puis il ôta le bandeau : la voiture était arrêtée sur une place du village, devant une longue maison blanche aux volets fermés, prolongée, de part et d'autre, par des murs hérissés de tessons de bouteilles; en face, une petite mairie-école et une boulangerie. A cette heure de la nuit, tout semblait dormir, les réverbères du village n'étaient pas allumés, et la maison, qui ne recevait que la clarté opalescente de la lune, semblait aussi peu réelle qu'un Magritte. Je crus à un décor de studio... Mais Charles sonna, et la porte s'ouvrit, sans bruit. Je vis un grand corridor vide, éteint lui aussi, dont les dalles luisaient faiblement, éclairées par une grande porte-fenêtre ouverte au fond sur le jardin. Charles me poussa vers cette lumière pâle.

Je me retrouvai dans un parc cerné de hautes murailles, tout au long desquelles courait une double rangée d'arcades. Au milieu de la pelouse, épaisse et grise comme une fourrure, il y avait une piscine, que des projecteurs éclairaient; l'eau était chauffée mais l'air restait froid, et des vapeurs blanchâtres, des buées tièdes, montaient sans cesse de la surface du liquide comme d'un chaudron infernal. Nous traversâmes le jardin. En approchant du bassin j'aperçus, parmi les moutonnements laiteux, des damnés de sexe indéterminé mais d'un rose de crevette, de ce même rose indécent dont Jérôme Bosch baigne les excroissances de corail et de chair, les larves, les tours priapiques, et les mollusques géants de son « Jardin des Délices »; hommes et femmes s'enlaçaient silencieusement dans des bouillonnements d'écume. A l'abri d'une colonnade qui partait de l'extrémité de la maison pour arriver au pied de la margelle, d'autres corps nus, noués en grappes comme des vipères à la saison des amours, se livraient à d'autres ébats que la fraîcheur de la nuit ne ralentissait pas.

Assis sur une chaise de cuisine au centre du gazon, un agent de police en grand uniforme, képi sur la tête, fourragère à l'épaule et bâton blanc sur les genoux, ne paraissait pas s'aviser de l'étrangeté de son habit dans cette foire aux nudités; il regardait le spectacle d'un œil morne : « J'attends mon tour », dit-il tristement, en haussant les épaules, quand nous passâmes près de lui. Un peu plus loin, une infirmière vêtue à l'ancienne mode de l'Assistance Publique – longue cape bleue, chaussures de nonne et voile blanc – secouait interminablement un thermomètre géant. J'avais l'impression d'être entrée dans une maison de fous.

De l'autre côté du gazon, le déambulatoire menait à un pavillon, où, sans rien demander, une femme revêche tendit à Charles une clé dorée. Malgré ce que j'avais vu dehors, je me sentis gênée de ne pouvoir prétendre que nous venions en voyageurs, pour passer la nuit entière, et je regrettais de n'avoir aucun sac, aucune valise, qui pût m'aider à donner le change...

Nous montâmes un escalier. La clé ouvrit la porte d'un appartement tapissé de toile rouge. Il n'y avait pas de fenêtre à la pièce, mais un lit noir, immense comme un catafalque. Face au lit, trois portes identiques, derrière lesquelles – à des frôlements, des raclements, des respirations – je crus deviner des présences, des appétits, des impatiences. J'étais sûre, en tout cas, que ces portes n'étaient pas fermées, ou que d'autres en détenaient les clés. Au plafond on avait accroché des sortes de haut-parleurs sur des rails d'acier, et des instruments oblongs dont certains semblaient reliés à des bras articulés. Au moment où Charles, qui avait fermé la porte, commença à me déshabiller, je fus prise de panique. Cette pièce aveugle, ces bruits indistincts que je discernais de l'autre côté des cloisons, la voix de l'agent de police que j'entendais maintenant dans l'escalier, les objets du plafond, tout me semblait répugnant, menaçant. Je suppliai Fervacques de me ramener. Il tenta d'abord de me raisonner : « Franchement, Madame Maleville, vos timidités sont ridicules... et peu convaincantes quand on vous connaît! » Puis il s'efforça de piquer ma vanité : « Eh bien, pour quelqu'un qui disait aimer le danger! » Mais je me mis à pleurer. Sans un mot, l'air excédé (même amoureux, mon nouvel amant n'était jamais tendre), il finit par me rendre la clé. Je rouvris la porte, repassai à grands pas devant la gardienne maussade, à qui Charles fit un signe de connivence désolée, et, retraversant en silence l'aire de jeu des crevettes, nous rentrâmes à Paris.

Inquiète pourtant sur la suite des événements, je demandai quelques conseils à Caro, qui était seule dans la confidence de ma liaison avec Fervacques. Elle ne sut rien me dire de plus que : « Sois naturelle, mon chou, surtout sois naturelle.

– Tu en as de bonnes, toi : j'ai peur!

– La peur? dit-elle désinvolte, mais ça fait partie du métier! Tu ne crois pas que j'avais peur, moi, au commencement, quand je michetonnais? C'est vrai qu'on ne sait jamais sur qui on va tomber, quelles idées peuvent leur passer par la tête... Tiens, moi par exemple, j'en ai eu un, du temps de Compiègne, qui se prenait pour un lapin. Pas un lapin comme ça » (elle mit les mains au-dessus de sa tête et les agita comme deux longues oreilles), « non, un lapin-cocotte, un lapin à cuire. Ça t'étonne, hein? Bof, ce n'était pas tellement difficile tout compte fait : il fallait lui attraper un bras ou une jambe, faire semblant de scier, ajouter du poivre, du sel, et mettre le tout dans la cocotte. Je lui disais de temps en temps " ça mijote " et il jouissait tout seul dans sa cocotte... Au fait, c'est lui qui m'avait fait avoir mon HLM : il était au Conseil municipal.

– Dis donc, Caro, je croyais que tu n'avais jamais fait de " spécialités "?

– Des spécialités? Mais ça, ce n'est pas des spécialités, innocente! Des spécialités culinaires, tout juste!... Bon, enfin, je veux seulement te dire, Mistouflette, qu'il ne faut rien exagérer : les hommes politiques ne sont pas les plus compliqués! »

Elle avait sans doute raison, car, dans les semaines qui suivirent, Fervacques se borna à m'entraîner dans quelques appartements parisiens, meublés en « rois fainéants » – Louis XV, Louis XVI – et coquettement adornés de fantaisies Régence, tableaux vivants, boissons fortes, lits profonds, belles-de-nuit et « mirbalais »... Seule la marijuana n'était pas d'époque.

Des dames, qui, parfois, n'étaient plus de la première jeunesse, se promenaient nues à travers les salons aussi naturellement que dans leur salle de bains; comme pendant les cocktails, on circulait de groupe en groupe, un verre à la main, pour « prendre langue »...

J'étais moins surprise, d'ailleurs, par la diversité des postures que je n'étais étonnée de voir tous ces gens se livrer à leurs activités à visage découvert : ne pas cacher ses traits quand on dévoilait son corps me semblait de la dernière imprudence. Qu'un homme public comme Charles se risquât à entrer démasqué dans ces sortes d'endroits – lui qui, pour rien au monde, ne se fût montré à mon bras à la réception du Ritz ou d'un quelconque Sofitel – me confondait. Mais il savait sans doute ce qu'il faisait : aucune des personnes présentes n'aurait pu révéler à l'extérieur les faiblesses du ministre sans avouer du même coup les siennes. Aussi chacun se donnait-il autant de liberté que s'il avait été invisible... Il est vrai que je n'ai jamais, moi-même, identifié personne dans ces assemblées nombreuses – soit que ma mémoire des visages, toujours défaillante, m'eût une fois de plus manqué, soit que le déshabillage constitue le plus parfait déguisement d'un homme illustre.

Une nuit pourtant, je crus reconnaître quelqu'un : un très jeune homme, à la peau duvetée et au sexe avantageux, qui se tenait debout dans une chambre, les yeux baissés, avec une pudeur timide qui me rappela Marco; j'eus l'impression – de plus en plus précise à mesure que je le regardais – de l'avoir déjà rencontré. Je pensai d'abord à l'un des petits peintres d'Olga; puis je fis le tour des jeunes bourgeois de Trévennec qui venaient jouer au tennis dans le jardin de la sous-préfecture; je m'attardai un instant sur les derniers « vol-au-vent » de Senlis, avant d'essayer de me remémorer la silhouette des journalistes-débutants que je rencontrais dans l'entourage de Moreau-Bailly et celle de tous les fils de ministres que je connaissais : rien n'y fit. Non seulement je ne pouvais mettre aucun nom sur ce membre viril, mais je ne parvenais pas à me représenter son heureux propriétaire en veston et cravate, ni même – ce qui me troubla davantage – vêtu d'un slip de bain : je ne l'imaginais qu'en costume d'Adam.

Le « vieux beau » inconnu couché sur moi, voyant que je fixais l'Adonis tandis qu'il s'évertuait à m'intéresser aux hommages poussifs qu'il me rendait, finit par faire signe au jeune homme d'avancer : « Il te plaît, hein? Ne te prive pas, il est là pour ça, me glissa-t-il à l'oreille. Quoique d'ordinaire il serve mieux les messieurs... »

Je passai quelques minutes avec le petit « mirbalai ». Charles, qui venait d'entrer, nous regardait. Quand à son tour, l'Archange se glissa près de moi et me murmura : « Dis donc, pour un figurant, il n'est pas mal doué! » je compris brusquement d'où je connaissais l'adolescent : je l'avais déjà rencontré quatre fois en tenue d'Eden; c'était le séminariste d' « Une soutane n'a pas de braguette ».

Vers dix heures du matin le lendemain, alors que je goûtais au lit un repos bien mérité, je fus tirée du sommeil par un coup de téléphone de Kahn-Serval. Il y avait longtemps que je ne l'avais plus vu autrement qu'en photo ou sur les écrans, longtemps aussi que les circonstances de ma vie m'avaient éloignée des principes de la sienne; aussi cette voix tombant sur moi en direct, au sortir d'une nuit mouvementée, m'émut-elle autant qu'un appel d'outre-tombe : c'était le fantôme de mon grand-père, de ma jeunesse et de mes vertus se dressant d'un coup devant moi; je m'attendais à des remontrances, au moins idéologiques (je ne savais trop comment Renaud avait pris mon entrée chez Fervacques), quand, contenant à grand-peine l'enthousiasme dont il débordait, le Hussard me lança tout à trac : « Christine, devinez ce qui m'arrive? Je viens d'avoir des nouvelles de ma mère! »

La surprise me fit bredouiller : je le croyais orphelin depuis trente ans.

– Mais vous comprenez tout de travers, ce matin! Je ne vous ai pas dit que j'avais retrouvé ma mère, je vous ai parlé de « nouvelles »... Qu'est-ce qu'il y a, dites-moi? Vous avez pris un somnifère ou quoi!

– Pardonnez-moi, mais j'ai travaillé pour mon ministre toute la nuit...

Je n'aimais pas mentir à mes anciennes consciences; heureusement, il y a plus d'une manière de pactiser avec le mensonge sans rompre avec la vérité... Mais Renaud, ce matin-là, ne se souciait ni de ces subtilités de casuiste ni de mes récentes orientations de carrière. Sans même songer à me demander comment j'allais, il me raconta, à petites phrases précipitées, qu'à la suite de son face à face télévisé avec Fervacques – « votre ministre, justement... S'il savait le bonheur que je lui dois! » – une vieille dame avait demandé à le rencontrer. C'était une ancienne résistante, rescapée de Ravensbruck. Elle avait été déportée en même temps que Madame Kahn – « mais, avait-t-elle expliqué à Renaud, comme vous vous appeliez Serval, je ne faisais pas le rapprochement. C'est seulement l'autre jour quand vous avez raconté votre enfance à la télé que j'ai compris... »

Comme Renaud me l'avait dit autrefois, sa mère avait été arrêtée plus d'un an après son mari; et alors que Monsieur Kahn, déporté comme juif, avait selon toute probabilité fini ses jours dans une chambre à gaz de Maïdanek, sa femme, prise en charge sous une fausse identité par un réseau de résistance, avait, lors de son arrestation, bénéficié du même statut de « déporté politique » que ses compagnons de réseau; on supposait même que, dans le camp où on l'avait internée et où Renaud perdait sa trace, elle avait porté le triangle rouge et non l'étoile jaune. Je me demandais bien, d'ailleurs, pourquoi Renaud attachait tant d'importance à une aussi mince circonstance : couleur pour couleur, c'était toujours le même destin...

« Ma vieille dame, qui n'avait qu'une quarantaine d'années à cette époque, avait été enfermée dans le même wagon que sa mère. Il paraît qu'elles ont sympathisé tout de suite. Enfin, si l'on peut parler d'amitié dans des conditions comme celles-là! Ma mère avait sur elle un petit flacon d'alcool de menthe et elle l'a partagé avec cette femme et un vieillard infirme, qui est mort avant la fin du voyage. Il faut dire qu'ils étaient quatre-vingt-dix dans ce wagon. Le trajet a duré trois jours. Sans manger, sans boire. Enfin, pas tout à fait : dans une gare allemande, on leur a donné deux litres d'eau. Deux litres d'eau pour quatre-vingt-dix personnes. Enfin, je vous passe les détails... »

Oui, passons : j'avais sommeil, mal à la tête, et je ne voyais pas quel plaisir Renaud pouvait trouver à remuer sempiternellement ces vieilles histoires. Du reste, on a toujours de la peine à se représenter les horreurs du dénuement au sortir d'une orgie : si peu d'eau, après tant de champagne! Pourtant je fis un effort et parvins tout de même à comprendre quelle joie amère mon Hussard pouvait éprouver à faire ainsi revivre par petites touches, mêmes atroces, cette jeune mère dont il ne se souvenait pas, dont il savait si peu de choses, et dont il n'avait rien hérité – ni photo, ni vêtement, ni médaille...

« Il faut que je vous dise que dans certains camps les déportés politiques, une fois qu'on les avait vêtus de leur habit de bagnard et immatriculés, étaient soumis à de longs interrogatoires. On les faisait passer par fournées dans une petite pièce où l'on avait installé une dizaine de tables. Derrière ces tables il y avait des SS, d'autres

“ politiques ” plus anciens, ou même des “ droits-communs ” – à Ravensbruck par exemple, il paraît que les prostituées allemandes déportées au commencement du règne d'Hitler formaient le gros des Kapos... Tous ces “ officiels ” posaient aux nouveaux un tas de questions : sur leur carrière professionnelle, leur situation de famille, leurs goûts littéraires ou musicaux, leurs appartenances syndicales, leurs conceptions philosophiques... La dame du wagon était restée debout derrière ma mère, elle attendait son tour en écoutant attentivement ce que sa nouvelle amie disait; c'est que tout le monde se demandait ce qu'il fallait répondre : est-ce qu'aux yeux des brutes qui interrogeaient, aimer Mozart, par exemple, allait constituer une circonstance aggravante ou une circonstance atténuante? Comme ma mère avait gardé sa fausse identité – il n'y avait que la dame du wagon dans la confidence –, elle donnait, tant bien que mal, des réponses adaptées à son état civil truqué : certificat d'études passé à Montauban, couturière en chambre, célibataire, pas d'enfants... C'est seulement quand le SS en est arrivé à la religion qu'elle a marqué un temps d'hésitation. La dame du wagon mourait de peur qu'elle ne dise “ juive ”. Finalement elle a dit, d'une petite voix mal assurée : “ Je crois en Dieu ... ” Le gros officier qui posait des questions est parti d'un grand rire : ah, elle était bien bonne celle-là... “ Alors ça, ma jère dame, vous allez vite remarquer que Dieu est absent ici! ” Il riait à s'en faire éclater. Alors ma mère a repris sur un ton très doux : “ Je ne pense pas... Non. Dieu est partout. ” Elle a promené lentement son regard sur la salle, sur les visages durs, les visages gris, les casquettes des officiers et les trognes des kapos; elle s'est tournée un moment vers la fenêtre sale, derrière laquelle on apercevait les baraquements, les barbelés, les silhouettes déguenillées; puis elle a reposé les yeux sur la grosse figure rouge de l'officier : “ Dieu est partout, Monsieur. Ici, c'est seulement l'homme qui est absent... ” »

Là s'arrêtait ce que Renaud avait appris sur sa mère, ce qu'il avait appris de sa mère. La vieille dame avait été logée dans une autre baraque, affectée à un autre commando; et comme elle n'avait plus entendu parler de Geneviève Kahn, elle avait supposé qu'elle était morte très vite, ou qu'on l'avait transférée dans un autre camp. Peut-être même Madame Kahn avait-elle fini par dire aux SS qu'elle était juive, dans l'espérance de rejoindre les siens, ou pour accompagner jusqu'à la mort ceux qui mouraient : elle était si bizarre à sa manière... Renaud, que les dernières paroles de sa mère semblaient avoir électrisé, voulait maintenant reprendre les recherches, contacter Serge Klarsfeld, se rendre à Ravensbruck, mettre ses pas dans les derniers pas de cette femme inconnue, ses larmes dans ses dernières larmes : « J'ai espéré son retour si longtemps, Christine, vous comprenez? Aujourd'hui encore, il m'arrive de me dire qu'elle n'est pas morte... Souvent, dans mes rêves, j'imagine qu'elle frappe à la porte de ma chambre. Alors j'ouvre... et, debout sur le seuil, c'est un policier français...

– Bon, écoutez, Renaud, je suis très heureuse, bien sûr, que vous ayez appris toutes ces choses sur votre mère... Je vois que c'était une femme digne, généreuse, courageuse. Quand on vous connaît d'ailleurs, ce n'est pas une surprise... Si le moment n'était pas si mal choisi pour vous taquiner, je dirais même que c'est probablement d'elle que vous tenez votre petit penchant à l'idéalisme... Parce qu'après tout – la suite l'a bien montré – des deux, c'était le SS qui avait raison : votre Yahweh ne s'est pas beaucoup montré...

– Je voudrais bien savoir ce qui vous permet d'affirmer une chose pareille! Oui, qu'est-ce que vous en savez?

– Bon, bon, comme vous voudrez. Je ne veux pas discuter... Mais ne croyez-vous pas, entre nous, qu'en ce moment vous feriez mieux de vous occuper de votre avenir? Pompidou est au plus mal et on dit que Mitterrand a une chance non négligeable de gagner des présidentielles anticipées... Aurez-vous un ministère si vos amis arrivent au pouvoir, ou êtes-vous décidé à laisser tous les bons postes vous passer sous le nez? Voilà la vraie question. Le reste – la guerre, les camps –, c'est si vieux! Croyez-moi,

Renaud, il faut vous débarrasser de ce passé... Tout le monde l'a oublié... »

Avec une éloquence d'autant plus véhémente qu'il percevait mieux chez moi ce désenchantement qui accompagne la gueule de bois, Renaud m'expliqua que la guerre n'était oubliée des gens de ma génération que comme ces socles de roches dures dont on ignore l'existence parce que le temps les a recouverts de trois centimètres d'humus et de pourriture, « mais qu'on gratte un peu, Christine, qu'on creuse un petit trou, au hasard, non pour chercher ce qui est enfoui, mais pour essayer de planter n'importe quoi, une fleur, un arbre, un drapeau,... et on retrouve ces roches, sur lesquelles rien ne peut pousser, rien ne peut tenir, vous comprenez? Christine, quoi que vous fassiez, la guerre, les camps sont là tout près, mal camouflés! Ce passé nous empêche de prendre racine, il est sous nos pieds, il est au fond de nous, comme... comme un péché originel. »

« Allons donc! Allons! » Je croquai un comprimé d'aspirine. « J'ai la migraine, mon cher rabbin, et ma vie actuelle me laisse peu de loisir pour la pénitence et le recueillement! Nous reparlerons de tout ça une autre fois si vous le voulez bien. Parce que maintenant, avec votre permission, je me recouche... Embrassez Maud pour moi. »

Je pouvais laisser sans regret Renaud à sa philosophie : Charles, que le péché originel ne tourmentait pas, me semblait de plus en plus épris. Comme le plaisir de me soumettre à ses caprices ne contribuait pas tant à son inclination que l'idée, fausse, que j'étais une Messaline difficile à contenter, je me gardais de le détromper.

Moyennant ce déguisement, il me donnait chaque jour des preuves plus romantiques de ses sentiments. Ainsi, quand je dus faire à Moscou une mission éclair de cinq jours pour préparer une réunion de la « Grande Commission Franco-Soviétique », l'ambassadeur me remit un paquet urgent qui venait d'arriver, en même temps que moi, par la valise diplomatique : c'était – sans un mot d'accompagnement – un petit bracelet d'or gris à l'intérieur duquel on avait fait graver un vers de Maurice Scève : « En toi je vis, où que tu sois absente... »

Le premier mouvement d'ivresse passé, le message me parut un peu excessif, disproportionné encore aux sentiments que Charles pouvait éprouver, et, comme c'est le genre d'excès auquel on s'habitue très vite lorsqu'on rêve d'une vie exagérée, je m'obligeai sagement à me défier de mes espérances : je portai le bracelet en m'efforçant d'oublier les mots que j'y avais lus, ou de me persuader qu'ils étaient la spécialité du joaillier – un peu comme ces « Aujourd'hui plus qu'hier et bien moins que demain » que les pages publicitaires des magazines vantent au moment de la Saint-Valentin.

Du reste, j'étais surprise que Charles eût trouvé dans sa mémoire un vers de Maurice Scève, lui qui ne connaissait pas une seule fable de la Fontaine et affectait de mépriser Victor Hugo. Il est vrai, toutefois, que son étrange culture d'autodidacte faite de pièces et de morceaux, l'avait conduit très tôt à établir une échelle de valeurs surprenante où le palais du facteur Cheval primait le château de Versailles, la « Sans Pareille » éclipsait la Joconde, et la « Valse du précieux dégoûté » triomphait des symphonies de Mozart, comme le chihuahua du chien de berger : dans cet étrange Panthéon, Maurice Scève pouvait sûrement trouver sa place. Par manque de connaissances, Fervacques avait en somme rejoint, et parfois dépassé, les plus subtils raffinements des intellectuels parisiens, lesquels, flattés, se refusaient obstinément à le croire aussi ignorant qu'il se targuait de l'être. « Non seulement notre ministre des Affaires étrangères est malin comme un singe, assurait-on dans les dîners de la “ Belle Inutile ”, mais il a une culture prodigieuse, des lumières sur tous les arts et des vues originales, rafraîchissantes chez un homme public... Tenez, il paraît qu'il n'y a pas actuellement de meilleur spécialiste de Marguerite Duras ! » (Là, il s'agissait simplement d'une confusion avec l'arrière-grand-mère de l'Archange, la marquise de Duras...).

N'importe, « Délie » faisait bien dans ce tableau : ce fut,

en tout cas, ce dont je parvins à me convaincre pour ne pas perdre la tête et éviter de rendre en argent comptant la monnaie d'un faux serment.

Mais, deux semaines plus tard, comme Fervacques m'énumérait distraitement quelques-unes de ses très éclectiques ex-maîtresses (une ancienne meneuse de revue du Lido, la cadette des Bussy, une petite du Service du Chiffre, une speakerine de la télévision, une demoiselle Kennedy, une hôtesse de l'air, une fille de Madame Claude), dont deux, la princesse Fornari et Catherine Darc, se trouvaient avoir été des petites amies de mon frère, que je ne revoyais pas sans amusement au milieu de cet escadron galant, je ne pus m'empêcher de l'interroger : « Toutes ces femmes-là n'ont pas grand-chose en commun, franchement... Que pouviez-vous chercher en elles?

– Toi », me dit-il gravement en me prenant dans ses bras.

Encore une fois, je m'efforçai de ne pas y croire; mais je sentais, de jour en jour, diminuer ma capacité de résistance. L'insouciance et le détachement de Charles m'avaient été, au commencement, un rempart utile contre le flot de mes propres sentiments; s'il se mettait à me répéter qu'il m'aimait, je n'aurais plus la force que de m'agenouiller.

Déjà, sentant s'exaspérer en moi un désir de possession d'autant plus singulier qu'il tombait sur un homme dont j'admirais le prestige et les talents sans être sûre de l'estimer, je commençais à comprendre que je ne sortirais pas de cet amour aussi aisément que je m'en étais d'abord flattée.

A quelque temps de là, Fervacques donna un nouvel encouragement à mes sentiments en m'invitant – pour la première fois – à un long week-end amoureux.

Il m'avait proposé la montagne où il n'aurait pas à redouter d'être surpris sur les pistes : le déguisement de rigueur dans ce genre de sport – bonnet, moufles, casque, lunettes et col remonté – assure un parfait anonymat. Sans doute n'étais-je pas moi-même une excellente skieuse – je n'avais découvert la godille que tardivement, et je ne m'y étais adonnée qu'à la fin de faire taire ma belle-mère, dont la mentalité d'impératrice romaine amoureuse de gladiateurs et les sempiternels « mens sana in copore sano » avaient fini par m'ennuyer –, mais quand j'acceptais, émue, l'idée d'un séjour avec Charles dans une station suisse discrète, c'était moins aux descentes vertigineuses que je pensais qu'aux vins chauds qu'on boit à deux devant un feu de bois.

Au bout de quelques heures de vacances, je commençai pourtant à déchanter : pour mieux échapper à la curiosité Charles nous avait fait déposer en hélicoptère sur les sommets, mais je n'étais pas assez débrouillée pour ces longues excursions hors-piste; suivre mon champion sur des pentes abruptes, jamais damées, mal balisées, virer dans d'étroits goulets, frôler des précipices que rien ne signalait, glisser sur des crevasses que la poudreuse dissimulait – le tout à l'allure d'une fusée – me terrorisait; j'étais sans cesse « semée », je tombais, je me perdais, j'avais froid. Fervacques, tout à la joie du sport, ne m'attendait pas; si par hasard il s'apercevait qu'il m'avait distancée et ralentissait, il s'impatientait : « Alors, qu'est-ce qui se passe, Christine? Vous traînez? » S'il me voyait marquer un temps d'arrêt en haut d'un semis de rochers : « Eh bien, qu'est-ce que vous espérez? La repousse de l'herbe? » J'en vins à me demander si, chez lui, je ne préférais pas encore le dépravé à l'homme « sain dans un corps sain »...

Certes, en récompense, j'eus le soir le long câlin au feu de bois que j'avais espéré, mais le deuxième jour, Fervacques, remis « en jambes », passa à la vitesse supérieure : il nous fit déposer plus haut, plus loin, là où la neige est bleue et le vent glacé. Je portais une élégante combinaison, achetée à un prix déraisonnable pour l'occasion, et, afin de conserver au vêtement la ligne filiforme qui le séduirait, je m'étais gardée de glisser dessous le moindre chandail. Le corps engourdi, les pieds et les mains gelés, je le suivais, mais en pleurant comme une petite fille, à gros sanglots; et mes larmes, qui se cristallisaient immédiatement, me sabraient les joues. A la fin de la journée, comme je devais encore affronter un à-pic vertigineux, je me sentis si lasse, si déprimée, que je décidai de dévaler le versant à tombeau ouvert, sans précautions, pour mettre fin plus vite à mon supplice...

Tout à coup, je vis Charles arrêté en contrebas, sur un petit replat : « Venez près de moi », me cria-t-il. C'est à peine si je parvins à m'immobiliser à côté de lui; il regarda mes yeux rougis et hocha la tête pensivement : « J'ai trop froid », lui dis-je en remuant à peine les lèvres que le vent de la course avait gercées, « et j'ai l'onglée aux doigts... Oh, si vous saviez comme je suis fatiguée! » Il eut alors son premier geste de vraie tendresse depuis Dubrovnik : il m'ôta mes gants, entrouvrit son blouson, prit mes mains et les glissa contre son corps, sous son pull, à même sa peau. Puis il passa ses bras autour de mes épaules, m'enveloppant tout entière de l'anorak ouvert.

Il avait appuyé son visage contre mon bonnet et son haleine tiède me mouillait les cheveux; il me parlait à mi-voix comme à un enfant qu'on berce : « On veut faire croire qu'on peut suivre, et on ne peut pas. On veut faire croire qu'on aime le danger, et on ne l'aime pas. On veut faire croire qu'on est une grande personne, et on ne l'est pas... » Il embrassait doucement mon front. Je serrai sa taille entre mes bras et l'attirai plus violemment contre moi. Je sentais peu à peu ma vie se ranimer, comme si, avec sa chaleur, il me transfusait son sang, sa force. Je fermai les yeux.

Au-dessus de nos corps imbriqués, il y avait un pic sombre d'où j'avais vu, en descendant, qu'une énorme masse de neige semblait sur le point de se détacher : « Je voudrais qu'il y ait une avalanche, lui dis-je. Maintenant. »

Il continua d'embrasser mes cheveux, mes paupières, à petits baisers pressés. « Vous avez raison, murmura-t-il enfin, il n'y a que deux choses redoutables en amour : l'inassouvissement, et la plénitude... Pour la seconde du moins, ne craignez rien : je saurai vous affamer . »

Mais il me garda blottie contre lui, si serrée que je ne

pouvais plus parler, et, dans la suite de cette journée, s'efforça de ne plus m'abandonner.

Christine aimait-elle Fervacques?

A l'époque où je la rencontrai dans sa prison, je n'avais – malgré les déclarations contraires qu'elle venait de faire à son procès – guère de doute sur la passion que le ministre lui avait inspirée : ne m'avait-elle pas avoué cent fois qu'il avait été pour elle tout autre chose que les caprices qui l'avaient précédé? Plus tard, il est vrai, ma conviction s'était trouvée un peu ébranlée par les affirmations de certains témoins de sa vie, son frère notamment, qui ne la croyait pas capable de vifs attachements en dehors de la famille... Le juge chargé de son affaire m'avait assuré, de son côté, qu'elle était entrée dans le lit de Fervacques comme on part en mission – « en service commandé », répétait-il avec un clin d'œil appuyé.

Maintenant, pourtant, que les témoignages recueillis s'évanouissaient à leur tour dans la pénombre du souvenir, je revenais à ma première impression : Christine avait réellement aimé d'Archange.

Je n'étais pas certaine de savoir pourquoi sa route avait croisé celle du ministre ni pour quelle raison elle l'avait séduit – là-dessus, quoiqu'elle m'eût donné une version différente de celle qu'elle avait servie au tribunal, elle pouvait m'avoir menti –, mais, si c'était par jeu, comme Philippe le pensait, ou sur instructions, comme l'affirmait son juge, il était sûr qu'elle s'était prise à ce jeu-là ou avait outrepassé les ordres qu'elle recevait...

Sans doute aurait-on pu m'objecter la froideur apparente, l'excès d'intellectualisme, le ton d'ironie, de quelques-unes des lettres où elle me parlait de son amant. Cependant, j'avais déjà remarqué que l'ensemble des récits de Christine semblait, à la lecture, un peu décoloré, distancié, par rapport à la personne très chaleureuse que j'avais connue. Certes, on y retrouvait cette causticité qui lui était naturelle, cette vivacité de trait qui m'enchantait, mais plus rarement la spontanéité débridée qui faisait le charme de sa conversation, cette ardeur, cette violence intérieure qu'elle libérait dans ses gestes, ses intonations, ses grimaces, ses éclats de rire, plutôt que dans des mots, fussent-ils « d'esprit »; de même ne reconnaissais-je que de loin en loin, dans ce qu'elle m'écrivait, l'expression de cette intensité qui la poussait à tout saisir, tout vivre avec rage ou gourmandise – même la prison –, et qui, plus qu'à travers ses théories ou ses justifications, se manifestait par les vagues enfantines d'émotion qui se succédaient sur son visage : son amour pour Fervacques, comme ses colères et ses appétits, se serait peut-être mieux lu sur ses traits que dans ses cahiers...

Davantage, d'ailleurs qu'un refus, assez élégant, de laisser le cœur forcer la plume, ou que l'impuissance d'une écriture trop maîtrisée à exprimer ce qu'il y a d'obscur et de désordonné dans l'amour, c'était le caractère même du sentiment amoureux qui me semblait expliquer la relative désinvolture avec laquelle Christine relatait, dix ans après, les débuts de sa liaison; dans son incapacité à rendre, autrement qu'en les rationalisant, les plaisirs et les tourments de ce temps-là, je voyais la meilleure preuve de son inclination passée; car il n'est rien qui se résorbe plus complètement après usage qu'un épanchement de sentiments, une dilatation de passion, et nos amours évanouies, si elles laissent des traces dans nos mémoires, n'en laissent guère dans nos cœurs – hors, parfois, la douleur vague d'avoir perdu toute raison de souffrir et le chagrin diffus de ne plus savoir pour qui nous avons pleuré... Encore cette mélancolie sans cause qui nous saisit au rappel d'un prénom, à l'écoute d'une chanson, n'a-t-elle plus grand-chose à voir avec l'exaltation des premiers moments : elle s'apparente mieux au désarroi de la vieille comtesse de Chérailles, lorsque, retombée en enfance au point de ne plus reconnaître ses proches, elle gardait confusément la mémoire des deuils et des revers de fortune qu'elle avait traversés et répétait machinalement, à longueur de journée, à son petit-fils Philippe, avec cet air inquiet et fautif de l'enfant qui a oublié sa leçon et sent qu'il aura de la peine à convaincre son maître qu'il l'avait étudiée : « Ah, mon pauvre petit, mon pauvre petit, je sais bien qu'il faut que je me soucie, mais je ne sais plus pourquoi... »

Moi-même, de mes sentiments passés, je ne puis donner connaissance aujourd'hui que par des faits abstraits, détachés, dont le rappel sonne comme ces procès-verbaux de gendarmerie où, sous la plume du brigadier de service, nos propos, quoique fidèles sur le fond, ont perdu leur saveur particulière, leurs nuances, leurs mots – « Mais comment! Bien sûr que c'était une grande passion! Songez que je me suis embarquée pour New York sans un sou dans l'espoir de le retrouver! », ou « que j'ai avalé un tube de Nembutal à cause de lui! », ou « que je suis restée cinq ans sans pouvoir passer par sa rue », énonciation qui, au moment même où nous la faisons, nous semble curieusement extérieure au sujet, aussi indifférente en tout cas, et méconnaissable au cœur, que notre propre voix déformée par un magnétophone l'est à notre oreille. On se souvient qu'on a aimé, mais on ne le sent plus... Sans doute on ne parle bien d'amour qu'en étant amoureux, et j'ai depuis si longtemps cessé de l'être que mes passions me sont devenues étrangères : je les reconnais mieux par les relevés que d'autres ont fait des leurs, au moment où ils les vivaient, que par le souvenir enfui de mes propres émotions; c'est au détour d'un poème, au hasard d'un roman, que je retrouve les sensations que tel visage provoquait, les tendresses que tel corps éveillait, les folies qu'il m'inspirait, et que, stimulant dans ma mémoire des circuits qui ne me servaient plus, ces mots écrits par des inconnus ressuscitent en moi des souffrances que j'espérais abolies.

Pour le surplus, quand les livres ne m'aident pas, je ne sais rien de mes amours qu'une suite d'actes peu sensés, desquels je déduis, comme une solution mathématique d'un problème bien posé, que, selon toute probabilité, j'aimais...

Que dire d'ailleurs quand, par suite des circonstances, ou de la manière dont on est fait, à ces amours oubliées c'est la haine ou le mépris qui ont succédé? Moi qui ai si souvent fini par détester ceux que j'avais cessé d'adorer, je suis bien convaincue, sans avoir besoin que Christine me l'ait expliqué, qu'il suffit de ne plus aimer pour être à jamais hors d'état de prouver qu'on a aimé.

L'incrédulité qu'éveille chez certains l'idée que Christine ait pu réellement éprouver pour Fervacques l'attachement passionné qu'elle me confessait n'est-elle pas, du reste, toute proche de celle que je rencontre moi-même quand je tente aujourd'hui d'expliquer les raisons qui m'ont poussée vers Christine Valbray? Combien de fois, enfin guérie d'elle, me suis-je trouvée dans l'impossibilité de persuader mes interlocuteurs que ce n'était ni le souci du « scoop » ni la curiosité qui m'avaient portée à visiter l'héroïne de « l'Affaire » à Fleury, puis à Rennes, à la soutenir dans ses épreuves, à l'héberger, à la cacher, mais bien l'amitié, ou un sentiment plus déraisonnable que celui-là?

Pour persuader que je n'ai pas rêvé ce que Christine m'inspirait, je dois rappeler que c'est le propre de l'amour que d'être à la fois sans illusions sur la personne aimée – car je ne pouvais prétendre m'abuser sur Madame Valbray dont je savais le pire avant de la fréquenter – et rempli d'espérances quant à l'amour que cet être imparfait va nous porter. Il est menteur, constatons-nous de celui qui occupe nos pensées, mais parce qu'il m'aime, il ne me trompera pas; il est inconstant, mais sur moi il ne variera pas; il déteste la musique ou la lecture, mais pour moi il s'y mettra... Tout juste si nous ne nous flattons pas que notre place auprès de l'aimé sera d'autant moins menacée qu'il n'y avait aucune apparence que nous puissions l'occuper. Dans cette première illusion de passion qui embellit moins son objet que l'attachement que nous pensons lui inspirer, nous oublions que les lois du sentiment ne sont pas moins rigoureuses que celles de la physique et que, puisqu'il n'était pas vraisemblable, en effet, qu'un tel être pût nous aimer, il ne nous aimera pas : au mieux feindra-t-il l'amour, ou croira-t-il l'éprouver, jusqu'à ce qu'un habile vienne le détromper... Alors, ces défauts aperçus au premier coup d'œil, et dont nous avions témérairement supposé qu'ils nous épargneraient, nous fondent dessus, sans que nous ayons la consolation de pouvoir protester qu'ils nous avaient échappé.

« Qu'est-ce qui vous a pris, me demande-t-on parfois, de

placer votre amitié chez une personne aussi insaisissable que Christine Valbray? »

« C'est justement que je croyais être la seule à pouvoir la saisir... »

« Et pourquoi, maintenant que vous êtes édifiée, consacrer des années à la peindre? Pourquoi élever une statue à une personne si peu digne des pages que vous lui consacrerez? »

Je réponds qu'écrire sur Christine, choisir, dans ses cahiers et les faits que j'ai rassemblés, une seule version de sa personnalité, parmi toutes celles qu'elle m'a léguées, tenter de la cerner, est ma dernière chance de la posséder.

Mais je pourrais tout aussi bien reconnaître que j'avais besoin, après son passage dans ma vie, de savoir quelles valeurs avaient résisté; que je devais m'éloigner pour faire le point, et qu'à part l'exil et la mort je ne connais pas de meilleure façon de prendre ses distances que d'interposer entre sa souffrance et soi une feuille de papier...

La force avec laquelle Christine vivait était de nature, en effet, à ébranler bien des convictions. Les miennes n'étaient peut-être pas très assurées : la prisonnière de Fleury affirmait sa vision des êtres et des choses avec tant de vigueur que j'en venais, après chaque entrevue, à douter de mes propres idées.

Mon entourage croyait que j'allais lui porter la bonne parole, lui faire la morale, mais la morale, c'était elle qui me la faisait : quand elle envoyait valser les principes d'une pichenette, ou concluait légèrement – comme sur une vérité d'évidence – que tout était égal, avec cette manière bien à elle de mettre l'interlocuteur dans le coup, de le forcer à la complicité sous peine d'encourir à son tour ce mépris goguenard dont elle accablait tous les autres, je me sentais trop lâche pour la contredire. Devant ce visage tellement mobile et si lumineux, ce regard charmeur, cette argumentation brillante – toujours drôle, toujours péremptoire –, je me retrouvais petite fille timide, bafouilleuse, inexpérimentée. Je m'entendais avec étonnement lui parler sur le ton léger qu'elle prenait, m'essayer moi-même à l'immoralisme – à l'ironie, je m'entendais lui parler faux, lui répondre de la manière la plus complaisante – et, à certain sourire qui flottait sur ses lèvres, je savais qu'elle m'entendait exactement comme je m'entendais... Le temps, d'ailleurs, que je me fusse habituée à son point de vue et que j'eusse à peu près fait mien l'un de ces jugements choquants dont elle avait le secret, Christine avait déjà changé d'avis, et, incapable de volte-face aussi rapides, je me voyais contrainte d'attaquer la position que j'avais défendue l'instant d'avant. Aussi de ces rendez-vous, comme de la lecture de certaines de ses lettres, sortais-je encore plus fâchée contre moi qu'irritée par elle...

A peine, enfin, m'étais-je promis de l'écouter dorénavant sans l'approuver et avais-je résolu de résister à ses séductions de pensées, que je découvrais à la visite suivante une personne toute neuve, à laquelle mes résolutions ne pouvaient s'appliquer : j'avais laissé une cynique, c'était une moralisatrice que je retrouvais. Je me souviens ainsi d'une conversation à Rennes, à l'époque de la querelle école publique-école privée, où, me prêchant au nom de la générosité sociale, de la fidélité à l'idéal de mes parents, et de l'intérêt bien compris de mes enfants, elle m'avait reproché, d'une manière à me mettre le rouge au front, d'avoir mis l'un de mes fils dans une école confessionnelle. Je quittai la Maison Centrale si honteuse que j'étais décidée à changer l'enfant d'établissement dès la prochaine rentrée; il me fallut trois heures de train pour me rappeler que je n'avais pas de leçon de loyalisme à recevoir d'une personne qui avait trahi tous ses engagements, ni de conseils d'éducation d'une mère qui ne s'était jamais occupée de son enfant...

Au moment où j'allais décider – une fois de plus! – de mettre un terme à cette étrange relation qui me fournissait plus de sujets d'inquiétude que de motifs de satisfactions (car je ne savais jamais quel degré de sincérité prêter à ses revirements, ni si elle était honnêtement dupe de sa propre instabilité, ou cherchait seulement à voir jusqu'où elle pourrait pousser la fascination qu'elle exerçait sur moi), j'étais reprise par la pitié qu'excitaient sa pâleur, ses insomnies, sa condition de condamnée, par la compassion que je devais aux circonstances émouvantes de son enfance, et aussi – il faut bien l'avouer – par l'admiration que j'éprouvais, malgré moi, pour son intrépidité dans l'action, son audace d'esprit, son indifférence aux convenances, son abandon à toutes les passions. De nouveau je cédais, de nouveau je souffrais, de nouveau je doutais...

Quant à la dernière raison qui me portait à consacrer quelques années de plus à Madame Valbray – après lui avoir déjà tant, et sans doute si vainement, donné –, je la taisais, par crainte d'infirmer ce que je prétendais moi-même de l'effacement des sentiments : ce mobile inavoué était la vengeance, mais cette sorte de vengeance – douce à celui qui aime beaucoup ou a beaucoup aimé – qui consiste simplement à « faire par tout son procédé d'une personne ingrate une très ingrate »...

J'aimais Charles, même si je mis encore plusieurs mois – peut-être une ou deux années – à admettre qu'il ne s'agissait pas d'un sentiment passager. Certaines passions ne naissent pas tout armées; mais, puisque toutes meurent sitôt qu'elles cessent d'augmenter, il me semble que les plus lentes à s'annoncer sont celles qui mèneront le plus loin. Je crois, en tout cas, n'avoir pas eu, avec celle-ci, le temps d'arriver à satiété...

Déjà, je commençais à comprendre que plus Fervacques m'échapperait, multipliant à l'infini les images de lui – fausses perspectives et reflets truqués –, plus j'éprouverais le désir de le comprendre, de le réduire, de le posséder, et plus je m'enferrerais. Car si je savais maintenant que la personnalité de mon amant ne correspondait guère à l'idée que le public s'en était forgé – le gentil Archange, le milliardaire social, le bon camarade –, je pressentais aussi que l'image, moins flatteuse, qui avait cours dans sa famille et chez ses amis – le « viveur », la « tête brûlée », que ses imprudences politiques et ses caprices privés empêcheraient d'accéder au premier plan –, n'était pas moins éloignée de la réalité. Légende noire ou légende dorée, toutes deux avaient le défaut de faire d'un homme insaisissable un personnage inconsistant; or, quelques mois d'intimité avaient suffi à me persuader que cet être imprévisible et divisé était tout, sauf insignifiant. Quant à savoir ce qu'il « signifiait », c'était une autre affaire, dont je devinais qu'elle allait m'occuper délicieusement.

Charmée d'être ainsi déroutée, je cédais, dès que j'étais seule, au vertige de murmurer son prénom, de caresser l'oreiller, d'enlacer un corps imaginaire et d'avoir avec son ombre d'interminables conversations où j'inventais les demandes et les réponses, ces réponses précises qu'il me faisait rarement, ces confidences révélatrices dont il se gardait, et ces serments qu'il ne prononçait jamais.

Entre deux débordements de tendresse, je conservais pourtant assez de présence d'esprit pour feindre de temps en temps cette dépravation qui me rassurait sur la modération de mon attachement et du sien. C'est ainsi qu'un soir, à notre retour des Alpes, après m'être gorgée de « je t'aime », de ténèbres et d'adoration, amarrée à son amour comme une épave en perdition, je craignis de l'avoir lassé : avec un air de gourmandise enfantine, je lui demandai brusquement de me ramener chez les crevettes, « vous savez bien, cette grande maison avec une chambre rouge... » Il eut un petit sourire amusé et triste à la fois : « J'espère qu'après ça tu n'oseras plus me jouer le comédie de la vertu outragée... » Il se leva pour téléphoner.

J'avais parlé de la chambre rouge pour lui plaire et l'inquiéter, mais aussi parce que je me souvins qu'il y avait une grande heure de route jusqu'à la maison. Une heure de plus à passer près de lui dans l'habitacle chaud de l'auto, une heure où il m'appartiendrait sans partage, où je n'appartiendrais qu'à lui, une heure où, quand la buée aurait recouvert le pare-brise et les vitres, le monde extérieur cesserait d'exister.

Dès que nous fûmes dans la voiture, je pris sa main et la portai à mes lèvres. Il n'avait pas remis le foulard sur mes yeux; peut-être avait-il enfin compris qu'il m'était indifférent de savoir où nous allions...

De la joue, du front, je caressais le dos de sa main et, entre ces caresses, posais ma bouche sur son poignet, le bout de ses doigts, sa paume ouverte.

Déjà, mon amour pour lui était une nuit : il me privait des souvenirs et des repères qui m'eussent permis de comprendre ce qui m'arrivait; je n'essayais plus d'analyser, je me contentais d'éprouver – de sentir sans voir, de subir sans savoir. L'appréhension dans laquelle me jetait chaque sensation nouvelle, vécue avant d'être reconnue, perçue sans pouvoir être identifée, et la crainte obsédante de le décevoir m'entraînaient dans un vertige de soumission, un tourbillon de confusion où, pour retrouver de loin en loin la mémoire de ce que j'étais, je devais me raccrocher à des signes élémentaires, des impressions simples – comme l'odeur de tabac blond, si particulière, que je respirais sur la main que j'embrassais, ou le bruit que faisait l'anneau d'or de mon bracelet en heurtant la large alliance qui enchaînait Monsieur de Fervacques à quelqu'un d'autre...

Parfois, quittant une seconde la route des yeux, il se tournait à demi vers moi, et, enfonçant ses doigts entre les miens, attirait à son tour ma main vers ses lèvres, qu'il faisait lentement glisser contre ma peau; s'il fallait changer de vitesse, il ne me lâchait pas mais guidait doucement mon bras qui suivait le mouvement du sien, et nous posions ensemble sur le levier nos dix doigts croisés.

Nous traversions en silence des villages endormis; aucune lumière dans les rues, peu de phares sur la route. Le pilote conduisait prudemment – « on court un plus grand danger à quatre-vingt-dix kilomètres-heure sur une départementale qu'à deux cent cinquante sur un circuit! Et un danger de si médiocre qualité que mon éducation m'incite à vous en préserver... »

Bientôt le brouillard gris qui s'élevait des prairies en contrebas nous força à ralentir davantage. Charles lâcha un instant ma main et, quand, un peu plus loin, la brume se dissipa, il reposa légèrement ses doigts sur mon genou, puis les glissa sur ma cuisse. Jusqu'au terme du voyage, sa main resta là, immobile, posée sous ma robe comme une brûlure. Il ne me caressait pas, il ne me regardait pas, ne me parlait pas. Il savait que je le désirais, et que je désirais tout ce qu'il désirait. J'aurais voulu aller plus loin, me perdre, m'oublier – n'être rien pour être à lui tout à fait.

Après l'amour – à dix ou à deux, avec ou sans instruments, dans la terreur ou la douceur –, je gardais mon visage appuyé contre sa poitrine, il caressait mes cheveux en prononçant, comme au hasard, des mots russes mélodieux aux consonnes mouillées. Mais parfois, s'arrachant brutalement aux rives de la Volga, il m'interrogeait avec une espèce de sévérité : « Avez-vous eu bien peur tout à l'heure, Christine Maleville? »

« Pas encore vraiment, lui répondis-je un jour en soutenant son regard. Je ne me suis réellement inquiétée que le soir où j'ai pensé que vous alliez m'imposer quelques-uns de vos animaux familiers, les rapaces ou les reptiles... Heureusement, vous êtes loin d'être aussi imaginatif!

– Ne soyez pas trop impatiente, riposta-t-il vexé, ce sera pour une prochaine fois... »

Je ne pus m'empêcher de lui demander pourquoi il évitait d'entretenir de vraies relations avec les femmes et pourquoi il prenait le risque de se voir – comme son ex-beau-père – impliqué dans un scandale qui briserait sa carrière. A ma vive surprise, il ne se fâcha pas. Il réfléchit longuement, les sourcils froncés; puis, découragé de ne rien trouver à m'expliquer, il haussa les épaules en murmurant : « Je ne sais pas... Je crois que je ne peux pas m'en empêcher », et une expression de lassitude passa sur son visage, comme s'il allait pleurer. Mais il se reprit vite : « Et vous, au fait? Quel besoin avez-vous d'aller perdre dans les casinos tout ce que vous gagnez chez moi? Quel charme pervers trouvez-vous aux croupiers et aux tapis verts? Je vois avec plaisir, à votre mine ahurie, que vous ne pensiez pas ma police si bien faite... Mais tenez, Christine, je suis bon prince, je vous propose un marché : j'oublie ce que je sais de vos faiblesses et vous cessez de vous interroger sur mes vices... N'est-ce pas le propre de l'amour que cet aveuglement réciproque? Je nie vos travers, vous consentez à mes difformités... Miracle de la passion : nous voilà neufs comme deux angelots nouveau-nés, blancs comme neige! » Et il rit bien fort – comme pour amuser un public caché...

« Charles n'a aucune idée de ce que peut être un couple ordinaire », m'avait dit Malou Weber.

Soit, pourtant, que, abusé par mes prétendus « appétits », il eût cessé de redouter d'être trop aimé, soit qu'il se fût résigné à m'aimer lui-même plus qu'il ne le souhaitait, Fervacques passait avec moi, en dehors des heures de travail, des moments de plus en plus longs, et des lambeaux de nuits qu'il ne m'obligeait pas toujours à partager avec des gens qui ne m'avaient pas été présentés...

Je me demandais parfois quand il trouvait le temps de voir encore sa femme et ses enfants; dix ans plus tôt, il les avait installés au château de Fervacques, qui présentait l'immense avantage d'être aussi éloigné de la Bretagne que de Paris; les rares week-ends où il ne se trouvait pas en voyage à l'étranger, il passait les embrasser en coup de vent, après avoir convoqué une demi-douzaine de photographes pour publier l'événement. De loin en loin, Elisabeth de Fervacques, lorsqu'elle devait accompagner l'épouse d'un souverain étranger dans ses visites de crèches et de musées, s'installait à son tour pour quelques jours dans l'appartement du Quai d'Orsay. Mais, ordinairement, cette circonstance n'empêchait pas son mari de « traverser la rue » si l'envie lui en prenait...

Quand, dans l'appartement de la rue de l'Université, il se penchait sur ses dossiers tandis qu'assise à ses pieds je regardais se découper son profil blond sur le jour mourant, je retrouvais chaque fois le même sentiment de sécurité et de sérénité intemporelles que j'avais éprouvé pendant notre voyage de Dubrovnik à Vienne et au lendemain de la « nuit de Sylvie »; mais, pour ne pas avoir à rattraper dans la débauche ce que j'aurais abandonné à la tendresse, j'évitais de me laisser aller.

Ainsi, un soir, comme Charles s'avisait de l'émotion avec laquelle je le contemplais et, fermant brusquement son dossier, me demandait d'une voix dure : « Pourquoi me dévisages-tu avec ces yeux frits? », je parvins à donner in extremis, à cet amour qui débordait, la forme d'un trait d'esprit : « Je veux devenir ton portrait... »

Aussitôt il sourit, vint me rejoindre sur le tapis et, prenant mon visage dans ses mains : « Vous aurez bien de la peine, petite rouée, dit-il, car je ne ressemble à rien... Je parie même que, dans une foule, vous qui dites m'aimer ne seriez guère capable de me distinguer. Qu'une figure en vaille une autre, n'y a-t-il pas longtemps que vous me l'avez prouvé? Et quand je dis " figure "... Tenez, mon joli masque, n'attendons pas davantage : courons refaire cette humiliante expérience ... »

Le lendemain, après une nuit passée dans un hôtel particulier avec des inconnus très déshabillés, Charles m'emmena directement à Matignon où je devais assister avec lui à la première réunion du Comité interministériel de la Francophonie.

En arrivant au pied du perron nous croisâmes Lionel Berton, qui descendait.

Aux Législatives de 73, le « Bifront », sentant le vent tourner en faveur de la gauche, avait eu la sagesse de ne pas retenter sa chance à Besançon : passé chez les républicains indépendants, dont il était devenu l'un des leaders, il avait été présenté et élu dans un « bourg-pourri » des Alpes-Maritimes. Les Bisontins, de leur côté, avaient fait un triomphe à Kahn-Serval, auquel la majorité n'avait su opposer qu'un malheureux « parachuté » qui poussait l'inexpérience jusqu'à faire ses tournées électorales à bord d'une voiture immatriculée dans un autre département...

Quand Berton vit le ministre des Affaires étrangères, il se précipita au-devant de lui : « Ah, mon vieux, mon vieux... Tu as vu ce qui s'est passé cette nuit? »

Charles se retourna vers moi, un peu interloqué : nous avions vu bien des choses en effet, mais probablement pas les mêmes que lui...

« Quelle tragédie, mon vieux, quelle tragédie! » reprit

Berton. Et comme, tandis qu'il disait ces mots, la partie intacte de son visage souriait largement, nous ne savions si c'était à son hilarité dextre ou à son amertume senestre que nous devions nous fier... Un moment, nous crûmes à une plaisanterie.

Mais, toujours jubilant – bien qu'il pressât la main du ministre comme à la sortie d'un cimetière –, Berton poursuivait : « Le pauvre type... Lui qui avait eu tant de chance dans la vie... Finir comme ça ! »

« Ecoute, Lionel, s'écria Charles pressé et excédé, je suis rentré cette nuit de ma circonscription et je n'ai pas eu le temps de passer chez moi. Alors je ne sais absolument pas de quoi tu me parles... » Il se tourna vers moi, très « supérieur hiérarchique » : « Voulez-vous me mettre au courant, Madame Maleville ? »

C'était le genre de tours qu'il adorait me jouer. Pour aller jusqu'au bout de notre complicité, j'adoptai l'air confus de l'attachée de presse prise en défaut : « Je vous demande pardon, Monsieur le Ministre... Mais je suis moi-même venue directement de mon appartement sans m'arrêter au Quai et, comme j'ai dû terminer ce matin la note que vous attendiez, je n'ai pas lu les journaux ni... »

Berton n'y tenait plus : « Mais c'est votre ancien patron ! » s'exclama-t-il en m'attrapant par le bras, « Antonelli ! Il est mort cette nuit. Il a sauté sur une bombe. A " l'Orée du Bois "... Pouf ! Plus d'Anto !

– A " l'Orée du Bois " ? Mais qu'est-ce qu'il foutait à " l'Orée du Bois " ? » demanda Charles que la fatigue rendait mauvais.

Berton, qui s'attendait à plus d'émotion, parut surpris par cet à-propos de policier :

« A vrai dire, on ne sait pas... On ne sait même pas qui l'a zigouillé – si ce sont des anarchistes, des Palestiniens, ou des Corses de Simeoni : l'attentat n'a pas été revendiqué... Hein, crois-tu tout de même, quelle affaire ! Ce sacré Anto, lui qui avait toujours le mot pour rire... »

Etait-ce à la pensée des bons mots d'Anto, ou parce que la mort des autres l'incitait à la gaieté ? Berton, de nouveau, se « fendait la pêche » – enfin, la moitié de la pêche...

« Tout cela est bien triste, en effet, fit Charles, seulement tu m'excuseras, Lionel, je suis en retard pour la réunion du Comité... » Et il grimpa vivement les marches du perron.

« Mais attends un peu, mon vieux, attends », insista Berton qui se frottait les mains et tentait vainement de réprimer les contractions joyeuses de son zygomatique, « tu ne sais pas le plus beau : j'ai son poste ! »

Berton avait le poste d'Antonelli, et moi, j'avais des ennuis.

Au commencement, je ne trouvai rien dans cette affaire qui dût m'inquiéter. L'attentat était banal : on avait posé une bombe à « l'Orée du Bois » où, ce soir-là, « L'Harmonie de Saint-Flour » et « l'Amicale de la Pétanque Aveyronnaise » célébraient leurs agapes annuelles. L'engin, explosant au dessert, avait fait trente-quatre blessés et cinq morts, dont Antonelli, qui, semblait-il, n'était pas visé : c'était au dernier moment, et sans en avoir parlé à personne, que, sortant lui-même d'un dîner, il avait décidé de passer au Bois pour saluer les dirigeants de « la Pétanque »; depuis quelques mois, il envisageait, en effet, d'aller courir sa chance dans l'Aveyron aux prochaines cantonales.

Dépourvu de mobile apparent – à moins de considérer, comme le faisaient déjà certains commentateurs, que « l'Harmonie de Saint-Flour » constituait une cible légitime dès lors que le président de la République avait eu le tort de naître dans le Cantal –, ce crime non revendiqué m'intriguait comme tout le monde, mais sans plus.

La police, toutefois, tenait une piste : parmi les morts on avait retrouvé le cadavre d'une jeune femme, si horriblement déchiqueté que les enquêteurs pensaient qu'elle avait dû se trouver à proximité immédiate de la bombe au moment de la déflagration; on en concluait que, probablement, elle transportait – ou plaçait elle-même – l'engin quand, par suite d'une manœuvre prématurée, la machine infernale avait sauté. Le fait que – une fois décomptés les survivants, les blessés et les morts – il apparût que l'inconnue n'appartenait ni aux associations visées, ni au personnel du restaurant, accréditait cette hypothèse. Malheureusement, la jeune fille, dont le corps n'était plus identifiable, ne portait pas sur elle ses papiers d'identité; seules quelques photos – un bébé, des enfants, un groupe d'écoliers – et une ordonnance, retrouvées dans ce qui avait dû être son sac à main, permettraient peut-être de mettre un nom sur ces débris...

Quatre jours après, ce nom s'étalait à la « une » de tous les journaux : « C'est un ancien professeur de lycée qui a tué le ministre de l'Education nationale », titrait « le Figaro », tandis qu' « Ici Paris » proclamait : « La kamikase de " l'Orée du Bois " aurait voulu avoir un bébé... »

Si l'on ne peut rêver plus belle fin pour un être que la mort qui naît de sa vie même, cette mort-ci était, pour Solange Drouet, la fin rêvée : elle lui ressemblait. Son acte, absurde dans ses objectifs, solitaire dans sa conception et maladroit dans son exécution, atteignait néanmoins, par le plus grand des hasards, un but conforme aux idées qui l'avaient, sa vie durant, inspirée; visant « la Pétanque Aveyronnaise » ou « l'Harmonie de Saint-Flour », elle tuait fortuitement son ministre, symbole, à ses yeux, d'une conception dévoyée de l'enseignement et suppôt d'un « gouvernement d'assassins ». Je trouvai cette désintégration finale, cette explosion dans la haine, le plus beau destin possible pour Solange; mais je ne pus me laisser aller à l'émotion qui m'étreignait ni m'attarder à philosopher : ma vie avait trop souvent, dans les dix dernières années, croisé celle de Mademoiselle Drouet pour que je ne courusse pas le risque d'être moi-même nommée au cours de l'enquête, et entendue – sinon inculpée.

Or Charles de Fervacques aimait tous les dangers, sauf ceux qui touchaient à la politique. Il s'exposait délibérément à une « affaire de mœurs » et au scandale qui pourrait s'ensuivre – c'était encore, à ses yeux, du domaine de la vie privée –, mais la perspective d'être mis en cause – même indirectement – dans une affaire de terrorisme, d'espionnage, de faux en écritures publiques ou de malversation, l'aurait fait fuir au bout du monde.

Je gardais heureusement quelques chances de m'en tirer : à Royalieu, je n'avais jamais partagé officiellement l'appartement de Solange, le studio était à son seul nom; au moment de son hospitalisation à Alès – dont maintenant toute la presse reparlait – je m'étais présentée aux journalistes comme « une camarade de Solange » ou « une amie de François Moreau-Bailly » sans jamais décliner précisément mon identité. En quelques coups de fil je m'assurai que François, si on l'interrogeait, ne se souviendrait pas de la grève de la faim de « l'illuminée des Cévennes » – comme l'appelait maintenant « La Lettre de la Nation » –, que Frédéric, dont personne en principe ne devait retrouver la trace dans l'affaire d'Alès, ne pousserait pas le sens du devoir jusqu'à se manifester spontanément, que Laurence, enfin, encadrerait Chaton de près. Restaient deux inconnues : le comportement d'Yves Le Louarn – qui savait que j'avais vécu avec Solange – et celui des militants du PSU et d' « Action Lycéenne » qui nous avaient connues fort liées. Par chance – à moins que ce ne fût par conviction –, les militants coopérèrent aussi peu que possible avec les enquêteurs; et Yves Le Louarn, bien qu'il eût été longuement entendu, ne parla pas de moi; moins sans doute par souci de m'épargner que par crainte de me voir révéler notre liaison passée : il avait plus peur de Madame Le Louarn que du juge d'instruction.

Mon amitié avec Solange Drouet ne fut découverte que bien des années après, à l'occasion de mon propre procès. Pour réparer alors les omissions de la première enquête, le magistrat instructeur et ses policiers en rajoutèrent un peu, me présentant comme la complice de « la pasionaria de l'Orée du Bois » ou, à tout le moins, la manipulatrice habile de cet esprit fragile. Mon bref passage chez Antonelli donnait, il est vrai, de la crédibilité à leur thèse. De toute façon, je les laissai dire : je ne devais rien négliger dans ce temps-là qui pût aggraver mon cas...

Georges Pompidou mourut.

Charles soutint honnêtement Chaban – au bénéfice de l'âge. Mais il eut beaucoup de peine à empêcher certains députés solidaristes de signer « l'appel des 43 », que Jacques Chirac lança contre le candidat de son propre parti : « L'année dernière », m'expliqua-t-il quand il fut clair que la manœuvre chiraquiennc allait assurer la défaite de l'UDR et le succès de l'ex-ministre des Finances, « je tenais mes gens bien en main parce qu'il y avait des législatives et que ça coûte cher, une élection... Cette année, mes " solidaristes " se sentent les coudées plus franches : il n'y a que des présidentielles, et le règlement des problèmes de financement d'une campagne de ce niveau-là ne passe plus par leur compte en banque... Heureusement, dans les sondages, Mitterrand fait déjà 44% des voix; ce qui me permet de raisonner mes troupes : si par extraordinaire les socialistes l'emportaient, il y aurait dissolution du Parlement, et mes poussins devraient retourner devant leurs électeurs; la Fervacques and Spear retrouverait, du coup, toute son utilité... Vous me suivez? Eux, en tout cas, m'ont – en dépit des tentations – très bien suivi...

– Qui croyez-vous que Giscard choisira comme Premier ministre s'il est élu?

– Il a déclaré que le Premier ministre ne serait pas un républicain indépendant, et comme, dans une réunion sur deux, il tresse des couronnes à Chirac... Pour les couronnes, remarquez, il a raison : ça ne coûte rien. Maintenant, s'il lui donne Matignon, c'est le roi des cons! Un homme qui a trahi une fois, même quand on a bénéficié de sa félonie, on doit le traiter comme un taureau qui a encorné : il a trouvé la faille chez l'homme, il risque de recommencer. Il faut le sortir de l'arène et l'envoyer à la boucherie... »

Le propos, en l'espèce moins haineux que réaliste, semblait faire écho aux hurlements que poussaient les chabanistes dans leurs derniers meetings – « Chirac, traître, les gaullistes auront ta peau! » – et aux déclarations indignées des anciens résistants du Parti, les Vivien et les Sanguinetti, qui qualifiaient le transfuge de « néopétainiste » et refusaient de lui serrer la main.

Quant à moi, pour ce premier tour, je m'intéressais beaucoup moins aux résultats respectifs de Giscard, Chaban ou Mitterrand, qu'à la campagne du candidat « International Prolétarien » : Nicolas Zaffini. Je ne manquais aucune de ses interventions télévisées car Laurence, que la mort de Solange avait, bon gré mal gré, ramenée dans ma vie, suivait Zaffi dans sa tournée, supervisant la sono et l'affichage, et elle me téléphonait chaque fois pour connaître mon sentiment sur la « prestation » de son héros : « Il a été très bon, tu ne trouves pas? »

Zaffi fit 13% des voix : moins qu'Arlette Laguiller, mais plus qu'Alain Krivine. Un succès, d'après Laurence. En tout cas, toute la France connaissait maintenant sa tignasse bouclée, son sourire biseauté, ses bésicles à la Trotski, et son verbe rauque.

Entre les deux tours, Fervacques – « trop sceptique », selon les analystes, « pour avoir longtemps cru à la victoire de Chaban-Delmas, mais trop attaché aux institutions pour ne pas songer aux plaies qu'il faudrait cicatriser bientôt » – se rallia poliment à VGE. L'UDR, divisée, décapitée, se cherchait dans la panique un nouveau-chef; quelques-uns crurent le trouver en la personne, olympienne et ironique, de l'Archange. Les rangs de ses solidaristes grossirent : pressés les uns contre les autres autour de leur berger, ils ressemblaient à des moutons privés d'abri par temps d'orage. Il y eut des coups de tonnerre dans l'ombre, des invocations aux nuages, et quelques échanges de parapluies... Charles ne me parlait de rien, mais je savais que Poniatowski plaidait pour que son ami Valéry donnât Matignon à Guichard, beau-père de son fils, ou à Fervacques, son cousin. Il ne fut pas entendu : le 27 mai, Jacques Chirac, quarante et un ans (trois de moins que Charles), prenait la tête d'un gouvernement qui ne comptait plus que cinq ministres UDR dans ses rangs; deux d'entre eux, seulement, avaient une stature nationale : Robert Galley à l'Equipement, et Charles de Fervacques, que l'Elysée avait reconduit dans ses fonctions de ministre des Affaires étrangères.

« Eh bien, me dit Monsieur de Fervacques au matin du 28, notre ami Giscard a reculé devant l'assassinat de son tueur... C'est un homme qui ne monte à l'assaut qu'en casoar et en gants blancs. Remarquez qu'il n'est pas interdit aux chefs de partis d'aller à la bataille avec des gants mais il ne faut pas, quand la nécessité l'ordonne, que ces gants empêchent le sang de rougir leurs mains et d'entrer sous leurs ongles : c'est du moins ce qu'affirmait mon ancêtre Vassili Vassilievitch après avoir réprimé la révolte des Streltsy... Enfin, moi je m'en moque : pour ce qui me concerne, de toute façon, ajouta-t-il en se rasseyant dans son fauteuil du Quai d'Orsay, plus ça change, plus c'est la même chose!... A propos, notre Président a annoncé que la France serait surprise par l'ampleur des transformations qu'il allait apporter, et, bien entendu, je vais l'y aider : ne reculant devant aucune audace, aucune révolution, j'ai résolu, pour commencer, de faire repeindre mon bureau... Que diriez-vous d'un peu de bleu, avec quelques tapisseries de Beauvais? Une touche de gris Trianon par-ci, un soupçon de mousseline par là... Ah, bien sûr c'est un décor délicat avec lequel Cognard n'ira pas. Mais nous pourrions le renvoyer à la Radio. Comme assistant de Fortier, par exemple... »

Ainsi que je l'avais espéré, Charles s'était maintenant convaincu qu'il me tenait mieux qu'il n'avait jamais tenu son « imbécile personnellement dévoué ». Il me croyait un peu dangereuse, mais dressée – comme ses faucons. Il est vrai que moi aussi j'aimais bien lui manger dans la main...

– C'est vous que je nommerais directeur, ma petite dévergondée, si vous n'étiez pas si jeune. Je ne peux malheureusement vous prendre que comme directeur adjoint... Ne faites pas cette tête-là : nous allons nommer au-dessus de vous quelqu'un qui ne vous fera pas d'ombre. Une potiche de fonction...

– Courgenouille?

– Ah non! J'ai dit « une potiche », pas un potiron! Rien

que le nom déjà... Il cumule, ce malheureux! Une vraie déclaration d'intention...

– Froment?

– Une planche pourrie.

– Vanier?

– Un esprit binaire. Fonctionne comme un ordinateur. Infoutu de pondre un traité...

– Pourquoi pas Jaquemart? A son âge, il n'a plus d'ambitions, mais il est intelligent...

– Intelligent comme un train, oui! Pourvu qu'il soit sur des rails et dans la bonne direction!

– Aimez-vous mieux Durosier?

– Moi, non. C'est vous qui l'aimez... Nous devons attendre, néanmoins, qu'il ait un peu plus de poil au menton.

– Blaise, alors? C'est un conseiller de seconde et...

– Et un abruti de première!

– Eh bien, remettons Cognard, tant pis!

– Non, Madame, non. Nous sommes entrés dans l'ère du changement, alors changeons. Changeons de con! Va pour Blaise...

Avant que ma nouvelle nomination n'eût paru au Journal Officiel, Charles me dit, entre deux lits, que Berton, qui venait de prendre le ministère de la Coopération, l'avait mis en garde contre moi. Il l'avait averti que je n'étais pas seulement une groupie occasionnelle de Kahn-Serval mais une socialiste authentique : inscrite. Un employé à la Fédération de Paris venait de vendre aux RG une partie des fichiers et mon nom y figurait.

– C'est vrai, reconnus-je sans chercher à me dérober, j'ai été socialiste... Mais je peux adhérer à l'UDR si vous le jugez nécessaire.

– En temps ordinaire, cela me serait indifférent... Mais, comme dans les mois prochains vous allez devoir travailler quelquefois avec Berton, c'est préférable, oui...

Je pris ma carte.

Anne de Chérailles organisa une brillante réception à Senlis pour célébrer ma promotion. Elle ignorait quel rôle j'avais joué dans la rupture de Philippe avec Catherine et me savait gré d'avoir, ces derniers mois, délaissé un peu les casinos et sa flambeuse bien-aimée. Quant à son frère Hugues, il faisait à mes nouvelles fonctions une cour empressée. Olga aussi me complimenta avec chaleur : « Mazel Tov, ma petite Christine, vous avez frrranchi un pas décisif. Absolument dé-ci-sif! » Et, tandis que je lui expliquais en quoi allait exactement consister mon travail de « Directeur adjoint », je trouvai qu'elle me contemplait avec le même regard de convoitise que la femme de Putiphar le tendre Joseph...

Il ne pleuvait pas encore, mais la vapeur blanchâtre qui montait de l'océan, masquant d'un voile léger la pointe des écueils et posant sa moisissure sur le granit des rochers, estompait déjà les contours de la baie : le sable gris ne se distinguait plus de la mer; la mer grise ne se séparait plus du ciel. Les mouettes dont on entendait les cris semblaient perdues dans ce camaïeu d'ennui.

Seuls deux ou trois planchistes, qui tâchaient à ramener leur esquif avant la tempête, imprimaient une touche de blanc vif sur ce fond de matière plombée, épaisse, étalée en larges couches depuis le Fort des Moines jusqu'à la Pointe des Fées; les triangles de leurs voiles, déchirant brutalement la grisaille, architecturaient le paysage comme un tableau de Nicolas de Staël – froid, austère, minéral. Emergeant l'un après l'autre de cette brume d'été, les navigateurs révélaient pourtant, en approchant du bord, des corps bronzés de dieux polynésiens cloués à leurs mâts, et ces peaux brunes sous un ciel de cendre n'étonnaient pas moins qu'un Gauguin des Marquises débarquant chez le Gauguin de Pont-Aven...

En vérité, la vogue récente de la planche à voile a plus changé le décor de Sainte-Solène qu'un siècle de tourisme et de promotion immobilière, respectueux des traditions du site. Il y a loin, en effet, de nos petits focs de plastique raide que n'arrondit pas le souffle du vent aux larges voiles que nous montrent les affiches 1900 rééditées par le syndicat d'initiative : huniers juxtaposés des trois-mâts, voiles carrées des barques pontées, misaines rectangulaires des grands yachts, c'étaient toutes sortes de figures qu'on voyait alors se déployer sur les flots, tandis que les oriflammes rouges et les drapeaux bleus accrochés aux cordages s'envolaient au vent du large comme les rubans des coiffes bretonnes que l'affichiste avait eu soin de placer au premier plan.

Non que les voiles légères qui font maintenant le bonheur des rares sportifs de Sainte-Solène, plus pures de lignes et plus rapides d'allure, n'aient, lorsqu'elles labourent la mer comme des socs d'acier, leur propre beauté. Mais cette beauté abstraite, dépouillée, s'accorde mal à ce que la station a gardé de « modern style ». Insolite, elle donne à penser que c'est la mairie qui, après avoir fait réimprimer les anciennes réclames de la Côte des Fées (« Bains de Mer de Sainte-Solène, Saison du 1er Mai au 31 Octobre, vélocipède, régates, polo » ou « Sainte-Solène-Trévennec, la plage de l'Armorique, trajet en douze heures par les trains rapides des Chemins de Fer de l'Ouest ») a semé sur les vagues ces minces fanions amidonnés à seule fin de corser son concours estival d'anomalies.

Tant pis pour le concurrent distrait qui ne s'intéresserait qu'à la disposition des rochers et à l'architecture des maisons; il y perdrait sa peine : hors la forme des voiles, à un siècle d'intervalle si peu de choses ont changé dans la ville que je me demande parfois si ce n'est pas Christine Valbray qui a posé, cinquante ans avant sa naissance, pour le grand panneau turquoise qui orne l'entrée du Casino; la jeune femme rousse en robe à tournure qu'on y voit, l'écharpe au vent, faire face à la mer – un coude appuyé sur la balustrade de fer forgé, le menton rêveusement posé dans sa main gantée, et l'autre bras soutenu par une ombrelle pliée, piquée avec grâce dans le sable du jardin – a le même corps long et souple que la maîtresse de Fervacques; comme le peintre l'a figurée de dos, elle se prête à toutes les identifications qui pourraient nous tenter. Ainsi, quand j'étais enfant, dessinais-je toujours le corps de mes personnages de trois quarts pour représenter leur visage de profil perdu et pouvoir rêver indéfiniment sur leurs traits, leur expression, leur identité...

« Sainte-Solène pourrait tout de même organiser de temps en temps une exposition d'art moderne! » s'était exclamée Olga Kirchner, indignée d'apprendre que la mairie consacrait l'essentiel de son budget culturel à la réimpression des lithographies publicitaires que Mucha, Grasset, Quintan, Toulouse-Lautrec et Will Bradley avaient réalisées pour la ville, au début du siècle, à l'instigation de la marquise de Duras et de sa belle-fille Mellon.

« Ah, oui... Et cet art moderne qu'elle prétend me faire vendre, qui l'achèterait? » avait rétorqué Fervacques lorsque Christine lui avait fait part des objections de son amie.

Fidèle à la « realpolitik » qui a toujours été la sienne, le maire a entrepris, l'année dernière, la construction d'un nouvel établissement thermal, dont il a confié la réalisation à un élève de Ricardo Boffil. L'architecte, qui s'inspire du Grand Hôtel de Pornichet tel qu'on le voit encore sur les vieilles cartes postales, élève au bord de la plage un monument de nostalgie dont les hautes fenêtres cintrées, les tourelles d'angle, le dôme central et les vitraux s'harmonisent à merveille avec la ligne du Majestic et équilibrent heureusement la masse rebondie du Casino.

La démarche du maître d'œuvre de ce nouvel « Hôtel des Bains » – puisque c'est ainsi qu'on nomme le futur établissement – me rapelle celle de François-Joseph faisant bâtir à Vienne la Votivkirche; scrupuleux pastiche du gothique, cette église, nulle du point de vue artistique, s'impose néanmoins comme une incontestable réussite décorative : la copie est assez bonne pour qu'à distance l'illusion soit totale et l'ensemble s'insère gracieusement dans le site – ce qui montre, encore une fois, combien l'art et l'esthétique ont peu en commun.

Fervacques, il est vrai, a introduit dans le pastiche une dimension supplémentaire, bien dans le goût de notre fin de siècle : le second degré. Il imite le XIX*e* *imitant le gothique; il reproduit des reproductions. A ce point de perfection dans la* *duplication, il se pourrait d'ailleurs que le pastiche finît par rejoindre la création et que le faux débouchât sur un original...*

Certains touristes, que les contrefaçons architecturales de notre ancien ministre des Affaires étrangères n'ont pas éblouis, continuent pourtant d'en douter : « L'art et la religion sont les deux domaines par prédilection de la décadence parce qu'il n'y a pas de progrès dans l'art ni dans le rapport à Dieu », écrivait, il y a quelques mois, un historien désabusé qui venait de méditer huit jours parmi les sombres boiseries et les austères lampas de l'Hôtel d'Angleterre.

Il est vrai qu'à titre expérimental, et pour vérifier in situ les affirmations de ce technicien du déclin, on serait curieux aujourd'hui de voir bâtir une église neuve à Sainte-Solène. L'architecte le moins doué emporterait le marché – après avoir soudoyé les membres de la commission d'attribution –, l'entrepreneur tricherait sur les quantités, et les maçons saboteraient la charpente pour faire aboutir leurs revendications. Faute d'espérance, de signification, l'édifice s'effondrerait avant qu'on l'ait achevé...

Du reste, quel homme de l'art serait encore capable d'implanter des fondements solides dans ce terrain mité, alvéolé, ce sous-sol creusé de fosses et étayé d'ossements? En marchant à grands pas vers le Fort des Moines, que j'espérais encore visiter avant que l'orage qui menaçait depuis le début de la matinée n'eût éclaté, j'avais sans cesse l'impression de passer sur le corps des morts. Jusqu'à l'amour débutant de Charles et de Christine que j'avais peine, ici, à imaginer autrement qu'environné de tentures noires et de larmes d'argent...

Etait-ce à cause du décor de leur première nuit – il y a dans le mobilier Napoléon III, poirier noirci, ébène et nacre argentée, un côté délicieusement funèbre auquel il est difficile de rester insensible, et cette grande maison sinistre, bâtie à la proue d'une ville tout entière vouée à la mort et l'ensevelissement, avait elle-même quelque chose de sépulcral –? Ou parce que ce Piero di Cosimo dont Christine avait choisi d'incarner la « Sans Pareille » s'était rendu célèbre en son temps en concevant , pour le carnaval de Florence, un char dont la perfection funèbre avait frappé les imaginations : traîné par des buffles, l'énorme chariot portait à son sommet une représentation de la Mort, que suivaient des masques d'os et toute une légion de cavaliers noirs porteurs de torches, qui, montés sur des chevaux décharnés, chantaient d'une voix tremblante le Miserere...

C'était au sommet de ce catafalque semant à tous les vents des Dies Irae et des vapeurs d'encens que je voyais s'unir les deux amants : avec la même insolence que s'ils avaient ignoré où leur char les menait... En tout cas, le goût que Christine professait pour la Renaissance italienne ne se séparait pas dans mon esprit, ni dans l'Histoire, de cette multiplicité de danses macabres – fresques d'églises, tableaux de chevet, statuaire des cimetières, processions de rues – dont le Quattrocento, temps du recommencement, avait été, curieusement, l'âge de prédilection. Comme si les époques de renouveau ne dépouillaient pas sans mélancolie leurs anciennes peaux...

Le long de la digue, de petits vieillards bruns, que le vent pliait, se hâtaient dans un brouillard tiède, tout enroulés sur eux-mêmes, cassants et secs, comme des feuilles brûlées par l'automne. Ce n'était pas encore l'arrière-saison, ce n'était déjà plus l'été. La brise ne parvenait pas à nettoyer le ciel, qui restait, des jours entiers, cotonneux, grisâtre, brouillé; et des brumes chaudes stagnaient du matin au soir sur la ville, obligeant les voitures à circuler en code dès la fin de l'après-midi. Sur le front de mer, les palmiers, aussi rigides et verts que des arbres de plastique, portaient toujours haut leur bouquet d'éventails, mais, au bout des ruelles qui remontaient du port vers la campagne, on apercevait, penchées par-dessus les hauts murs des jardins, la houppe jaunie d'un tilleul, les feuilles grillées d'un marronnier. Le chèvrefeuille du chemin des Douaniers avait perdu son parfum, les marchands de glace désertaient les abords de la grande plage pour abriter leurs éventaires dans le quartier piétonnier, et de chaudes odeurs de chocolat montaient vers cinq heures des sous-sols du casino.

Aux terrasses des cafés on avait replié les parasols; déjà, sur leurs tables blanches, les pots à tisane remplaçaient les menthes à l'eau. « On supporterait une petite laine », confiait à sa voisine décolletée une vieille dame qui dégustait à petites gorgées un thé brûlant. « Eh bien, moi pas! ripostait la jeune retraitée, sa compagne. J'ai mes bouffées... Regardez : je suis rouge comme un coquelicot. – Ce sont vos vapeurs, disait l'autre, je ne vous plains pas : c'est si beau d'en être encore à l'âge des vapeurs! Moi, j'ai toujours froid. Même en août maintenant, il me faut un châle. J'ai froid... »

« Ne présentez pas Sainte-Solène comme une ville recroquevillée, une ville morte, m'avait recommandé un adjoint de Fervacques, c'est au contraire une ville en pleine expansion. Nous nous apprêtons à accueillir dans les vingt prochaines années les enfants du Baby-Boom, la vague des yéyés... Souvenez-vous de leur déferlement dans les années soixante – sur les écoles, les universités, les magasins de disques et de vêtements... Croyez-moi, il y aura de l'argent à faire avec eux quand il vont aborder les maisons de retraite et les hôpitaux! C'est ensuite, évidemment, que l'activité de la ville se ralentira un peu... Mais, chère Madame, nous ne serons plus là, ni vous ni moi, pour nous en inquiéter. " Après nous le déluge ", pas vrai? »

L'espoir d'une Renaissance, dont – par analogie avec les danses macabres du Quattrocento – je m'étais quelquefois bercée en considérant les fascinations morbides qui occupaient nos bons esprits d'Europe, s'évanouissait sitôt que je regardais l'avenir de Sainte-Solène en face. Ce n'était pas seulement le chagrin de voir les vieilles valeurs sombrer ni l'appréhension frileuse des espaces vierges qui animaient tous ces historiens du déclin, ces prophètes atterrés, ces philosophes éperdus; c'était la certitude qu'à l'abri de nos murailles usées nous ne mettions plus au monde assez d'êtres neufs pour porter des valeurs nouvelles et que, si belles et téméraires qu'elles pussent sembler, les amours nouées sur le char de la Mort étaient toutes vouées à la stérilité...

Ayant laissé derrière moi la haute carcasse des Bains, puis la baie du Décollé, je continuai de me hâter sur la Promenade, doublant d'un pas rapide les derniers fiacres de la saison et les petits corbillards « à l'ancienne » – chevaux noirs et pompons – que les Pompes funèbres municipales venaient de remettre à la mode. Lassée de tout ce simili, des faux-semblants et des copies, j'aspirais à retrouver au Fort des Moines un peu d'authenticité.

Edifié au XII*e siècle par des moines-soldats à l'extrémité de la presqu'île qui, de l'autre côté de la Dieu-Garde, fait pendant à la Pointe des Fées, le Fort a gardé son donjon d'origine et sa vieille chapelle romane, dédiée à sainte Solène. On n'y a restauré que la douzaine de petites maisons à colombages que la muraille abrite sur la seule de ses faces que ne batte pas l'océan; accolées à la double enceinte de la forteresse, ces chaumières, louées aujourd'hui à des artisans venus de Paris – potiers, sérigraphistes, ferronniers –, rappellent l'époque où les campagnes n'étaient pas assez sûres pour qu'on pût, sans danger, s'éloigner des châteaux.*

Les moines du Décollé, plus soudards qu'ecclésiastiques, devaient être de bien redoutables protecteurs, du reste, si l'on en juge par les histoires qui courent encore sur leur compte : ne dit-on pas que trois d'entre eux – qui enlevèrent en 1321 une sujette du Duc de Bretagne, Katelik Moal, et la retinrent prisonnière pendant neuf mois dans leur donjon avant de l'assassiner – hantent encore les landes, chevauchant la nuit des squelettes de chevaux et cachant sous des draps mortuaires le bliaud blanc à la croix rouge qui orne leur armure?

Entre deux viols, deux embuscades, deux razzias, ces moines trouvaient pourtant le temps de prier, comme en font foi les dimensions de leur chapelle, la profusion de statues qui la meublent, et les litanies en latin qu'on trouve gravées dans tous les coins – telle cette invocation aux saints bretons, reproduite à chaque étage du donjon : « Glorieux Saint Corentin, souvenez-vous de nous. Monseigneur Saint Malo, ayez pitié de nous. Bon Saint Tudual, assistez-nous. Messire Saint Brieuc, secourez-nous. Gentil Saint Patern, quand la mort brisera les verrous, entrez chez nous... » Ces saints imaginaires, dont je ne doutais pas qu'ils eussent parfaitement rempli leur office et rendu les services qu'on attendait d'eux, me rappelaient la protection que ma grand-mère, lorsqu'elle montait en voiture, recherchait auprès de saint Christophe : pendant tout le trajet elle gardait dans sa main la médaille du saint, qu'elle avait accrochée à la clé de contact; quand un beau jour, sans y penser, mon grand-père changea son vieux porte-clés pour un porte-clés publicitaire que le garagiste lui offrait – une réclame pour une marque de pneus –, ma grand-mère, à qui personne n'osa dire la vérité, chercha dans saint Hutchinson le secours efficace que saint Christophe lui apportait; elle l'y trouva...

De même saint Brieuc et saint Malo avaient-ils, en leurs temps, aidé les moines du Décollé à soulever des tonnes de rochers pour élever vers les cieux cette prière de pierres, si pure et si puissante dans sa simplicité que pas un Niemeyer, aucun Le Corbusier, nul Frei Otto ne pourrait, avec toute sa science, en surpasser la grandeur. C'est que l'art des moines n'était pas à lui-même sa propre fin : ces reîtres misérables ne créaient de beauté que pour rendre hommage à une autre beauté, si parfaite que rien – ils le savaient – ne leur permettrait jamais d'en approcher l'idée... Aussi travaillaient-ils humblement, patiemment, sans rien espérer pour eux-mêmes de l'ouvrage qu'ils entreprenaient – ni louanges publiques ni intime contentement. Ils allaient dans l'aveuglement : la splendeur venait par surcroît.

Songeant à leur détachement, et aux merveilles qu'il avait produites, je croyais entendre ma grand-mère, plus sage dans sa naïveté que nous ne voulions le supposer lorsque nous moquions sa dévotion au Divin Roi du Pneumatique, m'assurer que « l'important, ce n'est pas de savoir si saint Christophe, saint Malo, ou le Bon Dieu, existent : c'est que l'homme, de temps en temps, regarde plus haut que soi... »

Christine, elle, ne regardait pas souvent plus haut que le bout de son nez, et pourtant je l'avais aimée... Il est vrai que, renonçant à s'élever au-dessus d'elle-même, elle ne poussait pas non plus le narcissisme jusqu'à descendre à tout instant dans les abîmes de son être, les tréfonds de son « moi » et les gouffres du « ça ». Dans un siècle qui a porté la cartographie du nombril à la hauteur d'une institution, cette retenue singulière aurait presque pu passer pour une qualité; mais elle me troublait : que, dans le courant de sa vie, Madame Valbray eût été trop transportée par l'action pour donner du temps à la réflexion et trop submergée par l'événement pour en prendre la dimension, j'admettais que ce pût être affaire de caractère; mais que la prison – qui, comme le couvent, l'extrême vieillesse, et tous les renfermements, dispose à la méditation – ne lui eût pas paru un lieu plus propice au retour sur soi, j'en restais étonnée chaque fois que les cahiers qu'elle m'avait laissés m'en apportaient une nouvelle preuve. Si Christine avait fait ce que font tous les reclus en passant méthodiquement sa vie en revue, ce n'avait jamais été, en effet, à l'inverse de tous les solitaires que j'avais pratiqués, pour comprendre son époque ni le rôle qu'elle y avait joué, pas même pour éclaircir ses sentiments – sauf parfois, cette passion pour Fervacques sur laquelle elle s'étendait d'autant plus volontiers que ses explications, rationnelles et posées, lui permettaient de mieux se dissimuler la vérité. Elle ne cherchait, en évoquant son passé, qu'à retrouver le bonheur imprévu d'une entreprise, la divine surprise d'une impulsion : ultime tentative de divertissement dans une vie qui en avait essayé, l'une après l'autre, toutes les formes...

L'amusement que lui procurait ainsi l'écriture était-il bien d'ailleurs, dans son esprit, la dernière distraction que l'existence pût lui offrir? Il me semblait parfois que la conscience d'une mort prochaine lui aurait donné plus de gravité, et que, si elle avait sérieusement considéré sa détention comme le terme de sa carrière, elle n'aurait pas continué à s'aveugler sur elle-même et le monde où elle vivait. Au fond, je la soupçonnais d'avoir espéré jusqu'au bout qu'elle « rebondirait ». En quoi elle ne s'était peut-être pas trompée.

Toujours secouée par les émotions de l'action, même lorsqu'elle paraissait écartée de son tourbillon, elle ne consentait à la réflexion que pour autant qu'elle restât pragmatique : comment « avoir barre » sur Untel et comment manipuler tel autre, voilà ce qui, depuis l'enfance, l'avait intéressée et continuait, dans sa prison, de l'animer. Même son amour pour Charles de Fervacques ressemblait plus à une enquête de police qu'à une quête de soi. Découvrir le secret des autres et la mécanique de leurs âmes la passionnait, en effet, pourvu que cette recherche laissât sa propre machine dans l'ombre...

Aussi me suis-je souvent demandé si, plutôt qu'une confession, ces carnets qui m'étaient destinés n'avaient pas été d'abord, à ses yeux mêmes, un instrument destiné à m'influencer, une clé de mes songes susceptible, en me livrant à elle désarmée, de rouvrir la porte de sa prison? En somme, le dernier levier dont elle pût disposer... En m'écrivant, Christine se serait moins comportée en mémorialiste qu'en aventurière.

Un jour, je m'étais étonnée auprès de Philippe Valbray du caractère « behavioriste » de certains de ces récits qui, bien qu'écrits à la première personne, se révélaient parfois plus étrangers à leur auteur qu'une biographie rédigée par un tiers; mais il ne partageait pas ma façon de voir : « Ma sœur était une somme de paradoxes, c'est vrai : intelligente sans paraître portée à l'introspection, historienne sans trouver le moindre intérêt au passé, joueuse sans se soucier des enjeux, et " arrivée " sans être ambitieuse... Mais à cette liste de bizarreries, il conviendra – si vous voulez faire le tour du personnage – d'en ajouter une autre, plus surprenante, et qui exclut, à mon avis, qu'elle ait pu songer à vous manipuler : c'est que Christine agissait sans être une femme d'action. Comme Carole, elle avait adopté très tôt la technique du " bouchon au fil de l'eau ", qui monte avec le niveau... Vous connaissez le mot de Cromwell : " On ne va jamais si haut que lorsqu'on ne sait pas où l'on va "? Mettons qu'à l'exemple du Lord-Protecteur, Chris ne laissait pas passer les occasions, mais elle ne les créait jamais. Il se peut même que, des deux, Carole ait été la plus capable de combinaisons et de projets... Ce qui est sûr, c'est que l'une et l'autre n'avançaient qu'avec une grande économie de mouvements : elles se laissaient porter par le courant, comme si, en s'agitant, elles avaient craint de réveiller de vieux chagrins...

D'ailleurs, voyez comme c'est curieux : la belle Caro flotte toujours – et de plus en plus haut! –, mais Christine a coulé... Mon petit bouchon rouge, qui se voulait insensible aux remous de ses passions, indifférent au cours de son destin, mon petit bouchon rouge prenait l'eau... » Ses yeux s'embuèrent. « Oh Dieu, que c'est joli, ce que je vous dis! Avez-vous vu comment je file la métaphore? »

Et, comme pour effacer la mauvaise impression que pourrait avoir produite sur un auditoire bien élevé l'aveu d'un sentiment sérieux, il fit une petite grimace gaie.

A ce beau discours, dont l'apparente circonspection cachait mal le désespoir profond, j'avais envie de répliquer que les blessures que l'ironie ne parvient pas à dissimuler étaient sûrement ce qui faisait que je l'aimais, lui; mais que, quant à sa sœur, passé l'émotion de notre première rencontre et la compassion qu'avait éveillée en moi son arrestation, j'avais été poussée par des sentiments plus complexes que ceux qu'il m'attribuait. Si j'avais aimé Christine, c'était sans tendresse, en effet, et d'une passion où, curieusement, l'envie le disputait à la pitié – comme si, quelle que fût la force des principes auxquels je m'accrochais, j'étais parfois lasse de rester sur la rive à regarder le fleuve passer...

En tout cas, cette volonté de s'ignorer soi-même que Christine affichait, ce refus de rien contrôler, cette immersion résolue dans tous les flux de son siècle, étaient – je m'en rendais compte aujourd'hui – ce qui m'avait peu à peu écartée de la forme classique de la biographie à laquelle j'avais songé. Pendant des mois j'en avais réuni les éléments, interrogeant les uns et les autres, visitant chaque lieu, vérifiant chaque information. Je projetais alors de n'user des lettres et des carnets que pour en placer, ici ou là, une citation éclairante ou l'affirmation d'un fait qu'il ne m'était pas possible de prouver.

Mais, à mesure que je pénétrais plus avant dans la vie de Christine et que l'écart s'accentuait entre sa vision du monde et la mienne, entre le jugement que je pouvais porter sur des êtres que je commençais à connaître et les portraits qu'elle en faisait, j'avais compris que cette biographie prétendument menée selon les règles de l'art, risquait de tourner au catalogue : tout y serait, mais à cette chair surabondante il manquerait une âme. Christine resterait absente du livre que je lui consacrerais. Car c'était la trahir que de l'expliquer, l'éteindre que de l'éclairer – comme la chandelle allumée sur un plateau de cinéma pour parfaire l'illusion d'un décor ancien, et qui, trop brutalement frappée par les projecteurs du studio, loin de produire la clarté qu'on attendait, semble soudain, sur l'écran en noir et blanc, jeter une ombre...

Si je voulais faire comprendre ce que Christine avait été, il fallait la laisser parler – avec son égocentrisme naïf, son absence de recul, et ses ambiguïtés –, il fallait la laisser mentir lorsqu'elle mentait. Ne m'étais-je pas persuadée déjà, des années plus tôt, qu'on ne pouvait ressusciter une époque qu'en retrouvant son langage particulier, et en permettant aux cœurs obscurs de s'y éclairer à leur seule lumière intérieure, si pauvre qu'elle pût nous sembler?

Si je me bornais à remettre en ordre les cahiers de Christine Valbray, à les relier entre eux quand la compréhension du texte l'exigeait, et à les redonner tels quels au public sans rien censurer, non seulement leur héroïne revivrait dans sa vérité mais, avec elle, le siècle qu'elle avait traversé.

A cette prudence de juge d'instruction, qui nourrit son dossier en sachant qu'il ne lui appartient pas de trancher, à ces scrupules de magistrat honoraire (je n'ai jamais pu oublier mon premier métier, même si je déplore les « attendus » dont je dois à la pratique des rédactions d'arrêts d'entraver les élans de mon cœur), à ces délicatesses de robin enfin, s'était ajouté au fil des mois le scepticisme du biographe qui a retenu de ses expériences passées qu'on ne peut raconter la vie du héros sans trier, et rejeter la plupart des matériaux qu'on a rassemblés... Car qu'est-ce qu'une biographie? Trois ou quatre heures de lecture extraites de six ou sept cent mille heures de vie. Avec ces cent quatre-vingts minutes, sélectionnées parmi trente-six millions d'autres, on peut, bien entendu, tout démontrer – donner, au choix, de Christine Valbray une version glorieuse ou miséra-

biliste, transformer sa vie en « success story » ou en conte à la Dickens, sans manquer, ni plus ni moins, à la vérité : c'est affaire d'inspiration, peut-être de marché, jamais de documentation.

Ainsi, pour la version Dickens, suffisait-il de planter le décor – Evreuil, la banlieue, les « faiseuses d'anges », les bidonvilles, les immigrés –, puis de laisser filer : l'enfant naturelle abandonnée par son père, embarrassée d'une mère infirme, la gamine pauvrement vêtue de robes arrachées à la charité du voisinage et qu'elle cache sous des tabliers rapiécés, la toux lancinante du grand-père. Suivrait un portrait de l'héroïne en victime courageuse, corrompue à dix-huit ans par un demi-frère dépravé, débauchée à dix-neuf par son premier patron, déçue à vingt-quatre par un mari médiocre, et condamnée, avant trente, à l'ombre dégradante du « Back Street » par un amant marié. Viendrait enfin la succession des verdicts : celui du juge des divorces – Christine séparée de son unique enfant par une belle-famille bien-pensante –; celui de la Cour d'Assises – Christine condamnée par une justice de classe à expier ses fautes dans une geôle infâme –; celui de la Providence – Christine poursuivie par la maladie jusque dans la cellule où la honte l'avait ensevelie. Tout cela, bien sûr, n'aurait peut-être pas fait un excellent roman, mais puisque ce n'était pas un roman, les esthètes les plus exigeants se jetteraient dessus en invoquant l'alibi du vrai, l'appétit de connaissance de l'homme cultivé, et ils donneraient à l'Histoire les larmes qu'ils refusent à la fiction.

Quant à ceux qui n'aiment pas pleurer, qui prônent la libre entreprise et qui croient au progrès, les « docteurs tant-mieux » qui ont lu trois fois « la Valise en carton » et la vie de Bernard Tapie, je leur tenais en réserve une version « success story » de la même vie : Margaret Thatcher, revue par Hadley Chase... Même départ déshérité que dans le synopsis précédent, mais, d'emblée, une ambiance plus volontariste : la petite fille têtue apprend à lire toute seule dans l'unique livre que possède la famille; bac à seize ans, agrégation à vingt-deux; et déjà « Dynastie » perce sous « la Veillée des Chaumières » – derrière ses grosses lunettes, la jeune diplômée rousse aux yeux verts cache des mensurations de star et un cœur d'acier. Changement de décor : les ambassades, les salles de rédaction des grands journaux, les salons de Senlis, les casinos, les ministères, les châteaux; Christine adoptée par un éminent ambassadeur, Christine habillée par les grands couturiers, Christine mariée à un conseiller de l'Elysée, Christine fêtée par la bonne société, Christine aimée d'un milliardaire pour conte de fées. Parallèlement à cette ascension privée, l'ascension professionnelle : à la journaliste débutante succède la brillante directrice de Cabinet, puis l'éminence grise d'un groupe politique de premier plan, enfin le Secrétaire d'Etat de trente-trois ans dont la presse unanime salue la nomination comme un événement. Et, pour finir, un procès illustre, un scandale retentissant : cette fin-là n'était pas médiocre. On aime les gagneurs, de nos jours, pas les petits saints. Chez les grands tout doit être grand, même la chute.

Bien entendu, il existait mille autres variantes possibles de la vie de Christine : j'aurais pu peindre mon héroïne en monstre impitoyable (il suffisait de dresser le tableau de ses victimes), ou en enfant vulnérable (il n'y avait qu'à donner la liste de ses bourreaux). On serait même parvenu à trouver chez cette championne de la trahison assez de matière pour en faire, au besoin, un modèle de fidélité : n'était-ce pas ce qu'avait tenté l'Accusation au procès en nous la présentant comme une militante attachée à l'idéal politique de ses quinze ans et dévouée à sa mauvaise cause à travers tous ses déguisements? Pour ma part, j'aurais plutôt tenté d'insister sur sa constance en amitié : Laurence, Carole, Chaton, Kahn-Serval...

En tout cas, le biographe, une fois sa quête terminée, a devant lui assez de pièces et de morceaux pour remonter ce qu'il veut – arc de triomphe ou tombeau. A tant faire que de reconstruire le monument, je préférais laisser son occupant en dresser les plans; puisque, à quelque rigueur qu'on s'efforçât, on ne pouvait jamais donner de la vie d'autrui qu'un récit partiel et partial, et autant permettre à l'intéressé de souligner lui-même ce qui l'amusait, et glisser sur le reste... C'est ainsi que, jusque dans la manière de diviser pour le public l'histoire de Christine, j'envisageais de respecter le découpage qu'elle m'avait elle-même suggéré. « Par suite des circonstances », m'avait-elle dit un jour qu'elle s'efforçait de résumer son existence désordonnée, « c'est mon baccalauréat qui s'est trouvé mon acte de naissance véritable. Enfin, vous me comprenez bien : de " naissance à la société "... Entre ce bac et ma nomination comme Directeur de Cabinet, j'ai fait mes classes; c'est mon premier tome, mon adolescence, mon éducation sentimentale... Les années qui séparent cette nomination de mon accession au gouvernement ont été celles de la maturité, le deuxième volume de ma vie – le plus rempli... Quant aux années qui m'ont menée de la gloire politique à l'auréole du martyr, je crois sage de les considérer comme ma vieillesse et mon dernier chapitre. Decline and Fall... Toute une vie en vingt ans, c'est peut-être un peu rapide, mais il y a des gens qui n'ont pas le temps de traîner! » J'avais beau juger que ces trois séquences, qui auraient pu en effet rythmer logiquement la vie d'une ambitieuse, ne correspondaient pas à l'évolution intérieure de la Sans Pareille qui n'avait jamais eu pour premier souci de faire carrière, je pouvais bien aussi considérer personnellement cette prétendue ascension sociale comme autant de degrés d'une descente aux Enfers, je n'osais pas refuser de couler le récit de Madame Valbray dans la forme qu'elle me projetait, après coup, sur sa vie : même erronée, l'interprétation qu'elle me proposait de son destin était encore une clé, et j'acceptais toutes celles qu'elle me tendait de peur qu'elle n'eût, une fois de plus, changé la serrure...

Tout en marchant, ce soir d'orage, seule dans les rues de Sainte-Solène que l'imminence d'un déluge avait vidées, je me répétais donc – avec l'optimisme de celle qui, après avoir longtemps erré, croit apercevoir la Terre Promise – que la forme de mon livre était trouvée; il fallait garder l'essentiel des confidences de Christine Valbray, telles qu'elles étaient, mais, pour ouvrir de temps en temps cette biographie sur d'autres évidences que celles, trop limitées, de l'héroïne et rendre au récit la perspective qui lui manquait, créer un second foyer optique : en donnant la parole à un « je » étranger, éloigné du premier, un « je » dont j'assumerais la responsabilité, je rétablirais la distance nécessaire à l'élargissement du champ. Renonçant à raconter Christine Valbray, je me réservais de l'analyser, de la réfléchir et, en la réfléchissant, de renvoyer à la société qui l'avait condamnée l'une des « images virtuelles » de sa réalité.

Alors, j'aurais réalisé mon rêve d'enfant : devenue, le temps d'un livre et d'une amitié, le miroir d'une autre, la psyché de Marie de Verneuil au soir de sa plus belle journée, je contemplerais la vie, l'amour et la mort, sans m'en mêler.

Ravie déjà d'imaginer ce discours à deux voix, ce dialogue que j'avais échoué à nouer dans la réalité, c'est à peine si je remarquai, le long de la plage, la bande rose qui, depuis quelques minutes, s'élargissait au fond du ciel gris : quoiqu'elle parût mettre dans le paysage une note de gaieté, elle annonçait l'averse aussi sûrement que le « mieux » des agonisants annonce leur mort prochaine. Par chance, j'avais enfin atteint l'extrémité du cap des Moines et passé la poterne du Fort. Déjà, grimpant quatre à quatre de sombres escaliers en colimaçon, j'arrivais au sommet du donjon.

En contrebas, les petites maisons d'artisans, pressées au pied de la muraille, avaient l'air de maisons de poupées. La pluie commençait à tomber. Une femme ramassait du linge dans un jardinet; elle pliait hâtivement les draps, et jetait chemises et torchons en vrac dans un grand panier; tandis que d'en haut je la regardais faire, je retrouvai tout à coup le souvenir d'un cauchemar qu'avait dû provoquer la lecture, dans le guide local, des mésaventures de Katelik Moal, et qui, pendant deux jours, m'avait obsédée au point de me faire redouter l'instant d'aller me coucher.

J'avais rêvé que c'était Christine qu'on avait enfermée en haut de la tour du Fort des Moines. Condamnée à mort pour ses crimes, elle attendait son exécution en observant de sa fenêtre les allées et venues des villageoises qui jardinaient... J'étais l'une de ces femmes-là; parfois, quand je sortais étendre du linge dans ma cour, je levais les yeux vers le donjon dans l'espérance d'apercevoir la condamnée. Comment me serais-je doutée que, la première, elle m'avait vue, qu'elle guettait mes sorties, épiait mes mouvements, et avait, dès le premier moment, jeté son dévolu sur moi?

Convient-il même, ici, de dire « moi », puisque je voyais les deux personnages du rêve – la villageoise tranquille et la criminelle condamnée – comme le spectateur voit les héros d'un film : de l'extérieur? Il me semblait que je n'étais ni l'une ni l'autre, ou tantôt l'une et tantôt l'autre...

Dans mon cauchemar, la prisonnière s'évadait; elle venait dans ma maison. On la cherchait; je la cachais. Nous passions ensemble, derrière les rideaux tirés, de longues journées, tandis que les journaux diffusaient sa photo. Malgré la gravité de la situation, elle se montrait enjouée, presque gaie, aimant à parler toilette et chiffons; par jeu, elle m'avait convaincue d'éclaicir ma chevelure, de la natter en chignon, d'adopter un maquillage plus léger et d'essayer la somptueuse robe de velours vert – celle du Palais-Royal – qu'elle portait dans sa prison; je lui prêtais mes gros pulls et mes vieux pantalons.

Quoique, comme spectatrice du songe, je ne visse pas sans inquiétude s'accentuer ainsi la ressemblance, dès l'origine perceptible, entre Christine et Françoise, en tant que « Françoise » je ne voyais rien : je croyais protéger Christine, alors qu'elle m'attirait dans ses filets...

Après quelques jours – dans le rêve –, quelques secondes – dans la réalité –, on arrêtait une femme hébétée, trouvée en possession d'un revolver auprès du corps d'un inconnu qu'on venait d'assassiner; elle portait une robe de velours vert et ses longs cheveux roux, noués en torsades autour de son front, donnaient à sa silhouette immobile l'air fragile de la « Bella » de Titien : tous les personnages du songe reconnaissaient aussitôt Christine Valbray. La frêle apparition avait beau protester de son innocence, assurer qu'on l'avait droguée, parler d'une substitution d'identité, les gardiens l'enfermaient dans la haute tour du Fort des Moines et, pour prévenir toute nouvelle tentative d'évasion, décidaient de l'exécuter sans délai. Assise dans l'embrasure d'une fenêtre en haut du donjon, « Françoise » attendait la mort, en regardant « Christine » en bas qui étendait du linge dans la cour de sa maison en fredonnant une vieille chanson...

Je m'étais éveillée épouvantée.

Il ne m'avait pas suffi de constater que j'étais couchée dans mon lit; j'avais dû, pour me rassurer, entrer dans la logique de mon rêve : rassemblant toutes mes connaissances de droit, j'avais songé que « Françoise », pour sauver sa tête, devait exiger la comparaison des empreintes digitales. Puis, de nouveau, je m'étais sentie découragée : Christine n'aurait-elle pas, pour brouiller les pistes, effacé ses traces et maquillé ses doigts?

Il me fallut longtemps pour admettre qu'en choisissant d'écrire sur Madame Valbray – et en le faisant dans ce style si particulier qui consiste à s'effacer derrière son personnage et les chimères qu'il poursuivait –, je m'étais mise dans l'impossibilité de prouver aux imbéciles que je n'étais pas, d'une façon ou d'une autre, la femme double que j'étudiais.

Dans le cauchemar de la tour, en effet, trop de choses étaient mêlées : la manière dont Christine – que j'avais cru refléter, cerner comme un miroir enferme son sujet – s'était jouée de moi dans les derniers temps de notre amitié; mais aussi les interrogations et les méprises de ceux que j'avais rencontrés au cours de mon enquête. Quand, auprès de certaines relations parisiennes connues pour l'éclectisme de leurs goûts amoureux et l'audace de leurs entreprises, je cherchais, prudemment, à savoir à quoi pouvaient ressembler les soirées échangistes auxquelles Christine participait et les maisons spécialisées où Fervacques l'emmenait, je finissais toujours par récolter des sourires égrillards et des propositions libertines; j'avais beau nier avec indignation toute curiosité personnelle pour ces sortes d'aventures, c'étaient autant d'amis auxquels, de toute façon, on ne sortirait plus de l'idée que « ça » m'intéressait...

De même, lorsque, placée dans un dîner, par le caprice d'une maîtresse de maison, auprès d'un responsable de la DST ou d'un officier de la DGSE, j'en profitais pour l'interviewer sur le fonctionnement des services secrets et les conditions de rémunération du personnel, je sentais peser sur moi, entre deux réponses laconiques, des regards lourds de suspicion; parfois, étant donné les fonctions que j'avais occupées dans l'administration, on allait jusqu'à me proposer, dans les semaines qui suivaient, de « servir les intérêts du pays »... Je pouvais bien alléguer le malentendu, jurer mes grands dieux que je ne me voyais pas en Mata-Hari : il doit y avoir maintenant, dans quelques-unes de ces maisons, un petit dossier à mon nom.

Toujours j'en revenais au rêve du Fort des Moines : comment démontrer que je n'étais pas l'autre? Comment établir qui j'étais? Et, si d'aventure je parvenais tout de même à me reconnaître, à m'éclairer, pourquoi ce « moi », et pourquoi maintenant? A quelle intention? Pour quel rôle? Dans quelle pièce?

« Atome sans molécule », néant narcissique, petit rien détaché du Tout, je me trouvais au bord de moi-même comme au seuil d'un monde inconnu, sans origine, sans limites et sans fin.

Les femmes
au Livre de Poche

LE LIVRE de POCHE

Autobiographies, biographies, études...
(*Extrait du catalogue*)

Arnothy Christine
J'ai 15 ans et je ne veux pas mourir.

Badinter Elisabeth
L'Amour en plus.
Emilie, Emilie. L'ambition féminine au XVIIIe siècle (*vies de Mme du Châtelet, compagne de Voltaire, et de Mme d'Epinay, amie de Grimm*).
L'un est l'autre.

Bellemare Pierre et **Antoine** Jacques
Quand les femmes tuent, t. I et II.

Bergman Ingrid et **Burgess** Alan
Ma vie.

Bodard Lucien
Anne Marie (*vie de la mère de l'auteur*).

Boissard Janine
Vous verrez... vous m'aimerez.

Boudard Alphonse
La Fermeture – 13 avril 1946 : La fin des maisons closes.

Bourin Jeanne
La Dame de Beauté (*vie d'Agnès Sorel*).
Très sage Héloïse.

Brossard-Le Grand Monique
Chienne de vie, je t'aime !
Vive l'hôpital !
A nous deux, la vie !

Buffet Annabel
D'amour et d'eau fraîche.

Carles Emilie
Une soupe aux herbes sauvages.

Černá Jana
Vie de Milena *(L'Amante) (vie de la femme aimée par Kafka).*

Champion Jeanne
Suzanne Valadon ou la recherche de la vérité.
La Hurlevent (*vie d'Emily Brontë*).

Charles-Roux Edmonde
L'Irrégulière (*vie de Coco Chanel*).

Chase-Riboud Barbara
La Virginienne (*vie de la maîtresse de Jefferson*).

Darmon Pierre
Gabrielle Perreau, femme adultère (*la plus célèbre affaire d'adultère du siècle de Louis XIV*).

Delbée Anne
Une femme (*vie de Camille Claudel*).

Desroches Noblecourt Christiane
La Femme au temps des pharaons.

Dietrich Marlène
Marlène D.

Dolto Françoise
Sexualité féminine. Libido, érotisme, frigidité.

Dormann Geneviève
Le Roman de Sophie Trébuchet (*vie de la mère de Victor Hugo*).
Amoureuse Colette.

Elisseff Danielle
La Femme au temps des empereurs de Chine.

Guitton Jean
Portrait de Marthe Robin.

Hanska Evane
La Romance de la Goulue.

Higham Charles
La scandaleuse duchesse de Windsor.

Jamis Rauda
Frida Kahlo.

Keuls Yvonne
La Mère de David S.

Lacarrière Jacques
Marie d'Égypte.

Lever Maurice
Isadora (*vie d'Isadora Duncan*).

Maillet Antonine
Pélagie-la-Charrette.
La Gribouille.

Mallet Francine
George Sand.

Mansfield Irving et **Libman Block** Jean
Jackie, la souffrance et la gloire (*vie de la romancière Jacqueline Susann*).

Martin-Fugier Anne
La Place des bonnes (*la domesticité féminine en 1900*).
La Bourgeoise.

Nin Anaïs
Journal, t. 1 *(1931-1934)*, t. 2 *(1934-1939)*, t. 3 *(1939-1944)*, t. 4 *(1944-1947)*.

Pernoud Régine
Héloïse et Abélard.
La Femme au temps des cathédrales.
Aliénor d'Aquitaine.
La Reine Blanche (*vie de Blanche de Castille*).
Christine de Pisan.

Régine
Appelle-moi par mon prénom.

Rihoit Catherine
Brigitte Bardot, un mythe français.

Rousseau Marie
A l'ombre de Claire.

Sibony Daniel
Le Féminin et la séduction.

Simiot Bernard
Moi Zénobie, reine de Palmyre.

Stéphanie
Des cornichons au chocolat.

Suyin Han
Multiple Splendeur.
...Et la pluie pour ma soif.
S'il ne reste que l'amour.

Thurman Judith
Karen Blixen.

Verneuil Henri
Mayrig (*vie de la mère de l'auteur*).

Vichnevskaïa Galina
Galina.

Vlady Marina
Vladimir ou le vol arrêté.

Yourcenar Marguerite
Les Yeux ouverts (*entretiens avec Matthieu Galey*).

Et des œuvres de :

Charlotte et Emily Brontë, Pearl Buck, Marie Cardinal, Hélène Carrère d'Encausse, Madeleinc Chapsal, Agatha Christie, Colette, Christiane Collange, Jeanne Cordelier, Régine Deforges, Daphné Du Maurier, Françoise Giroud, Juliette Gréco, Benoîte Groult, Mary Higgins Clark, Patricia Highsmith, Xaviera Hollander, P.D. James, Mme de La Fayette, Doris Lessing, Carson McCullers, Françoise Mallet-Joris, Silvia Monfort, Anaïs Nin, Joyce Carol Oates, Anne Philipe, Ruth Rendell, Christine de Rivoyre, Marthe Robert, Christiane Rochefort, Françoise Sagan, George Sand, Albertine Sarrazin, Mme de Sévigné, Simone Signoret, Christiane Singer, Han Suyin, Valérie Valère, Virginia Woolf...

Le LIVRE de POCHE

Kenizé Mourad

De la part de la princesse morte 6565

« Ceci est l'histoire de ma mère, la princesse Selma, née dans un palais d'Istamboul... »

Ce pourrait être le début d'un conte; c'est une histoire authentique qui commence en 1918 à la cour du dernier sultan de l'Empire ottoman.

Selma a sept ans quand elle voit s'écrouler cet empire. Condamnée à l'exil, la famille impériale s'installe au Liban. Selma, qui a perdu à la fois son pays et son père, y sera « la princesse aux bas reprisés ».

C'est à Beyrouth qu'elle grandira et rencontrera son premier amour, un jeune chef druze; amour tôt brisé. Selma acceptera alors d'épouser un raja indien qu'elle n'a jamais vu. Aux Indes, elle vivra les fastes des maharajas, les derniers jours de l'Empire britannique et la lutte pour l'indépendance. Mais là, comme au Liban, elle reste « l'étrangère » et elle finira par s'enfuir à Paris où elle trouvera enfin le véritable amour. La guerre l'en séparera et elle mourra dans la misère, à vingt-neuf ans, après avoir donné naissance à une fille : l'auteur de ce récit.

Grand Prix littéraire des lectrices de « Elle » 1988.

Salman Rushdie

Les Enfants de minuit 3122

« Je suis né dans la maternité du docteur Narlikar, le 15 août 1947. (...) Il faut tout dire : à l'instant précis où l'Inde accédait à l'indépendance, j'ai dégringolé dans le monde. Il y avait des halètements. Et, dehors, de l'autre côté de la fenêtre, des feux d'artifice et la foule. Quelques secondes plus tard, mon père se cassa le gros orteil; mais cet incident ne fut qu'une vétille comparé à ce qui m'était arrivé, dans cet instant nocturne, parce que grâce à la tyrannie occulte des horloges affables et accueillantes, j'avais été mystérieusement enchaîné à l'histoire, et mon destin indissolublement lié à celui de mon pays. (...) Moi, Saleem Sinai, appelé successivement par la suite Morve-au-Nez, Bouille-Sale, Déplumé, Renifleux, Bouddha et même Quartier-de-Lune, je fus étroitement mêlé au destin – dans le meilleur des cas, un type d'implication très dangereux. Et, à l'époque, je ne pouvais même pas me moucher. »

Saga baroque et burlesque qui se déroule au cœur de l'Inde moderne, mais aussi pamphlet politique impitoyable, Les Enfants de minuit *est le livre le plus réussi et le plus attachant de Salman Rushdie. Traduit en quinze langues, il a reçu en 1981 le* Booker Prize.

André Brink

Etats d'urgence

6712

Dans un pays où a été proclamé l'état d'urgence, où les trois quarts de la population sont privés des droits les plus élémentaires, où l'on ne peut ni se déplacer ni s'exprimer comme on le souhaite, où la liberté reste un mot et rien de plus – peut-on encore aimer, mener une existence d'homme, une existence de femme comme les autres ? Peut-on encore créer, trouver dans l'art ce que le quotidien vous refuse ? Mais l'amour, mais la création ne sont-ils pas eux aussi des domaines, des territoires où l'on vit en *état d'urgence* ?

On ne regrette jamais d'avoir lu un roman d'André Brink. Celui-ci, en particulier. A cause de sa merveilleuse qualité littéraire, de sa langue somptueuse et des personnages de passion qui l'habitent.

Pierre Emonet, *Choisir.*

Dans un pays déchiré, saccagé comme l'Afrique du Sud, est-il encore possible d'écrire une histoire d'amour ? Etats d'urgence *est une réponse vibrante à cette question vitale.*

Catherine David, *Le Nouvel Observateur.*

Un roman d'amour qui est un réquisitoire désespéré contre l'apartheid. Emouvant et fort..

Jean David, *V.S.D.*

Franz Werfel

Les 40 jours de Musa Dagh 6669

1915. Les Jeunes Turcs procèdent à la liquidation des élites arméniennes et des conscrits arméniens qu'ils ont préalablement désarmés. On organise alors systématiquement sur l'ensemble du territoire la déportation des populations arméniennes qui sont exterminées en chemin, au cours du premier génocide du XXe siècle.

Au nord-ouest de la Syrie ottomane, les villageois arméniens groupés aux flancs du Musa Dagh (« la Montagne de Moïse ») refusent la déportation et gagnent la montagne. Ils résistent plus d'un mois durant aux assauts répétés des corps d'armée ottomans; l'arrivée providentielle des navires français et anglais au large d'Alexandrette met fin à leur épreuve. A partir de ces épisodes authentiques, Franz Werfel a bâti un grand roman épique qui ressuscite « l'inconcevable destinée du peuple arménien ».

Qu'il relève du domaine de l'imaginaire ou de celui de la mémoire, ce roman est un chef-d'œuvre.

Elie Wiesel.

IMPRIMÉ EN FRANCE PAR BRODARD ET TAUPIN
Usine de La Flèche (Sarthe).
LIBRAIRIE GÉNÉRALE FRANÇAISE - 6, rue Pierre-Sarrazin - 75006 Paris.

ISBN : 2 - 253 - 05356 - 2 30/6791/5